U0657375

长河故人来

杨满沧 著

优石

作家出版社

目　录

第二部分　荣曜菊梅

第三部分　诗味漫卷

第四部分　俯捡翠羽

枕诗入梦（自序）

中国传统历史文化源远流长，华夏民族本质上是一个富有诗性基因的伟大民族。近三千年前的先秦时代，先民对自然界万物生灵和日常生活低吟浅唱出的心声，被春秋战国时期的圣贤孔子汇结成第一部诗歌总集《诗经》，至今仍然闪烁着华夏民族生命智慧和文化自信的光芒。随后，第一部诗歌理论经典《毛诗》出现，为诗歌的功能确定基调："诗者，志之所之也，在心为志，发言为诗，情动于中而形于言……正得失，动天地，感鬼神，莫近于诗。先王以是经夫妇，成孝敬，厚人伦，美教化，移风俗。"按照《毛诗》所言，"诗"的功能包罗万象，再怎么强调都不过分也。

《论语》曰："小子何莫学夫诗？诗可以兴，可以观，可以群，可以怨。"孔夫子谆谆教诲：同学们为何不好好学习《诗经》呢？诗可以抒发情感，可以观察社会与自然，可以结交朋友，也可以发牢骚讽谏社会上不好的现象。当然，"诗"的这四大好处属于精神领域，确实不能当饭吃、当衣穿、当酒喝、当钱使，但诗可以接近或抵达人类的天然本性和灵魂。无论是东方华夏民族，还是西方欧美拉丁民族，任何民族的祖先都会不约而同地选择诗歌作为其最初的母语文学形式用于吟唱、抒发情感、记录生活、教育幼儿，从而形成人类多姿多彩的文化传统。我们童年时祖母或外祖母为我们吟唱的摇篮曲何尝不是诗歌呢？先秦时代，先民还处于新石器时代的原始生活阶段，尚未受到物欲或功名利禄等世俗风气的影响，不懂得矫情和虚伪，天性最为淳朴率真，他们站在旷野和山川河流之间，敞开心怀随口吟唱成诗，纯真至美，直击心灵。"诗三百，一言以蔽之，曰：思无邪。"孔子的这一高度概括真是绝倒！

一般按照诗学理论所言，赋、比、兴为中国诗歌的三义："兴"是由物触发心灵和精神世界的共鸣；"比"是把内心的情感赋予物象并与之共情；"赋"是铺排表达出对物象和内心的真实情感。我记得叶嘉莹先生曾说过，中国诗歌最大的特色就是重视"兴"的作用，"兴"在人的内心中有一种感动。中国古典诗歌可贵的传统是能让人的心不死。"国家不幸诗家幸，赋到沧桑句便工。"人生的坎坷、不幸、苦难、挣扎经由诗歌发泄和抚慰后，转化为对生命的敬畏和热爱，从而找到人生的希望和生活的意义所在，进一步让精神和灵魂复活。故此，诗人们留下的浩如烟海的文本经过时光的积淀，构成我们华夏民族的文化审美传统和心灵史，这让我沉迷和陶醉。

十九世纪德国浪漫派诗人荷尔德林写有诗句"人类应该诗意地栖居在大地上"，后经著名哲学家海德格尔的阐释，成为所有人内心的向往。其实，荷尔德林写这首诗的时候正处于贫病交加、居无定所的阶段。他呼吁人类用诗意的生活对抗工业文明使人日渐异化的现实趋势，找到回归精神故乡之路。在二十一世纪的今天，后工业化和消费主义时代，更需要诗意引导我们找到灵魂安顿处。

说到底，我们每个个体生命都会与诗歌主动或被动地产生关联，这需要结合自身的人生经验和社会观察来感悟体会。常年坚持阅读和写作，我越来越深刻地理解这一点。

对我来说，闲暇时光，心无旁骛，回归对传统文学经典的深入阅读是一件幸福的事情。我不再满足于青少年时期的背诵和注解，而尽量回溯到历史现场和作者所处的时代背景的源头，走进作者的生活和精神世界中去，找到他们赋予那个时代的气质和富有私人性情特质的心灵曲线，反过来观照自身的内心，继承和发扬光大民族的文脉传统。国学大师陈寅恪先生"以诗证史"的学术研究，被我写作时借鉴为"以史读诗"。故此，阅读唐诗宋词之前，我首先捧起历史书籍，通读从秦汉到清朝乃至民国的历史，重点阅读了两宋的历史，尤其是关注历史细节，与同时代诗人所写的诗词相互对照，并做了大量读书札记。这样的阅读，使我受益良多。

连续坚持十年，向着历史文化源头回溯式地深入阅读，使我对中国诗歌的流变有一些粗浅认识，对富有诗意的华夏民族更加顶礼膜拜。

春秋战国时期，百家争鸣、经典频出，《诗经》《离骚》成为中国诗歌的滥觞。秦始皇统一文字，大大加速了诗歌的传播。汉代乐府民歌悦耳动听，《古诗十九首》意味绵长。汉高祖刘邦晚年的那首《大风歌》慷慨激昂，那是一代帝王的人生挽歌。司马相如以媚上讨好的"赋"文采飞扬，妻子卓文君的《白头吟》情深忧伤。东汉末年，蔡文姬被匈奴掳去，在北方大漠中吟出《悲愤诗》《胡笳十八拍》，至今读之，仍令人断肠。魏晋南北朝时期，社会动荡，儒学衰退，人性苏醒，价值多元，中国诗歌第一次到达小高峰，奠定后来唐诗宋词的基础。以曹操父子三人诗文为代表的魏晋风骨，使文学完成由汉代乐府民歌向文人诗歌的转变。"白骨露于野，千里无鸡鸣。生民百遗一，念之断人肠。"曹操的这首《蒿里行》诗对社会现实的批判精神，后有唐代杜甫的"朱门酒肉臭，路有冻死骨"与之一脉相承。"对酒当歌，人生几何？譬如朝露，去日苦多"的人生感慨怅惘，直接启发李白发出"君不见，高堂明镜悲白发，朝如青丝暮成雪。人生得意须尽欢，莫使金樽空对月"的仰天长叹。曹操的政治军事才能和硬朗诗风，影响到唐太宗李世民的"贞观之治"和诗歌写作。

曹丕"秋风萧瑟天气凉，草木摇落露为霜。群燕辞归雁南翔，念君客游思断肠"的悲秋情绪，延续着前辈屈原、宋玉悲秋怀人的传统基调。曹植少年时的"归来宴平乐，美酒斗十千""仰手接飞猱，俯身散马蹄"的激情飞扬，成为唐代王维"新丰美酒斗十千，咸阳游侠多少年。相逢意气为君饮，系马高楼垂柳边"的少年偶像。曹植和王维都是富有诗情画意的英俊少年，"翩若惊鸿，婉若游龙"的洛神形象惊艳了一千多年的历史时光。曹操父子三人担纲，和陈琳、王粲等"建安七子"一起，"洒笔以成酣歌，和墨以藉谈笑"（刘勰），用刚健有力的诗句表达奋发进取的理想，感情饱满，苍凉悲壮，气势雄浑，造就出独特的"建安风骨"。这令我想起北宋时期的苏轼父子三人，但其英雄气魄和政治手腕与曹氏父子不可同日而语。

司马氏集团取代曹魏政权，是为西晋。在高压恐怖血腥的政治环境下，"竹林七贤"本色登场，逃避现实，装疯卖傻，炼丹养生。不久，在功名利禄的诱惑下开始分化，有的投靠出仕，如山涛、向秀；有的继续沉醉酣饮，如阮籍、刘伶；有的继续保持人格独立被杀头，如嵇康。世道险恶，儒家思想衰退，很多士人的思想由孔子、老子转向庄子，表现出遗世独立的个性自由。"孤鸿号外野，翔鸟鸣北林。徘徊将何见，忧思独伤心。"（阮籍）"目送归鸿，手挥五弦。俯仰自得，游心太玄。"（嵇康）看似洒脱飘逸、高流峻切的"竹林七贤"留下许多咏怀诗和传奇故事。他们嗜酒如命、我行我素、独来独往的言行很"另类"，其实内心隐藏着悲苦、担忧、不甘和活命的希望，这些成为他们诗歌表达的感情基调，深深影响到初唐时期的诗人王绩。"浮生知几日，无状逐空名。不如多酿酒，时向竹林倾。"王绩让后人记住的原因不仅是他的诗"树树皆秋色，山山唯落晖"很有名，还有他是"初唐四杰"之一王勃的二爷爷。

西晋享国五十多年，在高压血腥的社会政治环境之下，士人追求享乐、苟且偷生者众多，形成太康十年文学创作最为繁荣的现象，但诗风转向繁缛绮靡，溺于玄风。"悲情触物感，沉思郁缠绵。伫立望故乡，顾影凄自怜。"（陆机）"荏苒冬春谢，寒暑忽流易。"（潘岳）"被褐出阊阖，高步追许由。振衣千仞冈，濯足万里流。"（左思）可惜，随着西晋"八王之乱"，张华、潘岳、陆机、陆云、刘琨等一大批诗坛天才，皆死于战乱之中。

晋室南迁，大批豪族和士人来到江南，为后世形成真正文化意义上的江南奠定初步基础。东晋和南北朝时期，社会精英群体并没有痛定思痛，缺乏恢复中原之志，今朝有酒今朝醉，却追求个性独立张扬，过把瘾就死。士人玄风独振，清谈思辨，炼丹吃药，游戏人生。玄言诗和游仙诗从此流行。豪门名将谢玄的"浪荡孙子"谢灵运不务正业，游山玩水，在文学上首次把山水自然作为审美主体和表达对象，游仙诗逐渐转化为山水诗，开山水诗歌之先河，顺便还发明登山专用鞋"谢公屐"。另一豪门贵族王羲之在曲水流觞中，写出天下第一行书《兰亭集序》，感悟人生俯仰之间，已为陈迹，生死皆为虚诞。陶渊明孑然独立于当时的政坛和诗坛圈子，归隐田园，种豆豆苗稀，荷锄伴月归。"采菊东篱下，悠然见南山"，无意间却成为田园诗的开山鼻祖，让北宋的苏轼等人肃然起敬。

"海鸥戏春岸，天鸡弄和风""林壑敛暝色，云霞收夕霏""池塘生春草，园柳变鸣禽"，谢灵运清新活泼的山水诗和陶渊明的田园乡野之风，深深影响到后来的隋朝及唐宋诸多诗人。谢灵运的侄子谢朓曾写出"鱼戏新荷动，鸟散余花落""天际识归舟，云中辨江树""余霞散成绮，澄江静如练。喧鸟覆春洲，杂英满芳甸"等千古好句。唐代"诗仙"李白不得不低下高昂的头说："解道澄江静如练，令人长忆谢玄晖。"

南朝时，梁代存在时间虽不长，但以梁武帝萧衍家族为中心组成的文学俱乐部，用帝王的特权和爱好推动文学创作，为后世留下许多不朽的文学经典。昭明太子萧统、简文帝萧纲、元帝萧绎及其儿子们萧综、萧伦、萧纪等，个个都是写诗作文的圣手。他们把文学当成表达才情的"放荡"活动，为此狂热，成就斐然，上可比曹操家族，下可和南唐后主李煜及北宋徽宗的艺术才情有一拼。上有所好，下必甚焉。梁代的一批大臣文学修养极高，"汀洲采白蘋，日落江南春。洞庭有归客，潇湘逢故人。"（柳恽）"林窗户稍阴，草滋阶欲暗。风光蕊上轻，日色花中乱。"（何逊）南北朝时流传很多这样的诗句，清新活泼，惹人喜爱，一大批诗坛精英活跃在短命的王朝政坛和文坛上。"采莲南塘秋，莲花过人头。低头弄莲子，莲子清如水。"采莲姑娘最是那一低头的温柔，像一朵水莲花不胜凉风的娇羞，画面感极强极美，我们在中学语文课堂上就心旌摇曳过。

陈霸先的陈朝更短暂，前后只有三十三年，但留下陈后主这个活宝，他和张丽华的荒淫故事至今成为亡国的代名词。南唐后主李煜就步其后尘，但陈后主写的《玉树后庭花》和李煜的诗词水平相比，差得实在太远。都是"后主"，差距咋这么大呢？出身不同也！陈后主的二爷陈霸先出生在吴国的寂寂无名之家，没有多少文化基因可以遗传。即使当上皇帝，陈霸先也土气得掉渣，整天吃糠咽菜穿粗布衣，如此艰苦朴素的皇帝却培养出一个荒淫无耻的侄孙子陈后主，灭亡的命运注定。但是，陈朝却出了一位著名的诗人阴铿。"水随云度黑，山带日归红。遥怜一柱观，欲轻千里风。""大江一浩荡，离悲足几重。潮落犹如盖，云昏不作峰。"阴铿为当时流行宫体诗的诗坛带来一股新风，后来唐人五律的规范已初见端倪，"诗圣"杜甫也佩服地说"颇学阴何苦用心"，写诗要努力向阴铿、何逊学习。

"玉树歌残王气终，景阳兵合戍楼空。松楸远近千官冢，禾黍高低六代宫。石燕拂云晴亦雨，江豚吹浪夜还风。英雄一去豪华尽，惟有青山似洛中。"（唐·许浑《金陵怀古》）南北六朝的历史短暂，如流星划过夜空。除北魏和东晋享国超过百年外，南朝的宋朝最长也就五十九年，齐朝只有二十多年。王朝更迭过快，战乱频繁，国家意识形态失去控制和规范，思想禁忌不多，原来尊崇的儒家思想观念受到怀疑，士人从过去追求社会伦理价值转向追求精神自由和人格独立，人性的觉醒改变了士人的生活方式。以玄心、洞见、妙赏和深情为主流的"魏晋风流"成为时尚。反映在文学上，成就了一个"文学的自觉时代"（鲁迅），诞生了山水诗和田园诗的鼻祖。"一种风流吾最爱，六朝人物晚唐诗。"日本文人大沼枕山的评价反映出对这个时代的审美趣味。

南北朝被隋代统一，隋炀帝继承文帝杨坚的皇位，开凿大运河，沟通南北社会经济发展和文化交流。隋炀帝荒淫无道，但他是一位艺术水平很高的文学青年，曾写有两篇《春江花月夜》，比后来张若虚所谓的"孤篇压全唐"的那一篇要早很多。开凿修建汴渠时，隋炀帝创作《水调歌》中的"户外碧潭春洗马，楼前红烛夜迎人"对仗工整，意境颇深。他经常到郊外打猎游玩，诗兴斑斓。"寒鸦飞数点，流水绕孤村。斜阳欲落处，一望黯销魂。"（《野望》）唐宋诗人中，写《野望》诗的很多，皆受隋炀帝这首诗的启发。北宋时，为秦观赢得"山抹微云秦学士"雅号的《满庭芳》词中有句"斜阳外，寒鸦数点，流水绕孤村"，一看就知道抄袭自隋炀帝的《野望》。

唐宋朝代的诗词创作使中国传统文学达到高峰，我尤其喜爱这两个时代的诗人、诗词和历史，为此阅读和写作花费的时间也最多，收获也最大。元明清时代诗词创作日渐式微，清代的纳兰性德仅是昙花一现，我的私人阅读和写作暂时略过这一阶段。

简单罗列以上古典文学中诗歌发展的大致脉络，尤其是诗风的流变，我想试图说明任何诗人都逃脱不了所处时代的限制，作者的人生故事和心灵曲线必然反映出彼时的时代特征和历史轨迹。如果撇开这些解读诗词，很容易陷入自以为是的文字游戏，令语言苍白无力。我通过集中阅读唐宋时代的文学经典和历史，心灵得到浸润，不断考证和感悟历史的细节及吊诡之处和诗人们的人生轨迹之间的关系，探寻其作品背后的故事和心境变化，追随他们的脚步，徜徉在长安的曲江边，感受大唐万国来朝的阔大气象和文化自信；或荡舟于北宋汴京清明上河园和南宋杭州的西湖中，惊叹"华夏民族之文化，历数千载之演进，造极于赵宋之世"的繁华一梦，在还原历史真实细节的基础上，把这些感悟用文字表达出来，这就是我写作这部历史散文集的初衷。

《长河故人来》中的"长河"，既是指地理概念上的黄河流域一带，也是指历史文化意义上的时光流逝、朝代更替和文化积淀的过程。"故人"是指古代的历史文化先贤们，本书重点指唐宋时代的文人士大夫们。"来"既指我通过阅读他们，换位思考，力图在心灵深处主动靠近他们、致敬他们，探寻他们在当时历史场景之下的人生选择和心灵轨迹，从而找出他们个体生命中以才情、品德、言行、文字等方式赋予所处时代的气质和光影，然后用饱含激情的文字表达出来，从而为自己和读者带来非常重要的人生启迪和教育。另一方面，也指他们"纸上来见我"，和我对话交流，对我谆谆教诲，探讨人生。此外，本书"以诗证人证文"的写作角度独特新颖，由此形成的历史散文独具魅力和阅读快感，让读者重返久远的历史场景之中，从而获得全新的感悟和人生启迪。

穿越历史时空，对唐宋时代众多的文人及其作品重新认识和解读，与古典文学先贤们隔空对话交流，何其幸哉！何其快哉！

对于我来说，静心地阅读，真情地写作，当今这简直就是一种难以言说的奢侈行为。今天，能有机会在纸上和各位读者遇见，实现从与古人对话到和今人交心的思想跨越，也成为我与世界和社会交流的最佳方式之一。其中的文字之思和喜悦之情，无以言表。

诗性即人性。华夏民族自古就是充满诗意的国度，这是我们的文化基因。致敬古代先贤用生命温度孵化出的作品，欣赏和沉迷在他们为所处时代呈现和积淀出来的独特精神气质之中，是对我们民族传统文化的坚守和光大。"以我之诗心，鉴照古人之诗心。又以你之诗心，鉴照我之诗心。三心映鉴，真情斯见，虽隔千秋，欣如晤面。"著名红学家周汝昌先生的这句话，同样表达出我的初心。真正的写作者甘愿享受孤独和寂寞，一支笔或一台电脑，便是他纵横捭阖的辽阔天地和充满想象力的精神世界。文学即人学。每一位作家写作的起因可能不同，但目的都是表达对社会和人生的理解，滋养悲悯之心，与自己和解，在匆匆流逝的时光里，留下些许寻找生命意义存在的雪泥鸿爪。

诗意并不玄虚，她就在我们当下日复一日的平凡庸常生活中。一个人只要有诗心在，诗意就无处不在。季节更迭，时光流水，一片树叶、一棵小草、一朵野花、一头动物、一次远行、一场偶遇等，皆蕴含着浓浓的诗情画意，发现它们，吟咏赞美它们，便是诗意的栖居。"屈原、庄子、左氏的成就一般人难以达到，但不能不会欣赏。人可以不作诗，但不可无诗心。此不仅与文学修养有关，与人格修养也有关系。读这些作品，使人高尚，是真雅。"（顾随《中国古典诗词感发》）一个人欲"真雅"，内心富有诗意才是基础。

我愿为继续追求"真雅"的生命状态而枕诗入梦，并期待着梦中与您相遇。

是为自序。

第一部分

流风回雪

王维和李白为何擦肩而过？

天宝三载（744年）二月，春寒料峭。李白应诏来到长安为唐玄宗服务已一年有余，在供奉翰林的职位上，轻松潇洒有酒喝，坊间到处流传着他最新创作的诗歌和风雅故事。一天中午，李白、贺知章和崔宗之等几位好哥们儿在酒楼小聚，酒醉狂歌："君不见黄河之水天上来，奔流到海不复回……与尔同销万古愁。"王维恰好也在此酒楼和裴迪吃饭。王维吃素、喝茶，裴迪吃肉、喝酒。隔壁房间不时传来的喧闹声让王维很不爽，就让裴迪去看看是何许人也。裴迪悄悄走过去，从包房门缝里瞄见是"醉中八仙"相聚，回到桌上，一脸坏笑地对王维说："是李白、季真他们，您是否去打个招呼，敬上一杯？"王维白了裴迪一眼，嘴里吐出不屑的"喊"声。即刻让裴迪买单、打包、牵马、走人，直接回到终南山辋川别业家中。

这一天，是盛唐时期李白和王维最有可能相见握手的机会。很可惜，两位天才人物擦肩而过，失之交臂，从此一生再也没有见过面，成为唐代乃至中国文学史上的最大遗憾。

天宝三载三月，四十四岁的李白被唐玄宗"赐金放还"，离开长安。同年，四十四岁的王维带着几卷经书，坐上马车，去百里之外的终南山辋川别业半官半隐，一待就是十七年。唐肃宗上元二年（761年），王维病逝于辋川。唐代宗宝应元年（762年），李白病逝于安徽当涂。

李白和王维，一位"诗仙"，一位"诗佛"，仿佛两颗平行的流星一般，滑落在大唐王朝的夜空之中。这两位天才人物，生前曾有一段同在长安宫廷服务的时光，有过孟浩然、杜甫等共同的朋友圈，但一生相互疏远，形同陌路，就连诗文也没有相互唱和、点赞过，甚为奇怪。

可这究竟是为什么呢？

一、出身不能选择

大唐则天顺圣皇后长安元年（701 年），为辛丑牛年。这一年，李白（701—762）和王维（701—761）同年出生。王维祖籍山西祁县，唐代山西王氏家族是著名的高门大族，王家曾先后涌现出王绩、王勃、王翰、王之涣、王昌龄等著名诗人。王维和其小一岁的弟弟王缙幼年时，均聪明过人。可惜，父亲在王维九岁时因病去世，幸运的是王维有一位很了不起的母亲。王母出身于博陵崔氏名门望族，崔氏被公认为"天下第一高门"。王母知书达理，见识过人，一生礼佛，是禅宗北宗高僧大照禅师的弟子。王维父亲去世时，母亲只有三十岁左右，带着王维和其四个弟弟还有一个还在吃奶的小妹共六个孩子守寡，艰难度日。为了生活，全家不得不从祁县搬到蒲州（运城）。在生活重压之下，王母坚持礼佛三十多年，全力教授子女儒家经典，希望通过科考入仕延续王氏家族的诗礼簪缨传统。王母对王维的人生观、价值观形成影响深远，王维和母亲的感情之深也非同一般。后来，等王维有了经济条件，便在终南山购买宋之问的"二手房"辋川别业，把母亲接过来奉养，专门为她打造一间念经坐禅的精舍。唐天宝九载（750 年）春天，王维五十岁时，母亲去世。王维在《请施庄为寺表》中深情回忆道："臣亡母故博陵县君崔氏，师事大照禅师三十余岁。褐衣蔬食，持戒安禅，乐住山林，志求寂静。臣遂于蓝田县营山居一所。"据《新唐书·王维传》载："母丧，毁几不生。"王维在辋川为母守丧，骨瘦如柴，对人生深感幻灭，佛教虚空，心静如水。

再看李白，就连出生地至今还有争论。有些研究者认为，李白的父亲李客是位富裕的商人，在全国重要城市连锁经营谷物、布料、葡萄酒等，生意很成功。李白四岁时跟随父亲，越过天山山脉、沙漠戈壁，目睹"明月出天山，苍茫云海间。长风几万里，吹度玉门关"的壮观和荒凉，从大西北的碎叶城迁到四川青莲。李白的母亲是少数民族，可能是土耳其人。故此，李白身上有胡夷血统。在李白留下的大量诗文中，从来没有提及他的父母和兄弟姐妹，尤其令人奇怪的是他一个字都没有写过自己的母亲。如果从血统论即家庭出身来看，李白和王维处在不同的社会阶层里，实现阶层跃升的途径只能是科考后入仕途。但自古"士农工商"排位的儒家思想根深蒂固，唐代的商人是被社会轻视的，商人的子女不能参加科考。

一个人的家庭出身不能选择，家庭所处的社会等级不同，成长所需要的资源差异很大，确实能够带来不同的人生命运，同时影响个人的性格和世界观形成。

故此，个体生命一出生，就意味着不平等。很显然，李白和王维自出生起，就不在一条起跑线上。

二、道路可以选择

一个人的出身不能选择，但人生道路可以选择。王维一出生，母亲就帮他选择好了读书人必须迈进的一条光明大道。而李白作为一位商人的儿子，则没有那么幸运，要凭自己的才华和实力去闯荡社会。按照当时社会上的"潜规则"，想要人生成功，必须"贵人"推荐相助，方有可能出人头地。

王维少年成名，十五岁离家到长安后，很快成为岐王李范家里的常客，在京城达官贵人圈子里混得如鱼得水。开元九年（721 年），王维刚二十一岁，就和其前辈宋之问一样，进士及第，确属青年才俊。这一年，李白还在四川家乡思考人生之路该怎么走。王维有非凡的音乐天赋，在宫廷任太乐丞，管理宫廷音乐、舞蹈等事宜，深得唐玄宗的妹妹玉真公主喜爱，如同蓝颜知己。不久，因属下伶人乱舞黄狮子犯忌担责，被贬到济州司仓参军正九品下的岗位上，干了四年的仓库管理员。"微官易得罪，谪去济川阴。"这是王维生平第一次受到打击，也是他第一次真正接触底层社会。济州刺史裴耀卿和他是山西老乡，勤政为民，对王维帮助很大。王维在这一阶段，曾做过一些力所能及的好事和实事。济州邻近儒家文化发源地邹鲁，王维把儒家思想和具体工作实践相结合，试图实现作为一个青年人的从政理想。离开济州后，开元十六年（728 年）前后一段时间，王维经常隐居在淇水和嵩山，读书思考，等待时机。开元二十二年（734 年），王维闲居长安时，献诗拜谒著名的宰相张九龄。张九龄很欣赏王维的才华，开元二十三年（735 年），把王维调回长安，官拜右拾遗从八品上，成为他仕途的转折点。

而开元二十三年的李白，还在为自己的仕途"上下而求索"，不得其门。李白在嵩山和朋友元丹丘、岑勋喝酒大醉，豪情万丈，写下"天生我材必有用，千金散去还复来"。

开元二十五年（737 年），王维受到指派，策马扬鞭，奔赴大西北凉州河西节度使幕府，任监察御史兼节度判官，在路上目睹了西北地区"征蓬出汉塞，归雁入胡天。大漠孤烟直，长河落日圆"的壮观与荒凉。后来，张九龄被罢相，李林甫上台，王维失去靠山，心情郁闷，审时度势，决定人生转轨，半官半隐。唐天宝三载，王维购买宋之问位于终南山蓝田的辋川别业，倾尽其精力和财力，把房子打造成世外桃源般的休闲地，与母亲一起在此闲居。"积雨空林烟火迟，蒸藜炊黍饷东菑。漠漠水田飞白鹭，阴阴夏木啭黄鹂。山中习静观朝槿，松下清斋折露葵。野老与人争席罢，海鸥何事更相疑。"（《积雨辋川庄作》）田园牧歌，与世无争，主动疏离长安官场权力争斗中心。

就在王维主动退隐的此时此刻，李白已被唐玄宗赶出长安，继续流浪，心有不甘，继续寻找属于他自己的诗和远方。王维在辋川别业住了十七年，仕途上不求进取，专心礼佛，却不断得到重用提拔，成为官场特例。天宝十四载（755 年），王维被提拔为给事中，十一月，安史之乱爆发，王维被安禄山俘获，关押在洛阳菩提寺，安禄山明白王维的知名度和利用价值，逼迫他做伪官。王维并没有颜杲卿大义凛然、视死如归的气节，他未敢直接拒绝安禄山，假装生病拉稀，消极对抗。最好的朋友裴迪去探望他，王维在手心里写了两首诗念给裴迪，并要求裴迪心中熟记，尽快传播出去。其中，"万户伤心生野烟，百僚何日更朝天"句感情沉郁。这首《凝碧池》诗挽救了王维自己的生命和仕途。而另外一首诗道出他出狱后的想法："安得舍尘网，拂衣辞世喧。悠然策藜杖，归向桃花源。"（《菩提寺禁口号又示裴迪》）唐肃宗收复长安后，王维被连提两级，六十岁时升为正四品的尚书右丞。

纵观王维一生，仕途基本顺风顺水，生活没有吃过苦、受过累，更没有鞠躬尽瘁、死而后已地担当作为卖命干活。王维晚年出于对朝廷和命运的感恩，把后半生苦心经营的辋川别业捐献给寺院，成为简朴清静的佛教徒。而李白却在安史之乱中，不顾妻子宗氏反对，从庐山下来，豪情满怀地跟随永王李璘东巡，以失败而告终，被流放夜郎，成为笑柄。

王维是人生的大赢家，他活成了自己内心希望的样子。当他还是十五岁的翩翩少年时，就能在长安出入众多贵胄之家，左右逢源，风生水起。二十一岁中进士，少年得志。虽贬济州四年，但生活上并没有遭罪。不久，得到宰相张九龄赏识，重回朝廷。此外，杰出的音乐和绘画才能，让他处处受到欢迎。后来，奸相李林甫、杨国忠上台，打击报复异己，却从不加罪王维，反而得到三次重用，出使河西、知南选、出使榆林和新秦二郡后，又连续两次被提拔为侍御史、库部郎中、尚书右丞，正儿八经的副部级干部。晚年，捐献出辋川别业给寺院，诗集得到出版发行，青史留名，人生圆满。

俗话说，人比人得死，货比货得扔。相比王维，李白奔赴长安之路是那么地漫长和曲折！

李白因为出身商人家庭，按当时政策规定不能参加科举考试，只有谒求名人推荐，才有机会展示才华。为此，唐开元六年（718年）春天，十八岁的李白在富商爹爹的资金支持下，第一次离家远游。李白乘船沿涪江而下，拜访长平山中的道家高人赵蕤并自愿留下来，和赵蕤夫妇一起生活、学习两年。主要功课是修道、炼丹、剑术、医术、农业、养鸟、弹琴、官场秘诀和治国理论。在人生观形成的重要阶段，李白接受了赵蕤以道家为主的庞杂思想，决心要像古代的豪杰和纵横家一样，辅助明君，建功立业，功成身退。两年后李白离开赵师父，来到成都，在大街上无证行医，为人看病、喝酒、吹牛等行为，为李白留下不好的名声。李白曾献诗攀附益州长史苏颋，但苏长史并不喜欢李白的出身和张扬性格，不愿推荐他。第一次尝试，李白就碰了一鼻子灰，郁郁寡欢，离开成都，来到渝州（重庆）。当时的渝州刺史是享有文名、尤善草书的李邕。李白以为都是李姓本家，马上献上自己的诗歌，表示自己是位有志青年。"大鹏一日同风起，扶摇直上九万里。"李邕不欣赏李白过于张扬的性格，让李白很不服气，"宣父犹能畏后生，丈夫未可轻年少。""蜀道之难，难于上青天。"李白抱怨感叹，无可奈何。第二次尝试又失败了。

开元八年（720年）秋天，李白从渝州回到家乡，在县衙谋了个小差使。不久，愤然辞职，在匡山大明寺又潜心学习两年，专门研究陈子昂的诗歌，与陈子昂产生了共鸣，强调文学的激情、悲壮、内在的质朴美和精神状态的抒发表达，却不注重诗歌现有的技术规则和技巧。与此同时，王维已中进士，第二年秋天就被贬济州。王维在济州白云寺结识一位年龄相仿的僧人，两人经常在一起谈佛论诗。不久，僧人回到崇梵寺。"落花啼鸟纷纷落，涧户山窗寂寂闲。狭里谁知有人事，郡中遥望空云山。"（《崇梵寺》）青年时代的王维，慧根不浅，过早地滋生出对佛门清静的向往。而在年龄相仿的青年李白心中，万丈豪情正在又一次离家出走的路上酝酿、蓬勃和挥洒。

开元十二年（724年），李白第二次离家，坐标中原。他经万州，过三峡，到达荆州。"渡远荆门外，来从楚国游。山随平野尽，江入大荒流。月下飞天镜，云生结海楼。仍怜故乡水，万里送行舟。"（《渡荆门送别》）第二次离开四川家乡，从此李白再也没有回来过。一丝乡愁，涌上诗人心头。开元十三年（725）夏天，李白来到江夏（武汉），登上黄鹤楼，看到小自己三岁的崔颢写的"昔人已乘黄鹤去，此地空余黄鹤楼"。李白自愧不如，"眼前有景道不得"。这年秋天，李白到达九江庐山，"飞流直下三千尺，疑是银河落九天"的瀑布飞溅的水珠打在脸上和心中，让李白神清气爽。庐山以北十二公里处，有一个叫上京的小村子，那是陶渊明的故里和墓地所在，吸引李白前去拜谒。但李白和陶渊明的性情相差太远，他根本不想学，也学不来陶渊明的农夫生活。开元十四年（726年）春天，李白游历到金陵，住在自家经营的连锁商店中，挥霍潇洒，一年内"散金三十余万"，频频献诗拜访当地的官员贵胄，并开始流连青楼歌妓，"楚歌吴语娇不成，似能未能最有情"。同年夏末，李白来到扬州，病倒在小酒馆内。银子花完了，无钱买来好酒喝。"床前明月光，疑是地上霜。举头望明月，低头思故乡。"身在异乡，这些句子从他心里流淌出来。至今身居海外的华人，在节日吟诵《静夜思》，仍会热泪盈眶。扬州当地有一位崇拜李白诗歌的小公务员孟荣，出资为李白买单，还顺便把李白介绍给他在安陆的许氏朋友。安陆是安州首府，许家在当地有钱有势有名气，祖上曾有人任过宰相。许家没有亲生儿子，有位知书达理的大龄"剩女"待字闺中。孟荣极力建议李白入赘许家。李白开始很犹豫，后来到襄阳征求在鹿门山隐居的好朋友孟浩然老兄的意见。李白信任孟浩然，"吾爱孟夫子，风流天下闻"。孟浩然阅历深，年龄大，有社会经验，说服李白与许家女结婚，这更有利于以后的仕途。再说，许家丰富的藏书更吸引李白。就这样，李白当上许家的"倒插门"女婿，许姑娘成为李白的第一任妻子。李白对妻子很满意，为新婚妻子写下不少情诗，夸赞妻子"气浮兰芳满，色涨桃花然"。

李白有了许家做后盾，安居乐业，那颗不安分的心又骚动起来。开元十八年（730年）初夏，李白离开安陆，在路上游历两个多月，去往长安，投奔妻子的远房表伯许辅乾。许伯儿在宫廷做小官，为皇家御厨房提供食材。在许伯儿千方百计的帮助下，好不容易约到和宰相张说面谈的机会。李白兴冲冲地递上自制名片，上写"海上钓鳌客李白"，表示要"以虹霓为线，明月为钩，以天下无义丈夫为饵，临沧海，钓巨鳌"。宰相张说阅人无数，看到李白如此狂傲无羁，微微一笑，不露声色，和其驸马爷儿子张垍一起对李白虚伪客套一番，建议李白去拜访在终南山修炼道教的玉真公主。

李白信以为真，急匆匆地来到终南山玉真别馆求见，却吃了个闭门羹。原来，玉真公主不经常来此地。李白苦等几个月，最终也没见到，便垂头丧气回到长安。此时，许伯儿看他难成大器，已不待见他。在长安李白已无处落脚，只好漫游到彬州。彬州长史李璨也爱写诗，热情接纳李白。但没过多久，李白自命不凡的性格让李璨生厌，又把李白推给黄陵县的司马王嵩。同样，李白的性格又让王嵩不爽，给他一点钱，客气地打发李白重回长安。李白在长安无所事事，仰天长叹：

"大道如青天，我独不得出。"

开元二十年（732年）春天，李白决定返回安陆家中，转道来到东都洛阳，在大街闲逛溜达，听到酒楼歌女演唱小曲的笛声，一丝乡愁袭来。"谁家玉笛暗飞声，散入春风满洛城。此夜曲中闻折柳，何人不起故园情？"（《春夜洛城闻笛》）屈指一算，已离家三年，一无所获，不得不重回妻子身旁，想好好过日子，"酒隐安陆，蹉跎十年"。当李白在外漫游奔波、寻求仕途进步的几年里，王维则时常隐居淇水和嵩山，思考着人生的终极意义何在。

李白天生有一颗不安分的心，他需要在大地山川上不停地奔走，生命才有活力和光彩，生活才富有激情，活着才更有意义。开元二十三年（735年）春末，洛阳的朋友元演来信邀请李白，想让他同去太原，投奔任太原府尹的父亲元宏，看能否在军队建功立业。两人在太原，元宏送给李白一匹"五花马"和一件"千金裘"。不久，李白发现自己不是当兵的材料，便离开太原，又转道洛阳，遇到好朋友元丹丘。经元丹丘介绍，结识了崇拜自己的岑勋。三个人来到岑勋位于嵩山的家中，彻夜喝酒狂欢，醉酒后陷入昂奋癫狂状态。李白挥毫写下"岑夫子，丹丘生，将进酒，杯莫停。与君歌一曲，请君为我倾耳听。钟鼓馔玉不足贵，但愿长醉不复醒。古来圣贤皆寂寞，惟有饮者留其名……五花马，千金裘，呼儿将出换美酒，与尔同销万古愁"。第二天醒来，三人惊讶地回忆不起，李白怎么能写出来这么豪情的《将进酒》呢？看来，三位都喝"断片"了。

开元二十五年（737年）春天，李白又回到安陆家中。是年，李白已经三十六岁。

过了而立之年的李白待在家里，平淡如水的生活让他如坐针毡。李白打点行装，又重新上路，靠诗歌、名声挣路费，路上结识的朋友越来越多，在扬州度过一段快乐日子。李白沿着大运河，往南到无锡、苏州、杭州、温州后，又想返回安陆。中途拐弯，去襄阳看望孟浩然。但孟浩然刚刚因为接待好朋友王昌龄，不遵医嘱，吃鱼喝酒，旧病复发去世了。李白很伤心，参加完孟夫子的葬礼，来到洞庭湖散心，遇到王昌龄，告知孟浩然去世的消息和原因，王昌龄后悔不已。

辞别王昌龄，李白回到安陆。

开元二十七年（739年），李白的第一个女儿出生。此时，李白已结婚十二年，绝对晚育，李白高兴地为女儿取名"平阳"。"娇女字平阳，折花倚桃边。折花不见我，泪下如流泉。"（《寄东鲁二稚子》）"平阳"这个名字，来源于汉武帝的妹妹叫平阳。唐高祖李渊的第三个公主也叫平阳，平阳公主一生传奇，帮助亲爹李渊打天下，战死沙场。可见，李白对女儿寄予厚望。不久，李白岳父去世，许氏家族爆发矛盾，李白不胜其烦，决定全家从安陆搬到山东鲁郡。

来到鲁地，李白欲向当地著名的剑术高手裴旻学习剑术，但裴旻不愿意教他。李白嘲笑鲁国的儒生过于迂腐，"鲁叟谈五经，白发死章句。问以经济策，茫如坠烟雾"，自己则云游玩乐吃喝，"兰陵美酒郁金香"，交朋友，寻机会。开元二十九年（741年），李白生下第二个孩子——儿子伯禽。不久，妻子因病去世。为照顾家庭，抚养孩子，方便他流浪江湖，李白先后与两位邻家女子同居。"鲁女东窗下，海榴世所稀。珊瑚映绿水，未足比光辉。清香随风发，落日好鸟归。愿为东南枝，低举拂罗衣。无由一攀折，引领望金扉。"（《咏邻女东窗海石榴》）

李白一生，曾与四位女性有过家庭关系。

天宝元年（742年）夏末，李白正在泰山周边游玩，收到皇帝宣他入朝的信，喜出望外，内心瞬间膨胀。"仰天大笑出门去，我辈岂是蓬蒿人。"（《南陵别儿童入京》）李白能够得到唐玄宗的青睐，或许是朋友元丹丘通过道友玉真公主推荐的。其实，玉真公主更喜欢王维，她比王维大九岁，和王维成为"忘年交"，曾亲自帮助少年王维在长安解决住房、吃饭、科考和当官等问题。王维经常在玉真公主府上谈诗、论画、聊天。后来，有学者认为王维和李白为玉真公主争风吃醋，互不往来。这简直是胡扯淡！

鲁郡距离长安一千多公里，通常需要一个月的时间才能到达。李白接到皇帝的召唤，仅仅用了半个月的时间，便飞马而至。繁华如梦的长安，至高无上的朝堂，李白终于来了！

李白这一路曲折、悲辛地奔赴长安之路，王维是没有机会体会的。

三、情商远比智商重要

中国是个最讲究血缘和地缘的人情社会，情商远比智商重要，尤其是在官场和职场上，更是如此，何况在"伴君如伴虎"的宫廷。王维十五岁时来到长安，在进士及第之前的六年里，干谒拜访过很多达官贵人，处处受到热烈欢迎，谈笑皆鸿儒，往来无白丁。"座客香貂满，宫娃绮幔张。涧花轻粉色，山月少灯光。"（《从岐王夜宴卫家山池应教》）"林下水声喧语笑，岩间树色隐房栊。仙家未必能胜此，何事吹笙向碧空。"（《敕借岐王九成宫避暑应教》）王维成为岐王李范家里的常客，玉真公主也对他青睐有加。相比杜甫"骑驴十三载，旅食京华春。朝扣富儿门，暮随肥马尘。残杯与冷炙，到处潜悲辛"（《奉赠韦左丞丈二十二韵》）的恓惶，简直是天壤之别。

王维在朝堂之上，得到宰相张九龄的欣赏。李林甫上台，张九龄被贬，王维内心虽然郁闷，但从诗文和人情交往中，看不出他有感情起伏和怨恨。王维冷静、隐忍、退让、躲闪、远离、无为、虚空、无争，把心灵安放在终南山的辋川别业里，"行到水穷处，坐看云起时。"（《终南别业》）王维把自己变成一个对谁都无害的人。"夫与不争，是争也。"官场总是以人站队划线，王维明显是张九龄的人，是李林甫的政敌。众所周知，李林甫为人阴毒刻薄，口蜜腹剑，心狠手辣。李白曾求推荐的渝州刺史李邕是位能臣、书法家和著名诗人，最终就是被李林甫杀害的。王维感恩张九龄，周旋李林甫。在与李林甫一同扈从唐玄宗临幸温泉宫时，李林甫写了一首拍马屁诗《扈从温汤》，王维随即写下《和仆射晋公扈从温汤》唱和。"谋猷归哲匠，词赋属文宗。司谏方无阙，陈诗且未工。长吟吉甫颂，朝夕仰清风。"王维肉麻地称赞李林甫宰相无为而治，五谷丰登，智谋过人，文才出众。王维虽然不需要攀附他，但也没必要得罪他，这就是情商。

安史之乱中，王维的情商和智商表现堪称完美。安禄山不杀他，让王维做伪官，他也做了。唐肃宗不但不追究，还提拔重用他。王维周旋于官场中，或许看透了官场的险恶，他职位越高，退隐的决心越大，还经常旷工，往返于终南山辋川别业和长安之间。辋川别业有二十多处风景点，每一处都留有他与裴迪唱和的诗作，这些诗歌收录在《辋川集》中。王维在李林甫手下，左右逢源，先后升任侍御史从六品下、库部郎中从五品上、给事中从五品上的职位。在长达二十多年半官半隐的时间内，既不主动辞职，也不积极履职担当，如果按照今天各个单位或企业年终的 KPI 系统考核，绝对属于"不称职"。王维却能连续受到重用和升迁，这不是一般的情商所能达到的结果。"终年无客长闭关，终日无心长自闲。"王维在外表散淡、与世无争之下，隐藏着自己的机敏和判断。审时度势，以退为进，在诗画、佛经中找到灵魂的归处。透过袅袅升起的香火烟雾，人们看到的是一位不嗔不怨、内心放下的高人。于是，外界对其失去防备和攻击的冲动。"不见高人王右丞，蓝田丘壑漫寒藤。最传秀句寰区满，未绝风流相国能。"（杜甫《解闷十二首·之八》）王维在当官、隐居和礼佛、写诗、绘画之间，声名远扬，杜甫也不得不佩服王维为"高人"。

天宝元年（742 年），李白进入宫廷后，很快就暴露出性格缺陷和情商不足，并在一次次酒醉后不断被放大，仕途和命运由此决定。

　　当初，李白听到唐玄宗的召唤，兴奋异常。为感谢皇恩，连夜赶写一篇长文《宣唐鸿猷》，阐述自己的政治主张。最终，这篇文章被李林甫当成废纸扔掉了。李白以为"供奉翰林，随时待诏"的岗位职责很重要，飘飘然起来。翰林院的负责人是以前就看不上他的张说宰相的儿子张泊。李白拎不清自己仅是个靠写诗讨玄宗高兴的伶人而已，总想干预朝政当宰相，又不懂官场潜规则。让皇帝调羹、贵妃研墨、力士脱靴等行为，他不知这是愚蠢透顶，还津津乐道到处传播。"天子呼来不上船，自称臣是酒中仙"，醉八仙形象在社会上流传开来，对他的仕途没带来什么好处。不知不觉之间，得罪了李林甫和高力士等人。唐玄宗给李白的个人鉴定为"此人固穷相"。天宝三载（744 年）春天，李白被玄宗"赐金放还"。"君王虽爱蛾眉好，无奈宫中妒杀人。"李白根本没有弄明白为什么皇帝、大臣都不喜欢他。离开服务过两年的朝廷时，李白头戴方巾，身穿道袍，招摇过市，好像是在表演一场行为艺术，一点也不注意收敛。

　　离开长安，李白转道洛阳，遇到三十三岁的杜甫。杜甫寄住在洛阳仁风里的二姑家中，科举不中，到处求人推荐。杜甫祖父是唐高宗时的进士，也是著名的诗人、书法家，当过洛阳丞等小官，比李白的家庭出身要好得多。此时，李白在民间已成为"桂冠诗人"，江湖流传着他的不少传奇，这令杜甫很羡慕。"白也诗无敌，飘然思不群。"杜甫为李白写有十五首诗，但李白对杜甫没有太多的热情回应，"借问别来太瘦生，总为从前作诗苦"（《戏赠杜甫》）。后来，李白、杜甫和高适在开封、梁园等地相会，饮酒作乐，骑马狩猎，快活了一阵子。三人在商丘分手后，李白回到山东兖州家里。天宝四载（745 年），四十四岁的李白在济南正式加入道教，杜甫和高适也曾到李白家中相聚一段时间。"醉别复几日，登临遍池台。何时石门路，重有金樽开。秋波落泗水，海色明徂徕。飞蓬各自远，且尽手中杯。"（《鲁郡东石门送杜二甫》）有一段时间，"吾将营丹砂，永与世人别"（《古风·其五》），炼丹成为李白的日常爱好。

　　天宝五载（746 年）夏天，四十五岁的李白又一次离家出走。一路向南，到达扬州、金陵。在金陵，写下"凤凰台上凤凰游，风去台空江自流"，算是回应了崔颢。后又转到贺知章的老家会稽，凭吊恩人，再转道登上天台山。李白东游西荡，几年里都没有主业。天宝九载（750 年）左右，李白到开封重访梁园时，认识了小自己二十多岁的第二任妻子宗氏。宗氏的祖父宗楚客曾三次担任宰相，因为和韦皇后反对当时还未登基的李隆基，被上台后的李隆基报复处死。"姜家三作相，失势去西秦。"（《自代内赠》）李白再次"倒插门"入赘宗家。

新婚妻子宗氏自幼读书，颇有见识，还是虔诚的道教徒，与李白颇有共同语言。天宝十载（751年）秋天，李白来到元丹丘在南阳镇石门山上的隐居处，看好一块无主人的平地，想在此建房生活，与元丹丘相邻而居。但第二年夏天，李白一接到朋友的来信相邀，立刻改变主意，马上出发去了东北幽州节度使幕府所在地蓟县。"心随长风去，吹散万里云。羞作济南生，九十诵古文。"李白想从军建功立业，"收功报天子，行歌归咸阳"。来到部队，恰遇长安时"醉中八仙"之一崔宗之的儿子崔度。崔度告诉李白安禄山有造反企图，李白也发现疑点，趁机逃了出来。随后，接到宣城亲戚李昭的来信，便和妻子商量去宣城看看全家是否能搬去住。"众鸟高飞尽，孤云独去闲。相看两不厌，只有敬亭山。"李白的这首《独坐敬亭山》诗就写于宣城。在宣城，李白遇到自己的粉丝汪伦和族叔李华。"桃花潭水深千尺，不及汪伦送我情。"李白和汪伦的友情留下美好故事，至今人们还在传说。"长风万里送秋雁，对此可以酣高楼。"李白在宣城优哉游哉，闲逛到扬州，遇到追随他一千六百多公里的崇拜者魏颢。小魏一路收集李白的诗歌，追寻李白的足迹。后来，李白的诗集就是由魏颢编辑出版的。可惜，这部诗集遗失在兵荒马乱之中。

天宝十四载（755年）十一月，安史之乱爆发，李白当时在南京。李白的弟子武谔自告奋勇去山东接李白的儿子伯禽，李白去河南开封接妻子宗氏，两人约定在金陵会合。唐肃宗至德元载（756年）一月，安禄山在洛阳称帝，国号"大燕"。至德二载（757年）初，李白夫妇在庐山时，受到多次邀请，李白不顾妻子宗氏反对，加入永王李璘的阵营，写诗称赞永王东巡，留下把柄。不久，永王的军队和李白曾经的好朋友高适率领的皇家部队对阵失败，李白被投进浔阳的监狱，成为阶下囚。高适完胜，后成为唐朝所有诗人中的职务级别最高者。这年年末，五十七岁的李白被流放夜郎。第二年早春，走到奉节白帝城时，被回到长安的唐肃宗赦免，"两岸猿声啼不住，轻舟已过万重山"。但到了如此年龄和境地，李白并不想回家安度晚年，还希望新皇帝能宣他入京为官，结果等来一场空。

李白一生大部分时光都在路上行走，凭借天生的诗歌才华和天才般的想象力赢得很多朋友的喜欢和追慕。但是，李白缺乏自知之明，他并不清楚他自己天生不属于官场，只属于大地和山川河流及日月星辰。他不喜欢过人间烟火的生活，他喜欢的是在仙山琼阁中幻想漫游。性格和情商决定了李白没有心机，不懂权术，根本不善于和官场打交道。李白很自我，从来不管不顾别人的感受，苏颋、李邕、张说、唐玄宗、杨贵妃等，虽然很欣赏他的诗歌天才，但对他的言行举止却嗤之以鼻。李白只活在自己的精神世界和自我想象的空间里，绝对不会察言观色、逢迎献媚和口是心非。对欣赏自己的朋友杜甫、高适、孟浩然、孟荣、魏颢等人，缺乏足够的热情回应和真诚交流。安史之乱后，被投进监狱，曾经的好朋友高适都不愿搭救他。侥幸被赦免后，还不愿回家隐居，继续做着当官入长安的美梦。王维的选择则正好相反，主动疏远权力中心，半官半隐，和朋友裴迪的关系密切得如同"同性恋"。安史之乱中，裴迪成为挽救王维生命和仕途的关键人物。

在智商上，李白和王维差距不大。但是，在情商上差距是十万八千里之遥。

四、诗风是个人成长的映照

随着年龄和阅历的增长，诗人的性格、世界观和人生观都会发生变化。这种变化轨迹，一定会反映到他本人的诗歌风格转换上，这就为后人研究他们提供了重要文本。

比较王维和李白，年轻时都曾豪情万丈，欲把自己融入天宝盛世的时代洪流之中，实现儒家出仕立功的理想。为此，王维还是一位十五岁的英俊少年时，就进入长安寻找人生之路。"新丰美酒斗十千，咸阳游侠多少年。相逢意气为君饮，系马高楼垂柳边。出身仕汉羽林郎，初随骠骑战渔阳。孰知不向边庭苦，纵死犹闻侠骨香。天子临轩赐侯印，将军佩出明光宫。偏坐金鞍调白羽，纷纷射杀五单于。"（《少年行》）这样的少年如大鹏定会翱翔于九天。十六岁时，写出"狂夫富贵在青春，意气骄奢剧季伦。自怜碧玉亲教舞，不惜珊瑚持与人"（《洛阳女儿行》）。十七岁时，写出千古名句"独在异乡为异客，每逢佳节倍思亲"。诗中的王维，确实是位少年英才！

同样，李白在少年时代，想象自己是"斗转而天动，山摇而海倾"的神鸟鲲鹏。"十五观奇书，作赋凌相如""杀人如剪草，从军向临洮""托身白刃里，杀人红尘中""十步杀一人，千里不留行"，诗中的李白，侠客英雄形象呼之欲出。

青少年时代的王维和李白如果相遇，或许真能成为意气相投、携手同行的朋友。但是，王维十九岁时，精神开始发生波动，他从陶渊明的《桃花源记》中，翻写出反映自己心灵世界的《桃源行》。"初因避地去人间，及至成仙遂不还。峡里谁知有人事，世中遥望空云山。"年轻时隐居在淇水、嵩山之中。三十岁时，妻子去世，没再续娶，一生独身。看来，归隐的种子在青年王维的心中早已种下，一旦有机会，就会生根发芽。李白则不同，出川寻找前途，一边感叹"蜀道之难，难于上青天",一边又自我感觉良好地说"我本楚狂人,凤歌笑孔丘""安能摧眉折腰事权贵,使我不得开心颜"。李白欲以文入仕,辅助皇帝,却又不从孔孟之道,对《四书》《五经》等官方文本兴趣不大,却对道教、炼丹、剑术很迷恋。这本身就是理论与实践的极大矛盾,反映在其诗风上必然是忽冷忽热,脱离实际,一会儿兴高采烈,一会儿愤懑忧伤。而王维就不会这样,一直坚持走自己选择的小路,长安的金光大道让别人去拥挤踩踏吧。

王维身在朝堂,心在佛堂。比如,王维写的应制诗不少,诗风丰腴华丽,大气开张,皇帝和大臣都很高兴。"万乘亲斋祭,千官喜豫游。奉迎从上苑,被禊向中流。……从今亿万岁,天宝纪春秋。"(《三月三日曲江侍宴应制》)"銮舆迥出千门柳,阁道回看上苑花。云里帝城双凤阙,雨中春树万人家。"(《奉和圣制从蓬莱向兴庆阁道中留春雨中春望之作应制》)"九天阊阖开宫殿,万国衣冠拜冕旒。"(《和贾舍人早朝大明宫之作》)而其自己创作的诗文,则弥漫着冷寂和禅意。

天宝三载(744年),王维四十三岁时,入住辋川别业,半官半隐十七年,诗风和他的人生选择高度重合一致。"草色日向好,桃源人去稀。"(《送钱少府还蓝田》)从辋川心中的桃花源,转向佛教的空门净地。"泉声咽危石,日色冷青松。薄暮空潭曲,安禅制毒龙。"(《过香积寺》)"毒龙"就是欲念、执念。"一生几许伤心事,不向空门何处消?"必须依靠"安禅"来制服它。"君言不得意,归卧南山陲""君问终南山,心知白云外",闲云野鹤,近看山色水光,远观长安纷争,心静如水,诗风空灵。"雨中草色绿堪染,水上桃花红欲然。"(《辋川别业》)"人闲桂花落,夜静春山空。月出惊山鸟,时鸣春涧中。"(《鸟鸣涧》)"积雨空林烟火迟,蒸藜炊黍饷东菑。漠漠水田飞白鹭,阴阴夏木啭黄鹂。山中习静观朝槿,松下清斋折露葵。野老与人争席罢,海鸥何事更相疑。"(《积雨辋川庄作》)"中岁颇好道,晚家南山陲。兴来每独往,胜事空自知。行到水穷处,坐看云起时。偶然值林叟,谈笑无还期。"(《终南别业》)"屋上春鸠鸣,村边杏花白。持斧伐远扬,荷锄觇泉脉。"(《春中田园作》)"独坐幽篁里,弹琴复长啸。深林人不知,明月来相照。"(《竹里馆》)这样干净清寂的诗风,狂热的李白是断然写不出来的。

"以般若力,生菩提家。"(《赞佛文》)王维的诗风根基,在于对佛教的敬畏和坚持。王维母亲为其取名"王维",字"摩诘",组合成"维摩诘",便是他的宿命。五十岁时,母亲去世,葬在辋川。王维形容枯槁,虚空幻灭感更强,甘守寂寞,闭门礼佛。"斋中无所有,唯茶铛、药臼、经案、绳床而已。"(《旧唐书》)王维坚持素食生活,淡然闲适。"抖擞辞贫里,归依宿化城。绕篱生野蕨,空馆发山樱。香饭青菰米，嘉蔬绿笋茎。誓陪清梵末，端坐学无生。"（《游化感寺》）"我家南山下，动息自遗身。入鸟不相乱，见兽皆相亲。""青苔石上净，细草松下软。窗外鸟声闲，阶前虎心善。"（《戏赠张五弟谭三首》）王维把自己当作大自然的一分子，万物皆是朋友，门前的老虎也是善良的。南宋时，辛弃疾也曾写过"一松一竹真朋友，山鸟山花好弟兄。"可能就是受王维这几首诗的启发。

王维在辋川不喜欢热闹，对很多人的来访避而不见。唐肃宗乾元元年（758年）重阳节，杜甫来访，他也没有给老杜面子，愣是不见。实际上，不久之前，王维还曾和杜甫一起唱和贾至的早朝大明宫诗。"旌旗日暖龙蛇动，宫殿风微燕雀高。朝罢香烟携满袖，诗成珠玉在挥毫。"（杜甫）但那是在朝堂，不是在家里。再说贾至是贾至，杜甫是杜甫。杜甫虽然家庭出身比李白好，但没有考中进士，依靠向皇帝献上拍马屁的赋得到小官，王维很不屑，对杜甫兴趣也不大。"爱汝玉山草堂静，高秋爽气相鲜新。有时自发钟磬响，落日更见渔樵人。盘剥白鸦谷口栗，饭煮青泥坊底芹。何为西庄王给事，柴门空闭锁松筠。"（杜甫《崔氏东山草堂》）不过，王维的妻弟崔兴宗还是热情接待了杜甫，邀请杜甫到离辋川不远的崔家参加重阳宴饮，杜甫很是感激。"明年此会知谁健？醉把茱萸仔细看。"（杜甫《九日蓝田崔氏庄》）杜甫熟知王维十七岁时写的名句"遥知兄弟登高处，遍插茱萸少一人"，在这首诗中拿茱萸说事儿，或许是向王维暗自抱怨。

王维享年六十岁，留存在世的诗有四百多首。其中，与辋川别业有关的有几十首。其一生的诗歌精品，大都是隐居辋川时所作，辋川也因王维而出名。王维是当时著名的诗人、音乐家、书法家和画家。他的画风和诗风一致，寂静、高远、萧索、苍茫。比如，若在炎热的夏天看到他的《江山雪霁图》，心里立马凉爽和安静。可惜，现在我们看到的只是流落在日本的赝品。北宋的苏轼在《东坡题跋·书摩诘〈蓝关烟雨图〉》中说："味摩诘之诗，诗中有画；观摩诘之画，画中有诗。"苏东坡可谓是王维的隔代知音。

李白从青少年到老年，诗风中始终流淌着汪洋恣肆的天才想象力，蕴涵着感情饱满的创造力，张扬着自负炫耀的冲动力。这种诗风如天马行空，他一生从没有变化过。

开元十九年（731年）春天，李白在终南山寺庙寄宿时，也曾与山人斛斯隐士为邻。"暮从碧山下，山月随人归。却顾所来径，苍苍横翠微。相携及田家，童稚开荆扉。绿竹入幽径，青萝拂行衣。欢言得所憩，美酒聊共挥。"（李白《下终南山过斛斯山人宿置酒》）隐居田园，并不是李白真正想要的生活。"我从此去钓东海，得鱼笑寄情相亲。"（《猛虎行》）隐居山林，李白也只是嘴上说说而已。安史之乱中，头脑发热冲动，慷慨激昂地从庐山家中冲向战场。"试借君王玉马鞭，指挥戎虏坐琼筵。南风一扫胡尘静，西入长安到日边。"（《永王东巡歌十一首（其十一）》）永王被杀、流放途中侥幸被赦免后，居然还不甘心，这才是李白的真面目。

唐肃宗乾元三年（760年）春天，李白来到江夏，秋天来到巴陵，遇到在长安时期的好朋友贾至和远房叔叔李晔。三人登上岳阳楼，远望洞庭湖。"日落长沙秋色远，不知何处吊湘君。"想到屈原，李白心中涌起悲凉沧桑之感。"记得长安还欲笑，不知何处是西天。"唐肃宗上元二年（761年）春天，李白回到南昌，终于和妻子团聚。妻子宗氏却已投奔在庐山修炼的道教老师李腾空，李腾空就是奸相李林甫的女儿。"君寻腾空子，应到碧山家。……若爱幽居好，相邀弄紫霞。"（《送内寻庐山女道士李腾空》）李白把妻子宗氏送上庐山，自己又踏上旅程，先去南京，再决定投奔在当涂当县令的亲戚李阳冰。这年年底，李白病重，李阳冰任期满，需要到长安复命。李阳冰担心李白的病情，派人寻找李白的妻子和孩子。儿子伯禽来到当涂照顾李白，妻子宗氏却从未下山看李白一眼。李阳冰帮伯禽在当涂盐场找到一份差事，又给李白留下一些银子，匆匆回到长安复命。临别之际，李白把所有先存的诗稿交给李阳冰，安排后事，感叹命运不公。"大鹏飞兮振八裔，中天摧兮力不济。馀风激兮万世，游扶桑兮挂左袂。后人得之传此，仲尼亡兮谁为出涕！"（《临终歌》）谁能传说我的故事？又有谁愿为我的不幸哭泣呢？

事实上，李白的才华并没有被后人遗忘。

唐代宗广德元年（763年），魏颢履行九年前的承诺，将李白的诗歌结集出版为《李翰林文集》。李阳冰也不负重托，帮助李白出版诗集《草堂集》，并撰写序言，称李白"千载独步，为公一人"。这两部作品，大约收集了李白一千多首诗文。第二年（764年）初，朝廷的诏书送达当涂县，宣任李白为左拾遗，立即进京上任，好友杜甫也曾任过该职。然而，李白已去世一年多了。

转眼三十多年过去，唐德宗贞元十五年（799年），二十八岁的白居易来到当涂，寻找到李白墓祭拜，并深情写下："采石江边李白坟，绕田无限草连云。可怜荒垄穷泉骨，曾有惊天动地文。但是诗人多薄命，就中沦落不过君。"（《李白墓》）

又过去五十多年之后，李白朋友的儿子范传正任宣州观察使，他找到李白的后代——伯禽的两位女儿，即李白的两位孙女。她们皆为农妇，不识字，对诗歌一无所知，所嫁的丈夫也是当地农民。范传正问她们有何要求，她们仅希望将爷爷的坟墓迁到当涂县南郊的"谢公山"中，与偶像谢朓为邻。范传正同意，出资为李白建了一座新墓。范传正又建议她们改嫁到官宦人家，却被她们拒绝，表示甘愿接受贫穷的婚姻命运，为了自己过舒服日子而抛夫弃子，愧对地下的爷爷。范传正尊重她们的选择，让当地县衙免除她们家的赋税和杂役。范传正亲自为李白写下的碑文，成为后人研究李白生平的重要资料。其中，详细记述他与李白两位孙女的见面情况。李白的两位孙女在贫穷中过着平静的生活，让人敬佩，不愧李白的遗传基因。

比较王维和李白的诗风，基本能够印证这两位天才人物迥异的人生轨迹和心路历程。

王维早期的诗风，少年老成，感情丰富，仿佛一生下来就成熟持重。青年时期，隐居淇水、嵩山，与僧人交往甚密，礼佛吃素。三十岁妻子去世后，没再续娶，没有女友，没有子女。在王维的诗歌里，从没有写过爱情，清心寡欲，心如枯井。母亲对他的影响最大，他与母亲深情相依，性格温润如玉，不激烈、不偏执，不放纵。这种性格特质，大都来自先天基因，而不是后天客观改造。王维一生和裴迪交好，与弟弟王缙的深情如后来北宋的苏轼和苏辙。安史之乱后，弟弟甘愿降职，以抵王维当伪官之罪。后来，王缙官至宰相，收集并出版了哥哥的诗集。母子和兄弟的亲情，滋养着王维的内心，其送别诗、思乡曲皆是感情内敛，意味深长，哀而不伤，伤而不怨。"劝君更尽一杯酒，西出阳关无故人""独在异乡为异客，每逢佳节倍思亲"，这些名句都已成为千古绝唱。中年之后，王维以辋川别业的二十多处山色水景为意象，与裴迪唱和，写出《辋川集》。

王维平时醉心读经、作画，诗风固定在空灵冷寂、禅意佛界、清静无为和简古高远的境界。"空山新雨后，天气晚来秋。明月松间照，清泉石上流""松风吹解带，山月照弹琴""荆溪白石出，天寒红叶稀。山路元无雨，空翠湿人衣"，这些诗歌，都是白描眼前和心中的风景，没用任何典故，文字简单，但诗歌所表达的意境美却有一种说不出来的好，让人品味无穷。有人说王维是学习东晋陶渊明的田园诗，其实不然。陶渊明写的是"闲"和"穷"，王维写的是"闲适"和"满足"。王维在官场富贵和退隐清静之间找到很好的平衡点，他绝对受不了陶渊明的贫苦，饥饿冷冻比仕途失意更难让他忍受。在贫困状态之下，谁也写不出禅意满满的诗来。陶渊明贫困潦倒，有时靠乞食、讨酒过生活，陶渊明的诗在平淡中充满哀伤和苦痛。王维的诗则没有抱怨、愤懑，只有冷寂，没有热情，更无激情，没有人间烟火俗气。在辋川，王维也会到田野山川去看看野花、抚摸绿草、蹚蹚溪水，也会主动唱和陶诗，但他绝不会去"种豆南山下，草盛豆苗稀。晨兴理荒秽，带月荷锄归"（陶渊明《归居田园》）。事实上，王维曾写诗嘲讽陶渊明"小不忍"，则成饥寒交迫之状。而以李白的性情，则更不会去亲自下田耕地，也不会去唱和陶渊明的田园诗。

李白崇尚道教，炼丹，不尚佛教。生活中从未安分，一生先后有过四位女人，但大部分时间都处于分居状态。李白病死在当涂，最后一任妻子宗氏并不在身边。李白很爱自己的女儿平阳和儿子伯禽，但并未尽到父亲的养育之责。与王维不同，李白诗文中，从没有提及过自己的母亲和兄弟。李白活在自己的精神世界里，激情四射，我行我素，自以为是，不知进退，不惧规则，自负冲动。这些性格，成就了李白天才的创造力。在心智上，李白是一位永远也长不大的青少年，诗风从没有，也不想，更不会改变。李白的诗歌，很多以月亮为意象。月亮高洁、纯粹与永恒，是仙境，是乡愁，是梦幻，看得见，却抓不住。在皎洁的月光之下，李白幻化为"谪仙"。正如很多李白研究者所总结的那样，李白在寻找人生理想的艰苦跋涉中，他从历史上真实存在着七情六欲的李白，变化为诗人自我创造的李白，再到后人和今天的人们从历史文化想象中所创造出的立体、丰满、可爱、可怜的李白。

王维和李白的诗风差异，都是古代文人士大夫"仕"和"隐"内心矛盾冲突的文学反映。"进"或"退"，构成他们个人成长的印证。王维在淇上、嵩山、辋川隐居，远观和放下，很好地解决了自己的内心冲突，成为一位在音律、诗文、绘画、书法、佛教、古琴等艺术方面都有很高造诣的全才。他能把自己的生活安顿成清寂、禅意的诗风样子，又能得到朝廷的喜欢和提拔，确实是后人不可复制的成功典型。李白的性格与追求、志向远大而情商低下的矛盾，一直没有解决，也不可能解决。他走南闯北，不停地奔走吟咏，性情中人，活得自由。

李白和王维这两位天才人物，都活得很自我。

王维和李白，生活在盛唐到中唐的转折时期，确实很幸运，赶上了好的时代。盛唐的繁华，需要李白的诗歌。当时李白在社会民间的知名度要高于王维。等到了两宋时期，文人画兴起，北宋文人开始对王维的诗书画感兴趣，苏轼则是重要推手之一。苏轼认为，王维的画艺超过吴道子。到了明清时期，王维的诗歌才得到追捧，甚至认为超越李杜，成为第一。而在唐代时期的长安，王维的职务和名声要远超过李白一大截。

王维和李白，之所以在生前擦肩而过，没有握手。我认为不是因为家庭出身不同，不是因为个人的仕途路线不同、诗文风格不同，也不是因为两人崇奉的佛教和道家有异。其原因是两个人气味不相投。人与人之间的关系和缘分谁也说不清楚，社会生活中我们经常遇见这样的事实，即使是从没有交集和恩怨的两个人，一见面就不对味，没来由地相互排斥和讨厌。王维和李白相看生厌的背后，或许是王维看不上李白的偏执狂放性格和情商低下。李白不主动找王维拉关系，不是因为他在王维面前缺乏自信，而是他压根不清楚谁才是真正喜欢和愿意倾心尽力帮助他的人。

今天，假如穿越到唐代，您若是王维，是否愿意和李白真心诚意地喝上一杯呢？

草堂内外的白居易

很多人都熟悉陶渊明的东篱敝庐、杜甫的成都草堂、苏轼的黄州雪堂。其实，白居易被贬江州司马时，也在庐山建有一座草堂。草堂距离陶渊明采菊见南山的故居并不太远。后来，这里成为一处著名的风景名胜。

此外，值得玩味的是白居易作为唐代"诗魔"，他的人生理想和追求在建草堂时就开始"滑坡"。"诗魔"的"中隐"人生，就是在这里逐渐修炼而成的。

事情还要从唐元和十年（815年）说起。这年，在宰相武元衡遇刺身死一事上，白居易忠耿直言，越位先于谏官言此事，多嘴多舌。同时，受到道德上有所谓"浮华无行""甚伤名教"瑕疵的攻击后，从宫官太子左赞善大夫这个较好的职位上，被贬为江州司马。谏言本是他的职责所在，道德瑕疵纯属污蔑。但得罪皇帝，贬他没商量。

白居易来到江州，转眼就是一年。既然不知何时才能重回长安，干脆在这里扎根吧。

元和十一年（816年）秋天，在风景如画的庐山，白居易在郡守的陪同下，亲自到北麓香炉峰下选址，准备设计并营建一座草堂。第二年春天，草堂顺利落成后，白居易亲自邀请到河南的元集虚、范阳的张允中、南阳人张深之、东西二林寺的长老等二十二位好朋友，摆上斋饭茶果，吟诗品茗，举行简单的庆祝仪式。

此后，白居易在草堂隐居近三年，并撰有《庐山草堂记》。文中详细描述周围的美妙风景和居住在草堂里的心理享受。"春有锦绣谷花，夏有石门涧云，秋有虎溪月，冬有炉峰雪。阴晴显晦，昏旦含吐，千变万状，不可殚纪，覙缕而言，故云甲庐山者。"居住此地，真如神仙般自在享受。

仁者乐山，智者乐水。都城长安没有这等绝妙美景。在山水之间建一座草堂，读书写诗，安放身心，精神闲适愉快。"何以洗我耳，屋头飞落泉。何以净我眼，砌下生白莲。左手携一壶，右手挈五弦。傲然意自足，箕踞于其间。兴酣仰天歌，歌中聊寄言。"(《香炉峰下新置草堂，即事咏怀，题于石上》)学习先贤古人许由洗耳，淡泊名利。醉酒狂歌，颇有陶渊明风采。居住在这里，仰观山，俯听泉，傍睨竹树云石。住上一天，精神舒畅安宁；住上两天，身心恬美通泰；住上三天，感觉妙不可言。郡守很关照我，庐山以灵胜美景抚慰我心。如此天地人和，夫复何求？夜深灯下，白居易兴奋地写信给元稹，分享此地的美妙风景。"封题之时，不觉欲曙。举头但见山僧一两人，或坐或睡。又闻山猿谷鸟，哀鸣啾啾。"白居易夜不能寐，在信中一直聊到东方欲晓。

境由心造，心随境换。草堂窗外的风景，确实让白居易沉迷忘我。草堂内的家具陈设，更是让白乐天清心寡欲。白居易的草堂装饰，走的是极简路线。堂中，设四个木榻，二扇素屏，一张漆琴。另有儒、道、佛书各三两卷。建房所用的木材，仅用斧子砍削成型，没有用油漆彩绘。墙壁涂上泥巴即可，不再用石灰粉刷白。砌台阶所用的石头是从山间捡拾来的，窗户用白纸糊成，帘子用竹子所编，帐幕用麻布织就。这些装修风格简洁又环保。

尤其是书房，最能体现文人的个性和审美趣味。白居易设在草堂里的书房，同样是极简风。摆放一根朱藤杖，帮他远行，登山游玩；一张蟠木几，方便他坐卧其上，憩息冥想；二扇素屏风，掩屏隔离睡觉。元和十三年（818 年）的一天，夜深人静，月光如水，白居易独自一人抚琴。"蜀桐木性实，楚丝音韵清。调慢弹且缓，夜深十数声。入耳淡无味，惬心潜有情。自弄还自罢，亦不要人听。"(《夜琴》)琴声如诉，从草堂窗户飘出，在山野间消失。这饱含来自天际的幽情，只有他自己能听得见，听得懂。

这三件极简风格的家具，确实是白居易的最爱。他为每件家具各赋诗一首，组成《三谣》，极富文人情怀。仔细品读，其实这正是白居易身居草堂时内心世界的自我观照，也是他内心思想情绪的真实表达和寄托。其中的《蟠木谣》是这样唱的："蟠木蟠木，有似我身。不中乎器，无用于人。下拥肿而上蟠菌，桷不桷兮轮不轮。天子建明堂兮，既非梁栋；诸侯斫大辂兮，材又不中。唯我病夫，或有所用。用尔为几，承吾臂、支吾颐而已矣。不伤尔性，不枉尔理。尔怏怏为几之外，无所用尔。尔既不材，吾亦不材，胡为乎人间裴回？蟠木蟠木，吾与汝归草堂去来。"

如同现在中年油腻男标配把玩的手串，几案也是古代文人的标配。《庄子·齐物论》曰："南郭子綦几而坐，仰天而嘘。"那时还没有发明现在的椅子凳子，古人坐在"隐几"上玄思长歌，这是很时尚的做派。文人的几案，以用珍稀的木材和华贵的装饰为美。白居易只有"不中乎器，无用于人"的蟠木几。白居易把这样的材质比喻成自己，身段放得低到尘土之中，从心理上已经接受这一事实，即江州司马不过是一个"不器"的"病夫"罢了。

白居易在蟠木几上侧身而卧，对着围在身边的两扇素屏风自言自语，内心独白，随口吟成一首《素屏谣》："素屏素屏，胡为乎不文不饰，不丹不青？当世岂无李阳冰之篆字，张旭之笔迹？边鸾之花鸟，张璪之松石？吾不令加一点一画于其上，欲尔保真而全白。"白居易对着素屏风一连串的自问，表白自己从不流俗于社会上的喧哗与骚动。素屏风为白居易建构出无欲无求的精神世界。"吾于香炉峰下置草堂，二屏倚在东西墙。夜如明月入我室，晓如白云围我床。我心久养浩然气，亦欲与尔表里相辉光。"（《素屏谣》）清风明月本无价，陪伴草堂里的自己。白云透过窗户来来往往，环绕在我的床边，在心中涵养着浩然之气。

与那些表面的光鲜相比，《孟子》所强调的"浩然之气"，更能体现一个文人的价值。

"尔不见当今甲第与王宫，织成步障银屏风。缀珠陷钿贴云母，五金七宝相玲珑。贵豪待此方悦目，晏然寝卧乎其中。素屏素屏，物各有所宜，用各有所施。尔今木为骨兮纸为面，舍吾草堂欲何之？"（《素屏谣》）豪门大族家里的屏风装饰豪华，这是社会普遍潮流。白居易不愿赶时髦，草堂内的屏风和蟠木几一样"不材"，只追求器物本真的素雅。它们只有放置在白乐天的草堂之中，才能找到合适的位置，实现自身价值，与主人成为平等的朋友。这一切，很有《庄子》的"虚室生白，吉祥止止"的味道。

此时，四十四岁的白居易正值壮年，却用朱藤做了一柄手杖。平时把玩欣赏，出门策杖远游。他还专门写了首《朱藤谣》："朱藤朱藤，温如红玉，直如朱绳。自我得尔以为杖，大有裨于股肱。……唯此朱藤，实随我来。……吾独一身，赖尔为二。或水或陆，自北徂南。泥黏雪滑，足力不堪。吾本两足，得尔为三。紫霄峰头，黄石岩下。松门石磴，不通舆马。吾与尔披云拨水，环山绕野。二年踏遍匡庐间，未尝一步而相舍。虽有佳子弟、良友朋，扶危助蹇，不如朱藤。嗟乎，穷既若是，通复何如。吾不以常杖待尔，尔勿以常人望吾。朱藤朱藤，吾虽青云之上，黄泥之下，誓不弃尔于斯须。"朱藤手杖，如同现在人的手机一样，成为身体的另外一个重要器官。在这寂寞无助的江州，藤杖比良朋子弟还管用。以后，不论高低贵贱，我们永不相弃。

庐山草堂里，白居易斜卧在蟠木几上，手里摩挲把玩着朱藤杖，欣赏着围在对面的素屏风，以此简单的家具反观内心，不断地反思自己，为何落到这个地步，以后的人生之路该怎么走？

白居易写信向元稹"吐槽"：我们曾共同发起诗歌"新乐府"运动，欲发挥文学"上以诗补察时政，下以歌泄导人情""上下通而一气泰，忧乐合而百志熙"之作用，最终实现"天下和平"的儒家理想。我们写讽喻诗，目的是忠君报国，尽到一名谏官的岗位职责。这有什么错呢？错在自己太天真了！不知道那些讽喻诗会得罪那些不能得罪的大人啊！

白居易每每想到此，心情非常沉痛，继续和元稹反省检讨自己。"凡闻仆《贺雨》诗，众口籍籍，以为非宜矣；闻仆《哭孔戡》诗，众面脉脉，尽不悦矣；闻《秦中吟》，则权豪贵近者，相目而变色矣；闻《登乐游园》寄足下诗，则执政柄者扼腕矣；闻《宿紫阁村》诗，则握军要者切齿矣！大率如此，不可遍举。不相与者，号为沽誉，号为诋讦，号为讪谤。苟相与者，则如牛僧孺之诚焉。乃至骨肉妻孥，皆以我为非也。其不我非者，举世不过三两人。"（《与元九书》）中唐时代，虽然还没有"文字狱"，但写这些讽喻诗，确实很容易得罪各种圈子。

元和三年（808年）冬，白居易曾写《贺雨》诗。诗中主题歌颂当今皇上圣明，关心农业生产。大旱之年，皇帝下罪己诏，感天动地，天降喜雨，丰收有望。"自冬及春暮，不雨旱爞爞。上心念下民，惧岁成灾凶。遂下罪己诏，殷勤告万邦。帝曰予一人，继天承祖宗。忧勤不遑宁，夙夜心忡忡。……小臣诚愚陋，职忝金銮宫。稽首再三拜，一言献天聪：君以明为圣，臣以直为忠；敢贺有其始，亦愿有其终。"这首《贺雨》诗，前一部分很好，全是拍马屁味道，末句却狗尾续貂，对皇帝提出"敢贺有其始，亦愿有其终"的希望。白居易要求宪宗皇帝以后做好事一定要有始无终，为求雨做一件好事并不难，难的是一辈子为天下苍生做好事。白居易以一位翰林学士左拾遗的身份，胆敢要求并教育皇上，有点太不懂官场规矩。

白居易的另一首《哭孔戡》诗，更是胸无城府，把自己的心思暴露无遗，成为众矢之的是必然的结果。"洛阳谁不死，戡死闻长安。我是知戡者，闻之涕泫然。戡佐山东军，非义不可干。……贤者为生民，生死悬在天。谓天不爱人，胡为生其贤？谓天果爱民，胡为夺其年？茫茫元化中，谁执如此权。"历史上，孔戡官阶不高，名气却不小，他以敢顶撞上司提意见而著名。元和五年（810年），孔戡去世后，韩愈曾为他作墓志铭，记载他的正人君子言行。白居易写《哭孔戡》诗，高调歌颂他正直高尚的品质，赞美孔戡完全不顾个人得失，公开坚持自己的政治主张。在利禄功名面前，主动畏避退让，每一位正派官员都应向他学习，对孔戡的去世深表哀悼。白居易赞美孔戡，等于公开表白自己也很正派，自然得罪了那些尸位素餐之辈。

另外一首《秦中吟》诗，似乎问题更严重。这一组诗共有十首，"一事一议"，批评时政，对当时不良的社会现象直接揭露抨击。"厚地植桑麻，所要济生民。生民理布帛，所求活一身。……奈何岁月久，贪吏得因循。浚我以求宠，敛索无冬春。……幼者形不蔽，老者体无温。悲喘与寒气，并入鼻中辛。……夺我身上暖，买尔眼前恩。进入琼林库，岁久化为尘。"其中的《重赋》诗，直接批评老百姓不堪赋税之重。黎民百姓缺衣少食，财物却进入国库后，日久无用，终化为灰尘。《轻肥》诗直接抨击权力已经坐大的宦官集团，得罪了"权豪贵近者"。而《不致仕》诗，则直接点名批评年老却不肯退休的"老干部"们，包括口碑一向不错的杜佑。后来，杜佑的孙子杜牧因此对白居易耿耿于怀。

此外，正如白居易所检讨的那样，《登乐游园望》和《宿紫阁山北村》两首诗，更是捅了大马蜂窝，就连妻子儿女都不能理解，何况他人？

据《旧唐书·元稹传》记载："宿敷水阁，内官刘士元后至，争厅，士元怒，排其户，稹袜而走厅后。士元追之，后以箠击伤稹面。执政以稹少年后辈务作威福，贬为江陵府士曹参军。"原来，宦官刘士元和元稹打了一架，元稹的脸被击伤。起因是元稹早已先行住进客厅，宦官刘士元不讲究先来后到，冲进去强迫元稹让离，还动手把人打伤。后来反咬一口，诬说元稹年纪轻轻，作威作福。结果，贬谪元稹到江陵。白居易和元稹是好哥们，想打抱不平，把此事和孔戡之死作类比。"孔生死洛阳，元九谪荆门。可怜南北路，高盖者何人。"（《登乐游园望》）想为好友元稹鸣不平，欲追究被贬的真相，自然得罪了宦官集团。

白居易的《宿紫阁山北村》诗，以亲身经历为题材，直截了当地抨击宦官领导下的神策军。说他们像强盗一样，抢夺老百姓的私人财产。"晨游紫阁峰，暮宿山下村。村老见余喜，为余开一尊。举杯未及饮，暴卒来入门。紫衣挟刀斧，草草十余人。夺我席上酒，掣我盘中飧。主人退后立，敛手反如宾。中庭有奇树，种来三十春。主人惜不得，持斧断其根。口称采造家，身属神策军。主人慎勿语，中尉正承恩！"

中尉是神策军的直接领导，而其人正得到皇帝的恩宠。神策军的表现如同杜甫《石壕吏》中的恶吏。诗中揭露神策军的罪恶，甚至对皇帝也含沙射影。白居易胆子够肥！结果又得罪了军队里的高官。

白居易前半生写有很多讽喻诗，似匕首刀枪，把皇帝宰相、贵胄宦官、老干部和军队高官都得罪了一遍。加之，白居易还创作一组五十首诗构成的《新乐府》，也像《秦中吟》那样，一事一议，直接批判中唐社会生活中的污浊现象，四面树敌。像他这样的"愤青"，在官场肯定处处碰壁。

就像刚踏入社会的大学生一样，青年时代的白居易意气风发，锋芒毕露，家国情怀，理想丰满。但他还不清楚官场是一个必须尊重皇帝和各方领导的地方，水平高低和是非标准，没有一个数据模型来精准衡量，是一个内卷严重的名利场。

白居易悟性极高，很快明白过来，并且做出改变的行动力极强。白居易及时把官场这一套吃透了，弄清弄懂了平安为官的算计和谋略。"大隐住朝市，小隐入丘樊。丘樊太冷落，朝市太嚣喧。不如作中隐，隐在留司官。似出复似处，非忙亦非闲。不劳心与力，又免饥与寒。终岁无公事，随月有俸钱。"（《中隐》）在庐山草堂，白居易想明白这些，并从前辈诗人中找到共鸣。其他人的命运起伏曲线，借以经验教训，也可用来抚慰内心。"诗人多蹇，如陈子昂、杜甫，各授一拾遗，而屯剥至死。孟浩然辈，不及一命，穷悴终身。近日，孟郊六十，终试协律；张籍五十，未离一太祝。彼何人哉！况仆之才又不逮彼。今虽谪佐远郡，而官品至第五，月俸四五万，寒有衣，饥有食，给身之外，施及家人。亦可谓不负白氏之子矣。"（《与元九书》）白居易认为，初唐和盛唐的许多诗人都比自己有才气，仍穷困潦倒一生，比自己还凄惨。自己能保住五品官，每个月有四五万薪俸，全家人吃穿不愁，应该懂得知足常乐，感恩生活。用别人的酒杯，浇自己的块垒，这才是聪明人。从白居易聊以自慰的话中，可以看出他对仕途官位和俸禄待遇很在乎。很快，他就不再写讽喻诗了，诗歌创作转向为闲适诗。

在庐山草堂，白居易的人生态度由"愤青"迅速转变为一个求稳求安、谦退自保的官场老狐狸。此后，白居易周旋在官场和文坛中，左右逢源，明哲保身，事不关己，高高挂起。他察言观色，名利双收，优游一生，寿终正寝。妥妥的人生大赢家。

白居易有一首《放鱼》诗，专门在诗题下注明"自此后诗到江州作"。"晓日提竹篮，家僮买春蔬。青青芹蕨下，叠卧双白鱼。无声但呀呀，以气相煦濡。……放之小池中，且用救干枯。水小池窄狭，动尾触四隅。一时幸苟活，久远将何如。怜其不得所，移放于南湖。南湖连西江，好去勿踟蹰。施恩即望报，吾非斯人徒。"家僮出去买菜，买回来两条活鱼。白居易先把它们放养在池子里，再放到连通着大江的南湖里去，让它们相忘于江湖。特别声明自己放生，并不追求报答。白居易写这样放生活鱼的诗通俗易懂，"老妪能解"，不会得罪任何人。

"浔阳江头夜送客，枫叶荻花秋瑟瑟。"草堂建成的那年秋天，白居易到江边送别客人，船上邂逅琵琶女，叹息"同是天涯沦落人，相逢何必曾相识"，感同身受，"江州司马青衫湿"。人生无常，韶华易逝，荣枯常换，仿佛春梦一场。从琵琶女的身上，白居易看到了未来的自己。故此，人生道路需要及时做出改变。

在浔阳江头，白居易曾留下《浔阳三题》，管中窥豹，可见其思想转变的草蛇灰线。白居易只说植物不说人，还专门在诗前加有小序："庐山多桂树，溢浦多修竹，东林寺有白莲华，皆植物之贞劲秀异者，虽宫闱省寺中，未必能尽有。夫物以多为贱，故南方人不贵重之。至有蒸爨其桂，剪弃其竹，白眼于莲花者。予惜其不生于北土也，因赋三题以唁之。"白居易先对着桂树感慨。"偃蹇月中桂，结根依青天。天风绕月起，吹子下人间。飘零委何处，乃落匡庐山。生为石上桂，叶如剪碧鲜。枝干日长大，根荄日牢坚。不归天上月，空老山中年。庐山去咸阳，道里三四千。无人为移植，得入上林园。不及红花树，长栽温室前。"（《庐山桂》）桂树本是从月亮之上下凡到人间的，生长在庐山上，却无人稀罕。更没人想着把它移植到长安皇家园林中，享受至高礼遇，还不如那些温室里的花朵待遇高呢，还是现实主义些吧。

白居易又对着修长的青竹伤感。"浔阳十月天，天气仍温燠。有霜不杀草，有风不落木。玄冥气力薄，草木冬犹绿。谁肯溢浦头，回眼看修竹。其有顾盼者，持刀斩且束。剖劈青琅玕，家家盖墙屋。吾闻汾晋间，竹少重如玉。胡为取轻贱，生此西江曲。"（《溢浦竹》）

秋日江南草未凋，青青翠竹万丈高。黄河流域珍贵如玉的青青翠竹，在江州被人们肆意砍伐，烧锅盖房，没有谁愿意多看它一眼。这修竹，真是生长错了地方。看来，找准自己的合适位置更重要。

最后，白居易再对着白莲花叹息。"东林北塘水，湛湛见底清。中生白芙蓉，菡萏三百茎。白日发光彩，清飙散芳馨。泄香银囊破，泻露玉盘倾。我惭尘垢眼，见此琼瑶英。乃知红莲花，虚得清净名。夏萼敷未歇，秋房结才成。夜深众僧寝，独起绕池行。欲收一颗子，寄向长安城。但恐出山去，人间种不生。"（《东林寺白莲》）东林寺的白莲，清寂幽香。夜深人静的时候，绕池观赏。我想把种子寄到长安去，又担心山外污染严重，水土不服，开不出圣洁的花来。

白居易对着草堂外的这三种植物倾诉心曲。其实是说给他自己听的。那棵桂树、那片修竹和那朵白莲，何尝不是他的影子呢？

白居易在灯下继续对元稹大倒苦水。"唐兴二百年，其间诗人，不可胜数。所可举者，陈子昂有《感遇》诗二十首，鲍防有《感兴》诗十五篇。又诗之豪者，世称李、杜。李之作，才矣，奇矣，人不迨矣！索其风雅比兴，十无一焉。杜诗最多，可传者千余首。至于贯穿今古，覙缕格律，尽工尽善，又过于李焉。然撮其《新安》《石壕》《潼关吏》《芦子关》《花门》之章，'朱门酒肉臭，路有冻死骨'之句，亦不过三四十首。杜尚如此，况不迨杜者乎？仆常痛诗道崩坏，忽忽愤发，或废食辍寝，不量才力，欲扶起之。"（《与元九书》）白居易自认为比不上陈子昂、李白和杜甫他们的才气，有感于杜甫批评时政的诗占比太少，老杜应该多写一些才对。面对当前"诗道崩坏"的局面很痛心，自己本想发愤图强、废寝忘食地工作，充分发挥讽喻诗"救济人病，裨补时阙"的作用。结果，碰了一鼻子灰后，变得聪明灵活多了。

后来，"牛李党争"愈演愈烈，人人自危。白居易一直作壁上观，悠然处之，没有受到任何影响。"放心于自得之场，置器于必安之地，优游卒岁，不亦贤乎。"（《旧唐书·白居易传》）晚年退隐洛阳后的白居易，居住在东都自家园子里，"樱桃樊素口，杨柳小蛮腰""绿蚁新焙酒，红泥小火炉"，幸福快乐地活到近八十岁，成为诗人中不多见的老寿星。

在庐山草堂，白居易决定放弃讽喻诗的写作，这是他在向青年时代的理想主义告别。既是他的理智成熟期，也是他思想滑坡的开始。在这一点上，虽然他自称"我有鄙介性，好刚不好柔。"（《折剑头》）但他确实不如韩愈和杜甫。其实，白居易在被贬江州之前，思想也曾动摇过，说明他并不是一位坚守理想主义的士人。

元和五年（810年），白居易刚刚三十九岁，他吟咏文人书房里必备的《隐几》诗，描述自己的生命状态。"身适忘四支，心适忘是非。既适又忘适，不知吾是谁。百体如槁木，兀然无所知。方寸如死灰，寂然无所思。今日复明日，身心忽两遗。行年三十九，岁暮日斜时。四十心不动，吾今其庶几。"这首诗题目写隐几，但实物却并没有在诗中出现，隐几成为他的精神意象。白居易遗忘身外之物，身心处于一种"超然无思"的状态。这种"心适"下的玄思，有点像"庄周梦蝶"。可见，白居易的这张隐几和五年后草堂里的那张蟠木几一样，只是他生命情状的寄托而已。

"三间茅舍向山开，一带山泉绕舍回。山色泉声莫惆怅，三年官满却归来。"（《别草堂三绝句》）元和十三年（818年），白居易调任四川忠州刺史。经过庐山草堂的精神修炼和思想蜕变，他在忠州东坡开垦荒地，广种果树，减免赋税，造福百姓。"无论海角与天涯，大抵心安即是家。路远谁能念乡曲，年深兼欲忘京华。忠州且作三年计，种杏栽桃拟待花。"（《种桃杏》）白居易的这种心态，被后来北宋黄州时的苏轼照本全收了。

山不在高，有仙则名。斯是陋室，唯吾德馨。在中国古典文学史上，陶渊明在故乡的敝庐、杜甫在成都和白居易在庐山的草堂、苏东坡在黄州的雪堂，虽然都很简陋，却安放了他们的身心，滋养了他们的精神，催生出一代古典文学巨匠。

"晚来天欲雪，能饮一杯无？"一千一百多年前的大雪天，白居易盛邀好友刘十九来家里围炉喝酒夜话，我不知刘十九是否真来陪他了？可2023年元旦节日，京城仍是疫情肆虐，"阳"群满坡。为驱逐孤寂，我便拉来白乐天陪我谈心聊天，迎接这冬阳温暖人间的新年。

以上，便是昨夜我和白乐天闲侃之记录也。

唐朝的浪漫

> 洞房昨夜停红烛，待晓堂前拜舅姑。
> 妆罢低声问夫婿，画眉深浅入时无。（朱庆馀《近试上张水部》）

这首浅显易懂、柔情蜜意的唐诗，很容易让人联想到新婚燕尔的甜美时光。洞房花烛之夜后，清早新娘子起床精心梳洗打扮一番，按照风俗习惯，须到堂前给公婆请安。临去之前，弱弱地问新郎自己的眉毛画得合不合适、好不好看，能否讨得公婆欢心呢？一位眉眼羞答答、笑眯眯，心里忐忑不安的美丽新娘形象呼之欲出。但仔细看看这首诗的题目《近试上张水部》后恍然大悟，你不得不为唐朝的浪漫而感慨。

原来，按照唐朝科举考试惯例，考生要在考试前"干谒"名人，即将自己的作品递送给当时有地位、有权力、有名气的官员或主考官，希望得到他们的推荐和关照。否则，名落孙山是大概率事件。这首诗就是朱庆馀参加科举考试前后，专门递送给张籍的，想打听一下自己考试进士及第的可能性。此类保密事情，不便明说，只好暗喻。他把自己比喻成新嫁娘，张籍就是那位有评判权力的考官婆婆。

张籍是当时文坛领袖韩愈最得意的大弟子，也是主考官。朱庆馀平时和张籍走得很近，才学和品格深得张籍赏识。朱庆馀写诗相送，试探张籍，内心期待得到关照。张籍很清楚弟子的意思，更明白年轻人进入仕途绝对离不开贵人鼎力相助。张籍本身就是韩愈发现并提拔起来的。所以，张籍也很乐于帮助这位年轻人。他读罢这首诗后，嘿嘿干笑两声，捋捋稀疏的胡子，写了首《酬朱庆馀》诗，算是对朱庆馀的回答。

越女新妆出镜心，自知明艳更沉吟。
齐纨未足人间贵，一曲菱歌敌万金。

这一问一答之间，意思明白无疑。朱庆馀是越州人，越州镜湖采菱的女子清新脱俗，天生丽质，来到镜湖中央游玩。女子非常清楚自己清丽，表现得沉静稳重。那些衣着华贵的纨绔子弟太俗气了，哪里比得上采菱女这动人的歌喉呢？

这两首诗机智含蓄幽默。朱庆馀自比内心忐忑的新嫁娘，张籍却把他比作清丽的采菱女，对小朱的欣赏不言自明。师徒之间通过这两首"情诗"，心照不宣地暗通款曲，完成向考官打招呼的目的。面对弟子的私下询问，张籍没有板起脸训人拒绝，也没有违规私下泄露考试情况。这就是张籍的聪明浪漫之处。

张籍是苏州人，很有性格，作为韩愈的大弟子，经常对韩愈冷嘲热讽。但韩愈很宽容他，总是一笑了之。张籍非常崇拜前辈杜甫，为学习杜甫的诗风，常把杜甫的名诗抄在纸上点燃，烧成灰后，放在瓶子里，拌上蜂蜜，一天吃三勺。其他人说他发神经，他笑笑解释道："我吃杜甫的诗，是为了能写出和他一样好的作品。"这样的性格，骨子里天生浪漫孤傲。"洛阳城里见秋风，欲作家书意万重。

复恐匆匆说不尽，行人临发又开封。"张籍的这首《秋思》，是我们耳熟能详的乡愁诗。

"君知妾有夫，赠妾双明珠。感君缠绵意，系在红罗襦。妾家高楼连苑起，良人执戟明光里。知君用心如日月，事夫誓拟同生死。还君明珠双泪垂，恨不相逢未嫁时。"张籍这首《节妇吟》，非常艳情动人。一位有夫之妇用有理、有礼、有节的语气，婉拒一位婚外恋追求者。你知道我有丈夫，偏要送给我宝石珍珠，礼物太贵重，我不能要啊！你的心意我懂的，但你的感情我不能接纳。我并不是个很物质的女人，我家的别墅连着皇家的花园，我还是"军婚"，丈夫每天扛着长枪，在皇宫里站岗放哨巡逻。我曾发誓与丈夫生死与共，白头偕老。宝石珍珠归还你，很遗憾在我未嫁人前，我们没有相遇。这位美少妇温婉聪慧，冷静理智，楚楚动人。不为物质所惑，不为感情所困。对这位婚外情追求者，没有辱骂和吵闹，没有长舌妇般广而告之，给足了这位帅哥面子。女人善良温柔，善解人意，多情忠贞，这位帅哥挺有眼光。

这首诗并不是老套的婚外情故事。其实，这首诗是张籍用来向恩师韩愈表忠心的。张籍在韩愈的栽培下名气渐大，当时权倾一时的平卢淄青节度使李师道看上了他。李师道作为藩镇割据的一方诸侯，又兼检校司空、同中书门下平章事，割据十二州之地，手里有权、有钱、有枪，炙手可热，比韩愈厉害。他拉拢名人文士装点门面，很多文人和官吏主动投靠依附他。张籍作为韩愈的大弟子和著名的诗人，成为李师道重点拉拢争取的对象。面对李师道的利益诱惑，张籍便写了这首《节妇吟·寄东平李司空师道》，自比节妇，用温柔的文字，有理、有据、有节地婉拒他加入圈子的邀请。表面上看很艳情，实质上与婚外情无关，本意在诗外。李师道读后，明白"强扭的瓜不甜"，不再强人所难。张籍用这首《节妇吟》表达政治站位和敏感性，免除了恩师韩愈的担忧和不快。就是这位李师道，在元和十年（815年）派人刺杀宰相武元衡，刺伤裴度。最后叛乱，于元和十三年（818年）七月被部下所杀。张籍的坚持是正确的。

张籍自喻"节妇"表白政治立场，李商隐自比"剩女"表达怀才不遇。"八岁偷照镜，长眉已能画。十岁去踏青，芙蓉作裙衩。十二学弹筝，银甲不曾卸。十四藏六亲，悬知犹未嫁。十五泣春风，背面秋千下。"（《无题》）八岁的小姑娘喜欢偷照镜子画眉毛；十岁时喜欢到野外踏青，用荷花做衣裙；十二岁开始学弹筝，套在手指上的银甲不舍得脱下来；十四岁时怀春了，整天躲在闺阁里，不想见人，幻想着何时出嫁；十五岁时，背对着秋千，在春风中哭泣，忧伤少女时代的青春芳华即将失去。

李商隐，号樊南生，是中晚唐时期著名的诗人，今河南焦作沁阳人，十六岁就享誉文坛，和杜牧并称为"小李杜"。据《樊南甲集序》记载：樊南生十六能著《才论》《圣论》，以古文出诸公间。但李商隐出身不好，生不逢时，成年后因处于牛、李党争的夹缝之中，矛盾纠结，郁郁不得志。加之妻子过早病故，他也英年早逝，死后葬于家乡沁阳。这首《无题》诗中那位愁嫁的"剩女"，就是生活和仕途上失意的自己，浓郁的忧伤中透着浪漫，更能打动人心。

从朱庆馀、张籍和李商隐的几首小诗中，可以体会到唐朝诗人的浪漫是骨子里的。因为，唐朝确实具有先天的浪漫基因和社会经济基础。从李世民到唐玄宗，都是浪漫风流的天子。

自魏晋南北朝到隋唐的几百年间，中原汉民族与周边少数民族不断融合杂处，汉民族的血液里，大量渗入胡人的彪悍狂放精神，而胡人的灵魂中，又掺进汉民族的文化气质。李唐王朝自带鲜卑或拓跋未开化民族的血统，唐高祖李渊的母亲独孤氏、太宗的母亲窦氏和外祖母宇文氏、高宗的母亲长孙氏、玄宗的母亲窦氏，皆为胡族女人。唐人对种族观念颇不重视。正如鲁迅所说："古人告诉我们唐如何盛，明如何佳，其实唐室大有胡气，明则无赖儿郎。"胡人渐渐由西而东，来到中原居住，繁衍开来。"落花踏尽游何处？笑入胡姬酒肆中。"（李白）"卷发胡儿眼睛绿，高楼静夜吹横竹。"（李贺）"女为胡妇学胡妆，伎进胡音务胡乐。"（元稹）长安城里，"京漂"胡人无处不在，活跃在长安的商业活动中。唐贞观四年（630年），唐太宗平定东突厥。贞观九年（635年），打败西部的吐谷浑。贞观十四年（640年），消灭高昌。西部门户打通后，从公元七世纪开始，商队驼铃声声，马帮蹄疾，以长安为出发点，西出玉门，经敦煌、焉耆、龟兹、碎叶等地，到达波斯、印度和拜占庭，丝绸之路重现汉代的辉煌。东西方经济和文化的交流融汇，带来思想开放、包容的唐代社会环境。李唐王朝对外来民族采取来者不拒的吸纳政策，"九天阊阖开宫殿，万国衣冠拜冕旒""自幽州至灵州，置顺、祐、化、长四州都督府以处之，胡人居长安者近万家"（温彦博）。

除海纳百川的包容政策之外，唐太宗李世民的性格和开明等政策成就"贞观之治"，他也被突厥首领尊称为"天可汗"。"为君之道，必须先存百姓，若损百姓以奉其身，犹割股以啖腹，腹饱而身毙。""君，舟也；人，水也。水能载舟，亦能覆舟。"（吴兢《贞观政要》）皇帝能有此民本思想，则是苍天之幸。贞观四年，"天下大稔，流散者归乡里，米斗不过三四钱，终岁断死刑才二十九人。东至于海，南极五岭，皆外户不闭，行旅不赍粮，取给于道路焉"。

丰富的物质文明必然带来灿烂的精神文明。"酒酣，上皇自弹琵琶。上起舞，公卿迭起为寿，逮夜而罢。"（司马光《资治通鉴·唐纪九》）虽然说李世民靠"玄武门之变"上位不太光彩，但他确实雄才大略，自信开放。"年十八便为经纶王业，北翦刘武周，西平薛举，东擒窦建德、王世充。二十四而天下定，二十九而居大位。四夷降伏，海内又安。"（吴兢《贞观政要》）皇宫宴会上，酒喝得高兴了，太上皇李渊弹起琵琶，皇帝李世民跳起舞蹈，大臣也纷纷起身加入，宫廷舞会搞了一夜，大家都尽兴而归。这样的放纵狂欢，如今的政治家会认为有失身份。唐朝真是遍地浪漫风流，从皇宫到民间，"其君臣上下，共同望治，齐一努力的精神，实为中国史籍古今所鲜见"（钱穆《国史大纲》）。

盛唐时期，唐玄宗李隆基更是一位浪漫风流天子，能写会唱，文艺全才。"念奴者，有姿色，善歌唱，未常一日离帝左右。每执板，当席顾眄。帝谓妃子曰：'此女妖丽，眼色媚人。每啭声歌喉，则声出于朝霞之上，虽钟鼓笙竽嘈杂而莫能遏。'宫妓中帝之钟爱也。"（五代·王仁裕《开元天宝遗事》）念奴是皇家歌舞团的著名女高音歌星，长得很漂亮。因为唐玄宗钟爱她眼色媚人而艳名远播。《念奴娇》曲名，音色高亢，来源于此。"力士传呼觅念奴，念奴潜伴诸郎宿。须臾觅得又连催，特敕街中许燃烛。春娇满眼睡红绡，掠削云鬟旋装束。飞上九天歌一声，二十五郎吹管逐。"（元稹《连昌宫词》）在大型歌舞晚会上，念奴技压群芳，一出场高歌，万人欢呼，金声玉振的歌喉响彻云霄，成为唐玄宗每次必须钦点的歌星。

"听政之暇，教太常乐工子弟三百人为丝竹之戏，音响齐发，有一声误，玄宗必觉而正之。号为皇帝弟子，又云梨园弟子，以置院近于禁苑之梨园。太常又有别教院，教供奉新曲。太常每凌晨，鼓笛乱发于太乐署。别教院廪食常千人，宫中居宜春院，玄宗又制新曲四十余，又新制乐谱。每初年望夜，又御勤政楼，观灯作乐，贵臣戚里，借看楼观望。夜阑，太常乐府现散乐毕，即遣宫女于楼前缚架出眺，歌舞以娱。若绳戏竿木，诡异巧妙，固无其比。"（《旧唐书·志第八·音乐一》）唐玄宗精通音乐，音准敏感，一个小差错也能听出来。他既是乐团指挥，又是作曲家、演奏家。"羯鼓出外夷乐。以戎羯之鼓，故曰羯鼓。""玄宗洞晓音律，由之天纵。凡是管弦，必造其妙。若制作调曲，随意即成。不立章度，取适短长。应指散声，皆中点指。至于清浊变转，律吕呼召，君臣事物，迭相制使，虽古之夔旷，不能过也。尤爱羯鼓，常云：八音之领袖，诸乐不可为比。"（南卓《羯鼓录》）"李龟年善羯鼓，玄宗问卿打多少杖。对曰：'臣打五千杖讫。'上曰：

'汝殊未，我打却三竖柜也。'后数年，又闻打一竖柜，因锡一拂枚羯鼓卷。"（北宋·李昉等《太平广记》）唐玄宗精力旺盛，酷爱打胡人的羯鼓，连续打断了几柜子鼓槌，专门搞音乐工作的李龟年仅打断五千根，不得不佩服这位皇帝对音乐的痴迷、刻苦和浪漫。唐代长达二十九年的"开元盛世"，就是在鼓槌咚咚的敲击声中，向世界展现出自信开放、强大浪漫的万千气象。

浪漫需要外部环境，更需要经济上的底气。唐玄宗二十七岁登基，改年号为开元，直到二十九年后才改年号为天宝。李隆基在位四十四年，二十九年的"开元盛世"是他励精图治、勤政清明的结果。史载："至开元十三年（725年）封泰山，米斗至十三文，青、齐谷斗至五文。自后天下无贵物，两京米斗不至二十文，面三十二文，绢一匹二百一十文。东至宋（商丘）、汴（开封），西至岐州（凤翔），夹路列店肆待客，酒馔丰溢。每店皆有驴赁客乘，倏忽数十里，谓之驿驴。南诣荆襄（江陵、襄樊），北至太原、范阳（北京），西至蜀川（成都）、凉府（武威），皆有店肆，以供商旅，远适数千里，不持寸刃。开元二十年（732年），户七百八十六万一千二百三十六，口四千五百四十三万一千二百六十。"（杜佑《通典》）杜牧的爷爷杜佑为唐德宗朝的宰相兼度支使和盐铁使，其记录的数据可信度很高。

唐开元时代，政通人和，社会稳定，实现了低通胀的经济增长，人口比初唐时增加一点五倍，耕地面积达六点六亿亩，人均占有达九亩多。"开元、天宝之际，耕者益力，高山绝壑，耒耜亦满。京师米斛不满二百。"（《旧唐书》）交通很方便，驿站有"驴的士"出租，饭馆林立，没有车匪路霸打劫。所以，李白从四川出来，云游四方，喝酒写诗，一路潇洒风流。但是，自从安史之乱后，路上就不太平了。

唐长庆二年（822年），诗人李涉去九江看望做江州刺史的弟弟李渤，船行至安庆，天下起雨来，江上船少人稀，忽然遇到一群打家劫舍的盗贼。数十名贼人手执刀剑，喝令李涉停船后，匪首问："船上何人？"船夫答道："是李涉博士。"匪首听后，命令大伙停止抢劫，对李涉说："如果你真是李博士，我们就不抢你的钱财。不过我等听说你的诗写得好，如立即给我们写首诗，就放你走。"李涉听罢，哈哈大笑，铺开宣纸，思考片刻，写了首《井栏砂宿遇夜客》送给劫匪。"暮雨潇潇江上村，绿林豪客夜知闻。他时不用逃名姓，世上于今半是君。"李涉在唐文宗大和时期任国子监博士，世称"李博士"，"偷得浮生半日闲"是他的名句。李涉把匪首称为绿林好汉，说遇见你们很高兴，都是在道上混的君子，以后不必再隐姓埋名了。匪首得到赠诗，大喜过望，没有抢他的钱财，又送给李涉一些财物。可见，即使中晚唐时期，大唐走在下坡路上，唐代浪漫的基因还在，就连劫匪也受到诗意的熏陶。

从开元元年（713 年）到天宝元年（742 年）二十九年间，全国达到户八百三十四万，人口四千五百三十一万。据《资治通鉴》记载，到天宝十三载（755 年）安史之乱时，全国人口户九百八十六万九千一百五十四，人口五千二百八十八万零四百八十八人。唐广德二年（764 年），晚年的杜甫还在念念不忘这一段黄金岁月。"忆昔开元全盛日，小邑犹藏万家室。稻米流脂粟米白，公私仓廪俱丰实。九州道路无豺虎，远行不劳吉日出。齐纨鲁缟车班班，男耕女桑不相失。宫中圣人奏云门，天下朋友皆胶漆。百馀年间未灾变，叔孙礼乐萧何律。……"（《忆昔》）后来，北宋的孙洙也曾感叹道："开元间承平日久，四郊无虞，居人满野，桑麻如织，鸡犬之音相闻。时开远门外西行，亘地万余里，路不拾遗，行者不赍粮，丁壮之人不识兵器。"老百姓过上小康生活，没有战争，政治清明，宰相姚崇、宋璟、张九龄、张说等都是正直有能力的文人，不像后来的天宝时代，唐玄宗迷恋杨贵妃，重用李林甫、杨国忠、高力士等奸佞之流。故此，只有在如此土壤里，浪漫的种子才会生根发芽，开花结果。一大批著名的诗人、书画家、音乐家如雨后春笋般涌现出来，如李白、杜甫、高适、岑参、王维、吴道子、张旭等。中晚唐代时期的著名诗人如大历十才子等，也是这个时期培育出来的。

二十世纪七十年代，一次聚会上，日本作家池田大作询问英国历史学家汤因比："您如此倾心于古老的华夏文明，假如给您一次机会，您愿意生活在中国这五千年漫长历史中的哪一个朝代？"汤因比直接回答道："我会选择唐朝，居住在长安。"汤因比没有受陈寅恪先生的影响，像后来很多人选择生活在宋朝。他想生活的唐朝肯定是"贞观之治"和"开元盛世"期间的唐代，不会是安史之乱后的中晚唐。事实上，从北宋开始，国土面积开始缩小，思想转向内在。到元明清时，唐朝的开放和浪漫气质逐渐消失殆尽。

一个人的浪漫，那是个人的性情使然。而一个朝代的浪漫，则是每一位黎民百姓的幸运。

草堂内外的杜甫

曾记得我读中学时，从语文课本中得知杜甫的茅草房被秋风掀了个底朝天，遭到一群无赖少年的戏弄，很是同情他。但随着年龄渐长，认真研读杜工部诗集后，知道杜甫的茅草房在浣花溪畔，占地不小，风景优美，还有年轻貌美的黄四娘作邻居，真有点羡慕他。在这一阶段，杜甫家里的住房还从"茅屋"改善为"草堂"，不仅为这位仕途及生活多蹇的诗人全家遮风挡雨，而且从精神上给他带来心灵曲线的跃动沉浮，这些在他的诗风变化中有所体现和表达，至今很值得思考玩味。

一

唐肃宗乾元二年（759 年），安史之乱尚未平息。安庆绪杀了老爸安禄山，史思明接着又杀了安禄山的儿子安庆绪后，引兵还范阳。唐大将郭子仪东征西讨，力保洛阳不失。关中一带战乱频仍，又遇大旱，饿殍遍野。杜甫于上一年被贬为华州司功参军这鸡肋似的小官，生活难以为继。经再三考虑，决定辞官"走西口"。这年初夏，杜甫携家带口，颠沛流离在漫漫黄沙之中。眼前的黄土地上，沟壑纵横，看不见一片绿色，听不到一声鸟鸣。人烟稀少，偶见白骨在野。空气中荡起的阵阵沙尘，迷住了杜甫浑浊的双眼，他揉了半天才睁开。一头驮着破家当的瘦驴，脖子上挂着铃铛，在风中叮当作响，打破一路沉寂。妻子杨氏默默跟在杜甫后面，脚步蹒跚，不知道前方等待他们的是什么。

杜甫妻子杨氏属于贤妻良母，她是司农少卿杨怡之女，知书达理，不娇气，不蛮横。他们成婚于开元二十九年（741 年），当时杜甫二十九岁，杨氏十九岁。婚后感情融洽，琴瑟和鸣，也不强管杜甫的工资卡，本来杜甫也挣不了多少银子。一生相伴三十年，相濡以沫，不离不弃不抱怨，共生育八个孩子。可惜，杜甫未曾用他的生花妙笔为妻子立传，至今不知杨氏的名字和生卒年月。但在杜甫诗集中，述及妻子的诗歌有二十余首，最饱含深情的当数《月夜》。其中，"香雾云鬟湿，清辉玉臂寒。何时倚虚幌，双照泪痕干"的诗句让人感动。最终，杜甫没有辜负她，一生没纳小妾，没有绯闻。两人百年之后，合葬于故乡河南偃师首阳山下。

"满目悲生事，因人作远游。迟回度陇怯，浩荡及关愁。"（《秦州杂诗二十首》）杜甫带着妻儿老小，从华州越过陇坻，前往秦州，投靠生活在成纪（今甘肃天水）的亲戚。十月，从秦州前往同谷，在同谷县（今甘肃成县）作短暂停留。这一段的生活相对平静，杜甫写有《秦州杂诗二十首》等近百首诗作，在长安受伤的心得到些许抚慰。"对门藤盖瓦，映竹水穿沙。""瘦地翻宜粟，阳坡可种瓜。"居住的环境条件尚可。"近接西南境，长怀十九泉。何时一茅屋，送老白云边。"（《秦州杂诗二十首》）杜甫本想在此结茅屋而居，种地养老。但"天寒昏无日，山远道路迷"的秦州和同谷，自然生态环境恶劣，少数民族杂居，靠亲戚接济和自力更生，根本养活不了一大家子人。"岁拾橡栗随狙公，天寒日暮山谷里。"与猴子争拾野果的日子，不堪回首。这年十二月初，杜甫决定继续漂泊，目的地是号称"天府之国"的蜀地。

这一年，杜甫已四十八岁。李白正走在流放夜郎的路上。

唐时，"蜀土沃饶，人物殷阜"，又有"剑门栈道之险，瞿塘三峡之隘"。特殊的地理环境造成的封闭性和都江堰水利灌溉的便利性等资源禀赋，使成都平原成为唐朝的大后方，具有极为重要的战略地位。杜甫曾清晰地在《为阆州王使君进论巴蜀安危表》中分析道："河南、河北，贡赋未入，江淮转输，异于平时，唯独剑南自用兵以来，税敛则殷，部领不绝，琼林诸库，仰给最多，是蜀之土地膏腴，物产繁富，足以供王命也。"

于是，那头从华州出发的瘦毛驴，继续陪伴着杜甫全家翻山越岭，驴背上驮着的家当更少、更破了。

杜甫跟在驴屁股后面，向妻子杨氏描述着到成都后生活的美好愿景：一望无际的成都大平原上，河流清澈，稻浪翻滚，绿树成荫，鸟语花香。城内高楼林立，市场繁荣，人来人往，好客热情。夜幕降临，灯红酒绿，笙歌不绝。晨起推窗望去，雪山仿佛就在眼前。锦江如带，千帆竞张，商船穿梭。成都，真是一个来了就不想走的城市！杜甫越说越兴奋，看到妻子对他莞尔一笑，更为得意，对着驴屁股轻轻地甩了一鞭。全家人向着心中的目标，加快了脚步。

"翳翳桑榆日，照我征衣裳。我行山川异，忽在天一方。"（《成都府》）一路艰辛跋涉，木皮岭、白沙渡、飞仙阁、五盘山、龙门阁、石柜阁、剑门关、鹿头山等地理阻碍，都已被抛在身后。寒冬十二月，杜甫一家抵达成都。

"但逢新人民，未卜见故乡。大江东流去，游子日月长。曾城填华屋，季冬树木苍。喧然名都会，吹箫间笙簧。信美无与适，侧身望川梁。鸟雀夜各归，中原杳茫茫。"（《成都府》）面对都江堰长年累月滋润的成都平原，杜甫的感受是新奇的、兴奋的。他对未来充满幻想，但想起距离中原故乡和长安朝堂越来越远，心里不免哀怨忧伤。矛盾重重的心理幻影中，多少过去青年时代的欢乐、在长安求官的辛酸和屈辱在眼前一晃而过，记忆在晚风中慢慢打开。此时此刻，他站在碧波荡漾的锦江岸边，很清楚自己需要重构茅屋，换一种生活方式了。

上元元年（760年）春天，杜甫全家在草堂寺短暂借居后，在朋友们帮助下，选择郊外浣花溪畔，营建草堂。"我生性放诞，雅欲逃自然。嗜酒爱风竹，卜居必林泉。遭乱到蜀江，卧疴遣所便。诛茅初一亩，广地方连延。……台亭随高下，敞豁当清川。……"（《寄题江外草堂》）营建的草堂周围，环境优美，院子宽敞。"背郭堂成荫白茅，缘江路熟俯青郊。桤林碍日吟风叶，笼竹和烟滴露梢。"（《堂成》）远远看去，白茅草覆盖着草堂，背靠城郭，邻近锦江，坐落在沿江大道的高地上，从草堂可以俯瞰郊外青绿的田野风景。桤林茂盛，密不透光，清风吹动着树叶，竹林里轻烟迷蒙，露珠从树梢滴下来的声音滴答作响。历经多年流离，总算暂时安定下来。"浣花溪水水西头，主人为卜林塘幽。已知出郭少尘事，更有澄江销客愁。无数蜻蜓齐上下，一双鸂鶒对沉浮。东行万里堪乘兴，须向山阴上小舟。"（《卜居》）浣花溪水，洗去杜甫身心的疲惫，他的心情愉悦松弛，兴致很高，闲时便乘舟远行。

安顿好家人，杜甫开始走亲访友。秋天到新津，和裴迪会面。裴迪是王维的知己，陪伴王维在辋川别业，情深如同兄弟。杜甫、王维和裴迪他们三人在长安时，就相互熟悉。告别裴迪，杜甫顺道登上青城山游览，再到彭州拜见过去的老朋友高适。天宝三载（744年）春天，杜甫、李白和高适相遇在洛阳和汴京，后来三人携手同游梁宋，北渡黄河，到齐州拜访北海太守李邕。那时候，三人一起大碗喝酒，大块吃肉，睡在一个被窝里，好不快活。但此一时，彼一时也。高适和李白因永王李璘叛乱，各为其主，成为敌对双方。结果李白下狱，高适袖手旁观。杜甫作为李白的"老铁"，此时应该已听说李白在流放途中遇赦"轻舟已过万重山"的消息了。显然，时光消磨了曾经青春的友情，人生不同的选择和现实境况等因素，注定再好的朋友也可能是分道扬镳的结局。不过，高适和杜甫的友情仍在。

杜甫很快从彭州返回成都。九月，高适从彭州刺史改为蜀州（今崇州）刺史。"故人供禄米，邻舍与园蔬。"（《酬高使君相赠》）高适曾关照过在成都的杜甫，杜甫也很感激这位老朋友。但住在成都的杜甫和他的互动，要远远少于后来的故交严武。

上元二年（761年）春天，五十知天命的杜甫决定在成都扎根，便筹资扩建了草堂的规模。"好雨知时节，当春乃发生。随风潜入夜，润物细无声。"（《春夜喜雨》）大地回春，夜雨潇潇，正是植树造林的大好季节，杜甫计划首先美化居住环境。"奉乞桃栽一百根，春前为送浣花村。河阳县里虽无数，濯锦江边未满园。"（《萧八明府堤处觅桃栽》）"华轩蔼蔼他年到，绵竹亭亭出县高。江上舍前无此物，幸分苍翠拂波涛。"（《从韦二明府续处觅绵竹》）韦二韦续是杜甫的好友，时任绵竹县令，从县长家移植来的竹子肯定品种很好。"草堂堑西无树林，非子谁复见幽心。饱闻桤木三年大，与致溪边十亩阴。"（《凭何十一少府邕觅桤木栽》）杜甫开始追求生活情调，到处移植栽种桃树、竹林和桤木。宁可食无肉，不可居无竹。竹林生长迅速，又是文人寄情的对象，深得杜甫喜欢。"我有阴江竹，能令朱夏寒。阴通积水内，高入浮云端。"（《营屋》）"我昔游锦城，结庐锦水边。有竹一顷馀，乔木上参天。"（《杜鹃》）这也难怪，郭沫若先生在二十世纪七十年代出版的《李白和杜甫》一书中，以考古学家的分析方法，得出杜甫应划为地主阶级成分的结论。现在从杜甫草堂的占地规模和院内环境看，倒也不冤枉老杜。

杜甫全家的生活逐步安定下来，社交圈子也在扩大。时有朋友到访，消除了他"独在异乡为异客"的寂寞。在登门造访的朋友面前，杜甫的心情不错。凡有来客，他便兴冲冲地领着客人围着草堂转转并详细地介绍一番草堂的妙处。"舍南舍北皆春水，但见群鸥日日来。花径不曾缘客扫，蓬门今始为君开。盘飧市远无兼味，樽酒家贫只旧醅。肯与邻翁相对饮，隔篱呼取尽馀杯。"（《客至》）院子四周，地处幽僻，人迹罕至，春水环绕，群鸥低飞。落花散乱在小径上，不想快快清扫，只为等待您的到来。可惜，家里没有美食招待您，只有老酒一坛，我请来隔壁邻居老王，陪您一起喝上几杯。诗中透露出杜甫的真挚和欢快，又有一点虚荣心得到满足的小得意。

朋友走后没几天，杜甫仍沉浸在心情愉悦之中，踱步到城南，去找在此隐居的酒友斛斯融聊天。不巧，酒友老斛出门十多天了，未遇。杜甫闲极无聊，漫无目的地在浣花溪畔溜达。头顶的阳光，脚下的春水，耳边的暖风，眼前盛开的桃花夭夭，引来狂蜂浪蝶，这让杜甫暂时忘记了此时还在进行的安史之乱。他正为自己迁居蜀地的选择而暗自庆幸，忽然看到花香中迎面走来一位妙龄女子，美目盼兮，对着杜甫点点头，微微一笑飘过，别人叫她"黄四娘"。杜甫顿时诗兴大发，一口气写下《江畔独步寻花七绝句》，其中的名句至今脍炙人口。"黄师塔前江水东，春光懒困倚微风。桃花一簇开无主，可爱深红爱浅红。""黄四娘家花满蹊，千朵万朵压枝低。留连戏蝶时时舞，自在娇莺恰恰啼。"

二

人生有时候容易乐极生悲。上元二年（761年）秋天，草堂刚扩建好不久，一场狂风掀翻屋顶上铺盖的三层白茅草。南村的一群少年搞恶作剧，把茅草抱走扔到竹林里，杜甫苦苦哀求，仍制止不住他们。夜晚，床上布衾似铁，房屋漏雨，长夜难眠。他突发感慨，怎么才能建立起千万间高楼大厦，让天下的寒士们安居乐业、皆大欢喜呢？到那时，老杜我即使茅屋破烂，自己冻死，也心甘情愿。草堂凝聚着杜甫的心血，也是他新生活的希望所在，《茅屋为秋风所破歌》中所表达的忧伤愤怒，不禁让他回忆起以往颠沛流离的不堪时光。

唐肃宗乾元元年（758年）秋天，杜甫因言得罪皇帝，从左拾遗任上被贬为华州司功后，冬天回到洛阳。第二年三月，郭子仪、李光弼、李嗣业的六十万大军与安庆绪的叛军大战于相州（今河南安阳）。两军混战多日，南北溃败，郭子仪为保护洛阳，切断河阳桥。杜甫在战乱之中，从洛阳赴华州上任。途中，就其所见所闻，写成著名的《新安吏》《石壕吏》《潼关吏》和《新婚别》《垂老别》《无家别》，生动地描述战乱之下官吏的残暴和老百姓的饥寒交迫。后来，"三吏"和"三别"六首诗歌及《茅屋为秋风所破歌》为杜甫赢得"诗圣""诗史"和"现实主义诗人"等光荣称号。

杜甫在这些诗歌中，对民间疾苦所表达的关注和忧愤，源自人性中天生的悲悯情感，也有他在"奈何迫物累，一年四行役"（春末从洛阳回华州，秋天由华州前往秦州，初冬由秦州移居同谷，十二月由同谷赴成都）的颠沛流离中，对生命苦难的感同身受。诗中对局部生活片段现场记录，夹叙夹议。在古代媒体传播匮乏的时代，诗歌的新闻价值确实起到"诗史"的作用，真挚的情感力量足以打动后人。当然，与杜甫的其他诗作比起来，这些诗歌的艺术性要差很多，但"人民性"最为突出。这些诗歌共同奠定了杜甫留在后人心中的艺术形象和生命底色，以及在中国古典文学史中的"诗圣"地位。可在这一点上，我们又陷入郭沫若先生拿"阶级性"说事儿的"悖论"。

八月的秋风继续狂吹到冬季。十二月，杜甫得到一个好消息，比他小十四岁的故交严武被任命为成都府尹兼御史大夫，充剑南节度使。

在杜甫的个体生命和诗集中，严武是一个不可忽视的存在。严武出生在陕西华州，名门之后，其父是中书侍郎严挺之。严武少年英俊，豪爽任侠，机敏聪慧，沉稳多谋，虽是武将，却亦能诗，《全唐诗》录存严武诗六首。在后晋刘昫等撰写的《旧唐书》里，严武文治武功，彪炳史册。另据欧阳修、宋祁编撰的《新唐书·严武传》记载：严武八岁那年，父亲严挺之不喜欢其母亲裴氏，特别宠爱小妾英娘。严武见母亲整天愁眉苦脸，问明缘故后，趁英娘熟睡时，拿铁锤砸烂了她的脑袋。婢仆大惊失色，禀告严挺之说："小郎戏杀了英娘。"所谓"戏杀"，就是在玩耍中不小心误杀了。可这个八岁的小屁孩却理直气壮地责备父亲："哪有身为国家大臣却厚妾而薄妻的呢？孩儿是故意杀掉她的，并非戏杀。"父亲惊骇异常，转念却赞许说："好！你真不愧是我严挺之的种！"

三岁看小，七岁看老。严武这火爆性格使其读书不求精辟义理，多为大致浏览，科考没戏，二十岁时因门荫出仕，陇右节度使哥舒翰奏请他出任判官，后来又升任侍御史。至德元载（756年），唐肃宗起兵平定安史之乱，急于网罗人才，严武持旄节赶赴肃宗的行营。宰相房琯认为他乃名臣之子，非常器重，第一个举荐他。等到收复长安后，严武任京兆少尹兼御史中丞。此时，他才三十二岁。唐肃宗乾元元年（758年），他曾第一次入蜀，任绵州刺史，后升任剑南东川节度使。等剑南和东川合为一道后，授严武成都尹兼御史大夫，充任剑南节度使。

严武和杜甫不但是好友，还是世交。杜甫的祖父杜审言与严武的父亲严挺之都是名臣，他们有过交往。严武得益于宰相房琯举荐，而杜甫则正是在左拾遗位置上，喋喋不休地为"布衣之交"的房琯陈情、开脱而遭贬。原来，平叛安史之乱时，房琯曾率唐军迎击叛军，在陈陶泽（今咸阳市东）大败而归，四万多唐军几乎全军覆没，唐肃宗很恼火。杜甫有诗《悲陈陶》和《对雪》记载此场战斗。杜甫作为左拾遗上疏，为房琯辩护"罪细，不宜免大臣"。唐肃宗大怒，要严厉惩治杜甫。幸好有人劝阻说："杜甫如若因言获罪，只怕要断绝了言路。"肃宗皇帝这才罢手。可是杜甫在向皇帝谢罪时，还在不知趣地希望"陛下弃细录大"，继续重用房琯。唐肃宗没有再理睬他，直接将杜甫贬为华州司户参军，房琯则被贬为邠州刺史。故此，严武和杜甫在政治站队上，同属一个圈子。

剑南节度使严武的到来，让杜甫生活有了依靠，心里美滋滋的。严武确实在成都政绩和政声不错。一天，一位老农硬拉住他喝酒。酒醉后，他还不忘假借老农之口赞美严武。"田翁逼社日，邀我尝春酒。酒酣夸新尹，畜眼未见有。……语多虽杂乱，说尹终在口。朝来偶然出，自卯将及西。久客惜人情，如何拒邻叟。……月出遮我留，仍嗔问升斗。"（《遭田父泥饮美严中丞》）两人从早晨喝到晚上，月亮出来还不让走，夸奖严武是牛眼睛也从未见过的好人。杜甫对严武的欣赏是发自心底的。

严武到任不久，亲自来到杜甫的草堂做客，杜甫觉得蓬荜生辉，和他很客气一番。"幽栖地僻经过少，老病人扶再拜难。岂有文章惊海内，漫劳车马驻江干。竟日淹留佳客坐，百年粗粝腐儒餐。不嫌野外无供给，乘兴还来看药栏。"（《宾至》）上一次有客人来访，杜甫喜悦地写了首《客至》诗。这次严武到访，杜甫写下《宾至》诗。一个"客"字，一个"宾"字，态度立判。杜甫先对严武哭穷，居地幽僻，少有客来。即使有客，自己也因衰老病痛而做不到礼数周全。这与《客至》诗中春水泛波、群鸥翔集、落花满径的心情截然相反。接着，又谦虚地说自己实在无"网红"的诗作和才名，何必劳您大驾，乘着车马光临寒舍呢？"佳客"严武一行在草堂待了一整天，吃的是"腐儒"杜甫家里日常的糙米饭，还一同参观了草堂里种植的药圃，杜甫希望严武还能再次来访。

一首《客至》，一首《宾至》，为什么心态不同呢？其中大有深意。杜甫《宾至》诗中流露的情绪，其实很"凡尔赛"，心里有掩饰不住的些许得意。在有权有势多金的青年市长严武面前，自称是又病又老的"腐儒"，乃特意地放低姿态，以求获得更多的帮助。以前在长安，为求功名到处求爷爷告奶奶地"干谒"贵人、向皇帝献文赋拍马屁。"骑驴十三载，旅食京华春。朝扣富儿门，暮随肥马尘。残杯与冷炙，到处潜悲辛。"（《奉赠左丞丈二十二韵》）这种憋屈、伤自尊的事情，杜甫也没少干，只是想尽快当上官，实现从政理想。奸相李林甫口蜜腹剑，很坏很恶毒，杜甫也曾想巴结，包括后来的奸相杨国忠，杜甫也曾写诗赞美过。现在，我虽家贫招待不周，但自家种的这些草药、花卉和园林，还是值得您再来看看的。

隋唐时代的文人，大部分都热衷于修道炼丹养生，读书人大都懂得一些医道，李白和杜甫也是如此。李白刚出道时，在成都大街上无证行医，留下坏名声，给他曾献诗想攀附的益州长史苏颋留下很不好的印象。事实上，杜甫一部分生计来源于他的中医知识。天宝十载（751 年）秋天，杜甫四十岁在长安时，阴雨连绵，患上疟疾，寄居在从弟、李林甫女婿杜位的豪宅中，杜甫自己煎药治愈后，决定利用唐玄宗崇尚道教的特点，投甌向唐玄宗献上《三大礼赋》，文中提到自己的生活状态很不堪，希望获得皇帝的垂怜恩泽。"臣生长陛下淳朴之俗，行四十载矣。与麋鹿同群而处，浪迹于陛下丰草长林，实自弱冠之年矣。……顷者，卖药都市，寄食朋友。……恐倏先狗马，遗恨九原。"杜甫可怜兮兮的街头卖药生活，引起唐玄宗的重视，"使待制集贤院，命宰相试文章"。获得候补选官资格，成为杜甫一生津津乐道的荣耀。

杜甫久病成医，对种药、采药、制药、卖药等技能研究，颇有心得。从其诗歌中，可见其丰富的药理知识。在草堂周围空地上，专辟自留地，广植草药。"楠树色冥冥，江边一盖青。近根开药圃，接叶制茅亭。落景阴犹合，微风韵可听。寻常绝醉困，卧此片时醒。"（《高楠》）不仅自己栽种，还与妻儿一起四处采药、清洗、晒干和炮制。"江上秋已分，林中瘴犹剧。……卷耳况疗风，童儿且时摘。……放筐亭午际，洗剥相蒙幂。登床半生熟，下箸还小益。加点瓜蒌间，依稀橘奴迹。……"（《驱竖子摘苍耳》）苍耳属中药，以果实入药。秋天，把采回的苍耳洗净泥土，制药必须剥其毛，清除果实表面上的毛刺，并以毛巾覆盖晾晒，药效才佳。"水槛温江口，茅堂石笋西。移船先主庙，洗药浣花溪。"浣花溪属于岷江水系，水出灌口，后由温江经苏坡桥至成都。江阔水宽，两岸草药甚多，洗净草药很方便。趁着天气好，晾晒草药。"晒药安垂老，应门试小童。亦知行不逮，苦恨耳多聋。"（《独坐二首》）"傍架齐书帙，看题减药囊。无人觉来往，疏懒意何长。"（《西郊》）年老了，顺便在暖阳下打个盹儿。晒干草药后，再分门别类，贴上标签，以便售出。"乌麻蒸续晒，丹橘露应尝。……竹斋烧药灶，花屿读书床。"中医认为，乌麻当九蒸九晒，熬捣充饵，丹橘皮可入药，加以熬煎炮制，便是良药。

不为良相，便为良医。成都的悠闲时光，冲淡了杜甫对功名的渴求。种药、采药、熬制，行医济世，为他青年时代"致君尧舜上，再使风俗淳"的儒家思想找到一线出路。或许正是这一点亮光，使他在严武面前找到一些自信和自尊吧。

这一时期，严武对杜甫的生活非常关照，全家生活衣食无忧。"清江一曲抱村流，长夏江村事事幽。自去自来堂上燕，相亲相近水中鸥。老妻画纸为棋局，稚子敲针作钓钩。但有故人供禄米，微躯此外更何求。"（《江村》）与妻儿下棋垂钓，亲情陪伴，享受天伦之乐。

愉快的日子总是过得太快。两位故友刚刚度过半年多的"蜜月期"，唐代宗宝应元年（762年）四月，唐玄宗、唐肃宗父子相隔十四天先后去世。六月，严武被召回长安，任太子宾客兼御史大夫。主要工作充山陵桥道使，监修玄宗、肃宗父子的陵墓。杜甫恋恋不舍，亲自送严武到达川北绵州（今绵阳）。两人一路相处甚欢，写诗唱和。"野兴每难尽，江楼延赏心。归朝送使节，落景惜登临。稍稍烟集渚，微微风动襟。重船依浅濑，轻鸟度层阴。……"（《送严侍郎到绵州同登杜使君江楼宴》）

奉济驿距离绵州城三十多华里（今绵阳东仙海区沉香铺），是汉唐以来金牛道梁州南郑县（今陕西省汉中市）西南通往成都的重要驿馆，也是闻名古今的剑南蜀道中进出四川的第一接待站。杜甫又写了首《奉济驿重送严公四韵》："远送从此别，青山空复情。几时杯重把，昨夜月同行。列郡讴歌惜，三朝出入荣。江村独归处，寂寞养残生。"千里相送，总有一别，青山隐隐，空自惆怅。不知何时，才能在月下举杯共醉。各郡的百姓都赞美、挽留你，您曾三朝为官，多么荣光！您走后，我独自在草堂是多么地寂寞啊！

严武读罢，大为感动，写诗回赠有句："峰树还相伴，江云更对垂。试回苍海棹，莫妒敬亭诗。只是书应寄，无忘酒共持。但令心事在，未肯鬓毛衰。最怅巴山里，清猿醒梦思。"严武的这首《酬别杜二》诗作，水平不亚于杜甫。依依惜别之情，天地可鉴，望多写信，以慰相思之苦。

然而，严武的回京之路并不顺利。因剑南兵马使徐知道勾结邛州的羌兵谋反，扼守剑阁，占据西川，严武到九月份还没有走出巴蜀。杜甫此时还在梓州停留，很为严武担忧，便写信慰问。"九日应愁思，经时冒险艰。不眠持汉节，何路出巴山。小驿香醪嫩，重岩细菊斑。遥知簇鞍马，回首白云间。"（《九日奉寄严大夫》）严武读罢，立即回复道："卧向巴山落月时，两乡千里梦相思。可但步兵偏爱酒，也知光禄最能诗。江头赤叶枫愁客，篱外黄花菊对谁。跋马望君非一度，冷猿秋雁不胜悲。"（《巴岭答杜二见忆》）两人情意绵绵的唱和互动，读之让人感动唏嘘。

三

严武调回长安后，曾经的好友高适任蜀州刺史。此时，杜甫已经知道高适对李白在牢狱之灾中的态度，李白也在这年十一月病逝于当涂，杜甫与高适互动越来越少。不久，杜甫把家眷接到梓州，投靠梓州刺史兼东西川留后章彝。

章彝原是严武的幕僚，在留守任上飞扬跋扈，奢靡享乐。后来，被重回蜀地任职的严武杀掉了。杜甫一家在梓州和阆州一带生活近两年时间，一方面为章彝写了不少奉承诗，"指挥能事回天地，训练强兵动鬼神"（《奉寄章十侍御》），另一方面对章彝的豪横做派战战兢兢，准备弄条船出川下洞庭，远离是非之地。"常恐性坦率，失身为杯酒。……不意青草湖，扁舟落吾手。"（《将适吴楚，留别章使君留后》）

广德二年（764年）阳春三月，杜甫准备出川。但是，当他听说严武第三次入蜀后，立即写信给严武，表示衷心的欢迎。"殊方又喜故人来，重镇还须济世才。常怪偏裨终日待，不知旌节隔年回。欲辞巴徼啼莺合，远下荆门去鹢催。身老时危思会面，一生襟抱向谁开。"(《奉待严大夫》)杜甫告诉严武，大家都在翘首以盼您这样的济世之才，我出川下荆州的船（鹢）虽已准备好，但只要您在，我决定不走了，还跟着您干。在诗中，杜甫兴奋得如醉酒红艳的脸庞、微笑的双眼泛着光彩。

原来，严武调回长安后，诗人高适继任，蜀中出现大乱。先是剑南兵马使徐知道叛乱，当年八月被高适平定后，吐蕃又趁机内犯，相继攻陷蜀地松、维、保三州，情势直逼成都和长安。杜甫写有《王命》《征夫》等诗记其事。"和亲知拙计，公主漫无归。青海今谁得，西戎实饱飞。"(《警急》)就连杜甫也抱怨高适治理能力有问题，任由吐蕃兵横行，何况皇帝呢？

广德二年（764年）三月，严武临危受命，第三次以成都尹和剑南节度使身份入蜀平乱。七月，严武率兵一路西征，势如破竹。"昨夜秋风入汉关，朔云边月满西山。更催飞将追骄虏，莫遣沙场匹马还。"(严武《军城早秋》)严武身为将帅，巧借"飞将军"李广之典故，展现其刚毅果敢的性格和必胜信心。九月，在当狗城（今四川理县西南）攻破吐蕃七万军众。十月，收复盐川城（今甘肃省漳县西北）。同时，派遣汉州刺史崔宁在西山追击吐蕃，拓地数百里，和郭子仪在秦陇一带的主力部队相配合，彻底击退吐蕃的大举入侵，使四川附近的少数民族不敢犯境。为此，朝廷加授他检校吏部尚书，加封郑国公，这成为严武一生最为辉煌的时刻。

严武重任成都尹，没有忘记杜甫这位老友。广德二年六月，便向朝廷推荐杜甫为节度使署中参谋，授职为检校工部员外郎，赐绯鱼袋，属从六品上。唐制五品以上才赐绯衣、鱼袋，对杜甫赐绯衣、鱼袋，属于恩上加恩。后人称"杜工部""工部草堂"，根源于此。杜甫又成为朝廷的命官，非常兴奋，鱼袋经常戴在身上，在府中的年轻人中显摆，惹得他们偷笑。在其诗中，总爱提起他的官衔和绯鱼袋。在严武府中，杜甫除协助严武处理公务、参加一些军事训练之外，还与严武诗酒唱和。故此，严武平叛成功，一定程度上也有杜甫的绵薄贡献。

此时，安史之乱结束，唐代宗还驾长安，社会面暂时稳定。杜甫心情不错，时常在浣花溪水边溜达，寻找写诗的灵感。

"堂西长笋别开门，堑北行椒却背村。梅熟许同朱老吃，松高拟对阮生论。"(《绝句》)

春日的阳光，懒洋洋地透过草堂周围的竹林斜射下来。被昨夜春雨喂饱的竹笋，急不可耐地从松软的土壤里蹿出来，横挡着林间小径。种植的药草，枝叶长得茂盛，颜色郁郁青青。园子中的梅子快熟了，等收获时，一定请好友老朱来尝尝鲜，剩下的就做些梅子酒喝吧。微风中荡漾着一丝丝草药花的香气，闻起来令人神清气爽。落花人独立，微雨燕双飞。您看，燕子正在草堂里衔泥筑爱巢呢。杨柳新绿，黄鹂鸟在柳枝间飞来飞去，声声叫着春天。浣花溪水上涨不少，岸边细细的沙子上，睡着成双成对的鸳鸯。溪水边，丛丛野花次第开放，青青的芦苇在水底招摇。远远望去，静静流淌的溪水碧绿如玉，一群刚出水的鹭鸟，体羽白得发亮，如春日出岫的白云。小鹭鸟凝神拳足，金鸡独立，安静地等待着小小的游鱼到来，以便完成大自然食物链上的固定游戏。成年白鹭翼极狭长，在低空中滑翔而过，如同白色的精灵，每次入水后，喜欢站在岸边太阳下，弯着脖子，低垂着头，晒干羽毛再回到水里。在杜甫眼中，白色的鹭鸟和周围的溪水、树木、花草、游鱼等，组成一幅生机勃勃的田园风景画。看到飞鸟的自由与闲适，杜甫的乡愁也被勾起来。

晨曦初露，杜甫站在自家草堂院子里，抬头就能望见远处的贡嘎山、四姑娘山主峰幺妹峰等雪山，此刻正被霞光染成金黄色。远方连绵不断的邛崃山脉、龙门山脉上，一百多座山峰林立，犹如众星捧月，拱卫着蜀山之王贡嘎山。藏语"贡"是冰雪之意，"嘎"为白色，即为"白色冰山""最高的雪山"，贡嘎山又叫岷雅贡嘎。它位于四川省康定以南，距离成都二百三十七公里，海拔七千五百五十六米，为蜀地最高的山峰，被称为"蜀山之王"。在它周围，有海拔六千米以上的山峰四十五座。其中，作为四姑娘山主峰的幺妹峰，位于四川阿坝藏族羌族自治州小金县境内，海拔六千二百五十米，距离成都约一百二十二公里，因其"身材"苗条，素有"蜀山之后""东方阿尔卑斯山"之称。除蜀山之"王"和"后"外，经常能看见海拔在五六千米级别的雪山还有大雪塘、华西雨屏、巴朗山、龙眼峰、鱼嘴峰等。大雪塘又名苗基岭，号称"成都第一峰"，海拔五千三百五十三米，为西岭雪山的主峰。其位于成都市大邑县、阿坝藏族羌族自治州和雅安交界处，距离成都市中心直线距离不到八十公里，为成都市区内的最高峰，也是杜甫经常看到的雪山。

要观六月岷山雪，试上西城望雪楼。雪山的神秘，成都的富足，构成城市的浪漫。从汉代诗歌中，就不难发现对成都雪山的吟唱。西汉才女卓文君在《白头吟》中有句："皑如山上雪，皎若云间月。"她用雪山上"白雪"的纯洁和永恒，表达对司马相如的爱情。卓文君是邛崃人，她看到的雪山应该和杜甫一样，是大雪塘。但清末以后，随着近现代工业的发展和楼房的增高，在成都市就再也看不见雪山了，直到 2017 年才有所改变。成都的市民在自家高楼阳台上，看到远处出现海市蜃楼似的雪山。于是，成都观察雪山爱好者自发成立一个名为"在成都遥望雪山"的社会非营利组织。据他们观察记录：2021 年在成都共有六十三天可遥望雪山，少于 2020 年的七十天和 2019 年的六十五天，最"常见"的雪山是幺妹峰。今天，成都人看到的雪山，曾被一千多年前的杜甫深情凝望。

杜甫推开窗户，远处的雪山遮住了视线，雪山在天际线边闪闪发光。门前来自万里之外东吴的航船川流不息，不知道我何时能乘坐上船回到中原？此情此景，让杜甫陷入深思之中，忽然灵感迸发，挥笔写下六首《绝句》。其中，"迟日江山丽，春风花草香。泥融飞燕子，沙暖睡鸳鸯""江碧鸟逾白，山青花欲燃。今春看又过，何日是归年""两个黄鹂鸣翠柳，一行白鹭上青天。窗含西岭千秋雪，门泊东吴万里船"这些诗句，已成为千古绝唱。

四

> 万里桥西一草堂，百花潭水即沧浪。
> 风含翠筿娟娟净，雨裛红蕖冉冉香。
> 厚禄故人书断绝，恒饥稚子色凄凉。
> 欲填沟壑唯疏放，自笑狂夫老更狂。（《狂夫》）

杜甫在草堂生活稳定后，就要追求精神层次的心理需求，他以"狂夫"自称，内心固有的傲慢其实和李白一样。无论是在长安"干谒"求仕途，还是饮酒作乐写诗、炼丹养生游玩等文人时尚，青年时期的杜甫并不逊色李白多少，我们不能只是喜欢记住他那些"现实主义"诗歌"三别""三吏"、《茅屋为秋风所破歌》。若抛开被我们理想化的杜甫形象，还原杜甫真实的性格，决定了他在严武府中干不长。

据《新唐书》记载：杜甫"性褊躁傲诞""旷放不自检"。《旧唐书》更强调杜甫"性褊躁，无器度，恃恩放恣"。一是杜甫在成都，身为朝廷命官工部员外郎，整天种花植树，纵酒啸咏，混迹于庄稼汉、农夫等群氓之中，"相狎荡，无拘检"，不成体统。最高长官严武念朋友旧情，携带美酒佳肴，亲自到草堂拜访。杜甫则蓬头散发，轻视、怠慢对自己有恩的贵客。二是严武回邀杜甫到自己官府做客，杜甫喝得酩酊大醉，竟然跳上严武的床头，两眼直瞪着，指着严武的鼻子说："想不到严挺之竟然有你这样一个儿子！"《旧唐书》记载："（严）武虽急暴，不以为忤。"可《新唐书》又说："（严）武亦暴猛，外若不为忤，中衔之。"严武虽然性格暴躁，但嘴上并没说什么，但心里却记下这笔账。《唐语林》则记载严武"恚目久之"，严武瞪着牛眼睛并调侃道："杜审言孙子拟将虎须耶？""合坐皆笑以弥缝之。"大家笑着和稀泥一番，严武才息怒作罢。

杜甫很清楚，严武作为治理蜀地的土皇帝，生性放荡不羁，专横跋扈，恣行无忌，雷厉风行，施行猛政，名震吐蕃。故严武居功自傲，从不把别人放在眼里，独断专行，即使母亲的话也很少听。杜甫曾投奔过的梓州刺史章彝当初曾是严武的判官，因为一些小事得罪严武，严武一回到成都，章彝就被杖杀。蜀地珍稀物品很多，严武极其奢靡，赏赐无度，有时因一句话高兴了，立马赏赐百万。蜀地因其大肆征敛，财物匮乏，民怨很大。

另据《新唐书》载，虽然严武"最厚杜甫"，却又"欲杀甫数矣"。一天，严武突然怒火冲天，已命令手下都来听令，捕杀杜甫和章彝。就在严武要走到中堂落座，下达杀人令时，他的官帽一连三次被帘钩挂住了。严武的一个侍从急忙禀告其母裴氏，裴氏急奔而至，这才救下杜甫，唯独章彝咎由自取，无人相救，呜呼哀哉。后来，南宋朱翌在其笔记《猗觉寮杂记》中感叹：如果严武的帽子不被挂在帘钩上，他的母亲来得再迟一点，杜甫肯定被杀掉。那么，今天我们就读不到著名的组诗《秋兴八首》了。

这样的严武才是真实的，虽比杜甫年轻，却认为有资格批评杜甫内心滋长的器张和戾气。在《全唐诗》中，共收录严武的六首诗作，其中，三首是赠酬杜甫的作品。如《寄题杜拾遗锦江野亭》诗，就警告过杜甫要有自知之明。"漫向江头把钓竿，懒眠沙草爱风湍。莫倚善题鹦鹉赋，何须不著鵕鸃冠。腹中书籍幽时晒，肘后医方静处看。兴发会能驰骏马，应须直到使君滩。"

"何须不著鵕鸃（jùn yí，锦鸡，神鸟）冠"句，严武责怪杜甫衣冠不整待客是无礼表现。"莫倚善题鹦鹉赋"句说，您千万不要以为有才华就可以有恃无恐。严武用东汉末年祢衡之死的典故警告杜甫，您可记得文士祢衡刚强傲慢、顶撞曹操的下场吗？！曹操欲召见他，祢衡称病不来，后被曹操罚做鼓吏羞辱他。祢衡很牛气，当众裸身击鼓，羞辱曹操。曹操并没太计较，把他遣送到刘表那里，刘表又将他转送给江夏太守黄祖。黄祖之子黄射当时是章陵太守，尤其敬重祢衡。一天，黄射大宴宾客，有人献上一只鹦鹉。黄射举起酒杯对祢衡说："愿先生赋之，以娱嘉宾。"祢衡提笔，一气呵成写下《鹦鹉赋》，举座大惊称奇文。不久，祢衡冒犯黄祖，黄祖要杀他。黄射闻讯，急得来不及穿鞋，光着脚赶来相救。可惜，来迟一步。才华横溢的祢衡，结果成为区区江夏太守的刀下之鬼，年仅二十六岁。"使君滩"为四川江滩名，据《水经注》载："杨亮被授职为益州刺史，至此舟覆，溺水而亡。蜀人苦于该处波澜险恶，称之为使君滩。"严武心里说，杜二您可不要再"二"了啊！

杜甫读罢严武的诗，激发了他"二"的斗志，他回复一首《奉酬严公寄题野亭之作》："拾遗曾奏数行书，懒性从来水竹居。奉引滥骑沙苑马，幽栖真钓锦江鱼。谢安不倦登临费，阮籍焉知礼法疏。枉沐旌麾出城府，草茅无径欲教锄。"杜甫写诗回应说，严武老弟啊，您不要吓我，我可不是被吓着长大的。以前，我在长安官居左拾遗时，对至高无上的肃宗皇帝也敢犯颜进谏，何况您呢？我天性疏懒，喜欢田园生活，骑马、垂钓是我所爱，不喜欢当官，就像魏晋时的名士阮籍蔑视礼法，纵酒佯狂以避世，谢安乐山乐水，到处旅游观光写诗，潇洒风流。我栖居草堂，虽然承受着您的恩惠，可您却让我循规蹈矩，这就与我的天性相矛盾了，我老杜实在做不到啊！

朋友之间的关系维护经营，一不小心往往就是这样的走向。情谊的长久，需要一定的距离感和外部条件才能保持。距离太远，或密切到零距离时，一般就会走向分裂，甚至反目成仇。社会中人性之善恶变化和复杂程度，超过人类自己的想象，更经不起权势和功利金钱的考验。杜甫在严武的幕府工作不到半年，于永泰元年（765年）正月三日获准辞职，重回春寒料峭的西郊草堂。

回到草堂的杜甫，和严武仍然维持着相对较好的关系。"野水平桥路，春沙映竹村。风轻粉蝶喜，花暖蜜蜂喧。把酒宜深酌，题诗好细论。府中瞻暇日，江上忆词源。"（《敝庐遣兴奉寄严公》）同样是春天，杜甫多么希望严武在闲暇时拜访草堂，一起煮酒论诗，回忆过往的时光。

但是，天不假年。永泰元年四月，春暖花开时，严武突然染上暴病，亡于成都，不满四十岁。这对于五十四岁的杜甫来说，不仅失去了持续的物资援助，白发人送黑发人，精神上打击更大。进入人生暮秋，亲朋好友过世的消息就像秋风中的落叶一样，不经意间就飞落头上。黄叶脱离树枝的牵挂，飘向远方，化为泥土，消失得无影无踪。正如生命无常，概莫能外。

杜甫写诗哭祭严武，没有严武的成都让杜甫失去安全感。五月，携家离开成都，买舟南下，经嘉州（乐山）、戎州（宜宾）、泸州、渝州（重庆）、忠州（忠县）等地，最后寄居在夔州奉节。途经忠州时，杜甫遇到载有严武灵柩的船只，立刻上船祭拜，并拜见严武年近八旬的老母亲裴氏。裴妈妈痛哭一番，又自我安慰道："而今以后，吾知免为官婢矣。"儿子的暴虐和官场的险恶，让老母亲整日提心吊胆。一旦儿子受到皇帝惩罚，她必然会受到株连，没入官府做婢女。儿子死去也好，一了百了，落个心静。

杜甫听后很心酸。回忆入蜀后的几年里，唯有严武对他关怀备至，推心置腹。严武不仅为他谋得幕府中的官位，生活上周到照应，还是杜甫的诗友、上司和世交。《杜甫诗集》中，杜甫与严武诗酒唱和的文字很多，两人真挚的友谊，温暖了草堂的时光。杜甫对严武甚是依赖，他的《谢严中丞送青城山道士乳酒瓶》《奉和严中丞西城晚眺十韵》《严公厅宴同咏蜀道画图》等诗作，生动地记录着严武对他的真挚感情，杜甫心存感激。"雨映行宫辱赠诗，元戎肯赴野人期。江边老病虽无力，强拟晴天理钓丝。"（《中丞严公雨中垂寄见忆一绝奉答二绝》）在杜甫心中，严武的来信，恰如雨后初晴的阳光，把钓翁的鱼线照亮。

两岸猿啼，巫山垂泪；长歌当哭，哀思入云。杜甫擦干眼泪，写下悼亡诗《哭严仆射归榇》："素幔随流水，归舟返旧京。老亲如宿昔，部曲异平生。风送蛟龙雨，天长骠骑营。一哀三峡暮，遗后见君情。"严武死后，朝廷追封"尚书左仆射"，故杜甫诗里称他为"仆射"。杜甫的哀思是真挚、深沉、长久的，怀念故人的情谊，耿耿在心。两年后，杜甫在夔州，写下很长的《八哀诗》。其中，悼念严武的诗中有云："诸葛蜀人爱，文翁儒化成。公来雪山重，公去雪山轻。"杜甫把严武的文治武功比作诸葛亮和汉武帝时开拓蜀郡有功的文翁。严武的来去，使成都雪山为之载轻载重。"颜回竟短折，贾谊徒忠贞。"把严武的英年早逝比作颜回和贾谊。"空馀老宾客，身上愧簪缨。"在您的府中做官，我没能尽职尽责，想起来很惭愧。

杜甫对严武推崇备至，溢美有加，确实发自心底。

同样，严武正因为忝列杜甫的诗集中，其功过是非才被后人所重视。如明朝诗坛领袖李东阳在《麓堂诗话》中说："唐士大夫举世为诗，而传者可数。其不能者弗论，虽能者亦未必尽传。高适、严武、韦迢、郭受之诗附诸《杜集》，皆有可观。子美所称与，殆非溢美。……"但李东阳只说对了一半，高适是唐代诗人中官职最高者，其诗自有风格，并非依附于杜甫而流传。清代著名学者仇兆鳌在其《杜诗详注》里评价严武："考严武生平所为多不法，其在蜀中，用度无艺，峻掊亟敛（严苛敛财剥削），闾里为之一空。唯破吐蕃、收盐川，为当时第一功。祷云'公来雪山重，公去雪山轻'，诚实录也。至比之为诸葛、文翁，不免誉浮其实。噫，唐世人物，如严武者何可胜数？而后人至今传述，公之有功于武多矣。"唐代出类拔萃的人物太多了，严武有功，但不能和诸葛、文翁相提并论。严武能流芳千古，确实也沾了杜甫一些光。

仇兆鳌这样的评价，是客观的。

五

从上元元年（760年）春天到永泰元年（765年）五月，杜甫在浣花溪畔的草堂居住五年，共创作诗歌二百四十余首，加上以后寄居夔州和辗转流落在荆州公安、湖南岳阳的诗作，一生留存的诗作百分之七十左右是在入蜀之后创作的。与《自京赴奉先县咏怀五百字》"三吏""三别"《茅屋为秋风所破歌》之类的诗作比较起来，杜甫在草堂创作的诗艺术性更为精到。那些描写社会底层苦难的诗和"每饭皆思君"的儒家思想，奠定了他后来能站在社会道德的高地上，俯视其他诗人，为他赢得"现实主义""人民诗人"及"诗圣"的赞誉，被越来越理想化，成为"诗圣"。"朱门酒肉臭，路有冻死骨"的愤慨和"星垂平野阔，月涌大江流"的诗意，今天您喜欢哪一个呢？

居住在成都草堂，环境优美，衣食无忧，朋友广泛。疏散的生活，松弛的心灵，让杜甫返璞归真为一个立体的、自由表达思想感情的诗人。青年时代"会当凌绝顶，一览众山小""何当击凡鸟，毛血洒平芜"的昂扬狂傲终归于平淡。当年在长安时，到处"干谒"，点头哈腰、毫无自尊和节操的"到处潜悲辛"的"腐儒"形象得到彻底改变。走在赴奉先县和华州、秦州路上，对石壕吏表达愤怒、对新婚夫妇和老妇人表达同情的苦哈哈的杜甫不见了。昔日沉郁忧伤的杜甫，转换为轻松欢快、时常漫步在浣花溪水边与黄四娘笑眯眯地打招呼的杜甫。但他时刻也没有忘记"诗是吾家事，人传世上情"的家族和社会责任。可我们往往更为熟悉那位颠沛流离中瘦骨嶙峋、紧皱眉头、没有笑容的杜甫。其实，居住在成都草堂内外的杜甫更可爱、更真实。

杜甫离开成都后，其老弟杜占曾回成都料理草堂。后来，不知所终，草堂逐渐颓毁。

中唐时期，比杜甫晚出生六十多年的元稹，就曾在《唐故工部员外郎杜君墓系铭并序》中，对李杜评价道："余读诗至杜子美，而知大小之有所总萃焉。……是时山东人李白，亦以奇文取称，时人谓之李杜。余观其壮浪纵恣，摆去拘束，摹写物象，及乐府歌诗，诚亦差肩于子美矣。至若铺陈终始，排比声韵，大或千言，次犹数百，词气豪迈而风调清深，属对律切而脱弃凡近，则李尚不能历其藩翰，况堂奥乎！"当时的元稹认为，无论工律合韵，还是表达情物等，李白比杜甫的诗差远了。鉴于元稹的宰相官职和名气，加上他又和白居易很铁杆，并称"元白"。故此，"扬杜抑李"成为文学风尚。从中唐以后，杜甫地位骤增。

北宋时，苏轼被贬黄州期间，曾在《王定国诗集叙》中赞美杜甫道："古今诗人众矣，而杜子美为首，岂非以其流落饥寒，终身不用，而一饭未尝忘君也欤。"苏东坡说杜甫"忠君"第一，为天下第一伟大诗人。其实，杜甫从未曾写过"一饭不忘君"诗句，这是苏东坡在假借杜甫之名，委婉地向宋神宗表达忠心，以求尽快获得解放。苏轼曾对弟弟苏辙私下里透露："吾于诗人无所甚好，独好渊明之诗。……自曹、刘、鲍、谢、李、杜诸人，皆莫及也。"但以苏东坡无人撼动的文坛地位，后人皆信之，苏轼又为杜甫加分不少。何况，在封建皇权专制之下，杜甫作为"忠君爱民"的典型诗人，对文人士大夫们有教化意义。杜甫被尊为"诗圣"，草堂成为祭祀祠堂，是水到渠成之事，甚至还牵强附会有神话故事。据说，一个暮春晚上，杜甫在草堂池畔吟诗未成，忽觉青蛙叫得烦腻，他便用朱笔在蛙的头上点了一点，封它到十里外去叫唤。从此，草堂寺的青蛙，头上朱点依然，且不再发声，无有敢捕而食之者。这样的神化，绝对不是杜甫的本意，对今天我们学习杜甫的精神并无益处，只能为当地旅游经济发展带来流量。

但是，在二十世纪七十年代，大文豪郭沫若率先"扬李抑杜"，批判杜甫。郭先生用他丰富的考古学和文字学专业知识，考据出杜甫草堂占地上百亩，种翠竹上万竿。杜甫在夔州住过三年，有上百公顷的农庄，种植上千棵果树，养有一百多只乌骨鸡，有雇工，能收租，属于典型的地主阶级。地主出身的杜甫思想深处，门阀观念根深蒂固，矜夸杜姓是陶唐氏尧的后人，自己和唐王李渊有亲戚关系。杜甫功名欲望强烈，在长安低三下四，"苦摇求食尾，常暴报恩鳃"。杜甫宗教信仰杂乱，道教和佛教混合在他的儒家思想中。杜甫没有良心，讨厌收养自己的蜀地，"厌蜀交游冷，思吴盛事繁"。总想着吴地的"越女天下白"，低级趣味。杜甫嗜酒如命，现存的一千四百多首诗中，超过百分之二十一的诗说到饮酒，"酒中仙"李白的饮酒诗作才占百分之十六强。最后，在岳阳喝酒，吃牛肉中毒而死。杜甫政治立场更有问题。即使写的"三吏""三别"同情穷苦人，但这些穷苦人在杜甫笔下却没有一点反抗精神。"安得鞭雷公，滂沱洗吴越。"杜甫希望雷雨洗干净吴越袁晁领导的二十多万起义农民，杜甫反对人民造反。以上是郭沫若先生的分析，最后他得出结论：杜甫总想为封建社会服务，构成他自己一生的悲剧。相比李白，因遭谗言误终生。李白粪土当年万户侯，诗歌天马行空，具有反叛精神，值得表扬。

我不知道被唐玄宗看作"此人固穷相"的李白，在已经步入人生暮年的郭沫若先生心里，是否会看到自己曾经的影子？其实，没有必要非要把李白和杜甫并列比较。他们俩出身、性格、成长环境和基因不同，决定了思想行为和诗风的差异。正如唐代韩愈所说"李杜文章在，光焰万丈长"，没有必要对他们厚此薄彼、苛责求全。他们都是普通读书人中的天才人物，都有唐代读书人青春的激昂、诗意的远行、功名的渴望、"干谒"的心酸、炼丹的荒唐、嗜酒的放荡等。任何人都不可能超越时代环境的限制和风气的影响，只不过李杜他们自己把个体的生命体验和心灵曲线转化为千万行诗歌，从而积淀出那个时代的独特气质。成都之幸运，是欣然接纳了杜甫。而杜甫之幸运，是他在成都，构建起一座能安身立命和抚慰心灵的草堂。

另据史料记载，唐大历年间（766—779年），草堂被时任四川节度使崔宁的小妾浣花夫人任氏家族据为私宅。唐五代前蜀时期，韦应物的四世孙韦庄认为"未老莫还乡，还乡须断肠"。他在浣花溪畔找到杜甫草堂旧址，见"柱砥犹存""思其人而成其处"，于唐昭宗光化四年（901年），命人重建草堂，茅屋得以留存。北宋时，予以重建，并绘杜甫像于壁间，始成祠宇。此后，草堂屡兴屡废，其中最大的两次重修是在明弘治十三年（1500年）和清嘉庆十六年（1811年）。民国时，草堂成为胡宗南部队的马厩，堂内的珍稀树木横遭砍伐。新中国成立后，成都市副市长李劼人先生主持对草堂进行大规模全面整修，初步形成现今的草堂规模和格局，成为今天成都市的文化坐标。

又是一年春天，我站在郭沫若先生题写匾额的杜甫草堂边，依稀恍惚中，仿佛看到坐在高大的楷木之下晒太阳的杜甫，正在向我点头微笑。他手里拿着一篇题目为《草堂内外的杜甫》的文章。这位可爱的老头招呼我来到他身旁，对着我的耳边轻轻说：小老乡，你比那些总是想神化我或批评我的人更懂我一些，我看你这篇文章写得可中哩！

公元 745 年八月的那场醉

公元 745 年，正是盛唐天宝四载。八月那场酒醉，就发生在宋城（今河南商丘市）郊区的田野边。

这年八月的一天，初秋的天气依旧燥热。在广阔无垠的豫东大平原上，青纱帐似的高粱在拔节抽穗，田野间的乡路边怒放着各种不知名的野花，瓜田里弥漫着甜腻的香气，树上的蝉声嘶哑。偶尔有一两声鸡鸣狗吠，从邻近的村庄里不时传来。

在这"汗滴禾下土"的天气里，家住宋城郊区的高适头戴一顶旧草帽，穿一条破短裤，裸露着黝黑的脊背，脚蹬草鞋，在自家庄稼地里，正锄草施肥。闷热潮湿的空气，让高适气喘吁吁，汗流浃背。他用那条已看不清楚颜色的破布巾，擦去满脸的汗水，直起发酸的腰，来到路边，向远方张望，焦急地等待着来自洛阳的好朋友。

他盼望的客人，正是仕途上的"倒霉蛋"、诗坛"大咖"李白和青年杜甫。李白（701—762）和高适（704—765）都比杜甫（712—770）年纪稍大，但三个人志趣相投，交情颇深，曾在这年盛夏时，约定八月来到宋城相聚游玩，并喝一场大酒。

李白和杜甫如约而至。这次高适是东道主，接待得非常热情周到。在家宴上，高适按照河南喝酒的规矩，端三杯、敬三杯、碰三杯后，开始逐人碰杯打圈。几个回合下来，每人都从开始时的谦虚谨慎进入到吹嘘张扬的酒醉状态。酒喝高了，一般人都喜欢聊聊时政经济、宫廷人事、歌星八卦什么的。可这几位是大诗人啊！聊这些，太俗了！文化人喝高了，喜欢写诗、回忆青春理想、畅谈爱情和人生未来等"雅事"。

他们三位也不能免俗，皆醉眼蒙眬，相互嬉笑，开始回忆青春。李白指着杜甫和高适说：我和你们俩没法比，你们两个都是"官二代"，根红苗正，我全凭自己天才想象力写诗闯世界。高适反唇相讥道：你李白根本不是个"人"，听说你老妈夜里做梦和太白金星相遇，怀上了你，都说你是太白金星下凡，连个出生证也没有，籍贯和户口也不知道是哪里啊！杜甫接过话茬说：李白你也忒牛了，敢以"谪仙"自居，还大言不惭地吹牛"仰天大笑出门去，我辈岂是蓬蒿人""我本楚狂人，凤歌笑孔丘"，总想"直挂云帆济沧海"，前一段在皇帝身边不会夹着尾巴做人，非让皇帝给你调羹汤、杨贵妃帮你研墨、高力士为你脱鞋。牛大发了吧！皇上说你"固穷相"，赐金让你滚蛋了吧。

李白酒红的脸有点泛白，立即接过话辩解道：此处不留爷，自有留爷处。世界这么大，俺想去看看。"昨玩西城月，青天垂玉钩。""早沾金陵酒，歌吹孙楚楼。""人生在世不称意，明朝散发弄扁舟。"你杜子美年轻时，不也是一位有志青年吗？还曾夸下海口："甫昔少年日，早充观国宾。读书破万卷，下笔如有神。赋料扬雄敌，诗看子建亲。……致君尧舜上，再使风俗淳。""会当凌绝顶，一览众山小。"杜贤弟啊，你难道忘了当初的人生理想吗？

杜甫的脸更红了，卷着大舌头结结巴巴地说：白兄啊，我岂能敢忘、敢忘啊！高适兄二十岁就来到长安寻梦，也曾豪情万丈啊！喝醉了除扶墙，对谁都不服。"二十解书剑，西游长安城。举头望君门，屈指取公卿。"（高适《别韦参军》）到现在还不是在自留地里"锄禾日当午，汗滴禾下土"？我考试成绩本来还不错，全被奸臣李林甫这个王八蛋给耽误了！上边没人帮忙推荐，我能有什么办法？你李白起码还风光过，在皇宫目睹过龙颜、喝过御酒、欣赏过大型艺术体操"霓裳圆舞曲"表演。你见过大世面，吃过大盘荆芥。我和高适都望尘莫及啊！功不成，名不就，四处漂泊，穷苦寒酸，高适兄还在自力更生，却不能丰衣足食、勤劳致富发财啊！

三个粗瓷大酒杯咣当一声，又碰在一起。几位大男人眼含热泪地叹息道：人生的路啊，为什么越走越窄？三双大手紧紧地握在一起，相互激励曰：苟富贵，勿相忘。再也不能这样活，再也不能这样活！

志同道合，天涯漂泊，青春不再，前途未卜。这样的朋友相聚乃人生乐事，也是压力和不快的释放，更是"三观"和心灵的交融和思想火花的碰撞，这能奠定未来一生友情的基石。这样的聚会，除了诗酒，还有什么更值得纪念的呢？

唐天宝四载（745 年）八月的这场酒醉，三位诗人虽然统一了认识，但还没有找到人生未来的方向。对此，杜甫印象最为深刻。后来，他经常追忆这一段在宋城、汴京周围游玩的美好时光。"昔者与高李，晚登单父台。"（《惜游》）"昔我游宋中，惟梁孝王都。……舟车半天下，主客多欢娱。……忆与高李辈，论交入酒垆。两公壮藻思，得我色敷腴。气酣登吹台，怀古视平芜。芒砀云一去，雁鹜空相呼。"（《遣怀》）和高适、李白相聚的这一段时间，杜甫明显吃胖了，脸上的菜色转为红晕。

天下没有不散的筵席。八月那场酒醉后，转眼就进入深秋。杜甫和李白辞别高适，牵手去齐鲁大地游历。在路上，杜甫为李白也为自己愤愤不平。"秋来相顾尚飘蓬，未就丹砂愧葛洪。痛饮狂歌空度日，飞扬跋扈为谁雄。"（《赠李白》）杜甫说：李兄你想成为道人，却没有炼成丹砂，有愧于炼丹祖师爷葛洪。整天喝酒放歌，虚度年华，虽意气风发，却无法成为今世的英雄。在这萧瑟的秋天里，我们俩如飘蓬般四处游荡，真是壮志难酬啊！

但令李白和杜甫想不到的是天宝四载（745 年）八月的那场酒醉，竟成为高适人生的转折点。高适人生的"拐点"，余生将和李白、杜甫的命运故事相纠缠。

天宝四载八月的酒醉，也醉了秋风。一转眼，四年过去了。

唐天宝八载（749 年），四十六岁的高适经过艰苦努力，终于进士及第后，得到睢阳太守张九皋的推荐，被授封丘县尉，相当于今天的封丘县公安局局长。张九皋是地方长官，高适和他关系不错。张九皋的大哥名叫张九龄，曾为唐朝著名的宰相。张九龄写有"海上生明月，天涯共此时"，诗句确实美妙空灵，就凭借这首诗，足以名垂千古。

高适当上县尉后，如果深谙为官之道，适应"圈子文化"，仕途很可能一片光明。然而，心高气傲的高适本性难改，很不适应这媚上欺下的官场。"我本渔樵孟诸野，一生自是悠悠者。乍可狂歌草泽中，宁堪作吏风尘下？只言小邑无所为，公门百事皆有期。拜迎长官心欲碎，鞭挞黎庶令人悲。归来向家问妻子，举家尽笑今如此。生事应须南亩田，世情尽付东流水。梦想旧山安在哉，为衔君命且迟回。乃知梅福徒为尔，转忆陶潜归去来。"（《封丘作》）高适在封丘县尉上写诗抱怨，什么正事也干不成，整天搞接待，迎来送往。繁文缛节，心力交瘁。鞭打百姓，内心不安，更感悲哀。家人苦笑着劝说，现在世道如此，你能奈何？高适心里很苦闷，还想回家种地。

"拜迎长官心欲碎，鞭挞黎庶令人悲。"在上司面前卑躬屈膝，甘当俯首帖耳的"哈巴狗"。在老百姓面前凶神恶煞，甘当咬人的"狼犬"。这来之不易的县尉，老子不干了！天宝十一载（752 年），高适愤然辞职。

高适本来就是一位复员军人，很有军事才能。二十五年前的唐开元十五年（727 年），青年高适曾北上蓟门，在燕赵大地上，参与平息契丹叛乱后，对唐朝出兵契丹的两次战败，有过深入的总结反思。"战士军前半死生，美人帐下犹歌舞。……身当恩遇常轻敌，力尽关山未解围。……君不见沙场征战苦，至今犹忆李将军。"（高适《燕歌行》）高适暗想：什么时候唐军能像汉代的飞将军李广那样就好了。

"宁为百夫长，胜作一书生。"（杨炯《从军行》）看来还是当兵可行。这次，高适下定决心不再回到宋城家里种地，远走青海，再次从军，投奔到凉州河西陇右节度使哥舒翰帐下，出任左骁卫兵曹兼掌书记，相当于哥舒翰的办公室主任或秘书长，帮助哥舒翰驻守潼关，哥舒翰很喜欢这位已知天命的老兵。高适五十二岁那年，哥舒翰带他去拜见唐玄宗李隆基，并当着皇帝的面夸奖高适道：人才难得！从此，高适的名字，被唐玄宗记住。

高适在五十多岁时，弃官当兵，在今天看来，属于"二百五"行为。张九皋推荐了你，你让他的脸面往哪搁？宰相大哥张九龄虽已死去，但当年经营的人脉"圈子"还在。别人想进入这圈子都没有门路，你却主动不玩了，这不是犯傻吗？再想想你前几年那熊样，大家都在传说你天宝六载（747年）冬天的笑话。吏部尚书房琯和门客董庭兰一起来到宋城见你。那天，落日黄云，大野苍茫，北风呼啸，天寒地冻，雪花大如席。琴师董庭兰可是当时音乐界里的超级大明星啊！手冻得僵硬，拨不动琴弦。想喝一壶老酒暖暖身子，为你弹奏一曲，可你连一壶酒钱都没有。"六翮飘飖私自怜，一离京洛十余年。丈夫贫贱应未足，今日相逢无酒钱。"（高适《别董大二首》）你只好在日记本上题上"千里黄云白日曛，北风吹雁雪纷纷。莫愁前路无知己，天下谁人不识君。"对十年没见的老朋友玩虚的，搞精神鼓励，丢人不丢人啊！

既然选择了远方，就只顾风雨兼程。心若在，梦就在，大不了从头再来。高适没有忘记天宝四载八月那场酒醉时，杜甫曾对他反复强调"屈指取公卿"的青春梦想不能忘。从此，河南封丘县少了一位不担当、不作为的县尉，大唐多了一位平定安史之乱的功臣。唐代诗坛，也多出一位和岑参一样著名的边塞诗人。

就在高适远走黄沙漫漫的大西北军营时，杜甫为实现自己的仕途梦想，其实也是蛮拼的。杜甫一生出身虽好，但命运不济，一生坎坷漂泊。青少年时期的理想是自比凤凰、大雕，修身齐家治国平天下。后半生的想法则是养家糊口、吃饱穿暖。再后来的愿望是一家人能在一起团聚。再后来，就没有后来了。

唐天宝七载（748年），三十七岁的杜甫来到长安，应试落第，靠写诗养活不了自己。为了生计，他不得不放下身段，屈尊到处"干谒"跑官要官。"朝扣富儿门，暮随肥马尘。残杯与冷炙，到处潜悲辛。"（《奉赠韦左丞丈二十二韵》）当年的杜甫，是何等的谦卑，渴望有贵人"拉兄弟一把"。为了实现"致君尧舜上，再使风俗淳"的政治理想，杜甫还周旋在衮衮诸公中间，喝花酒，写段子，陪人欢笑，供王公贵子取乐，希望能得到李林甫、杨国忠奸相的垂青。

"公子华筵势最高，秦川对酒平如掌。长生木瓢示真率，更调鞍马狂欢赏。青春波浪芙蓉园，白日雷霆夹城仗。阊阖晴开昳荡荡，曲江翠幕排银榜。拂水低回舞袖翻，缘云清切歌声上。"（《乐游园歌》）长安乐游园确实好玩，但那属于别人的兴致。杜甫看着别人吃喝玩乐，公子哥们携带美女游玩。晚风轻吹，晚霞满天，细浪轻翻，绿竹茂密，荷叶微凉。公子哥们制作冷饮"可口可乐"，佳人们身穿"比基尼"性感美丽。杜甫在一旁伺候，看着干着急。"落日放船好，轻风生浪迟。竹深留客处，荷净纳凉时。公子调冰水，佳人雪藕丝。片云头上黑，应是雨催诗。"（《陪诸贵公子丈八沟携妓纳凉晚际遇雨二首》）大家玩得正高兴时，天公不作美，黑云突现，雨点飘飞，美女的白裙子淋湿后，曲线美妙，眉黛含羞，大家还没有玩尽兴。杜甫作为陪客，一抖机灵，写了这首诗，供大家乐和、转发和点赞。悲叹"朱门酒肉臭，路有冻死骨"的"诗圣"，也曾写过这样浮浪的诗作。没办法，这就是现实生活！杜甫长安十年，艰辛求索，仕途上毫无收获。其中的屈辱辛酸、苦闷不平，只有他自己心里知道。

精诚所至，金石为开。经过不断地向唐玄宗投瓯献上文赋，拍马屁加哀求皇帝开恩降甘露，天宝十四载（755年），朝廷任命杜甫为河西县尉——河西县公安局局长，这和高适当年的官职一样。此时，高适在军营已崭露头角，只是当时杜甫无法与他取得联系。穷困潦倒的"杜陵布衣"，能得到这个职位也不容易。接到任命书，杜甫或许想起十年前那场酒醉后高适的县尉生涯。"不作河西尉，凄凉为折腰。老夫怕趋走，率府且逍遥。耽酒须微禄，狂歌托圣朝。故山归兴尽，回首向风飙。"（《官定后戏赠》）杜甫在心里暗暗地问自己：这就是我想要的生活吗？NO！绝对NO！这一年，恰逢安史之乱爆发，杜甫并没有来得及去赴任。他在动乱中被俘又逃走，最终走向社会，走向底层，看到了黎民百姓的苦难和社会不公。

天宝十四载十月至十一月，杜甫由长安前往奉先县（今陕西蒲城）探望妻儿。一路上，他看到社会最底层的社会现实。"杜陵有布衣，老大意转拙。许身一何愚，窃比稷与契。穷年忧黎元，叹息肠内热。"（《自京赴奉先咏怀五百字》）为老百姓的苦难发愁叹息，看到他们所遭受的苦难，心里像火烧似的焦急，现实主义诗人形象初显。唐代又少了一位蹩脚的县尉，多出一位伟大的诗人。现在看，杜甫作为"诗圣"，价值要比县尉高出何止万倍！

安史之乱爆发，注定杜甫后半生的漂泊。而高适的命运，却迎来新的转机。

安禄山造反，大大出乎唐玄宗的意料，他惊慌失措地下诏哥舒翰讨贼平叛。

可是，被唐玄宗寄予厚望的一代名将哥舒翰竟然战败，投降安禄山，终被砍了头。高适趁乱出逃，找到唐玄宗，告诉唐玄宗潼关已经失守，唐军将领腐败，军心涣散，需要重整旗鼓，讨伐逆贼。高适危难之中显身手，唐玄宗"嘉其忠义"，马上提拔，封为谏议大夫。

打虎亲兄弟，上阵父子兵。唐玄宗为迅速平叛，让各地李姓诸王各显神通，招兵买马，分头痛击安禄山。高适颇具长远眼光，坚决反对这一策略。但唐玄宗依然我行我素，结果永王李璘借机起兵，欲争夺皇位，拉李白入伙。李白不顾妻子宗氏反对，屁颠屁颠地从庐山下来。唐玄宗被迫让出皇位给太子，做了太上皇，携带美人杨贵妃，仓皇出逃四川。半路上遇军队哗变，杨贵妃被迫上吊自尽，再也不能"回眸一笑百媚生"。

唐肃宗在灵武自行宣布登基后，对高适的平叛谋略十分欣赏，委以重任，先后封他为御史大夫、扬州大都督府长史、淮南节度使。高适率领大军，征讨永王李璘。此时，好友李白正在永王军中服务，踌躇满志。"试借君王玉马鞭，指挥戎虏坐琼筵。南风一扫胡尘静，西入长安到日边。"（李白《永王东巡歌》）这类永王东巡歌，李白在军旅途中，一口气写下十一首，可见李白的兴奋。李白成为高适攻打的对象，断绝了天宝四载（745 年）八月那场酒醉的友情，拔剑相见。

唐至德二载（757 年）二月，高适消灭永王的军队。李璘兵败被杀，李白被俘。高适并未念及那场酒醉的情谊而网开一面，公事公办。李白终被流放夜郎。高适因平叛有功，为唐肃宗所器重，先后任彭州刺史、蜀州刺史、成都尹、剑南节度使等官职。晚年，任刑部侍郎，转散骑常侍。大器晚成，功成名就。死后赠礼部尚书，成为唐代官职最高的诗人，没有之一。

兵荒马乱之中，杜甫、王维也都在长安被俘，杜甫因名气没有王维大，成功化装出逃。王维被迫当了一段伪官。这种叛逆行为因一首口授的诗，被好友裴迪写在手掌心里，偷带出来后传播，作为不改对唐朝皇帝忠心耿耿的证据，被唐肃宗赦免。

唐至德二载五月，杜甫一路颠沛流离，来到新皇帝唐肃宗面前，被授小官"左拾遗"。杜甫在左拾遗位置上没干多久，因不识时务乱发言，被贬为华州司功，觉得更没意思，便一路辗转，先到秦州、同谷县谋生，再于唐肃宗乾元二年（759 年）年底，来到成都。此时，高适恰好在四川担任彭州刺史。听说杜甫来此居住，立即寄诗问候。"故人供禄米，邻舍与园蔬。"（杜甫《酬高使君相赠》）杜甫生活困难，高适及时给予救济，杜甫感恩在心。

唐肃宗上元元年（760年），高适改任蜀州刺史，杜甫从成都赶去看望。这年，高适已六十岁，杜甫也年近五十。第二年的正月初七，春节气氛正浓。高适提笔写下《人日寄杜二拾遗》，寄到成都草堂。"人日题诗寄草堂，遥怜故人思故乡。柳条弄色不忍见，梅花满枝空断肠。身在远藩无所预，心怀百忧复千虑。今年人日空相忆，明年人日知何处。一卧东山三十春，岂知书剑老风尘。龙钟还忝二千石，愧尔东西南北人。"老态龙钟还居高位的高适很有内省精神。俸禄二千石，愧对四处漂泊的朋友啊！人到暮年，最易怀旧，人之常情。

没有朋友的成都草堂是孤独寂寞的。好友高适、严武先后去世后，杜甫离开成都，于唐代宗大历元年（766年）到达夔州（奉节），在此经营果园、草药、养鸡为生。唐大历三年（768年），迟暮之年的杜甫思乡心切，便乘一叶孤舟出三峡，欲到荆门。"细草微风岸，危樯独夜舟。星垂平野阔，月涌大江流。名岂文章著，官应老病休。飘飘何所似，天地一沙鸥。"（《旅夜书怀》）在杜甫眼前和心中，江水浩荡，明月高悬，星光灿烂，原野四望，天地一线，人生漂泊不定，就像天地间孤飞的沙鸥。

唐大历五年（770年）正月二十一日，高适已去世五年。杜甫在整理旧文时，重读高适在成都写给他的《人日寄杜二拾遗》，"泪洒行间，读终篇末"。感慨万千，不胜唏嘘，满含热泪写下《追酬故高蜀州人日见寄并序》："自蒙蜀州人日作，不意清诗久零落。今晨散帙眼忽开，迸泪幽吟事如昨。呜呼壮士多慷慨，合沓高名动寥廓。叹我凄凄求友篇，感时郁郁匡君略。……"其中有句"遥拱北辰缠寇盗，欲倾东海洗乾坤""文章曹植波澜阔，服食刘安德业尊。长笛邻家乱愁思，昭州词翰与招魂"，杜甫还在追忆那场酒醉时的友谊和高适后半生的荣光。

这一年，杜甫漂泊在洞庭湖上，于一叶扁舟中凄然离世。

唐天宝四载（745年）八月那场酒醉后的二十多年里，三位盛唐诗人划出不同的人生轨迹，时也，命也？高适在五十多岁时重新选择投身军营，效忠皇上。在今天该退居二线的年纪，人生逆袭成功。李白老年选择了"过把瘾就死"，为永王李璘叛乱摇旗呐喊，上蹿下跳，最后被俘流放夜郎。虽不久被侥幸赦免，"两岸猿声啼不住，轻舟已过万重山"，但是，不久（762年）在当涂县静静离世。反观杜甫，一生沉浸在儒家理想中，欲在仕途上有所作为，却对县尉、左拾遗、司曹参军这样"被赶走"的差事选择放弃，在饥寒交迫中，用其千古流芳的诗文，实现对其苦涩生命的价值超越。一部《杜工部全集》，足以不朽于历史。

高适、杜甫和李白那场酒醉后演绎出的人生故事，或许对后来的白居易影响很大。据陕西《周至县志》记载：周至是京畿重要的县份，唐元和元年（806年）四月，朝廷选派白居易出任周至县尉，白居易坚持向前辈学习。"一为趋走吏，尘土不开颜。辜负平生眼，今朝始见山。"（白居易《周至县北楼望山》）白居易也不愿意干县公安局局长这类抓人、催税收的差使，但他很狡猾。白居易一边装病不上班，一边找皇宫里的人脉关系抓紧调走。元稹是白居易在朝堂做官的好友，很会利用婚姻关系获得升迁。经元稹大力帮助，白居易只干一年县尉，就被提拔到皇帝身边工作。

这就是白居易不同于李白、高适和杜甫的性格之处。白乐天一生采取"中隐"之策略，在官场中像狐狸一样狡猾圆通，左右逢源，进退自如，当官、写诗、交友、游乐、喝酒、歌舞、泡妞、置业、健身、养生、出书等好事，他一样也没有耽误。他被贬江州司马，在浔阳江边送别朋友，偶遇琵琶女，洒一把同情的眼泪，为别人，更为自己。即使是这一生的最低潮时期，他也在庐山构筑草堂，广交朋友，悠闲的日子比李白、杜甫的生活状态好得太多了。

洗　澡

1988年12月，当代著名作家杨绛先生出版其长篇小说《洗澡》，读者反映强烈，一时洛阳纸贵。认真拜读之后，小说中有关"洗澡"的象征意义令我不由得想起唐代诗人白居易的"洗澡"诗。时代不同，个体生命对"洗澡"的心理感受差异，或许能给我们带来一些人生启示吧。

白居易的一生平顺，生活无忧，左右逢源，功成名就。在他写的诗中，有两次记录"洗澡"。

唐贞元十六年（800年），二十九岁的白居易进士及第，兴奋地写下"慈恩塔下题名处，十七人中最少年"。自信心爆棚，基本解决在长安"居大不易"的吃住行等生活问题，顺利进入仕途，准备大干一番。白居易诗中第一次记录"洗澡"是在四十岁时。四十而不惑，正处于年富力强、有所作为的黄金年纪。白居易因为母亲去世，按照唐制，辞官回家丁忧三年。其间，皇帝好像忘记了这位十六岁曾写出"野火烧不尽，春风吹又生"的天才少年，也无人提起前几年还在长安城大街小巷传唱的《长恨歌》的作者了。这首《长恨歌》，可是白居易三十五岁时所作。白居易思想上有些失落和苦闷，不知明天皇帝的阳光雨露，是否还能洒在自己头上。这几年的生活比较潦倒，身体羸弱，双鬓飞霜，头发渐稀，虮子满身。四十岁怎么混成这个熊样呢？我还能活过七十吗？面对人生困惑，白居易决定先去找个澡堂洗洗澡、搓搓背再说。"经年不沐浴，尘垢满肌肤。今朝一澡濯，衰瘦颇有馀。老色头鬓白，病形支体虚。衣宽有剩带，发少不胜梳。自问今年几，春秋四十初。四十已如此，七十复何知。"（《沐浴》）白居易洗澡之后，坦诚地对待自己的内心，思考四十岁的人生之路该怎么走？是继续搞"新乐府运动"吗？继续坚持写"讽谏诗"针砭时政吗？或是多写一些"闲适诗"呢？白居易没有说"洗澡"，那是庶民百姓的俗话。当然，他更没有炫耀去"桑拿"，唐代还没有今天的这一时尚奢靡去处。作为大诗人，他必然是文绉绉地称"沐浴"。

古时，"沐浴"富有仪式感。早在三千多年前的殷商时代，甲骨文中就发现有"沐浴"的记载。古人尤其是王公大臣们，凡遇重大事件或节日，皆需"沐浴更衣"。其实，白居易并非一年四季都不洗澡，唐朝的官员每月都有沐浴休息日，也有固定的沐浴场所。白居易诗中所谓的"沐浴"，所表达的是想清洗他内心的负面情绪块垒和苦闷，这不仅仅是指洗澡行为，更有洗心革面、重新做人的人生态度。白居易对自身、对社会现实、对未来，从内心深处进行审视和自省。自从二十七岁进士及第后，直到三十一岁时才通过大唐公务员考试，当上秘书省校书郎。三十五岁时，被授予正九品的长安周至县尉。三十七岁被皇帝召回长安，成为翰林学士。仕途起步时基本顺风顺水。可是，唐宪宗元和六年（811年），因母亲去世，回家丁忧，仕途戛然而止。突然遭遇到如此变故，仿佛人生的高峰就在前方，你已经看到，却不得不退回原地。也像一曲美妙的交响，刚拉开序幕，就已提前结束。白居易虽心有不甘，却又无可奈何。他的这一次洗澡，正是在家丁忧期间。白居易沐浴更衣后，神清气爽，浑身轻快，感觉好多了。时也，命也，还是耐心等待长安的召唤吧。

元和九年（814年）冬天，白居易四十三岁那年递补进入官场，担任太子左赞善大夫，这是东宫里一个无足轻重的闲差。可好景不长，元和十年（815年）六月，李师道派遣刺客刺杀宰相武元衡，裴度也身负重伤。白居易先于谏官越权上疏，请求急捕刺客，得罪皇帝，被权贵宦官诬陷，被贬江州司马。在江州，写出《琵琶行》和《与元九书》，在庐山营建草堂，思想开始转变。此后，白居易从江州司马，再到忠州刺史、尚书司门员外郎、中书舍人、杭州刺史、太子左庶子分司东都、苏州刺史、刑部侍郎、河南尹等职位上起起落落，出出进进，大都是他自己主动选择的结果。

大和七年（833年）二月，白居易已六十二岁，以河南尹请告病假。四月，被免河南尹，被授予"太子宾客分司东都"闲差。从此，在洛阳潇洒度日，诗酒田园，优哉游哉。他又开始洗澡了。

> 形适外无恙，心恬内无忧。
> 夜来新沐浴，肌发舒且柔。
> 宽裁夹乌帽，厚絮长白裘。
> 裘温裹我足，帽暖覆我头。
> 先进酒一杯，次举粥一瓯。
> 半酣半饱时，四体春悠悠。
> 是月岁阴暮，惨冽天地愁。
> 白日冷无光，黄河冻不流。
> 何处征戍行，何人羁旅游。
> 穷途绝粮客，寒狱无灯囚。
> 劳生彼何苦，遂性我何优。
> 抚心但自愧，孰知其所由。（《新沐浴》）

白居易这一次沐浴，有着曾经沧海难为水的感悟，已没有上一首《沐浴》诗中身心的"尘垢"和苦闷，生命如新生般，无恙无忧，轻松快乐。天寒地冻，朔风呼啸，晚上喝几杯小酒，欣赏完家中歌伎的曼妙舞姿，在自家浴室里，美美地洗完热水澡，换上纯棉的浴袍，戴上丝绸的乌帽。想想那些远方征战的将士，比比那些在外没饭吃、没衣穿的天涯游子和牢房里的囚犯，真是生活太美好！还有什么不满足的呢？只是有些惭愧自己太享受了。白居易独自坐在烛光下，思绪又飞回到过去的时光。

当年，年轻气盛，和好哥们儿元稹一起搞"新乐府运动"，写出《卖炭翁》《秦中吟》等现实主义诗歌，同情社会底层百姓，讽刺权贵，抨击社会弊端。"满面尘灰烟火色，两鬓苍苍十指黑。卖炭得钱何所营？身上衣裳口中食。可怜身上衣正单，心忧炭贱愿天寒。""夜深烟火尽，霰雪白纷纷。幼者形不蔽，老者体无温。""主人此中坐，十载为大官。厨有臭败肉，库有贯朽钱。"这些诗歌和前辈杜甫的"三吏""三别"差不多，群众口碑很好，但得罪人真是太多了！"闻《秦中吟》，则权豪贵近者相目而变色矣。"（《与元九书》）。

当年的白居易真是一位文学"愤青"。三十五岁时，刚当上周至县尉，五月下乡看到老百姓割麦的场景，匆忙写诗记录。

> 田家少闲月，五月人倍忙。
>
> 夜来南风起，小麦覆陇黄。
>
> 妇姑荷箪食，童稚携壶浆。
>
> 相随饷田去，丁壮在南冈。
>
> 足蒸暑土气，背灼炎天光。
>
> 力尽不知热，但惜夏日长。
>
> 复有贫妇人，抱子在其旁。
>
> 右手秉遗穗，左臂悬敝筐。
>
> 听其相顾言，闻者为悲伤。
>
> 家田输税尽，拾此充饥肠。
>
> 今我何功德？曾不事农桑。
>
> 吏禄三百石，岁晏有馀粮。
>
> 念此私自愧，尽日不能忘。（《观刈麦》）

白居易理解同情百姓，心怀悲悯之心，作为一位古代官员确实难得。新麦收完，县令让下乡催逼交税负，老百姓不交就抓人，捆到牢房吊起来鞭打。为了缴租纳税，百姓家里的田地都卖光了，以后拿什么生活啊？想到此我心里羞愧难当，不忍心，只好装病，不下乡去工作。白居易不想再干抓人、催租的县尉差使，因为好朋友元稹的老岳父是长安市长，元稹在朝廷任左拾遗，县长也不好意思追究白居易对工作的不担当、不作为。一年后，经元稹从中帮忙周旋，调回朝廷任翰林学士。

白居易回忆这些，心中暗自发笑。"闲日一思旧，旧游如目前。再思今何在，零落归下泉。退之服硫黄，一病讫不痊。微之炼秋石，未老身溘然。杜子得丹诀，终日断腥膻。崔君夸药力，经冬不衣绵。或疾或暴夭，悉不过中年。唯予不服食，老命反迟延。况在少壮时，亦为嗜欲牵。但耽荤与血，不识汞与铅。饥来吞热物，渴来饮寒泉。诗役五藏神，酒汩三丹田。随日合破坏，至今粗完全。齿牙未缺落，肢体尚轻便。已开第七秩，饱食仍安眠。且进杯中物，其馀皆付天。"（《思旧》）大和八年（834年），六十三岁的白居易写下这首诗，回忆往事，自我安慰。比比前辈李白、杜甫和同时代的元稹、杜元颖、崔玄亮、刘禹锡、柳宗元，白居易人生的"中隐"策略选择很精明。有些好哥们忙着"炼丹"养生，追求长寿，比如韩愈、元稹、杜元颖、崔玄亮为了壮阳服食硫黄，把身体搞坏了。白乐天不信这一套，不食丹砂，只喝酒吃肉，听歌写诗，与世无争，尽享天年。"食饱拂枕卧，睡足起闲吟。浅酌一杯酒，缓弹数弄琴。既可畅情性，亦足傲光阴。谁知利名尽，无复长安心。"（《食饱》）吃饱喝足，再洗个热水澡，七十岁了还活得好好的。

元和十年（815年），白居易四十四岁时因"多嘴多舌"被贬江州司马那年，就曾暗暗警醒自己。"乐天乐天，来与汝言。汝宜拳拳，终身行焉。……人生百岁七十稀，设使与汝七十期。汝今年已四十四，却后二十六年能几时。汝不思二十五六年来事，疾速倏忽如一寐。往日来日皆瞥然，胡为自苦于其间。乐天乐天，可不大哀。而今而后，汝宜饥而食，渴而饮；昼而兴，夜而寝；无浪喜，无妄忧；病则卧，死则休。此中是汝家，此中是汝乡，汝何舍此而去，自取其遑遑。"（《自诲》）白乐天一生读儒学，礼佛经，学老庄，儒释道融于内心，化为人生实践或生活态度，悟透人生，想明白了自己。后来，北宋的苏轼在黄州之后成为苏东坡，也是如此。

转眼又到深秋。夜深灯昏，窗外秋雨绵绵，火盆的火渐渐熄灭，白居易感到一丝凉意，收回纷飞的思绪，起身加了一些木炭，烤烤被子。"凉冷三秋夜，安闲一老翁。卧迟灯灭后，睡美雨声中。灰宿温瓶火，香添暖被笼。晓晴寒未起，霜叶满阶红。"（《秋雨夜眠》）白居易喃喃自语道：我该休息了。

杨绛先生在《洗澡》中说："人能够凝练成一颗石子，潜伏见底，让时光像水一般在身上湍急而过，自己只知身在水中，不觉水流。"纵观白居易的一生，在中晚唐的落日余晖中，他是文人中的清醒者。在这两次诗中记录的洗澡中，他洗去名利的尘埃，清除精神的羁绊，洗出自由洒脱的生命状态，过早地凝练成那颗光滑的石子，在静水深流中，独自享受着时光之水的温柔抚摸。

枫叶千枝复万枝

唐宣宗大中十二年（858年）十月，秋高气爽，白云悠悠，远山清瘦，河水清碧。枫叶比往年红得早一些，也浓艳了许多。此时，大唐正走在衰落的路上。曾经繁华如梦的王朝回光返照，人们看得很清楚，很有些文人选择今朝有酒今朝醉的生活，追求享乐，蓄养歌伎，喝酒聚会，有点末世来临前过把瘾就死的奢靡味道。也有些文人忙着购地建房，营造园林建筑。几年之间，长安城形成以皇家园林、寺观园林、私家园林和公共园林为主的四大园林建筑主题。皇家园林如太极宫、大明宫、兴庆宫等。寺观园林如大慈恩寺、玄都观、青龙寺等。私家园林如各坊宅院内的"池沼""林亭""山池"等，名称很多。公共园林中最负盛名的是曲江池。其中，有一处私家园林"林亭"很著名，坐落在距离长安西边大约十多里处。林亭之内，坐落着一片高档别墅群，业主非富即贵。

林亭内环境秀美，古木参天，绿树成荫，禽鸟飞鸣，溪流淙淙，仿佛人间桃源仙境。"绿树重阴盖四邻，青苔日厚自无尘。"（王维《与卢员外象过崔处士兴宗林亭》）"门随深巷静，窗过远钟迟。客舍苔生处，依依又赋诗。"（韩翃《题苏许公林亭》）"此中偏称夏中游，时有风来暑气收。涧底松摇千尺雨，庭中竹撼一窗秋。"（杜荀鹤《夏日留题张山人林亭》）王维曾在终南山购买建造辋川别业隐居，又是文人画的开创者，对园林建筑艺术审美眼光独特，韩翃有"春城无处不飞花"之名句，审美趣味也不低。这些著名诗人来到林亭聚会，留下赞美林亭的诗句。可以想象小区内业主的尊贵和环境的清雅。

这年十月的一天傍晚，秋风阵阵，落叶飘舞，凉意渐起，秋阳把最后一抹余晖映照在流经林亭的溪流上，波光粼粼，鱼翔浅底，河水泛着碎银似的光，静静流淌。河岸边生长着大片的枫树林，在秋风中哗哗作响，仿佛吟唱着季节的挽歌。枫叶随风起伏，殷红的叶林在夕霞的映照下仿佛在燃烧。枫叶如丹倒映在河水里，在水底招摇，又仿佛谁不小心把丹砂倾倒进溪流之中。偶尔，有片片红叶恋恋不舍地辞别旧枝，投入溪流的怀抱，顺水漂向远方。

在那枫林深处，有一座小木桥横跨南北，在枫林中若隐若现。目光所及之处，一叶小舟，正披着夕阳缓缓驶来，越来越近。桥上，站立着一位美丽的少妇，风姿绰约，满脸忧郁。在这暮色四合中，她不断地向那一叶小舟张望。她希望那只小舟上，有她朝思暮想的情哥哥子安。

一个多月前，子安去江陵接他夫人回长安。这个挨千刀的，自从走了以后，连一点音信也没有。按当初俩人的约定，他早该回来了。每天傍晚，寂寞难耐时，美少妇就走出林亭别墅区，来到河边张望等候。可每天都是满心欢喜地来，又失望地回到那所空荡荡的别墅中，孤独地度过漫漫长夜。

今天，又一次让她失望了。美少妇撩起黑白花相间的长裙，款款移步到河水边，呆呆地望着缓缓流动的河水，弯下细腰，用葱白似的手指从水中捞起一片流过来的枫叶。枫叶经过河水的冲洗，更加红艳洁净。她把枫叶贴在脸上，又含在嘴里品咂片刻，一串泪珠无声滑过她那张胶原蛋白过于丰富的脸庞。她对子安的思念，正如这暮色中的河水延绵悠长。每每想到这里，她会轻轻地叹口气，有一次用哀怨缠绵的嗓音唱起那首由她自己填词、作曲的情歌。

> 枫叶千枝复万枝，江桥掩映暮帆迟。
> 忆君心似西江水，日夜东流无歇时。(《江陵愁望寄子安》)

这位美丽的少妇，就是唐代用身体写作的著名女诗人鱼玄机。在唐代几位美女诗人中，她的诗写得确实好！可惜，她却以"性开放"而闻名，又因"性"而被砍头。不过，她写这首情歌时，只有十四岁。那时，她的名字还叫鱼幼薇。

唐会昌四年（844年），京都长安一位破落秀才家里诞生一位女孩，有文化的父亲为她取名鱼幼薇，字蕙兰，希望她慧生兰心。幼薇天性聪慧，才思敏捷，读书用功，更喜诗文，五岁时就能背诵数百首诗，七岁时开始学习作诗。十岁时，因诗名在长安文学圈暴得大名，有"女诗童"之誉，又称"鱼才女"。

自古红颜多薄命。幼薇很不幸，父亲因病早逝，家道衰落很快。年轻美丽的寡母被迫流落到彼时的娱乐场所强颜卖笑为生。鱼幼薇十岁那年，四十二岁的"花间派鼻祖"诗人温庭筠怜惜她的诗才和不幸，收她为徒，从此两人成为一生亦父、亦徒、亦友的关系。很多有才的美女往往是"大叔控"，鱼幼薇也是一样。随着他俩接触的增多，教学相长，鱼幼薇爱上了温老师。"苦思搜诗灯下吟，不眠长夜怕寒衾。满庭木叶愁风起，透幄纱窗惜月沈。"(《冬夜寄温飞卿》)温庭筠在襄阳做徐简刺史的幕僚时，两地相隔，鱼幼薇经常给恩师写这类情诗倾诉衷肠。

鱼幼薇和温庭筠的"师生恋"，一如所有少女青涩纯真的初恋，如酸甜的青苹果味道。温庭筠出身于"富二代"，虽长相丑陋，但多才多艺，思维敏捷，性格豪放，行为放荡不羁，是一位典型的花花公子，外号"温八叉"。年轻时和李商隐是好哥们，经济上没少资助李商隐。两位经常泡在一起吃喝玩乐、写诗听歌，就是不愿意干参加科考之类的正事。不过，李商隐迷途知返，在恩师令狐楚的大力支持下，走向考场，进士及第。

少女鱼幼薇的爱意，并没有给温庭筠带来爱情之烦恼。他或许觉得自己长相丑陋，不好意思面对少女徒弟清澈、单纯的眼睛和心灵。温庭筠始终对鱼幼薇的表白装聋作哑，不予理睬。转眼过了四年，鱼幼薇已十四岁，出落成亭亭玉立的大姑娘，诗艺精进，不输须眉。"自恨罗衣掩诗句，举头空羡榜中名。"（《游崇真观南楼睹新及第题名处》）在唐代，女孩不能参加科考，有才能得不到施展，鱼幼薇很不服气，但又无可奈何。这一年，一个偶然的机会，温庭筠把鱼幼薇介绍给好哥们李亿认识了。鱼幼薇属于典型的"恋爱脑"，不久，满心欢喜地就投入李亿的怀抱。

李亿，字子安，为唐宣宗大中十二年（858 年）及第的状元郎，官授补阙。当年，李亿已经和河东的裴氏之女成亲，两地分居，裴氏住在江陵，李亿在长安。裴氏家族为当时的名门望族，李亿在官场混得风生水起全靠岳父家的背景和资源，怕老婆是难免的。但鱼幼薇才貌双全，温柔多情，让李亿似乎找到了真爱，想尽办法将鱼幼薇安置在他在长安城西郊林亭的别墅里。两人在此度过两个多月的"蜜月"。很快，就被敏感的裴氏一封接一封的家信催回家。

幸福的时光总是短暂的。鱼幼薇送别李亿，独守空房。每一个早晨或傍晚，她在林亭的河边徘徊，思念绵绵，望穿秋水，便写下这首《江陵愁望寄子安》。"愁望"二字，可谓经典。

一年后，李亿携老妻裴氏"跑路"，前往扬州赴任做官，和幼薇连一声告别也没有。痴情的鱼幼薇就这样被彻底抛弃。十五岁的花季，幼薇终于明白"羞日遮罗袖，愁春懒起妆。易求无价宝，难得有心郎。枕上潜垂泪，花间暗断肠。自能窥宋玉，何必恨王昌。"（《赠邻女》）鱼幼薇看似劝说美丽的邻家女子，其实也是说服自己。像她这样美丽聪慧有才情的女子，无价的珍宝很容易得到的，但精神上的真爱很难寻找。独自悲伤不可取，幸福不能靠别人，要靠自己去追求。

唐懿宗咸通七年（866 年），鱼幼薇二十二岁时，自己把名字改为"鱼玄机"。过去的鱼幼薇死了，新生的鱼玄机绝世而独立。鱼玄机住在长安城郊咸宜观里，开始"用身体写作"的另类道姑生涯。她在长安城广而告之，凡是诗写得好、她看上眼的男人，都可以和她尽鱼水之欢，很多文人慕名而来，争相跃跃欲试，鱼玄机过了几年看似风流快活的日子，游戏于人间，其实她在用这种方式表达自己对人生的绝望。咸通十二年（871年）秋天，鱼玄机二十七岁时，因与丫鬟争一位长相如李亿的男朋友而杀死丫鬟。不久，这位男朋友向官府告发鱼玄机杀人。经过审理属实，鱼玄机被砍头，结束其多情凄美的短暂一生。

"蕙兰销歇归春圃，杨柳东西绊客舟。聚散已悲云不定，恩情须学水长流。"（《寄子安》）"井边桐叶鸣秋雨，窗下银灯暗晓风。书信茫茫何处问，持竿尽日碧江空。"（《书情寄李子安》）"满杯春酒绿，对月夜窗幽。绕砌澄清沼，抽簪映细流。卧床书册遍，半醉起梳头。"（《遣怀》）鱼幼薇移情别恋李亿后，曾给他写过很多情诗。她把情诗写在枫叶上，放入林亭边的溪流中，承载着"忆君心似西江水，日夜东流无歇时"的绵绵情爱。可世间的痴情，却总是被辜负，古今皆红楼一梦。

鱼幼薇被砍头前，判官温璋是和她从小住一个大院长大的"发小"，怜惜地问她还有什么话要留下时，只见她嫣然一笑道："温庭筠老师，学生很快就见到您了……"

才情过人，敢恨敢爱。香消玉殒，一声叹息。那片枫叶，随着西江水流逝了，带走的是鱼幼薇的痴情，也是鱼玄机的灵魂。"临风兴叹落花频，芳意潜消又一春。应为价高人不问，却缘香甚蝶难亲。红英只称生宫里，翠叶那堪染路尘。及至移根上林苑，王孙方恨买无因。"（《卖残牡丹》）鱼玄机自比牡丹花般华贵香艳，但命运不济，一生卑微，性情率真，才情过人，注定她悲剧的人生。这样的女子，正史绝不会给她留下片纸只字，所谓的"正人君子"对她的行为往往不屑一顾。但我们从她存世的五十首诗文中，读懂她的痴情、她的爱恨，她活出了自己的传奇。

这样的女子，恰如枫叶一般，历经秋风寒霜的无情，绿叶蜕变为血红的悲剧色彩。

菊花朵朵

唐武宗会昌五年（845年）深秋，霜天寥廓，层林尽染，江水静流。"十年一觉扬州梦，赢得青楼薄幸名"的杜牧已经四十三岁，这是他转任池州刺史的第二年。

九月九日重阳节，好友张祜前来拜会小聚，两人相约带上酒肉，一起去齐山登高望远。张祜也是当时著名的诗人，号称"张公子"，一生存世三百多首诗，远比不上杜牧的五百多首高产优质，当然也更没有杜牧的风流倜傥和女人缘。在当时的文学圈，为张祜赢得盛名的那首《宫词》却很简短："故国三千里，深宫二十年。一声何满子，双泪落君前。"张祜凭这首诗一举成名，仕途却十分坎坷，如深宫女子般幽怨。和张祜同时代的元稹也是诗人，和白居易是好哥们，因为出身好，名气大，依靠婚姻攀附当上大官，还先后拥有崔莺莺、薛涛、刘采春等唐代才貌双全的女人做情人，在政坛、文坛影响力很大。元稹看不起张祜，评价张祜的诗乃雕虫小技，格调不高，影响社会风俗教化。故此，张祜一生仕途坎坷，被元稹的那张"大嘴"所害不轻。

杜牧与元稹的观点不同，和张祜成为好朋友。杜牧出身显赫，一生经历丰富，但同样仕途不顺，或许是同病相怜，惺惺相惜。杜牧少年成名，二十三岁时便写下著名的政论散文《阿房宫赋》，文采飞扬，佳句连连。唐文宗大和二年（828年），杜牧二十六岁进士及第，当年又考中贤良方正直言极谏科。他跨学科两中进士，非常得意。"星汉离宫月出轮，满街含笑绮罗春。花前每被青娥问，何事重来只一人。"（杜牧《重登科》）杜牧因此声名大噪，随即被授予弘文馆校书郎，相当于今社科院院士。杜牧的起跑线就是别人的终点线，仕途看似前程似锦。但是，其一生却不得志，在扬州曾做过牛僧孺的秘书，于青楼中花天酒地。在唐代著名的"牛李党争"中，杜牧在官场转来转去，怀才不遇，一直没太大进步。

杜牧与张祜有共同语言，重阳节一起携壶老酒，登上市郊的齐山。"江涵秋影雁初飞，与客携壶上翠微。尘世难逢开口笑，菊花须插满头归。但将酩酊酬佳节，不用登临恨落晖。古往今来只如此，牛山何必独沾衣。"（杜牧《九日齐山登高》）两人放眼望去，远山秋意正浓，江上波光粼粼，倒映着群飞的雁阵。湖光山色，令人陶醉。可是，像这样欢乐的机会实在太少了！让我们老夫聊发少年狂，采撷一把黄菊花，插满斑白的头顶，尽兴而归，在酩酊大醉中酬答良辰佳节。古往今来皆如此，大可不必为夕阳西下、人生迟暮而伤怀感慨。"牛山下泣"的典故，出自《晏子春秋·谏上》。春秋时期，齐景公游牛山，他北望国都，涕泪横流地说不舍得如此美好之江山、离开尘世去死。艾孔、梁丘也都跟着哭了起来。晏子反倒哈哈大笑，劝导他们说人生无常，哪管你是庶民布衣，还是王公贵胄，都免不了一死。杜牧在不惑之年，明白了世事无常才是有常，齐景公是自寻烦恼。

满头插上菊花，并不是疯癫，而是古人的时尚风俗。南朝梁代的简文帝萧纲是位风流的文青皇帝，其在《茱萸女》诗中有记载："茱萸生狭斜，结子复衔花。遇逢纤手摘，滥得映铅华。杂与鬟簪插，偶逐鬓钿斜。"女子纤纤玉手，采摘茱萸花后，和"鬟簪"之类的金玉头饰一起斜插在头上，风韵迷人。一位俏皮浪漫的少女形象栩栩如生，如在眼前飘过。唐代王维十七岁时，曾在重阳节写过"独在异乡为异客，每逢佳节倍思亲。遥知兄弟登高处，遍插茱萸少一人"（《九月九日忆山东兄弟》）。重阳节登高，因思念而伤感，因伤感打动人心。遍插茱萸与头插菊花一样，直接插进一代代中国人心灵中的乡愁深处。

好花不常开，好景不常在。头上插花何必等到重阳节？春光明媚里，古人曾在头上插满杏花、梨花、牡丹等花卉。"夜来微雨洗芳尘，公子骅骝步贴匀。莫怪杏园憔悴去，满城多少插花人。"（杜牧《杏园》）一夜春雨过后，采摘杏花插头的公子哥、小姐姐太多，竟然把整个杏园的杏花都摘光了。"小楼一夜听春雨，深巷明朝卖杏花。"买杏花比上树攀枝摘取高雅，买回不仅可以插入瓶中，还可以戴在头上。"不识如何唤作愁，东阡南陌且闲游。儿童共道先生醉，折得黄花插满头。"（陆游《小舟游近村舍舟步归诗》）陆放翁醉了，头上插满菊花，小孩子们捉弄他，他乐呵呵地装傻。这是一位很可爱的老诗翁、老顽童。

头上插满菊花，与插上其他的花朵虽同样风流，但其中所表达的内心精神情感不同，这是屈原、陶渊明首先赋予菊花的人文标签。为草木花卉融入道德情感和人格化，不仅仅是中国的文化传统，同样具有世界性。《论语》曰："岁寒，然后知松柏之后凋也。"松柏成为树中英雄。要知松高洁，待到雪化时。屈原在《离骚》中说："朝饮木兰之坠露兮，夕餐秋菊之落英。"兰花、菊花、杜若、荷花等因屈原投江而死后的名节成为道德高洁的象征。人们把它们插在头上，张扬自己的人格理想和道德价值。

东晋陶渊明"采菊东篱下，悠然见南山""秋菊有佳色，挹露掇其英"。田园中的菊花是隐逸诗派的标签。陶渊明做过彭泽县令，因不适应官场规则而辞官归隐，一生穷困潦倒，独爱菊和嗜酒。在茅舍篱边，遍栽丛菊，筑起飘逸脱俗的精神桃源，享受清寂的生命时光。试想一下，如果陶渊明手里采的不是黄菊花，而是一把透明的红萝卜，他悠然看见的南山又会怎样？南朝的萧统在《陶渊明传》中记载：江州刺史王弘一直想结识陶渊明。有一年重阳节，陶渊明因家贫"无酒，出宅边菊丛中坐。久之，满手把菊。忽值（王）弘送酒至，即便就酌，醉而归"。重阳节无钱买酒，满手把菊，久久地坐在菊花丛中等酒上门，别人送来即喝醉，便有了"白衣送酒"这个典故。"三径就荒，松菊犹存。"陶渊明写有多首《饮酒》诗，其实写的是情怀，是寂寞。飘散在东晋江南田野中的菊香与酒香混合在一起的芬芳味道，一直飘散到一千多年后的今天。

唐宋风雅，离不开花和酒。日常生活中，女人爱戴花，男人也爱簪花。不分官民老少，簪花风尚多，以繁为美。"行到亭西逢太守，篮舆酩酊插花归。"（《丰乐亭游春三首》）欧阳修在滁州做市长，喝得醉醺醺的，坐着一顶小竹轿，头上插满了鲜花，行走在回家的路上，与民同乐，老百姓并没有觉得这位市长"不正经"。"人老簪花不自羞，花应羞上老人头。醉归扶路人应笑，十里珠帘半上钩。"（苏轼《吉祥寺赏牡丹》）赏花开心，饮酒助兴，喝得酩酊大醉，头上满插鲜花，东倒西歪，人们争相围观嬉笑。但绝对不会是嘲笑。"花向老人头上笑，羞羞，白发簪花不解愁。"（黄庭坚《南乡子》）老头儿们在头上簪花"卖萌"，有点自羞脸红，心里却很享受。"秉金笼，夜寒浓。沈醉插花，走马月明中。"（晁补之《江城子》）"插花还起舞，管领风光处。把酒共留春，莫教花笑人。"（张元干《菩萨蛮》）花好须尽赏，千万不要让花儿嘲笑我们不懂得珍惜她们。

"头上花枝照酒卮，酒卮中有好花枝。身经两世太平日，眼见四朝全盛时。况复筋骸粗康健，那堪时节正芳菲。酒涵花影红光溜，争忍花前不醉归。"（邵雍《插花吟》）卮（zhī），为酒器，容量四升，泛指酒杯。"两世"即六十年。"四朝"指宋真宗、宋仁宗、宋英宗、宋神宗四代。头上插的花枝，映照在清清的酒杯里，花枝也醉了。一生经历了六十年的太平岁月，目睹四朝的盛世。趁身体还很康健，又喜逢百花盛开的芳菲时节，美酒荡漾着花影，红光流转出大好春景，在花前不醉不归。头上的花影在酒杯里招摇，酒不醉人人自醉，多么美好的大宋时代！文人表达的是人生态度，张扬的是个人真性情。

其实在宋代，头上插花除了风雅，还是个人荣耀和尊贵的身份象征。对此，官员头上插花有着严格的等级规定。南宋吴自牧在《梦粱录》中记载：宋时臣僚赐花簪戴，各依官序。宰臣枢密使，赐大花十八朵，栾枝花十朵。枢密使同签书枢密院事，大花十四朵，栾枝花八朵。敷文阁学士，大花十二朵，栾枝花六朵。正任承宣观察使赐大花十朵，栾枝花八朵。正任防御使至刺史各赐大花八朵、栾枝花四朵。……品级越低，簪花越少。最小的使臣，只有大花四朵，没有栾枝花。栾枝是一种常见的园林植物，与小桃红相似，小桃红的花直接长在枝上，而栾枝的花长在小梗上。"头上宫花射彩云，归向慈严夸盛事""牡丹芍药蔷薇朵，都向千官帽上开""醉里插花花莫笑，可怜春似人将老""开口笑，插花归，更候清秋晚""插花人好手纤纤""云鬓插花新，新花插鬓云""插花走马，天近宝鞭寒""插花归去莫匆匆""千骑插花秋色暮"……从这些诗句中，可见当时社会上簪花时尚之美。但满头插花的大宋官员，花团锦簇的官府大院，如何与北方草原上奔突狼性的金戈铁马相抗衡呢？

官场时尚引领社会大众审美趣味。周密在其《武林旧事》中记载：南宋时，杭州六月茉莉花为最盛，初出时，价格甚高，妇人簪戴，多至七插，所值数十券，不过供一饷之娱耳。茉莉花每枝都有好几朵花，插七枝的效果，肯定很惊艳。南宋与金国议和后，一幅太平享乐景象。"有花君不插，有酒君不持。时过花枝空，人老酒户衰。"（陆游《插花》）陆游提醒世人，有花的时候你不插，有酒的时候你不喝，等到花谢了，人老喝不动了，悔之晚矣！

陆游的这种插花情绪蔓延很广。"当年五陵下，结客占春游。红缨翠带，谈笑跋马水西头。落日经过桃叶，不管插花归去，小袖挽人留。换酒春壶碧，脱帽醉青楼。楚云惊，陇水散，两漂流。如今憔悴，天涯何处可销忧。长揖飞鸿旧月。不知今夕烟水，都照几人愁。有泪看芳草，无路认西州。"（朱敦儒《水调歌头》）有这种对青春逝去感叹留恋的还有辛稼轩。"少日春怀似酒浓，插花走马醉千钟。老去逢春如病酒。唯有，茶瓯香篆小帘栊。（辛弃疾《定风波·暮春漫兴》）少年意气，纵情狂欢，头插鲜花，酒后策马奔驰。年老的时候，只能在家里燃香喝茶，消磨时光。

重阳节年年不变，变化的是节日登高的人和人的情绪。唐代杜牧和张祜《九日齐山登高》的情绪和人生感悟，影响到几百年后北宋的大文豪苏轼和南宋的大理学家朱熹。"与客携壶上翠微，江涵秋影雁初飞。尘世难逢开口笑，年少，菊花须插满头归。酩酊但酬佳节了，云峤，登临不用怨斜晖。古往今来谁不老，多少，牛山何必更沾衣。（苏轼《定风波·重阳》）"云峤"，是指耸入云霄的高山。南宋时，执教于武夷山的朱熹也和苏东坡一样，写有《水调歌头·隐括杜牧之齐山诗》。"江水侵云影，鸿雁欲南飞。携壶结客，何处空翠渺烟霏。尘世难逢一笑，况有紫萸黄菊，堪插满头归。风景今朝是，身世昔人非。酬佳节，须酩酊，莫相违。人生如寄，何事辛苦怨斜晖。无尽今来古往，多少春花秋月，那更有危机。与问牛山客，何必独沾衣。"

重阳节满头插菊的风尚成为文化，影响同化了北方异族。金元之际的文坛宗师元好问，曾在《辛亥九月末见菊》诗中记载："鬓毛不属秋风管，更拣繁枝插帽檐。""繁枝"是指很多花。他把菊花插在帽檐上，一位俏皮活泼的"老文雄"呼之欲出。

　　清代，曹雪芹的名著《红楼梦》里，描写菊花插头的场景很多。比如，第四十回"史太君两宴大观园"。清晨，菊花盛开，贾母带领凤姐等众美女进入大观园游览，李纨为哄贾母高兴，忙迎上去，说她刚采摘好菊花，正要送给老祖宗簪戴。李纨的小丫头碧月忙捧过一个大荷叶式的翡翠盘子来，里面盛着各色折枝菊花。贾母首先拣了一个大红的菊花簪于鬓上，回头看见刘姥姥，笑着招呼她过来戴花儿。凤姐笑着便拉过刘姥姥说："让我打扮你。"将一盘子花横七竖八地插满一头。贾母和众人都笑得合不拢嘴。刘姥姥傻笑道："我这头也不知修了什么福，今儿这样体面起来。我虽老了，年轻时也爱风流，爱个花儿粉儿的，今儿索性做个老风流！"大观园中，刘姥姥故意装疯卖傻，博她们一笑，很有混社会的智慧。

　　《红楼梦》里，探春的性格清高孤傲，自号"蕉下客"，深受杜牧这首诗的影响。第三十八回"林潇湘魁夺菊花诗"中，大观园成立"海棠诗社"，史湘云与薛宝钗连夜拟了十二道菊花诗题。第二天，请姐妹们在大观园吃蟹赏菊作诗，探春当即勾选《簪菊》诗题，挥笔写就一首好诗。"瓶供篱栽日日忙，折来休认镜中妆。长安公子因花癖，彭泽先生是酒狂。短鬓冷沾三径露，葛巾香染九秋霜。高情不入时人眼，拍手凭他笑路旁。"瓶子里供养、篱笆边栽种，天天为菊花劳碌奔忙。摘来菊花插在鬓边，这不仅是女人喜欢对着镜子梳妆打扮，因为簪菊本是重阳节习俗，男子更是满头插菊。比如，长安公子杜牧"菊花须插满头归"，还有陶渊明采菊东篱，以酒为乐。短短的鬓角感觉有点冰冷，那是头上插戴的菊花沾带露珠滴下的清凉。粗葛布做的便帽上，沾染菊花的香气，混合着深秋的寒霜。这种高尚脱俗的雅致情趣，自然不入世俗庸人的浊眼，任凭他们站在路边，拍着脏手指指点点地嘲笑吧！诗中这位簪菊的高人雅士，就是贾探春自己。

　　草木花卉及鱼虫鸟兽，一直是中国文学书写的审美对象和象征主题。第一部诗歌总集《诗经》中的植物花卉繁多，诗中活跃着灵动的鸟虫鱼兽，多彩生动，好看好玩。《诗经》中第一个冒出来的植物荇菜属浅水性植物，知名度最高的植物是蒹葭和杨柳。屈原沉迷于香花异草，自己与它们混为一体，菊花、兰花、荷花便被人格化。这些花草成为文人们内心世界的精神投射。至于花草本身，一岁一枯荣，身份被赋予社会道德伦理精神的意义，是文人骚客的事情，花草不知道，也不在乎这些。人们在重阳节争相簪戴菊花，表达的是文化，张扬的是精气神。遗憾的是元明清以降，这一传统风尚日渐式微，至今已经基本消失。

　　重阳节对我非常重要，我在这一天来到这个世界上，转眼已近一个甲子。每到九月初八，老娘总是提醒我说，明天是你的生日，别忘了吃面条和鸡蛋。上世纪六十年代，家里没有挂历和钟表，她不记得阳历和具体时间，儿子的农历生日永远也忘不了。但老娘的生日我总记不住。多年之后，我才知道重阳节也是敬老节，想来真是惭愧！

"节物惊心两鬓华，异乡客居思无涯。牛山沾衣空垂泪，参军吹帽传佳话。重阳登高望大河，两岸遍开黄菊花。可有白衣送美酒？樽前拼醉梦归家。"（《重阳生日有怀》）自断此生休问天，不堪驱使菊花前。重阳之夜的梦中，一群乡村少年在秋日的田野里疯跑，一位少年蹲在路边田埂上，顺手采摘一把自由盛开的野菊花，仰头对着太阳晃动出一片金色。不一会儿，小伙伴们又欢叫着登上巍巍嵩山，远眺大河如带。那大河，就是故乡的黄河。少年们把手中的黄菊花欢喜地插在头上，却忽然发现青丝已变成不胜簪的稀疏白发。在这仿佛是电影慢镜头的转换中，少年依稀听到有生日祝福歌声响起……

深秋飘飞的诗笺

诗笺，本指为诗集所作的笺注，也是诗集的别称。后来，泛指专门写诗的笺纸或供誊写诗词的笺纸。金秋十月，那漫山遍野的片片红叶带来的诗意，不禁让我想起唐代的那些著名的红叶诗和传奇故事。刹那间，我觉得眼前的每一片红叶就是飘飞在天地之间的美丽诗笺。

当然，这个故事既浪漫，又凄美。

唐朝的孟棨在《本事诗》中记载，有一天，中唐诗人顾况在长安与诗友游玩时，看到从宫墙内流出来的水中漂着一片红叶，他好奇地捡起来，竟然看到上面写有一首诗："一入深宫里，年年不见春。聊题一片叶，寄予有情人。"顾况深思半天，好奇心使然，也专门捡来一片红叶，在上面题写道："花落深宫莺亦悲，上阳宫女断肠时。帝城不禁东流水，叶上题诗欲寄谁？"第二天，顾况特意走到宫墙外河水的上游，让红叶顺水流入宫内。过了十多天，有人捡到一片红叶送给顾况，上面写有一首诗曰："一叶题诗出禁城，谁人酬和独含情。自嗟不及波中叶，荡漾乘春取次行。"

这位顾况，不是别人，正是当初提醒年少的白居易"长安物贵，居大不易"的著名诗人。可是，当他读到"野火烧不尽，春风吹又生"诗句时，马上改变口气说："有句如此，居亦何难？老夫前言戏之耳！"可见，顾况慧眼识珠，白居易后来的表现也证明他没看走眼。

盛唐繁华时代，宫女甚众。比如唐玄宗时，全国总人口有四千一百多万人，而各地行宫的宫女总数就超过四万人。美女集中在宫里，既不能从事生产劳动，也没有机会受到皇帝宠幸，造成人力资源的极大浪费。宫女们久居深宫，无聊难耐，在红叶上题诗解闷，打发时光。"流水何太急，深宫尽日闲。殷勤谢红叶，好去到人间。"（韩氏《题红叶》）唐宣宗时，有位姓韩的宫女写下此首诗，为她寂寞无名的人生留下雪泥鸿爪。这枚红叶被青年卢渥无意间捡到。后来，唐宣宗放出一大批宫女，其中一位韩姓宫女嫁给卢渥，她在丈夫的书箱里发现这枚自己题写诗的红叶。韩宫女虽不知其名，但也算是幸运者吧。五代孙光宪在《北梦琐言》中把这一故事记载为唐僖宗时宫女和青年李茵的故事。李茵为避藩镇之乱，收藏着捡拾的红叶逃到蜀地，遇见一位流落民间的宫女，名叫云芳子，无意间看到这片红叶后告诉李茵，这首诗正是她在宫中时所题。

后来，有关红叶题诗的典故演绎出多个版本，情节大同小异。"寥落古行宫，宫花寂寞红。白头宫女在，闲坐说玄宗。"（《行宫》）元稹用短短二十个字就深刻表达出时光无情，带给美人们心里的寂寞无处排解，只能八卦一下唐玄宗的风流韵事。北宋刘斧在《青琐高议·刘红记》中感叹道："流水，无情也；红叶，无情也。以无情寓无情，而求有情，终为有情者得之，复与有情者合，信前世所未闻也。"红叶为诗笺题诗笺，符合大众审美趣味。

当然，红叶作为诗笺，不是宫女们的发明专利。由于红叶在深秋时节历经风霜而蜕变本身就有悲剧色彩，加之从宋玉开始，悲秋的情绪常和人生暮年和坎坷沉浮相联系。故此，红叶为文人们表达人生感悟提供了一个绝妙载体。

深秋时节，万类霜天竞自由。唐代的"诗佛"王维隐居在陕西蓝田西南的秦岭辋川别业里，庭院四周苍松翠柏郁郁葱葱，枫叶如丹，溪流潺潺。等霜降一过，绚烂多彩的秋天很快就被大雪覆盖。山路弯弯，王维漫步在深秋的秦岭之中，随手捡起一片红叶，在上面留下空灵的诗行。"荆溪白石出，天寒红叶稀。山路元无雨，空翠湿人衣。"（《山中》）王维捡拾的这片红叶，顿生朦胧美妙的诗意，令人一下子沉静下来。这些红叶，却被后来的"诗魔"白居易用来烧火温酒，倒也不失浪漫。

唐宪宗元和元年（806年），三十五岁的青年白居易在京城长安郊区周至任县尉，经常约朋友到秦岭太白山游玩。太白山是著名的秦岭山脉主峰，就像一道高大宽厚的巨壁，阻挡着南来北往的气流，使南、北气候产生明显的差异。因此，秦岭成为我国南、北气候的分界线，也是长江、黄河两大水系的分水岭。这年秋天，白居易沿着前辈王维的足迹，在秦岭饱览深秋景色，并到仙游寺探访。走累了，就地休息。白居易捡拾一堆飘落的红叶点燃烧火，把随身携带的一壶老酒烫热，这几位"驴友"喝酒驱寒，酒酣微醺，用宽大的衣袖扫去石头上滋生的青苔，在上面写上几行酒后发狂的诗句，飘飘欲仙，全然不顾山林防火的警示。"曾于太白峰前住，数到仙游寺里来。黑水澄时潭底出，白云破处洞门开。林间暖酒烧红叶，石上题诗扫绿苔。惆怅旧游无复到，菊花时节羡君回。"（《送王十八归山寄题仙游寺》）两个月后，白居易与陈鸿、王质夫相约，再次游览仙游寺。在此，白居易写出著名的《长恨歌》，陈鸿作《长恨歌传》，唐玄宗与杨贵妃的爱情故事成为传奇。

用红叶温酒，确实有点暴殄天物。中年以后，白居易常常回忆起这些往事。黑水、白云、红叶、绿苔、菊花，色彩斑斓，经常在他梦中浮现，每个人都喝醉了酒，脸红得像枫叶一样。人过中年，脸色再红，也并非满面春光。"临风杪秋树，对酒长年人。醉貌如霜叶，虽红不是春。"（《醉中对红叶》）此时，他已被贬为江州司马，一直在思考未来的人生之路该怎么走下去。

斗转星移，时光匆匆。唐大和六年（832年），六十一岁的白居易为河南尹，人生也进入秋天，他对这个市长职位兴趣不大，很快请辞。这年十月，又是一年枫叶红，红得像火一样燃烧，他携朋友老杜秋游，心情愉悦，在红叶上题诗遣兴。"寒山十月旦，霜叶一时新。似烧非因火，如花不待春。连行排绛帐，乱落剪红巾。解驻篮舆看，风前唯两人。"（《和杜录事题红叶》）自古逢秋悲寂寥，我言秋日胜春朝。一排排枫树，像帷帐一样整齐。那随风飘落的红叶，就像红围巾一样美，我们俩停卜轿子，静静地在秋风中欣赏这里美丽的秋日景色，你我真是幸运儿！那些曾经的好朋友如今在哪里呢？好哥们元稹去年去世后，今年七月才得以归葬咸阳。白居易亲自为一生的好哥们元稹撰写墓志铭。从此，大唐文学圈里的"元白"最佳组合散了。白居易想到这些，刚才欣赏红叶的好心情顿时沉重起来。元稹若是今天能和我们在一起题诗红叶，该是多么好啊！

想到元稹，白居易回忆起唐贞元十九年（803年）的青春岁月。这一年，可谓是唐朝文学界的幸运之年。白居易已经三十二岁，与比他小七岁的元稹一起，以书判拔萃科登第，同授秘书省校书郎。与白居易同庚的刘禹锡被授监察御史。以后，白居易、元稹、刘禹锡这几位好哥们在当时的政坛和文坛各自风流，他们如春天青绿的枫叶，历经风霜后蜕变成殷红色，正如他们演绎出的不同人生故事。

更值得记住的是这一年，杜牧口含"金汤匙"在长安呱呱坠地，成为宰相杜佑之孙，天生聪慧，多才多情，二十三岁时写下著名的散文《阿房宫赋》，结尾那句"秦人不暇之哀，而后人哀之。后人哀之而不鉴之，亦使后人而复哀后人也"至今振聋发聩。杜牧二十六岁考中进士，进入仕途，并不顺利，一生爱美景、爱美人、爱美酒、爱写诗，人称其"小杜"，以别于"诗圣"杜甫。"远上寒山石径斜，白云生处有人家。停车坐爱枫林晚，霜叶红于二月花。"（《山行》）他的这首赞美红叶的诗句，更是妇孺皆知。

妙哉！诗人咏红叶者多矣，杜牧赏其色艳胜于春花。但是，这其中更多地表达出他对人生之路的思考和超越。杜牧一生仕途并不太顺，始终得不到皇帝重用，在幕府做一些文字材料工作，还经常漂泊异乡，在他风流洒脱、性情自由的背后，也有很多壮志难酬的无奈和寂寞。故此，红叶所蕴含的悲秋诗意浸润在心中，易化为对人生的感悟和对家乡、故人的思念和忧伤。"江城红叶尽，旅思倍凄凉。孤梦家山远，独眠秋夜长。道存空倚命，身贱未归乡。南望仍垂泪，天边雁一行。"（《寄兄弟》）杜牧曾在扬州牛僧孺的幕府里工作，花天酒地过一段日子，赢得青楼薄幸名，沉溺在美酒、美女脂粉混合着体香的味道中，十年一觉扬州梦。梦醒时分，一片红叶，像一面镜子，映照出他那颗孤独寂寞、多情敏感的诗心。

转眼过了二百多年，和杜牧非常相似，北宋的晏几道也含着"金汤匙"出生。父亲晏殊是太平时期的宰相，有"神童"之称，更是文坛大家。晏殊四十七岁时，又得一儿子，格外宠爱。晏几道从小在脂粉堆中成长，锦衣玉食，聪颖过人，七岁能写文章，十四岁参加科举考试中进士，春风得意，诗酒年华，孤傲清高，曾拒绝正处于仕途高光时刻的苏东坡想与他为友的主动示好。但北宋至和二年（1055 年），晏殊去世后家道中落，风流公子哥的生活戛然而止。熙宁七年（1074 年），晏几道因朋友郑侠反对王安石变法而受牵连，被逮捕下狱。宋神宗后来虽释放了他，但他的家境每况愈下，从一位书生意气的公子哥沦落为贫困潦倒的精神贵族。生活环境和人生境遇的巨大反差，让晏几道对深秋里的片片红叶，有着更多的同情和理解。

> 红叶黄花秋意晚，千里念行客。
>
> 飞云过尽，归鸿无信，何处寄书得。
>
> 泪弹不尽临窗滴，就砚旋研墨。
>
> 渐写到别来，此情深处，红笺为无色。（《思远人》）

　　又是深秋，在晏几道的眼前和心里飘飞着满山红叶，遍地黄菊，不知道故人如今在何方？是否安好？天边的彩云聚散舒卷，归来的大雁也没有捎来任何消息。那一封封写好的书信，却无处可寄了。我临窗远眺，秋水望穿，泪流满面，滴到砚台上，权且用泪水研墨继续写给你听吧。任由泪水滴到红色信笺上，信笺的颜色也褪去了，我还是想把对你的思念写在深秋的红叶上，你知道红叶是不会褪色的。

> 淡水三年欢意，危弦几夜离情。
>
> 晓霜红叶舞归程。
>
> 客情今古道，秋梦短长亭。
>
> 渌酒尊前清泪，阳关叠里离声。
>
> 少陵诗思旧才名。
>
> 云鸿相约处，烟雾九重城。（《临江仙》）

　　我们已经分别三年了，那曾经的欢乐时光仿佛就在昨天。既然和着泪水写成的信笺无处可寄，那就在红叶漫天飞舞的时节踏上回家的路。临行之前，喝上一碗酒，擦去悲伤的泪水，奏一曲"阳关三叠"，像唐代杜甫一样用诗句安顿心灵。不过，"一声长笛倚楼时。应恨不题红叶、寄相思"。您肯定还记得我的诗句常常题写在深秋的片片红叶上。"凭觚静忆去年秋，桐落故溪头。诗成自写红叶，和恨寄东流。人脉脉，水悠悠。几多愁。雁书不到，蝶梦无凭，漫倚高楼。"（《诉衷情》）去年秋天，我们曾在故乡的溪水岸边的桐树下吻别，我在红叶上题诗送你留念，你把红叶夹在书里，回到家中，倚楼而立，含情不语，凝望着悠悠流水，向我挥手告别。你那天真无邪的大眼睛和秋水一样澄澈。

　　这位倚楼而立、挥手告别的女子，是歌女小莲，也可能是小蘋姑娘。"记得青楼当日事，写向红窗夜月前，凭伊寄小莲。"写在红叶上的这首情歌，她们仍在夜半寂寞时吟唱。"梦后楼台高锁，酒醒帘幕低垂。去年春恨却来时。落花人独立，微雨燕双飞。记得小蘋初见，两重心字罗衣。琵琶弦上说相思。当时明月在，曾照彩云归。"（《临江仙》）远处仿佛传来忧郁的歌声，在如幻的梦境中，我仿佛看见小蘋幽幽站立在落花纷飞之中。成双成对的燕子在微风细雨中，从你身边低飞而过。小蘋还是初次相见时的俏丽模样，身穿绣着两重心字、香熏过的纱衣，轻轻弹奏的琵琶声如泣如诉。那一夜，月光如水，小蘋像一朵彩云飘然逝去。当年的那轮明月还在倾泻着清辉，可不知小莲、小蘋在何方？

北宋晏几道题写在红叶上的情绪，感染着后来南宋的朱敦儒。经历"靖康之耻"后南渡避难的朱敦儒，红叶带给他的情绪中弥漫着家国破碎的人生悲凉。"连云衰草，连天晚照，连山红叶。西风正摇落，更前溪呜咽。燕去鸿归音信绝。问黄花、又共谁折？征人最愁处，送寒衣时节。"（《忆少年》）朱敦儒独自坐在深秋里，天地间萧瑟寂静，经霜后的树林在夕阳里显得很孤独，红叶纷然飘落。红叶的艳丽，来自绿色经霜后的悲壮之美，恰如人生从青春到白头、从喧嚣到沉寂的滋味。"秋满蘅皋，烟芜外、吴山历历。风乍起，兰舟不住，浪花摇碧。离岸橹声惊渐远，盈襟泪颗凄犹滴。问此情、能有几人知，新相识。追往事，欢连夕。经旧馆，人非昔。把轻颦浅笑，细思重忆。红叶题诗谁与寄，青楼薄幸空遗迹。但长洲、茂苑草萋萋，愁如织。"南宋状元郎张孝祥的这阕《满江红》词，弥漫着同样的情绪。

满山霜林秋似锦，片片红叶任题诗。不过，古代诗人题写在红叶上的诗意被现代人拓展和颠覆，红叶幻化出绚丽的革命色彩，1966年秋天，无产阶级革命家陈毅元帅游北京西山，写下著名的《西山红叶》诗："西山红叶好，霜重色愈浓。革命亦如此，斗争见英雄。红叶遍西山，红于二月花。……书中夹红叶，红叶颜色好。请君隔年看，真红不枯槁。……题诗红叶上，为颂革命红。革命红满天，吓死可怜虫。"伟大的革命乐观主义和英雄主义跃然在满天红叶中。

桃花依旧笑春风

中国是桃树的故乡，距今已有三千多年的栽种历史。世界上桃树的品种有三千多种，仅中国就占四分之一以上。据史料记载：唐代贞观四年（630年），唐玄奘在《大唐西域记》中，曾详细记述桃树从中国引入印度的历史。明弘治五年（1492年），哥伦布发现新大陆后，桃树又随欧洲移民进入美洲。二十世纪初期，美国园艺家从中国引进四百五十多个优良桃树品种，通过杂交和嫁接技术推广，使美国成为世界上最大的桃果生产国之一。直到清朝光绪二年（1876年），日本冈山县园艺场才从中国上海和天津引进水蜜桃品种。

若从自然属性上看，桃树属蔷薇科落叶乔木，每年春季开花，花期一般在三月或四月，桃花有桃红、嫣红、粉红、银红、殷红、紫红、橙红、朱红等颜色。观赏桃品种繁多，食用桃品种也不少，果实好看好吃，成为人间美味和长寿吉祥的象征。阳春三月，莺飞草长，春风浩荡，河水欢畅。田野、村旁、山坡、溪边、寺院、农舍、公园等地方，桃花欲燃，万紫千红，宛如人间仙境。桃花一簇开无主，可爱深红爱浅红。看到春风里的桃花，每个人都会春心荡漾、心情愉悦。

在中国源远流长的传统文化中，古人对桃树赋予生殖崇拜和吉祥长寿的文化意义。桃花被赋予爱情、美人和理想世界等美好的人格寄托，桃枝被赋予镇鬼驱邪、吉祥平安的神器。单从这点来看，也反证了中国是桃树的故乡。

桃花，在中国最早的诗歌总集《诗经》中盛开得热烈绚丽，摇曳多姿，一路惊艳到秦汉、魏晋南北朝，一篇《桃花源记》构建出人们心中的"乌托邦"。到了隋唐两宋时期，桃花开得最为妖娆。元明清以降，桃花化为清丽淡雅。近现代后，桃花日益趋于艳俗。总之，桃花之艳丽，桃花之轻灵，桃花之凄婉，桃花之沉静，桃花之销魂，在无数诗词中被反复表达，投射出诗人们五彩斑斓的精神世界和沉浮跃动的心灵曲线，影响了一代又一代国人。

"桃之夭夭，灼灼其华。之子于归，宜其室家。桃之夭夭，有蕡（fén）其实。之子于归，宜其家室。桃之夭夭，其叶蓁（zhēn）蓁。之子于归，宜其家人。"（《诗经·桃夭》）这是三千多年前一首送女子出嫁的经典诗句。至今，大家在踏春时都会随口吟咏。桃树枝干苗壮，枝繁叶茂，桃花在阳光下泛着红光。出嫁的姑娘美丽丰满，健康快乐。今天正是结婚的好日子，祝愿她们婚后早生贵子，生活像桃树一样硕果累累，人丁兴旺，甜蜜绵长。每次读到这首诗，我仿佛看到新嫁娘绯红羞涩的脸庞，交映着艳丽的朵朵桃花。这美丽动人的画面在眼前反复回放，不由得心旌荡漾。

在荒郊野外肆意绽放的桃花，如同黎民百姓平凡日子的幸福。但若牵涉到宫廷政治，同样好看的桃花立即就会异化为毒草。

春秋时期，同是新嫁娘的绝色美女齐文姜比桃花还妖艳，却成为政治斗争的牺牲品。史料《东周列国》记载：齐文姜是齐僖公的二闺女，与她的姐姐齐宣姜皆是当时闻名的倾城倾国的美女。齐宣姜嫁到卫国，老公公卫灵公为这位儿媳妇的美貌而食不知味，夜不能寐，精神恍惚。齐文姜和郑国公子姬忽订婚后，不久却被退婚，文姜很受打击。她同父异母的哥哥诸儿与她青梅竹马，暗生情愫。但伦理不容，齐僖公将文姜许给鲁桓公。诸儿闻讯，悲伤至极，遣人送给妹妹一枝桃花，并附诗一首："桃树有华，灿灿其霞。当户不折，飘而为直，吁嗟复吁嗟！"妹妹你像桃花般美如云霞，可花堪折时，我错过机会，现在你要出嫁，像花一样飘落，叹息啊，叹息！文姜收到后，以诗作答："桃树有英，烨烨其灵。今兹不折，证无来者？叮咛兮复叮咛！"哥哥你像桃树般英气飒爽，今天不能成全好事，难道未来还有机会吗？爱情之火像桃花一样燃烧。两情相悦的兄妹，以桃花传情，倾诉衷肠。婚后，鲁桓公对美艳的妻子十分满意，但文姜却旧情难忘。十八年后，文姜携子女回娘家探亲，与已为国王的哥哥诸儿旧情复发，两人在后宫缠绵三昼夜。鲁桓公得知后，怒打文姜。后来，情敌诸儿设计杀死鲁桓公。文姜这朵桃花过于妖艳，非一般人所能折取欣赏。

到了唐代，考生崔护偶遇村姑的桃花故事最能满足大众审美需求。唐贞元十二年（796年），二十四岁的博陵（今河北定州）人崔护远赴长安，在参加进士考试后，独自到郊区城南庄游玩散心。这次没有结果的经典艳遇留下的诗让他流芳千古，也算最大的幸运。"去年今日此门中，人面桃花相映红。人面不知何处去，桃花依旧笑春风。"（《题都城南庄》）桃花如爱情般美好，爱情似桃花般妖娆，唐代诗人李咸用为此发出一声感叹："茫茫天意为谁留，深染夭桃备胜游。未醉已知醒后忆，欲开先为落时愁。痴蛾乱扑灯难灭，跃鲤傍惊电不收。何事梨花空似雪，也称春色是悠悠。"（《绯桃花》）桃花鲜艳美丽，就连痴情的飞蛾和水里的鲤鱼也经不起诱惑。明知桃花终会凋零，梨花飘落成雪，但也义无反顾地去爱这虚幻的美丽。时光悠悠，生命美好，多情的桃花，正如《诗经》中的新嫁娘、春秋战国时代的齐文姜，或唐代考生崔护邂逅的村姑小芳，吸引着后世的痴男怨女奋不顾身地跃入桃花溪中。

唐代的刘禹锡就是一个"另类"痴蛾。"山桃红花满上头，蜀江春水拍山流。花红易衰似郎意，水流无限似侬愁。"（《竹枝词》）桃花承载着人们对美好爱情的祈盼，盛开出情爱的缠绵和忧伤。不仅如此，刘禹锡还从桃花中看到小人得志后的猖狂，心中的愤怒和不平如桃花般燃烧，其人生为倔强的性格付出巨大的代价。

唐大历七年（772 年），刘禹锡出生于嘉兴。贞元九年（793 年），与柳宗元同榜进士及第，同年登博学鸿词科，两年后再登吏部取士科，为天子校书。唐宪宗元和十年（815 年）春天，刘禹锡从贬谪地朗州被召回京城。十年前，他因参与王叔文集团的改革失败，离京外放。旧地重回，物是人非。长安城里诸多达官显贵弹冠相庆，得意扬扬，轻浮浅薄，刘禹锡感到好笑和愤懑。他借游玩长安玄都观写诗表达这种情绪，嘲笑他们："紫陌红尘拂面来，无人不道看花回。玄都观里桃千树，尽是刘郎去后栽。"（《元和十年自朗州至京戏赠看花诸君子》）刘禹锡因桃花诗得罪权贵，再次被贬流放广东连州。此后，刘禹锡在连州五年。元和十四年（819 年），母丧方得离开。长庆元年（821 年）冬，被任夔州刺史。长庆四年（824年）夏，调任安徽和州刺史。

转眼又过去十三年，宝历二年（826 年），刘禹锡才被召回洛阳。第二年，任职于东都尚书省。大和二年（828 年），刘禹锡又回到长安任主客郎中，重游玄都观，想起往事，不胜感慨，心里还是不服，详细记录上次因戏写桃花诗被贬的经过，又写一首《再游玄都观》："百亩庭中半是苔，桃花净尽菜花开。种桃道士归何处？前度刘郎今又来。"外放被贬何所惧，当年的那些权贵已经如桃花般凋谢成尘，可我刘郎又活着回来了！

时光匆匆。唐文宗开成三年（838 年）暮春的一天，晚年的刘禹锡在洛阳任太子宾客等闲职，回忆起长安玄都观的桃花，联想到陶渊明笔下的武陵桃花源，感叹青春短暂，欢颜易逝，人生如桃花般易飘落。"春去也，多谢洛城人。弱柳从风疑举袂，丛兰裛露似沾巾。独坐亦含嚬。春去也，共惜艳阳年。犹有桃花流水上，无辞竹叶醉尊前。惟待见青天。"（《忆江南》）桃花流水红，青春不可回，斟满一杯竹叶青酒，醉倒在春风中。

"桃花春色暖先开，明媚谁人不看来。可惜狂风吹落后，殷红片片点莓苔。"（《桃花》）唐代的诗人周朴感慨桃花如薄情的人性和社会。美艳时，浪蜂狂蝶竞相追逐。败落后，门前冷落车马稀。富在深山有远亲，穷在闹市无人问。这也是现实生活。癫狂柳絮随风去，轻薄桃花逐水流。

"三月江水阔，悠悠桃花波。年芳与心事，此地共蹉跎。"（《春晚寄微之》）中唐时期，白居易暮春时看到桃花，想起好朋友元稹。元稹写诗回信说："桃花浅深处，似匀深浅妆。春风助肠断，吹落白衣裳。"（《桃花》）桃花成为元白之间友情的桥梁，激起他们心中的无限柔情。"村南无限桃花发，唯我多情独自来。日暮风吹红满地，无人解惜为谁开。"（白居易《下邽庄南桃花》）两个大男人之间的真挚友情，都拿盛开的桃花说事儿。有此知己，人间值得。

元和十二年（817年），刘禹锡还在贬谪地连州，白居易在被贬的江州司马任上。四月九日一大早，一行共十七人相约到庐山游玩，夜宿大林寺。初夏时节，山中却如二月天，山桃始华，涧草犹短，气候与山下差异很大，令人感觉恍然进入另外一个世界。"人间四月芳菲尽，山寺桃花始盛开。长恨春归无觅处，不知转入此中来。"（《大林寺桃花》）山寺桃花成为白居易排解苦闷的最好去处。美丽无处不在，只要你善于发现并不懈地探寻。"曾向桃源烂漫游，也同渔父泛仙舟。皆言洞里千株好，未胜庭前一树幽。"（韦庄《庭前桃》）韦庄是韦应物的四世孙，天祐四年（907年），朱全忠灭唐建梁，唐朝分崩离析。韦庄趁机劝说王建在蜀称帝，他自此仕西蜀，成为西蜀的宰相，晚年的人生并不光彩。未老莫还乡，还乡须断肠。韦庄不可能再回到故乡了，寄情于西蜀的庭前桃花，向往桃花源的虚幻，可又放不下现实中的功名富贵，用桃花自我麻醉。

自古以来，阳春三月，桃花在每个人心中，幻化出不同的意象。这种对桃花的复杂感情，在中国传统诗词文化中不断浸润发酵，酿造出一坛坛甘醇的桃花美酒，醉倒迷幻了无数人。宋人偏爱梅花、莲花和菊花，把梅花当国花，他们心中的桃花却有了另外一番风景。

"何物山桃不自羞，欲乘风力占溪流。仙源明有重来路，莫下横波碍客舟。"（《建溪桃花》）这是北宋名臣蔡襄心中的桃花，他在福建任职，对茶很有研究。山上桃花烂漫，溪流淙淙。去往桃花源确实有路可循，桃树枝不要阻碍我前去的小船。那些桃枝，就是心中的挂碍欲望吧。"醉漾轻舟，信流引到花深处。尘缘相误，无计花间住。烟水茫茫，千里斜阳暮。山无数，乱红如雨，不记来时路。"（《点绛唇·桃源》）这是北宋秦观心中的桃花源。山重水复，桃花点点，飘落如雨，一生郁郁不得志的他迷路了。

"东风著意，先上小桃枝。红粉腻，娇如醉，倚朱扉。记年时，隐映新妆面。临水岸，春将半，云日暖，斜桥转，夹城西。草软莎平，跋马垂杨渡，玉勒争嘶。认蛾眉凝笑，脸薄拂燕脂，绣户曾窥，恨依依。共携手处，香如雾，红随步，怨春迟。销瘦损，凭谁问？只花知，泪空垂。旧日堂前燕，和烟雨，又双飞。人自老，春长好，梦佳期。前度刘郎，几许风流地，花也应悲。但茫茫暮霭，目断武陵溪，往事难追。"（韩元吉《六州歌头·桃花》）韩元吉是开封雍丘（今河南杞县）人，北宋名臣韩维的玄孙。南宋时，韩元吉曾权知吏部尚书、知建宁府、知婺州等职，曾出使金国。南宋著名理学家吕祖谦是他的女婿，和陆游、辛弃疾是好朋友，和朱熹所持理学观点不同，但是诤友。他一生主张抗金，晚年退隐江西饶州。春天看这朵朵桃花，就像浓施红粉、娇痴似醉、斜倚朱扉的佳人。我骑马匆匆而过，在垂杨渡口遇到她。后来，再去寻访不得。落花人独立，微雨燕双飞，桃花可以做证。刘郎若重回这桃花树下，桃花应感到悲伤。远望武陵溪水，桃花源已难找寻。韩元吉面对山河破碎的局面，看到江南桃花初开，追忆大唐长安郊区崔护邂逅村姑的人面桃花故事。"寻得桃源好避秦，桃红又是一年春。花飞莫遣随流水，怕有渔郎来问津。"（谢枋得《庆全庵桃花》）这随风飘零的凄婉桃花，正如南宋江山一般衰落，到哪里去寻找心中的桃花源呢？南宋灭亡后，谢枋得在武夷山坚持与元朝抗战，宁愿绝食而死，也不归降。

伴随着南宋不可扭转的灭亡命运，在桃花面前泛起凄婉情绪的诗人可谓多矣！出身于世族大家的张炎青年时代过着豪奢富贵的生活，蒙元铁骑打碎了他安逸的生活，家国破碎的现实让他面对桃花，无语泪先流。"乱红自雨，正翠蹊误晓，玉洞明春。蛾眉淡扫，背风不语盈盈。莫恨小溪流水，引刘郎、不是飞琼。罗扇底，从教净冶，远障歌尘。一掬莹然生意，伴压架酴醾，相恼芳吟。玄都观里，几回错认梨云。花下可怜仙子，醉东风、犹自吹笙。残照晚，渔翁正迷武陵。"（张炎《露华》）落红缤纷，仿佛下了一场花雨，佳人漫步在花径上，目睹落花，想起自己飘零的身世。背对春风，泪水盈盈。刘郎在游玄都观时看到的桃花，并非桃花，而是人生，我看到的桃花是家国命运。过去漫歌轻舞、弹琴吹奏的日子很快活，现在却只能买醉解愁。但是，桃花纵然零落，却不染尘泥。晶莹透明之状，可以捧起来欣赏。荼蘼花谢去，忧愁悲恨无处发泄，只好沉醉在春风里。残阳夕照，渔翁向往的世外桃源消失了。这棵碧桃，这位佳人，这个渔翁，何尝不是张炎自己呢？何尝不是南宋的命运呢？"炎生于淳祐戊申，当宋邦沦覆，年已三十有三，犹及近临安全盛之日，故所作往往苍凉凄楚，即景抒情，备写其身世盛衰之感，非徒以剪红刻翠为工。"（《四库全书总目提要》）清代的刘熙载说：张玉田（炎）词清远蕴藉，凄怆缠绵。此阕词咏碧桃花，实则噫呜婉柳，情中有景，景中有情，情似景幽，景以情妍，写尽身世漂泊之感和国家兴亡之恨。

沉舟侧畔千帆过，花开花落自春秋。南宋嘉熙三年（1239年），蒙元大军攻打重庆，旷日持久的钓鱼城保卫战开始。那位"问世间情为何物"的元好问，回到阔别二十多年的故乡山西沂县。其时，金朝和南宋皆亡，故园衰败，家人或死亡，或流落异乡。元好问忽然想起刘禹锡笔下的玄都观桃花。"玄都观里桃千树，花落水空流。凭君莫问：清泾浊渭，去马来牛。谢公扶病，羊昙挥涕，一醉都休。古今几度，生存华屋，零落山丘。"(《人月圆》)唐朝玄都观里的桃树如今安在哉？时光无情，不必纠缠泾水、渭水的清浊，大地上奔跑的是骏马还是黄牛？东晋的谢安病恹恹地回到故乡死去，其外甥羊昙为他泪洒衣襟。世事一场大梦，人生几度悲凉。古往今来，王朝兴衰更替亦是如此。只有每年春天如期盛开的桃花，依旧笑迎和煦的春风。千百年来，她从未因世道人心而改变其本真美艳的容颜，改变的只是世道和人心。

残荷的悲剧之美

唐文宗太和九年（835 年），二十三岁的诗人李商隐正青春。

这年深秋时节的一天，李商隐离开表叔崔戎家，忧心忡忡地赶回故乡河南荥阳。路上，偶遇一位骆姓朋友。眼看天色已晚，老骆热情挽留，他便住了下来。

两位已经很久未见，今日相遇真是缘分，得到老骆一家好酒好菜的招待。主称会面难，一举累十觞。掌灯时分，李商隐酒后微醺，踱步到院子外面消食。老骆家四周的环境很不错，亭台楼阁隐藏在古树林中，船坞静静地泊在河边。秋风吹过，竹影摇动，溪流淙淙，枯荷满塘，雅致清幽的秋日景色很符合李商隐此时此刻的心情。忽然之间，天空阴云密布，竟下起淅淅沥沥的秋雨，李商隐禁不住打了一个寒战。雨珠在枯荷叶上滴答蹦跳开来，发出一阵错落有致的声响，不复是夏日荷叶碧圆时"大珠小珠落玉盘"的韵致了。

突然而至的秋雨醒了李商隐的酒意，但他并没有返回老骆家的意思，坐在亭子里躲雨，看秋雨中的荷塘，思考自己的未来人生，有丝丝惆怅溢满心怀。

李商隐出身贫寒，十岁丧母。现在虽已成年，仍一事无成，参加科考总是失败。去年，本想投奔任华州刺史的表叔崔戎，谋个差事，不承想表叔却调任兖州观察。表叔刚到兖州就病故了。本来，表叔对李商隐很是关照和欣赏，并有知遇之恩。两个儿子崔雍、崔衮和李商隐亲如兄弟，相处甚欢，但转眼之间，就连寄人篱下的机会也没有了。如今投亲无门，前途灰暗，就像这秋雨中的枯荷。李商隐不禁感叹，这人生的路啊，为什么越走越窄呢？他很怀念能与两位表弟在一起读书论诗的快乐时光，可两位表弟此时正在长安读书，自己却在路上漂泊。"竹坞无尘水槛清，相思迢递隔重城。秋阴不散霜飞晚，留得枯荷听雨声。"（《宿骆氏亭寄怀崔雍崔衮》）无情的秋雨敲打着残荷，也在敲打着我的孤独，平添对他们的思念和忧伤。

2019 年初冬，我正在河北差旅途中。夜宿的宾馆边上有一小公园，公园内开挖有一个人工湖，湖里遍种莲花和芦苇，不难想象出这里夏日的热闹。我早起在湖边散步，看着残荷满湖，脑海中一下子就想起李商隐和他的这首很著名的诗。不一会儿，朝霞满天，寒意袭人，湖边芦花苍苍，野草枯黄，四周沉寂萧瑟。初升的霞光映在已结薄冰的湖面上，闪着温暖的光芒，寒冷的空气中流动着一丝暖意。冰面上的残荷横七竖八，相扶相交，倒卧盘结在一起。远远望去，这些黑铁画似的线条极像草书，荷叶也更像泼墨画。

湖上荷残，芦花飞雪，枯草凝霜，衰柳成行。无人解爱萧条境，更绕衰丛一匝看。我绕湖漫步，用手机拍摄。那残荷卧冰的倒影，在霞光中褪去夏日的热闹和骄狂，只剩下萧条、孤独、静美、悲壮。此情此景让我突然感悟到这就是生命的哀伤和悲剧之美。

荷花，是夏日的喜剧，却蕴藏着深秋的悲剧。在夏日生命灿烂绽放后，在深秋自然枯死，如同一曲生命的挽歌。可她的生命并没有消失，又在冬日获得新生。上半身她以残荷的艺术形象另存于世间，下半身扎根在泥水中，为人类提供莲藕美味，也为明年夏日重新勃发积蓄力量，从而完成生命的轮回。她在无声无息中，向人们诠释出生和死亡、繁华和衰落、时间和存在等人生终极问题的本质。我眼前的残荷，岂不就是对德国哲学家尼采"悲剧美学"最好的注解吗？

是的，人一出生，就走在奔赴死亡的路上。故此，作为文学艺术的表现方式，悲剧总是比喜剧更美，也更能打动人心。尼采认为，艺术的两种形式是"日神"和"酒神"。"日神"精神告诉人们，就算人生是一场春梦，也要有滋有味地生活下去。而"酒神"精神则告诉人们，即便人生是幕悲剧，也要有声有色地演绎精彩，不要失去悲剧的壮丽和快慰。这些观点，不仅体现出尼采的文艺观，更体现出他对人生和生命的思考："在生命中最艰难的问题上，肯定生命。在生命最高类型的牺牲中，为自身的不可穷尽而欢欣鼓舞。"莲花凋谢，残荷登场，上演一场"悲剧美学"的植物故事。这个冬日清晨，让我开悟。

时光飞逝，再也回不到从前。转眼到了唐大中十一年（857 年）暮秋，距离李商隐上次夜宿老骆家已过去整整二十二年。二十二年的时光足以改变一切，悲欢离合，一言难尽。中晚唐时期的"牛李党争"愈演愈烈，李商隐作为"牛党"核心人物之一令狐楚喜爱和资助的学生，却娶了"李党"带头大哥王茂元的七闺女。在这样拧巴的社交圈子里，李商隐身处夹缝之中，左右为难，内外不是人。仕途不顺，郁郁不得志。屋漏偏遇连阴雨，三十岁时老爸因病撒手人寰。

幸运的是李商隐娶了个好妻子。王茂元的七闺女聪慧善良，俩人相知相爱，伉俪情深。为了仕途和生计所迫，俩人虽长年两地分居，妻子却无怨无悔，全身心地支持。"君问归期未有期，巴山夜雨涨秋池。何当共剪西窗烛，却话巴山夜雨时。"李商隐《夜雨寄北》诗中的思念被巴山深夜的秋雨打湿了。唐大中三年（849 年）春天，妻子患病。因做幕僚的主人郑亚被贬，李商隐失业返京。夫妻久别重逢，泪眼相对。第二年，为养家糊口，李商隐不得不重新出发，奔波千里，到徐州卢弘止的幕府打工。不久，又被解雇，回到长安，与爱妻在一起度过最后的幸福时光。大中五年（851 年）秋天，妻子病故。近四十岁丧妻，李商隐以后没有再娶，夫妻感情真挚，写出多首怀念妻子的悼亡诗。

唐大中十一年（857 年）秋天，妻子已去世六年，李商隐独自一人在长安曲江之畔徘徊。眼前的曲江残荷狼藉，勾起他对往事的回忆。"荷叶生时春恨生，荷叶枯时秋恨成。深知身在情长在，怅望江头江水声。"（《暮秋独游曲江》）荷叶初出水面时，我们相逢在春天。可不久就天各一方，离愁别绪在春风荡漾的夜晚滋生蔓延。如今秋意萧瑟，荷叶枯萎。往事难追哀愁浓，逝者如斯叹息长，忧伤如那绵绵不绝的曲江水。"西亭翠被馀香薄，一夜将愁向败荷。"（《夜冷》）荷花的命运，就像李商隐的人生和爱情悲剧，以热烈和缠绵开始，以孤寂和死亡结束。

唐大中十二年（858 年）春天，李商隐因病在郑州去世，享年四十六岁。

李商隐死后一千多年来，他本人和他的《无题》诗以及诗中的意象，一直鲜活地存在于后人的精神世界里，有时如同谜一样神秘。李商隐朦胧而凄美的"忧郁王子"造型让很多"白富美"少女着迷。

其中有位家喻户晓的青春美少女，就是林黛玉。

在《红楼梦》第四十回里，贾府里的贾母、王夫人、薛姨妈、凤姐儿、刘姥姥、鸳鸯等众人秋天游湖。宝玉道："这些破荷叶可恨，怎么还不叫人来拔了去？"宝钗笑道："今年这几日，何曾饶了这园子，闲了一闲，天天逛，哪里还有叫人来收拾的工夫呢？"林黛玉道："我最不喜欢李义山的诗，只喜他一句'留得残荷听雨声'，偏你们又不留着残荷了。"宝玉道："果然好句，以后咱们就别叫人拔去了。"

一般来说，青春少女是爱做玫瑰色梦的，林黛玉却不喜欢李商隐的"何当共剪西窗烛，却话巴山夜雨时"，独爱"留得枯荷听雨声"，还故意把"枯荷"改为"残荷"。不料一语成谶，残荷暗喻着宝黛之间的爱情和人生悲剧，正如李商隐一般。

国学大师王国维在其《〈红楼梦〉评论》中说过：由此观之，《红楼梦》者，可谓悲剧中之悲剧也。……谓悲剧者，所以感发人之情绪而高上之，殊如恐惧与悲悯之二者，为悲剧中固有之物。由此感发，而人之精神焉洗涤。……叔本华置诗歌于美术之顶点，又置悲剧于诗歌之顶点。而悲剧之中，以其示人生之真相，又示解脱之不可以故。故美学上最终之目的，与伦理学上最终之目的合。由是《红楼梦》之美学上之价值，亦与伦理学上之价值相联。

悲剧便是人生的真相。"它的美学特性是壮美与崇高，它的审美价值是教化与解脱。"（《〈红楼梦〉评论》）人类的寿命不会久长，人生注定是悲剧，还不如草木一岁一枯荣。"草木无情，有时飘零。人为动物，惟物之灵。百忧感其心，万事劳其形，有动于中，必摇其精。而况思其力之所不及，忧其智之所不能，宜其渥然丹者为槁木，黟然黑者为星星。奈何以非金石之质，欲与草木而争荣？"（欧阳修《秋声赋》）因此，悲剧可以荡涤人内心隐秘深处的污泥浊水，加深对社会苦难和世事无常的共鸣和理解，起到教化作用。冬日残荷的艺术形象，可以帮助我们理解悲剧的上述美学意义。

"曾向西湖载酒归，香风十里弄晴晖。芳菲今日凋零尽，却送秋声到客衣。"（《题败荷》）唐代诗人王翰青年时代，在西湖边潇洒风流过，看到和感悟到残荷对人生的启迪。人生苦短，韶华易逝。"葡萄美酒夜光杯，欲饮琵琶马上催。醉卧沙场君莫笑，古来征战几人回。"（《凉州词》）王翰心中曾经的战斗豪情在生命有限的紧迫感面前，更显悲壮感。草木抵抗不过季节，个人躲不过时代的局限。

王翰之后，四百多年匆匆而过。六月的西湖，风光依旧旖旎。两宋时期，莲花又以"出淤泥而不染，濯清涟而不妖"的"君子"形象，被理学家赋予人文道德意义。但寓意再美好，人们再留恋，一切都于自然季节和时代轮替中更换了旧模样。"叶无圆影柄无香，收尽莲歌冷碧塘。一片伤心云锦地，也曾遮月宿鸳鸯。"（王镃《败荷》）"去时荷出小如钱，归见荷枯意惘然。秋后渐稀霜后少，白头黄叶两相怜。"（宋祁《秋塘败荷》）宋词人杨万里眼中曾经是"接天莲叶无穷碧，映日荷花别样红"的夏日景色，很快成为他的回忆。"池底枯荷瘦不胜，池水新琢玉壶凝。如何留到炎蒸日，上有荷花下有水。"（《池水》）想四季留盛夏荷花美景，等于痴人说梦。正如人的青春和荣光，根本是留不住的。

万顷菱荷一一荒，骈头相倚卧池塘。这才是荷花的宿命。两宋的文人士大夫因历经家国破碎，颠沛流离，更能敏感地以残荷为意象，感悟到家国、爱情、理想等破灭后的人生悲剧，把残荷引为知己，这是必然。

南宋绍兴五年（1135 年）六月，正是荷花盛开的季节。陈与义在湖州太守任上，称病请辞，求得一个钱多事少的闲差，居住在青墩打发日子。初秋的一个早晨，陈与义荡舟湖上，满湖荷花和朝霞相映，一望无际。他忽然想起去年深秋还在湖州时，曾路过这里，看到的却是满塘残荷，转眼风景迥异，深感韶华易逝，人生如梦，"扁舟三日秋塘路，平度荷花去。病夫因病得来游，更值满川微雨洗新秋。去年长恨拏舟晚，空见残荷满。今年何以报君恩，一路繁花相送过青墩。"（《虞美人》）退隐闲居，不再思考如何辅助皇帝了，让曾经的理想随风而逝吧。

陈与义出生在洛阳，二十四岁进士及第，是位有志热血青年。"忆昔午桥桥上饮，坐中多是豪英。长沟流月去无声。杏花疏影里，吹笛到天明。二十余年如一梦，此身虽在堪惊。闲登小阁看新晴。古今多少事，渔唱起三更。"（《临江仙·夜登小阁忆洛中旧游》）陈与义亲历北宋汴京的陷落，南宋的退缩，他反对宋高宗议和政策，对高宗无意收复中原深感失望，便以病托词，归隐田园。"洛阳城里又东风，未必桃花得似旧时红"，是他对故乡深沉的回忆和忧伤；"及至桃花开后却匆匆"，是他痛彻心扉的人生惆怅。

陈与义自称"病夫因病得来游"，病夫因病得的是心病。"得来游"实际是聊以自嘲，内心满是难言的痛苦。"去年长恨拏舟晚，空见残荷满。"人生悲喜剧，就在感觉不到的时光转换中。陈与义从残荷的悲剧中得到一丝精神安慰，他比南唐中主李璟还算幸运。"菡萏香销翠叶残，西风愁起绿波间。还与韶光共憔悴，不堪看。细雨梦回鸡塞远，小楼吹彻玉笙寒。多少泪珠何限恨，倚栏干。"（《摊破浣溪沙》）李璟在位十九年，因受北周威胁，作为一国之君，迁都南昌，抑郁而死。面对国家行将灭亡却无能为力的现实，李璟眼中的满塘枯荷，就是江山沦陷和死亡。

"流水落花春去也，天上人间。"李璟的儿子李煜除了做皇帝不会，其他好玩的事儿都样样精通，可他偏偏就是皇帝。毫无悬念，最终玩丢了江山，玩丢了美人小周，玩丢了卿卿性命。令李煜想不到的是拿走他家江山、美人和性命的北宋赵家也同样在靖康二年（1127 年）初的大雪纷飞中，被金兵铁蹄蹂躏踏碎。赵家的美女们和他最爱的小周一样，成为金兵的玩物。历史的诡异和轮回如同莲荷，没有永远的"映日红"。花开花落，逝水如斯，才是宿命。

初冬的清晨有点冷，在湖边散步，我的思绪飞得太远了。赶紧打住，往回转，宾馆的早饭过时不候。饭毕，我在宾馆的信笺上，打油一首《题残荷》：

　　　　枯荷残枝破明镜，芦花衰柳添愁情。
　　　　天边朝阳送暖意，林间落叶催梦醒。
　　　　阶前晓霜侵衰草，窗外西风作涕声。
　　　　莫叹莲蓬空恨多，火炉煮酒话诗经。

退步原来是向前

唐代宗大历七年（772 年），历时八年的安史之乱被平息已近十年。"诗仙"李白已去世十年，"诗圣"杜甫刚去世二年，曾经盛极一时的大唐正走在下坡路上。

这年的正月二十日，春节的年味还没有完全散去，河南新郑城西东郭宅村的老白家，一位男童呱呱坠地。生了个"带把的"男婴，全家人都很高兴。曾为文官的父亲白季庚以《中庸》中的"君子居易以俟命"之意，为他取名"居易"，以《周易》中的"乐天知命故不忧"之句为他取字"乐天"。其父当时没有预料到这个男孩的降临，将会给中晚唐的文学天空增添浓墨重彩的一抹亮色，恰似大唐王朝的回光返照。这一年，另一位著名的诗人刘禹锡也出生在苏州嘉兴（今浙江嘉兴）。中晚唐时期两颗文坛新星在灰色的天幕上悄悄升起。

乐天知命，名如其人，成为白居易一生的真实写照。他因此获得比较圆满的人生结局，妥妥的人生大赢家。

白居易自幼聪慧敏感，青少年时代的他读书勤奋刻苦。他很清楚家庭出身平凡，唯有知识可以改变命运，在努力科考上，确实是蛮拼的！"及五六岁，便学为诗。九岁谙识声韵。十五六，始知有进士，苦节读书。二十已来，昼课赋，夜课书，间又课诗，不遑寝息矣。以至于口舌成疮，手肘成胝。既壮而肤革不丰盈，未老而齿发早衰白。瞀瞀然如飞蝇垂珠在眸子中者，动以万数，盖以苦学力文之所致，又自悲矣。家贫多故，二十七方从乡赋。"（《与元九书》）元和十年（815

年），不惑之年的白居易被贬为江州司马期间，写信给好朋友元稹诉苦。青少年时读书太用功了，以至于累得口生疮，手成茧，发早白，眼昏花，牙脱落，未老先衰，大器晚成。

功夫不负有心人。"十年之间，三次登第。"白居易先后在十年内曾三次到长安参加科举考试，均有斩获，很是自豪。第一次是贞元十六年（800 年），二十九岁的白居易虽然是新科进士第四名，但他欣喜若狂，骄傲地写下"慈恩塔下题名处，十七人中最少年"。及第后，白居易专程到当涂凭吊李白墓。这一年考取的第一名是元稹。元稹不久就成为长安市长的乘龙快婿，官至左拾遗，比白居易运气好太多。贞元十八年（802 年）冬天，白居易辞别热恋中的情人湘灵，第二次赴长安参加公务员考试，吏部侍郎郑珣瑜主考"书判拔萃"科。第二年春天，白居易再次登第，和元稹同时授官秘书省校书郎。从此，白居易和元稹成为一生的挚友。这一年，唐代另一位大诗人杜牧出生。

转眼四年过去了。唐宪宗元和元年（806 年）春天，校书郎白居易工作干得不错。期满后，第三次参加"才识兼茂明于体用科"铨试。成绩优秀，被授予长安周至县尉，相当于今天的县公安局局长。三十五岁的白居易终于实现走上仕途之路的理想，看似前途一片光明。这年十二月，与好朋友陈鸿、王质夫相邀到仙游寺游玩，写出旷世名篇《长恨歌》，自此声名大噪。白居易自信满满地说："初应进士时，中朝无缌麻之亲，达官无半面之旧。策蹇步于利足之途，张空拳于战文之场。十年之间，三登科第，名入众耳，迹升清贯，出交贤俊，入侍冕旒。"（《与元九书》）"张空拳于战文之场"，这是何等的自信自豪啊！今天的成绩全是我个人奋斗的结果，没有开一点后门。他或许想起十六岁那年，孤身来到长安，诚惶诚恐地拿着自己的诗作向前辈著名诗人顾况请教。顾况看到他的名字，不屑一顾地说："长安百物皆贵，居大不易。"但当顾况看到"离离原上草，一岁一枯荣。野火烧不尽，春风吹又生"诗句时，马上改口道："有句如此，居天下亦不难。老夫前言戏之耳。"白居易暗自发笑：顾夫子，您并没有看走眼啊！

三十五岁才担任正九品县尉的白居易，年龄确实有点偏大，仕途起步有点晚。好在有学历、才气和情商等优势。在这个岗位上只干了一年多，就在好朋友元稹的关照下，被皇帝召回长安，成为翰林学士。中晚唐时期的翰林学士，离宰相的位置非常接近。几个月之后的元和三年（808 年）四月，加官左拾遗，与元稹站在同一条起跑线上。三十七岁的年纪，距离权力中枢很近，官运亨通是大概率事件。

但人算不如天算。元和六年（811 年），老母亲去世，四十岁的白居易遵制回家丁忧三年。转眼三年期满，皇帝好像忘记了他。直到五年后的元和十年（815年），皇帝才把他重新召唤回长安，担任太子左赞善大夫，白居易这年已四十四岁。太子左赞善大夫，级别为正五品，隶属于东宫，为太子服务。岗位职责为"掌传令，讽过失，赞礼仪，以经教授诸郡王"。级别、俸禄都还行，但是个有职无权的闲差。此时，元稹、刘禹锡和柳宗元都被召回长安，几位诗人相处得比较轻松愉快。

人一生关键的就几步，你不知命运的"拐点"何时到来。

元和十年六月三日凌晨，月黑风高，大唐王朝上演了匪夷所思的惊险一幕。宰相武元衡在上朝的路上，被刺客暗杀。另一位宰相裴度也同时被刺，身负重伤，惊吓得魂飞魄散。一桩凶案，朝野上下，人心惶惶。唐宪宗无能为力，最后竟然不了了之。武元衡被刺杀这件事，本来和刚刚回到长安的白居易无关。但白居易第一个站出来上疏皇帝，请求限期办案，抓捕严惩凶犯。白居易作为一位闲散官员，不好好待着喝茶看报玩扑克，竟敢"先于谏官越职言事"，多嘴多舌，有些人认为必须给这位不懂官场规则的"愣头青"一点颜色看看。中书舍人王涯和白居易是同时被授予翰林学士的同事，嫉妒白居易的才能，不失时机地从背后踢了一脚。王涯上疏皇帝说白居易的母亲因看花不慎落井而死，可白居易却写有不少赏花诗。如此大逆不道，岂能提拔重用？白居易终被贬为江州司马，做了个辅佐州长处理事务的闲差。"残灯无焰影幢幢，此夕闻君谪九江。垂死病中惊坐起，暗风吹雨入寒窗。"（元稹《闻乐天授江州司马》）元稹闻听此事，心情悲愤，无可奈何，替白居易担心。

元和十三年（818年）深秋的浔阳江头，芦花苍苍，白居易傍晚到此送客时，邂逅"老大嫁作商人妇"的琵琶女，留下千古名篇《琵琶行》。"我从去年辞帝京，谪居卧病浔阳城。浔阳地僻无音乐，终岁不闻丝竹声。"白居易和琵琶女惺惺相惜，心灵相通。同是天涯沦落人，相逢何必曾相识。坐中泣下谁最多，江州司马青衫湿。琵琶女从众星捧月的美人到无人喝彩的老太太的人生经历，让白居易仿佛看到自己的未来。他对人生有了新的思考，年富力强的白居易的思想开始快速转变。"三十气太壮，胸中多是非。六十身太老，四体不支持。四十至五十，正是退闲时。年长识命分，心慵少营为。见酒兴犹在，登山力未衰。吾年幸当此，且与白云期。"（《白云期》）元和十三年，江州司马白居易四十七岁，在庐山构筑草堂后，写下这首《白云期》，重新规划未来的人生道路。

元和十四年（819年），被贬为江州司马五年之后，白居易被调任忠州刺史。

一年后的元和十五年（820年）夏天，白居易奉调回京，担任尚书司门员外郎，相当于副司局级。不久，任礼部主客司司长兼"知制诰"。"知制诰"是给皇帝当笔杆子，很容易升迁为"中书舍人"，下一步就是宰相之位。

在此岗位上，白居易在官场炙手可热。唐穆宗长庆元年（821年）十月，白居易果然被提拔为中书舍人，终于穿上绯红色的官服，进入高级干部序列。夫贵妻荣，夫人杨氏被授予"弘农县君"。弟弟白行简被提拔为谏官左拾遗。好哥们元稹也从被贬地归来，任翰林学士。在仕途上，这时候白居易暂时超越了元稹。

这一年，白居易已五十岁，下决心在长安城新昌坊购置一套二手房，并且是付全款，以此结束"京漂"生活。"游宦京都二十春，贫中无处可安贫。长羡蜗牛犹有舍，不如硕鼠解藏身。且求容立锥头地，免似漂流木偶人。但道吾庐心便足，敢辞湫隘与嚣尘。"（《卜居》）回忆过去，比比现在，心满意足。看起来命运又一次获得垂青，但他没有激动，没有狂热，头脑非常清醒。他没有忘记武元衡被刺杀时的惨状，很清楚身边暗流涌动，党争纷起。自己稍有不慎，便会粉身碎骨，因此及时决定见好就收，急流勇退，远离权力中心，由中书舍人自求外放到杭州任刺史。

到基层去，到黎民百姓中去。长庆二年（822年）七月，五十一岁的白居易被罢免中书舍人，欣然来到杭州任市长。在杭州期间，白居易工作生活娱乐两不误，疏浚六井，修堤蓄水，灌溉农田，减除旱灾，奠定西湖"三面云山一面城"的城市设计格局，留下西湖白堤佳话。

在杭州做了两年市长，白居易决定见好就收。长庆四年（824年），白居易亲自给宰相牛僧孺写信，表达愿意到东都洛阳谋个闲差的想法。"忽忽心如梦，星星鬓似丝。纵贫长有酒，虽老未抛诗。……懒慢交游许，衰羸相府知。官寮幸无事，可惜不分司。"（《求分司东都寄牛相公十韵》）其实，这年白居易刚五十三岁。

牛僧孺本来和白居易关系很好，既然求到自己，话说到这个份上，理应尽力帮助。当年五月，牛宰相就把白居易从杭州市市长的位置上调到东都洛阳，任太子左庶子分司东都。这一闲散差事，和他四十四岁时担任的"太子左赞善大夫"差不多，都是为东宫太子服务，不过级别为正五品，俸禄待遇更高。太子平时住在长安，只有来东都洛阳时，才需要白居易做一些服务工作，平时没事可干，整天喝茶、游湖、写诗、听歌、观舞等。位高、事少、责轻、钱多、风险低，这类工作正合白居易的心意。白居易在洛阳履道里购置建造新居，准备集中时间和精力，编著自己的诗集传世，安享晚年。

可是，这种优游生活只潇洒一年，宝历元年（825 年），"足球迷"唐敬宗任命白居易为苏州刺史。白居易仅在苏州工作一年，便以眼睛和肺部有病为由，向朝廷申请"一百天病假"。按照唐朝官员考勤规定，请假一百天等于自行解聘。白居易合理利用当时的制度规则，回到洛阳的四合院里闲居。在家中，他和并不喜欢的妻子杨氏团圆不久，大和元年（827 年）三月，唐文宗李昂召他到长安任秘书监，从三品，"掌经籍图书之事"，相当于国家图书馆馆长。权力不大，风险也不大，在此位置上干了一年美差。大和二年（828 年）二月，白居易由秘书监调任为刑部侍郎。权力和风险陡然增加，白居易只干了十个月，故伎重演，自称旧病复发，再一次合理利用规则，请病假一百天自动解聘，又回到洛阳，赋闲在家。

是年，白居易已五十八岁。人情练达，他已修炼为官场"银狐"，彻底洞悉官场生态和风险，非常明白自己到底想要过什么样的生活。他写了首长诗说服自己，又说给别人。

> 大隐住朝市，小隐入丘樊。丘樊太冷落，朝市太嚣喧。
> 不如作中隐，隐在留司官。似出复似处，非忙亦非闲。
> 不劳心与力，又免饥与寒。终岁无公事，随月有俸钱。
> 君若好登临，城南有秋山。君若爱游荡，城东有春园。
> 君若欲一醉，时出赴宾筵。洛中多君子，可以恣欢言。
> 君若欲高卧，但自深掩关。亦无车马客，造次到门前。
> 人生处一世，其道难两全。贱即苦冻馁，贵则多忧患。
> 唯此中隐士，致身吉且安。穷通与丰约，正在四者间。（《中隐》）

白居易是这么想的，也确实是这么做的。

大和四年（830 年）十二月，唐文宗又一次召唤他，任命五十九岁的白居易为河南尹。工作地点就在家门口洛阳，他勉强干了两年多后，再次请病假，回到太子宾客分司东都的位置上，享受正三品的待遇。大和九年（835 年）九月，朝廷再次征召他为同州刺史时，白居易"辞疾不赴"。十月，"改授太子少傅分司东都、晋封冯翊县开国侯"，享受正二品的待遇。这一年，白居易已六十四岁，他得了便宜又卖乖。"承华东署三分务，履道西池七过春。歌酒优游聊卒岁，园林萧洒可终身。留侯爵秩诚虚贵，疏受生涯未苦贫。月俸百千官二品，朝廷雇我作闲人。"（《从同州刺史改授太子少傅分司》）白居易没事偷着乐，世间那些荣华富贵你们拼争去吧，与我何干？平日里"樱桃樊素口，杨柳小蛮腰"环绕身边；冬天飘雪时，"绿蚁新醅酒，红泥小火炉"温暖滋润；高兴时喊刘十九来家里"能饮一杯无"，这样的生活，趣味无穷。"老来生计君看取，白日游行夜醉吟。陶令有田惟种黍，邓家无子不留金。人间荣耀因缘浅，林下幽闲气味深。烦虑渐消虚白长，一年心胜一年心。"（《老来生计》）退隐江湖，清静闲适，岂不快哉！

白居易在中晚唐前后四十年的"牛李党争"中左右逢源，两位"带头大哥"牛僧孺和李德裕都是他的诗酒朋友，关系相处得很不错。在人生余后的十年里，白居易再也没有踏进过长安城。大和九年（835年）十一月二十一日发生"甘露之变"，中书、门下、尚书三省诸司官员被宦官捕杀一千多人，连办公楼也被摧毁。朝廷内外血雨腥风，狼藉遍地。当年背后捅白居易刀子的宰相王涯横遭腰斩，被灭族，抛尸街头，惨不忍睹。白居易居住在洛阳，闲看秋月春风，假装什么也不知道。

唐会昌六年（846年）八月，白居易在洛阳家中寿终正寝，享年七十五岁。唐宣宗李忱亲致悼词凭吊。"缀玉连珠六十年，谁教冥路作诗仙？浮云不系名居易，造化无为字乐天。童子解吟长恨曲，胡儿能唱琵琶篇。文章已满行人耳，一度思卿一怆然。"（《吊白居易》）唐宣宗赐诗，白居易极尽哀荣。

纵观白居易的一生，仕途没有经历过太大的挫折，生活顺遂，诗酒风流，著作等身，声名远播。晚年，白居易把整理出版的诗集一套藏在庐山东林寺，一套藏在苏州南禅寺，一套藏在洛阳圣善寺，一套交给侄儿龟郎保管，一套交给外孙谈阁童收藏。白居易最看重的是他的文集传世，他能名垂千古。"吾爱白乐天，逸才生自然。谁谓辞翰器，乃是经纶贤。欻从浮艳诗，作得典诰篇。立身百行足，为文六艺全。清望逸内署，直声惊谏垣。所刺必有思，所临必可传。忘形任诗酒，寄傲遍林泉。所望标文柄，所希持化权。何期遇訾毁，中道多左迁。天下皆汲汲，乐天独怡然。天下皆闷闷，乐天独舍旃。高吟辞两掖，清啸罢三川。处世似孤鹤，遗荣同脱蝉。仕若不得志，可为龟镜焉。"（《七爱诗·白太傅居易》）晚唐诗人皮日休写诗表达对白乐天的羡慕，并表示白居易可以作为一面镜子，为那些仕途不如意者作为人生道路选择时的借鉴。

"六根清净方为道，退步原来是向前。"唐朝的布袋和尚曾这样劝诫芸芸众生。白乐天一生"六根"并不太清静，但他在官场知进退，以"醉吟先生"的面目独步文坛，百世流芳，这便是他的生存之道和生命智慧。

王勃的重阳节

在《易经》中，"九"是阳数。农历九月九日正好日月并阳，两"九"相重，即"重阳"或"重九"，这是个很特别的日子。

古人信奉天人感应，九九归一意味着大吉利，却又蕴含着终极到底、物极必反的哲思。故此，古人对重阳非常重视。这天，呼朋唤友，爬山登高，吟诗作赋，与天地对话。人们佩戴茱萸、喝菊花酒避厄消灾。有关重阳节的这些风俗可以追溯到先秦时代。大自然季节更替，九月秋光正好。山林田野之间斑斓的色彩迷幻着人们的双眼，大地上丰收的喜悦滋润着农家人的心田，各种瓜果成熟后的甜腻清香味道在秋风中荡漾。登高远望，天地寥廓、空远和肃穆，有一种宗教般的神秘气息。人们用这种形式感，从内心深处感恩大自然的无私馈赠。

重阳节使生活有了仪式感。魏晋时期，魏文帝曹丕曰："岁往日来，忽复九月九日。九为阳数，而日月并应，俗嘉其名，以为宜于长久，故以享宴高会。"东晋陶渊明在《九日闲居》诗序文中写道："余闲居，爱重九之名。秋菊盈园，而持醪靡由，空服九华，寄怀于言。"重阳、菊花、酒等节日元素逐渐丰富着古代文人士大夫的精神世界。

从唐代开始，皇帝认为九月九日"宜任文武百僚择地追赏音乐。重阳节被官方确定为正式节日，举国宴饮狂欢过重阳，也是大唐气象的一个缩影。

唐高宗上元二年（675年）的重阳节，上天注定属于"初唐四杰"之一的王勃。

就在前两年的唐高宗咸亨四年（673年），王勃因杀人罪遭牢狱之灾，幸运地赶上高宗册立太子，大赦天下，重获自由。出狱后他决意告别仕途，著书立说，浪迹于水光山色之间，让时间之沙和自然风景抚平心中的伤痕。

上元二年六月，王勃非常想念被自己连累贬谪到远方的父亲，决定去看望他。王勃即刻从龙门出发，一路风雨兼程，沿黄河、运河南下，再溯江而上，经芜湖、安庆抵达马当。九月初八这天，他听说滕王阁重修告竣，洪州都督阎伯屿邀请各路文人雅士、同僚宾朋，于重阳节盛宴庆贺。王勃心情激动，此种盛会岂能错过？此时，马当离洪州尚有七百里之遥，又没有今天的高铁和飞机，不可能赶得上。但仿佛有神仙显灵，江上风起云涌，神风鼓动船帆，孤帆一片日边来。九日清晨，王勃泊舟于滕王阁下。

王勃来得正是时候。阎都督的酒菜已备好，滕王阁上高朋满座，推杯换盏，丝竹绕梁，歌舞翩翩。群贤酒酣耳热之际，阎都督命人笔墨伺候，请嘉宾挥笔撰文，以记录此盛况。阎都督本来让女婿孟学士提前准备好了底稿，想借此机会让他显摆才华。这带有炫耀表演性质的高光时刻是阎都督为他女婿量身定做的。只见阎都督满面红光，端起酒杯，虚情假意地请宾客献艺。大家心照不宣，自谦才疏学浅，岂敢献丑。正在众人谦让时，谁也没料到坐在宴席末位的青年王勃站起来，眼睛扫过大家惊愕的面孔，不慌不忙地说："诸位，让我来吧。"言毕，端起酒杯，连干三杯后，走向放好宣纸和砚台的红木案桌，拿起那支狼毫笔自信满满地挥洒起来。

阎都督一看，气得拂袖而去。滕王阁一下子安静下来，所有人面面相觑。时间仿佛凝固了，大家都在等待着看这位不知天高地厚的年轻人的笑话。

王勃没有让阎都督失望，也没有让大家失望，更没有让滕王阁失望。

所有宾客凝视着王勃的笔尖，只见王勃饱蘸浓墨，狼毫一旦亲吻宣纸，再也不愿意停止下来。墨花绽放，恣肆汪洋，行云流水，文采飞扬，下笔如有神。当"孤鹜与落霞齐飞，秋水共长天一色"跳入围观者的眼睛，群贤齐声叫好。不一会儿，千古名篇《秋日登洪府滕王阁饯别序》横空出世。当王勃写完"槛外长江空自流"末句中最后一个"流"字，把那支上好的狼毫轻轻地放在笔山上，长出一口气，眼睛突然湿润。那一刻，王勃彻底释放了自己，进入物我两忘的境界。从此，滕王阁获得新的生命。

阎都督一扫心中的不快，兴奋地和王勃拥抱，由衷地感叹道："此真天才，当垂不朽矣！"众人把王勃奉为上宾，继续欢宴畅饮。

一千三百多年后的重阳节，我重读《滕王阁序》时，不禁感叹遐想：当时围观者看到王勃的旷世才情，但谁能理解他此次南行压抑的心情呢？众声喧哗，都在赞赏《滕王阁序》对壮美地势和秀丽景色的描写，但有几人能对其中的人生悲叹引起共鸣呢？

"天高地迥，觉宇宙之无穷；兴尽悲来，识盈虚之有数。望长安于日下，目吴会于云间。地势极而南溟深，天柱高而北辰远。关山难越，谁悲失路之人；萍水相逢，尽是他乡之客。怀帝阍而不见，奉宣室以何年？嗟乎！时运不齐，命途多舛。冯唐易老，李广难封。屈贾谊于长沙，非无圣主；窜梁鸿于海曲，岂乏明时？所赖君子见机，达人知命。老当益壮，宁移白首之心？穷且益坚，不坠青云之志。""勃，三尺微命，一介书生。无路请缨，等终军之弱冠；有怀投笔，慕宗悫之长风。舍簪笏于百龄，奉晨昏于万里。"

盛唐时代，王勃怀才不遇，满腹惆怅。阎都督的酒菜、笔墨、宣纸、长江的流水和刮过滕王阁上的秋风，让王勃有了直抒胸臆的机会。"孟尝高洁，空余报国之情；阮籍猖狂，岂效穷途之哭。"虽命运多舛，王勃仍对人生报之以歌。"呜乎！胜地不常，盛筵难再；兰亭已矣，梓泽丘墟。"王勃写到此时，一定想起了三百多年前本家王羲之在《兰亭集序》中的低吟长叹。

东晋永和九年（353 年）三月三日，时任右将军、会稽内史的王羲之约请谢安、孙绰等朋友及子弟四十二人，在山阴兰亭举行文人雅集，行修禊之礼，曲水流觞，斗酒赋诗，成为中国文学史和书法史上令人津津乐道的佳话。

王羲之和王勃一样，都是典型的"官二代"。王羲之的伯父王导、王敦分别为东晋宰相和镇东大将军。一文一武，同为东晋开国功臣。司马睿从洛阳逃到江东后称晋王，王羲之的老爸王旷是其重要支持者。王氏家族势力巨大，王羲之却对仕途荣辱不太在乎，故有"坦腹东床"的自信。王羲之和他的朋友们在尽情享受快意人生时，越来越接近死亡，生命享受越来越短暂。王羲之曾经不断地思考和追问需要面对死亡这一人生终极问题。

个体生命，犹如这暮春繁花，无论多么绚烂美丽，转眼之间就会凋零成泥。只有那崇山峻岭、茂林修竹、清流激湍等自然万物生灵，才能生生不息。酒酣耳热之际，聚会者倡议把当天吟诵的三十七首诗汇集成《兰亭集》，一致推荐王羲之为之作序。王羲之当仁不让，趁着酒兴，用鼠须笔和蚕茧纸一气呵成书法第一名帖《兰亭集序》。对这一经典书法作品，王勃是非常熟悉的，对王羲之的人生感叹也是共情的。

今天，我们暂且省略去欣赏书法之美，仔细品味文字所表达的情绪。在春日美景和诗酒热闹背后隐藏着王羲之心情的忧伤。王羲之情绪陡转，感慨万千，对人生充满痛感和无奈。"仰观宇宙之大，俯察品类之盛，所以游目骋怀，足以极视听之娱，信可乐也。虽取舍万殊，静躁不同，当其欣于所遇，暂得于己，快然自足，不知老之将至。及其所之既倦，情随事迁，感慨系之矣。向之所欣，俯仰之间，已为陈迹，犹不能不以之兴怀。况修短随化，终期于尽。古人云：'死生亦大矣'。"对生命不断地追问到了最深处便是悲观。这就是人类与生俱来无法摆脱的孤独和凄凉命运。

魏晋时代，历经春秋战国的纷乱和秦汉时代的统一与解体，文人士大夫的生命意识开始觉醒，思考追问个体和宇宙天地之间的关系，对人生来就意味着死亡的恐惧感不断强化。在生的欢乐之中，更加深刻感受到生命太短暂。士人们快乐和痛苦紧紧混合在一起的复杂心理，在精神上产生时间无限永恒与生命短暂死亡不可避免的孤独寂寞感。"对酒当歌，人生几何。譬如朝露，去日苦多"的感伤，始终在心中萦绕。

怎么办？为追求现实生命的快乐，祈求长生不老的愿望，纵欲喝酒，炼丹吃药，归隐养生，尝试另类的生命存在方式。在生与死的矛盾冲突中协调生命智慧，转化为各种生活方式和艺术想象。这就是现实生活中个体的哲学思考和人生道路选择，表现出差异化的思想情绪的冲动和道德的自觉，其这些心理活动轨迹可以通过他的诗文等艺术作品洞悉和解读。同样，王勃的《滕王阁序》也是如此。

其实，王勃在《滕王阁序》中的孤独和凄凉一直延续着《兰亭集序》中对生死的诘问。二人的心灵是息息相通的。"后之视今，亦犹今之视昔"与"阁中帝子今何在，槛外长江空自流"有着一样的哀婉和美丽。人生终归于短暂和虚无的现实，才是大千世界中所有生命的本质，无人能够逃脱。而唯有通过文字流传，方能达到对生命的超越和永恒。王羲之和王勃，他们两位都做到了。

王勃在九月九日"重阳节"和王羲之在三月三日"上巳节"都完成了对自己有限生命的超越。古人总是把这两大节日相对应来对待，其实这并非巧合，而是自然规律的神奇所在。

汉代刘歆在《西京杂记》中说："三月上巳，九月重阳，使女游戏，就此祓禊登高。"如果说三月三是复活，九月九就意味着死亡。三月三日，人们在度过漫长冬季后春游踏青。重阳节日，就是在寒冷将至之前秋游辞青。华夏民族共同的文化记忆，使百姓生活充满仪式感。王羲之和王勃在这两个节日里，持续地对生命追问并生发出人生感叹，一代又一代文人士大夫历经千年岁月，从未中断过这种叹息和寻求释怀之道，但终未跳出儒、释、道的圈子。为儒士？为游侠？或为隐者？或融为一体？这些重重叠叠的心灵曲线，构成中国文人的精神世界和心灵史，从而形成中国文化艺术的心理基础和艺术精神。从唐诗宋词中，我们都可以用此反观透视。无论是王勃、李白、杜甫、元稹、刘禹锡、李商隐、白居易、杜牧，还是欧阳修、苏轼、王安石、李清照、陆游、杨万里、文天祥等人，他们的生命底色和心理特征，概莫能外。

唐高宗上元二年（675年）重阳节，晚霞漫天，夕阳透出的最后一束光映照在滕王阁的琉璃瓦上，亮光闪闪。当王勃缓缓从酒桌上站起来时，脸色被酒精和夕阳晕染如丹。他或许想起祖先的荣耀和少年时代的光荣与梦想。曾经的命运坎坷和人生苦痛，都化为赣江的浩浩流水，飒飒秋风。

本来王勃很有理由自豪。爷爷王通是隋朝末年的著名学者，被尊称为"文中子"。据史书载："夫子十五为人师""往来授业者，不可胜数，盖将千余人"。唐初许多著名人物如李靖、房玄龄和魏徵等，都曾是王通门下的弟子。二爷王绩是唐代最早的著名诗人，号无功。"但愿朝朝长得醉，何辞夜夜瓮间眠。"王绩嗜酒如命，抛弃功名，归隐家乡。"树树皆秋色，山山唯落晖。牧人驱犊返，猎马带禽归。"（《野望》）这是王绩著名的诗句。父亲王福畤和伯父王福郊都是声誉卓著的文人。王勃在这样的家庭环境中长大，诸兄弟都被当时称为"一时之健笔"。

王勃幼年，天资聪慧，悟性极高，五六岁时就有"神童"之称，看到庭前树叶被秋风吹落，随口吟出："高高山头树，风吹叶落去。一去数千里，何当还故处。"站在父亲旁边的杜易简听到后惊叹道："此王氏三珠树也！"杜易简九岁能文，也是位少年才俊，杜甫的爷爷杜审言是他的堂弟。杜易简借用谢安、谢玄把人才比作宝树的说法，对王勃推崇备至为"珠树"。王勃九岁时，熟读唐初著名文献学家颜师古所著的《汉书注》，并一一勘订谬误，编辑成册，博得周围名士交口称赞。这本书是颜师古穷尽毕生功力，精心编撰的汉书经典，素称功底深厚，学风严谨，考据翔实。却被一个九岁的黄口小儿指出破绽，真是后生可畏！

王勃在写《滕王阁序》时，想起当年老杜的表扬，心中惭愧地说自己"非谢家之宝树，接孟氏之芳邻"。

唐高宗麟德元年（664年），王勃十四岁，当朝太常伯刘祥道巡行乡里，王勃给他写了封《上刘右相书》自荐信说："借如勃者，眇小之一书生耳。曾无击钟鼎食之荣，非有南陔北阁之援。山野悖其心迹，烟露养其神爽。未尝降身摧气，逡巡于列相之门。窃誉干时，匍匐于群公之室。所以慷慨于君侯者，有气存乎心耳！"英俊少年，志向远大，气势不凡，深深打动了刘祥道。经刘向朝廷大力举荐参加科举考试，十四岁的王勃被授予朝散郎之职，从七品上，相当于现在的处级干部。

俗话说，起个大早，却赶个晚集。王勃的仕途看起来一片光明，可结果并非如此。王勃恃才傲物，为同僚所妒忌，屡遭挫折，差点丧命。十四岁的天才少年，名声太高。唐高宗的几个儿子都争相礼聘王勃进入王府。最后经高宗批准，进入沛王李贤府中，征为侍读、修撰，充当谋士和指导老师的角色。

王勃深得李贤信任，这是一段最为难忘的少年好时光。当时宫中王子热衷于斗鸡游戏，王勃也常常随李贤去斗鸡。有一次，李贤的"常胜"大公鸡被英王李显的"鸡王"斗败，心情不爽。王勃提笔写一篇《檄英王鸡》逞才使气，极尽渲染描绘斗鸡时的宏大场面，如同战场上紧张激烈，刀光剑影。当场宣读后，赢得全场称赞，也算是为李贤的大公鸡报了仇。不久，高宗皇帝知道后盛怒，认为这简直是挑拨离间皇子间的关系。高宗当天下诏废王勃官职，逐出沛王府。"天地不仁，造化无力。授仆以幽忧孤愤之性，禀仆以耿介不平之气。顿忘山岳，坎坷于唐尧之朝。傲想烟霞，憔悴于圣明之代。"王勃仰天悲叹，留给长安一个孤独的背影。

王勃第二次遭到的厄运更加惊险。王勃因杀人罪被捕入狱，差点被砍头，还连累父亲被流放为交趾（现在的越南）县令。

原来，王勃被迫离开沛王府后，直接去了四川，客居在剑南，遍游名山大川，读书吟诗著文。唐高宗咸亨二年（671 年）秋天，经时任虢州（今河南灵宝）司法的好友凌季友极力帮助，王勃补为虢州参军。虢州多草药，王勃在虢州遍寻良医，学习医学和养生之道。但本性不改，"倚才陵藉，僚吏疾之"。没过多久，他就摊上大事了。有个叫曹达的官奴犯罪，跑到王勃住所藏匿，本来可将他拒之门外，王勃却收留了他。直到朝廷下令四处追查，才意识到事情的严重性，王勃害怕承担包庇责任，便将曹达杀掉了事。事情败露后，王勃被打入死牢。但命不该绝，正赶上唐高宗册立太子，大赦天下。王勃出狱，官复原职。经过这场风波，已无意官场仕途。"富贵比于浮云，光阴逾于尺璧。著撰之志，自此居多。……在乎辞翰，倍所用心。"书卷翰墨，才是王勃的精神归处。仅用一年多的时间，王勃就完成祖父王通《续书》所阙十六篇的补阙，并刊成二十五卷。撰写《周易发挥》五卷、《唐家千岁历》《合论》十篇和《百里昌言》十八篇等著述。同时，还创作出大量诗文。还不到"三十而立"时，已著作等身，成绩斐然，足以告慰先祖。此后，王勃决定去看望在交趾任县长的父亲。

这一次省亲之行，没承想和新修的滕王阁撞个满怀，并碰撞出生命中最绚丽的华彩。

告别滕王阁，漂洋过海来看父亲。"无为在歧路，儿女共沾巾。"唐高宗仪凤元年（676 年）夏初，王勃到达交趾，陪父亲度过一段温馨的时光。初秋八月，踏上归程。王勃由蓝江启航，刚驶入南海，即被风浪吞没，终年二十七岁。据《旧唐书》载："渡南海，堕水而卒。"另据越南资料记载：那一天，海水涨潮倒灌，把王勃的尸体冲入蓝江，被村民发现后，通知了他的父亲。老父亲扶尸老泪纵横，痛不欲生，就地把儿子埋葬在蓝江左岸，未能魂归故里。

越南人出于对王勃的崇敬，为他雕像、修祠，永世纪念。现在，越南义安省宜禄县宜春乡，仍有王勃的墓地和祠庙。此地海风椰林，风高浪急，紧靠南海，是蓝江的入海口，距离我国的海南岛不远。1972 年，在美国侵越战争中，王勃的祠庙和墓地被炸毁，当地一名叫阮友温的退伍大尉，冒着生命危险抢救出王勃的雕像，在家中专门腾出一间厅堂供奉起来。在异国他乡，王勃由盛唐时代的"弃儿"逐渐羽化成神仙。香火缭绕中，王勃一直享受着越南和我国东南沿海一带世人的祭拜。

上元二年（675 年）重阳节，当王勃醉意蒙眬地站在滕王阁上时，万万不承想到这就是自己的宿命。"飞帆如箭劈流开，遥奠江神酒一杯。好风肯与王郎便，世上唯君不妒才。"（清·潘耒《马当山》）马当山的神风，最能理解王勃的才情和内心，时来风送滕王阁。滕王阁因为与王勃的偶然相遇，千百年来一直巍然屹立于华夏历史文化长河的岸边。滕王阁成为王勃的滕王阁，有谁记得滕王、阎都督是何许人也？王勃若地下有知自己酒后即兴创作的这篇文章，早已令他超越死亡的悲剧和时光的磨砺，生命获得新生和永恒，肯定会含笑九泉，并真诚地告诉人们：重阳节，是不吉利的，也是大吉利的。

诗在，黄鹤楼就在

黄鹤楼位于湖北武汉武昌区的蛇山之巅，面对着滚滚万里长江，始建于三国吴黄武二年（223 年）。赤壁之战后，吴大帝孙权修筑夏口城，于城西南角黄鹄矶建一座城楼，用于瞭望守戍，即黄鹤楼。历经近二千年朝代更迭，屡毁屡修，世有"天下江山第一楼"之誉。1957 年，因为修建武汉长江大桥碍事，原黄鹤楼被拆除。直到 1981 年 10 月，从临江的黄鹄矶原址上移一百多米，在蛇山之巅重建。钢筋水泥混凝土框架结构代替了以前的木质结构，楼外环绕有铸铜黄鹤造型、宝塔、牌坊、轩廊、亭阁等建筑。远远望去，楼形如展翅欲飞的黄鹤。1985 年夏天，消失多年的黄鹤楼焕然一新，开始迎接纷至沓来的四方宾客。

历经近二百年，从三国到南朝，黄鹤楼一直作为军事用途而存在。但从唐朝以来，黄鹤楼吸引众多文人骚客登楼题诗，据不完全统计达四百多首，成为一座名副其实的"诗楼"，一直承载着中国传统文化的基因。这其中，后人认为最大的贡献者莫过于唐代河南开封的崔颢了。

据《新唐书·崔颢传》记载，崔颢出身于高门大族，自幼才思敏捷，年少轻狂，性格耿直，开元十一年（723 年）进士及第后，仕途并不顺利，郁郁不得志，便游历天下。有一年春天，他登上黄鹤楼，望着滔滔江水和对岸的龟山，感慨万千，随手写下一生的成名诗作《黄鹤楼》：

> 昔人已乘黄鹤去，此地空馀黄鹤楼。
> 黄鹤一去不复返，白云千载空悠悠。
> 晴川历历汉阳树，芳草萋萋鹦鹉洲。
> 日暮乡关何处是？烟波江上使人愁。

当时，在诗坛高手如云的情况下，这首诗不胫而走，闻名遐迩。据说，李白游历到黄鹤楼，读罢此诗，曾发出"一拳捶碎黄鹤楼，一脚踢翻鹦鹉洲。眼前有景道不得，崔颢题诗在上头"的一声叹息。当然，这感叹是否真是出自"天子呼来不上船"的"诗仙"之口另当别论。天宝七载（748 年），李白在游历金陵凤凰台后，模拟崔颢的技法，用同样的韵脚写了首《登金陵凤凰台》倒是真的。"凤凰台上凤凰游，凤去台空江自流。吴宫花草埋幽径，晋代衣冠成古丘。三山半落青天外，二水中分白鹭洲。总为浮云能蔽日，长安不见使人愁。"两位诗人之间互文互动的存世文本，更加奠定黄鹤楼的"诗楼"地位。唐上元元年（760 年），李白晚年，在侥幸获赦"轻舟已过万重山"之后，又一次游历到江夏，又写了首《鹦鹉洲》："鹦鹉来过吴江水，江上洲传鹦鹉名。鹦鹉西飞陇山去，芳洲之树何青青。烟开兰叶香风暖，岸夹桃花锦浪生。迁客此时徒极目，长洲孤月向谁明。"李白站在鹦鹉洲，稀疏的白发被江风吹起，他仰望黄鹤楼，再次向崔颢的《黄鹤楼》致敬。

崔颢的诗，因有"诗仙"李白的加持，盛名日隆。宋人严羽在《沧浪诗话》中评价道："唐人七言律诗，当以崔颢《黄鹤楼》为第一。"清代的沈德潜在《唐诗别裁》中说这首诗"意得象先，神行语外，纵笔写去，遂擅千古之奇。"崔颢的《黄鹤楼》诗以楼而闻名，黄鹤楼因诗而留存至今。试想，假如没有崔颢的诗和李白的诗歌竞技，自唐代以后就失去军事用途的黄鹤楼，谁还会有兴趣在楼被焚毁后重建呢?

《黄鹤楼》诗,功莫大焉!

其实,我们今天耳熟能详的《黄鹤楼》诗,本来面目扑朔迷离,神秘美好。她曾隐藏在黄沙漫漫的敦煌藏经洞里,经历国内外贼人的无数次偷盗浩劫,幸运地保留下来,后人才得以亲见其另一"芳容"。"昔人已乘白云去,兹地空馀黄鹤楼。黄鹤一去不复返,白云千载空悠悠。晴川历历汉阳树,春草青青鹦鹉洲。日暮乡关何处在?烟波江上使人愁。"

在唐代人编辑的《国秀集》《河岳英灵集》《又玄集》以及宋代人所编的《文苑英华》《唐诗纪事》等书中,首句皆为"昔人已乘白云去"。据说,清初的金圣叹选批唐才子诗时,大笔一挥改为"黄鹤",并武断地下结论道:"有本乃作'昔人已乘白云去',大谬!不知此诗正以浩浩大笔,连写三'黄鹤'字为奇耳!且使昔人若乘白云,则此楼何故乃名'黄鹤'?此亦理之最浅显者。……若起首句未写'黄鹤',先已写一'白云',则是'黄鹤''白云'两相对峙。'黄鹤'固是楼名,'白云'出于何典耶?且'白云'即是昔人乘去,而至今尚见悠悠,世则岂有'千载白云'耶?"

清人孙洙编辑《唐诗三百首》流传甚广,采用的《黄鹤楼》诗就是今天我们诵读的模样。但当代学者盛大林在其所著《唐诗正本:大数据视域下的唐诗新考》(崇文书局,2021年10月)中,充分利用现代数据库检索技术,从浩繁的历代古籍中,对有关《黄鹤楼》诗的五十六个版本认真比较考证研究后,得出敦煌藏经洞出土的版本才是《黄鹤楼》原诗的结论,明代大才子金圣叹的异议没有道理。

但我想,在存世的四万多首唐诗中,崔颢的《黄鹤楼》诗不论流传多少版本,"乘白云"也好,"乘黄鹤"也罢;"芳草"也行,"春草"也可;"烟波"也朦胧,"烟花"亦美丽,千年黄鹤楼在否,都不会动摇《黄鹤楼》诗在中国文学史上的不朽地位。

"胜概斯称最,名区久未湮。楼真千尺回,地以一诗传。"清人赵翼在《题黄鹤楼十六韵》中的感叹未必全面,崔颢也不能独家拥有对黄鹤楼"商标"的专利权。事实上,在唐代崔颢和李白之前,黄鹤楼早已成为诗人寄情吟咏的对象。南朝宋代大明六年(462年),著名文学家鲍照第一个写有《登黄鹄矶》诗:"木落江渡寒,雁还风送秋。临流断商弦,瞰川悲棹讴。"鲍照惊叹黄鹄矶的险峻,感伤身世,抒发悲秋之情,并没有直接描写黄鹤楼。南朝陈代诗人张正见写有《临高台》诗:"层台迥清汉,出迥驾重梦。飞栋临黄鹤,高窗度白云。风前朱幌色,霞处绮疏分。此中多怨曲，地远讵能闻。"据说，这是文学史上正面写黄鹤楼的第一首诗。

在古汉语里，"鹤"与"鹄"虽通用，但不是指同一种鸟类。"鹄"在自然界真实存在，又称天鹅，有白鹄、黄鹄和丹鹄。自然界却没有真实的黄鹤，只有白鹤和丹顶鹤。黄鹤只存在于神话故事和人们的想象之中，寄托着美好的感情。魏晋时期，陶渊明不仅"采菊东篱下，悠然见南山""种豆南山下，草盛豆苗稀"，还在《搜神后记》中收集灵异故事。其中一故事，叙述辽东人丁令威学道于灵虚山，后学成化鹤归来，在城门华表柱上盘旋停留。有位少年，举弓欲射之。鹤乃飞去，在空中徘徊而言曰："有鸟有鸟丁令威，去家千年今始归。城郭如故人民非，何不学仙冢垒垒。"遂飞入云霄而不见。鹤成为羽化成仙的象征。

"荀瓌憩江夏黄鹤楼上，望西南有物飘然降自云汉，乃驾鹤之宾也。宾主欢对辞去，跨鹤腾空，渺然烟灭。""鹄（鹤）生五百年而红，五百年而黄，又五百年始苍，又五百年而白，寿三千年矣。"（南朝梁·任昉《述异记》）南北朝时期，仙鹤就曾在江夏黄鹤楼上停留过。黄鹤楼脚下是蛇山，隔江对峙着龟山，汉水入口处有龙王庙，华夏民族寓意吉祥长寿的龟蛇龙鹤汇聚于此，确属风水宝地，此地神话传说多与道教有关。其中，有两位人物最为著名，一位是费祎，一位是吕洞宾。"州城西南隅有黄鹤楼者，《图经》云：费祎登仙，尝驾鹤返憩于此，遂以名楼。事列《神仙》之传，迹存《述异》之志。"（唐·阎伯理《黄鹤楼记》）费祎是江夏人，后蜀重臣，主张休养生息，无为而治，受到后世黎民百姓的尊崇。死后，被人们神化为神仙形象。

此外，"八仙"之一吕洞宾有关黄鹤楼的传说，流传最广的是辛氏卖酒故事。有一位道士喝酒不付钱，临走时用橘皮在酒楼墙壁上画了一只鹤。若有客来，拍手鹤即跳舞助酒，这真是最好的广告创意。从此，辛家酒楼生意兴隆。过了十年，那位道士回来，吹铁笛，鹤飞来。道士乃腾云驾鹤而去。辛氏为了感恩，在道士驾鹤升天处建一座辛氏楼。因橘皮画的鹤呈黄色，后人称此楼为黄鹤楼。这一传说更符合大众审美趣味和心理需求。

不论神话故事真实与否，黄鹤楼在不断焚毁重建的循环中，后人对它的吟咏弦歌不断。"故人西辞黄鹤楼，烟花三月下扬州。"（李白）"黄鹤楼中吹玉笛，江城五月落梅花。"（李白）"黄鹤高楼已槌碎，黄鹤仙人无所依。黄鹤上天诉玉帝，却放黄鹤江南归。"（李白）"昔登江上黄鹤楼，遥爱江中鹦鹉洲。"（孟浩然）"城下沧浪水，江边黄鹤楼。朱阑将粉堞，江水映悠悠。"（王维）"青山万古长如旧，黄鹤何年去不归？"（贾岛）"江边黄鹤古时楼，劳置华筵待我游。楚思森茫云水冷，商声清脆管弦秋。白花浪溅头陀寺，红叶林笼鹦鹉洲。"（白居易）"梦觉疑连榻，舟行忽千里。不见黄鹤楼，寒沙雪相似。"（刘禹锡）"黄鹤楼前春水阔，一杯还忆故人无。"（杜牧）"谁家笛里弄中秋，黄鹤归来识旧游。"（范成大）"零露依稀倾凿落，碎琼重叠缀搔头。白云黄鹤思悠悠。"（张炎）"苍龙阙角归何晚，黄鹤楼中醉不知。"（陆游）"黄鹤高楼又捶碎，我来无壁可题诗。"（清·黄遵宪）如此等等，不胜枚举。

有关黄鹤楼的诗词再多再好，有一个人的词绝不能被忽视，那就是南宋名将岳飞。

岳飞从军二十载，驻守鄂州（今武昌）七年。岳元帅的帅府，就设在黄鹤楼下的武昌司门口。南宋绍兴三年（1133 年）十月，岳飞接连上书宋高宗，奏请收复襄阳六州。次年五月，岳家军第一次北伐就从这里出发，三个月内一举收复襄阳六州后，年仅三十二岁的岳飞被封为武昌郡开国侯。但此后，他的抗金主张屡屡被朝廷拒绝。壮志难酬的岳飞登上黄鹤楼，北望中原，心情悲愤，挥笔写下《满江红·登黄鹤楼有感》：

> 遥望中原，荒烟外，许多城郭。
> 想当年、花遮柳护，凤楼龙阁。
> 万岁山前珠翠绕，蓬壶殿里笙歌作。
> 到而今，铁骑满郊畿，风尘恶。
> 兵安在？膏锋锷。民安在？填沟壑。
> 叹江山如故，千村寥落。
> 何日请缨提锐旅，一鞭直渡清河洛。
> 却归来、再续汉阳游，骑黄鹤。

宋室南渡，当年的东京梦华已被金兵铁骑踏碎。这阕《满江红》词中流淌着岳飞对国家遭难和百姓疾苦的锥心之痛、之忧和之愁，字字血，声声泪，与他著名的《满江红·怒发冲冠》同样豪迈悲壮。"何日请缨提锐旅，一鞭直渡清河洛"，目的就是"待从头、收拾旧山河，朝天阙"。黄鹤楼因为有了岳飞的登临，使那些神仙传说和感怀人生的长吁短叹诗词黯然失色。南宋隆兴元年（1163 年），在岳飞被害二十一年后，宋孝宗为岳飞平反，武昌的老百姓率先自发地为岳飞修祠建庙。乾道六年（1170 年），宋孝宗亲书"忠烈庙"匾额，并拨建庙专款。嘉泰四年（1204 年），岳飞死后六十三年，宋宁宗追复岳飞少保、武胜定国军节度使、武昌郡开国公，赠太师、谥武穆岳飞，追封鄂王。今天，武汉市保存有岳家嘴、忠孝门、岳飞街、报国巷、报国寺、报国庵、洪山岳松等众多遗址和纪念地。镇国护民的岳飞雕像，也成为黄鹤楼的镇楼之宝。

由此可见，黄鹤楼与崔颢、李白、孟浩然、陆游、岳飞等无数文人士大夫的心灵相映照，黄鹤楼以此逐渐完成独特的华夏民族文化精神坐标的塑造。文人手中的那支小小毛笔，成为撬动中华文化历史长河奔流不息的源动力。如同王勃之于滕王阁、范仲淹之于岳阳楼、欧阳修之于醉翁亭、苏舜钦之于沧浪亭、苏轼之于赤壁等名胜古迹、亭台楼阁和庙宇陵墓一样，只有通过传统文化不断地浸润洗礼，这些物质上的地标符号才能获得民族精神及心灵史上的重新建构，并获得新生和永恒。任何人类的战争和自然灾难，都无法摧毁她，时光更不可能磨灭她。

一千多年前的那场约会

大约是盛唐时期的开元十六年（728 年）八月金秋时节，孟浩然在长安寻求功名无果，黯然离开后不久，正在故乡襄阳鹿门山隐居。有一天，孟夫子接到乡下好友老田的盛情邀请，说正是秋季鸡肥、鱼美、蟹爪痒、稻谷香的大好时光，明天赶快来家里喝几盅，再顺便聊聊家国天下和热点新闻什么的。

瞌睡时遇到枕头，孟夫子正闲极无事儿，便欣然应邀而来。翌日一大早就起床洗漱更衣，神清气爽地骑上那匹瘦驴，兴冲冲地奔向老田家而去。

老田是孟浩然远足游玩时结识相交的乡村朋友，热情好客，家境小康，喜欢孟浩然没有文人常见的酸腐气，俩人一见如故。田家宅院周围环境很好，青砖黛瓦，绿树环抱，远望山水如画。老田很够哥们，让妻子庖凤烹龙，山珍海味，酒宴丰盛，好酒喝得酣畅淋漓，天下大事聊得志趣投机。俩人聊到了未来的乡村振兴、环境保护、农村孩子失学、老人赡养难等大问题，也聊到了歌星影星偷漏税等文艺圈里的八卦等趣闻。这次农家乐喝酒吃鸡太让孟夫子高兴了，农历下个月就是重阳节啦，咱们约好再来这里喝次大酒，到时就用菊花下酒啊！

当晚，老孟回到家里，意犹未尽，越想越兴奋，夜不能寐，浮想联翩，在灯下打开笔记本，写下当日所见所闻和心得体会。

> 故人具鸡黍，邀我至田家。
>
> 绿树村边合，青山郭外斜。
>
> 开轩面场圃，把酒话桑麻。
>
> 待到重阳日，还来就菊花。（《过故人庄》）

在这首田园诗中，老孟无意间记录这个一千二百多年前的约会：待到重阳日，还来就菊花。这个约会，不仅饱含着对朋友的期待和真情，更表达出对菊花的格外喜爱。

菊花，从屈原和陶渊明那里，就是他们这些文人雅士精神上追求的意象和载体，也成为这次约会的诗意主题。今天，我很好奇的是这场约会后来怎么样啦？谁又去赴约了呢？

从古到今，朋友赴约，那是有条件的。最基本的前提不是官职相同、财富多寡，而是参加约会的人"三观"必须一致，话要投机，在精神世界里能够一起畅游，文学修养水平相近，酒量、酒风要有一拼。两天之后，孟浩然便在自己的朋友圈里广而告之：欢迎大家在重阳节，来老田家一起聚聚。中午十二点，不见不散。

"北山白云里，隐者自怡悦。相望始登高，心随雁飞灭。愁因薄暮起，兴是清秋发。时见归村人，平沙渡头歇。天边树若荠，江畔洲如月。何当载酒来，共醉重阳节。"（《秋登万山寄张五》）孟浩然发了朋友圈后，登山赏秋，看层林尽染，白云悠悠，很想念好哥们张五，便又私信他，特意交代他赞助两瓶好酒，最好是过期老酒。重阳节，咱们在老田家一醉方休。

孟浩然是湖北襄阳人，也是盛唐时期的一位牛人，世称"孟襄阳"。少时聪慧，乐善好施，诗酒风流，爱打抱不平。四十岁时在长安，遇到宫中任侍御史、主管音乐的"诗佛"王维。王维很欣赏他的才华，有一天，偷偷把他带入宫中切磋音乐和写诗艺术，偶遇唐玄宗，吓得他躲在床底下，被发现后钻出来一脸恐慌，唐玄宗让他即兴作诗一首。幸福来得太突然，孟夫子可能是太激动，也可能是太谦虚了，竟写出"北阙休上书，南山归卧庐。不才明主弃，多病故人疏"之句。唐玄宗看后很生气地说道："卿自不求仕，朕未尝弃卿，奈何诬我？"看来见到大领导，过分谦虚是要耽误前程的啊！

惹怒玄宗皇帝，这一辈子基本算玩完了，孟夫子寻求仕途的心拔凉拔凉的。后来，干脆隐居鹿门山，种菜、读书、写诗、闲居、会友、喝酒等，过着田园牧歌生活。"春眠不觉晓，处处闻啼鸟。夜来风雨声，花落知多少。"这首妇孺皆知、已成儿歌的《春晓》，就是他隐居故乡鹿门山时所作。好听，但有点伤感。时值人生失意阶段，看到春天的花被风雨打落，心情不见得就有多好，却被后来的儿童们唱得轻松欢快。孟浩然现存世诗作二百余首，与好朋友王维并称为"王孟"。孟浩然和王维相互欣赏，孟浩然无奈离开长安时，把王维作为倾诉内心痛苦的对象。"寂寂竟何待，朝朝空自归。欲寻芳草去，惜与故人违。当路谁相假，知音世所稀。只应守寂寞，还掩故园扉。"（《留别王维》）不知道为了什么，忧愁总围绕着我？我欲归隐山林，却不愿与你分别。如今，世上知音寥寥，没有多少人愿意雪中送炭，我今生注定寂寞，还是归隐故园吧。在故乡的悠闲时光中，享受亲朋故友相约喝酒、聊天的惬意和自在。

孟夫子在盛唐时期的文坛美誉度很高，那场史无前例的约会，当时的诗坛大咖们很多都如期赴约了。与其说是一场朋友酒会，不如说是一次文人雅集。在重阳节这天，他们把手中的芳樽斟满，闻到心中的菊花自香，感悟骨子里的精神自由绽放。

千里逢迎，高朋满座。

首先赴约的是王维。王维一出场就惊艳四座，这位十七岁的翩翩美少年，感悟着重阳节里那浓浓的乡愁，随口一说就铸就成千古名句："独在异乡为异客，每逢佳节倍思亲。遥知兄弟登高处，遍插茱萸少一人。"（《九月九日忆山东兄弟》）但凡遇到中国传统节日，每一位身居异乡的漂泊者，都会情不自禁地吟咏这首诗的前两句。

这热闹的诗酒雅集，怎么能少了爱喝酒的"诗仙"呢？和王维同岁的李白很喜欢孟浩然，李白曾为约会的发起人老孟写诗予以表扬。"吾爱孟夫子，风流天下闻。红颜弃轩冕，白首卧松云。醉月频中圣，迷花不事君。高山安可仰，徒此揖清芬。"（《赠孟浩然》）李白和王维虽同朝为官过一段时间，但一生从没有留下两人曾有过交集的记录。这也成为唐代文学史上的遗憾和一桩公案。

杜甫一生作为李白的"铁粉"，也没有得到过李白对老孟这样的回赠赞美。可见，孟浩然在李白心中的位置超过"诗圣"。你看，李白在秋天的美景中，携一壶老酒，采撷一捧黄菊花，踏着快乐的管弦乐曲，蹦蹦跳跳地欢喜而来。酒桌上，他更是活跃，把酒杯当作明镜照来照去，孤芳自赏，自得其乐。他们一直喝到晚上，大都喝醉了。李白望着山月，独自起舞高歌。不知何时，帽子被风吹落了。"今日云景好，水绿秋山明。携壶酌流霞，搴菊泛寒荣。地远松石古，风扬弦管清。窥觞照欢颜，独笑还自倾。落帽醉山月，空歌怀友生。"（《九日》）今日为重阳节，景美人好，李白非常怀念那些曾走进他人生的朋友们。

"欲穷千里目，更上一层楼。"青年才俊王之涣，正愁秋日里闲得无聊，无酒可喝，看到孟浩然的朋友圈，快马加鞭未下鞍地赶到。"蓟庭萧瑟故人稀，何处登高且送归。今日暂同芳菊酒，明朝应作断蓬飞。"（《九日送别》）天下没有不散的筵席，相见时难别亦难，今天大家同饮菊香酒，明日就要各自匆匆分离，人生如同断根的枯蓬一样飘飞。

朋友们陆续到来。高适、岑参等一同相约乘专车赶到。尤其是岑参、高适哥俩，从边塞远道奔赴，非常不易。岑参对高适边走边诉说着边塞守关的艰苦。"北风卷地白草折，胡天八月即飞雪。忽如一夜春风来，千树万树梨花开。散入珠帘湿罗幕，狐裘不暖锦衾薄。将军角弓不得控，都护铁衣冷难着。"大西北的天气是真冷啊！不是人能长待的地方。可我们部队的那位将军更冷血，治军威严峻厉，不怒自威，常让人感到一股肃杀之气。"九日黄花酒，登高会昔闻。霜威逐亚相，杀气傍中军。横笛惊征雁，娇歌落塞云。边头幸无事，醉舞荷吾君。"（《奉陪封大夫九日登高》）在秋天，有时战士思念家乡，横笛吹奏出的凄凉声音令南飞的大雁都能感动，也让边塞的云彩伤感落下。"强欲登高去，无人送酒来。遥怜故乡菊，应傍战场开。"（《行军九日思长安故园》）这一段时间，边塞上幸好没有战事，戍守的战士们才能暂时得以放松，可以喝喝酒，唱歌跳舞。我很想念家乡长安，趁休假回来，正好参加孟浩然的这次聚会。

高适也有同感，对岑参说道："节物惊心两鬓华，东篱空绕未开花。百年将半仕三已，五亩就荒天一涯。岂有白衣来剥啄，一从乌帽自欹斜。真成独坐空搔首，门柳萧萧噪暮鸦。"（《重阳》）这日子过得快，一晃我们都已老去，朋友也越来越少了。

最后到来的是杜甫。杜工部囊中羞涩，身体状况又不佳，骑着那匹瘦驴，是故姗姗来迟。

在"诗圣"的人生旅途中，一直找不到安稳富裕理想的驿站。重阳节时常令他愁绪满怀。应邀来参加这场重阳约会，和大家在一起喝酒很尽兴。他看到蓝溪的水远远地从千条山涧流过，玉山高耸冷峻，两峰并峙，千古不变，心里充满喜悦。尤其是看到老朋友岑参，一把拉过来对他说：我想死你了！多次想去看你，都因为音讯不通、下雨路滑等各种原因未能成行。"出门复入门，两脚但如旧。所向泥活活，思君令人瘦。……维南有崇山，恐与川浸溜。是节东篱菊，纷披为谁秀。岑生多新诗，性亦嗜醇酎。采采黄金花，何由满衣袖。"（《九日寄岑参》）重阳节，东篱的菊花开得正好，岑参哥们，您又有很多新诗了吧？您还是喜欢美酒吗？黄菊花的暗香染上我们的衣袖，也陶醉了我们的内心。

"老去悲秋强自宽，兴来今日尽君欢。羞将短发还吹帽，笑倩旁人为正冠。蓝水远从千涧落，玉山高并两峰寒。明年此会知谁健？醉把茱萸仔细看。"（《九日蓝田崔氏庄》）来此聚会的朋友们都很敬重杜甫，聚会快结束时，大伙让老杜发表一下感言。老杜满脸酒红，有些醉意，泪花点点，站起来说道：好哥们啊！青山不老，绿水长流，可人生短暂，春梦一场而已。不知明年我们再相聚时，谁还健在、谁会不在了呢？不如今日多饮几杯酒，拿起茱萸好好看看，期望明年再相会。

俱往矣！盛唐时期，孟浩然一千二百多年前的那场约会，以上几位著名诗人未必真的来到过田家恬静闲适的院子里，喝酒神侃，写诗记录。但是，重阳节这一天，他们曾各自敞开心扉，在精神世界里相互倾诉和温暖。在对秋天、节日、美酒、菊花、人生等共同感悟上，心灵相通。正因为如此，他们在唐代传统文化灿烂的星空中，聚集在一起，完成一次人文意义上的雅集和交融。那一首首有关重阳节的诗作所表达出的节日情绪和人生感悟，如酒香般醇厚绵长，一直熏染着中唐、晚唐、北宋、南宋直到今天的深秋时光。

一千多年后的重阳节，我偶然来到这个美丽、多情、纷扰的世界上，难道是为了证实抑或证伪那一场孟老夫子的精神聚会吗？回首往事，我不禁感慨万端，仿佛也参加了孟夫子的那场聚会，不禁付诸笔端以记之。

> 九日登高望故园，东篱菊香醉酒眠。
> 横笛声幽协秋雁，茱萸插头曾少年。
> 鬓白偷理心暗笑，旧梦初醒情如烟。
> 陶公荷锄今安在？浊泪倾盆洒霜天。（《重阳感怀》）

是的，那场重阳节约会，我确实曾经参加过。不过，是在生日酒醉后的残梦中。

那条游来游去游了千年的鳜鱼

西塞山前白鹭飞，桃花流水鳜鱼肥。

青箬笠，绿蓑衣，斜风细雨不须归。

唐代张志和的这首《渔歌子》很著名，词句通俗易懂，朗朗上口，不仅为我们描绘出一幅生动的春日画面，而且还创新出一个新的词牌名"渔歌子"。自此，唐宋元明清以来的诗人所写的"渔歌子"，均以这首词为正体。阳春三月暖，桃花流水长，这条肥美味足的"鳜鱼"游来游去，已经在中国传统文化的长河里游了一千多年，我相信它还会一直自由自在地畅游下去。

开元二十年（732年），张志和出生在长安，祖籍浙江金华。因母亲妊娠前梦见有神仙献灵龟吞服，初名龟龄。少年成名，三岁能读，六岁能诗，堪称神童。开元二十七年（739年），随父亲张游在翰林院游玩时，被人发现过目成诵，唐玄宗听说后亲自出题考试，张志和对答如流。唐玄宗暗暗称奇，赐优养翰林院。天宝六载（747年），十六岁时曾参加科举，以明经科擢第。因其于道术方面很有造诣，太子李亨很欣赏他，增补为长安户口，特批在太学学习。天宝十载（751年）太学毕业，当时的太子、后来的唐肃宗李亨赐名"志和"，任翰林待诏，被授予左金吾卫录事参军，享受八品（上）待遇。安史之乱中，张志和与舅舅李泌因平叛有功，被授左金吾卫大将军，享正三品待遇。至德二载（757年），因力谏唐肃宗获罪，被贬到南浦做县尉。不久，被唐肃宗赦还，并赏赐他奴、婢各一名，称"渔童"和"樵青"。乾元元年（758年），张志和以母亲去世丁忧为名远离官场，回祁门赤山镇安葬老母。结庐墓侧，植柏成林，恪尽孝道。三年孝期结束，无意重返官场。上元二年（761年），带着两位美女奴、婢渔童和樵青，告别亲友，游历黄山、绩溪等吴楚山水后，在湖州城西西塞山隐居，自号"烟波钓徒"，又号"玄真子"，在此结识苕溪隐居的茶圣陆羽和诗僧皎然，在此地过着田园牧歌式的生活，开始撰写《玄真子》《大易》等多卷本著作，成为中唐时期著名的道士、画家和诗人。这首《渔歌子》，就创作于在湖州隐居的时候。这条著名的"鳜鱼"，就徜徉在苕溪清澈的水流之中。

西塞山位于浙江吴兴县境内的西苕溪上。西苕溪北通太湖，南邻莫干山，风景优美安静。

白鹭是一种日常叫作"鹭鸶"的水鸟，外形有点像白鹤，腿和脖子特别长，站立或飞翔时仪态优美极了，习惯在水中寻找食物。杜甫"两个黄鹂鸣翠柳，一行白鹭上青天"，王维"漠漠水田飞白鹭，阴阴夏木啭黄鹂"，刘禹锡"白鹭儿，最高格。毛衣新成雪不敌，众禽喧呼独凝寂。孤眠芊芊草，久立潺潺石。前山正无云，飞去入遥碧"，杜牧"雪衣雪发青玉嘴，群捕鱼儿溪影中。惊飞远映碧山去，一树梨花落晚风"等名句，皆是对这一种鸟儿的赞美。阳春时节，草长莺飞，西塞山前，一群白鹭展翅飞翔，蓝天白云立刻生动起来。夹岸桃树成林，桃花盛开。河水清澈静流，逆水而上的鳜鱼不时跃出水面，在阳光下划出一道道银色的亮光。鳜鱼是一种味道特别鲜美的淡水鱼，嘴大鳞细，颜色呈黄褐色。春汛来时，渔夫开始忙碌，头戴箬笠，身披蓑衣，撑开小船，在斜风细雨里抓紧捕获，忘记及时归家。

这首诗本身颇具生动的画面感。其实，张志和还是一位著名的山水画家。这首《渔歌子》诗中有画，画中有诗。苍山、白鹭、桃花、流水、鳜鱼、青青的斗笠、深绿的蓑衣、荡漾的渔舟，还有撑篙的渔夫，这几种色彩相互交织，鲜明和谐，生动活泼。如此秀美的江南水乡风光，令人陶醉，充分展现出张志和淡泊宁静、与世无争、归隐大自然的闲适情怀。这种平凡生活中透射出的诗情画意从东晋陶渊明开始，正是文人士大夫们所追求的精神境界。故此，后世的诗人对张志和诗化出的这条"鳜鱼"情有独钟，念念不忘。

转眼就到了北宋元丰七年（1084 年）四月，苏东坡离开贬谪地黄州，移到汝州赴任。他沿长江而下时，看到渔夫在小船上捕鱼，不禁想起前辈张志和的这首《渔歌子》，挥笔填词《浣溪沙》，并说："玄真语极清丽，恨其曲度不传，加数语以《浣溪沙》歌之云：'西塞山前白鹭飞，散花洲外片帆微。桃花流水鳜鱼肥。自庇一身青箬笠，相随到处绿蓑衣。斜风细雨不须归。'"这次去汝州赴任，苏东坡在路上兜兜转转，竟然走了一年多。最终，也没能到达汝州上任。宋神宗死后，宋哲宗即位，他命运陡转，迅速达到一生中仕途的最高峰后，倏忽之间又重重地摔下来。他的渔夫梦，多在其诗词里。

学生黄庭坚（字鲁直）读罢老师苏东坡的这首词，兴致大发，立即填词《浣溪沙》唱和："新妇矶头眉黛愁，女儿浦口眼波秋。惊鱼错认月沉钩。青箬笠前无限事，绿蓑衣底一时休。斜风细雨转船头。"东坡称赞曰："鲁直此词，清新婉丽。问其最得意处，以山光水色替却玉肌花容，真得渔父家风也。然才出新妇矶，便入女儿浦，此渔父无乃太澜浪乎？"苏轼与黄庭坚的玩笑中，饱含有一些无可奈何的辛酸。黄庭坚一生坎坷，写渔父寄托情怀，末句与张志和的原诗迥异，带有牢骚或悔恨之意。"人间底是无波处，一日风波十二时。"苏东坡和黄庭坚一生都有体会，并非如苏东坡讥笑黄庭坚所言："鲁直乃欲平地起风波耶？"

江水或湖泊之间，山连着江或湖的入水处称为"矶"。江河与支流汇合处的水滨称"浦"。正巧太平州有"矶"叫作"新妇"，池州有"浦"叫作"女儿"。苏轼调侃说才出新妇矶，便入女儿浦，这是一位浪荡多情的渔父啊！这则趣事在北宋文坛成为笑谈，反映出苏东坡一生幽默达观的心态。

黄庭坚直到晚年，也没有忘记这一故事，耿耿于怀这阕词没有仔细推敲就发布在朋友圈。表弟李如篪知道其心事，建议他再以《鹧鸪天》为词牌，对应《渔歌子》韵律比较好。黄庭坚清楚地知道唐宪宗也很喜欢张志和，为给张志和画像，派人访之江湖而不得，宪宗便下令收集张志和的诗词送到宫里。哥哥张松龄担心弟弟放浪形骸，引起圣上不悦，曾劝张志和道："乐在风波钓是闲，草堂松径已胜攀。太湖水，洞庭山。狂风浪起且须还。"黄庭坚根据此意再填词《鹧鸪天》："西塞山边白鹭飞，桃花流水鳜鱼肥。朝廷尚觅玄真子，何处如今更有诗。青箬笠，绿蓑衣，斜风细雨不须归。人间底是无波处，一日风波十二时。"其实，黄庭坚的"平地风波"来自唐代刘禹锡的《竹枝词》："瞿塘嘈嘈十二滩，此中道路古来难。长恨人心不如水，等闲平地起波澜。"

黄庭坚有个外甥，名字叫作徐俯，也是江西诗派代表人物之一，同样喜欢这条"鳜鱼"。徐俯学习舅舅填写两阕《浣溪沙》词，表达和张志和拥有同样的淡泊情怀。"西塞山前白鹭飞，桃花流水鳜鱼肥。一波才动万波随。黄帽岂如青箬笠，羊裘何似绿蓑衣。斜风细雨不须归。"徐俯喜欢桃花溪中的那条鳜鱼，粪土当年万户侯。"新妇矶边秋月明，女儿浦口晚潮平。沙头鹭宿戏鱼惊。青箬笠前明此事，绿蓑衣底度平生。斜风细雨小舟轻。"徐俯向往着渔夫生活，远离官场漩涡急流险滩。此外，徐俯还根据黄庭坚被苏东坡嘲笑的趣事，填了一阕《鹧鸪天》词："西塞山边白鹭飞，桃花流水鳜鱼肥。朝廷若觅元真子，晴在长江理钓丝。青箬笠，绿蓑衣，斜风细雨不须归。浮云万里烟波客，惟有沧浪孺子知。"徐俯的诗词修养堪比老舅，真是后生可畏。

北宋时期，另一位江西诗派的代表人物晁冲之，早年拜陈师道为师，后因党争被贬，隐居河南许昌禹州十年。后来，皇帝想重新重用他，他拒不接受，终生不再迷恋功名利禄，却迷恋那条"鳜鱼"。"浦口潮来沙尾涨。危樯半落帆游漾，水调不知何处唱。风淡荡，鳜鱼吹起桃花浪。雪尽小桥梅总放，层楼一任愁人上。

万里长安回首望。山四向，澄江日色如春酿。"（《渔家傲》）晁冲之从在桃花浪中洄游的鳜鱼和雪中绽放的梅花身上，找到了远离长安的理由。在距离晁冲之所隐居的地方不远，北宋都城汴梁郊区杞县的李祁也在一直追逐着这条"鳜鱼"。"春阴淡淡，春波渺渺，帘卷花稍香雾。小舟谁在落梅村，正梦绕、清溪烟雨。碧山学士，云房娇小，须要五湖同去。桃花流水鳜鱼肥，恰趁得、江天佳处。"（《鹊桥仙》）泛舟五湖，垂钓鳜鱼，阅尽人间春色。

伴随着"靖康之耻"，宋室南迁，家国破碎后，很多文人心灰意冷，看破红尘，归隐自然，"鳜鱼"游在他们的精神世界里。"小市春晴鱼上来，桃花休数鳜鱼肥。江湖不见玄真子，蓑笠风前事事稀。"（《桃花鱼》）南宋时期，祖籍汴梁的韩淲在南渡后居住在江西信州上饶，一生清廉狂狷，雅志绝俗，主张抗金，人品学问俱佳，年五十退隐不仕。他看到鳜鱼，追忆陈年往事，感叹人生无常。陆游一生纠结于报国无门和与表妹唐婉的感情中难以自拔，在隐居故乡山阴时也经常用这条鳜鱼下酒，安慰自己的内心。"梅子生仁燕护雏，绕檐新叶绿扶疏。朝来酒兴不可耐，买得钓船双鳜鱼。"（《柯桥客亭》）陆游想自己买船钓鳜鱼。就连一生想杀向战场收复中原的辛弃疾也不得不发出"休说鲈鱼堪脍，尽西风，季鹰归未？求田问舍，怕应羞见，刘郎才气"的一声长叹，辛稼轩心中的"鲈鱼"也是张志和小舟中的"鳜鱼"。还有那位青年时代富贵高傲的朱敦儒，在桃花春水之梦中，那条肥美的"鳜鱼"时隐时现。"西塞山边白鹭飞，吴兴江上绿杨低。桃花流水鳜鱼肥。青箬笠将风里戴，短蓑衣向雨中披。斜风细雨不须归。"（《浣溪沙》）朱敦儒因晚年被秦桧召唤过，被后人诟病，心中的鳜鱼味道只有他自己知道。

唐宋以降，诗词逐渐走向式微。到了元明清时代，文人们的自由独立精神被皇权专制所限制甚至阉割，"文字狱"泛滥，文人们被迫沦落为奴才。正因为如此，张志和心中的那条"鳜鱼"成为他们精神自慰的对象。

"桃花流水鳜鱼肥。青箬笠，绿蓑衣，风雨不须归。管甚做、人间是非。两肩云衲，一枝筇杖，尽日可忘机。之子欲何为。归去来、山猿怪迟。"（元·刘秉忠《太常引》）

"春雨朝朝长绿波，桃花时节鳜鱼多。遥知松下投竿者，定是当年老志和。"（元·凌云翰《张复初松下垂钓图》）

"一树春红倚钓矶，水流花落鳜鱼肥。恰如西塞山前见，只欠双双白鹭飞。"（明·胡奎《桃花流水》）

"鳜鱼春水旧迢迢，有客泛兰舠。而今事往无人问，花落大夫桥。新月小，暮

山高，古风遥。樵青何处，欸乃声声，如意频敲。"（清·吴绮《过西塞山访张志和旧隐不得》）

"兰桨双飞，洞口依微。神仙家、自古人稀。且跟渔父，背件蓑衣。正秫酒香，芦笋嫩，鳜鱼肥。月色江声，一叶船归。绿阴中、犬吠柴扉。二三稚子，栩栩天机。念千字文，百家姓，千家诗。"（清·曾廉《行香子·江上》）

由此可见，张志和眼里、笔下和心中的"桃花流水鳜鱼肥"惊艳了千年时光。这条肥美的"鳜鱼"从被桃花染红的大唐时代顺流游来，在中国传统历史文化的长河中潜泳，一直游入文人士大夫的旧梦里。"黄帽岂如青箬笠，羊裘何似绿蓑衣"之清高的人生选择，需要勇气和心智及定力。作为受儒家思想熏陶的文人士大夫们，远离庙堂，甘愿头戴青箬笠，身披绿蓑衣，流连忘返于斜风细雨之中，不愿在功名利禄的仕途上拼争，这样的选择有时是主动的，有时是被动的。他们对社会现实的回避和社会责任的推卸，往往从张志和"桃花流水鳜鱼肥"的精神境界中，找到共鸣点和心灵安顿之处，自我陶醉或自我麻醉在"斜风细雨不须归"的江湖之上。

据不完全统计，唐诗宋词中，没有哪一位诗人的任何一首诗词，会被如此反复地借用，却不算"抄袭"，令"鳜鱼"成为一种象征和意象。如果您想选择淡泊自由、简洁宁静的生活状态，追求超越社会世俗功利的精神禅悟，释放和升华心灵的欲望，那么您就和在桃花春水中游来游去的那条鳜鱼"共谋"吧。

杜牧与张伯驹跨越千年的相遇

杜牧是中晚唐时期著名的诗人，张伯驹被誉为"民国四公子"之一。这两位风流多情的公子哥儿在跨越一千多年之后相遇，偶然之中有必然，这是冥冥之中的命运决定，更是中国传统文化的幸运。其中的因缘际会，值得后人铭记。

一

十年一觉扬州梦，赢得青楼薄幸名。唐大和九年（835年）春天，风流成性的杜牧离开繁华如梦的扬州，回到首都长安。按照皇帝诏令就任监察御史，分管东都片区。这年八月的一天，杜牧来到洛阳报到。

洛阳建城历史悠久，交通方便，唐代时更是一个繁荣美丽的城市。唐太宗李世民时期称为"洛阳宫"，唐高宗显庆二年（657年）正式称为"东都"，又称"东京"。唐大周天授元年（690年），武则天自立为武周皇帝，改国号为"周"，定都洛阳，称其为"神都"。"唯有牡丹真国色，花开时节动京城。"（刘禹锡《赏牡丹》）洛阳牡丹闻名天下，一直到今天，仍在继续为绿色GDP增长做贡献。杜牧在这样一个政治、经济、文化中心城市工作，和以前工作地洪州、宣州、扬州相比，离权力中心更近，但也失去了以往的自由、任性和上司庇护及资金赞助。在洛阳官职低微，俸禄有限，杜牧花钱大手大脚，经常囊中羞涩，平时只好读书写诗逛大街消遣过剩的精力。

初秋时节的洛阳，凉爽宜人，大街两旁的树叶还绿着，各色菊花次第盛开，风中断断续续传来的幽香有些暧昧，伊洛河水更加清澈，龙门石窟边的香山寺游人如织。独在异乡为异客，重阳节前，杜牧一大早独自出来闲逛。中午时分，随便到街上一个小酒馆吃饭，刚掀开酒馆的门帘子，看到卖酒的女人，杜牧不禁大吃一惊道："这不是张好好吗？你怎么在这啊？"

卖酒的女人也一脸惊愕，半天才回过神来，凝视来人片刻后，凄然笑道："哎呀呀，您真是十三郎啊，我就是好好呀！您怎么也来洛阳了？快快坐下，我给您热壶酒喝……"

两人在酒馆角落找一张小桌坐下，相互打量着对方，张好好泪花晶莹，欲言又止，摩挲着杜牧的手，叹口气说："您也知道，几年前在宣城时，我嫁给沈家为妾，此后与您音讯断绝。就在去年，沈传师调任吏部侍郎后，宣城的沈家幕府就散了，他弟弟沈述师很快抛弃我另寻新欢。我孤身一人，年老色衰，流落到洛阳卖酒为生。十三郎啊，这几年您过得好吗？头发怎么都白了啊？您的那些狐朋狗友怎么没有陪您玩啊？"

看到曾经的情人张好好，杜牧心里五味杂陈。"鸳鸯帐里暖芙蓉，低泣关山几万重。明镜半边钗一股，此生何处不相逢。"（杜牧《送人》）自古人生伤别离，回忆是美好的。大和二年（828年）十月，二十六岁的青年杜牧进士及第，春风得意马蹄疾。八个月后，接到尚书右丞江西观察使沈传师的邀请，奔赴洪州（南昌）任职江西团练巡官。沈家与杜家本为世交，沈传师和述师两兄弟皆爱好文学，非常喜爱和关心杜牧。单身汉杜牧在洪州工作期间，经常与沈家兄弟宴饮作诗，青楼雅聚，好不快活。

大和三年（829年）的一天，沈家兄弟在著名的滕王阁举办豪华宴会，当日高朋满座，美酒佳肴，歌舞笙箫，欢笑入云，仿佛重现初唐诗人王勃偶然在此写下"落霞与孤鹜齐飞，秋水共长天一色"千古绝唱时的繁华场景。沈家歌女张好好身穿翠绿衣裙，袅袅婷婷，像飘曳着鲜亮尾羽的小凤鸟般靓丽可爱，红扑扑的脸庞如一朵亭亭玉立清波上的含苞待放的红莲花般娇柔羞涩。她众星捧月般地站在宴会的中心，一张口如百灵鸟般婉转美妙的歌声令所有客人愣在那里，如醉如痴，手里举着酒杯，忘记往嘴里送。这次宴会是张好好的首次登台演出，竟然一鸣惊人。她被沈传师正式编入乐籍，成为专业演员。杜牧与她一见钟情，两人坠入爱河，难舍难分。这年，杜牧二十七岁，初恋情人张好好十三岁。

杜牧在洪州的日子轻松快乐。一位是文人雅士，风流倜傥，一位是歌伎明星，貌美聪慧。杜牧和张好好经常湖中泛舟，月下漫步，弹琴论诗，红袖添香，爱情的滋润使张好好丰满圆润，如春风里摇曳的牡丹花般艳艳风情。世间好物不坚牢，彩云易散琉璃脆。人世间浪漫的故事终究应该成为一段佳话，可往往总是以悲剧结束，让后人唏嘘不已。

不久，沈传师的弟弟沈述师看上了张好好，迅速纳她为妾。可怜的杜牧在沈家当差，地位低微，眼睁睁地看着情人被好朋友抢走。杜牧心痛，不再相见。张好好一名专业歌伎，虽心有不甘，却又无可奈何。出嫁前夜，给杜牧写诗道别："孤灯残月伴闲愁，几度凄然几度秋。哪得哀情酬旧约，从今而后谢风流。"两人在十字街头相拥而别，从此天各一方。没想到五年之后，能在洛阳街头相遇。当年风姿绰约的美少女张好好，沦为洛城当垆卖酒的女人，美少年杜牧现在也霜染须发，满脸沧桑。杜牧凝望着东都的斜阳余晖，酸楚的滋味在心中翻滚，回到宿舍，仍未平静。昏昏烛光之下，杜牧铺纸研墨，挥笔一气呵成一首赠张好好的长诗，并在本诗的前面详记这次偶遇。杜牧在诗中追忆逝水流年，感慨人生如梦，情真意切，哀婉动人。"君为豫章姝，十三才有馀。翠茁凤生尾，丹脸莲含跗。……玉质随月满，艳态逐春舒。绛唇渐轻巧，云步转虚徐。……洛城重相见，婥婥为当垆。怪我苦何事，少年垂白须。朋游今在否，落拓更能无？门馆恸哭后，水云愁景初。斜日挂衰柳，凉风生座隅。洒尽满襟泪，短歌聊一书。"据说，唐宣宗大中六年（852年），杜牧在长安抑郁而死。张好好闻之悲痛欲绝，瞒着家人到长安祭拜后，自尽于杜牧坟前。

杜牧书赠的这首长诗，让张好好的芳名和故事流传至今，这是杜牧当年不曾想到的。今天重读此诗，我仿佛看到杜牧手握毛笔，饱蘸墨汁，随着感情跌宕起伏，一行行诗句错落有致地飘落在发黄的纸上。墨迹氤氲之间，杜牧内心的酸痛和离愁泪水在流淌奔涌。整幅作品笔势纵放自如，风格雄健，有魏晋书法的古朴风格，成为诗歌和书法艺术合璧的佳作。这是杜牧现在存世的唯一墨迹。

后来，由于杜牧的诗文和才情加持，这幅作品被视为收藏珍宝。在一千多年流传有序的故事中，民国公子张伯驹成为主角，和杜牧欣然相逢，握手言欢。

二

1950 年，新中国建立刚一年。人民翻身做主人，祖国的大建设一日千里，到处欣欣向荣。作为文物收藏大家的张伯驹内心欢喜，暗下决心为延续中国传统文化贡献绵薄之力。一天，他来到北京著名的文物集散地琉璃厂访友，顺便看能否捡到"大漏"。琉璃厂是他最喜欢来的地方，这里的商人都知道他对文物收藏的痴迷和眼力。在旧书店里，好友秦仲文偷偷告诉他一件业内秘事：琉璃厂论文斋里的文物贩子靳伯声的弟弟在东北得到了杜牧的《张好好诗》卷，不久前带到北京，他们还不让告诉您。现在，有人已转手送往上海，正抓紧找买家高价脱手。

张伯驹一听，立马两眼放光，激动不已。从 1927 年到 1957 年，他已收藏文物三十年，非常清楚这件文物的价值非金钱可以衡量。历经晚唐五代，到了北宋，《张好好诗》曾到过赵佶这位书画天才皇帝手里，宋徽宗视其为至宝。在卷前，用他独创的瘦金体御题"唐杜牧张好好诗"卷名，并钤上玺印，收入宣和内府珍藏。1127 年"靖康之耻"后，该墨迹幸运地躲过金兵战火，随宋室南渡，流落江南，后又辗转到南宋"蟋蟀宰相"贾似道手里。贾似道虽是一位昏庸荒淫的大奸臣，但他也很有艺术鉴赏力，痴迷文物收藏。南宋灭亡，历经元明清几代，很多皇亲贵胄都垂涎觊觎此卷。明代的项元汴和张孝思、清代的年羹尧、梁清标等人都曾把它收入囊中。乾隆皇帝得到此卷后，爱不释手，入藏清内府。1924 年，末代皇帝溥仪被冯玉祥赶出皇宫时，偷偷将此卷携出宫外，流散于东北民间。此卷如今在北京出现，真是天赐良机。张伯驹急托业内著名的文物贩子马保山追寻，并表示无论花什么代价，也要坚决防止流失海外。

文物收藏最讲究缘分。一个月后，张伯驹如愿以偿，以五千多元巨款的代价收藏。在北京后海边上的四合院书房里，张伯驹戴上手套，屏住呼吸，慢慢展开杜牧的书法孤品《张好好诗》卷，看到发黄的纸页上，墨迹浓淡疏朗，每一个字仿佛都有生命的跃动，字里行间流淌着一千多年来的爱恨传奇和历史沧桑。仿佛从中可以看到杜牧怀才不遇之下的纸醉金迷和愤懑忧伤，瞬间感悟到宋徽宗爱恋之手抚摸留下的温度和他那超绝的艺术眼光，还有元明清时代的皇亲国戚、收藏鉴赏大家的贪婪和不舍，更有大清乾隆皇帝的诗书风流和帝国梦想。此卷得以留存祖国，张伯驹非常欣慰。"唐书家书存世者亦不多见，而诗人书尤少。余所见惟太白《上阳台帖》、李郢《七言诗稿》卷与此卷而已。李郢诗稿卷见安仪周《墨缘汇观》著录，后为溥伦家藏。当时索价昂，余力不能收之，至今为憾。牧之诗风华蕴藉，赠好好一章与乐天《琵琶行》并为伤感迟暮之作，而特婉丽含蓄。……此卷不惟诗可贵，而书法亦为右军正宗。"（张伯驹《烟云过眼》）

张伯驹和妻子潘素抱着此卷，仰身长叹，内心为之狂喜。张伯驹亲自钤上"张伯驹珍藏印"，晚上睡觉时放在枕头旁数天，此后得意地称自己为"好好先生"，又专门填词《扬州慢·题杜牧之赠张好好诗墨迹卷》于卷后：

秋碧传真，戏鸿留影，黛螺写出温柔。喜珊瑚网得，算筑屋难酬。早惊见、人间尤物，洛阳重遇，遮面还羞。等天涯迟暮，琵琶溢浦江头。

盛元法曲，记当时、诗酒狂游。想落魄江湖，三生薄幸，一段风流。我亦五陵年少，如今是、梦醒青楼。奈腰缠输尽，空思骑鹤扬州。

从此，一千多年前的公子哥杜牧和张伯驹这两位诗人，以《张好好诗》为桥梁，欣然牵手，为各自所处的时代书写出风流传奇。这看似偶然的因素里，其实隐藏着命运的必然，这是个人独有的文化基因决定的。"我亦五陵年少，如今是、梦醒青楼"。冥冥之中自有天意，自称"好好先生"的张伯驹，或许梦中认为自己就是杜牧转世吧？

三

张伯驹对杜牧并不陌生，从少年时跟着私塾先生读书学诗开始，就非常喜欢杜牧的诗文和率真风流性情。长大后，张伯驹发现自己和杜牧的人生竟有许多相似之处。

杜牧家住长安，唐德宗贞元十九年（803年）出生，爷爷杜佑为当朝宰相，曾撰写《通典》二百卷。父亲杜从郁工作在宫廷，任职左拾遗和秘书丞。杜家属于豪门，杜牧在家族里排行第十三，自幼聪慧，勤奋好学，遍读家藏所有诗书后自豪地说："我家公相家，剑佩尝丁当。旧第开朱门，长安城中央。第中无一物，万卷书满堂。家集二百编，上下驰皇王。"遗传基因确实厉害，杜牧天生就是读书的坯子。"经书括根本，史书阅兴亡。高摘屈宋艳，浓薰班马香。李杜泛浩浩，韩柳摩苍苍。……一日读十纸，一月读一箱。朝廷用文治，大开官职场。愿尔出门去，取官如驱羊。吾兄苦好古，学问不可量。"（杜牧《冬至日寄小侄阿宜诗》）在读书和科考上，年轻的杜牧真是自信心爆棚。

每个人的命运都无法摆脱时代的影响。杜牧出生的中晚唐时期政治腐败，社会矛盾尖锐，藩镇割据嚣张跋扈，吐蕃、南诏、回鹘等异族纷纷入侵，大唐帝国正走向崩溃前夕。青年杜牧好读兵书，注解《孙子兵法》，撰写《战论》《守论》等文章言兵事，极力主张内平藩镇，加强统一；外御侵略，巩固国防。建议皇帝励精图治，富民强兵。但是，唐穆宗李恒沉溺声色送命，唐敬宗李湛荒淫更甚，杜牧关注现实，愤慨痛心，二十三岁就写出著名的《阿房宫赋》，以秦始皇和陈后主、隋炀帝等亡国之君为例，讽谏当今皇帝防止重蹈前车之辙。《阿房宫赋》问世后，很快天下传诵，一时洛阳纸贵。"呜呼！灭六国者六国也，非秦也。族秦者秦也，非天下也。嗟乎！使六国各爱其人，则足以拒秦。使秦复爱六国之人，则递三世可至万世而为君，谁得而族灭也？秦人不暇自哀，而后人哀之。后人哀之而不鉴之，亦使后人而复哀后人也。"杜牧这篇政论文章，观点犀利，眼光独特，仅凭本文中的这段千年一叹，足以流芳万年。

大和元年（827年），杜牧二十五岁时写出一百零六句的著名长诗《感怀诗》，诗中追忆唐朝建立的历史，表达对盛唐时期的无限缅怀，鞭挞安史之乱后藩镇割据、朝廷衰弱、兵连祸结、民不聊生的现实。"请数系庐事，谁其为我听？荡荡乾坤大，瞳瞳日月明。叱起文武业，可以豁洪溟。安得封域内，长有扈苗征！"杜牧抒发雄心万丈却报国无门的苦闷。北宋的"拗相公"王安石评价此诗曰："末世篇章有逸才。"

大和二年（828年），杜牧二十六岁进士及第。同年，考中贤良方正直言极谏科，后被授弘文馆校书郎、试左武卫兵曹参军。初踏仕途的杜牧看似前途光明，实则并未飞黄腾达。开始就职时，仅为江西观察使沈传师的幕僚。

张伯驹与杜牧的出身和成长经历极其相似，1898年2月12日，张伯驹出生在河南项城市秫陵镇阎楼村的一个贵胄之家。亲生父亲张锦芳为前清秀才，曾任大清度支部郎中。因其伯父张镇芳膝下无子，五岁时过继给张镇芳，六岁时随养父张镇芳到任职的天津生活学习。张镇芳是一位很不简单的人物，他 1885 年二十二岁中举，1892 年考中清光绪进士，担任翰林院编修，后又任职户部，历任天津道、长芦盐运使等职。张镇芳和袁世凯同为项城老乡，他的姐姐嫁给了袁世凯的哥哥袁世昌。清末，袁世凯受到慈禧太后的排挤，被迫退隐安阳洹河等待东山再起的时机，张镇芳慷慨资助袁世凯三十万两银子韬光养晦，袁世凯对他感激在心。1911 年袁世凯重掌大权后，委任张镇芳为清朝最后一位直隶总督。袁成为民国大总统，张镇芳被任命为河南都督兼民政总长，掌握河南军政大权。如今，位于开封的河南大学就是其创建的。养父张镇芳不仅学问好、会当官、重情义，更会投资理财。1915 年，张镇芳投资四十万元大洋创办中国第一家盐业银行，自任总经理。

张伯驹和杜牧一样幸运，从小就生活在典型的"官二代"加"富二代"家中，本来可以靠"拼爹"生活，可本人偏偏聪慧、有才和勤奋好学。张伯驹从小接受良好的私塾教育，八岁能写诗，一部《古文观止》背诵如流。二十岁时熟读三千多卷的二十四史，随口能背诵两千多首唐诗宋词。1915 年，十七岁的张伯驹到袁世凯担任团长的中央陆军混成模范团骑科当兵，后又在曹锟、张作霖、吴佩孚部下任职。因看不惯军队里的尔虞我诈和在洋人面前的奴颜婢膝，毅然退伍回家。家人让他到养父投资创办的盐业银行做常务副董事长，可他对经商赚钱没有丝毫兴趣，醉心于中国传统文化。故此，一千多年后，他和杜牧牵手的契机，一出生便已决定。

张伯驹成长时期的清末民国，文化界大师云集，蔡元培、胡适、章士钊、王国维、陈寅恪、辜鸿铭、鲁迅、周作人、李大钊等人各具风采。但是，同时具备丰厚的文化知识、风流倜傥的才情和优渥的经济条件的并不多，只有张伯驹与袁世凯的二公子袁克文（号寒云，其儿子为袁家骝）、张学良、溥侗（溥仪的堂兄，号红豆馆主）有此先天优势，故此，一起被称为"民国四公子"。

这四位公子哥皆出自名门，有条件从事并痴迷于文物收藏、书画鉴赏、诗词创作、戏剧舞台等传统文化艺术。张伯驹写诗曰："公子齐名海上闻，辽东红豆两将军。中州更有双词客，粉墨登场号二云。"中州双词客就是他和袁克文，红豆是指溥侗。四公子中，张伯驹是大哥级的灵魂人物。国画大师刘海粟赞叹道："张伯驹是当代文化高原上的一座峻峰。从他广袤的心胸，涌出四条河流，那便是书画鉴赏、诗词、戏曲和书法。伯老堪称京华老名士，艺苑真学人。"至今，张伯驹的羽毛体书法仍无人超越。

1927 年，张伯驹收藏的第一件墨宝是康熙皇帝的"丛碧山房"横幅，以此自号"丛碧"，其所著诗集题为《丛碧词话》，现存世一千多首诗词。1928年三十岁生日，张伯驹填词《八声甘州·三十自寿》："几兴亡、无恙旧河山，残棋一枰收。负陌头柳色，秦关百二，悔觅封侯。前事都随逝水，明月怯登楼。甚五陵年少，骏马貂裘。玉管珠弦欢罢，春来人自瘦，未减风流。问当年张绪，绿鬓可长留？更江南、落花肠断，望连天、烽火遍中州。休惆怅，有华筵在，仗酒销愁。"

华筵喧哗，借酒消愁。杜牧许多诗中风味亦是如此。同年，张伯驹正式拜京剧名角余叔岩为师学习京剧。余叔岩是京剧大师谭鑫培的弟子，名票孟小冬也是他的弟子，孟小冬后嫁上海大亨杜月笙。余叔岩经常躺卧在烟榻上边抽鸦片，边对张伯驹传授京剧绝活。学习京剧三年后，张伯驹就和梅兰芳、尚小云等名角同台粉墨登场，唱念做打，一招一式，皆是行家里手，成为民国京津沪梨园界著名的票友。张伯驹四十岁时主演京剧《空城计》里的诸葛亮，轰动舞台，成为京剧票友之绝响。演出后，张伯驹以诗记之："羽扇纶巾饰卧龙，帐前四将真威风。惊人一曲空城计，直到高天尺五峰。"

是的，人生如戏，生旦净末丑。每位个体生命在社会大舞台上的角色，很难逃脱原生家庭遗传基因的影响。

四

明代散文家张岱在《陶庵梦忆》中曰："人无癖不可与交，以其无深情也。人无疵不可与交，以其无真气也。"杜牧和张伯驹的"癖"和"疵"明显相似，且传奇动人。

唐文宗大和七年（833年）春天，三十一岁的杜牧奉沈传师之命，赶赴扬州拜会淮南节度使牛僧孺。一路上边走边游玩，途经镇江时，遇到金陵女杜秋。杜秋为金陵女，十五岁时曾做李锜的侍妾。后来，李锜叛乱被诛，杜秋籍没入宫，受到唐宪宗宠爱。唐穆宗即位后，杜秋为皇子李凑的保姆。皇子成年被封为漳王，后又获罪被废，杜秋放归家乡。杜牧倾听其诉说身世后，"感其穷且老"，写下长诗《杜秋娘诗》。"京江水清滑，生女白如脂。其间杜秋者，不劳朱粉施。……地尽有何物？天外复何之？指何为而捉？足何为而驰？耳何为而听？目何为而窥？己身不自晓，此外何思惟？因倾一樽酒，题作杜秋诗。愁来独长咏，聊可以自贻。"这首长诗有点类似白居易的《琵琶行》，用歌女的酒杯，浇自己心中的块垒。诗中末尾，杜牧的仰天长叹充满人生的幻灭感。同时代的张祜写有读后感："年少多情杜牧之，风流仍作杜秋诗。可知不是长门闭，也得相如第一词。"(《读池州杜员外杜秋娘诗》）这首《杜秋娘诗》与《感怀诗》《阿房宫赋》一样，为杜牧赢得盛名。

大和九年（835年）春天，杜牧结束幕府打杂工作，被朝廷任命为监察御史。八月，来到东都洛阳任职，幸运地躲过当年十一月发生的"甘露之变"。在洛阳街头酒馆遇到曾经的恋人张好好，写诗记之。杜牧对美女多情善感，这也是他仕途不畅后游戏人生的生活方式，对此，清代文学家王闿运非常理解道："牧好言兵，故为此长篇。殊可不必，不若流连风月之愈。"

流连忘返于风月场所是唐宋时代文人们的普遍雅好。在扬州牛僧孺幕府工作期间，杜牧听说湖州美女如云，便到湖州选美。湖州刺史喜爱杜牧诗名，盛情款待，把本州所有名妓招来"三陪"。杜牧却遗憾地说："还不够尽善尽美"。他建议刺史在江边举行竞渡娱乐活动，观看的人多，选择的机会就大。刺史依计而行，可一天过去了，杜牧仍一无所获。傍晚，乘船返回途中，偶然发现一位乡村老妇人带着一个十几岁的女孩子天姿国色，便将母女俩接到船上，信誓旦旦地说要娶她："不到十年，我必然来这里做郡守。如果十年不来，就按照你们的意思嫁给别人吧。"可杜牧一直官职低微，虽然曾出任黄州、池州和睦州刺史，就是没有到湖州的机会。等到好友周墀出任宰相，杜牧便连写三封信请求出任湖州刺史，四十七岁时终于获任。此时，十四年过去了，那位女孩子已出嫁三年，生育三个孩子。杜牧相见后，赠送她们一些礼物，遗憾地写道："自是寻春去校迟，不须惆怅怨芳时。狂风落尽深红色，绿叶成荫子满枝。"(《怅诗》）

怜爱美女，张伯驹并不比杜牧逊色。1935年，三十八岁的张伯驹任上海盐业银行总经理，在已娶妻并纳两房爱妾后，邂逅二十岁的潘素，惊为"天人"。潘素出身于苏州名门望族，母亲沈桂香是大家闺秀。在潘素七岁时，母亲专聘家师，工女红、习音律、学绘画和诗文，尤其善弹琵琶和古琴。潘素十三岁时，母亲去世，继母不善，逼她在上海西藏路上的一家青楼弹琵琶卖艺，号称"潘妃"。张伯驹对潘素一见倾心，马上献上一副对联讨好："潘步掌中轻，十步香尘生罗袜；妃弹塞上曲，千秋胡语入琵琶。"把艺名"潘妃"嵌入联中，这奉承比献上九百九十朵玫瑰还要高雅，一下子打动"潘妃"的芳心。"潘妃"当时已与国民政府的臧卓中将谈婚论嫁，张伯驹竟色胆包天，联系拜把兄弟孙曜东买通臧将军的卫兵，趁月黑风高之夜，驾车把潘美人偷出，送到上海静安里别墅金屋藏娇。潜伏一段，等风平浪静，私奔北京。这次手握"枪杆子"的中将硬是没斗过耍"笔杆子"的公子哥。

在北京，张伯驹为"潘妃"改名"慧素"，并找名家指点她作画。从此两情相悦，举案齐眉，我收藏来你筹钱，你绘丹青我题诗，相濡以沫，堪称神仙伴侣。"声声何处吹箫管，可怜一曲长生殿。唱到断肠时，君王也别离。露零罗扇湿，疑是双星泣。不忍望银河，人间泪更多。"（《菩萨蛮·辛巳七夕寄慧素》）"怕听说是团圆节，良宵可奈人离别。对月总低头，举头生客愁。清辉今夜共，砧杵秋闺梦。一片白如银，偏多照泪痕。"（《菩萨蛮·中秋寄慧素》）张伯驹在七夕和中秋节写给潘素的两阕《菩萨蛮》词，情意绵绵，哀婉动人。后来，潘素成为京城著名的大画家，名噪当时。山水、人物、花竹、鸟兽等题材无不擅长，尤其是青绿山水画，笔法直逼南宋。潘素经常和张大千、刘海粟、谢稚柳等著名画家一起切磋技艺，唱和诗词，她曾三次与张大千联袂作画。目前，潘素的画作和张伯驹的羽毛体书法在收藏界大受欢迎。

杜牧曾先后在南昌、宣州、扬州做幕僚，近十年的府吏职业生涯，他并不十分敬业爱岗，日常处理公文之类的工作对他太过简单，经常宴饮和流连青楼歌妓间，以发泄他过剩的精力。杜牧自我调侃道："十年为幕府吏，每促束于簿书宴游间。"尤其在扬州三年，上司牛僧孺对他实在太放纵，这段诗酒风流时光留下许多美好回忆。"娉娉袅袅十三余，豆蔻梢头二月初。春风十里扬州路，卷上珠帘总不如。"（《赠别》）"青山隐隐水迢迢，秋尽江南草未凋。二十四桥明月夜，玉人何处教吹箫？"（《寄扬州韩绰判官》）唐武宗会昌二年（842年）春天，外放黄州刺史时，已不惑之年的杜牧还在追忆扬州那段花团锦簇、纵情声色、放浪形骸、挥霍青春的生活，仿佛是春梦一场。"落魄江湖载酒行，楚腰纤细掌中轻。十年一觉扬州梦，赢得青楼薄幸名。"（《遣怀》）杜牧心中不知是后悔或是炫耀呢？

后来，张伯驹每次来到扬州和金陵，杜牧总是在他的心中如影随形，挥之不去。"杨柳舞宫腰，匀注胭脂上碧桃。春水如衾塘外路。吹箫，明月扬州廿四桥。金粉易魂销，玉树琼枝唱绿幺。人物风流何处去。烟消，只有青山似六朝。"（《南乡子·扬州》）"春水远连天。潮去潮还。莫愁湖上雨如烟。燕子归来寻旧垒，王谢堂前。玉树已歌残，空说龙蟠。斜阳满地莫凭阑。往代繁华都已矣，只剩江山。"（《浪淘沙·金陵怀古》）张伯驹在扬州和金陵填的这两阕词，可谓是杜牧诗风意境的重现。

五

除风流多情之外，张伯驹的"癖"和"疵"，还体现在倾家荡产用于文物收藏上。

1911 年，辛亥革命推翻清王朝，王公贵族失去奢靡生活来源，靠变卖家产维持。许多宫廷和家藏的古董字画流散市场。1924 年，溥仪被冯玉祥逐出紫禁城，从宫中带出的大量字画流入民间。1927 年，溥仪让人将北宋李公麟的《五马图》、黄庭坚的《诸上座帖》等四件字画拿到天津盐业银行抵押，张伯驹悉数收下，张伯驹出钱又先后收买文徵明的《三友图》等多件皇宫所藏珍品。1937 年春，张伯驹以二十万大洋购得李白的《上阳台帖》，新中国成立后送给毛主席欣赏，后毛主席转交给故宫博物院收藏。范仲淹的《道服赞》是其传世的唯一楷书作品，原为故宫博物院以一百一十两黄金收购得来，但胡适博士说不值这么多钱，故宫博物院退还给文物贩子。张伯驹得知后立即举债，以一百一十两黄金购回。古董商人唯利是图，面对大量国宝流落国外，张伯驹深感痛惜。最初，他收藏古字画出于爱好，此时却生发出历史责任感。"予所收藏，不必终身为予有，但使永存吾土，世传有绪。"这就是张伯驹对中国传统文化的情怀和人生大格局。

1937 年，卢沟桥事变爆发，时局动荡，张伯驹收藏的《平复帖》让他差点付出生命代价。《平复帖》是西晋陆机手书真迹，当时已有一千七百多年历史，比东晋王羲之的《兰亭集序》还早近百年，是我国最古老的纸本法书。在书法艺术史上，是汉隶到草书过渡为章草的最初形态，被收藏界尊为"中华第一帖"。1911 年，《平复帖》从皇宫流落到溥仪堂兄、恭亲王溥心畬手中。溥心畬也是书画行家，开价二十万大洋，张伯驹筹措不够，求之不得，心有不甘。后来，溥心畬母亲病故，手头缺钱，出让府藏《平复帖》，张伯驹请张大千作中间人，以四万大洋购得。因收藏《平复帖》名声太大，1941 年在上海遭到"绑票"，索金二百根金条。张伯驹以绝食抗争，并告诉潘素："救不救我都不要紧，但一定要保护好我的收藏品。如果变卖收藏赎我，就是死也不出去。"八个月后，潘素和张家变卖盐业银行股权和首饰，用四十根金条将张伯驹赎回。1942 年 10 月，为防落入日本人之手，潘素独自将《平复帖》等国宝级字画缝在被子和棉袄中，远走西安避难。

1946 年年初，张伯驹夫妇在琉璃厂偶遇传世国宝《展子虔游春图》，爱不释手。他很清楚《游春图》是北齐至隋代大画家展子虔所绘，当时已有一千四百多年的历史，为我国存世最早的画作，《展子虔游春图》为宋徽宗赵佶瘦金体御题。古玩奸商马霁川开口要价八百两黄金，张伯驹立即找到故宫博物院，建议此等级别的文物应该为国家收藏，院长马衡以经费困难为由不收。张伯驹夫妻俩忍痛变卖京城弓弦胡同原购李莲英的一处占地十五亩的豪宅，又变卖潘素的部分首饰等，换得二百二十两黄金。经过一番讨价还价，最后买下《游春图》，张伯驹从此自号"游春主人"。南京政府要员张群知道后，愿出五百两黄金求购，张伯驹拒绝转让。

为了文物收藏，张伯驹一改公子哥做派，生活非常节俭，不抽烟，不喝酒，不赌博，不穿丝绸和西装，春夏一袭长衫，秋冬棉袄棉裤。

1949 年新中国成立后，张伯驹被聘为燕京大学国文系中国艺术史名誉导师、北京书法研究社副主席、第一届北京市政协委员和文化部文物局鉴定委员会委员等职。1950 年，他与杜牧的《张好好诗》卷偶然相遇并收藏之，以表达对杜牧的致敬。1956 年，张伯驹将三十年所收藏的珍品包括陆机的《平复帖》、杜牧的《张好好诗》、范仲淹的《道服赞》以及黄庭坚《诸上座帖》等精心选出的八幅书画孤品，无偿捐给故宫博物院。这八件文物每件都是宋元以前的书画珍宝，至今仍是故宫博物院藏品中最顶尖的国宝。时任文化部长沈雁冰为他签发奖状，并颁发三万元人民币奖金。张先生坚持不要奖金，说无偿就不能要一分钱报酬。经过沈部长反复做工作、讲道理，他才收下。没过两天，文化部动员购买公债支持国家建设，沈部长认购五千元，夏衍副部长认购四千元，张伯驹用全部奖金认购三万元。

据统计，新中国成立以后，张伯驹先后共捐赠一百一十八件价值连城的国宝级文物给故宫博物院和吉林省博物馆，可谓前无古人，但愿后有来者。

六

1916 年 6 月，袁世凯做了八十三天皇帝后倒台，袁氏家族成员各奔东西。不论是当初反对爹爹称帝的袁克文，还是极力支持爹爹称帝的袁克定，对张伯驹来说，他们都是张家的亲戚故交。袁世凯去世后，袁克文坐吃山空，在上海以卖字为生，张伯驹经常资助他。1931 年 3 月，这位风流成性、多才多艺又多情的公子哥病死在天津，一群妓女集资为他送葬的故事至今还在被八卦。葬礼上，张伯驹为他献上挽联送别："天涯落拓，故园荒凉，有酒且高歌，谁怜旧日王孙，新亭涕泪；芳草萋迷，斜阳黯淡，逢春复伤逝，忍对无边风月，如此江山。"张伯驹可谓袁克文的知心大哥。袁克文去世七年后，张伯驹亲自为他整理出版诗词集《洹上词》，并撰写《寒云词序》。袁克定年轻时因骑马摔伤腿，成为瘸子，家财耗尽。1948 年，曾坚决反对袁世凯称帝的张伯驹把袁克定一家三口接到自己家中赡养、送终。"桑海几风云，英雄龙虎皆门下；蓬壶多岁月，家国山河半梦中。"袁克定六十岁生日时，张伯驹写此联相赠。"日课拉丁文字攻，凌晨起步态龙钟。皇储谁谓无风雅，秃笔还能画草虫。"袁克定在张家读读拉丁文，早起散步，画画花鸟等。据张伯驹女儿回忆，袁克定生前在国内外的子女亲戚很少来看望他，更不用说过去的幕僚高参。袁克定在张伯驹家里颐养天年。

1982年2月9日，张伯驹生病住进北大医院。因其行政级别不够，不能享受单间病房待遇，病房里同住八位病友，他闹着让潘素带他回家。2月12日是他八十五岁生日，恰逢张大千的孙子张晓鹰出国前来探望，并与他合影留念，准备把合影寄给台湾的爷爷张大千。张大千与张伯驹是多年的好朋友，遇见故人后代，张伯驹非常高兴，作《七律》和《鹧鸪天》寄语张大千。"病居医院，张大千兄令孙张晓鹰赴美，来视并拍照，因寄怀大千兄。别后瞬经四十年，沧波急注换桑田。画图常看江山好，风物空过岁月圆。一病翻知思万事，余情未可了前缘。还期早息阋墙梦，莫负人生大自然。""以将干支斗指寅，回头应自省吾身。莫辜出处人民义，可负生教父母恩？儒释道，任天真。聪明正直即为神。长希一往升平世，物我同春共万旬。"（《鹧鸪天，病居医院至诞辰感赋》）

1982年2月26日，张伯驹因病去世，享年八十五岁。追悼会上，赵朴初撰写挽联送别老友：晋唐宝迹归人民，先生所爱，爱在民族，散百万金何曾自惜；丛碧遗编贻后世，夫子何求，求其知音，传二三子自是千秋。民盟中央副主席千家驹在致悼词时感叹道："我参加八宝山追悼会不知道多少次了。很多人的追悼词上都无一例外写着'永垂不朽'。依我看，并非都能永垂不朽，真正的不朽者，张伯驹是一个。"

是的，张伯驹流芳千古是必然的。那些珍藏在故宫的《张好好诗》卷等文物在，张伯驹就活在人们心里。记得他八十岁生日时，好友黄君坦书赠贺寿词曰："放浪形骸外。概平生、逍遥狂客，瑰奇古怪。金谷墨林过眼尽，破甑不嗔撞坏。算赢得，豪情湖海。八十光阴驹过隙，伴词人，老去鸥波在。闲写幅，青山卖。春灯燕子风流改。忆华调、琴弦锦瑟，芳辰初届。一曲空城惊四座，白发梨园罗拜。剩对酒，当歌慷慨。好好先生家四壁，谱红牙，了却烟花债。休错认，今庞嵝。"张伯驹也填一阕自寿词《金缕曲·和黄君坦贺寿词》："苍狗浮云外。几经看、升沉荣辱，离奇古怪。百岁光阴馀廿岁，身岂金刚不坏。登彼岸，回头观海。粉墨逢场歌舞梦，莫还留，好好先生在。犹老去，风流卖。　江山依旧朱颜改。待明年、元宵人月，双圆同届。白首糟糠堂上坐，儿女灯前下拜。追往事，只多感慨。铁网珊瑚空一世，借芳名，欠了鸿词债。今丛碧，昔庞嵝。"两阕词结句中的"庞嵝"是清代官员、诗人庞嵝（1657—1725），字霁公，号丛碧山房，张伯驹因收藏的第一张书法作品为康熙御笔"丛碧山房"与他有关，张伯驹自号"丛碧"。这两阕词写尽"好好先生"张伯驹收藏和填词的一生沧桑故事。

"好景难留，多花如幻，转眼韶光速。""休忆梦里霓裳，富贵应难常保。"诗词书画，裘马轻狂，生旦净末，世态炎凉，皆是人生无常。"心是主人身是客，诗家才子酒家仙。"张伯驹自撰此联，高度概括总结一生，可作墓志铭。当代著名收藏家王世襄很懂他，有一次在其画作上题诗云："银锭桥西宅不宽，黄花红叶耐霜寒。分明自写双清影，寄与词人作画看。"

回首八十五年匆匆而过，社会风云激荡，个人跌宕起伏。张伯驹历经清末、民国和新中国三个朝代，一生视金钱如粪土，视文物书画为生命。他把收藏文物的经历和感想记录整理成书，书名即为《烟云过眼》。

唐宣宗大中六年（852年），性情耿介、忧国忧民、不屑于逢迎权贵的杜牧在忧郁中去世，时年五十。据《新唐书·杜牧传》载："牧刚直有奇节""牧亦以疏直，时无右援者。从兄更历将相，而牧困踬不自振，颇怏怏不平"。杜牧一生怀才不遇，却在诗赋和古文等文学创作方面出名很早，成就很大，与李商隐被称为"小李杜"。杜牧临死之前，心知大限将至，自撰墓志铭，闭门谢客，把生前文章付之一炬，仅留下十分之二三。"繁华事散逐香尘，流水无情草自春。日暮东风怨啼鸟，落花犹似坠楼人。"（杜牧《金谷园》）往事如烟，飘荡无存，曾经的青春梦想仿佛江南美女和春日繁花般，纷纷消散凋零。

同样，张伯驹曾"金谷墨林过眼尽"，他曾为自己的词集填词《金缕曲·题庚寅词集图》曰："金粉南唐绪，十年来、延秋衣钵，展春旗鼓。多少缠绵兰荃意，半是伤心泪语。怜我辈、情怀最苦。到死春蚕丝方尽，枉雕琼缕玉终何补。长更是，招人妒。江山几换谁为主。但满眼、粘天芳草，飞花飘絮。看遍人间兴亡事，惟有啼莺解诉。算身世、斜阳今古。真幻难明氍毹梦，破樱桃、生怕歌樊素。只风月，还如故。"这"啼莺解诉"，也曾看透过"南朝四百八十寺，多少楼台烟雨中"。

七

"一个人要热爱自己的国家，这是大事，不能马虎。除此之外，都是小事，不必斤斤计较。"张伯驹经常这样教育唯一的女儿张传彩。1987年10月，张伯驹去世五周年后，潘素带张传彩回到故乡河南项城市，与当地政府协商筹建张伯驹纪念馆的事宜。可是，直到1992年4月16日潘素因病去世，一直没有如愿。此后，北京小学教师张传彩为完成母亲遗愿，多方奔走呼吁。2001年在启功、欧阳中石等书画界泰斗帮助下，于北京成立张伯驹文化艺术研究会筹委会。2005年7月17日，项城市政府决定筹建张伯驹纪念馆，在为此下发的《市长办公会议纪要》中说："项城是张伯驹先生的故乡，为这样一位誉满中外的杰出人士修建纪念馆，是家乡人民对他的最好纪念。同时，也是提升项城城市品位和文化底蕴的一项必要举措。"但几年过去，项城市政府几经换届，一直没有破土动工。

2009年春节前夕，项城市政府在京召开项城籍人士迎春茶话会。在京的一部分项城籍人士应邀而来，市长的致辞热情洋溢，下边掌声欢动。张伯驹的女儿张传彩和丈夫楼宇栋在边角桌上就座，我碰巧与他们同桌紧挨着。吃饭时，我与她攀谈很久故乡的经济变化和筹办张伯驹纪念馆的事情。茶话会结束后，我把张传彩夫妇送到出租车上，与二人依依惜别。

2011年6月19日，张传彩捐出位于北京什刹海后海南沿26号的故居，自筹资金建立张伯驹潘素故居纪念馆，对社会开放。

2024年春节，我回到故乡项城过年，欣喜地到张伯驹公园和张伯驹纪念馆参观书画展。纪念馆占地宽阔，粉墙黛瓦，莲池方塘，竹影婆娑，毗邻一座人工大湖，湖水清澈，小船荡漾，游玩的孩子们笑声朗朗。在周围高楼大厦林立的衬托下，颇具江南风格的纪念馆仿佛在向我诉说着这位民国公子的传奇故事。在纪念馆张伯驹的画像前，我忽然想起张伯驹在杭州西湖过生日时填的那阕《瑞鹤仙·生日在西湖》词：

> 洛阳张好好，也迟暮飘零，琵琶羞抱。清波倚栏照，似依稀相认，者般人老。风流侧帽。算空忆、承平年少。问前游、几换东风，白发乱生春草。
>
> 休恼。梅花候我，勒住春寒，残妆犹俏。来迟去早，愁遮住，断桥道。看百年往事，湖山无恙，只是春婆梦窅。又回头、人海长安，债尘未了。

张伯驹生日泛舟西湖，又一次想起《张好好诗》卷，从1950年的那次相遇就再也放不下它。《张好好诗》卷归属于张伯驹，亦是杜牧在天之灵的护佑。从此，两位浪漫多情诗人的前世缘分、青春荣光、爱情故事和岁月沧桑在此卷中不断重叠回放……

第二部分

荣曜菊梅

肝胆皆冰雪

南宋绍兴二十四年（1154 年）的那一场科举考试，对寒门学子张孝祥来说，终生难忘。他是幸运的，又是不幸的。或许他短暂一生的命运沉浮、仕途荣辱和爱恨情仇等个体生命体验，则是此场考试所注定的结局。

张孝祥的人生起点是幸运的。

对北宋来说，靖康二年（1127 年）的寒冬太冷。靖康之耻，汴京沦陷，宋室被迫南渡的难民中，有张孝祥的父亲张祁带领的一家人。他们从家乡安徽历阳（今和县）乌江镇一路颠沛流离，最后落户到明州（今宁波）鄞县。北宋时期，王安石曾在此任职县令。

张祁自此在鄞县落地生根。南宋绍兴二年（1132 年），张孝祥出生在鄞县方广寺的僧房中。张家属于外来逃难户，在鄞县无任何田产和亲戚朋友，家里贫困。张孝祥的伯父张邵自愿赴金朝为使，被拘禁在金国十五年之后，终得以返回。皇帝鉴于他有功劳，弟弟张祁被恩准照顾，在当地担任个小职员，但生活仍然难以为继。绍兴十四年（1144 年），张孝祥已经十二岁，父亲张祁决定举家返乡，定居于芜湖。

张家虽生活穷困，但属书香门第，耕读传家久的家风仍在。按照家谱记载，张孝祥为中唐大诗人张籍（766—830）的七世孙。张籍为韩愈的大弟子，世称"张水部""张司业"，与李绅、元稹、白居易等著名诗人交游甚密，也是"新乐府运动"的积极倡导者和参与者。张籍的诗句"还君明珠双泪垂，恨不相逢未嫁时"（《节妇吟》）、"洛阳城里见秋风，欲作家书意万重。复恐匆匆说不尽，行人临发又开封"（《秋思》）流传甚广。张孝祥遗传了先人好学聪明的基因，"幼敏悟，书再阅成诵，文章俊逸，顷刻千言，出人意表。"《宋史》称他"读书过目不忘"，被视为天才儿童。成年后参加科考，一路顺畅。绍兴二十四年，参加殿试时，刚刚二十二岁。宋高宗看到他的卷子，书法精美，策论高明，龙颜大悦，亲擢其为状元。同榜进士中，还有后来的名人范成大、杨万里、虞允文等南宋名臣。

众所周知，宋高宗在书法、绘画上也很有造诣。其水平虽比不上他爹宋徽宗，但确是行家里手。张孝祥能以书法取胜，确实是靠自身的硬功夫。宋高宗称赞张孝祥的书法"必将名世"。宋孝宗对他的遗墨"心实敬之"。陆游称赞他的书帖"为当时所贵重，锦囊玉轴，无家无之"。著名理学家朱熹语曰"其作字皆得古人用笔意。使其老寿，更加学力，当益奇伟"。同学杨万里称其"书甚真而放"，等等，好评如潮。文人们争相向他索要墨宝，一时声名大噪。

寒门学子张孝祥能被宋高宗看中，从一群富家子弟中脱颖而出，他的人生起点很高。前状元郎王十朋称赞道："天上张公子，少年观国光。"大儒张栻称他"谈笑翰墨，如风无踪"。杨万里佩服他"当其得意，诗酒淋漓，醉墨纵横，思飘月外"。同时代的这些名人们，不吝溢美之辞，张孝祥妥妥的是家长眼中别人家的孩子。

张孝祥则又是不幸的。

这次科考的主考官是秦桧的密友汤思退。本来，秦桧和汤思退内定孙子秦埙为第一，却因宋高宗亲自干预，被张孝祥搅了局，得罪了最不该得罪的权臣秦桧。张孝祥状元及第后，按照惯例前去拜访宰相秦桧，秦桧阴阳怪气地说："皇帝不仅喜欢你的状元策论，还欣赏你的诗歌和书法。你可谓是诗书策三绝啊！"又问他的诗、书学自哪一家，张孝祥胸无城府地回答道："本杜诗，法颜字。"秦桧讥笑道："天下好事，都让你一人占完了。"秦桧阴森森的语气，便为张孝祥的仕途不顺埋下了伏笔。

按照宋朝科考潜规则，所有的同榜进士都是同学，也都属于那届主考官的门生，如北宋欧阳修和苏轼的师生关系。张孝祥和范成大、杨万里、虞允文等人，都成为汤思退的学生。汤思退深得秦桧信任，在秦桧死后，曾连任宋高宗、孝宗朝两朝宰相，也是主和派的重要代表人物之一。有宋高宗的加持和状元郎的光环，张孝祥的仕途起跑线远超同学们。但是，他未来的不幸已暗含其中。

张孝祥在中状元之后的五年（1154—1159）中，官运亨通，先授承事郎，签书镇东军节度判官。绍兴二十九年（1159年），平步青云，直至升任为权中书舍人。宋代的中书舍人，官品为四品，相当于部级干部。岗位职责是负责起草皇帝的各种诏命，并且分工负责签押中书省吏部、户部等六部的各类文件。对皇上的批示，若自己不满意，还有权拒绝签发。这一年，他刚满二十七岁，典型的政坛新星。两宋时期，曾做到中书舍人类似的职位时，范成大四十六岁，陈与义四十七岁，吕本中五十三岁，苏轼四十岁，叶梦得三十二岁。

春风得意马蹄疾。一般来说，年轻有为和年轻气盛紧紧相随。秦桧的党羽曹泳很看好他，在朝堂大庭广众之下，请求把女儿嫁给他，他果断拒绝。登第不久，作为主和派汤思退的学生，他却不懂政治站队，上疏高宗说："岳飞忠勇，天下共闻。一朝被人诽谤，旬日间即死亡。结果敌国庆幸，而将士解体，非国家之福也。"公开要求为岳飞平反，表彰岳飞的忠义。此时，权相秦桧还没有死呢，结果可想而知。加之伯父张邵作为使臣，在金国囚禁十五年，侥幸返回来后，替宋钦宗捎信给高宗皇帝说，钦宗自己回来只愿当一郡守即可。这两件事情犯了大忌，得罪秦桧和高宗后果很严重，伯父张邵被吓得神经错乱。张孝祥中状元的第二年，伯父精神病发作，思维混乱，竟然状告弟弟张祁在他被囚禁在金国期间，强奸自己的妻子李氏，致其怀孕后，又杀人灭口。伯父的胡言乱语，正好被秦桧抓住机会报复。父亲张祁被逮捕入狱，受到严刑拷打。好在不久之后，秦桧病死。经张孝祥多方奔走，绍兴二十五年（1155 年）十一月，张祁被无罪释放，朝廷重新起用他为蒋州知州。绍兴二十六年（1156 年），伯父病死。

张孝祥中状元后的良好感觉与"家丑"外扬的冲突，不知道在他心里留下的阴影面积有多大？

解决了家庭矛盾，仕途顺风顺水。张孝祥在权中书舍人的位置上，自信自负，锐气逼人，骄纵轻狂，不注重官场潜规则和为人处世的基本规矩及细节，被老成持重的御史中丞汪澈弹劾，很快被罢官，回到家乡芜湖，赋闲两年半。从此，他与主和派代表汤思退的阵营分道扬镳。

绍兴三十一年（1161 年），张孝祥正处于闲居状态时，金主完颜亮挥鞭南下，攻城略地，南宋岌岌可危。但天不灭宋，同学虞允文抓住偶然的机会，在采石矶大败金兵，迫使金主完颜亮移师扬州渡江，为南宋赢得宝贵的喘息时间。不久，完颜亮被部下叛将所杀，南宋暂时得到稳定。张孝祥闻知采石矶捷报，欣然命笔，作一阕《水调歌头》以抒怀："雪洗虏尘静，风约楚云留。何人为写悲壮，吹角古城楼？湖海平生豪气，关塞如今风景，剪烛看吴钩。剩喜然犀处，骇浪与天浮。忆当年，周与谢，富春秋。小乔初嫁，香囊未解，勋业故优游。赤壁矶头落照，肥水桥边衰草，渺渺唤人愁。我欲乘风去，击楫誓中流。"洁净的白雪洗刷去金人掀起的滚滚战尘，寒风阻隔了楚天的悠悠白云，古城楼上仍在上演悲壮的故事。遥想三国周瑜、东晋淝水之战中的谢安和北伐时的祖逖，我真想到中流击水，浪遏飞舟!

这场侥幸获胜的战役，也让宋高宗有点小兴奋，更让张孝祥激情进发，主动投奔到主战派的阵营。在主战派代表人物张浚的力荐下，绍兴三十二年（1162年），张孝祥复官，知抚州。在此任上时间不长，他始终怀着"恻袒爱民之诚心"，颇有政绩，离开抚州时，父老夹道相送。南宋隆兴元年（1163年），宋孝宗即位，张孝祥知平江府。时值南宋军队遭到符离之大败，损失惨重。第二年，张孝祥被召赴临安，被宋孝宗任命为中书舍人，并兼任直学士院，代替翰林学士起草朝廷的重要文件。由于张浚积极备战北伐，忙不过来，又推荐张孝祥代自己兼领建康留守。张孝祥希望皇帝能驻跸建康，靠近战场，鼓舞士气，恢复中原。可惜张浚北伐失利，被罢贬福州，不久去世。此后，主和派又占上风，张孝祥旋即被罢免知建康府，第二次遭受打击和排斥。

乾道元年（1165年），宋孝宗复起用张孝祥镇守静江府（今桂林），同时兼任广南西路经略安抚使。宋代的经略安抚使常常兼任马步军都总管等，其职责为主管本路军政事务，相当于现在的大军区司令员。张孝祥这一次成为集军政大权于一身的边疆帅臣，位高权重责任大，感觉比中状元还要爽。这一年，张孝祥刚刚三十四岁。苏轼从翰林学士到杭州任安抚使时，已经五十四岁。范成大做到此类职位时，已经四十六岁。张孝祥在而立之年抵达仕途高位，飘飘然起来，再次品尝到鲜花着锦、烈火烹油般的快意人生。

可惜好景不长。宋孝宗乾道二年（1166年）四月，张孝祥任职刚刚十一个月，殿中侍御史王伯庠弹劾张孝祥在任上整天游山玩水，喝酒歌舞，政务荒废。朝廷立即罢免他的职务。六月上旬，张孝祥离开桂林，乘船北归，沿湘江而下，过全州、永州、衡阳、潭州。途中，遇到大风，停泊等待多天后，在中秋节前夕，抵达洞庭湖。

张孝祥一路漂泊，一路反思，一路调整自己的心态。

七夕节那天，张孝祥泊舟衡阳，寄宿在寺庙里。他仰望星空，写了首《丙戌七夕入衡阳境独游岸旁小寺》："七年暑中行，道路万里赊。今夕已七夕，我犹在天涯。"七夕本是情人相会的日子，我却在天涯漂泊。在中国传统文化中，衡阳是大雁南飞终点的象征，是游子思乡的寄情意象。正如广东、江西交界的大庾岭，对被贬谪岭南之人有地理坐标之意义。孤雁北飞，回到故乡，这正是张孝祥自己的影子。张孝祥身上的状元光环已消失殆尽。"满载一船秋色，平铺十里湖光。波神留我看斜阳，放起鳞鳞细浪。明日风回更好，今宵露宿何妨？水晶宫里奏霓裳，

准拟岳阳楼上。"(《西江月·阻风山峰下》)

满载一船秋色，航行在江水之上。行船被风浪所阻，腾起细浪，夕阳余晖，波光粼粼。今夜，我露宿水上也没有关系。但愿明日好风凭借力，送我到达岳阳楼上，去观赏湖光山色，再读一读老前辈范仲淹的《岳阳楼记》吧。对张孝祥来说，范仲淹的"居庙堂之高则忧其民，处江湖之远则忧其君。是进亦忧，退亦忧。然则何时而乐耶""先天下之忧而忧，后天下之乐而乐"他是不陌生的。否则，他中状元的策论也不会得到高宗的赞赏。

张孝祥的家国情怀的确如此。绍兴三十二年（1162年），在张浚推荐他做建康留守和准备北伐之战时，他曾写感人泪下的《六州歌头》："长淮望断，关塞莽然平。征尘暗，霜风劲，悄边声。黯销凝。追想当年事，殆天数，非人力，洙泗上，弦歌地，亦膻腥。隔水毡乡，落日牛羊下，区脱纵横。看名王宵猎，骑火一川明。笳鼓悲鸣。遣人惊。　念腰间箭，匣中剑，空埃蠹，竟何成。时易失，心徒壮，岁将零。渺神京。干羽方怀远，静烽燧，且休兵。冠盖使，纷驰骛，若为情。闻道中原遗老，常南望、羽葆霓旌。使行人到此，忠愤气填膺。有泪如倾。"

这阕词简直就是主战派的悲愤和呐喊！淮河之北已经沦陷多年，可我们的刀剑已经生锈，英雄已经老去，何时能还我山河啊？想想这些，泪如雨下。身为江淮宣抚使的张浚，在一次酒席上读到此词，热泪盈眶，起身罢席而去。出师未捷身先死，长使英雄泪满襟。我一生空有壮志，今天却被贬回乡。放舟湘江，张孝祥思绪回溯到义人士大夫的祖师爷屈子那里。屈原悲怆投江的身影，成为后世文人士大夫心灵归宿的坐标。"濯足夜滩急，晞发北风凉。吴山楚泽行遍，只欠到潇湘。买得扁舟归去，此事天公付我，六月下沧浪。蝉蜕尘埃外，蝶梦水云乡。制荷衣，纫兰佩，把琼芳。湘妃起舞一笑，抚瑟奏清商。唤起九歌忠愤，拂拭三闾文字，还与日争光。莫遣儿辈觉，此乐未渠央。"(《水调歌头·泛湘江》)忆起楚国在潇湘之地流放的屈原和他的诗歌。夜晚，我在滩头洗足；清晨，短发感受着清风。吴山楚湖已经走遍，但我还未到达心驰神往的潇湘。买得一叶扁舟，罢官归来又何妨。天意如此，让我如愿以偿，泛舟沧浪之上。就像秋蝉，蜕壳于浊泥中；或似庄周晓梦，化蝶翩然于水云之乡。我仿佛看到屈原裁剪绿荷为衣，拾缀秋兰为佩，手持兰花，正为等待着我的到来。此刻，这泛舟的乐趣，正由我独自享受。

中秋节前夕，张孝祥泊舟浩渺无际的洞庭湖。

南宋时期，洞庭湖有资水、沅水、澧水和湘水共同注入，北面是长江的荆江段，号称"洞庭五渚"。湖水方圆五百余里，日月若出没其中。洞庭湖的南边，还有青草湖，方圆二百六十余里。在洞庭湖和青草湖之间，有一座金沙堆相连。每年七月和九月间，有两次荆江水位暴涨过程。大水涌入洞庭湖和青草湖后，金沙滩被淹没，两湖成为一湖。"衔远山，吞长江，浩浩荡荡，横无际涯，朝晖夕阴，气象万千。"（范仲淹《岳阳楼记》）十多天后，洪水退去，金沙滩又露出来。唐宋无数骚客诗人被洞庭湖的壮阔所打动，留下许多不朽的诗篇。如杜甫在去世之前，曾写下"昔闻洞庭水，今上岳阳楼。吴楚东南坼，乾坤日夜浮。亲朋无一字，老病有孤舟。戎马关山北，凭轩涕泗流"的悲伤。

张孝祥到达洞庭湖时，刚好水位下降，金沙滩高出湖面十几米。是夜，皓月当空，风平浪静，湖水轻轻拍打着金沙滩，那声音像是湘妃在悠悠歌唱。

张孝祥决定月下泛舟，独自一人登上金沙堆。站在这里，四周沉寂。北望是八百里洞庭湖，南望是神秘缥缈的青草湖，举头是星月满天。此情此景，长烟一空，皓月千里，浮光跃金，此乐何极？这是李白的月亮，这是杜甫的月光，这是苏东坡的月色啊！张孝祥突然被这月下的洞庭湖所感动。恍惚之中，他想借助这月色，和自己一生的偶像苏东坡隔空对话。"洞庭青草，近中秋，更无一点风色。玉鉴琼田三万顷，着我扁舟一叶。素月分辉，明河共影，表里俱澄澈。悠然心会，妙处难与君说。应念岭海经年，孤光自照，肝胆皆冰雪。短发萧骚襟袖冷，稳泛沧浪空阔。尽挹西江，细斟北斗，万象为宾客。扣舷独啸，不知今夕何夕。"（《念奴娇·过洞庭》）中秋前夕，张孝祥站在金沙滩上，举目远眺，洞庭湖与青草湖如玉镜一样明亮。明月皎洁，银河灿烂，天上水下，澄澈通透，没有纤毫污染。划一叶扁舟，万籁俱寂，天人合一，心中的感觉难以用言语诉说，也无法与别人分享。我怀念在岭南做帅臣的日子，就像今夜的月光沐浴在我身上，把我的内心世界映照得如冰雪一般洁净透明。现在，我虽然头发稀少，衣袖寒冷，但仍稳稳地泛舟在这广袤的江湖之上。让我尽情地饮尽长江水，用北斗星做酒勺，邀请天地之间的万物都来做我的客人吧！我将在此举办一场豪华的人生宴会。曲终人散，我独自拍打着船舷，放声高歌。今夜无眠，不知身在何处，此时是何月何日？

史载，张孝祥一生"尝慕东坡，每作为诗文，必问门人曰：'比东坡如何？'"门人总是恭维他说："以先生如此来势可畏，怕不要十年，超过东坡有馀矣。"（南宋·谢尧仁《张于湖先生集序》）其实，从这阕《念奴娇·过洞庭》词中，我们不难发现苏东坡的影子。北宋熙宁九年（1076年），苏轼在密州写给弟弟苏辙的《水调歌头·明月几时有》传唱至今。"明月几时有，把酒问青天。不知天上宫阙，今夕是何年。我欲乘风归去，又恐琼楼玉宇，高处不胜寒。"这些句子妇孺皆知。苏轼被贬黄州时，还写有《念奴娇·中秋》及《前赤壁赋》等文字，流传千年。苏东坡喜欢与明月对话，慕天上仙境，思人间温暖。张孝祥借月光湖水，浇自己心中的块垒，做人格表白。

"孤光自照"来自苏轼的"中秋谁与共孤光，把盏凄然北望"（《西江月·世事一场大梦》）。南朝诗人江总有"净心抱冰雪"句，唐代诗人王昌龄有"一片冰心在玉壶"句，张孝祥化用为"肝胆皆冰雪"，表白自己光明磊落、心地纯洁的人格理想。他与苏轼在黄州写作《前赤壁赋》时的时间和场景极其相似。"月出于东山之上，徘徊于斗牛之间。白露横江，水光接天。纵一苇之所如，凌万顷之茫然。浩浩乎如冯虚御风，而不知其所止；飘飘乎如遗世独立，羽化而登仙。于是饮酒乐甚，扣舷而歌之。"苏轼的"纵一苇"，被孝祥换成"扁舟一叶"；"凌万顷之茫然"被换成"玉鉴琼田三万顷"；"扣舷而歌之"则被换成"扣舷独啸"。只是苏东坡"歌"的心情、内容和张孝祥所"啸"的不同罢了。

"不知今夕何夕"句，则来自苏轼被贬黄州时写的《念奴娇·中秋》："凭高眺远，见长空万里，云无留迹。桂魄飞来光射处，冷浸一天秋碧。玉宇琼楼，乘鸾来去，人在清凉国。江山如画，望中烟树历历。我醉拍手狂歌，举杯邀月，对影成三客。起舞徘徊风露下，今夕不知何夕。便欲乘风，翻然归去，何用骑鹏翼。水晶宫里，一声吹断横笛。"苏东坡"我醉拍手狂歌，举杯邀月，对影成三客"的兴奋醉态，被张孝祥换成"尽挹西江，细斟北斗，万象为宾客"的豪情万丈。苏东坡置身高楼，凭高看去，长空万里无云，辽阔无边。月宫的琼楼玉宇上，仙女们乘鸾凤来来往往。乘风归去，不必骑着大鹏鸟的翅膀。同样的月色，苏东坡凭借巨大的想象力在天上驰骋纵横。张孝祥则脚踏在洞庭湖边，孑然独立，自我表白。

以前，曾有很多学者认为张孝祥把一片冰心融进澄澈透明的月光中，是他人格高洁的象征。我认为则不然，张孝祥表达的正是他精神世界苦闷至极和人生理想的幻灭感。为何？张爱玲说过"成名要趁早"。张孝祥在宋高宗的干预下，成名很早。二十二岁中状元，二十七岁就成为部级干部，功名到手太快，飘飘然起来。身在官场，又不按官场常规出牌。年轻气盛，恃才傲物，咄咄逼人。老师是主和派代表汤思退，亲自推荐提拔他，可他又主动奔向主战派的怀抱。有点像中唐时代陷入"牛李党争"旋涡中的诗人李商隐，两头不落好。

另外，史载他还有嗜酒好色、不修细行的毛病。有一次，宋高宗当面责问他："别人说你赃滥。"张孝祥答道："臣实在不敢欺君。说臣滥，确实有。但说臣赃，臣实在不敢奉诏。"高宗听后，一笑了之。

可惜，到了南宋高宗和奸相秦桧联手专权的时代，文人士大夫的道德修养早已滑坡。士人的风骨气节和北宋真宗、仁宗时代相比，皆不可同日而语了。高宗违背"祖制"，首次对文人开了杀戒。本来独立言事的台谏官应成为限制权力滥用的屏障，却成为秦桧等奸臣清除异己的爪牙工具。缺乏城府和官场经验的年轻人张孝祥，被人抓住把柄攻击，易如反掌。他一生仕途跌宕，不可避免。因为进入仕途时前半截过顺，缺乏历练，更经不起挫折打击。张孝祥的悲剧人生是高宗、孝宗时代的大气候所决定的，他逃不出时代的局限和枷锁。不论在主和派那里，还是在主战派那里，张孝祥都找不到实现自己理想的位置。加上伯父和父亲祸起萧墙，"家丑"外扬，急于表白自己的心理，恰恰证明张孝祥精神上的焦虑、痛苦、无助和理想的幻灭。他抓不到任何一根有效的"稻草"，来完成自我救赎，只好自言自语，反复强调自己的品德洁白无瑕，但又不知别人是否也这样看他。

在张孝祥留存下来的二百多首诗词里，曾多次表达"不知今夕何夕"的迷茫和归隐愿望。"别岸风烟，孤舟灯火，今夕知何处？"（《念奴娇·风帆更起》）"今夕复何夕，此地过中秋。"（《水调歌头·桂林中秋》）"回首三山何处，闻道群仙笑我，要我欲俱还。"（《水调歌头·金山观月》）"湖海倦游客，江汉有归舟。"（《水调歌头·过岳阳楼作》）"脱屣归来，眇浮云富贵。致远钩深，乐天知命，且从容阅世。"（《醉蓬莱》）"一叶扁舟，谁念我，今日天涯漂泊。平楚南来，大江东去，处处风波恶。吴中何地，满怀俱是离索。"（《念奴娇·离思》）"归"，又能去何方安顿身心呢？

年龄三十多岁，风华正茂的状元郎，总感到"处处风波恶"，希望早日归去。理想终于幻灭，心态已趋于老境。

张孝祥登上金沙滩，还留下一篇《观月记》，可以看作是对《念奴娇·过洞庭》的注解。这篇散文大意是说，中秋之夜，月亮才最好看。赏月的地点，最好选在靠近湖水的地方。不必成群结队，最好独自一人前往，并且距离人群越远的地方越好。那些喜欢猎奇的人，谁又能在月夜独行到这样的地方，以求得一时之快意呢？我就是这样一个甘愿离群索居的人。

张孝祥在八月十五前，路过洞庭湖。天空明朗，没有一丝云彩，月光皎洁，宛如白天。金沙堆在洞庭湖和青草湖之间显露出来，沙洲青草葱茏，高有十仞，四面绿水环绕，最近的陆地离这里也有几百里。金沙堆，正符合他心中赏月的四个最佳条件（中秋月、临水、独往、偏远）。沙洲上一片金黄，与月光争辉，天上月亮犹如玉盘。微风吹过，顿感一阵凉意，仿佛抵达仙境。张孝祥是否想起苏东坡在《前赤壁赋》中的感慨呢？

"客亦知夫水与月乎？逝者如斯，而未尝往也。盈虚者如彼，而卒莫消长也。盖将自其变者而观之，则天地曾不能以一瞬；自其不变者而观之，则物与我皆无尽也，而又何羡乎？且夫天地之间，物各有主，苟非吾之所有，虽一毫而莫取。惟江上之清风，与山间之明月，耳得之而为声，目遇之而成色，取之无禁，用之不竭，是造物者之无尽藏也，而吾与子之所共适。"

在月光之下，苏东坡曾感慨即使是大英雄如三国曹操、周瑜又将如何呢？我等还是"寄蜉蝣于天地，渺沧海之一粟。哀吾生之须臾，羡长江之无穷。挟飞仙以遨游，抱明月而长终。知不可乎骤得，托遗响于悲风"。苏东坡从月亮的盈亏和长江滚滚流水中，思考着时间与人生这个终极的哲学命题。而张孝祥所思考更多的则是如何证明自己清白高洁的人生，这是一个文人士大夫的人格理想。故此，张孝祥想超越苏东坡，那是不可能的。

"二更南风转旗脚，打鼓开船晓星落。秋光净洗八百里，亭午投君庙前泊。"（《金沙堆》）张孝祥在洞庭湖盘桓逗留十多天。在这里，他和屈原隔空交流，在精神上力图自我救赎。"那知屈大夫，亦作主水神。我识大夫公，自托腑肺亲。独醒梗群昏，聚臭丑一薰。沥血摧心肝，怀襄如不闻。已矣无奈何，质之云中君。"（《金沙堆庙有曰忠洁侯者屈大夫也感之赋诗》）张孝祥所做的一切，都是徒劳的。他越是想表白、美化自己的精神世界，越能证明他逃避和憎恨自己所处的现实生活，从而使自己心中的悲凉、绝望和幻灭感越强烈。

离开洞庭湖后，张孝祥在重阳节到达蕲州。蕲州距离黄州不远，苏东坡曾在黄州四年，流传后世的著名篇章大都写于黄州，还留下中国第三行书《寒食帖》。对此，张孝祥是望尘莫及的。在此地他写了一首《书怀》感叹："七夕在衡阳，九日在蕲州。秋风浩如海，我行尚扁舟。破帽不堪落，菊花空满头。醉眼忽瞠若，悠然过沧洲。"想起自己在桂林帅臣任上，也曾"不应此地淹鸿业，盍去吾君至太平。伏枥壮心犹未已，须君为我请长缨"（《朝阳亭》）。可工作不到一年，仿佛从天上坠入尘土，被贬回家。"世事风经雨过，此身遇坎乘流。折腰不为五斗，辙环或遍五洲。"（《明年重过次韵六言》）他精神上又开始追慕陶渊明了。

南宋乾道三年（1167年），张孝祥罢官回乡的第二年，宋孝宗起用他出知潭州（长沙），兼任提点刑狱公事。此时，他刚刚三十六岁，仕途还有东山再起的大把机会，可他却上书朝廷说，父母身体不好，需要照顾，拒绝任命，仅要求在家乡附近做个小官即可。朝廷没有恩准，他闷闷不乐地去潭州上任。一年多后，被改任知荆南兼荆湖北路安抚使。

张孝祥在赴任路上，又一次船过洞庭湖，他写了两首《浣溪沙》词："方舡载酒下江东，箫鼓喧天浪拍空。万山紫翠映云重。拟看岳阳楼上月，不禁石首岸头风。作笺我欲问龙公。"（《浣溪沙·去荆州》）"行尽潇湘到洞庭，楚天阔处数峰青。旗梢不动晚波平。红蓼一湾纹缬乱，白鱼双尾玉刀明。夜凉船影浸疏星。"（《浣溪沙·洞庭》）我站在从湘江抵达洞庭湖的船上，江上数峰青，湖面风平浪静。放眼望去，水湾处，红蓼草纷乱如麻，白鱼跃出水面，像玉刀一样明亮。夜深风凉，泊船的影子，遮盖住点点星光。张孝祥既没有被重用的兴奋，也没有表白"表里俱澄澈"的心情了。张孝祥心静如水，状元郎的心已和死去一样。

南宋时代，荆州是防御金国的前方重镇，张孝祥却已失去"击楫誓中流"壮志，心态灰暗，精神萎靡。"又向荆州住半年，西风催放五湖船。来时露菊团金颗，去日池荷叠绿钱。斟别酒，扣离弦。一时宾从最多贤。今宵拼醉花迷坐，后夜相思月满川。"（《鹧鸪天·又向荆州住半年》）醉卧花丛，乡思无限，还是想归隐江湖之上。上任刚半年，三十八岁的张孝祥再次上书朝廷，要求提前退休。乾道五年（1169年）三月，皇上获准回乡，闲居芜湖。七月，张孝祥因病去世，享年三十八岁。据南宋的周密所著《齐东野语》载：同学虞允文来访，两人泛舟自家湖上，饮酒中暑而死。年轻的状元郎英年早逝，令人扼腕叹息。这是张孝祥个人的悲剧，也是南宋时代的悲剧。这样的悲剧，张孝祥不是第一个，也不是最后一个。

另据宋人记载，张孝祥退隐芜湖期间，故意把自家的三百多亩良田撂荒，疏通水源，改为人工湖和湿地，专种荷花杨柳，构筑房屋。春夏季节，他袖手湖边，看花开花落，鸥鹭飞翔，并自题"归去来堂"，以此致敬陶渊明。

这便是今天的镜湖。

孤冷的白石

南宋绍熙二年（1191年）除夕，江南的天气阴沉沉的。从早上开始，稀稀拉拉地竟然飘起小雪花，空气中浓郁的水汽湿冷，一阵阵的寒风，吹到人脸上黏糊糊的。这天，吴淞江静静地流淌，岸边的松陵镇上，家家户户都在忙碌着迎接新年的到来。院子或茅草房的大门上，都早早地贴上大红春联。停泊在岸边的船篷上，悬挂着喜庆的红灯笼。冒着袅袅炊烟的灶房里，不时飘出煮肉、煎炸烹炒过年吃食的诱人香味。偶尔有爆竹的炸响声，回荡在树梢之上，小孩子们追逐嬉闹的笑声，也不时从岸边村庄里传来。迎接新年的热闹，更衬托出吴淞江和太湖水的清寂。横跨在吴淞江上的垂虹桥静静地卧在水上，依旧肃穆而美丽。桥边的渡口，已不见往日熙熙攘攘的客船和行人。江南江北，今夜无眠。正是万家团圆、除夕守岁时。人们辛苦一年了，都在等待着"一夜连两岁"的高潮。

雪花渐渐停歇，天也逐渐暗下来。过一会儿，该是点亮红蜡烛，全家围坐吃年夜饭的幸福团圆时刻了。这是中国传统春节固有的仪式感。

暮色四合中，突然水面上有箫声和吟唱声时断时续地传来。站在垂虹桥上，隐隐可见一只小船漂流着，慢慢地划向西边太湖中。船头上，站立着一位吹箫的中年男子，头戴斗笠，青袍着身，清瘦俊逸，眼光迷离地远望着湖州的方向。船篷里，坐着一位绝色妙龄女子，嘴里在轻轻地哼唱着什么。男子不停地催促着船家快点划船，尽早把船上的年货送到家中，好让妻子做上一顿丰盛的年夜饭。

船桨划破太湖水面，水花暗淡，一圈圈荡漾开去。不一会儿，小船加快了速度，箫声也停止了。湖面上除哗啦哗啦的船桨声，没有别的声音，天又暗了不少。

这除夕之夜，谁还会在太湖水上漂泊呢？

这位中年男子就是南宋著名的诗人、音乐奇才姜夔（1155—1221），字尧章，号白石道人。他刚刚从范成大的石湖别墅家里出来，赶回他自己在湖州的家中。

也就是在一个多月前，天气和今天很相似，同样飘着漫天小雪花，寒风刮得人心烦意燥。姜夔从湖州租了一条小船，经太湖，过吴淞江，前来拜访退隐在这里的副宰相范成大。宋孝宗时期，范成大政绩突出，名声颇佳，诗文清新，与人为善。淳熙十四年（1187 年），姜夔和范成大初次相识，还是大诗人杨万里从中牵的线。这一年，姜夔刚刚三十三岁，从湖北来到湖州安家，投奔任乌程县令的萧德藻不久。那是以前萧德藻在湖北做官时，和一介布衣、生活贫困的姜夔相识。二人因为诗词爱好，成为忘年交。萧德藻很欣赏姜夔的才华，同情他的贫困，生活上对姜夔关爱有加，还把自己的亲侄女嫁给姜夔，二人便成为翁婿之亲。"应是冰清逢玉润，只因佳句不因媒"说的就是此佳话。

南宋时，湖州乃江南鱼米之乡，距离杭州不远。淳熙十三年（1186 年）冬天，萧德藻到湖州任职后不久，就让姜夔带着妻子搬来与他同住。不久，又把姜夔送到都城临安，拜访自己多年的好朋友杨万里，看能否谋个差使。杨万里当时正在朝廷当差，任正七品的秘书少监、左司郎中。可杨万里性格耿直，比较倔强，宋高宗说他"直不中律"，宋孝宗说他"也有性气"。两位皇帝都不太喜欢他，找杨万里说话"开后门"的结果可想而知。杨万里对老朋友萧德藻说自己能力不够，帮不上姜夔什么忙，又碍于情面，便写一封热情洋溢的推荐信给退居苏州石湖的前参知政事范成大。"翻然却买松江艇，经去苏州参石湖。"（杨万里《送姜夔尧章谒石湖先生》）范成大曾位高权重，名声在外，人脉广泛，希望他能帮姜夔一把。

淳熙十四年（1187年）夏天，姜夔怀揣着杨万里的亲笔推荐信，第一次来到石湖拜访范成大。二人因为都喜欢音律曲谱之学，一见如故，相互切磋一番。范成大乃富贵之家，按照宋朝社会时尚，家里养着歌伎乐工。他俩亲自填词作曲，让歌伎演唱，日子过得诗意浪漫。范成大对姜夔吃住行全包，还经常赠送给他一些银两、衣物等。就这样，姜夔的日子逐渐稳定下来。

转眼过去四年。其间，姜夔和范成大来往甚密，依靠自己的诗词和音律才华，姜夔成为范成大家里的"食客"朋友。南宋绍熙二年（1191年）冬天，对姜夔来说是温暖的，也是最难忘的。在姜夔留存的八十多首诗词中，有多首提到这年冬天雪中访石湖的往事。在江南最寒冷的季节，姜夔在范成大的石湖别墅里住了整整一个月。窗外雪花纷飞，室内炭火红红。酒酣耳热之际，歌伎环伺左右，唱着二人创作的歌曲，多么惬意神仙的日子啊！在石湖别墅里，姜夔曾写下著名的两阕词曲《暗香》和《疏影》，均得到范成大的高度评价。老范要求家中乐工歌伎反复练习演唱，音调节律悦耳婉转。姜夔在词曲的序言部分详细记述道："辛亥之冬，余载雪诣石湖。止既月，授简索句，且征新声，作此两曲，石湖把玩不已，使二妓肄习之，音节谐婉，乃名之曰《暗香》《疏影》。"

"旧时月色，算几番照我，梅边吹笛？唤起玉人，不管清寒与攀摘。何逊而今渐老，都忘却春风词笔。但怪得竹外疏花，香冷入瑶席。江国，正寂寂，叹寄与路遥，夜雪初积。翠尊易泣，红萼无言耿相忆。长记曾携手处，千树压、西湖寒碧。又片片、吹尽也，几时见得？"（《暗香》）昔日皎洁的月色，曾经多少次映照着我的心境。对着梅花，吹奏玉笛，声韵谐和动听。笛声唤来佳人，跟我一道去攀折梅花，根本不顾天气清冷寒瑟。可如今，我已像南北朝时著名的诗人何逊般渐渐老去，往日春风春花般绚丽的辞采和文笔，都已经忘记。我惊异竹林外稀疏的梅花，将清冷的幽香散入华丽的宴席上。江南水乡，此时一片静寂。我想折一枝梅花寄托相思之意，可叹路途遥遥，夜晚积雪遮盖大地原野，无处可寄。手捧起翠玉酒杯，禁不住洒下伤心的泪滴。我面对红梅，默默无语。昔日那位折梅花的美人，浮现在我的记忆里。谁还曾记得当年携手游赏之地，西湖边千株梅花从绽放到转眼飘零，湖波仍旧是一片澄碧。这一切都散去了，何时才能重见梅花和你的幽丽啊？

"苔枝缀玉，有翠禽小小，枝上同宿。客里相逢，篱角黄昏，无言自倚修竹。昭君不惯胡沙远，但暗忆、江南江北。想佩环、月夜归来，化作此花幽独。犹记深宫旧事，那人正睡里，飞近蛾绿。莫似春风，不管盈盈，早与安排金屋。还教一片随波去，又却怨、玉龙哀曲。等恁时、重觅幽香，已入小窗横幅。"（《疏影》）横斜的梅花，如玉一般晶莹挂在枝头。两只小翠鸟儿，双双栖宿在梅花丛中。客旅他乡时见到她，就像佳人站在夕阳斜映着篱笆的黄昏中，她默默地倚着修长的翠竹。汉代的王昭君远嫁匈奴，不习惯北方的荒漠，暗暗怀念着江南江北的故土。梦见她戴着环佩，趁着月夜归来，化作梅花的一缕香魂，缥缈、孤独。我还记得寿阳宫中的一些旧闻故事。寿阳公主正做着春梦，飞落下来的一朵梅花恰好落在她的眉际。请不要像无情的春风，不管梅花的美丽清香，依旧将它风吹雨打去。您应该早早给梅花安排好一座金屋，让它有一个好的归宿。但终究还是白费心机，一片片将随波流去。笛声依旧哀怨，如泣如诉。等到再去寻找梅花的幽香时，那香魂早已飘入谁家的绣窗绿户。在范成大的别墅里，姜夔在酒席上的现场创作很成功。但词中的意境过于孤冷凄美，这也符合他本人的心境。作为主人的范成大，之所以喜欢这两阕词，或许是富贵人家的无病呻吟。

姜夔在范家住了一个多月，直到大年除夕，范成大才让姜夔回家过年。临别，除赠送足够的银两、米面、鱼肉等年货外，还把家里的一位歌女小红送给他。所以，这条小船上，船篷里还坐着美女小红。小红人小，不知忧愁，在船上还唱着歌谣。大雪过后，小船划过垂虹桥后，姜夔写下那首著名的《过垂虹》："自作新词韵最娇，小红低唱我吹箫。曲终过尽松陵路，回首烟波十四桥。"北宋时期，垂虹桥在吴江县很著名。庆历八年（1048年）为时任县尉王廷坚所建造，岸上有亭曰"垂虹"，便以亭命名此桥。垂虹桥位于吴淞江之上，东西长千余尺，前临太湖，横截吴江，河水湖光，荡漾一色，时称三吴绝景。范成大曾在其《吴郡志·桥梁》书中记载："利往桥，即吴江长桥也。"除夕日，姜夔吹着洞箫，小红唱着曲儿，小船摇过吴江。回望刚刚经过的水路，在烟波缥缈中，隐隐约约可以看到这座美丽的石桥。后来，曾有诗词家注释此首诗曰：姜夔置身在江南水乡中，这首诗表达了他快乐和舒畅的心情。我认为相反，这首诗恰恰表达出姜夔的内心孤冷凄苦。

除夕飘雪的江南水乡，已没有春夏的美丽和热闹，水面上连一只飞鸟也没有。孤冷的心情只能用吹箫来排解。而箫这一古老的传统乐器，音色向来是幽怨哀伤的。"箫声咽，秦娥梦断秦楼月。秦楼月，年年柳色，霸陵伤别。"（李白《忆秦娥》）仔细品读姜夔不久前在范家创作的新词《暗香》《疏影》可知，月色、烟水、梅花、竹林、昭君出塞、深宫、笛怨等元素建构出一个幽冷、萧索、缥缈的内心世界。孤冷逼人的梅花，不就是姜夔自况吗？作为主人的范成大是热情的、欢快的，但作为寄居在别人屋檐之下、靠写诗填词作曲儿讨得主人欢心和赏赐的客人，能有多么高兴呢？范成大一高兴，就把小红赏赠送给姜夔，姜夔靠什么让美人过上以前在范家锦衣玉食的生活呢？

船过太湖，姜夔回到湖州家中，写有《除夜自石湖归苕溪》十首诗，从其中的诗句中也可窥视这种心境。"细草穿沙雪半销，吴宫烟冷水迢迢。梅花竹里无人见，一夜吹香过石桥。""三生定是陆天随，只向吴松作客归。已拼新年舟上过，倩人和雪洗征衣。""笠泽茫茫雁影微，玉峰重叠护云衣。长桥寂寞春寒夜，只有诗人一舸归。""少小知名翰墨场，十年心事只凄凉。旧时曾作梅花赋，研墨于今亦自香。"寄居在范成大别墅里，表面的热闹后面，姜夔心中始终怀着深深的落寞和孤寂。"只有诗人一舸归""倩人和雪洗征衣"，这种心境无处排解。热闹是别人的，我的孤冷谁能温暖？

范成大对姜夔的热情确实出于真诚和喜爱，这与范成大的性格和修养有关。淳熙九年（1182年），范成大五十七岁时，因病自求辞职返乡，归隐石湖。久居官场，退休后过着优渥清闲的日子，自号"石湖居士"。淳熙十三年（1186年），范成大在石湖曾写下六十首著名的组诗《四时田园杂兴》。诗中除描写田园风光外，还非常关注农桑和农民的疾苦等。诗句清新朴实、生动活泼。"昼出耘田夜绩麻，村庄儿女各当家。童孙未解供耕织，也傍桑阴学种瓜。""垂成稼事苦艰难，忌雨嫌风更怯寒。笺诉天公休掠剩，半偿私债半输官。"这些鲜活和充满悯农心的诗句，至今让我们都很喜欢。著名学者钱锺书先生认为：《四时田园杂兴》是"中国古代田园诗的集大成。……使脱离现实的田园诗有了泥土和血汗的气息"。当然，这与东晋陶渊明的田园诗有很大的不同。

除夕之夜，姜夔回到湖州家中，已是万家灯火时分，妻子正焦急地等待着他带回年货做年夜饭。夜半守岁，烛光灯影下，姜夔翻看自己抄写的旧诗集，无意间读到《点绛唇·丁未冬过吴松作》，不禁回忆起四年前和范成大开始交往时的陈年旧事。

　　淳熙十四年（1187 年）冬天，姜夔第二次去石湖拜访范成大。清早从湖州出发，经太湖，过吴淞江。当时复杂、矛盾、忐忑不安的心情至今记忆犹新。"燕雁无心，太湖西畔随云去。数峰清苦，商略黄昏雨。第四桥边，拟共天随住。今何许？凭阑怀古，残柳参差舞。"北方的大雁，悠然从太湖西畔随白云飞过。太湖中，那几座孤峰显得萧瑟清瘦，仿佛在商量着黄昏是否该下一场雨呢？我打算在桥边，与老前辈陆龟蒙（号天随子）一起隐居。可如今又怎么样了呢？只能独倚栏杆，让思绪纷飞，眼看岸上的衰柳，在风中狂舞。

　　时值寒冬，太湖之上何处寻觅大雁呢？唯有一只孤雁，那就是姜夔自己。他从湖州家里出发，到范成大的隐居地石湖，求助解决家里的温饱问题，心中之苦无法表达，只能强作精神，说自己像毫无目的的大雁一样，轻松自在地飞过，还要向晚唐时期隐居在吴江甫里镇的诗人陆龟蒙学习。其实，陆龟蒙生前隐居地距离石湖别墅并不远。姜夔留存的诗词里，好像没有记载曾亲自到访过。

　　姜夔寄情于陆龟蒙，也是自我慰藉罢了。陆龟蒙生前屡试不第，没中进士，只是个小吏幕僚。陆龟蒙学问却非常好，爱好收藏校勘古书，精通《六经》《春秋》，还是一位农学家。诗文俱佳，随写随扔，很不珍惜。陆龟蒙一生多病贫困，生活简单，但为人清高、放达、乐山乐水。他从不与世俗之人交往，从不参加别人的婚丧嫁娶等社交活动，就连逢年过节也不与亲戚朋友走动。性有洁癖，喜欢品茶焚香，讲究生活情趣。朝廷让他出来做官，他坚辞不干，喜欢荡舟出没在烟波浩渺的江湖之上，时人称呼他为"江湖散人"。陆龟蒙生前也曾以"北雁"自比，他吟咏北雁的诗很多。如"我生天地间，独作南宾雁"（《孤雁》）"北走南征象我曹，天涯迢递翼应劳"（《归雁》）"南北路何长，中间万弋张。不知烟雾里，几只到衡阳"（《雁》）"雁频辞蓟北""北雁行行直"，如此等等。

　　姜夔向往陆龟蒙的放达生活，这需要真正从心里"放下"世俗的诸多羁绊，但他从来也没有放弃过。"太湖西畔随云去"，漂泊江湖，心随云去，纯真天然，姜夔只是嘴上说说而已，其实是他敏感脆弱的自尊心在作怪。范成大称姜夔"翰墨人品，皆似晋宋之雅士"。但晋宋名士皆为富有的门阀贵族，而姜夔却是一介布衣，生活困顿，精神上寄情于陆龟蒙，生活上不得不求助于萧德藻、范成大和张鉴等官员贵族的关照。范成大所称赞的或许是姜夔的才华和诗词风格，而不是他为人处世的方式。范成大之所以这么说，是把姜夔"雪中访范"和东晋王子猷"雪夜访戴"的典故相比，有意美化自己的文雅和气度而已。

南宋绍熙四年（1193 年）十月，范成大去世。之前，萧德藻因病也已离开湖州。姜夔失去生活的依靠，便投奔到以前认识的好朋友张鉴（字平甫）门下。张鉴、张镃兄弟是南宋名臣张俊的曾孙辈。张俊是宋高宗时代著名的抗金大将，与岳飞、韩世忠、刘光世并称为南宋"中兴四名将"。但是，后来主动上交兵权，与秦桧合作谋害岳飞，为世人所不齿，但张俊家族却因此富贵，张鉴、张镃兄弟当时仍是临安城的豪门贵胄。因张鉴和杨万里是好朋友，杨万里就把姜夔介绍给张鉴兄弟。张镃在临安南湖建有豪华园林，张鉴在无锡等地建有多处别墅山庄。应张鉴之约，姜夔全家于南宋庆元三年（1197 年）移居临安后，他仍忘不掉绍熙二年（1191 年）除夕的那次"雪中访范"。

庆元二年（1196 年）冬天，姜夔曾陪新主人张鉴、余灏、葛天民到无锡张鉴家做客，一行人路过吴淞江垂虹桥时，他写了一首《庆宫春》词。在序言中，详细回忆那次与范成大的相见："绍熙辛亥除夕，余别石湖归吴兴，雪后夜过垂虹尝赋诗云：'笠泽茫茫雁影微，玉峰重叠护云衣。长桥寂寞春寒夜，只有诗人一舸归。'后五年冬，复与俞商卿、张平甫、朴翁自封禺同载，诣梁溪。道经吴淞，山寒天迥，云浪四合，中夕相呼步垂虹，星斗下垂，错杂渔火，朔吹凛凛，酒不能支。"姜夔这次到梁溪（无锡）张鉴别墅，行程是由苕溪入太湖经吴淞江，沿大运河至无锡，方向正好与前次除夕返家时相反。夜过吴淞江，顶风漫步桥上，喝酒到半夜醉了，因赋此词。这次再游垂虹，小红不知还在否，又去了哪里？范成大去世已三载，别人兴致很高，四个人共写了五十首诗词。姜夔在《庆宫春》词中怀人、忧伤。云压青山，无边的愁绪堆积在太湖之上。垂虹亭依旧，可未来不知在何方？姜夔的心里是矛盾的，精神是撕裂的。年近四十，还在寄人篱下，回想自己的前半生，不禁悲从中来。"某早孤不振，幸不坠先人之绪业。少日奔走，凡世之所谓名公巨儒，皆尝受其知矣。内翰梁公于某为乡曲，爱其诗似唐人，谓长短句妙天下。枢使郑公爱其文，使坐上为之，因击节称赏。参政范公以为翰墨人品，皆似晋、宋之雅士。待制杨公以为于文无所不工，甚似陆天随，于是为忘年友。……嗟乎！四海之内，知己者不为少矣，而未有能振之于窭困无聊之地者。"（周密《齐东野语》）

南宋的周密在《齐东野语》中，引用姜夔撰写的《自传》。姜夔回忆幼年丧父，传承先人的家学，靠才华奔走四方。姜夔一再反复强调当时的名公巨儒都很欣赏自己，如翰林学士和老乡梁公、枢密使郑侨、范成大、杨万里、朱熹、京镗、辛弃疾等著名人物。但是，四海之内知己很多，而没有一个能帮助自己摆脱生活贫困、社会地位低下的困境。他们往往只能接济姜夔于一时，而不能加以提拔重用。对姜夔这样清高、自负、孤傲的文人来说，一生郁郁不得志，却很在意官宦名人对自己的评价，也是可以理解的。自负自恋的性格，内心的挫败感让姜夔变得异常敏感倔强。张鉴准备出钱帮他买官爵，被他拒绝。又要把张家无锡肥沃的土地赠予他养活家人，他也拒不接受。姜夔试图坚守着一位文人心中的人格尊严。他或许希望能有陆龟蒙的名气，皇帝能亲自诏他去做官。陆龟蒙不愿干，姜夔愿意干啊！可南宋朝廷没有给他这样的机会。生活还得继续，还要陪同主人宴游酬唱。不管自己心里高兴不高兴，表面上始终要装着高兴才行。"老去无心听管弦，病来杯酒不相便。人生难得秋前雨，乞我虚堂自在眠。"（《平甫见招不欲往》）张鉴召见，虽不想去应酬，但还要强颜欢笑，一溜小跑去陪奉。

"甲辰春，平甫与予自越来吴，携家妓观梅于孤山之西村，命国工吹笛，妓皆以柳黄为衣。十亩梅花作雪飞。冷香下、携手多时。两年不到断桥西，长笛为予吹。人妒垂杨绿，春风为、染作仙衣。垂杨却又妒腰肢，近前舞丝丝。"（姜夔《莺声绕红楼》）有一次，张鉴携家里的歌伎一起到杭州孤山看梅花，这可是北宋时"梅妻鹤子"林逋当年写下"疏影横斜水清浅，暗香浮动月黄昏"的地方。张鉴的家妓却用柳条做衣服打趣，放浪形骸，嬉笑取闹。如此这样对待梅花，林逋若地下有知，早已气得七窍生烟了。姜夔还不得不按照张鉴要求，附庸风雅写下"十亩梅花作雪飞"取悦他们。

庆元二年（1196 年）冬的一天，在无锡张鉴的庄园里，姜夔看到蜡梅绽放，梦见了年轻时在合肥认识的两位歌伎恋人，潸然泪下。"丙辰之冬，予留梁溪，将诣淮南不得，因梦思以述志。人间离别易多时。见梅枝，忽相思。几度小窗，幽梦手同携。今夜梦中无觅处，漫徘徊，寒侵被，尚未知。湿红恨墨浅封题。宝筝空，无雁飞。俊游巷陌，算空有、古木斜晖。旧约扁舟，心事已成非。歌罢淮南春草赋，又萋萋。漂零客，泪满衣。"（《江梅引》）人世间聚少离多，见到梅花，思念涌上心头，今夜梦中寻不到你，寒气将衾被浸透。又是芳草萋萋时，四处漂泊的游子，思念往事，泪满衣袖。

生活的贫困并没有阻止姜夔对功名的渴望，他决定发挥自己在音乐方面的天赋和专长，实现"弯道超车"。

宋宁宗庆元三年（1197 年），姜夔向朝廷进献《大乐议》《琴瑟考古图》各一卷。并建议"作鼓吹曲以歌祖宗功德""愿诏文学之臣追述宋太祖、太宗、真宗、仁宗、高宗功业之盛，作为歌诗，使知乐者协以音律，颁之太常，以播于天下"。姜夔想献媚于朝廷，以歌曲诗词为载体，让两宋朝的皇帝们万古流芳。汉唐以来，文人向皇帝献赋拍马屁，一直是求得功名的一条路子，唐代的杜甫考不中进士，也曾向唐玄宗献上《三大礼赋》，获取了唐玄宗的关注，谋得小官。姜夔之举，却受到当时朝廷乐官们的集体妒忌、排挤和嘲笑，终被搁置不理。"晴窗日日拟雕虫，惆怅明时不易逢。二十五弦人不识，淡黄杨柳舞春风。"（《戊午春帖子》）姜夔感叹没人识货。

两年后，姜夔又进献朝廷《圣宋铙歌鼓吹曲》十二章，自称"鄱阳民姜夔"。南宋在金国面前，割地赔款，偏安江南，此时已成为金国的"侄皇帝"，哪里还是"圣宋"啊？这次宋宁宗很高兴，开恩下诏，同意免去姜夔科举乡试，直接参加礼部进士考试，结果又落第了。"囊封万字总空言，露滴桐枝欲断弦。时时悠悠吾亦懒，卧看秋水浸山烟。"（《湖上寓居杂咏》）这就是姜夔的宿命。他最终死了再博取功名的心。但是，在宋代词集里，唯有《白石道人歌曲》保存下来十七首自度曲，并且还有姜夔在旁边标注的工尺谱，这是流传至今唯一完整的南宋乐谱，现已成为中国音乐史上珍贵的遗产。因此，姜夔也像范成大存有组诗《田园四时杂兴》般，足以流芳千古。

"荷叶披披一浦凉，青芦奕奕夜吟商。平生最识江湖味，听得秋声忆故乡。"（《湖上寓居杂咏》）姜夔的一生，是忧伤和痛苦的一生。少年失去父亲，贫困好学，才名超人，从三十多岁时移居湖州，投靠诗友萧德藻和范成大。到四十岁左右时，再投奔张鉴兄弟。在这十多年里，一叶小舟，风里雨里，来往于湖州、苏州、杭州之间，仰人鼻息，讨生计。内心自负自尊、敏感脆弱，既向往陆龟蒙的隐居生活而不能，又欲追求仕途功名而不得，内心的纠结、挣扎和痛苦都化为诗词中的孤冷意境，"冷梅""孤雁"时常浮现在他的精神世界里。

"渐吹尽，枝头香絮，是处人家，绿深门户。远浦萦回，暮帆零乱，向何许？"（《长亭怨慢》）"一春幽事有谁知。东风冷，香远茜裙归。鸥去昔游非。遥怜花可可、梦依依。"（《小重山·湘梅》）"算潮水、知人最苦。满汀芳草不成归，日暮；更移舟，向甚处？"（《杏花天》）"天寒远挂一行雁，三十六峰生玉壶。""塞草汀云护玉鞍，连天花落路漫漫。""辨得煎茶有骄色，先生只合作诗穷。""万马行空转屋檐，高寒屡索酒杯添。"（《雪中六解》）读姜夔的诗词，感受不到他心中对生命的热情，只能感受到他人生之清苦。姜夔一生，从没有放弃过追求世俗功名，可命运和他开了个大玩笑。内心虽不情愿，却因生活贫困，不得已而低下一位文人自尊的头颅，生活所必需的经济基础，使他卑微地奔波于权贵之门。故此，姜夔做不到陶渊明的甘于贫困，做不像陆龟蒙的自我放达，更修炼不成苏东坡的圆融通透。他始终突破不了世俗的藩篱和牵挂，只能在孤冷、迷茫、痛苦中挣扎和纠结，顾影自怜，活成了一块"孤冷白石"。

庆元三年（1197年）正月十一日，姜夔移居临安后不久。元宵节前几天，夜幕下的杭州城已是满街花灯，皓月当空，车水马龙，人声鼎沸。姜夔和小女儿一起到街上赏灯，回忆起少年时光，更加感到老来悲凉。"巷陌风光纵赏时，笼纱未出马先嘶。白头居士无呵殿，只有乘肩小女随。花满市，月侵衣。少年情事老来悲。沙河塘上春寒浅，看了游人缓缓归。"（《鹧鸪天·正月十一日观灯》）南宋时期的元夕，东风夜放花千树，宝马雕车香满路，一夜鱼龙舞。姜夔一家没有欢度节日的兴奋，灯火阑珊处，一位中年男人的孤独背影慢慢消失在十字街头。

梅子的爱情

我这里所说的"梅子"，不是一般夏天做酸梅汤的果实，更不是三国时期曹操"望梅止渴"典故的主角，而是一位文武双全的北宋著名诗人。别人封他个外号叫"贺梅子"，其真实姓名为贺铸（1052—1125），字方回，自号"庆湖遗老"。

贺梅子外号很普通搞笑，可其人出身不凡。他是越州山阴（今浙江绍兴）人，生长于卫州（今河南卫辉），家族血统高贵，据说是唐代大诗人和重臣贺知章（659—744）的后代。贺知章是盛唐时期有名的"饮中八仙"之一，对"诗仙"李白有知遇之恩，为李白"金龟换酒"喝。贺知章退休后回到家乡，曾写出"少小离家老大回，乡音无改鬓毛衰。儿童相见不相识，笑问客从何处来"，这首《回乡偶书》不知赚取了多少游子的眼泪。晚年，贺知章退隐庆湖养老真实无误，故贺铸有意攀附其著名的先祖，自号"庆湖遗老"。此外，贺铸还是宋太祖贺皇后的族孙后代，正宗皇亲国戚。贺铸年少读书，博学强记，任侠喜武，爱谈国事，豪气干云。到了谈婚论嫁的年纪，迎娶北宋王朝赵家的宗室之女做老婆。妻子是金枝玉叶，家教优良。有了这样的人脉和背景，贺铸想低调都难。加之性格使然，嫉恶如仇，口无遮拦，对待权贵名人，稍不中他的意，便"极口诋之无遗辞"，把人家骂得狗血喷头。贺铸以这样的性格混迹官场，仕途前景可想而知。

　　贺铸十七岁离家赴首都汴京打工时，根本就没想走科考入仕这条文人之路。他依靠裙带关系，曾任右班殿直、监军器库门、出监临城县酒税等小官职，即当上保安、警察之类的武官。元丰元年（1078 年），改任滏阳都作院。五年后，赴徐州，领宝丰监钱官。十年之间，贺铸所任皆冷职闲差，没有显赫的实权，郁郁不得志。元祐三年（1088 年），贺铸赴和州任管界巡检，仍是位低事烦的武官，不遂其愿。在北宋重文轻武的政策之下，官员没有进士及第的出身，很容易被人所轻视。比如，宋仁宗时的大将军狄青，功名赫赫，即使做上副宰相的职位，还是被文彦博、苏轼等文人官员瞧不起。不久，贺铸因苏轼、李清臣等人的推荐，改行到文职序列，任承事郎、为常侍，人生仕途命运开始拐弯。绍圣二年（1095 年），授江夏宝泉监。元符元年（1098 年），因母丧丁忧去职，游历或居住在苏、杭一带。崇宁四年（1105 年），迁任宣德郎，通判太平州。大观三年（1109 年），以承议郎致仕，退居苏州。贺铸一生，因尚气使酒，总体上悒悒不得志。因为其家藏书万余卷，贺铸不附权贵，闭门读书、校书，以写作终老，留世《庆湖遗老前集》《庆湖遗老后集》和《东山词》。

　　贺铸虽然长相粗糙、丑陋，并在官场上不甚得意，在情场上却是一个很有故事的人。"重过阊门万事非，同来何事不同归。梧桐半死清霜后，头白鸳鸯失伴飞。原上草，露初晞。旧栖新垄两依依。空床卧听南窗雨，谁复挑灯夜补衣。"（《鹧鸪天·半死桐》）这首词是贺铸为其妻赵氏所作的悼亡词。

　　贺铸一生沉沦下僚，家境清寒。而赵夫人虽贵为皇族千金小姐，却能勤俭持家，两口子相亲相爱。不幸，妻子中年病故。古诗文中，常以"梧桐半死"喻指丧偶，唐代的白居易曾用"半死梧桐老病身"句以自况。贺铸退居苏州之后，"琴哀半桐死"，郁闷伤心，便以"半死桐"为题填词《鹧鸪天》，以寄托自己深沉的哀思，追忆夫妻恩爱时光。"阊门"指苏州西门。贺铸想起和自己相濡以沫的妻子已长眠地下，不禁悲从中来。眼前的一切，都不能令他开心。夫妻俩曾一起携手来过，为什么这一次你却不和我一同归来呢？你走了，我如同秋霜过后，半死的梧桐树一般凄惨零落，也像失去伴侣的白头鸳鸯那样独自孤飞。仿佛听到谁在吟唱汉代乐府的丧歌《薤露》："薤上露，何易晞！露晞明朝更复落，人死一去何时归？"又仿佛看到绿草上的露珠刚刚被晒干。我不断徘徊在昔日的爱巢和你的新坟之间，久久不愿离去。这样的深夜，我独自躺在空床上，听着雨点敲打着南面窗户的声音，伤心难过。以后有谁还会在夜晚为我挑亮灯光、缝补破旧的衣裳呢？！糟糠之妻，夜里挑灯为丈夫缝补衣服，这是家庭生活中最温馨的画面。这世界上夫妻恩爱、生活甜美的日子，都是用一针一线缝补、编织出来的啊！

贺铸二十九岁时，还没有到婚姻的"七年之痒"期，曾深情地写过一首《问内》诗："庚伏厌蒸暑，细君弄针缕。乌绨百结裘，茹茧加弥补。劳问'汝何为，经营特先期？''妇工乃我职，一日安敢堕？尝闻古俚语，君子毋见嗤。瘿女将有行，始求然艾医。须衣待僵冻，何异斯人痴？蕉葛此时好，冰霜非所宜'。"夏日酷暑天气里，妻子忙着为自己缝补冬天才穿的旧衣服。我问她为什么这样着急呢，她说，这就是我做妻子的职责所在啊！我听说有个古代笑话是这样的：有一人家的姑娘临出嫁那天，父母才去请医生治疗脖子上的大瘤子，这样黄花菜都凉了。我若等到冬天再去缝补衣服，岂不是和这位姑娘的父母一样让人嗤笑吗？贺铸生动地记录了夫妻之间的这一段对话，还原春婚后日常生活的温馨场景。伉俪之爱，幸福时光，妻子贤惠、勤俭的形象跃然纸上，让人羡慕不已。现在的小夫妻，可能因为做饭、洗碗、遛狗、回谁家过年等生活琐事而大闹家庭矛盾，立马就去离婚。若能遇到赵氏这样的妻子，贵为皇族千金，却如此贤淑、达理，真是打着灯笼、积了八辈子阴德才能找得到啊！贺铸悼念去世的妻子，撕心裂肺般的感受很正常。直到今天，我们也能理解。

北宋时代，文人士大夫的日子过得比较滋润。因为，宋朝官员俸禄优厚，政策宽松，思想开放，注重生活雅致的品位。士大夫在家里养几位美伎歌女招待客人，或到勾栏瓦肆饮酒泡妞等行为，皆为社会时尚。比如，宋真宗时，耿直、清廉的宰相寇准家里就养有不少歌伎舞女。两宋诗词中，吟咏爱情的太多，而大多数却是表达与歌伎之间存在着剪不断、理还乱的离愁情愫。如柳永、苏轼、秦观、周邦彦等人，都是这方面的高手。对患难夫妻伉俪之情的表达，除苏轼在《江城子·乙卯正月二十日夜记梦》中的"十年生死两茫茫，不思量，自难忘"外，还很少读到贺铸此类的作品。故此，在中国古代文学史上，贺铸的这阕《鹧鸪天·半死桐》与西晋美男子潘岳的《悼亡》诗、唐代元稹的《遣悲怀》及苏轼的《江城子·乙卯正月二十日夜记梦》四首诗词，皆以真挚沉痛的夫妻深情，打动后世人心，保持着永恒的文学艺术魅力。这四首诗词，并列成为不朽的经典悼亡诗篇。

悼亡诗词，情深意长，感天动地，咏之难忘。但在对待妻子的爱情忠贞上，男人一般都是靠不住的。

西晋的潘岳因为有才华，又长得太标致，成为"大众老公"。潘岳每次走在洛阳的大街上，女人们围观他"追星"，纷纷向他扔鲜花水果，此乃"掷果盈车"典故。潘岳擅长写锦绣文章，对发妻杨氏一往情深。其写的《悼亡》诗"如彼翰林鸟，双栖一朝只。如彼游川鱼，比目中路析"，缠绵悱恻，如泣如诉。可他却热衷于参与宫廷斗争，德有瑕疵。在"八王之乱"中，为虎作伥，最后落得满门抄斩，身首异处。

唐代的元稹，更是一位风流诗人。为了快速当上大官，抛弃初恋情人崔莺莺后，以婚姻为梯，攀附上韦家大小姐为妻，仕途上实现"弯道超车"。妻子韦丛死后，他写首《遣悲怀》诗哀叹道："诚知此恨年年有，贫贱夫妻百事哀。"曾经表白自己坚持"爱情至上"主义，"曾经沧海难为水，除却巫山不是云。取次花丛懒回顾，半缘修道半缘君"（《离思》）。可是不久，元稹就和才女薛涛"姐弟恋"了，还给薛涛写有不少求爱诗。与薛涛分手之后，元稹又追求唐代歌坛大明星刘采春。

苏轼也是如此，为妻子王弗声泪俱下地写下"千里孤坟，无处话凄凉。相顾无言，惟有泪千行"，也曾向死去的美姜王朝云表白"离情已逐晓云空，不与梨花同梦"的深情。同样，贺梅子对妻子的爱情也没能做到始终坚贞如一。在这点上，他们都比不上"拗相公"王安石和"司马牛"司马光对夫妻之间的感情专一，虽然他们两位北宋政坛牛人对妻子从没写过表达情爱的诗词。因为，这两位大咖心中的"诗和远方"属于山川河流，不会属于家庭生活。真正深厚的夫妻之情表现出来，往往是平淡无味的，琐碎烦人的，磕磕碰碰的，富有烟火气的，是不可能或不必写成诗词给外人看的。

元符元年（1098 年）六月，因母亲去世，贺铸辞去江夏宝泉监的职务，回到苏州，丁忧三年。后来，干脆把全家搬到苏州城居住，又在城外的横塘购买一块地，修建一处郊区别墅居住。

宋代的苏州亦然是水乡泽国，到处河流交织。一般来说，东西向的叫纵浦，南北向的叫横塘。横塘在苏州城西南十多里，是一个横贯南北的大塘，成为连接苏州城内外的水路交通枢纽，此处与胥江、越溪、京杭大运河交汇。向南可直下太湖，距离南宋时范成大隐居的石湖不远。范成大曾有诗云："南浦春来绿一川，石桥朱塔两依然。年年送客横塘路，细雨垂杨系画船。"（《横塘》）就是指这里。

自古以来，苏州风景如画，气候宜人。贺铸经常乘坐一叶扁舟，在河水上穿梭，往来于城内外这两处居所。有一年的春末夏初时节，芳草满川，春水荡漾，杨柳依依，白絮如雪，梅子初结。在这富有诗情画意的环境中，贺铸与爱情不期而遇，撞了个满怀。

凌波不过横塘路，但目送、芳尘去。

锦瑟华年谁与度?

月桥花院，琐窗朱户，只有春知处。

飞云冉冉蘅皋暮，彩笔新题断肠句。

试问闲情都几许?

一川烟草，满城风絮，梅子黄时雨。(《青玉案·凌波不过横塘路》)

"凌波"，即美人。出自三国时曹植的《洛神赋》："凌波微步，罗袜生尘。"美人的脚步，在横塘前匆匆飘过去，我只能呆呆地目送她的倩影渐行渐远，这让人忧伤。是哪位幸运的男人，能陪伴着这样的绝色美人度过芳华? 我猜想她是住在月下桥边的花苑里，还是住在绮窗朱门的深宅大院里呢? 只有春风才能知道确切答案。云彩舒卷，城郊将暮，我挥起彩笔，写下这断肠的诗句。若问我的愁绪究竟有多少、有多重，就像那满川一望无际的青草生烟，满城乱飞的杨絮，梅子黄时的绵绵细雨。就是这首词，为贺铸赢得"贺梅子"的外号。

以前，诠释这首词的含义是多元化的。有人认为贺铸用这首词表达自己为人耿直、不媚权贵的傲骨，用"美人""香草"自比高洁、孤寂，抒发他怀才不遇的心情。现代的唐宋诗词注释者总习惯于表达政治观点正确，非要找出诗词里有什么教育意义，比如大文豪郭沫若注解杜甫诗，把杜甫划分到"地主"阶级看待。现在看这种注解方式，其实真的很幼稚、很扯淡。贺铸这首词无他意，只是表达邂逅不知姓名的美女，并一见钟情地单相思。这么说，是有资料可佐证的。

贺铸同时代的好朋友李之仪在其《姑溪居士前集》卷《题贺方回词》中记载："右贺方回词。吴女婉转有余韵。方回过而悦之，遂将委质焉。其投怀固在所先也。自方回南归，垢面蓬首，不复与世故接。卒岁注望，虽传记抑扬一意不迁者，不是过也。方回每为吾语，必怅然恨不即致之。一日暮夜，叩门坠简，始辄异其来非时，果以是见补。继出二阕，已尝报之。曰：'已储一升许泪，以俟佳作。'于是呻吟不绝，泪几为之堕睫。尤物不奈久，不独今日之叹。予岂木石哉! 其与我同者，试一读之。"

李之仪也是"情圣"，曾写有"我住长江头，君住长江尾。日日思君不见君，共饮长江水"(《卜算子》)，至今仍脍炙人口。李之仪亲自证实了贺铸这首词中的爱情故事发生的背景和过程。苏州有位温婉女子，贺铸只一次遇见，便喜欢上了她，就想下聘礼娶她。之前，二人也曾见过面。贺铸退居苏州后，整天蓬头垢面，无精打采，不愿与官场和朋友们过多交往，终日盼着和美女约会，就连那传记故事里的痴男怨女也比不上他专情。见不到美女，他很伤心。有天晚上，他来到我家，我很奇怪，这么晚来干什么呢？原来，他来告诉我那位美人死去了。他拿出以前给我说起过的两阕词，哽咽道：我的眼泪流了一升，这两首词可谓是爱情绝唱。于是，他反复吟咏，呻吟不已，泪如雨下。世间好物不坚牢，彩云易散琉璃脆。向来如此啊！我不是铁石心肠之人，与我同感的人，请品读其中的悲伤吧。

李之仪确实悲伤着朋友的悲伤，随填一阕《青玉案·用贺方回韵，有所祷而作》："小篷又泛曾行路，这身世、如何去。去了还来知几度。多情山色，有情江水，笑我归无处。夕阳杳杳还催暮，练净空吟谢郎句。试祷波神应见许。帆开风转，事谐心遂，直到明年雨。"

贺梅子在这阕词中所表达的深情和忧伤，凄美哀婉的情绪击中太多人的心灵。"试问闲情都几许？一川烟草，满城风絮，梅子黄时雨"句子中的三种意象，化抽象的情思为可见的形象，构思奇妙，堪称绝唱，也被后来的南宋、金诗人赋予更多的情感表达。自此后人步其韵唱和、仿效者，多达二十五人二十八首之多，真乃蔚为大观，不绝如缕。这一现象，堪称唐宋词史上的奇迹。

贺铸给李之仪展示的另一阕词，诉说着同样的故事和心情，格调依旧缠绵伤感。"兰芷满芳洲，游丝横路，罗袜尘生步，迎顾。整鬟颦黛，脉脉两情难语。细风吹柳絮，人南渡。　回首旧游，山无重数。花底深朱户，何处？半黄梅子，向晚一帘疏雨。断魂分付与，春将去。"（《感皇恩》）水边洲岸上，长满香兰和白芷，空气中有游丝在飞浮。她移动着轻盈的脚步，迎着我走来，小心地整理着发鬟，皱着双眉，脉脉含情，羞于开口。轻风将柳絮吹散，我将南渡而去。回想从前的同伴，仍隔着无数重青山。那隐藏在花丛深处的朱门人家，如今在何方呢？又到梅子半黄时节。傍晚，天上下起疏疏落落的细雨。我暂且把忧伤的心绪托付给春天吧，让她把春天带走也好。

暮春时节，贺铸眼前和心里的芳草、美人、飞絮、南浦、落花、朱户、梅子、疏雨等意象，如电影一样，又回放一遍。既然不能长留在我的怀里，为什么你要来到我的世界呢？"谁道闲情抛掷久？每到春来，惆怅还依旧。"（冯延巳《鹊踏枝》）贺铸柔肠寸断，哪里还有赳赳武夫的样子呢？贺铸患上单相思，病得还不轻，却又不敢大胆去追求。等到美人死去，思念伤心。究其原因，他是缺乏男子汉在美女面前的自信，心里的自卑感太强啦！

贺铸没有参加过科考，属于武官出身，官阶不高，家里并不富裕。另外，他的长相奇丑无比。据史载，贺铸皮肤粗糙，黝黑如铁，口角歪斜，头发稀少秃顶，身高却达两米多，像一座黑铁塔，形象有点像我国二十世纪八十年代的篮球明星穆铁柱。这样的容貌，在江南美女面前，自卑敏感，肯定产生心理障碍。按照现代心理学的理论，自信的人都很低调温柔。自卑感越强的人，往往性格越狂傲骄横，以引起别人的注意。贺铸张狂火暴、不容忍别人的性格，肯定与其自卑的心理劣势有关。

北宋词人叶梦得曾与贺铸来往密切，也是好朋友。在他所写的《贺铸传》中，说贺铸确实口才好，最喜欢口无遮拦地抨击别人。一旦有人稍微不顺他的眼、不如他的意，便极口贬低，一点也不留情面，更不会考虑别人的感受。如此性格，在官场、情场处处碰壁纯属正常。贺铸退居苏州期间，不愿与外人交往，患上了社交恐惧症。偶遇心仪的美女，只好靠单相思意淫来满足其敏感脆弱的心理。从他所写的很多与其形象极不相符的艳情诗词中，我们今天仍可以窥视其心理上的蛛丝马迹。

"绣幕深朱户，熏炉小象床。扶肩醉被冒明珰，绣履可怜分破两鸳鸯。梦枕初回雨，啼钿半离妆。一钩新月渡横塘，谁认凌波微步袜尘香。"（《南歌子》）

"罗襟粉汗和香泣，纤指留痕红一捻。离亭再卜合欢期，寻见石榴双翠叶。危楼欲上危肠怯，纵得鸾胶难寸接。西风燕子会来时，好付小笺封泪帖。"（《木兰花》）

"闲情减旧。无奈伤春能作瘦。桂楫兰舟。几送人归我滞留。西门官柳。满把青青临别手。谁共登楼。分取烟波一段愁。"（《减字木兰花》）

"南浦东风落暮潮。被褯人归，相并兰桡。回身昵语不胜娇。犹碍华灯，扇影频摇。重泛青翰顿寂寥。魂断高城手漫招。佳期应待鹊成桥。为问行云，谁伴朝朝。"（《摊破木兰花》）

"东风柳陌长，闭月花房小。应念画眉人，拂镜啼新晓。伤心南浦波，回首青门道。记得绿罗裙，处处怜芳草。"（《生查子》）

"天与多情不自由。占风流。云闲草远絮悠悠。唤春愁。试作小妆窥晚镜，淡蛾羞。夕阳独倚水边楼。认归舟。"（《添声杨柳枝》）

"花院深疑无路通。碧纱窗影下，玉芙蓉。当时偏恨五更钟。分携处，斜月小帘栊。楚梦冷沉踪。一双金缕枕，半床空。画桥临水凤城东。楼前柳，憔悴几秋风。"（《小重山》）

"吴门春水雪初融。触处小桡通。满城弄黄杨柳，著意恼春风。弦管闹，绮罗丛。月明中。不堪回首，双板桥东，罨画楼空。"（《诉衷情》）

"枕上闻门五报更。蜡灯香炧冷，恨天明。青苹风转彩帆轻。樯头燕，多谢伴人行。临镜想倾城。两尖愁黛浅，泪波横。艳歌重记遣离情。缠绵处，翻是断肠声。"（《小重山》）

"车马匆匆。会国门东。信人间、自古销魂处，指红尘北道，碧波南浦，黄叶西风。墝馆娟娟新月，从今夜、与谁同。想深闺独守空床思，但频占镜鹊，悔分钗燕，长望书鸿。"（《好女儿·国门东》）

"急雨收春，斜风约水，浮红涨绿鱼文起。年年游子惜余春，春归不解招游子。留恨城隅，关情纸尾，阑干长对西曛倚。鸳鸯俱是白头时，江南渭北三千里。"（《踏莎行·惜余春》）游子年年惜春，可谓专情于春天久矣！可春天归去时，却对老朋友连一声招呼也不打就跑了。真不够哥们交情！鸳鸯还可以共白头，有情人总是相距三千里路遥。春天，就如同那位美女般绝情吧。

"清琴再鼓求风弄，紫陌屡盘骄马鞚。远山眉样认心期，流水车音牵目送。归来翠被和衣拥。醉解寒生钟鼓动。此欢只许梦相亲，每向梦中还说梦。"（《梦相亲》）汉代的卓文君相貌姣好，眉色之美，如望远山。司马相如以一曲《凤求凰》做媒，抱得美人归。比之，贺铸的命太苦了！爱上一位姑娘，却没有机会和她接近。也想借琴声向她吐露爱慕之情，从她的眉宇间，看出她似乎也有点那个意思。今日春游出外踏青，她乘坐香车驰骋在京城大街上。我骑着骏马，紧跟在车的后面。最终，也只能目送香车远去，耳畔空留车马奔跑的声音，她连看我一眼也没有。贺铸回到家里，独自喝一通闷酒。夜深人静，连衣服也懒得脱，抱着被褥，倒头便睡。酒醒后，只觉得浑身发冷。窗外，响起报时的更鼓声。唉！我心爱的人儿啊，只能在梦里亲热亲热了。在梦里，我又向她诉说着这些美好的梦境。

之所以罗列品读贺铸这么多香艳的诗词，就是为了看清楚他精神世界的幽暗。如此单相思的爱情，把贺梅子折磨得死去活来。他的悲伤难以排解，只好不停地向暗恋的"她"写诗词倾诉。在这一点上，他像极了唐代前辈诗人温庭筠。贺铸和温庭筠有太多相似的地方，两位失恋的大男人如同仗剑走天涯的英雄般，惺惺相惜。温庭筠为唐初宰相温彦博的后裔，同样出生在一个没落的贵族家庭里。温庭筠少年时，富有天赋，文思敏捷，八叉着手而立成八韵诗，故有"温八叉"或"温八吟"之外号。温庭筠屡试不第，恃才不羁，讥刺权贵，不受羁束，纵酒放浪，终身潦倒。温庭筠也是一位长相极为丑陋的大才子。仕途不顺后，温庭筠专心"倚声填词"，曾与李商隐交好，诗坛地位比肩齐名。温诗辞藻华丽，秾艳精致，内容多写闺情。温词刻意求精，注重文采和声情，是开创唐代"花间派"诗词的重要推手，被中国古典文学史尊称为"花间派"之鼻祖，对唐宋诗词的发展影响很大。在这凄美的梦境中，贺铸或许在心中发问道：老温啊，为什么我们俩都是"被爱情遗忘的角落"呢？咱们二人的才气、品格、性情等内在素质，都如莲花一样美，可命运却和莲子一样清苦啊！

> 杨柳回塘，鸳鸯别浦，绿萍涨断莲舟路。
> 断无蜂蝶慕幽香，红衣脱尽芳心苦。
>
> 返照迎潮，行云带雨，依依似与骚人语：
> 当年不肯嫁春风，无端却被秋风误！（《踏莎行》）

　　绿柳环绕着池塘，鸳鸯在水中游憩。绿色的浮萍铺展开来，把采莲小舟来往的水路遮断了。此地太偏僻了，采莲女都不愿意来这里采摘莲子，浪蜂狂蝶更不肯光顾。荷花在寂寞中，默默地褪尽红色，仅剩下孤苦的莲心。夕阳的余晖在闪着光亮，映照着浦口涌来涌去的晚潮。流动的云彩，带来凄冷的雨丝。残荷在晚风中轻轻摇曳，仿佛在忧伤地向我诉说内心的遗憾：当年，我不愿在春天和百花争艳。如今，却无端地被秋风耽误一生！

　　贺铸一生，在其所创作的诗词中所表达出的单相思爱情，美艳缠绵，如醉如痴，像罂粟花般诱人。这些只能存在于他的梦幻里，满足一位多情善感却内心自卑敏感的"丑"男人意淫心理罢了。而那些生长在偏僻池塘里的荷花，独自开放，无人欣赏，孤独清苦，零落成泥，于苦涩中蕴含着层次丰富的甘甜回味。我想，这意象如同他与"金枝玉叶"的原配赵氏妻子"清水白菜"般的日子，这才是贺铸的爱情，也是他的仕途，更是他的人生写照吧。

南宋一位乡村少年的两次人生逆袭

　　出生于北宋、成长于南宋时代的王十朋（1112—1171），自号"梅溪"，是一位典型的奔跑在浙江乐清县梅溪村田野里的乡村少年。

在两宋文人士大夫群英荟萃的时代，王十朋从出身、名气、诗文和从政业绩等几个侧面来看，他与晏殊、范仲淹、韩琦、富弼、王安石、欧阳修、苏轼、苏辙、曾巩、黄庭坚、司马光、陆游、杨万里、范成大、辛弃疾、朱熹、文天祥等众人相比，绝对不在一个重量级上。但是，他凭借着自己对人文精神的坚守和气节，完成了一位乡村少年的两次人生逆袭，不得不为他点赞。至今，有关他的爱情故事仍活跃在江南地区的戏剧舞台上，表达着社会普通老百姓心中固有的价值判断。

作为乡村少年，王十朋的第一次人生逆袭很艰难，但确实是蛮"拼"的。王十朋与两宋诸多"明星"文人出身官宦世家、人脉资源广泛不同，他出生在农户之家，往前数八辈子都没有家人做仕宦的记录，是一位典型的乡村少年。或许是基因突变缘故，王十朋少年早慧，颖悟强记，七岁入私塾，十四岁学通经史，诗文闻名遐迩，少年时期忧国忧民的志向和故事至今还让人津津乐道。王十朋从十七岁开始，才正式从师攻读经学诗文，决心走科举入仕之路。二十九岁那年，初试失利。其后，他边聚徒讲学，半工半读，苦读备考，历经十五年的屡败屡战，终于大器晚成。

南宋绍兴二十七年（1157 年），王十朋已经四十六岁。这年遇到宋高宗亲自主持殿试，擢王十朋为状元。"朝为田舍郎，暮登天子堂。"真是一鸣惊人天下知。别人怀宝剑，他有笔如刀，他成为宋孝宗和宋光宗两位皇帝的老师。入朝为官后，王十朋一直力主抗金恢复中原的政治主张，与宋高宗为主的议和派尿不到一个壶里，被排斥回乡。等到宋孝宗即位后，王十朋仍不改政治主张，正好与宋孝宗初期时的抗金思路合上了拍，受到重用。后来，王十朋在泉州做市长时，德能勤绩廉各方面都甚佳，群众评价很高。乾道五年（1169 年）冬天，当王十朋卸任离开泉州时，群众自发站立在街道两旁，依依不舍，涕泪横飞，苦苦挽留。有些人甚至采取极端做法，把他必经之路上的桥梁拆断，逼他留下。王十朋不得不绕道"逃"走。金杯银杯不如老百姓的口碑，当地百姓重新修复被拆断的桥梁，新桥命名为"梅溪桥"。

宋代有比唐代更为完善、开明的科举制度，使贫寒庶族可以通过科考进入仕途，王十朋就是这一制度的受益者。"我岂不欲仕，时命不吾与。"读书改变命运，参加科考十五年，在四十六岁高中状元，为时不晚。作为一位乡村少年，要说应该珍惜这光宗耀祖、实现人生反转的大好机会，可王十朋不这么想。他明确表示自己读书的目的不是单纯地为了科考，而是为求道。"读书不知道，言语徒自工。求道匪云远，近在义命中。吾儒有仲尼，道德无比崇……孰识孝与弟，理与神明通。为臣不知此，事上焉能忠。"（《畎亩十首·其三》）明理孝悌，为臣尽忠。加强自身人格修养的完善，向孔子致敬，才是读书之正道。"我家素孤寒，金玉苦无储……性情乃良田，学问为耘锄。"（《和符读书城南示孟甲孟乙》）家里贫穷如洗，但读书是为了更好地修身养性，追求学问，并为自己身后留下清白的名声，不能让后人非议自己。"兀兀窗下士，笔耕志良苦。黄卷对圣贤，慷慨深自许……贪荣无百年，贻谤有千古。丈夫宜自贵，清议重刀斧。"（《畎亩十首·其八》）以圣贤为师，淡泊名利，人过留名，雁过留声，千万不能让自己遗臭万年。这就是王十朋同学的"论读书与自我修养"。

"君子之学，求于为己而已，初无心于求用也。学既足乎已用，自藏于中，可以安人，可以安百姓；无所施而不可用者，君子因其可用之资，遇其当可用之时，著其能为用之效。至若人之不我用也，君子必归之于天，而有所不顾恤焉。"每个人都是为了自己才开始读书的，而后是为了致用于社会实践。一旦有了用武之地，就要不负韶华，大干一场。但当自己不被重用时，皆是天意，不要有任何怨言，一定要修炼好自己的心性。乐天知命，必有福报。"君子之道有三。其未达也，修其所为；用其既达也，行其所当用；不幸而不遇，则处其所不用。修其所为，用则能尽已；行其所当用，则能尽人；处其所不用，则能尽天。"（王十朋《君子能为可用论》）作为一位读书人，王十朋非常明白自己为什么而读书，努力使自己成为有学问的君子，尤其是当读书人不受重用、人生失意的时候，更需要心安理得地享受这"不用之用"，把自己放在恰当的地方，不怨不伤，乐天知命，其精神境界确定高于一般读书做官论。

在王十朋心中，君子"不幸而不遇，则处其所不用，则能尽天"。君子有舞台时，就尽情发挥其才能；若没有舞台时，就心安理得地待在该待的地方。一生坚守初心和气节，比一时"得到提拔和重用"更有价值，决不能"知进而不知退"，更不能丧失独立人格去搞政治攀附，走歪门邪道。"权门迹不到，颜巷自安贫。"（《至乐斋读书》）"犹胜炙手辈，奔走趋公厅。"（《和韩诗·和答张彻寄曹梦良并序》）作为真正的君子，在仕宦与名节之间，应该首先选择名节。"居九夷而不陋者，夫子也，予不敢学。居陋巷而能乐者，颜回也，窃有慕焉。"（《和韩诗·和县斋有怀四十韵》）学习颜回居陋巷而不改其乐，很多读书人都会这么说，但做起来就变了样子，就连南宋爱国大诗人陆游为了自己的仕途，也曾和奸相韩侂胄"眉来眼去"，并因此受到后人诟病。

王十朋则能说到做到。他始终坚持这才是读书人对自身个体生命的尊重，才是正人君子之道。王十朋认真践行他的人生价值观，可谓"生逢其时"，又"生不逢时"。说他"生逢其时"，是因为他年近半百参加科举进士考试时，奸相秦桧已经死去。宋高宗是位玩驭权术的政治高手，他为了撇清和秦桧的关系，让秦桧承担为建立"绍兴和议"体制而干的那些误国害人勾当的责任，表面上做出"更化"的样子，要求考生必须针砭时弊，必须敢于向皇上提出尖锐的批评意见。王十朋信以为真，在廷试答卷中，"指陈时事，鲠亮切直"，抨击"有司以国家名器为媚权臣之具"，矛头直指已故权相秦桧，拿国家公权力欺上瞒下。并建言宋高宗应"正身以为本，任贤以为助，博采兼听以收其效"（《宋史·王十朋传》）。宋高宗为标榜自己"躬揽权纲，更新政事"的开明形象，大大称赞此对策"议论纯正"，亲擢王十朋为状元，并让王十朋到基层历练一下"知民事"的本领，再予以重用。

王十朋到基层后，自信心爆棚，干劲十足。一再表示自己做官的底线和原则是"它时上问苍生事，愿竭孤忠慷慨论"。以后，皇帝若问起苍生疾苦，我一定竭尽全力效忠，赤心一片，慷慨论事，"先忧后乐范文正，此志此言高孟轲。暇日登临固宜乐，其如天下有忧何"（《读岳阳楼记》）。决心在工作岗位上，以实际行动向先贤范仲淹学习致敬。

其实，王十朋的人生轨迹表明，他"生不逢时"才是真的。宋高宗表面上虽声称"更化"，言必"中兴"，但是，对外依旧固守自己与秦桧联手打造的"和议体制"。对内则君权独揽，继续任用秦桧余党。北宋时期形成的文人士大夫的家国情怀、敢言正直、气节风骨等人文精神逐渐丧失了，争权夺利的势利小人充斥朝廷内外。"富公昔使虏，厉色争献纳。臣节安敢亏，君恩以死答。煌煌中国尊，忍为豺狼屈。堂堂汉使者，刚气不可折。斯人嗟已亡，英风复谁接。衔命虏庭人，偷生真婢妾。"（《观国朝故事》）每每想起北宋仁宗朝时，富弼出使辽国，大义凛然，以死效忠，拒绝割地纳贡的光辉形象，令人感慨。可看看当下，苟且偷生之辈太多！男人们都是太娘娘腔了！

王十朋从不会看风使舵，仍旧"以必复土疆、必雪雠耻为己任。其所言者，莫非修德行政任贤讨军之实"。他不仅呼吁宋高宗对外起用忠义人才，切实加强战备，"以寝敌谋，以图恢复"，而且非议朝政曰："今权虽归于陛下，政复出自多门，是一桧死百桧生。"（《宋史·王十朋传》）目前的朝堂上，看起来皇帝掌握着实权，其实不然。真是一个秦桧死了，另一百个秦桧如雨后春笋般地冒出来！皇帝听着真的很刺耳、很恼火！

王十朋的政治主张，与宋高宗南辕北辙。因其言辞耿直，屡教不改，他的下场已经注定。宋高宗打发他出朝回乡做个闲职。王十朋心里平静如水，轻轻地挥一挥手，不带走一片云彩。"权门炙手非吾事""只合丘园作散人"（《剪拂花木戏成二绝》）让别人在权力中心热闹去吧，我则"采菊东篱下，悠然见南山"。

王十朋曾做过宋孝宗青少年读书时期的老师。宋高宗禅位宋孝宗后，孝宗下诏让他出任侍御史，王十朋依旧"历诋奸幸，直言无隐"，始终坚持以主战为国是。"逆虏何时正典刑，久闻诸将拥彊兵。中原未雪十年耻，圣主自劳千里征。""诸将年来已极荣，回看烟阁欠功名。八年犹未平淮甸，一战那能复帝京。"（《读亲征诏书二首》）宋孝宗不是不想恢复中原，也曾想试一试，但"隆兴北伐"最终失利。王十朋坚决反对撤罢主战派领袖张浚，却未被宋孝宗采纳。王十朋明白自己不合时宜，已无用武之地，决意再次退隐故乡，拒绝接受孝宗对他的权吏部侍郎任命。后来，南宋大理学家朱熹称颂他曰："在朝廷，则以犯颜纳谏为忠；仕州县，则以勤事爱民为职。"（朱熹《王梅溪文集序》）

隆兴二年（1164 年），王十朋回到乡下。但他并没有停止思考，做了一棵富有思想和温度的青青翠竹。"竹有君子节，青青贯四时。桃李媚春光，千株弄妖姿。世眼悦繁艳，畴能赏幽奇。君看桃李蹊，蹄毂纷争驰。君看竹林下，形影谁相随。七贤久沦没，高躅犹可追。吾家植千竿，风月足自怡。岂不竞时好，聊为岁寒期。"（《畎亩十首·其七》）在竹林之下，王十朋独自享受孤独。对仕途失意时，如何坚守自己的名节，他有着自己的独立选择和答案。"学者方未第，志在乎得耳。得则喜，失则非。故以登科为化龙，为折桂，春风得意，看花走马，昼锦还乡，世俗相歆。艳曰：仙子，天上归也。是特布衣之士诧一第以为天香耳。若夫学士大夫所谓香者，则不然。以不负居职，以不欺事君，以清白立身，姓名不污干进之书，足迹不至权贵之门，进退以道，穷达知命，节贯岁寒，而流芳后世，斯可谓之香。"（王十朋《天香亭记》）布衣学子，科考登第，春风得意马蹄疾，一日看尽长安花。衣锦还乡，世人羡慕。但文人士大夫不能以此而得意忘形，要以不负使命、不欺君主、不媚权势、清白做人、流芳百世为"天香"之标准。"科第之香，孰如名节之香。"在名节与仕途之间必须作选择时，名节应放在第一位，为此而丢官被贬，我也在所不惜。封建社会的文人士大夫对名节的看重和坚守，值得现在的公仆们学习和尊重。

"去年此日对清光,圣德能容一介狂。言略施行非不遇,身虽疏外亦何妨。"(《十月朔日偶书》)王十朋的第一次人生逆袭以自求归隐和享受孤寂落幕。但是,他的第二次人生逆袭,在锣鼓喧天的大众狂欢中华丽开幕。这可是他生前不曾料想到的"荣耀"。

王十朋死后多年,南宋最终被蒙古铁骑灭亡。这一时期,以王十朋为戏剧主角的《荆钗记》在江南民间走红,他成为戏剧舞台上和百姓心中的大明星,圈粉无数。直到二十一世纪的今天,《荆钗记》仍有黄梅戏、粤剧、越剧等几十个地方戏剧种类在上演。《荆钗记》的故事确实很老套,和北方流行的传统戏《铡美案》正好相反。戏曲中的王十朋,在还是乡下穷书生时,迎娶城里家庭条件好却不势利的钱家姑娘玉莲为妻,王家只能以荆钗为聘礼,让王十朋遂入赘钱府,做了上门女婿。后来,四十六岁的王十朋赴杭州科考高中状元,奸相万俟卨当场想把女儿许配给他,被王十朋坚决拒绝。后来,为保卫"爱情",对奸相万俟卨开展斗智斗勇的反抗。经过多次波折,最终坏蛋伏法,夫妻重圆,好人好报,皆大欢喜。王十朋忠于爱情,坚决不做"陈世美"的故事,最符合社会大众百姓的心理审美趣味和价值判断。老百姓赞美他、纪念他,把他化为心目中的"神"来祭奠和赞美。这是王十朋第二次人生逆袭的完美成功。

《荆钗记》里的王十朋,忠于爱情;庙堂之上的王十朋,忠于君国;归居乡里的王十朋,忠于内心。他活得很真实、通透和自我。"一箪食,一瓢饮,颜回之乐也。宅一廛,田一区,扬雄之乐也。是固无心于轩冕,亦不放志于山林,得乎内而乐乎道也。吾今游心于一斋之内,适意乎黄卷之中,师颜回,友扬雄,游于斯,息于斯,天下之至乐也。"(王十朋《至乐斋赋》)无论处于何种境地,其实快乐很简单,幸福就是你自己心里的感受而已。

向颜回和扬雄学习,箪食瓢饮的"孔颜乐处",生活一点也不用装。这是一种生活方式,更是一种精神归宿。正如清代朱轼所盛赞的那样:"观十朋之言行,昭昭乎若揭日月而行也。语云:世之所少者,非才也,气也。有是气者,浩然塞乎天地之间……"存乎于天地之间的浩然正气,正是古今世俗社会所需要的稀缺资源。

今天,我们从《荆钗记》的锣鼓声中,可以遥想北宋时代尤其是仁宗时期,文人士大夫的学识、道德、忠诚、气节、宽容、情趣等美好素质,构筑成中国古典人文精神的一座高峰。晏殊、范仲淹、富弼、欧阳修、苏轼、司马光等著名文人的人文修养达到新的境界,至今无人能够超越。但是,自从王安石和宋神宗极力合谋，采取最强硬手段全面推行变法以后，为清除反对变法的人，采取不择手段打击异己的做法，"天变不足畏，祖宗不足法，人言不足恤"，那还有什么政治和道德底线呢？岂不是后来王十朋看重的士人名节成为阻碍变法的一种累赘了？"罢黜中外老成人几尽，多用门下儇慧少年。"（《宋史·王安石传》）北宋士大夫的人文精神首次受到重创，并日渐式微。到了宋徽宗和奸相蔡京当权时，人文精神加速滑坡。宋室南渡，到了高宗时代，独相秦桧操纵权柄，任意利用台谏系统为其政敌罗织罪名，并开始制造"文字狱"，打击报复异己，也首开杀害文人之先河。文人们噤若寒蝉，士大夫精神走向衰落。等到了宋光宗、宋宁宗、宋理宗时代，皇帝昏庸，一代不如一代，韩侂胄、史弥远、贾似道等人长期弄权。奸相们为了私利，搞起"庆元党禁"，打击一切反对他们的声音，文人士大夫精神几乎荡然无存。

但幸运的是，文人中还有一位叫王十朋。他在面对权势、仕途和利益诱惑时，仍然始终不渝地坚守君子之道，保持住了一位读书人应有的气节和风骨。他恰似一股涓涓清流，时常浇灌在大众百姓的心田里，这才是他能完成人生第二次完美逆袭的原因所在。

我认为，王十朋第二次人生逆袭的意义，远远大于第一次。

黄庭坚的幸运与不幸

北宋元符三年（1100年）五月，宋徽宗即位。此时，距离黄庭坚被贬外地已过去六个年头。夏日的一个早上，晨曦微明，雨后初晴，绿树如碧，鸟鸣透窗。黄庭坚漫步在四川戎州（今宜宾市）的街头，翘首以盼着新皇帝登基后，从首都汴梁送来一丝阳光雨露，浩荡的皇恩滋润照拂一下自己干渴的心田。

唉……整整六年了！黄庭坚想起六年前被贬的情景，脸上露出一丝不易察觉的苦笑，真是造化弄人。

北宋元丰八年（1085年）三月，宋神宗去世，还不到十岁的宋哲宗赵煦即位，高太后垂帘听政，原属于元祐旧党的苏轼兄弟、司马光等人又获重用，纷纷回到北宋的权力中心，指点江山，激扬文字，这是一段属于他们的美好时光。元祐元年（1086 年），新宰相司马光推荐黄庭坚参与校订由他编著的《资治通鉴》，并受命编写《神宗实录》。正因为他坚持实事求是的工作态度，不刻意美化宋神宗，为以后政敌留下攻击的把柄。元祐八年（1093 年）九月，偏爱旧党的高太后去世，哲宗亲政后，起用新党，北宋政坛"翻了烧饼"。苏轼、司马光、黄庭坚等一批旧党的好日子一去不复返。

绍圣元年（1094 年），宋哲宗拜新党章惇、蔡卞为相，开始打击清理旧党。章惇从黄庭坚编撰的《神宗实录》中摘取一千多条内容，质问黄庭坚为什么把没有考证、有损于神宗光辉形象的事件编进去。黄庭坚不为尊者讳，固执地反驳道："我写的都是实事，有些还是亲眼所见！"宋哲宗知道后，恼羞成怒。这年十二月，黄庭坚被诬以"修先帝《实录》，类多附会奸言，诋斥熙宁以来政事"之罪名，被贬四川涪州别驾，黔州（今彭水）安置。此时，老师苏轼正走在被贬广东惠州的路上。一听到被贬，黄家人和朋友都眼泪汪汪，唉声叹气。黄庭坚却神色自若，回到家中，倒床便呼呼大睡，鼾声如雷。

绍圣二年（1095 年）正月，春节刚过，北风劲吹，雪花如席，天寒地冻，道路阻塞。黄庭坚带着家人，赶往贬地黔州。自此，五十一岁的黄庭坚就开始后半生的谪居生涯，直到孤苦伶仃地在广西宜州（今河池）去世。

这是黄庭坚后半生的不幸。

然而，幸运的是黄庭坚有位好大哥。兄弟手足之情深，能温暖化开寒冰。弟弟遭到被贬岭南的厄运，长兄黄大临（字元明）决定陪同弟弟一家赴任。一行人在春节后的浓浓年味中，出汴京，经陈留、尉氏、许昌，后渡汉水、过江陵、溯长江、到夔州，再翻过一百八十盘鸟也飞不过去的高山，越过风急浪高的四十八个渡口，颠沛流离，有难同担。"尺五攀天天惨颜，盐烟溪瘴锁诸蛮。平生梦亦未尝处，闻有鸦飞不到山。风黑马嘶驴瘦岭，日黄人度鬼门关。黔南此去无多远，想在夕阳猿啸间。"（黄大临《题哥罗驿竹枝词》）一路上历经艰险，九死一生。黄大临每次回想起这次远征，都后怕得心惊胆战。

哥俩相互鼓励帮助，不远千里，于当年四月，抵达贬所。等把弟弟黄庭坚一家的生活安排停当后，已到六月。黄大临挥泪北归，临走写首诗鼓励弟弟。哥俩依依惜别，泪眼婆娑，黄庭坚次韵和之。"万里相看忘逆旅，三声清泪落离觞。朝云往日攀天梦，夜雨何时对榻凉。急雪脊令相并影，惊风鸿雁不成行。归舟天际常回首，从此频书慰断肠。"（黄庭坚《和答元明黔南赠别》）离家万里，身处逆境，猿声悲鸣，伤心之泪洒落在送别的酒杯中。往日的人生理想濒临破灭，夜雨淅沥寒凉，不知何时才能和大哥对床卧谈啊？还是以后多写信吧！"夜雨对床"指亲友或兄弟久别重逢的喜悦，典故出自唐代韦应物的"宁知风雪夜，复此对床眠"（《示全真元常》）。白居易也有句"能来同宿否，听雨对床眠"（《雨中招张司业宿》）。苏轼对弟弟苏辙也表达过"雪堂风雨夜，已作对床声"（《初秋寄子由》）。"辜负当年林下意，对床夜雨听萧瑟。"（《满江红·寄子由》）"脊令"一词，语出《诗经·小雅·棠棣》："脊令在原，兄弟急难。"脊令鸟在风雪中相互取暖，鸿雁离群孤飞。正如黄庭坚兄弟情深，令人动容。

"万里黔中一漏天，居屋终日似乘船。"这就是黄庭坚在黔州的生活环境。但他很快就适应了这种被贬谪的日子，心情豁达坦然，日常轻松自在。"浮云一百八十萦，落日四十八渡明。鬼门关外莫言远，四海一家皆弟兄。"（黄庭坚《竹枝词二首·其一》）吾心安处即故乡。"莫笑老翁犹气岸。君看，几人黄菊上华颠。戏马台南追两谢。驰射。风流犹拍古人肩。"（黄庭坚《定风波·次高左藏史君韵》）"两谢"，谢灵运和谢朓，那可是值得学习的魏晋南北朝时期的诗人榜样。

绍圣四年（1097 年），黄庭坚的表兄张向被任命为夔州路最高长官。张向为避嫌，向朝廷奏请给黄庭坚换个地方。是故，绍圣五年六月，黄庭坚来到新的贬所四川戎州（今宜宾）。元符三年（1100 年）一月，宋哲宗去世，宋徽宗非常幸运地登上皇位。

宋徽宗即位后，按惯例大赦天下。这年十二月，黄庭坚接到诏令，"复宣义郎、监鄂州城盐税，并还所夺勋赐"。官复原职，黄庭坚即从宜宾东归。到达峡州时，又得到改任舒州并被召入京、任吏部员外郎的好消息。但是，黄庭坚不愿再回到京城权力核心圈。北宋建中靖国元年（1101 年）四月，黄庭坚到达江陵（今湖北荆州市）后，立即上表请辞，祈求徽宗皇帝允许他到安徽太平州（今当涂县）或无为县任州长。于是，一家人便停止前行，滞留在荆州，等待着朝廷的批复。

客居荆州期间，州长马城对黄庭坚很友善，生活上也很照顾。此时，荆州承天寺刚刚新建成一座佛塔，马州长诚邀黄庭坚作《承天寺塔记》，并刻石立于寺院，署名"作记者"黄庭坚、"立石者"马城。当时在场的还有湖北转运判官陈举，他也很想青史留名，要求一并署名刻石，但被黄庭坚当场拒绝。领导要求署名，你却不干，让这拍马屁的大好机会白白失去了。陈举觉得很没面子，怀恨在心。黄庭坚（字鲁直）真是直性子，这下得罪了小人领导，为此耿直性格付出人生最为惨痛的代价。

崇宁元年（1102年），黄庭坚一家的春节过得很平静。正月二十三日，黄庭坚从荆州出发，准备回江西老家看看。途经湖南岳阳时，专门登上岳阳楼，一睹杜甫、李白、范仲淹等前辈留下的光辉诗篇。凭栏远眺，感慨万千，能活着回来并重新获得工作岗位实属万幸！此时，风雨潇潇，阴云低垂，连日不开，湖水浑浊，山岳潜形，看不到"上下天光，一碧万顷；沙鸥翔集，锦鳞游泳；岸芷汀兰，郁郁青青"的八百里洞庭美景。黄庭坚满目萧然，感极而悲。"投荒万死鬓毛斑，生出瞿塘滟滪关。未到江南先一笑，岳阳楼上对君山。满川风雨独凭栏，绾结湘娥十二鬟。可惜不当湖水面，银山堆里看青山。"（黄庭坚《雨中登岳阳楼望君山二首》）噫！微斯人，吾谁与归？只有黄大临大哥和苏轼老师及秦观、张耒等几位好哥们吧？

离开岳阳楼，进入故乡江西，黄庭坚的心情随之轻松许多。途经修水南下，过万载和宜春，直接前往萍乡。此时，萍乡县长正是大哥黄大临，接到弟弟来信说回家相聚，高兴万分。"路入前村信马行，野花香好不知名。官卑无补公家事，时向田家问耦耕。"（黄大临《入萍乡道中》）黄大临的兴奋心情溢于言表。

黄庭坚和大哥在故乡相聚半个多月，接到朝廷恩准领太平州之命，便匆匆离开萍乡，前去赴任。途经新喻（今新余市）时，给大哥写了封情深意长的告别信。"中年畏病不举酒，孤负东来数百觞。唤客煎茶山店远，看人获稻午风凉。但知家里俱无恙，不用书来细作行。一百八盘携手上，至今犹梦绕羊肠。"（黄庭坚《新喻道中寄元明》）在家乡居住的感觉真好！但因病不能饮太多酒，甚是遗憾！白白辜负了众多亲朋好友的盛情。有时在山野路边或小店里品茶乘凉时，看到乡亲们稻谷丰收，安康快乐，我心里非常高兴。当年，你陪我远赴黔州贬所时的艰难路程，至今仍时常在我梦中浮现。

崇宁元年（1102年）五月，黄庭坚到达江州（今九江市）后，继续沿长江而下，前往太平州。但此时，北宋政坛人事格局已发生了巨大变化。蔡京、赵挺之分别就任尚书左、右丞。不久，蔡京取代曾布，升职为宰相，北宋"党争"又起。蔡京下令籍定元祐旧党姓名一百二十多人，由宋徽宗御书刻石，立"党人碑"于端礼门。凡列入碑中之人，家人不能住在首都汴京，重者被编管、贬谪流放，轻者被赋闲或贬职，无一幸免。黄庭坚刚到当涂（古称姑孰），还没有到达太平州时，即被罢官，心情郁闷难平，写信向大哥倾诉道："追随富贵劳牵尾，准拟田园略滥觞。本与江鸥成保社，聊随海燕度炎凉。未栽姑熟桃李径，却入江西鸿雁行。别后常同千里月，书来莫寄九回肠。"（黄庭坚《罢姑熟寄元明用觞字韵》）人啊，人！追求荣华富贵，如拽牛尾般徒劳无益，还是回归田园吧。自己原本就属于乡野泥土，喜欢与鸥鸟为伍。我还没来得及在姑熟停留居住，为当地人民服务，就被迫像孤雁一样飞走了。如今，我们兄弟虽天各一方，但共在同一轮明月下，但愿人长久，千里共婵娟。请您不要为我担心难过。

黄庭坚被罢太平州长后，溯流西上。八月，返回江州。此时，他被诏管勾洪州玉隆观。这是唐宋时期的旧例，臣僚落职后，往往授以祠禄，转居某宫观以养老。不干事还有俸禄，无官一身轻。九月，到达鄂州（今武昌市），恰逢好友张耒被贬黄州安置，二人都是"苏门学士"。黄州乃当年老师苏轼的谪居之地，与鄂州仅一江之隔。"四顾山光接水光，凭栏十里芰荷香。清风明月无人管，并作南楼一味凉。"（黄庭坚《鄂州南楼书事》）在接下来的一年多时间里，黄庭坚来往于鄂州与黄州之间，广交当地贤达名士，遍览名胜古迹，日子过得倒也清闲自在。

对所谓的官场仕途，黄庭坚逐渐看透悟透了。"天教兄弟各异方，不使新年对举觞。作云作雨手翻覆，得马失马心清凉。何处胡椒八百斛，谁家金钗十二行。一丘一壑可曳尾，三沐三衅取刳肠。"（黄庭坚《梦中和觞字韵》）新春佳节，不能回家和亲人团聚喝酒，就在梦中和大哥窃窃私语。世态炎凉，变幻无常。福祸无定，富贵浮云。塞翁失马，焉知非福。唐代宗时，宰相元载获罪被抄家，仅胡椒就搜出八百石，他能吃多少年呢？美女头上金钗再多，金钱如山，能戴几天啊？一切皆如过眼云烟。不如寄情山水，隐居岩壑，学习《庄子》，甘愿做在污泥中自由自在摇着尾巴的乌龟，也不去做什么宰相大官。如今，我也大可不必过分追求在聚光灯下前呼后拥、鲜花着锦般貌似受人尊敬的风光。否则，被剖腹刮肠的灾祸就在眼前。黄庭坚深受"元祐党争"的影响，对官场感到失望至极。借用老庄思想，自我疗伤，并安慰大哥。

可是，自我清闲轻松的日子没过多久，政敌们就想起与黄庭坚的宿怨。崇宁二年（1103年）初，在荆州因刻石署名之事而得罪的长官陈举，根据副宰相赵挺之的授意，从黄庭坚撰写的《承天寺塔记》中摘取"天下财力屈竭"等句子，断章取义，诬陷黄庭坚"幸灾谤国"，应以治罪。这与老师苏轼因写诗获罪被囚禁的"乌台诗案"，如出一辙。

宰相赵挺之就是赵明诚的亲爹，也是宋代第一才女李清照的公爹。当年，黄庭坚二十三岁考中进士后，于熙宁元年（1068年）秋天初入官场，任河南汝州叶县县尉。当时，官府要求当地老百姓拔掉麦苗，种植水稻。从古至今，河南叶县的自然条件并不适合种植水稻，这是基本的农业常识。黄庭坚认为此举"名为利民，其实害之"，坚决反对这一做法。可见，黄庭坚是一位实事求是的官吏，与赵挺之的政绩观迥异。元丰七年（1084年），黄庭坚在德州任上时，又一次和德州通判赵挺之共事。赵为了突出政绩，大力推行"市易法"。黄庭坚坚持认为，这种改革并不符合德州的民生实际。两人为此争吵不断，得罪了赵挺之。赵挺之为讨好宰相蔡京，连亲家公李清照的父亲李格非也给予坚决打击。黄庭坚的开门弟子陈师道和赵挺之是连襟，很看不起赵挺之的为人和品德。陈师道家里比较穷，冬至那天，因被邀请参加皇上举办的郊祀，家里却找不出像样的棉衣御寒，妻子便自作主张，向时任副宰相的姐夫哥赵挺之借了一件裘皮棉衣。可是，陈师道"不肯服。遂以寒疾死"。宁愿在风雪中受冻，染上伤寒病死，他也不穿赵挺之的华服。可见，赵挺之的朋友圈都是什么样的人。

在赵挺之、陈举的无情打击下，崇宁二年（1103年）十一月，黄庭坚被除名，羁管广西宜州。这次被贬得更远了，黄庭坚却一脸平静地调侃曰："宜州者，所以宜人也。"

崇宁二年十二月的一天清晨，天刚蒙蒙亮，年近六十的黄庭坚从鄂州向宜州出发。家人、亲戚邻居们纷纷赶到江边送行。大哥黄大临很担心弟弟这一路的安危。"千峰百嶂宜州路。天黯淡、知人去。晓别吾家黄叔度。弟兄华发，远山修水，异日同归处。樽罍饮散长亭暮。别语缠绵不成句。已断离肠能几许。水村山馆，夜阑无寐，听尽空阶雨。"（黄大临《青玉案·和贺方回韵送山谷弟贬宜州》）千山万水曾经走过，今日一别，兄弟不知今生是否还能相见？临别无语哽咽，先喝了这杯苦酒吧。黄庭坚感慨万端，凄然说道："只应瘴乡老，难答故人情！"

崇宁三年（1104年）五月，黄庭坚抵达宜州。初来乍到，黄庭坚一家居住在城里生活。半年后，被当地官员赶到城外，在城南租住的民房紧邻着屠牛坊和牛马交易市场。黄庭坚自我安慰道：别人以为市声嘈杂，不堪其扰，我本来就是一位农民，如果没考中进士，我家周围的环境也是和这里一样的，这有什么关系呢？乃"既设卧榻，焚香而坐"。他为租屋命名为"喧寂斋"。

崇宁三年年底，大哥黄大临从永州特地赶来看望弟弟，兄弟一起度过崇宁四年（1105年）春节。好哥俩难舍难分，过了"二月二龙抬头"，黄大临才依依不舍地离开宜州。这是兄弟俩在一起的最后快乐时光，二人都心知肚明，谁都不愿说破。在宜州，哥俩一起游山玩水，喝酒下棋，诗词唱和，回忆青春。二人携手漫步梅林，欣赏盛开的梅花。春天真的来了，可他们心中的春天越来越远。"天涯也有江南信。梅破知春近。夜阑风细得香迟。不道晓来开遍、向南枝。玉台弄粉花应妒。飘到眉心住。平生个里愿杯深。去国十年老尽、少年心。"（黄庭坚《虞美人·宜州见梅作》）可是，人生能有几个十年呢？

崇宁四年（1105 年）二月初六，喝罢送别酒，黄大临挥手告别弟弟，踏上归途，不禁悲从中来。"桄榔笋白映玉箸，椰子酒清宜具觞。市井衣裘半夷夏，阴晴朝暮变炎凉。莫推月色共千里，不寄江南书一行。无赖笛声上云汉，晓来偏绕九回肠。"（黄大临《留别》）南国的风土人情和自然风光更让人思念故乡，异乡的果酒易醉人，也更使人徒生悲伤。"霜须八十期同老，酌我仙人九酝觞。明月湾头松老大，永思堂下草荒凉。千林风雨莺求友，万里云天雁断行。别夜不眠听鼠啮，非关春茗搅枯肠。"（黄庭坚《宜州别元明用觞字韵》）我们兄弟俩都两鬓霜雪了，真期望和哥哥同活到八十高龄时，还能一起喝酒。最近，我时常想起故乡的明月湾和永思堂。黄家祖坟前的松树早已郁郁葱葱，枝老干粗，周围也杂草丛生了。不知何时还能回到故乡！风雨如晦，密林深处的莺鸟呼唤着朋友的陪伴，可我们兄弟却似离群的孤雁各自独飞。离别前夜，我无法入眠，并非因为喝多了春茶，而是夜听老鼠磨牙的声音格外令人心酸。

黄庭坚被贬黔州、戎州和宜州，是不幸的。但他有一个情同手足的大哥，又是幸运的。

更幸运的是宜州百姓善良淳朴的民风，给予黄庭坚极大的安慰和帮助。其间，附近的老百姓经常给黄庭坚送来草药、水果、粮食、鱼肉、蔬菜、竹席等生活用品。登门送东西的老百姓好像都商量好了似的，只求黄庭坚写一张"借据"即可。原来，他们的真实目的是拿着"借据"回家，让孩子们当字帖临摹，百姓所送食物和生活用品从不让他归还。可见，北宋"苏黄米蔡"书法四大家在当时的名气之大，竟然闻名宜州这偏僻的岭南之地。黄庭坚的书法重视法度，强调韵味，崇尚意趣，厌恶媚俗，自成一家。2010 年 6 月，在北京保利拍卖会上，黄庭坚的一卷《砥柱铭》，以四亿多元成交。如果当年的这些"借据"能留到现在，对那些善良百姓的后代该是多好的回报啊！

黄庭坚知道内情后，心里暗自微笑。于是，在给老百姓的"借据"上，认真地写满唐诗、《诗经》《论语》中的句子。还有些当地百姓不惧党禁，亲送自家孩子跟着黄庭坚读书学习。更难能可贵的是一位四川青年范廖，久仰黄庭坚的人品和学问，当听说黄庭坚被贬宜州，立即从南京出发，千里迢迢，在崇宁四年（1105 年）三月来到此地，一直陪伴、照顾着黄庭坚的生活起居。二人白天下棋读书，晚上对床聊天。这年九月三十日，天下着小雨，黄庭坚酒后坐在竹床上，把一双臭脚丫子伸到雨中凉快时，溘然长逝。

黄庭坚去世时，只有范廖一人服侍在身边。范廖强忍悲伤，默默料理完黄庭坚的后事。四年后，又亲自护送黄庭坚的灵柩回归江西修水故乡。但是，他们两人的故事并没有结束。南宋绍兴三年（1133 年），范廖偶然发现并得到黄庭坚在宜州写的日记《宜州家乘》。范廖觉得这就是他与黄庭坚的一世缘分，便积极筹集资金，把这本日记刻印成书，传之后世。范廖对黄庭坚的真情厚意，不禁让我想起唐代千里追随李白并为李白编辑出版诗集的青年魏颢。

崇宁五年（1106 年），一颗彗星划过北宋首都汴京的上空，元祐党人碑遭到雷击，断成两截。痴迷道教的宋徽宗以为遭到天谴神怒，乃下诏令毁掉各地的元祐党人碑，解除党禁。此时，黄庭坚尸骨未寒，而老师苏轼已经去世五年。这一切，来得太晚了！

掩卷而思。生活在北宋时代的文人，是幸运的，也是不幸的。

幸运的是开国皇帝赵匡胤制定并落实"重文轻武"的政策，竖立起不杀文人和提意见谏官的誓言碑。并且，官员们享受到"宋制禄之厚"，"恩逮于百官者唯恐其不足"。据载，北宋宰相、枢密使职位上的月俸为三百贯之多，按当时的购买力计算，能买一百余亩良田。另外，还有春冬服装费、随从误餐费、茶酒钱、取暖费、马料钱等。在政治上，文人士大夫与皇帝分权治理天下，个人的执政理念能得到部分实现。即使是观点不同，也没有被杀头的危险，最多是被流放到岭南瘴疫之地，这在唐代以前是不可能的。为官优厚的薪酬待遇，保证了文人过上富足安逸、买房置地家安居、填词绘画养歌伎、闲情逸致求风雅、游山会友酒潇洒等自由轻松的生活，给了文人极大的创作诗文和放飞思想的空间。

不幸的是北宋时代仍没有摆脱官场中常见的"党争"之祸，尤其是围绕"王安石变法"引起的新旧两党之争，逐渐改变了北宋的政治格局和走向，更影响到一大批文化精英的人生轨迹。可历史吊诡的是，"党争"失败被贬谪外放的文人，却成就了北宋文学乃至中国古典文学走向高峰。这是中国传统文化的幸运！比如，宋仁宗时期，范仲淹"庆历新政"流产后，王禹偁、苏舜钦、尹洙、梅尧臣、欧阳修、韩琦、范仲淹等人，先后被外放，成就了北宋诗词风格的转变和以《岳阳楼记》《醉翁亭记》《沧浪亭记》等散文为代表的文学小高峰。宋神宗时期，王安石"熙宁变法"虎头蛇尾，党争剧烈，苏轼、苏辙、司马光、黄庭坚、张耒、秦观、晁补之等人仕途沉浮坎坷，他们在用诗文、绘画、书法等艺术排解苦闷、对抗现实、自我疗伤、相互抚慰中，铸就出中国传统文化难以超越的一座高峰，一直影响到今天的我们。

从历史的长河中回望，幸运与不幸是相对的。因文字而不朽，又何其幸哉！

那服解药

那服解药的方子是东晋陶渊明开出的，主要药材是菊花、豆苗什么的，药引子是酒。药方就写在庐山脚下的那片田园之上。

北宋的苏轼，依照这个药方，又添加了几味药材，药方就写在从扬州、惠州到儋州的贬谪路上，并亲自烧火煎熬几十年，把它炮制成治愈中国古代文人士大夫心灵创伤的灵丹妙药。

仔细分析，陶渊明的药方并非无中生有。他总结、综合了庄子的逍遥思想，又兼收并蓄了西晋和东晋如"竹林七贤"等士人把奇山异水、林泉景致作为审美对象、追求人性自由的时代风尚，扬弃他们放纵享乐，对自己、对家庭和社会极不负责任的装疯卖傻式的荒诞做派，保留下来爱酒的嗜好，用自己的生命体验，提炼出这剂药方——"世短意常多，斯人乐久生……酒能祛百虑，菊解制颓龄。"（陶渊明《九日闲居》）

当然，陶渊明提炼药方的过程也是心灵充满矛盾和痛苦的精神修炼。

陶渊明从二十九岁起开始出仕，任官十三年，一切皆平平淡淡。可在义熙元年（405年）四十一岁时，郡里一位督邮来彭泽巡视，当地官员要他束带迎接，以示尊敬。他一气之下，从只干了八十多天的彭城县令岗位上愤然辞职。"结庐在人境，而无车马喧。问君何能尔？心远地自偏。采菊东篱下，悠然见南山。"这只是他理想中的洒脱状态。"三径就荒，松菊犹存。携幼入室，有酒盈樽。引壶觞以自酌，眄庭柯以怡颜。倚南窗以寄傲，审容膝之易安。"这也是幻想中的闲适生活。

陶渊明是否故作潇洒之态，今人不得而知。但对于出身于世族之家、有条件"富裕"和"贤达"的陶渊明来说，这种选择是难得的，也是超前的。

鲁迅曾说过："就是诗，除论客所佩服的'悠然见南山'外，也还有'精卫衔微木，将以填沧海。刑天舞干戚，猛志固常在'之类的'金刚怒目'式，在证明着他并非整天地飘飘然。这'猛志固常在'与'悠然见南山'是一个人，倘有取舍，即非全人，再加抑扬，更离真实。"（《题未定草》）鲁迅的文章似匕首、刀枪，总能一针见血。

"忆我少壮时，无乐自欣豫。猛志逸四海，骞翮思远翥。"陶渊明出身高贵，少年时意气风发，有鲲鹏万里之志。但对现实社会和个人仕途失望之后，收敛巨翅，"鸟倦飞而知还"，把身心安放在田野山林之中，"久在樊笼里，复得返自然"，看似潇洒地挥一挥衣袖，不带走半片云彩。其实，回到山野自然之中确实容易，但首先解决吃穿住行的问题也很困难。

"余家贫，耕植不足以自给。幼稚盈室，瓶无储粟，生生所资，未见其术。"全家人生存需要必要的技术能力，小孩子嗷嗷待哺，但他缺乏解决能力。"人生归有道，衣食固其端。孰是都不营，而以求自安？"生命需要吃喝拉撒睡，才能活下去。"衣食当须纪，力耕不吾欺。"生存就要劳动，劳动当然很辛苦。"开春理常业，岁功聊可观。晨出肆微勤，日入负耒还。山中饶霜露，风气亦先寒。田家岂不苦？弗获辞此难。"陶渊明自觉从士人转换成农民身份，"晨兴理荒秽，带月荷锄归"，积极与村民四邻打成一片，同甘共苦，"日入相与归，壶浆劳近邻""欢然酌春酒，摘我园中蔬""过门更相呼，有酒斟酌之"。由此，头戴草帽、双脚泥土、被太阳晒得皮肤黑红的陶渊明，已把自己混同于庄稼汉，从外貌和思想上已与其他文人士大夫自觉区别开来。

这确实是一个精神蜕变的过程。

从古至今，大多数文人士大夫开始时都是儒家孔孟之徒，思想上总把"仕"与"耕"、当官与劳动相对立。陶渊明主动选择"耕"，确实很"另类"。他在"贫富常交战"的现实矛盾和心灵冲突中，亲自体验着种田的艰辛和收获的快乐，感受着田野里的诗意和生命存在的自然之道。"鸟哢欢新节，泠风送馀善。""闻多素心人，乐与数晨夕。""秉耒欢时务，解颜劝农人。平畴交远风，良苗亦怀新。虽未量岁功，即事多所欣。"生活的酸甜苦辣，内心自知。

劳动给他带来快乐，但他又不同于一般的农夫。"长吟掩柴门，聊为陇亩民。"一个"聊"字，权且也，暂时也，被动也，其心迹暴露无遗。陶渊明在思想上一直都有文人士大夫的价值观自觉，始终以东晋王朝的旧臣自重。比如，他对权臣刘裕废东晋自立为帝不满。即使全家在生活上揭不开锅的时候，对刘裕手下的大将、江州刺史檀道济送来的酒肉粮食，也予以拒绝。他内心孤傲清高的性情，不曾改变。

　　远离尘世，走进山水田园，仅仅是很多文人士大夫所追求的精神消遣意趣。只有一位陶渊明，通过亲自耕作劳动的生活实践，从把山水田园作为单一审美对象的精神享受，拓展为与田野劳动相关的生命存在方式和人生思考。从而，为文人士大夫找到另一条归向自然、安放身心的道路。"但愿长如此，躬耕非所叹。"他真正从精神和心灵深处，享受到"复得返自然"的妙处。

　　以今之视昔，陶渊明的生命意识具有朴素的唯物主义观点。不求长生不老（形），不求流芳千古（影），只把自己有限的生命投入无限的大自然的运行规律之中，躬耕田野，看透生死，养真守拙，远离红尘。"纵浪大化中，不忧亦不惧。应尽便须尽，无复独多虑。"该来的，总会到来，那就来了再说吧。"死去何所道，托体同山阿。"既然人一出生，就走在奔赴死亡的路上，那就与草木共荣枯，与山川同安眠。陶渊明任性自然，心有所归，身有所依，神有所寄，不喜不惧，在饮酒中抵达超脱、本真的生命境界，个体生命意识觉醒，心灵澄明广阔。他丰富的生命和精神境界超越了所处的时代及同时代的士人群体，一直影响到今天。

　　陶渊明的生命之河像一泓清泉，浇灌和抚慰着后世文人士大夫的心田。但是，后人大都追慕陶渊明"采菊东篱下，悠然见南山"的闲适，却不愿践行陶渊明农事耕作的艰辛。

　　南北朝时期，南朝梁的太子萧统是一位典型的文艺青年，最早重视陶渊明，著有《陶渊明传》。萧统自称"爱嗜其文，不能释手，尚想其德，恨不同时"，并对陶渊明"脱颖不群，任真自得"的生命状态钦佩不已。如此精神价值取向，注定他这位太子的悲凉命运。但幸运的是，萧统从古代历史长河的沙粒中，为后人打捞出《古诗十九首》，还亲自编选并留下著名的《昭明文选》。这些文字存世，远比他登上皇位更有历史意义，流芳也会更加久远。

　　到了唐代，"诗圣"杜甫一生维艰，曾说过"宽心应是酒，遣兴莫过诗。此意陶潜解，吾生后汝期。"但杜甫一生心里总放不下"致君尧舜上，再使风俗淳"的儒家理想，身在草堂，心向庙堂，对陶渊明只是嘴上碎碎念而已。白居易等人也曾对陶渊明青睐过短暂时刻。"时倾一尊酒，坐望东南山。"（《效陶潜体诗十六首》）白居易被贬为江州司马时，距离陶渊明篱笆墙下的黄菊花并不太远，"常爱陶彭泽，文思何高玄。"（《题浔阳楼》）韦应物为洛阳丞时，也曾做出过"折腰非吾事，饮水非吾贫""采菊露未晞，举头见秋山"的清高姿态，但最终不能适应土地上的牛粪味道。唐代另一位诗人储光羲同样如此，"日与南山老，兀然倾一壶"。他们的着眼点是在大自然中的诗酒风雅，而不是真的到田野里去"种豆南山下""晨兴理荒秽""荷锄伴月归"。这些人的仕途一旦出现转机，得到皇上重用，很快就忘记陶潜是老几。他们缺乏真心学习陶渊明的勇气，大都属于"叶公好龙"。还是"诗仙"李白比较直爽，他嘲讽陶潜"龌龊东篱下，渊明不足群"。但在爱酒上，二人有着共同的兴奋点。

故此，陶渊明在他所处的时代并不受待见，他的诗鲜有人问津，更无名人评价推广。后来，成为文人士大夫人生失意时的"偶像"，是偶然中的必然。因为，北宋以后，文人士大夫的出路和地位一代不如一代，加之朝代更替频繁，士人"好女不嫁二夫"的思想作祟。退隐山林、不事新政权的选择，让他们想起了先贤陶渊明。但真能像陶潜那样，把通过劳动自食其力的实践注入对田园自然意趣的精神感悟，甘于贫困辛劳，享受平凡者，寥寥无几。

比如，同样被视为山水田园诗人的王维，在安史之乱中也做过安禄山伪政权的大官。四十岁以后，他住在终南山辋川别业里，山林溪水，谈佛论画，亦官亦隐。王维性有洁癖，地上不容浮尘，一天扫地十余次，怎能耕田劳作？他还喜欢极简生活方式，斋中唯有茶铛、药臼、经案、绳床而已。"兴来每独往，胜事空自知。行到水穷处，坐看云起时。偶然值林叟，谈笑无还期。"迷恋山水成痴，但他的"行到水穷处，坐看云起时"与陶渊明的"采菊东篱下，悠然见南山"很是不同。王维是享受山水之中的诗意和野趣，满足西方心理学家马斯洛所说的最高层次心理需求。而陶渊明所追求的是身心能有个安顿之处，如南山夕阳中的飞鸟，有巢可归一样，满足全家最基本的生存需求和他内心的精神需求。王维在闲游之中，"偶然值林叟，谈笑无还期"，有一种高高在上的心理优势，而陶渊明与街坊四邻的"邻曲时时来，抗言谈在昔。奇文共欣赏，疑义相与析"，与他人聊天交流，在心理上是平等的。

故此，王维讽刺陶渊明是个大"傻帽"就不难理解了。"近有陶潜，不肯把板屈腰见督邮，解印绶弃官去。后贫，《乞食》诗云：'叩门拙言辞'，是屡乞而惭也。尝一见督邮，安食公田数顷。一惭之不忍，而终身惭乎！"（王维《与魏居士书》）王维对小魏窃窃私语，说出了心里话。陶潜小不忍则乱了大谋，"饭碗"是大事，暂时屈一下腰又何妨？可陶潜认为自尊、自由才是大事，不能为五斗米而折腰。王维在重阳节那天，不仅写诗表达"每逢佳节倍思亲"的乡愁，还对陶渊明喝酒误事冷嘲热讽。"陶潜任天真，其性颇耽酒。自从弃官来，家贫不能有。九月九日时，菊花空满手。中心窃自思，傥有人送否？白衣携壶觞，果来遗老叟。且喜得斟酌，安问升与斗。奋衣野田中，今日嗟无有。兀傲迷东西，蓑笠不能守。

倾倒强行行，酣歌归五柳。生事不曾问，肯愧家中帚。"（王维《偶然作六首·其四》）王维以己之心度陶渊明之腹地暗想道：爱喝酒的陶潜混得重阳节也没有酒喝，该后悔了吧？

另据《宋书·隐逸传》记载：陶渊明"尝九月九日无酒，出宅边菊丛中坐久之，值弘（江州刺史王弘）送酒至，即便取酌，醉而后归"。陶渊明弃官归隐，收入锐减，弄得重阳节也过不好，幸亏有白衣人奉长官之命送酒菜来。在王维看来，陶渊明狂傲自大，轻率弃官，经济损失太大，机会成本太高，这不是最明智的选择。

王维是不会做这种傻事的。北宋时，苏轼有诗《次韵鲁直书伯时画王摩诘》云："前身陶彭泽，后身韦苏州。欲觅王右丞，还向五字求。诗人与画手，兰菊芳春秋。又恐两皆是，分身来入流。"苏轼把陶渊明视为王维的"前身"，韦应物是王维的继承者，这是对陶渊明和王维、韦应物的误解。王维本人也是不会同意的。

"穷则独善其身，达则兼济天下"是古代文人士大夫的口头禅。这种人生理想和处世之道包含着进取精神、忧患意识、韬晦策略、生命智慧和人生价值取向等丰富内涵，这些因素叠加重合，共同构成一个人整体统一又矛盾冲突的心理世界，正如"鱼与熊掌不可得兼"的两难选择。一个人，在人生的不同阶段，处于不同的时代和周遭境遇之下，会做出不同的选择与组合，其结果是个体的理想人格和人生实践的多元化，演绎出"一人千面"和"千人一面"并存的不同人生悲喜剧。从纵向看，则构成中国古代文人士大夫自我价值实现和心灵史跃动的曲线图。今天，我们从他们留下的诗文中就可"管中窥豹"。

人性之善恶，往往就在"义利"一念间。大多数人会选择"兼济天下"的政治抱负和"去苦求乐"的物质及精神享受相平衡。独善其身之"穷"，并非指生活中的物质贫困、饥寒交迫，而是指仕途失意和精神苦痛。"独善其身"的目的，是在继续完善学问、权术和道德修养中，实现明哲保身式的现实算计，树立起君子固守穷节的理想人格形象，等待着东山再起的机会降临。士人对"达"的追求，初心不变。一旦仕途沉沦，便把心理上的失落感，暂时寄托在山水田园和诗词歌赋之中。故此，"仕"是士人毕生的执着追求，"隐"是士人阶段性的精神慰藉。正如白居易所说："大丈夫所守在道，所待者时。时之来也，为云龙，为凤鹏，勃然突然，陈力以出；时之不来也，为雾豹，为冥鹏，寂兮寥兮，奉身而退。"

这种"是非不由己，祸患安可防"的兼济与独善之道，是古代文人士大夫的普遍选择。

只有陶渊明是个例外！

陶渊明对生活饥寒和仕途失意的结果都不太在乎，他始终活在自己的精神世界里。在田野耕作中，聆听大自然和内心发出的声音，"北窗下卧，遇凉风暂至，自谓是羲皇上人"。他找到了属于自己独特的生命体验和存在方式。"人亦有言，称心易足。挥兹一觞，陶然自乐。"（《时运》）在田园耕作和饮酒醉卧中，得到"重生"。

芸芸众生，集体无意识，则是社会常态。例外总是个案，非议者多，赞同者寡，从之者稀无。在很长一段时期内，陶渊明本人和他的诗歌并没有引起关注。梁朝的萧统、唐代的白居易和韦应物等人曾偶尔投过去惊鸿一瞥。到了北宋，苏轼挖掘出陶渊明的人生选择，发现并推广了陶渊明的诗歌艺术。苏轼说过："观陶彭泽诗，初若散缓不收，反复不已，乃识其奇趣。""质而实绮，癯而实腴。"陶诗看似枯瘦如柴，实则内涵丰富。从此，陶渊明的隔代知己和粉丝就逐渐多如牛毛了。

究其原因，这与苏轼个人经历和他所处的时代有关。

北宋哲宗朝时期的"元祐更化"，是苏轼的短暂"高光"时刻，也是后半生悲剧的开始。"元祐更化"初期，苏轼及其"苏门"弟子们在政坛、文坛颇为高调得意、活跃快乐。著名的"西园雅集"，立此存照。但是，苏轼也已深感暗流涌动，危机重重，便自求外放。

元祐四年（1089年）三月，苏轼以龙图阁学士出知杭州；元祐六年（1091年）二月，以翰林学士承旨从杭州召还，五月到京；八月出知颍州、郓州和扬州；元祐七年（1092年）九月，苏轼从扬州召还任兵部尚书兼侍读。不久，又迁任礼部尚书兼端明、侍读二学士，仕途到达一生的最顶峰。弟弟苏辙升迁为尚书右丞、门下侍郎，位居宰辅。次年九月，太皇太后高氏去世，宋哲宗亲政，新党重新上台，风云突变，党争重开战。不久，苏轼外放定州、惠州、儋州，再也没有回到汴京。苏辙也于绍圣元年（1094年）被贬汝州、袁州。

值得玩味的是，元祐七年，苏轼知扬州时，就开始把陶渊明引为知己，作《和陶饮酒二十首》，这是他以后把陶诗全部和一遍的初步尝试。苏轼在诗序中说，和陶诗的目的很单纯，仅仅是"示舍弟子由、晁无咎学士"的，其实则不然。晁无咎是同学晁端彦的侄子，为扬州通判，是苏轼的同事和弟子。晁无咎也写有《饮酒二十首同苏翰林先生次韵追和陶渊明》，表达出"苏门"弟子们"归休可共隐，山中复何人"的心理状态。

扬州时的苏轼，或许是回忆起深陷"乌台诗案"时的惶恐不安，难忘被贬黄州岁月时的"寂寞沙洲冷"，感觉到"聚光灯"下容易成为众矢之的。自己既不苟合于新党，又不完全融入旧党的悲剧性命运，天生就已注定。苏轼开始研究陶渊明，和陶诗，这是一种心理上的自警、自省和自我安慰。

苏轼深知自己的性格。在黄州时就曾暗下决心，"小舟从此逝，江海寄余生""一蓑烟雨任平生"。但是，才情和性格决定他继续我行我素，引来欢呼和妒忌并存。故此，自叹"我不如陶生"。"陶渊明欲仕则仕，不以求之为嫌；欲隐则隐，不以退之为高。饥则扣门而乞食，饱则鸡黍以延客。古今贤之，贵其真也。"

苏轼称赞陶渊明的"真"，是指其选择生命存在方式和状态的真实。

苏轼学不来、做不到陶渊明这种真实的生命状态，就用学习借鉴他的诗歌来自我调节。"每体中不佳，辄取读，不过一篇，唯恐读尽后，无以自遣耳。"陶渊明和陶诗，成为治疗苏轼身心不畅的一剂良药。每次只读一篇，担心读完以后，就没"药"可救了。苏轼此时的心理上，他和陶渊明之间的精神认同感高度一致，遥望和追慕陶渊明的眼光是真诚的。因为苏轼的名气和成就太大，影响力广泛，他致敬陶渊明，对加快陶诗的传播、增加陶渊明的知名度和粉丝量起到推波助澜的作用。

但是，苏轼的儒家思想、地位、声誉、圆融豁达的性情和对感官享受的贪恋不舍，使他终究也成为不了陶渊明。

绍圣元年（1094 年），苏轼被贬惠州后，便下决心，"要当尽和其诗乃已耳"，这是文坛首开先河的行为。"古之诗人，有拟古之作矣，未有追和古人者也。追和古人，则始于东坡。"他自觉以陶渊明为师，"半生出仕，以犯世患，此所以深服渊明，欲以晚节师范其万一也"（苏辙《子瞻和陶渊明诗集引》）。

苏轼在《与子由书》中说："吾前后和其诗凡一百有九篇，至其得意，自谓不甚愧渊明。"他这一自我评价准确吗？我看未必。

苏轼对田园农事，始终是一个旁观者、业余爱好者。他除了在被贬黄州后，为生计所迫，耕种过几十亩东坡荒地之外，此后很少像陶渊明那样，亲自耕种和收获。陶渊明孤独地醉卧在篱菊旁，有时妻儿挨饿受冻、借粮讨食的困境苏轼也未曾真正遇到过。在黄州时，虽然在《寒食帖》中表达过生活的窘迫，但来看他、帮助他、请他喝酒啖肉吃鱼的朋友来往不断，他还顺便把美女朝云收纳为妾。在惠州时，苏轼也很快择地建房，帮助当地修桥，日啖荔枝三百颗。被贬海南儋州时，当地自然条件较差，但仍能得到左邻右舍的帮助和喜欢。即使是从海南北归的路上，苏轼仍在想"平生多难非天意，此去残年尽主恩。误辱使君相拄拭，宁闻老鹤更乘轩。"（《次韵王郁林》）莫道桑榆晚，为霞尚满天，仍希望老有所为，报效朝廷。

故此，苏轼心中念念不忘的虽然是"田园处处好，渊明胡不归""云泉劝我早动身"，但最后还是回到白居易的现实套路中。对归隐田园，心向往之可以，真正做到就意味着劳苦和窘迫。"江左风流人，醉中亦求名。渊明独清真，谈笑得此生。"（《和陶饮酒二十首·其三》）苏轼只看到陶渊明的"笑"，故意忽略陶渊明的"哭"。过度理想化的陶渊明，如同陶渊明自己过度理想化的《桃花源记》一样，反而更能衬托出他们内心深处的孤独、痛苦和对社会现实的失望，故意如此发出无奈的对抗之声。不过，苏轼唱和陶诗，融进更多自己的人生感悟和情感历程，逐步熬制成一剂治疗精神和心灵苦闷的"解药"，对后人的疗效越来越好。

被贬海南时，苏轼随身携带着陶渊明的诗集。"吾谪海南，尽卖酒器，以供衣食。独有一荷叶杯，工制美妙，留以自娱，乃和渊明《连雨独饮》。平生我与尔，举意辄相然。岂止磁石针，虽合犹有间。"（《和陶连雨独饮二首并引·其一》）在海南，苏轼还有精美酒器可卖，换取吃穿用度，陶渊明则没有。同样是雨夜独饮，苏轼手里把玩着舍不得卖掉的一个做工精美的"荷叶杯"喝酒，陶渊明则用粗瓷大碗来喝。这就是两个人最大的区别。"蠹蠋食叶虫，仰空慕高飞。一朝传两翅，乃得黏网悲。"（《和陶饮酒二十首·其四》）苏轼曾经享受过权力的美妙滋味，陶渊明则没有。一旦落入尘网中，苏轼悲叹，陶潜自适。

弟弟苏辙最了解哥哥。苏辙在《子瞻和陶渊明诗集引》中说："嗟乎，渊明不肯为五斗米一束带见乡里小儿。而子瞻出仕三十馀年，为狱吏所折困，终不能悛（悔改），以陷大难，乃欲以桑榆之末景，自托于渊明，其谁肯信之！"苏轼自比陶渊明，连弟弟也不相信。其实，苏轼是用陶潜之酒杯，浇自己心中之块垒。这不过是自省、自察，更是自解、自慰。尤其是到了宋哲宗和章惇彻底清算"元祐党人"群体后，苏轼发起"苏门"学生集体唱和陶诗，搞了一次小型文学活动，更是此种意图。

古代诗人唱和之风，大都是友情表达或游戏之作。从唐代开始，宋代为盛。一般来说，"和诗不和韵"，不局限于原韵和诗体。中唐以后，李端、卢纶等人开始玩起次韵的文字游戏。白居易、元稹和刘禹锡等人更是热衷此道，并编辑出版他们之间的唱和诗集。北宋时，此风大开。

一般来说，和韵诗可分为三类："和诗用来诗之韵，曰用韵；依来诗之韵尽押之不必以次，曰依韵；并依其先后而次之，曰次韵。"（明·胡震亨《唐音癸签》）次韵最难，等于戴着镣铐跳舞，这很需要文学功底，表达出的情感也最受约束。据日本学者内山精也《苏轼次韵诗考》研究：苏轼从元祐元年（1086 年）直至临终前，共作诗 995 首。其中，次韵诗 456 篇，占 45.8%，"和陶诗"是其一大部分。可见，和陶诗，成为他慰藉心灵的那服良药。

苏轼不仅和陶诗，还把和陶诗中的九十九首分别抄录后，分送给亲朋好友和弟子们，仅弟弟苏辙一人就收到六十五首。苏轼还"约诸君同赋"，要求收到者同声和陶诗，以引起广泛的传播和社会影响。"苏门四学士"中，除黄庭坚可能因为贬谪地广西宜州太远，没有和陶诗的作品留下来之外，其他三人都是积极参与者。但黄庭坚熟读陶诗，擅书法，他在《书陶渊明诗后寄王吉老》中说："血气方刚时，读此诗如嚼枯木，及绵历世事，如决定无所用智，每观此篇，如渴饮水，如欲寐得啜茗，如饥啖汤饼。今人亦有能同味者乎？但恐嚼不破耳。"黄庭坚的前提是"如决定无所用智"时，再读陶诗，方觉其味无穷，但大部分人到老仍不服气自己已经"无所用智"了，至死绝不向命运低头。

后来，苏轼要求弟弟苏辙，把他的和陶诗单独编纂成集，并由弟弟亲写序言，"以遗后之君子"。这足以表明苏轼对和陶诗的喜爱和重视。

苏轼和陶诗，并把和陶诗演变成"苏门学士"的一次集体文学创作实践活动。仔细探究其背后的心理和动机，则是元祐旧党集体被贬后的人生跌宕沉浮，需要陶渊明的这服"药方"自我疗伤。

"元祐更化"初期，以苏轼为核心、以苏门"四学士""六君子"为骨干的"小圈子"有二十三人之多，甚为得意风雅、活跃高调。高太皇太后去世后，宋哲宗亲政，党争剧烈，元祐旧党全部被贬，名字刻在"元祐党籍碑"上者，多达三百零九人。其中，流放岭南者三十二人，苏轼、秦观、黄庭坚、孔仲平等"苏门"中人，大多在列。从人生高峰到低谷的突然转变，对他们心理和精神的打击肯定是巨大的。如秦观写出"飞红万点愁如海"后，先后得到苏轼、孔仲平、黄庭坚、李之仪、惠洪五人的唱和哀叹，充分表达出他们同病相怜、惺惺相惜的心理和悲愤交加的精神痛苦。

但苏轼作为"带头大哥"，毕竟不同于秦观的多愁善感。在被贬黄州期间，苏轼就已羽化成蝶为苏东坡了。苏东坡作为"苏门"的一面旗帜，具有屈原、阮籍、陶渊明、李白、杜甫、白居易、王维等多重人物的性格特征，既学识过人、天真豪放、冷静严峻、超旷圆融，又坚忍执着。思想上集儒、释、道中的忧患意识、生命智慧、处世机巧和身心感官享乐之趣味于一身，能够及时调整和采取"待物之来，然后应之"的人生态度，使他成功度过仕途、生活和心理的多重危机，百炼钢成绕指柔，精神世界异常丰富。由于被贬黄州、惠州、儋州的打击，他没有学习白居易、王维人生主动选择的条件，陶渊明自然而然地成为映照他内心世界的知己。

苏轼和陶诗，有对人生归隐"寻宁静"或出仕"求贤达"的辩证思考，也有对生命价值、生死观的灵魂拷问和终极关怀。作为承接欧阳修《朋党论》衣钵的第二代"文坛盟主"，对"苏门"弟子们在被贬之路上遭受的巨大精神创伤，他绝对不能视而不见，何况自己也已经身陷其中。苏轼拿出陶渊明开出的"药方"，加入自己获取历练熬制的"几味药材"，为元祐党人们集体疗伤。同是天涯沦落人，大家集体喝下，抱团取暖，疗效显著。也可以说，由苏东坡主动发起的"苏门"对陶诗的集体唱和活动，是元祐党人群体被贬后相互慰藉和精神交流最好的"汤药"，更是他们在心理和灵魂上实现自我救赎的有益尝试。

这服"汤药"的原始发明人是陶渊明，专利使用权归属于苏东坡。

总之，陶渊明、陶诗及和陶诗，是古人留给我们的一份珍贵历史文化遗产。陶渊明从被忽略到受重视和推崇的过程，则是他们所处的大时代作用于个体命运的结果。到了清代，需要教化"奴才"们，陶渊明则又被推崇为儒家"圣贤"，他和他的诗歌异化为后世社会政治教化的"工具"，不断出现新的研究和解读。这是令陶渊明所想不到的，也并非陶渊明的本意。

不过，我相信，这服解药，还会被更多的人继续喝下去……

北宋时代的那年高考

北宋嘉祐二年（1057 年），正是宋仁宗的"清平乐"时代。

是年，距离宋真宗与辽国订立"澶渊之盟"已过去五十二年，宋辽也成为"兄弟之国"，北宋以钱、帛换取来之不易的边境和平。黎民百姓得以休养生息，官员武将皆喜诗酒风流，社会经济缓缓发展，文化思想活跃多元。表面上看，国内一派太平繁荣景象。

回到嘉祐元年（1056年）秋天，首都东京城里依旧熙熙攘攘，街市商店里交易活跃。转眼"霜降"过去，金明池边的梧桐树叶渐黄，夜晚天气转凉，家家户户的院子里捣衣声声，女人们都在忙着准备过冬的衣物。细心的人们突然发现，街上多出来六七千个年轻的面孔，旅店、饭馆、勾栏瓦肆的生意一下子红火起来。店家纷纷涨价，打出各具特色的广告，使出看家本领绝活，吸引这批年轻人前来消费娱乐。走在街上的这些年轻人，呼朋引伴，谈笑风生，器宇不凡。有些人抱着厚厚的书本，步履匆匆，嘴里还念念有词，好像在背诵什么经典语句。他们走在东京的大街上，青春的背影后面散发出荷尔蒙气息，构成一道亮丽的风景，引得街上行人、商贩纷纷驻足观瞧，不无羡慕地交头接耳道："该是明年春天，皇上要开科取士了吧？"

是的，全国各地的莘莘学子经过多年苦读，经过层层选拔考试后，奔赴首都，参加两年（或三年）一次的中央"省试"和皇上主持的殿试，渴望"进士及第"，光宗耀祖，踏入仕途，报效朝廷。

对皇家来说，太平时代，除祭祀之外，科考则是政治生活中的一件大事。考试题目和判卷标准，往往是当今皇上用人和施政方针的"风向标"。

嘉祐二年（1057年）的这次科考，看似与以前无异。但考试的过程和结果，却改变了北宋政坛、文坛及思想界的格局和走向，更奠定了北宋文学走向高峰的基础。

北宋立国后，"重文轻武"的国策确实落到了实处。就拿科考来说，"秋取解，冬集礼部，春考试"的程序没变。但和唐代相比，北宋的科考政策改进很大。一是录取进士的名额大大增加。唐朝每年录取进士二三十人，北宋达二百多人。二是对主考官约束严格。皇帝一旦确定主考官，必须"锁院"，即移居贡院，单独封闭，严禁与外界联系，直到"殿试"结束，录取名单张榜公布后，才能"出闱"回家，以防考官们营私舞弊。不像唐代，考生们要先拿着自己写的诗文、礼品，像杜甫一样"朝扣富儿门，暮随肥马尘"，乞求达官贵人推荐；三是"试卷，内臣收之，付编排官，去其卷首乡贯状，别以字号第之；付封弥官誊写校勘，用御书院印；付考官定等毕，复封弥送覆考官再定等"（《宋史·选举志》）。卷子收走后，有专人"糊名"，有专人重新誊录抄写，判卷者看不出笔迹。用字号代表卷子，判卷的考官不知考生的姓名和籍贯，以确保公平。初考官第一次判卷确定名次后，再次封弥；复考官第二次判卷确定名次后；再由详定官参考前两次判卷的结果，最终决定名次。然后，大家共同见证，揭去糊名，才看清姓名、籍贯，最终由主考官建议录取名单，奏闻朝廷，即"奏名"，供皇帝主持殿试裁决取舍。主考官不参加殿试，殿试由皇帝亲自决定最终录取名单和等次后，于黎明时分，在东墙上放榜公布。

这一考试制度的设计，流程周密，相互制约，属北宋独创，唐代是没有的。

凡进士及第者，可谓"天子门生"，受邀参加皇家御园金明池的宴游，类似于唐代的"曲江宴游"。故此，唐宋时代，不少官员被贬后，在其所写的诗词中经常回忆青春年华时，曲江园、金明池这两个地名频繁出现。因为，那曾是他人生最为得意扬扬的高光时刻。

根据宋仁宗诏令，主持嘉祐二年（1057年）科考的主考官，正是当时蜚声政坛、文坛的欧阳修。

欧阳修执行力超强，立刻组成超豪华的主考团队。成员有韩绛（子华）、王珪（禹玉）、范镇（景仁）、梅挚（公仪）和老朋友梅尧臣（圣俞）。这几位考官都是政坛名人和文坛高手，皆身怀绝技。更为重要的是品德优秀，有家国情怀，与欧阳修"三观"吻合。

韩绛，字子华，真定灵寿（今河北灵寿县）人。出身名门，为北宋大臣、参知政事韩亿的第三子、太子太保韩缜的哥哥。仁宗庆历二年（1042年）进士及第，为甲科第三名探花（状元是杨寘，榜眼是王珪，第四名是王安石）后，除太子中允、通判陈州。欧阳修刚出道洛阳时，钱惟演是洛阳一把手，韩绛则是第二把手，欧阳修曾是他的下属，也是诗友和知己。韩绛一生，历任户部判官、擢右正言、知制诰、迁龙图阁直学士、翰林学士、御史中丞等职务。苏轼评价他"出入四世，师表万民。身任安危，位兼将相。永惟三宗眷遇之重，宜极一品褒崇之荣。"

王珪，字禹玉，成都华阳（今成都双流）人。幼时，随叔父迁居舒州（今安徽潜山）。仁宗庆历二年进士及第，高中榜眼，比韩绛同学高一名。欧阳修任武成军节度判官厅公事时，曾经面试过他，有师生关系。今年，师生同时主持考试，王珪深感荣幸之至。他兴奋地写诗云："卷如骤雨收声急，笔似飞泉落势长。十五年前出门下，最荣今日预东堂。"（《呈永叔书事》）欧阳修为有这样的学生而高兴，写诗《答王禹玉见赠》道："昔时叨入武成宫，曾看挥毫气如虹。梦寐闲思十年旧，笑谈今日一樽同。喜君新赐黄金带，顾我宜为白发翁。自古荐贤为报国，幸依精识士称公。"我过去就看你气势不凡，现在你已经功名成就。如今我老了，幸好有你们帮助我为国选才。王珪最终成为北宋名相、著名文学家。

范镇，字景仁，祖籍长安。唐僖宗时，范氏一家为避战乱，迁至成都华阳（今成都双流）。幼年时，父母双亡，跟随两位哥哥范镃、范错长大。聪敏好学，乡试第一，被知益州的最高长官薛奎欣赏，聘进府里。薛奎调回朝中时，把范镇带到汴京。爱才惜才的薛奎，又是欧阳修和王拱辰共同的岳父。宝元二年（1039年），范镇补国子监生及贡院奏名，均为第一名。他与欧阳修一样，也是"连中三元"（监元、解元、省元）。在京城，范镇曾创作一篇《长啸却胡骑》，力压当时"红杏枝头春意闹"的名人宋庠、宋祁兄弟俩，名动文坛。苏辙佩服范镇"公之少年，初以赋鸣"。《宋史》评价他清白坦荡，以诚待人，谦恭俭朴，笃行大义，乐善好施，谨慎少言，从不说他人的过失。晚年，退隐乡里，衔觞赋诗，笑傲俯仰，逍遥以终。这次，能与欧阳修一起主考，范镇倍感欢欣，主动写诗赠予欧阳修曰："淡墨题名第一人，孤生何幸继前尘。"

梅挚，字公仪，成都新繁县人。仁宗天圣五年（1027年）进士，历任大理评事、殿中侍御史、天章阁待制等职务，并先后出任苏州通判、开封府判官、陕西都转运使和昭州、杭州、江宁府知州等地方官，死于河中府任上。为官三十二年，清正廉洁，勤政爱民，躬责修德，仗义执言，政绩卓著。宋仁宗常在朝臣们面前表扬"梅挚言事有体"。嘉祐二年（1057年）梅挚知杭州，宋仁宗特赐诗送行。梅挚为报皇恩，依据诗中第一句"地有湖山美"，在杭州吴山修建一座"有美堂"。《有美堂记》由欧阳修撰文、蔡襄书写，刻石于堂上。《宋史·梅挚传》评价他："性淳静，不为矫厉之行，政绩如其为人。"

梅尧臣是欧阳修的诗友。天圣九年（1031年）春，欧阳修初入仕途时，他们在洛阳一见如故，欧阳修曾向梅尧臣学习写诗的技巧。梅尧臣一直仕途不顺，沉沦下僚多年。与其他考官相比，不免自卑。这次，欧阳修以国子监直讲受聘他为参详官，并写诗鼓励曰："犹喜共量天下士，亦胜东野亦胜韩。"我们共同选拔天下的英才，还是比唐代的孟郊、韩愈皆幸运。

至于主考官欧阳修，从洛城初登政坛和文坛，二十多年的官场历练，被贬夷陵、滁州的"事故"，经过时光的打磨，业已成为"故事"。自号"醉翁"后，更是声名显赫。他独特的人格魅力、诗文修养和政绩，奠定了"文坛领袖"的江湖地位，无人撼动。

作为主考官，欧阳修有着绝对的权力，确定自己的出题、录取原则。一定程度上，他的文学主张，决定着每一位学子的人生命运。

关于录取原则。主要涉及录取考生名额的分配方法。这一焦点问题，向来争议不断，欧阳修与司马光针锋相对。

司马光认为：现行的进士录取方法弊端很多，主要表现为国子监、开封府和东南各州的学子录取的人数过多，西北等偏远地区录取的人数太少，甚至"数路中，全无一人及第"。因为，考官均出自"两制三馆"（两制：即翰林学士和中书舍人。三馆：唐为昭文馆、集贤院、史馆；宋为广文馆、太学、律学馆）。他们出题的重点、文风对国子监和汴京的考生具有先天优势。结果呢，"非进士及第者不得美官，非善为诗赋论策者不得及第，非游学京师者不善为诗赋论策。"这些问题，对京外和边远地区的考生很不公平。故此，有条件的考生纷纷拥进京师游学，滋生"奔竞之风"等非法勾当。若不改革，"是犹决洪河之尾而捧土以塞之，其势必不行矣"。建议"逐路取士"方案。即可按各地州、区域分配名额，分开录取。

欧阳修不同意司马光的观点。他认为：东南的考生虽然在诗赋上有优势，但参加考试的人数也多。东南各州"二三千人处只解二三十人，是百人取一人"，皆是百里挑一。西北等边远地区的考生在策论上有优势，参加考试的人数也很少，西北各州"取解至多处不过百人，而所解至十馀人，是十人取一人"。百分之一相比十分之一的录取率，对东南各州的考生也不公平。再说，科考并非仅有进士科，北方和边远地区的考生可以参加明经科的竞争。如果"使合落者得，合得者落，取舍颠倒，能否混淆"。若改以按区域、出身、籍贯确定录取名额，这才是最大的不公平。"故臣谓且遵旧制，但务择人，推朝廷至公，待四方如一，惟能是选，人自无言。"欧阳修坚持科考的制度设计和录取原则不能改变。一张试卷，全国统一，唯才是举，宁缺毋滥，谁也说不出闲话。这次争论在《宋会要辑稿》中有详细的记载：

"按，分路取人之说，司马、欧阳二公之论不同。司马公之意，主于均额，以息奔竞之风；欧阳公之意，主于核实，以免缪滥之弊。要之，朝廷既以文艺取人，则欧公之说为是……若以为远方举人文词，不能如游学京师者之工，易以见遗，则如欧、曾。而苏公以文章名世，诏今传后，然亦出自穷乡下国，未尝渐染馆阁，习为时尚科举之文也，而皆占高第。然则必须游京师，而后工文艺者，皆剽窃蹈袭之人，非颖异挺特之士也。"

欧阳修始终认为，那些出身穷乡僻壤的学子，颖慧特异，没有沾染上京师学生的馆阁之气，也没有剽窃抄袭之恶习。如曾巩、苏轼这样的人才，来自边远地区，就是真才实学的最好例子。

两位争论的焦点，有点像今天的高考政策。每年高考，河南省高三毕业生一百多万人，上海、北京市的考生区区几万人。各省市按照区域分卷考试，分别录取，河南考生就吃大亏，如今执行的就是司马光的主张。全国几个高考大省一直在向教育部呼吁改革，全国应统一出题、统一录取。否则，滋生高考移民。这就是欧阳修的主张。

关于文学主张。从天圣九年（1031年）起，欧阳修就积极参与钱惟演、韩绛、伊洙、梅尧臣等人倡导的"文学革新运动"，既要改革脂粉味浓厚的"西昆体"，也要摒弃怪诞、僻涩、拗口、酸腐味浓烈的"太学体"，竭力推行"句之易道、义之易晓"的平实文风，践行"其道易知而可法，其言易明而可行"的文学主张。经过二十多年坚定不移的实践，成效明显。欧阳修把主持这次科考，作为张扬其文学主张的最佳机会。

嘉祐二年（1057年）的春节刚过，汴京过年的气氛正浓。元宵节的灯会，正在紧锣密鼓地准备。正月初七，欧阳修带着五位助手，依依不舍地告别家人，进入尚书省"锁院"，直到二月底科考结束才"出闱"。

在这近二个月的时间里，考官们是忙碌充实的，也是轻松快乐的，收获更是满满的。欧阳修欣然写道："嘉祐二年，余与端明韩子华（绛）、翰长王禹玉（珪）、侍读范景仁（镇）、龙图梅公仪（挚）同知礼部贡举，辟梅圣俞（尧臣）为小试官。凡锁院五十日，六人者相与唱和，为古律歌诗一百七十余篇，集为三卷……前此有南省试官者，多窘束条制，不少放怀。余六人者，欢然相得，群居终日，长篇险韵，众制交作。笔吏疲于写录，僮史奔走往来。问以滑稽嘲谑，加于讽刺，更相酬酢，往往哄堂绝倒。自谓一时盛事，前此未之有也。"（《归田录》）

能够带领团队，在欢乐愉快的氛围中勤奋工作，各自尽职尽责，效率高，质量佳，这样的领导，才是领导艺术高超的合格管理者。

欧阳修就是这样的领导。

"锁院"后，考官们集体住在尚书省东楼。其间，正赶上"花市灯如昼"的元夕。他们不能出外观赏，就像笼中的鹦鹉，心里痒痒的。"故事，春试进士，皆在南省中东厢。刑部有楼，甚宽壮，旁视宣德门，直抵州桥。锁院每以正月五日，至元夕，例未引试，考官往往窃登楼以望御路灯火之盛。"（宋·胡仔《苕溪渔隐丛话》）他们趁着夜色朦胧，偷偷登上刑部楼眺望"东风夜放花千树，更吹落、星如雨"的天空。只见御街上，游人如织，蛾儿雪柳黄金缕；明月高悬，笑语盈盈暗香去；灯火阑珊处，欧阳修是否"不见去年人，泪湿春衫袖"呢？不得而知。

比起唐代，北宋皇帝对居民开放了夜市，对元宵节的重视程度超过任何朝代。

元夕之夜，"康庄咫尺有千山，欲问紫姑应已还。人似嫦娥来陌上，灯如明月在云间。"（梅尧臣《又和》）热闹和奢华的欢庆，构成东京梦华图景，映衬着太平和自由的仁宗时代。"闾阖前临万岁山，烛龙衔火夜珠还。高楼迥出星辰里，曲盖遥瞻紫翠间。辚辚车声碾明月，参差莲焰竞红颜。谁教言语如鹦鹉，便著金笼密锁关。"（梅尧臣《上元从主人登尚书省东楼》）

站在东楼上遥望，火树银花不夜天。但热闹是别人的，与我们无关。"应为能言锁鹦鹉，翻愁无思学杨花……偶向东楼望春色，归心不觉到天涯。"（王珪《东楼》）大众狂欢，笙箫声动，一夜鱼龙舞，能填满大街上每个人的寂寞。王珪的绵绵愁思，随着天空中绚烂绽放又顷刻熄灭的烟花，飞向远方。

工作之余，考官们主要的娱乐方式也是文人化的雅致。读书喝酒、写诗竞技、唱和嬉戏，借以打发闲余的时光。"二月狂风雪，寒威晓更加。省闱轻忌粉，苑树暗添花。有梦皆蝴蝶，逢袍只纻麻。冻吟谁料我，相与赌流霞。"（《二月五日雪》）梅尧臣在这首诗末注解道：闻永叔谓子华曰"明日圣俞若无诗，修输一杯酒"。欧阳修对韩绛打赌说：我明天如果不写诗，就罚他喝一杯酒。为了不让他输酒，我就凑合着写一首吧。

赌诗罚酒，今人可有此雅趣乎？

身心处在如此轻松、快乐的工作环境中，灵感文思如泉涌。他们几个写诗太快、太多了，小吏们抄写不及，大家相互评比，甚为喜悦，彻底改变以前科考时一本正经、死气沉沉的氛围。

"檐瓦萧萧雨势疏，寂寥官舍与君俱。身遭锁闭如鹦鹉，病识阴晴似鹁鸪。年少自愁花烂熳，春寒偏著老肌肤。莫嫌来往传诗句，不尔须当泥酒壶。"（欧阳修《和圣俞春雨》）

"槐柳来时绿未匀，开门节物一番新。踏青寒食追游骑，赐火清明忝侍臣。拂面蜘蛛占喜事，入帘蝴蝶报家人。莫瞋年少思归切，白发衰翁尚惜春。"（欧阳修《和较艺将毕》）

"文昌宫里柳依依，谁折长条赠我归？雨润紫泥昏诏墨，风吹红蕊上朝衣。玉堂燕子应先入，朱阁杨花已半飞。寒食未过春景熟，好同天陌去骓骓。"（王珪《较艺将毕呈诸公》）

二十年之前在洛阳时，梅尧臣曾指导过欧阳修写诗，但此一时彼一时也。在主考官团队中，他的职位最低，不免有些戚戚然和酸溜溜的。

"五公雄笔厕其间，媿似丘陵拟泰山。岂意来嘲饭颗句，忙中唯此是偷闲。"

（梅尧臣《和公仪龙图戏勉》）他们五位之尊高如泰山，我则是小土堆。我是出来混口饭吃的，对他们高山仰止。

"法部乐声长满耳，上樽醇味易酡颜。更贫更贱皆能乐，十二重门不上关。"（梅尧臣《自和》）"群公锦绣为肠胃，独我应埃满肺肝。强应小诗无气味，犹惭白发厕郎官。"（梅尧臣《再和》）

在梅尧臣的诗中，我们能读出他对欧阳修、韩绛等"大咖"的羡慕，更多的是对自己一事无成的解嘲和安慰。

作为主考官，写诗消遣，纯属业余娱乐。为国家选拔人才，才是重要职责所在。

欧阳修对这次科考既充满期待，又竭尽全力。

"紫案焚香暖吹轻，广庭清晓席群英。无哗战士衔枚勇，下笔春蚕食叶声。乡里献贤先德行，朝廷列爵待公卿。自惭衰病心神耗，赖有群公鉴裁精。"（欧阳修《礼部贡院阅进士就试》）今天，宽敞的贡院里，香烟缭绕，惠风习习，清早就坐满了各地来应试的精英们。考生们紧张肃穆，如同衔枚疾走的士兵，无声无息。我只听见笔在纸上沙沙作响，仿佛是春蚕嚼食桑叶的声音。各个郡县都向京都推荐贤才，品德操行为先，朝廷将对他们委以重任。我很惭愧自己身体衰老了，选拔英才的重任，全仰仗诸位来识别辨明啊！

"分庭答拜士倾心，却下朱帘绝语音。白蚁战来春日暖，五星明处夜堂深。力搥顽石方逢玉，尽拨寒沙始见金。淡墨榜名何日出，清明池苑可能寻。"（梅尧臣《较艺和王禹玉内翰》）考生答卷，犹如春日里成千上万的白蚁争战。这五位如明星一样耀眼的考官（梅尧臣有意排除了自己）夜以继日地工作，如石中寻玉，沙里淘金，就等金榜题名，金明池宴游了。

"黄纸帖名书案密，棠梨雕字赋题新。高才顷刻闻天下，谁是墙东冠榜人。"（王珪《较艺书事》）张榜东墙，春风得意马蹄疾，一日看尽长安花。王珪心中，对考生们充满祝愿。

"锁院"期间，这些唱和诗，本是游戏之作。几位考官写写元夕夜登楼看到的美景、贡院的考试情景和感受及对考试结束回家的渴望等，时常为赋新诗强造情。但是，高手之间唱和，除相互感情交流、精神慰藉外，还暗含竞技比赛的意味，故不乏佳作。

五十多天里，写诗最多的是梅尧臣和梅挚。王珪有诗云"诗似神仙并姓梅"。这些唱和诗，后来被他们编辑成集，成为主考期间的文艺副产品，传及后人，风雅有趣，当属欧阳修首创。可惜，这部一百七十多首的礼部考试唱和诗集，早已消失在历史的烟尘中。现保存在欧阳修、梅尧臣、王珪文集中的诗，仅剩八十多首，文学水平最高的也是他们三人。但欧阳修却评价"而子华（韩绛）笔力豪赡，公仪（梅挚）文思温雅而敏捷，皆劲敌也"。可惜，韩绛和梅挚的诗作均已失传。

转眼到了二月底。院外，春意融融，草青柳绿，梨花带雨。"锁院"五十多天里，对考生来说，是命运转折的时期；对主考团队来说，是一生难忘的荣耀记忆。考试结束，"出闱"时的心情绝对是畅快轻松的。

"凌晨小雨压尘轻，闲忆登高望禁城。树色连云春泱漭，风光著草日晴明。看榆吐荚惊将落，见鹊移巢忽已成。谁向儿童报归日，为翁寒食少留饧。"（欧阳修《出省有日书事》）偷登东楼，眺望元夕灯火，已成为昨日美好的记忆，转眼就是榆树吐绿的春天。快告诉孩子们，俺醉翁要回家了。

"辞家彩胜人为日，归路梨花雨合晴。庭下秋千应未拆，笼中鹦鹉即闻声。千门走马将看榜，广市吹箫尚卖饧。已是琼林芳卉晚，不须游处避门生。（梅尧臣《出省有日书事和永叔》）我们几位在"人日"（正月初七）离家，现在如出笼的鹦鹉。看到大街上人流涌动，市场繁荣，人们争相看榜。芳林园中，春花处处，新科进士们对我点头致意。梅尧臣心中是满满的成就感。

考官们"出闱"后，嘉祐二年（1057年）的科举考试尘埃落定。

但是，故事并没有结束。

欧阳修把一直倡导的文学主张，作为这次判卷的重要标准，得罪了在国子监（太学）读书的考生们。他们跟着当时著名的石介教授学习"太学体"，而"太学体"作为曾经流行于科考、易得高分的"险怪、奇涩"文风，早已不受欢迎，欧阳修尤其反感。

"尔来文格日失其旧，各出新意，相胜为奇。直讲石介课诸生试所业，因其好尚，而遂成风。以怪诞诋讪为高，以流荡猥琐为瞻，逾越规矩，惑误后学。"（张方平《贡院请诫励天下举人文章》）后来，张方平反对王安石变法，积极解救苏轼于"乌台诗案"中。张方平在庆历六年（1046年）知贡举时，就点名批评过石介教授误人子弟。但是，"唐自太宗政治之盛，几乎三代之隆。而惟文章独不能革五国之弊。既久而后韩、柳之徒出。盖习俗难变，而文章变体又难也"（欧阳修《集古录跋尾》）。欧阳修深知，唐太宗李世民雄才大略，能开创"贞观之治"，却不能改变文风，直到韩愈、柳宗元等人出现，才有所改观。可见，文风改变之难。

欧阳修知难而进，充分利用这次主考机会，对"太学体"迎头痛击，一个也不录取。即使是在国学界"圈粉"千万的明星学生刘几也落榜了，这引起太学考生的极大不满。沈括在《梦溪笔谈》中有记载道："嘉祐中，士人刘几，累为国学第一人，骤为险怪之语，学者翕然效之，遂成风俗，欧阳公深恶之。会公主文，决意痛惩，一律用大朱笔横抹之。时体为之一变，欧阳之功也……乃以大朱笔横抹之，自首自尾……"欧阳修用大红毛笔横向挥洒、涂抹卷面的形象栩栩如生，真是痛快！但后果很严重。

"嚣薄之士候修晨朝，群聚诋斥之，至街司逻吏不能止，或为《祭欧阳修文》投其家。"（南宋·李焘《续资治通鉴长编》）落榜者相聚在欧阳修上朝的路上，拦截游行，谩骂攻击扔鸡蛋，巡逻的士兵也管不住。更有甚者，写篇祭祀欧阳修的文章，隔墙投其家中。用如此下三滥的做法，发泄私愤，此类考生，落榜确实应该。

从此，北宋文风大变，欧阳修功莫大焉！

对此风波，早在欧阳修的预料之中，他心里非常淡定。"某昨被差入省，便知不静。缘累举科场极弊，既痛革之，而上位不主。权贵人家与浮薄子弟，多在京师，易为摇动，一日喧然，初不能遏，然所得颇为实材，既而稍稍遂定。"（欧阳修《与王懿敏公书》）不畏权贵，为皇帝选拔栋梁之材，改革文风，德能为先，真才实学，弃黜趋利庸俗的小人，我问心无愧也！

北宋时期，太学由唐代的国子监发展而来，以招收培养贵族子弟为主，兼收极少部分优秀的上庶了弟。这些贵胄子弟，喜欢写"太学体"，炫耀博学，浅薄浮躁。在欧阳修眼里，这些学子中看不中用，只不过是"趋利竞朋"的"小鱼虾"而已，应该被时代所淘汰。

"朝家意在取遗才，乐育推仁亦至哉！本欲励贤敦古学，可嗟趋利竞朋来。昔人自重身难进，薄俗多端路久开。何异鳣鲂争尺水，巨鱼先已化风雷。"（欧阳修《和公仪试进士终场有作》）以前，无才无德者占尽便宜，我今天挑选真才实学的进士，才是能激荡时代风雷的"大鲸鲨"。

欧阳修确实眼光独到，谋略深远。

这次科考，遴选出来的数条"巨鱼"，搅动起北宋乃至中国传统文化历史之河，大浪滔天，余波绵延，一直影响到二十一世纪的今天。

让我们回看一下"巨鱼"是如何炼成的——

嘉祐元年（1056年）暮春三月，眉县五十岁的老翁苏洵带着两个儿子苏轼、苏辙，从嘉陵江畔的阆中出发北上，奔赴京都汴梁。临走之前，拜访了知益州的最高长官张方平。以前，在范仲淹推行的庆历新政上，张方平和欧阳修政治立场不同，相互交怨，久不联系。但是，为了不埋没苏洵这样的人才，还是硬着头皮，提笔给欧阳修写了一封热情洋溢的推荐信，还赞助苏洵父子不少路费。苏洵父子三人，经过两个多月艰苦跋涉，于五月到达京城，寄居在东京兴国寺院中，准备明年春天科考。

欧阳修接到张方平的推荐信，并没有因和张方平有个人怨隙而生偏见，和苏洵一见如故，"大爱其文辞"。赞赏老苏的文章"其议论精于物理而善识变权，文章不为空言而期于有用"。欧阳修和苏洵相谈甚欢，倒是对其两个儿子没有太注意。

如此胸襟，当世还存乎？

等考生答卷结束，苏轼的故事大家都知道了。

欧阳修在审卷时，发现《刑赏忠厚之至论》，大为惊喜，以为是自己的学生曾巩所作，故意压低名次。当最后揭去"糊名"，始知乃苏轼所为，便兴奋地给梅尧臣写信感叹："读轼书，不觉汗出，快哉，快哉！老夫当避路，放他出一头之地也。可喜，可喜！"并预言"三十年后，世上人更不道我"。王珪也赞叹道："岷峨地僻少人行，一日西来誉满京。"

再后来，欧阳修亲口对苏轼说："我老将休，付子斯文。"把文坛领袖的位子托付给苏轼。

苏轼刚"出人头地"，行为比较低调谦虚。进士及第后，立即写《谢南省主文启五首》，向欧阳修"谢恩于门下"，表态"轼愿长在下风，与宾客之末，使其区区之心，长有所发"（苏轼《谢欧阳内翰书》）。表态甘愿做欧阳修的学生，并以此为荣。"呜呼，文忠公以道德文章为三朝天子之辅，学士大夫皆师尊之。出文忠之门者，得其片言只辞见于文字为称道，已足自负而名天下。"（毕仲游《西台集》）以欧阳修的地位和名气，他一句表扬的话，立刻就能把你带入"顶流明星"行列，苏轼很清楚这一点。

当蜀地的苏洵带着两个儿子赴京赶考时，另一位来自洛阳的父亲程珦，也带着两个儿子程颢、程颐走在赴京赶考的路上，他们将在嘉祐二年（1057年）的考场上同场角逐。

程颢、程颐兄弟俩同在国子监就学，因国子监解额降了一半，仅哥哥程颢一人登科，程颐没有机会考试，他没有苏轼、苏辙兄弟俩幸运。但谁也没有料到，苏、程二家，以后各自代表蜀党、洛党，相互攻击，纠缠不清。

欧阳修确实没有看走眼。后来，苏轼接过老师欧阳修的文学衣钵，成为一代文宗。

程颢、程颐哥俩也不是吃干饭的。他俩的老师是《爱莲说》的作者周敦颐。著名理学家邵雍也是二程一生的朋友，立志"为天地立心，为生民立命，为往圣继绝学，为万世开太平"的张载是二程的表叔。周敦颐、邵雍、二程、张载被后人称为"北宋五子"，对北宋儒学的复兴和创新厥功至伟。二程也成为北宋著名的理学家和教育家。学生杨时求教于程颐的"程门立雪"故事，流传千年。南宋的朱熹继承和发扬了二程的理学思想，终成"程朱理学"集大成者。

据《宋会要辑稿》载，欧阳修主持的这次科考，合格奏名进士共计三百七十三人，在仁宗主持的殿试中全部录取，从此成为宋代科考惯例——凡奏名者，皆录取。仁宗回宫后，兴奋地告诉身边人：他为后代子孙选了苏轼、苏辙两位宰相之才。

另据《续资治通鉴长编》记载，这次殿试，"赐进士建安章衡等二百六十二人及第、一百二十六人同等出身。是岁，进士与殿试者始皆不落。"实际录取三百八十八人，比主考官欧阳修奏名多出十五人。其中，四川眉州的苏轼两兄弟，江西南丰的曾巩和弟弟曾牟、曾布、从弟曾阜、妹夫王无咎、王彦深一门六人，临川的蔡元导、蔡承禧父子，福建的林希、林旦兄弟和王回、王向兄弟及林开、林棐兄弟等等，皆是一个家族，兄弟、父子等多人同时登第，堪称佳话。

后来，在这批人当中，很多人成为北宋政坛、文坛、思想界的杰出人才，造就了北宋文学乃至中国古代文学史上难以逾越的高峰。苏轼、苏辙、曾巩在"唐宋八大家"中，独占三位。程颢、张载、朱光庭成为"关中三杰"，首倡"洛学"。后来，吕惠卿、曾布、王韶成为新党人物，成为王安石变法的重要推手。吕大钧从学"关学"代表人物张载，其弟弟吕大防成为"元祐更化"时的旧党主力军。

历史已经证明，欧阳修选出的这些"鲸鱼"式人物，如苏轼、曾巩、吕惠卿、程颢、张载等，皆智慧超群，身手不凡，呼风唤雨，关系交错，恩恩怨怨，演绎出很多北宋时代独有的人文故事。"欧阳公于是时，实持其权以开引天下豪杰，而世之号能文章者，其出欧阳之门者居十九焉。"（《张耒集》）苏轼的学生张耒不禁感叹，文章写得好的人，百分之九十出自欧门。这虽有点夸张，却不无道理。

欧阳修的选才标准和文学主张，其实是顺应了宋仁宗时代的大势所趋。

宋仁宗时代，社会稳定发展，商品经济繁荣，思想自由活跃，书院式教育普及。从文人士大夫到一般市井民众，文化审美趣味趋向简雅、平实和流畅。欧阳修主动适应这一需求，更重要的是仁宗也认识到臣民对美好生活的这一向往，并予以积极支持。

另据何忠礼先生的《试论北宋科举制的特点及其历史作用》一文统计，宋代共开科举考试118次（北宋69次，南宋49次），北宋共取进士19147人，诸科（明经）15016人，两科合计34163人。平均每年取士205人，每次平均取士495人。（另据张希清在《北宋贡举登科人数考》一文中统计，北宋正式奏名进士19281人，诸科16331人，共计35612人。还有另外一组数据为总计61000人，平均每年约为360人）由于时间久远、战乱和资料缺失的限制，这些数据虽然有差距，但不会影响我们得出北宋在科举史上是空前绝后的结论。

而仁宗时代录取人数最多，真正是文人的黄金时代。仁宗在位41年，开科13次，进士、诸科合计录取9766人，每年平均录取239人，每次平均录取进士769人。其中，共录进士4615人，每次平均355人。（另据《苏轼文集》记载，仁宗朝共录进士为4517人。《宋史》中记载为4570人）

仁宗时代，人才济济，群星闪烁。但如果没有欧阳修、二苏、二程、曾巩、张载等著名人物，北宋的文学天空立刻会暗淡下来。

故此，现代很多人愿意穿越到宋朝生活，我想也仅仅是愿意回到电视剧《清平乐》中的仁宗时代而已。有几人愿意穿越到北宋徽宗、南宋宁宗、理宗时代呢？

嘉祐二年（1057年）的那场高考，多年后仍余波不断，新故事不断上演。

被仁宗视为宰相之才的苏轼，仕途起点不错，可惜命运多舛。除在杭州和京都留下短暂的美好记忆外，黄州、惠州、儋州见证了他的无可奈何、苦中作乐和丰富的心灵世界。他走在不断被贬谪的路上，修炼成仙。他的一生，为性格直率和才情外露付出巨大的代价，过度消耗了他的身体和精神。同时，也得罪不少同学，有些甚至反目成仇。这里有其政治主张和学术观点的不同，也有各自性格和道德修养的差异。

苏轼在与程颢的党争中，二程的学生朱光庭为卫护师门，与苏轼交恶多年，就连苏辙也掺和进来。苏辙帮助哥哥弹劾攻讦朱光庭。同学张琥在凤翔府任法曹参军时，与苏轼有着较好的同事关系。在"乌台诗案"中，张琥与李定等人一起，构陷苏轼，心狠手辣，必欲置苏轼于死地而后快。

同学吕惠卿被王安石选为变法的得力助手，成为苏轼的政敌。后来"元祐更化"，苏轼上台，吕惠卿被贬。苏轼同样下手狠毒，反戈一击，欲踏上一万只脚，使其永世不得翻身。

当年的状元同学章衡，本是章惇的侄子。章惇与苏轼早年交好，后为政敌。苏轼从惠州再贬海南，实拜章惇"所赐"。章衡虽是状元，却政绩平平，与苏轼关系很好，苏轼称赞他"文章之美，经术之富，政事之敏，守之以正，行之以谦"。苏轼知杭州时，给他多次写信，关心鼓励他"任重道远，必老而后大成"。

元祐三年（1088 年），苏轼为主考官知贡举，有几位同学的儿子成为他的得意门生。比如，苏轼不计前嫌，选录章惇的两个儿子章援、章持为进士，章援为省元，颇有欧阳修当年不与张方平计较的胸怀。

同学李惇的儿子李廌（zhì），成为"苏门六君子"之一。

同学晁端彦和苏轼保持着终生的友情。他的儿子晁说之、晁咏之跟从苏轼学习，苏轼称赞晁咏之为奇才，并向皇帝积极推荐。晁端彦的侄子晁补之，在苏轼知扬州时，曾任通判，也为"苏门四学士"之一。同学父子两代人的友谊，情真意长。

苏轼被贬黄州时，生活困顿，亲友大多远离，同学蔡承禧独自出资帮助苏轼建造南堂五间。雪中送炭之举，非一般人能做到。

一位刘姓同学的儿子刘沔，自己出资为苏轼编辑出版文集。苏轼高兴地称赞他选择诗文很有眼光，并"又喜吾同年兄龙图公之有后也"。苏轼感慨我们这一辈青春不再，可喜的是下一代已经成才。

"与君登利如隔晨，敝袍霜叶空残绿。如今莫问老与少，儿子森森如立竹。黄鸡催晓不须愁，老尽世人非我独。"（苏轼《与临安令宗人同年剧饮》）在杭州，与老同学宗人喝大酒，想到同学们儿女忽成行，不由得一举累十觞。

人性之善、恶，离开当时的场景，谁能说得清楚呢？同学之间，彼此更了解性格、才情、好恶和品德等，也更容易产生恩恩怨怨，衍生出一些匪夷所思的或温暖或龌龊的故事。

古人如此，推及当下，概莫能外。

嘉祐二年（1057 年）的科考，影响深远，当时的很多文人记忆深刻，犹如1977 年恢复高考时的下乡知青。

北宋时，叶梦得在其《石林诗话》中云："至和、嘉祐间，场屋举子为文尚奇涩，读或不能成句。欧阳文忠公力欲革其弊，既知贡举，凡文涉雕刻者，皆黜之。时范景仁、王禹玉、梅公仪、韩子华同事，而梅圣俞为参详官，未引试前，唱酬诗极多。文忠'无哗战士衔枚勇，下笔春蚕食叶声'，最为警策。圣俞有'万蚁战时春昼永，五星明处夜堂深'，亦为诸公所称。及放榜，平时有声，如刘辉辈，皆不预选，士论颇汹汹。未几，诗传，遂阒阒然，以为主司耽于唱酬，不暇详考校，且言以五星自比，而待吾曹为蚕蚁，因造为丑语。自是礼闱不复敢作诗，终元丰末几三十年。元祐初，虽稍稍为之，要不如前日之盛。然是榜得苏子瞻为第二人，子由与曾子固皆在选中，亦不可谓不得人矣。"

考生落榜闹事，对主考官在"锁院"期间唱和的诗句吹毛求疵，攻击欧阳修喝酒写诗，不务正业，还把考生比喻成"春蚕""白蚁"，而自比"星辰"，是可忍，孰不可忍！

嘉祐二年（1057 年）之后，科考"锁院"，主考官们只能喝酒解闷，不敢再写诗唱和、相互嬉笑。每个人都装成一副老成持重、道貌岸然的样子。

弹指一挥间，三十多年过去。

元祐三年（1088 年），欧阳修的"接力棒"交到苏轼手里。这年科考，苏轼权知贡举，成为主考官。吏部侍郎孙觉、中书舍人孔文仲同权知贡举，为副手。另外，还选择黄庭坚、李公麟、晁补之、张耒、蔡天启为参详、点检试卷官，为助手。李公麟、蔡天启还是当时著名的业余画家。这又是一个"自带流量"的豪华型主考团队。

苏轼等人的性格和才情使然，"锁院"期间，考官们写诗唱和、喝酒嬉闹之风重现。虽比不上嘉祐二年活跃，但毕竟是回光返照，昙花一现。随着苏轼再次被贬，这一传统就断绝了。

仅仅从这一点上看，欧阳修对苏轼的偏爱，既是慧眼识珠，又是惺惺相惜。

试想，嘉祐二年的科考，如果主考官不是欧阳修，而是换成石介，那么苏轼兄弟、曾巩兄弟等考生落榜无疑。

倘若如此，中国古代文学史、思想史会走向何处呢？

"自欧阳子出，天下争自濯磨，以通经学古为高，以救时行道为贤，以犯颜纳说为忠。长育成就，至嘉祐末，号称多士。"（苏轼《六一居士集叙》）北宋的文学，最终走上高峰。而这个时代文风的改变，为欧阳公极力推动也。嘉祐二年的科考，成为加速文风变革的"催化剂"。

熙宁五年（1072 年）九月，欧阳修在颍州（今安徽阜阳）的家中去世，享年六十六岁。两年后，获赐谥号"文忠"。

宰相韩琦为其撰写的墓志铭中专门记录曰："嘉祐初，权知贡举。时举者务为险怪之语，号'太学体'。公一切黜去，取其平淡造理者，即欲奏名。初虽怨言纷纭，而文格终以复故者，公之力也。"

让历史铭记嘉祐二年（1057 年）欧阳修主持的这次科考吧！如同今天的我们，对 1977 年秋天全国恢复统一高考一样念念不忘……

东坡与"乌嘴"

"乌嘴"是一条狗，并非达官贵人豢养的宠物犬，而是一条游荡在乡间野外四处觅食的流浪狗。因为它与大文豪苏东坡有了交集而成为传奇。千百年来，一直活在后人对苏东坡及其诗文的喜爱中，我相信它永远也不会死去。南宋以来，研究苏东坡的专家学者很多，但很少有人关注过曾有一条名叫"乌嘴"的狗，对于晚年苏东坡的忠诚、陪伴和安慰，如同弟弟苏辙、幼子苏过一般暖心。我把这条狗从历史深处打捞出来，走进东坡一生热爱大自然万物生灵的旷达圆融精神世界里。

有关"乌嘴"的故事，还得从东坡在惠州再次被贬海南儋州说起。

北宋绍圣四年（1097 年）四月十九日，苏东坡携带幼子苏过，不得不离开新建成、刚刚搬进来不久的位于惠州白鹤峰下的新居，登上舟船，驶向下一个贬谪地——海南昌化军安置。昌化军原为北宋熙宁六年（1073 年）以儋县（今儋州西北旧儋县）改置而来，到南宋绍兴五年（1135 年）被废，后称南宁军。当时北宋时代的海南岛并非今天旅游观光购物的天堂，此地人烟稀少，雾瘴弥漫，荒芜贫瘠。唐宋以来，凡是官员被发配流放到这里，大都有去无回，处罚仅次于砍头。这次，东坡被贬到这里的理由也很奇葩。据南宋陆游在《老学庵笔记》里记载："绍圣中，贬元祐党人苏子瞻儋州，子由雷州，刘莘老新州，皆戏取其字之偏旁也。时相之忍忮（妒恨）如此。"苏轼，字子瞻，"瞻"和"儋"的偏旁相同，就贬到儋州。弟弟苏辙，字子由，"雷"字下半部是"由"，便贬雷州。刘莘，贬谪新州也是同样道理。可见，当时宰相章惇等人的心态和嘴脸是多么阴险和恶毒。有些文人一旦得势，以整他人为乐，心理变态，从文人相轻走向嫉妒怨恨，再欲置他人于死地，这样的文人历史上从未断绝过。

这天早晨，阳光照在海面上，波光粼粼，帆影点点，海鸥翔集，但美景并不能化解天涯沦落人的悲伤。长子苏迈率领全家，聚集在码头送行，千言万语汇聚成一汪汪冰凉的眼泪。父子心里都很明白，此别恐怕是永别。六十二岁的东坡，垂老投荒，无复生还希望，后事已托付给长子，安心踏上羁旅。父子俩挥手告别，苏迈看到木船渐渐消失在海天连接之处，隐没在海面上，大放悲声。东坡回望越来越模糊的大陆雷州半岛，心里五味杂陈。再见了，儿子！再见了，地下沉睡的朝云！

船到梧州，东坡才知道弟弟子由刚刚离开此地，正赶往贬谪地雷州。东坡一路追去，五月十一日，兄弟俩终于相聚在滕州后，一路相伴，近一个月后到达雷州半岛的徐闻海岸。东坡或许想起在"乌台诗案"狱中，他曾写给弟弟的诗："是处青山可埋骨，他年夜雨独伤神。与君世世为兄弟，更结来生未了因。"今天，或许是兄弟俩最后一次"夜雨对床"的机会。东坡拉着子由的手，目光温柔慈祥，安慰嘱咐弟弟，语重心长，相互鼓励。"莫嫌琼雷隔云海，圣恩尚许遥相望。平生学道真实意，岂与穷达俱存亡……他年谁作舆地志，海南万里真吾乡。"（《吾谪海南，子由雷州被命即行，了不相知，至梧乃闻》）子由点点头，反过来劝说哥哥修无生法，保重身体要紧。"除却灵明一一空，年来丹灶漫施功。掌中定有庵摩在，云际悬知雾雨蒙。已赖信心留掣电，要须净戒拂昏铜。谁言逐客江南岸，身世虽穷心不穷。"（《劝子瞻修无生法》）苏辙劝哥哥把酒戒掉，远离丹砂，修行佛性，自渡彼岸，脱离苦海。保持北归的信心。

绍圣四年（1097 年）六月十一日，天气晴朗，风平浪静，东坡乘船漂流渡过琼州海峡。站在船头远望，水天一色，白云如絮，海风吹起东坡花白的须发，他不知等待前方的命运是什么。"吾始至南海，环视天水无际，凄然伤之。曰：何时得出此岛耶？已而思之：天地在积水之中，九州在大瀛海中，中国在少海之中，有生孰不在岛者？覆盆水于地，芥浮于水，蚁附于芥，茫然不知所济，少焉水涸，蚁即径去，见其类，出涕曰：几不复与子相见，岂知俯仰之间，有方轨八达之路乎。念此，可以一笑。"（朱弁《曲洧旧闻》）这是抵达儋州后的九月十二日，东坡与客人饮酒薄醉时，回忆这次海上之行时的心态。虽然心有余悸，唯恐葬身鱼腹，但东坡已跳出个人得失狭隘的视野，升华到对人类与天地自然之间关系的叩问，其一贯豁达乐观的情绪逐渐消除被世界抛弃的孤独感。"馀生欲老海南村，帝遣巫阳招我魂。杳杳天低鹘没处，青山一发是中原。"（《澄迈驿通潮阁》）世界本身就是海中孤岛，我们每个人都生活在一座座孤岛之中，无人例外。人生如寄，生命渺小如蝼蚁。此处的青山，岂不是和中原一样，处处可埋忠骨，我何必非要再走出海岛呢？

精神上豁然开朗，此心安处是吾乡。东坡来到琼州（今海口市）。彼时，这里只是一个大渔村似的城镇，清康熙年间才设营建治。东坡在客栈里休息十多天，婉拒了琼州长官张景温设宴接风洗尘的好意。东坡外出散步时，发现城内居民人畜混用水塘，非常不卫生，便想为居民寻找一处干净水源，解决吃水问题。功夫不负有心人，在城东北角处，他发现两处泉眼，水质甘洌，涓涓不断。东坡立即建议官府组织人力在此打井，建造蓄水池。其中，一眼为"浮粟泉"。至今，仍保存在海口五公祠内。流出的泉水中，有粟米般的气泡源源不断地冒出来，闪着鱼鳞般的白光。

琼州不能久留，东坡抓紧赶往三百里外的儋州。此时，正值海南岛最炎热的夏季，暑气从地面蒸腾上升，阳光从天上倾泻下来。东边日出西边雨，走着走着，正燥热难耐之时，空中忽然飘来一阵太阳雨，清风送来丝丝凉意。东坡坐在小轿里，从午梦中醒来，精神为之一振，犹记刚才浅梦中想到的两句诗"千山动鳞甲，万谷酣笙钟"，赶紧挥毫写下赴儋州路上的第一首诗。"四州环一岛，百洞蟠其中。我行西北隅，如度月半弓。登高望中原，但见积水空。此生当安归，四顾真途穷。眇观大瀛海，坐咏谈天翁。茫茫太仓中，一米谁雌雄。幽怀忽破散，咏啸来天风。千山动鳞甲，万谷酣笙钟。安知非群仙，钧天宴未终。喜我归有期，举酒属青童。急雨岂无意，催诗走群龙。梦云忽变色，笑电光改容。应怪东坡老，颜衰语徒工。久矣此妙声，不闻蓬莱宫。"（《行琼、儋间，肩舆坐睡。梦中得句云：千山动麟甲，万谷酣笙钟。觉而遇清风急雨，戏作此数句》）琼州往西经澄迈，再向南折往儋州，走的是一条弧形的路线，如半月的弓背形状。登高遥望，中原在比远方更远的远方。九州处于瀛海之中，个体生命，都如沧海一粟。人生如梦，生活在别处，"应无所住，而生其心。"（《金刚经》）期待能够早日归去，必须调整心态，顺势而为。在东坡眼里，这风雨之凉意，这群龙之飞舞，这浮云之瑰丽，这雷电之响声，都在激发他无穷的诗兴。这贬谪之地，如同仙山琼阁。后来，清人汪师韩在《苏诗选评笺释》中评价这首诗曰："行荒远僻陋之地，作骑龙弄凤之思，一气浩歌而出。天风浪浪，海山苍苍，足当司空图'豪放'二字。"司空图是晚唐时代著名的诗人、评论家。他撰写的《二十四诗品》，对唐诗艺术的发展和特点在理论上高度总结，成为当时诗歌艺术理论的集大成著作，简称《诗品》。书中把诗歌的艺术风格和意境分为雄浑、冲淡、纤秾、沉着、高古、典雅、洗练、劲健、绮丽、自然、含蓄、豪放、精神、缜密、疏野、清奇、委曲、实境、悲慨、形容、超诣、飘逸、旷达、流动等二十四品类，每品用十二句四言韵语加以描述，同时还涉及作者的思想修养和写作手法，对后世的文学批评和创作及美学思想具有深刻的影响。

在路上，东坡还没有抵达最终贬谪地儋州时，离开惠州时的绝望情绪基本上烟消云散，重又回到"归去，也无风雨也无晴"的大境界。七月一日，东坡抬头看到远处的儋耳山横亘在白云之下，便明白流放地昌化军治所儋州就在眼前了。低头看见道路两边满地的杂草，散乱着大小不一黑黢黢的石头，仿佛是女娲补天后掉下来的，随口吟道："突兀隘空虚，他山总不如。君看道傍石，尽是补天馀。"（《儋耳山》）儋耳山卓尔不群，能补天的石头却被遗弃在路旁，如同自己的仕途和人生命运。

七月二日，东坡父子抵达儋州，得到昌化军军使张中的许可，东坡父子租住在官舍伦江驿站。驿站为土墙茅草所建，四处漏风。梅雨季节，炎热潮湿，蛇虫出没。儋州黎汉杂居，荒蛮偏陋，东坡初始的日子确实很难熬。"此间食无肉，病无药，居无室，出无友，冬无炭，夏无寒泉。"（《与程秀才书》）"如今破茅屋，一夕或三迁。风雨睡不知，黄叶满枕前。"（《和陶怨诗示庞邓》）"老人（自称）住海外如昨，但近来多病瘦瘁，不复如往日，不知馀年复得相见否？……又海南连岁不熟，饮食百物艰难，又泉、广海舶绝不至，药物、酱酢等皆无。厄穷至此，委命而已。老人与过子相对，如两苦行僧耳。然胸中亦超然自得，不改其度，知之免忧。"（《与元老侄孙书》）东坡写给亲朋好友的信中，报平安的同时，更多的是抱怨这里的贫困环境。

东坡抵儋次年，儋州灾荒少产。"米皆不熟""儋人无蓄藏""资养所给，求辄无有。"东坡有绝粮之忧。早晨起来，父子二人站在桄榔树下，"吸初日光咽之"。饥饿时，吞噬早晨的阳光，练习龟息法止饿，乃道家养生法。"北船不到米如珠，醉饱萧条半月无。明日东家知祀灶，只鸡斗酒定膰吾。"（《纵笔》）从泉州、合浦起航渡海运米的船舶进不来，米价上涨买不起。邻居祭灶后，送来一些祭品打牙祭。为了生存，东坡还"尽卖酒器，以供衣食"，只留下一个玉质荷叶杯不舍得卖，留作纪念把玩。东坡父子自己动手，解决一部分饭菜问题。"红薯与紫芋，远插墙四周……一饱忘故山，不思马少游。"（《和陶酬刘柴桑》）这与在黄州开垦东坡的日子类似，偶能填饱肚子，便觉得是人间美味。"过儿忽出新意，以山薯作出玉糁羹。"他感到"色香味皆奇绝，天上酥陀则不可知，人间决无此味也"。乡亲送一些生蚝，顿觉"食之甚美，未始有也"(《食蚝》)。

日子清苦也就罢了，无所事事、信息断绝的孤独感更让人难受。"至儋州十馀日矣，淡然无一事。学道未至，静极生愁。"(《夜梦并引》)东坡夜里失眠，坐卧不安，"悒然悸悟心不舒，起坐有如挂钓鱼。"生活困穷日甚，亲朋人事和中原汴京的消息统统断绝。此中枯寂，不是正常人所能忍受的。"从我来海南，幽绝无四邻。耿耿如缺月，独与长庚晨。"(《和陶杂诗》)仰望星空，月冷星寒，一声长叹，"流离僵仆于九死之馀"。"与幼子过南来，馀皆留惠州。生事狼狈，劳苦万状。"(《与杨济甫》)东坡自感年老体衰，孤鳏海外，仍留在内地的苏迈等十多口人，受到牵连，生计艰难，自顾不暇。念及此事，东坡心存愧疚，无奈"老去尚贪彭泽米"，感叹"宦游莫作无家客"。

按照惯例，抵达贬谪地后，要向皇帝呈上感谢信。在《到昌化军谢表》中，东坡一方面赞美当今皇上的圣明，表达忠君之心，同时也放下身段，把傲娇的头颅夹在裤裆里，陈述自己的悲惨境遇，期望皇恩浩荡，为自己和家人洒几滴阳光雨露。"今年四月十七日，奉被告命，责授臣琼州别驾昌化军安置。臣寻于当月十九日起离惠州，至七月二日已至昌化军讫者。并鬼门而东骛，浮瘴海以南迁。生无还期，死有馀责。臣轼中谢。伏念臣顷缘际会，偶窃宠荣。曾无毫发之能，而有丘山之罪。宜三黜而未已，跨万里以独来。恩重命轻，咎深责浅。此盖伏遇皇帝陛下，尧文炳焕，汤德宽仁。赫日月之照临，廓天地之覆育。譬之蠕动，稍赐矜怜；俾就穷途，以安馀命。而臣孤老无托，瘴疠交攻。子孙恸哭于江边，已为死别；魑魅逢迎于海上，宁许生还。念报德之何时，悼此心之永已。俯伏流涕，不知所云。臣无任。"在谢表中，苏轼态度诚恳，文笔中规中矩，那个豪放洒脱的苏东坡消失了。当然，此类公文，赞美皇上并非句句言而由衷，但生活陷于困顿的现实、乞求皇上开恩的祈求肯定是真的。"某到此数卧疾，今幸少间。久逃空谷，日就灰槁而已。"在写给朋友的信中，东坡如此描写自己的身体状况。

东坡虽然已被贬儋州，但政敌章惇等人并没有放过他，希望他尽快在岛上自生自灭，把他的文学影响力缩减到最小范围。不久，章惇派人到儋州督查东坡的改造表现，并立即把东坡父子赶出官舍。东坡无处栖居，幸运地得到城东的书生黎子云兄弟帮助，把东坡父子接到家中安顿。黎子云是当地为数不多的读书人，很珍惜近距离接触大文豪的机会。从此，他家里成为读书人聚会、切磋诗文的地方。过了一段时间，大家商议集资建造几间茅屋，作为东坡讲学的场所。东坡非常赞同，亲自命名为"载酒堂"。

　　"载酒堂"大门外，他们联手挖出半月形的莲花池塘，面积有十余亩，可广种莲藕等，每年收塘租以充学费。此后，把这几位学生作为讲述教育对象，有书可读，有人可教，东坡不再感到寂寞。苏轼心中儒家的社会责任感又涌现出来，传道授业，教化这里的黎族同胞，把中原大地上的文脉传播到蛮荒的海南岛，便是功德无量。除黎子云兄弟俩之外，东坡的学生越聚越多。其中，琼州的学子姜唐佐，自带干粮和书籍，于元符二年（1099年）九月至第二年三月，专程来到儋州求学半年时间，深得东坡喜爱。临走时，东坡把自己的画像赠予他，并题两句诗"沧海何曾断地脉，白袍端合破天荒"以鼓励。师徒约定，若姜唐佐考取功名，东坡再续上后两句诗。后来，小姜同学果然于崇宁元年（1102年）中举，实现海南岛零的突破，遗憾的是此时苏东坡老师已去世。崇宁二年（1103年）正月，姜唐佐路过汝南时，遇到苏辙，便由苏辙代为补上后两句诗："锦衣他日千人看，始信东坡眼力长。"这段文坛佳话，曾鼓励无数岛上学子。东坡父子离开海南九年后，符确成为海南进士及第第一人，他也是苏门弟子，曾官至承议郎和韶州、化州知州。苏东坡成为海南岛传播中原文化的拓荒牛和桥梁。此后，海南岛开始人才辈出，文化渐荣。"载酒堂"成为后世的儋州东坡书院。

　　既来之，则安之。"茅茨破不补，嗟子乃尔贫。菜肥人愈瘦，灶闲井常勤。我欲致薄少，解衣劝坐人。临池作虚堂，雨急瓦声新。客来有美载，果熟多幽欣。丹荔破玉肤，黄柑溢芳津。借我三亩地，结茅为子邻。鴃舌倘可学，化为黎母民。"（《和陶田舍始春怀古二首》）在朋友、学生和邻居的大力帮助下，东坡在城南的桄榔树林里，建造一所隔成五间的茅屋"桄榔庵"。"庵"者，房屋低下简陋也。虽比不上杜甫在成都的草堂气派，但父子二人已非常满意。遮风挡雨，安居乐读，东坡专门写就一篇《桄榔庵铭》，记述此时的居住环境和心情。"日月旋绕，风雨扫除。海氛瘴雾，吞吐吸呼。蝮蛇魑魅，出怒入娱。习若堂奥，杂处童奴。东坡居士，强安四隅。以动寓止，以实托虚。放此四大，还于一如。东坡非名，岷峨非庐。须发不改，示现毗卢。无作无止，无欠无馀。生谓之宅，死谓之墟。"在毒蛇出没的环境中，保持容仪行止不慌不忙、不急不怨的禅定，我已非我，峨眉也非我的故园老屋。这几间茅屋，正是参佛修道之所。我活着的时候当成家，死后就是墓穴。东坡悟透一切，真正放下人间虚幻。这篇铭文，已超越唐代诗人刘禹锡那篇著名的《陋室铭》之境界。

　　"朝阳入北林，竹树散疏影。短篱寻丈间，寄我无穷境。"（《新居》）新居落成后，东坡家里烟火气浓起来。黎子云兄弟整天和几位读书人围在这里求学问道，听东坡谈禅论佛。周边邻居经常来串门聊天，顺便送来一些吃的喝的，东坡重回美食家的本来面目。"庖丁鼓刀，易牙烹熬。水欲新而釜欲洁，火恶陈而薪恶劳。九蒸暴而日燥，百上下而汤鏖。尝项上之一脔，嚼霜前之两螯。烂樱珠之煎蜜，溣杏酪之蒸羔。蛤半熟而含酒，蟹微生而带糟。盖聚物之夭美，以养吾之老饕。"（《老饕赋》）东坡作为美食家，对当地人吃老鼠、蝙蝠、蜈蚣等动物的习俗不敢苟同。"土人顿顿食薯芋，荐以熏鼠烧蝙蝠。旧闻蜜唧尝呕吐，稍近虾蟆缘习俗。"东坡只喜欢吃海里野生的生蚝、蛤蜊、螃蟹、虾蟆等。"己卯冬至前二日，海蛮献蚝。剖之，得数升肉与浆，入水，与酒并煮，食之甚美，未始有也。"（《食蚝》）东坡还幽默地告诫儿子，千万不要把生蚝绝味泄露出去，以免北方中原的士人听说了，都纷纷要求贬谪海南。苦中作乐，幽默风趣，好可爱的坡翁！

"心弗乐，五味在前弗食。"（《吕氏春秋·适音》）"心忧恐，则口衔刍豢而不知其味。"（《荀子·正名》）按照古人观点，人的行为和感觉取决于内心，包括吃。一个人如果内心忧伤、恐惧、不悦，即使嘴里含着珍馐美食，也不会感知吃美味的愉悦。看来，搬进新居后，东坡心里的阴影面积已趋于零。"醉饱高眠真事业，此生有味在三馀。"东坡的生活渐渐归于平静自足。有一天清晨，东坡早起散步，发现桄榔庵门前卧着一条流浪狗，看起来又病又饿，怯弱哀伤的眼神像一个迷路的孩子。东坡赶紧蹲下来，抚摸着它的头，这条狗很有灵性，好像与他挺有缘，一动不动地看着东坡的眼睛。这位温顺的天外来客，浑身上下毛皆为黄色，只有嘴巴上的毛是黑色的，一下子勾起东坡以前和狗之间的往事。

东坡与黄犬缘分不浅。熙宁四年（1071年），苏轼第一次在杭州签判任上，曾领养过一条黄毛犬，经常陪伴东坡泛游西湖，它也很黏东坡刚刚认识的小姑娘朝云。离开杭州时，东坡专门找来文友，"遣黄耳，随君去"。东坡委托朋友照料好它。熙宁七年（1074年）五月，苏轼在知密州时，就豢养过一条剽悍的黄犬，经常随苏轼出行，威风八面。"左牵黄，右擎苍，锦帽貂裘，千骑卷平冈……"画面感极强，黄犬奔跑追逐野兔的动感呼之欲出。熙宁九年（1076年），东坡调任彭城（今徐州）时，太守设宴为他接风洗尘，菜品里有狗肉，东坡非常生气，停箸罢宴而去，让徐州太守很没有面子，一桌子陪客不欢而散。虽然东坡是著名的吃货，但他一生唯独不吃狗肉。东坡还趁机给陪客的诸位上了一节热爱狗狗的文化课。东坡说：孔子"不忍食其肉，况可得而杀乎"，孔子不吃狗肉，更不容忍去杀狗。狗死了，孔子要用旧车盖装殓好妥善埋葬。你们这些儒家学士难道不懂吗？东坡爱狗之心，可见一斑。想到这些，东坡把这条黄毛狗抱回桄榔庵中，让苏过喂它两碗芋头粥。根据它的毛色特征，给它取名"乌嘴"。从此，"乌嘴"成为东坡家庭的一员，与东坡形影不离，终老到死。

"半醒半醉问诸黎，竹刺藤梢步步迷。但寻牛矢觅归路，家在牛栏西复西。总角黎家三四童，口吹葱叶送迎翁。莫作天涯万里意，溪边自有舞雩风。符老风情奈老何，朱颜减尽鬓丝多。投梭每困东邻女，换扇惟逢春梦婆。"（《被酒独行，遍至子云威徽先觉四黎之舍》）东坡乘着酒兴出去访友，在竹林间迷路，"乌嘴"跟在身后摇头摆尾，沿着有牛粪的小路行走才找回家。几个扎着小辫儿的黎族儿童，口中吹着葱叶笑话我的脸红是酒精闹的。东坡心里，万里天涯即故乡，正如孔子学生曾皙的人生理想。"暮春者，春服既成，冠者五六人，童者六七人，浴乎沂，风乎舞雩，咏而归。"有天下午，在老秀才符林家中午喝酒归来，随便带几棵青菜和芋头，准备做晚饭。半路上遇到年逾七十的老太太，朗声笑着和东坡打招呼："内翰昔日的富贵，岂不是都成为一场春梦啦？您家里除了书，没有什么值钱的东西，难道还需要一条狗看门吗？"这化外之地的老太婆，对生活的感悟智慧如此，让东坡沉思不语良久。自此，东坡始称老太太为"春梦婆"。

东坡一生，融通儒释道为生命智慧，热爱大自然的一切生灵。他很明白狗虽然是一个与人类有异的动物，但却是一个比人类还要简单、忠诚的好伙伴。对身处困厄苦难的人来说，一条狗和一个人的厮守是相互温暖幸福的，最能安慰个人的孤独寂寞，为精神和心灵疗伤。在这一点上，一条狗往往比人类更可靠和值得信赖。尤其是处在中国文人相轻的传统中，文人整起文人来更可怕、更狠毒。"臣自少年从仕以来，以刚褊疾恶、尽言孤立为累朝人主所知。然以此见疾群小，其来久矣。自熙宁、元丰间为李定、舒亶辈所谗，及元祐以来，朱光庭、赵挺之、贾易之流，皆以诽谤诬臣。前后相传，专用此术……"（《辨黄庆基弹劾札子》）东坡明知自己的性格容易得罪小人，却总也改不了率直的言行。"忠规说论，挺挺大节。""为小人忌恶挤排"（《宋史本传》），苏东坡为自己的性格付出了沉重代价。这点，弟弟苏辙很理解哥哥饱尝贬谪之苦的性格原因，在为哥哥撰写的墓志铭中直言道："其为人，见善称之，如恐不及；见不善斥之，如恐不尽。见义勇于敢为，而不顾其害。用此，数困于世。"东坡就是一位在官场最没有城府的文人，敢恨敢爱，喜怒写在脸上。他与对手王安石相比，东坡是一流的文人，二流的政客。王安石则是一流的政客，二流的文人。是故，"拗相公"王安石对苏东坡当时在北宋文化圈的影响力超越自己心存丝丝妒忌，在政治上出手打击也不奇怪。

元丰二年（1079年），东坡因"乌台诗案"被贬黄州，主要是王安石扶植的新党所构陷，尝尽人情冷暖。"得罪以来，深自闭塞。扁舟草屦，放浪山水间，与樵渔杂处，往往为醉人所推骂。辄自喜渐不为人识，平生亲友，无一字见及，有书与之亦不答，自幸庶几免矣。"（《答李端叔书》）就连好朋友李公麟也远离了东坡。李公麟是南唐先祖李昇的裔孙，以画骏马、人物、山水而闻名于北宋艺坛，据说深得唐朝大画家吴道子的真传，人物画运笔如行云流水，造型正确生动；山水画气韵清秀，得唐代王维真传，意境高远空灵；画骏马则超过了唐代画马奇才韩干，神态飞动雄健。李公麟师法自然，自成一家，被后代尊为绘画百代宗师。元祐初年，李公麟在京任承议郎，与当时的政坛、文坛名流王安石、苏轼兄弟、黄庭坚、米芾、王诜等人交好。东坡家的宗庙神像、王安石的标准像皆出其手。元祐二年（1087 年）五月，他们在驸马爷王诜家里，举办了一场文人盛会，谓之曰"西园雅集"，与东晋王羲之等人的兰亭雅集齐名。王诜盛邀苏轼、苏辙、黄庭坚、米芾、秦观、李公麟，以及在汴京游学的日本人圆通大师等十六位名士参加。李公麟专门作画《西园雅集图》，米芾挥笔写题记。可是，等东坡被贬惠州后，李公麟表示与苏家划清界限，不再往来。走在大街上，若遇见苏轼和苏辙的家人，赶紧以扇子遮脸，假装没看见，翻脸比翻书还快。

雪中送炭的朋友，有着阳光般的温暖。被贬黄州期间，第一个从外地来看东坡的是杜道源。老杜不避时忌，带着酒肉和土特产来到黄州，这让东坡非常感动。"谪寄穷陋，首见故人，释然无复有流落之叹。衰病迁拙，所向累人，自非卓然独见，不以进退为意者，谁肯辱与往还？每惟此意，何时能忘……"（《致道源秘校书》）在儋州期间，绍圣五年（1098 年），道人吴复古专程渡海过来，与东坡同吃同住四个月，谈论出世修行和养生之道，给东坡精神上极大安慰。"吴复古子野，吾不知其何人也。徒见其出入人间，若有求者，而不见其所求。不喜不忧，不刚不柔，不惰不修，吾不知其何人也。"（《远游庵铭》）后来，东坡遇赦离开儋州时，吴复古不知从哪里得到信息后，又一次渡海而来，陪同东坡一家北上。还有儋州昌化军的军使张中，因为经常帮助刚到此地的东坡父子解决生活困难，有小人向朝廷告发，旋即被撤职查办，遣返原籍。"梦中与汝别，作诗记忘遗。"东坡心中，始终铭记着儋州"风土极善、人情不恶"的温情故事。

除了为数不多渡海而来的朋友，就数"乌嘴"最忠诚，一直陪伴着东坡。他们之间愈发相互依恋，形影不离。"乌嘴"成为东坡晚年的精神安慰之一，这种厮守是发自内心的悲悯和善良情感，更是相互信任和温暖。在东坡眼里，"乌嘴"的单纯、质朴和忠诚，到了人类不可能学习的程度。狗狗不属于人类，性情和忠诚品质超越人类所能理解的范畴。"乌嘴"不再是一条狗，而是一位最可靠的朋友。绍圣五年（1098年）正月十五元宵之夜，明月高悬，烟花四散，爆竹声声，不知天上宫阙，今夕是何年。酒后，月光如水，东坡应符老等几位朋友之邀逛街。"步城西，入僧舍，历小巷，民夷杂揉，屠沽纷然。"（《书上元夜游》）月光下的"乌嘴"跳跃着，欢叫着，紧跟在后面。街上卖肉沽酒的商户热情地招呼东坡他们，顺手扔一块骨头给"乌嘴"。"乌嘴"不时跑进黎民的歌舞队伍中，合着乐曲节拍，扭动屁股，"汪汪"欢叫几声，引得东坡等一行众人看着它，不禁哈哈大笑。

在儋州，除了小儿子苏迈、黎子云兄弟等书生和"乌嘴"之外，能给东坡带来精神慰藉的还有一个人，那就是隔代知音陶渊明。

东坡自元祐七年（1092年）二月知扬州太守起，就开始和陶渊明的诗。"陶渊明意不在诗，诗以寄其意耳。"陶渊明总是闯入他的梦中喝酒谈诗，东坡总觉得自己是陶渊明附体，和渊明真是千古隔代知音。"吾于诗人，无所甚好，独好渊明之诗。"东坡用心寻找到陶渊明诗集的各种版本，和其诗，追其意，交其魂。从扬州、惠州到儋州一路下来，"吾前后和其诗凡一百有九篇，至其得意，自谓不甚愧渊明。今将集而并录之，以遗后之君子，其为我志之。"仅仅在儋州，东坡就和陶诗五十七首，占一半以上。还有《和陶归去来兮辞》《和桃花源记并引》等文赋。"一饱便终日，高眠忘百须。自笑四壁空，无妻老相如。"（《和陶和刘柴桑》）"红薯与紫芽，远插墙四周。且放幽兰春，莫争霜菊秋。"（《和陶酬刘柴桑》）但是，对东坡来说，"古之君子不必仕，不必不仕。必仕则忘其身，必不仕则忘其君"。儒家思想扎根心中，让他欲罢不能，他也根本成为不了绝对的陶渊明。东坡被贬后精神上的自我调节，与陶渊明自我放逐的心理基础存在较大差异。东坡和陶诗，其实是在寻找心灵苦闷的解药。

元符三年（1100年）正月初九，支持新党的哲宗皇帝驾崩，年仅二十五岁。宋徽宗即位，向太后垂帘听政，大赦天下，宰相章惇、蔡京等新党失势。新皇帝刚登基时，欲改革图治，虚心纳谏，决定复用元祐旧臣。天涯海角，信息隔断，东坡父子还不知道皇帝更换的消息。有一天，百岁老人王六翁穿戴整齐，快步来到桄榔庵，兴奋地告诉东坡说，他昨晚"夜观星象，公当还内"（《乾隆琼州府志·释仙》）。第二天，黎子云兄弟和东坡在"载酒堂"饮酒，看到一群五色雀飞来。在海南，五色雀是瑞鸟，凡人难得一见。东坡面带酒红的脸上露出一丝微笑，举杯对着这群雀鸟儿说：如果你们为我而来，就再聚一次吧。果然，这群五色雀鸟欢叫着再次飞聚一起。这天夜里，东坡梦中见到已去世多年的老丞相韩琦。

韩琦骑着一只白鹤飞来，和他打招呼说，要东坡和他一起回朝任职。说完，飞向云端，飘然而去。梦醒后，东坡推醒苏过说，他预感到"北归中原，当不久矣"。他让苏过准备好笔墨纸砚，并上香祈祷，嘴里念念有词：如果我能北归，我抄写以前写的八篇文赋，当一气呵成，绝不错漏一个字。抄完检查，果真无一字差错。

同年四月二十一日，徽宗下诏，东坡北归，安置在廉州（今广西合浦）。元符三年（1100 年）五月，东坡接到通知，心中狂喜。谋划着北归中原后，甘愿做个平凡的俗人。"霹雳收威暮雨开，独凭栏槛倚崔嵬。垂天雌霓云端下，快意雄风海上来。野老已歌丰岁语，除书欲放逐臣回。残年饱饭东坡老，一壑能专万事灰。"（《儋耳》）此时，东坡与刚到儋州时的心境不同，已对海南恋恋不舍。"我本儋耳人，寄生西蜀州。忽然跨海去，譬如事远游。"（《别海南黎民表》）呈现出三年前渡海赴琼时所写"他年谁作舆地志，海南万里真吾乡"的精神状态。

六月，东坡带着"乌嘴"，依依辞别符家、黎家兄弟等左邻右舍。父老乡亲送来鸡蛋、米酒等土特产品，被东坡婉言谢绝。大家聚集在船上，依依不舍，挥泪告别。途经澄迈，六月初到达琼州府，住在城东三山庵里。东坡在此休整三天，回看了三年前他发现的双泉井。泉水依旧清澈，上面已建亭子。应琼州府陆太守之邀，东坡题名"泂酌"，取自《诗经》。东坡还专程回访了学生姜唐佐，又到龙岐村的伏波将军庙祭拜一番。

自儋州出发以来，"乌嘴"一直都很兴奋，不断摇动尾巴，一路跳跃，翻着跟头，不时与随行的童仆嬉戏玩耍，累得吐舌喘气，汗流如雨。途经澄迈的一座长桥时，"乌嘴"大叫一声，从桥上直接跳进河水，像鸭子一样泅水畅游过去。登岸时，神气得像只吼叫的小老虎。如此顽皮举动，让东坡和路人啧啧称奇。其实，这不是炫技，狗通人性，也逢喜事精神爽，这是"乌嘴"和东坡之间的心灵感应。这点东坡最懂，于是他不惜笔墨，给"乌嘴"题诗一首："乌喙本海獒，幸我为之主。食余已瓠肥，终不忧鼎俎。昼驯识宾客，夜悍为门户。知我当北还，掉尾喜欲舞。跳踉趁僮仆，吐舌喘汗雨。长桥不肯蹑，径度清深浦。拍浮似鹅鸭，登岸剧虓虎。盗肉亦小疵，鞭箠当贳汝。再拜谢恩厚，天不遣言语。何当寄家书，黄耳定乃祖。"（《予来儋耳，得吠狗曰乌觜，甚猛而驯，随予迁合浦过澄迈，泅而济，路人皆惊，戏为作此诗》）东坡回忆与"乌嘴"在儋州相守相望的日子，时光温馨，岁月难忘。

东坡把"乌嘴"比作黄耳，足以表达喜之切，爱之深。黄耳是"乌嘴"几百年前的老祖先，青史有名。"黄耳寄书"的典故，出自《晋书·陆机传》："初（陆）机有骏犬，名曰黄耳，甚爱之。既而羁于京师，久无家问，笑与犬曰：'我家绝无书信，汝能赍书取消息不？'犬摇尾作声。（陆）机乃为书以竹盛之而系其颈，犬寻路南走，遂至其家，得报还洛。其后因以为常。"陆机是西晋时期著名的文学家和书法家，"渴不饮盗泉水，热不息恶木阴。恶木岂无枝？志士多苦心。"陆机志存高远，在京城洛阳做官时，家乡在浙江华亭，两地相隔很远，通信很不方便。他养了一条猎犬，名叫黄耳，极有灵性，为陆机来回传递家信，路上只用二十五天，而如果派人送信，至少需要五十天时间。陆机家的"黄耳"与东坡的"乌嘴"皆是精灵。

六月二十日夜晚，东坡听取道人吴复古的建议，改变原来在澄迈渡海的计划，由琼海直接登船出海北归。

夜色苍茫，一叶扁舟，如同三年前渡海而来一样。天公作美，风平浪静。东坡站在船头，思绪万千。他没想到今生还有北归中原的机会，便写下在海南的最后一首诗。

参横斗转欲三更，苦雨终风也解晴。
云散月明谁点缀？天容海色本澄清。
空馀鲁叟乘桴意，粗识轩辕奏乐声。
九死南荒吾不恨，兹游奇绝冠平生。（《六月二十日夜渡海》）

一帆风顺，一路顺利。东坡一行抵达广西合浦徐闻县的递角场，学生秦观早已从贬谪地郴州赶来迎接，他们同住在兴廉村净行寺院里。尘埃落定，双脚踏上大陆之地，未来会怎样？东坡心里反而迷茫起来。这是一位六十多岁老人的自然心态。"荒凉海南北，佛舍如鸡栖。忽行榕林中，跨空飞栱檽。当门冽碧井，洗我两脚泥。高堂磨新砖，洞户分角圭。倒床便甘寝，鼻息如虹霓。僮仆不肯去，我为半日稽。晨登一叶舟，醉兀十里溪。醒来知何处，归路老更迷。"（《自雷适廉，宿于兴廉村净行院》）在东坡北归后写的第一首诗中，"归路老更迷"的思想中饱含着多少辛酸和孤独啊！"芒鞋不踏利名场，一叶轻舟寄淼茫。林下对床听夜雨，静无灯火照凄凉。"（《雨夜，宿净行院》）六月的盛夏雨夜，本来暑热潮湿，东坡却感到阵阵寒意。陪同东坡渡海北归的道人吴复古到达合浦后，静悄悄地飘然而去。不久，东坡在清远再次与他相遇时，他却因身体有疾猝死。比自己小十岁的弟子秦观，也在相见一个月后突发疾病，死于北归途中的滕州。东坡仿佛闻到了死亡的气息，便写了一首类似遗言的诗留给儿子们。"皇天遣出家，临老乃学道。北归为儿子，破戒堪一笑。披云见天眼，回首失海潦。蛮唱与黎歌，馀音犹杳杳。大儿牧众稚，四岁守孤峤。次子病学医，三折乃粗晓。小儿耕且养，得暇为书绕。我亦困诗酒，去道愈茫渺。纷纷何时定，所至皆可老。莫为柳仪曹，诗书教氓獠。亦莫事登陟，溪山有何好？安居与我游，闭户净洒扫。"（《将至广州，用过韵，寄迈迨二子》）东坡老矣，尚能饭否？东坡在这首诗中对儿子逐一解释交代，其中弥漫的情绪，与陶渊明临死之前写给儿子的忏悔诗有点类似。

东坡交友广泛，朋友众多。北归以来，一路辗转，频繁接待访客，应酬不断。"携儿过岭今七年，晚途更著黎衣冠。白头穿林要藤帽，赤脚渡水须花缦。不愁故人惊绝倒，但使俚俗相恬安。见君合浦如梦寐，挽须握手俱汍澜……尔来前辈皆鬼录，我亦带脱巾欹宽。作诗颇似六一语，往往亦带梅公酸。"（《欧阳晦夫遗接䍦琴枕戏作此诗谢之》）东坡不厌其烦地对来访的朋友讲述海南生活，入乡随俗，苦中有乐。可一想到欧阳修、梅尧臣等好友已不在人世，心里透着凄凉和心酸。一天，东坡路过大庾岭，在一个乡间小店歇息。一位老翁问东坡的随行人员："官为谁？"从者答曰："苏尚书。"翁曰："是苏子瞻欤？"曰："是也。"老翁马上前去揖拜东坡道："我闻人害公者百端，今日北归，是天佑善人也！"东坡笑而谢之，并题诗于壁上。"鹤骨霜发心已灰，青松合抱手自栽。问翁大庾岭头住，曾见南迁几个回？"（《赠岭上老人》）

天佑善人。但这一次，上天并没有再次额外垂青苏东坡。

北宋建中靖国元年（1101年）七月，东坡在常州卧病不起。挚友米芾和僧人维琳赶来陪他。米芾带着自己的书法作品和中药汤来到病榻前聊天安慰。东坡感慨道："岭海八年，亲友旷绝，亦未尝关念。独念吾元章（米芾）迈往凌云之气，清雄绝俗之文，超妙入神之字，何时见之，以洗我积年瘴毒耶！今真见之矣，馀无足言者。"维琳方丈与东坡谈论今生与来世，劝他念经超度。东坡笑道：我读过高僧传，知道他们都死了。七月十八日，东坡对床前的三个儿子交代道："吾生无恶，死必不坠，慎无哭泣以怛化。"七月二十八日，东坡弥留之际，"乌嘴"默默陪伴在侧，泪眼汪汪。大儿子苏迈上前俯首请示遗教，东坡片言未发，便驾鹤西去，享年六十五岁。

建中靖国二年（1102年），东坡在河南郏县城西二十七公里处的小峨眉山东麓入土为安。

明星陨落，世间再无苏东坡，“乌嘴”不愿再去流浪，它或许就是东坡在杭州和密州领养的那两条黄犬化身而来，这是上苍对东坡的垂怜，专门委派“乌嘴”到海南儋州，与坡翁完成一场温暖真诚的相互陪伴。这就是“乌嘴”的使命吧。

不论寒来暑往，阴晴雨雪，“乌嘴”一直守护在墓碑前，如同一座忠犬雕塑般。当地村民被它感动，专门为“乌嘴”搭建一座茅棚，定期送些食物，让它永远陪伴着好主人。

冷 箭

宋真宗时代的某天夜晚，寇准（961—1023）又一次喝高了。

一排排被点燃的大红蜡烛悬吊在半空，跳动着多情的光焰，照亮宰相府宽敞的客厅，辉映着寇准被酒精烧红的脸庞。他的双眼已经开始蒙眬迷离，舌头打着卷儿，慷慨激昂地对着客人演说着当前的形势与任务，为加重语气挥舞着双臂，左右摇摆，像是在跳太空舞。四张并起来的八仙桌上，杯盘狼藉，残羹剩饭流得到处都是……

此时此刻，酒过三巡，菜过五味，他请来的王公大臣们已酒足饭饱。有的张着大嘴，用精致的鱼骨牙签剔着牙；有的趴在桌子上，睡意朦胧；有的斜靠在椅子上，嘴角流着涎水；有的谄媚似的瞪着双眼，装出一副认真听寇准讲话的样子。

寇准演讲完毕，打了个响指，高声喊道：下面，再来两首曲儿！

只见一位歌伎轻抱古琴，十指如葱，面若桃花，轻歌曼舞，嗓音柔糯：“汀洲采白蘋，日暖江南春。洞庭有归客，潇湘逢故人。故人何不返，春华复应晚。不道新知乐，只言行路远。”（南朝梁 · 柳恽《江南曲》）一曲唱罢，另一位歌伎接着上场唱道：“波渺渺，柳依依。孤村芳草远，斜日杏花飞。江南春尽离肠断，蘋满汀洲人未归。”（北宋 · 寇准《江南春》）

歌声袅袅，琴声如诉，歌毕舞停，如听仙乐耳暂明。寇准大声叫好！每人赏一匹绫缎作小费。歌女嫌赏赐少，脸拉得老长，嘴噘得老高，满心不高兴，碍于寇准是当朝宰相的官位和火暴脾气，又不敢多说什么。

这就是北宋名相寇准的日常。平时在生活上豪爽义气，爱讲排场，不拘小节，铺张奢靡。经常喜欢邀请达官贵人和私人朋友们到府上聚会，通宵达旦地宴饮、作诗、胡侃。他的这些做派被《宋史·寇准传》记载："准少年富贵，性豪侈，喜剧饮，每宴宾客，多阖扉脱骖。家未尝爇油灯，虽庖匽所在，必然炬烛。"寇准豪宅里的马厩、厕所里都要点上巨大的蜡烛照明。这种纸醉金迷的生活，也被后来的司马光作为反面典型，写在《训俭示康》中教育子女："近世寇莱公豪侈冠一时，然以功业大，人莫之非，子孙习其家风，今多贫困。"

这一次宴会场面实在太大了。寇准的小侍妾蒨桃看在眼里，气在心头。寇准酒醒后，她马上写一张纸条递过去："一曲清歌一束绫，美人犹自意嫌轻。不知织女萤窗下，几度抛梭织得成！"（北宋·蒨桃《呈寇公》）蒨桃出身贫寒，聪慧伶俐，识文断字，性格温柔，是位美人。她提醒寇准，织女辛苦多少天才织成的一匹绫缎，难道还不如歌女唱一首歌吗？这歌女还嫌礼物轻呢。

寇准虽宠爱蒨桃，但"由奢入俭难"。他听不进意见，还是夜夜笙歌，无醉不欢。这年冬天，寇准又一次大醉后，蒨桃再写张纸条递给他："风劲衣单手屡呵，幽窗轧轧度寒梭。腊天日短不盈尺，何似妖姬一曲歌。"（蒨桃《呈寇公》）蒨桃对生活在底层的劳动者富有同情心。冰天雪地的寒冬，织女那么辛苦地纺纱织布，还不如歌伎卖唱一支歌挣得多。这样的社会，哪有什么公平可言啊！

接连看到这两张提醒纸条，寇准脸红了一会儿，研墨展纸，提笔回复蒨桃一首诗："将相功名终若何？不堪急景似奔梭？人间万事君莫问，且向樽前听艳歌。"寇准最终还是没听进去蒨桃的意见，依然我行我素。人生苦短，功名如云，还是抓紧享受当下的美好生活吧。

后来，据很多民间传说记载：寇准读了蒨桃的诗，很受教育，后悔自责。此后，痛改前非，一直勤俭节约。这纯属民间百姓一厢情愿的善良和宽容，为忠臣寇准脸上贴金。不过，蒨桃的诗也没白写。在男尊女卑的旧社会，作为地位低微的小妾，她因这两首小诗，博得青史留名。

生活中，寇准如此的豪横做派，与我以前的印象大相径庭。

第一次听说"寇准"这个名字，是小时候从爷爷的破收音机里听《寇准背靴》这折戏。戏文中，寇准参加杨延昭的葬礼，夜里背起靴子，赤着双脚，跟踪送饭的柴郡主，发现杨延昭诈死的事实，为北宋保护住了杨家将。有杨延昭在，杨家将的灵魂不散，北宋就有希望。上高中时，又听田连元的评书《杨家将》入了迷。因为寇准清正廉洁，家里穷得叮当响。八贤王请他出山，去评判潘杨两家的公案。

他秉公办案，保护杨家将，从而保全了大宋的江山。在大众百姓心里，寇准简直是位"高大全"式的人物，没想到他是如此地奢靡和固执！

但是，把他还原在北宋当时的社会环境下，他确实是有资格这样放荡不羁的。

寇准是陕西渭南人，官二代，神童。七岁那年的春天，父亲带他初登华山，他便写了一首《咏华山》诗，一鸣惊人天下知。"只有天在上，更无山与齐。举头红日近，回首白云低。"少年天才，比唐代骆宾王童年时写的"鹅鹅鹅，曲项向天歌"厉害太多了！寇准十九岁就高中进士，春风得意马蹄疾。三十岁时，进入北宋朝廷当上中央核心部门的领导。三十三岁时，成为副宰相。

少年得志，青云直上。有一天，宋太宗和大臣们在皇家园林里饮酒，宫女们送上鲜花，让大家戴在头上。宋太宗拿起最美的一朵，赐给寇准说："寇准年少，正是戴花饮酒时。"可见，宋太宗很偏爱这位年轻干部。

正因为如此，寇准可以有恃无恐地向宋太宗大胆放肆地谏言。端拱二年（989年）的一次朝会上，忠言逆耳，宋太宗气得拂袖而去，寇准拉住宋太宗的衣角说，皇上您不表态，坚决不让您走。事后，宋太宗却高兴地说："我得到寇准，就像唐太宗得到魏徵一样。"有人给宋太宗献上一条通天犀，宋太宗命人把此宝物加工制作了两套犀牛角腰带，一条自用，另一条赐给了寇准。这就是宋太宗的胸怀，也是寇准的刚直和担当。后来，为北宋带来一百多年和平发展好时光的"澶渊之盟"，也与他的性格直接相关。

北宋景德元年（1004年），已是宋真宗时代。宋真宗赵恒能够顺利登基，寇准功不可没。但此时，他早已因狂傲、直率被贬到邓州。"绿杨阴密覆回廊，深院帘垂昼景长。人静独闻幽鸟语，风来时有异花香。世间宠辱皆尝遍，身外声名岂足重。阅读南华真味理，片心惟只许蒙庄。"（《南阳夏日》）这是寇准在邓州故作潇洒的表白，也是他心中的不甘和牢骚。

这年秋天，辽国萧太后、辽圣宗率领二十万大军，绕过河北瀛州，攻打距离首都汴京二百多里的澶州。兵临城下，在拥有六十万军队、杨家将的精神领袖杨延昭杀敌正气势高昂、辽军在瀛洲战败的情况下，大宋参知政事王钦若、枢密副使陈尧叟却向宋真宗献计：快跑吧！你看是跑到金陵，还是跑到四川好呢？

宋真宗内心发虚，举棋不定。只好把寇准请回来咨询。这一年他只有四十三岁，正是干事创业的黄金年龄。

寇准直言相告真宗：谁再说逃跑，就立即杀掉他！皇帝您必须下定决心，御驾亲征，立即移驾澶州，鼓舞士气，不怕牺牲，排除万难，去争取胜利。宋真宗听罢，犹豫良久。

九曲黄河天上来，一路奔流到东海，河水从澶州城穿过，把城池一分为二。景德元年（1004 年）十一月二十六日，在寇准苦口婆心、软磨硬泡、连逼带哄之下，宋真宗的车辇到达黄河之南的澶州。寇准亲自拉着皇帝的马车不放手，逼赵恒到达黄河之北的澶州城头。

兵民是胜利之本。当真宗赵恒的黄龙旗在城楼高高飘扬，军民欢声雷动，杀声震天，气势如虹，纷纷表示要与澶州共存亡。而寇准故作镇静，在战前阵地上照样喝酒、吃肉、听歌、睡大觉，给皇帝足够的必胜信心。此时，宋真宗的小心脏才稍微缓和下来。时间仿佛凝固了。战场上阴云弥漫，萧太后、辽圣宗母子俩与大宋年轻的皇帝赵恒对阵军前，杀气腾腾，毫无退路。这是一场谁都输不起的大决战。

这时候，历史的诡异之处出现了。一个偶然的事件，瞬间改变了战争的走向。由于宋军采取坚守城池不出兵的持久战，辽军主将先锋萧挞览沉不住气，亲自骑马到阵前侦察地形，恰被埋伏在澶州城下的宋将李继隆的部下张瑰发现。大兵张瑰看有个辽兵胆敢来送死，便用精锐的床子弩射出一支响箭。在令人恐怖的尖锐的鸣叫声中，箭头带着复仇的怒火，正射中萧挞览的脑门。他来不及惊叫一声，就从马上坠落而死。

萧挞览可是辽军的核心将领和灵魂人物。当年，杨家将中的杨业在雁门关金沙滩一战中失利被俘，宋将王继忠在望都之战中被俘，都是败于萧挞览之手。萧挞览之死，据史书记载："太后哭之恸，辍朝五日。"宋军张大兵无意中放出的一支冷箭，大大动摇了契丹的军心。萧太后权衡利弊，转而向北宋议和，正合怯战的宋真宗心思。

形势对北宋有利。寇准和杨家将等官兵不同意议和，决心彻底解决"北患"问题。"如此，可保百年无事。不然，数十岁后，戎且生心矣。"可宋真宗回答得冠冕堂皇："吾不忍生灵重困，姑听其和也。"

皇帝以黎民百姓利益至上的名义，要求议和，寇准等人无话可说，派去议和的是下级官员曹利用。临行之前，曹利用前来请示皇帝的谈判底线。真宗说："必不得已，一百万也可。"一直守在门外的寇准把曹利用找来商量议和策略，临结束时警告他："如果你承诺给辽国的银绢超过三十万，我就砍掉你的狗头！"这年十二月，宋辽双方谈判代表在相对友好、理解的气氛中，签订了历史上著名的"澶渊之盟"。其主要内容如下：

一、辽宋为兄弟之国。辽圣宗年幼，称宋真宗为兄，后世仍按辈分和年龄来论处。

二、以白沟河为国界，双方撤兵。辽归还宋遂城及涿、瀛、莫三州。两朝沿边城池，一切如常，不得再创筑城隍。

三、宋方每年向辽提供"助军旅资费"银十万两，绢二十万匹。至雄州交割。

四、双方开设边境市场，开展互市贸易。

"澶渊之盟"是中国历史上第一次以和平协议的方式结束的战争，而不是以战胜国对战败国的强逼方式，更不是把自家美女送给敌人"和亲"的屈辱交换。仔细琢磨上述条款，从南宋到清代，所签订的丧权辱国条约，都不如"澶渊之盟"这些条款对我方有利一些。

以如此低的代价换取和平，还坐上兄长之位，真让宋真宗大喜过望。但只是让寇准基本满意，心存遗憾。从此，大宋彻底失去了消灭辽国的机会。等到后来宋徽宗欲借金兵灭辽时，殊不知辽已日薄西山，金国早已虎视眈眈，只能是引狼入室的结果。如果这次按照寇准的建议直接打败灭掉辽国，那大宋的历史走向会是什么呢？

"澶渊之盟"时，大宋王朝已历经四十三个春秋，辽朝已走过八十七个年头。大宋开国皇帝赵匡胤"杯酒释兵权"，用看似温文尔雅的方式，解决功臣武将坐大藩镇的后顾之忧。同时，采取"重文轻武"的基本国策，给文人士大夫提供施展政治抱负和才能的空间。一大批文人成为政治家兼文学家，军事人才稀缺。文人在中央领导层的岗位上，分享着皇帝赋予的权力，还可以对皇帝指教谏言一番，试图限制和改造皇帝的道德修养及专制独裁决策体制。如此宽容的政治待遇，在秦汉、魏晋、大唐以及后来的元明清是不可能的。"焚书坑儒"、李斯被腰斩、司马迁被宫刑等悲剧，都是秦皇汉武干的。唐代的文人在政治体系中，大都是"花瓶"陪衬的角色，唐太宗喜欢作诗，但不会让诗人参与到他的帝国决策中来，宰相魏徵仅是个例。李白虽被唐玄宗召到宫中，其实和歌伎一样为点缀风雅而已。宋之问、杜甫、王维、韩愈、白居易、李商隐、杜牧等诸多诗人光芒万丈的名字，也从没有给唐朝皇帝的政治经济决策带来一项实质性影响，更没有哪位诗人真正改变过唐代历史的根本走向。元朝为异族统治，种族歧视，不信任汉人。到了明、清时代，皇帝对文人很血腥，"文字狱"更残忍，文人自称"奴才"。

从十世纪开始的北宋则不同，这是一个崇文、重农，和平主义盛行的时代。太祖赵匡胤的宰相赵普自信心满满地撂下"半部论语治天下"这句话，可能仅适用于宋朝。这也是至今诸多知识分子"最想生活在宋朝"的原因。现代著名史学家陈寅恪感叹道："华夏民族之文化，历数千载之演进，造极于赵宋之世。"回想陈先生的一生境遇，我相信他说的是真心话。文人参政，爱好和平，农桑为本，重商主义，文艺繁荣，一派祥和景象。北宋初年的重农政策很好，挖沟渠，抗旱涝，广积粮，不称霸。宋太祖时，全国耕地面积只有二百九十五万公顷。到宋真宗时，已扩大到五百二十万公顷，接近翻了一番。所以，宋真宗对用赔款换取和平有足够的底气。据测算，当时北宋对辽军的赔款支出，还不及战争军费支出的百分之一，仅占宋朝年度财政支出的百分之零点四以下。出这点小钱，真是毛毛雨，但能换取停止战争，百姓得以休养生息，历史很难评价对与错。可在中国历史上，皇帝开始逐渐习惯这种用赔款换取和平的外交模式，南宋更是如此，直到清朝的李鸿章为止。

"澶渊之盟"，宋辽握手言和，各自退兵，都有面子，宋真宗还当上昔日敌人的"大哥"。接下来，宋辽就是各显神通，发展本国的社会、经济和文化了。

这是一个巨大的利好消息。北宋如果有大 A 股市，除战争概念股普跌之外，所有股票肯定都会涨停。从此，长达一百二十年无战事，大宋社会、经济、科技和文化艺术事业蓬勃发展，城乡百姓生活安定，民族自信，政权稳定，文艺繁荣，士人风雅。"晓带轻烟间杏花，晚凝深翠拂平沙。长条别有风流处，密映钱塘苏小家。"（寇准《柳》）追求风流雅致的生活情趣从大宋的宫廷影响到民间。一大批有知识、有文化、有思想、有信仰的文人士大夫成为时代的风向标。一大批政治家、思想家、文学家、书法家、艺术家如雨后春笋般涌现。中国古代传统文化的天空上，星光灿烂，辉耀千年。晏殊、富弼、范仲淹、欧阳修、王禹偁、苏舜钦、梅尧臣、邵雍、周敦颐、曾巩、苏洵、苏轼、苏辙、司马光、沈括、朱熹、程颢、程颐、黄庭坚、柳永、秦观、李清照、岳飞、辛弃疾、文天祥等一个个如雷贯耳的名字，把中国传统文化推向一个新的高峰。文人士大夫开始"清谈"和探讨理学中有关宇宙与人心的哲学命题。那真是一个言论自由、诗意哲思、富有想象力的时代。我们今天仍可以通过南宋孟元老所著的《东京梦华录》一书，足以回望和感叹大宋的风采。

但是，任何事情都是一分为二的。

宋代重农主义和重商主义的政策，开放边境贸易，开放城市的商品流通，促进经济上"资本主义萌芽"的产生，文化上开始"思想启蒙"等，使这个重文轻武的王朝，雄性激素逐渐褪去，政治和军事上的思维日趋雌性化。皇帝更喜欢舞文弄墨，赋诗作画，而不喜欢舞枪弄棒，冲打砍杀。在敌人和战争面前，怯弱、退让、赔款、割地成为皇帝的最好王牌，屡试不爽，直到南宋灭亡于元蒙铁骑。

更令人感到悲哀的是北宋到了徽宗时代，最不该挑起战争的艺术家皇帝赵佶异想天开，想实现宋太宗都没有完成的收回燕云十六州的梦想，单方面撕毁真宗签订的"澶渊之盟"，联金抗辽，结果引狼入室，招致"靖康之耻"。

宋室南渡，绍兴十一年（1141年），南宋皇帝赵构如法炮制，和金兵签订"绍兴和议"。南宋当不成"大哥"，成为金朝的臣子和侄子，国祚又延续了一百五十二年。

"绍兴和议"比起"澶渊之盟"确实屈辱很多，但也无可奈何。其间，南宋的社会经济得到快速发展，创造出每年一点六亿元的国家财政收入，经济总量相当于当时世界的百分之七十五。后来的明朝最强盛时，国家财政收入也只达到南宋的十分之一。火药、活字印刷、早作水稻、纸币发行等科技成就，不亚于任何朝代。"暖风熏得游人醉，直把杭州作汴州。"当时的杭州，已成为国际性的大都市。此外，淮河以北沦陷后，陆上丝绸之路被切断，被逼无奈的南宋开始向海洋进军，开拓海外贸易市场，海上丝绸之路连接波斯湾、地中海和东非，南宋成为世界上第一海洋强国，比荷兰、英国提早近五百年，也为后来明朝的郑和七下西洋奠定了坚实的基础。前几年，在广东发掘的"南海一号"沉船，出水的大量瓷器等文物，就是南宋海洋贸易空前繁荣的证明。南宋开放了大海，最后却在大海中覆灭，这也是历史的吊诡之处。历史不能假设，但历史的细节可以事后推敲讨论。

"澶渊之盟"后，寇准厥功至伟。北宋历史的"拐点"，都是寇准的功劳吗？

寇准把宋真宗"逼"到澶渊城下，如果不是军中张大兵偶然放出的那支冷箭，无意中射杀辽军主将，宋辽双方真正交战起来，按照以前负多胜少的战况，结果是很难预料的。如果寇准坚守以前的耿直性格，坚持战斗到底，彻底清除"北患"，大宋会不会避免"靖康之耻"呢？如果宋真宗赵恒的遗传基因中，有其"老爸"宋太宗和其伯父赵匡胤的血性好斗和战争经验，他会放过已处于劣势的辽军吗？如果宋徽宗不单方面撕毁"澶渊之盟"合约，南宋会被迫投入大海的怀抱吗？

那支冷箭，本可以带来如此多的可能性。但是，除了和谈，什么也没有发生。

寇准没有心思琢磨这些细节。他把自己当成"澶渊之盟"的功臣，得意洋洋地享受和平带来的小康生活。他经常把帝国的高级官员们召到家中，山珍海味，美女歌舞，通宵达旦，狂欢海喝，经常烂醉如泥。爱妾蒨桃以织女的口吻写诗，规劝他继承保持艰苦朴素的工作作风和勤俭节约的生活习惯，他怎能听得进去呢？傲慢与偏见在他心中翻腾，就因宰相晏殊和"逃跑主义"者王钦若一样，都是南方人身份，他这位陕西渭南人看他们都不顺眼，经常对晏殊施以打击和批判。

令寇准做梦也想不到的是，"澶渊之盟"订立这年，一个小男孩在洛阳呱呱落地，名叫富弼（1004—1083）。这家伙从小就学习优秀，长大后成为晏殊的女婿，最终也成为北宋的宰相，并和范仲淹一起实施"庆历新政"，这已到宋仁宗时代了。但是，庆历四年（1044年）秋天的一个晚上，寇准自己的亲外甥王益柔应邀参加当朝宰相杜衍女婿苏舜钦召集的一场酒会，请歌伎助兴，或许他继承了寇准嗜酒和狂放的遗传基因，醉酒后写了两句"醉卧北极遣帝扶，周公孔子驱为奴"的吹牛皮诗，被欧阳修的连襟、监察官王拱辰抓住不放，以违规违纪论处，把这帮"官二代"一网打尽后，利用这一事件严厉打击富弼、范仲淹、韩琦等改革派。这些改革派全部被贬出京，"庆历新政"泡了汤。酒会召集人苏舜钦削职为民，到苏州建造了沧浪亭，写出名篇《沧浪亭记》，并在那里英年早逝。

此时，寇准的性格和骄傲，已得罪很多人。他却不知道，或假装不知。这样，他的好运也就到头了。

"澶渊之盟"两年后，宋真宗深感在形势有利的情况下，条约签得有点亏，也没太大的面子。在诸多政敌的蛊惑攻击下，赵恒把寇准贬到陕州。又过了两年，改贬到太名任市长。"流年赋分长多感，尽日长思立短亭。"（寇准《和人春暮（其一）》）外放多年后，大中祥符八年（1015年），寇准被召回朝廷，任枢密使、同平章事（副宰相），主管军事。但寇准仍旧我行我素，本性不改。有一次，大臣丁谓在宴会上，看到寇准的胡须上沾了菜汤，马上起身帮他擦掉。这本是老丁拍马屁示好的行为，却让寇准十分恼火，当场训斥丁谓失礼。丁谓感到众目睽睽之下，很没面子，恼羞成怒，发誓要报仇雪恨。一年后，寇准就被贬到洛阳和西安。

寇准的人生，不愿改变自己的性格、习惯和信仰，很自我地表达自己的政治主张和情绪，工作中有责任担当，却从不管不顾别人的心理感受和诉求，他这种官场上的"理想主义"肯定是碰得头破血流的结局。他忘记了老子所说"强梁者不得其死""坚强处下，柔弱处上"的处世哲学。最后，他还是死于丁谓之手。

天禧三年（1019年），那位主张逃跑到自己故乡金陵的政敌王钦若出任宰相，立即和丁谓联手，充分利用宋真宗病危、刘皇后干政的局势，抓住寇准酒后乱说请宋真宗主动让位给十岁的太子（即后来的宋仁宗）、自己当太上皇的建议，动了宋真宗赵恒的权力"奶酪",惹怒真宗,把他一贬再贬。"西风伤远别,前计竟成非。芳草此时暮,故山何日归。"(《感兴寄莲岳一二诗禅友》)寇准的心冷到冰点。

丁谓如愿当上宰相。

寇准的人生急转直下。天禧年间受到排挤,罢相封莱国公,后贬道州司马。北宋乾兴元年(1022年),寇准被贬为雷州司户参军,八品官。到雷州一年后,忧病交加,病倒在床。"多病将经年,逢迎故不能。书惟看药录,客只待医僧。壮志销如雪,幽怀冷似冰。郡斋风雨后,无睡对青灯。"(寇准《病中诗》)如果说张人兵射出的那支冷箭是大宋的幸运,那么,丁谓从背后射出的这支冷箭,则是寇准的悲哀了。生命垂危中,寇准没有忘记宋太宗当年赐给他这位年轻干部的犀牛腰带。"长门秋夜雨,窗外滴寒声。悔不先辞辇,应无别恨生。"(寇准《宫词》)他派人立即从洛阳家中取回,沐浴更衣,穿上朝服,系上腰带,面向北方跪拜后,躺回床上,安详地闭上眼睛,回味、反省自己的人生,写下《六悔铭》:"官行私曲,失时悔;富不俭用,贫时悔;艺不少学,过时悔;见事不学,用时悔;醉发狂言,醒时悔;安不将息,病时悔。"

寇准在生命的弥留之际,或许想起了爱姜蒨桃的劝说诗,后悔当初没有听进去。或许也想起他听歌女演唱后,自己写的那首《江南春》:"杳杳烟波隔千里,白蘋香散东风起。日暮汀洲一望时,柔情不断如春水。"戴花少年,柔情似水,何时魂归故乡啊?

天圣元年(1023年),寇准卒于雷州,年六十三,家里贫穷得连返乡安葬的钱也没有。雷州人民很敬重他,专程护送寇准的灵柩北上。至雷州渡口时,突然狂风大作,暴雨倾盆,一行人只好停下来。为防止棺木被雨水冲走,众人在灵柩前,插上毛竹。第二天,雨过天晴,护棺之竹竟然长出新芽,青翠鲜活,正如他少年时玉树临风的模样。

性格决定命运。寇准生长在北宋时代是幸运的。虽然他为自己的狂狷性格最终付出了代价,但他毕竟在工作岗位上"能左右天子,如山不动。却戎狄,保宗社"(范仲淹)。寇准也成为宋仁宗时代范仲淹的从政榜样,"先天下之忧而忧,后天下之乐而乐"成为文人士大夫共同的人格道德和精神价值标尺。

"昔曾过洛浦,遗恨写苍苔。往事诗空在,春深我独来。"(寇准《和人春暮(其二)》)往事可追忆,当时已惘然。人们为怀念他,把雷州渡口命名为"寇竹渡",一直沿用至今。而那位当上宰相构陷寇准的丁谓,后来被刘太后贬到比寇准更远的海南岛崖州去了。

直到二十一世纪的今天，在全国各地的传统地方戏曲中，寇准在舞台上仍是鲜活生动、可敬可爱的形象。他若泉下有知，不应有恨了吧？

多面王安石

——读《王安石：立于浊流之人》有感

在中国传统历史文化长河中，北宋是一个特别的存在，可谓是文人士大夫的春天。故此，研究宋史逐渐成为一门显学。据说，日本专门研究宋史的学者共有六百多人，而中国专攻此领域者仅有一百人左右。当我读完日本著名宋史研究者三浦国雄教授写于 1985 年的旧作《王安石：立于浊流之人》（李若愚、张博译）之后，惊讶于日本学者研究北宋历史的专业、切入角度的新颖和对王安石本人评价之高。

北宋时代，确实是一个文化大繁荣时代。宋仁宗庆历年间活字印刷术的出现，大大促进了文化的传播速度和范围。至今，那些如雷贯耳的文学明星、政治明星不是一两个，而是以范仲淹、韩琦、欧阳修、苏轼、王安石、司马光等人为代表的一个庞大群体，在中国传统文化艺术的天空上星光灿烂，熠熠生辉。毫无疑问，王安石既是一位"跨界多栖明星"，但也是一位最饱受争议的人物。

让我们回到北宋神宗时代的历史现场，王安石确实是一位思想超前、勇于改革、敢于担当的政治家。在宋神宗的大力支持下，他以儒家"经国济世"的历史责任感，以恢复尧舜时代和谐美好富足的社会生活图景为目标，掀起一场北宋变法改革的巨浪。事实上，"王安石变法"比宋仁宗时代范仲淹的"庆历新政"更彻底、更大胆、更全面，也更激进和坚决。王安石改革的宗旨是为朝廷敛财致富，涉及财税、军事、农业、教育、官制、社会管理等诸多领域，触及社会经济体制中的深层次问题。这场变法，由于推进时过于简单粗暴和急功近利，一开始就引起以韩琦、富弼、司马光等为代表的旧党大臣的抵制和反对，这些人都是范仲淹发起"庆历新政"时的改革派。大文豪苏轼也曾是反对变法的代表人物之一。王安石变法持续近十年，宋神宗去世后，宋哲宗即位，任命旧党人物司马光为宰相。

司马光对王安石的变法政策全盘否定，用同样是激进的做法，彻底翻了"烧饼"。不久，哲宗去世，宋徽宗侥幸登上大位，奸相蔡京上台，继续推行王安石变法时的政策主张，又翻了司马光旧党人物的"烧饼"。北宋围绕王安石变法，新旧党争剧烈，斯文扫地。几经折腾，元气大伤，无力抵抗金兵抢占中原的铁骑，徽宗被俘，无奈"北狩"，客死在北国冰天雪地中。

宋室南渡，国祚延续。由于蔡京是王安石的学生，蔡京之弟蔡卞是王安石的女婿。"靖康之耻"、北宋灭亡的责任需要有人承担。史官不可能把这本账记到皇帝头上，皇帝是真命天子，永远正确。"安石性强忮，遇事无可否，自信所见，执意不回。至议变法，而在廷交执不可，安石傅经义，出己意，辩论辄数百言，众不能诎。甚者谓'天变不足畏，祖宗不足法，人言不足恤'。罢黜中外老成人几尽，多用门下儇慧少年"（元·脱脱《宋史·王安石传》）。有些积极投入变法之中的新党者，奸诈无良、道德品行低下的势利小人相对较多，影响很坏，让王安石承担北宋灭亡的历史责任是最合适的人选，尤其是南宋的史官更是持如此观点。

南宋时期，江南民间流行的《京本通俗小说·拗相公》一书，是极力丑化王安石的通俗文学之一。无论官方或是民间，对王安石的评价越来越低。在林语堂先生那本著名的《苏东坡传》中，把苏轼后半生被贬的坎坷命运归结于王安石及其同党的打击迫害。

如果我们不以现代人的思维和价值观来看待王安石，除鼓噪宋神宗发动变法改革外，王安石其实是一位被政治耽误的大文学家。王安石的诗词"长于叙事，巧于抒情，雅丽精绝"（黄庭坚）。在从故乡金陵到首都汴京路上所写的"春风又绿江南岸，明月何时照我还"，其中流传着不少"绿"字的故事。第二次被贬，退隐金陵后，吟咏出的《梅花》诗成为经典。"墙角数枝梅，凌寒独自开。遥知不是雪，为有暗香来。"这是他内心深处的自我映照。王安石名列"唐宋八大家"之间，确实当之无愧。

王安石不仅是在诗词上很有建树，还精通儒家经典。他和儿子王雱联手对儒家经典注释，成为一门"王学"，并作为当时学子们科举考试的标准教材。王安石还是一位精通佛学经义的佛教徒，一生潜心研究佛经，亲自注释佛家经典，《首楞严经注》《维摩诘经注》《金刚经注》《华严经解》等著作都是他居住江宁时期完成的。王安石还把注释的《维摩诘经注》与《金刚经注》专门从江宁送入京城，呈宋神宗御览。元丰七年（1084年），王安石六十四岁时大病一场后顿悟，带领全家皈依佛门，把自家的半山园宅邸无偿捐献给寺院，改作佛寺，宋神宗赐名"报宁禅寺"，高僧真净克文禅师成为该寺院的开山鼻祖。

王安石还对道家有着广泛的兴趣和研究，曾为《老子》和《庄子》做过注释。"汇通三教"是王安石毕生追求的学术目标。儒、道、释三家在王安石的精神世界里相互交融在一起，但表现最为显著的还是儒家思想和佛教化境。"朝红一片堕窗尘，禅客翛然感此辰。更觉城中芳意少，不如山野早知春。"（《和净因有作》）这首充满禅意的诗，是他与汴京西净因禅院住持道臻禅师的唱和之作。"失志难作福，得势易造罪。苦即念快乐，乐即生贪爱。无苦亦无乐，无明亦无昧。不属三界中，亦非三界外。"（《拟寒山拾得二十首·其十五》）王安石既得势过，也曾失志过，其中的苦乐爱恨，皆为禅机。

如今，我们假设王安石若不参与政治，即使参政议政，也不去借助宋神宗的皇权大力推行"变法"的话，他仅仅依靠融通三教的学术研究成果和在文学创作中的成就，足可成为能独步古今、笑傲江湖的少数者，估计也不会比欧阳修、苏轼逊色多少。可是，北宋时代的历史机缘，选择王安石和宋神宗君臣紧密合作，授权充分，结果让王安石在后世的历史评价中红黑分明，忠奸难判。在中国古代历史上，恐怕很难再找出第二人。

神宗时代，一篇疑是出自苏洵之手的《辨奸论》，含沙射影，指桑骂槐，称王安石"阴贼险狠，与人异趣"。宋神宗和王安石死后，有不少元祐旧党及其弟子们故意收集王安石的丑闻，著书立说妖魔化他，这同样也是斯文扫地的不地道做派。

比如，北宋时期方勺的《泊宅篇》、孙升的《孙公谈圃》、朱牟的《曲洧旧闻》等书中，把王安石丑化为猪转世而来。程颐的弟子杨时，率先举起批判王安石的大旗，公开表示北宋灭亡的"今日之祸，安石启之"，并要求当朝皇帝"追夺（安石）王爵，毁去配享之像"。北宋著名理学家邵雍之子邵伯温在其所著《邵氏闻见录》中，把王安石称为误国的奸相。后来，元代脱脱所著《宋史·王安石传》中，引用韩琦和南宋理学大师朱熹的话评价王安石曰："安石为翰林学士则有馀，处辅弼之地则不可。神宗不听，遂相安石。呜呼，此虽宋氏之不幸，亦安石之不幸也。""朱熹尝论安石以文章、节行高一世，而尤以道德经济为己任。被遇神宗，致位宰相，世方仰其有为，庶几复见二帝三王之盛。而安石乃汲汲于取熙、河、洮、岷以恢疆宇，遂以财利兵革为先务，引用凶邪，排摈忠直，躁迫强戾，使天下之人，嚣然丧其乐生之心。卒之群奸嗣虐，流毒四海，至于崇宁、宣和之际，而祸乱极矣。"诚然，王安石身上有着强烈的理想主义色彩，改革信念很坚定，但没有深入调查研究，没有充分考虑到当时的社会环境和老百姓的接受程度，不知退转圆通，不懂改革需要摸着石头过河，需要先行试点，逐步推进。王安石更缺乏团结大多数人的政治智慧和胸怀，属于典型的高智商、低情商的学者型领导。朱熹一边欣赏王安石的道德精神，一边批判王安石的执政作为，评价得基本客观。由于朱熹在南宋时代，尤其是后来明、清时代统治者所确立的学术尊崇地位和广泛的知名度，他对王安石的这一评价影响力极强。

南宋理宗淳祐元年（1241 年），王安石和其子王雱的塑像被从孔庙中驱逐出去。程颐、程颢和朱熹等理学代表人物的雕像被请进孔庙从祀。这标志着王安石在学术理论上宣告失败，程朱理学成为正统。至此，王安石无论在政治上，还是在学术上，皆被翻了"烧饼"。

还是在北宋时代，著名旧党代表人物司马光、苏东坡就骂王安石乱法虐民，立宗派，拉朋党。熙宁新政及王安石所提拔重用的一批新党人物，被认为是北宋亡国之根源，王安石则是罪魁祸首。《水浒传》中，最大奸臣蔡京就是他的门徒，他还是蔡京之弟蔡卞的岳父。蔡氏兄弟均入《宋史奸臣传》，兄弟俩皆是敛财虐民的能手，民愤极大，王安石不可能不跟着受牵连。若以现代人的思维来察看，王安石变法的实质就是为皇帝敛财，为皇帝敛财即是为国聚财，这能有什么错呢？

北宋立国后，官僚阶层和军队组织日益庞大，国用不足，财政困难。王安石变法的目的就是以货币化方式与民争利，而手段是使用追逐利益最大化的金融工具。以官府垄断行为发放高利贷，强制征利于民。青苗法的本质，就是由官府对农民出借高利贷，收取利钱；均输法的本质，是由官府垄断运输，取得超额利润；免役法是以钱代力，聚敛免役钱，征收免役钱，以钱代役，于两税之外又增收免役税；市易法中规定的盐、茶、矾等专卖制度，都是行业垄断，政府垄断这些商品，以获取超额利润；方田均税法的本质，则是在杜绝百姓逃税行为，增加政府收入。后来看，这些新法设计初衷虽好，但执行结果很糟糕，基本是竭泽而渔、杀鸡取卵式的敛财法。

据史书记载，青苗法规定的半年利息是已经很高的二分，但经中间贪官污吏的层层盘剥，最后贷款农民要返还的实际利息达到原先本金的三十五倍，高利贷逼得许多农民家破人亡。农民宁肯"哀求于富家大族，增息而取之"，也不愿向政府告贷。王安石对下层层制定强制性指标，官府以各种手段逼迫百姓非贷不可，百姓只好出走逃亡，流离失所。一系列强制变法导致百业萧条，农民大量破产，流民遍地。一个曾经支持新法的小官吏郑侠专门绘制了一幅《流民图》，冒死进呈给宋神宗。神宗御览后非常震惊，随后免除了王安石的职务。但是，国家仍然缺钱，即使王安石被罢免，他建立的敛钱新法仍自在继续推行。宋哲宗引入司马光等旧党，废止新法不久，哲宗死去，宋徽宗上台，立即重用新党如蔡京兄弟等，继续推行新法。加之，徽宗任性贪恋文学、绘画、书法、音乐、园林、茶道等诸多好玩的艺术，玩物丧志，不理朝政，最终天下盗贼遍地，烽烟四起。金人趁机入侵，发生"靖康之变"，北宋瞬间崩盘亡国。

　　不少人认为正是王安石推行以金融聚敛、与民争利为主要内容的变法，加速了北宋王朝的灭亡进程。北宋自熙宁元年（1068 年）筹谋变法，到靖康二年（1127 年）亡国，其间不过六十年一个甲子而已。

　　历史从未停止脚步，朝代更替不断，王安石也一直是个不被忘记的"话题"。到了明朝，杨慎却把王安石称为"古今第一小人"。王安石之奸邪，集王莽、曹操、司马懿等枭雄人物于一身。王安石和秦时的商鞅一样，令北宋亡国。清朝的学者蔡上翔晚年，撰写出《王荆公年谱考略》，为王安石的人品、政治理想和变法祛疑辨妄，给予较为客观的评价。清代学者颜元认为，王安石是宋朝第一有为的宰相，是一位真忠、真义、大功、大劳、廉洁、有能力的政治家，却因为酸腐儒者的阻挠，使变法半途而废，还遭后世以罪人呼之。这不是王安石一人的不幸，也是北宋的不幸，更是百世之民的不幸。清朝著名的学者王夫之在其撰写的《宋论》中，却将王安石定为"小人"之列，但他又得出"安石用而宋敝，安石不用而宋亦敝"的结论。王夫之认为，北宋的凋敝是历史大趋势，无关王安石变法与否，他只是加速了这一趋势而已。而中国近代启蒙改革家、教育家梁启超先生为呼吁清朝变法，专门撰写出《王荆公》一书，尽力为王安石翻案。梁启超认为王安石是"三代以下第一人"的改革家和法家。由于梁启超在清末以后的名气，他的评价对当今影响极大。

　　日本学者三浦国雄教授所著《王安石：立于浊流之人》这本书，从其标题中就可以看出他对王安石保持赞美和同情的立场。教授把王安石的时代和那个时代的人比喻成"浊流"，以衬托王安石的高洁。教授说现实生活中，对王安石拥护的少，谴责的多。最近，有人说王安石是奸相的代表，"贤者多谤"这句话，可以形容王安石身后的大众评价。王安石的"恶"，绝大部分是旧党和程朱理学等道学派人物在党争、学争取胜后，人为操控社会舆论塑造出来的。在建构这一人物形象的过程中，司马光却成为一位毫无瑕疵、道德高洁的宰相。司马光砸缸救人的故事妇孺皆知，神童形象深入人心，政敌王安石则是所有罪恶的始作俑者。二人政见上的对立，被后人曲解为善恶、正邪的较量。这是中国传统历史观习惯善、恶对照的典型图式，也是中国人对历史故事的习惯性思维叙述中，尧舜对桀纣的宰相版本。还有，苏东坡的名气和对后世文人的影响力巨大，同情、喜欢苏轼的人越多，怨恨、诋毁王安石者自然也越多。

三浦国雄教授分析的这些原因确实有些道理。但我认为未必十分准确。把王安石称为"清流"之人，同时代的其他人被视为"浊流"，未必恰当。其实，王安石是位多重性格的人物。我从不怀疑他推行变法的政治目的是富国强邦，保证大宋江山百年平安无事，他并没有想在变法过程中浑水摸鱼，趁机谋取财富私利。但他"天变不足畏，祖宗不足法，人言不足恤"的思想过于狂傲自大，缺乏敬畏之心。政治品德的高洁并不能代替手段上的瑕疵、卑鄙和不堪。他对凡是阻碍变法的旧党人物一律采取铁腕手段，实施无情打击，确实很不光彩。而对看风使舵、表面拥护改革、内心政治投机的小人如吕惠卿之流加以重用，确实眼光短视。这些人物的登场，其道德品质和政治理想不能保证与王安石一样高尚纯粹。

王安石以变法为参照，朋党之争和学术之争相互纠缠打架。其中，也夹杂着对欧阳修、苏轼在当时文学地位上超越自己的嫉妒和不满，他曾授意亲家、御史谢景温诬告苏洵去世后，苏轼兄弟丁忧返蜀地时，趁机贩卖私盐及木头瓷器等牟利等。这种文人相互倾轧争斗行为，远比范仲淹推行的"庆历新政"流产后更无情，致使北宋开国以来形成的文人士大夫自由、开放独立的风骨气质和"先优后乐"的人文情怀遭到破坏，逐渐滑坡。这些，宋神宗需要负主要责任，王安石也难辞其咎。

此外，王安石在宰相位置上的强势和退居江宁后的散漫判若两人。他在推行变法上的执着坚定和在日常生活中的邋遢无趣有着天壤之别。他对弟弟、妹妹和子女等王氏家庭成员柔情似水，爱意绵绵，其慈爱形象和对元祐旧党群体实行铁腕打击时判若两人。这也是多重性格之下的人性使然。

若从历史的横截面上看，无论是称赞王安石还是诋毁王安石的人，杨时、朱熹也好，颜元、梁启超也罢，都是站在维护各自的政治理想、学术观点等立场上，权且把王安石当成张扬自己主张的工具罢了。那些曾在朋党之争中遭到贬谪、迫害的元祐党人及其后代，不顾王安石变法出发点是好的这一事实，如出一辙地用笔记小说等文学形式丑化、妖魔化王安石，对王安石父子进行人身攻击。这种把自身曾经受过的苦难记忆作为清算、诋毁昔日对手资本的心理和手段，确实不见得比王安石高尚多少。

王安石的爱情

王安石以"拗相公"的形象留存在历史中，爱情好像和他风马牛不相及。

"王荆公知制诰，吴夫人为买一妾，荆公见之，曰：'何物也？'女子曰：'夫人令执事左右。'安石曰：'汝谁氏？'曰：'妾之夫为军大将，督运粮而失舟，家资尽没犹不足，又卖妾以偿。'公愀然曰：'夫人用钱几何得汝？'曰：'九十万。'公呼其夫，令为夫妇如初，尽以钱赐之。"北宋时期，邵伯温在其《邵氏闻见录》中，绘声绘色地描述了王安石和妻子之间发生的一则有趣故事。

邵伯温是北宋著名理学家邵雍的儿子，洛阳人，少承家学，性格耿直，富有气节。绍圣初年，章惇为宰相时，欲提拔他，坚辞不就，著有《辨诬》一书。宋徽宗时，被列入元祐党籍。邵伯温一直与司马光、吕公著和范纯仁交好，"以学行起元祐，以名节居绍圣，以言废于崇宁"，其学识和品行为时人所尊重。熙宁二年（1069 年），王安石实施变法时，邵伯温刚满十二岁，利用亲身经历和所见所闻所著的《邵氏闻见录》有一定的史料价值，但他的政治立场显而易见与王安石相左。

嘉祐六年（1061 年），王安石经过长期基层锻炼，奉诏出使辽国后，回到汴京，被任命为工部郎中、知制诰。随着官职和俸禄提升，仕途可期。弟弟妹妹们都有读书的好基因，学业有成，个个都很有出息，王氏家族枝繁叶茂。王安石和妻子吴夫人看在眼里，喜在心头。妻子为祝贺丈夫荣升，犒劳辛勤拼搏的丈夫，缓解其在官场上的精神压力，多方打听比较，花九十万重金购买一位汴京城的绝色美女作礼物，送给王安石当侍妾。

晚上，夜色温柔，烛光摇曳，月光如水银泻地。三更鼓过后，王安石感到读书写诗疲倦，踱步到卧室准备就寝。忽然发现床边坐着一位妙龄女子，把他吓了一大跳。王安石审问半天才搞清事情的来龙去脉。原来，这位女子的丈夫本是军中的一位低级官员，因监督运米时船翻沉水，家中财产全部用来赔偿官府还不够，不得不卖老婆凑钱，恰好被王安石的妻子看中买回。王安石马上招来老婆，大吼一声"胡闹"！第二天，派人叫来该女子的丈夫，让他把老婆领回去好好过日子，九十万钱不必退还了。这就是"拗相公"对待美女之"拗"。

其实，唐宋时代，仕宦和有钱人家里蓄养歌伎、美妾是生活时尚，也是文人的"标配"。"且恁偎红倚翠，风流事、平生畅。青春都一饷。忍把浮名，换了浅斟低唱。"这是柳永的青春宣言。宋真宗时代的著名宰相寇准，耿直廉洁，敢担当，有作为，是位好官，但他很喜欢喝花酒，听艳歌，抱美人。苏东坡悼念前妻王闰之，写下"十年生死两茫茫，不思量，自难忘"，并没影响他对美妾朝云表白"不与梨花同梦"。可见，宋代养歌伎纳美妾与道德品性不挂钩。吴夫人的做法是真诚的，绝没有考验王安石对其忠诚度的想法。

王安石面对妻子送来的美色，毫不犹豫，坚辞不要。别以为他有心理或生理毛病。其实，他的人生志向不在于此。

庆历二年（1042年），王安石以全国第四名的成绩进士及第时，刚满二十一岁。风华正茂的年纪，却没有书生意气。在外人看来，王安石富有才华，却行为怪异。初入官场，在扬州府韩琦手下任从八品签判。上班时蓬头垢面，不修边幅。韩琦反复提醒批评后，依然我行我素，他还不服气韩琦，"无其他长处，唯面目较好耳"。韩琦您也不过如此，仅是长相英俊罢了。庆历七年（1047年），王安石被派往基层鄞县（今宁波市）任县令。他在鄞县干了几年，励精图治，颇有政绩，有些改革举措正是后来"熙宁变法"的雏形。

宋仁宗时，王安石曾上过万言书，要求仁宗改革，结果如石沉大海。仁宗皇帝享受几十年"澶渊之盟"的和平红利，加之性格温和，不想实施激进改革。王安石生不逢时，政治抱负无法施展，他的行为更为怪异。"安石未贵时，名震京师，性不好华腴，自奉至俭，或衣垢不浣，面垢不洗，世多称其贤。"（《宋史·王安石传》）王安石在汴京很出名，生活俭朴，不洗衣服，不洗脸，不洗澡。嘉祐三年（1058年），宋仁宗把他从江东刑狱调到中央任度支判官。有一次，仁宗大宴群臣，与民同乐，集体到池塘钓鱼吃自助烧烤。当其他大臣兴致勃勃地钓鱼时，王安石静静地坐在那里，一条鱼也没有钓上来，自己把一盘子面粉做的鱼饵当零食吃完了。第二天，宋仁宗对宰相说起这事，不明白王安石是真傻还是装傻。

"安石在仁宗时，论立英宗为皇子，与韩魏公不合，故不敢入朝。安石虽高科有文学，本远人，未为中朝士大夫所服，乃深交韩、吕两家兄弟。韩、吕朝廷之巨室也，天下之士不出于韩，即出于吕。韩氏兄弟，子华与安石同年高科，持国学术尤高，大臣荐入馆。吕晦叔亦与安石同年进士。子华、持国、晦叔，争扬于朝，安石之名始盛。又结一时名德如司马君实辈，皆相善。"（《邵氏闻见录》）王安石并不是真傻，他在京城努力结交贵人名人，利用同学关系，积极营造人脉圈子，他尤其与吕公著、韩维、司马光等人关系友善，节假日多会于僧房，往往谈燕终日，他人加入不了这个圈子，四人并称为"嘉祐四友"。

另外，曾巩把他引荐给老师欧阳修，王安石谦虚地说："某以不肖，愿趋走于先生之门久矣。初以疵贱，不能自通。"（《上欧阳永叔书》）此时的王安石，在欧阳修面前非常谦卑。欧阳修以文坛领袖的身份为王安石传播声名，称赞王安石的文章高深奇丽，"能以辨博济其说，果于自用，慨然有矫世变俗之志"。但仁宗皇帝时代，不能给他提供大施拳脚的政治舞台。再后来，由于王安石不支持英宗做皇子，故他在宋英宗时代也不会有大的作为。对此，王安石心里跟明镜似的，故意作出一副"粪土当年万户侯"的政治姿态，有沽名钓誉之嫌。从庆历二年（1042 年）到熙宁元年（1068 年），王安石历经仁宗、英宗两朝，"馆阁之命屡下，安石屡辞，士大夫谓其无意于世，恨不识其面。朝廷每欲俾于美官，惟患其不就也"（《宋史·王安石传》）。王安石先后拒绝皇帝提拔重用到京城工作达二十六年之久，声名鹊起，舆论烘烘，都为王安石当不上宰相叫屈。王安石心知肚明，气定神闲，时刻等待着适合自己的机会到来。

北宋治平四年（1067 年）正月，宋英宗驾崩，二十一岁的青年宋神宗即位，立即任命五十一岁的王安石知江宁府，开始了属于王安石的时代。九月，提拔为翰林学士兼侍讲。这次，王安石不再拒绝，很快来到京城，及时向神宗皇帝献上《本朝百年无事札子》，得到宋神宗的热情响应。熙宁二年（1069 年）二月，王安石拜为参知政事，得到神宗授权，成立专门改革机构三司条例司，起用吕惠卿等新党人物。熙宁三年（1070 年），开始实施农田水利、青苗、均输、保甲、免役、市易、保马、方田诸役等一系列全面新法改革。同时，用王韶发起对西夏的熙河战役，先小胜后大败，损失惨重。接着又改革科举，整顿学校，以自己注解的《诗》《书》《周礼》《三经新义》为科举标准书。这一系列眼花缭乱的激进改革，引起司马光、文彦博、吕公著、苏轼等人的反对。王安石以"天变不足畏，祖宗不足法，人言不足恤"的大无畏理念，强力开动改革机器，碾压一切胆敢阻挡者。

司马光曾向宋神宗抱怨曰："安石以为贤则贤，以为愚则愚，以为是则是，以为非则非。诣附安石者，谓之忠良；攻难安石者，谓之谗慝。"对所有反对改革者，王安石采取各种手段，逐一打击放逐。司马光见此情况，请求退居洛阳，专心撰写《资治通鉴》。苏轼自求到杭州整治西湖。王安石对文坛领袖欧阳修不再忌惮，态度骤变。欧阳修被贬后，"乞致仕，冯京请留之，安石曰：'修附丽韩琦，以琦为社稷臣。如此人，在一郡则坏一郡，在朝廷则坏朝廷，留之安用？'乃听之。于是，吕公著、韩维，安石藉以立声誉者也；欧阳修、文彦博，荐己者也；富弼、韩琦，用为侍从者也；司马光、范镇，交友之善者也，悉排斥不遗力。"

（《邵氏闻见录》）王安石作为政治家具有冷血和铁腕的特质，对待曾经的上级领导、推荐帮助过自己的同学朋友，只要反对改革，坚决无情打击。他的两个弟弟王安礼、王安国也因反对变法离他而去。故此，苏轼的老爸苏洵在《辨奸论》中得出结论曰："是不近人情者，鲜不为大奸慝。"看来，苏轼与王安石的矛盾从苏洵就开始了。"安石为人，悻悻自信，知祖宗志吞幽蓟、灵武，而数败兵，帝奋然将雪数世之耻，未有所当，遂以偏见曲学起而乘之。青苗、保甲、均输、市易、水利之法既立，而天下汹汹骚动，恸哭流涕者接踵而至。帝终不觉悟。"宋神宗为全力支持王安石变法，"断然废逐元老，摈斥谏士，行之不疑。卒致祖宗之良法美意，变坏几尽。自是邪佞日进，人心日离，祸乱日起，惜哉！"（《宋史本记》）后人论及北宋衰落，原因归咎于被"熙宁变法"所坏，才有"靖康之耻"，但背后真正的根源在于宋神宗急功近利、不切实际的雄心壮志使然。王安石轰轰烈烈地变法，过把瘾就死，毁了赵家江山的根基。慈圣、宣仁二位太后对神宗哭诉道："安石乱天下。"韩琦评价说："安石为翰林学士则有馀，处辅弼之地则不可。"他做翰林学士游刃有余，但并不是能辅佐天子的合格政治家。

可见，王安石首先挚爱的，是他"熙宁变法"的政治理想。为此，可以不惜任何代价，不顾任何友情和人情世故。毫无疑问，他是一位不讲求实际的政治上的理想主义者。故此，对夫人买来送到床上的美女，他不屑一顾，不难理解。

王安石一生，只娶这么一位妻子吴氏。吴氏出生在江西抚州金溪县的一个书香世家，从小就受到良好的家庭教育，通情达理，能诗善文，才貌双全。至今，她仅仅留下生前所填词《约诸亲游西池》中的末句："待得明年重把酒。携手。哪知无雨又无风。"从这一残句中，可见其深厚的文学修养。吴夫人贤惠善良，很有号召力和亲和力，过节把诸位亲戚约到一起，到西池公园里游乐，写出此等清雅词句，非一般女流之辈可比。遗憾的是她的作品集没有完整留下来。这一残句，很容易勾起与苏东坡著名的句子"归去，也无风雨也无晴"之联系。

与王安石同时代的襄阳人魏泰，是曾巩之弟曾布的小舅子。嘉祐二年（1057年），欧阳修为主考官，曾巩与其弟曾牟、曾布及堂弟曾阜四人一起登进士第。这年进士及第的还有苏轼、苏辙兄弟俩，弄得欧阳修差点把曾巩和苏轼的卷子搞混。可魏泰这混球儿，多次科考不中，他不自我反省，却把考官打了一顿。从此，被列入科考黑名单。后来，魏泰依仗着姐夫曾布在朝中的势力，狐假虎威，横行乡里，臭名远扬。但这小子博学工文，善于辩论，在其所著《临汉隐居集》中记载："近世夫人多能诗，往往有臻古人者，王荆公家最众。荆公妻吴国夫人，亦能文。

尝有小词皆脱洒可喜也。"受到这位科考落榜青年的肯定，除曾布作为新党支持王安石变法的政治立场外，魏泰对诗词研究眼光独到，评价耐人寻味。北宋女子写诗能和古人媲美者，"王荆公家最众"。王家绝不是吴夫人一个能诗，而是活跃着美女作家群。

列夫·托尔斯泰在《安娜·卡列尼娜》中的那句名言人人皆知："幸福的家庭都是相似的，不幸的家庭各有各的不幸。"每个家庭女主人的文化素质、道德修养、思想境界之差异，便是幸福与不幸的主要根源。在这一方面，王安石一家无疑是幸福的。妻子病逝后，被宋神宗赐"吴国夫人"。王安石老泪纵横，伤心欲绝。"贱贫奔走食与衣，百日奔走一日归。平生欢意苦不尽，正欲老大相因依。空房萧瑟施穗帷，青灯半夜哭声稀。音容想像今何处，地下相逢果是非？"（《一日归行》）夫妻二人相濡以沫，感情专一，北宋这样的夫妻并不多。能和王安石夫妻有一比的，还有政敌司马光夫妻俩。司马光的妻子不能生育，强烈要求替司马光找位美妾延续香火，被司马光严词拒绝，领养哥哥司马旦的儿子司马康作继子。王安石和司马光的夫妻生活，可谓传统的爱情吧。

王安石对妻子的爱情，也是父母言传身教的结果。王安石的父亲王益，曾在几个地方任基层官吏，生前"倜傥有大志"。王益任临江军判官时，打击豪强恶霸，体恤下属百姓，性格耿直率真，政声颇佳。因不愿拍马屁，经常得罪上司，总是被调来调去，得不到提拔。北宋宝元二年（1039年），王益卒于江宁判官任上。死后，葬于江宁牛首山。这一年，王安石刚刚十九岁。

家父王益的婚姻很美满，生前曾娶过两房妻子。第一任妻子徐氏生有王安仁和王安道。徐氏病逝后，续弦知书达理的吴氏，生下王安石、王安国、王安世、王安礼、王安上五兄弟及三个妹妹。王安石的母亲吴氏对丈夫前妻徐氏留下的两个儿子非常好，视同己出。在对待儿女的教育上，严格要求，一视同仁。在这充满爱的家庭中，王安石和兄弟妹妹们雨露滋润禾苗壮，男孩人人才华横溢，文章风流；女孩个个贤淑典雅，貌美如花能诗书，并且嫁得非常好。

北宋皇祐四年（1052年）清明节，三十二岁的王安石正在舒州通判任上，休假回江宁，祭拜父亲。此时，父亲已去世十多年。王安石已经历鄞县县令的锻炼，三十而立。面对北宋积贫积弱的现状，想到父亲一生仕途不顺，在父亲墓前，王安石烧几张黄纸，洒下三杯薄酒，向地下的父亲倾诉苦闷。"客思似杨柳，春风千万条。更倾寒食泪，欲涨冶城潮。巾发雪争出，镜颜朱早凋。未知轩冕乐，但欲老渔樵。"（《壬辰寒食》）王安石泪水倾盆，快要淹没城池。这几年，儿子的头发已白，面容苍老，可还未品尝到当大官的乐趣，真想做一位打鱼砍柴的农民。泪眼蒙眬中，王安石仿佛看到父亲从坟墓中向自己走来，轻轻地抚摸着他的头说：儿啊！你千万别忘了景祐三年（1036年），我带着你到首都汴京时，曾巩喜欢你，把你推荐给欧阳修，欧阳修称赞你小子"翰林风月三千首，吏部文章二百年。老去自怜心尚在，后来谁与子争先"啊！醉翁能把你和李白、杜甫相比，你千万别辜负欧阳修老师的殷切期望啊！再说，我死后第三年（1042年），你进京参加高考，主考官是晏殊，本来定的状元是你，可因为"孺子其朋"这个典故，触犯仁宗皇帝对"朋党"的禁忌敏感神经，把你改为第四名，被杨寘捡漏当上状元。在为父心中，我儿你就是状元郎，汴京才是能施展才华的广阔天地。你的人生之路刚开始，王氏家族还指望你这个顶梁柱光耀门楣呢！好小子，别灰心，站直了，别趴下！一群乌鸦飞过，鸣叫着飞过四野，惊醒了王安石。原来，王安石背靠着父亲的墓碑，睡了好久，刚才梦见父亲又在重复着他生前的谆谆教诲。

清明节的天空，阴沉湿凉。王安石站起身，拍打掉身上的泥土，揉揉红肿的双眼，缓缓地走回家。在山间小路上，他在心里默念道：父亲大人，您托梦说的话，孩儿都记下了，您放心吧，我不会让您老人家失望！

皇祐三年（1051年），宰相文彦博上书皇帝，说王安石"恬然自守，未易多得"。人才难得，抓紧破格使用。王安石推辞说："母亲年龄大了，弟妹们还没有婚嫁。家里穷，人口多，住在京师，物价和房价太贵，经济上负担不起，还是让我继续留在舒州当通判吧。"家里十几口人吃饭、读书、成才、婚嫁，都需要操心。王安石最上心的还是弟妹们的成长和生活幸福。大妹王文淑和他感情最好，王安石称赞她"衣不求华，食不厌蔬"。长大后嫁给工部侍郎张奎，家庭美满，被仁宗皇帝封为长安县君。嘉祐四年（1059年）冬天，王安石奉诏出使辽国。临行之前，大妹亲自下厨，置办一桌酒菜，为他饯行。王安石想到北去路途遥远，天气寒冷，从此一别，不知何时归还，无限伤怀，写首诗送给她留念。"少年离别意非轻，老去相逢亦怆情。草草杯盘共笑语，昏昏灯火话平生。自怜湖海三年隔，又作尘沙万里行。欲问后期何日是，寄书应见雁南征。"（《示长安君》）年轻时的别离伤感沉重，何况如今老了呢。酒菜简单，相谈甚欢。互诉衷肠，直到夜深。我们已经分别得太久、太久，而今却又要离开你。你问我何时归故里，我也曾这样问自己，我想大约在冬季。当你看到那鸿雁南飞，一定是我捎给你的消息。

对大妹感情如此，对同父异母的大哥王安仁的感情也是如此。王安仁曾任职宣州司户，病逝后葬于江宁。王安石每次路过江宁，便触景生情，悲从中来。"百

得大名，引起神宗的重视提拔。当然，儿子也没有给他丢脸。王雱著有《论语解》《孟子注》《新经尚书》《新经诗义》等。宋神宗时，曾任太子中允、崇政殿说书，受诏撰写《诗义》《书义》，后提拔为天章阁待制兼侍讲。书成，迁龙图阁直学士。王雱生前致力于道、佛两家的思想研究，有不少新的创见，著作等身，堪比父亲，成为北宋著名的政治家、思想家和道家学者，与二位伯父王安礼、王安国并称为"临川三王"。

王雱在诗词创作上，比父亲年轻时的风格温润婉约多情。"一双燕子语帘前，病客无憀尽日眠。开遍杏花人不到，满庭春雨绿如烟。"（《绝句》）"霏微细雨不成泥，料峭轻寒透夹衣。处处园林皆有主，欲寻何地看春归。"（《绝句》）王雱的这二首《绝句》和父亲晚年的风格有一比，下面两首词也能和柳永、秦少游有一拼。"杨柳丝丝弄轻柔，烟缕织成愁。海棠未雨，梨花先雪，一半春休。而今往事难重省，归梦绕秦楼。相思只在，丁香枝上，豆蔻梢头。"（《眼儿媚》）"露晞向晚，帘幕风轻，小院闲昼。翠径莺来，惊下乱红铺绣。倚危墙，登高榭，海棠经雨胭脂透。算韶华，又因循过了，清明时候。倦游燕，风光满目，好景良辰，谁共携手？恨被榆钱，买断两眉长斗。忆高阳，人散后，落花流水仍依旧。这情怀，对东风，尽成消瘦。"（《倦寻芳慢》）

熙宁九年（1076年），王雱因病英年早逝，年仅三十三岁。白发人送黑发人，对王安石打击巨大，加上变法受阻，第二次辞去宰相职务，归隐江宁。王安石强忍悲伤，劝说并帮助儿媳改嫁到宋神宗的同母弟弟吴王赵颢家里。赵颢原配王妃病逝，迎娶王雱寡居的妻子庞氏后，二人很恩爱。南宋后，有些诋毁王安石的人说他和寡居的儿媳调情"扒灰"，则是故意丑化王安石。

王安石除对儿女关心、与大妹感情甚笃外，还对自己兄弟的成长费尽心血。王安国、王安礼兄弟俩虽然与自己政见不合，但在感情上没有裂痕，生活上相互帮助，学习上相互鼓励，个个事业有成。同父异母的大哥王安仁，于仁宗皇祐元年（1049年）中进士，以读书教书为业，二十年持之以恒，为弟子讲授《诗》《书》《礼》《易》《春秋》，声名远播，很多千里之外的青少年慕名前来学习。熙宁初年，大弟王安国被赐进士及第，他文思敏捷，学识广博，历任崇文院校书、秘阁校理。因反对新法，被吕惠卿所陷，放归田里，四十七岁病逝。"留春不住，费尽莺儿语。满地残红宫锦污，昨夜南园风雨。小怜初上琵琶，晓来思绕天涯。不肯画堂朱户，春风自在杨花。"（王安国《清平乐·春晚》）随风飘飞的杨絮自由自在，可始终不肯飞入权贵人家的画堂朱户。王安国一生，就如那飘落的杨花。四弟王安礼也是北宋有名的诗人，北宋嘉祐六年（1061 年）进士及第，著有《王魏公集》二十卷。宋神宗闻其才，召为崇文院校书，入集贤院，出任润州知州、湖州知州、开封府判官、知制诰等。王安礼仗义执言，曾上书反对变法。元丰二年（1079 年），苏轼因"乌台诗案"入狱后，他曾出手相救，面见宋神宗，替苏轼说情。他在以翰林学士知开封府时，善于断案，执法严明，判决陈案"有滞讼不得其情及剖决具案而未论者几万人"。他通过明察暗访，剖析案情，秉公执法，不畏权势，到职不过三个月，将所有积案审清，致使"囚系皆空"，并将结果张榜公布于府前。神宗称赞"安礼能勤吏，骇动殊邻，于古无愧矣"。特给他官升一级，以资奖励。"柳亭暮霭笼金眼，茶岭寒轻卓翠旗。春色正浓人未老，掷觞飞笔好追随。"（王安礼《春日感怀》）趁春色正浓，兄弟未老，饮酒写诗。王安石对兄弟姐妹和儿女们的挚爱，使王氏家族团结、奋进，无愧祖先。

熙宁九年（1076 年）十月，王安石称病辞去宰相，退隐江宁。在城外选址建"半山园"。"所居之地，四无人家，其他仅蔽风雨，又不设垣墙，望之若逆旅之舍"，房屋简陋至极。"茅屋数间窗窈窕。尘不到，时时自有春风扫。"此后，王安石的性格和诗风大变，他每天随日出山去，寻云伴月归。"畜一驴，每食罢，必日一至中山，纵步山间，倦则即定林而睡，往往至日昃乃归。"（叶梦得《避暑录话》）"忽忆故人今总老。贪梦好，茫然忘了邯郸道。"晚年一场大病初愈后，王安石和家人商量，把"半山园"捐给寺院，宋神宗赐名"报宁寺"。

王安石"熙宁变法"大破大立，最终以失败告终，成为新旧两党争斗不休的滥觞，后人把"靖康之耻"的历史责任加在他的身上。近千年来，"拗相公"的形象深入人心。当代史学大家钱穆先生在《国史大纲》里评价曰："安石最大的弊病，还是看重死的法制，而忽视了活的人事""安石未免自视过高，反对他的，他便骂他们不读书，说他们是流俗，又固执不受人言，而结果为群小所包围"。是的，王安石性格偏执，不能团结当时文坛、政坛的正人君子和名士韩琦、司马光、文彦博、苏轼等人，身边只能依靠章惇、吕惠卿、李定、曾布、舒亶等一批声名狼藉的奸臣小人，这也是王安石被后人诟病的原因。但是，若抛开王安石政治家、文学家的身份，他深爱着每一位家族成员，也狂热地挚爱着他和神宗联手变法图强的政治理想。不可否认，王安石的爱情生活是丰满的。

王安石的基层政治实践

北宋庆历三年（1043 年），范仲淹等人开始"庆历新政"，到庆历五年（1045年）秋天，基本上处于偃旗息鼓的状态。这场虎头蛇尾式的改革，成为北宋朋党之争的滥觞。宋仁宗对此颇有猜忌，在吕夷简不遗余力的攻讦之下，改革派几乎被"一网打尽"。代表人物宰相杜衍、晏殊的女婿富弼相继被罢免，欧阳修贬知滁州，成为名副其实的中年"醉翁"，苏舜钦被贬为庶民，来到苏州置地建了一座沧浪亭，写出名篇《沧浪亭记》。范仲淹上书朝廷，要求调离西北前线邠州，最后被改知邓州，在此地应老朋友滕子京来信请求，书写出光芒万丈的《岳阳楼记》。曾和范仲淹并肩作战的韩琦被罢枢密副使，出知扬州。

韩琦在扬州任市长期间，开始注意到府衙内有位年轻人，为从八品签判，是庆历二年（1042 年）及第的进士。这位文职官员，上班时总是蓬头垢面，邋里邋遢，衣冠不整。韩琦曾为军人，高大威猛，能文能武，十分讲究外表形象，十分反感这位年轻人如此不修边幅。有一天，韩市长实在忍受不住，把这位年轻人叫到办公室，语重心长地告诫他："年轻人，你以全国第四名的好成绩考中进士，很不容易，以后要继续读书学习，注重生活细节，要树立人生远大理想，不能整天熬夜玩乐，留恋青楼歌妓，花天酒地，虚度青春好时光啊！"年轻人白了韩市长一眼，嘴角向下撇了撇，木偶似的点点头，没有开口说话表态。他走出韩市长办公室后，嘴里嘟嚷一句"韩公非知我者"，后来还在日记本上写道"韩公但形相好尔"：韩市长您也就是长得帅而已，一点也不懂我，凭什么教训我！

此时的王安石年少轻狂无知。韩琦可不是一位徒有外表的"绣花枕头"，他出生于河南安阳，四岁丧父，由诸兄抚养成人。史称其"既长，能自立，有大志气。端重寡言，不好嬉弄。性纯一，无邪曲，学问过人"。仁宗天圣五年（1027 年），韩琦十九岁进士及第，名列全国第二，从此踏入仕途，尽职尽责，敢于直谏，为相十载，辅佐三朝。欧阳修称赞其"临大事，决大议，垂绅正笏，不动声色，措天下于泰山之安，可谓社稷之臣"。韩琦不曾想到八百年之后的家族后代中，在海南岛文昌出生一位名叫韩教准的男子，长大后经办实业，财力雄厚，支持辛亥革命，婚后生育出宋霭龄、宋庆龄、宋子文、宋美龄、宋子良、宋子安六位子女，成为中国近代历史上的风云人物。可见，韩琦家族遗传基因超级优良。在文坛领袖欧阳修心中如此敬佩的韩琦，却被这位不修边幅的年轻人看成仅是颜值高。可见，这位年轻人对待顶头上司的态度，不是太傲慢无礼，就是缺心眼，情商太低。

这位年轻人，就是刚刚二十四岁、初入仕途的王安石。

王安石，字介甫，号半山，抚州临川人，出身于官宦之家，父母很重视教育孩子，其自幼就胸有大志，目标坚定。"王荆公初及第为金判，每读书至达旦，略假寐，日已高，急上府，多不及盥漱。魏公及荆公少年，疑夜饮放逸。一日从容谓荆公曰："君少年，无废书，不可自弃。"（宋·邵伯温《邵氏闻见录》）青年王安石整天通宵达旦地读书写作，早起来不及洗漱收拾吃早餐，为不迟到，匆匆忙忙赶到府衙上班，被韩琦认为形象不佳，训斥几句。王安石并没有接受韩市长的批评，依然我行我素，也懒得去做解释。韩琦想不到再过二十四年，这位自己看着不顺眼的年轻人，在北宋政坛导演了一幕惊世大戏"熙宁变法"。

王安石在韩琦手下工作三年，按照北宋官吏管理制度，任期满后可向朝廷写求职申请书，进京谋个一官半职。曾有人推荐，仁宗也有意提拔他到京城馆阁任职，离权力中枢很近，容易提拔，但"安石独否"。他对自己的人生道路做出了与众不同的选择——到基层去，到黎民百姓最需要的地方去，充分了解国情，找到振兴北宋的方略。

庆历七年（1047年）元宵节刚过，爆竹的残红还留在墙角下的积雪里，寒意凛冽袭人。经过吏部考察安排，二十七岁的王安石接到知鄞县（今宁波市）县令的任命，便立刻带着有孕在身的夫人吴氏和其他家人出发。一行人迎着呼啸的北风，穿过积雪遍地的原野村庄，在泥泞的官道上一路颠簸，四月才抵达鄞县境内。

江南四月风景好。满眼花红柳绿，莺飞草长，杂花生树，远山如黛，湖水似镜，鄞县迎来历史上最年轻的县长。王安石站在县衙大门口，看着人来人往的街道，黝黑的脸上露出一丝微笑。这里，才是属于自己开展政治实验的好地方。

新官上任三把火还没来得及烧，王安石就遭遇"下马威"。史载，庆历七年"是年大旱"。天灾绝收，百姓流离失所，这对新任县长是一场严峻考验。

王安石没有下车伊始，就哇啦哇啦地指导工作，他明白没有调查，就没有发言权。鄞县东面临海，西面靠山，海水倒灌，不利耕种。要搞好农业生产，治水是第一要务。为此，他安顿好家人，抓紧熟悉基本县情，广泛征求意见，深入基层调研。"庆历七年十一月丁丑，余自县出，属民，使浚渠川。至万灵乡之左界，宿慈福院。戊寅，升鸡山，观硙工凿石，遂入育王山，宿广利寺。雨，不克东。辛巳，下灵岩，浮石淋之壑以望海，而谋作斗门于海滨，宿灵岩之旌教院。癸未，至芦江，临决渠之口，转以入于瑞岩之开善院，遂宿。甲申，游天童山，宿景德寺。质明，与其长老瑞新上石，望玲珑岩，须猿吟者久之，而还食寺之西堂。遂行，至东吴，具舟以西。质明，泊舟堰下，食大梅山之保福寺庄。过五峰，行十里许，复具舟以西，至小溪，以夜中。质明，观新渠及洪水湾，还食普宁院。日下昃，如林村。夜未中，至资寿院。质明，戒桃源、清道二乡之民以其事。凡东西十有四乡，乡之民毕已受事，而余遂归云。"

从王安石所写的这篇调研日记中可以看出，县长一行风尘仆仆，顶风冒雨，马不停蹄，自庆历七年（1047年）十一月丁丑（十四日）到二十五日，历时十多天的基层调研之路非常辛苦。除中间两日因大雨无法出行、在寺院休整外，每天从早晨天亮直到夜幕降临，才就近到寺院食宿，起早贪黑，废寝忘食，足迹遍布十四个乡镇。最感人的是每到一地，必看望在野外劳作的农民，访问凿石匠人。县长轻车简从，不讲排场，只带着一位艄公和一位秘书，没有提前通知，没有前呼后拥，没有挂横幅欢迎，没有公款吃喝，先后食宿在八个寺庙之中，绝不扰民，一路调研思考，现场办公。"乡之民毕已受事遂归"，没有接受任何土特产品。经过调研，王安石胸有成竹地提出鄞县治水方略为："东御海潮咸水改土质，西疏浚渠川蓄水排涝。"

庆历八年（1048年）秋天，王安石向两浙转运使呈报《上杜学士言开河书》。很快获批后，立即趁秋收后的农闲时节，王安石组织发动全县百姓兴修水利，恢复湖界，清除葑草，加深湖底，围筑堤堰，设置碶闸，并在湖周围开垦荒田。治水项目完工后，东湖增加到"灌田五十万亩"，鄞县"虽大暑甚旱，而卒不知有凶年之忧"。

水利是农耕文明的命脉。王安石除兴修水利外，还想方设法努力解决民众的温饱问题。鄞县滨海的渔民，耕地少，春天青黄不接，不得不向当地的豪绅以耕地做抵押，高利贷借粮度日，苦不堪言。王安石经过详细调研，改进官府早先设置专储粮食的"义仓"制度。在闹粮荒时，把官仓的稻米先贷给无米下锅的百姓。秋收后，再收回借出去的官粮，同时收取少量贷米税，以新米充实官府粮仓。这样，既解决了贫困户的吃饭问题，又能让官府粮仓的稻米周转起来。"贷谷于民"，就是后来"青苗法"的雏形。

鄞县靠海，出产海盐，渔民无田可耕，多以打捞海盐出卖为生。由于官办盐场垄断盐业生产和流通，制止个体生产贩卖食盐。可是，在利益驱动之下，这种私卖行为屡禁不绝。为此，官府专门颁发《令吏民出钱购人捕盐》文件。文件规定基层官府可雇专人逮捕出卖私盐者，雇人的费用由各县官吏和百姓出。同时，还出钱悬赏，有告发私自捞盐卖盐者，给予相当数量的奖赏。对此文件，王安石表面传达，不去贯彻落实。他还专门呈送《上运使孙司谏书》，对顶头上司提出建议，坦言"捕盐"对百姓骚扰过多。若以告发悬赏的方式抓人，州县监狱必然人满为患，最终逼盐民为盗贼，影响社会稳定，请上级抓紧收回此文。王安石并作一首《收盐》诗，同情盐民疾苦。"州家飞符来比栉，海中收盐今复密。穷囚破屋正嗟欷，吏兵操舟去复出。海中孤岛古不毛，岛夷为生今独劳。不煎海水饿死耳，谁肯坐守无亡逃。尔来贼盗往往有，劫杀贾客沉其艘。一民之生重天下，君子忍与争秋毫？"此时，"一民之生重天下"就是王安石的政绩观。他说，本州官府征收盐税的文件像篦子一样密，盐民们住在荒岛上的破屋里，叹息不止。吏兵们乘船来往不绝地催讨，让盐民没有活路，不得不做车匪路霸。民生为天下之重，官府怎能与百姓争利呢？年轻的县令不唯上，不唯利，只唯实，只为民，值得称道。

作为文人士大夫，王安石深知百年大计，教育为本。庆历三年（1043年），王安石曾写过一篇《伤仲永》的文章，阐明自己的教育观。一个人品德才能的提高，取决于后天持续不断地学习。否则，天才也会变成废物。鄞县只有一些分布零散的乡村私塾，能接受教育的小孩子很少。庆历八年（1048年）夏天，王安石决定拨出专款，辟出孔庙为学舍，亲自出面聘请明州境内的文化名流或硕学大儒任教师，以"兴学、育人、实用"为教育宗旨，收教本县适龄儿童入学。从此，鄞县形成官学、蒙学、书院"三位一体"的教育格局。在这片土地上，书声琅琅，人才辈出，文脉不绝。如南宋著名状元词人张孝祥、明代心学大师王阳明、清初著名思想家黄宗羲等硕儒名流，薪火相传，弦歌不辍，他们都是从鄞县走出来的文化大师，皆受到当年王安石办学思想的恩泽。后来，"熙宁变法"中，王安石欲改革科举内容，以自己和儿子王雱注解撰写的"王学"为标准，也是从鄞县办学成功中找到的自信。

为搞好社会稳定，王安石在鄞县尝试"严保五"的户籍管理制度。不论常住人口或是流动人口，都按照每五户组成一保，再由五保组成一大保，实行统一的户籍登记和人口管理。分散的社会秩序变得有序稳定，有利于农业生产和地方治安。这是后来"保甲法"的蓝本。

"飞来山上千寻塔，闻说鸡鸣见日升。不畏浮云遮望眼，只缘身在最高层。"（《登飞来峰》）皇祐二年（1050年）夏天，而立之年的王安石在鄞县任期已满，回江西临川故里省亲。途经杭州时，写下此诗。回首这三年，牛刀初试，政治理念得到全面实验，成效显著，自信心和成就感增加不少。鄞县这片土地，成为王安石施政理想的基层试验田。"起堤堰，决陂塘，为水陆之利。贷谷与民，立息以偿，俾新陈相易。兴学校，严保伍，邑人便之。"（《邵氏闻见录》）在邵伯温所写的此部书中，批判和丑化王安石的地方很多，但他也不得不承认作为鄞县县令，王安石德能勤绩廉表现优秀。多年之后，王安石仍非常怀念在鄞县这一段青春好时光。"孤城回首距几何，忆得好处长经过。最思东山春树霭，更忆南湖秋水波。三年飘忽如梦寐，万事感激徒悲歌。应须饮酒不复道，今夜江头明月多。"（《忆鄞县东吴太白山水》）鄞县县令期满后，王安石被调任舒州通判，辅助知州处理公务，仍在基层打拼。

皇祐三年（1051年），宰相文彦博上书推荐王安石进京任职，他却以家庭困难、在京师无钱买房为由推辞。皇祐五年（1053年），欧阳修推荐他为朝廷谏官，他以母亲年老需照顾为由推脱掉。至和元年（1054年），朝廷恩准其免试，特授集贤校理，到首都汴京工作，他又坚辞不就。治平二年（1065年），宋英宗召他入朝，他又称病谢辞。一晃十几年过去了，王安石甘愿远离京城权力中心，扎根在基层工作，"得因吏事之力，少施其所学"（《上执政书》）。王安石自己的说辞是若在皇帝身边工作，谋求"清要"馆职，清谈太虚，不能施展其所学。但这并非他的心里话，在官场上他并不傻呆。

嘉祐四年（1059年），王安石曾试探性地向宋仁宗呈上长达万言的《言事书》，陈说"天下之财力日以困穷，而风俗日以衰坏""患在不知法度"，建议仁宗"改易更革天下之事"。这次投石问路的结果，如石沉大海，王安石便明白此时的仁宗皇帝对改革不感兴趣，没有自己表现的政治舞台，不如继续在基层工作，积累名声政绩，等待机会。

转眼四年过去，嘉祐八年（1063年），仁宗驾崩。宋英宗即位之初，因身体有病，由曹太后垂帘听政，两宫关系并不和谐，时任宰相就是曾对王安石看法并不太好的老上司韩琦。加之王安石曾反对过把宋英宗立为皇子，他明白自己不可能得到重用，实施变法改革主张更无机会，继续蛰伏才是硬道理。治平元年（1064年）五月，英宗病愈亲政，诏王安石入朝，被王安石拒绝。

治平四年（1067年）一月，年仅三十六岁的英宗因病驾崩。宋神宗登基后，王安石终于等来属于他的时代机遇。神宗十多岁时，"知祖宗志吞幽、蓟、灵武，而数败兵""慨然兴大有为之志，思欲问西北二境罪"，立志"雪数世之耻"。富有如此远大理想的皇帝与王安石一拍即合。九月，四十八岁的王安石应诏为翰林学士兼侍讲，他一改过去以各种理由坚辞的做法，屁颠屁颠地来到皇帝身边。"偶向松间觅旧题，野人修诵《北山移》。丈夫出处非无意，猿鹤从来不自知。"（《松间》）隐居或出来做官都是大丈夫的自由选择，你们这些猿鹤之辈的俗人是不会懂的。此时的王安石自信心爆棚，马上开始高调起来。

熙宁元年（1068年），王安石急不可待地向神宗上奏《本朝百年无事札子》，赢得神宗的高度认可。"金炉香尽漏声残，翦翦轻风阵阵寒。春色恼人眠不得，月移花影上栏干。"（《夜直》）看来，在宫中值夜班的王安石心情不错。月移花影生寒意，思绪伴随春风飞，仕途前景光明。本朝一百年平安无事的宏伟目标，撩拨得他不能安然入眠，估计神宗皇帝也没有睡着吧。

熙宁二年（1069年）二月，王安石获任参知政事。宋神宗为强力推进变法，专门设立制置三司条例司，他以君权的力量，为王安石变法保驾护航，扫除一切障碍。同年七月至十一月，"熙宁变法"拉开序幕。先后下诏颁布实行均输法、青苗法、农田水利法。"爆竹声中一岁除，春风送暖入屠苏。千门万户曈曈日，总把新桃换旧符。"（《元日》）王安石想到自己推动变法，将为大宋王朝带来日新月异的变化，欢欣鼓舞，写下此诗。"熙宁变法"就是迎接春天的"新桃符"。

熙宁三年（1070年），五十岁的王安石登上人生顶峰，出任同中书门下平章事，位同宰相。"自古驱民在信诚，一言为重百金轻。今人未可非商鞅，商鞅能令政必行。"（《商鞅》）新法全面启动，王安石决心以商鞅为榜样，言必信，行必果，强力实施政治主张。此时，梦想计理智退却，他或许忘记了商鞅终被五马分尸的悲惨结局。

熙宁九年（1076年），"熙宁变法"以失败而告终，王安石被迫辞去宰相职务，退隐江宁"半山园"。元丰八年（1085年），年仅三十八岁的宋神宗驾崩。元祐元年（1086年），王安石去世，享年六十六岁。而三十年之后，金兵的铁蹄踏破汴京城。

神宗死后，年仅九岁的儿子赵煦（哲宗）即位，祖母高太后垂帘听政。神宗在位时，高太后就曾面对门卫画家郑侠呈上的《流民图》眼泪横流，认为"安石乱天下"。高太后任命六十七岁的司马光为宰相，召回苏轼等一帮反对变法的旧党，清算王安石的政治遗产。元祐八年（1093年），高太后去世，宋哲宗亲政后，又开始打击旧党，司马光被免，把苏轼贬得更远，重新起用新党。曾布、章惇等一批新党人物重新得势，新法开始恢复。在这"翻烧饼"式的人事更迭、新法启废、两党相互攻击中，埋下北宋走向衰落的祸根。

"靖康之耻"（1127 年），宋室南渡。王安石背负起历史的罪责，很多史学家和文学家对他大泼脏水，"王安石变祖宗法度，祸国殃民，导致北宋灭亡"。这一结论作为南宋时期的官方主流基调，社会上对王安石用文字加以批判、嘲笑、讽刺和丑化。再后来，明朝朱元璋和清朝乾隆皇帝都讨厌王安石，他们不喜欢王安石和宋神宗亦师亦臣的关系。大臣分享皇帝的绝对权力，明清两代皇帝绝不能容忍。从南宋到大清，王安石的价值一直在下降。

清代的王士祯在《香祖笔记》中曰："王介甫狠戾之性，见于其诗文，无一天性语。"这样的评价过于苛刻了吧！近代的林语堂非常喜欢苏轼，自然讨厌王安石。林先生在《苏东坡传》中说："王安石变法使社会衰乱，朝纲败坏。"如果把南宋时代的历史比作股票市场，王安石这只股票一直跌跌不休，最终被"ST"了。

直到清末，主张变法的梁启超专门撰写《王安石传》，为其平反。梁公认为"青苗法"和"市易法"是"文明国家"的银行；"免役法"是"世界上最有名誉的社会革命"，"当今欧洲诸国，其所设施，往往与荆公不谋同符"。梁公称赞王安石是"三代之下第一完人""不仅为中国大政治家，亦为大文学家，其德量汪然若千顷之波，其气节岳然若万仞之壁。其学术集九流之粹，其文章起八代之衰。其所实施之事功，适应于时代之要求而救其弊。其良法美意，往往传诸今日莫之能废"。自此，王安石这只曾被"ST"的股票价值不断受到追捧，在历史不断延伸的曲线上，偶尔也会"涨停"。

王安石从在韩琦市长手下任淮南签判开始，到知鄞县，历任舒州通判、常州知府、江东刑狱提点，嘉祐三年（1058 年）入为度支判官，向仁宗上万言书，要求"改易更革"。仁宗和英宗时代，王安石在基层工作的成绩和名声颇佳。遇到神宗皇帝，是他的幸运，也是他的不幸。

神宗认为"群臣中惟安石能横身为国家当事尔"，唯独得不到诸多著名的资深且正直大臣们的全力支持。如三朝元老韩琦认为，王安石做个翰林学士讲讲课还可以，做个高级顾问也凑合，但是做宰相绝对不够格。参知政事吴奎说，王安石有能力不假，但他不擅长与人交往，处理不好人际关系，如此迂腐执拗的人当宰相，恐怕会紊乱纲纪。大臣唐介也认为，王安石确实有学问，能力也很强，但太固执迂腐，如果让他管理政事，天下必受其害。反对者中，更不用说司马光、苏洵、苏轼对王安石的看法更不佳。

以今视昔，王安石干干具体工作还行，确实不是个帅才。"沉魄浮魂不可招，遗编一读想风标。何妨举世嫌迂阔，故有斯人慰寂寥。"（《孟子》）王安石不管不顾，一意孤行，只好用章惇、吕惠卿、曾布等那些投机分子，为他的变法冲锋陷阵。最终，自己最信任的吕惠卿反戈一击。"天命不足畏，祖宗不足法，人言不足恤"的反潮流精神，这种人定胜天的思想太超前，王安石太不懂"得道多助，失道寡助"的道理。

德国铁血宰相俾斯麦说过："一个在政治上按原则行事的人，就如同嘴里横着根木杆穿过树林。"王安石不近人情，执拗任性，为了变法，不择手段，打击异己，重用小人，把治理鄞县成功的基层政治经验，错误地套用在治理整个大宋江山上，用微观经验代替宏观战略，急功近利，冒险突击，不管民意，不计成本，他活成"徒有基督救世之心，而无圆通机智处人治事之术。是一个不实际的理想主义者"（林语堂）。王安石不懂得任何人无法超越时代的局限，政治理想和实施规划只有和时代合拍，与社会环境条件契合，才能有所作为。他出生得太早了！北宋时代不适合王安石，他根据鄞县的基层政治经验设计的"熙宁变法"蓝本过于幼稚天真，北宋封建地主阶级为生产力主流的土壤里，不适应种植这种乌托邦式的理想种子，他如同堂吉诃德大战风车般可笑。"至今世间人家，多有呼猪为'拗相公'者。后人论我宋元气，都为熙宁变法所坏，所以有靖康之祸。"（《拗相公》）在南宋故意丑化他的通俗小说话本里，他本人活成了"猪"。

"墙角数枝梅，凌寒独自开。遥知不是雪，为有暗香来。"（《梅花》）晚年退居钟山后，王安石或许想起青年时代在鄞县成功的基层政治实验，不明白为何欲改变北宋积弱积贫现状的"熙宁变法"就这样草草收场，民怨沸腾，后果很严重。王安石每每想起，仍心有不甘，便以梅自喻，孤芳自赏，仍是一副"拗相公"的模样。

王安石死后，谥号"文"，封荆国公，故世人又称其为"王荆公"。可不知为何，他既未留下按照高级官僚待遇应配享的神道碑，也未留下一般人都有的墓志铭，就连家人也未为他撰写家传、生平行状之类的文字材料。儿子王雱虽英年早逝，但他还有挚爱的几位弟弟呢。按照一般道理，这是不应该的啊！

转眼到了南宋时期，撰写《续资治通鉴长编》的李焘曾写有《王安石年谱》三卷，可惜历经战火佚散了。从历史上看，苏东坡和王安石生活在同一个时代是上天的错误，"既生瑜，何生亮"。政治上王安石占了上风，文学上苏东坡占了上风。后世越是喜欢苏东坡的人多，讨厌王安石的人也越多。但无论怎样丑化、妖魔化王安石，都不能否认他在鄞县实施基层政治实验的成功。仅凭这一点，王安石就应得到历史的承认和尊重。

春风自绿江南岸

北宋治平四年（1067年）一月，三十六岁的宋英宗驾崩，宋神宗登基。王安石经过二十年的基层锻炼和仕途蛰伏，终于等来属于他的政治机会。是年九月，已四十八岁的王安石应诏为翰林学士兼侍讲，他一改过去以各种理由坚辞进京在皇帝身边任职做官的举动，立刻接受该职务，却又想保持过去不恋京官的人设，象征性地忸怩作态一番后，于熙宁元年（1068年）春天，屁颠屁颠地向京都汴梁奔去。

"偶向松间觅旧题，野人修诵《北山移》。丈夫出处非无意，猿鹤从来不自知。"（《松间》）很明显，这首诗透露出王安石心中的扬扬得意。隐居或出来做官，那都是我们这些大丈夫的自觉选择。你们这些猿鹤之辈的普通人是不会懂的。基于王安石对宋神宗登基前后急于励精图治、欲收回燕云十六州宏大志向的了解，他对未来在皇帝身边工作充满自信和向往。

春和景明，微风和煦。王安石带着对前途的憧憬，从金陵钟山出发，乘船沿水路而下。傍晚时分，泊舟瓜洲。初春时节的江南，绿意盎然，江水波光粼粼，远山如黛含烟，帆影片片连云。王安石索性走出船舱，站立在船头，享受着清凉江风的吹拂。放眼望去，两岸边的野草绿树青翠如玉，水面上的行船犁出的波浪，向后逐渐隐去，一股浓烈的初春气息沁人心脾。当夜，月明星稀，四周寂静，王安石思绪万千，在灯下提笔写道："京口瓜洲一水间，钟山只隔数重山。春风自绿江南岸，明月何时照我还？"（《泊船瓜洲》）

王安石的这首诗非常著名，但争议也最多。第一，他改"绿"字的故事流传甚广。第二，第三句是"又绿"或是"自绿"的问题，也成为文学上的一桩公案。第三，写作这首诗的具体时间到底是哪一年？

王安石工于诗，对文字有"洁癖"。在《泊船瓜洲》这首诗中，他改"绿"字的故事曾记载于南宋洪迈所著的《容斋随笔》卷八"诗词改字"中："王荆公绝句云：'京口瓜洲一水间，钟山只隔数重山。春风又绿江南岸，明月何时照我还？'吴中士人家藏其草，初云'又到江南岸'，圈去'到'，注曰'不好'，改为'过'。复圈去而改为'入'。旋改为'满'。凡如是十许字，始定为'绿'。"洪迈为增加其可信度，称有人见过王安石的这份手稿。这则故事，早已成为文学界的美谈。

其实，这句诗中的"绿"字并不稀罕，唐代李白曾有句"春风已绿瀛洲草，紫殿红楼觉春好"。丘为也有诗句"春风何时至？已绿湖上山"。诗人把形容词"绿"字作为动词来用，乃神来之笔。清代《宋诗纪事》和《宋诗钞》中，均加以援引。

人们津津乐道于传播王安石改"绿"字的故事，却忽视了别的字眼。当代文学界有不少人认为：原诗应是"春风自绿江南岸"，可大多数选本都写成"春风又绿江南岸"，这是错误的。如北京大学吴小如教授著文说："现在，我们所能见到的王安石全集，无论是宋版，还是明版，包括上引的李璧笺注本，这诗第三句都作'自绿'，根本没有一个版本是作'又绿'的。"（见《王安石的〈泊船瓜洲〉和〈韩子〉》）吴教授还举出王安石在自注另一首诗时，所引用的这句诗正是"春风自绿江南岸"。赵齐平先生在《宋诗臆说》中曰："《王文公文集》《临川集》以及李璧笺注本均作'自绿'，只有洪迈《容斋随笔》卷八引作'又绿'。钱锺书先生的《宋诗选注》和周振甫先生的《诗词例话》相沿未改。"二十世纪五十年代，博闻强记的钱锺书先生在其所著《宋诗选注》中，此句写成"又绿"，作为王安石讲究修辞炼字的著名例子。因钱先生的学术地位和知名度实在太高，其评注被奉为圭臬。但 2009 年人民文学出版社出版的《宋诗选》，仍以"春风自绿江南岸"为正文。

有关这首诗的具体创作时间问题。一种观点认为写于神宗熙宁元年（1068年），王安石自江宁到京城任翰林学士的路上。另外一种观点认为写于熙宁八年（1075年），王安石第二次复出任宰相时。目前，持第二种观点的人较多。而持第一种观点的理由简单充分：熙宁九年（1076年），王安石在其自注的《与宝觉宿龙华院三绝》诗中曰："旧有诗云：'京口瓜洲一水间，钟山只隔数重山。'"这首诗中，有一句"忽忆东游已十年"。据此推断，这里所说的东游，即指熙宁元年，王安石由金陵赴首都汴京。第二个论证是依据李焘《续资治通鉴长编》第二百六十卷中的记载："熙宁八年二月癸酉，观文殿大学士、礼部尚书、知江宁府王安石依前官平章事、昭文馆大学士。……翌日，上遣勾当御药院刘有方，赍诏往江宁召安石。安石不辞，倍道赴阙。"

从这首诗来看，王安石泊船瓜洲时，应是月明之夜。但是，据当代学者刘成国先生根据最新研究发现的《景定建康志》第一二卷考证：王安石第二次复任宰相出发的准确时间为"熙宁八年三月一日赴阙"。瓜洲距离江宁最多只有二天的路程，在此时间段里，夜晚不可能看到天上有明月高悬。故此，这首诗不可能作于熙宁八年。结合王安石在自注诗中的"忽忆东游已十年"句子，这首诗作于熙宁元年无疑。

王安石进京后不久，即兴致勃勃地向年轻的神宗皇帝呈上《本朝百年无事札子》。此时，苏轼正因父亲苏洵丧丁忧在家，直到熙宁二年（1069年）二月才返回汴京。"熙宁二年，还朝。王安石执政，素恶其议论异己，以判官告院。"（《宋史·苏轼传》）苏轼返京后，立即发现眼前的政治生态已发生巨大变化。英宗去世，神宗即位，安石得势，变法开始。苏轼给朋友写信，无奈地诉说自己被冷落后的愤愤不平。"轼二月中，授官告院，颇甚优闲，便于懒拙。"也就在这一年，苏轼与王安石的矛盾开始激化。

此外，刘成国先生在《王安石年谱长编》（中华书局2018年版）中认为："又绿"表述时光已经逝去，与"明月何时照我还"的情绪相映衬，意味着王安石漂泊在外多年，不能回归家乡的愁绪郁结于心怀。可是，自仁宗嘉祐八年（1063年）八月，王安石丁母忧解官，一直到宋英宗治平四年（1067年）九月，他就一直居住在故乡江宁，这与"又绿"的意境和思乡的情感不符，当为"自绿"才对。我也认为确实如此。

北宋熙宁三年（1070年），王安石拜同中书门下平章事，位同宰相，"熙宁变法"全面开始。熙宁七年（1074年），宋神宗迫于压力，第一次同意罢免王安石宰相职务。熙宁八年（1075年）二月，神宗复诏他回朝，再任宰相。熙宁九年（1076年），最有出息的儿子王雱英年早逝，加之推进变法受阻，王安石心灰意冷，称病辞去宰相职务，退隐江宁，十年后去世。

如今，经过近千年时光的打磨，每当我们初春漫步在郊野河畔，仍会不自觉地吟咏这首名篇。不论"又绿"也好，"自绿"也罢，王安石写于何年何月，这一切都已无关紧要。一位诗人的一生，若有一首诗能流传千古不衰，哪怕是一残句，他就永远不会死去。

"文字频改，工夫自出。"（北宋·吕本中《童蒙诗训》）在诗词创作上，王安石有和苏轼暗中较劲的小心思存在。王安石的诗词虽然获得"超然迈伦，能追李杜陶谢"（北宋·许顗《彦周诗话》）的评价，但在北宋时代的影响力却始终未能超越苏东坡。苏轼曾非常自信地描述自己创作时的心理感受："吾文如万斛泉涌，不择地皆可出。在平地滔滔汩汩，虽一日千里无难。及其与山石曲折，随物赋形而不可知也。所可知者，常行于所当行，常止于不可不止，如是而已矣。"（《自评文》）如此豪放不羁地自夸和自信，也只有苏轼敢为，王安石不曾有过。难怪"神宗尤爱其文，宫中读之，膳进忘食，称为天下奇才"（《宋史·苏轼传》）。神宗欣赏苏轼，最为王安石所忌惮。历来文人相轻，名人也不能免俗，人性大概如此吧。

或许这也是苏轼屡遭变法新党领袖王安石一派所打击的原因之一。

"东坡诗文，落笔辄为人所传诵。每一篇到，欧阳（修）公为终日喜，前辈类如此。一日，与棐（欧阳修之子）论文及坡公，叹曰：'汝记吾言，三十年后，世上人更不道著我也。'崇宁、大观间，（苏轼）海外诗盛行，后生不复有言欧公者。是时，朝廷虽尝禁止，赏钱增至八百万，禁愈严而传愈多，往往以多相夸。士大夫不能诵坡诗，便自觉气索，而人或谓之不韵。"（南宋·朱弁《曲洧旧闻》）无论是民间，或是庙堂，苏东坡的文章大受欢迎，"圈粉"无数，拥趸遍布国内外。彼时，金国就有人重金购买走私苏轼的诗文。苏轼才名过盛，太后和皇帝都很喜欢他。但是，苏轼明确反对新法，王安石必然对他警惕排斥。当神宗想起用苏轼时，王安石对神宗说："'轼才亦高，但所学不正，今又以不得逞之故，其言遂跌荡至此，请黜之……'他日，安石又上曰：'陛下何以不黜轼？岂为其才可惜乎！譬如调恶马，须减刍秣，加箠扑，使其贴服乃可用。如轼者，不困之使自悔而绌其不逞之心，安肯为陛下用！且如轼辈者，其才为世用甚少，为世患甚大，陛下不可不察也。'"（南宋·李焘《续资治通鉴长编》）王安石在神宗面前给苏轼上这样的"眼药"是够狠毒的！在政治上，他把苏轼比喻为"恶马"，视为"世患甚大"，彻底打倒之最好。在文学上，欲压制限制苏轼的影响力，这种政客的嫉妒恨心态暴露无遗。

但是，即使遭到一连串的打击贬谪流放，苏轼并没有被击垮，反而让他在被贬黄州后的诗词、书画创作状态达到巅峰。苏轼一生最著名的经典诗文大都写于黄州。东坡从惠州再次贬到海南儋州后，笔力依然老辣，恣肆汪洋，通透自然。"东坡文章，至黄州以后，人莫能及。唯黄鲁直诗，时可以抗衡。晚年过海，则虽鲁直亦瞠若乎其后矣！或谓东坡过海虽为不幸，乃鲁直之大不幸也。"（南宋·朱弁《曲洧旧闻》）诗发于心，黄庭坚能步东坡老师的后尘乎？南宋著名文学家胡仔在其所著《苕溪渔隐》中曰："吕丞相《跋杜子美年谱》云：'考其笔力，少而锐，壮而肆，老而严，非妙手文章，不足以至此。'余观东坡自南迁以后诗，全类子美夔州以后诗，正所谓'老而严'者也。子由云：'东坡谪居儋耳，独喜为诗，精炼华妙，不见老人衰惫之气。'鲁直亦云：'东坡岭外文字，读之使人耳目聪明，如清风自外来也。'观二公之言如此，则余非过论矣！"失之东隅，收之桑榆。若从文学成就上看，苏轼个人自我总结"问汝平生功业，黄州惠州儋州"，确实准确到位。

元丰七年（1084 年），苏轼量移汝州，路过金陵，专程拜访退隐多年的王安石，二人一笑泯恩怨。江边揖别时，王安石望着苏轼远去的背影，不由得感叹道："不知更几百年，方有此人物。"在官场仕途上，王安石曾登上一人之下、万人之上的顶峰。政治理想破产跌落后，诋毁者多，赞誉者少。在文学上，苏轼接过欧阳修文坛领袖的大旗，登上北宋乃至中国古典文学的顶峰，至今无人能够超越，赢得后世大众的喜欢和追捧。历史的云烟过眼，而二位大师的争斗演化为文学史上的故事。最终，两位的名字并列于"唐宋八大家"中。这些就是文学的温情和力量。

事实上，王安石在精神上是个多重性格的矛盾体，死板执拗，信念坚定，看似不通人情世故，内心却缜密猜度算计，绝没有苏东坡直率、豁达、通透、圆融、可爱。这样的性情使然，在诗文上，他不可能超越苏轼，这不禁让我想起一则故事。魏晋南北朝时期，有位神童名叫王籍，写有一首《入若耶溪》诗："艅艎何泛泛，空水共悠悠。阴霞生远岫，阳景逐回流。蝉噪林逾静，鸟鸣山更幽。此地动归念，长年悲倦游。"如今，"蝉噪林逾静，鸟鸣山更幽"已成千古名句。王安石却认为此句不合乎事实和逻辑，便把"鸟鸣山更幽"改成"一鸟不鸣山更幽"，受到黄庭坚的嘲讽。六朝时有位神童叫谢贞，八岁时写有《春日闲居》诗，遗憾的是该诗仅留存一残句"风定花犹落"，无人能对出下一句，王安石知难而进，巧妙地借用王籍的上首诗"鸟鸣山更幽"相对，真是聪明灵活。原诗"蝉噪林逾静，鸟鸣山更幽"，上下句只表达"静"的意思，王安石对出的"风定花犹落，鸟鸣山更幽"，诗句的意境更妙不可言。静中有动，动中有静，新意顿出，他已忽视过去所强调的逻辑问题，可见，他是一位性格矛盾复杂的实用主义者。

熙宁九年（1076年），儿子王雱病逝，变法阻力重重，最信任的盟友吕惠卿也背叛了自己。王安石主动辞去宰相职务，退居金陵，直到元祐元年（1086年）去世。在退隐的十年间，王安石的诗风大变，乐游山水，花草为邻，虫鸟为伴，悠闲平静，诗词从"遒峭雄直之气"转入到"深婉不迫之趣"，文字功夫确实了不得！

"细数落花因坐久，缓寻芳草得归迟。"（《北山》）

"日净山如染，风暄草欲薰。梅残数点雪，麦涨一溪云。"（《题齐安壁》）

"茅檐长扫净无苔，花木成畦手自栽。一水护田将绿绕，两山排闼送青来。"（《书湖阴先生壁》）

"石梁度空旷，茅屋临清炯。俯窥娇饶杏，未觉身胜影。嫣如景阳妃，含笑堕宫井。怊怅有微波，残妆坏难整。"（《杏花》）

"午枕花前簟欲流，日催红影上帘钩。窥人鸟唤悠扬梦，隔水山供宛转愁。"

（《午枕》）

"散发一扁舟，夜长眠屡起。秋水泻明河，迢迢藕花底。"（《散发一扁舟》）

"池北池南春水生，桃花深处好闲行。细思扰扰梦中事，何用悠悠身后名。"（春日即事》）

"一陂春水绕花身，花影妖娆各占春。纵被春风吹作雪，绝胜南陌碾成尘。"（《北陂杏花》）

"月映林塘淡，风含笑语凉。俯窥怜绿净，小立伫幽香。"（《岁晚》）

"平岸小桥千嶂抱，柔蓝一水萦花草。茅屋数间窗窈窕。尘不到。时时自有春风扫。午枕觉来闻语鸟。欹眠似听朝鸡早。忽忆故人今总老。贪梦好。茫然忘了邯郸道。"（《渔家傲》）

王安石在这样的闲适生活和精神充分放松状态下，其诗词造诣达到新的高度。

"荆公暮年作小诗，雅丽精绝，脱去流俗"（黄庭坚）。王安石的内心趋于静寂，从诗风上丝毫也找不到"拗相公"的影子。俯窥赏水，站立赏花，绿静心境，如清水一般动人可爱。"荆公爱看水中影，此亦性所好，如'秋水写明河，迢迢藕花底'。又《桃花》诗云：'晴沟涨春绿周遭，俯视红影移渔舠。'皆观其影也。"（北宋·许顗《彦周诗话》）诗句中的王安石俯窥池塘和藕花，并非仅是看水看花，而是着迷地欣赏水中的影子，那是月影、树影、花影、鱼影、光影等。与此相关的一切景物，他都拿来用作诗词的意象，印证诗人的自我内心世界。我想这水中的倒影，何尝不是"熙宁变法"的政治理想的映像呢？也或许是他青春的虚幻，是社会现实的背叛，更是他精神的乌托邦。

"解玩山川消积愤，静忘岁月赖群书。"王安石自己这样解读"诗"："诗，从言从寺。寺者，法度之所在也。"他还从汉字的音、形包含万事万物的角度出发，琢磨汉字"其声之抑扬、开塞、会散、出入，其形之横纵、曲直、邪正、上下、内外、左右，皆本于自然，非人私智新能也。"据此思路，他撰写学术著作《字说》。为写作此书，"王荆公作《字说》，用意良苦，置石莲百许枚于几案，咀嚼以运其思。遇尽未及益，印啮其齿，至流血不觉。"（北宋·郑景望《蒙斋笔谈》）这让人想起他和仁宗一起钓鱼游玩时吃鱼饵的故事，其古板执拗的形象呼之欲出。

现代日本学者吉川幸次郎在《宋诗概说》中曰：王安石"主要性格是洁癖，表现在从政态度上，表现在文学活动中，也表现在日常生活里"。有"洁癖"的王安石，把一句诗反复修改为"绿"，并不奇怪。

"看似寻常最奇崛，成如容易却艰辛。"王安石题张籍的诗句，也是他自己诗词创作的写照。王安石"晚年诗律尤精严，造句用字，间不容发。然意于言会，言随意遣，浑然天成……"（北宋·叶梦得《石林诗话》），他"以绝句最高，其得意处高出苏、黄、陈之上"（南宋·严羽《沧浪诗话》）。王安石对写诗"间不容发"的法度要求，精益求精和不留瑕疵的创作态度，绝不是"吾文如万斛泉涌，不择地皆可出"的苏东坡之风格。王安石修改十几个字，才找到满意的"绿"字，这种事东坡绝对不会干的。当然，东坡"常行于所当行，常止于不可不止"的潇洒收放自如的文风，也是王安石所体会不到的。这是两个人的遗传基因和性格差异使然。

元祐元年（1086年）四月六日，王安石在江宁去世，享年六十六岁。

这年"立秋"，苏轼在首都汴京皇宫里祭祀这位曾经的政敌。忽然，他看到王安石生前所写的两首题壁诗仍在，在心里默默吟咏道：

> 柳叶鸣蜩绿暗，荷花落日红酣。
> 三十六陂春水，白头想见江南。
> 三十年前此地，父兄持我东西。
> 今日重来白首，欲寻陈迹都迷。（《题西太一宫壁二首》）

东坡驻足良久，在别人的催促下才慢慢移步，又回头看了一眼，自言自语道："此乃老狐狸精也。"

那一颗忧郁的流星

北宋时代的传统文学天空星光灿烂，辉耀华夏文明的历史长河，永远也不会熄灭。其中，有一颗忧郁的流星很特别，在水银一样的月色里闪烁，梦幻一般纤丽、多情和幽深。元符三年（1100年）八月十二日，这颗流星划过夜空中长长的银河两岸，坠落在浩瀚的宇宙深处。从此，他所发出的吉光片羽，在近千年的时光隧道里，眨着忧伤失望的大眼睛，时明时暗，影响着后世人们的心灵。

这颗流星的名字叫秦观（1049—1100），字少游，世称淮海居士。

秦观生活在重文轻武的北宋时代，是他的幸运。而在北宋的政治舞台上，仕途因为自身性格原因及和老师苏轼的关系等因素，陷入党争的旋涡之中，则是他的悲哀。纵观他的一生，青少年时期豪放开朗，后半生就像一位多情敏感、落落寡合的忧郁王子，有点类似中晚唐时期的著名诗人李商隐。故此，人生悲剧就此注定。

秦观的青少年时代，在故乡高邮居家耕读，聪明刻苦，性格豪放，理想远大。宋神宗元丰元年（1078 年）第一次参加科举应试落第。元丰四年（1081 年）再次应试，结果又名落孙山。元丰七年（1084 年）秦观自编诗文集出版，在社会上扩大了自身影响力，苏轼专门向王安石推荐他，称赞秦观"有屈、宋之才"。王安石并没计较是政敌苏轼的举荐，称赞秦观的诗词"清新妩丽，有鲍、谢清新之致"。神宗元丰八年（1085 年），秦观第三次参加考试，终于进士及第。

"少豪隽，慷慨溢于文词，举进士不中；强志盛气，好大而见奇，读兵家书，与己意合。"（《宋史·秦观传》）年轻时的秦观与而立之年以后的性格形象差异巨大，后世的人们大都熟知秦观的五百多首婉约忧郁的诗词，殊不知秦观还撰写了对北宋大政方针具有实际指导意义的策论五十多篇，如《国论》《治势》《兵法》《财用》《边防》等。这些策论"灼见一代之利害"，可"与贾谊、陆贽争长"（张绶《淮海集序》），对当时北宋的社会政治现实提出独立的分析判断和建议，很少有书生的空谈，难怪王安石也很欣赏他。

毫无疑问，宋神宗元丰八年（1085 年）的秦观是乐观的。多年的苦读终于收获官场的"入场券"，实现儒家辅助君王的理想小船张开风帆，驶向暗流涌动的宦海之中。秦观先后授定海主簿、蔡州教授，自投苏轼门下。不久，神宗驾崩，哲宗登基，起用司马光等旧党，苏轼迎来仕途高光时刻。元祐二年（1087 年）七月二十六日，五十二岁的苏轼被哲宗诏除翰林学士知制诰兼侍读，随即联名鲜于侁以"贤良方正"的名义把秦观推荐给朝廷。元祐三年（1088 年），秦观为太学博士。元祐五年（1090 年），秦观为秘书省正字。在苏轼老师的关照下，秦观的仕途前景看起来很美好，有点得意忘形。元祐六年（1091 年），"洛党"代表人物贾易等人弹劾他"刻薄无形，不可侮辱文馆"。曾推荐过他的御史中丞赵君锡赶紧撇清关系，检讨自己举荐不实，请求处分。在弹劾事件结果还没有明朗时，时任尚书右丞的苏辙得到内部消息，连夜告诉其兄苏轼。苏轼立刻劝秦观以退为进，先自动辞职再说。可是，秦观不愿意这么做，便自己去找赵君锡，并要求赵君锡弹劾贾易。秦观还是对官场潜规则太不清楚，想法太天真幼稚。结果，赵君锡和贾易联手弹劾苏辙泄密，连带弹劾苏轼在神宗死后不悲伤，还写有诗句"山寺归来闻好语"，简直是无人臣礼。最终，秦观被罢去秘书省正字职位，苏轼再次被先后外放颍州和扬州。

元祐七年（1092年），随着苏轼被召回汴京，秦观也官复原职，先后授左宣德郎，由秘书省正字左迁国院编修官，参修《神宗实录》，甚得恩宠。但好景不长，绍圣元年（1094年），偏爱旧党司马光、苏轼的太皇太后高氏崩逝，宋哲宗亲政，旧党很快失势，新党重回政坛。新党人物董敦逸、黄庆基等立即弹劾苏轼"援引党羽，分布权要"，大搞"圈子文化"，"苏门四学士"秦观、张耒、黄庭坚、晁补之都是苏东坡的死党。结果，苏轼被贬惠州，秦观先被贬为杭州通判，后因御史刘拯告他重修《神宗实录》时，随意增损，诋毁先帝，在前往杭州途中，贬至更远的处州（今浙江丽水）任监酒税。从此，秦观在以后历时七年的时间内，不是被贬谪，就是走在赴下个贬谪地的路上，和东坡老师同命运，共患难，至死不渝。然而，当年那个意气风发的小伙子不见了，接受不了现实打击的秦观整天郁郁寡欢、忧伤苦闷。

绍圣元年（1094年），秦观来到处州。江南的风景和物候本来很美，至少比岭南要好很多。可是，喜欢舞文弄墨、风花雪月的秦观很不适应在农贸市场收屠宰税的工作和生活。"竹柏萧森溪水南，道人为作小圆庵。市区收罢鱼豚税，来与弥陀共一龛。"（《处州水南庵》）寂寞无聊的秦观经常来寺院里寻找安慰。寺院里孤灯清寂，晨钟暮鼓，梵音袅袅，也无法使秦观五蕴皆空，反而使他更加痛苦。初春的处州，花影摇曳，绿树成荫，莺声呖呖，溪流淙淙，最易引发文人骚客的创作灵感。"水边沙外，城郭春寒退。花影乱，莺声碎。飘零疏酒盏，离别宽衣带。人不见，碧云暮合空相对。忆昔西池会。鹓鹭同飞盖。携手处，今谁在。日边清梦断，镜里朱颜改。春去也，飞红万点愁如海。"（《千秋岁》）在这一派大好春光里，秦观感觉自己恰如一叶飘萍。回想起当年在汴京金明池边的光辉岁月，这真如一场春梦幻灭了，只剩下一地残花带着万千愁绪，我的内心不堪其沉重啊！

这阕《千秋岁》词传播速度很快，"春去也，飞红万点愁如海"句直击人心。时任宰相曾布读到此词后曰："秦七必不久于世，岂有'愁如海'而可存乎？"后来，南宋的范成大曾在处州工作，因特别喜爱"花影乱，莺声碎"句中的意境，在此地专门修建一座"莺花亭"。据说，南宋陆游的母亲是秦少游的"粉丝"，生了儿子后，特起名"游"。陆游也曾题《莺花亭》诗云："沙外春风柳十围，绿荫依旧语黄鹂。故应留与行人恨，不见秦郎半醉时。"

秦观在生机勃勃的江南春天，自怨自艾。满庭芳草衬残花。秦观内心总感到悲秋般的苦闷，忧郁的气息在其诗词和生活中到处弥漫。

"有情芍药含春泪，无力蔷薇卧晓枝。"（《春日》）

"豆蔻梢头旧恨，十年梦、屈指堪惊。"（《满庭芳》）

"任人笑生涯，泛梗飘萍。饮罢不妨醉卧，尘劳事、有耳谁听。"（《满庭芳》）

"西窗下，风摇翠竹，疑是故人来。伤怀。增怅望，新欢易失，往事难猜。问篱边黄菊，知为谁开。"（《满庭芳》）

"流水落花无问处，只有飞云。冉冉来还去。"（《蝶恋花》）

"独卧玉肌凉，残更与恨长。"（《菩萨蛮》）

"南来飞燕北归鸿，偶相逢。惨愁容。绿鬓朱颜，重见两衰翁。"（《江城子》）

"池上春归何处，满目落花飞絮。"（《如梦令》）

"楼外残阳红满，春入柳条将半。桃李不禁风，回首落英无限。肠断。肠断。人共楚天俱远。"（《如梦令》）

"枝上流莺和泪闻，新啼痕间旧啼痕。一春鱼鸟无消息，千里关山劳梦魂。无一语，对芳尊。安排肠断到黄昏。甫能炙得灯儿了，雨打梨花深闭门。"（《鹧鸪天》）江南的春天，柳枝上的莺语惊醒春梦，醒来泪流满面。寂寞孤独，对酒消愁。灯火昏昏，夜来风雨急，花落知多少。

仕途不顺，精神苦闷，心灵无处安放，看什么都提不起兴趣。若按照现代医学观点，他患上了抑郁症。

在宋代，像秦观这样多情敏感的才子，自我安慰的最好办法是流连于青楼歌女的温存中。秦观在汝南时，就曾偶遇一位姿色妍丽的女道士，惊为仙人，乃作诗赠之："瞳人剪水腰如束，一幅乌纱裹寒玉。超然自有姑射姿，回看粉黛皆尘俗。雾阁云窗人莫窥，门前车马任东西。礼罢晓坛春日静，落红满地乳鸦啼。"（《赠女冠畅师》）秦观为她做道士的青春芳华虚度而惆怅。秦少游的丫鬟边朝华，从汴京就跟着他。十九岁那年，秦观为她写诗云："天风吹月入阑干，乌鹊无声子夜闲。织女明星来枕上，了知身不在人间。"秦观在一个月圆之夜，与她同床共寝，快乐如神仙。秦观被贬，路过长沙，有一位妓女酷爱其词，天天缠着要嫁给他。秦观鉴于他被贬的身份，不敢带到贬所欢娱。后来，秦观死后，棺椁又过长沙，这位妓女头一天晚上梦见此事，早晨便等在路边，祭拜完毕，自缢身亡，追随秦观而去。

秦观很有美女缘，红颜知己不少，青春和才情过多地消磨在脂粉堆里，这样的男人往往性格敏感脆弱，经不起任何打击或贫困生活的磨砺。好朋友黄庭坚曾严肃地提醒过他说："才难不易得，志大略细谨。"你的才情难得，志向远大更要严谨严格要求自己啊！秦观听到后心里非常不爽，依然我行我素，常醉倒在花丛之中。

"山抹微云，天连衰草，画角声断谯门。暂停征棹，聊共引离尊。多少蓬莱旧事，空回首、烟霭纷纷。斜阳外，寒鸦万点，流水绕孤村。消魂。当此际，香囊暗解，罗带轻分。谩赢得、青楼薄幸名存。此去何时见也，襟袖上、空惹啼痕。伤情处，高城望断，灯火已黄昏。"（《满庭芳·山抹微云》）这阕词为秦观赢得盛誉，但也是他在绍兴喝酒时，为他看中的一位歌伎而写。

此阕词流传甚广。苏轼虽然很欣赏秦观的诗词，但也曾尖锐地指出其弊病为"然犹以气格为病"，故戏称秦观为"山抹微云秦学士，露花倒影柳屯田"。其实，秦观和柳永并不相同，柳永迷花恋酒，不求上进。"今宵酒醒何处，杨柳岸、晓风残月"，柳永很清楚宋仁宗看不上自己，科举无望，能够放下仕途上的失意，潇洒风流，性格开朗，享受当下。"且恁偎红翠，风流事，平生畅。青春都一饷。忍把浮名，换了浅斟低唱。"（柳永《鹤冲天·黄金榜上》）柳永自己选择过一种另类人生，岂不快哉！

秦少游不同，他对仕途看得很重，把失意后的苦闷憋在心里，总也放不下。他在与美女们的耳鬓厮磨中化解伤痛，麻醉自己，找到暂时的快乐。"纤云弄巧，飞星传恨，银汉迢迢暗度。金风玉露一相逢，便胜却人间无数。柔情似水，佳期如梦，忍顾鹊桥归路。两情若是久长时，又岂在朝朝暮暮。"（《鹊桥仙》）秦观的这阕词很著名，我认为这并不是大家所理解的他对爱人的痴情，而是他的滥情。秦观不断地用漂亮话和旧情人告别后，再去寻找新的红颜。"奴如飞絮，郎如流水，相沾便肯相随。微月户庭，残灯帘幕，匆匆共惜佳期。才话暂分携。早抱人娇咽，双泪红垂。画舸难停，翠帏轻别两依依。"（《望海潮》）这样分别时的情话，秦观不知已说过多少回、对多少情人表白过。这样有才情的大男人眼泪一洒，楚楚动人，有哪位美女不感动得浑身发软呢？

现代文学大师钱锺书先生曾在《宋诗选注》一书中说，秦观的诗词是"公然走私的爱情"。但我觉得钱锺书先生客气了，秦观诗词里表达的说不上是"爱情"，说是"情爱"或"滥情"差不多。

若与老师苏轼和同学黄庭坚、张耒、晁补之相比，秦观这样的性情和心理承受能力，注定了他的悲剧人生。

　　从宋绍圣元年（1094年）十月二日至绍圣四年（1097年）四月十九日两年多的时间里，苏轼在贬谪地惠州，"饱食惠州饭，细和渊明诗"，延续着第一次被贬黄州时对人生苦难的对抗方式，寄情山水，自得其乐。"余尝寓居惠州嘉祐寺，纵步松风亭下，足力疲乏，思欲就林止息。望亭宇尚在木末，意谓是如何得到？良久，忽曰：'此间有甚么歇不得处？'由是如挂钩之鱼，忽得解脱。"（《记游松风亭》）绍圣元年秋天，东坡寓居嘉祐寺。一天他纵步于松风亭下，足力疲乏，意欲到树林边休息。抬头望去，距离尚远，忽然想到就地休息有什么不可以呢？遂顿悟人生"如挂钩之鱼，忽得解脱"，体验到"放下"的舒适。当他得知"元祐臣僚，一律不赦"的政策，便断绝北归希望，决心在惠州落籍，"南北去住定有命，此心亦不念归，明年买田筑室，作惠州人矣"（《与王定国书》）。他找到归善县署后山白鹤峰上一块数亩大的空地，面临东江，景色甚美，将它买下来盖房，绍圣四年（1097年）二月十四日迁入新居。吾心安处是故乡。日啖荔枝三百颗，不辞长作岭南人。东坡还土法上马，酿出好酒"万家春"，还经常与朋友一道踏青野炊，赏花饮酒，醉于月下花前。"罗袜空飞洛浦尘，锦袍不见谪仙神。携壶藉草亦天真。玉粉轻黄千岁药，雪花浮动万家春，醉归江路野梅新。"（《浣溪沙》）"持杯遥劝天边月，愿月圆无缺。持杯更复劝花枝，且愿花枝长在莫离披。持杯月下花前醉，休问荣枯事。此欢能有几人知，对酒逢花不饮待何时。"（《虞美人》）此外，东坡还尽力为百姓办实事，如他在惠州修建西湖，主持修筑"两桥一堤"，被后人传为美谈。东坡在惠州期间，很多朋友来看他，他跟各地有书信或直接交往的友人约一百多位。其中不仅有南雄、广、惠、循、梅五州太守，还有惠州本土士人、僧人、道士，以及邻里翟秀才、林婆等。在惠州期间，东坡共创作五百八十七篇诗词文章，形成仅次于黄州时期的又一个小高峰。"凡文字，少小时需令气象峥嵘，采色绚烂，渐老渐熟，乃造平淡。其实不是平淡，绚烂之极也。"（《与二郎侄》）苏轼对诗词、对人生的感悟已进入化境。东坡在惠居三年，"泊然无所蒂芥，人无贤愚，皆得其欢心。"（《宋史·苏轼传》）不过，很快，他又被贬到更远的儋州。

　　再看黄庭坚，被贬到偏远的黔州（今四川彭水县）。黔中阴雨连绵，屋里漏雨，终日被困在家中，犹如待在一艘破船上。绍圣二年（1095年）重阳节，雨后初晴，黄庭坚坐在蜀江之畔，看滚滚江水流过，不舍昼夜，想到人生短暂无常，自适才是生存智慧，便与友人畅饮狂欢。"万里黔中一漏天，屋居终日似乘船。及至重阳天也霁，催醉，鬼门关外蜀江前。莫笑老翁犹气岸，君看，几人黄菊上华颠？戏马台南追两谢，驰射，风流犹拍古人肩。"(《定风波》) 在黔州最困难的日子里，黄庭坚乐观坚强，豪情满怀，头上插上菊花，吟诗填词，骑马射箭，纵横驰骋，堪比戏马台南赋诗的古代先贤两谢潇洒风流。这种苦中作乐的精神是秦观所缺乏的。

晁补之开始被贬到距离汴京较近的应天府（今河南商丘市）任通判，接着被贬到更远的信州（今江西上饶市）。晁补之坚守"君子顺天道，小人春时名"的信念，对待打击报复坦然处之。"一官南北鬓将华，数亩荒池净水花。扫地开窗置书几，此生随处便为家。"(《题谷熟驿舍》) 晁补之告诉弟弟说："要无名利来心曲，便有园林处世间。拙宦莫兴三黜叹，老归未厌百年闲。"具有这种对待功名利禄的淡然态度，还有什么打击不能经受的呢？

绍圣四年（1097年），人高马大、肥胖魁梧的同学张耒第一次被贬黄州，来到他老师苏轼的贬谪地，工作和秦观一样是收酒税，张耒经常到寺院蹭吃蹭喝，谈天论佛，自求快乐。元符二年（1099年），张耒第二次贬到黄州，依然故我。因为在黄州公开祭奠去世的老师苏轼得罪新党，崇宁元年（1102年），张耒第三次被贬黄州。一生三贬黄州，仅是个例。但张耒并没觉得在黄州的日子没法过，而是"几年鱼鸟真相得，从此江山是故人""梧桐真不甘衰谢，数叶迎风尚有声"。张耒既能自我寻找安慰，又能保持气节坚定。

比较来看，秦观在浙江处州的工作和生活环境比老师苏轼和其他三位同学都要好得多，他欲选择投入佛门逃避现实。秦观经常到寺院和僧人谈佛论禅，抄写经文，又忍不住情欲的煎熬，六根难以清静，被人举报不老老实实收税改造，经常旷工不干活，私撰佛书，结果被削秩徙郴州。北宋时，"削秩"的处罚是将所有的官职同封号除掉，这是对士大夫最严重的惩罚。

这对性格敏感脆弱的秦观打击更大。初到郴州，深感前途渺茫，不禁悲从中来。"雾失楼台，月迷津渡。桃源望断无寻处。可堪孤馆闭春寒，杜鹃声里斜阳暮。驿寄梅花，鱼传尺素。砌成此恨无重数。郴江幸自绕郴山，为谁流下潇湘去。"(《踏莎行·郴州旅舍》) 初春，秦观孤独地待在旅馆里，收到远方友人的来信。本来是朋友温情的关心，却没有给他带来任何慰藉，相反却勾起他无穷无尽的离愁别恨，郁结在心头无法解开。

元符元年（1098年），秦观再由郴州移至广西横州编管。宋代官员获罪，轻者曰"移送某地居住"，稍重的曰"安置"，最重的才是曰"编管"，实际上是剥夺了人身自由。不久，又从横州移迁雷州。随着距离汴京越来越远，秦观的心彻底死去。元符三年（1100年），他在贬谪地自作的挽词中说："家乡在万里，妻子天一涯。孤魂不敢归，惴惴犹在兹……奇祸一朝作，飘零至于斯。弱孤未堪事，返骨定何时……殡宫生苍藓，纸钱挂空枝……亦无挽歌者，空有挽歌辞。"此时，秦观心如死灰，精气神消散耗尽。

元符三年，宋哲宗驾崩，宋徽宗即位，向太后临朝，大赦天下。秦观五月得到赦令，老师苏轼也从海南儋州渡海北归。六月，师生二人在雷州见了最后一面。八月十二日，秦观北归行至藤州，醉卧在光化亭里，喝了一碗凉水后而死。"春路雨添花，花动一山春色。行到小溪深处，有黄鹂千百。飞云当面化龙蛇，夭矫转空碧。醉卧古藤阴下，了不知南北。"（《好事近·梦中作》）秦观在处州做收税员时，有一天晚上做了一个"醉卧古藤阴下，了不知南北"的梦，梦醒后填了这阕词。不料，竟一梦成谶。

藤州的古藤阴下，这颗忧郁的流星从北宋的文学天空黯然滑落……

从黄州到汝州

今天，从黄州到汝州的路程也就几百公里，自驾车或乘着大巴、火车，渡过淮河，途经信阳，半天或最多一天时间即可到达。即便是在古代，舟车步行，最长两个月也能到达。可北宋时的苏东坡，作为一名被贬谪的闲官，接到宋神宗皇帝的诏令，从黄州"量移"新的贬所汝州，却绕道逆行，旅游观光，探亲访友，饮酒赋诗，历时近一年半的时间，最终也没有抵达汝州。现在看，这简直是不可思议的事情！

正是这一年半在路上的时光，让因"乌台诗案"被谪居黄州近五年的苏东坡，有充足的时间去思考未来人生规划，如何适应这"忽穷""忽达"的命运？在路上，苏东坡心中时而波澜不惊，时而激情澎湃，时而哀伤惆怅，时而兴高采烈。其情绪互相冲突的跃动曲线勾画出他那独特的人文精神、理想人格、道德规范与现实人生。

元丰七年（1084年）三月，春天的气息渐渐浓了起来，苏轼已在黄州生活四年多了。宋神宗没有忘记这位已暴得大名的天才人物，有意起用他，却受到宰辅大臣王珪、蔡确等人的极力阻拦，神宗迫不得已，打破常规，使出"皇帝手札"这种"手诏"方式，亲自拟文颁旨："苏轼黜居思咎，阅岁滋深；人才实难，不忍终弃……量移苏轼到汝州（今河南临汝），特授检校尚书水部员外郎、汝州团练副使，本州安置。"从表面上看，虽然没有"平反"，官职待遇也没有改变，但距离汴京权力中心近了不少。苏轼的人生命运面临一个新的"拐点"……

苏轼在黄州近五年，在此经营东坡自留地，盖起"雪堂"，纳朝云为妾，中年得子，精神上逐渐走出牢狱之灾的阴影，在此地又建立起一个新的朋友圈，和左邻右舍相处得非常友善愉快。听说苏轼将要调离，友人纷纷设宴话别，携手牵马相送，深情的话语说了一遍又一遍，依依惜别的眼泪流了一行又一行。

四月一日，朋友李仲览自江东来送别，酒酣耳热之际，苏轼有感而发，填一阕《满庭芳·归去来兮》词，告别这让自己脱胎换骨的黄州。"归去来兮，吾归何处？万里家在岷峨。百年强半，来日苦无多。坐见黄州再闰，儿童尽楚语吴歌。山中友，鸡豚社酒，相劝老东坡。云何，当此去，人生底事，来往如梭。待闲看秋风，洛水清波。好在堂前细柳，应念我，莫剪柔柯。仍传语，江南父老，时与晒渔蓑。"苏轼化用陶渊明的名篇《归去来兮辞》，梦想自己回归故里。年过半百了，期盼归隐田园，闲看秋风荡起洛水清波。他对自己未来的人生仍心存顾虑。雪堂前，那些我亲手种植的杨柳，请父老乡亲在我走后继续浇水，莫剪它的枝条。天晴时，请替我晾晒一下旧的渔网蓑衣。说不定我还会回来做个渔翁的啊。

但苏东坡毕竟是苏轼，话虽这样说，他却不同于陶渊明的绝意仕途。苏轼集儒、佛、道于一体，其人生理想和性格使他更愿意报效朝廷，又想终老江湖。在得知"量移"汝州的消息后，立即写信给武昌的好友王齐愈倾诉心曲："前蒙恩量移汝州，比欲乞依旧黄州住，细思罪大责轻，君恩至厚，不可不奔赴。数日念之，行计决矣。见已射得一舟，不出此月下旬起发，沿流入淮，溯汴，至雍丘、陈留间，出陆至汝，劳费百端，势不得已……"

宋神宗需要苏轼，苏轼更需要政治舞台。按一般人的心理，接到离开贬谪地的通知，应该归心似箭才对，可事实上苏轼的行为却让今天的我们不能理解。苏轼并没按上封信中所计划的"不可不奔赴"路线走，心情也没有那么急迫。从黄州到汝州报到的路上，他整整花去一年半的时光，最终也没有抵达。

今天，我们已无从知晓是什么原因让苏轼一出发，就改变原来规划的路线，随心所欲，优哉游哉，看尽大自然无边的美妙风景，享受亲情友情的至爱温暖。

这简直是一趟畅游之旅。

元丰七年（1084年）四月，苏轼辞别黄州，渡长江，抵武昌。舟行江上，听到黄州城墙上传来熟悉的鼓角声，仿佛在为他送行，苏轼受到感染，不禁思绪万千。"清风弄水月衔山，幽人夜渡吴王岘。黄州鼓角亦多情，送我南来不辞远。江南又闻出塞曲，半杂江声作悲健。……他年一叶溯江来，还吹此曲相迎饯。"（《过江夜行武昌山闻黄州鼓角》）

四月十四日，苏轼到达武昌后，即坐船来到磁湖。陈慥、潘鲠、潘丙、潘大临、古耕道、郭遘、何胜、王齐愈等几位黄州相识的"铁粉"正在此恭候他。旧友欢聚一起，喝了几场大酒，继续赶路，陈慥坚持送苏轼一家到九江。

著名的庐山巍然屹立在九江边，吸引着无数文人骚客的到来。唐代大诗人李白曾留下名句"飞流直下三千尺，疑是银河落九天"，水声仿佛雷鸣震耳。唐代的徐凝也曾写下诗句"千古长如白练飞，一条界破青山色"，色彩如丹青养眼。这些景象早已留在苏轼心中。四月二十四月，苏轼与好友参寥、刘格等一起登上庐山，受到山僧游人的热烈欢迎和围观，苏轼那颗自负敏感的心不免又得意起来，把上山前下定决心不再写诗惹是生非的诺言抛在脑后。"芒鞋青竹杖，自挂百钱游。可怪深山里，人人识故侯。自昔怀清赏，神游杳霭间。如今不是梦，真个在庐山。"（《初入庐山三首》）北香炉峰下的东林寺，唐代的大诗人白居易被贬九江时，曾在此构筑草堂。苏轼把这几天看到的庐山景色和感想写成一首至今家喻户晓的绝句《题西林壁》："横看成岭侧成峰，远近高低各不同。不识庐山真面目，只缘身在此山中。"这不仅是一首小诗，也是禅语智慧，更是认识世界的方法论。当局者迷，旁观者清，跳出"以自我为中心"的思维，以"他者"的眼光看待万事万物，才能拓展心中的精神边界。

从庐山归来，苏轼专程绕道江西兴国，去看望老友杨绘。

以前，杨绘曾专程到黄州慰问过落难的苏轼。这次路过，一定相聚喝酒，以表达对雪中送炭温情的感谢。然后，再自兴国去筠州，看望在此地做农贸市场上盐酒收税员的弟弟苏辙。"溪上青山三百叠，快马轻衫来一抹。倚山修竹有人家，横道清泉知我渴……"（《自兴国往筠宿石田驿南二十五里野人舍》）一想起很快见到情同手足的弟弟子由，苏轼心情大好。

转眼到了五月初。在筠州，苏辙及其三个儿子、云庵和尚、有聪禅师等朋友把苏轼围在中央，陪同吃粽子，品黄酒，话端午，在一起度过几天欢快时光。"知君念我欲别难，我今此别非他日。风里杨花虽未定，雨中荷叶终不湿……"（《别子由三首（兼别迟）》）相见时难别亦难，苏轼安慰弟弟，不要为眼前的困难伤心，我们的初心不会改变。

苏轼辞别弟弟和侄儿，折返回到九江，与家眷会合。时季将进入六月，参寥只能陪同到此地。正巧苏轼的大儿子苏迈被朝廷派往饶州德兴县任县尉，苏轼乃决定送儿子赴任。六月初九，父子二人来到湖口，在月下乘舟，同游当地的名胜石钟山，写下著名的散文《石钟山记》。眼见为实，耳听为虚。文中，苏轼对北魏时期郦道元和唐代李渤的见闻进行了详细的考证和记述。

辞别苏迈，苏轼一家乘舟经池州，过芜湖，七月到当涂，看望自己当年的"伯乐"之一张方平的儿子张恕。

张恕在当涂做官，用好酒好茶好菜宴请苏轼，并让几位美丽的家伎作陪，歌舞助兴。不承想，在此巧遇黄州太守徐大受家的爱伎胜之。原来，徐市长死后，家伎胜之"跳槽"到张恕家谋生活。苏轼在黄州时，很喜欢娇巧玲珑的胜之，曾写诗赞美过她，私下里也送过首饰、包包等礼物。今天得见，苏轼旧情重现，眼含热泪，胜之则嘻嘻偷笑苏学士太多情善感。苏轼用前韵填一阕《西江月》，记录此次与胜之的艳遇："别梦已随流水，泪巾犹浥香泉。相如依旧是癯仙。人在瑶台阆苑。花雾萦风缥缈，歌珠滴水清圆。蛾眉新作十分妍。走马归来便面。"苏轼借用司马相如之典故说，离别已成过去，眼前的你依旧是清瘦的神仙，住在仙宫里。美人如花花似梦，歌声圆润美妙，如明珠入水。美人的眉毛刚画成，我骑马归来时，你还半遮着美丽害羞的脸面。这让我想起苏轼后来被贬惠州时，为死去的爱妾朝云填的那阕《西江月·梅花》中的句子"素面翻嫌粉涴，洗妆不褪唇红"。苏学士真是个多情敏感和善于表达的种子！

在当涂，苏轼与诗友郭功甫喝了一场大酒。二人酣畅淋漓，诗兴大发，醉中要来笔墨，在郭家的雪白墙壁上，信笔写诗并画了一幅竹石图。近看画面栩栩如生，大枝凭陵力争出，小干萦纡穿瘦石。远看竹影摇动。功甫大喜，送给苏轼两把收藏的古铜剑留作纪念。"空肠得酒芒角出，肝肺槎牙生竹石。森然欲作不可回，吐向君家雪色壁。……一双铜剑秋水光，两首新诗争剑铓。剑在床头诗在手，不知谁作蛟龙吼。"（《郭祥正家醉画竹石壁上郭作诗为谢且遗古铜剑》）一双铜剑森然发出的寒光，如秋水一样寒气逼人。两首新诗欲与铜剑比试光芒，一双铜剑挂在床头，两首诗稿拿在手中，诗的光芒胜过铜剑，真可作蛟龙之吼。清代《唐宋诗醇》评价此首诗曰："画从醉出，诗特为醉笔洗别精神。"苏轼本性难改，又露出真性情来。老郭不知道苏轼不喜欢收藏古剑，他喜欢收藏文房四宝。不久，苏轼用这两把古铜剑换了一方古砚台。

否极泰来，乐极生悲。七月二十八日，苏轼与爱妾朝云所生的幼子苏遁还不满周岁，夭折于去金陵的船中。"吾年四十九，羁旅失幼子……母哭不可闻，欲与汝俱亡……仍将恩爱刀，割此哀老肠。知迷欲自返，一恸送馀伤。"（《哭子诗》）中年丧子，苏轼老泪纵横，只好把幼儿葬在金陵。

在金陵，苏轼拜谒在此退养已九年的政治对手王安石，留下了荆公骑着瘦毛驴、穿着破布衣到江边来迎接他的千古佳话。政见虽不同，但人格相互吸引、欣赏和相互尊重。二人一笑泯恩怨，彰显出两位文化巨人的宽广情怀和风骨。

这是两位文化巨人的最后一次握手，心灵激荡出的火花照亮着未来中国传统文学的星空。二人牵手并肩，回忆往事，喝酒游玩，诗词相和，评点时政。此时，在范仲淹推行"庆历新政"中，因公款吃喝写诗被处罚的青年王益柔也已进入中年，他刚好正在江宁做官，非常热情地陪同苏轼游赏了钟山。苏轼心情不错，游赏归来，信手写出"竹杪飞华屋，松根泫细泉。峰多巧障日，江远欲浮天。略彴横秋水，浮图插暮烟"（《同王胜之游蒋山》）等诗句。王安石得此诗句，读罢，抚案赞叹道："老夫平生作诗，无此二句。"

确实，王安石并不全是"拗相公"的脾气，他也有很温情的一面。"北山输绿涨横陂，直堑回塘滟滟时。细数落花因坐久，缓寻芳草得归迟。"（王安石《北山》）王安石很享受在金陵的退隐生活，便将心比心，极力劝说苏轼别往前奔了，就在金陵买田盖房做邻居吧。细数落花，慢寻芳草，安度晚年，多美好的生活啊！苏轼真的动心了。"骑驴渺渺入荒陂，想见先生未病时。劝我试求三亩宅，从公已觉十年迟。"（苏轼《次荆公韵四绝》）苏轼回想以往与荆公因变法而争斗，深感不安。世事沧桑，英雄迟暮，时光不能倒流，一切都晚矣。他在《上荆公书》中回应说："轼始欲买田金陵，庶几得陪杖屦，老于钟山之下……若幸而成，扁舟往来，见公不难也。"苏轼在金陵住了一个月，于八月十四日，全家辞别王安石，乘舟前往仪真（今江苏仪征市）。

王安石亲自送至江边，江风吹动着稀疏的白发，望着渐渐远去的孤帆远影，荆公慨然感叹道："不知更几百年，方有如此人物！"英雄相惜，令人钦佩！

苏轼在仪真住了二十多天，又写信给王安石，欲借王安石的声望，推荐提拔自己的学生秦观。苏轼在信中写道："向屡言高邮进士秦观太虚，公亦熟知其人。今得其诗文数十首，拜呈。词格高下，因己无逃于左右……人难之叹，古今共之，如观等辈，实不易得。愿公稍借齿牙，使增重于世，其他无所望也。"苏轼认为秦观的才华逃不过王安石的眼光，应尽力辅佐这样的年轻人进步才好。

在仪真，苏轼很忙碌很充实。他去金山会见好友滕元发，接待润州太守许遵一和学生秦观，偶遇自己的进士同学蒋之奇。蒋之奇现任江淮发运副使，办公室设在真州。蒋是宜兴人，建议苏轼到自己的故乡宜兴买田置业比较好。苏轼的心又被说动了，便从金山到宜兴去看田。

九月，苏轼到达宜兴，看中曹姓地主家的一块田，便买了下来，设想着"当买一小园，种柑橘三百本"（《楚颂帖》）的未来闲适生活。

深秋十月，宜兴买田后，苏轼兴冲冲地渡江到达扬州。

此时，知扬州的市长是前朝宰相吕夷简的儿子吕公著。小吕市长见苏轼来，用好酒好菜歌伎美女热情招待。苏轼来者不拒，乐于享受。在扬州，苏轼向宋神宗专门呈上刚刚写就的《乞常州居住状》。信中，苏轼告诉皇上自己在此置买了田地，请求皇上恩准不再去汝州上任，就在宜兴养老。

投信后，苏轼不再继续前行，原地等待着神宗回复。十一月，苏轼乘船至京口（今江苏镇江市），转道高邮，去看望学生秦观。秦观杀鸡沽酒，形影不离，陪同恩师几天后，把老师送到山阳（今江苏淮安市）。在淮河岸边，苏轼临别为秦观题赠《虞美人》词："波声拍枕长淮晓。隙月窥人小。无情汴水自东流。只载一船离恨、向西州。竹溪花浦曾同醉。酒味多于泪。谁叫风鉴在尘埃。酿造一场烦恼、送人来。"苏轼喜欢秦观，同情他怀才不遇，可又无可奈何。

苏轼渡过淮水，来到泗州（今江苏盱眙市）。

此时，已近元丰七年（1084年）年末，苏轼决定全家在泗州过年。

十二月十八日，苏轼在泗州雍熙塔下的浴池痛痛快快地洗澡后，有些感想，写下两阕有关洗澡的《如梦令》词，极具象征意义。"水垢何曾相受。细看两俱无有。寄语揩背人，尽日劳君挥肘。轻手，轻手。居士本来无垢。""自净方能净彼，我自汗流呀气。寄语澡浴人，且共肉身游戏。但洗，但洗。俯为人间一切。"佛家术语"无垢"，比喻一切本来清净。苏轼离开黄州，欲把"乌台诗案"后被贬黄州的屈辱和被黑的事实洗掉。他自我表白，身上本来就没有什么污垢，我是被冤枉的。自己洁净，才能使他人洁净，佛家为了摆脱众生苦难而尽情地去洗。

除夕之夜，在此地做官的黄寔（字师是）为苏轼一家送来酒菜、点心等年货，全家开开心心地一起欢度新年。"暮雪纷纷投碎米，春流咽咽走黄沙。旧游似梦徒能说，逐客如僧岂有家。冷砚欲书先自冻，孤灯何事独成花。使君半夜分酥酒，惊起妻孥一笑哗。"（《泗州除夜雪中黄师是送酥酒二首·其一》）冷清寂寞的除夕，黄君亲自为被贬之人送吃送喝，让老妻孩子们高兴地欢笑起来。这雪中送炭的友情，胜过锦上添花何止千万倍啊！

在泗州，苏轼又遇见故乡眉山的少年好友刘仲达。刘仲达和太守刘士彦陪同苏轼游南山，赏春色，品美酒。苏轼在此地欣赏到"细雨斜风作晓寒，淡烟疏柳媚晴滩"的初春景色，品尝到"雪沫乳花浮午盏，蓼茸蒿笋试春盘"的好茶野味，体悟到"人间有味是清欢"的生命哲理。

春节刚过，元丰八年（1085年）正月初四，苏轼离开泗州，赶往南都（今河南商丘市），去拜谒自神宗元丰二年（1079年）就退隐此地的恩人张方平老人。

北宋时，南都是一个非常重要的城市，应天府书院很著名，类似今天的清华北大。晏殊、范仲淹等人都曾在此地留下许多佳话。张方平曾任太子少师，最早赏识苏洵和苏轼兄弟的学识文才，不顾和欧阳修私人之间的隔阂，在苏洵带领儿子赶考的路上专程拜访他，张方平毫不迟疑地写信把苏洵三人推荐给当时的文坛领袖欧阳修，欧阳修也没有因为和张方平不愉快而置之不理，很高兴地和苏洵成为好朋友。在元丰二年（1079年）的"乌台诗案"中，张方平以三朝元老的身份竭力替苏轼说情开脱。今年，他已是七十九的高龄，双眼几近失明，整天以学佛弘法为乐。苏轼停留在南都，陪伴张老一个多月。

元丰八年二月，苏轼收到宋神宗恩准他留在常州宜兴的申请，"仍以检校尚书水部员外郎、团练副使、不得签署公事，常州居住"。虽然待遇未变，但可留在山清水秀、化好鱼鲜的宜兴，苏轼深感皇恩浩荡，高兴极了，便用辞别黄州时所填的那阕《满庭芳》之韵，"既至南都，蒙恩放归阳羡，复作一篇"："归去来兮，清溪无底，上有千仞嵯峨。画楼东畔，天远夕阳多。老去君恩未报，空回首、弹铗悲歌。船头转，长风万里，归马驻平坡。无何。何处有，银潢尽处，天女停梭。问何事人间，久戏风波。顾谓同来稚子，应烂汝、腰下长柯。青衫破，群仙笑我，千缕挂烟蓑。"在苏轼的心中，涌起无限的向往，他将调转船头，乘风破浪，快马加鞭，回归田园，去看清澈的溪流、峻峭的青山和美丽的夕阳，不再留恋这人间的功名利禄、滚滚红尘。好时光已浪费得太多了，腰间的斧柄早已腐烂，青衫已破烂得如蓑衣一样。"鸠鸣乳燕寂无声，日射西窗泼眼明。午醉醒来无一事，只将春睡赏春晴。"（《春日》）这样的自由散漫生活多么令人向往啊！苏轼觉得他离陶渊明更近了。

可惜，计划总也赶不上变化。

元丰八年三月初五，三十八岁的宋神宗驾崩。

苏轼对神宗充满感情，回忆起自己"无状罪废，众欲置之死，而先帝独哀之。而今而后，谁复出我于沟壑者，归耕没齿而已矣"的过去和未来，不禁失声痛哭。苏轼因为是有罪之身，无法悼念，便替患眼疾的张方平老人撰写一篇《神宗功德疏》献上。

四月初，苏轼辞别张老，从南都经楚州，五月一日又回至扬州。

苏轼在扬州游竹西寺时，再次想起陶渊明的人生选择。"十年归梦寄西风，此去真为田舍翁。剩觅蜀冈新井水，要携乡味过江东。"他在僧舍的墙壁上，挥笔写下"道人劝饮鸡苏水，童子能煎莺粟汤。暂借藤床与瓦枕，莫教辜负竹风凉""此生已觉都无事，今岁仍逢大有年。山寺归来闻好语，野花啼鸟亦欣然"（《归宜兴留题竹西寺三首》）。不承想，这句"山寺归来闻好语"给他以后带来更加沉重的灾祸，被政敌解读为对神宗驾崩大不敬之罪。

五月，苏轼回到常州。自去年四月离开黄州，漂泊在路上和舟中，转眼一年过去了。汝州不需要去了，在自己的一亩三分地上，做个隐士吧。"买田阳羡吾将老，从来只为溪山好。来往一虚舟，聊随物外游。有书仍懒著，水调歌归去。筋力不辞诗，要须风雨时。"（《菩萨蛮》）苏轼从肉体到精神，感到彻底的松弛、解放。

五月的江南，水碧柳绿，花红鱼鲜。苏轼为当地的名吃河豚写了一篇千古流传的广告文案："竹外桃花三两枝，春江水暖鸭先知。蒌蒿满地芦芽短，正是河豚欲上时。"（《惠崇春江晚景》）

正当苏轼欲归隐田园时，年仅十岁的宋哲宗继位，由其祖母宣仁太后高氏垂帘摄政。宣仁太后过去就非常喜欢苏轼的才情，也一直没有忘记宋神宗对苏轼的欣赏和期待。

元丰八年（1085年）五月，苏轼在常州宜兴的神仙日子还没过上几天，新皇帝正式颁诏要求苏轼立即回京，任职为朝奉郎。

从这次离开常州，直到建中靖国元年（1101年），苏轼从贬谪地海南儋州渡海北归，最后病死在常州，他与常州的缘分不浅。而他不愿赴任的汝州，却在绍圣元年（1094年），由他亲爱的弟弟苏辙任知州。汝州下辖的郏县茨芭镇，背依嵩岳余脉莲花山，面对着清清汝水，黄帝钧天台屹立其前面，左右两个山岭逶迤而下。此处青山绿水，景色宛若峨眉故乡。苏轼、苏辙死后均长眠于此。这也许是他无法逃脱的宿命。

苏轼还没有来得及起程去汴京赴任。六月，又接到诏令，以朝奉郎知登州军州事。接到朝命，苏轼恋恋不舍地离别宜兴，经润州、扬州、楚州、海州、密州，历时三个多月，一路上依旧游山玩水，访亲问友，于十月十五日抵达登州。可到达五天后，又接到朝廷的新任命，"以朝奉郎知登州的苏轼为礼部郎中"。就这样，苏轼在登州仅逗留十多天期间，便幸运地目睹了海市蜃楼奇观，恰如他的人生幻境。

十一月二日，苏轼辞别登州，调头向京师进发，经莱州、青州、济南、郓州、南都。十二月抵达首都汴京。苏轼重回皇帝身边工作，仕途上柳暗花明，坐上了"喷气式"飞机，走向他一生仕途最高光的时刻。但是，也埋下高空坠落的隐患。

曾记得元丰二年（1079 年）八月十八日，苏轼在湖州任上，因"乌台诗案"被捕。同年十二月二十九日，结案释放，被贬黄州，正是年末迎新之际。这一次匆匆到汴京赴任，同样是新年即将到来之时。六年时光，天壤之别。

苏轼第一次被贬，于元丰三年（1080 年）正月初一启程离开汴京，到二月初到达黄州。苏轼父子在路上仅走了一个月。

而这次北归，苏轼从元丰七年（1084 年）四月启程离开黄州，到元丰八年（1085 年）十二月再次回到汴京，历经一年半的时间。从黄州到汝州，辗转几次过长江和淮水，横渡黄河，到达海滨登州，穿越大半个北宋版图。这样的赴任速度和方式，皇帝既没有催促、追究，其他大臣也没有非议、举报。在今天，这样的行为简直不可思议！只有在北宋时代的政治和文化环境中，才能出现这种奇葩的赴任行为。

在路上，我们今天已无法想象苏轼心理上有什么样的起伏和变化。但从他一路留下的大量诗文中，可以感悟出他对融入山水自然和真挚友情的热爱、迷恋和欣喜。他虽然走在被贬谪的仕途下坡路上，却很享受这难得的路上风景，故意把脚步放慢些、再放慢些，期望看尽自然界万物生灵的美好、荣枯和生生不息。他更享受与亲朋好友相遇时的惊喜、闲聊、喝酒酬诗和相互温暖。而这一切，确实能让失意灰暗的人生明亮起来，增添许多热爱生命和人间烟火的理由。

苏轼从黄州到汝州的报到经历，至今让我感悟很多。

著名科学家爱因斯坦的"狭义相对论"说过：速度可以改变时空。当今的我们，习惯乘坐飞机、高铁和汽车飞驰，从一个城市飞到另一个城市，朝发夕至，来去匆匆。飞机上一觉醒来，或许我们已从北京到达纽约。目的地是从这一栋大楼的办公室奔赴另一栋大厦的会议室，从这一场酒局奔赴另一场饭局，虚与委蛇，言不由衷。我们根本无法看清也不愿再仔细品赏路上的风景，不再去关心山水花草、杨柳春风、飞禽走兽、秋收冬藏。人与人之间的关系，大都维护在微信朋友圈、视频电话的虚情假意或职场上的利益相互算计之中，已很难感受到见面时紧紧握手拥抱的温度和相视一笑的情意绵绵。

而一千多年前的苏轼则不同，他把在路上的颠沛流离，当作与大自然进行身心交流的难得机会。人生之路上对亲情友情的享受，成为人间去苦求乐、热爱平凡生活的意义。在路上，东坡天真烂漫，冷静严峻，超旷通达，执着坚韧，忧郁伤感，充满智慧。他很本色，很自我，用诗意的表达，驱除漂泊之孤独，融化了路上的风霜雨雪。

今天，我们不敢想象苏轼如果乘坐高铁、飞机或自己开着小汽车去汝州报到，一天即可到达。那么，他的小儿子可能不会夭折，可他却失去了脚踏实地欣赏大地、山川、河流、森林、花草之美的机会。如果他像今天的我们，习惯用微信朋友圈、视频电话和亲友隔空对话，他就不能和弟弟子由、王安石、秦观、黄庭、张方平老人等众多亲朋故旧面对面地欢聚一堂，回忆青春，饮酒赋诗，那他能用什么熨平"乌台诗案"留在心里的伤痕呢？当然，他也就更不会留下仅仅属于苏东坡的佳话和诗章了。

在路上，苏轼不仅忘情地游山玩水，还进行着自我欣赏、自我反省和自我批判。他过于自信、过于执着于自己的直率性格、过人才情和济世理想，始终不愿放弃对社会现实中的人和事的犀利批判。既不苟合于新党，也不依附于旧党，我行我素，自以为是。有时以冷眼旁观者的态度，品尝贬谪路上的委屈、穷苦、算计等世态炎凉或理解、帮助、欣赏等人情温暖，并把这种读懂人生后的思考和感悟化作滋养、升华自己精神世界的艺术体验，在诗文中得到展示或发泄，从而构成他丰富多彩的精神世界。

富贵荣显者，古今皆相同。贫穷愁苦者，则因人而异。苏轼如果没有被贬黄州近五年的精神炼狱和从黄州到汝州再到京城路上一年半的脚印，或许不会成为集诗情和生命智慧于一身的千古文人苏东坡……

东坡春早

北宋元丰五年（1082 年）的正月二十日，年味已渐阑珊，黄州郊区的田野里春寒料峭，风中飘散着残雪未融的冷意。此时，苏轼被贬黄州已经两年多了。他那颗敏感多情而又豁达的心，渐渐从"乌台诗案"的惊恐未定中沉静下来。在此，他从苏轼幻羽成蝶为苏东坡。

苏东坡在被贬黄州期间，重逢老友陈慥，又认识了当地名士潘大临、潘丙、郭遘和古道耕等一批行走江湖的新朋友，加之过去的一些老相识不断来访贫问苦送温暖，送米送肉送鱼送酒，谈论诗词佛道书法画艺，他的日子虽然清贫，但并不算太寂寞。今日无事，苏轼和潘大临、郭遘等人相约去郊外踏春，一行人便来到黄州城东十五里的永安城，此地俗称女王城。

到郊区踏春，属文人雅兴，选择伙伴很重要。这年初春，陪同苏东坡的潘丙（也有人说是潘大临，潘丙是潘大临的叔叔）和郭遘都是很有个性和才趣的布衣人士。

潘丙祖籍福建长乐，世代在当地为官，先祖后来举家迁居黄州。潘家书香世家，声名远播。潘丙本是读书人，却屡试不第，便索性打鱼为生，雇几个伙计，在依山傍水的武昌酿造清香冽醇的美酒，读书喝酒，倒也自由自在。潘丙常年往返于黄州与武昌之间，与苏轼一见如故，因酒结缘。苏轼经常到潘丙的酒坊里"打秋风"，和他饮酒论诗。苏轼曾在给弟子秦观的信中写道："所居对岸武昌，山水绝佳……又有潘生者，作酒店樊口，棹小舟径至店下，村酒亦自醇酽。"（《答秦太虚书》）或许苏轼以后酿酒的技术，就是跟着潘丙在酒坊里学习的。

潘大临是潘丙的亲侄儿，其老爸潘鲠为元丰二年（1079 年）进士，与潘丙是亲兄弟。苏轼被贬黄州时，潘鲠正在黄州蕲水做县尉。潘大临二十岁中秀才，后来却屡试不第，以布衣之身，驰名于当时和京城文坛，诗以精苦著称，著有《柯山集》二卷，很可惜已佚失。"白鸟没飞烟，微风逆上舡。江从樊口转，山自武昌连。日月悬终古，乾坤别逝川。罗浮南斗外，黔府若何边？西山连虎穴，赤壁隐龙宫。形胜三分国，波流万世功。沙明拳宿鹭，天阔退飞鸿。最羡鱼竿客，归船雨打篷。"（《江间作四首》）潘大临写这样的诗不仅仅是摹景，实则意蕴深长，颇见功力。北宋诗僧惠洪曾在《冷斋夜话》中有此记载："湖北黄州人潘大临工诗，多佳句，然甚贫。东坡、山谷尤喜之。临川的谢无逸有一天写信问他：近期有什么诗作吗？潘回信道：秋来景物，件件是佳句，恨为俗氛所蔽翳。昨日清卧，闻搅林风雨声，遂题壁曰：满城风雨近重阳……忽催租人至，遂败意。只此一句奉寄。"这便成为文学史上著名的"一句诗"佳话。苏轼初贬黄州时，潘大临还是一位二十多岁的翩翩青年，常居武昌，以驾船张网捕鱼为生。苏轼常白吃他捕的武昌鱼，白喝潘生自酿的美酒，又常和他在一起谈诗论艺。潘大临深得苏轼的喜爱，遂成为忘年之交。

后来，苏轼著名的散文《后赤壁赋》也与潘大临有关。元丰五年（1082年）十月十五日傍晚，苏轼与杨世昌、潘大临三人从苏轼家的雪堂出发，想回到临皋亭。月在中天，四周寂静，三人经过黄泥坂时，月光如水银泻地，三人兴致高昂。苏轼说：面对如此良夜，怎能有客没酒、有酒没菜啊？潘大临在傍晚时分，刚好捕到一条大鲈鱼，马上去船上拿来。苏轼一听高兴极了，一溜小跑到家，要求朝云赶紧备酒蒸鱼。然后，三人带着酒菜兴冲冲地逆流而上，再一次来到赤壁之下，泛舟赏月饮酒狂歌。原来，在此之前的七月十六日，苏轼曾与杨世昌等人在赤壁泛舟后，已写下千古名篇《赤壁赋》，一同泛舟的没有潘大临。三个月之后的十五月圆之夜，此时此地此景，江水流淌，山高月小，怪石耸立，酒香满船。他们从船上跳下来，爬到一块虎豹似的石头上赏月休息。苏轼还酒后聊发少年狂，独自爬上一棵状如虬龙的老树上，仰望星空，浮想联翩，不禁悲从中来。他顺树而下，与赶来的潘大临和杨世昌返回船中。潘大临常年打鱼练就的撑船技艺高超，他将船慢慢划到江水中心，任其顺水漂荡。三人继续在月下畅饮，直到尽兴而归。第二天，苏轼记下前夜再次泛游赤壁及梦中所见，这就是后来著名的散文《后赤壁赋》。两次月下泛游赤壁，苏轼两篇《赤壁赋》，成为中国古典文学史上熠熠生辉的"双璧"。

还有一位好朋友郭遘，为唐代汾阳王郭子仪之后，其种药材为生，善作挽歌，"酒酣发声，座为凄然"。好朋友古耕道，通音乐，有侠气，重情义。在苏轼盖草屋"雪堂"和耕种东坡之地时，古耕道不怕脏、不怕累，出力流汗，任劳任怨。苏轼有诗曰："潘子久不调，沽酒江南村。郭生本将种，卖药西市垣。古生亦好事，恐是押牙孙。家有一亩竹，无时容叩门。我穷交旧绝，三子独见存。从我于东坡，劳饷同一飧……"（《东坡八首其七》）有这样的好朋友围绕身边，时常"雪中送炭"，苏被贬黄州的日子，也不算太寂寞。

被贬黄州两年后的今天，正是初春时节，东风还未吹进城门中，苏轼和这帮哥们骑马出城，寻找去年曾游玩过的村落，想想都令人兴奋。苏轼笑眯眯地看着身边的潘、郭二同志，想起去年的今日，他曾经写过一首诗。一年眨眼就过去了，经历的人和事太多了。这人和秋雁一样，人过留名，雁过留声，都是有迹可循的。但往事总是如春梦般飘忽易散，想多了更无益。还是去江城边上的酒馆，喝上几杯潘生自酿的好酒吧。我们发现这里民风淳朴，乡间老人饱经沧桑的脸上，整天露出憨厚温暖的笑容。我们就此约定：以后每年的早春时节，都要出城赏春踏青啊！故此，远方的老朋友们，就不必为我担心挂念了。既来之，则安之。此心安处是吾乡，我也不必像屈原那样写篇《招魂》诗，期待着被皇帝调回京城了。

> 东风未肯入东门，走马还寻去岁村。
> 人似秋鸿来有信，事如春梦了无痕。
> 江城白酒三杯酽，野老苍颜一笑温。
> 已约年年为此会，故人不用赋招魂。（北宋·苏轼《正月二十日与潘郭二
> 　　　生出郊寻春，忽记去年是日同至女王城作诗，乃和前韵》）

潘、郭二人侧耳细听苏轼吟出这首诗，心里暗暗高兴。潘说：老郭，看来，今年苏学士的心情比去年好多了。你还记得去年他写的那首诗吗？郭答道：当然记得，怎么能忘记呢！

去年是元丰四年（1081年），也是正月二十日，苏轼刚到黄州一年多，他这天去湖北麻城西南岐亭访问好友陈慥后，潘丙、郭遘和古耕道送他回黄州的寺院，苏轼写了一首《正月二十日往岐亭，郡人潘古郭三人送余于女王城东禅庄院》：

> 十日春寒不出门，不知江柳已摇村。
> 稍闻决决流冰谷，尽放青青没烧痕。
> 数亩荒园留我住，半瓶浊酒待君温。
> 去年今日关山路，细雨梅花正断魂。

初春寒料峭，苏轼在家"宅"了十几天，故不知道江边的柳丝已染绿了村庄。偶尔听到山谷里冰凌融化相撞击的声音，泛青的野草遮住了野火烧过的痕迹。几亩荒园，留我居住；半壶浊酒，等待友人。怅忆去年的今日，我正行走在关山之

路上，只见寒风细雨中，梅花开放，幽香如缕，暗自惆怅满怀。想想真是多亏了陈慥等一帮朋友们的友情温暖，让我度过这初到黄州的难熬时光。

是的，苏轼和陈慥二人性情相投，相互欣赏，经常来往，引为知己。陈慥还是苏轼的四川老乡，眉州青神人，出身不凡，世有勋阀，与公侯并列，家里巨富，在洛阳有多处豪奢的园林大院，河北有田数万亩，岁可收租得帛千匹钱万两，妥妥的"官二代"公子哥儿。年少时，嗜酒好剑，任侠使性，视财富如粪土，自谓一世豪士，好读书，终不入仕途。晚年，对官、财皆弃而不取，隐居于黄州之岐亭，自号"龙邱居士"，庵居蔬食，经常徒步往来山中，如闲云野鹤，不与世相闻。陈慥与苏轼相识多年，北宋元丰二年（1079 年）苏轼贬黄州后，屡至岐亭，探望陈慥，人始知其名。苏轼专门为其所作《方山子传》，陈慥因此而青史留名。可令人捧腹大笑的是陈慥属典型的"妻管严"，妻子柳氏非常厉害，嫉妒心很强。元丰八年（1085 年），苏轼曾写《寄吴德仁兼简陈季常》诗曰："龙邱居士亦可怜，谈空说有夜不眠。忽闻河东狮子吼，拄杖落手心茫然。"吴德仁是蕲春人，为当时名士，黄州离蕲春很近，苏轼曾到蕲春兰溪找他游玩。苏轼和陈慥开玩笑说，你一天到晚谈"空"说"有"的玄学，但一听到太太的吼叫声就没电了，震得拄杖掉在地上也忘了捡。"河东狮吼"成语，即来源于陈慥妻。

辞别陈慥等友人，苏轼走在回家的路上，内心已感受到早春的气息，"乌台诗案"蒙冤后的阴影慢慢随风消散了。

往事不堪回首啊！那是元丰三年（1080 年）正月初一，四十五岁的苏轼因"乌台诗案"被贬黄州，小儿子苏迈一同前往。春节里热闹的气氛，原野上漫天的飞雪，更显路途艰难悲凉。正月十八日，父子二人走到蔡州时风雪交加，道路受阻。"铅膏染髭须，旋露霜雪根。……下马作雪诗，满地鞭筹痕。伫立望原野，悲歌为黎元……"（苏轼《正月十八日蔡州道上遇雪，次子由韵二首》）。正月二十日，途经关山岐亭路，在春风岭上看见寒梅独放。细雨蒙蒙，寒衣拭湿凉，梅花凄清，花瓣凋落，这些让失意之人更为伤怀难过。苏轼以梅自喻，赋得《梅花二首》：

> 春来幽谷水潺潺，灼烁梅花草棘间。
> 一夜东风吹石裂，尘随飞雪度关山。
> 何人把酒慰深幽，开自无聊落更愁。
> 幸有清溪三百曲，不辞相送到黄州！

冬去春来，幽谷静寂，溪流潺潺，水声淙淙；野草荒棘，漫山遍岭，梅花如雪，分外鲜明。让这初春的清清小溪送我去贬谪之地吧。直到二月一日，苏轼父子一路风雪，抵达黄州。

黄州团练副使是个闲散官员，俸禄很少，地方官府并不负责帮助其解决住房、温饱问题。基于名气和友情等非职务影响力，苏轼受到太守陈君式的厚待。苏轼一家临时寓居在定惠寺院，随僧蔬食，每天一餐。因不能参与本州任何政事，只好寄情于读书、写作、绘画和书法艺术，间或与朋友们一起游山玩水、吃吃喝喝，打发时光。"自笑平生为口忙，老来事业转荒唐。长江绕郭知鱼美，好竹连山觉笋香。逐客不妨员外置，诗人例作水曹郎。只惭无补丝毫事，尚费官家压酒囊。"（《初到黄州》）想想自己都感到可笑，为了生活，一生到处奔忙为谋生。"尚费官家压酒囊"，指宋代官俸一部分用实物来抵数，叫折支，压酒滤糟的布袋也是折支的一种。等老了却发现，还是品尝鱼美、鲜竹笋好。这狗日的人生，真是荒唐透顶。

开始寓居定惠寺院的日子里，反差很大，苏轼心里很不爽，寂寞忧愁，心情如寒冬般冰凉。"幽人无事不出门，偶逐东风转良夜。参差玉宇飞木末，缭绕香烟来月下。江云有态清自媚，竹露无声浩如泻。已惊弱柳万丝垂，尚有残梅一枝亚。清诗独吟还自和，白酒已尽谁能借。不辞青春忽忽过，但恐欢意年年谢。自知醉耳爱松风，会拣霜林结茅舍……"（《定惠院寓居月夜偶出》）苏轼不好意思见人，也不愿低下孤傲清高的头。"缺月挂疏桐，漏断人初静。谁见幽人独往来，缥缈孤鸿影。惊起却回头，有恨无人省。拣尽寒枝不肯栖，寂寞沙洲冷。"（苏轼《卜算子·黄州定慧院寓居作》）

好在天无绝人之路。"马生本穷士，从我二十年。日夜望我贵，求分买山钱。我今反累君，借耕辍兹田。"多亏二十多年的好朋友马正卿大力帮助，我反而拖累了他。元丰五年（1082年）二月，黄州通判马正卿向州府申请，为苏轼借得城东门外大约有五十亩的"故营地"，使其耕种自力更生，丰衣足食。苏轼将此事记载在《东坡八首并叙》诗中："余至黄州二年，日以困匮。故人马正卿哀予乏食，为予郡中请故营地数十亩，使得躬耕其中。地既久荒，为茨棘瓦砾之场，而岁又大旱，垦辟之劳，筋力殆尽。释耒而叹，乃作是诗，自愍其勤。庶几来岁之入，以忘其劳焉！"

苏轼带领全家男女老少齐上阵，"去年东坡拾瓦砾，自种黄桑三百尺。今年刘草盖雪堂，日炙风吹面如墨。平生懒惰今始悔，老大劝农天所直……"（苏轼《次韵孔毅甫久旱已而甚雨三首》）开荒耕田，祈求风调雨顺，从此自号为"东坡"。苏轼又翻盖了一所草房子，取名"雪堂"。"四邻相率助举杵，人人知我囊无钱。"远亲不如近邻啊！邻居的无私相助，这人间真情如春风化雨，融解了苏轼现实生活和内心世界的愁苦，并与东晋时期的陶渊明，找到了精神上的共鸣，把他开垦的东坡地，想象成陶渊明隐居的斜川。"梦中了了醉中醒。只渊明，是前生。走遍人间，依旧却躬耕。昨夜东坡春雨足，乌鹊喜，报新晴。雪堂西畔暗泉鸣。北山倾，小溪横。南望亭丘，孤秀耸曾城。都是斜川当日景，吾老矣，寄馀龄。"（《江城子·梦中了了醉中醒》）

东晋陶渊明退隐田园后，曾写有《游斜川》诗并附序言曰：悲日月之遂往，悼吾年之不留。"中觞纵遥情，忘彼千载忧。且极今朝乐，明日非所求。"在世俗沉沉的醉梦里，真正悟透人生真谛的清醒者，算起来只有陶渊明。"采菊东篱下，悠然见南山"，陶渊明经过反复的人生思考，决定把自己融入左邻右舍的世俗烟火生活之中，与农人同耕耘、同饮酒、同欢乐、同忧愁。"日入相与归，壶浆劳近邻""闻多素心人，乐与数晨夕""过门更相呼，有酒斟酌之""悦亲戚之情话，乐琴书以消忧""开荒南野际，守拙归园田""纵浪大化中，不喜亦不惧"（陶渊明）。陶渊明逐渐成为苏轼超越数百年历史时空的知音，他尝尽世态炎凉，宦海浮沉，回归田园，躬身耕耘，这样的生命状态启发、安慰着黄州时期的苏东坡。"但小窗容膝闭柴扉。策杖看孤云暮鸿飞。云山无心，鸟倦知还，本非有意。噫。归去来兮。我今忘我兼忘世。亲戚无浪语，琴书中有真味。步翠麓崎岖，泛溪窈窕，涓涓暗谷流春水。观草木欣荣，幽人自感，吾生行且休矣……"苏轼把陶渊明著名的《归去来兮辞》隐括成这首《哨遍》诗，经常在东坡地里与众人一起，扔下锄头，敲打牛角为节拍歌咏之，手舞足蹈，不亦乐乎。"都是斜川当日景"，苏轼向陶渊明频频致意，这仅仅是开始。

苏轼收回纷飞的思绪，又回到眼前的郊外风景和身边温情的朋友身上。今年初春，东坡地里昨夜欣逢一场春雨，土壤被浇透了。我又听到喜鹊的鸣叫。此时，春风送暖，万象更新，我最爱听雪堂西畔那幽泉的叮咚声，最爱看北山连绵不断的秀姿，小溪横流于山前，亭台在丘壑间错落有致地站立着。这里的山水田园，就是陶渊明当年的斜川之景重现啊！吾老矣，还是在此地，乐寄余年吧……

好雨知时节，当春乃发生。正月里，苏轼家的自留地从寒冬里苏醒过来，他那颗受伤的心，也在黄州的潺潺春水和朋友们不离不弃的关心中，渐渐从"乌台诗案"差点被杀的梦魇中苏醒过来。开荒种稻，疏浚井水，一生都在向陶渊明致敬。在后来被贬惠州、儋州时，仍随身携带着陶渊明诗集，以和陶渊明的诗为精神苦闷时的"解药"。苏轼在《与子由书》中说："吾前后和其诗凡一百有九篇，至其得意，自谓不甚愧渊明。"在黄州，他学会盖房、种桑、放羊、割草、打场、归仓。还知道了冬天小麦苗并非越肥厚越好，要及时放羊出来踩踏，羊群啃掉麦苗后，小麦才好越冬不被冻死。苏轼自酿蜜酒，烹煮猪肉，与朋友江畔漫步，泛舟长江，夜览赤壁，静听箫声，沐浴月光，仰望星空。在仕途上虽命运多舛，可在思想和精神上，他爆发出惊人的想象力和创造力。

按照元丰五年（1082年）正月二十日的约定，哥们几个在元丰六年（1083年）正月二十日踏春时，苏轼又写了一首《六年正月二十日复出东门仍用前韵》：

> 乱山环合水侵门，身在淮南尽处村。
> 五亩渐成终老计，九重新扫旧巢痕。
> 岂惟见惯沙鸥熟，已觉来多钓石温。
> 长与东风约今日，暗香先返玉梅魂。

"沙鸥熟"引用《列子·黄帝》典故："海上之人有好鸥鸟者，每旦之海上，从鸥鸟游，鸥鸟之至者，百住而不止。其父曰：'吾闻鸥鸟皆从汝游，汝取来，吾玩之。'明日之海上，鸥鸟舞而不下也。"苏轼化用其典，甘心退隐，忘掉任何投机取巧之心。沙鸥岂止是见惯我的身影，它早已与我相熟悉。经常来到江边垂钓，坐的石头也被我暖得半温了。今天早已和春风有个约会，我的灵魂如梅花清香，依然不会改变。

从元丰四年（1081年）到元丰六年，连续三年的正月二十日，苏轼携友去郊外踏春，以日记的形式，用同韵写出三首诗。从这三首诗和元丰三年（1080年）正月二十日途经关山岐亭时，在春风岭所写的《梅花二首》中，我们可以看到东坡早春的气息和苏东坡被贬后心境的转换、精神的洒脱和灵魂的坚定。

"雨洗东坡月色清，市人行尽野人行。莫嫌荦确坡头路，自爱铿然曳杖声。"（苏轼《东坡》）又是一场好雨把东坡地里的泥尘冲洗得格外干净。夜晚月光清澈无声，城里的人早已远去，只有山野之人，在此闲游漫步。千万别嫌弃东坡地里的道路不如城里平坦，我却很喜欢听到这竹杖捣地时，发出铿然有力的声音呢。

"小舟从此逝，江海寄余生。"纵观苏轼的一生，他在坎坎坷坷的人生之路上，挂杖前行，从汴京、杭州、密州、徐州、黄州、颍州、扬州、定州、惠州、儋州、常州等地，穿越大半个中国一路走来。他手中那根坚硬圆融的拐杖，在北宋的大地上，敲打出如春雷般的声音，一直回响在中华民族近千年来的文化和历史上空……

放翁之"放"与"不放"

陆游为越州山阴（今绍兴）人，生于宣和七年（1125年），字务观，别号"放翁"，能诗善词，著作等身。其父亲原在京城做官，家境殷实，书香世家，生活小康。不幸陆游出生的第三年（1127年），北宋惨遭"靖康之耻"，宋室南渡，全家被迫跟着南迁。自幼漂泊，陆游童年对颠沛流离的生活记忆深刻，目睹过金兵铁骑蹂躏中原和汴京陷落的悲惨世界，这些生活经历对他一生的思想影响很大。

陆游母亲唐氏为北宋名臣唐介的孙女，妥妥的大家闺秀。唐介在仁宗天圣八年（1030年）进士及第，神宗熙宁元年（1068年）拜参知政事，这年正是王安石仕途上开始得势的时候。但是，唐介在政见上与王安石不合，为人处世直率，正派有气节，"介敢言，声动天下，斯古遗直也"。陆游母亲年轻时是一位文艺女青年，最喜欢"苏门四学士"之一秦少游（秦观）的那些忧郁缠绵的诗词。据说在生陆游前夕，曾梦见过青春偶像秦少游，故在生下孩子后，就以秦观的字少游为儿子取名陆游。

陆游跟随父母居住在山阴，郁积在心中的国破家亡痛苦让这位美少年立志刻苦学习，发愤图强，有朝一日收复中原，加之聪慧勤奋，少年成名，十二岁能诗文。但是，他一生的仕途之路并不顺利。南宋绍兴二十三年（1153年），二十九岁时参加朝廷专门为宗室后裔和重臣子弟举行的"锁厅试"，陆游被定为第一名，当时的权相秦桧的孙子秦埙列为第二名。秦桧大怒，差点把主考官陈之茂杀掉。陆游无意中躺着中枪，得罪了秦桧。第二年，朝廷礼部举行省试，主考官是秦桧的亲信魏师逊和汤思退，秦埙第一，陆游落榜，接下来在高宗皇帝主持的殿试中，钦点张孝祥为状元，秦埙为探花，秦桧虽不满也无可奈何。

秦桧当权，主张抗金的陆游不可能有出头之日。绍兴三十二年（1162年），陆游已过三十而立的年纪。高宗主动退位养老做太上皇，孝宗继位后，有志于恢复中原，为岳飞平反昭雪，陆游的政治主张方有用武之地，向朝廷提出的许多抗敌复国的军事策略，均与求和派的主张相左。加之性格过于真实直率，屡次犯上，触怒龙颜，很快被罢黜还乡。陆游在山阴闲居四年间，屡次上书求职，终于在乾道五年（1169 年）被任命为夔州（今四川奉节）通判，其时已四十五岁。

淳熙二年（1175 年），范成大镇蜀，邀请已五十一岁的陆游至其幕府中任参议官。陆游与范成大皆是当时诗坛名人，平素多有诗文往来，二人与杨万里、尤袤并称为"南宋四大家"。但陆游的性格与范成大有差异，在共事中多产生矛盾。范成大府中的官员认为陆游不知高下，不守礼义，粗野狂放。陆游心里却很不服气，便给范成大写了一首和诗自嘲。"策策桐飘已半空，啼螀渐觉近房栊。一生不作牛衣泣，万事从渠马耳风。名姓已甘黄纸外，光阴全付绿樽中。门前剥啄谁相觅？贺我今年号放翁。"（陆游《和范待制秋兴》）深秋里梧桐叶飘落和螳螂的叫声，勾起陆游对人生迟暮的思考，把功名看淡了，就不必在意别人的风言风语，那还有什么放不下的呢？你们说我狂放，那我就做个狂放的老头吧。

"放翁"一词，经常出现在陆游的很多诗词中。比如，"桥如虹，水如空，一叶飘然烟雨中。天教称放翁。侧船篷，使江风，蟹舍参差渔市东。到时闻暮钟。"（陆游《长相思》）"蟹舍"，指搭在湖中或江上的小茅屋，供渔家暂时居住。陆游自嘲说，我就像一片树叶飘在风雨之中，老天爷让我做个"放翁"，闲看春花秋月，云卷云舒，挺好的！"悟浮生，厌浮名，回视千钟一发轻。从今心太平。爱松声，爱泉声，写向孤桐谁解听。空江秋月明。"（陆游《长相思》）陆游归隐田园的心态看似有陶渊明之风，其实内心不甘。

淳熙六年（1179 年）秋天，陆游被任为江西常平提举，主管粮仓、水利等事宜。次年，江西水灾，陆游号令各郡对灾民开仓放粮，亲自"榜舟发粟"，受到谏官弹劾"不自检饬，所为多越于规矩"。越权行事，应从严追究。陆游愤然辞官，重回山阴隐居。闲居五年后，淳熙十三年（1186 年）朝廷重新起用他为严州知州。绍熙元年（1190 年），陆游升为礼部郎中兼实录院检讨官。不久，再次因直言犯上被弹劾，第二年重回山阴，在此闲居二十年。庆元四年（1198 年），陆游的老妻王氏去世。嘉泰二年（1202 年）初，次子陆子龙赴吉州（今江西吉安县）任司理参军职。是时陆游年已七十八岁，陆游专门写《送子龙赴吉州掾》送行。"我老汝远行，知汝非得已……汝为吉州吏，但饮吉州水。一钱亦分明，谁能肆谗毁。聚俸嫁阿惜，择士教元礼……我食可自营，勿用念甘旨。衣穿听露肘，履破从见指。山门虽被嘲，归舍却睡美……相从勉讲学，事业在积累。仁义本何常，蹈之则君子。"父爱如山，谆谆教诲，陆游在诗中把自己的人生观和价值观传承给儿子，从中也透露出他甘居"陋巷之乐"的精神状态。陆游从三十四岁到七十九岁之间，一直怀才不遇，遭到数次贬谪，家业逐渐衰败，依然热爱生命，对生活保持乐观。

闲居，是对一位有远大理想抱负士人心态的严峻考验。在近二十年的闲居岁月中，陆放翁到底放下了吗？

闲居山阴，陆游逐渐完成了身份转换，他把自己混同于一般农人，脚步跟随四季轮换，裤子沾满泥水，种稻、植桑、养蚕、喂牛、收割、打场。"我年近七十，与世长相忘。筋力幸可勉，扶衰业耕桑。身杂老农间，何能避风霜？夜半起饭牛，北斗垂大荒。"（陆游《晚秋农家》）夜半起来喂牛，再走到月光下，仰望星河灿烂，北斗七星在天际闪亮，可指引不了我的仕途之路。

闲居带来更多的时间读书、写诗。陆游最爱读《诗经》《周易》和《庄子》。"我读豳风七月篇，圣贤事事在陈编。岂惟王业方兴日，要是淳风未散前……吾曹所学非章句，白发青灯一泫然。"（《读豳诗》）。《豳风·七月》是《诗经·国风》中最长的一篇，生动细致地描绘出"豳"国农民一年四季劳动的场景，陆游觉得自己当下的生活如古代先民一样。"小园烟草接邻家，桑柘阴阴一径斜。卧读陶诗未终卷，又乘微雨去锄瓜。"（《小园》）陆游学习致敬陶渊明，努力寻找农耕生活中的快乐。"老喜杜门常谢客，病惟读易不迎医。冬来更愧乖慵甚，醉过收荞下麦时。"（《读易》）没有客人来访，闭门读易经，冬来喝新酒，日子轻松就过去了。"羸躯抱疾时时剧，白发乘衰日日增。净扫东窗读周易，笑人投老欲依僧。"（《读易》）年龄大了，疾病缠身，研究周易，更向往着佛国莲界。"闲中高趣傲羲皇，身卧维摩示病床。活眼砚凹宜墨色，长毫瓯小聚茶香。门无客至惟风月，案有书存但老庄。问我东归今几日，坐看庭树六番黄。"（《闲中》）无事心闲，品茶挥毫，即是神仙。"宦途昔似伏辕驹，退处今如纵壑鱼。手自扫除松菊径，身常枕藉老庄书。郊居本自依农圃，社饮何妨逐里闾。白发萧然还自笑，风流犹见过江初。"（《自笑》）"十年学剑勇成癖，腾身一上三千尺。术成欲试酒半酣，直蹑丹梯削青壁。"（《融州寄松纹剑》）除读书写诗外，还学习道家的炼丹术，舞剑锻炼身体。从陆游这几篇表达闲适和心态变化的诗作看，他似乎放下了对仕途功名的渴望。

闲居家乡，乐山乐水，享受清闲，养生求道。"深掩柴荆谢世纷，南山时看起孤云。残年所幸身犹健，闲事惟求耳不闻。"（《独坐闲咏》）"地僻少人迹，身闲思独游。荒村更阻雨，衰鬓不禁秋。断续呼牛笛，横斜放鸭舟。残年澹无事，随处送悠悠。"（《独游》）"小艇上时皆绿水，短筇到处即青山。二十四考中书令，不换先生半日闲。"(《闲中自咏》)"百钱新买绿蓑衣，不羡黄金带十围。植柳坡头风雨急，凭谁画我荷锄归。"(《蔬圃绝句》)"细读养生主，长歌归去来。山僧借水品，溪父送琴材。病退稀求药，身闲日探梅。今宵喜无寐，岷下有书回。"(《书适》)"书生亦有功名愿，与世无缘每背驰。一寸丹心空许国，满头白发却缘诗。"(《独坐闲咏》)"衣上征尘杂酒痕，远游无处不销魂。此身合是诗人未？细雨骑驴入剑门。"(《剑门道中遇微雨》)诗中的陆放翁，真放下重返官场对仕途功名的迷恋和执着，性格也从狂放趋于安静。"黍醅新压野鸡肥，茆店酣歌送落晖。人道山僧最无事，怜渠犹趁暮钟归。"(《杂题》)陆游在自己所构筑的精神世界里，任意徜徉，迷恋陶醉在诗境里，把山阴当作虚幻的桃花源。六十五岁以后，陆游不再填词，用一天一首诗的勤奋写作和自己对话，与自己和解，一生留下九千三百多首诗词，数量上成为两宋第一人。

但是，陆放翁如果真的把当年的政治理想彻底放下，那他就不是陆游了。

"丈夫不虚生世间，本意灭虏收河山。三更扶枕忽大叫，梦里夺得松亭关。"(《楼上醉书》)淳熙十三年（1186 年），六十二岁的陆游酒醉后发狂所写的这首《书愤》，仍在八百多年后的《语文》课本里激动着中华少年。"早岁那知世事艰，中原北望气如山。楼船夜雪瓜洲渡，铁马秋风大散关。塞上长城空自许，镜中衰鬓已先斑。出师一表真名世，千载谁堪伯仲间！"陆游想做诸葛孔明一样的人，辅助皇上收复中原，但时代并没有给他机会。

绍熙三年（1192 年）十一月四日，山阴风雨大作，天昏地暗，是年六十八岁的陆游，想起风雨飘摇的南宋，昔日的豪情又被点燃。"僵卧孤村不自哀，尚思为国戍轮台。夜阑卧听风吹雨，铁马冰河入梦来。"(《十一月四日风雨大作》)梦中的铁马冰河代替不了议和的现实。庆元三年（1197 年）春天，已经七十三岁高龄的陆游老骥伏枥，志在千里，忧国忧民，壮心不已。"白发萧萧卧泽中，只凭天地鉴孤忠……壮心未与年俱老，死去犹能作鬼雄。镜里流年两鬓残，寸心自许尚如丹。衰迟罢试戎衣窄，悲愤犹争宝剑寒……关河自古无穷事，谁料如今袖手看。"(《书愤》)嘉定三年（1210 年），八十六岁的陆游生命走到尽头，临终前仍没有放下他收复中原的政治理想。"死后元知万事空，但悲不见九州同。王师北定中原日，家祭无忘告乃翁。"(《示儿》)人之将死，其言也善。陆游到死也没有真正放下收复中原的宏志。民国著名思想家、教育家梁启超先生在陆游诗集后写道："诗界千年靡靡风，兵魂消尽国魂空。集中十九从军乐，亘古男儿一放翁。"这部诗集中，陆游十分之九的诗篇都与军事有关，可见他对主张抗金的坚决和执着。

德祐二年（1276 年），陆游去世六十六年后，南宋灭亡，中原终于统一。只不过完成统一的不是"王师"，而是异族军队的铁骑。

陆放翁一生，到底放下了什么呢？其实他真正放下的只有年少狂傲的性格，其他的他什么也没有放下，包括他和表妹唐婉的悲剧爱情。

绍兴十四年（1144 年）夏秋之际，二十岁的陆游和表妹唐婉完婚。唐婉是陆游母亲的亲侄女，一位大家闺秀，天生丽质，聪明伶俐，如花似玉，能诗会赋，从小与陆游一起长大，青梅竹马，真是天生的一对。婚后，二人相敬如宾，孝敬公婆，幸福美满。"妾身虽甚愚，亦知君姑尊。下床头鸡鸣，梳髻着褕裙。堂上奉酒扫，厨中具盘飧。青青摘葵苋，恨不美熊蹯。"（《夏夜舟中闻水鸟声甚哀，若曰"姑恶"，感而作诗》）陆游后来追忆与唐婉的婚后生活，以妻子的身份写诗赞美表妹上得厅堂，下得厨房，能把蔬菜做成熊掌味。据南宋刘克庄说，唐婉与陆游过度亲密引发婆婆的妒忌不满，"伉俪相得，二亲恐其惰于学也，数遣妇"。母亲担心儿子沉湎于私情影响学习，强迫二人离婚。"姑色少不怡，衣袂湿泪痕。所冀妾生男，庶几姑弄孙。此志竟蹉跎，薄命来谗言。放弃不敢愿，所悲孤大恩。"（同上）陆游即使一百个不愿意，却母命难违。陆游在这首表达怨恨的诗里，道出离婚的真正原因可能是唐婉一直不育。陆游暂时把唐婉安排到别处，背着母亲偷偷约会。不久，被母亲发现，棒打鸳鸯各自飞。绍兴十七年（1147 年）陆游依母愿另娶王氏为妻。离婚后，唐婉迫于父命，再嫁给同乡赵士程。

生活还得继续下去。绍兴二十五年（1155 年）暮春的一天，陆游百无聊赖，独自一人来到山阴城南禹迹寺边上的沈家花园闲逛。南宋时期，沈家花园为一位沈姓富商在绍兴市越城区所修建，占地七十多亩，园内亭台楼阁，小桥流水，绿树成荫，鸟语花香，风景如画，成为当时江南著名私家园林，在春秋节日向大众开放。陆游在此意外邂逅唐婉和丈夫赵士程。陆游正欲抽身离去，不料唐婉征得赵士程同意，给他送来一封黄酒和水果菜肴。陆游心里如打翻五味瓶，一口气闷下三杯酒，回望唐婉怅然而去的背影，回忆十年前的情爱往事，两行热泪凄然而下。苦酒明心，挥笔在沈园的粉墙上题下一阕《钗头凤》：

> 红酥手，黄縢酒，满城春色宫墙柳。
> 东风恶，欢情薄。一怀愁绪，几年离索。
> 错！错！错！

春如旧，人空瘦，泪痕红浥鲛绡透。

桃花落，闲池阁。山盟虽在，锦书难托。

莫！莫！莫！

无论是爱情或是其他东西，只有失去后才知珍贵。那桃花般美好的青春和爱情已经凋谢，物是人非，人去楼空，曾经的山盟海誓随风而逝。唐婉面对生命中的两个男人不知所措，心酸孤单，无助无奈。这究竟是谁之错呢？又错在何处呢？此阕词"有一种啼笑不敢之情于笔墨之外，令人不能读竟"（明·毛晋）。分别十年后，陆游和唐婉在沈园的这次致命邂逅，让陆游刻骨铭心。

第二年春天，唐婉来到沈园，期望与陆游再相遇，看到陆游在墙壁上的题词，不禁悲从中来，提笔和了一首《钗头凤》：

世情薄，人情恶，雨送黄昏花易落。

晚风干，泪痕残，欲笺心事，独语斜阑。

难！难！难！

人成各，今非昨，病魂常似秋千索。

角声寒，夜阑珊。怕人询问，咽泪装欢。

瞒！瞒！瞒！

唐婉追忆似水年华，叹世事无常，忧伤不已。不久，郁郁寡欢而死。淳熙年间（1174—1189 年），沈园主人感动着二人的绵绵真情，用竹木把这两阕词仔细保护起来，成为沈园一景。

曾经的情人唐婉走了，沈园成为陆游一生都不愿醒来的情梦所在。

绍熙三年（1192 年），陆游已六十八岁。重阳节过后，他来到沈园。此时，沈园已换成姓许的主人，两首《钗头凤》被镌刻在石头上。重读旧作，感慨唏嘘，回去后挥笔写下《禹迹寺南有沈氏小园》："枫叶初丹槲叶黄，河阳愁鬓怯新霜。林亭感怀空回首，泉路凭谁说断肠。坏壁醉题尘漠漠，断云幽梦事茫茫。年来妄念消除尽，回向禅龛一炷香。"这秋天的景色正如人生之暮年，往事不堪回首。"河阳"之典出自河阳令潘岳写的《悼亡诗》，陆游在心中悼念去世的唐婉，为她奉上三炷高香祈祷祭奠。

"采得黄花做枕囊，曲屏深幌闷幽香。唤回四十三年梦，灯暗无人说断肠。少日曾题菊枕诗，蠹编残稿锁蛛丝。人间万事消磨尽，只有清香似旧时。"（《余年二十时，尝作菊枕诗颇传于人，今秋偶复采菊缝枕囊，凄然有感二首》）陆游想起二十岁新婚时，唐婉用菊花做枕头，还一起写菊枕诗时的情景。四十三年过去，弹指一挥间。如今，那些旧诗稿和枕头已被虫蛀了，只有菊花的香味还在，恰如你头发上散发的幽香。似梦非梦，这一梦竟然四十三年啊！陆游爱做梦、爱写梦，只有在梦中才能实现他在现实世界里无法抵达的彼岸。据清代学者赵翼统计，陆游的记梦诗有近百首之多，从最著名的"铁马冰河入梦来"的抗金复国梦，到"不堪幽梦太匆匆"的情爱梦。若按弗洛伊德对梦的解析理论，这两点也是陆游精神世界里最放不下的欲望。

庆元五年（1199年）暮春时节，七十四岁的陆游再次来到沈园，写下《沈园》二首：

> 城上斜阳画角哀，沈园非复旧池台。
> 伤心桥下春波绿，曾是惊鸿照影来。
>
> 梦断香消四十年，沈园柳老不吹绵。
> 此身行作稽山土，犹吊遗踪一泫然。

沈园里这位颤巍巍的老人，双眼浑浊，稀疏的白发胡须被风吹起，如一把乱蓬蓬的枯草，谁能想到是大诗人陆游在耄耋之年来此怀旧寻梦呢？没有唐表妹的沈园已非过去的沈园了。桥下的绿水仍然静流，曾映照过唐表妹的倩影，可如今已不见踪影，就连沈园的柳树也都老了。树犹如此，人何以堪！很快我将死去，就能与地下的表妹相遇了，想到此，陆游老泪纵横，泣不成声。清代的陈衍对此评价曰："无此绝等伤心之事，亦无此绝等伤心之诗。就百年论，谁愿有此事？就千秋论，不可无此诗。"只有人世间的大悲剧，才能酿成这千古绝唱，每一位具有真性情的男女，都会为陆游的深情洒下感动及同情的眼泪。此情可待成追忆，只是当时已惘然。据南宋周密在《齐东野语》中记载：陆游晚年隐居鉴湖期间，每次入城，必到沈园盘桓，或登上禹迹寺高处向沈园眺望，皆"不能胜情"。沈园成为陆游一生精神寄托的圣地，魂牵梦绕，他对唐婉的追忆成为生命的一部分。

风烛残年的陆游，行动已经不便，不能亲至沈园凭吊，但他仍在回忆那次沈园邂逅。唐婉哀婉的眼神，欲言又止的模样，经常出现在梦中。开禧元年（1205年）岁末，八十岁的陆游又一次梦回沈园，醒来写下二首《十二月二日夜梦游沈氏园亭》："路近城南已怕行，沈家园里更伤情。香穿客袖梅花在，绿蘸寺桥春水生。城南小陌又逢春，只见梅花不见人。玉骨久沉泉下土，墨痕犹锁壁间尘。"陆游一生喜欢梅花，"无意苦争春，一任群芳妒。零落成泥碾作尘，只有香如故"。梅花仍在散发清香，可美人已化为尘土，那首《钗头凤》也蒙上岁月的灰尘。

寒冬过去，转眼就到了开禧二年（1206年）春天。八十一岁的陆游再次来到禹迹寺，登上高处向沈园遥望良久。"城南亭榭锁闲坊，孤鹤归飞只自伤。尘渍苔侵数行墨，尔来谁为拂颓墙？"（《城南》）园静人空，陆游就像一只失去伴侣的孤鹤，飞落到刻有《钗头凤》的石头上，久久不愿离去。那些诗句墨痕还在，只是上面蒙满灰尘，生出苔藓，我走后谁还会擦拭保护它呢？想想就令人悲伤。

嘉定元年（1208年）春天，陆游已是八十三岁的耄耋老人，在家人搀扶下，佝偻着身子，步履蹒跚地最后一次来到沈园。此时，沈园依旧花红柳绿，游人如织，陆游边走边看，嘴里念念有词，这些繁花应是几十年前种植的，只是寻不见当年美人的身影。逗留半天，仍不愿离去，经家人反复劝说，才坐上肩舆回家。此时，已是掌灯时分，昏昏烛光里，陆游浑浊的眼睛湿润了，向家人要来纸笔，颤抖着双手写下《春游》：

> 沈家园里花如锦，半是当年识放翁。
> 也信美人终作土，不堪幽梦太匆匆。

沈园的一花一草一木，都与他的生命相连。重新勾起对青春年华的回忆，最难忘与唐表妹甜蜜的初恋、结婚、分手和偶遇。人生如梦，美好的一切都终归为尘土。即使我很快行将就木，但你在我心中美丽永恒。这首诗如爱尔兰诗人叶芝的名作《当你老了》："多少人爱你年轻欢畅的时候，爱慕你的美丽，假意或真心，只有一个人爱你，那朝圣者的灵魂，爱你衰老了的脸上，痛苦的皱纹……"1889年，二十三岁的叶芝第一次邂逅二十二岁的女演员茅德·冈，为她写下这首流传至今的诗歌。

"可怜情种尽相思，千古伤心对此池。滴下钗头多少泪，沈家园里草犹悲。"（《沈园葫芦池诗》）陆游从二十岁与唐婉结婚，在以后六十多年的岁月里，留存下来近一万首诗。"脱巾莫叹发成丝，六十年间万首诗。排日醉过梅落后，通宵吟到雪残时。"(《小饮梅花下作》)陆游为通宵达旦地写了六十年诗而自豪,可他的妻子王氏为他生育有七个孩子,陆游连一首诗也没有写给妻子王氏,而写给唐婉的诗很多,皆真挚感人。陆游爱情的角落一生都被唐表妹塞满,真是造化弄人!

最后一次到沈园春游两年后的嘉定三年(1210年)初春,陆游怀着对"王师北定中原"的期冀和对唐婉的思念,走完他忧国忧民、多愁善感的一生。

掩卷而思,陆游身处风雨飘摇的南宋时代,他心中滚烫的家国情怀和对唐婉的痴情至今仍闪烁着人性温暖的光辉,为我们展现出一个真实痴情可爱的陆放翁,临终前他留下的《示儿》遗嘱,成为"大爱""小爱"相互叠加升华后的千古绝唱。

陆放翁,您终究"不放"的坚持,方显悲剧英雄本色。

更无一个是男儿

君王城上竖降旗,妾在深宫那得知?
十四万人齐解甲,更无一个是男儿!

这首《述国亡诗》很有名,据说是唐末五代后蜀主孟昶的贵妃花蕊夫人所作。

孟昶是后蜀创立者孟知祥的儿子,孟知祥在立国半年后去世,年龄刚满十六岁的儿子孟昶接棒,史称后主。孟昶当政前期曾经励精图治,有所作为,但后期"君臣务为奢侈以自娱",恣意声色,奢靡昏庸,连尿壶都要以七宝来装饰,不亡国才怪。

北宋乾德二年(964年)末,宋太祖赵匡胤决定派兵攻打并吞并后蜀,势如破竹,无人能敌,灭亡在意料之中。孟昶叹息曰:"吾父子以丰衣美食养士四十年,一旦遇敌,不能为吾东向放一箭。"很知趣地决定竖白旗投降,后主和花蕊夫人成为宋太祖的俘虏,被迫来到汴京生活。

宋太祖久闻并垂涎花蕊夫人的诗名和美貌,亲自召见她。在这位北宋开国皇帝面前,她不亢不卑地吟诵了这首诗,没想到竟得到宋太祖的高度赞赏。这一故事流传很久,但我觉得以赵匡胤行伍出身的性格脾气,不会这么轻飘飘地放过她。

也有个别学者认为，该诗的原作者为后蜀文士王仁裕，花蕊夫人仅仅是背诵者。北宋的文献也曾有"怀疑此事只是文人的编造，假托才女的作品和逸闻"的记载。今天看来作者是谁并不重要，即使不是花蕊夫人原创，一个女流之辈，面对由赵赳武夫而黄袍加身的皇帝，能以诗应答宋太祖，确实需要足够的胆量和智慧。

国家无一真男儿，这难道是妾身的错误吗？这首诗颇具反省和批判精神。事实上，后蜀未必"更无一个是男儿"。夔州守将高彦俦在部下败走四散的情况下，身负重伤，力战不支，面对来劝降的宋将说："不能守此，纵人主不杀我，我何面目见蜀人？"面向后蜀国都拜了三拜，自焚身亡。

历史总是惊人的相似。赵匡胤做梦也想不到，他创建的赵氏江山在三百多年时间里，先是被金兵一分为二，后被蒙元铁蹄彻底踏破，赵家两度上演孟昶和花蕊夫人同样的故事。

南宋景炎元年（1276 年）二月，蒙元大军逼近都城临安，谢太后带领年仅六岁的宋恭帝赵㬎投降。三月，南宋皇宫成员共三千多人被押解着北上元大都，其中有一位女性成员叫王清惠，貌美有才，善书法，能诗词，通琴乐，与后蜀花蕊夫人同样地优秀。她本是宋理宗养子赵禥的爱妾，因理宗无子，过继了赵禥为皇子。后来，赵禥登基，是为宋度宗，王清惠被封为昭仪。宋度宗的儿子为赵㬎，王清惠成为他的庶母。

王清惠一行被蒙元大兵看押着北上，由江淮到达汴京附近时，住宿在夷山驿中。王清惠面对昔日承君王万般宠爱，今日却成为阶下囚的凄惨境遇，百感交集，愤恨在心，没有纸张，便在驿壁上奋笔疾书一阕令人哀痛欲绝的《满江红》：

太液芙蓉，浑不似、旧时颜色。
曾记得、春风雨露，玉楼金阙。
名播兰馨妃后里，晕潮莲脸君王侧。
忽一声、鼙鼓揭天来，繁华歇。

龙虎散，风云灭。千古恨，凭谁说！
对山河百二，泪盈襟血。
客馆夜惊尘土梦，宫车晓碾关山月。
问姮娥、于我肯从容，同圆缺？

汴京曾是北宋的都城，在靖康二年（1127年）二月的冰天雪地里，宋徽宗和钦宗及皇室成员三千多人被金兵押解着北上，徽宗和钦宗最终在五国城客死他乡。历史的悲剧重新上演一遍，王清惠的内心悲痛欲绝。可作为一个女人，又能如何？她哭诉道，我好比盛开在太液池里的荷花，浑然不似旧时娇艳的颜色了。曾记得以前在富丽堂皇的皇宫中沐浴着春风雨露的滋润，美好的名声在后妃中广泛传播，容颜如莲花般美丽娇艳，受到君王宠爱。忽然之间，战鼓和铁骑声从天而降，繁华的临安顿成一地鸡毛。君臣离散，山河破碎，千古之恨，向谁诉说？亡国之痛，令我潸然泪下，心在滴血。驿馆里冷清如坟场，我的内心惶惶不可终日，这一路颠沛流离，拂晓将要登程，披星戴月地赶往前途未卜的北方。我只想弱弱地求教一下嫦娥姐姐：能否让我与你同住在月宫里，陪伴着桂影玉兔，一起同圆共缺、甘守寂寞呢？

这阕词情真意切，感人肺腑，饱含亡国之痛，哀婉凄伤，血泪和流，反映出南宋军民的心声，很快传遍中原地区。

南宋走向灭亡是大势所趋，未必"更无一个是男儿"。文天祥便是一个"真男儿"，此时还在领导着残兵坚持抗元，决心战斗到最后一个人、最后一滴血。当他读到王清惠这阕词后，对末句"问姮娥、于我肯从容，同圆缺"产生了丰富的联想和误解。文天祥担心王清惠立场不坚定，守不住贞操大节，不由得叹息道："惜哉。夫人于此少商量（欠考虑）矣！"然后自作主张，代替王清惠填了两阕词，其一是《满江红·代王夫人作》：

> 试问琵琶，胡沙外、怎生风色。
> 最苦是、姚黄一朵，移根仙阙。
> 王母欢阑琼宴罢，仙人泪满金盘侧。
> 听行宫、半夜雨霖铃，声声歇。
>
> 彩云散，香尘灭。铜驼恨，那堪说！
> 想男儿慷慨，嚼穿龈血。
> 回首昭阳离落日，伤心铜雀迎新月。
> 算妾身、不愿似天家，金瓯缺！

文天祥在这阕词里，引用汉元帝时昭君出塞的典故。王昭君为了大汉和平，和亲远嫁西域匈奴王，弹琵琶以慰乡思。"千载琵琶作胡语，分明怨恨曲中论"（杜甫《咏怀古迹》）。"琵琶"指后妃宫女被掳北去，就像牡丹花中最名贵的品种"姚黄"一样，从仙宫瑶池中移去老根，处境比当年的王昭君悲惨多了。仙人坠泪，感叹国土沦亡。"雨霖铃"典故是唐玄宗避"安史之乱"入蜀，在马嵬坡遇到军士哗变，杨玉环被迫自缢身死的故事。唐玄宗夜间听到风雨吹动的铃声，冷寂凄怆，思念贵妃，采其声为《雨霖铃》曲。后来，北宋的柳永用此词牌创作不少词，情绪哀伤。"铜驼恨"典故是指西晋时，索靖预测到天下将乱，指着洛阳宫门的铜驼说："就要看见你埋在荆棘里了。"此后，宫门前的铜驼埋在荆棘里，象征着亡国。

南宋覆亡，文天祥悲痛之极，不能卒言。抵御元军，挽救宋室危亡，其实有很多好男儿热血沸腾，王夫人您是"妾在深宫那得知"啊！南宋宫殿上，依旧会有落日夕阳和新月映照。"算妾身、不愿似天家，金瓯缺！"文天祥以自己的人格理想和道德标准，要求王清惠不要像皇帝一样主动投降，一定要坚守操节，宁为玉碎，不为瓦全。

再后来，文天祥被俘后，囚禁在元大都。按王清惠词的原韵，在监狱里，又和作一阕《满江红》：

> 燕子楼中，又捱过、几番秋色？
> 相思处、青年如梦，乘鸾仙阙。
> 肌玉暗销衣带缓，泪珠斜透花钿侧。
> 最无端、蕉影上窗纱，青灯歇。
>
> 曲池合，高台灭。人间事，何堪说！
> 向南阳阡上，满襟清血。
> 世态便如翻覆手，妾身元是分明月。
> 笑乐昌、一段好风流，菱花缺。

文天祥作为南宋状元，很具有英雄主义和浪漫主义的混合气质。在囚室里填词，竟引用唐代徐州节度使张愔的爱妾关盼盼在燕子楼中坚守爱情至死的故事，表达爱国赤心。

曾经的燕子楼中，美女歌伎关盼盼煎熬过去无数个春秋冬夏。每个人都会怀念青春的美好时光，正如美人乘鸾升腾到仙阙瑶池一般梦幻。再看看当下，我的容颜枯萎，衣带渐宽，珠泪滚落在花钿鬓旁。长夜漫漫，无奈无聊之极，呆呆地看着芭蕉叶的影子，在薄薄的窗纱上摇曳。室内青灯昏暗，悄悄熄灭，陷入无边的沉寂。庭院里的曲池干枯了，高台早已倾毁。这人间万事，真不忍心再去诉说它。面对着南方的阡陌故道，襟袖上洒满泪血。人情世态，变幻无常，但我的心本来就如明月般皎洁。最可笑陈朝的乐昌公主，下嫁江南才子徐德言，夫妇二人曾经海誓山盟，互敬互爱，白头偕老。可是，等隋朝最终灭亡了陈朝，乐昌公主立即就做了丞相杨素的姬妾。乐昌公主不守节，一段美好的风流情事成为人间笑谈，就如同菱花镜一旦摔破后，就难以重圆了。我绝不能成为后世笑谈的主角。

文天祥的这两阕词，并不是替王清惠担心，其实是他的夫子自道。他用悲壮的人生实践了"人生自古谁无死，留取丹心照汗青"的铮铮誓言。

其实，他对王清惠的担心也是多余的。王清惠在元大都，出家做了女道士，号冲华。后卒于元大都，一生守身如玉，从人格上超越了花蕊夫人。

同时代的南宋人不仅仅是文天祥受到王清惠《满江红》词的影响，宫廷乐师汪元量走在押解北上的队伍里，和王清惠同行。汪元量精通音律，善写诗词，平时在宫廷里就和王清惠交好，非常理解这位才女，读到王清惠的《满江红》，也填词和之：

> 天上人家，醉王母、蟠桃春色。
> 被午夜、漏声催箭，晓光侵阙。
> 花覆千官鸾阁外，香浮九鼎龙楼侧。
> 恨黑风、吹雨湿霓裳，歌声歇。
>
> 人去后，书应绝。肠断处，心难说！
> 更那堪杜宇、满山啼血。
> 事去空流东汴水，愁来不见西湖月。
> 有谁知、海上泣婵娟，菱花缺。

我们曾经在宫廷里昼夜尽情享乐，如同天上人间，欢快的时光总是短暂。鸾阁外春光无限，花丛里幽香四溢。龙楼旁，宝鼎中，香烟缭绕，如梦如幻。只恨蒙元铁骑南下，一切都化为烟消云散。故人离去，再无消息，我愁肠寸断，不愿再追忆往事。杜鹃啼血声声，遍地哀鸣的现实我无法承受和面对。北宋亡于金，南宋亡于元，再也不能泛舟西湖赏月了。在这寒冷的北方，佳人哭泣菱花形的铜镜早已破碎不堪，不可能重圆了。汪元量从对往昔的回忆转向对现实的控诉，内心和王清惠产生了强烈的共鸣。但他没有像文天祥一样，有着对王清惠失节的担心，也没有和文天祥一样为南宋献身一死的决心表白。他只是一位琴艺高超的伶人，没必要那样要求他，他能将心比心，寄予王清惠和文天祥更多的同情和关心已经足够了。事实上，他也确实做到了这一点，历史不应该忘记。

文天祥被囚元大都时，汪元量曾几次去狱中探望，二人弹琴解闷，喝酒聊天，谈诗论道。文天祥曾给他的诗集作序，他对文天祥说："丞相必以忠孝白天下，予将归死江南。"

汪元量一直跟随南宋宗室，元世祖至元十九年（1282 年）到达元上都。至元二十一年（1284 年）到达西北祁连山。至元二十五年（1288 年）冬，宋恭帝赴土蕃（西藏）学佛后，经元世祖批准，汪元量以道士身份南归江南故土。临走之时，王清惠率南宋旧时宫嫔相送，留下不少诗作表达依依惜别之情，令人感伤不已。

文天祥就义后，第一位为文天祥作传的邓剡（字光荐），是他白鹭洲书院的同学，庐陵人，南宋末年著名的爱国诗人，也曾和过王清惠的《满江红》：

王母仙桃，亲曾醉、九重春色。
谁信道、鹿衔花去，浪翻鳌阙。
眉锁娇娥山宛转，髻梳堕马云欹侧。
恨风沙、吹透汉宫衣，余香歇。

霓裳散，庭花灭。昭阳燕，应难说！
想春深铜雀，梦残啼血。
空有琵琶传出塞，更无环佩鸣归月。
又争知、有客夜悲歌，壶敲缺！

邓剡的这阕词同样用过去的明艳色彩衬托现实的黑暗，读起来令人心情沉重。

历史的车轮滚滚向前。再过三百多年之后，南宋覆亡的悲剧在江南大地上又重演一次。

南明弘光元年（1645 年），清朝的铁骑跨过长江天堑，苟延残喘的福王小朝廷顷刻败灭。清兵的铁蹄夹带着强弓劲矢，为大明王朝敲响丧钟。浙江海盐人彭孙贻的父亲曾为明太仆寺卿，清军南下时殉国于江西赣州。彭孙贻冒死迎回父亲的遗骨归葬后，奉母闭门隐居，不事新朝，潜心著述，工山水墨兰，善诗词，著有《茗斋集》存世。彭孙贻每次重读王昭仪、文天祥等人的《满江红》词，怆然涕下，和作两阕《满江红》，向前辈致敬！

"次文山和王昭仪韵。昭仪'嫦娥相顾肯从容，随圆缺'句，须于'相顾'处略读断，原是决绝语，不是商量语。文山惜之，似误。然文山所和，二结句又高出昭仪上。读之悲感，敬步二阕。"

> 曾侍昭阳，回眸处、六宫无色。
> 惊鼙鼓、渔阳尘起，琼花离阙。
> 行在猿啼铃断续，深宫燕去风翻侧。
> 只钱塘、早晚两潮来，无休歇。
>
> 天子气，宫云灭。天宝事，宫娥说。
> 恨当时不饮、月氏王血。
> 宁坠绿珠楼下井，休看青冢原头月。
> 愿思归、望帝早南还，刀环缺。

彭孙贻在小序中，为王昭仪作了一次精心辩护。他认为王清惠词末尾句（虽版本不同，但大同小异）应读作"问嫦娥相顾，肯从容，同圆缺？"她应该用的是反诘语气，声明自己决不肯随意圆缺、随波逐流。文天祥因为这一误解而错怪她了。

国破山河在，城春草木深。感时花溅泪，恨别鸟惊心。"宁坠绿珠楼下井，休看青冢原头月。"表达志向之决绝。"绿珠"是西晋时富豪权贵石崇之爱姬，赵王司马伦专权时，其党羽孙秀指名索要绿珠，石崇不许。孙秀怒，乃劝赵王诛杀石崇。等到甲兵来到门口捉拿时，石崇对绿珠说："我今为尔得罪。"绿珠哭泣道："当效死于官前"，遂跳楼自尽。石崇非男儿也。"青冢"是指王昭君墓，汉元帝用一位弱女子和亲匈奴，换来短暂和平，汉朝男儿的脸面何在呢？宁愿做绿珠跳楼而死，也不会学请嫁匈奴单于的王昭君。民族气节，辉耀千秋。很多诗词中都引用过"望帝"之典。相传，战国时蜀王杜宇失国后，魂魄化为悲鸟，其啼鸣必至出血乃止，世人称"杜鹃""杜宇"或"望帝"。唐代李商隐《无题》诗中有名句"庄生晓梦迷蝴蝶，望帝春心托杜鹃"。文天祥亦有"从今别却江南日，化作啼鹃带血归"（《金陵驿》）。"刀环"来自《汉书·李陵传》，汉武帝时的名将李陵兵败后投降匈奴，汉昭帝继位后，大将军霍光等遣李陵故人任立政出使匈奴，欲说服李陵反正。单于置酒开宴，席间不便私语，任立政乃目视李陵，以手自摩刀环，借"环"与"还"谐音，暗示李陵归还汉朝。彭孙贻末句借用岳飞《满江红》中的"壮志饥餐胡虏肉，笑谈渴饮匈奴血"句意，"愿思归、望帝早南还，刀环缺"。其中饱含着强烈的民族复仇情绪。

在明朝即将覆灭之时，彭孙贻词中多处用典，表达他忠于故国的气节，其赤心如同文天祥一样，天地可鉴。

今天，若站在大历史观的角度看，北宋灭后蜀，金国灭北宋，蒙元灭南宋，明朝灭元朝，大清灭明朝，清朝被辛亥革命推翻。朝代更替、国破家亡之际，花蕊夫人和王清惠看到的是"宁无一个是男儿"的表象，没有理解背后的真实原因正是自己所在的最高统治集团内部腐败无能、荒淫无耻造成的。即使有不少忠心耿耿、铁骨铮铮的"真男儿"，也不能挽狂澜于既倒，腐败的和违背世界历史发展潮流的封建王朝被替代更是大势所趋。

这一真正原因，才是"妾在深宫那得知"的。

锦瑟年华谁与度

北宋元丰六年（1083年），苏轼还在贬谪地黄州。此时，距元丰二年（1079年）八月在湖州知州任上因"乌台诗案"被囚禁于汴京，已经过去三年多了。

在黄州，苏轼接受并坦然面对现实，逐渐适应了远离宫廷权力中心的闲散生活。按照当时规定，作为团练副使，不得签附公事，无职无权，无具体事务责任，自然俸禄也少。"小舟从此逝，江海寄余生。"平日里读书写诗作画，郊游泛舟会友，开垦东坡荒地，种菜种粮酿酒，偶尔吃一顿"东坡肉"打牙祭。元丰五年（1082年）清明节，信笔草写一幅《寒食帖》，发泄一下困顿生活下的忧伤情绪，无意间却被后人评价为"天下第三行书"，至今仍静静地躺在台北"故宫博物院"里,迎着世人赞叹的目光,诉说着北宋王朝独特的书法审美趣味。此外,苏轼还与慕名前来拜访的青年才俊米芾一起,创新出以"平远、高远、深远"为特点的文人山水画,为宋朝的印象派画法奠定基础,现唯一存世的画作《枯木怪石图》,收藏在日本私人博物馆。2018 年 11 月,香港佳士得曾以 4.5 亿港元的底价拍卖,轰动全球。苏轼在中国传统绘画史上,确实应该有一席之地。

元丰三年(1080 年)七月的一个月圆之夜,苏轼和朋友们酒后泛游赤壁,写下千古名篇《前赤壁赋》。读罢,至今仍能让我们感受到他融儒释道于一体的生命智慧和通透淡然的生死观。在黄州的第一次人生低谷期,苏轼却通过文学艺术创造站在精神世界的最高处,从"拣尽寒枝不肯栖,寂寞沙洲冷"的孤独中,感悟到"大江东去,浪淘尽,千古风流人物"的人生和历史的虚无,最终豁然开朗,走进"归去,也无风雨也无晴"的大境界,羽化成仙为千古一人苏东坡。"苏东坡诗之所以伟大,因为他一辈子都没有在政治上得意过。他一生奔走潦倒,波澜曲折都在诗里见……在他所处艰难的环境中,他的人格是伟大的,像他在黄州和后来在惠州、琼州的一段。那个时候诗都好。可是,他一安逸下来,就有些不行,诗境未免有时落俗套。"(钱穆《谈诗》)苏轼一生最著名的诗文大部分写于黄州,苏轼和黄州相互成就。

元丰六年(1083 年)秋天,比往年更感到萧瑟寒凉。苏轼"雪堂"院子里的那棵海棠树叶,在秋风中不堪冷寂而瑟瑟发抖。一位好朋友北归路过此拜访的消息,给苏轼心里带来丝丝暖意。苏家人一大早就开始起床忙活,准备隆重接待这位远道而来的客人。夫人王闰之和美姜朝云提着竹篮,冒雨去东坡菜地采摘新鲜有机的白菜萝卜。苏轼上街买来最便宜的猪肉,亲自掌勺做一锅"东坡肉",提前找到好朋友潘大临,让他泛舟江上张网打几条新鲜的鲈鱼,并赶紧把自酿的土酒烫好。一切准备停当,苏轼提前来到通往驿站的土路旁翘首以盼。苏轼一边静静地等待,一边回忆和这位朋友的陈年往事。

苏东坡一家准备接待的好朋友,就是王巩。

王巩,字定国,自号清虚先生,山东莘县(今聊城)人,出身于簪缨世家,为宋真宗时代的名相王旦之孙。王巩年龄比苏东坡小几岁,有画才,长于诗,在首都汴京时与苏轼、苏辙兄弟一直交好,"当时人物尽,惆怅独知音",诗词唱和,来往频繁,相互引为知己,亲如兄弟。在苏轼的"乌台诗案"中,因受到苏轼牵连,"交亲逾四纪,忧患共平生。此去音容隔,徒多涕泪横"(王巩《挽苏黄门子由》)。王巩从秘书省正字的职位上被贬到广西宾州(今南宁宾阳县),是贬得最远、责罚最重的一位好哥们。在宾州期间，身处黄州的苏轼曾给王巩写过很多封书信，一再表示对他无辜受到牵连深感内疚和难过。王巩在贫穷、蛮荒的宾州，妻子和两个儿子先后死于疾病，自己也差点一命呜呼，但他从没有一句怨言，更没有丝毫怨恨过苏轼。"化身欲似河东柳，更向山头望故乡。"（《湘山光孝寺》）王巩在湖南岳阳洞庭湖光孝寺借宿时，还在回忆自己在广西如唐代的柳宗元被贬柳州一样思念中原故乡，"海畔尖山似剑铓，秋来处处割愁肠。若为化作身千亿，散向峰头望故乡。"（柳宗元《与浩初上人同看山寄京华亲故》）除乡愁难解外，王巩在贬地对贬谪生活豁达乐观，随遇而安。这次能南渡北归，好兄弟还能活着回来，本身就是奇迹啊！

苏东坡看到驿路上越来越近的王巩身影，心里五味杂陈，泪水不知何时已溢满眼眶。

有朋自远方来，不亦乐乎！何况这位朋友是难兄难弟。苏东坡在"雪堂"设案置酒，饭菜虽然简单，但气氛热烈。宾主之间推杯换盏，酒酣耳热，笑声盈耳，吟诗抚琴，风雅欢喜。这是二位遭遇劫难后的第一次相逢，怎能不一醉方休呢？！苏轼发现王巩虽贬岭南多年，但精气神和容貌仍如当年模样，仿佛"冻龄"般，性情更豁达开朗，带回来的诗书画作品更丰富、更精美，深为敬佩。苏轼禁不住问道：是何原因让你免于沉沦哪？王巩笑了笑，唤来正和朝云聊天的柔奴道：正是她的陪伴，让我能活着归来。柔奴听后，满脸绯红，嫣然一笑，轻抱琵琶，轻启朱唇曰：苏学士，一别儿年，还是让为奴给您弹首曲吧。

当年在汴京工作时期，苏轼在王巩家里，就曾见识过柔奴的美貌和才艺。今天听起来她的歌声更甜美，容颜更优雅。一颦一笑中，仿佛带着岭南梅花的清香。苏轼眼睛直直地看得有些发呆，朝云走过来拍拍他的肩膀，他才回过神来，又忍不住问道：岭南是偏远、雾瘴之地，你怎么保持这"逆生长"的状态啊？柔奴弱弱地回答曰："此心安处，便是吾乡"。真是妙极！如此回答让东坡陷入沉思，望着柔奴的倩影，一阕新词在苏轼心里荡漾，不禁低声吟咏出来。

> 常羡人间琢玉郎，天应乞与点酥娘。
> 自作清歌传皓齿，风起，雪飞炎海变清凉。
> 万里归来年愈少，微笑，笑时犹带岭梅香。
> 试问岭南应不好？却道，此心安处是吾乡。

（《定风波·南海归赠王定国侍女寓娘》）

面对苦难贫穷的岭南生活，能有这样的美貌、见识和心态的女子是稀缺资源，简直为世间尤物！在汴京时，柔奴原是王巩家中蓄养的几个歌伎之一，眉清目秀，蕙质兰心，深得王巩喜爱。王巩被贬广西宾州后，家奴和歌女纷纷离他而去。只有柔奴一人挽住王巩的胳膊说：俺的玉郎哥哥啊，既然选择了远方，奴甘愿陪伴您一路风雨兼程。

从元丰二年（1079年）十二月到元丰六年（1083年）十月，王巩和柔奴在宾州患难与共，相互鼓励和安慰。王巩挥毫吟诗，访古问道，泼墨作画，喝酒品茶，柔奴则默默地陪伴一旁，洗衣做饭，收拾草屋，端茶倒水，养生保健，读诗弹琴，红袖添香。二人志同道合，心灵交融，终于熬过苦难岁月，安然北归。

"此心安处，便是吾乡。"这一句朴实的话语铭记在心上，深深感动着苏轼。这句诗并非柔奴的发明，其实来自唐代诗人白居易。"无论海角与天涯，大抵心安即是家。路远谁能念乡曲，年深兼欲忘京华。"（《种桃杏》）唐元和十三年（818年），白居易从被贬地江西江州司马任上调到四川忠州，延续他在江州的人生选择，不再苛求仕途精进，带领着当地的百姓广种桃树杏树，且把他乡作故乡，可见柔奴对白居易很熟悉。确实，柔奴不但琴棋书画样样精通，在音律歌舞方面也很有造诣，而且她医术高明，富有同情怜悯之心。在广西宾州时，柔奴经常上山采药，熬汤制药，为当地百姓免费治病疗伤，被称为"女神医"。就这样，柔奴用锦瑟年华，陪同王巩度过在宾州的至暗时光。苏东坡很羡慕王巩老弟的艳福，上天怜惜他，赐予他如此美妙的佳人。秀外慧中的女人，最能让男人的灵魂飞升，就如同炎热夏日飘来洁白的雪花，让世界变得纯洁清凉安静。

此时的苏东坡，在羡慕好哥们王巩的同时，也为自己暗暗得意。在他身边，同样紧紧跟随着一位像柔奴一样美貌痴情的女子，无论是被贬还是荣升，贫穷还是富贵，用她的锦瑟年华陪伴着苏东坡共沉浮荣枯，仕途风光时默默无闻，生活颠沛流离时不离不弃，无怨无悔地付出一生，最后客死贬谪地惠州。她的音容笑貌里，同样带着岭南梅花的香气。这位女子，就是今天早上去东坡菜地拔萝卜的王朝云。

王朝云是苏轼一生的红颜知己，出生钱塘，虽父母双亡，家贫无依，但冰雪聪明，能歌善舞，琴棋书画等技艺样样精通。不幸自小就被亲戚卖身杭州的秦楼楚馆。熙宁四年（1071年），苏轼初任杭州通判，正是英姿勃发的年纪。一次酒宴上，偶遇王朝云，苏轼一确认眼神，就怦然心动。那时，她才十二岁。苏轼动了恻隐之心，为她赎身，带回家中，替她取名朝云，苏轼教她学习文化知识。"水光潋滟晴方好，山色空蒙雨亦奇。欲把西湖比西子，淡妆浓抹总相宜。"(《饮湖上初晴后雨》)据说，苏轼这首宣传西湖的文案其实是赞美王朝云青春美丽的。朝云十八岁时，已出落成一位亭亭玉立的大姑娘，熙宁十年（1077 年）在徐州知州任上，或许受到唐代张愔和关盼盼在徐州燕子楼演绎的凄美爱情感染，苏轼把这位红颜知己抱入怀中，纳朝云为妾。这位最懂苏轼"一肚子不合时宜"的美人，把青春芳华全部奉献给苏东坡。

元丰二年（1079 年）的"乌台诗案"，成为苏轼仕途生涯的"滑铁卢"，入狱一百多天，险遭砍头，最后被贬为黄州团练副使。朝云也像她的小姐妹柔奴一样，毅然决然地选择追随苏轼，来到黄州接受劳动改造。在黄州，朝云从娇小姐变为"铁姑娘"，和苏轼一家人迎着烈日，开荒种田，清理污秽，收割庄稼，建起草屋"雪堂"。那细皮嫩肉的瓜子脸，成为"吹面如墨"的农村妇女。那一碗著名"东坡肉"的发明专利权，也有朝云烧火的贡献呢。

相见时难别亦难，就在苏东坡和王巩、柔奴相聚话别后不久，元丰七年（1084 年）春天，苏东坡接到朝廷调令，到河南汝州任团练副使、检校尚书水部员外郎。苏轼在路上走了一年多，最终也没能抵达汝州报到。等到宋神宗驾崩、宋哲宗上台后，苏轼在陡然之间登上人生仕途的最高峰，随后又如同抛物线一般重重地摔落下来，再也没能东山再起。

元祐元年（1086 年），年幼的哲宗登基，高太后垂帘听政，那位少年砸缸救人的著名神童司马光上台任宰相，旧党重获天日，苏东坡的好运随之而来。这年十月，苏轼被召回朝中，任礼部郎中。不久，又被任命为翰林学士、中书舍人。苏轼对司马光全盘否定王安石变法的极端做法不满意，让他既不见容于新党，也不苟同于旧党，很不适应朝堂里的工作环境和氛围。元祐四年（1089 年）初春三月，苏轼请辞，要求重返杭州做点实际工作。哲宗同意，任命他为杭州知州。这一年，他已五十三岁。

从熙宁四年（1071 年）三十五岁时任杭州通判，到这次重返故地，十八年过去了，恍然如梦。"到处相逢是偶然，梦中相对各华颜。还来一醉西湖雨，不见跳珠十五年。"(《与莫同年雨中饮湖上》)元祐四年八月，苏轼与好友在雨中泛舟西湖。蒙蒙细雨中，雨滴像跳珠般敲打着小舟，也敲打在苏东坡的心上。时光飞逝，距熙宁七年（1074 年）我带着朝云离开这里，又整整过了十五年，真快啊！

苏东坡第二次来到杭州，在此工作三年时间里颇有政绩，在美丽的西湖留下的著名"苏堤"便是他永远也不会磨灭的功劳簿。元祐七年（1092 年），苏东坡离开杭州，到颍州任职，虽然只干了八个月，他同样重修颍州西湖。元祐八年，五十八岁的苏东坡回到汴京，任礼部尚书。这一年，四十六岁的妻子王闰之撒手西去。

回想元祐四年三月，当苏轼去杭州赴任之前，八十三岁高龄的老宰相文彦博为他设宴话别，送苏东坡上马离开时，文彦博语重心长地悄悄提醒他：你以后不要再写诗了，小心惹祸。苏东坡闻听此言，哈哈一笑，挥鞭上马，一路绝尘。苏轼一生都在为自己的性格付出代价。

果不其然，屁股还没有暖热礼部尚书的位置，就被罢免贬出知河北定州。在出发去定州之前，为轻装前进，东坡遣散歌伎和家奴。这次被遣散的家奴中，有一位聪明伶俐的少年，后来在宋徽宗时代的政坛上大放异彩。这位少年，就是以精于踢球技艺而闻名的高俅。

绍圣元年（1094年），掌握着朝廷实权的高太后去世，从十四岁起就喜欢玩女人的叛逆少年宋哲宗正式执掌北宋江山。北宋的天又变了！四月，苏东坡被朝廷撤销端明殿学士和翰林侍读学士两大职务，出知广东英州。

"此生归路愈茫然，无数青山水拍天。犹有小船来卖饼，喜闻墟落在山前……卧看落月横千丈，起唤清风得半帆。且并水村欹侧过，人间何处不巉岩。"（《慈湖夹阻风》）从河北定州到广东英州，长路漫漫，千山万水，千难万险，只能徒步前往。翻过大庾岭，就是岭南。唐宋历史上，凡是被贬到大庾岭之南的官员，往往意味着有去无回。"一念失垢污，身心洞清净。浩然天地间，惟我独也正。今日岭上行，身世永相忘。"（《过大庾岭》）从苏轼赴英州一路上所写的诗句里，看不到他内心的恐惧和绝望，而坦荡和平静的情绪在诗中始终蔓延。

东坡一行还没有到达英州，又接到被贬惠州的命令。没办法，调整方位继续前行。苏东坡和王朝云，还有小儿子苏过一行，终于在绍圣二年（1095年）十一月抵达惠州。等把生活基本安顿好，已到绍圣三年（1096年）的暮春时节。惠州落花飘零，残红褪尽，青杏初肥。茅舍散落山间，河水清澈荡漾，柳絮如雪飘飞，空中燕子忙碌。这未来的人生所剩时间不多了，年轻的朝云也逐渐老去，佳人难再得啊！"花褪残红青杏小。燕子飞时，绿水人家绕。枝上柳绵吹又少，天涯何处无芳草。墙里秋千墙外道。墙外行人，墙里佳人笑。笑渐不闻声渐悄，多情却被无情恼。"（《蝶恋花》）回忆的画面仿佛是电影慢镜头，从苏轼的眼前和心中慢慢飘过。这是谁家的院墙里面，有位少女在荡秋千，那银铃般的笑声飞到墙外，吸引行人停下脚步，又忍不住想爬上墙头偷看。羞涩的少女跳下秋千，越跑越远了，行人怅然若失。人世间的很多事，唯有"情"字最难解。

苏东坡和朝云对饮几杯，朝云轻轻吟唱起来，每次唱起这阕《蝶恋花》，她总是边唱边流泪。东坡问这是为何呢，朝云道：当我每次唱到"枝上柳绵吹又少，天涯何处无芳草"时，不知为何，竟不能控制自己的情绪和眼泪。我想四季轮替，生老病死，谁也阻挡不了。芳草枯死后，来年会重生。可生命消失，不能重来。人生如梦幻泡影，如露亦如电。这世间的时光最无情，我最担心走在你前头啊！

绍圣三年（1096 年）七月，朝云因病去世，享年三十四岁。在她的锦瑟年华里，陪同东坡走过二十三个春秋，她确实是为苏轼而生。依朝云遗愿，苏轼将她葬在惠州西湖栖禅寺旁。在墓地的白梅树上，悬挂着苏轼亲手书写的挽联："不合时宜，惟有朝云能识我；独弹古调，每逢暮雨倍思卿"。苏轼还在朝云的墓上建起"六如亭"，以永久纪念，"玉骨那愁瘴雾，冰肌自有仙风。海仙时遣探芳丛，倒挂绿毛幺凤。素面常嫌粉涴，洗妆不褪唇红。高情已逐晓云空，不与梨花同梦。"（《西江月·梅花》）苏轼的这阕悼亡词，或许想起元丰六年（1083 年）的秋天，柔奴微笑中带来岭南梅花的香气。冰清玉洁的爱情已逝，我只独爱自带梅花香气的你一人。即使在梦中，我也不会梦到梨花的。

朝云之死，并没有击垮苏东坡。在他的精神世界里，从没有颓废沉沦、萎靡不振这些词。他舔干从心里流出的血泪，对生活仍然报之以歌。"白发萧萧满霜风，小阁藤床寄病容。报道先生春睡美，道人轻打五更钟。"（《纵笔》）白发苍苍，疾病缠身，春风荡漾的夜晚，我仍然鼾声如雷，更加快乐地面对生活，"日啖荔枝三百颗，不辞长作岭南人"。据说，这些诗句流传到汴京，把那帮以章惇为首的政敌气得咬牙切齿，苏轼竟然还能这般轻松自在，绝不能让他"春睡美"！要搞就往死里整！绍圣四年（1097 年），苏东坡再次被贬到更为荒凉的海南岛儋州，可这次陪伴他渡海的已没有了朝云，只有他最小的儿子苏过。

锦瑟年华谁与度？柔奴、朝云这两位歌伎出身的弱女子，能在王巩和苏轼被贬之后，主动地选择去拥抱生命中的苦难和未知的远方，甘愿牺牲锦瑟年华去陪伴知己，携手走过风雨，走过春秋，走向更为广阔的精神世界。她们灵魂中的梅香熏染了千年时光，陶醉了无数男人和女人。

七百多年之后的公元 1801 年，历史已进入清嘉庆年间。时任惠州太守下令修葺朝云墓，刻石补书墓志铭，详细记载朝云的生平故事。大江东去，浪淘尽，千古风流人物。可永远也不会被淘尽铅华的却是他本人苏东坡，还有那位追随他一生的王朝云。

梅花之悔

"人生的道路虽然漫长，但紧要处常常只有几步，特别是当我们还年轻的时候。"出生于近千年之前的北宋士人朱敦儒（1081—1159），不可能知道现代作家柳青的这句名言。晚于朱敦儒八百年出生的奥地利小说家斯蒂芬·茨威格（1881—1942）也曾说过："在历史上，就像在人的一生中一样，瞬间的错误，会铸成千古之恨。耽误一个小时所造成的损失，用千年的时间也难以赎回。"成长于北宋洛阳伊水之畔的朱敦儒，更不可能预知这位西洋作家的感叹。由此看来，古今中外，哲理趋同。

朱敦儒进入耄耋之年后，时常坐在杭州嘉禾（今嘉兴市）岩壑的别墅里发呆打瞌睡，或读书品茗。每当头脑清醒的时候，偶尔翻翻自己的诗稿，追忆似水流年，有欣喜，有炫耀，有眼泪，更多的是愧对梅花，懊悔"一失足成千古恨"。五十岁之前自己精心在大众心中打造的梅花般高洁骄傲的人设，瞬间毁于一旦，悔之晚矣。

"曾为梅花醉不归，佳人挽袖乞新词。轻红遍写鸳鸯带，浓碧争斟翡翠卮。人已老，事皆非。花前不饮泪沾衣。如今但欲关门睡，一任梅花作雪飞。"（朱敦儒《鹧鸪天·曾为梅花醉不归》）一想到梅花的美艳清雅，老朱的情绪不禁泛起波澜。

梅花迎春，凌寒傲风，绽放在冰天雪地之中，朵朵冰清玉洁，幽香暗送，卓尔不群于桃杏海棠梨花辛夷玉兰等花卉的浓艳热烈，成为"岁寒三友"之一。宋代的梅花成为国花，一直是宋代以后文人士大夫自喻品行高洁的理想对象，歌之咏之，如醉如痴。隐居杭州西湖孤山的林逋自称"梅妻鹤子"，把对梅花的痴迷塑造成行为艺术。王安石变法受阻失败，第二次被罢相退隐金陵，用短诗《梅》自况，"墙角数枝梅，凌寒独自开。遥知不是雪，为有暗香来"。"拗相公"的内心很自恋骄傲，对自己的政治主张仍存不甘。

同样，青年时代的朱敦儒也曾是梅花狂热的拥趸，对梅花的喜爱丝毫不比林逋、王安石等人差多少。年少轻狂，为梅花而醺醉，美人拉着我的衣袖，不写出一阕梅花新词就不让离开。男女美少年在一起比什么都快乐，边喝美酒，边一挥而就梅花新歌。可想想当下，人生道路上的一次选择失误，灵魂无法面对梅花，惭愧和懊悔的情绪挥之不去。人已老去，世事如梦，物是人非事事休，欲语泪先流，美酒也喝不动了。只想赶快关上大门，洗洗睡了。就让梅花在寒夜里，像雪花一样任意飘飞吧。

晚年的朱敦儒，对年轻时恣意放浪的生活是满足的，留恋的。但越是怀念曾经的梅花之梦，现在心中落差越大，越是万分懊悔。朱敦儒如此在梅花面前忏悔，值得每个人引以为戒。

史载，朱敦儒，字希真，河南洛阳人，其父亲是绍圣年间的谏官，妥妥的"官二代"，少年聪慧，志行高洁，自我感觉极好，不愿入仕，甘为布衣，在民间享有很高的威望。"我是清都山水郎，天教分付与疏狂。曾批给雨支风券，累上留云借月章。诗万首，酒千觞。几曾着眼看侯王？玉楼金阙慵归去，且插梅花醉洛阳。"（朱敦儒《鹧鸪天·西都作》）自恋的朱敦儒口气实在太吓人！我就是天宫里主宰着山清水秀的郎官，天帝允许我如此狂放不羁，曾多次亲批给我可支配风雨的"条子"。我也多次上奏天帝，欲留住彩云，借走月亮。我吟诗万首和玩一样易如反掌，酒喝千杯万盏而不醉，王侯将相在俺朱爷眼里算个屁！即使天帝邀请我到琼楼玉宇的天宫里去做大官，我也懒得去。我最理想的生活状态其实很简单，就是每天在头上插一枝梅花，嗅嗅她的香气，再和好友喝喝大酒，醉倒在洛阳城中。

山水者，天地之才情；才情者，心中之山水。"给雨支风、斜插梅花、傲视侯王"的山水郎，人生理想就是乐山、乐水、乐自由、乐梅花。"古涧一枝梅，免被园林锁。路远山深不怕寒，似共春相躲。幽思有谁知，托契都难可。独自风流独自香，明月来寻我。"（《卜算子·古涧一枝梅》）小朱同学才情不凡，牛皮烘烘，远离尘世，流连自然，快意人生，视功名富贵如浮云。其人生态度、襟怀抱负、理想追求等，非一般常人可比也，我就是那生长在深幽山涧之中的一棵老梅树，独自寂寞地绽放，孤美高洁，卓尔不群，绝不是那些种植在园林中的梅花树所能比的。身处路远山深之地，不惧严寒，故意躲开春天百花的俗气和热闹，她幽深的心思无人懂得，想找对一个人托付一生是不可能的。她的性格决定了命运，只能孤芳自赏，享受孤独。当然，偶尔明月会来找她聊聊天，清冷的月光不会忘记她。小朱的内心精神世界用这棵山涧寒梅映照，一览无余。他不愿在都市权力中心旋涡里拼争，失去天然自由的人性，活成拧巴的模样。"独自风流独自香"，只和明月做朋友，不食人间烟火。

确实，青年时代的朱敦儒是最有资格做这棵山涧"古梅"的。

朱敦儒遗世独立，隐居深山，在美丽的西都洛阳纵马狂奔，醉插梅花。"何人不爱，是江梅红绽。雪野寒空冻云晚。照清溪绰约，粉艳先春，包绛萼、姑射冰肌自暖。　上林花万品，都借风流，国色天香任欣羡。共素娥青女，一笑相逢，人不见、悄悄霜宫月殿。想乘云、是在玉皇前，粲蕊佩明珰，侍清都燕。"（《洞仙歌》）朱敦儒表白自己不愿到天宫去做官，却很乐意到天宫和仙女、嫦娥玩耍。他向往的人生，既像梅花一样凌寒傲雪，又像神仙一般自由风流。因为他属于有钱、有闲、有地位、有才情、有品位的"五有"青年。这样的青年，最不缺的是情怀和朋友。

朱敦儒的身边，始终围绕着一大群朋友或徒弟。其中，就有学生陆游。陆游那首著名的《卜算子·咏梅》就是借鉴朱老师的《卜算子·古涧一枝梅》而写成。"驿外断桥边，寂寞开无主。已是黄昏独自愁，更著风和雨。　无意苦争春，一任群芳妒。零落成泥碾作尘，只有香如故。"陆游把朱老师这棵山涧的野梅花，移植到驿站外边的断桥边，但他所表达的梅花精气神韵差距不小。仔细品读，朱敦儒的那棵山涧老梅清奇孤傲，因为他自己主动不愿出仕凑热闹。陆游的这棵驿站断桥边上的梅花自怨自艾，因为他自己想出仕有所作为，抗金收复中原，却一生没有机会，梅花有忧伤哀怜之叹。两阕词仅就审美、格调而言，高下立判。

陆游同样酷爱梅花，"何方可化身千亿，一树梅花一放翁"（陆游《梅花绝句》）。陆放翁一生，铁马冰河入梦来，渴望立功杀敌，最终壮志难酬，只好通过大量歌咏梅花自慰。后来，陆游的《卜算子·咏梅》因伟大领袖毛主席在1961年创作同题词中的小序"读陆游咏梅词，反其意而用之"而家喻户晓。"风雨送春归，飞雪迎春到。已是悬崖百丈冰，犹有花枝俏。俏也不争春，只把春来报。待到山花烂漫时，她在丛中笑。"赞美梅花的美丽和坚贞，极富革命者的英雄主义和乐观主义精神，非伟人不可为也！故此，二十世纪六七十年代，城乡出生的女孩子名叫"咏梅""冬梅""爱梅""迎梅""喜梅"者，不知有多少万人矣！

但是，和陆游的《卜算子·咏梅》相比，朱敦儒的《卜算子·古涧一枝梅》曲高和寡，后世很少被人吟咏传播，因其晚年一次人生选择性失误，这阕词成为被人嘲笑的话柄。

北宋靖康元年（1126年），金兵围攻洛阳和汴京。靖康二年（1127年）二月，汴京陷落，"靖康之耻"，宋徽宗和宋钦宗等三千多人皇亲国戚被迫"北狩"。那年的梅花没有来得及绽放就被揉碎，朱敦儒的心碎了。

宋室南渡，宋高宗在颠沛流离中建立南宋。为延续国祚，亟须人才，下诏朱敦儒出来做官。朱敦儒坚辞不就曰："麋鹿之性，自乐闲旷，爵禄非所愿也。"国难当头，他不愿为高宗服务，今天看来这不是清高可以评价的，他确实很任性、很自我。绍兴二年（1132 年），宋高宗选定杭州为行都，并将其升格为临安府。这年朱敦儒已五十岁，高宗再次召唤他入朝为官，经好朋友力劝，他才扭扭捏捏地赴任。宋高宗非常高兴，恩准他不必参加科考，直接赐进士出身，授为秘书省正字。不久，改任兵部郎官，迁两浙东路提点刑狱，大有"终南捷径"之效。

随着朱敦儒的官职越做越大，他非常想回到沦陷的北方故乡去看雪中盛开的梅花，他的政治主张与主战派相同。老朱平时和主战派代表人物李光等人交好，经常公开发表主战言论，反对秦桧等人的乞和政策，这与宋高宗的政治主张相悖。朱敦儒虽受到右谏议大夫汪勃的不断弹劾，但还是被高宗留任十多年。可见，宋高宗很欣赏他。绍兴十九年（1149 年），六十八岁的朱敦儒上疏请求退隐嘉禾岩壑，获高宗恩准。

朱敦儒为高宗服务的十几年间，颇具家国情怀，那抹山涧梅花的影子，始终在心中摇曳多姿，对北宋灭亡的惨痛记忆一直如噩梦般如影随形，梅花成为治愈内心悲伤的良药。"当年五陵下，结客占春游。红缨翠带，谈笑跋马水西头。落日经过桃叶，不管插花归去，小袖挽人留。换酒春壶碧，脱帽醉青楼。楚云惊，陇水散，两漂流。如今憔悴，天涯何处可销忧。长揖飞鸿旧月，不知今夕烟水，都照几人愁。有泪看芳草，无路认西州。"（《水调歌头·淮阴作》）始终忘不了靖康元年（1126 年）十一月，金兵渡黄河，攻打洛阳，他匆匆南下，渡淮河，过淮阴，北望故国，回想当年洛阳"醉插梅花"的闲适生活，感慨万分，写下这阕词。自此南渡淮河之后，以梅花为意象，追忆洛阳的浮华生活成为朱敦儒自我麻醉和抚慰的主要方式。

"花满金盆，香凝碧帐，小楼晓日飞光。有人相伴，开镜点新妆。脸嫩琼肌著粉，眉峰秀、波眼宜长。云鬟就，玉纤溅水，轻笑换明珰。檀郎。犹恣意，高歈凤枕，慵下银床。问今日何处，斗草寻芳。不管馀酲未解，扶头酒、亲捧瑶觞。催人起，雕鞍翠幰，乘露看姚黄。"（《满庭芳》）回首往昔，鲜花美女绕身。洛阳城春光明媚，牡丹甲天下，花开时节动京城。五陵少年，鲜衣怒马，结伴游弋于伊水之畔。日暮时分，头戴鲜花，郊游归来，经过桃叶渡，美人们纷纷上前，拉住我们的衣袖，嗲声嗲气，挽留劝酒。我们甩掉帽子，开怀畅饮，醉卧酒楼。可如今呢，楚地风云惊起，陇水决堤横流，饱受颠沛流离憔悴之苦，无处排遣内心的忧愁，我遥望天上的飞鸿，是否传来远方家人的消息。盼望能在同一轮明月之下，为远方的亲人送去祝福。"国破山河在，城春草木深。感时花溅泪，恨别鸟惊心。"（杜甫《春望》）不知道有多少人和我一样忧愁，泪眼所见，遍地芳草，夕阳山外山，我却始终寻找不到心灵的归途。

朱敦儒客居金陵时，曾独自登上西门城楼，观看清秋景色，心情凄怆。"金陵城上西楼，倚清秋。万里夕阳垂地，大江流。中原乱，簪缨散，几时收？试倩悲风吹泪，过扬州。"（《相见欢》）夕阳西下，断肠人在天涯，万里长江东流大海。故土因金人侵占而大乱，达官贵族们纷纷逃散，什么时候才能收复中原啊？请悲风将我的热泪吹到扬州去吧。悲风催泪，这是忧国之泪，爱国之泪，心悲之泪。

朱敦儒出仕为官后，一直坚持抗金的主张，无愧于山涧古梅的傲娇气质。

朱敦儒坐在自家院子里，时常懊悔。本来已经退隐回家，以读书诗词为伴，种梅养花，含饴弄孙，就像晚年的王安石隐居金陵半山园那样，那该多好啊！可惜，朱敦儒晚年退而不休，一次错误的选择，致使一生英名被污，无脸面对山涧那棵古梅。梅花之悔，始终在心里翻腾、煎熬着。

绍兴十九年（1149 年），朱敦儒获批退隐后，权臣秦桧正弄权当国。秦桧本人颇具诗书画素养和鉴赏能力，为粉饰太平，歌功颂德，平时喜欢和文人墨客交流来往，他很清楚朱敦儒的诗词水平之高和性格孤傲。秦桧的养子秦熺，也喜好诗词，秦桧请朱敦儒和他的儿子辅导秦熺学习，效果很不错。绍兴二十四年（1154年）科考，若不是宋高宗钦点，秦熺就代替张孝祥中了状元。此外，在秦桧的笼络下，绍兴二十五年（1155 年）朱敦儒又重出江湖，当上二品大员鸿胪少卿，走向一生仕途顶峰。但当年十一月，老朱在此位上仅干了二十多天，秦桧就一命呜呼，秦熺也没能接上其父为其精心谋划的宰相之位。朱敦儒失去政治靠山，旋即被废。秦桧死后，声名狼藉，遗臭万年，朱敦儒被划入秦桧的"小圈子"，名声被毁，再也不好意思踏雪寻梅了。

南宋绍兴二十九年（1159 年），朱敦儒黯然去世。

按照文人士大夫的人格理想标准，朱敦儒的人生轨迹似一条与众不同的抛物线。年轻时代的洛阳悠闲生活呈上升趋势，宋高宗邀请他出来做官，从开始坚辞不干，到后来羞羞答答赴任。在任上坚持抗金主张，坚守内心古梅品格，人格上达到顶点，本来这是一个圆满的人生结局。可退隐后却不甘寂寞，自己和儿子对秦桧招之即来，酿成人生晚年最大的败笔，真是匪夷所思。在中国古代文学史上，他寄情自喻的梅花诗词，也因此黯然失色。

秦桧死后，岳飞平反，秦桧一家千夫所指，舆情汹汹。在人生的最后四年（1155—1159）间，很难想象老朱的心情是多么地孤寂。他在隐居的院子里闭门不出，门前冷落鞍马稀，儿子曾做过秦熺的家教，仕途尽毁，泯然于众人矣。朱敦儒时常空对梅花，心情复杂，欲向世人解释自己的不得已，但没有多少人相信他是被逼迫的。以他当年孤傲狂狷的性格才情，谁能驾驭得了他呢？但这又能全怪朱敦儒的不懂拒绝吗？

南宋时代，宋高宗和秦桧联手为推行屈辱的主和政策，杀害抗金英雄岳飞的行为，让世人恨透了秦桧一家。其实，杀害岳飞的真正凶手是宋高宗，但皇帝永远没有错，这个黑锅必须由秦桧来背。今天，跪在杭州西湖岳王庙岳飞雕像面前的是秦桧夫妻俩，接受人们无穷无尽的唾骂。这些不可能由宋高宗承受。伴随着秦桧夫妻永远被钉在历史的耻辱柱上，朱敦儒父子再好的解释和理由，都是徒劳。

南宋周必大的《二老堂诗话》有载："当时，四川有位读书人，写了一首诗讽刺朱敦儒曰：'少室山人久挂冠，不知何事到长安？如今纵插梅花醉，未必王侯着眼看。'"朱敦儒年轻时太过高调，自喻梅花，却自己打了自己的脸，不知怎么就出山做官了，做人何必这么虚伪啊！您再这么头插梅花，也已失去梅花的清香，无人稀罕、欣赏你了。面对舆情汹汹，宋高宗亲自出来为朱敦儒站台说："此人朕用薰荐以隐逸命官，置之馆阁，岂有始恬退而晚奔竞耶！"老朱这个人我是理解的，他以前隐逸不出，是我力请他才出来做官的。自己要求退隐，不可能在晚年再出来攀附秦桧、跑官要官的。周必大也为他开脱道："其实希真老爱其子，而畏避窜逐，不敢不起，识者怜之。"作为父亲，老朱因为爱护其儿子及考虑到儿子的仕途，畏惧秦桧打击报复，才不得不满足秦桧的要求。凡是了解情况的人，都应该同情他。

儿子"坑爹"的解释是人之常情，至今屡见不鲜。

朱敦儒以前的言行过于高调，一直宣称自己不做常人，在当时的文学圈子里知名度太高，只是谁也逃脱不了时代的局限。在此期间，主和派和主战派一直在纠缠博弈，奸相秦桧和宋高宗互相利用，把持朝政，谏官成为秦桧打击异己的工具，乞和才符合宋高宗的最大政治利益，杀掉抗金英雄岳飞也是政治博弈的结果。朱敦儒身陷其中，不可能不受此影响。青年时代的孤芳自赏和傲慢清高，那是属于一个人独有的灵魂。而在风雨飘摇、家国破碎、宦海险恶的环境下，很少有人还能坚守初心，绝不随波逐流，左右摇摆。避害趋利的人性使然，朱敦儒年轻时再孤傲清高，但如此经年的时光消磨和生存环境，他也成为不了圣人。一个偶然的事件或念头，都可能改变任何人的选择，不管这种选择是主动的，或是被动的。朱敦儒晚年，仅和秦桧合作二十多天，老百姓把对奸臣秦桧的憎恨，一部分转移到以清高标榜的朱敦儒身上，他自己是无法躲避的。从这一点来看，朱敦儒也是值得同情和可怜的。

朱敦儒一生存词二百四十六首。其中，咏梅词就有三十九首。今天我们看到很多著名的文学教授编写两宋诗词史，很少有人论及朱敦儒的诗词。而朱敦儒的学生陆游，虽然也曾攀附过奸相韩侂胄，临终前"王师北定中原日，家祭无忘告乃翁"的《示儿》遗嘱为他正了名，他以爱国主义大诗人之名流芳千古。他们二人之间的差异绝不是诗词文学修养，而是每个人必须坚守的是非标准和人文精神。

这就是世道人心。

"得志，与民由之。不得志，独行其道。富贵不能淫，贫贱不能移，威武不能屈，此之谓大丈夫。"（《孟子·滕文公下》）在中国传统士大夫的精神图谱中，气节和道德操守一直是被最为看重的人文精神。从北宋范仲淹的"先天下之忧而忧，后天下之乐而乐"到南宋文天祥的"人生自古谁无死，留取丹心照汗青"，这样的人文基因一直延续在传统士人的血液里，始终占据着传统道德的精神高地。即使如北宋的林逋，一生隐居不仕，逃避社会责任，与世无争，后人也给予了充分理解和尊重，他笔下的梅花与他的人格融为一体。故此，那些能超越时光流芳百世的文字，作者必须用符合社会主流价值观的高洁灵魂来真诚书写。

朱敦儒父子的教训正在于此，虽然与秦桧的合作时间不长，但对山涧那棵孤傲的梅花玷污过重，受到后人耻笑，也是咎由自取。正如一位西方哲人所说，所有命运赠送的礼物，早已在暗中标好了价格。只是秦桧所赠予朱敦儒父子的礼物，没有丝毫价值，而价格却是如此高昂！朱敦儒晚年的诗词中，内心世界弥漫着这样愧对梅花的哀鸣，却又无人倾诉，无处忏悔。"见梅惊笑，问经年何处，收香藏白。似语如愁，却问我、何苦红尘久客。观里栽桃，仙家种杏，到处成疏隔。千林无伴，淡然独傲霜雪。且与管领春回，孤标争肯接、雄蜂雌蝶。岂是无情，知受了、多少凄凉风月。寄驿人遥，和羹心在，忍使芳尘歇。东风寂寞，可怜谁为攀折。"（《念奴娇》）在懊悔和追忆中，自我疗伤，自我解脱。"一夜新秋风雨。客恨客愁无数。我是卧云人，悔到红尘深处。难住。难住。拂袖青山归去。"（《如梦令》）"世事短如春梦，人情薄似秋云。不须计较苦劳心，万事元来有命。幸遇三杯酒好，况逢一朵花新。片时欢笑且相亲，明日阴晴未定。"（《西江月》）最终，不管世人如何看他，老朱不再做出解释，试图自己和自己和解。"堪笑一场颠倒梦，元来恰似浮云。尘劳何事最相亲。今朝忙到夜，过腊又逢春。流水滔滔无住处，飞光匆匆西沈。世间谁是百年人。个中须著眼，认取自家身。"（《临江仙》）

人生终归于黄土，一切都是浮云，当年那棵山涧古梅死去了。"故国当年得意，射麋上苑，走马长楸。对葱葱佳气，赤县神州。好景何曾虚过？胜友是处相留。向伊川雪夜，洛浦花朝，占断狂游。"（《雨中花》）"生长西都逢化日，行歌不记流年。花间相过酒家眠。乘风游二室，弄雪过三川。"（《临江仙》）嵩山上，伊水边，太室巅，少室峰，洛水，黄河等青春倩影，都已模糊不清。想想人生真是可笑，本来就是飘忽不定的浮云，又像一场颠倒之梦。整天忙忙碌碌到底为什么呀？时光像河水一样奔流不止，红日忽忽，转眼西沉。人世间，你见过几个百岁老人？最应关注的，还是你自己本身。"老来可喜，是历遍人间，谙知物外。看透虚空，将恨海愁山一时挼碎……"（《念奴娇》）经历繁华与凋落，将悔恨和忧伤彻底放下吧，"携酒提篮，儿女相随到。风光好。醉敧纱帽，索共梅花笑"（《点绛唇》），"玉指呵寒，酥点梅花瘦。金杯酒。与君为寿。只愿人长久"（《点绛唇》）。既然在众声喧哗中，你是如此孤独，那么暂且把酒醉和梅花当作是生活本身吧。但晚年的朱敦儒似乎失去了自喻梅花的资格，在梅花面前，醉生梦死，泪眼蒙眬，心中除了不断纠结和懊丧外，缺乏面对梅花的真诚反省和改正、自我剖析、坦承错误、洗心革面、重新做人。故此，他在灵魂深处得不到解脱后的平静。

至今在两宋诗词史中，很少有学者重视评价朱敦儒及其诗词艺术，我认为也是可以理解的，但他的人生样本值得作为德育教材资料。

忘年之交

北宋熙宁四年（1071 年）二月至三月，苏轼在史官位置上，连续向神宗皇帝呈奏《上神宗皇帝书》和《再上皇帝书》两道折子，阐述自己的政治主张，核心内容是反对王安石推行的变法新政。苏轼不识时务，误判形势，正如日中天的王安石深感震怒，御史谢景趁机弹劾。苏轼因言获罪，自求外放被批准，来到杭州任通判。

北宋时代，皇帝为防止地方割据，常以文人做知州，出守列郡。但同时，又设置一个通判职位，由朝廷直接选派京官担任。凡州里一切公事，均须经通判和知州两人联署签名才能生效。其目的是以通判制约知州，防止地方长官独自坐大权力。熙宁四年（1071 年）十一月二十八日，苏轼抵达杭州。时任杭州太守为沈立，沈市长精明能干，与苏轼关系相处融洽。一年之后，沈立调离，新来的知州陈襄与苏轼关系更好。故此，时年三十七岁正值年富力强的苏轼虽说未被神宗重用，但第一次外放杭州的日子过得倒也愉快充实。工作之余，与朋友们相约到山寺寻僧，西湖泛舟，吟诗作画，携伎纵酒，好不快活。"未成小隐聊中隐，可得长闲胜暂闲。我本无家更安往，故乡无此好湖山。""三更向阑月渐垂，欲落未落景特奇。明朝人事谁料得，看到苍龙西没时。"（《夜泛西湖五绝》）欲把西湖比西子，淡妆浓抹总相宜。西湖的水，洗去了苏轼心中的失意和不快。

正是在杭州任通判期间，苏轼与年龄大自己四十六岁的张先和大自己四十二岁的刁景纯成为"忘年交"。有知己相交的时光，注定不会寂寞无聊。

张先，字子野，乌程（今浙江湖州）人，天圣八年（1030 年）进士，历任吴江知县和嘉禾（今浙江嘉兴）判官。皇祐二年（1050 年），晏殊知永兴军（今陕西西安）时，特招聘他任通判。后来，他以屯田员外郎知渝州、虢州、安陆，又称"张安陆"。治平元年（1064 年），以尚书都官郎中致仕，退休养老。元丰元年（1078 年）寿终正寝，享年八十八岁。

张先生前虽不在首都汴京做官，但在当时的北宋文学圈与欧阳修、王安石等大咖齐名，他是婉约派诗词的代表人物之一。张先诗词多以爱情为题材，哀婉情深。因有"心中事、眼中泪、意中人"名句，被后人称为"张三中"。张先自己却说：我生平写得最好的，就是三句带"影"字的句子，"云破月来花弄影""娇柔懒起，帘幕卷花影""柳径无人，堕絮飞无影"。你们就叫我"张三影"好了。自封"张三影"，足够自信自恋。确实，在张先的所有词作中，有二十九首出现"影"字，约占其全部词作的六分之一。"水调数声持酒听，午醉醒来愁未醒。送春春去几时回？临晚镜，伤流景，往事后期空记省。沙上并禽池上暝，云破月来花弄影。重重帘幕密遮灯，风不定，人初静，明日落红应满径。"（《天仙子》）这是张先的代表作之一，缥缈静美，忧伤淡淡，确是北宋词坛名篇。

年轻的苏轼，虽已名噪京都文坛，但初来杭州，需要融入当地的文学圈子。此时，张先已功成名就，在杭州隐居养老，是当时杭州文学圈中的核心人物。苏轼对张先十分恭敬和谦卑，以后辈学生身份拜见这位年迈的师长。"盛衰阅过君应笑，宠辱年来我亦平。跪履数从圯下老，逸书闲问济南生。东风屈指无多日，只恐先春鹡鸰鸣。"（《和致仕张郎中春昼》）荣辱沉浮，过眼云烟，看淡这些后，我只想"跪履数从圯下老"。"跪履",出自汉代张良与黄石公的典故。据《史记·留侯世家》载:"堕履圯下,命良取履,并长跪履之。"张良有一天在下邳桥上遇到黄石公,黄石公故意把鞋子掉到桥下,要张良到桥下捡取鞋子,并跪着替他穿上。黄石公三试张良后,授予其《素书》。后来,张良以所授兵书助刘邦夺得天下。"逸书"典出汉代晁错拜伏生(济南人)为师,学习《尚书》的典故。对心高气傲的青年苏轼来说,甘愿做张先门下的小学生,确实心悦诚服。

在杭州任通判的日子很惬意。苏轼经常约张先游玩,张先也经常偕众文人与苏轼唱和往来,扩展苏轼的朋友圈。此间,苏轼填词水平突飞猛进,与张先诗词酬唱甚多。有一天,二人泛舟西湖,偶遇一叶小舟,舟上有一风华绝代的美女在弹筝,曲声幽怨,转眼飘逝。苏轼灵感迸发,即作《江城子·湖上与张先同赋,时闻弹筝》:"凤凰山下雨初晴。水风清,晚霞明。一朵芙蕖,开过尚盈盈。何处飞来双白鹭?如有意,慕娉婷。忽闻江上弄哀筝。苦含情,遣谁听?烟敛云收,依约是湘灵。欲待曲终寻问取,人不见,数峰青。"雨后初晴的凤凰山下,云淡风轻,夕霞满天。一朵朵荷花开过,美丽清净。何处飞来一对白鹭鸟?它们也非常倾慕弹筝人的美丽。江上悲苦哀伤的调子,让人不忍心去听。烟霭为之敛容,云彩为之收色,仿佛是湘水女神鼓瑟倾诉心事。曲终飘然远逝,只看见青翠的山峰静静地耸立在湖边。"人不见,数峰青。"苏轼借用唐代诗人钱起的名句,画面感凄美悠远,惆怅迷离。清风、晚霞、白鹭、荷花、曲声、美人、青山等,在苏轼的内心情感世界里相互交融。

熙宁七年(1074年),陈襄(字述古)调离,再次去陈州任市长。离任杭州前,他们欢宴于有美堂。有美堂是嘉祐二年(1057年)梅挚知杭州时,为感恩宋仁宗临别为其御书"地有湖山美,东南第一州"而建,欧阳修专门写有一篇《有美堂记》。嘉祐二年也是苏轼的幸运之年,欧阳修为主考官,苏轼、苏辙兄弟进士及第。在有美堂送别陈市长,很有纪念意义。张先、苏轼分别填词留念:"恩如明月家家到,无处无清照。一帆秋色共云遥。眼力不知人远、上江桥。愿君书札来双鲤。古汴东流水。宋王台畔楚宫西。正是节趣归路近沙堤。"(张先《虞美人·述古移南郡》)"湖山信是东南美,一望弥千里。使君能得几回来?便使樽前醉倒更徘徊。沙河塘里灯初上,水调谁家唱?夜阑风静欲归时,惟有一江明月碧琉璃。"(苏轼《虞美人·有美堂赠述古》)登高远眺,湖山美景,尽收眼底。依依不舍,情意绵绵,陈兄你这一去,何时才能返回?

来接替陈襄知杭州的是杨绘(字元素),四川绵竹人,与苏轼相处融洽愉快。

杨绘经常与张先、苏轼同饮于流杯堂。杨市长曾填一阕《泛金船》词，张先与苏轼同调相和。熙宁七年（1074年）秋天，杨绘被诏令入京，苏轼也奉调知密州。两人相约，同舟北上，已八十五岁高龄的张先和山阴知县陈舜俞等好友集体为他们送行。一行人走到湖州，拜访知州李常时，又遇到好友刘述，众人置酒欢聚于湖州碧澜堂。张先不顾年迈体衰，一路陪伴苏轼到达松江后，六人复畅饮于垂虹亭上。张先、苏轼均作词记此宴聚，其中《南乡子》为两人的同调之作。席间，张先作《定风波·六客词》："西阁名臣奉诏行，南床吏部锦衣荣。中有瀛仙宾与主。相遇，平津选首更神清。溪上玉楼同宴喜，欢醉。对堤杯叶惜秋英。尽道贤人聚吴分。试问，也应旁有老人星。"张先自喻"老人星"，八十五岁已是人生暮年，与年轻人欢醉之际，感伤人生进入暮秋，估计今后再难相聚。这就是北宋文化圈著名的"六客之会"，知州李常在湖州筑"六客堂"永久纪念。

张先这阕词给苏轼留下极其深刻的印象。七年之后，苏轼因元丰二年（1079年）的"乌台诗案"被贬黄州两年后，张先等三友已作古，垂虹亭被海潮所毁，苏轼曾深情回忆道："吾昔自杭移高密，与杨元素同舟，而陈令举、张子野皆从余过李公择于湖，遂与刘孝叔俱至松江。夜半月出，置酒垂虹亭上。子野年八十五，以歌词闻于天下，作《定风波令》，其略云'尽道贤人聚吴分，试问，也应旁有老人星。'坐客欢甚，有醉倒者，此乐未尝忘也。今七年耳，子野、孝叔、令举皆为异物，而松江桥亭，今岁七月九日海风架潮，平地丈余，荡尽无复孑遗矣。追思曩时，真一梦耳。元丰四年十二月十二日，黄州临皋亭夜坐书。"（《东坡志林》卷一）转眼到了十七年之后的元祐四年（1089年），苏轼五十二岁时，正在杭州任市长，又一次追忆这次"六客之会"，复作"后六客词"，深感物是人非。"月满苕溪照夜堂，五星一老斗光芒。十五年间真梦里，何事？长庚对月独凄凉。绿鬓苍颜同一醉，还是，六人吟笑水云乡。宾主谈锋谁得似？看取，曹刘今对两苏张。"后人将此词与张先之作同刻于湖州的墨妙亭。

熙宁七年（1074年）的秋天确实有点冷。六人在松江依依惜别，张先心里清楚这是他与苏轼相聚的最后时光，"屈指默计，死生一诀，流涕挽袂。"（苏轼《祭张子野文》）张先的预感很准。不久，苏轼还在密州任太守时，他便驾鹤西去。苏轼含泪作《祭张子野文》，深情地回忆两人在杭州时的真挚友谊。"我官于杭，始获拥彗，脱略苟细。""拥彗"，指手持扫帚，为先生打扫庭院，执弟子之礼。此典出自《史记·孟轲列传》："昭王拥彗先驱，请列弟子之座而受业"。"彗，帚也，谓为之扫地。以衣袂拥帚而却行，恐尘埃之及长者，所以为敬也。"苏轼引用此典，是以弟子的身份表达对师长的尊敬。"脱略苛细"，指张先对苏轼初学填词时的指教，修改润色，字斟句酌，协韵衡律，非常精细。确实，苏轼早期诗词清丽的风格，深受张先"浅斟杯酒红生颊，细琢歌词稳称声"风格的影响。如今，"人亡琴废，帐空鹤唳。酹觞再拜，泪溢两眦。"苏轼为张先故去而悲痛万分。

苏轼的另一位"忘年交"朋友刁景纯，丹徒（今江苏镇江）人。刁景纯少年聪敏，学习刻苦，擅长文章和书法。天圣八年（1030年）登进士第，与范仲淹、欧阳修、司马光、王安石齐名，并且相互交好。初为诸王宫教授，后为馆阁校勘。庆历年初，与欧阳修同知太常礼院，并为集贤校理。庆历四年（1044年）出任海州通判，后出使契丹，回朝后改判度支院。嘉祐四年（1059年），出任两浙转运使。后来，先后任判三司盐铁院、提点梓州路刑狱、知扬州和宣州。熙宁初年（1068年）判太常寺，后告老回家乡镇江养老。老刁为人忠厚豪放，在职时从不买房置地，好朋乐友，宾客故人常盈其门。无论少长远近，他都热情接待，慷慨解囊。为官时，老刁从不登权贵之门，特立独行，清高孤傲，时人称他为"刁学士"。范仲淹、欧阳修、司马光、王安石、苏轼等人对他都很尊敬。

老刁退隐镇江后，自费修建一所私家园林，取名"藏春坞"。坞西临水，建有"逸老堂"。他在后山广种松树，取名"万松冈"。苏轼时任杭州通判，两人来往频繁，曾应老刁之约，写有一首《寄题刁景纯藏春坞》诗："白首归来种万松，待看千尺舞霜风。年抛造物陶甄外，春在先生杖屦中。杨柳长齐低户暗，樱桃烂熟滴阶红。何时却与徐元直，共访襄阳庞德公。"苏轼非常理解刁兄。刁兄退居林下，遍植松树，期待不久的将来，松高千尺，傲立霜雪。你我倚仗其间，听松涛阵阵，看樱桃碧红，刁兄的第二个人生春天就在"藏春坞"里。我不知道何时能约上像徐庶那样的至交，会一会您这位当代的襄阳庞德公呀！苏轼以千尺高松的意象作比刁景纯，并把他与庞德公并称，表达对刁景纯品德的景仰之情。

刁景纯八十四岁时卒于"藏春坞"。"读书想前辈，每恨生不早。纷纷少年场，犹得见此老。此老如松柏，不受霜雪槁。直从毫末中，自养到合抱。宏才乏近用，千岁自枯倒。文章馀正始，风节贯华皓。平生为人尔，自为薄如缟。是非虽难齐，反覆看愈好……忍见万松冈，荒池没秋草。"（苏轼《哭刁景纯》）苏轼又含泪写下《祭刁景纯墓文》，回忆与这位"忘年交"至情至性的友谊："嗟我少君，四十二岁。君不我少，谓我昆弟……顾瞻万松，蔚乎苍芊。尚想松下，幅巾杖屦。迎我于门，抵掌笑语……我非至人，心有往来。斗酒只鸡，聊写我哀。"

屡遭贬谪的苏轼，曾自我总结道："凡免我于厄者，皆平日可畏人也；挤我于险者，皆异时可喜人也。"能挽救自己于危难之中的人，都是平时让他感到敬畏者。而那些落井下石者，皆平时讨他喜欢之人。苏轼一生敬畏他的恩师欧阳修、张方平，也敬重政见不同者司马光和王安石。确实，张方平、司马光和王安石都在"乌台诗案"中出手相救过他，苏轼也曾为欧阳修、张方平、司马光和王安石撰写祭文。"斯文有传，学者有师，君子有所恃而不恐，小人有所畏而不为。"（《祭欧阳文忠公文》）恩师欧阳修把北宋文坛领袖的旗帜传承给他。"我晚闻道，困于垢尘。每从公谈，弃古服新。"（《祭张文定公》）苏轼对恩人张方平感恩涕零。苏轼敬重他们，绝不是出于世俗的社会地位，而是对他们的人品道德、风骨修养和文学主张的趋同。同样，苏轼与张先、刁景纯能成为"忘年交"，也根源于此。

欧阳修、张先和刁景纯皆是天圣八年（1030年）的同榜进士，私人关系很好。欧阳修是苏轼的恩师，在政治立场上都不赞成王安石变法，属于保守派。苏轼外放杭州时，聚在身边的朋友们大都如此。张先和刁景纯年迈退养在家，不问政治，与苏轼交往更加轻松和自由。至于文学主张，张先在北宋文坛举足轻重，面对唐诗高峰，下决心走出一条新路。在词体创新、表现手法和内容丰富上积极开拓进取，成为北宋文学史上承前启后的关键人物。宋祁、晏殊、欧阳修这些宰相们，都曾先后登门拜访张先，称呼其为"云破月来花弄影郎中"。至于太平宰相晏殊，当年做封疆大吏知永兴军时，曾与张先诗酒往还，还向朝廷举荐他为自己州治下的通判。晏殊去世后，后人编撰的词集《珠玉集》，就由张先作序。后来，苏轼在《题张子野诗集后》中写道："子野诗笔老妙，歌词乃其馀技耳。""能为乐府者，号张三影。"在诗词创作上，张先对苏轼的影响很大。

此外，每个人"三观"的形成和审美都离不开时代潮流风尚的影响。北宋是一个文人有条件追求物质和精神享受的时代，权高位重的朝野人士在家吃喝玩乐、蓄养歌伎、诗酒风流成为时尚。如宋真宗时的名相寇准家里就养着歌舞团，寇准喜欢喝酒聚会等奢靡生活。欧阳修也不例外，家中也养有近十名家伎。奢靡享受的生活离不开美女相伴，对女性审美倾向的趋同也是他们能成为"忘年交"的原因之一。

张先在八十岁的耄耋之年，竟娶一位十八岁的少女为妾，并得意地告诉苏轼："我年八十卿十八，卿是红颜我白发。与卿颠倒本同庚，只隔中间一花甲。"苏轼哈哈一笑，和诗一首，调侃其老牛吃嫩草："十八新娘八十郎，苍苍白发对红妆。鸳鸯被里成双夜，一树梨花压海棠。"调侃之余，苏轼有着对女性的怜悯之心。"走马探花花发未，人与化工俱不易。千回来绕百回看。蜂作婢，莺为使，谷雨清明空屈指。白发卢郎情未已，一夜剪刀收玉蕊。尊前还对断肠红。人有泪，花无意，明日酒醒应满地。"（苏轼《天仙子》）骑着马来看花，花却没开，我和大自然的心情一样急迫，打发蜜蜂和黄莺多次查看，就怕错过谷雨清明时节。卢郎老了，却过分多情。一夜之间，就用剪刀剪断花蕊。第二天酒醒后，懊恼地面对遍地残花。残花者，小妾也。执剪刀者，张先也。

张先很花心，又在八十五岁的高龄再次纳妾。苏轼赠诗曰："锦里先生自笑狂，莫欺九尺鬓眉苍。诗人老去莺莺在，公子归来燕燕忙。柱下相君犹有齿，江南刺史已无肠。平生谬作安昌客，略遣彭宣到后堂。"（《张子野年八十五，尚闻买妾，述古令作诗》）"锦里先生"出自杜甫的《南邻》诗，代表在成都杜甫草堂的悠闲生活。"莺莺"出自《西厢记》张生和莺莺的爱情故事。"燕燕"指唐朝张愔和关盼盼的情爱故事。张愔娶关盼盼为妾，为其建造燕子楼。张愔去世后，关盼盼独居燕子楼数十年，为爱情绝食而亡。"柱下相君"指西汉丞相张苍退休后年纪很大，牙齿全都掉光，靠吃人乳度日，却仍拥有一百多个妻妾。"江南刺史已无肠"，指唐代刘禹锡担任江南刺史时，看上司空李绅家的舞女。李绅允诺刘禹锡，只要他即席赋诗，就把舞女送给他。刘当即作诗"司空见惯浑闲事，断尽江南刺史肠"，留下"司空见惯"成语。"平生谬作安昌客，略遣彭宣到后堂。"指东汉时，丞相张禹有两个弟子彭宣和戴崇，张禹经常和戴崇一起吃喝玩乐，却把彭宣叫到后堂让他发愤读书成才。苏轼用张禹、彭宣作比，是把自己当作张先的门生，愿意听从教诲。不知苏轼是愿做戴崇呢还是做彭宣呢？或许是受张先影响吧，苏轼戴崇也做，彭宣也想做。苏轼在杭州任通判期间，在一次宴饮时，偶遇年仅十二三岁的王朝云，包养后极其宠爱她，成为一生的红颜知己。苏轼知徐州时，纳她为妾。最后，朝云客死贬谪地惠州。在杭州，张先肯定见过并欣赏过王朝云惊艳的美貌和才情。

刁景纯虽没有张先花心，但也喜欢喝花酒。有一次，苏轼去镇江出差，老刁在酒楼设宴招待。席间，吟诗斗酒，共叙旧情。当时作陪的有位谢生写了一首诗。酒过三巡，老刁让苏轼即席和之。苏轼思考片刻，一挥而就《刁景纯席上和谢生》："误入仙人碧玉壶，一欢那复问亲疏。杯盘狼藉吾何敢，车骑雍容子甚都。此夜新声闻北里，他年故事记南徐。欲穷风月三千界，愿化天人百亿躯……"苏轼化用《神仙传》中壶公卖药的故事，把老刁比作壶公，自己误入酒席，不论亲疏和长幼，自在快活，大快朵颐，杯盘狼藉。"车骑雍容"指汉代司马相如，将谢生比作相如，怜其才华。"北里"指歌伎们居住的地方。今夜，好友相伴，佳人助酒，美女清唱，丝竹悦耳。如此欢聚，即使再过去若干年，仍会在南徐（今镇江）成为美谈。我愿化身为百亿个神仙，来享受这风月无边的好日子。

"忘年交"一词，出自唐初李大师父子所著的《南史·何逊传》："逊字仲言，八岁能赋诗。弱冠，州举秀才。南乡范云见其对策，大相称赏，因结忘年交。"南北朝时期的何逊后官至尚书水部郎，诗与阴铿齐名。杜甫将二人合称"阴何"，"颇学阴何苦用心"，致力于学习俩人的诗风。后来，"忘年交"是指不拘于年龄、辈分和社会地位的差距之大，能够始终保持深厚的私人感情、志同道合的知己朋友。

"忘年交"之间的友情，基于相互欣赏和心灵上的融合，是一种亲情无法替代的感情。这种感情作为一种独特的人生体验，需要相互之间的价值观、人生积淀、思想深度和精神境界的高度契合，这是出身、性格、学养、品德、心理和精神等多重因素共鸣共振的结果。拥有"忘年交"的人，对人生充满乐观态度，对他人甘愿付出善意和真诚。这是一种生命张力、生命深度和厚度的真诚表达和直观展现。

"心似已灰之木，身如不系之舟。问汝平生功业，黄州惠州儋州。"（《自题金山画像》）苏轼一生，之所以能在黄州蜕变为苏东坡，就是因为虽然处在人生低谷之中，但依旧对别人、对文学、对大自然、对世间万物充满无限的兴趣和热爱。苏轼用不竭的生命张力，去挚爱和影响亲朋好友、同僚学生和周围遇见的人，尽情享受美酒美食、山川河流、花草动物等生命中富有趣味的一切。保持心胸开阔，随遇而安。又不甘寂寞，喜欢喧闹；幽默多情，善感慈悲；博学多才，热爱生命。苏轼沉醉和迷恋这人世间的红尘万物，与它们相互热爱。苏轼在发自内心地赞美、吟诵和抚慰它们的同时，自己的精神和心灵也得到它们的抚慰。

如今仔细咀嚼品咂苏轼的这种情感，正是当代人越来越难以体悟到的人生滋味。互联互通时代，世界是平的。生活是一张网，工作是一条线。现代科技彻底改变人们的生活方式和内容，大大缩短人与人之间的物理距离，却撕裂了人与人之间的精神联结。资本力量的野蛮横冲直撞着持消费主义、享乐主义的当代人的神经，人与人之间的感情变得越来越陌生、冷漠、警觉和孤僻。"天涯若比邻"变成"比邻若天涯"。人们习惯为追求世俗功名利禄与家人和朋友离别，已来不及感悟离别时内心的忧伤，马上又奔向下一个站点。就连思念也成为夜半时分的一种精神奢侈。我们既耐不住寂寞，又不得不彻底封闭孤独自己。人们居住在心理上相互隔绝的钢筋水泥森林里，城市大街上流光溢彩的灯火并不能温暖和照亮每一扇窗户和每一个人的心灵。

北宋熙宁四年（1071年），三十七岁的苏轼风华正茂，第一次被外放杭州，即遇到八十多岁的忘年交朋友张先和老刁，何其幸哉！我相信，苏轼能安然度过黄州、惠州、儋州的人生低谷期，笑对苦难命运的旷达与洒脱，一定是受到两位老人生活态度和性情的影响。"两邦山水未凄凉，二老风流总健强。共成一百七十岁，各饮三万六千觞。藏春坞里莺花闹，仁寿桥边日月长。惟有诗人被磨折，金钗零落不成行。"（苏轼《赠张刁二老》）这种友情，是所有情感中的"极品"，一旦拥有，山水不再凄凉，道路不再阻长，诗人还怕什么"被磨折"呢？

一场花事如春梦

人间四月芳菲尽，阳光明媚，陌上草茂，杨柳随风，燕子双飞，群鸟歌唱。转眼之间，春梦醒来，花自飘零水自流，在阵阵蝉噪声中，一年的花事骤然结束了。这就像宋代才女李清照、朱淑真的青春和爱情，也更像南宋江山的气质和国运。

宋高宗绍兴五年（1135年）暮春，中年孀居的李清照为避战乱，寄居在浙江金华。一天午后，她独自坐在院子里的海棠树下，回忆往日在故乡济南和京都度过的青春好时光。

彼时，北宋还处在东京梦华之中，李氏家族团结兴旺，父亲李格非于熙宁九年（1076年）进士及第，迎娶状元王拱辰的孙女，并一直和苏轼兄弟交好，官至礼部员外郎，拜提点京东刑狱。作为河南、山东地区的司法厅长和警察总监，李格非权势不小，炙手可热。可他为官性格耿直，清正廉洁，还是位著名的文学家，曾有专著《洛阳名园记》存世。李格非所提"洛阳之盛衰，天下之乱之候也"之结论颇具政治眼光，不幸屡被证实。作为掌上明珠的李清照，在父亲的温暖怀抱和宽大书房里，度过了无忧无虑、天真烂漫的少女时代。每天读书填词、作画写字、品赏古器，在书香里浸润成一位文艺气质浓郁的大家闺秀，锦衣玉食如公主般的生活环境养成她开放独立的个性。加之天资聪慧，美丽优雅，诗词造诣深厚，很早就在以男人为主导的京城文学圈里赢得大名，被后人称为中国第一才女词人。

"蹴罢秋千，起来慵整纤纤手。露浓花瘦，薄汗轻衣透。见有人来，袜刬金钗溜。和羞走，倚门回首，却把青梅嗅。"（李清照《点绛唇》）这是一位在自家院里荡秋千的少女青涩害羞、最是那一低头的温柔的美丽画面。"常记溪亭日暮，沉醉不知归路。兴尽晚归舟，误入藕花深处。争渡，争渡，惊起一滩鸥鹭。"（李清照《如梦令》）仲夏傍晚，美少女呼朋唤友，到郊外游玩喝酒，玩玩诗词飞花令。傍晚时分，尽兴而归，荡舟在莲花丛中，把一群鹭鸶鸟惊飞了。这样的夏日，因为青春而无比生动。

宋徽宗建中靖国元年（1101 年），李清照正是十八岁的花季，遇到如意郎君赵明诚。赵明诚的父亲赵挺之也是位大名人，他于治平二年（1065 年）高中进士第一等，一生曾两度拜相，支持王安石变法，自然和苏轼兄弟是政见不合。赵挺之和苏轼二人经常相互攻击，苏轼评价赵挺之为聚敛小人，学行无取，德不配位。赵挺之在官场见风使舵，不遗余力地打压以苏轼为代表的元祐旧党。尽管家父和公公政见不同，但并没有影响李清照婚后夫唱妇随，琴瑟和鸣。小夫妻整日如胶似漆，吟诗作对，鉴赏金石，收藏古画，堪称神仙伴侣，李清照觉得自己是天下最幸福的女人。

李清照整日追求诗意和文艺的生活方式，并对自己的学识和文学修养相当自信，曾专门撰写出《词论》一文，对北宋以来晏殊、柳永、苏轼、王安石、曾巩、黄庭坚、秦观、贺铸等著名文学家展开文学批评，幽默风趣，观点明确，不留情面，文风彪悍。

"乐府声诗并著，最盛于唐。开元、天宝间，有李八郎者，能歌擅天下。时新及第进士开宴曲江，榜中一名士，先召李，使易服隐姓名，衣冠故敝，精神惨沮，与同之宴所。曰：'表弟愿与坐末。'众皆不顾。既酒行乐作，歌者进，时曹元谦、念奴为冠，歌罢，众皆咨嗟称赏。名士忽指李曰：'请表弟歌。'众皆哂，或有怒者。及转喉发声，歌一曲，众皆泣下。罗拜曰：此李八郎也。"

李清照在《词论》中，借用这一唐代故事表达对当时的晏殊、欧阳修、王安石、苏轼、黄庭坚、柳永、秦观等著名人物的不服气，暗示自己就是李八郎。仅仅因是女流之辈，而被北宋文学界所轻视，淹没在他们这些诗词代表人物的巨大阴影之下，可这些人的文学水平也不过如此。

"逮至本朝，礼乐文武大备。又涵养百余年，始有柳屯田永者，变旧声作新声，出《乐章集》，大得声称于世，虽协音律，而词语尘下。又有张子野、宋子京兄弟、沈唐、元绛、晁次膺辈继出，虽时时有妙语，而破碎何足名家？至晏元献、欧阳永叔、苏子瞻，学际天人，作为小歌词，直如酌蠡水于大海，然皆句读不葺之诗尔。又往往不协音律。……王介甫、曾子固，文章似西汉，若作一小歌词，则人必绝倒，不可读也。乃知词别是一家，知之者少。后晏叔原、贺方回、秦少游、黄鲁直出，始能知之。又晏苦无铺叙，贺苦少典重，秦即专主情致，而少故实。譬如贫家美女，虽极妍丽丰逸，而终乏富贵态。黄即尚故实而多疵病，譬如良玉有瑕，价自减半矣。"（李清照《词论》）

在年轻的李清照眼里，像自己一样真正懂词的人不多，柳永词虽合乎音律，但词句却俗不可耐。又有张先和宋祁、宋庠兄弟等人虽偶有妙语传世，但却整篇零散，不能称为名家。晏殊、欧阳修、苏轼知识确实渊博，填写一些小歌词还可以，但填出的词往往不合乎音律要求。王安石、曾巩的文章也很好，有西汉的风格，但他们作词让人笑死了，根本读不下去。晏几道的词短于铺叙，贺铸的词短于用典，秦观的词致力于婉约情深，但华而不实。就像一个贫穷人家的美女，虽然长得很漂亮，打扮也很时尚，却始终缺乏那种与生俱来的富贵气质。黄庭坚的词内容充实，却有些小毛病。就像一块美玉有斑点，价值自然就要打些折扣。

这些文学大咖的诗词水平名不副实，是因为他们不懂得作诗和填词的规律不同所致。"何耶？盖诗文分平侧，而歌词分五音，又分五声，又分六律，又分清浊轻重。且如近世所谓《声声慢》《雨中花》《喜迁莺》，既押平声韵，又押入声韵；《玉楼春》本押仄声韵，有押去声，又押入声。本押仄声韵，如押上声则协；如押入声，则不可歌矣。"李清照痴迷诗词，却不盲目崇拜追星，有自己独立的文学思考，那真是一段如春天花事般美好快乐的时光。

大多好物不坚牢，彩云易散琉璃脆。幸福往往都很短暂，婚后不久，赵明诚被远调他乡做交流干部。一介书生，混迹官场，不想成为中年油腻男都很难。夫妻两地分居，思念绵绵，春夜漫长，孤枕难眠。"玉枕纱厨，半夜凉初透。东篱把酒黄昏后，有暗香盈袖，莫道不消魂，帘卷西风，人比黄花瘦。"（《醉花阴》）"昨夜雨疏风骤，浓睡不消残酒。试问卷帘人，却道海棠依旧。知否，知否？应是绿肥红瘦。"（《如梦令》）古今的交流干部都比较忙，上级又管理很严，加之路途较远，交通不便，彼时没有手机微信视频交流，李清照借酒浇愁，为伊憔悴，因过度思念带来忧伤缠绵悱恻，但心中时常泛起回忆的甜蜜和幸福感。不幸，这种回味很快就被现实无情打断。

红藕香残玉簟秋。轻解罗裳，独上兰舟。

云中谁寄锦书来？雁字回时，月满西楼。

花自飘零水自流。一种相思，两处闲愁。

此情无计可消除，才下眉头，却上心头。（《一剪梅》）

　　在李清照心中，春天里的那场花事骤然结束，正如这荷花凋残，幽香消散，竹席上凉意透骨寒心。我更衣后独自登船而去，看那白云深处，是否有锦书寄来您的消息？看到雁群飞回，月光洒满西楼，流水落花红，独自漂向远方。我的思念难诉，忧愁缠绕在心头。

　　"花自飘零水自流"既是自然规律，更是人生无常。李清照的一生命运，可用这句诗来总结，这也是时代对她的影响，谁让她偏偏赶上宋徽宗的时代呢？如果她成长在宋仁宗似的"清平乐"时代，她对中国传统文化的贡献该是多么大呢？

　　宋徽宗和南唐后主李煜仿佛是双胞胎似的，在位二十五年，一点也没有汲取李煜玩文艺丧国的惨痛教训，整天沉浸在美女、园林、诗词、书画、奇石、古玩、道教、祥瑞等浪漫虚无的乐事中，任凭蔡京等奸臣弄权，把北宋江山美化得像春梦一样飘忽。徽宗改年号崇宁，恢复王安石熙宁变法政策，起用新党，打击保守旧党，开始大折腾。崇宁元年（1102 年）七月，蔡京上台，开始驱赶司马光等二十多名重臣子弟不得在京师任职。李清照的父亲李格非因"文章受知于苏轼"，被第一批定案十七位"元祐奸党"时，名列第七名。随后，蔡京又把司马光、文彦博、苏轼、程颐、苏辙、吕公著等一百一十九人籍为"元祐奸党"，由宋徽宗御书刻石，立于端门，另外还有五百四十二人被定为"奸邪人"，分别予以贬降。李格非充军广西象郡，被限制行动自由。不久，病死在那里。李清照作为"元祐奸党"的女儿，离开京城，经常牵挂和担心父亲，对自己未来的命运惊恐无助。

　　就在父亲被贬流放之际，公公赵挺之依附蔡京，春风得意，官至尚书右丞、中书门下侍郎，成为打击李格非、苏轼等"元祐党人"的得力干将。崇宁四年（1105 年）赵挺之拜相后，又与蔡京争权夺利，相互攻击。李清照评价赵挺之为"炙手可热心可寒"，品德低下。北宋著名词人陈师道为"苏门四学士"之一，与赵挺之是连襟。因为家里贫寒，妻子和子女长期在岳丈家里寄居。有一年冬天，陈师道被皇帝邀请参加祭祀典礼，可没有棉衣御寒，妻子借来赵挺之的一件裘衣，陈师道知道后，宁愿冻死也不穿。可见，苏门与赵挺之的怨恨之深。幸运的是赵明诚很爱李清照，并没有为自己的仕途而休妻。

崇宁二年（1103年）秋天，李清照和赵明诚刚刚结婚三年，就遇到父亲和公公政见不合、父亲被贬。在家庭遭到重大变故的心境之下，写下这阕《一剪梅》，词中流淌着浓浓的忧伤，这种情绪在她的其他诗词里同样逆流成河。"长记海棠开后，正是伤春时节。"（《好事近》）"独抱浓愁无好梦，夜阑犹剪灯花弄。"（《蝶恋花》）这些诗词并非如当代一些著名诗词注家所说，是李清照想念夫君的闺怨情诗。她作为有着"生当作人杰，死亦为鬼雄。至今思项羽，不肯过江东"（《夏日绝句》）气魄的敏感才女，耳濡目染家庭和身边人的政治斗争。花自飘零水自流。她很清楚地看到自己未来命运的坎坷，似乎看到北宋国运衰败的迹象。

宋徽宗在位二十五年，和蔡京等奸臣勾结在一起，把北宋江山逐渐玩丢了。宣和七年（1125年），在虎视眈眈的金兵逼近时，宋徽宗让位给儿子赵桓。靖康二年（1127年）二月的冰天雪地之中，宋徽宗和南唐后主李煜完成命运的轮回。徽宗、钦宗二帝和妻女宗亲等一万多人被金兵俘虏，赶往北国，一路被金兵侮辱，受尽折磨。是年，李清照刚四十三岁。三月，赵明诚奔母丧南下金陵。秋八月，李清照南下，载书十五车，追随南逃的政府辗转江南一带。赵明诚在青州家里的十余屋书册，全部被金兵抢掠烧焚。宋高宗建炎三年（1129年）八月，赵明诚因病死于建康。"寻寻觅觅，冷冷清清，凄凄惨惨戚戚。乍暖还寒时候，最难将息。三杯两盏淡酒，怎敌他、晚来风急？雁过也，正伤心，却是旧时相识。满地黄花堆积。憔悴损，如今有谁堪摘？守着窗儿，独自怎生得黑？梧桐更兼细雨，到黄昏，点点滴滴。这次第，怎一个愁字了得？"（《声声慢》）

家国破碎，在江南的四处漂泊中，李清照携带的几十箱珍贵文稿书籍，上千件金石、图画、器物珍玩等收藏品丢失殆尽。为生活所迫，再嫁恶棍张汝舟，剩下的藏品又被盗、被骗，还经常遭到家暴。李清照为摆脱这不足百天的婚姻，举报张汝舟靠行贿当官，要求离婚。按照宋朝法律，李清照也要坐牢。后来，靠家人朋友四处打点被释放。李清照在监狱里待了九天，这二婚的代价实在太大，身心疲惫。"小风疏雨萧萧地，又催下千行泪。吹箫人去玉楼空，肠断与谁同倚。一枝折得，人间天上，没个人堪寄。"（《孤雁儿》）李清照就是那只失去伴侣的孤雁，风急雨骤，折翅失重，再也难以飞翔天空。

李易安陷入深思之中，不知道自己在海棠树下坐了多久。她就像一尊雕像，无声无息。夕阳西下，暮色四合，晚春的微风早已停歇，空气中泛出落花的幽香。景物依旧，人世沧桑，花事般美好的青春芳华随风而逝。想到这里，李清照的眼泪流了下来。

几声黄莺的鸣叫声传来，瞬间打断了她的沉思。李清照忽然想起几天前，几位好朋友来家拜访说，距离此地不远的双溪河那边的风景正好，约她泛舟欣赏。可她心灰意冷，对此没有什么兴趣了。"风住尘香花已尽，日晚倦梳头。物是人非事事休，欲语泪先流。闻说双溪春尚好，也拟泛轻舟。只恐双溪舴艋舟，载不动许多愁。"（《武陵春·春晚》）白发三千丈，缘愁似个长。若去双溪游玩，只恐怕这蚱蜢似的小船，载不动我心中累积的哀愁啊！

李清照写下这阕《武陵春·春晚》词的当晚，在距她住地不远的钱塘江边，有一位仕宦人家的小女孩呱呱落地。父亲希望女儿贤淑天真，给她取名朱淑真。

朱淑真从小聪慧过人，但比较叛逆，不太受父母喜欢，她一生的命运没有李清照前半生幸运，后半生同样没能逃脱红颜薄命的宿命。朱淑真年龄稍长，父母把她许配给一个小官吏。"鸥鹭鸳鸯作一池，须知羽翼不相宜。"（朱淑真《愁怀》）她与丈夫三观不同，志趣不合，同床异梦，精神上更无法沟通。朱淑真离家出走，与丈夫分居，婚内出轨一位情人。"携手藕花湖上路，一霎黄梅细雨。娇痴不怕人猜，和衣睡倒人怀。"（《清平乐》）朱淑真大胆追求爱情，投入情人怀抱。"玉体金钗一样娇，背灯初解绣裙腰。"（《浣溪沙·春夜》）有时她还用身体写作，大胆直率地表白情爱，有点像唐代女诗人鱼玄机。但所遇非人，这位情人最后还是抛弃了她。"春光虽好多风雨，恩爱方深奈别离。"（《春恨》）"待封一掬相思泪，寄与南楼薄幸人。"（《初夏》）朱淑真对这段恋情念念不忘，一往情深。

南宋绍兴二十五年（1155 年），又到暮春时节。午后，暖暖的阳光，抚弄着杨柳轻柔的枝条。花园小径上，海棠如雪片飘飞，地上落英缤纷，风中阵阵幽香暗送，鸟儿的鸣叫声穿透杨柳枝叶间断断续续地传来。一位风韵绰约的美少妇午睡刚刚醒来，只见她素面朝天，乌发披散，玉钗斜横，懒洋洋地坐在院子里的雕花茶几边，一边品茗，一边在翻看一卷诗集。忧郁的眼睛里，溢满淡淡的哀伤。

这位美少妇就是离家出走后独居的朱淑真，刚满二十岁，本是花样的年华，或许是暮春景色勾起她的回忆，或许是李清照、秦观、柳永等前辈的诗词打动柔软的内心，她反复吟咏道："西城杨柳弄春柔，动离忧，泪难收。犹记多情、曾为系归舟。碧野朱桥当日事，人不见，水空流。韶华不为少年留。恨悠悠，几时休？飞絮落花时候、一登楼。便作春江都是泪，流不尽，许多愁。"（秦观《江城子》）朱淑真怅然若失，低头思索片刻，便在这阕词的眉批处，用娟秀的蝇头小楷写道："迟迟春日弄轻柔，花径暗香流。清明过了，不堪回首，云锁朱楼。午窗睡起莺声巧，何处唤春愁？绿杨影里，海棠亭畔，红杏梢头。"（朱淑真《眼儿媚》）

填完词，意犹未尽，又在眉批处记述：暮春时节，今读淮海先生《江城子》，为其"杨柳弄春柔"中的"弄"字所打动。"弄"，乃神来之笔也。

"楼台影里荡春风，叶气融怡物物同。草色乍翻新样绿，花容不减旧时红。莺唇小巧轻烟里，蝶翅轻便细雨中。聊把新诗记风景，休嗟万事转头空。"（朱淑真《新春》）春姑娘并没有给她带来多少快乐，诗词书画才是朱淑真的精神慰藉。"人间何处无春色，只是西楼人未归。"（《春词》）孤独幽栖，自我寻找快乐成为她生活的常态。"午窗春睡中，堆枕起来时。瘦怯罗衣褪，慵妆鬓影垂。旧愁消不尽，新恨忽相随。有蝶传魂梦，无鸿寄别离。"（朱淑真《春睡》）在午后暖洋洋的春风里，她又昏昏欲睡。睡梦中，仍孤独寂寞，无人爱怜。

忽然，几朵海棠花瓣飘落在她苍白的脸上，一下子惊醒了她的春梦。朱淑真翻身起来，看到那本诗词集掉在地上。她轻轻摇摇头，揉揉双眼，嫣然一笑，清风不识字，何必乱翻书呢，便弯腰从地上捡起诗集，发现有几朵花瓣被风刮进诗集书页里，这一页诗词恰好是欧阳修的《踏莎行》和秦观的《千秋岁》，真乃天意乎？朱淑真不禁轻轻低声吟咏起来。"候馆梅残，溪桥柳细。草薰风暖摇征辔。离愁渐远渐无穷，迢迢不断如春水。寸寸柔肠，盈盈粉泪。楼高莫近危阑倚。平芜尽处是春山，行人更在春山外。"（欧阳修《踏莎行》）"水边沙外。城郭春寒退。花影乱，莺声碎。飘零疏酒盏，离别宽衣带。人不见，碧云暮合空相对。忆昔西池会，鸳鹭同飞盖。携手处，今谁在。日边清梦断，镜里朱颜改。春去也，飞红万点愁如海。"（秦观《千秋岁》）

真乃好词！入我心也！欧阳修看到旅舍旁梅花开过，只剩几片残英。溪桥边的柳树，已抽出细嫩的枝叶，暖风吹来春草的清新味道。远行的人跃马扬鞭，一路绝尘，消失在原野尽头。远方隐隐的春山如黛，我思念的人儿，却远在这春山的那一头，那可是比远方更远的远方，漂泊的人儿还在路上流浪。"雨横风狂三月暮，门掩黄昏，无计留春住。泪眼问花花不语，乱红飞过秋千去。"（欧阳修）这不就是我的人生吗？秦观看到花影摇曳，闻听莺声呖呖，无人对饮，彼此相思，衣带渐宽，容颜渐老，"自在飞花轻似梦，无边丝雨细如愁"，这不就是我的情爱吗？今天，这两朵残花引导我，和前辈醉翁、秦少游相遇的天意预示着什么呢？朱淑真沉思良久，在欧阳修和秦观词的眉批处，分别写下《江城子·赏春》《谒金门·春半》和《春恨》："斜风细雨作春寒，对尊前，忆前欢。曾把梨花，寂寞泪阑干。芳草断烟南浦路，和别泪，看青山。昨宵结得梦夤缘，水云间，悄无言。争奈醒来，愁恨又依然。展转衾裯空懊恼，天易见，见伊难。"（《江城子·赏春》）

"春已半。触目此情无限。十二阑干闲倚遍。愁来天不管。好是风和日暖。输与莺莺燕燕。满院落花帘不卷。断肠芳草远。"(《谒金门·春半》)"眼底落红千万点，脸边新泪两三行。梨花细雨黄昏后，不是愁人也断肠。"(《春恨》)春来春去几经过，不是今年恨最多。在这大好春光里，我还不如那双飞的燕子啊！独倚妆窗梳洗倦，只惭辜负好年华。我的青春，我的情爱，我的梦想，皆已远去，羡燕子双飞，叹往事如烟。

朱淑真发出如此叹息还没过几天，偶然得知李清照在孤独遗恨中去世的消息，走完她美丽与哀愁相伴的一生，不知葬身何处？惺惺相惜，从李清照身上，朱淑真仿佛看到自己的未来，想到这些，眼泪不自觉地便落了下来。

朱淑真自号"幽栖居士"，婚姻不幸、感情危机导致抑郁生病，大约在南宋淳熙七年（1180 年），英年早逝。生前，其言行举止不为社会和父母亲所容。死后，父母并没有原谅她，将她的诗词文稿付之一炬，也不让女儿归葬祖坟，可见父母对她失望至极，但她的诗词还是侥幸留存下来，并被后人喜欢和传播，现存有《断肠诗集》和《断肠词》。

若按照现代眼光看，朱淑真是一位多才多艺、很自我的女性，可惜生错了家庭，生错了时代，嫁错了人。"女子弄文诚可罪，那堪咏月更吟风。""添得情怀转萧索，始知伶俐不如痴。"(《自责》)女子无才便是德，舞文弄墨、聪明伶俐都是错。除了诗词文学修养，朱淑真的书画造诣也很高，尤善画红梅和翠竹。明代著名画家杜琼曾在朱淑真一幅《梅竹图》上题字评价道："观其笔意，词语皆清婉……诚闺中之秀，女流之杰者也。"另一位明代大画家沈周称赞曰："绣阁新编写断肠，更分残墨写潇湘。"(《石田集·题朱淑真画竹》)

李清照和朱淑真两位女性的一生，如春天里一场花事般美丽多情，又如梦幻般飘然而逝，红颜薄命的谶语不幸应验到她们的人生中，而二人却以自身的才华和文字千古流芳，并称为"词坛双璧"，是中国古典文学百花园里永远明丽清雅的一抹春色。

纵横吾宋是黄州

"放达有唐惟白傅，纵横吾宋是黄州。"这是北宋时期隐居在杭州孤山的林逋（967—1028）赞赏白居易、黄州两个人的诗句。林逋出身名门，性格孤傲，不仕不娶，"梅妻鹤子"的生活如行为艺术，以"疏影横斜水清浅，暗香浮动月黄昏"的梅花自喻，清高孤傲得仿佛不食人间烟火，他盛赞唐代的白乐天可以理解，而他心悦诚服的"黄州"是何方神圣呢？

能"纵横吾宋"的这位"黄州"，就是北宋初期的王禹偁（954—1001）。

王禹偁，字元之，济州钜野（今山东巨野县）人，世为农家，为北宋初期的官员、诗人和散文家。能让他名垂青史的是为官做人的责任担当、气节性情和过人才华。王禹偁蜕变为"王黄州"，就像后来苏轼羽化为苏东坡一样，其中有不少感人至深的传奇故事。

王禹偁出身贫寒，家里以磨面为生。或许是基因突变之故，他自幼聪慧，九岁能文。就在八岁那年，一个偶然的机会，遇到贵人毕士安。老毕为北宋初年的宰相兼诗人，听说磨面为生的小业主家出了一位神童，很是好奇，就想测试一下真假，当场令小禹偁以"磨"为题赋诗。小家伙眨巴眨巴大眼睛，脱口而出曰："但存心里正，无愁眼下迟。若人轻著力，便是转身时。"（《磨诗八岁作》）老毕大奇之，收留并资助他和自己的子弟一起读书，对小禹偁实施希望工程。有一次，老毕和朋友们聚餐喝酒，玩诗词飞花令，有人在酒桌上出上联"鹦鹉能言争似凤"，求接下联。客人面面相觑，无人对出。老毕求助于小禹偁，他眼睛滴溜溜一转道："蜘蛛虽巧不如蚕"。老毕惊呼这小家伙乃"经纶之才也"！

受宰相老毕关照，北宋太平兴国八年（983年），王禹偁三十岁登进士第，授山东成武主簿，迁大理评事。三十而立，在工作岗位上德能勤绩皆优秀。第二年，提任苏州知县。昔日龌龊不足夸，今朝放荡思无涯。作为一个农家子弟，靠聪慧、读书和贵人相助，终于改变了命运。仕途来之不易，人生开挂，前景一片光明。王禹偁踌躇满志，暗下决心，不负韶华不负卿。"吾生非不辰，吾志复不卑。致君望尧舜，学业根孔姬。谏纸无直言，纶诰多愧辞。一旦命执法，嫉恶寄所施。"（《吾志》）虽然我出身贫贱，但我志存高远，决心向杜甫学习，致君尧舜上，再使风俗淳。发誓"兼磨断佞剑，拟树直言旗"，做一位敢于担当、刚正不阿、不拍马屁的好官。初入宦海的年轻人一般都是这样，张扬着人格理想主义的旗帜，很快在现实中几番碰壁后就被卷入平庸，可王禹偁一直坚守初心不改。江湖风波恶，这样的率真、刚直，注定要付出代价。

端拱元年（988 年），宋太宗闻其才名，召他进京，并亲自面试后，高兴地得出结论："此不逾月遍天下矣。"不到一个月将名满天下，马上提拔他为右拾遗、直史馆，赐红色官服。第二年，太宗再次召他进宫，陪皇帝玩一把"飞花令"诗词游戏后，龙颜大悦，授予他左拾遗，让他多提意见，多监督皇帝大臣。很多大臣做梦都想和当今皇上攀附关系，王禹偁却不知珍惜和利用，更不懂"潜规则"。

刚当上左拾遗第二天，王禹偁即向太宗呈上折子《端拱箴》，苦口婆心地劝告太宗要保持艰苦朴素和爱民如子的作风，"无侈乘舆，无奢宫宇，无崇台榭，无广陂池"。必须体恤关心那些"室无环堵，地无立锥"的贫苦老百姓，解决他们的衣食住行问题。太宗刚提拔你一天，你就规劝他不要更换奥迪车，不要新盖办公大楼，不要装修歌舞厅、健身房和游乐场，走到那些一贫如洗的老百姓中间，倾听他们的诉求，帮助他们解决实际困难，这纯粹是没事找抽的节奏啊！太宗在心里嘀咕，这大宋江山永固，太平盛世，东京梦华，歌舞升平，你敢说老百姓房无一间、地无一垄，让我这皇帝情何以堪！

王禹偁一边给皇上递奏折，还一边深入田间地头，走到老百姓中去调查研究。端拱元年冬天，天降大雪，不能办公，王禹偁心忧着那些他上个月调研时与之座谈的农人和士兵，并自我反省。"帝乡岁云暮，衡门昼长闭。五日免常参，三馆无公事……披衣出户看，飘飘满天地。岂敢患贫居，聊将贺丰岁……因思河朔民，输税供边鄙。车重数十斛，路遥几百里……又思边塞兵，荷戈御胡骑。城上卓旌旗，楼中望烽燧……自念亦何人，偷安得如是。深为苍生蠹，仍尸谏官位。謇谔无一言，岂得为直士。褒贬无一词，岂得为良史……"（《对雪》）天寒地冻，边塞遥远。王禹偁深知北方军民战乱和征徭之苦，反观自己，生活安逸，苟且偷生，不劳而获。如果在其位，不敢说真话，不能尽职尽责，我岂不是和人间蠹虫一样？这样的自责自省精神，是传统文人士大夫长期浸润儒家思想的君子之德，这也正是当今社会知识分子所需继承和发扬光大的人文精神。

端拱二年（989 年）冬天，汴京一带遭遇旱灾，王禹偁再也坐不住了。"今旱云未沾，宿麦未苗，既无积蓄，民饥可忧。"他为受旱灾的老百姓担忧难眠，请求太宗"下诏直云：非宿卫军士、边庭将帅，悉第减之，上答天谴，下厌人心，俟雨足复故"，建议对所有官员降薪，并表示自己虽然"家最贫，俸最薄，亦愿首减俸，以赎耗蠹之咎"（《宋史·王禹偁传》）。遭遇自然灾害，对官员降薪减少百姓负担，不能像蛀虫一样，空耗黎民百姓的财产。王禹偁认为旱灾是天谴，老天发怒了，直言不讳的谏言让太宗心里虽不高兴，却忍而不发。"丹笔方肆直，皇情已见疑。"王禹偁明显感到自己的谏言龙颜不悦，本应该见好就收，及时打住，可他依然不管不顾，坚持己见。

宋太宗淳化二年（991年），王禹偁任大理评事。当时著名文学家徐铉被庐州的尼姑道安诬陷，说他性骚扰欲奸淫自己。这种桃色新闻传播速度最快，何况女主角是位小尼姑，人们太喜欢在茶余饭后津津乐道这类八卦了。王禹偁经过快速审理，坚持法律面前一律平等，治道安犯诬告罪。但是，这位尼姑很不简单，上面有人竟能找到宋太宗说情开恩。太宗怜香惜玉，亲自下诏免道安罪。王禹偁接到诏令，抗旨不遵，坚持治小尼姑罪。宋太宗怒不可遏，让你这头"犟驴"一边凉快去吧。立刻把王禹偁贬谪出京，到陕西商州任团练副使。

来到商州，王禹偁心态平和，随遇而安，租几亩自留地，广积农家肥，种植粮食、果树和蔬菜。但因为收成不好，仍解决不了一家老小的温饱问题，便经常去挖野菜度日。"菜锄三餐急，园愁五月枯。废畦添粪壤，胼手捽荒芜。前日种子下，今朝雨点粗。吟诗深自慰，天似悯穷途。"（《种菜雨下》）闲时读读诗，今天趁着下雨墒情足，抓紧播种、施肥，祈求上天给予垂怜关照，能够过上丰衣足食的生活。

这年清明节，王禹偁顾影自怜，典衣换酒，手捧一卷《离骚》，和屈原隔空交流。"一郡官闲唯副使，一年冷节是清明。春来春去何时尽，闲恨闲愁触处生。漆燕黄鹂夸舌健，柳花榆荚斗身轻。脱衣换得商山酒，笑把离骚独自倾。"（《清明日独酌》）路漫漫其修远兮，吾将上下而求索。屈原对楚国的忧伤和自己被流放潇湘的愁绪引发王禹偁内心的共鸣。屈原以死明志，王禹偁坚守情操，自我抚慰。"宦途流落似长沙，赖有诗情遣岁华。吟弄浅波临钓渚，醉披残照入僧家。石挨苦竹旁抽笋，雨打戎葵卧放花。安得君恩许归去，东陵闲种一园瓜。"（《新秋即事》）除屈原外，还有西汉的贾谊，少年得志，二十一岁被汉文帝召到身边委以博士之职，针砭时弊，意见尖锐，受到诸多大臣的嫉妒和排挤，被汉文帝贬到长沙为梁怀王太傅，三十三岁时因梁怀王坠马而死自责忧郁而亡。王禹偁从屈原、贾谊的人生命运中看到自己过去的影子，幡然悔悟后欲学习陶渊明归隐田园。

秋冬过去，转眼就到春天。春天的繁花热闹既明媚了人的双眼，好花易飘落的自然规律也引发人心中的春愁。"两株桃杏映篱斜，妆点商山副使家。何事春风容不得，和莺吹折数枝花。春云如兽复如禽，日照风吹浅又深。谁道无心便容与，亦同翻覆小人心。"（《春居杂兴二首》）桃花夭夭，也被春风吹落。春天的云彩像野兽又像禽鸟，忽浅忽深正如那些反复无常的翻云覆雨、玩弄权术的奸佞小人嘴脸。此情此景，王禹偁或许想起了唐代刘禹锡因写桃花诗被贬谪巴山蜀水二十三年的故事吧。

时光能抚平伤痛，王禹偁的心慢慢平静下来，眼中异乡的风光和故乡的景色渐渐重叠融合在一起，吾心安处即故乡。"马穿山径菊初黄，信马悠悠野兴长。万壑有声含晚籁，数峰无语立斜阳。棠梨叶落胭脂色，荞麦花开白雪香。何事吟余忽惆怅，村桥原树似吾乡。"（《村行》）商州的秋天空旷高远，远处的山峰在斜阳下肃穆而立，原野里到处弥漫着草木和农作物成熟的味道。商州只是他被贬谪生涯的第一站。

淳化四年（993年），王禹偁被移居到山西解州安置。同年秋，被召回京不久，又被外放，旋即被召回，任礼部员外郎、知制诰。就这样来回折腾几次，看起来命运之神再次青睐他。至道元年（995年），提任翰林学士。真是本性难改，不汲取一点被贬教训，继续对宋太宗提出尖锐批评，被贬安徽滁州。次年，改知扬州。

至道三年（997年），宋真宗即位，再召王禹偁回京，官复原职，任知制诰。上任伊始，他立即上书真宗抓紧"谨边防、减冗兵、并冗吏"等一系列改革建议。参与撰修《太祖实录》时，坚持实事求是，一不粉饰历史，二不美化太祖赵匡胤。这些违反官场规矩和潜规则的"低情商"，招致朝中众多官员的共同声讨，欲罢免之而后快。若不是宋太祖立下的"祖宗家法"罩着，可能就被砍头了，让你美化几句太祖又如何呢？老王您真是太不懂事了吧！

宋真宗咸平二年（999年），被贬黄州。

黄州与北宋几位著名被贬官员的密切关系就此开始。黄州此地多竹子，王禹偁在城西北选择一片荒地，用竹子盖起两间草房。是年八月十五日夜，明月当空，四周沉寂，他睡不着觉，披衣起床，点亮油灯，挥笔写就著名的《黄冈竹楼记》。

"因作小楼二间，与月波楼通。远吞山光，平挹江濑，幽阒辽夐，不可具状。夏宜急雨，有瀑布声。冬宜密雪，有碎玉声。宜鼓琴，琴调虚畅。宜咏诗，诗韵清绝。宜围棋，子声丁丁然。宜投壶，矢声铮铮然。皆竹楼之所助也。公退之暇，被鹤氅衣，戴华阳巾，手执《周易》一卷，焚香默坐，消遣世虑。江山之外，第见风帆沙鸟、烟云竹树而已。待其酒力醒，茶烟歇，送夕阳，迎素月，亦谪居之胜概也。"他这篇文章，有点类似于唐代刘禹锡的《陋室铭》，自得其乐，把简陋之地升华为人格道德高地。在贬谪的黄州，有此竹楼能遮风挡雨，安身养性，夫复何求？有黄冈翠竹做伴，立根破岩，朴实无华，高洁耐寒，与铮铮傲骨精神相通。

"谁种萧萧数百竿，伴吟偏称作闲官。不随夭艳争春色，独守孤贞待岁寒。声拂琴床生雅趣，影侵棋局助清欢。明年纵便量移去，犹得今冬雪里看。"（《官舍竹》）

因为有翠竹和竹楼，王禹偁爱上了黄州，便把自己的名字改为"王黄州"。林逋诗句"纵横吾宋是黄州"来源于此。

咸平四年（1001 年）冬天，王禹偁改知湖北蕲州。一个多月后，因病英年早逝，享年四十八岁。死后，官方盖棺论定曰："禹偁词学敏赡，遇事敢言，喜臧否人物，以直躬行道为己任。"

王禹偁短暂的一生，曾三次被贬，他专门写出一篇《三黜赋》，以名心志。"屈于身兮不屈其道，任百谪而何亏。吾当守正直兮佩仁义，期终身以行之。"刚直敢谏，百折不挠，疾恶如仇，宁为玉碎，不为瓦全。他确实说到做到，绝不放空炮。

时光荏苒。宋仁宗元丰二年（1079 年），距离王禹偁去世已近八十年。因为"乌台诗案"，北宋政坛和文坛的新秀苏轼（1037—1101）被贬到黄州，职务仍为团练副使，无职无权，受人监管，只准老老实实，不许乱说乱动，在黄州的土地上续写着文化传奇。从元丰三年（1080 年）春天开始，苏轼在黄州近五年的时间里，带着家人自己动手，开垦城东荒地，建起茅屋"雪堂"，熬制"东坡肉"，羽化成蝶为一代文学宗师苏东坡。苏东坡流传千古的很多经典作品，大都是在黄州所作。随手一挥《黄州寒食帖》，被誉为"天下第三行书"。黄州成就了苏东坡，也成就了中国古典传统文学的辉煌。

仔细品味，苏轼被贬和王禹偁不同。王禹偁欲以己之力，敦促皇帝改革弊端，关心百姓。苏轼一生沉浮在汴京、黄州、惠州和儋州之间，都与新旧两党的争斗和才情外露性格有关。故此，苏轼对这位前辈肃然起敬，称王禹偁"以雄文直道独立当世"之人。以性格兀傲、为人苛刻闻名的"苏门四学士"之一的黄庭坚，也由衷地称赞王禹偁"元之如砥柱"。

从王禹偁开始，黄州注定成为北宋文人的涅槃之地。

自元丰七年（1084 年）苏东坡离开黄州，十三年后的绍圣四年（1097 年），"苏门四学士"（秦观、黄庭坚、张耒、晁补之）之一的张耒（1054—1114）因受苏东坡牵连被贬黄州，做了个收酒税的小官，步老师后尘被贬黄州，也算师徒缘分不浅。

张耒也是北宋时期著名的文学家。熙宁六年（1073年），二十岁时就进士及第，年轻气盛，理想丰满，忧国忧民，为人正直。有一天，他看到天还未亮就在寒风中沿街叫卖烧饼的小孩子，心生悲悯，写诗教育自己的子女曰："城头月落霜如雪，楼头五更声欲绝。捧盘出户歌一声，市楼东西人未行。北风吹衣射我饼，不忧衣单忧饼冷。业无高卑志当坚，男儿有求安得闲。"（《北邻卖饼儿，每五鼓未旦，即绕街呼卖，虽大寒烈风不废，而时略不少差也。因为作诗，且有所警，示柜、秸》）寒风"射"饼，一个"射"字，用得传神感人，更"射"中他那颗柔软悲悯的心。自愿如此教育儿女的父亲，肯定是位好官。可是，命运总是开着他的玩笑。张耒一生纠缠在苏轼的"圈子文化"中，不愿自拔出来，为此三次被贬黄州。第三次是北宋建中靖国元年（1101年），老师苏轼从海南北归，途中卒于常州。张耒闻讯悲伤不已，在任职的颍州痛哭哀悼，因此触怒宋徽宗和蔡京等人。第二年，他再贬黄州。

作为被贬官员，张耒不能住官舍和佛寺，只能租屋而居，生活艰难。当时的郡守瞿汝文怜其家贫，欲为其购买一份公田，让他种植豆粟、蔬菜等，贴补家用，张耒敬谢不取。尽管生活困穷，屡遭打击，他也绝不后悔。"年有鞍马困尘埃，赖有青山豁我怀。日暮北风吹雨去，数峰清瘦出云来。"（《初见嵩山》）即使年年仕途不顺，我也不为所困。那中原的嵩山耸立胸中，在风雨后更为青绿壮观。张耒一生以追随老师苏东坡为骄傲，暮年仍在倔强地表白心迹："庭户无人秋月明，夜霜欲落气先清。梧桐真不甘衰谢，数叶迎风尚有声。"（《夜坐》）张耒在被贬的黄州住了八年，"几年鱼鸟真相得，从此江山是故人"，对黄州的生活，他没有丝毫怨恨。

一千多年前，黄州与北宋王禹偁、苏轼和张耒这三位著名文人先后相逢，黄州是幸运的。黄州收留滋养着这三位被贬谪文人的身心，他们更是幸运的。三位文人的情怀、风骨和才情风流，回馈给黄州取之不尽的传统文化遗产和人文精神。俄国作家高尔基曾说过："俄国的知识分子过去是、现在仍然是、在今后长时期内，也还是拖拉俄国历史这辆载重大车的唯一驮马。"三位文人就是拖拉北宋乃至华夏传统文化前进的"驮马"。

"四年之间，奔走不暇。未知明年又在何处，岂惧竹楼之易朽乎！幸后之人与我同志，嗣而葺之，庶斯楼之不朽也！"王禹偁在《黄冈竹楼记》一文末尾说，我不惧怕这座竹楼在我走后会速朽，相信那些和我志趣相同的后人经常会到此修缮它，它是不会朽烂的。王禹偁说的没错，苏轼、张耒就是修缮这座竹楼的后来之人。

今天，我们非常怀念那位不惧权力的傲慢，不怕被贬官，敢于为江山社稷、黎民百姓说真话、说实话的王黄州。不论时代如何变化，社会都需要王黄州式的气节风骨和人格精神。故此，王黄州在他精神世界里构建的"竹楼"，仍需要我们继续"嗣而葺之，庶斯楼之不朽"也！

雪满长安道

芙蓉落尽天涵水，日暮沧波起。
背飞双燕贴云寒，
独向小楼东畔、倚阑看。

浮生只合尊前老，雪满长安道。
故人早晚上高台，
赠我江南春色、一枝梅。（北宋·舒亶《虞美人·寄公度》）

北宋的舒亶为浙江明州慈溪（今余姚）人，宋英宗治平二年（1065年），高中进士第一，曾任审官院主簿、秦凤路提刑。宋神宗元丰年间，入权监察御史里行，后累官至龙图阁待制。他因和李定等人一起，多次弹劾苏轼以诗歌讪谤时政，是苏轼"乌台诗案"的主力制造者，后为文人士大夫所鄙视。他既然是进士第一名，诗文造诣当然也不低，比如这阕《虞美人》词，意境和寂寞的情绪表达得就很到位。

冬日天寒，荷花早已凋尽。河塘溪水中，天连着水，水连着天，苍茫一片。黄昏时分，冷风阵阵吹来，水面涌起层层波澜。我独自站在小楼东边，倚栏远眺，分飞的燕子各自东西，渐渐没入远方的寒云深处。唉，这短暂的人生啊，真应该在醉酒中昏昏老去。您看啊，转眼之间，大雪又覆盖住通往京城的道路，汴京也应该是满城风雪了。此时，远方的友人或许会同样登上楼台，心中将我怀想，或者那些故人可能重回权力中心，将我召唤回京，也可能还会如南北朝时的陆机给范晔那样,"江南无所有,聊赠一枝春"。公度君,您会给我带来一枝江南的梅花吗?

舒亶、何正臣、李定等人整倒了苏轼,他自己也在北宋的"朋党之争"中没有落好。宋神宗全力支持王安石变法,舒亶自然成为新党一员,支持王安石变法。但是,元丰六年(1083年),舒亶因上奏材料中言辞过激而得罪尚书省和皇帝,被宋神宗逐出京城。宋哲宗赵煦上台初期,高太后垂帘听政,开始罢新政,起用旧党司马光、苏轼等人,舒亶更加寂寞了,此阕词就填于此期间。在家赋闲十年后,哲宗亲政,新党再次得势,才又被起用。赋闲期间,门前冷落鞍马稀,失落感和孤独感不断袭来,人生凄凉,他渴望得到友人的温暖,便填了这阕词,寄给一位字为公度的老友。

舒亶因为与何正臣、李定等人参与陷害苏轼,声名狼藉,后人评价他"小人得志""率意径行"。元人脱脱编纂《宋史》时,把他记载得面目可憎,与奸邪小人无异。在"文以载道"的传统下,一个人的名声坏了,其诗文也失去价值。另据《宋史·艺文志》记载:舒亶善诗文,尤其工小词,有文集百卷,可称得上一代名家。人们厌恶他陷害苏轼,连累到他的诗文,任由他的诗文散佚,无人收集刻印传播,现"仅存千百之十一耳"。《全宋词》存其词五十首,评价者认为他"雅语深情,得花间派真传"。但是,比舒亶稍晚一些的北宋诗人刘克庄写道:"区区毛郑号精专,未必风人意果然。犬彘不吞舒亶唾,岂堪与世作诗笺。"此话未免太刻薄无情。

其实,舒亶的词填得很有水准。我们再看两首舒亶填的小令,如果这些词是苏轼、柳永、秦观或陆游写的,那么,大家都会点赞叫好的。

> 江梅未放枝头结,江楼已见山头雪。
> 待得此花开,知君来不来。
> 风帆双画鹢,小雨随行色。
> 空得郁金裙,酒痕和泪痕。(《菩萨蛮·别意》)

这首表达男女相思之情的小令词意境很美。寒梅尚未开放时,我站在望江楼上,仍能看到山巅白雪皑皑,寒光闪耀。我不知道梅花初开时,你能否如期归来?我等待的时光太漫长了,望穿双眼,忧伤无聊,郁金裙上留下层层酒痕和泪痕。此词与善写此类题材的柳永、秦观,没有太大的差别。

画船搊鼓催君去，高楼把酒留君住。

去住若为情，西江潮欲平。

江潮容易得，只是人南北。

今日此尊空，知君何日同。（《菩萨蛮》）

　　停靠在江岸边的画船上，我听到鼓点如雨急，这是在催促着老友您尽快登船离去。在红楼会所里，我高举酒杯，依依不舍地想挽留住您。今夜，友情似潮水般汹涌澎湃。可此情此景，西江的潮水退去，波澜不惊。我忍不住联想到这潮汐属于自然变化，司空见惯了潮起潮落，可感情的波澜却需真诚，不是说起来就能掀起的。好朋友一旦南北分离，远走天涯，若想再次相会，便是遥遥无期。罢了罢了，相见时难别亦难，让我们干了这杯酒，下一次再见就不知何年何月。同样，舒亶在其《浣溪沙·劝酒》词中，离别时酒喝得更豪爽！

雨洗秋空斜日红，青葱瑶巘玉玲珑。

好风吹起过江东。且尽红裙歌一曲，

莫辞白酒饮千钟。人生半在别离中。

　　看来，舒亶的酒量和酒风比苏轼要好很多。其实，舒亶以前和苏轼既无交情，也无私怨，他作为监察御史里行，监督弹劾大臣是他的岗位职责所在。北宋时，对此有明确的月度考核标准。北宋初建，太祖赵匡胤确立的"祖宗家法"是立国之本。其中，对谏官"风闻奏事"的职务行为，有制度规定"不予追究"，这与那些恩将仇报、挟私陷害忠良之徒不可同日而语。元丰二年（1079 年），率先对苏轼发难的御史何正臣向神宗皇帝上疏，指控苏轼诽谤新法，并向宋神宗进呈苏轼诗文。神宗御览后，反应颇冷淡，将他的奏疏交给中书省去办理，令新党人物大为不快。恰在此时，刚到湖州的苏轼依照惯例上了一份《湖州到任谢上表》，里面有几句讥讽时政的言辞，御史中丞李定、舒亶等人感觉抓到了确凿证据，立即上疏，再次弹劾苏轼。舒亶作为御史，弹劾群臣，也应包括苏轼，无可厚非。只不过他以苏轼的诗文为攻击点，选错了"靶点"。他和李定一起欲置苏轼于死地，出手太狠毒。

　　"至于包藏祸心，怨望其上，讪渎谩骂，而无复人臣之节者，未有如轼也。盖陛下发钱（指青苗钱）以本业贫民，则曰'赢得儿童语音好，一年强半在城中'；

陛下明法以课试郡吏，则曰'读书万卷不读律，致君尧舜知无术'；陛下兴水利，则曰'东海若知明主意，应教斥卤（盐碱地）变桑田'；陛下谨盐禁，则曰'岂是闻韶解忘味，尔来三月食无盐'；其他触物即事，应口所言，无一不以讥谤为主。"舒亶建议皇帝"按轼怀怨天之心，造讪上之情语，情理深害，事至暴白，虽万死不足以谢圣时，伏望陛下用治世之重典，付轼有司，论如大不恭，以戒天下之为人臣者。"舒亶亲自摘录苏轼那些所谓的"反诗"，并告诉皇上，苏轼那个"谢上表"已是"流俗翕然，争相传诵，忠义之士，无不愤惋"！"愤"是愤苏轼，"惋"是惋皇上，"无不"义愤填膺！不杀不足以平民愤，最好是杀掉苏轼，以儆效尤。此外，御史中丞李定自身品德不佳，隐瞒自己家中有丧事需丁忧辞官回家的事实，被人所不齿，他却上呈苏轼有四条"可废之罪"：一是"怙终不悔，其恶已著"；二是"傲悖之语，日闻中外"；三是"鼓动流俗，言伪而辨，当官侮慢，行伪而坚"；四是"陛下修明政事，轼怨己不用，遂一切毁之，以为非是"。苏轼"讪上骂下，法所不宥""可废"，就是可杀之。

以今视昔，如果从苏轼的才情外露无城府、直率坦诚不隐晦的性格等综合情况来看，其诗文中确实有讽刺的意味，这点苏轼本人在被审理期间也承认过。时任宰相王珪一直讨厌苏轼，也想借此机会将苏轼"诛杀"，而担任翰林学士的同年章惇仗义执言，在神宗面前反驳王珪，为苏轼辩护。

据北宋叶梦得《石林诗话》载："元丰间，苏子瞻系大理狱。神宗本无意深罪子瞻，时相进呈，忽言苏轼于陛下有不臣意。神宗改容曰：'轼固有罪，然于朕不应至是，卿何以知之？'时相因举轼《桧诗》'根到九泉无曲处，世间惟有蛰龙知'之句，对曰：'陛下飞龙在天，轼以为不知己，而求之地下之蛰龙，非不臣而何？'神宗曰：'诗人之词，安可如此论？彼自咏桧，何预朕事！'时相语塞。章子厚亦从旁解之，遂薄其罪。子厚尝以语余，且以丑言诋时相，曰：'人之害物，无所忌惮，有如是也！'"文中的"时相"，即宰相王珪。章惇（字子厚）讥刺他"您怎么能这样肆无忌惮地加害苏轼呢！"另有史料载，退朝后章惇继续质问王珪："您是不是想使苏轼家破人亡？"王珪推脱称："此舒亶言也。"章惇反唇相讥："舒亶的口水难道也可以吃吗？"

叶梦得（1077—1148）主要生活在北宋时代，距离苏轼并不远，他的记载得于章惇的口授耳传，当非妄语。另有和苏轼的好朋友王巩的记录也可佐证："王和甫尝言苏子瞻在黄州，上数欲用之，王禹玉辄曰：轼诗有'世间惟有蛰龙知'之句，陛下龙飞在天，乃不敬，反欲求蛰龙乎？章子厚曰：'龙者非独人君，人臣皆可以言龙也。'上曰：'自古称龙者多矣，如荀氏八龙，孔明卧龙，岂人君耶？'及退，子厚诘之曰：'相公乃欲覆人家族耶？'禹玉曰：'闻舒亶言尔。'子厚曰：'之唾亦可食乎。'"王巩的这条记载声情并茂，形貌毕现，章惇为营救苏轼，不怕得罪时任宰相，置个人仕宦荣禄于不顾。此外，章惇还直接上书皇帝，为其求情，南宋周紫芝的《诗谳》有载："初，东坡以《湖州谢表》获罪于朝，监察御史何正臣、舒亶辈交章力诋，皆以公愚弄朝廷，妄自尊大，宜大明诛罚，以厉天下，于是始有杀公之意焉。神宗皇帝以英明果断之资，回群议于篚篚中，赖以不死。余顷年尝见章丞相论事表云：'轼十九擢进士第，二十三应直言极谏科，擢为第一。仁宗皇帝得轼，以为一代之宝，今反置在囹圄，臣恐后世以谓陛下听谀言而恶讦直也。'"

章惇当时作为王安石变法派新党中的骨干人物，此时为苏轼仗义执言，挺身而出辩护是出于真心的，是有恩于苏轼的。苏轼被贬放黄州后，章惇及时写信问寒问暖，情同知己。苏轼回信道：

"轼顿首再拜子厚参政谏议执事。……轼自得罪以来，不敢复与人事，虽骨肉至亲，未肯有一字往来。忽蒙赐书，存问甚厚，忧爱深切，感叹不可言也。恭闻拜命与议大政，士无贤不肖，所共庆快。然轼始见公长安，则语相识，云：'子厚奇伟绝世，自是一代异人。至于功名将相，乃其馀事。'方是时，应轼者皆怃然。今日不独为足下喜朝之得人，亦自喜其言之不妄也。轼所以得罪，其过恶未易以一二数也。平时惟子厚与子由极口见戒，反覆甚苦，而轼强狠自用，不以为然。及在囹圄中，追悔无路，谓必死矣。不意圣主宽大，复遣视息人间，若不改者，轼真非人也。来书所云：'若痛自追悔往咎，清时终不一眚见废。'此乃有才之人，朝廷所惜。如轼正复洗濯瑕垢，刻磨朽钝，亦当安所施用？但深自感悔，一日百省，庶几天地之仁，不念旧恶，使保首领，以从先大夫于九原足矣。轼昔年粗亦受知于圣主，使少循理安分，岂有今日？追思所犯，真无义理，与病狂之人蹈河入海者无异。方其病作，不自觉知，亦穷命所迫，似有物使。及至狂定之日，但有惭耳。而公乃疑其再犯，岂有此理哉？然异时相识，但过相称誉，以成吾过，一旦有患难，无复有相哀者。惟子厚平居遗我以药石，及困急又有以收恤之，真与世俗异矣。黄州僻陋多雨，气象昏昏也。鱼稻薪炭颇贱，甚与穷者相宜。然轼平生未尝作活计，子厚所知之。俸入所得，随手辄尽。而子由有七女，债负山积，贱累皆在渠处，未知何日到此。见寓僧舍，布衣蔬食，随僧一餐，差为简便，以此畏其到也。穷达得丧，粗了其理，但禄廪相绝，恐年载间，遂有饥寒之忧，不能不少念。然俗所谓水到渠成，至时亦必自有处置，安能预为之愁煎乎？初到，一见太守，自余杜门不出。闲居未免看书，惟佛经以遣日，不复近笔砚矣。会见无期，临纸惘然。冀千万以时为国自重。"

苏轼在黄州收到章惇来信，写了上面这封长信，对章惇对苏辙和自己的关心感激涕零，表达自己痛改前非的决心，并高度评价章惇未来出将入相只算是"业余的事"，其态度很谦卑，对章惇的溢美之辞颇为肉麻。

宋神宗驾崩后，哲宗年幼，高太皇太后垂帘听政，重新起用司马光等一拨旧党人物，苏轼、苏辙兄弟得以回到中枢，被委以重任。新党重臣章惇初期在朝，由通议大夫、门下侍郎，改知枢密院。新、旧两派人士，围绕新法的存废展开激烈交锋。司马光欲尽废新法，章惇为新法辩护，让司马光很恼火，自然章惇成为旧党围攻、弹劾的主要目标。在诸多弹劾奏章中，章惇被列为罪大恶极的"三奸"和"四凶"之一，苏轼、苏辙兄弟所写弹劾章惇奏章中的言辞犀利直率，同样如匕首，似刀枪，欲置人于死地而后快，一点也不比舒亶、李定温柔。

元祐元年（1086年）闰二月十八日，初任右司谏的苏辙上《乞罢章惇知枢密院状》曰："惇犹巧加智数，力欲破坏。臣窃恐朝廷急有边防之事，战守之机，人命所存，社稷所系，使惇用心一一如此，岂不深误国计？故臣乞陛下早赐裁断，特行罢免，无使惇得行巧智，以害国事。"苏辙在此奏章中，指斥章惇在变更推行免役法问题上，居心叵测，极力搞破坏，乞罢章惇。苏辙夸大章惇恶行，反戈一击，大加挞伐。五天之后，章惇被逐出朝廷，贬知汝州，随后又改提举杭州洞霄宫，从枢密院大臣跌落为一个闲人。章惇自嘲道："洞霄宫里一闲人，东府西枢老旧臣。"苏轼不但假装不知，未对章惇表达任何安慰，在章惇出知汝州后，苏轼在上奏的《缴进沈起词头状》中，对章惇又补上一刀，指控他附和王安石求功心切，挑起战事，民不聊生。"臣伏见熙宁以来，王安石用事，始求边功，构隙四夷。王韶以熙河进，章惇以五溪用，熊本以泸夷奋，沈起、刘彝闻而效之，结怨交蛮，兵连祸结，死者数十万人。……"苏文中涉及的章惇招降五溪边民之事，正是章惇颇为得意的平叛功绩之一。而在此前，苏轼在诗中曾赞誉章惇此举"功名谁使连三捷""近闻猛士收丹穴"。而苏轼此时做出截然相反的评价，目的是帮助弟弟苏辙一把，彻底打垮这位在"乌台诗案"中为自己仗义执言的恩人。

然而，高太皇太后驾崩后，哲宗亲政，新党人物章惇、蔡卞等人又重返朝堂，章惇与蔡卞任左右相。章惇为左仆射，执掌大权七年。时任枢密大臣曾布对哲宗曰："人主操柄，不可倒持，今自丞弼以至言者，知畏宰相，不知畏陛下。臣如不言，孰敢言者？"臣僚都知道惧怕章惇，却不知惧怕皇帝您，可见章惇在朝堂之威猛和炙手可热的程度。毫无悬念，苏轼从一生仕途最高光的顶峰重重跌落下来，先后被贬英州、惠州和海南儋州。最后得以渡海北归，病死在常州。

苏轼和章惇化友为敌，有苏轼自身的因素。只是因为后人太喜爱苏东坡，选择性地把这茬遗忘了。包括一些现代苏轼研究专家，总是赞美苏东坡的诗文和达观性情，更不愿多提及苏轼兄弟先对朋友章惇打击给他们自己带来的噩梦。

依据历史上资料实事求是地看，舒亶并非一开始就是以打击迫害他人为能事的小人。据成书于乾道五年（1169 年）的南宋地方志《乾道四明图经》记载：舒亶初入仕途时，担任临海县尉，遇到一起醉汉驱逐其叔母的案子，这在宋代是大不孝罪。醉汉被押到舒亶面前，仍气势汹汹，满嘴不服气。舒亶气上心头，不顾律令，当场一刀结果了他。对此事有人曾写诗赞曰："一锋不断奸凶首，千古焉知将相才。"杀掉醉汉，舒亶自知违法乱纪了，便弃官而去，颇有豪侠之风骨。不仅如此，舒亶甚至对举荐自己的恩人照样弹劾。新党领袖之一张商英因为对舒亶有举荐之恩，便私下写信希望他能照顾一下自己女婿的仕途。舒亶接到恩师的私信，立即转手送给皇帝看，参了张商英营私舞弊一本。这样的行为，在今天看来，舒亶情商为负数，这不就是个二球货吗？可北宋的大环境，北宋时代的舒亶，就是这样的处事原则。他错就错在攻击了后人皆喜爱、皆引为知己的"坡翁""坡仙""坡海"。因为，两宋是从皇宫到民间大众，都太喜欢苏轼的诗文和他的性情故事了，后世的人更是如此，最终苏轼化成解除大众身心精神痛苦的一剂良药。而舒亶因为攻击苏轼成为著名的"小人"而青史留名，正如东晋桓温所希望的那样，"既不能流芳百世，亦不足复遗臭万载邪"！

不过，话再说回来。若苏轼没有"乌台诗案"，就不会被贬谪黄州。而正是在黄州的四年多期间，苏轼的思想开始转变，逐渐成熟圆融通透。诗书画成为经典，儒释道融会贯通于胸中，铸起北宋文学乃至中国传统文学至今仍未曾超越的高峰。故此，祸兮福兮，谁能道得清呢？

雪满长安道。大雪堆积在长安的亭台楼阁、大街小巷，也阻塞住通往长安的道路。那象征权力中心的长安成为旧梦，那"雪"就是官场或人生的无常、纷争与无可奈何。舒亶被赶出汴京城，回到浙江余姚乡下赋闲十年，人一生能有几个十年啊？或许他终于想明白了，做人要厚道，不能任性。自己要生活，也要想着给别人留条活路。故此，在后来章惇对昔日的朋友苏东坡穷追猛打之时，已看不见舒亶以笔为刀枪的影子了。

稼轩的悲歌

一

南宋庆元元年（1195 年），宋宁宗赵扩在赵汝愚和韩侂胄的操控下，于去年逼光宗赵惇退位，自己登上皇位后改年号为庆元。是年，辛弃疾（稼轩）已经五十六岁，时任福州知州兼福建安抚使，在德能勤绩廉等方面，当地百姓评价颇高。他一生最大的志向是能在抗金战场上厮杀立功，收复中原。当福州的地方官，本非最理想的工作岗位。加之身体染病，精神不济，虽任期未满，便决定向朝廷上书，请求回乡养老。

这年冬天的一天晚上，夜色笼罩着辛家宅院，湿冷的寒风吹起落叶，在天空中久久盘旋，就像一只只黑色蝴蝶飞舞着不肯落下来。贴着麻纸的窗户被刮得哗啦啦地响，让人心烦意乱，又不知如何发泄。暮色四合，夜深人静。辛家屋内还是挺温暖的，一家人围着桌子，吃着晚饭，谈天说地，其乐融融。条案上烛光闪烁，映着老辛那张沧桑的脸。火盆里的炭火烧得旺旺的，散发出温暖的气息。桌子上汤盆里泛起的热气混合着菜的香气弥漫在屋内。老辛喝着酒，吃着菜，趁全家人都在，把他的这一想法全盘托出，原以为全家人会鼓掌通过，为他的退隐选择而高兴万分。但是，他想错了。

第一个站起来表示激烈反对的，就是他的小儿子铁柱。铁柱涨红着脸，气哼哼地说："爹啊，你千万不能提前退下来！外人都说我是官二代，可我是徒有虚名啊！房子车子票子一样也没有。等您老人家一退，茶就凉了，叫我们哥几个怎么有尊严地生活下去啊？我们怎么给您养老送终？您还得继续工作，抓紧挣点银子买地买房再退也不迟啊……"铁柱口吐白沫，越说越激动，后来他都说些什么，老辛已没心思听，并越想越生气，把筷子往桌子上一摔，回书房去了。儿大不由爹，心想这还是自己的儿子铁柱吗？

辛稼轩一生怀才不遇，漂泊不定，生的孩子还挺多。"大儿锄豆溪东，中儿正织鸡笼。最喜小儿无赖，溪头卧剥莲蓬。"（《清平乐·村居》）像天下所有的父亲一样，父爱如山，望子成龙。"秋举无多日，天书已十行。绝遍能自苦，下笔定成章。"（《闻科诏勉请子》）稼轩督促孩子们，进入科举考试冲刺阶段，必须抓紧复习，才能写出好文章。令稼轩欣慰的是孩子们遗传基因好，都聪明上进，他尤其对"卧剥莲蓬"的小儿子铁柱寄予厚望。"从今日月聪明，更宜潭妹嵩兄。看取辛家铁柱，无灾无难公卿。"（《清平乐·为儿铁柱作》）铁柱啊，你妹小潭和你哥小嵩学习都好，你可要努力考取功名啊！

如今，没想到我老了，这个混账小子竟然财迷心窍，说出这样的话来，岂不是毁了你老爸的一世英名，看来家风太重要了！我得狠狠地批评教育他一番才能消气。"吾衰矣，须富贵何时？富贵是危机。暂忘设醴抽身去，未曾得米弃官归。穆先生，陶县令，是吾师。待葺个园儿名'佚老'，更作个亭儿名'亦好'，闲饮酒，醉吟诗。千年田换八百主，一人口插几张匙？便休休，更说甚，是和非。"（辛弃疾《最高楼》）在该词序言里，稼轩写出原委："吾拟乞归，犬子以田产未置止我，赋此骂之。"稼轩谆谆教诲道：我老啦，该休息了。什么是富贵啊？富贵是危机啊！你知道《汉书·楚元王传》的典故吗？汉高祖刘邦之弟刘交被封为楚王后，刘交就聘任穆生、白生和申公三人为中大夫，十分恭敬礼遇他们。穆生不喜欢喝酒，刘交开宴时，特地为他设醴摆上甜米酒。后来，刘交的孙子刘戊继承王位后，有一次忘了为穆生专门摆甜酒，穆生退而言曰：我该知趣地退出了。醴酒不设，说明王爷已开始怠慢他，再不走，就会获罪遭殃。穆生称病去职后，刘戊日渐淫暴，白生、申公劝谏无效，反被罚做苦役。急流勇退，穆生和陶渊明都是我的老师。仔细想想，人一张嘴吃饭，需要几个勺子？一个人睡觉，一张床能需要多大的房了呢？稼轩这阕《最高楼》词，现在仍有现实教育意义。"绝怜高处多风雨，莫到琼楼最上层。"（《感遇》）这是"民国四公子"之一袁克文曾奉劝老爸袁世凯，不要逆潮流而动当皇帝的诗句。

在稼轩发怒后所作的这阕词里，一位悲情父亲的形象跃然纸上。词中有父爱，有无奈，有不舍，有期待。或许他想起自己的少年时代，老祖父辛赞让他去参加金朝的科举考试，他坚持不为"伪政府"服务。祖父劝他去金都参加考试的目的不是为做官，是一路可趁机考察山川形势，把收集到的情报熟记心中，将来打败金兵用得上，他这才去考试。可如今大半生已过去，抗金的理想眼看就要落空，就连自己的儿子，也不理解为父的壮志未酬和无可奈何。这让我如何安心归隐田园呢？

"万事云烟忽过，一身蒲柳先衰。而今何事最相宜，宜醉宜游宜睡。早趁催科了纳，更量出入收支。乃翁依旧管些儿，管竹管山管水。"（《西江月·示儿曹以家事付之》）小儿铁柱的意见并没有被采纳，稼轩晚年退隐在江西铅山，给儿孙们写词交代要按时交税，量入为出，各自管好自己的生活。我则悟透人生，游山玩水，万事不关心。此时的老辛，已从斗志昂扬的大兵，回归到一位年老体衰的老爷爷形象。看着儿孙绕膝，眼光温柔似水，他好像很享受这种天伦之乐。

据史书记载，稼轩的儿子们并没有给他丢脸。后来，他的第三子辛稏在四川长期与元军抗战，死在战场上。其他孩子都很本分，耕读传家，传承着辛家的良好家风。

二

辛弃疾生不逢时。在他出生的第二年（1141 年），宋高宗与金国签订"绍兴和议"。绍兴十二年（1142 年），抗金名将岳飞被害死，以奸相秦桧为代表的主和派一直把持朝政，打击主战派。加之辛弃疾出生地为山东历城，已被金国霸占十几年，属于"敌占区"，一生不被充分信任。宋孝宗乾道五年（1161 年），二十二岁的辛弃疾曾聚集起二千多人的游击队，在敌后作战。加入耿京带领的义军后，成功说服耿京主动联络南宋的正规军坚持打持久战。他受耿京派遣南下，与南宋军队联络。在建康受到高宗皇帝的亲切接见和鼓励，决心"了却君王天下事，赢得生前身后名"。不料，在返回山东时，得知耿京已被叛徒张安国杀害，义军溃散。辛弃疾怒发冲冠，立即率领五十名轻骑兵，直奔山东济州（今巨野），冲入五万人之众的金兵营地，活捉张安国，把他绑到马上，快马加鞭未下鞍，一路狂奔送到临安，将叛徒处死。孤军深入，以少胜多，军事指挥才能和过人胆略，使辛弃疾一战成名。从此，指挥千军万马，血染疆场，收复中原，成为他一生的最高理想。

二十二岁的热血青年，立了大功，从"沦陷区"投奔到南宋临安城，本想着会受到朝廷重用，但没想到高宗只任命他为江阴金判，协助州长处理文件，要要笔杆子，这样的虚职使他心理落差很大。只是因为他来自北方金国占领区，一直不被皇帝信任，抗金的政治主张更是不合时宜。

南宋隆兴二年（1164 年），宋金签订"隆兴和议"，条款比"绍兴和议"更为屈辱。南宋从大哥沦落为侄子，金国从小弟升级成大叔。"和平"降临南宋，枪杆子更没有用了。喜欢"耍枪杆子"的稼轩，一生却大都在"耍笔杆子"。除了在地方上任职外，大部分时间赋闲在家，再也无缘染指令他热血沸腾的军营。不过，他的"笔杆子"要得也很精彩。在两宋词人中，稼轩填的词无人能比，超越了欧阳修、苏轼、柳永、陆游等人的题材和风格，主题包罗万象，风格异彩纷呈，形成独特的个性和气质，豪放和婉约兼具。尤其是擅长填长调词，俗字俚语皆可入词，毫无违和感，可谓前无古人，后无来者。

我第一次知道辛弃疾这个名字，是在高中语文课上，王老师满脸崇拜，给我们讲解辛弃疾是爱国主义豪放派词人的道理，并用家乡话声情并茂地朗诵道："千古江山，英雄无觅孙仲谋处。舞榭歌台，风流总被，雨打风吹去。斜阳草树，寻常巷陌，人道寄奴曾住。想当年，金戈铁马，气吞万里如虎。　元嘉草草，封狼居胥，赢得仓皇北顾。四十三年，望中犹记，烽火扬州路。可堪回首，佛狸祠下，一片神鸦社鼓。凭谁问：廉颇老矣，尚能饭否？"（《永遇乐·京口北固亭怀古》）最后，王老师在黑板上用白色粉笔书写"该词的主体思想是爱国主义精神体现"的总结，并在"爱国主义"四个字下面用红色粉笔画了两道线，并提醒我们这可能就是考试重点，必须记牢。

南宋开禧元年（1205年），稼轩时年六十六岁。掌管军事的韩侂胄为转移国内矛盾，积极筹划北伐，于前年起用辛弃疾为浙东安抚使，稼轩本来已衰退无欲的心又蠢蠢欲动。回想距自己于绍兴三十二年（1162年）从山东率兵南下，转眼已过去四十三年。在这四十三年里，宋金两国战事不断，屈辱求和，自己却无能为力。英雄老去，机会不再，心中悲愤。他登上京口北固亭，想到历史上的南朝刘裕，两次北伐，收复洛阳、长安；汉代霍去病远征匈奴，歼敌七万余，封狼居胥山后凯旋。这样的英雄旧梦，再也难寻，他感慨万千。语文老师告诉同学们，这阕词充分说明辛弃疾是南宋豪放派爱国主义诗人。如此经年，当我在稼轩当时的年纪再读这阕词时，深感爱国主义精神犹在，但已读不出豪爽的味道，感悟更多的是他的悲怆心境和忧愤伤感。时光流逝，英雄迟暮，只剩下自叹自哀。填完这阕词，六十六岁的辛弃疾退隐铅山。

纵观稼轩的人生底色，悲情是主要基调。二十二岁投奔南宋后，从二十九岁到四十二岁，十三年间被调换了十四个地方工作；四十二岁以后，被弹劾罢职，闲居江西上饶带湖十年；五十二岁时，起用为福建提刑，三年后又被弹劾罢免后，赋闲八年；六十三岁时，被起用为浙东安抚使二年；六十六岁时，回到江西铅山隐居。二年后卒，享年六十八岁。

十年磨一剑，霜刃未曾试。乾道五年（1169年），辛弃疾刚三十岁，已经来到江南七年，还是无法找到自己的未来。这年秋天，他写下著名的《水龙吟·登建康赏心亭》抒怀。"楚天千里清秋，水随天去秋无际。遥岑远目，献愁供恨，玉簪螺髻。落日楼头，断鸿声里，江南游子。把吴钩看了，栏杆拍遍，无人会，登临意。休说鲈鱼堪脍，尽西风，季鹰归未？求田问舍，怕应羞见，刘郎才气。可惜流年，忧愁风雨，树犹如此！倩何人唤取，红巾翠袖，揾英雄泪！"江南游子的身份被确认，奠定了辛稼轩余生的思想和感情基调，成为一个没有故乡、失去根和魂的人。他在黄金年龄里，试图学习西晋的张翰，被家乡美味的莼菜羹和鲈鱼所吸引，弃官回乡。但他没有张翰幸运，可以从洛阳回到江南故乡。辛稼轩的故乡在黄河之北，已属金国管辖，不可能再回去。红巾翠袖，怎能安慰这位英雄少年的寂寞和忧伤呢？江南的好山好水，亦无处抚慰和安放这一愁苦心灵。

淳熙六年（1179 年），稼轩四十不惑。由湖北转运副使调任为湖南转运副使，仍是主管钱粮的差使。虽然是个"肥差"，但看对谁而言，他对此失望透顶。临行交接工作，同事王正之在山亭摆一桌酒席为他送别，他心情惆怅。"更能消、几番风雨，匆匆春又归去。惜春长怕花开早，何况落红无数。春且住，见说道、天涯芳草无归路。怨春不语。算只有殷勤，画檐蛛网，尽日惹飞絮。长门事，准拟佳期又误。蛾眉曾有人妒。千金纵买相如赋，脉脉此情谁诉？君莫舞，君不见、玉环飞燕皆尘土！闲愁最苦！休去倚危栏，斜阳正在，烟柳断肠处。"（《摸鱼儿》）大好年华逝去，春光再好，但也经不起风雨的消磨。长门宫里，阿娇苦苦盼望着再被汉武帝召幸，约定了佳期，却一再延误。太美丽惹人嫉妒恨，纵然用千金购买司马相如的赋，又能如何。此情向谁倾诉？难道没看见备受宠幸的杨玉环、赵飞燕都早已化作尘土。不必再去登楼凭栏眺望，夕阳正斜挂在那令人断肠的烟柳之中。此阕词大有柳永、秦观词风的伤感之意，何谈豪放？南宋罗大经曾在《鹤林玉露》中评价道："词意殊怨"。清末著名词学家、教育家夏承焘先生在《唐宋词欣赏》中云：本词"肝肠似火，色貌如花"。梁启超在《艺蘅馆词选》说：此词"回肠荡气，至于此极，前无古人，后无来者"。清醒时的稼轩，有着断肠般的悲情。如果要说稼轩豪放，只能是在酒醉后的狂歌里。

何以解忧，唯有杜康。如枭雄曹操般，内心的悲苦用美酒消解。"病绕梅花酒不空，齿牙牢在莫欺翁。恨无飞雪青松畔，却放疏花翠叶中。冰作骨，玉为容。当年宫额鬓云松。直须烂醉烧银烛，横笛难堪一再风。"（《鹧鸪天》）"万事一杯酒，长叹复长歌。""身世酒杯中，万事皆空。""杯汝来前，老子今朝，点检形骸。""千古光阴一霎时，且进杯中物。""万札千书只恁休，且进杯中物。""还堪笑，借今宵一醉，为故人来。""八十馀年入涅槃，且进杯中物。""醉里且贪欢笑，要愁那得工夫。近来始觉古人书，信著全无是处。昨夜松边醉倒，问松我醉何如。只疑松动要来扶，以手推松曰去。"（《西江月·遣兴》）且进杯中物，是无奈，是对抗，更是忧伤。

稼轩酒杯不离手，可与陶渊明的酒趣迥异。稼轩只有在醉酒后的幻想中，才能找到战场上的豪情，过一把抗金杀敌之瘾。"醉里挑灯看剑，梦回吹角连营。八百里分麾下炙，五十弦翻塞外声。沙场秋点兵。"（《破阵子·为陈同甫赋壮词以寄之》）在这一点上，陆游和他有一拼。陆游的很多英雄壮举往往是在梦中完成的。陆游的梦境大都用诗记录下来，在其现存的《剑南诗稿》中，做梦诗达百首之多。收复中原、报仇雪耻的爱国热情贯穿在陆游的整个生命里，梦中跨上战马，驰骋沙场，但他一生并没有太多机会亲自实践。三十四岁时，陆游在福建宁德谋一个主簿的职位，后来当过镇江府、隆兴府的通判，却屡被弹劾。"僵卧孤村不自哀，尚思为国戍轮台。夜阑卧听风吹雨，铁马冰河入梦来。"（《十一月四日风雨大作·其二》）与打仗沾点边的是陆游四十九岁那年秋天，在嘉州以权摄州事的身份，主持过一次军队操练检阅。另一次是在主战派首领王炎手下当幕僚，驻军四川南郑，可以亲临前线巡视一番。可惜半年后，王炎就被调回临安。"骏马宝刀俱一梦，夕阳闲和饭牛歌。""慨然此夕江湖梦，犹绕天山古战场。"陆游直到临死之前，还在做梦，立下遗嘱，"王师北定中原日，家祭无忘告乃翁"。稼轩的人生同样如此悲凉。

三

经常和稼轩喝大酒的陈同甫就是陈亮，是为数不多懂他的人之一。陈亮为人豪气，积极主张抗战，与稼轩"三观"相同。淳熙十五年（1188 年）冬天，陈亮到上饶带湖找闲居此地的老辛喝酒，又同游鹅湖，一住就是十几天。有一次，两人喝高了，胆气偾张，豪情万丈，梦想上战场杀敌。"马作的卢飞快，弓如霹雳弦惊。了却君王天下事，赢得生前身后名。"酒醒后，俩人都蔫了，"可怜白发生"，可惜英雄无用武之地。

二人这次相聚，本来也约了朱熹，可惜他没来，陈亮遗憾而归。正是冬天最寒冷的时候，雪大路滑，稼轩不能相送太远，与他依依惜别后，一个人孤独地在方村饮酒，恨自己没能挽留住好友。夜半时分，投宿吴氏泉湖四望楼，听到有人在吹笛子，声调悲切哀伤，触动稼轩内心敏感处。"把酒长亭说。看渊明、风流酷似，卧龙诸葛。何处飞来林间鹊，蹴踏松梢微雪。要破帽多添华发。剩水残山无态度，被疏梅料理成风月。两三雁，也萧瑟。佳人重约还轻别。怅清江、天寒不渡，水深冰合。路断车轮生四角，此地行人销骨。问谁使、君来愁绝？铸就而今相思错，料当初、费尽人间铁。长夜笛，莫吹裂。"（《贺新郎》）长夜漫漫，孤影凄凉，回忆往事，欲学陶渊明和躬耕陇亩的诸葛亮，可惜为时已晚。陈亮读到稼轩这阕词，很快就和了一首寄来。稼轩读后，回忆他们相会时的情景，在第二年春天，又填一阕《贺新郎》回复陈亮："老大那堪说。似而今、元龙臭味，孟公瓜葛。我病君来高歌饮，惊散楼头飞雪。笑富贵千钧如发。硬语盘空谁来听？记当时、只有西窗月。重进酒，换鸣瑟。事无两样人心别。问渠侬：神州毕竟，几番离合？汗血盐车无人顾，千里空收骏骨。正目断关河路绝。我最怜君中宵舞，道'男儿到死心如铁'。看试手，补天裂。"稼轩看似心灰意冷，实则心热如火。这和唐代的杜甫很相似，感情炽热，忧国忧民。只是老杜没有他的军事才干和行动力。稼轩也和曹操有点像，豪情满怀，境界高远，但他却没有曹操的时代机遇、御人权术、铁血手腕和魄力。在中国历史上，大英雄的手段和大诗人的气质兼而有之的，曹操是一典型案例。曹操的"事业"很成功，稼轩的事业却比较失败。

这就是稼轩的悲情所在。在现实面前，稼轩化悲情于诗词之中，真挚浓烈，外露奔放，表达出文人的风骨和精神。他和屈原、陶渊明、杜甫、苏轼等一系列大诗人灵魂相通，他是一位集大成者，这样的文人士大夫在精神上注定是痛苦的。人生短暂，时光虚度，最终归于虚无。建功立业、收复中原的政治理想与时代机遇不相融合，道德上的高标要求和自我反省，与南宋日趋堕落的文人群体格格不入，主动隔离，其内心郁郁寡欢。稼轩无处发泄的负面情绪，时常弥漫在诗词和酒杯中。大江东去，浪淘尽一切风流人物，唯有文字不朽。正是因为稼轩留存于世的大量诗词，而不是所谓的功名，使他永远在中华民族的历史长河中熠熠生辉。

法国作家罗曼·罗兰说过：世界上只有一种英雄主义，那就是看清生活的真相之后，依然热爱生活。稼轩晚年，看清人生的局限性和无奈无常的本质，选择换一种心境，退隐田园，安静地生活。及时放下、放弃或放手，这也是生活中的英雄行为。"家本秦人真将种，不妨卖剑买锄犁。"（《新居上梁文》）"追往事，叹今吾，春风不染白髭须。却将万字平戎策，换得东家种树书。"（《鹧鸪天·有客慨然谈功名因追念少年时事戏作》）稼轩把目光投向原野，在生机勃勃的大自然中，找到精神慰藉。"并竹寻泉，和云种树，唤做真闲客。"（《念奴娇·赋雨岩》）"白发空垂三千丈，一笑人间万事。问何物、能令公喜？我见青山多妩媚，料青山见我应如是。情与貌，略相似。"（《贺新郎·甚矣吾衰矣》）"陌上柔桑破嫩芽，东邻蚕种已生些。平冈细草鸣黄犊，斜日寒林点暮鸦。山远近，路横斜，青旗沽酒有人家。城中桃李愁风雨，春在溪头荠菜花。"（《鹧鸪天》）欢欣之情，体现在轻松的脚步声中。"明月别枝惊鹊，清风半夜鸣蝉。稻花香里说丰年，听取蛙声一片。七八个星天外，两三点雨山前。旧时茅店社林边，路转溪桥忽见。"（《西江月·夜行黄沙道中》）宋孝宗淳熙八年（1181 年），稼轩在上饶带湖闲居，田园风光、明月蝉嘶、稻香酒醇、村邻友好相处等农家生活场景，让稼轩的心灵得到抚慰，脸上经常露出笑容，心中涌起难得的愉悦和感动。

这就是辛稼轩，曾经是"蓦然回首，那人却在灯火阑珊处"的温婉追梦少年，成为"醉里挑灯看剑"的酒后英雄，也是一位能享受"清风半夜鸣蝉"的闲适农民，还是一位"我见青山多妩媚，料青山见我应如是"的自信旅人。这么多形象集合在他身上是那么和谐、生动和可爱。这种多面的性格和复杂情绪，在他的诗词中不断呈现，构建出一位立体的英雄形象，铸就出他富有魅力的独立人格。

写到此，我对稼轩那首最著名的《青玉案》忽然有了新的理解。"东风夜放花千树。更吹落，星如雨。宝马雕车香满路。凤箫声动，玉壶光转，一夜鱼龙舞。蛾儿雪柳黄金缕，笑语盈盈暗香去。众里寻他千百度，蓦然回首，那人却在，灯火阑珊处。"淳熙二年（1175 年）元宵节，稼轩填这阕词时刚刚三十五岁，仍在地方官任上做着抗金复国的大梦。元夕之夜，那漫天飞舞的烟花，正如他的青春一样，绚丽梦幻。他清楚地知道转眼之间，青春芳华就会归于沉寂，大都好物不坚牢，彩云易散琉璃脆。站在灯火阑珊处，苦苦寻找的"她"充满诱惑。心中的那个"她"，就是他的抗金复国之梦。梦想就隐藏在或明或暗的灯火里，吸引着辛稼轩坚毅的目光和匆匆脚步。

四

辛稼轩填罢《青玉案》不久，他隐居的家乡铅山曾发生一件学术大事，其结果对中国古代哲学思想史影响深远。当然，也影响到他的人生。

淳熙二年（1175 年）六月六日，吕祖谦不顾夏日炎热，为了调和朱熹"理学"和陆九渊"心学"之间的矛盾，力求二人的学术思想和观点"会归于一，而定其所适从"，亲自出面邀请陆九龄、陆九渊兄弟前来与朱熹见面，就朱熹的客观唯心主义和老陆的主观唯心主义开展面对面的学术辩论。这就是中国哲学思想史上著名的"鹅湖之会"。

北宋仁宗时期，天下太平，经济稳定，思想活跃，一批文人士大夫在学术思想上致力于重构新儒学。周敦颐是河南伊川人程颐、程颢兄弟的老师，张载是二程的表叔，邵雍是二程一生的朋友。他们经常在一起聚众讲学，著书立说，成为"洛学"的代表，并与王安石为代表的"荆公新学"、司马光为代表的"朔学"和苏轼为代表的"蜀学"等相互抗衡，共同构建出宋代理学的一个小高峰。到了南宋时期，宋高宗尊崇二程洛学，程学成为大宗。孝宗即位后，力求中兴，有点像仁宗时代的回光返照，时局相对稳定，社会经济繁荣，言论自由比高宗时代宽松，成为宋代理学的第二个高峰期。朱熹积极推进二程新儒学的体系建设。与此同时，江南出现以陆九渊为首的心学派，以吕祖谦为代表的金华学派，以陈亮为中心的永康学派和以叶适为主的永嘉学派。吕祖谦、陈亮和叶适的学派都强调"事功"，统称为"浙东学派"。朱熹与陆九渊与他们的观点不同，需要辩证统一。

吕祖谦、朱熹、张栻（南轩）是好朋友，并称"东南三贤"。吕祖谦作为浙东学派的领袖，与陈亮交情甚笃。叶适年轻，总求教于吕祖谦。加之吕祖谦年龄最大，与朱熹的父辈有旧交情，朱熹的儿子朱塾曾跟着老吕学习。老吕还是陆九渊省试进士的考官，有识拔之旧恩。故此，"鹅湖之会"的召集人和主持人非吕祖谦莫属。地点就选在信州铅山的鹅湖寺。

朱熹和他的学生如约而来，第一次与陆九渊兄弟展开思想理论上的交锋。"朱学"主张心性、天理有别，天理存在于万物之中。二程的核心观点就是"天理"和"自明吾理"。"天理"就是周敦颐的"诚"、张载的"神"和程颢的"理"。朱熹认为，"天理"是普遍存在的，适用于所有人和万物，不会因人们的主观意识和好恶而改变，也不会因时间而消失。而"理"本体就是以天理为基础的世界观。心只是体认理的主体，人需要博览群书地学习感悟，加强道德修养，存天理，灭人欲，才能穷尽其理。只要坚守明确的道理和正确的思想，错误的东西自然就会消解。陆九渊兄弟却认为，理先天就存在于人的心中，良知良心是生下来就有的。吾心即理，关键在于发明本心，只有内心的悟求，才能见心明理，不必苦苦学习修炼。针对朱熹过于强调的读书明理，陆九渊反驳道："那尧舜之前，何书可读呢？"朱熹认为，陆九渊学派的理论接近于禅学。

六月二十七日，二十多天的"鹅湖之会"辩论结束，谁也没有说服谁，大家回到各自的书院继续研究。这次朱陆之辩，对他们各自的思想理论体系都有促进。双方的出发点都是为了弘扬人的仁义之心，终极目标是一致的。朱熹说："知其同，不妨其为异；知其异，不害其为同。"陆九龄也认为要"着实看书讲论"。向书本学习，后来"陆学"也逐渐转向"朱学"。

淳熙六年（1179年），朱熹出知南康军，重修白鹿洞书院，亲任院长。淳熙八年（1181年）春天，他诚邀陆九渊弟子六人来此讲学《论语》。自己在台下听讲，已认识到"人心不同，所见各异，虽圣人不能律天下之人"。随着历史的发展，最终"程朱理学"逐渐代替"心学"，成为新儒学集大成者，被后来统治者尊为"正统"。尤其是到了明清时代，程朱理学成为学子考试的标准教科书，朱子也被奉为"万世宗师"，配享从祀孔庙。如果说"天不生仲尼，万古如长夜"，那么"天不生朱子，仲尼如长夜"。朱子的学说，对中国社会伦理价值体系的重构产生了巨大而深远的影响。生在同时代的稼轩深受影响，朱熹死后，他亲去祭奠。

"鹅湖之会"后的第二年，辛稼轩定居在信州铅山，距离鹅湖很近，很清楚朱陆辩论的重点。好朋友陈亮就是事功学派的代表，主张实干兴邦。淳熙十五年（1188年）冬天，陈亮邀请朱熹一起拜访稼轩，可惜朱熹没能成行。陈亮不仅是思想家，还是豪放派词人，二人经常共游鹅湖，饮酒高歌，指点江山，激扬文字，留下几阕《贺新郎》词。对稼轩来说，陈亮的事功思想，朱熹的"修身齐家治国平天下"的儒家主张，深入骨髓，可惜时代并没有给他施展抱负的机会，在历史上留下悲情落寞的孤独背影。传统儒家思想与他所处时代环境的矛盾，心性天理与人生短暂的困境，才是他人生化为一曲悲歌的根源。

春秋战国时代，"邦无定交，士无定主"，百家争鸣，士人的思想和精神自由独立。老子背骑青牛，出走函谷关，被关令尹喜所留，写下五千字的《道德经》后，不知所终，何其超然！孔子亲自驾着一辆破车，在各国奔走，一帮徒弟在车上喧闹记录成书，何其自由！墨子和一帮敢死队门徒，挥剑走四方，挑战孔子的儒家文化，何其侠气！孟子坚守独立的意识和人格，一心要做"富贵不淫，贫贱不移，威武不屈"的大丈夫，在齐宣王那里只做客座教授不当官，何其洒脱！只有不为臣子，才有文化批判的公正和权利。庄子在河南商丘的田野里，受各种动植物灵性的启发，阐述他的遁世哲学。蝴蝶梦中有逍遥的智慧，他宁愿做"在污泥中爬行的乌龟"，也不去做楚威王的宰相，何其通透！只有屈原认为楚国也是他们家的，把自己的人生价值寄托在楚王的器重上，最后被放逐潇湘，自投汨罗江而死。秦汉帝国后，士人的独立思想逐渐萎靡，中央集权帝国皇权之下，君臣变成父子关系，臣子的婢妾心态日盛。明清时代成为真正的奴才。皇权神授，皇帝代表着"天理"，这也是"朱学"受到封建帝王推崇的原因。殊不知明君尚可代表天理，那若遇到昏君呢？不幸的是封建社会昏君太多了。

我曾设想过，让辛弃疾出生在宋仁宗时代，他和范仲淹、韩琦、富弼、欧阳修、苏轼、司马光、王安石等人成为同事或朋友，那他会留下什么样的词风呢？没有家国之恨，他的词或许和柳永、秦观类似吧。不幸的是他出生、成长在南宋初期，对这位总想打仗杀敌的臣子，高宗和孝宗并不太稀罕。"敛雄心，抗高调，变温婉，成悲凉"的人生轨迹，使他成为一位悲情英雄。

史载，辛弃疾临死之前，并没有交代家事。他望着中原的方向，大声呼喊几声"杀贼"！死后家无余财，仅留下平生所写的诗词、给朝廷的奏议和满屋的藏书。

醉翁的洛城

"谁家玉笛暗飞声，散入春风满洛城。"年轻的欧阳修站在李白曾徘徊在夜幕下的街头闻笛声而思乡、杜甫曾寄居在姑姑家求学考试、白居易也曾在大雪天邀请刘十九到自家园子里围炉喝酒的古都洛阳伊水岸边，实在掩饰不住内心的喜悦，自信满满地说：神都啊，我来了！此时，正是北宋天圣九年（1031 年）三月。洛城春风拂面，阳光明媚，百花初绽，杨柳泛绿，伊水荡漾。

欧阳修的喜悦和自信发自心底。他十七岁时，所写的文章已暴得大名，被人传诵。天圣七年（1029 年）春，二十三岁应国子监考试，名列榜首；同年秋，赴国学解试，独占鳌头；天圣八年（1030 年）正月，应礼部考试，又得第一。欧阳修连中三元，冲进决赛；三月，在仁宗皇帝主持的殿试中，毫无悬念，进士及第。

据任主考官的同乡晏殊事后"剧透"说，他本可以夺魁的。但考官们认为他年轻气盛，锋芒过露，牛皮烘烘。为挫其锐气，有利于今后的仕途走得更稳、更远，故意把他评为甲科第十四名，而让刚满十九岁的同学王拱辰高中状元。后来，谁也没想到，王同学和欧阳修成为连襟，都是宰相薛奎的女婿。欧阳修支持范仲淹"庆历新政"，而王拱辰却成为改革的阻碍者，还把苏舜钦等几位年轻人"一网打尽"了，催生出那篇有名的《沧浪亭记》。天圣八年五月，欧阳修被授任将仕郎，试秘书省校书郎，充任西京留守推官，主要职责是掌管审案、刑狱等事务。第二年三月，首次来到洛阳。同时，恩师胥偃亲自选定他为自己的女婿。不久，欧阳修迎娶新娘胥氏，当上新郎官。"金榜题名""洞房花烛"，人生三大喜事中的两件，同时降临到贫寒学子出身的欧阳修身上，确实让他喜悦、自信和享受。

初到洛城，他是否与人生第三大喜事"他乡遇故知"不期而遇呢？对欧阳修来说，洛阳是仕途第一站，确实属于"他乡"。

洛阳城位于洛水之北，故名洛阳。北据邙山，南望伊阙，洛水、伊水和洞水贯连其中。东据虎牢关，西控函谷关，北通幽燕，南系荆襄。群山环绕，真乃"山河拱戴，形势甲于天下"的"九州腹地"。据考古发掘证明：夏朝始建城池，西周时营建"王城"和"成周"两城。东周时，正式建都。洛阳旧有"九朝古都"之称，即东周、东汉、曹魏、西晋、北魏（孝文帝之后）、隋（炀帝）、唐（武则天）、后梁、后唐等九个朝代。如果加上夏、商，则是"十一朝古都"。此外，西周、新莽、隋、唐、后晋、后周，还曾作为陪都。在我国"六大古都"中，洛阳是建都最早、建都朝代最多和时间最长的历史文化名城，孕育了五千多年文明史、四千多年城市史、一千五百多年建都史，故有"千年帝都"之称。先后有一百多位帝王在此指点江山，也是唯一被命名为"神都"的城市。北宋时，洛阳作为三大陪都之一，其秀美的山川风物、繁荣的社会经济、深厚的历史文化积淀、活跃的文人士大夫群体等，早已让欧阳修心向往之。

初到洛阳，更让欧阳修感到幸运的是"他乡遇知己"。当时，为他接风洗尘的是洛阳最高行政长官西京留守钱惟演。钱市长乃吴越王钱俶之子，跟从父王投降北宋，深谙官场游戏规则。宋真宗时代，他积极攀附大权在握的刘娥皇后，把亲妹嫁给刘皇后的哥哥刘美。在官场见风使舵，士人认为他德行有瑕疵。殊不知攀附乃官场捷径，历来如此。但钱市长的优点也很突出，擅长诗词，嗜书如命，雅趣广泛，关爱青年干部。"虽生长于富贵，而少有所嗜好。平生惟好读书，坐则读经史，卧则读小说，上厕则阅小词，盖未尝顷刻释卷也。"有点南唐后主李煜的影子。

欧阳修报到之时，钱市长正是洛阳和北宋时期当仁不让的第一代"文坛盟主"，正带领着身边的一群青年才俊，决心搞搞"诗文革新运动"。如河南府通判谢绛（字希深，三十七岁），乃洛阳政坛上的"二号人物"，诗文功底深厚，是诗文革新的主要操盘手，他还是梅尧臣的妻兄。河南县主簿梅尧臣（字圣俞，三十岁），擅长以文为诗。知宜阳县的伊洙（字师鲁，三十一岁），擅长古文。户曹参军杨愈（字子聪，三十岁），文思敏捷。签书河阳判官富弼（字彦国，二十八岁），年轻稳重，酒量惊人，后来成为宰相晏殊的女婿。伊洙的哥哥、知河阳县的伊源

（三十六岁），多才多艺。

围绕在钱市长身边的有二十多位年轻人，在洛阳自发地组成文学沙龙，人才荟萃，让二十五岁的欧阳修收敛自我感觉"爆棚"的骄傲，虚心向梅尧臣学习写诗，向伊洙学习写古文。业余时间，聚在一起，吃吃喝喝，游山玩水，切磋诗艺。欧阳修"为西京留守推官，府尹钱思公、通判谢希深皆当世伟人，待公（欧阳修）优异。公与尹师鲁、梅圣俞、杨子聪、张太素、张尧夫、王几道为'七友'，以文章道义相切劘。率尝赋诗饮酒，闲以谈戏，相得尤乐。凡洛阳山水园庭，它庙佳处，莫不游览。"（北宋·王辟之《渑水燕谈录》）在"洛中七友"中，欧阳修如鱼得水，好不快活。"余本漫浪者，兹亦漫为官……赖有洛中俊，日许相跻攀。饮德醉醇酬，袭馨佩春兰。平时罢军檄，文酒聊相欢。"（欧阳修《自叙》）阳春三月的洛阳，为欧阳修的仕途起点铺就了一条光明大道。看起来一切都很美好。

一、龙门畅游

诗酒风流，时光飞逝，转眼一年过去，进入北宋明道元年（1032年）。

春天，正是洛阳最美的时节。大街上人来人往，春风杨柳拂面，牡丹姹紫嫣红，野草遍地青青，伊水清澈淙淙。好朋友陈经秀才即将离开洛阳，欧阳修、杨愈等人为其送行，相约来到龙门宴饮游玩。

龙门，位于洛城南郊伊河两岸，东西两山对峙，伊水从中穿流而过，远望犹如一座天然的门阙，古称"伊阙"。"两岸皆断山绝壁，相对如门，惟神龙可越，故曰龙门。"因石质优良，宜于雕刻，古人择此而建石窟。初开凿于北魏孝文帝时，后经东魏、西魏、北齐。到了隋朝，隋炀帝在洛阳初建宫殿时，登临北邙山，远望洛阳南面的伊阙，对侍从们说："此乃真龙天子的门户，古人为何不在此建都？"一位大臣献媚道："古人非不知，只是在等陛下您呢。"隋炀帝龙颜大悦，在洛阳建起隋朝的东京城，把皇宫正门正对着伊阙方向。故此，"伊阙"又称为"龙门"。龙门接续经隋、唐、五代、北宋等朝代四百多年的开凿营造，形成南北长达一公里、窟龛二千多个、造像十万余尊、碑刻题记达三千余块的文化艺术宝库。

"洛都四郊，山水之胜，龙门首焉。"（唐·白居易）龙门石窟造像多为皇家贵族所建，是世界上绝无仅有的皇家石窟。"峥嵘两山门，共挹一水秀。"（宋·苏过）此处素为文人墨客观游胜地。今天，龙门石窟与敦煌莫高窟、大同云冈石窟、天水麦积山石窟并称为中国的"四大石窟"。凡逢节假日，游人如织，摩肩接踵。

又是一年芳草绿。欧阳修在洛阳工作生活了一年，已融入当地的各种圈子。虽然官小职微，但他的才能学识、品德性情和酒量酒风等个人综合素质，得到钱市长和同事们的高度认同。年轻的朋友在一起，比什么都快乐。白天，哥几个在龙门登高览胜，林中探幽，听山鸟歌唱，共赏白云翠雾。傍晚，伊水泛舟，饮酒赋诗，携手月下漫步。"躐硚上高山，探险慕幽赏。初惊涧芳早，忽望岩扉敞。林穷路已迷，但逐樵歌响。"（《上山》）玩累了，坐在春水潺潺的岸边，看林梢群鸟飞，鸳鸯嬉戏水，锦鳞游泳美。"春溪渐生溜，演漾回舟小。沙禽独避人，飞去青林杪。"（《伊川泛舟》）"画舫鸣两桨，日暮芳洲路。泛泛风波鸟，双双弄纹羽。爱之欲移舟，渐近还飞去。"（《鸳鸯》）晚上，留宿西峰龙门广化寺。"春岩瀑泉响，夜久山已寂。明月净松林，千峰同一色。"（《自菩提步月归广化寺》），欧阳修独自坐在松树下，听到瀑布飞泉的声音隐隐传来，更加享受这山野间的寂静，月光的皎洁。"横槎渡涤涧，披露采香薇。樵歌杂梵响，共向松林归。日落寒山惨，浮云随客衣。"（《宿广化寺》）

第二天，他们登上香山石楼，俯瞰溪流湍急，鱼鹰翻飞，侧耳倾听八节滩水石相击的巨大声响，寻找着唐代前辈白居易留下的足迹。"高滩复下滩，风急刺舟（撑船）难。不及楼中客，徘徊川上山。夕阳洲渚远，唯见白鸥翻。"（《石楼》）"乱石泻溪流，跳波溅如雪。往来川上人，朝暮愁滩阔。更待浮云散，孤舟弄明月。"（《八节滩》）陶醉在龙门的山水之乐中，没有因好友陈秀才的离别而伤感。欧阳修一口气写下《游龙门分题十五首》诗，另专写一篇《送陈经秀才序》惠赠，记录此次龙门之游。

"伊出陆浑，略国南，绝山而下，东以会河。山夹水东西，北直国门，当双阙……然伊之流最清浅，水溅溅鸣石间。刺舟随波，可为浮泛；钓鲂撅鳖，可供膳羞。山两麓浸流中，无岩崒颓怪盘绝之险，而可以登高顾望。自长夏而往，才十八里，可以朝游而暮归。故人之游此者，欣然得山水之乐，而未尝有筋骸之劳，虽数至不厌也。然洛阳西都，来此者多达官尊重，不可辄轻出。幸时一往，则驺奴从骑，吏属遮道，唱呵后先，前傀旁扶，登览未周，意已怠矣。故非有激流上下、与鱼鸟相傲然徙倚之适也。然能得此者，惟卑且闲者宜之……"

龙门的山水胜景距离市中心不远，吸引了很多达官贵人骑着高头大马，带着奴仆，坐着轿子"到此一游"，根本体会不到"激流上下，与鱼鸟相傲徙倚"的情致。只有像我们这些"位卑且闲者"，方能享受这恬然自得的山水之乐。

这是欧阳修游龙门的心得体会，对今天的我们仍深有启发。只有"惟卑且闲者",方能静下心来,把眼前的自然山水景物等,有机地融入自己内心的审美追求,与白云、飞鸟、古木、野草、溪流、月光对话,激发起广泛的人生思考和对过往历史、文化的回望。这样的闲游,才是旅游的目的。想想也是,领导光临某处风景点,前呼后拥,耀武扬威,陪同的人小心翼翼,这场面本身就成为风景的破坏者,哪有游玩的情致呢? 另据《新唐书·白居易传》载:晚年的白居易住在伊水之畔,捐出家资,"构石楼香山,凿八节滩,自号醉吟先生"。白居易建造石楼,供游人观景、休息;开凿八节滩,让船夫行船更安全顺畅。如此善举,后人当永记不忘。欧阳修后来自号"醉翁",是否今夜受到"醉吟先生"的启发呢?

龙门的广化寺之夜,月色如水。那轮曾盈满李白、杜甫、白居易酒杯的明月,同样又映照着欧阳修这几位年轻人的芳樽……

二、嵩山登高

龙门归来不久,进入明道元年(1032年)的暮春。

一天,为抓住春天的尾巴,欧阳修和梅尧臣、杨愈等人相邀,出城登嵩山游玩。

嵩山,夏商时称"崇高""崇山",西周时称"岳山"。以嵩山为中央,左岱(泰山)右华(华山),定嵩山为中岳,始称"中岳嵩山"。从山体上看,嵩山由太室山与少室山组成,共七十二峰,最高峰为连天峰,海拔1512米。山脉东连汴京,西临洛城,南临颍水,北瞰黄河。"嵩高惟岳,峻极于天。"(《诗经》)据传,印度高僧达摩禅师曾在此面壁修炼。此外,始建于北魏太和十九年(495年)的少林寺就位于少室山北麓五乳峰下,唐初少林武僧十三棍勇救秦王李世民的传奇故事流传甚广。唐代以后,僧徒众多,讲经习武,三教合一,禅宗和少林武学逐渐蜚声海内外。先后曾有三十多位皇帝、一百五十多位著名文人亲临嵩山,欧阳修就是其中的杰出代表。

第一次登嵩山,这是欧阳修一生中难以忘怀的青春之旅。

"会当凌绝顶,一览众山小。"几位志得意满的年轻人在嵩山的怀抱里,兴奋地打着滚儿,嬉戏调侃,把多余的精力用喝酒、写诗来发泄。在他们眼中,嵩山正如他们的芳华,是青春的、巍峨的,是高也可攀的。

这次嵩山登高,如一枚石子投入水中,在北宋文学圈引起广泛的涟漪。

欧阳修一行,拾级而上,走走停停,一路攀登,沿途峰峦叠翠,怪石林立,崖壁如削，古木参天，山花烂漫，瀑布飞白，潭水清幽，鸟鸣声声。登上最高峰峻极峰，山风清凉，白云如絮。极目远眺，黄河如带，绿野千里。欧阳修对路过的峻极寺、天门泉、拜马涧、公路涧、天池、玉女窗、三醉石、天门、二室道、中峰、玉女捣衣石等风景点，每处都写诗记录。"路入石门见，苍苍深霞间。云生石砌润，木老天风寒。客来依返照，徙倚听山蝉。"（《峻极寺》）"烟霞天门深，灵泉吐岩侧。"（《天门泉》）"春晚桂丛深，日下山烟白。"（《二室道》）"惊鸟动林花，空山答人语。云霞不可揽，直入冥冥雾。"（《自峻极中院步登太室中峰》）"望望不可到，行行何屈盘。一迳林杪出，千岩云下看。烟岚半明灭，落照在峰端。"（《中峰》）"拂石登古坛，旷怀聊共醉。云霞伴酣乐，忽在千峰外。坐久还自醒，日落松声起。"（《三醉石》）欧阳修在嵩山玩了几天，留下组诗《嵩山十二首》。

梅尧臣不甘示弱，写下《同永叔、子聪游嵩山赋十二题》。"山高路已穷，倏尔逢兰若。落日老僧闲，支颐古松下。缓步入禅庭，苔苍但萧洒。"（《峻极寺》）"古壁何苍苍，穿云玉梯出。前岩复后峰，阴晴状非一"（《天门》）"时应下鹿群，迹印青苔湿。"（《天门泉》）"度岭失群山，千峰出天际。"（《二室道》）"人从树杪来，路向云端转。忽觉在烟霭，回首峰岭变。"（《自峻极中院步太室中峰》）"日夕望苍崖，崭崭在天外。及来步其巅，下见河如带。半壁云树昏，山根已滂霈。"（《中峰》）"依稀日夜笙，声入寒泉泻。"（《拜马涧》）"幽石称捣衣，捣衣人不见。犹应寒夜中，山月来铺练。"（《玉女捣衣石》）"玉洞倚霞壁，天窗露微明。骖鸾去不返，啼鸟空相惊。"（《玉女窗》）"相期物外游，共醉仙坛石。举手薄高穹，清风生两腋。都忘尘世烦，笑傲聊为适。"（《三醉石》）

他们的每一首诗中，有画面、有喜悦，更有对人生的感悟和思考。

时任陈州通判的范仲淹，看到欧阳修、梅尧臣登嵩山的组诗，羡慕之极。虽然没有携手同游，但也写出《和人游嵩山十二题》，以表达想入群的愿望。"徘徊峻极寺，清意满烟霞。好风从天来，吹落桂树花。高高人物外，犹属梵王家。"（《峻极上寺》）"白云随人来，翩翩疾如马……不来峻极游，何能小天下。"《自峻极中院步登太室》）"天门有灵泉，埃尘未尝至。日月自高照，云霞亦辉庇。惟抱夷齐心，饮之可无愧。"（《天门泉》）"乘此澄清间，吾缨可以濯。"（《天池》）"清流引河汉，白气横云雾。"（《公路涧》）"试问捣衣仙，何如补天女。"（《玉女捣衣石》）"回看日月影，正得天地心。"（《中峰》）"太室何森耸，少室欲飞动。相对起云霞，恍如游仙梦。"（《二室道》）"憔悴泽边人，独醒良可惜。"（《三醉石》）范仲淹的想象力令人佩服，他虽未同登嵩山，却把嵩山的险峻、壮美描绘得如身临其境一般，还融进自己"先天下之忧而忧"的入世情怀，诗文功底非凡。

嵩山登高，充满着青春的诗意和快乐；诗歌唱和，洋溢着纯洁的情谊和憧憬。对每一位参与者，都注定会终生难忘。

夏天悄悄过去。在"霜叶红于二月花"的同年秋天，欧阳修、谢绛、杨愈、伊洙、王复五人，重游嵩山，历时六天。此时，梅尧臣已调任河阳县主簿，没能参加。游玩结束，回到洛阳，谢绛专门给梅尧臣写去一封《游嵩山寄梅殿丞书》，详细描绘这次秋游之乐。梅尧臣收信后，立刻回复《希深惠书，言与师鲁、永叔、子聪、几道游嵩，因诵而韵之》。这首长达五百字的回信，是他"以文为诗"的尝试。

第二次嵩山秋游，欧阳修意外发现唐代韩愈的两处石刻和韩覃的《幽林思》诗碑，激起他广搜金石的浓厚兴趣。可以说，欧阳修开创并最终完成中国第一部金石学巨著《集古录》一千卷，起点就是这两次嵩山之游。

嘉祐八年（1063年）六月，距离这两次嵩山登高已过去三十一年。欧阳修时任参知政事，同游者皆已过世，他在写作《集古录跋尾》卷六"唐韩覃〈幽林思〉"条目中，仍在详细追忆第二次登嵩山："右《幽林思》，庐山林薮人韩覃撰。余为西京留守推官时，因游嵩山得此诗，爱其辞翰皆不俗。后十馀年，始集古金石之文，发箧得之，不胜其喜。余在洛阳，凡再登嵩岳。其始往也，与梅圣俞、杨子聪俱。其再往也，与谢希深、尹师鲁、王几道、杨子聪俱。当发箧见此诗以入集时，谢希深、杨子聪已死。其后师鲁、几道、圣俞相继皆死。盖游嵩在天圣十年，是岁改元明道，余时年二十六，距今嘉祐八年盖三十一年矣。游嵩六人，独余在尔，感物追往，不胜怆然。六月旬休日书。"

嵩山登高那年，欧阳修二十六岁，正意气风发。三十一年过去，弹指一挥间。他依稀追忆的，是逝去的青春、友情和理想。

梅尧臣何尝不是如此呢？春花秋月何时了，往事并不如烟。嘉祐三年（1058年），当年同游嵩山者，只剩梅尧臣和欧阳修俩人还活在世上。欧阳修在去年主持全国的贡举考试时，发现了苏轼、曾巩等一批人才，正是仕途如日中天的时候。他向梅尧臣索要谢绛写的《游嵩山寄梅殿丞书》，引发梅尧臣对往事的回味，不胜唏嘘。他含泪写下《永叔内翰见索谢公游嵩书，感叹希深、师鲁、子聪、几道皆成异物，独公与余二人在，因作五言以叙之》："又忆游嵩山，胜趣无不索。各具一壶酒，各蜡一双屐。登危相扶牵，遇平相笑噱。石捣云衣轻，岩裂天窗窄。上饮醒心泉，高巅溜寒液。下看峰半雨，广甸飞甘泽。夜宿岳顶寺，明月入户白。

分吟露气冷，猛酌面易赤……誓将新咏章，灯前互诋摘。杨生护已短，一字不肯易。明年移河阳，簿书日堆积。忽得谢公书，大夸游览剧……死者诚可悲，存者独穷厄。但比死者优，贫存何所益。"

那年的嵩山，那时的我们，还有那些诗歌，一切皆历历在目。相互搀扶，停歇打闹，夜宿禅寺，喝酒写诗，切磋争论。杨愈这家伙，他的诗一个字也不让改。明月透窗来，烛光摇曳之下，那一张张青春年少的脸，由于酒精的作用，更加红润生动。嵩山之夜，多么地富有诗情画意啊！想想现在，嵩山依旧巍峨，只有欧阳修飞黄腾达了，他们几位都已成鬼。我还在世上苟活，守着贫苦的日子。人生之路，为什么越走越窄呢？

梅尧臣也没料到，两年之后，他自己也撒手西去。当年的"洛中七友"，独存"醉翁"一人了。

三、竹林宴饮

明道元年（1032年）初秋，山水明净，树叶斑斓，第一次龙门和嵩山之游的喜悦刚刚散去。因为谢绛是梅尧臣的妻兄，时任河南府通判，为回避亲嫌，梅尧臣改任河阳县主簿。

前段时间，欧阳修一直在向梅尧臣学习清淡闲雅、妙笔细密的诗风。老师调离，欧阳修召集可几个设宴饯行。选择哪里宴饮才能尽表心意呢？欧阳修颇费一番心思。他亲自跑遍洛阳城的酒店和私人会所，最终决定在"会隐园"竹林里的普明精庐小聚。此地不仅菜品独特，清雅安静，还暗含深意。

洛阳作为千年帝都，园林之盛甲天下。"夫洛阳，帝王东西宅，为天下之中。土圭日影，得阴阳之和；嵩少瀍涧，钟山水之秀。名公大人，为冠冕之望；天匠地孕，为花卉之奇。加以富贵利达，优游闲暇之士，配造物而相妩媚。"（南宋·张琰在《洛阳名园记序》）从东汉到北宋千年间，皇家、寺庙、名卿贵胄之家，竞相建造园林。其中，竹林是洛阳园林中的最大特色。北宋著名女词人李清照的父亲李格非曾著有《洛阳名园记》，专门记录洛城十九处私家园林。比如，归仁园北部种有牡丹、芍药一千多株，中部种有百余亩翠竹，南部种植着成行的桃树、李树等。苗帅园有"竹万馀竿，皆大满二三围"。宋神宗时期，司马光因不满王安石变法，退隐洛阳竹林下十五年，专著《资治通鉴》。"西都自古繁华地，冠盖优游萃五方。比户清风人种竹，满川浓绿土宜桑。"（司马光《和子骏洛中书事》）洛阳的青青翠竹、绿绿桑叶，带着清风雨露，消除了司马光长期伏案写作带来的视觉疲劳。竹子的性格，也增添"司马牛"坚韧不拔的精神动力。

欧阳修选择的"会隐园"，原是唐代大诗人白居易私家园林的一部分。白乐天曾有记载："吾有第在履道坊，五亩之宅，十亩之园，有水一池，有竹千竿。"世事变迁，现转入张氏手中。尹洙曾应邀为其写《张氏会隐园记》："始得民家园，治而新之，水竹树石，亭阁桥径，屈曲回护，高敞荫蔽，邃极乎奥，旷极乎远，无一不称者。"

欧阳修选择这里，或许是向唐代前辈白乐天致敬。

此外，还有另一层寓意。竹子，历来是文人士大夫自喻的意象。西晋时，诗酒风流、放荡不羁的"竹林七贤"曾在洛阳频繁活动，与社会主流价值观对抗。欧阳修在洛阳，也把自己的居室命名为"绿竹堂"，赞美竹子"虚心高自擢，劲节晚愈瘦。虽惭桃李妖，岂愧松柏后"（《初夏刘氏竹林小饮》）。梅尧臣曾以"爱此孤生竹，碧叶琅玕柯"自况。钱惟演在洛阳任市长时，写有"瘦玉萧萧伊水头，风宜清夜露宜秋。更教仙骥旁边立，尽是人间第一流。"（《对竹思鹤·留守洛阳日作》）钱市长自比一只仙鹤，立在翠竹边，才是人间最风流。绿竹是历代文人士大夫理想化人格的化身，青青翠竹，更是"洛中七友"的共同所爱，在他们所写的诗文中经常出现。在竹林里雅聚，送别朋友，真是理想场所。

菜好、酒美、人对、舍雅、趣多，这样的小聚气氛最佳。杜康美酒，已过三巡，牡丹菜肴，也过五味，宴饮渐入高潮。欧阳修想起东晋王羲之的兰亭雅集，端起一杯酒说：今日如果我们只喝酒，不写诗文的话，后人一定会笑话我们是酒肉之徒。快！笔墨伺候，我们进行写诗游戏。规则是：每张纸上写一句古人的诗，每个人闭上眼睛摸一张，就以摸到的这句诗的每个字为韵，当场写诗。凡写不出来者，罚他喝一个"小钢炮"。诸位意下如何？大家纷纷赞同。

游戏开始，梅尧臣摸到的字韵是"高树早凉归"，为唐代沈佺期《酬苏味道夏晚寓省直中见赠》中的句子。欧阳修摸到的是"亭皋木叶下"，为南北朝时柳恽《捣衣诗》中的句子。

梅尧臣趁着酒意，挥笔而就组诗《新秋普明院竹林小饮得高树早凉归》："翻然思何苦，昨夜秋风高。良友念将别，幅巾邀此遨。清梵隔寒流，乱蝉鸣古树。谁知林下游，复得杯中趣。池上暑风收，竹间秋气早。回塘莫苦留，已变王孙草。未坠高梧叶，初生玉井凉。愁心异潘岳，独自向河阳。不减阮家会，所嗟当北归。厌厌敢辞醉，明发此欢非。"初秋时节，即将离开朋友，心里还是有些酸楚。

　　欧阳修低声吟罢梅尧臣写的诗，心里有些忧伤，主动与他碰了一杯后，脸上泛起酒红，醉眼蒙眬，提笔写下《初秋普明寺竹林小饮饯梅圣俞分韵得亭皋木叶下五首》："临水复敧石，陶然同醉醒。山霞坐未敛，池月来亭亭。洛城风日美，秋色满蘅皋。谁同茂林下，扫叶酌松醪。野水竹间清，秋山酒中绿。送子此酤歌，淮南应落木。劝客芙蓉杯，欲搴芙蓉叶。垂杨碍行舟，演漾回轻楫。山水日已佳，登临同上下。衰兰尚可采，欲赠离居者。"朋友就要远走，干了这杯酒，忘记离别的忧愁，让我们期待未来，相逢在灿烂的季节。

　　这次竹林送别，大家都喝"断片"了。梅尧臣深为感动，记忆深刻。他在日记中写道："余将北归河阳，友人欧阳永叔与二三君具觞豆，选胜绝，欲极一日之欢以为别。于是，得普明精庐，酬酒竹林间，少长环席，去献酬之礼，而上不失容，下不及乱，和然啸歌，趣逸天外。酒既酣，永叔曰：'今日之乐，无愧于古昔，乘美景，远尘俗，开口道心胸间，达则达矣，于文则未也。'名取纸写昔贤佳句，置坐上，各探一句，字字为韵，以志兹会之美。咸曰：'永叔言是。不尔，后人将以我辈为酒肉狂人乎！'顷刻，众诗皆就，乃索大白，尽醉而去，明日第其篇请余为叙云。"

　　欧阳修永远也不会忘记，天圣九年（1031年）三月，初到洛阳，和梅尧臣一见如故，直到嘉祐五年（1060年）梅尧臣去世，两人保持了长达三十多年的师友、诗友和知己关系。欧阳修曾在《书梅圣俞稿后》中承认："余尝问诗于圣俞，其声律之高下，义语之疵病，可以指而告余也；至其心之得者，不可以言而告也，余亦将以心得意会，而未能至之者也。"

　　梅尧臣很早就有诗名，他比欧阳修大五岁，欧阳修对他非常尊重，称赞"圣俞翘楚才，乃是东南秀"。但梅的一生，仕途不顺，穷困潦倒。欧阳修却成为政坛明星、文坛领袖。两人的友情从未中断，更没有因地位、名声的差异、时光的流逝而变化。欧阳修尽可能地去推荐、照顾梅尧臣。在现存的梅尧臣诗集中，他与欧阳修相互酬答的诗有一百五十多首，欧阳修酬答他的今存一百四十多首。

　　梅尧臣在洛阳、河阳任县主簿期间，是与欧阳修亦师亦友的几年，更是他一生中最为快乐的时光。

　　洛阳时期的欧阳修，在梅尧臣面前，如同刚刚踏入职场的公务员，是青涩的、谦逊的、勤奋的，也是兴高而采烈的。

四、花儿少年

"洛阳岁正月梅已花,二月桃李杂花盛开,三月牡丹开。于花盛处作园圃,四方伎艺举集,都人士女载酒争出,择园亭胜地,上下池台间引满歌呼,不复问其主人。"(北宋·邵伯温《邵氏闻见录》)洛城的繁华与东京的梦华相互叠加,组成北宋的社会时尚图画,构成后人对这个风雅时代的千年追忆。洛阳牡丹盛开的季节,欧、梅一见如故。"三月入洛阳,春深花未残。龙门翠郁郁,伊水清潺潺。逢君饮水畔,一见已开颜。"(欧阳修)"春风午桥上,始迎欧阳公。"(梅尧臣)两人一生的友谊就此开始。"河南又多名山水,竹林茂树,奇花怪石,其平台清池上下,荒墟草木之间,余得日从贤人长者,赋诗饮酒以为乐……"(欧阳修)工作之余,他们相互切磋诗艺,相约游山玩水,喝酒快活。

更为幸运的是,欧阳修在洛阳遇到了有意推动诗文革新、关爱文艺青年的市长钱惟演,还有一群志同道合的青年才俊。

钱是洛阳政坛的一号人物,又是洛阳文学圈子的盟主,对文学青年部下关爱、宽容的程度令今天的文艺青年"羡慕嫉妒恨"。据《邵氏闻见录》记载:"谢希深、欧阳永叔官洛阳时,同游嵩山。自颍阳归,暮抵龙门香山。雪作,登石楼望都城,各有所怀。忽于烟霭中有策马渡伊水来者,既至,乃钱相遣厨传歌妓至。吏传公言曰:山行良劳,当少留龙门赏雪,府事简,无遽归也。钱相遇诸公之厚类此……"有一次,欧阳修他们游嵩山,晚上回到龙门香山时,遇到大雪天。钱市长派专人给他们送来厨师、酒菜、歌伎。并传话说:这几天府里没什么工作,不要着急回城,安心在龙门赏雪吧。这样的领导,哪位下属不喜欢、不尊敬呢?可惜,如今绝矣。

除领导可敬,朋友亦可爱极了。欧阳修对谢绛、梅尧臣、伊洙、杨愈等人的文采和品行心悦诚服。"玉山高岑岑,映我觉形陋。"他虚心向梅尧臣学诗,声律、文语上的疵病,梅随时指教他。"师鲁天下才,神锋凛豪俊。平居弄翰墨,挥洒不停瞬。"欧阳修"调西京推官,始从伊洙游,为古文"(《宋史·欧阳修传》)。欧阳修后来写出脍炙人口的《醉翁亭记》,成为古代散文名家,跻身"唐宋八大家"之列,其古文老师正是伊师鲁。北宋僧人文莹曾在《湘山野录》中,记载这样一则趣闻:"公(钱惟演)大创一馆,榜曰林辕。即成,命谢希深、尹师鲁、欧阳修三人者各撰一记……希深之文仅五百字,欧公之文五百馀字,独师鲁只用三百八十馀字而成,语简事备,复典重有法。"欧阳修叹服,尹洙教导他:"大抵文字所忌者，格弱字冗。诸君文格诚高，然少未至者，格弱字冗尔。"钱市长建一座公馆，让他们写记，搞一次"作文竞赛"，欧阳修开始写的不如其他人，后来按尹洙的指教重写一篇，比尹洙的文章简短，"尤完粹有法"。尹洙看后，称赞曰："欧九真一日千里也！"

在如此宽松、自由的环境中，欧阳修工作、写诗之余，兴趣盎然地研究起牡丹来。

"牡丹初不载文字，唯以药载《本草》，然于花中不为高第。"牡丹以前不受待见，但到唐代就大为不同。女皇武则天的喜好和权力，大大增添了牡丹的颜值和魅力。牡丹成为洛阳的形象代表，雍容华贵，仪态万方。"唯有牡丹真国色，花开时节动京城。"（刘禹锡）"云想衣裳花想容，春风拂槛露华浓。"（李白）家家户户、男女老少都喜爱牡丹，在人来人往的洛阳街头，随便拦住一个人，都能吟出几句赞美牡丹的诗句来。"洛阳之俗，大抵爱花。春时，城中无贵贱，皆插花，虽负担者亦然。花开时，士庶竞为游遨。"无论是士大夫、一般百姓，还是挑担卖浆之流，头上都插着牡丹，相邀游春赏花。临时形成卖牡丹花的街市上，搭起帐篷，举行歌舞表演，笙歌鼓乐能传到皇宫里。

到了北宋，依旧歌舞升平。钱惟演市长尤其钟爱牡丹，欲写《花品》一书，却因调离洛阳未完成。欧阳修潜心研究，独自撰写出《洛阳牡丹记》，实为牡丹专著的创新之举。"洛阳城围数十里，而诸县之花莫及城中者，出其境则不可植焉。岂又偏气之美者，独聚此数十里之地乎？此又天地之大不可考已。"虽然，别地也产牡丹，但都远远比不上洛阳牡丹之美。天地之气，特别钟情于洛阳，形成独特的地理环境，这是其他地方不能比的。"牡丹出丹州、延州，东出青州，南亦出越州。而出洛阳者，今为天下第一。"（《洛阳牡丹记》）

欧阳修成为研究牡丹的专家，他是把牡丹称为"洛阳花"的第一人。他一生专情于洛阳牡丹。他在很多诗文中，皆把牡丹作为托物寄情对象，倾诉他的深情和人生感悟。

洛阳花，其实就是他的青春、欢乐、友情和理想。"洛中七友"等才俊，都是花儿少年。

景祐元年（1034 年），二十八岁的欧阳修调到首都汴京召试学士院，授任宣德郎，做馆阁校勘，参与编修《崇文总目》。别了，洛阳！再见，洛阳花！

在首都的日子依旧高朋满座，笙歌不绝，诗酒风流。但他更留恋洛阳的这段时光。这里的山，这里的水，这里的花，这里的竹，这里的人，在他今后的人生道路上，始终魂牵梦绕。离开洛阳时，欧阳修曾写有五阕《玉楼春》词，洛阳花在词中反复出现。"人生自是有情痴，此恨不关风与月""直须看尽洛城花，始共春风容易别""洛阳正值芳菲节，秾艳清香相间发""洛城春色待君来，莫到落花飞似霰""关心只为牡丹红，一片春愁来梦里"。

汴京工作两年后，欧阳修为他的性格付出了代价。景祐三年（1036年）五月，欧阳修被贬峡州夷陵（宜昌）县令。第二年，朋友丁元珍写首诗寄他，他便写首《戏答元珍》曰："曾是洛阳花下客，野芳虽晚不须嗟。"放心吧，朋友！曾经沧海难为水，我曾经看尽洛阳牡丹花，在这穷乡僻壤，野花即使开得再晚，我也不会过度感伤。

梅尧臣对洛城的深情亦是如此。庆历六年（1046年）春天，梅时任许昌签判，看到别人家院子里盛开的牡丹，想起洛阳的青春岁月，那里有他的理想和友情。"华发我何感，洛阳年少时。"

花样年华，诗意青春。此情可待，最忆是洛城。

晚年的欧阳修，功名成就。文坛领袖的位置已传给学生苏轼。历经千帆，悟透人生，归来蜕变为"醉翁""六一居士"。病中，他仍在追忆洛阳时期的似水流年。"昔在洛阳年少时，春思每先花乱发。萌芽不待杨柳动，探春马蹄常踏雪。"（《病中代书奉寄圣俞二十五兄》）洛城，已成为欧阳修生命价值的重要组成部分。

洛城三年，奠定了欧阳修一生的仕途、文学和价值观基础，丰富拓宽了他的思想和心灵疆域。他因此能成为文坛领袖，使北宋诗风摆脱唐代和北宋初年"西昆体"的艳丽轻浮，逐渐走向简真和理性之风，并成为后来的"唐宋八大家"之一，发现并扶持苏轼出人头地，文脉传承，开拓出诗词新的表达空间和流派，一直影响到南宋的辛弃疾、陆游、范成大、杨万里等人。可以毫不夸张地说，洛城就是欧阳修书写宋代文学史的起点。

是啊！醉翁的洛城，是他真正的福地。洛城的醉翁，曾是白居易种植在园中的一竿挺拔翠竹，更是刘禹锡笔下的一朵初放的洛阳花。

立 春

　　宋哲宗元符二年（1099年），"立春"节气。料峭的春风吹过中原大地上的厚厚残雪，黄河岸边的冰凌开始融化，田野里的麦苗泛起绿色，农人赶着耕牛准备春耕。一大早，远在海南儋州的苏东坡走出桄榔庵，步行去载酒堂的路上，遇见黎族邻居春梦婆刚从地里回来，肩上挑着两大筐新摘下来的青菜。老太太微笑着打招呼道：内翰好啊！今天是立春，送您一把青菜做春盘吧。此时，苏东坡已在儋州生活两年，当地黎族百姓的淳朴、善良和慕名来向他求学的年轻人，让东坡找到"吾心安处即故乡"的感觉，"我本儋耳人，寄生西蜀州"。虽然海南一年四季绿树成荫，鸟语喧闹，四季变化不像淮河之北的中原那么明显，但东坡仍在立春节气，感受到又是一年春来到的气息正从北方越过海洋扑面而来，抑制不住兴奋的心情，回到桄榔庵里，一挥而就一阕《减字木兰花·己卯儋耳春词》：

　　　　春牛春杖，无限春风来海上。
　　　　便丐春工，染得桃红似肉红。
　　　　春幡春胜，一阵春风吹酒醒。
　　　　不似天涯，卷起杨花似雪花。

　　立春节气，民间又称"打春"，是二十四节气中的第一个节气。据《月令·七十二候集解》曰："立春，正月节。立，建始也。五行之气，往者过，来者续。于此而春木之气始至，故谓之立也。立夏、秋、冬同。""立春"是四季的开始，古代帝王非常重视这一节气，亲率三公九卿到东郊迎接春神，祭祀天地，祈求丰收。"立青幡，施土牛耕人于门外，以示兆民。"（《后汉书·礼仪志上》）春牛一般在农历十二月用泥土和庄稼秸秆塑造，象征春耕开始。东坡从古代立春节气的民间风俗里，享受着春天带给自己的愉悦心情。耕夫持犁杖而立，鞭打泥做的耕牛，以祈求丰收。农家户户门前挂满春旗，或剪成彩旗插在头上和树枝上，迎接这来自海上的无限春风。桃花一簇开无主，可爱深红爱浅红。春风把桃花染成肉色红，也把我从宿醉中吹醒。谁说这里是海角天涯呢？东坡内心回归中原再看杨花飘飞如雪的希望从未熄灭过。屈指算来，苏轼于绍圣四年（1097年）四月十九日从惠州再贬儋州，转眼两年过去了。

唐宋时期，海南被视为蛮瘴僻远的化外之地，黎汉杂居，愚昧贫穷，官员被贬此地，仅次于杀头之惩罚。以前，从没发现有人像苏东坡这样，用欢快跳跃的笔调，热情赞美这里生机勃勃的自然风光。比如中唐时期，著名政治家、诗人李德裕曾在唐文宗和武宗朝期间两度为相，政治和军事上很有建树，为中唐稳定立下赫赫功勋，威震天下，也是中唐时期著名的"牛李党争"的带头大哥，基于党争等原因，唐宣宗大中二年（848 年）被贬到海南崖州任司户参军。"独上高楼望帝京，鸟飞犹是半年程。青山似欲留人住，百匝千遭绕郡城。"（《登崖州城作》）崖州距离长安城太遥远，万水千山阻隔，即使变成鸟儿至少也要飞半年。李德裕的心情悲怆沉郁，两年后死在崖州。同样，东坡刚到儋州时，日子也很难熬。"此间食无肉，病无药，居无室，出无友，冬无炭，夏无寒泉。"（《与程秀才书》）"如今破茅屋，一夕或三迁。风雨睡不知，黄叶满枕前。"（《和陶怨诗示庞邓》）东坡也曾抱怨过、痛苦过，但与其他被贬官员不同，他很快适应当地的各种环境。这是一种生存能力，更是一种生命智慧。而这一切，皆来自苏轼心灵世界中的自我认同。无论是被皇帝重用荣耀之至，还是被贬流放失意低潮，苏轼都能够对人生进行积极实践并不断思考和追问人生的意义。一生既有屈原放逐的忧思，也有"竹林七贤"的放诞旷达，又有陶渊明的自适和对大自然的热爱，更有白居易行藏在我的随遇而安，他充分融会贯通儒释道于一体，并化为自己安身立命的思想基础。

其实，元丰二年（1079 年），苏轼因"乌台诗案"被贬黄州后，就曾以海棠自喻境况。"江城地瘴蕃草木，只有名花苦幽独。嫣然一笑竹篱间，桃李满山总粗俗。也知造物有深意，故遣佳人在空谷。自然富贵出天姿，不待金盘荐华屋。"（《寓居定惠院之东，杂花满山，有海棠一株，土人不知贵也》）苏轼就是那棵被遗忘在荒山野岭杂树之间的海棠，但这并没什么可怕的，此地甚好。"长江绕郭知鱼美，好竹连山觉笋香。""海棠真一梦，梅子欲尝新。"从元丰四年（1081 年）到元丰六年（1083 年），苏轼在黄州四年多的时间里，连续三年在正月二十日的立春节气前后，携友去郊外踏春，用相同韵脚写出三首诗，意味深长，"十日春寒不出门，不知江柳已摇村。稍闻决决流冰谷，尽放青青没烧痕。数亩荒园留我住，半瓶浊酒待君温。去年今日关山路，细雨梅花正断魂。"（《正月二十日往岐亭，郡人潘古郭三人送余于女王城东禅庄院》）苏轼初来乍到，早春的料峭寒风有点冷。他去年被贬，正月初一从汴京出发，路过大庾岭时遇见的梅花此时已经凋落殆尽，被贬的失意还留在心底。"东风未肯入东门，走马还寻去岁村。人似秋鸿来有信，事如春梦了无痕。江城白酒三杯酽，野老苍颜一笑温。已约年年为此会，故人不用赋招魂。"（《正月二十日与潘郭二生出郊寻春，忽记去年是日同至女王城，作诗乃和前韵》）东君虽然姗姗来迟，毕竟还是如期而至。人生如春梦一场，我们在此相会，朋友不必为我忧伤。"乱山环合水侵门，身在淮南尽处村。五亩渐成终老计，九重新扫旧巢痕。岂惟见惯沙鸥熟，已觉来多钓石温。长与东风约今日，暗香先返玉梅魂。"（《六年正月二十日复出东门仍用前韵》）山重水复，江南春晓，我们与春风年年相约，能在此地终老一生，感觉挺好。

在这三首诗中，心中流淌的春意越来越浓。春天来了，春牛登场，苏轼把开垦的东坡地，当成陶渊明隐居的斜川。"梦中了了醉中醒。只渊明，是前生。走遍人间，依旧却躬耕。昨夜东坡春雨足，乌鹊喜，报新晴。雪堂西畔暗泉鸣。北山倾，小溪横。南望亭丘，孤秀耸曾城。都是斜川当日景，吾老矣，寄馀龄。"（《江城子·梦中了了醉中醒》）东坡地里，恰逢一场春雨，土地被浇透，墒情正好播种。春风送暖，万象更新，我听到喜鹊欢叫，尤其最爱听雪堂西畔那幽泉的叮咚声，小溪横流于山前，最爱看北山连绵不断的秀姿，长短亭错落有致地散落在丘壑间。这里的山水田园，不就是陶渊明当年的斜川之景重现吗？苏轼在黄州的历练和思想蜕变，影响到他接下来在惠州和儋州的生活态度。

黄州之后，苏轼经过宋哲宗元祐年间的高光时刻，仕途又从高峰跌至低谷。绍圣元年（1094年）十月二日，苏轼抵达新贬所惠州。岭南瘴疠横行，蛮荒偏僻。但是，这里不同于北方的南国风情，扫除他一路颠簸的不快。"仿佛曾游岂梦中，欣然鸡犬识新丰。吏民惊怪坐何事，父老相携迎此翁。苏武岂知还漠北，管宁自欲老辽东。岭南万户皆春色，会有幽人客寓公。"（《十月二日初到惠州》）初到被贬之地，百姓热情相迎。在东坡看来，这里如同似曾相识的故乡眉山。空气中到处弥漫着桂花的清香，雨后满树的荔枝、柑橘等水果赤橙黄绿，味道鲜美。"罗浮山下四时春，卢橘杨梅次第新。日啖荔枝三百颗，不辞长作岭南人。"（《食荔枝》）惠州不仅有很多好吃的食物，还有很多好玩的地方，正合苏轼的心意。"环州多白水，际海皆苍山。以彼无尽景，寓我有限年。""提壶岂解饮，好语时见广。春江有佳句，我醉堕渺莽。""新浴觉身轻，新沐感发稀。风乎悬瀑下，却行咏而归。仰观江摇山，俯见月在衣。步从父老语，有约吾敢违。"（《和陶归园田居六首》）黄州四年的贬谪生活，释家和道家思想已在东坡心中生根发芽。"且夫天地之间，物各有主，苟非吾之所有，虽一毫而莫取。惟江上之清风，与山间之明月，耳得之而为声，目遇之而成色，取之无禁，用之不竭，是造物者之无尽藏也，而吾与子之所共适。"（《赤壁赋》）人生天地间，匆匆过客而已，"吾生如寄耳"，顺应生活，享受当下，才能从苦难中找到生命存在的意义。东坡真正懂得并终生做到了这一点。"白头萧然满霜风，小阁藤床寄病容。报道先生春睡美，道人轻打五更钟。"（《纵笔》）这是何等超脱达观的生活态度啊！寺院中的一张藤床胜过席梦思，春夜寂静梦正香。据说，宰相章惇读到此诗，被他"春睡美"的生活惹得怒火中烧，把苏轼再贬儋州。

绍圣四年（1097年），六十二岁的东坡来到儋州后，调整自己，适应环境，继续从苦难生活中感悟生命的快乐。"稍喜海南州，自古无战场。奇峰望黎母，何异嵩与邙。飞泉泻万仞，舞鹤双低昂。分流未入海，膏泽弥此方。芋魁倘可饱，无肉亦奚伤。"（《和陶拟古九首》）"借我三亩地，结茅为子邻。鴃舌倘可学，化为黎母民。"这里虽闭塞，但远离战争。原始生态环境优美，山水俱佳，并且还与中原的嵩山和邙山相似。发源于黎母山的河流润泽万物，虽无肉可食，但有芋头可饱食，已心满意足，我愿意终老于此。

莫作天涯万里意，溪边自有舞雩风。一个人只要内心的春天永驻，总能熬过人生遭遇的凛冬。苏东坡正因如此，在立春节气里，他才能写出我国诗词历史上第一首对海南风情的赞美之歌。

铁汉柔情

北宋立国，宋太祖被"黄袍加身"后，"杯酒释兵权"清理功臣旧部，没有血雨腥风、刀光剑影，这种温情脉脉的改朝换代，在历史上并不多见。故此，北宋立国的方式就有柔情的色彩。开国后，一直奉行重文轻武国策，不杀讽谏时政的言官和文人，皇帝与他们分权共治天下，并对他们施以高官厚禄的待遇、相对宽松自由的舆论环境，这可谓是历史上读书人的黄金时代。尤其是宋真宗时代，与辽国签订"澶渊之盟"后，用钱绢换来长期相对和平的时光，将士和百姓们未曾识干戈。如此国内小气候熏陶，文人士大夫作为社会精英，性情和价值追求日趋雅致和奢靡，性格日趋走向柔情，产生铁血汉子的土壤贫瘠稀薄了。这也难怪，在两宋三百多年里，曾出现"太平宰相""红杏尚书""贺梅子""一抹微云君""蟋蟀宰相"等别号。尤其是真宗、仁宗时代，"太平宰相"晏殊工作之余，曾创作上万首"闲雅有情思"的诗词。"无可奈何花落去，似曾相识燕归来。小园香径独徘徊。""一向年光有限身，等闲离别易销魂，酒筵歌席莫辞频。满目山河空念远，落花风雨更伤春，不如怜取眼前人。"晏殊的这两首《浣溪沙》词，柔肠百结，饱含对人生的幻灭之感。

北宋时代，诗词、书画、抚琴、焚香、问道、养伎、歌舞、吃酒、点茶、蹴鞠、养花等雅事，成为社会精英文化生活时尚。从宫廷到民间，整个社会弥漫着太平盛世的享乐主义。东京梦华，天上人间，柳永的艳词你侬我侬，儿女情长，"凡有井水饮处，皆能歌柳词。"这种底色温情粉红的文化和价值观，与草原上正在崛起的女真和蒙古民族尚武嗜杀的天性相反。比如，太宗时代"雍熙北伐"，曹彬和杨家将与辽国作战很英勇，但高粱河之战失败后，太宗失去斗志。真宗时代，在战局对北宋有利的情况下，草草收兵，与辽国签订"澶渊之盟"，还以为捡了个大便宜。仁宗时代，四十多年清平乐时光，与西夏党项战争，负多胜少，范仲淹、韩琦在西北战场，发出"将军白发征夫泪"之叹息，非铁汉所为。出身行伍的狄青战功赫赫，但非科举进士出身，总被时人轻视为赳赳武夫。神宗时代，以改革起家的王安石和反对改革的司马光，性格倔强一根筋，非此即彼，王安石打击政敌很冷血，司马光主动回避矛盾，退隐洛阳，潜心著《资治通鉴》，两人既不柔情，也非铁血。宋徽宗、钦宗时代，奸臣当道，"靖康之耻"，李纲横刀立马，无奈昙花一现。高宗南渡后，奉行和议政策，岳飞、张浚、辛弃疾等人，性格坚定，也很深情，主张抗战，收复中原，但时代没有给他们机会，还没有来得及表现出铁血的一面，就以悲剧匆匆收场。

直到南宋末年，强劲血腥的蒙元铁骑横扫欧亚大陆后，南宋重蹈北宋的覆辙。联合蒙元灭掉金国，引狼入室。短短几年间，自咸淳九年（1273年）襄阳战败，门户大开，元将伯颜进逼临安城。德祐二年（1276年）初，谢太后奉玺签字投降，再到祥兴二年（1279年）二月"崖山决战"，兵败如山倒。伴随着南宋灭亡的残阳如血，一位铁汉柔情的状元郎横空出世，如一颗耀眼的流星划过夜空，为大宋王朝留下最后一抹亮色，保住了两宋文人士大夫们的最后一丝脸面。

南宋时代选择了他，他也注定属于那个时代。这位铁汉柔情的状元郎，就是文天祥。

"宋养士三百年，得人之盛，轶汉唐而过之远矣。盛时忠贤杂还，人有余力。及天命已去，人心已离，有挺然独出于百万亿生民之上，而欲举其已坠，续其已绝，使一时天下之人，后乎百世之下，洞知君臣大义之不可废，人心天理之未尝泯，其有功于名教，为何如哉？丞相文公，少年趫厉，有经济之志。……等一死尔，昔则在己，今则在天，一旦就义，视如归焉。……推此志也，虽与嵩、华争高可也。宋之亡，守节不屈者有之，而未有有为若公者，事固不可以成败论也。然则收宋三百年养士之功者，公一人尔。"元朝时，辽阳儒学副提举庐陵人刘岳申，根据文天祥的遗著和自己的见闻，撰写并刻印《文丞相传》，元代参议中书省相台许有壬在为本书所写的《序言》中，评价文天祥为"宋三百年养士之功者，公一人尔"。确实公允，能赢得对手的尊敬，实在难得！

文天祥，号文山，南宋吉州庐陵（今江西吉安）人。少时，在江西白鹭洲书院学习，师从欧阳守道山长。宝祐四年（1256年），二十一岁高中状元。度宗咸淳九年（1273年），任湖南提点刑狱。次年，调任知赣州后，得知元军渡江消息，立刻组织万人起兵勤王。德祐二年（1276年）正月二十日，临安沦陷前夕，临危受命，任右丞相兼枢密使，与左丞相吴坚一起，赴伯颜大营谈判，不亢不卑，据理力争。伯颜以为他有异志，被扣留军中，后押解北上。二月，文天祥行至镇江，冒死侥幸逃脱。

"万里风霜鬓已丝，飘零回首壮心悲。罗浮山下雪来未，扬子江心月照谁？只谓虎头非贵相，不图羝乳有归期。乘潮一到中川寺，暗度中兴第二碑。"（文天祥《北归宿中川寺》）文天祥从元朝军营逃脱后，到江心寺觐见避难此地的幼主。寺里存放有宋高宗昔日御座，文天祥看到后联想到一百多年之后，南宋皇帝再次遭此劫难，失声痛哭。那是建炎四年（1130年），金将金兀术兵犯临安，宋高宗赵构也曾逃到江心寺，等待与金人议和退兵。此时此地，历史的一幕再次重现，文天祥、陆秀夫决定效仿宋高宗故事，拥立赵昰为天下兵马都元帅，赵昺为副元帅，图谋再度中兴。后来，赵昰一行从江心寺辗转来到福州，于五月一日称帝，史称宋端宗，改元景炎，加封赵昺为卫王，张世杰为枢密副使，文天祥为右丞相兼知枢密院事，陆秀夫为签书枢密院事。文天祥在福州以同都督军马在南平、长汀一带组织抗元，后转战漳州和广东梅州一带。其间，德祐二年（1276年）三月，谢太后携宋恭帝赵㬎已向元军投降，很快就被押解至元大都。

景炎二年（1277年）五月，文天祥转战故乡江西一带。在于都，大败元军，收复兴国、吉州等县，建立抗元军事大本营，但很快被元军击溃，退至空坑（今江西永丰南）时，妻妾儿女与幕僚均被元军俘虏。文天祥因有位义士自愿当替身逃脱后，收拾残兵余部，继续在广东岭南一带坚持抗元。

景炎二年（1277年）十二月，宋端宗逃至秀山，广州失守，慌乱退到井澳（今中山市南海中），宋端宗落水，年逾七十的老臣江万载奋力跃入海中救起端宗，自己被巨浪卷走，超过四成的宋朝士兵在这次飓风中丧命。景炎三年（1278年）四月十五日，十岁的宋端宗在硇洲荒岛（今广东湛江硇洲岛）上病死后，七岁的赵昺又被拥立为帝，史称帝昺，改元祥兴。帝昺生母杨太妃垂帘听政，流亡至崖山。祥兴元年（1278年）六月，文天祥要求赴崖山勤王，却被当权的张世杰拒绝。此时，宋军在崖山伐木为新皇帝建造行宫三十间，正殿名慈元殿，是杨太后与帝昺的居所。殿外有房屋三千间，为百官、有司的住所，二十余万将士与家眷居住于此，《宋史》称为"行朝草市"，流亡小朝廷仿佛是回光返照。

十二月，元军从海陆两线大举进攻，文天祥被迫转移至海丰一带。一天中午，文天祥在五坡岭吃饭时被包围，被俘后吞冰片自杀未成。因为俘获南宋丞相，那位元朝军官得以青史留名：千户王惟义，相当于今天的师团长。后人在文天祥被俘地修建一座亭子，取名"方饭亭"。亭前有一块长条形的石碑，上刻四个大字："一饭千秋"。至今，亭子和碑刻仍在海丰县一所中学校园内。

第二年正月，南宋流亡朝廷驻在崖山，在张世杰的指挥下，准备与元军决战。元军统帅张弘范命文天祥写信劝降，他书录经珠江口零丁洋时写下的《过零丁洋》诗句，以明宁死不屈之志。当张弘范读到"人生自古谁无死，留取丹心照汗青"时，这位敌将对手不禁感叹道："真是好人好诗！"

祥兴二年（1279年）二月初六，崖山决战，南宋大厦倾覆，大海重又恢复平静，只是海水血腥。"弧矢暗江海，百万化为鱼。帝子留遗恨，故园莽丘墟。"（文天祥《集杜诗·祥兴第三十四》）著名历史学家黄仁宇说："这不仅是一个令很多孤臣孽子痛哭流涕的日子，这划时代的1279年也给中国文化史上留下了伤心的一页。"明末思想家黄宗羲感叹道："夫古今之变，至秦而一尽，至元而又一尽。经此二尽之后，古圣王之所恻隐爱人而经营者荡然无具。"明朝史学家王夫之也认为宋朝的覆灭不可与其他王朝的更迭相提并论。"二汉、唐之亡，皆自亡也。宋亡，则举黄帝、尧、舜以来道法相传之天下而亡之也。"现在看来，这些观点有其历史局限性，但崖山决战确实成为中国历史和文化的转折点。蒙古铁骑在整个欧亚大陆纵横驰骋，横扫千军如卷席，接连剿灭西夏、大理、金朝后，最后灭南宋，结束了五代十国以来长达三个多世纪的分裂格局，实现大一统的格局，开创出一个舆图空前、等级森严的帝国。而那个繁华如梦、文明雅致、自由开放的宋朝成为一场东京梦华，让后世文人士大夫怀念至今。国学大师陈寅恪曰：华夏民族之文化，历数千载之演进，造极于赵宋之世。后渐衰微，终必复振。

张弘范灭宋后，"磨崖山之阳，勒石纪功而还。"（《元史·张弘范列传》）并刻石"镇国大将军张弘范灭宋于此"十二个大字。后人对此行为极为愤怒，在字前加个"宋"字讽刺他，便成为"宋镇国大将军张弘范灭宋于此"。但生气归生气，张弘范并不真是南宋叛将，他和父亲张柔为生活在金国的汉人。各为其主，也无可厚非。

对如何处理文天祥，元世祖忽必烈专门下诏曰："谁家无忠臣？"命张弘范优待文天祥，将其押送至元大都。

祥兴二年（1279年）四月二十二日，张弘范派一个叫石嵩的军官负责押解文天祥北上。前路漫漫，身处牢狱，难求一死。远离战场上的厮杀，面对劝降者纷纷前来威胁利诱，文天祥面对的是肉体折磨和意志考验，是感情和灵魂的煎熬。被俘之前，坚持抗元是作为臣子应有的职责所在，这与岳飞抗金无异。被俘之后，曾经的皇帝和谢太后及很多大臣都已投降，南宋灭亡已是注定的结局，继续忠君还有何意义？如果赴死则很简单，但怎样才能死得其所？从祥兴二年（1279年，至元十六年）初被俘，直到当年十月抵达元大都，文天祥的脑海里翻腾纠缠着这些问题。生存或是毁灭？不得不做出非此即彼的最终选择。

不仅文天祥在思考这些问题，其他人也非常关注文天祥的最终选择。

文天祥的吉州同乡好友王炎午（初名应梅，号梅边），文学家和诗人，比文天祥小十七岁。文天祥在赣州抗元初始，王炎午捐出家产以充军饷，并曾投入文天祥的幕中效力。不久，因父死未葬，母又重病，只得告假回乡。不久，却等来丞相被俘的消息，他担心文天祥投降变节，步汉代李陵之后尘，提前写就一篇《闻文丞相被执作生祭文》，祭奠活着的文天祥。这篇长达一千五百多字的祭文，"历陈其可死之义，反复古今所以死节之道"，议论犀利，旁征博引，荡气回肠，惊天动地，泣鬼神，反复论证的结论是文天祥只有速死一条路。王炎午还担心文天祥看不到，与友人一起，抄录数十份，张贴在押解文天祥从赣州到洪洲的沿途驿站、码头的山墙店壁等醒目处。"冀丞相经从时一见"，帮其下定决心赴死。

"仆于国恩为已负，于丞相之德则未报，遂作生祭丞相文，以速丞相之死。""谨采西山之薇，酹汨罗之水，哭祭于文山先生未死之灵，言曰：鸣呼，大丞相可死矣！……虽举事率无所成，而大节亦已无愧，所欠一死耳。……今事势无可为，而国君大臣皆为执矣。臣子之于君父，临大节，决大难，事可为则屈意忍死以就义，必不幸则仗大节以明分。故身执而勇于就义，当于杲卿、张巡诸子为上。……丞相之不为陵，不待智者而信，奈何慷慨迟回，日久月积，志消气馁，不陵亦陵，岂不惜哉？"（《闻文丞相被执作生祭文》）文中引用伯夷采薇不食周粟饿死、屈原投身汨罗江的典故，大臣对于皇帝，只要还存一线希望，就可以忍辱偷生，以求咸鱼翻身，有所作为。但当大势已去、国破家亡时，只有像唐代颜杲卿、张巡那样，舍生取义。如果犹豫不决，日积月累，意志消退，你不是汉代的李陵，后人也会把你看成李陵。在祭文中，王炎午为文天祥还指出两种死法。一是骂敌而死，"死于人，以怒骂为烈"；二是绝食，"人不七日谷则毙"。他替文天祥计算过，如果绝食七天，从广东梅岭到庐陵，恰好您死在故乡，忠烈名声足以万世流芳。

事实上，文天祥与王炎午的想法不谋而合。

文天祥被押送着从广州北上，一路经英德、曲江、韶关，祥兴二年（1279 年）五月四日，进入广东与江西交界处的大庾岭。眼前，一条古道穿过大庾岭中的梅岭，梅关耸立在山的垭口险要处，有几分清冷威严。梅岭和梅关因唐代大诗人张九龄宰相凿山开路时广植梅树而得名，对唐宋时代的被贬官员来说，大庾岭是仕途和生死的分界线。唐代的宋之问、宋代的苏轼路过此地时，都曾留下著名的诗词。文天祥的路线正与他们相反，翻过去再往前，就进入故乡了，他想起以往大庾岭上梅花盛开，感慨万千，"梅花南北路，风雨湿征衣。出岭同谁出？归乡如此归！山河千古在，城郭一时非。饿死真吾志，梦中行采薇"（《南安军》）。

南安军（今江西大余县）有发源于南岭北坡的赣江支流章水，能通行小船。在此，文天祥舍陆登舟。与南安军接壤的赣州，咸淳十年（1274 年）春天，文天祥出知此地，"平易近民，与民相安无事，十县素服威信"。公干之余，登临赣州众多的古迹名胜，凭吊怀古。"郁孤台下清江水，中间多少行人泪，西北望长安，可怜无数山。"宋室南渡之初，隆祐太后一行走水路被金兵追击，在造口舍舟登岸，仓皇逃命。"行人泪"就是指这一悲惨往事，"郁孤台"就在赣州城郊，唐代时称为"望阙台"，寓意北望长安。宋孝宗淳熙三年（1176 年），辛弃疾曾任江西提点刑狱，驻节赣州，途经造口时不禁感叹"青山遮不住，毕竟东流去。江晚正愁余，山深闻鹧鸪"。文天祥曾无数次吟咏辛弃疾的这首著名的词《菩萨蛮·书江西造口壁》，在心中引起共鸣。而今重回赣州，已成囚徒。时也命也，奈何？"满城风雨送凄凉，三四年间此战场。遗老犹应愧蜂蚁，故交久已化豺狼。江山不改人心在，宇宙方来事会长。翠玉楼前天亦泣，南音半夜落沧浪。"（《赣州》）文天祥知道，近乡情更怯，不敢问来人。

在赣州更北的吉州，便是老家。

王炎午虽然为文天祥慷慨赴死操碎了心，但文天祥途经赣州时，并没看到他苦心孤诣的祭文。其实，文天祥路过梅岭时已经想到绝食计划，盘算着从南安军开始绝食，七八天后就可饿死在故乡吉州了。"闭蓬绝粒始南州，我过青山欲首丘。"真能死在故乡，我心满意足。文天祥绝食之初，并没引起押送的元军太在意。几天后，他们担心文天祥死在押送途中，负不起责任，强行把竹筒插进文天祥嘴里灌流物，导致文天祥口舌受伤，满嘴是血，绝食无法成功。此时，舟船也已很快驶离吉州，离故乡越来越远，他决定中止绝食，努力活下去。"至是不食已八日，若无事然，私念：死庐陵不失为首丘，今使命不达，委身荒江，谁知之者，盍少须臾以就义乎！复饮食如初。"（《指南后录》）看来，现在还不到死的时候，更不能"委命荒滨，立节不白"。过江时，若投水而死，名节还是被玷污。我一定要死得有价值，死都不怕，还怕个毛！该吃就吃吧。

离开吉州故乡，押送文天祥的船队后面多出一条小船，小船上安静地坐着吉州发小、好朋友张毅夫。张毅夫性情耿介，文天祥身居要职时，曾多次推荐他出来做官，他一律推辞不就。文天祥成为俘虏，北上路过赣州，他上船和元军交涉，拜见文天祥说，"今日丞相赴北，某当偕行"。几个月前，文天祥从广州出发时，曾有七人陪他北迁，但此时，或死或逃，只剩一位刘荣还在身边。现在，张毅夫主动跟随，两人追随文天祥，北上元大都。

船队顺赣江北行，横渡鄱阳湖，经庐山脚下的湖口，进入长江。农历八月底，抵达六朝古都金陵，文天祥在金陵暂住休养两个多月。这是一段相对安静的日子，其间，同为囚徒的邓光荐编定他自己的诗集《东海集》，文天祥为其诗集作序并留有诗词。"草合离宫转夕晖，孤云漂泊复何依？山河风景原无异，城郭人民半已非。满地芦花和我老，旧家燕子傍谁飞。而今别却江南日，化作啼鹃带血归。"（《金陵驿二首》）文天祥明白，自此北上，便是与杏花春雨江南的永别。

两个月后，文天祥从金陵出发，经真州到扬州，在此从长江转入运河，由东下而北上，依赖南北大运河，以舟代步。先后经过高邮、宝应、淮安、邳州、徐州、鱼台、济宁、宁阳、东平、陵县、献县、河间、保定、范阳等地，到达元大都。尤其是渡过淮河时，文天祥情绪如浪翻卷。

对宋朝臣民来说，淮河具有特殊意义。淮河是宋金两国分界线，北岸是异国他乡。文天祥站立船头，看淮水东流，两岸萧索。不知家人今在何方？是否还活在人间？舍生取义易，可家人如何活下去啊？想到这些，止不住泪流满面。这是他被俘后第二次流泪，上一次眼泪抛洒在崖山的海边。"北征垂半年，依依只南土。今晨渡淮河，始觉非故宇。江乡已无家，三年一羁旅。龙翔在何方，乃我妻子所。昔也无奈何，忽已置念虑。今行日已近，使我泪如雨。我为纲常谋，有身不得顾。妻兮莫望夫，子兮莫望父。天长与地久，此恨极千古。来生业缘在，骨肉当如故。"（《过淮河宿阚石有感》）再见吧，江南故土！再见吧，妻子儿女们！如果有来生，我们还做一家人。

　　途经邳州，恰遇母亲的周年忌日。想起老母亲的教诲和承受的苦难，文天祥悲痛欲绝，满含悲泪，向地下的母亲亡灵表达必死决心。"我有母圣善，鸾飞星一周。去年哭海上，今年哭邳州。……及今毕亲丧，于分亦已多。母尝教我忠，我不违母志。及泉会相见，鬼神共欢喜。"（《邳州哭母小祥》）母亲曾被封为齐魏国夫人，文天祥被俘后，一直跟着弟弟文璧、文璋在惠州生活。在梅州时，母子兄弟曾团圆见过一面。被俘那年的九月七日母亲去世，文璧等家人把老人家埋葬于惠州深山间，自己没能送终。"何时太夫人，上天回哀眷。墓久狐兔邻，呜呼泪如霰。"（《集杜诗·母第一百四十一》）文天祥被囚禁在燕京期间，为自己未有返葬老母亲痛哭流涕。

　　继续向北。九月，路过山东济州，离元大都越来越近，面对生死未卜的前方，回忆与家人在一起颠沛流离的时光，写下《六歌》，儿女情长，依依不舍，读之催人泪下。"有妻有妻出糟糠，自少结发不下堂。乱离中道逢虎狼，凤飞翩翩失其凰。将雏一二去何方，岂料国破家亦亡，不忍舍君罗襦裳。天长地久终茫茫，牛女夜夜遥相望。呜呼一歌兮歌正长，悲风北来起彷徨。有妹有妹家流离，良人去后携诸儿。北风吹沙塞草凄，穷猿惨淡将安归……有女有女婉清扬，大者学帖临钟王，小者读字声琅琅。朔风吹衣白日黄，一双白璧委道傍……有子有子风骨殊，释氏抱送徐卿雏。……有妾有妾今何如……风花飞坠鸟鸣呼，金茎沆瀣浮污渠……我生我生何不辰，孤根不识桃李春。天寒日短重愁人，北风随我铁马尘。初怜骨肉钟奇祸，而今骨肉相怜我。汝在北兮婴我怀，我死谁当收我骸……呜呼六歌兮勿复道，出门一笑天地老。"

　　文天祥的《六歌》从妻子、妹妹、儿女、爱妾说起，感情真挚、浓烈，忧伤满怀，仔细品味，《六歌》从句式、篇章和情感脉络皆脱胎于杜甫的《乾元中寓居同谷县作歌七首》。明代学者谢榛在其《四溟诗话》说："杜子美《七歌》本于

《十八拍》，文天祥《六歌》与杜异世同悲。"文天祥从在江西率兵勤王，到出使与伯颜谈判，镇江脱险，五坡岭被俘，再到目睹崖山亡国，颠沛痛苦的经历，让他想起五百年前"安史之乱"下的杜甫。但杜甫仅是一位王朝动荡的旁观者和受害者，而文天祥却是王朝覆灭的参与者和受难者。被俘后，文天祥开始检讨自己的前半生，思考当下和未来的人生选择，和杜甫产生共鸣也是必然。文天祥对杜甫"偏是文章被折磨"和"千年夔峡有诗在"充满敬意，用杜甫的诗歌慰藉孤独悲伤的灵魂，这是最好的一服解药。故此，从创作《六歌》开始，仅用四个月，文天祥就写出二百首的《集杜诗》

文天祥全家十一口人，有夫人欧阳、爱妾黄氏和二个儿子及六个女儿。夫人欧阳氏书香世家，为庐陵县儒林乡永和镇欧阳汉老之女，南宋崇政殿说书欧阳守道先生的从孙女。欧阳守道进士出身，担任过于都主簿、赣州司户、白鹭洲书院山长，是文天祥早年在白鹭洲书院学习时的恩师。恩师欣赏学生，亲自做媒，与从孙女结发为夫妻，感情甚笃。文天祥为妻子写过许多首诗，妻子无怨无悔地支持丈夫的事业。"结发为妻子，仓皇避乱兵。生离与死别，回首泪纵横。"（《集杜诗·妻第一百四十三》）自赣州起兵勤王后，欧阳夫人就一直随军，转战南北，朝不保夕。景炎二年（1277年）农历八月十七日，"至空坑，军士皆溃，天祥妻妾子女皆见执。"文天祥因义士作替身，再次侥幸逃脱。妻女被押解期间，爱妾黄氏跳崖身亡，欧阳夫人一直伺机跳崖自杀，未果。

文天祥的八个孩子中，长子道生，欧阳氏所生，"姿性可教"，十岁就跟随父母转战流离。空坑之战，随文天祥侥幸突围。奶奶去世两个月后，十三岁的道生因病在惠州去世。次子佛生，爱妾黄氏庶出，在空坑失踪，人们以为他死于乱兵。实际在押解途中，有人"悯其幼"，携他逃脱后，被文天祥的好友罗椅收养，"以故人之子待之"。这些事情，文天祥和欧阳夫人在狱中均不知情，以为自己无后了。不孝有三，无后为大。文天祥信奉儒家思想观念，在五坡岭被俘前一个月，写信给弟弟文璧，请求过继侄儿文陞。到广州探望老母亲时，文陞已与文天祥为嗣子。囚禁狱中期间，文天祥仍对文陞谆谆教诲，寄予期望。"吾得汝为嗣，不为无后矣。吾委身社稷，而复逭不孝之责，赖有此耳。汝性质闿爽，志气不暴，必能以学问世吾家。吾为汝父，兀得面日训汝诲汝，汝于'六经'，其专治《春秋》，观圣人笔削褒贬、轻重内外，而得其说，以为立身行己之本。识圣人之志，则能继吾志矣。……吾虽死万里之外，岂顷刻而忘南向哉！"（《狱中家书》）心事已了，后继有人。文天祥希望子承父志，死而无憾。

事实上，文天祥就义后，嗣子文陞才得知佛生还活在人世。俩人相见，抱头痛哭。但很不幸，至元二十一年（1284年）三月，文天祥已就义二年，佛生十八岁时"感疾而卒"。文陞后来生有三个儿子，算是延续了文天祥一系的香火。文天祥就义后，文陞扶灵柩归乡，结庐守孝三年。再后来，又把欧阳夫人接回来赡养，可谓孝矣！

弟弟文璧与文天祥是同榜进士，崖山决战后，在知惠州任上降元，当上元朝的大官。嗣子文陞也做到元朝的集贤院直学士。文天祥在诗中感叹道："去年别我旋出岭，今年汝来亦至燕。弟兄一囚一乘马，同父同母不同天。可怜骨肉相聚散，人间不满五十年。三仁生死各有意，悠悠白日横苍烟。"（《闻季万至》）时人议论说："江南见说好溪山，兄也难时弟也难。可惜梅花有心事，南枝向暖北枝寒。""地下修文同父子，人间读史各君臣。"人各有志，文天祥尊重他们的选择，性情可谓至刚至柔。

文天祥的六个女儿很惨。"床前两小女，各在天一涯。所愧为人父，风物长年悲。别来匆三载，残害为异物。"（《集杜诗·儿女第一百四十四》）德祐二年（1276年），长女定娘和六女寿娘追随朝廷南下流亡时，病死在惠州河源。祥兴元年（1278年），四女监娘和五女奉娘在广东潮阳死于战乱。"痴女饥咬我，郁没一悲魂。不得收骨肉，痛哭苍烟根。"（《集杜诗·儿女》）小女儿饿得撕咬父亲的胳膊，做父亲的该是什么心情啊！故此，空坑被俘的妻子儿女中，只剩下欧阳夫人、爱妾黄师、次子佛生、二女柳娘、三女环娘。囚禁期间，文天祥思念最多的是妻女，但他并不知道妻女被俘后，也被押解到燕京，入东宫为奴，咫尺天涯。欧阳夫人做苦役，日诵佛经。"妻子隔绝久，飘摇若埃尘。漠漠世间黑，性命由他人。"（《集杜诗·妻第一百四十六》）"烈女不嫁二夫，忠臣不事二主。天上地下，惟我与汝。呜呼哀哉！"（《指南后录·哭妻文》）这些诗文，字字血，声声泪，希望妻子守节如玉，大爱深沉。

除了家人，文天祥思念最多的是吉州故乡。故乡的山山水水、亲朋故交和花草丰茂、树木森森、鸟语花香的白鹭洲书院，今生难以再见，只能死后再回归故乡。文天祥在《集杜诗·思故乡》第一百五十六至一百六十二连续七首诗中，表达着对故乡的挚爱和深情。"余始创文山，其间水石竹木，萧然有辋川、盘谷之趣，盖将终焉。承平时，乡曲宾朋日夕宴聚，乐以忘忧，真人世之清福。今思之，非惟平生故人半为尘土，而故乡万里并隔世外，惟死则魂识归吾故乡耳。哀哉！""天地西江远，无家问死生。凉风起天末，万里故乡情。"（《集杜诗·思故乡第一百五十六》）"春水满南国，惨淡故园烟。三年门巷空，永为邻里怜。"（《集杜诗·思故乡第一百六十》）"春日涨云岑，故园当北斗。窈窕桃李花，纷披为谁秀。"（《集杜诗·思故乡第一百六十二》）出走一生，故乡终是灵魂归处。我们每个人一生都挣脱不掉故乡的"枷锁"。

至元十九年（1282年）春天，已在狱中羁押两年的文天祥，突然收到女儿柳娘的一封来信，得知离散三年的妻女也被关押在元大都。"世乱遭飘荡，飞藿共徘徊。十口隔风雪，反畏消息来。"（《集杜诗·妻第一百四十七》）文天祥明白，女儿的来信，显然出于元人授意，打出亲情牌，只要投降，便可团聚，共享富贵。"故国斜阳草自春，争元作相总成尘。孔明已负金刀志，元亮犹怜典午身。肮脏到头方是汉，娉婷更欲向何人。痴儿莫问今生计，还种来生未了因。"（《得儿女消息》）"金刀"为繁体字"劉"（刘）的笔画，"典午"指"司马"典故，是对晋朝的隐称。诗中以诸葛亮和陶渊明自比，功名如尘埃浮云。孔明辜负刘备的遗志，陶渊明采菊东篱，不做"刘宋"篡权后的伪官。做人要一心一意，才是真正的男子汉。如果朝秦暮楚，那成什么样的人了？傻孩子啊，让我们来生再做父女吧！生死离别，对一个十三岁的女孩子来说，未免太残忍！文天祥写给妹妹的信中说："收柳女信，痛割肠胃。人谁无妻儿骨肉之情？但今日事到这里，于义当死，乃是命也。奈何？奈何！途中有三诗，今录至。言至于此，泪如雨下……可将此诗呈嫂氏，归之天命。……可令柳女、环女做好人，爹爹管不得。泪下哽咽，哽咽！"信中所抄写的三首诗为《过淮河宿阚石有感》《邳州哭母小祥》和《六歌》。这些诗应和《过零丁洋》一样，充分展现出文天祥铁汉柔情的立体形象，更应被世世代代传诵下去。

文天祥得知妻女消息，交代完后事，心里释然，等待着生命之花的最后一次绽放。在狱中，他经常吟咏以前参拜唐朝张巡、许远两位烈士庙时的诗文。"为子死孝，为臣死忠，死又何妨。自光岳气分，士无全节。君臣义缺，谁负刚肠？骂贼睢阳，爱君许远，留得声名万古香！后来者，无二公之操，百炼之刚。人生翕歘云亡，好烈烈轰轰做一场！使当时卖国，甘心降虏，受人唾骂，安得流芳？古庙幽沉，遗容俨雅，枯木寒鸦几夕阳。邮亭下，有奸雄过此，仔细思量！"（《沁园春·题潮阳张许二公庙》）入狱五日，文天祥一口气写就十七首感怀诗，表达视死如归、坚守大节之志。"黄粱得失俱成幻，五十年前元未生。""命有死时名不死，身无忧处道还忧。""听着啼鹃泪满襟，国亡家破见忠臣。""宋故忠臣墓，真吾五字铭。"最后，写一篇附有序言的绝笔《自赞》，缝在衣服里面。"正天下，军败国辱，为囚虏，其当死久矣！顷被执以来，欲引决而无间，今天与之机，谨南向百拜以死。孔曰成仁，孟曰取义。惟其义尽，所以仁至。读圣贤书，所学何事！而今而后，庶几无愧！"

从至元十六年（1279 年）十月初一抵达元大都，元朝非常礼遇文天祥，前来劝降的人络绎不绝，封官许愿，威胁利诱，攻心为上，有前宋丞相留梦炎、张弘范、元朝封为瀛国公的宋恭帝、元朝宰相阿合马等人，这是对人性的最大考验。灭宋的元军统帅张弘范多次向忽必烈上书，要求善待文天祥。至元十七年（1280年），四十三岁的张弘范病危去世之前，对文天祥这位真正的对手仍心存敬意，一直关注土牢中的文天祥，并最后一次向忽必烈建议：文天祥忠贞不贰，千万别杀。真正促使忽必烈下决心处死文天祥的，恰恰是向元朝投降的南宋宰相留梦炎。

南宋淳祐四年（1244 年），文天祥刚满九岁时，比他年长十九岁的留梦炎高中状元。后来，做到丞相兼枢密使。德祐二年（1276 年）元军南下时，留梦炎选择逃跑和投降。文天祥在狱中的最后一年，不幸患上"平生痛苦，未尝有此"的恶疮，几位前朝同事王积翁等人联名向忽必烈上奏，请求释放文天祥，把他安排到道观做道士，文天祥表示同意接受这种安排。在忽必烈犹豫之际，留梦炎坚决反对说，"天祥出，复号召江南，置吾十人于何地"。他担心文天祥以做道士为借口出逃，再次兴兵抗元，投降的他们会很难堪。状元与状元、前丞相与前丞相，人格差距何止是十万八千里！

至元十九年（1282 年）十二月初八，元世祖忽必烈亲自上场劝降，许诺只要文天祥投降，就任命他为中书宰相或枢密使，被文天祥拒绝。最后，忽必烈无奈地问：汝何所愿？文天祥答曰：愿与一死足矣。在狱中写下千古流芳的《正气歌》。第二天，文天祥被押解到城南柴市口刑场引颈就戮，送行者数万人。至此，使命完成，杀身成仁，心中无憾。刑前，面南而拜，大声说："臣报国至此矣！"年四十七岁。对文天祥之死，元朝人感叹道："宋之亡，不亡于皋亭之降，而亡于潮阳之执；不亡于崖山之崩，而亡于燕市之戮。"文天祥之死，证明同乡好友王炎午的担心是多余的。

之前，南宋琴师汪元量与谢太后一起被俘到元大都，他曾多次到狱中看望文天祥。两人抚琴论诗，喝酒聊天，相互慰藉。在文天祥就义当日，汪元量含泪写下《文山道人事毕，壬午腊月初九日》："崖山禽得到燕山，此老从容就义难。生愧夷齐尚周粟，死同巡远只唐官。雪平绝塞魂何往，月满通衢骨未寒。一剑固知公所欠，要留青史与人看。"紧接着写有《浮丘道人招魂歌》，为文丞相招魂。"有官有官位卿相，一代儒宗一敬让。家亡国破身漂荡，铁汉生擒今北向。忠肝义胆不可状，要与人间留好样。惜哉斯文天已丧，我作哀章泪凄怆。呜呼九歌兮歌始放，魂招不来默惆怅。"把文天祥称为"铁汉"，要与人间留好样，要留青史与人看，始于这位琴师艺人。

王炎午得知文天祥就义后，又写一篇《望祭文丞相》文："呜呼！扶颠持危，文山诸葛，相国虽同，而公死节。倡义举勇，文山张巡，杀身不异，而公秉钧。名相烈士，合为一传，三千年间，人不两见。……生为名臣，死为烈星，不然劲气，为风为霆。干将莫邪，或寄良治，出世则神，入土不化。今夕何夕，斗转河斜，中有茫光，非公也耶。"之后，王炎午学习文天祥之气节，矢心不仕元朝，在家隐居，侍奉母亲，三十余年后卒。王炎午因这两篇《祭文》，大名垂宇宙。文天祥这样的铁汉，这样的柔情，才是大英雄也！

文天祥英勇就义后，在别号"千载心"的同乡义士张毅夫帮助下，欧阳夫人收殓丈夫的尸首，埋葬在燕京小南门外五里道旁。在丈夫的衣带里，欧阳夫人发现了那篇绝笔《自赞》，大放悲声。张毅夫从赣州开始，一路追随着文天祥，北上元大都，在文天祥的囚所附近租房而居。三年多来，为文天祥"日以美馔馈"，送食洗衣。文天祥就义前，张毅夫悄悄制作一只木匣子。就义后，他想方设法火化了文天祥的尸体，又用这只匣子细心收敛部分齿发，带回家乡吉安，交给文天祥的继子安葬。今天，吉安市富田镇虎形山山谷里，文天祥的陵墓前，碑石肃穆，雕像巍然屹立。张毅夫这样的义士，也堪称英雄，应当被历史铭记。

据《文山先生纪年录》载：柳娘后随元公主下嫁赵王，居沙靖州，于大德年间去世。环娘随元公主下嫁岐王，居西宁州，至正元年（1341年）仍生活在河州（甘肃临夏）。可惜二女均无后代，这一支血脉断了。欧阳夫人着道装居住在大同路丰州（今呼和浩特市东南）的栖真观中，诵经超度。元大德二年（1298年）冬天，文天祥就义十五年后，欧阳夫人被允许回大都嗣子文陞家里。大德七年，辗转到宁州（今甘肃宁县）侄子家中。次年，夫人七十多岁，获准回到故乡。大德九年（1305年）二月去世。文天祥手写的《哭妻文》和小时候父母给她的香囊，她一起放在胸口，陪葬她入土为安。文天祥地下有知，当含笑九泉矣！

"天地有逆顺，惘然难久留。当歌欲一放，河汉声西流。"（《集杜诗·第一百八十九》）

"高官何足论，寂寞身后事。物理固自然，愿闻第一义。"（《集杜诗·第一百九十一》）文天祥的铁骨和柔情，在文人士大夫等精英群体中是罕见的。自北宋范仲淹"庆历新政"，到王安石强力推行"变法"，再到宋徽宗蔡京、南宋时代的奸相秦桧、韩侂胄、史弥远、贾似道等人，横行无忌，弄权乱政，朋党争斗手段越来越失去儒家传统道德底线，台谏制度成为官场争斗打击异己的工具，北宋立国时宋太祖留下的政治遗产基本丧失完毕，文人士大夫道德精神逐渐滑坡，皇帝也一代不如一代。回望两宋三百多年，文天祥无疑是一位具备铁汉柔情双重性格的"异类"。

今天，我来到位于北京东城区府学胡同 63 号院的文丞相祠堂参拜。明洪武九年（1376 年），官方在文天祥被囚地始建祠堂，让他享受香火祭祀，或许文天祥当年就曾预料到这样的结局。祠堂内，一棵据传是文天祥亲手种植的枣树，树枝倾斜向南，与地面约成四十五度角，印证着主人"臣心一片磁针石，不指南方不肯休"的决心。我站在枣树下，仰望其雕像巍然，情不自禁地想起七百多年前王炎午写的那句赞叹："三千年间，人不两见！"

囚室琴声

一

至元十七年（1280 年）中秋节，元大都天高云淡，菊花盛放，正是燕京城最好最美的季节。街道上，行人肩背褡裢，匆匆赶路。生长在大街两旁和房前屋后枝干黝黑的国槐树，茂密的叶子还深绿着，在风中飒飒作响。树下，成群成队的骆驼、骡马、驴子驮着粮食、蔬菜、葡萄酒或干柴、木炭缓缓走过。偶尔从酒馆窗子里，传出琵琶或胡笳的乐曲声。时序更迭，北国的秋天已经来临。

汪元量慢慢地行走在大街上，盘算着自从至元十三年（1276 年）春天，随同南宋太皇太后谢道清等三宫人员被遣送到这里，转眼已过去四年。羁旅北国的生活虽度日如年，但也得逐渐适应。此时，在南方漂浮不定的流亡小朝廷独木难支。至元十六年（1279 年）农历二月初六，最后一场"崖山之战"失败，众人一起蹈海而亡，南宋的天空中最后一抹夕阳映照着悲壮的剪影。故此，今年中秋节，汪元量待在自己客居的陋室里，兴趣索然，愁肠百结，搔首长叹。自来到北方，往日在江南故国中秋节全家团圆赏月吃月饼喝酒的习俗没有了，不知今夕何夕？"官舍悄，坐到月西斜。永夜角声悲自语，客心愁破正思家。南北各天涯。肠断裂，搔首一长嗟。绮席象床寒玉枕，美人何处醉黄花。和泪捻琵琶。"（《望江南·幽州九日》）如同来到此地的那年九九重阳，佳节更惆怅。秋风渐凉，角声凄厉，忆起旧日在江南拥金枕玉美女如云的时光，思念蒙元铁蹄之下的故乡，慢弹琵琶，却已无人听，热泪长流衾枕湿。一曲复一曲，谁解心中意？今天早晨醒来，汪元量想起文天祥于去年十月一日被押送到此已过一年了，一直被羁押在兵马司衙门的牢房里。文天祥对风雨飘摇的南宋朝廷，赤胆忠心，铁骨铮铮，不屈不挠，让汪元量钦佩不已，便决定去狱中拜访文天祥。两人在中秋节共对圆月，抚琴论诗。

下午，汪元量提着装满月饼、水果和酒菜的食盒，身背焦桐古琴，衣袋里揣着这几年写的诗集，走进羁押文天祥的牢房。牢房里有点昏暗，汪元量的眼睛过了一会儿才适应，仔细观察打量，此间牢房还算宽敞干净，摆设着低矮的一床一凳一桌，桌上有一盏油灯，两卷古书放在床头，四周弥漫着幽森压抑的气息。文天祥正襟危坐，正在阅读杜甫的诗集，时而在一张破纸上写写画画。当他看到故友到访，非常高兴。两人相互揖谢施礼后，对坐在四方小桌边，喝酒聊天。

两个酒杯，四个小菜，两位遗民，对饮三杯。苦酒明心，两人共同回忆起临安的旧日时光，痛惜咸淳九年（1273 年）坚守六年的襄樊之战失败，吕文焕投降，贾似道误国，家国破碎，汪元量对着文天祥吟咏自己在北迁路上写下的诗歌。"吕将军在守襄阳，十载襄阳铁脊梁。望断援兵无信息，声声骂杀贾平章。"（《醉歌·其一》）文天祥对汪元量点点头，表示英雄所见略同。"苍生倚大臣，北风破南极。开边一何多，至死难塞责。"（文天祥《集杜诗·误国权臣三》）贾似道丧邦之政，不一而足，其羁房使，开边衅，则是兵连祸结之始。说到动情处，两人义愤填膺。最后，文天祥还是最为关心三宫（太皇太后、太后和皇帝）被押送北方的情况。一想到离开三宫很久，他们这些孤儿寡母，仿佛从天上瑶池忽然坠落到泥土般的生活，不知他们如何面对和适应，文天祥不禁泪如雨下。

文天祥凝视着汪元量，倾诉这几年的苦难经历，声音有些哽咽。宋恭帝德祐二年（1276 年）正月十八日，伯颜与阿剌罕、董文炳相聚于临安城北的皋亭山，这里离临安仅有三十里。兵临城下，危机四伏，我和张世杰等大臣曾劝说三宫借鉴一下高宗皇帝的经验，先入海避难求生存后，再谋大计，我可率兵在临安背水一战。可是，谢太后得到元军封锁海面的消息后，自己决定留下，仅同意让皇帝的哥哥和弟弟益王赵昰、广王赵昺先行逃离。"我来属时危，朝野色枯槁。倚君金华省，不在相逢早。"（《集杜诗第五十五·拜相》）宰相陈宜中趁夜黑偷偷逃跑后，我被临危受命，早朝时谢太后诏谕我除枢密使。中午，官拜丞相、枢密使、都督诸路军马，要求我以此身份去和伯颜谈判。但这一切为时已晚，于事无补。我不敢当亡国之名，只有危难时捐躯而已。作为丞相去请降太耻辱，我又不得不去，就坚决不接受右丞相相印，只以资政殿学士身份前往伯颜大营谈判。

正月二十日，我出使元营，伯颜将军队又向前推进，离皇宫只有十五里，这显然是以战促谈啊！"隔河见胡骑，朝进东门营。皇皇使臣体，词气浩纵横。"（文天祥《集杜诗第五十六·出使》）但我并不惧怕，仍和伯颜唇枪舌剑，据理力争，想为朝廷挽回最后一点面子。伯颜恼羞成怒，将我扣留押解北上。二月，行至镇江，我冒死逃脱，联络义士坚持抵抗。景炎二年（1277年）五月，抵达新登基的皇上行在福州，以同都督军马在南平、长汀一带组织战斗，后转战漳州、广东梅州和家乡江西一带。在于都，我们曾收复兴国、吉州等县，初建抗元军事大本营，但我带领的散兵游勇毕竟实力有限，很快被击溃。我们退至空坑（今江西永丰南）时，妻妾儿女和幕僚均被俘虏。因为有位义士甘愿为我当替身去死，我再次侥幸逃脱后，收拾残兵余部，继续在广东岭南抵抗。

孤军奋战，难以持久。祥兴元年（1278年）六月，我请求赴崖山朝廷所在地勤王，却被时任宰相张世杰拒绝。十二月，元军从海陆两线分头大举进攻，我把部队转移到海丰。不久，我在五坡岭被俘后，吞食冰片自杀未成。第二年（1279年）正月，朝廷在崖山准备与元军决战，元军统帅张弘范命我写信劝降，我只给他写了句诗"人生自古谁无死，留取丹心照汗青"。张弘范确实是一位战将，他想从精神上和心理上摧毁我，强迫我现场观战。正月十三日，元军舟船直逼崖山，张世杰却不守山门，作一字阵以待之。元军长驱直入山门后，作长蛇阵对之。"孤矢暗江海，百万化为鱼。帝子留遗恨，故园莽丘墟。"（《集杜诗·祥兴第三十四》）二月六日，元军乘潮汐进攻，并采用火攻，半日而破。崖山之战彻底失败，真是残阳如血、惨不忍睹啊！

四月二十二日，张弘范派一个叫石嵩的军官负责押解我从广州北上，一路经英德、曲江、韶关、赣州、金陵、真州和扬州。在扬州，我们从长江转入大运河，由东下再北上，先后经过高邮、宝应、淮安、邳州、徐州、鱼台、济宁、宁阳、东平、陵县、献县、河间、保定、通州、范阳等地。于十月一日，抵达元大都，被囚禁在这里已经一年多了。"行行见羁束，斯人独憔悴。欲觉闻晨钟，青灯死分翳。"（《集杜诗·入狱第一百一》）"劳生共乾坤，何时有终极。灯影照无睡，今夕复何夕。"（《集杜诗·入狱第一百二》）文天祥对汪元量吟咏自己在牢房里写的苦闷诗后，继续说道：其实在北上路上，我就做好了舍生取义的准备，本想绝食死在故乡赣州，可惜没能如愿。当下的囚徒生活算不了什么，不过，我这几年一直不知三宫的音讯，让我寝食难安啊！汪先生，三宫这几年可好？

二

汪元量腰板挺直地坐在对面，凝视着文天祥红肿的双眼，静静地听着文天祥的长吁短叹，一言不发。他听到文天祥对三宫的疑问后，立即双手端起酒杯，仰头一饮而尽，重重叹口气说道：文丞相，您受苦了！让我慢慢禀告给您吧。

文丞相啊！自从您出使元营被扣后，伯颜步步紧逼，我曾用诗歌记录下这几年的一路屈辱史，这些诗歌我今天也带来了，我说完给您留下，请您慢慢看吧。"一阵西风满地烟，千军万马浙江边。官司把断西兴渡，要夺渔船作战船。"（汪元量《越州歌·其三》）朝廷内外慌乱不堪，却又无计可施，无人堪用。无奈，谢太后考虑到"为宗社生灵祈哀请命，不忍趓三百馀年宗社遽至陨绝，令赵氏子孙世世有赖"等原因，只好向伯颜奉玺投降。"乱点连声杀六更，荧荧庭燎待天明。侍臣已写归降表，臣妾佥名谢道清。"（汪元量《醉歌·其五》）自此，元军自由出入临安和宫苑禁地，国将不国了。"殿上群臣默不言，伯颜丞相趣降笺。三宫共在珠帘下，万骑虬须绕殿前。"（汪元量《潮州歌·其三》）"南苑西宫棘露芽，万年枝上乱啼鸦。北人环立阑干曲，手指红梅作杏花。"（《醉歌·其九》）国破山河在，城春草木深。"东南半壁日昏昏，万骑临轩趣幼君。三十六宫随辇去，不堪回首望吴云。"（《越州歌·其二》）感时花溅泪，恨别鸟惊心。大厦将倾，我为鱼肉，人为刀俎啊！

不过，按照忽必烈不得杀戮抢掠的命令，伯颜约束士卒行为，发榜安抚百姓，市井熙然。"伯颜丞相吕将军，收了江南不杀人。昨日太皇请茶饭，满朝朱紫尽降臣。"（《醉歌·其十》）"衣冠不改只如先，关会通行满市廛。北客南人成买卖，京师依旧使铜钱。"（《醉歌·其六》）投降仪式和交接手续悄悄进行，临安城内百姓的生活秩序并没受太大的影响。

德祐二年（1276年）三月，伯颜派一股军队随行，押送三宫从临安出发北上，我以宫廷琴师身份随行。南宋在江南背海立国一百五十多年，子民已经习惯"直把杭州作汴州"的太平日子,听闻三宫北迁,纷纷前来送行,已明白山河破碎、改朝换代的命运已经注定,在路边伏身叩拜,忍不住哀号痛哭。"北师有严程,挽我投燕京。挟此万卷书,明发万里行。出门隔山岳,未知死与生。三宫锦帆张,粉阵吹鸾笙。遗氓拜路傍,号哭皆失声。吴山何青青,吴水何泠泠。山水岂有极,天地终无情。回首叫重华,仓梧云正横。"(汪元量《北征》)北迁路上,戒备森严,但船上的待遇还算不错,供应也算及时充裕。"舟子鱼羹分宰相,路人麦饭进官家。""官军两岸护龙舟,麦饭鱼羹进不休。"(《湖州歌·二十八》)就饮食方面,三宫倒也没受太多的苦。

顺着江南运河北上,经过吴江、无锡、常州,再继续西北行,到达长江之滨的京口镇江。镇江对岸就是瓜洲,谢太后提前遣使劝降守将李庭芝说,现在我和嗣君都已投降,"卿尚为谁守之?"李庭芝当场拒绝投降,并乱箭射死使者。李庭芝和姜才调集数万军队,计划在扬州夺回三宫。可惜,元军早有准备,李庭芝战败。扬州无粮可吃,李庭芝突围转战至泰州,被元军所俘后,杀害于扬州。

我陪同三宫从长江进入邗沟,距离临安越来越远,前面将迎来辽阔无垠的北方大地和未知的命运。"北望燕云不尽头,大江东去水悠悠。夕阳一片寒鸦外,目断东西四百州。"(《湖州歌·其六》)淮河两岸,荒草连绵,白骨在野,一片凄凉,民不聊生。"芦荻飕飕风乱吹,战场白骨暴沙泥。淮南兵后人烟绝,新鬼啾啾旧鬼啼。"(《湖州歌·其三十二》)原来的淮河是宋金时代的分界线,也是宋元时期的分割防守线。渡过淮河,就意味着踏入异国的土地,不知何时还能够回到江南故乡?

不堪回首泪盈盈,万里淮河听雨声。"鼓鼙惊破霓裳,海棠亭北多风雨。歌阑酒罢,玉啼金泣,此行良苦。驼背模糊,马头匼匝,朝朝暮暮。自都门燕别,龙艘锦缆,空载得,春归去。目断东南半壁,怅长淮、已非吾土。受降城下,草如霜白,凄凉酸楚。粉阵红围,夜深人静,谁宾谁主。对渔灯一点,羁愁一搦,谱琴中语。"(汪元量《水龙吟·淮河舟中夜闻宫人琴声》)在淮海岸边,元人狂欢胜利,我们为故国沦陷而伤痛。不知是谁在用琴声倾诉着心中的苦闷,在如泣如诉的琴声中我们度过一个不眠之夜。

北出淮安,便进入元朝疆域。再经徐州等地,进入山东东平。"市沽鲁酒难为醉,座咽胡笳易得愁。"北方的酒味已变,一路胡笳声声里,我们走过东平、陵州、沧州、献州等地,抵达杨村,舍舟登岸,从陆路前往元大都。"满朝宰相出通州,迎接三宫晏不休。六十里天围锦帐,素车白马月中游。"(《湖州歌·其六十八》) 先行投降并抵达元大都的吴坚、家铉翁等宋朝祈请使前来迎接三宫。从通州进城，这是一段屈辱的路程。三宫改乘专门准备的素车白马，道路两旁围起锦帐，以躲避人群围观议论。

三月二十四日，抵达元大都后，三宫被安排在燕京会同馆下榻。会同馆是金朝时代的"国宾馆"，"会同馆里紫蒙茸，兰麝飘来阵阵风。箫鼓沸天回雁舞，黄罗帐幔燕三宫。"(《湖州歌·其六十九》) 会同馆虽然有些陈旧，但依然装饰豪华，陈设精美，食物供应丰盛，元人还专门安排宴饮等娱乐活动款待。

我们一行抵达元大都之时，忽必烈正居住在草原深处的上都（今内蒙古锡林郭勒盟内），三宫在元大都短暂停留二十多天后，于四月十五日出发，又踏上前往上都之路。此时，江南应是莺飞草长、杂花生树、碧波荡漾的春天，可我们在驴马拉车的草原上颠簸，人烟稀少，枯草连天，茫茫戈壁，连绵山峰，雪花纷飞，苦不堪言。

一路颠沛到达元上都后，五月一日，在伯颜主持下，三宫走进元朝太庙，向元朝列祖列宗行礼，以示臣服。所幸，忽必烈不像金太宗那样野蛮，让"北狩"的北宋徽、钦二宗在金朝祖庙受献俘"牵羊礼"之辱。此前，忽必烈下旨称免行牵羊礼。次日，忽必烈才正式召见三宫。随后几天，举行隆重的典礼，履行受降仪式。典礼过后，又举行盛大宴会，宴请三宫和大臣。"皇帝初开第一筵，天颜问劳思绵绵。大元皇后同茶饭，宴罢归来月满天。"(《湖州歌·其七十》) "第十琼筵敞禁庭，两厢丞相把壶瓶。君王自劝三宫酒，更送天香近玉屏。"(《湖州歌·其七十九》) 宴会接二连三，看起来都很高兴似的，持续到深夜才散。"第九筵开尽帝妃，三宫端坐受金卮。须臾殿上都酬醉，拍手高歌舞雁儿。"(《湖州歌·其七十八》) 这一次还是忽必烈的皇后请的，这位皇后还比较仁慈。"每月支粮万石钧，日支羊肉六千斤。御厨请给蒲桃酒，别赐天鹅与野麋。"(《湖州歌·其八十三》) 她还祈求忽必烈放三宫归去。可惜，忽必烈认为她是妇人之仁，不懂政治。

最后，经忽必烈开恩，"福王又拜平原郡，幼主新封瀛国公"。小皇帝封为瀛国公，谢太后受封寿春郡夫人，小皇帝的生父福王赵与芮降封平原郡。忽必烈尤其对谢太后和赵㬎母子最为关照。"三宫寝室异香飘，貂鼠氍帘锦绣标。花毯褥裀三万件，织金凤被八千条。"(《湖州歌·其八十四》) 所以，三宫等人的吃住条件都很优渥，但心中滋味不好受，有泪也只能咽到肚子里去。

以今视昔，元人比起金人对待宋人要仁慈些，忽必烈确实是一代雄主，深谋远虑。"一人不杀谢乾坤，万里来来谒帝阍。高下受官随品从，九流艺术亦沾恩。"（《湖州歌·其八十》）我作为琴师，经常受邀参加元人的宴饮活动。去年（1279年），谢太后七十大寿生日，我曾为她填词一阕："一生富贵，岂知今日有离愁。锦帆风力难收。望断燕山蓟水，万里到幽州。恨病馀双眼，冷泪交流。行年已休岁，七十又平头。梦破银屏金屋，此意悠悠。几度见青冢，虚名不足留。且把酒、细听箜篌。"（《婆罗门引·四月八日谢太后庆七十》）世事沧桑，时也命也，与临安的生活真乃云泥之别。三宫便以佛经度一切苦厄，可那些宫女们更为不幸。"其余宫女千馀个，分嫁幽州老斫轮。"（《湖州歌·其八十二》）她们被再令出宫掖，强颜相追随，被迫下嫁给木匠等老男人，相看泪交垂，心里难受啊！

文丞相啊！"杭州万里到幽州，百咏歌成意未休。燕玉偶然通一笑，歌喉宛转作吴讴。"（《湖州歌·其九十八》）就这样，我陪同三宫北迁，苟延残喘，强颜欢笑。不过，三宫虽不得自由，但身体尚好。"客中忽忽又重阳，满酌葡萄当菊觞。谢后已叨新圣旨，谢家田土免输粮。"（《湖州歌·其八十五》）刚听太后说忽必烈皇帝又开恩下诏，免除三宫家族在江南的赋税。您不必太忧虑她们的情况了，您更要考虑自己的未来啊！

汪元量说罢站起身，从衣兜里慢慢掏出自己写的诗集《湖州歌》《越州歌》《醉歌》等文稿，双手呈送给文天祥说，我刚才向丞相禀告的内容都写在这些集子里，留给丞相，也冒昧请文丞相帮我写个序，为后人留下点历史痕迹。今天本是中秋佳节，"昔梦吴山列御筵，三千宫女烛金莲。而今莫说梦中梦，梦里吴山只自怜。"（《越州歌·其二十》）举头望明月，梦里归故乡。不过，这里的北人不懂圆月，我就给您献上一曲吧。

三

汪元量，字大有，号水云，钱塘（今杭州）人，生于宋理宗淳祐元年（1241年），身材高大，额头宽阔，长须飘胸，声若洪钟，精通音律与诗词。二十岁时，在宋度宗朝时，曾入宫做给事，以善鼓琴侍奉谢太后和王昭仪（清惠），颇受太后和昭仪喜欢，一直跟随服侍到燕京。

至元十七年（1280年）中秋节，冰轮挂在空中倾泻着冷冷的光，汪元量为文天祥演奏一曲《胡笳十八拍》，这是他到燕京后新创作的乐曲，灵感来源于蔡文姬的《胡笳十八拍》。蔡文姬为东汉末年的陈留郡圉县（今河南开封杞县）人，出身名门，为大文学家蔡邕的女儿。蔡邕精通音律，除通经史、善辞赋之外，更精于书法，擅篆书和隶书，尤以隶书造诣最深。蔡邕所创新的"飞白"书体，对后世影响甚广。蔡文姬初嫁河东世家子弟卫仲道，不幸丈夫因病早逝，回娘家守寡。东汉末年，匈奴作乱，入侵中原，蔡文姬被匈奴左贤王掳走，被迫改嫁，为匈奴人生育两个孩子。在北方草原生活时，因思念家乡，平时以写诗、作曲表达心中悲愤郁闷的心情，代表作品《胡笳十八拍》《悲愤诗》满是辛酸血泪，表达出一个柔弱女人对乱世的愤怒和无奈。"我生之初尚无为，我生之后汉祚衰。天不仁兮降乱离，地不仁兮使我逢此时。干戈日寻兮道路危，民卒流亡兮共哀悲……笳一会兮琴一拍，心溃死兮无人知。"《胡笳十八拍》琴曲，真实反映出她"欲死不能得，欲生无一可。彼苍者何辜，乃遭此厄祸……感时念父母，哀叹无穷已"（《悲愤诗》）的痛苦心情。边塞的寒风霜雪让人心寒，她既思念故乡，又不忍与亲生骨肉分离，极端矛盾的状态让她肝肠寸断，曲调委婉悲伤，听之泪流满面。十二年后，枭雄曹操统一北方，用重金将她赎回，将其再嫁给董祀为妻。

汪元量把蔡文姬引为知己。一曲弹罢，余音绕梁不绝。与蔡文姬相似的人生命运，让汪元量和文天祥在此曲中产生强烈的共鸣。"蔡琰思归臂欲飞，援琴奏曲不胜悲。悠悠十八拍中意，弹到关山月落时。"（文天祥《蔡琰胡笳》）文天祥曾写组诗《汪水云援琴访予缧绁弹而作十绝以送上》赠予汪元量，表达对这位琴师的理解和谢意。

两个人对饮一杯酒，文天祥静静地说，让我也借琴为您弹奏一曲吧。

文天祥，号文山，吉州庐陵（今江西吉安）人。南宋宝祐四年（1256年），二十一岁时高中状元。踏入仕途，初为宁海军节度判官，后因受奸相贾似道排斥打击，先后三次被黜职，退隐家居。咸淳十年（1274年）差知赣州时，遭遇元兵入侵，应诏起兵入卫临安（今杭州），先后知平江府（今苏州）和临安府。

文天祥从求学时期始，亦善琴艺。但这一音乐特长被他的民族气节和文学成就所遮蔽，后世人不常提及关注。其实，南宋淳祐元年（1241年），年仅六岁的少年文天祥就曾在吉州知府江万里于白鹭洲创办的书院里学习，师从书院聘请的宿儒欧阳守道山长研读儒家经典。"大学之教也，时教必有正业，退息必有居学。不学操缦，不能安弦；不学博依，不能安诗；不学杂服，不能安礼。不兴其艺，不能乐学。故君子之于学也，藏焉，修焉，息焉，游焉。夫然，故安其学而亲其师，乐其友而信其道，是以虽离师辅而不反也。"（《礼记·学记》）操缦，操弄琴瑟之弦也，就是指法练习。博依，是指要博览群物。南宋时期，书院教育是一大特色，学子们琴棋书画为必修课。

彼时，白鹭洲书院古木参天，百花竞秀，为宋代江西的三大书院之一。十五年后，二十一岁的文天祥科考高中状元。并且，在该科六百零一名进士里，吉州竟占四十四名，大多数出自白鹭洲书院。宋理宗甚为高兴，御笔赐匾，以示褒奖，白鹭洲书院声震朝野，其嘉名至今为人津津乐道。与文天祥同科的进士，还有著名的宋末遗民诗人谢枋得和崖山背着小皇帝跳海而亡的陆秀夫。南宋灭亡后，谢枋得逃到福建组织抗元，长期流亡在建阳武夷山一带，生活极其贫困，以卜卦、卖草鞋或教书为生。元朝为拉拢汉族士大夫，曾先后五次派人来诱降，都被谢枋得严词拒绝，并写《却聘书》留世："人莫不有一死，或重于泰山，或轻于鸿毛，若逼我降元，我必慷慨赴死，决不失志。"后来这句话被伟大领袖毛主席引用到《为人民服务》光辉篇章里。至元二十五年（1288 年）冬天，福建行省参政魏天佑奉元帝之命，强迫谢枋得北上大都，羁押在燕京悯忠寺（今法源寺）。第二年四月初五，谢枋得在悯忠寺绝食五天而死。"十年无梦得还家，独立青峰野水涯。天地寂寥山雨歇，几生修得到梅花。"（《武夷山中》）谢枋得的这首诗很著名，流芳千古，他心中的梅花不同于宋代的林和靖、朱敦儒等人笔下的梅花。

再说说白鹭洲书院的创办者江万里。在元军攻陷江万里退隐居住的饶州时，他跳入后花园里的水池自尽。原来，当元军攻破南宋门户军事重镇襄樊后，江万里就让家人挖掘水池，名曰"止水"。当时家人不解其意，等他跳池后，儿子们和左右也跟着跳水自尽，池中"积尸如叠"。文天祥在狱中不断追忆这位老者。"先生居饶州，虏入城，先生投府第中池水死。其弟万顷，于厅事上被执杀死。哀哉！星折台衡地，斯文去矣休！湖光与天远，屈注沧江流。"（《集杜诗第四十五·江丞相万里》）

此外，欧阳守道老师很欣赏文天祥，亲自把侄孙女许配给他。文天祥在被奸相贾似道排挤闲居时，时常抚琴消解苦闷。"庭院芭蕉碎绿阴，高山一曲寄瑶琴。西风游子万山影，明月故乡千里心。江上断鸿随我老，天涯芳草为谁深。雪中若作梅花梦，约莫孤山人姓林。"（《用萧敬夫韵》）咸淳七年（1271 年）夏天，文天祥在写给好朋友萧敬夫的诗中，表达向往北宋时期隐居杭州孤山的诗人林逋"梅妻鹤子"的闲淡生活，借用琴曲表达心志。但是，他这只是偶尔精神上的自嘲而已，一旦朝廷召唤，他立刻又精神抖擞地投入实现忠君忧国的士大夫理想之中。

"松风一榻雨潇潇，万里封疆不寂寥。独抚瑶琴遗世虑，君恩犹恐壮怀消。"

文天祥把这首《夜宿青原寺感怀》诗雕刻在他自己的一架古琴上，并于诗后题跋道："时景炎元年，蒙恩遣问召入，夜宿青原寺，感怀之作谱于琴中识之。文山。"是年（1276年）三月，伯颜已经押送太后、帝赵㬎等人北归。五月，益王赵昰在福州匆匆即位，改元景炎，是为宋端宗。文天祥开府南剑州，号召四方起兵。十月，移兵汀州。在最后三年的苦苦征战中，这架古琴一直陪伴着文天祥东突西奔，始终弹奏流淌着"留取丹心照汗青"的主旋律。

至元十七年（1280年）中秋节，月亮的清辉透过囚室的窗子，如水银泻地。几只鸟儿在院子里的那棵刚种植的枣树上叽叽喳喳。白鹭洲书院的少年美好时光、江万里、欧阳守道老师等人的音容笑貌在眼前一一浮现，他眼含热泪，为汪元量弹奏一曲《文王思舜》。囚室里琴声忧伤，不绝如缕。两位南宋遗民陷入对周文王的追忆之中。"《文王思舜》意悠悠，一曲南音慰楚囚。解秽从他喧羯鼓，请君为我作《拘幽》。"曲终人不散，意犹怎能尽？文天祥请求汪元量为他创作《拘幽》琴操，下次再来时弹奏，勉励自己，决心学习"文王拘而演周易"，决心把牢底坐穿。

文天祥生前以琴为友、以曲寄情的情怀如同他留下的诗感天动地。清代著名文学家、戏曲家蒋士铨曾在吴中何氏家族的收藏中，有幸目睹文天祥所弹古琴。他兴奋之余，提笔写首《文信国琴》："四尺枯桐七条玉，中有包胥万声哭。琴曲谁闻《集杜诗》，纪事悲吟《指南录》。破家结客起义兵，夜逾京口逃空坑。随身襆被且无有，航海莫共成连行。青原操缦心骨摧，一弹再鼓天地哀。谢翱杜浒不复侍，响随竹石崩西台。太古遗音存正气，坏漆长留丞相字。君不见渐离之筑司农笏，千载流传同宝器。吁嗟乎！断纹斑剥空抚摩，不共齿发埋山阿。松风夜战海涛立，柴市魂归尚鸣唈。"这首诗把文天祥和古琴融为一体，成为不朽传奇。另一位清代文学家吴锡麒也在《文丞相琴歌》中赞叹："哀哉丞相琴，即是丞相心。"清末主张"维新变法"的谭嗣同家里，曾收藏一架文天祥的"蕉雨琴"。琴上刻有铭记："宝祐二年甲寅九月，庐陵山人剖腹重修。"文天祥自谦为庐陵山人，他不但善于弹琴，还会修琴。

确实，文天祥与汪元量一样，都是操缦行家。当时一弹再鼓处，山石欲裂天为惊。中秋节的夜晚，两人喝酒聊天，弹琴论诗，转眼就到了夜幕时分。狱卒大声拍动门环，提醒该离开了。分别之时，文天祥从床下拿出北迁路上和在狱中所写的诗稿给汪元量，请他雅正。汪元量双手接过，放入贴身衣兜内，也请求文天祥为琴曲配上《胡笳》词。并相约不久再来看望，揖手退出。

汪元量来到燕京的大街上，行人稀少，一轮圆月正悬挂在天空，星河灿烂冰凉。汪元量随口默吟一句"但愿人长久，千里共婵娟"。忽然，有一阵凉风吹过，汪元量感到两条冰凉的水线从脸上滑落到嘴唇上，有一丝咸苦的味道……

至元十七年（1280 年）的中秋节，注定是汪元量在燕京度过的最难忘的一天。

四

转眼过去了一个多月，天气转冷，天地萧瑟，南飞的大雁越过燕京的上空，鸣叫声勾起汪元量的思乡之情。一天下午，他再次来到文天祥所在的囚室。两个人已不须客气、寒暄，相对坐定后，喝酒聊天。汪元量说，按照上次文丞相对我的要求，新作一曲《拘幽十操》，请让我为您弹奏吧。

文天祥揖手致谢说，吾愿洗耳恭听。汪元量低头调试琴弦，未成曲调先有情。转瞬间，琴声已回荡在囚室，飘出破窗外，与刮过燕京的西风纠缠在一起，音色深沉悲凉，曲调如泣如诉。这是家国破碎、失去自由的南宋遗民的血泪。文天祥深深感动，禁不住倚歌而和之，眼泪流到花白的胡子上。

《拘幽》是一首著名的古琴曲。东汉的大文学家蔡邕曾在《琴操·拘幽操》中说：《拘幽操》是文王拘于羑里而作也。唐代大诗人韩愈也在其著的《琴曲歌辞·拘幽操》中曰："文王羑里作。古琴操云：殷道溷溷浸浊烦兮，朱紫相合不别分兮，迷乱声色信谗言兮，炎炎之虐，使我愆兮……日掩掩兮其凝其盲，耳肃肃兮听不闻声，朝不日出兮夜不见月与星，有知无知兮为死为生……"两人沉浸在忧伤的琴声里，他们或许想起太史公司马迁在《报任安书》中的悲怆愤懑："古者富贵而名摩灭，不可胜记，唯倜傥非常之人称焉。盖文王拘而演《周易》；仲尼厄而作《春秋》；屈原放逐，乃赋《离骚》……"呜呼！而今我们皆成元人囚徒，富贵于我早成浮云，要做就做个"倜傥非常之人"吧！

曲终。两人相对无语。此时无声胜有声，杜鹃啼血猿哀鸣。

汪元量默然站起身来，从随身背着的布袋里捧出写给文天祥的诗作。文天祥双手接过，仔细翻阅。"自服嫁时衣，荆钗淡为容。誓以守贞洁，与君生死同。君当立高节，杀身以为忠。岂无春秋笔，为君纪其功。"（汪元量《妾薄命：呈文山道人》）文天祥读罢，对汪元量揖谢道：汪先生！您的心我懂的，我懂的！还有啊，您上次留给我的诗集，我读后很受感动。您学习杜工部诗，我也在集杜诗。您上次来弹奏《胡笳十八拍》，还要我据此曲调填词，我近日集杜诗句写成一组

《胡笳曲》，还请汪先生指教。

文丞相，我焉敢指教啊！汪元量说着话，赶紧双手接过诗稿，低头拜读后，眼睛有些湿润了。"庚辰中秋日，水云慰予因所，援琴作《胡笳十八拍》，取予疾徐，指法良可观也。琴罢，索予赋《胡笳》诗，而仓卒中未能成就，水云别去。是岁十月，复来。予因集老杜句成拍，与水云共商略之。盖图圄中不能得死，聊自遣耳。亦不必——学琰语也。水云索予书之，欲藏于家。故书以遗之。浮休道人文山。"

汪元量读罢，抬头和文天祥对视一下，低头从第一拍读起来。"风尘倾洞昏王室，天地惨惨无颜色。而今西北自反胡，西望千山万山赤。叹息人间万事非，被驱不异犬与鸡。不知明月为谁好，来岁如今归未归。"当汪元量读到第十八拍的最后一句"年过半百不称意，此曲哀怨何时终"时，汪元量击节感叹，泪流满面。"罢琴惆怅月照席，人生有情泪沾臆。离别不堪无限意，更为后会知何地？"如此痛苦心境，汪元量最懂得。是啊！对文丞相来说，除有一死，还有其他出路否？"断雁西江远，无家寄万金。乾坤风月老，沙漠岁年深。白日去如梦，青天知此心。素琴弦已绝，不绝是南音。"（文天祥《断雁》）已经折断翅膀的孤雁，不可能在冰雪来临的时候，再有机会飞回南方越冬栖息了。

杜甫的诗，让两人再次找到共鸣点，他们都是杜甫的"铁粉"。"少年读杜诗，颇厌其枯槁。斯时熟读之，始知句句好。"（汪元量《草地寒甚毡帐中读杜诗》）学习杜诗和通过写诗，为南宋留下一点自己观察的历史痕迹，成为汪元量北迁路上的心愿。于是，从德祐二年（1276 年）春天以后，当他以宫廷琴师身份随三宫北行前后，他一路写下《醉歌》十首、《越州歌》二十首、《湖州歌》九十八首诗。这些具有强烈纪实性的诗史作品，记录了宋元更替时期的真实事件和切身感受，其深度和广度皆超出其他宋代遗民的同类诗作，确实能够弥补史籍之所未及。汪元量的好友李珏在跋其所撰《湖山类稿》时称：元量"亡国之戚，去国之苦，艰关愁叹之状，备见于诗"。"唐之事记于草堂，后以'诗史'目之。水云之诗，亦宋亡之诗史也，其诗亦鼓吹草堂者也。其愁思壹郁，又可复伸，则又有甚于草堂者也。"（李珏《书汪水云诗后》）汪元量诗词中对国破家亡的沉痛感，比之杜甫有过之而无不及。因为，南宋灭亡比安史之乱更为沉痛和惨烈。平定安史之乱，唐肃宗重回长安，可南宋就无此幸运了。

文天祥读罢汪元量上次来留给他的诗集后，赞赏有加，激动地在诗集后题跋曰："吴人汪水云，羽扇纶巾，访予于幽燕之国，袖出《行吟》一卷。读之如风樯阵马，快逸奔放。询其故，得于子长之游。嗟夫异哉！乃为之歌曰：南风之薰兮琴无弦，北风其凉兮诗无传，云之汉兮水之渊，佳哉斯人兮水云之仙。"文天祥对汪元量寄予厚望，希望能借他的帮助，让自己的诗集能够得以保存，流传后世。

文天祥慧眼识珠，汪元量也没有让他失望。他作为杜甫的"铁粉"，最能理解身处炼狱的文丞相把杜甫作为倾诉对象和心灵同频共振的情怀了。"凡吾意所欲言者，子美先为代言之。""昔人评杜诗为诗史，盖其以咏歌之辞，寓纪载之实，而抑扬褒贬之意，灿然于其中，虽谓之史可也。""予所集杜诗，自余颠沛以来，世变人事，概见于此矣，是非有意于为诗者也。后之良史，尚庶几有考焉。"（文天祥《集杜诗·自序》）文天祥致敬杜甫，发扬以诗纪实的"诗史"精神，自十月入狱后，仅仅四个月便著有二百首《集杜诗》。此外，诗中专门写有小序的诗有一百零五首，说明写这首诗的历史背景和原因，给后世交代传递出真实的历史信息。

据初步统计，杜诗现存约 1450 首。其中，各类五言诗共约 1050 首。而文天祥《集杜诗》采用的有 380 余首，占杜诗总数的三分之一强，采用率前五名的诗依次是《八哀诗》（45 次）、《北征》诗（20 次）、《遣兴五首》（18 次）、《自京赴奉先县咏怀五百字》（13 次）、《后出塞五首》（13 次）。杜甫的这些作品意兴浑茫，朴拙有力，沉郁顿挫，颇具"诗史"的格调和意蕴。故此，后人将文天祥的《集杜诗》称为《文山诗史》。如清代的黄宗羲曾说过："史亡，然后诗作。譬如文天祥的《集杜诗》。景炎、祥兴，《宋史》且不为之立本纪，非《指南》《集杜》，何由知闽广之兴废？……可不谓之史乎？"江山易主之际，朝廷原有的史官功能丧失。倘若没有诗人们写诗实录，重大事件不能载于文献，最后将成为历史的空白点。

汪元量仔细拜读文丞相专门填写的这组《胡笳曲》，和《集杜诗》一样，专集杜甫诗一百六十句，以一百四十八句七言为主，十二句五言为辅，每一拍多则十四句，少则八句。与蔡文姬原作《胡笳十八拍》不同，也和北宋王安石集句诗《胡笳十八拍》相异。文天祥是借蔡琰和杜甫的酒杯，浇自己胸中的块垒。"黄河北岸海西军，翻身向天仰射云。胡马长鸣不知数，衣冠南渡多崩奔。山木惨惨天欲雨，前有毒蛇后猛虎。欲问长安无使来，终日戚戚忍羁旅……"《胡笳曲》第一拍至第六拍写自己被掳，第七拍至第十一拍写羁押燕京后的悲愤，第十二拍至第十七拍写思念妻女的忧伤，第十八拍总结全诗。汪元量深知，《胡笳曲》其实就是文丞相的心路历程，他含泪在诗后留言："一朝禽瘴海，孤影落穷荒。恨极心难

雪，愁浓鬓易霜。燕荆歌易水，苏李泣可梁。读到难难际，梅花铁石肠。"(《读文山诗稿》)

相见时难别亦难。囚室琴声停歇，两人相互为对方的诗集写下墨宝。同为遗民，惺惺相惜；高山流水，伯牙子期。后来，汪元量又曾多次到狱中探访，为文天祥最后两年的囚徒生活，增添了一抹亮色。

五

至元十六年（1279 年）农历十月初一，文天祥被押送到元大都，在会同馆一间破屋里羁押五天后，移送到兵马司狱中。从此，劝降文天祥为元朝服务成为忽必烈的心病。元朝和南宋投降的君臣走马灯似的来到狱中，苦口婆心，威逼利诱。但是，无论"枷项缚手"，还是"供帐饮食如上宾"，文天祥都没有忘记和汪元量的约定，"臣心一片磁针石，不指南方不肯休"。

至元十九年（1282 年）农历十二月初八，曾率领蒙古铁骑横扫欧亚大陆的元世祖忽必烈亲自上阵，召见文天祥，想做最后的努力。忽必烈开出的条件是只要文天祥投降，就任命他为中书宰相或枢密使。文天祥一阵冷笑，断然拒绝。元世祖无奈地问：汝何所愿？文天祥对曰：愿与一死足矣。忽必烈彻底失望，决定成全他。第二天，文天祥在城南柴市引颈就戮，送行者数万人。刑前，他面南而拜，大声说："臣报国至此矣！"

文天祥就义后，在别号"千载心"的同乡义士张宏毅帮助下，欧阳夫人收殓丈夫尸首，埋葬在小南门外五里道旁。原来，早在文天祥被押送北上至故乡赣州时，张宏毅登船拜访，一路追随到元大都。他在文天祥的囚所附近租房而居，三年多来一直为文天祥送食洗衣，给文天祥极大的安慰。文天祥被杀后，张宏毅收敛他的部分齿发，带回家乡埋葬祭奠。比起投降元朝并忌惮文天祥不死的南宋宰相留梦炎之流，张宏毅足以青史留名。欧阳夫人在丈夫的衣带里发现绝笔书《自赞》："吾位居宰相，不能救社稷，正天下，军败国辱，为囚虏，其当死久矣！顷被执以来，欲引决而无间，今天与之机，谨南向百拜以死。孔曰成仁，孟曰取义；惟其义尽，所以仁至。读圣贤书，所学何事！而今而后，庶几无愧！"对文天祥之死，就连元朝人也不得不感叹曰："宋之亡，不亡于皋亭之降，而亡于潮阳之执；不亡于崖山之崩，而亡于燕市之戮。"在南宋走向灭亡的血色残阳里，只留下文天祥孤傲、悲壮的身影。

十二月九日，汪元量送别文天祥后，默默回到宿舍，沐浴更衣，把文天祥的诗集郑重地摆放在香案上，献上祭品，点燃三炷香，净手鞠躬，取出古琴，对着袅袅升起的白烟，接连弹奏《胡笳曲》和《拘幽操》。琴声呜咽，弹奏至忘我处，突然，一根琴弦绷断，琴音戛然而止。汪元量起身再拜，研墨铺纸，含泪写下："崖山禽得到燕山，此老从容就义难。生愧夷齐尚周粟，死同巡远只唐官。雪平绝塞魂何往，月满通衢骨未寒。一剑固知公所欠，要留青史与人看。"（《文山道人事毕，壬午腊月初九日》）接着，他又连续写道："有官有官位丞相，一代儒宗一敬让。家亡国破身飘荡，铁汉生擒今北向。忠肝义胆不可状，要与人间留好样。惜哉斯文天已丧，我作哀章泪凄怆。呜呼九歌兮歌始放，魂招不来默惆怅。"（《浮丘道人招魂歌·其九》）汪元量一口气写下九首挽歌，为文丞相招魂。

要与人间留好样。从此，囚室琴声消散，汪元量的魂魄也随之而散了。

六

至元十九年（1282年）十一月，土星犯帝位，元朝中书省提出天有异象，这是南宋皇亲国戚族燕京所导致。忽必烈下诏迁赵氏宗族瀛国公赵㬎、谢太后和王昭仪等人到开平上都（今内蒙古锡林郭勒盟内），汪元量随行。

路阻且长，前途渺茫。一行人经历了"地有一尺雪""指堕肤亦裂"的艰辛，一路出居庸关，登李陵台，拜昭君墓，经过襄州、居延，北上开平。牛车颠簸在茫茫大草原上，时见野兽出没。每天饥寒交迫，心酸哀伤，汪元量自言"书生不忍啼"。"秋到浓时酒自斟，挑灯看剑泪痕深。黄金台愧少知己，碧玉调将空好音。万叶秋风孤馆梦，一灯夜雨故乡心。庭前昨夜梧桐语，劲气萧萧入短襟。"（《秋日酬王昭仪》）随行的人员中，汪元量和王昭仪虽然身份不同，但两人过去在临安宫廷就熟悉，皆擅长琴艺和诗词，心灵相通，可谓知己。"瑶池宴罢夜何其，拂拭朱弦落指迟。弹到急时声不乱，曲当终处意尤奇。雪深沙碛王嫱怨，月满关山蔡琰悲。羁客相看默无语，一襟秋思自心知。"（《幽州秋日听王昭仪琴》）王昭仪也曾作《秋夜寄水月、水云二昆玉》曰："万里倦行役，秋来瘦几分。因看河北月，忽忆海东云。"早在三宫北迁路上，王昭仪走到汴京时，曾填一阕著名的《满江红》，汪元量和文天祥等人均和之。

汪元量在北方生活十三年，以琴艺闻名于元大都，元世祖曾下诏，令他入宫侍从，他也颇受元主忽必烈的照顾。汪元量还教授瀛国公赵㬎学习诗书琴艺等。

其间，曾出仕元翰林院。至元二十三年（1286 年），他又被任命为岳渎降香的代祀使，与朝廷重臣严学士等人同行祭祀泰山。临行前，忽必烈召见他们说"如朕亲行岳顶来"。汪元量他们接到圣旨，立即起程。"一从得玉旨，勒马幽燕起。河北与河南，一万五千里。"（《降香回燕》）这次祭祀降香，汪元量的足迹遍布西北、西南、中部和东部，先后祭祀北岳恒山、西岳华山、中岳嵩山、南岳衡山、东岳泰山、四川青城山等名胜，还经过四川成都的杜甫草堂，拜祭了孔子庙。汪元量边走边写，一路留下诗歌四十多首，约占其现存诗歌的十分之一。

至元二十五年（1288 年），太皇太后谢道清仙逝，王昭仪自请为女道士，号冲华。汪元量为谢太后题写两副挽章，其中一副道尽凄凉："羯鼓喧吴越，伤心国破时。雨阑花洒泪，烟苑柳颦眉。事去千年速，愁来一死迟。旧臣相吊后，寒月堕燕支。"就是在这一年，遥远的四川钓鱼城炮火硝烟散去，守城将士在孤军奋战抗击元军近十年后，以城殉国。这年，元军彻底荡平南宋所有抵抗力量。

第二年，忽必烈突然下诏，赏给已十九岁的瀛国公赵㬎许多钱财，让他入吐蕃学习佛法，法号"合尊"。其母全太后入正智寺为尼。曾经的旧主人远走西域，汪元量写诗送别。"木老西天去，袈裟说梵文。生前从此别，去后不相闻。忍听北方雁，愁看西域云。永怀心未已，梁月白纷纷。"（《瀛国公入西域为僧号木波讲师》）

赵㬎作为南宋小皇帝，可谓在北方长大，其不愧有高贵基因，聪明智慧，在西域潜心研究佛学，终成吐蕃著名的佛学大师。转眼三十多年过去，元英宗至治三年（1323 年），赵㬎已到知天命之年，不知为何写了一首五言绝句："寄语林和靖，梅花几度开？黄金台下客，应是不归来。"这首小诗传到元大都，元英宗下令将赵㬎赐死。因一首小诗而丧命，他与南唐后主李煜命运相似。李煜投降北宋后，软禁在汴京，七月七日七夕节，过四十一岁生日时，填词"春花秋月何时了，往事知多少？小楼昨夜又东风，故国不堪回首月明中"（《虞美人》）。宋太宗赵光义得知后，赐"牵机"毒药被鸩杀。命运如此循环，何止是李煜和赵㬎呢？宋太祖赵匡胤得江山于后周孤儿寡母之手，南宋失江山给元朝同样于孤儿寡母之手。历史惊人地相似，令人唏嘘不已。

至元二十五年，汪元量已在上都生活六年。此时，他追随北迁的三宫死的死、散的散，心灰意冷，加之不适应北方的气候和生活习俗，他不断上书元世祖，请求南归，终获恩准。临行之前，流落在北方的朋友们饮酒作歌，为其饯行。席间，汪元量乘着酒兴，一口气写下两首长诗，都以"余将南归，燕赵诸公子携伎把酒饯别，醉中作把酒听歌行"为题，还有雅兴让歌伎陪酒，兴奋之情可见一斑。

在北方十三年之后，汪元量再回江南，恍若一梦。当年的临安又称为杭州了，但已物是人非。"朱甍突兀倚云寒，潮打孤城寂寞还。荒草断烟新驿路，夕阳古木旧江山。英雄聚散栏干外，今古兴亡欸乃间。一曲尊前空击剑，西风白发泪斑斑。"（《浙江亭和徐雪江》）从此，汪元量游历江苏、浙江、江西、湖南、四川等地。他整日会晤诸友，写诗饮酒，抚琴高歌，自称"野水闲云一钓蓑"，行踪飘忽不定，被时人称为"神仙"。

现在看来，两位琴友，一位尽忠而死，一位仕元南归，对此人们议论纷纷。汪元量自己内心烦闷，又不能到处逢人就解释，怕越描越黑。谁能理解其中的苦衷呢？"休休休休休，干戈尽白头。诸公云北去，万事水东流。春雨不知止，晚山相对愁。呼童携斗酒，我欲一登楼！"（《杭州杂诗和林石田》）此中有真意，欲辨已忘言。还是让时光去证明吧！

其实，对汪元量的行为不必苛责。在儒家文化里，朝廷即是国家，汪元量和文天祥在朝廷里的身份不同，家国情怀的表达方式也会不同。据元人《改虫斋笔疏》记载：汪元量藏有赐砚，背刻"天锡永宝"四分书，右刻"水云"二篆字，左刻楷书绝句云："斧柯片石伴幽闲，堪与遗民共好顽。试忆当年承赐事，墨痕如泪尽成斑。"作为一位琴师艺人，后人不能把他和南宋丞相文天祥所担负的历史责任相提并论。

随着朝代的不断更替，很多人逐渐理解了汪元量的内心挣扎。清代末年，国学大师王国维曾在其《观堂集林》（卷二十一）中说："汪水云以宋室小臣，国亡北徙，侍三宫于燕邸，从幼主于龙荒，其时大臣如留梦炎辈，当为愧死。后世多以完人目之。然中间亦为元官，且供奉翰林，其诗具在，不必讳也。……水云在元颇为贵显，故得囊留官俸，衣带御香，即黄冠之请，亦非羁旅小臣所能。后世乃以宋遗民称之，与谢翱、方凤等同列，殊为失实。然水云本以琴师出入宫禁，乃倡优卜祝之流，与委质为臣者有别，其仕元亦别有用意，与方、谢诸贤迹异心同，有宋近臣，一人而已。"（《书宋旧宫人诗词湖山类稿水云集后》）王国维先生认为，汪元量曾经仕元不假，但他的身份是琴师，为"倡优卜祝之流"，他并非正式的朝臣，其为元朝服务有其隐衷所在。他借着元官的身份掩护，方便探访狱中的文天祥，也方便周旋照顾三宫孤儿寡母。他忠于南宋的立场从没有改变过。所以，在谢太后去世、少主西行、全后为尼之后，他立即黄冠南归，以明心迹于天下。他和文天祥囚室对琴、饮酒论诗的事实，足以证明其心。

至元三十一年（1294年），汪元量五十四岁时，在杭州西湖畔丰乐桥外筑小楼五间，一直隐居在湖光山色之中。大约在元代仁宗延祐四年（1317年）卒，享年七十七岁。

纸上遇见两宋

一、阅读即遇见

阅读是一种纸上遇见。当然，很多时候阅读是学习和工作之需要，也是一个人的生活习惯和生命状态。通过阅读，和书中的人物对话，遇到那些有思想、有趣味、有灵魂的人，确实是一种精神享受，对自己则是短暂生命中不断修行的过程。

长期以来，我的私人阅读杂乱无章，手头有什么书就读什么。这是二十世纪六十年代我少年时豫东乡村缺少书籍可读养成的习惯。

回忆往昔，感恩生活，让一位乡村少年很享受阅读的快乐，因此受益终生。如今再也不必为无钱买书、无书可读而发愁，却时常为读什么书才有趣、有那么多好书没有时间读而发愁了。

翻检读书笔记。如果简单对私人阅读书单进行归纳，近几年阅读历史书籍成为重点，尤其是阅读两宋时代的历史，或许是因为我生长的地方距离北宋汴京不远的缘故吧。从两宋那些曾经发生的历史事件和活跃在历史舞台上的人物命运中，反观自己的人生，提升自己看待这个世界的眼光和境界，心灵更加通透、豁达、慈悲，这就是纸上遇见两宋时代的收获和感悟。

二、遇见两宋的宿命

当前，对"两宋"历史研究感兴趣的人越来越多。前一阶段，热播的电视连续剧《清平乐》引发人们广泛的议论，尤其是年轻人看到的皆是宋仁宗时代的美好和雅致，其实有些偏颇和失真。

以今视昔，不得不说宋仁宗赵祯真的很幸运！虽然他是"狸猫换太子"的结果，但毕竟宋真宗是他亲爹，又是"独苗"。高太后对这位养子还不错，皇位没人和他争。仁宗从老爹手里接下的摊子也很不错。宋真宗时代，与辽国签订的"澶渊之盟"，没有边境战火纷扰之后，百姓休养生息，社会经济逐步恢复稳定，一派太平景象。

宋仁宗继承爹爹的北宋江山后，在位四十二年，共使用过九个年号。其中，庆历、嘉祐年间，被后世文人士大夫总结为治世之楷模，也是北宋最辉煌的年代。后来，在宋徽宗时代，御史官陈师锡就曾赞叹："宋兴一百五十馀载矣，号称太平，飨国长久，遗民至今思之者，莫如仁宗皇帝。臣窃尝考致治之本，亦不过于开纳直言，善御群臣，贤必进，邪必退。……庆历、嘉祐之治为本朝甚盛之时，远过汉、唐，几有三代之风。"作为御史官，陈师锡第一次提出"嘉祐之治"的概念，指出其盛隆的原因和超过汉唐时期辉煌之事实。

此外，北宋邵伯温在其《邵氏闻见录》中叹曰："盖帝知为政之要：任宰辅，用台谏，畏天爱民，守祖宗法度。时宰辅曰富弼、韩琦、文彦博；台谏曰唐介、包拯、司马光、范镇、吕诲云。呜呼，视周之成、康，汉之文、景，无所不及，有过之者，此所以为有宋之盛欤？"邵伯温更是不吝溢美之辞，称赞仁宗时代超过西周"成康盛世"和西汉"文景之治"。电视剧《清平乐》所演绎的正是仁宗时代，怎么能不吸引大众尤其是年轻人的眼球呢？！

仁宗时代，被后世文人士大夫解读为最理想化的时代。皇帝贤明、宽容、慈悲，对执政权自动转让，对宰执大臣充分信任，信任谏官，言路畅通，对皇帝的无限权力自我约束。当时的文人士大夫，心中充满与皇帝分享权力的满足感、成就感和历史责任感。皇帝通过执政部门和谏官系统的相互制衡，始终掌握着最高权力的仲裁权和主导权，自己超然独立，垂拱而治。可以说，宋仁宗很好地利用了宋太祖、宋太宗、宋真宗遗留的政治遗产，牢牢把控住"皇帝、宰执、谏官"之间的制约、平衡关系。于是乎，政风清明，人心思进，君臣尽欢，百姓受益，天下太平。

仁宗之前，已有三位皇帝，为大宋留下两项最为重要的政治遗产。一是"不杀文人士大夫和言事官"的祖宗家法。两宋三百二十年的历史，没有一位台谏官因为上书言事而被杀，最多受到降职或被贬的处分。宋太祖作为一位起起武将，能有此等眼光和胸怀，可谓是文人之幸，大宋之幸。二是建立相对严密、科学的台谏制度，皇帝自觉接受对其权力的制衡。台谏制度，由太祖、太宗沿用唐制设计，但到了宋真宗时代才逐渐完善，到了宋仁宗时代才真正推广使用。

当时，台谏官很受重视，选拔非常严格。开始时，只有升朝官可担任，后扩大到宣教郎以上的京官才可以候选。选择台谏官的标准如下：科考进士；有通判、知州等资历；文学优长，政治尤异，忠厚淳直；不爱富贵，重惜名节，晓知治体。一句话，必须是又红又专的进士京官。

台谏官不但标准很高，如下选拔程序设计也很严谨：宰执不得推荐；远近亲属、老乡同学、私下有矛盾者都必须回避；由侍从按照条件荐举名单后，由皇帝亲自选拔。比如，欧阳修就是皇帝御批的谏官。如此一来，台谏官初入职场，自认为是天子门生。如果说，宰执是皇帝的左膀右臂，台谏官就是天子的耳目。他们的岗位职责决定其言行举止，对皇帝的日常决策影响非常之大。

"台谏，公论之所系也。"北宋台谏官的权力非常超脱，工作范围很广。一是可以"风闻言事"。他们不需要提供任何证据和信息来源渠道，仅凭听说，即可以弹劾别人。二是坚持独立言事原则。不受自己的长官、宰相、同僚等任何人的限制，各自独立上言皇帝，不需任何人审阅、把关、修改签报。三是台谏官之间可以相互弹劾，允许下级和上级之间相互弹劾。

正因为如此，对台谏官的道德自律要求非常之高。北宋制度规定：台谏官和宰执之间、台谏官之间非公事，不准私下往来。否则，罢黜贬谪。同时，对台谏官制定严格按月考核奖惩机制和办法。这种制度设计，使台谏官可以纠正皇帝的失误，制约宰执大臣的权力，弹劾干政的宦官、外戚，抑制武将的割据坐大，等等。

开国宰相赵普曾对宋太祖说："刑赏，天下之刑赏，非陛下之刑赏。天下事当与天下共之，非人主所可得私。"包括皇帝本人，也必须接受台谏官的约束。这才有皇帝不采纳台谏官的谏言，包拯一边拉着宋真宗的衣服不让退朝，一边还在谏言，激动得唾沫星子喷溅宋真宗一脸的故事。试想一下，如果在号称"康乾盛世"的大清王朝，"奴才"们敢吗？

在皇帝至高无上的君主时代，皇帝能自觉接受监督，共同"与士大夫治天下"，并主动建立和完善"君主、宰执、台谏"三权分立、相互制衡的中枢权力政治机制，不能不说是一大进步。故此，宋人曾自豪地说："国朝任台谏之法远出前代，台谏亦最号得人。"事实上，北宋台谏言官的岗位上，集结了当时最为优秀的精英分子群体。如范仲淹、包拯、司马光、韩琦、欧阳修、苏辙等，都是谏官出身。以范仲淹为代表的文人士大夫群体，高高举起"先天下之忧而忧，后天下之乐而乐"的道德大旗，"贬斥势利，崇尚气节""道天下之公议者，谏官、御史也"。

范仲淹及其一批追随者，完成了文人士大夫独立人格和与皇帝共治天下的责任担当意识觉醒，人格修养之高令人赞叹。如苏东坡与王安石、王安石和司马光，政治主张虽针锋相对，私人感情却惺惺相惜，相互尊敬，从不落井下石。谏官欧阳修写过一个札子，向仁宗推荐三位宰相。一位是政敌吕夷简的儿子吕公著，一位是政见不同的司马光，一位是学术观点不同的王安石。这就是仁宗时代职业政治家的胸怀。苏轼的弟弟苏辙在仁宗主持的考试试卷上，大骂仁宗爱好女色、荒废朝政。有人主张不予录取。仁宗却说：我考试的目的，就是为听取真实的批评声音。苏辙虽然对朕的批评毫无依据，但我若因为他的批评而不录取他，世人怎么看我呢？以后谁还敢说真话呢？皇帝这样的胸怀和宽容，才是仁宗朝"清平乐"的大前提。

纵观两宋三百多年的历史，对上述两项政治遗产继承和坚持得如何，基本能够反映出两宋走向灭亡的历史轨迹。

宋朝的这两项政治遗产相对有效地解决了皇帝专权的问题，却没能很好地解决宰执弄权蜕变为权相的问题。如果权相有人格修养，决策出于公心，为皇帝负责，倒也罢了，如王安石、韩琦、富弼、司马光等人。如果权相人格低下，出于私心揽权，成为奸相，如蔡京、秦桧、史弥远、韩侂胄、贾似道等人。在皇帝昏庸的环境中，走向灭亡的命运不可避免。

宋仁宗在位四十二年，政治、经济和外交事业按部就班，但最大的心病是没有儿子。后宫女人多也没用，不得不选择宋太宗的曾孙、濮王赵允让的第十三个儿子赵宗实为养子，后被立为皇子，改名赵曙。嘉祐八年（1063年）赵曙继帝位，是为宋英宗。可是，宋英宗患有精神病，经常发作，装疯卖傻，不理朝政，仅在位四年，治平四年（1067年）驾崩。他在位时，若不犯精神病，便整天纠缠于他亲爹的封号，和养母曹皇后、宰执大臣韩琦、富弼、司马光等人闹得很不愉快，引发十八个月的"濮议"之争。朝臣们围绕着赞成与否，争论不休，宰执和谏官之间相互心存芥蒂。宰相与台谏之间，因为这次不同意见，相互开始人身攻击，恶习如潘多拉魔盒打开，直接影响到后来王安石变法时期的政治生态。从此，宋仁宗时代"清平乐"时光渐行渐远。

宋英宗在位时间短，政绩平平。但他开了两个先河：一是皇帝是精神病患者；二是皇帝和养母争斗赌气不和，不守孝道。在以后的两宋皇帝中，仍有后来人。

治平四年（1067 年）正月初八，宋英宗驾崩，英年早逝，享年三十六岁。时年二十岁的嫡长子赵顼继位，是为宋神宗。

宋神宗英姿勃发，壮志凌云，立志发愤图强，扩大大宋版图。王安石审时度势，及时献上《本朝百年无事札子》，正中年轻皇帝的下怀。君臣一拍即合，没有经过认真科学的调查和可行性研究分析，决定大干快上，开足马力"大跃进"。在政治、经济、军事、社会治安、科举考试和思想文化等各个条线，全面开花，推进改革。

现在来看，宋神宗和王安石君臣两人，实属于情况不明决心大，不缺乏政治激情，但缺乏改革所必需的理性、稳健和宽容。

宋神宗对王安石充分放权搞活，确定的"谁反对变法，谁就是反对天子"的原则过于狭隘。王安石保障百年无事，这本身就有吹牛的成分，又提出"天变不足畏，祖宗不足法，人言不足恤"的口号，把儒雅的富弼吓了一大跳。富弼在心中嘀咕道：人定胜天，不畏惧上天的权威，还有什么坏事不能干、不敢干呢？连祖宗家法都砸烂，那还坚守什么呢？不幸的是，结果被富弼说对了。王安石以强力推进改革为旗号，不择手段，消除异己分子，包括对提出不同意见的台谏官，一律清洗出去，仅仅任用赞同自己改革的人，有些人借此投其所好，投机钻营，获得仕途好处，如吕惠卿之流。坚毅倔强的司马光不愿意蹚这浑水，主动辞职，退居洛阳十九年，远离官场，自得其乐，集中精力编撰历史巨著《资治通鉴》。

王安石的这一做法，很不厚道，也很不地道。这是对大宋第二项政治遗产的肆意践踏和破坏。这一"恶习"，宋英宗仅开了个头，因为他经常犯精神病，尚可原谅。宋神宗和王安石联手把"恶习"落到实处。此后，仁宗时代君臣共治天下的政治格局被打破。北宋大臣之间的争斗，开始从政治主张不同转向私人之间的相互攻击，政治和人文生态环境被逐渐破坏，文人士大夫群体的人格修养和道德底线日渐滑落。对王安石变法的成败得失、他本人的政治理想、文学修养和道德节操之高等，我们在此不做讨论。但是，在破坏宋朝第二项政治遗产这点上，我认为王安石难辞其咎。

元丰八年（1085 年）三月，三十八岁的宋神宗驾崩。出师未捷身先死，长使英雄泪满襟。他在位十八年，是位有抱负、想作为的皇帝。可是，轰轰烈烈地变法，争议不断，成效甚微。与西夏的战争失败，消耗太大。天命如此，呜呼哀哉！

宋神宗年仅十岁的长子赵煦继位，是为宋哲宗。祖母高太皇太后垂帘听政。

高老太太一直反对王安石变法，重新起用保守派司马光为宰相。

司马光是位"神童"级人才。童年时砸缸救人的故事家喻户晓，一生在道德节操上的坚守，令人肃然起敬。垂垂老矣的司马光重回政坛，确实是当时民心所向。他被朝廷和民间视为收拾变法烂摊子的最佳人选，被寄予极大厚望。可惜，司马光却让大众失望了！

司马光和王安石一样，有政治热情，缺政治智慧。他从一个极端走向另一个极端，仍打着改革的旗号，彻底否定王安石变法，彻底清除变法中的积极参与者。这种"翻烧饼"的做法，使朝野上下人心浮动，互不团结，形不成执政合力。大臣们为保护自己的私利，相互缠斗攻击。司马光于宋哲宗元祐元年（1086 年）九月去世，仅干了一年多宰相，仍能赢得民间社会的好评，是出于对他道德节操的尊敬，而不是执政能力和政绩。他的为政措施和用人之道，在对北宋第二项政治遗产破坏上，我认为责任并不比王安石少多少。

元祐八年（1093 年），垂帘听政的高老太太寿终正寝，十七岁的宋哲宗终于亲政。权力的滋味很享受，让年轻的赵煦欲望飞升。在政治主张上，彻底否定了司马光，重回王安石的变法路线，一大批文人士大夫的人生命运瞬间发生改变。如苏东坡和他得意的弟子被贬得越来越远，职位越来越低。政治理想、道德节操、人性善恶和既得利益在每个人心中纠结、平衡和抗争，又到了每个文人士大夫重新选择的人生十字路口。令人遗憾的是仁宗朝"庆历""嘉祐"年间那一大批范仲淹的追随者，并没有留下太多的"香火"，西风压倒了东风。而那些毫无操守、善于权术、人格低下的"政治明星"已布满北宋的阴郁天际。北宋的天要变了。

由于宋哲宗贪恋女色，纵欲过度，过早掏空年轻的身体。元符三年（1100 年），年仅二十三岁的宋哲宗驾崩。哲宗没有儿子，经反复权衡，皇位传给异母弟弟端王赵佶，是为宋徽宗。

宋徽宗的故事大家都很熟悉。除了不会做皇帝，在其他领域都是翘楚。可历史的吊诡，偏偏让"文艺范十足"的他做了皇帝。

宋徽宗刚继位时，向太后垂帘听政，再次起用旧党，废除哲宗时期的变法新政。但九个月后，向太后患病，把权力交还给宋徽宗。

宋徽宗全面掌权后，一反向太后的政治主张，仍沿用王安石的变法主张。崇宁元年（1102 年），拜王安石的学生蔡京为宰相。蔡京的弟弟蔡卞还是王安石的女婿，变法者重占上风。宋徽宗在整人上是个"狠角色"，他彻底否定司马光等元祐旧党一百二十多人，亲自把他们的名字书写刻石，名曰"元祐奸党碑"。这时，苏东坡已被贬海南，和小儿子苏过在儋州苦中作乐，大吃蛤蜊。蔡京的书法造诣极高，也亲自刻写"元祐党籍碑"，成员扩大到三百零九人。碑石立于各级政府办公楼前和官办学校里，名单里的人员被贬后，"永不录用"，且子孙不能留在京城、不许参加科考，让这些人遗臭万年，永世不得翻身。司马光、苏轼、苏辙、黄庭坚、文彦博、吕公著、范仲淹的儿子范纯仁等人的名字，赫然在列。

宋徽宗沉湎于书法、绘画、园林艺术和酒色之中，乐此不倦。权相蔡京大权独揽，肆意妄为，成为第一位奸相。民心浮躁，激起方腊起义。宋徽宗昏聩无能，竟然偷偷和金兵盟约，攻击辽国，单方面撕毁"澶渊之盟"，引狼入室。宋徽宗宣和七年（1125 年），辽国被金兵所灭亡后，金兵调转枪口，杀向汴京，北宋不堪一击。

宋钦宗靖康元年（1126 年）到二年（1127 年），金兵铁马铁衣，两次攻击北宋首都东京。宋徽宗仓皇之间，推卸责任，禅让皇位给儿子赵恒，是为宋钦宗，年号"靖康"。

但是，一切都是徒劳，丝毫也不能改变北宋灭亡的命运。靖康二年（1127 年）初，冰天雪地，寒风凛冽，宋徽宗、宋钦宗和三千多名嫔妃、子女及宗室成员组成"北狩"团队，在金兵押送下，浩浩荡荡，一路血泪和着雪花横飞。

宋徽宗的任性、昏聩和荒淫，玩丢了赵宋江山。但他也留下两项"政治遗产"。一是为推卸责任，首开禅让皇位之先河；二是为打击持不同政见者，允许不择手段。致使蔡京从权相蜕变为"奸相"。这些为南宋时期皇帝不断"禅让""奸相"不断涌现起到"典范"作用。

三、南宋历史的逆转

或许，上天不愿意立刻灭亡赵宋王朝。靖康元年（1126 年），宋徽宗的第九个儿子赵构，在金兵攻占东京时，正出使与金兵议和，中途滞留在相州（今河南安阳）未归。东京陷落后，他侥幸成为"漏网之鱼"。

靖康二年（1127 年）五月一日，赵构在南京应天府（今河南商丘）宣布即位，是为宋高宗，改年号"建炎"。

从此，一路辗转流离，开启了属于赵构的南宋时代。

南宋王朝诞生在战火纷飞、国破家亡的苦难岁月。宋高宗在二十岁的年纪，能继承和发扬赵宋王朝的国祚，确需政治智慧、胆量、谋略和责任担当。

宋高宗率队向南狂奔，东躲西藏，"泥马"渡江，漂流海上。终于在绍兴二年

（1132 年）初安定下来，把临安府作为行在。南宋羸弱的政权，至此才算基本度过生存危险期。

接下来，就要招兵买马，组建班子，管理团队，制定基本国策，恢复和发展经济了。

实事求是地说，宋高宗南渡后，综合表现足以证明他是一位有能力、有思路、有智慧、有权术、有文化、有成效的年轻皇帝。

当时，南宋的国土面积仅有北宋的五分之三。社会经济基础薄弱，军事上除了长江、淮河外，无险可守。军队的战斗力低下，士气低落，武将缺乏，一盘散沙。面对北方的威胁，宋高宗采取背海立国、以守为主的议和政策，也是综合当时国内外形势后的理性选择。经济上，利用佃农制度，发展农业经济；文化上，利用士人开办书院，发展民间教育；军事上，建立以防御为主的水陆联防体系；对外交往上，从农业文明走向海洋文明。充分利用海洋，完成了陆上丝绸之路向海上丝绸之路的转变。同时，采取与金国议和的总国策。

从绍兴二年（1132 年）到八年（1138 年），宋高宗心里也是极其矛盾的，在与金国议和上摇摆不定。但 1138 年，秦桧从金国逃回南宋后，成为宰相，君臣联手，下定决心，排除异己，坚决走议和之路。为此，钳制舆论，诛杀岳飞，削除武将兵权，首开"文字狱"，对公开提出反对议和政策意见的太学生陈东和布衣青年欧阳澈，首开杀戒。北宋宋太祖留下的"誓不杀文人和言事者"的祖宗家法，首次被打破。

至此，北宋仁宗时代留下来的两项最重要的政治遗产先后全部被破坏。

至今，大众对宋高宗诟病最多的坏事除与金议和投降外，就是在岳飞取得节节胜利的情况下，强令其班师回朝，并诛杀之。但仔细分析，绍兴十一年（1141 年）四月，宋高宗已罢免了主战派韩世忠、张俊和岳飞的兵权，十一月又罢免了李光执政。宋金已经签订"绍兴和议"，南宋向金国割地、称臣和纳贡，岳飞已构不成和议的障碍。到了绍兴十二年（1142 年）一月，再诛杀岳飞和岳云，已没有太大必要。

我们从小受到的历史教育，对宋高宗、秦桧刻骨仇恨。岳飞被害，其实这其中的原因很多。一方面是宋高宗、秦桧联手打造的"议和"体制不容任何挑战；另一方面岳飞自身的性格和政治智慧不足也是重要原因。

宋高宗绍兴六年（1136 年）三月，岳飞母亲去世。作为大孝子，按照丧礼规定，把母亲安葬在庐山，准备服三年之丧，岳飞便在庐山东林寺住下。而当时宋金交战正酣，宋高宗立足未稳，四处躲避。高宗多次亲写《起复诏》，派遣官员上门送钱、送物慰问，让岳飞丧期未满时，立即应诏任职，马上投入战斗。第一次，被岳飞断然拒绝。第二次，宋高宗又亲自写道："国而忘家，移孝为忠""故兹亲笔，谅悉至怀"，宋高宗几乎用恳请的态度求他为国尽忠，又被岳飞拒绝。直到宋高宗亲自写了第三道《起复诏》，岳飞才奔赴抗金前线。

不久，在宋高宗让岳飞节制淮西军北伐的问题上，又引起岳飞不满。岳飞一气之下，撂挑子不干了，重返庐山守丧。宋高宗再次好言相劝安抚，岳飞才勉强下山。岳飞的这些表现，被宋高宗视为"要君"，怒火憋在其心里很久了。此外，岳飞却在驰援淮西的行军途中，当着部将的面说道："国家了不得也，官家又不修德！"宋代称皇帝为"官家"，岳飞公开对部下发牢骚，说皇帝不修德，才使国家到了如此境地。这可是斥责皇帝的大罪过！

绍兴七年（1137年）八月，岳飞作为兵权在握的武将，建议还没有生出儿子的宋高宗赶快立储。这年，高宗刚刚三十岁。因为高宗在扬州欢爱时，被突进的金兵惊吓，患上阳痿病。此时，正拼命喝药治疗呢。岳飞一再触犯高宗的痛点和大忌，也触犯了祖宗家法中武将不得干预朝政的禁忌。

三年之后的绍兴十年（1140年），岳飞旧事重提。在出征北伐前，再次亲笔致信宋高宗抓紧选一位接班人。对此，高宗耿耿于怀，难道岳飞你不相信我能生出儿子吗？

故此，岳飞一腔热血，但不深谙政治，必死无疑。

南宋大儒朱熹称赞岳飞在南宋将帅中，确属第一名人物。但他也承认岳飞"恃才而不自晦"，确实评价中肯。

宋高宗和秦桧在诛杀岳飞问题上，相互利用，狼狈为奸，各怀鬼胎。从北宋开国始，宋太祖"杯酒释兵权"，严防武将坐大、拥兵自重是基本着眼点。宋高宗为杀一儆百，剥夺日益增强的武将兵权，保住皇帝的位子。秦桧是为了清除异己，保住自己独相的权势。在"绍兴和议"中，写有"不得以无罪去首相"的附加条款。秦桧作为和议谈判的主官，能谈出这样的附加条件，真够狡猾和无耻的！"绍兴和议"生效，秦桧的独相地位不可撼动。他在弄权、牟利敛财、操纵谏官打击异己上，更加肆无忌惮。所以，今天他和老婆两人一起跪在岳飞墓前，遭到千秋万代人的唾骂，确实罪有应得。但诛杀岳飞，宋高宗才是幕后的真正推手，他不点头默许，谁敢诛杀风头正健的岳飞父子啊！"千载休谈南渡错，当时自怕中原复。笑区区、一桧亦何能，逢其欲。"（明·文徵明《满江红》）

我非常赞同台湾宋史学家黄重宽先生的观点："宋高宗和秦桧诛杀岳飞，还不是最大的问题。把整个知识分子的锐气都给打掉了，这才是问题。"秦桧动用整个政权力量，台谏成为他手中的鹰犬、打手，迫害异己，严重破坏了北宋一百五十多年所塑造出的文人士大夫精神和价值观，把想与皇帝共治天下的理想击得粉碎。宋高宗作为一位有权术的君主，秦桧作为一位有能力的权相，"君权独运，权相密赞"，二位相互倚重，心照不宣，共同维护和固化议和体制，不可能再有其他任何人想与高宗、秦桧分享权力的"蛋糕"。在宋高宗的授权和默许下，秦桧一马当先，冲锋在前，成为宋高宗专制极权政治的代言人和执行者。

但是，我们也应该从另一个角度看到："绍兴议和"后，战乱渐少，百姓得以休养生息，社会经济文化逐渐得到恢复和繁荣。江南农村经济相对稳定，沿海地区海外贸易活跃。"暖风熏得游人醉，直把杭州作汴州。"人们仿佛又回到东京梦华时代。

绍兴三十二年（1162 年）六月，时年五十六岁的宋高宗决定不干了。因为没有儿子，禅位给宋太祖的后裔赵昚，是为宋孝宗。高宗自己则当上了太上皇，花天酒地，游山玩水，奢靡享受，活到八十一岁。

纵观宋高宗的一生，其政治智慧远在他老子徽宗及其哲宗、神宗、英宗之上。南宋期间，他的后来者，更是远不如他。

宋高宗成为北宋灭亡最大的受益者，他成为人生最大赢家。

宋高宗禅位给孝宗，确实没有看走眼。宋孝宗从绍兴三十二年（1162 年）上台，直到淳熙十六年（1189 年）自动禅让，共在位二十七年。他对宋高宗这位太上皇的任何要求，极力满足，极尽孝道。对治理国家的主张和大臣的任用，也经常请示汇报。但宋孝宗总想有所作为，重用主战派张浚，下诏为岳飞平反，积极开展备战备荒防金兵。宋孝宗隆兴元年（1163 年）五月，展开"隆兴北伐"，结果大败而归，只好再次和金国签订"隆兴和议"。南宋皇帝对金国皇帝，由"臣"变成了"侄"；改"岁贡"为"岁币"；再割地唐河、邓州、连云港、甘肃天水、陕西商县等予金国。

宋孝宗主动向金国开了第一枪，代价确实有点大。"隆兴和议"签订后，宋、金两国保持了四十多年的和平，有点像北宋真宗"澶渊之盟"之后的仁宗时代。此时，南宋着重发展民生和文化。兴修水利，轻徭薄赋，稳定纸币，出现了社会富足、天下安宁的"乾淳之治"（1165—1189）景象。

宋孝宗在国家治理上，头脑还算清醒。他汲取秦桧独相弄权的教训，经常更换宰执。所选的周必大、留正、赵汝愚三位宰相相对正派，得到大家的基本认可，宰执所援引的人才"众贤盈庭"。宋孝宗严格外戚不得干政，并恢复台谏系统的独立监察权力，把台谏牢牢控制在自己手里，切断台谏和宰相之间相互勾结利用渠道。在文化上，宋孝宗对王安石新学、程朱理学、苏轼蜀学等采取"百家争鸣、兼收并蓄"的开放政策。宋孝宗"乾、淳正国家昌明之会，诸儒彬彬而出。"（南宋·黄震）正史评价"乾淳之治"为"是以年谷屡登，田野加辟，虽有水旱，民无菜色"。以朱熹为代表的程朱理学，以陆九渊为开山鼻祖的心学，与以吕祖谦、陈亮、叶适为代表的浙东事功学派，成为三足鼎立之势。他们自发组织"鹅湖之会"辩论赛，开创了中国思想史上非官方主导的学界平等对话交流模式。求同存异，相互激荡，涌现出属于那个时代的学术大师，一批文学巨匠登上历史舞台。比如，陆游、辛弃疾、陆九渊、陈亮、叶适、范成大、杨万里、朱熹等。史学家李焘也完成《续资治通鉴长编》巨著，继司马光之后的史学再放异彩。众星闪烁，形成两宋文学史上的第二个高峰。当然，和范仲淹、晏殊、欧阳修、王安石、苏轼、曾巩、黄庭坚等文学巨匠领军的北宋第一个高峰相比，不可同日而语也。

宋孝宗也向宋高宗学习，于淳熙十六年（1189 年）禅位，共在位二十七年。绍熙五年（1194 年）驾崩，享年六十八岁。

宋孝宗时代，对北宋的两项政治遗产继承和发扬得很好。故此，他在"两宋"诸帝中，还算出类拔萃的一位。"乾淳之治"，是南宋历史对北宋仁宗时代的一次回光返照。

但是，宋孝宗最大的败笔是选择"英武类己"的老二儿子赵惇作为接班人，并选定悍妇李凤娘作为皇后。赵惇是为宋光宗。

淳熙十六年（1189 年）二月，宋孝宗决定禅位给四十二岁的第二个儿子赵惇时，就决定了南宋历史的急转直下。

宋孝宗确实看走眼了。宋光宗既不"英武"，也不"类己"，还怕老婆怕得要命。最后，因强悍老婆杀掉自己喜欢的美人而受到惊吓，得了精神病，成了"疯皇"。新皇帝对老皇帝极不孝顺，对老爸不管不问，就连亲爹死后的葬礼，他也拒绝参加。"政治日昏，孝养日怠，而乾、淳之业衰焉。"（《宋史·光宗纪》）此时，北宋名臣韩琦的四世孙韩侂胄（母亲是太皇太后吴氏的亲妹妹，妻子是太皇太后的侄女）趁机弄权，在后宫的支持下，和宰相赵汝愚上下其手。宋光宗绍熙五年（1194 年），在宋孝宗的灵柩前，宋高宗皇后吴氏以太皇太后的身份垂帘听政，在光宗并不知情时，替他禅让了皇位，拥立他唯一的幼子赵扩上台，是为宋宁宗。

宋光宗仅在位五年。疯癫、狂躁和不孝，使他自己和赵氏江山都付出沉痛的代价。庆元六年（1200 年）八月，光宗驾崩，享年五十四岁。赵家江山从此加速走向灭亡。

宋光宗这次"被禅位"给宋宁宗，拥立有功的赵汝愚拜相，韩侂胄上位兼枢密院承旨。开启权臣专擅朝政的方便之门。加之，宁宗皇帝又是一位低能儿。潘多拉魔盒一打开，便一发而不可收拾了。

匆匆"被上位"的宋宁宗赵扩，是光宗留下的唯一"龙种"。他性不慧、言拙讷、没主见、能力差。庆元元年（1195 年）四月，赵汝愚罢相，被贬永州安置，不久死去。韩侂胄弄权的时代来临。韩并没有继承其先祖韩琦的品德，从权相迅速演变成奸相，另一个"秦桧"出场。宋宁宗是一位毫无作为的皇帝，即位前一阶段，把权力拱手礼让给韩侂胄。韩党专权，把程朱理学定为伪学，禁止道学，清洗当时的知名文人士大夫，史称"庆元党禁"。让人想起徽宗时代的"元祐奸党碑"。开禧二年（1206 年）五月，韩侂胄为转移国内对自己的不满和社会矛盾，再一次拿南宋国家的前途当儿戏，贸然发动"开禧北伐"，以惨败告终。宋宁宗开禧三年（1207 年）十一月，韩侂胄被杨皇后和投降派史弥远联手诛杀。他们把韩侂胄的头割下来，装在木匣里，送到金国示好。

韩侂胄死后，投降派代表人物史弥远居功自傲，抓紧清除韩党，积极主张议和。凡是赞成过"开禧北伐"的人，统统定为韩党，全部除名和流放。"主战"，成为史弥远打击政敌的借口。爱国诗人陆游也因"党韩改节"被免，退隐故里。南宋再次被迫签订"嘉定和议"。除增加纳币外，南宋与金国的关系由"侄叔"变为"侄伯"，比"隆兴和议"更为屈辱。右司谏兼侍讲王居安曾一针见血地提醒宋宁宗："一侂胄死，一侂胄生。"但宋宁宗对史弥远束手无策。从此，史弥远在宋宁宗时代，弄权作恶十七年。在宋宁宗病重期间，史弥远矫诏，亲手把宁宗钦定的接班人赵竑，改换成由他一手操纵培养的赵昀，是为宋理宗。宋宁宗在吃下史弥远献上的几十粒金丹后不久，于嘉定十七年（1224 年）八月驾崩，享年五十七岁。

宋宁宗是一位窝囊又可怜的皇帝。哀其不幸，怒其不争。他共在位三十年，对权臣唯唯诺诺，对朝政不置可否。前十三年，奸臣韩侂胄是他的主心骨。诛韩之后的十七年，史弥远和杨皇后是他的"奶瓶"。这样的政治智慧和能力，加速了南宋的衰败。但是，宋宁宗一生节俭，不好酒色。在书法、诗歌等文艺方面的造诣，比宋光宗要强些。《全宋诗》中，共收录宁宗诗词十一首。杨皇后天资聪颖，擅书法，能诗词，有《宫词》一卷传世。

在史弥远一手培养和操纵下，出身旁系的赵昀登上皇位，对他则是意外之喜。因此，史弥远大权独揽，宋理宗前十年就是"傀儡"，对政务不管不问，纵情声色，史弥远继续独揽权柄九年。

绍定六年（1233年），史弥远死去，宋理宗开始亲政。他尊崇理学，朱熹、周敦颐、程颐、程颢等人的雕像，又被请进孔庙。立志中兴，清洗史党，改年号为"端平"，史称"端平更化"。

但是，宋理宗一出手，就下了一招"臭棋"。端平元年（1234年），决定联蒙灭金，出兵收复"三京"，均以失败而告终，引狼入室，蒙元大军决定灭掉南宋小朝廷。

历史总是惊人的相似。宋徽宗联金灭辽的悲剧又上演一次。

南宋端平二年（1235年），蒙古大汗窝阔台下令进军南宋，持续四十多年的宋蒙战争全面爆发。战争期间，宋理宗厌倦朝政，沉湎于声色诗酒奢靡之中，召妓入宫的荒唐事也干得出来。不顾战争吃紧，大兴土木，建造佛寺道观，追求长寿。朝政大权，落入奸相贾似道之手。

贾似道和史弥远一样无耻！他因姐姐是深受宋理宗宠爱的贵妃，平步青云，贪财荒淫，铲除异己，胡作非为，以爱玩蟋蟀而闻名。宋理宗却很信任他，多次派他带兵和蒙古作战，在前线吃喝玩乐，望风而逃，谎冒战功，奴颜婢膝。结果可想而知。

景定五年（1264年），宋理宗赵昀驾崩，享年六十岁，共在位四十一年，期限仅次于北宋的仁宗时代。但他和仁宗相比，政治智慧、执政能力和道德水平相差何止十万八千里也。加之他周围的宰执大臣们的职业操守、品德修养和仁宗时代的"范仲淹们"，是不可同日而语的。这样的王朝，除了覆灭，还有别的出路吗？只是让宋理宗没有想到的是，他死也不得安宁。他的陵寝被人挖掘，尸体被焚烧，头颅被割下来，送到元大都，做成蒙古人的酒器。直到后来元朝灭亡，明太祖朱元璋发现后，才让他入土为安。

宋理宗虽然一生御女无数，但没有留下儿子，不得不在去世的前一年，册立血缘关系较近的亲侄儿赵禥为接班人，是为宋度宗。

南宋的丧钟已敲响。

宋度宗也很"奇葩"。因为他母亲出身低贱，怀他时堕胎未成，出生后智力低下，七岁时才会开口说话。这样的低能儿，荒淫起来一点也不输宋理宗。宋度宗继位后，整天在后宫和嫔妃们饮酒作乐。据史料记载，他一天能搞三十多位女人。面对虎视眈眈的蒙元大军，宋度宗置若罔闻，把贾似道封为太师，将朝政统统委托给他处理，批答公文也交给四个最得宠的女人代理。于是，贾似道更加专横跋扈，稍不如意就以辞职要挟宋度宗。宋度宗卑躬屈膝地跪拜，流泪苦苦挽留他。君臣位子已经颠倒。灭亡，只是时间问题了。

咸淳十年（1274年），宋度宗驾崩，享年三十五岁。

德祐元年（1275年），贾似道率精兵十三万，出师迎战蒙元大军于丁家洲，大败而逃奔扬州。群臣激愤，请杀贾似道。他也和史弥远一样，在弄权两任皇帝后，得到应有的可耻下场。

宋度宗留下三个儿子，成为南宋最后的三位娃娃皇帝。宋恭帝赵㬎在位两年，被元军所俘。宋端宗赵昰在逃亡途中病逝。文天祥、陆秀夫拥立年仅八岁的赵昺继位。

少帝祥兴二年（1279年）三月，南宋崖山海战失败，陆秀夫背负帝昺跳海而亡。至此，南宋灭亡。

北宋历经九帝，享国一百六十七年；南宋历经九帝，享国一百五十三年。

大宋历经三百二十年，是最长的封建帝国历史。在南宋最后一抹如血残阳下，陆秀夫、文天祥为后世留下宋代文人士大夫群体最为悲壮的背影。

大宋时代，从"先天下之忧而忧，后天下之乐而乐"到"人生自古谁无死，留取丹心照汗青"，文人士大夫的精神和气节虽然屡屡遭受昏君、奸相的打击和摧残，但仍有少数人的脊梁始终没有弯曲下来。这些基因，一直流淌在中华民族的血脉之中，从未断绝。"贬斥势利，崇尚气节"的人文传统，被民国史学大师陈寅恪先生赞誉为"我民族遗留之瑰宝"。

四、您愿意生活在宋朝吗？

引用英国作家狄更斯小说《双城记》中的话形容宋朝，也未尝不可："这是一个最好的时代，也是一个最坏的时代；这是一个智慧的年代，这是一个愚蠢的年代……"

这是一个最好的时代。

宋太祖在实施重用文臣、抑制武将"杯酒释兵权"的措施之后，留下"不杀文人士大夫和言事官"的祖宗家法。皇帝还自觉建立独立、权威的台谏系统，主动接受对权力的监督和制约。这两项政治遗产，非常宝贵，首开时代新风。有人说，已具有现代政治制度的意识。"自太祖勒不杀士大夫誓以诏子孙，终宋之世，文臣无欧刀之辟。"（王夫之《宋论·太祖》）

宋太祖制定这些国策是前面任何朝代都无法比拟的。历观秦汉至唐末五代，因谏诤而被处死者数以千计。即使是唐代，杖决于朝堂之上的御史，也大有人在。而宋代最重的处罚是贬谪外地而已。在如此宽松、包容的环境下，政风醇厚，文人士大夫士气高涨。不同于隋唐时期科举主要面对门阀贵族子弟，宋代实行扩大科举取士的政策，向不同阶层公平地开放入仕渠道，大大增加科举录取的数量，改革、完善科举的规则和程序。因此，形成一个极具特色的文人士大夫阶层。

宋代"以儒立国，而儒道之振，独优于前代"（陈亮《龙川文集·上孝宗皇帝书》）。范仲淹"以天下为己任"的思想，是这一阶层集体的呼声。虽然仍是皇帝主导最高权力，但士大夫群体自觉地把社稷安危、民生疾苦等安天下的责任，当成自己的使命和人生价值追求。文人士大夫群体的社会责任担当意识，促使他们的气节观念远胜于前代和后代。一是为人处世，注重风骨名节。"刑赏为一时之荣辱，而其权在时君；名义为万世之荣辱，而其权在清议。"注重社会议论和名声，这是士大夫普遍的价值观。二是具有家国情怀、忠君思想和力图恢复中原的民族气节。从北宋仁宗时代开始，这种新儒学的价值观、名节观，根植于文人士大夫的精神世界，影响深远。所以，即使是宰相专权的时期，如王安石、蔡京、秦桧、韩侂胄、史弥远、贾似道等人，权势再大，皇帝再昏聩、荒淫和精神病，也没有一位敢有取而代之的想法。他们都不愿做历史书中的千古罪人，他们只是追求更大的权力和家族私利。

"重文轻武"的基本国策和社会变迁，使地方性门阀大族和军队割据势力不复存在，唐代"安史之乱"的事情不可能发生。在国内基本安定的情况下，宋真宗与辽国签订"澶渊之盟"，为宋仁宗时代提供了发展空间，也打下社会经济文化稳定发展的基础。南宋时代，宋高宗与金国签订"绍兴和议"，宋孝宗与金国签订"隆兴和议"，虽然越来越屈辱不堪，但是，客观上不再打仗，不再死人，为南宋恢复国计民生、站稳脚跟留下喘息的机会。

此外，两宋历经三百多年，十八位皇帝之间的交接班基本平稳，除北宋开宝九年（976年）十月午夜宋太祖和宋太宗之间发生"烛影斧声"的千古疑案外，其他皇帝更替交接没有出现过以前和以后朝代中发生的父子、兄弟为争夺皇位相互残杀的流血悲剧。这不能不说是一种进步。

故此，纵观两宋，社会经济发展水平领当时世界之先。城市经济发展，商人地位上升。汴京和临安都打通了商业区和居民区的坊墙，取消城郭区的宵禁制度，向市民第一次开放享受夜晚的权利。商业贸易活跃，除科技史上的火药、指南针、活字印刷技术三大发明外，还发明了世界上最早的纸币"交子"。南宋海上丝绸之路不断延伸，与日本、高丽和南洋、西亚诸国的经济文化交流频繁。宁波、广州、泉州等地成为南宋最为重要的对外贸易港口。"三农"中的佃农制度优势，使农村基本稳定，粮食产量提高，增加种植经济作物面积，农村人口增长很快。陆游、辛弃疾、杨万里、范成大的田园诗很安闲、抒情。田园牧歌，也可佐证。

宋徽宗时代，北宋人口已超过一亿，首都东京人口超过百万。南宋时期，临安常住人口约一百二十四万。当时，欧洲最大的城市威尼斯人口仅为十万。南宋的周密在《武林旧事》一书中记载：南宋临安已建立比较完善的社会基本保障体系。如官营的施药局、收养弃婴的慈幼局、安置贫困孤寡老人和无家可归者的养济院、安葬"死而无殓者"的漏泽园等。如遇天灾，官府发放赈灾粮米、炭火和钱财。从宋词中，我们就可以领略两宋的繁华和妩媚。"东风夜放花千树，更吹落，星如雨，宝马雕车香满路，凤箫声动，玉壶光转，一夜鱼龙舞。蛾儿雪柳黄金缕，笑语盈盈暗香去。"（辛弃疾）"中州盛日，闺门多暇，记得偏重三五。"（李清照）"东南形胜，江吴都会，钱塘自古繁华。烟柳画桥，风帘翠幕，参差十万人家。……市列珠玑，户盈罗绮，竞豪奢……"（柳永）。

据说，金主完颜亮就是被柳永这阕词撩拨才下决心挥鞭渡江的。还有北宋张择端的《清明上河图》、南宋孟元老的《东京梦华录》，都在向后世诉说着如梦如幻的两宋时代。

如此美好的大宋年代，为什么最终也没有逃脱灭亡的宿命呢？

这也是一个最糟糕的时代。

正所谓"成也萧何，败也萧何"。宋代在政治、经济、社会、文化等领域出现的新气象，原因在于北宋独有的政治遗产和文人士大夫的名节操守、家国情怀形成的理想人格。而使两宋走向灭亡的根源，也正是在皇帝世袭制度下，皇帝和权相对这些政治遗产的肆意破坏和践踏，文人士大夫群体失去了固有的职业道德和人文精神。

这些破坏是从何时发生的呢？

北宋历经太祖、太宗、真宗，到了宋仁宗庆历年间，范仲淹、韩琦、欧阳修、富弼、杜衍、蔡襄等一批精英人才主持"庆历新政"，本来改革设计内容和路径取向很好。但是，却没有得到仁宗皇帝的鼎力支持。仁宗患得患失，左右摇摆。反对改革派的章得象、贾昌朝、陈执中、王拱辰、张方平、夏竦等人也是精英，围绕改革与否之间的争斗，主要限制在政策主张和自身权力范围之内，相互攻击私人道德品质的很少。晏殊、包拯则是中间派，既不赞成，也不反对。

仁宗之后，宋英宗精神病时常发作，在位时间不长，破坏性不大。

宋神宗时代，皇帝对王安石变法的支持力度空前之大，专门成立凌驾于其他权力机构（如三省）之上的"制置三司条例司"。神宗让王安石自己选择台谏官，这就为宰相和台谏官相互监督制约机制撕开了"大口子"。

王安石改革的目的本来是富国强兵，但实质是与民争利，为皇帝敛财。为排除改革的阻力，王安石在神宗授权下，立场坚定，孤军奋战，不择手段，清除所有的反对派。而留在身边的改革盟友如吕惠卿等，已没有"庆历新政"时期士大夫群体对道德操守的纯真和坚守。宋仁宗时，韩琦、欧阳修、富弼等"庆历新政"的改革派，此时都变为王安石变法改革的坚定反对者。对这些政治元老的清除，只有靠操纵台谏官的无限权力，从私人道德、文字等方面"出其不意，攻其不备"，最为狠毒。如欧阳修、苏轼等人，皆因此中招被贬。

故此，对北宋两项最重要政治遗产的破坏，始于宋神宗时代的"王安石变法"，也是文人士大夫群体道德操守滑坡，开始相互人身攻击、欲置人于死地而后快的滥觞。

宋神宗死后，哲宗上台，太皇太后高奶奶垂帘听政，开始"元祐更化"，旧党代表人物司马光任宰相。

司马光虽垂垂老矣，但斗志昂扬，彻底翻了王安石等人的"烧饼"。对王安石的所有变法主张和改革派新党人物，彻底否定。不久，司马光去世，高老太驾崩。哲宗亲政，对司马光等旧党以牙还牙，又变本加厉地翻了司马光等人的"烧饼"。

六年以后，哲宗去世，弟弟赵佶上台。宋徽宗这位文艺青年稍一立足，立即改年号为"崇宁"以明志，崇尚熙宁之政也。

宋徽宗和宰相蔡京联手，打着变法的旗号，为所欲为，骄奢淫逸，党同伐异，置元祐旧党于死地。把王安石变法异化为打击异己的借口。王安石精心设计的新法"名存实亡者十之八九"。蔡京则"多少坏事借变法之名以行之"。

由此可见，北宋的内政，从仁宗朝的"庆历新政"，到神宗朝的"王安石变法"，再到司马光时期的"元祐更化"，又在宋哲宗绍圣年间彻底"反转"，至宋徽宗时，再次大折腾。朝政混乱，大臣迷茫，相互攻击，越发不可收拾。官场政治风气迅速恶化，是非善恶观念日渐沦丧，人心风向开始明显扭转。

宋仁宗和宋徽宗，一位成为明君，一位成为昏君。很大程度上，除了他们自身的先天禀性和道德基因差异之外，更多的原因则是对皇帝能够产生重大影响的执宰、台谏官们的素质和德行差别过大所致。

从王安石变法，到蔡京专权之间，之所以导致国家管理层面的四分五裂，就在于新旧两党之间，将不同派别的政策分歧，转化为党同伐异的行为模式和政治斗争，首开政策主张之争转化为人事争斗的先河。仁宗时代，虽然欧阳修写有《朋党论》，公开承认"君子朋党"之争，但出于公心者多、一己私利者少。可见，这种积淀在传统文化中，因为排他性心理而引发的"朋党之争"，以王安石为代表的新党是始作俑者，以司马光为首的旧党也脱不了干系。"靖康之耻"之前，杨时曾上书，把王安石和蔡京并列为祸国殃民的奸臣，不无道理。有人指出："祖宗法惠民，熙丰法惠国，崇观法惠奸。"南宋初期，宋高宗金口玉言，一锤定音：王安石是导致北宋灭亡的罪魁祸首。这也有为其老爹宋徽宗推卸亡国责任的成分。南宋初期，立即恢复了旧党司马光等人的名誉。反对王安石变法者，再次翻身得解放。

再从台谏系统监察制约制度来看，宋神宗授权王安石，首开"使大臣自择台谏官"的先河。既当运动员，又亲选裁判员。意味着北宋留下的"君主、宰执、台谏"分权制衡的中枢权力架构，一下子出现了大裂缝。如果君主不贤明，宰执少公心，台谏官缺公正，宋太祖留下的这项政治遗产很快就将走向破产。

事实证明确实如此。仁宗朝是三者运作平衡、制约监督的黄金时代。宋神宗、宋哲宗时代出现了不平衡，但多数还能维持公心。而到了宋徽宗时期，蔡京弄权，徽宗昏聩，三者之间的制约平衡关系彻底被打破，一派狼藉。南宋高宗初期和孝宗时期，这三者之间曾出现过为之一振的新气象。但到了秦桧弄权，君臣联手决定议和路线后，台谏官对君权和相权的制约机制形同虚设。到了宋光宗、宋宁宗、宋理宗及其以后，皇帝的素质一代不如一代，弄权的宰执大臣一代比一代更奸猾、强硬、贪婪和荒淫，台谏官的职业操守和人格修养一代比一代更堕落无耻，甘愿成为奸相攻击异己的喉舌和鹰犬。仅有极少数人不愿同流合污，自求外放，明哲保身，归隐乡里。蔡京、秦桧、韩侂胄、史弥远、贾似道等人，都是通过肆意操纵台谏系统，清除反对的声音，完成从权相到奸相的"华丽转身"。

比如，宋高宗时期，已开始向"言事"的文人士大夫举起屠刀。太学生陈东和布衣青年欧阳澈，因反对议和政策而被砍头街市。他俩的鲜血，喷溅在北宋初期宋太祖立下的"祖宗家法"石碑上。这些，预示着北宋政治遗产的彻底破产。

故此，北宋"祖宗家法"和"君主、执宰、台谏"三权制衡机制等政治遗产破产的过程，就是两宋灭亡的历史轨迹。

历史不容假设！

但是，若假设两宋十八位皇帝，每一位都坚守这两项政治遗产，能否逃脱灭亡的命运呢？我看未必。

因为，世界大势，浩浩荡荡，顺之则昌，逆之则亡。草原上的蒙古铁骑，已经崛起在大漠北方。大宋已被繁华梦幻麻醉了双眼，故作视而不见，成为井底之蛙。

同时，中国传统文化中，重视人治胜于法治的思想根深蒂固，强调个人贤明起到的能动作用大于制度体系建设。宋人说："我朝立国以仁义为本，以纲纪为辅""人主任恩，人臣守法，君臣之间，义斯两尽"。从宫廷到乡野，都在盼望"圣君"＋"贤相"＋"真台谏"的良好体制机制和谐运行。但谁能保证皇帝生下的儿子都是"神童"？宰执都是圣贤？台谏官都是君子？同时满足这三个条件何其难哉？！在两宋三百多年的历史中，或许也只有宋仁宗、宋孝宗时代基本接近这一理想状态罢了。

大宋的宿命，还表现在皇帝不良的遗传基因上。总体而论，宋朝皇帝的个人素质和文化修养和历代皇帝相比较，确实比较高。宋仁宗的"飞白"书法、宋徽宗在绘画、音乐上造诣很高，独创瘦金体书法，是位艺术通才。宋高宗的书法、绘画水平很高。宋孝宗的书法和诗词水平也不低。就连政治上昏庸无能、荒淫无度的宋宁宗、宋理宗，也有一定的诗词文学修养。这也是两宋的"妩媚"之处。

但是，上天并没有眷顾赵宋家族的身体健康。两宋十八位皇帝中，短命的多，精神病多，嗜酒的多，生不出儿子的多。

据专家统计，宋代皇帝的平均寿命是 49.76 岁，明显低于当时上层男性寿命的平均值 64.47 岁（李寻、李海洋《被疾病拖垮的王朝：大宋》）。另外，按照现代医学界对疾病的界定，除器质性病理外，还包括与精神因素相关的功能性疾病，乃至在心理、智力、性格上失常的疾病。宋真宗和宋仁宗都是在脑卒中失语状态之下，匆忙交代皇位继承人。宋英宗是一位狂躁性精神病患者。宋光宗最后成为"疯皇"。宋宁宗和宋度宗皆智力低下，这是南宋宫廷公开的秘密。大宋皇帝喝酒都是海量，嗜酒、纵欲无度。宋太祖、宋太宗武将出身，"杯酒释兵权"，没有酒量不成。太祖、太宗兄弟酣饮之时，才有"斧声烛影"故事。宋真宗"饮量无敌"，爱用巨觥与部下拼酒。后来南宋的宋光宗，嗜酒名声在外。宋宁宗的低智商，或许是和母亲李皇后怀孕时也爱喝这一口有关。只有宋宁宗因患有肠胃病，不爱喝酒，命人写副牌子，上联是"少饮酒，怕吐"，下联是"少食生冷，怕痛"。宁宗走到哪里，就把牌子立在哪里。宋理宗更是爱酒如命，不醉不罢休。

作为皇帝，后宫美女如云，纵欲可以理解，但生不出儿子，或儿子不能长大成人接班，则是宿命。

开创大宋基业的太祖、太宗不说，宋真宗只有一个"狸猫换太子"得来的儿子，继位为宋仁宗。宋仁宗没有亲生儿子，选择堂兄之子继位，结果继位者宋英宗是位精神病。宋英宗有儿子，就传位给嫡长子宋神宗。宋神宗传位给亲生儿子宋哲宗后，宋哲宗没有生出儿子，传位给弟弟宋徽宗。宋徽宗倒是生出不少儿子来，却生不逢时，遇到金兵灭亡北宋。仓皇之间，禅位给儿子宋钦宗，宋钦宗的屁股还没有把皇位坐热，和徽宗一起都成为金兵的俘虏。一路"北狩"，死在冰天雪地的五国城。

宋徽宗的亲儿子宋高宗，建立南宋，可宋高宗患阳痿病，没有亲生儿子，不得不选择宋太祖八世孙宋孝宗继位。宋孝宗有两个儿子，不选长子，却选择"英武类己"的老二继位，为宋光宗，结果宋孝宗看走了眼，无可奈何花落去。宋光宗精神失常，仅仅留下一棵病歪歪的独苗宋宁宗。虽然宫廷上下都知其不慧、傻子一个，但皇位非他莫属。结果，宋宁宗没有生出儿子，断了后，又无能。被奸相史弥远上下其手，拥立自己培育成长、"八竿子打不着"的旁系宗室理宗上了皇位。宋埋宗在位时间虽长，却没生出儿子，传位给唯一的亲侄子宋度宗。肥水不流外人田，宋度宗虽然智力更为低下，还是继承了大统。宋度宗生有三个幼小的儿子，结果都成为南宋的末代皇帝，皆死于非命。

两宋的宿命如此，奈何？

宋高宗之朝，对外号称"中兴"，却徒有中兴之臣，而无中兴之君。宋孝宗之朝，徒有光复之君，而无光复之臣。宋光宗以后，一代不如一代，既无振兴之臣，亦无振兴之君。宋宁宗时期，在韩侂胄的操纵下，不自量力，盲目蛮干，以转移国内矛盾和社会舆论为目的的"开禧北伐"，是一场注定失败的政治豪赌，其结果是"百年教养之兵一日而溃，百年葺治之器一日而散，百年公私之盖藏一日而空，百年中原之人心一日而失"（程珌《洺水集》）。

大宋皇帝嗜酒纵欲，寿命不长，生不出亲儿子也就罢了，尤其是阴盛阳衰趋势明显，后宫垂帘听政屡见不鲜。

据《宋史·后妃传》载：两宋共十八帝，听政的女人多达九人，高居历代王朝榜首。比如，北宋共有四位垂帘听政的皇太后。其中，仁宗继位时年幼，宋真宗的刘皇后听政十多年，化解了宋真宗中风后期和仁宗初期的政治危机，使朝政回归正轨，保证皇权平稳交接，为守护赵宋江山立下汗马功劳。宋英宗高皇后，在哲宗继位后，垂帘听政九年，主张重用司马光，主持"元祐更化"。但也为新旧两党势同水火的争斗埋下隐患。宋光宗成为"疯皇"，如果没有宋高宗的皇后吴氏的冷静和魄力，连宋孝宗的葬礼都无法收场，宋光宗的朝政就难以维持。尽管如此，宋朝在君权移交上，并没有像唐朝"玄武门之变"一样，造成血雨腥风，政局大动荡，也没有出现武则天式的女皇。比如，仁宗朝听政的刘太后，以明敏、干练、强势著称，也曾在心里动过此类当女皇的念头，被台谏官孔道辅、刘随等坚决制止。刘太后只好郑重公开声明："吾不作此负祖宗事"（《宋史·后妃上》）。这就是台谏官系统对权力的制衡力量。

大宋的宿命，除了皇帝的遗传基因外，还有"老天爷"不帮忙。

古代中国传统思想里，信奉"天人感应"论和"天谴论"。所以，古代的气象不是"气象"，而是"天象"。两宋首都汴京、临安上空的一滴雨、一片雪的降临，就能引起气象学上的"蝴蝶效应"，可能会使皇帝改变决策，同时改变很多人的命运，从而影响到社会历史进程。如果仔细研究这些天象因素，更使我们感受到历史变化的复杂和微妙。

古代处于权力顶峰的皇帝，自喻天子。在天人合一的感召下，唯一服从和敬畏的只有天象。天降祥瑞，证明皇帝英明，人间太平。宋徽宗就喜欢下属呈献天书、灵芝等"祥瑞"，自欺欺人。旱涝地震，则是上天对皇帝的警示，皇帝需要自我反省、检讨和改变政策。据统计：北宋一百六十八年的六百七十二个季节中，干旱季节有一百六十二个，占百分之二十四；雨涝季八十一个，占百分之十二。其余的正常季节约为四百二十九个，占百分之六十四。从具体时间来分析，干旱的高峰多发生在宋神宗时代，干旱高峰和太阳黑子高度重叠集中。另据《宋史》卷五十二《天文志》记载：北宋有太阳黑子十次，其中，在宋神宗朝出现四次，并且大多数发生在熙宁十年（1077 年）至元丰十二年（1089 年）。此外，熙宁十年，黄河决口，涝灾严重。

宋神宗时代，正是君臣联手，大力推进王安石变法之时。与民争利、为国敛财的变法实质，一旦遭遇旱涝灾害和太阳黑子的天象影响，老百姓怨声载道，朝廷内外舆论沸腾。故此，王安石变法选择的时机不对。熙宁五年（1072 年）正月，司天监灵台郎亢瑛谏言："天九阴，星失度，宜罢免王安石，于西北召拜宰相。"

小官郑侠越级献上《流民图》，把旱灾作为指责王安石变法的武器，并用自己的脑袋作赌："自熙宁六年七月不雨，至于七年之三月，人无生意。"如果皇帝"行臣之言，至今已往至十日不雨，即乞斩臣宣德门外，以正欺君谩天之罪"。宋神宗首先"以旱罢方田法。是日，雨"（《宋史卷十五·神宗纪》）。郑侠赌对了，保住了脑袋。十九日，王安石第一次被罢相。史书记载："王安石以旱引去"。王安石输给了久旱不雨的天象。宋神宗任命王安石推荐的新党代表吕惠卿接任宰执的那一天，京都出现前所未见的特大沙尘暴。事后证明，吕惠卿德不配位，是一位忘恩负义的奸臣。

气象成为政治斗争的工具，反复被扩大利用，这本是历朝历代宫廷权力斗争的策略。北宋京都开封上空的天气，牵动着全国的敏感神经，促使朝廷改善民生、赦免囚犯、听取谏言、自我检讨，皇帝下罪己诏，等等。利用天象的变化，使其有利于当时所处的时代，让皇帝做出有利的决策，改变北宋的历史走向，这是北宋文人士大夫群体的智慧。故此，气象也成为社会历史的组成部分，与社会、政治、经济、军事、外交、文化息息相关。看的是天，想的是地。于是，历史不但有血有肉，还有温度、湿度。

但在客观气象面前，人们很多时候总是被动的、无能为力的。

靖康元年（1126年），金兵包围了东京城。此时，开封的气象为"大风雪。时围闭旬日，城中食物贵倍平时，穷民无所得食，冻饿死者相藉""宋城官不能彀弓，士卒嚗战不能执兵，有僵仆者。帝在禁中徒跣祈晴"。京都极度的暴风雪带来极寒天气，导致城中的百姓冻死饿死无数，宋兵非战斗减员太多，战斗力和精神状态下降。而金兵将领却得意扬扬地说道："雪势如此，如添二十万新兵。"对在东北冰天雪地里摸爬滚打成长的金兵来说，大雪则如虎添翼。

为解决开封城里的烧火取暖问题，刚刚继位的宋钦宗下诏：允许城中的百姓到著名的皇家园林"艮岳"砍树当柴烧。老百姓蜂拥而来，几天之后，天才艺术大师宋徽宗亲自设计建造的著名皇家园林成为一片废墟。上天不帮忙，这也意味着北宋灭亡的命运不可避免。写到此处，我不禁想起清代被八国联军焚烧的圆明园。倘若"艮岳"和圆明园保留到今天，这两处历史文化遗产会是怎样的美丽啊！

到了南宋，背海立国，宋高宗有点类似北宋开国皇帝宋太祖，宋孝宗基本上也可与宋仁宗相提并论一番。到了宋光宗、宋宁宗时期，南宋基本逆转，成为"瘫痪"的病人。宋理宗更是加速了南宋的灭亡进程。

南宋历史，在宋光宗时就开始逆转，之所以还能苟延残喘几十年，主要原因不在于南宋"繁华如梦",社会经济基础有多好,而在于有西夏、金国的地缘缓冲,还在于蒙古铁骑正纵横驰骋、扬鞭跃马征战在中亚、东欧广阔的平原上,还有蒙古贵族内部的权力争斗,蒙元帝国敲定灭宋的时间表,仅仅往后推迟了几十年而已。

陈寅恪先生谓:"华夏民族之文化,历数千载之演进,造极于赵宋之世,后渐衰微,终必复振。"这一评价深入人心。一部电视连续剧《清平乐》,让我们看到北宋的美好与雅致。宋朝积弱,但不积贫。近几年来,对大宋朝的研究和赞美逐渐多了起来。有一年网上调查"如果能穿越,你愿意生活在哪个朝代",很多人选择宋朝。但是,如果仔细阅读大宋的历史,或许你仅仅愿意生活在北宋的仁宗时代或南宋的孝宗时代吧?

确实,北宋中期形成的新儒学价值观,造就北宋时代文人士大夫群体的气节风骨和家国情怀,至今,仍让后世仰慕。从王安石变法中的朋党之争开始,士大夫群体的这种"名节观"在"权相"转变为"奸相"的过程中,被动或主动地逐渐滑坡、消失了。这种趋势,对中国传统文化影响深远。以至于到了明清时代,士人成为皇帝的"奴才",人治文化的传统思维惯性,并没有发生根本改变。

如今,宋史学界经常引用严复的一句话:我们现在所有的人心政治,十有八九是宋代造成的。我想,恐怕来自南宋的比来自北宋的要多一些,这里既包括政治文化,也包括日常社会生活层面的生存智慧、技巧和知识分子的精神世界。

南宋辛弃疾有"我见青山多妩媚,料青山见我应如是。情与貌,皆相似"词句。纵观两宋梦华,那些皇帝的胸怀和文人士大夫的精神风骨、文艺范儿、诗酒风流、学术争鸣、书画琴音和斗茶焚香等雅人雅事,亦是多"妩媚"也。可惜,至今大宋已概念化为中国艺术史中的一个美学符号,那些曾经的"妩媚"已渐行渐远。

今天,我们解读和品味两宋时代的诗词,必须回溯到两宋的历史命运之中,遇见两宋时代后,才能理解诗词背后作者所要表达的情绪,读懂诗词的本真意义和味道。

第三部分

诗味漫卷

四时唯爱春 春更爱春分

"四时唯爱春，春更爱春分。有暖温存物，无寒著莫人。好花方蓓蕾，美酒正轻醇。安乐窝中客，如何不半醺。"（《乐春吟》）邵雍是北宋著名的理学家、数学家、道士和诗人，他一生所写的诗理性大于感性的居多，这首诗第一句就道出我们的心声。一年四季最爱春天，而春天里又最爱"春分"节气，这诗句够妥帖暖心的。春风温暖万物，人人心里暖洋洋的，千百花卉含苞欲放，一切都是刚刚好。人们懒洋洋地陶醉在无边春色里，品美酒醇厚，听鸟儿鸣啭。生命如此安逸，不醉待何时？这就是"安乐窝"一词的由来。

"春分"节气之所以令人最爱，不仅意味着此时春意最浓，更让人联想起自己的青春年华，这其中蕴含着大自然的规律和古代先民的智慧，从而构成中国传统节气文化的独特内涵。《月令·七十二候集解》曰："春分，二月中。分者，半也。此当九十日之半，故谓之'分'。春者，生也。"指今天时间白天和黑夜平分，阳在正东，阴在正西，昼夜等长，也是一年九十天春季的中间点。作为我国传统二十四节气之一，古时又称为"日中""日夜分""仲春之月"。这天太阳直射地球赤道，北半球是春分，南半球是秋分。此后阳光直射位置逐渐北移，开始昼长夜短，气温回升，进入人间最美好的春季。大地上杨柳青青，莺飞草长，小麦拔节，油菜花黄，桃红李白，燕子低飞，绿水流淌，农民正忙，处处皆是一派大好春光。

春分节气很古老，其特殊性令古人非常重视。周代《礼记》记载"春分时祭日于坛，此俗历代相传"。另据《管子》记载：春分日，天子穿青色礼服、藏青色冠冕，插玉笏，佩玉鉴，与皇亲贵族和大臣一起，从都城向东四十六里，立坛祭祀春分的太阳，祈求五谷丰登。祭祀之后，天子于当天颁布春政。"是月也，玄鸟至。至之日，以大牢祠于高禖。天子亲往，后妃帅九嫔御。乃礼天子所御。带以弓韣，授以弓矢，于高禖之前。"（《礼记·月令·仲春之月》）先秦经典里"禖"

与"媒"通假,"高禖"是中国古代掌管婚姻和生殖的爱神,天子不仅祭拜太阳,还亲率后宫嫔妃祭祀祭拜"高禖",以护佑人类生生不息。春分日祭祀,具有敬畏自然和天人合一的传统文化意义。比如,《月令·仲春之月》中有"仲春通淫"之说。仲春之月,古人停止劳作,天子、后妃带头前往大牢祠祭祀爱神。"仲春之月,令会男女,于是时也,奔者不禁。若无故而不用令者,罚之。司男女之无夫家者而会之,凡嫁娶娶妻,入币纯帛无过五两。"(《周礼·地官·媒氏》)仲春之月,按"礼"令男女成婚,不禁止男女自由恋爱。但对无故已到嫁娶年龄而不成家的男女严厉处罚。古代时对"剩男剩女"们,国家帮助他们成婚。凡嫁女娶妻,用缁帛送聘礼不得超过五两,解决经济困难户的婚姻问题。春分之夜,青年男女寝于庙后,谈情说爱。春暖花开,春风吹动着男女的芳心,他们像花儿一样开放在山间田野和河边树下。

古人寿命偏短,从天子到百姓非常重视人口再生产。汉武帝时,"常以仲春之月,立高禖祠于城南,祀以特牲"。彼时"高禖"的职业很高尚,享受着天子的祭拜。社会法令和议很宽松,"奔者不禁",给青年男女自由私奔提供便利。"东门之枌,宛丘之栩。子仲之子,婆娑其下。谷旦于差,南方之原。不绩其麻,市也婆娑。穀旦于逝,越以鬷迈。视尔如荍,贻我握椒。"(《诗经·郑风》)"谷旦,犹言良辰也。"(王先谦《诗三家义集疏》)古人祭祀生殖之神,祈求繁衍旺盛,放开禁忌,男欢女爱,情歌和乐舞是必需的催情剂。东门的老榆树绿荫蔽日,山丘上的柞树枝繁叶茂,子仲家的女孩在树下跳舞。今天是个好日子,心想的事儿都能成。南门外广场上格外热闹,小姑娘放下手中绩麻的活儿,当众欢快地舞蹈。人们赶来聚会,一位男青年相中了她,堵住她的去路。姑娘心中窃喜,粉红的笑脸像锦葵花,偷偷塞给小伙子一把紫红的香花椒。两人春心萌动,一见钟情,牵手来到那密密的树林深处。

翻开我国第一部诗歌总集《诗经》,可以看到此类"仲春之月"的浪漫画面很多。"野有蔓草,零露溥兮。有美一人,清扬婉兮。邂逅相遇,适我愿兮。野有蔓草,零露瀼瀼。有美一人,婉如清扬。邂逅相遇,与子偕臧。"(《诗经·郑风》)芳草碧连天,露珠亮闪闪。有一位美人,眉清目秀容颜艳。在路上不期而遇,正如我心中所期盼的样子,两人来到树林里,与她幽会心生欢喜。春分节气,祭祀太阳和高禖后,便是青年男女恋爱狂欢,这是自然时令与古人心理、生理需要的必然融合。当今南方少数民族尚存的某些特殊节日风俗,即是对这种天人合一的朴素宇宙观的延续传承。比如,花苗民族"每岁孟春,会男女于野,谓之跳月。

择平壤地为月场，鲜花艳装，男吹芦笙，女振响铃，旋跃歌舞，谑浪终日，暮挈所私以归，比晓乃散"（《贵州通志》）。此外，壮族的"歌圩"、布依族的"赶表"、黎族的"放寮"、仫佬族的"走坡"、傣族的"泼水节"、侗族的"行歌坐月"等。青年男女没有矫情害羞，只要两情相悦，无须父母之命，媒妁之言，便可永结同心，繁衍后代。

　　春分真是个最古老、最多情浪漫的节气，共分为三候。一候为玄鸟至。玄鸟就是燕子，属于季节性候鸟，在南方越冬后飞回北方；二候为雷乃发声；三候为始电。伴随着雷声，可见从云间劈下的闪电。"二气莫交争，春分雨处行。雨来看电影，云过听雷声。山色连天碧，林花向日明。梁间玄鸟语，欲似解人情。"（唐·元稹《春分二月中》）"春分"里，男女青年大胆示爱。有情爱就有思念，而思念是滋生春愁的"酵母"。青春爱情的美丽与哀愁如桃花漫卷山野河岸，往往被古代诗人用燕子的意象来表达。故此，燕子才是春分节气的使者，它飞回的正是时候，似曾相识燕归来。它也最懂人意，燕来还识旧巢泥。"清昼开帘坐，风光处处生。看花诗思发，对酒客愁轻。社日双飞燕，春分百啭莺。所思终不见，还是一含情。"（权德舆《二月二十七日社兼春分端居有怀简所思者》）唐代的宰相权德舆陶醉在旖旎春光里，看双燕飞回，听黄莺鸣叫，不由得想起远方的亲人。"能栖杏梁际，不与黄雀群。夜影寄红烛，朝飞高碧云。含情别故侣，花月惜春分。"（钱起《赋得巢燕送客》）民间有燕子选择善良人家的房梁而栖之说法，它绝不在品行差的人家筑巢。唐代的钱起送别客人时，看到"春分"时归家的燕子，不与麻雀为伍，夜晚在烛光下入眠，白天双双飞入蓝天白云。他勉励朋友要像燕子一样重情重义、德行高洁，真是绝妙！

　　落花人独立，微雨燕双飞。如此多情的春分叠加着诗人的敏感气质，谁能不"春更爱春分"呢？"仲春初四日，春色正中分。绿野徘徊月，晴天断续云。燕飞犹个个，花落已纷纷。思妇高楼晚，歌声不可闻。"（徐铉《春分日》）徐铉为五代时的著名文学家和书法家。春分节气思念情人，别有一番滋味在心头。微雨细斜，万物苏醒，燕子双飞，轻语呢喃，杨柳依依，绿意盎然，杏花开始纷纷飘落，美人的春愁在歌声里传得很远。"春分雨脚落声微，柳岸斜风带客归。时令北方偏向晚，可知早有绿腰肥。"（徐铉《七绝》）诗中的"绿腰"，指的是杨柳，杨柳和燕子，那是春分节气风景的绝配。如果天空再飘洒起春雨或春雪，那可真是天公有情爱人间。"天将小雨交春半，谁见枝头花历乱。纵目天涯，浅黛春山处处纱。焦人不过轻寒恼，问卜怕听情未了。许是今生，误把前生草踏青。"（徐铉《木兰花·春分遇雨》）春分，好雨知时节，淋湿了枝头梅花，也打湿男女青年的心。放眼望去，远山如黛。最怕占卜人说我有一段情该了而未了，了结后又忘不掉。仿佛春日郊外踏青时，误被芳草吸引着走了一段弯路似的。因情受伤，那种隐痛，久久难以忘怀。

五代的徐铉染上的春分相思病很具有传染性，到了宋代也没有治愈。"小楼归燕又黄昏。寂寞锁高门。轻风细雨，惜花天气，相次过春分。画堂无绪，初燃绛蜡，罗帐掩余熏。多情不解怨王孙。任薄幸、一从君。"（杜安世《少年游》）"已过春分春欲去。千炬花间，作意留春住。一曲清歌无误顾。绕梁余韵归何处。尽日劝春春不语。红气蒸霞，且看桃千树。才子霏谈更五鼓。剩看走笔挥风雨。"（葛胜仲《蝶恋花》）"雨霁风光，春分天气。千花百卉争明媚。画梁新燕一双双，玉笼鹦鹉愁孤睡。薜荔依墙，莓苔满地。青楼几处歌声丽。蓦然旧事上心来，无言敛皱眉山翠。"（欧阳修《踏莎行》）春分雨后初晴，百花争艳，新燕成对，玉笼里的鹦鹉无语独眠。庭院生动，藤萝苔藓绿意盎然。酒楼上传来清丽歌声，让往事生起无端春愁。欧阳修或许忆起那年元宵节"月上柳梢头，人约黄昏后"的时光了。但如今人面不知何处去，桃花依如旧年红。"南园春半踏青时，风和闻马嘶。青梅如豆柳如眉，日长蝴蝶飞。花露重，草烟低，人家帘幕垂。秋千慵困解罗衣，画堂双燕归。"（欧阳修《阮郎归》）细嫩的柳叶萌发，如佳人的眉毛灵秀。蝴蝶轻盈地飞来飞去，花蕊露珠晶莹，春草繁茂生烟。绣帘低垂，秋千摇荡，美人香汗淋漓，轻解罗衣休息。梁上那一双旧燕飞回，陪伴她窃窃私语。

江南无所有，聊赠一枝春。春分时节，燕子飞回北方，带回江南梅开处处的消息。南宋时，有一年春分刚过一天，韩淲看到自家房梁上燕子的爱巢空了，有些失落，便踱步到院子里，发现春雪飘落在梅花枝头，这是吉兆啊！"尚觉梅花发，元知柳絮飞。舞回风荡激，洒急雨霏微。解冻群芳盛，余寒百卉稀。小窗还附火，买酒典春衣。"（韩淲《春分后一日雪》）梅花在两宋时代成为国花，文人士大夫皆爱之、自喻之。韩淲对着雪中绽放的梅花倾诉，这与他的性情有关。韩淲是南宋吏部尚书韩元吉之子，号涧泉，与他爹一样是南宋主战派。一生愤世嫉俗，雅志狷介，清苦自持，恬于荣利，年五十即隐逸山水，喜欢与当时的知名诗人交游，于山林涧泉间安顿心灵，专心以吟咏为事，与赵蕃（章泉）并称"二泉"，存世有《涧泉集》《涧泉日记》等文集。春分时节，江南风吹细雨，春寒料峭，炉火尚温，老韩典衣买酒，看雪花舞、柳絮飞、梅花放。

四时唯爱春，春更爱春分。春分带来的浪漫情绪令人感觉到天地焕然一新，新时代气象万千。"乍展芭蕉，欲眠杨柳，微谢樱桃。谁把春光，平分一半，最惜今朝。花前倍觉无聊。任冷落、珠钿翠翘。趁取春光，还留一半，莫负今朝。"（清·顾贞观《柳梢青·花朝春分》）仲春之月，花月正春风。一年之计在于春，春分带来最美妙的节气风景，催生萌动的欲望里不仅仅包括爱情，更多的是抓紧时间"春播"的自觉。每个人尤其是年轻人不能只顾享受"安乐窝中客，如何不半醺"之美妙，更要抛却春愁和春困，用青春的朝气和热血去"春耕"自己的人生，不负韶华，不负新时代。这样才是"春更爱春分"的传统文化意义所在。

我注梅花　梅花注我

阳春三月，京城天蓝云白，风柔柳绿，明城墙遗址公园里举办的"第十七届梅花文化节"如期开幕。岁月沧桑般的古垣边飞起片片红霞，梅梢上春意涌动。古城墙内的梅林中，雪梅、朱砂、绿萼、玉蝶、宫粉、美人、跳枝等五十多个品种千余株梅花红白粉绿地开得正热闹。据说，这里是京城梅花品系最多、种类最全的赏梅胜地。赏梅者纷至沓来，人面梅花相映红，熙熙攘攘，流连忘返。我就居住在附近，每天都惦记着哪棵梅花该开了，春雨中的梅花是否零落了。忍不住每天都来边欣赏梅花含笑的景致，边思考感悟梅花在中国传统文化中的独特审美意义。

梅花欢喜漫天雪，俏也不争春，只把春来报。一千多年来，赞美梅花的诗词歌赋文本可谓多矣，尤其是当梅花与一个时代的风尚和文人士大夫的人生境遇密切相关时，梅花已非花，成为士人的精神伴侣。梅花注我，我如梅花，从表达心志和感情的文本中，我们今天可以窥见一条士人的心灵曲线。这其中所蕴含的极其丰富的情感寄托和思想价值，构成华夏民族文化基因和心灵史的一部分。

当然，梅花文化的形成有一个过程，这和时代的文化风尚有关。其实，古人并非一开始就喜欢吟咏梅花。中国最早的诗歌总集《诗经》和《楚辞》里，并没有赞美梅花的诗句。《诗经》中的"摽有梅，其实七兮""鸤鸠在桑，其子在梅""山有嘉卉，侯栗侯梅"等诗句，所说的是梅子和梅树，并非梅花。我们都熟悉《诗经》中"桃之夭夭,灼灼其华;之子于归,宜其室家"的诗句春情荡漾,古代先民对桃花情有独钟,先于梅花被审美吟咏。即使是到了西汉初年,也仅仅把梅花作为观赏树种栽培移植。据传,汉代刘歆的《西京杂记》记载:"汉初修上林苑,远方各献名果异树,有朱梅、胭脂梅。""汉上林苑有侯梅、同心梅、紫蒂梅、丽友梅。"此外,当时的著名文学家扬雄所著《蜀都赋》中曰:"被以樱、梅,树以木兰。"当时的成都,把梅也仅作为城市景观的绿化树,并没有吟咏梅花品格的句子。对梅花凌寒傲雪高洁品质的挖掘和赞美,赋予梅花人格化的文化审美特征和意义,那是后来的事情。从现存资料看,大约始于魏晋南北朝时期,唐宋以后逐步兴盛,特别是宋代,梅花简直成了大宋的国花。

魏晋南北朝时期政治动荡,朝代更迭很快,社会管理宽松自由,人们的思想比较解放,个体生命意识逐渐觉醒,加之南北交流和不同民族之间的融合等因素,文学出现繁荣景象。今天,我们所熟悉的梅花诗就出现在这一时期。"折梅逢驿使,寄与陇头人。江南无所有,聊赠一枝春。"(陆凯《赠范晔诗》)北魏时期的陆凯是鲜卑人,出身高贵,十五岁时成为皇帝侍从,因其忠厚和善战,身居要职数十年,政声颇佳。范晔出身于南朝望族,为南朝著名的文学家。有一年早春时节,陆凯率兵南征度过梅岭时,岭上梅花盛开,他忽然想起南朝的好友范晔,刹那间内心柔软温润。此时,恰好有驿使飞马奔来,便折一枝梅花,给范晔带去。这一故事主角到底是谁?历来虽争议不清,但这已不重要。这首小诗透过梅花的浪漫,传递出对朋友的脉脉温情,成为那个时代的文坛佳话。从此,"一枝春"成为"梅花"的别称,并演变成一个词牌名。

南北朝时,南梁定都建康。梁代的几位皇帝都是狂热的文青。梁文帝萧纲喜好"宫体"文学,既惊叹梅花凌寒傲雪的个性,又把梅花比作美人褒玩,他是把梅花作为审美对象写进诗歌里的重要推动者之一。"绝讶梅花晚,争来雪里窥。下枝低可见,高处远难知。俱羞惜腕露,相让到腰羸。定须还剪彩,学作两三枝。"(《雪里觅梅花诗》)萧纲还在其《梅花赋》中说:"梅花特早偏能识春,或承阳而发金,乍杂雪而披银。……于是重闺佳丽,貌婉心娴,怜早花之惊节,讶春光之遣寒,衣袂始薄,罗袖初单,折此芳花,举兹轻袖,或插鬓而问人,或残枝而相授。恨鬓前之太空,嫌金钿之转旧。……春风吹梅畏落尽,贱妾为此敛蛾眉。花色持相比,恒愁恐失时。"

上有所好,下必甚焉。因此,南梁时喜欢梅花的文人一下子多起来。梁武帝时,何逊游园时忽见寒风中梅花独放,随笔写下《咏早梅》:"兔园标物序,惊时最是梅。衔霜当路发，映雪拟寒开。枝横却月观，花绕凌风台。朝洒长门泣，夕驻临邛杯。应知早飘落，故逐上春来。"诗中赞美梅花傲雪凌霜，表达气节情怀，就像汉代司马相如泪洒长门，琴声感动卓文君一样深情款款。

南朝陈代的诗人阴铿对梅花的感悟也是如此。"春近寒虽转，梅舒雪尚飘。从风还共落，照日不俱销。叶开随足影，花多助重条。今来渐异昨，向晚判胜朝。"（《雪里梅花诗》）春寒料峭，梅花开放，雪花和梅花随风一起飞落。太阳普照，白雪渐融。梅影纷乱，梅枝弯斜。今天的梅花与昨日不同，傍晚的梅花比早晨更好看。还有同时代的谢燮，对着梅花直接表达自由独立的人格情怀。"迎春故早发，独自不疑寒。畏落众花后，无人别意看。"（《早梅》）而由南朝入北周的著名诗人庾信，在异乡饱尝人生辛酸，他写出的《咏梅花》诗颇有风骨和气节。"不信今春晚，俱来雪里看。树动悬冰落，枝高出手寒。"诗中情绪与庾信生活的境遇有关。

当然，当时也有一些不同声音，个别文人认为梅花香艳淫荡，像杏花一样俗气难耐。比如，南朝梁代著名的文学家吴均说："梅性本轻荡，世人相陵贱。故作负霜花，欲使罗绮见。"（《吴朝请集》）他评价梅花本性轻浮淫荡，被世人瞧不起。梅花在雪中绽放，只是故意供那些穿着绫罗绸缎的富贵人欣赏。南朝宋代的著名诗人鲍照也对梅花的品性不太满意。"中庭多杂树，偏为梅咨嗟。问君何独然？念其霜中能作花，霜中能作实，摇荡春风媚春日。念尔零落逐寒风，徒有霜花无霜质。"（《梅花落》）梅花献媚春风，徒有其表，华而不实。

此外，萧纲的弟弟梁元帝萧绎从梅花中感慨青春短暂，更是别有味道。"梅含今春树，还临先日池。人怀前岁忆，花发故年枝。"（《咏梅》）梅花开过，时光匆匆，留下诸多美好的回忆与梅花诉说。这种咏梅花怀念青春或故乡的意象，被后来唐代的王维、杜甫、李白等众多诗人传承和发扬光大，形成吟咏梅花的第一个小高峰。

可以说，南北六朝是文人咏梅的滥觞。

总之，从南北朝开始，文人们赞美梅花伴随春雪开放，性格品质清新明丽、积极向上、富有朝气、凌寒傲雪等，构成后世人们咏梅的主流文化意义。

江雨霏霏江草齐，六朝如梦鸟空啼。南北朝转眼成为历史烟云，其间的文人命运被裹挟其中，上下沉浮，或富贵顺达，或命运多舛，面对的梅花还是朵朵梅花，只是每个人内心的感悟迥异而已。隋唐以后，有些文人指责南北六朝时期的文人雅士亵渎梅花，我觉得大可不必这般苛求他们。

隋朝统一后，隋炀帝开凿大运河，贯通南北经济文化交流融合。隋炀帝在国家治理上荒淫残暴，但他也是位文学青年，诗写得相当有水平，因为妒忌薛道衡写的"暗牖悬蛛网，空梁落燕泥"这句诗而杀害作者，可见其狂热。在他带领下，仍延续着魏晋南北朝时期的诗酒风流。春天，女人们成群结队出来观赏梅花，梅花进入女人们的审美视野。"砌雪无消日，卷帘时自颦。庭梅对我有怜意，先露枝头一点春。"（侯夫人《春日看梅诗》）隋朝的这位侯夫人不知姓名，她对着梅花自怜自哀，楚楚动人。"腊月正月早惊春，众花未发梅花新。可怜芬芳临玉台，朝攀晚折还复开。长安少年多轻薄，两两共唱梅花落。满酌金卮催玉柱，落梅树下宜歌舞。"著名诗人江总的《梅花落》里泛着清新活泼的早春气息。杨柳柔柔枝青青，梅花色白雪中明，一群群美少年聚集在梅树下，斟酒弹琴跳舞欢畅，梅花映衬着酒红的笑脸。这青春年华，正如唐代长安新王朝的生机与活力。

大唐时代，梅花被彻底人格化，无人再说梅花的不是了。

比如，唐代著名的忠臣贤相宋璟，曾辅佐唐玄宗开创"开元盛世"，史书上赞誉他为"有脚阳春"，其做人做事如一缕春风，走到哪里，哪里就春风煦物。宋璟一生从不争名谋利，刚正不阿，严以律己，爱民勤政。宋璟写有一篇著名的《梅花赋》，因他自己的人品、能力和政声加持，赋予梅花"贞心不改""岁寒特妍"的君子形象和独立品格。"谅不移于本性，方可俪乎君子之节。""相彼百花，孰敢争先。""独步早春，自全其天。"另一位著名的贤相张九龄亦是如此。"芳意何能早，孤荣亦自危。更怜花蒂弱，不受岁寒移。"（《庭梅咏》）张九龄忠君爱民，晚年虽然被贬，但自明心志，忠心不变，此诗可与宋璟的《梅花赋》并称。梅花正是花中的巢许之辈，对人间富贵不关心，以其独立的人格道德形象，从其他花卉中脱颖而出，梅花与兰、竹、菊并列为"君子"。"自爱新梅好，行寻一径斜。不教人扫石，恐损落来花。"（张籍《梅溪》)）似乎只有这样的道德品质，才有资格爱梅、咏梅。梅花，就是他们自己。

唐代经济繁荣，社会环境自由开放，文人喜欢壮游、干谒等以求功名，官员被贬和异地交流任职者增多，这些人开始用梅花的意象表达乡愁和忆旧。"梅蕊腊前破，梅花年后多。绝知春意好，最奈客愁何。雪树元同色，江风亦自波。故园不可见，巫岫郁嵯峨。"（《江梅》）杜甫写梅花的诗不少，唐代宗大历二年（767年）春天，杜甫离开成都草堂，旅居夔州期间，见蜡梅乍开，顿生乡愁。"春意愈早，客愁转深。"（明·王嗣奭《杜臆》）"梅占春意，景物自好，而反动客愁者，盖见腊前映雪，年后飘风，花开花谢，都非故园春色，是以对巫岫而添愁耳。"（清·仇兆鳌《杜诗详注》）此外，杜甫看见梅花还对裴迪倾诉心中惆怅。"东阁官梅动诗兴，还如何逊在扬州。此时对雪遥相忆，送客逢春可自由？幸不折来伤岁暮，若为看去乱乡愁。江边一树垂垂发，朝夕催人自白头。"（《和裴迪登蜀州东亭送客逢早梅相忆见寄》）杜甫对南北朝时期的何逊、阴铿很崇拜，"颇学阴何苦用心"。裴迪也是"诗佛"王维最要好的朋友，没有之一。"不见高人王右丞，蓝田丘壑漫寒藤。"杜甫称王维为"高人"。王维有一首《杂诗》很简单，却很著名。"君自故乡来，应知故乡事。来日绮窗前，寒梅著花未？"小诗含蓄而深情，道出无数游子对故乡和亲人们最深切的思念。见面不敢问亲人如何？最为担心听到不好的信息，只好问问窗前的那枝梅花吧。"清香无以敌寒梅，可爱他乡独看来。为忆故溪千万树，几年辜负雪中开。"（《旅馆梅花》）唐代诗人吴融的乡愁同样浓郁，只是更加忧伤。

大唐风流，国人虽然崇尚牡丹，但没人贬低梅花。"黄鹤楼中吹玉笛，江城五月落梅花。""送君游梅湖，应见梅花发。""羌笛梅花引，吴溪陇水情。""目极何悠悠，梅花南岭头。"李白心中的梅花意象偏重思念。"三年闲闷在余杭，曾为梅花醉几场。伍相庙边繁似雪，孤山园里丽如妆。蹋随游骑心长惜，折赠佳人手亦香。赏自初开直至落，欢因小饮便成狂……"（《忆杭州梅花，因叙旧游，寄萧协律》）白居易一生相对优游自在，没经受大挫折，左右逢源，颐养天年。他离开杭州后，非常怀念这段时光。

"白玉堂前一树梅，今朝忽见数花开。几家门户重重闭，春色因何入得来？"（蒋维翰《春女怨》）庭前寒梅盛开，若不打开心扉，这无边的春色就很难进入您的梦中。故此，咏梅成为唐代文人的日常主题之一，但并非吟咏的重点，对梅花的吟咏偏重于表达思念的意象特征。

进入北宋时代，重文轻武，时尚雅致简约。宋太祖赵匡胤留下的"祖宗家法"等政治遗产，保障了文人的身心和精神相对自由。比如，林逋隐居在杭州孤山，"梅妻鹤子"的散淡生活仿佛是行为艺术。他死后，宋仁宗特赐谥"和靖先生"，他便以高士扬名于世。"众芳摇落独暄妍，占尽风情向小园。疏影横斜水清浅，暗香浮动月黄昏。霜禽欲下先偷眼，粉蝶如知合断魂。幸有微吟可相狎，不须檀板共金樽。"（《山园小梅》）沐浴着月光的梅影朦胧淡雅，幽香销魂，如思而不得的美人。毛羽洁白如霜的鸟儿，想要在梅枝上停息，须先偷眼看看梅枝是否高兴呢。粉蝶如果知道有梅花，也一定是对她无限深情。我找不到和梅花亲近的最佳方式，幸亏还有诗句可浅吟低唱，不必用酒宴歌舞这样俗气的情感表达。林逋的这首代表作，诗以人重，花以诗名。"冰清霜洁。昨前梅花发。甚处玉龙三弄，声摇动、枝头月。梦绝。金兽爇。晓寒兰烬灭。更卷珠帘清赏，且莫扫、阶前雪。"（林逋《霜天晓角·梅花》）林逋痴迷梅花，赞美梅花冰清玉洁、傲骨风雅、远离红尘俗世的人生选择，影响着后世无数文人和画家的诗心和灵魂。"疏影横斜水清浅，暗香浮动月黄昏"诗句，被誉为咏梅绝唱。这枝梅影，在他们心中摇曳多姿，意象万千。

"自读西湖处士诗，年年临水看幽姿。晴窗画出横斜影，绝胜前村夜雪时。"（陈与义《和张矩臣水墨梅五首》）"不受尘埃半点侵，竹篱茅舍自甘心。只因误识林和靖，惹得诗人说到今。"（王琪《题梅》）"当时寂寞冰霜下，两句诗成万古名。"（朱淑真《吊林和靖》）这些文人，被梅花幽香所迷醉，不愿醒来。

"东南形胜，三吴都会，钱塘自古繁华。烟柳画桥，风帘翠幕，参差十万人家。"两宋时期，杭州是一个繁华的都市，许多文人雅士汇聚于此。苏轼曾在杭州工作两次，留下很多诗作。"好睡慵开莫厌迟。自怜冰脸不时宜。偶作小红桃杏色。闲雅，尚馀孤瘦雪霜姿。休把闲心随物态。何事，酒生微晕沁瑶肌。诗老不知梅格在。吟咏，更看绿叶与青枝。"（《定风波·红梅》）红梅傲雪霜的品质，不作态媚人。红色呈像桃杏，那是美人不胜酒力所致，未曾堕其孤洁本性，那些只看重绿叶与青枝的人根本不懂她。元丰五年（1082年），苏轼被贬黄州时，读好友石延年的《红梅》诗后，引发上述感慨。苏轼通过红梅表达内心人格的独立，生命的顽强。北宋宣和年间，阮阅编撰的《诗话总龟》中记载有一件趣事：一天，有人请苏轼吃饭，在酒桌上有人说，那林和靖描写梅花"疏影横斜水清浅，暗香浮动月黄昏"之句，也是可以用来描写杏花、桃花、李花的啊。苏东坡答道：可以是可以，但是恐怕杏花、桃花、李花都不敢担当呢！众人微笑，频频点头。罗浮山下梅花村，玉雪为骨冰为魂。确实，苏轼最懂梅花。

说到苏轼心中的梅花，不能不说"拗相公"王安石的那首《梅花》："墙角数枝梅，凌寒独自开。遥知不是雪，为有暗香来。"宋神宗熙宁九年（1076年），王安石第二次被罢相，退居金陵。此时，他极力推行的变法理想破产，内心孤傲，就用梅花疗伤。墙角的梅花无人喝彩，开放得却很热烈，清香悠远。诗品即人品。王安石《咏梅》，孤芳自赏。"颇怪梅花不肯开，岂知有意待春来。灯前玉面披香出，雪后春容取胜回。触拨清诗成走笔，淋漓红袖趣传杯。望尘俗眼那知此，只买夭桃艳杏栽。"那些人喜欢桃花和杏花的妖冶色彩，真是俗不可耐。

"一花香十里，更值满枝开。承恩不在貌，谁敢斗香来？"（陈与义《蜡梅》）两宋的文人对梅花趋之若鹜，吟咏日胜，动辄千首。南宋时，杜耒向赵师秀求教如何写诗，赵师秀答道："但能饱吃梅花数斗，胸次玲珑，自能作诗。"赵师秀是北宋王朝赵家的后裔，赵家江山被金兵夺去，逃到南方生活。晚年，隐居山水间，借梅花自喻。每天写诗、下棋、会客，打发时光。"黄梅时节家家雨，青草池塘处处蛙。有约不来过夜半，闲敲棋子落灯花。"（《约客》）这天雨夜，赵师秀约的可能就是诗人杜耒。杜耒就写诗问题也没有辜负赵师秀的指点。有一年冬夜，或许是赵师秀来访，他们煮茶论诗，看到梅影在月光下摇曳，内心被触动。"寒夜客来茶当酒，竹炉汤沸火初红。寻常一样窗前月，才有梅花便不同。"（《寒夜》）仅凭这一首诗，杜耒足以流芳千古矣。

其实，无论任何时代，社会时尚和文学表达的主题都是社会环境和世道人心的外化反映。南宋偏安江南，采取和议政策，已不同于北宋时期对文人士大夫的宽松自由度，宋太祖留下的"祖宗家法"政治遗产逐渐破产。从宋高宗开始，奸相秦桧当道，忠臣岳飞被害，对布衣文人陈东举起屠刀，本来相互独立制约的台谏制度成为奸相弄权、打击异己的工具。到了光宗、宁宗、理宗时代，皇帝一个比一个无能昏聩，韩侂胄、史弥远、贾似道等奸臣弄权，南宋逐渐走向灭亡。但不可否认，议和带来一段相对和平的时光，背海而立的贸易政策，开辟海上丝绸之路，农村实行佃农制度等，南宋农村和城市经济发展稳定富足。文人们一边享受着"直把杭州作汴州"的生活，一边为风雨飘摇的国家、前途未卜的人生命运担忧。很多士人洁身自好，视梅花为知己也是必然。

南宋时期，辛弃疾、陆游和陈亮等人，一生主张抗金而不得志，孤独清高，时常把自己的精神世界雪藏于梅花之中，灵魂和梅花对话，借梅花安慰忧伤。"驿外断桥边，寂寞开无主，已是黄昏独自愁，更著风和雨。无意苦争春，一任群芳妒。零落成泥碾作尘，只有香如故。"黄昏时分，夕阳西下，风雨袭来，天地间萧瑟凄凉。梅花总是孤傲的。即使是化为泥土，清香依旧。这风雨，既是自然界的风雨，也是指南宋处于风雨飘摇之中。陆游的人生，就像这棵断桥边上的梅花，是寂寞的，孤傲的。陆游这阕《卜算子·咏梅》词，后来因为伟大领袖毛主席的同题词"风雨送春归，飞雪迎春到，已是悬崖百丈冰，犹有花枝俏"而声名大噪。"凌厉冰霜节愈坚，人间乃有此癯仙。坐收国士无双价，独立东皇太一前。"（《射的山观梅》）陆游一生借梅花咏怀的诗很多，表达主题思想很鲜明。"闻道梅花坼晓风，雪堆遍满四山中。何方可化身千亿？一树梅花一放翁。"（《梅花绝句》）嘉泰二年（1202 年）春天，在山阴闲居的陆游已七十八岁，仍旧对着梅花倾诉衷肠。后人把陆游诗中的梅花和屈原《离骚》中的兰花、陶渊明南山下的菊花相提并论，确实不无道理。

此外，还有辛弃疾志同道合的好友陈亮，以《梅花》诗明志："疏枝横玉瘦，小萼点珠光。一朵忽先变，百花皆后香。欲传春信息，不怕雪埋藏。玉笛休三弄，东君正主张。"那支玉笛，不必再吹奏令人忧伤的《梅花三弄》，春神对梅花自有安排。东君的主张就是陈亮抗金收复中原的政治主张。陈亮曾因被诬为"造反""杀人"而数次下狱，但仍坚守抗金理想，不屈不挠。

而与陈亮相反的是另一位诗人朱敦儒，年轻时狂放清高，"玉楼金阙慵归去，且插梅花醉洛阳""曾为梅花醉不归，佳人挽袖乞新词"。青年时代，他曾把自己比作深山里的梅花："古涧一枝梅，免被园林锁。路远山深不怕寒，似共春相趓。幽思有谁知，托契都难可。独自风流独自香，明月来寻我。"（《卜算子》）可是，朱敦儒晚节不保，为了儿子的仕途堕落，被秦桧封了官，成为秦桧孙子秦熺的老师，不久秦桧就死去了。他的这一行为，被当时和后世的文人诟病。因此，他后来的咏梅词味道变了。朱敦儒一生存词二百四十六首，其中咏梅词就有三十九首。但在两宋文学史上，朱敦儒的地位并不高。进入人生暮年，他非常后悔。"人已老，事皆非。花前不饮泪沾衣。如今但欲关门睡，一任梅花作雪飞。"心里自怨自艾，觉得真是愧对梅花。

朱敦儒愧对梅花，而刘克庄因写梅花诗被贬十年，但他并不后悔。刘克庄任建阳令时，写《落梅》诗惹祸。"一片能教一断肠，可堪平砌更堆墙。飘如迁客来过岭，坠似骚人去赴湘。乱点莓苔多莫数，偶粘衣袖久犹香。东风谬掌花权柄，却忌孤高不主张。"飘零的梅花令人伤心，残缺的花瓣铺满台阶，又堆上墙头。梅花像匆匆赶路的迁客骚人，高洁的花朵沉沦泥土，与莓苔为伍，偶然粘上衣袖，香气久久不散。东风执掌着百花的生杀大权，为何忌妒梅花孤高呢？对梅花任意摧残，真是罪过啊！人人都赞美的春风，在刘克庄笔下成为摧残梅花的刽子手。奸相史弥远抓住"东君谬掌花权柄，却忌孤高不主张"两句，状告刘克庄诽谤皇帝，被贬十年。

"梦得因桃数左迁，长源为柳忤当权。幸然不识桃并柳，却被梅花累十年。"（刘克庄《病后访梅》）出狱后，刘克庄找到了唐代同病相怜的知音。唐代刘禹锡是位硬汉，因两次写桃花诗讽刺权贵被贬二十多年，最后仍然坚信"沉舟侧畔千帆过，病树前头万木春"。李泌因《咏柳》诗中的"青青东门柳，岁晏必憔悴"之句，被权臣杨国忠认为指"柳"骂"杨"，讥讽他杨家衰落，被贬出长安。刘克庄被贬十年，再次看到梅花的感觉，并不后悔。"与梅交绝几星霜，瞥见南枝喜欲狂。便欲佩壶携铁笛，为花痛饮百千场。"(《病后访梅》) 刘克庄因梅误十年，不算最惨。如果他出生在明清两代，"文字狱"会让他因这两句诗被砍头。

与刘克庄一样痴爱梅花的文人很多。"到处皆诗境，随时有物华。应酬都不暇，一岭是梅花。"(张道洽《岭梅》) 南宋的张道洽可谓是梅花诗人，一生留存咏梅诗近百首，格调不逊色于林逋。"行尽荒林一径苔，竹梢深处数枝开。绝知南雪羞相并，欲嫁东风耻自媒。无主野桥随月管，有根寒谷也春回。醉馀不睡庭前地，只恐忽吹花落来。"荒林的尽头，小路上漫生着绿苔。竹林深处，有无数梅花盛开。江南的雪花羞和她比洁白，东风想委身于她，却不好意思开口。郊外的石桥，沐浴着月光，山谷绿意葱葱，我醉后不敢睡在庭前的地上，担心弄脏落下来的梅花。"一白雪相似，独清春不知。""有月色逾淡，无风香自生。""和靖风流百世长，吟魂依旧化幽芳。已枯半树风烟古，才放一花天地香。""雪羞洁白常回避，春忌清高不主张。""醉后惟愁踏花影，青鞋不敢近花行。""才有梅花便自奇，清香分付入新诗。""一片唯愁污尘土，寒苔和月扫中庭。""癖爱梅花不可医，开教探早落教迟。""三点两点淡尤好，十枝五枝疏更佳"。张道洽爱怜梅花，痴迷梅花。

梅花高气质洁，引起文人心理共鸣是必然。他们从梅花中看到自己，有爱怜，有自恋，有自省。"湿云不渡溪桥冷，娥寒初破东风影。溪下水声长，一枝和月香。人怜花似旧，花不知人瘦。独自倚栏杆，夜深花正寒。"(《菩萨蛮·咏梅》)女词人朱淑真少年聪慧，才情不被父母欣赏，嫁一个自己极不喜欢的油腻男。她性格叛逆，红杏出墙，郁郁寡欢而死，留下一卷《断肠集》。父母至死也没有原谅她，把她的诗稿付之一炬。

"园林尽摇落，冰雪独相宜。预报春消息，花中第一枝。"(《江梅》) 王十朋是南宋逆袭的青年科考状元，梅花给他带来愉快的心情。"玉箫吹彻北楼寒，野月峥嵘动万山。一夜霜清不成梦，起来春意满人间。"(黄铢《梅花》)"江南何处美人家，认似梅花尚恐差。近向梅边得春信，始知人好似梅花。"(何梦桂《梅边》)"清浅溪桥水，高低篱外枝。这些风骨异，瘦尽古今诗。"(程瑞《咏梅》) 梅花引得诗兴长，为爱梅花不成眠。但梅花毕竟盛开的时间有限，想每天看到梅花是不可能的。两宋文人在咏梅之后，又喜欢上画梅艺术。梅树枝干横斜屈曲，疏落劲瘦，花朵色艳娇嫩，很适宜文人画的构图和意境。自此，诗词和绘画这两种艺术形式相互影响渗透，成为我国梅花文化中最为重要的艺术形式。

北宋画家曾创作出"墨梅"一格。据《画梅谱》记载："华光道人方丈植梅数本……偶月夜未寝，见窗间疏影横斜，萧然可爱，遂以笔规其状，凌晨视之，殊有月下之思。因此好写得其三昧，标名于世。黄庭坚观之曰：'如嫩寒春晓行孤山水边篱落间，但欠香耳。'"到了南宋及元明清时代，梅花在文人画中更为流行。"吾家洗砚池头树，个个花开淡墨痕。不要人夸好颜色，只留清气满乾坤。"（元·王冕《墨梅》）"冰雪林中着此身，不同桃李混芳尘。忽然一夜清香发，散作乾坤万里春。"这又是王冕精神世界里的墨梅和白梅之美。

就在大家纷纷吟咏梅花的高洁时，有人开始对梅花进行清醒的反思。"春梦都无三日好，一冬忙杀探梅人。"（范成大《连夕大风凌寒梅已零落殆尽三绝》）大家都忙着赏梅咏梅，都标榜自己要像梅花那样清高，孤芳自赏当隐士，面对蒙元大军的铁骑嘶鸣，国家怎么办呢？南宋末年，来自四川的诗人文及翁游西湖时，或许想起南唐后主李煜的"砌下落梅如雪乱，拂了一身还满"的句子和国家灭亡、老婆小周被宋太宗奸淫、自己也被鸩杀的悲惨命运，他不禁仰天长叹道："国事如今谁倚仗？衣带一江而已。便都道，江神堪恃。借问孤山林处士，便掉头笑指梅花蕊。天下事，可知矣！"南宋朝廷仅靠江水防御蒙古铁蹄是可悲的。人人都学林和靖，陶醉在梅花的幽香之中是可笑的。南宋灭亡是早晚的事。可见，梅花不仅误了刘克庄十年，也耽误了南宋的江山社稷。

南宋灭亡后，一些遗民臣子不愿服侍新朝，退隐江湖，更是以梅花自喻。曾奉诏出使议和的绍兴知州家铉翁被放回后，坚决不为新政权服务。在其所题《墨梅两首》诗中说："非香之香，非色之色。伴我孤吟，风清月白。冰崖孤芳，雪林早春。伴我读易，见天地心。"诗人赵文有也表明同样的心志："白玉堂前野水滨，何曾荣悴异精神。当于香色外观韵，可怪冰霜里有春。天下无花堪伯仲，江南惟尔不风尘。欲将素王相推戴，老向山中作素臣。"（《咏梅》）他们选择终老山中，过着闲云野鹤般的生活，就像那古涧中的老梅树。

"十年无梦得还家，独立青峰野水涯。天地寂寥山雨歇，几生修得到梅花。"（《武夷山中》）南宋遗民谢枋得更有血性。南宋初亡时，他召集义兵，一直抗战在武夷山中。妻子李氏宁死不屈，和次女及两婢女一起自尽。两个兄弟、三个侄子也被元军迫害致死。谢枋得隐姓埋名，以卖卜教书度日。由于谢枋得的文名和威望，元朝曾先后五次派人邀请他出山做官，都被他严词拒绝，他写有《却聘书》："人莫不有一死，或重于泰山，或轻于鸿毛，若逼我降元，我必慷慨赴死，决不失志。"元世祖至元二十五年（1288 年）冬天，福建行省参政魏天佑奉元帝之命，逼迫谢枋得北上元大都。临别时，谢枋得慷慨赋诗，赠别亲友。到元大都后，绝食五天，以死殉国。"森森夜气落寒檐，闲把离骚酒正酣。忽忆梅花不成语，梦中风雪在江南。"(《夜坐》)同样作为南宋遗民，元吉为风雪之中的亡国境遇悲伤不语。这被摧残的梅花，就是不幸的家国。南宋灭亡的现实，使梅花凌寒傲雪、不屈不挠的人格化意象更为强烈，千百年来一直撞击着我们的心灵。

两宋时代，梅花成为国花。据南宋周必大在《二老堂诗话》中记载，南宋诗人陈从古曾专门辑录古梅花诗八百首，在自序里大致统计出这样的结果："在汉晋未之或闻，自南朝宋代著名文学家鲍照以下，仅得十七人，共二十一首。唐诗人最盛，杜少陵二首，白乐天四首，元微之、韩退之、柳子厚、刘梦得、杜牧之各一首，自馀不过一二。如李翰林、韦苏州、孟东野、皮日休诸人则又寂无一篇。至本朝方盛行。而予日积月累酬和千篇云。"此外，南宋杨万里为陈从古作《洮湖和梅诗序》曰："及唐之李、杜，本朝之苏、黄，遂主风月花草之夏盟。而梅于其间，首出桃李兰蕙而居客之右。盖梅之有遭，未有盛于此时者也。"

杨万里本人就是一位爱梅诗人，在他存世的四千多首诗里，有关梅花的诗就有一百四十余篇。一日，他倦卧斋内读书，一阵清风吹入，撩起瓶中梅花的香气，诗人惊醒后提笔写下一首绝句："小阁明窗半掩门，看书作睡政昏昏，无端却被梅花恼，特地吹香破梦魂。"另一位著名诗人范成大退隐石湖后，写出中国第一部梅花专著《范村梅谱》，标志着人们对梅花从单纯的培植、欣赏，发展到整理研究阶段。《范村梅谱》序言云："梅，天下尤物，无问智愚、贤不肖，莫敢有议。"书中一共搜集十二种梅花：江梅、早梅、官城梅、消梅、古梅、重叶梅、绿萼梅、百叶缃梅、红梅、鸳鸯梅、杏梅、蜡梅。包括绿萼两种、蜡梅三种。古梅为江梅一类的老树形态，书中实际记有梅花十四种。其中，蜡梅本非梅类，以其与梅同时，香又相近，色酷似蜜蜡，故名蜡梅。

今天我们回望南宋时代，彼时没有文字检索工具，更没有"百度"，陈从古从个人的好恶出发，专门辑录古梅花诗近千首，这当然不能代表全部，挂一漏万是肯定的。但不能否认他和杨万里、范成大所道出的一个事实：两宋时期，文人士大夫吟咏梅花才达到高潮，并成为时代的文化风尚。据统计，《全宋词》中，咏梅词多达440首，排名第二位的是桂花，有103首。咏花词中，咏梅高居第一。不同的文人，在不同的人生境遇下，梅花就是他们心灵曲线上的参照物。

可见，南宋的文人对梅花的痴迷程度比北宋更甚，这是个体命运逃脱不了时代因素造成的。一千多年来，人们对梅花审美情趣的变化，反映出人们内心精神的自省和自觉。对此，《四库提要》的评价客观真实：南宋以来，遂以"咏梅"为一大公案。江湖诗人，无论爱梅与否，无不借梅以自重。凡别号及斋馆之名，多带"梅"字，以求风雅也。

不比凡桃李，春风无数开。梅花在中国传统文化中沉淀出的底色，我相信将会继续滋养着华夏民族的心灵世界。

梨花风起正清明

"春雨惊春清谷天，夏满芒夏暑相连。秋处露秋寒霜降，冬雪雪冬小大寒……"这首二十四节气歌，早已成为大众耳熟能详的动听童谣。在稚嫩的童声里，它生动形象地反映出一年季节的转换（立春、立夏、立冬等）、气候的特征（谷雨、霜降、小雪等）、农作物的生长状况（小满、芒种）和自然的物候（惊蛰、清明、冬至）等方面的变化。据此，智慧勤劳的劳动人民安排农事活动，举办祭祀等风俗活动。历代文人面对节气变化，引发起对自然和人生的思考感悟，并付之于大量诗词歌赋，使节气成为中国传统文化的重要组成部分。

在二十四节气中，"清明"很特殊，既是节气，又是节日。据《淮南子·天文训》记载："春分后十五日，斗指乙，则清明风至。"《岁时百问》曰："万物生长此时，皆清洁而明净。故谓之清明。"清明时，气温升高，雨量增多，正是春耕春种的大好时节。"清明前后，点瓜种豆""清明谷雨两相连，浸种耕田莫迟疑"等农谚流传甚广。此时，黄淮地区的小麦开始拔节孕穗，广袤的田野上，到处生机勃勃，油菜花开得金黄。"篱落疏疏一径深，树头花落未成阴。儿童急走追黄蝶，飞入菜花无处寻。"（南宋·杨万里《宿新市徐公店》）江南江北春风暖，草木萌发新绿，河塘清水扬波，耕牛不用扬鞭，四处田园牧歌。一群农家儿童换上春衫，在田野里追逐撒欢，趁得风轻放纸鸢。这也正是我童年的故乡旧风景。

今天的清明节习俗，大约起源于周代，距今已有两千五百多年的历史，也是中国最重要的传统祭祀节日之一。祭祖、扫墓、踏青、插柳辟邪等活动，构成节日的主题。南北朝时的《荆楚岁时记》就有清明节插柳风俗的文献记载，但当时的插柳并不限于在清明节。直到唐宋时期，插柳成为清明的特定习俗，清明也是全民的祭祀节日。忽见家家插杨柳，始知今日是清明。出城扫墓踏青的人们返家时，随手折几枝柳条戴在头上，既是孝心的表达，也有留住青春和生命的寓意。民谚有"清明不戴柳，红颜变皓首"之说。杨柳为清明嘉木，生命力顽强，折柳插在家里大门上，可以"明眼"驱邪。"莫把青青都折尽，明朝更有出城人。"可见，这一风俗非常普及。清明节的习俗所蕴含的传统文化意义深厚，一直在影响着国人的伦理道德思想和日常行为模式。

若从传统节日文化上溯源，说到"清明节"，就不能不说"寒食节"和"上巳节"。其实，这三个节日并不相同，却又相互关联。当今"清明节"的习俗实际是包含、替代了其他两个节日而来。

寒食节比清明节要早些，一般在冬至后的一百零五天，清明节前的一二日。据说从春秋时期至今，大约已有两千六百多年的历史，是中国民间的传统祭奠祖先的日子，民间习俗是禁烟火，吃冷食。"拜扫无过骨肉亲，一年唯此两三辰。冢头莫种有花树，春色不关泉下人。"（唐·熊孺登《寒食野望》）又到春暖花开时，逝者看不到春天的景色，生者对亲人的怀念在祭拜扫墓中得到表达。坐落在郊野的祖坟周围，松柏森森，乌鸦乱飞。有人在焚烧纸钱的火光中失声痛哭，那是对逝去亲人的追思和懊悔。"乌啼鹊噪昏乔木，清明寒食谁家哭。风吹旷野纸钱飞，古墓垒垒春草绿。棠梨花映白杨树，尽是死生别离处。冥冥重泉哭不闻，萧萧暮雨人归去。"（白居易《寒食野望吟》）坟墓连着坟墓，过世的亲人在黄泉之下相互陪伴。坟头上面已长满绿草，棠梨花掩映着白杨树，这就是生死离别之处。傍晚下起潇潇细雨，地下的亲人听不到哭声，来此祭奠的生者不得不回去了。如今，在豫东故乡，清明节的场景依然如唐宋时代。

此外，也有史书记载：寒食节起源于春秋时期，发源地为中国山西介休绵山。这是一个人人皆知的故事，主角是晋国公子重耳和大臣介子推。重耳受难流浪，挨冻受饿，介子推忍痛"割股啖君"。后来，重耳咸鱼翻身，励精图治，成为一代名君晋文公。但介子推不求回报，淡漠功名利禄，与母亲归隐绵山。晋文公为逼其出来做官，下令放火烧山，介子推和母亲抱着大柳树被烧死。晋文公感念其忠君之心，将其葬于绵山，修祠立庙，并下令在介子推死难之日，禁火寒食，以寄哀思。其实，介子推和晋文公的寒食故事，不见于《左传》和《史记》，大多是后人增添的。寒食节纪念介子推的说法出自后汉。据《后汉书·周举传》注："太原一郡旧俗以介子推焚骸，有龙忌之禁，至其亡月咸言神灵不乐举火，由是士民每冬中辄一月寒食，莫敢烟爨。"但晋人陆翙却在《邺中记》中反驳道："俗人以介子推五月五日烧死，世人甚忌，故不举火食，非也。北方五月自作饮食，祠神庙，及五色缕、五色花相问遗，不为子推也。"隋人杜公瞻注《荆楚岁时记》也指出："因为季春将出火也，今寒食节气是仲春之末，清明是三月之初，然则禁火盖周之旧制也。"寒食节是周朝旧制，起源与介子推无关。"二月江南花满枝，他乡寒食远堪悲。贫居往往无烟火，不独明朝为子推。"（唐·孟云卿《寒食》）忠君爱国、不求名利、功成身退、清正廉明等传统道德，这是统治者乐于把节日附会、树立某一个典型历史人物，普及教育芸芸大众的。端午节纪念屈原，道理也是如此。

为便于大众接受普及，寒食节还举办很多民间风俗活动。如禁火、扫墓、祭祖、冷食、取火、插柳、蹴鞠、植树、秋千、赏花、斗鸡、咏诗、放风筝、斗百草等。宋代的李之彦在《东谷所见》中记载："拜扫了事，而后与兄弟、妻子、亲戚、契交放情地游览，尽欢而归。"这些集体活动，大大丰富了古人的社会生活。黎民百姓通过积极参与，更能体会到这一节日的肃穆和先民对自然及祖先的敬畏之心。

还有另一种说法。远古时期，由于"火"的发现，大大推进了人类进步。古人发现，初春季节，气候干燥，不熄的"火种"很容易引起火灾，春雷也易引起山火。此时，先民就把上年传下来的火种熄灭，即"禁火"。到了寒食节后，重新钻木取火，作为新一年生产与生活的新起点，谓之"改火"或"请新火"。改火时，先民要举行隆重的祭祀活动，将谷神等象征物焚烧，这就是后来的"禁火节"。禁火与改火之间，一般有三到七日的时间段间隔。其间，人们准备足够的熟冷食度日，即为"寒食"，故名"寒食节"。"春城无处不飞花，寒食东风御柳斜。日暮汉宫传蜡烛，轻烟散入五侯家。"（唐·韩翃《寒食》）连皇宫也不例外，同样禁火寒食几天。韩翃也因"春城无处不飞花"诗句赢得唐肃宗的青睐。

寒食节的特殊风俗和文化意义，总勾起人们忧伤的情绪。"雨中禁火空斋冷，江上流莺独坐听。把酒看花想诸弟，杜陵寒食草青青。"（唐·韦应物《寒食寄京师诸弟》）"独怜幽草涧边生"的韦应物很敏感，他就像寒食节的那只流莺般孤独寂寞。"无花无酒过清明，兴味萧然似野僧。昨日邻家乞新火，晓窗分与读书灯。"（北宋·王禹偁《清明》）清明节，王禹偁郁郁寡欢，犹如居于山野庙宇里的穷和尚。从邻家讨来新火种，并不用来做饭，而是在窗前点灯读书。苏轼倒是想做顿好饭吃，可惜没有柴火和食材。元丰五年（1082年），他在寒食节信笔写日记，记录当天的窘迫。"自我来黄州，已过三寒食。年年欲惜春，春去不容惜。……春江欲入户，雨势来不已。小屋如渔舟，蒙蒙水云里。空庖煮寒菜，破灶烧湿苇。那知是寒食，但见乌衔纸……"相比苏轼的其他诗文，此诗并不怎么好，但借随意涂抹的书法《寒食帖》蜚声海内外，书法被称为"天下第三行书"，现藏于台北"故宫博物院"。苏轼在另一年的寒食节，换了心境。"深深庭院清明过。桃李初红破。柳丝搭在玉阑干。帘外潇潇微雨、做轻寒。晚晴台榭增明媚。已拼花前醉。更阑人静月侵廊。独自行来行去、好思量。"（《虞美人》）境随心转，苏轼的心情要比元丰五年（1082年）好些了。

故此，寒食节和现在的清明节虽然习俗类似，却和清明节节气在时间上有差别。

让我们再看看"上巳节"与清明节的关系。

古代以"干支"纪日，清明节是夏历三月的节气，时间约在三月初三至初八日。三月上旬的第一个巳日，谓之"上巳"。该节可追溯到殷商、周和春秋时期，还专门设女巫之职进行主持仪式。据上古传说，殷商人的高祖契，其母在河里沐浴，吞食鸟卵怀孕生下他。这种临河洗浴求孕的风俗，也是上巳节"被禊"活动之一。据《周礼·春官·女巫》载："女巫掌岁时，被除衅浴。岁时被除，如今三月上巳，如水上之类。衅浴谓以香薰、草药沐浴。"后来，兰汤沐浴成为一种辟邪法术。古人认为，此时正值季节交换，人体内阴气未退，阳气欲升，阴阳不平衡，很容易患病。集体赴郊外踏青，迎接春神，祭祀主管爱情和生殖的高禖神。再下到溪水里洗涤净身，防病治病，祈求人丁兴旺，生生不息，即为"被除衅浴"活动。现在的西藏、印度的一些原住民仍有此风俗。

另据《后汉书·礼仪上》曰："是月上巳，官民皆洁于东流水上，曰洗濯被除，去宿垢疢，为大洁。"人们结伴去水边沐浴，称为"被禊"，即"春浴日"。男女老少集结在河边，宽衣解带，沐浴嬉闹，祈求安康，也给男女青年提供了偶遇、确认眼神的机会，成为中国最早的"女儿节"或"情人节"。先民在《诗经·郑风·溱洧》中，记载有生动缠绵的情爱场面。

溱与洧，方涣涣兮。
士与女，方秉蕑兮。
女曰："观乎？"
士曰："既且。""且往观乎！"
洧之外，洵訏且乐。
维士与女，伊其相谑，赠之以勺药。
溱与洧，浏其清矣。

士与女，殷其盈兮。

女曰："观乎？"

士曰："既且。""且往观乎！"

洧之外，洵讦且乐。

维士与女，伊其将谑，赠之以勺药。

春秋时期的郑国，三月上巳节，青年男女倾城而出，在溱水和洧水岸边游玩，沐浴在清澈的流水中，手执着兰草洗濯身体，相互赠予芍药香草，祓除不祥之兆。有一对男女青年一见钟情，相约下河沐浴，互诉心曲，难舍难分。

南宋著名的理学家朱熹坚持"存天理，灭人欲"的儒家思想，当他读到这首诗后，也很喜欢，却一脸坏笑地写下读后感："赋而兴也。涣涣，春水盛貌。盖冰解而水散之时也。蕑，兰也，其茎叶似泽兰，广而长节，节中赤，高四五尺。且，语辞。洵，信。讦，大也。浏，深貌。殷，众也。将，当作相，声之误也。勺药，亦香草也，三月开花，芳色可爱。郑国之俗，三月上巳之辰，采兰水上，以祓除不祥。故其女问于士曰，盖往观乎？士曰，吾既往矣。女复要之曰，且往观乎？盖洧水之外，其地信宽大而可乐也。于是士女相与戏谑，且以勺药相赠，而结恩情之厚也。此诗淫奔者自叙之词。"对男女相爱，两情相悦，朱熹老先生称之为"淫奔者"，他的一副卫道士酸腐形象立显。郑国，就在河南新郑附近的中原大地上。现在，此地到处是高楼大厦，车水马龙，男女青年已没有时间和情绪如此浪漫缠绵。

到了魏晋时期，该节日定为三月初三，故又称"三月三"，除郊外踏青、"祓除畔浴"之外，又增加了清明节的祭祀、宴饮等内容。魏晋是以贵族门阀为主导的社会，门第高低决定着个人的社会地位和命运。此活动逐渐演化为皇室贵族、公卿大臣、文人雅士们相聚喝酒、雅集狂欢的节日。权贵阶层大搞"圈子文化"和奢靡之风，坐在弯弯曲曲的水边，把酒觞置于流水之上，任其顺流漂下，停在谁面前，谁就要饮尽杯中酒，并赋诗一首。否则，罚酒三杯。"曲水流觞"的雅趣成为贵族的业余文化活动。东晋那次最著名的"曲水流觞"，让"官二代"王羲之名垂千古。王羲之和一帮文人在会稽兰亭开 Party。以文会友，饮酒赋诗。王羲之酒酣后，挥毫为诗集作序，乘兴而书，写下被后人誉为"天下第一行书"的《兰亭集序》，成为书法界的传奇和神话。至今，原作不知所终。

九天阊阖开宫殿，万国衣冠拜冕旒。唐代社会是何等气象啊！上巳节的风俗活动丰富多彩，唐玄宗也乐在其中。"长乐青门外，宜春小苑东。楼开万井上，辇过百花中。……清歌邀落日，妙舞向春风。……君王来祓禊，灞浐亦朝宗。"（唐·王维《奉和圣制上巳于望春亭观禊饮应制》）"诗佛"王维此时已不再"佛系"了，必须完成皇帝的命题作文，拍马赞颂大唐的繁华如梦。"三月三日天气新，长安水边多丽人。态浓意远淑且真，肌理细腻骨肉匀。绣罗衣裳照暮春，蹙金孔雀银麒麟。"（杜甫《丽人行》）上巳节的唐代长安，不仅皇帝亲自参与，很多盛装美女也来曲江风景区沐浴。"诗圣"杜甫一改往日寒苦严肃、眉头紧皱的形象，他看在眼里，美在心头，禁不住也加入出城踏青游玩的队伍之中。"著处繁花务是日，长沙千人万人出。渡头翠柳艳明眉，争道朱蹄骄啮膝。此都好游湘西寺，诸将亦自军中至。"（杜甫《清明》）

最美人间四月天，上巳节男女出城踏青、洗澡、谈情说爱、河边狂欢等活动，与大唐气象相匹配。从唐代开始，清明节的风俗便吸收了上巳节的活动内容。目前，云南、贵州等少数民族地区每年三月三日举行的"泼水节"，似曾相识。现在日本每年三月三仍举办"女儿节"，又叫"雏祭"，就来源于中国这一风俗传统。

故此，寒食节作为返本归宗、祭奠祖先的日子，人们把扫墓的时间延长到清明节气。由于清明节和寒食节时间很近，到了唐宋时代，清明节和寒食节逐渐融合为一。"清溪一道穿桃李，演漾绿蒲涵白芷。溪上人家凡几家，落花半落东流水。蹴鞠屡过飞鸟上，秋千竞出垂杨里。少年分日作遨游，不用清明兼上巳。"（唐·王维《寒食城东即事》）唐宋时代，祭祖、上坟、扫墓、寒食、踏青、沐浴、蹴鞠、荡秋千等上巳节的风俗活动，一并纳入清明节。"三节"逐渐合一，清明节逐渐取代寒食节和上巳节已成趋势。据《唐会要》载：唐大历十二年二月，朝廷颁布敕令："自今以后，寒食同清明。"南宋后理学盛行，上巳节基本废除。

"朝作轻寒暮作阴，愁中不觉已春深。落花有泪因风雨，啼鸟无情自古今。故国江山徒梦寐，中华人物又销沉。龙蛇四海归无所，寒食年年怆客心。"（清·屈大均《壬戌清明作》）节气轮回，朝代更迭。到了明清以后，寒食节、上巳节基本消失，但清明节所包含的三个节日传统风俗一直传承有序。这就是中国传统文化的伟大和文化自信的根基。1935年，中华民国政府规定4月5日为国定假日"清明节"。2008年，中国政府把清明节定为节日，放假一天。

"清明"，多么美好的字眼啊！家国清明，朗朗乾坤；政治清明，河清海晏；神志清明，明察秋毫。这都是每个人向往的境界。满街杨柳绿丝烟，画出清明二月天。清明节气和节日重叠融合，我们通过对先祖祭奠追思、出城踏青等集体活动，每个人都会生发出不同的感慨。"佳节清明桃李笑，野田荒冢只生愁。雷惊天地龙蛇蛰，雨足郊原草木柔。人乞祭余骄妾妇，士甘焚死不公侯。贤愚千载知谁是，满眼蓬蒿共一丘。"（黄庭坚《清明》）"淡荡春光寒食天，玉炉沉水袅残烟。梦回山枕隐花钿。海燕未来人斗草，江梅已过柳生烟。黄昏疏雨湿秋千。"（李清照《浣溪沙》）无数文人士大夫在清明节忧伤为诗，成为我国独特的清明节文化最美好的篇章。"仰观宇宙之大，俯察品类之盛，所以游目骋怀，足以极视听之娱，信可乐也。……不知老之将至。及其所之既倦，情随事迁，感慨系之矣。向之所欣，俯仰之间，已为陈迹，犹不能不以之兴怀。况修短随化，终期于尽。古人云：'死生亦大矣。'岂不痛哉！"王羲之在《兰亭集序》中的感慨，令人醍醐灌顶。人一出生，就必须面对死亡，任何人也不例外。亲朋好友死后，被生者怀念追忆、祭奠的意义，就在于他们并没有真正逝去。

"清明时节雨纷纷，路上行人欲断魂。借问酒家何处有？牧童遥指杏花村。"（《清明》）唐代的杜牧在安徽池州时，遇到清明节的毛毛细雨，看到路上的行人皆行色匆匆，满脸忧伤，他们或是出城扫墓、踏青的男男女女，或是在外漂泊无家可归的游子，或是被贬谪外放的官员，或是怀才不遇四处游荡的文人骚客。他们身心疲惫，想到小酒馆里喝上几杯浊酒，暖和一下身子。他们顺着牧童的指向，看到远方的一片杏花林里，树上挂着的酒幌子在风雨中飘荡。脚下的这条风雨之路，就是人生。那一片杏花深处，或是他们精神的原乡。

"生者寄也，死者归也。"这就是中国人的生死哲学。清明节，祭祖扫墓，慎终思远，我们从内心和祖先默默对话，找到自己的基因和家族源流，不忘来处。在祭奠先祖的仪式中，敬畏历史，感悟人生，热爱生命。

天地不仁，以万物为刍狗。人生如白驹过隙，倏忽而已。向来相送人，各自还其家。亲戚或余悲，他人亦已歌。生者对待越来越近的死亡之约，应自由快乐地活着，尽情享受春日短暂的妖媚，尽情投入踏青、蹴鞠、荡秋千、沐浴、谈情说爱等集体狂欢中，发现生命存在的美好意义。这就是从容面对死亡的最好方式。"南北山头多墓田，清明祭扫各纷然。纸灰飞作白蝴蝶，泪血染成红杜鹃。日落狐狸眠冢上，夜归儿女笑灯前。人生有酒须当醉，一滴何曾到九泉。"（高翥《清明日对酒》）人散酒阑春已去，一泓秋涨满池蛙。南宋时期的高翥，在清明节里，把人生悟透。

"梨花风起正清明，游子寻春半出城。日暮笙歌收拾去，万株杨柳属流莺。"（吴惟信《苏堤清明即事》）清明玩赏正繁华，今日林梢落尽花。踏青沐浴，吐故纳新，我们通过身心和大自然交流，发现并找到生命中的诗和远方，不负春光，不负人生。从南宋吴惟信的这首诗中，我们也能看到宋代是一个重商主义的平民时代，清明节把寒食节对待"死亡"的肃穆、追思、悲伤到"断魂"的清冷和上巳节对待"生命"欢乐的踏青、插柳、游戏等欢畅的热闹有机结合，在这一天得到尽情的释放和表达，有点节日嘉年华的味道。这就是古人的生命智慧，从北宋张择端的《清明上河图》中也可品出端倪。"春来春去何时尽，闲恨闲愁触处生。脱衣换得商山酒，笑把离骚独自倾。"唐宋清明节的节气特质和节日气氛，值得今天的我们回望和品咂……

正是浴兰时节动

榴花红艳，艾蒲丰美，又是一年端午到。

端午节起源于中国，为每年农历五月初五，与春节、清明、中秋节并称为中国汉族的四大传统节日。2006 年 5 月，国务院将其列入首批国家级非物质文化遗产名录；2008 年被列为国家法定节假日；2009 年 9 月，联合国教科文组织正式批准，将其列入世界非物质文化遗产，成为中国首个入选世界非遗的节日。

其实，端午也如春节、清明、重阳等传统节日一样，也是从季节的时序到"节气"，再逐渐演变为大众"节日"的。这个转化过程本身，蕴含着我国传统文化的孕育、积淀和有序传承过程。当然，这里的"节气"是指民间特殊的纪念日，并非全指二十四节气。端午节演化成赞美忠君爱国、仁孝节义等高洁品格，高度契合了中国传统文人士大夫的儒家人格理想和心灵轨迹。故此，端午节成为"非遗"，正是基于我们华夏民族的文化自信。

首先，端午节与季节的时序息息相关。古时，农历以地支纪月，正月建寅，二月为卯，顺次至五月为午。因此，称五月为午月。"五"与"午"相通，"五"为阳数，午时为"阳辰"。故端午也称"端阳"。西晋人周处在《风土记》中说：每月有三个五日，头一个五日就是"端五"。"仲夏端午。端者，初也。""端午"一词，从此定型。另据南北朝时梁人宗懔在《荆楚岁时记》中记载："因仲夏登高，顺阳在上，五月是仲夏。"第一个午日，正是登高、顺阳、好天气之日，故五月初五亦称"端阳节"。到了明代，田汝成在《西湖游览志馀》中又说："端午为天中节，是因为午日太阳行至中天，达到最高点，午时尤然。故称之为天中节。"故此，"端午"的最初词义，仅指五月五日，纯属一个季节时序概念。

其次，从"时序"演变成民间大众共同参与的"节气"，正反映出先民对大自然的认识和生存智慧。民谚曰："端午节，天气热。五毒醒，不安宁。"夏日阳极，天气骤热。蛇类、蚊蝇、蝎子、蜈蚣、癞蛤蟆、壁虎等各种各样的害虫倾巢出动，横行霸道。人身上被叮咬后，容易生疮流脓、毒气发作而死亡，社会上容易流行瘟疫。在生产力低下、医疗条件落后的情况下，人们容易迷信。先秦时代的先民认为五月是毒月，五日是恶日。如《吕氏春秋·仲夏记》中规定，人们在五月要禁欲、斋戒。东汉泰山太守应劭在《风俗通义》中说："五月生子不详。男害父，女害母。"

王充是东汉朴素的唯物主义思想家，在其《论衡·言毒篇》中说："夫毒，太阳之热气也，中人人毒……太阳火气，常为毒螫，气热也。太阳之地，人民促急。促急之人，口舌为毒。故楚、越之人促急捷疾，与人谈言，口唾射人，则人脈胎，肿而为创。南郡极热之地，其人祝树，树枯；唾鸟，鸟坠……夫毒，阳气也，故其中人，若火灼人。"太阳之气是火气，产生毒素。毒气侵入人体，人就会中毒。南方最热的地方，老百姓性情急躁。急躁的人，口舌会生毒。所以，楚、越地方的人说话急促，与人谈话，口中的唾液喷射到别人身上，别人会堕胎、生疮。吐到树上诅咒，树就枯死。对鸟吐唾沫，鸟就会坠落。毒是阳气构成的，伤人就像火烧一样。

五月是如此"恶毒"！"五月子者，长于户齐，将不利其父母。"五月生下的孩子，长得与门框一样高，将对父母很不利。司马迁《史记·孟尝君列传》记载：战国时代，著名的四大公子之一孟尝君，在五月五日出生，其父要求妻子不要生下这孩子，生下来也要在尿盆里溺死。后来，南宋诗人徐钧曾为孟公子感慨："诞当五月命于天，齐户风谣恐未然。若使当时真不举，吾门安得客三千。"（《孟尝君》）东晋的大将王镇恶生于五月初五，其祖父给他取名"镇恶"，以求安康。北宋的徽宗皇帝赵佶也出生在五月初五，从小寄养宫外。徽宗登基，信任蔡京等奸臣，打击苏轼等元祐党人，玩物丧志，酿成"靖康之耻"，被俘北国，客死他乡。当初如不生下他，北宋的国祚或许会更长些吧？可见，先民对五月五日禁忌的习俗，从先秦就流传甚广。

面对如此糟糕的五月，先民根据朴素的理解，与大自然斗争，驱除毒素，生生不息。采摘兰草熬汤，以兰草汤沐浴。"浴兰汤兮沐芳，华采衣兮若英。"（屈原《楚辞·九歌》）另据汉文帝时礼学家戴德在《大戴礼记·夏小正》记载："五月，煮梅为豆实也，蓄兰为沐浴也。"《荆楚岁时记》也记载："五月五日，谓之浴兰节。"此风俗长盛不衰，至唐宋时代最为兴盛。"轻汗微微透碧纨，明朝端午浴芳兰。"（苏轼《浣溪沙·端午》）故端午节，又称为"浴兰之月"。

"五月榴花妖艳烘，绿杨带雨垂垂重。五色新丝缠角粽，金盘送，生绡画扇盘双凤。正是浴兰时节动，菖蒲酒美清尊共。叶里黄鹂时一弄，犹薄怂，等闲惊破纱窗梦。"（《渔家傲·五月榴花妖艳烘》）欧阳修眼中的五月，石榴花开，斜风细雨，杨柳低垂。每家每户用五彩丝线包扎多角的粽子，盛在镀金盘子里，送给闺中女子。人们纷纷沐浴更衣，祛除身上的污垢和秽气，举杯饮下雄黄酒，驱邪避害。窗外树丛中，黄鹂鸣叫声打破闺中的宁静。民间把艾叶、菖蒲和大蒜称为"端午三友"，其寓意为以菖蒲作宝剑、艾叶作鞭子、蒜头作锤子，镇恶除害，都是利用它们清热解毒之效。故此，端午节插菖蒲和艾叶、编五彩绳、缠五色带、挂铜镜驱鬼。薰苍术和白芷、喝雄黄酒避疫，逐渐形成这一节气的风俗。民谚曰："清明插柳，端午插艾""端午不戴艾，死去变妖怪""喝了雄黄酒，百病远远丢"。"彩线轻缠红玉臂，小符斜挂绿云鬟。"（苏轼《浣溪沙·端午》）"粽包分两髻，艾束著危冠。旧俗方储药，羸躯亦点丹。"（陆游《乙卯重五诗》）大文人苏东坡和陆放翁，也不能免俗。

另据《荆楚岁时记》载："五月五日，四民并踏百草，又有斗草之戏。"五月里，智慧的先民除兰汤沐浴外，还走向山间田野，置身大自然的怀抱中，感受夏风的清凉和草药的芳香。南北朝时称"踏百草"，唐宋时代称"斗草"或"斗百草"。先民们集体出动，纵身河流中，沐浴着河水的清凉。在集体参与的嬉戏中，共同抵御夏天高温，激发出身体本能的生命活力，除去热毒，阴阳平衡，防御疾病，延年益寿。这就成为龙舟竞渡的滥觞。

据《大戴礼记》考证：端午节在先秦时代就已出现，迄今历时两千多年，与屈原无关。现代学者刘德谦先生在《端午始源又一说》（《文史知识》1983年第5期）中认为：端午节来自夏商周时期的夏至节气。端午节中"吃粽子""斗百草""采杂药"等风俗，皆与屈原无关。权威性的岁时著作《荆楚岁时记》中，并未记载五月初五要吃粽子的风俗，却把吃粽子的风俗写在"夏至"里。据隋代杜台卿所作的《玉烛宝典》记载，龙舟竞渡是夏至节气里的民间亲水娱乐活动，并非为了打捞投江的屈原。

故此，端午节，最早是先民集体祛毒辟邪和消灾的"节气"。

最终，端午节从民间"节气"演化为社会"节日"，原因和说法很多，但最为普遍的是为纪念屈原。

屈原在汉代司马迁的《史记·屈原贾生列传》中，盖棺论定的形象很受统治者的认可，作为典型人物宣传成为必然。"博闻强志，明于治乱，娴于辞令。入则与王图议国事，以出号令。出则接遇宾客，应对诸侯。""其志洁，其行廉，故死而不容。自疏濯淖污泥之中，蝉蜕于浊秽，以浮游尘埃之外，不获世之滋垢，皭然泥而不滓者也。推此志也，虽与日月争光可也！"屈原志趣高洁，行为廉正，不屈服于奸邪势力。像青莲独自远离污泥浊水，似新蝉脱壳摆脱浊秽尘埃。浮游于红尘之外，不受浊世的玷辱。其"高大全"的形象可与日月争辉。但屈原力主联齐抗秦，遭到楚怀王和大臣们的猜忌和强烈反对，怀才不遇，遭谗去职，被流放到沅、湘一带。"登高吾不说兮，入下吾不能。"上下不能，进退两难。"去故乡而就远兮，遵江夏以流亡。""定心广志，余何所畏惧兮？世浑浊莫吾知，人心不可谓兮。知死不可让，愿勿爱兮。""登昆仑兮食玉英，与天地兮同寿，与日月兮同光。"（屈原《九章》）公元前278年，秦军攻破楚国。眼看祖国沦陷，屈原于五月五日抱石投汨罗江而死。

南北朝时期，梁人吴均在《续齐谐记》中说：屈原投汨罗江后，当地百姓闻讯划船捞救，终不见屈原的尸体。湖面上的小舟一起汇集，争相划进茫茫的洞庭湖。人们荡舟于江河之上，逐渐发展成龙舟竞赛。"节分端午自谁言，万古传闻为屈原。堪笑楚江空渺渺，不能洗得直臣冤。"（唐·文秀《端午》）以后每年五月初五，龙舟竞渡与屈原有了关联。

"屈氏已沉死，楚人哀不容。何尝奈谗谤，徒欲却蛟龙。未泯生前恨，而追没后踪。沅湘碧潭水，应自照千峰。"（《五月五日》）北宋的梅尧臣为屈原之死叹息，楚国百姓拥到江边凭吊祭拜，渔夫们划着船只在江上打捞。有位渔夫拿出为屈原准备的饭团、鸡蛋等食物丢进江中，以为鱼龙虾蟹吃饱了，就不会去咬屈大夫的身体，民间纷纷仿效。一位老医师拿来一坛雄黄酒倒进江里，欲醉晕蛟龙水怪，以免伤害屈子。后来，为怕饭团为蛟龙所食，人们想出用楝树叶包饭，外缠彩丝，即成"粽子"。"虎符缠臂，佳节又端午。门前艾蒲青翠，天淡纸鸢舞。粽叶香飘十里，对酒携樽俎。龙舟争渡，助威呐喊，凭吊祭江诵君赋。感叹怀王昏聩，悲戚秦吞楚。异客垂涕淫淫，鬓白知几许？朝夕新亭对泣，泪竭陵阳处。汨罗江渚，

湘累已逝，惟有万千断肠句。"（苏轼《六幺令·天中节》）

但是，民间还有很多其他的说法。

梁人宗懔在《荆楚岁时记》中转述说，端午节是为纪念伍子胥的。春秋时期，伍子胥是楚国人，父兄均被楚王所杀后，投向吴国，助吴伐楚成功，掘墓鞭尸楚平王三百报仇。吴王阖闾死后，其子夫差继位。此时吴国强盛，士气高昂，越王勾践请和，夫差许之。伍子胥建议应彻底消灭越国，夫差不听。吴国太宰受越国贿赂，谗言陷害伍子胥，夫差信之，赐伍子胥宝剑自刎。伍子胥视死如归，临死之前预言："我死后，请将我的眼睛挖出来，悬挂在城东门上，我要看着越国是如何灭掉吴国的。"何其壮怀激烈！夫差闻之大怒，令取其尸体，于五月五日，投入大江喂鱼。最终证明伍子胥是对的。因此，端午节亦为纪念伍子胥。《后汉书》有此记载。宋代高承的《事物纪原》中也明确说：端午源于春秋时期，越王勾践在五月五日操练水军。这一说法与伍子胥有了关联。后来，苏浙一带的百姓每逢端午，荡舟逆流而上，举行各种仪式活动，祭奠伍子胥。

东汉时期，大书法家蔡邕在其《琴操》一书中说：端午节为纪念先贤介子推。

另据晋代的《会稽典录》记载：端午节是为纪念寻父投江而死的曹娥。曹娥是东汉上虞人，父亲溺于江中，数日不见尸体。年仅十四岁的曹娥昼夜沿江号哭，在五月五日投江。五日后，她抱着父尸出水。

西南联大著名文学教授闻一多先生在其《端午考》中说：端午节是古代吴越民间举行龙图腾祭拜的节日。端午节，实际上是一个龙的节日。还有端午节是为纪念自己的祖先之说。

如此等等，不一一枚举。"少年佳节倍多情，老去谁知感慨生。不效艾符趋习俗，但祈蒲酒话升平。鬓丝日日添白头，榴锦年年照眼明。千载贤愚同瞬息，几人湮没几垂名。"（唐·殷尧藩《端午日》）大江东去，浪淘尽，千古风流人物。端午节越来越集中在表达对传统儒家文化尊崇这一精神层面上，努力塑造完美的人格理想和追求传统的道德价值，这就是过端午节的意义所在。"忠贞如不替，贻厥后昆芳。"（李隆基《端午》）"竞渡深悲千载冤，忠魂一去讵能还。国亡身殒今何有，只留离骚在世间。"（北宋·张耒《和端午》）

"忠言不用竟沉死，留得文章星斗罗。何意更勑昌歜酒，为君击节一长歌。"（南宋·赵蕃《端午》）"灵均标致高如许。忆生平、既纫兰佩，更怀椒醑。"（南宋·刘克庄《贺新郎·端午》）"靖康之耻"后，南宋的士人，更呼唤和期盼忠君爱国的人物群体出现。南宋德祐二年（1276 年），文天祥受宋恭帝委派，出使元军被扣。在镇江侥幸逃脱后，又被谣言所诬陷。为表明心志，他愤然写道："五月五日午，赠我一枝艾。故人不可见，新知万里外。丹心照夙昔，鬓发日已改。我欲从灵均，三湘隔辽海。"（《端午即事》）灵均就是屈原。比起他的"人生自古谁无死，留取丹心照汗青"的悲壮豪迈，这首端午诗同样热血。他以"举世皆浊我独清，众人皆醉我独醒"的自信和牺牲精神，站在坚守儒家文化道德的制高点上，鄙视苟且偷生之辈。

五月的鲜花开遍了原野，鲜花掩盖着志士的鲜血。五月多志士，看来并非巧合。志士们在"恶月"毒辣的太阳下，丝毫没有逃避胆怯，以死明志，为这燥热弥漫的世界带来丝丝清凉。他们沐浴兰汤，经受住炼狱般的"烧烤"，灵魂祛毒存真。无论是屈原、介子推，或是曹娥、伍子胥等人，抑或龙图腾、先祖等神灵，受到后世的推崇和祭奠，使其精神不朽，这就是华夏民族共同坚守和传承的文化基因。

高咏楚辞酬午日。"盛暑炎毒，当愿众生，舍离众恼，一切皆尽。暑退凉初，当愿众生，证无上法，究竟清凉。"（《华严经卷第十四·净行品第十一》）五月五日，正是浴兰时节动。身沐兰汤，祛除致病的百害和热毒，护佑人间安泰；心沐兰汤，祛除欲望的膨胀和邪念，坚守道德操守。如此，才能享受这独自清凉的万千美好世界。故此，端午节，何尝不是炎炎夏日里祖先留给我们的一服清热解毒的良药呢？

"荷月"诗说莲荷

旧历六月，酷暑炎炎，万木葱郁，田野青绿，湖塘沸腾。京城圆明园一年一度的荷花节如期而至，园内人流如织，福海舟忙。高温热浪翻滚之下，沿岸其他花儿都已早谢，水里只有莲荷伫立，随风摇曳，向游人致意。偶尔，有几只蜻蜓或小鸟飞来，驻足停留在花苞或莲蓬上。游鱼和青蛙和谐相处，栖息在莲叶之下的阴凉处。一会儿，蜻蜓和鸟儿又飞向远方，转眼不见，鱼儿也潜入水底觅食去了，耳边不时传来蛙鸣和着树上的蝉鸣。夏风吹来，开满莲花的水面一下子清幽生动起来。古人把六月称为"荷月",真是极雅!盛夏有荷,这是季节的恩赐。人们爱荷,那是精神的皈依。

从植物学的角度看,莲和荷是有所区别的品种。但在日常生活中,人们总把莲和荷等同。荷也被称为活化石,在黄河、长江流域及北半球的沼泽湖泊中生长了九千多年,曾为原始人类的出现提供食材。随着新石器时代农耕文化的出现,西周时就有莲荷从野生状态种植到田间池塘的记载。荷花不枝不蔓,圣洁美丽,从《诗经》到《离骚》,中国传统文化对莲花的人格化寄托与起源于印度的佛教中莲花的意象有相通之处。故此,在中西方文化意义上,莲荷也等同。佛祖释迦牟尼把莲花放在崇高神圣的地位,佛教圣花为"莲花",佛国称"莲界",袈裟称"莲服",佛祖被称为"莲花王子"。我国最早的诗歌总集《诗经》中,对荷花的描写就非常青春。"山有扶苏,隰有荷华。不见子都,乃见狂且。"(《郑风·山有扶苏》)"扶苏"指枝叶繁茂的大树。"隰"(xí)指低洼的湿地。"荷华"就是荷花。先秦时代生态环境很原始,人的精神也少禁锢。山上覆盖着森林,水塘开满荷花。我没遇见那位翩翩少年,却看到一个浪荡狂傲的家伙。"彼泽之陂,有蒲与荷。有美一人,伤如之何?"(《国风·泽陂》)溪流堤岸旁,长满蒲草和美丽的荷花。有位英俊少年,让我思念不已。盛开在《诗经》里的这些荷花,据考证生长在古陈州(今河南淮阳),此地相传是东夷部落首领太昊伏羲氏都宛所在。伏羲氏在这里始正姓氏,中华姓氏自此肇始。故此,人祖伏羲乃万姓之根,古陈州是万姓之源。后炎帝神农氏继都之,曰"陈"。西周时,封陈国,辖十三邑。春秋末,陈被楚国所灭。确实,今天淮阳满城仍开遍荷花。

莲荷无尘无垢,美丽雅致,如少女含羞的脸庞。荷叶碧绿舒展,亭亭玉立,似少女身着的罗裙。从《诗经》开始,莲荷一直成为青春和爱情的意象,到六朝梁武帝父子带头创作《采莲曲》达到极致。"青荷盖绿水,芙蓉披红鲜。下有并根藕,上有并头莲。"(晋·乐府《青阳渡》)"江南莲花开,红光覆碧水。色同心复同,藕异心无异。"(梁·萧衍《夏歌》)"锦带杂花钿,罗衣垂绿川。问子今何去,出采江南莲。辽西三千里,欲寄无因缘。愿君早旋返,及此荷花鲜。"(梁·吴均《采莲》)郎君你快回来呀,不然,我就像那鲜艳的荷花很快就凋谢了。"灼灼荷花瑞,亭亭出水中。一茎孤引绿,双影共分红。色夺歌人脸,香乱舞衣风。名莲自可念,况复两心同。"(隋·杜公瞻《咏同心芙蓉》)"荡舟无数伴,解缆自相催。汗粉无庸拭,风裙随意开。棹移浮荇乱,船进倚荷来。藕丝牵作缕,莲叶捧成杯。"(隋·殷英童《采莲曲》)诗中男女相恋、青春欢畅的画面,让人心旌摇荡。

采莲是江南夏日重要的活动，自古就有。尤其是南北六朝时，把采莲作为一个盛大节日，皇帝带头，全民狂欢，给红男绿女提供相识相爱的机会。文学发烧友梁武帝萧衍父子与民同乐，擅写《采莲曲》，后人多模拟这一诗歌体裁，表达抒情欢快的场面和心情。"于是妖童媛女，荡舟心许。鹢首徐回，兼传羽杯。櫂将移而藻挂，船欲动而萍开。尔其纤腰束素，迁延顾步。夏始春馀，叶嫩花初，恐沾裳而浅笑，畏倾船而敛裾。"（梁·萧绎《采莲赋》）少男少女们出门采莲，荡着小船，唱着情歌，吸引着岸边的行人驻足观赏，春心欲动。这是一个采莲狂欢嘉年华，更是一个多情风流的季节。

有爱恋就有思念，思念的忧伤是心灵深处的柔软表达，哀婉动人。"开门郎不至，出门采红莲。采莲南塘秋，莲花过人头。低头弄莲子，莲子清如水。置莲怀袖中，莲心彻底红……海水梦悠悠，君愁我亦愁。南风知我意，吹梦到西洲。"西洲并不遥远，相见总是很难。怀春少女满心欢喜去开门，却不见情哥哥回来。只好出门去采莲，看到莲花并蒂，更为忧伤。这首著名的《西洲曲》美丽缠绵，上世纪七十年代末，我在中学《语文》课本里初次读到。那正是爱幻想的年纪，我坐在教室里，思绪飞向江南的荷塘，想象着莲花和女子美好的样子，不能聚精会神听老师讲解，一节课恍恍惚惚而过。"江南可采莲，莲叶何田田。鱼戏莲叶间。鱼戏莲叶东，鱼戏莲叶西，鱼戏莲叶南，鱼戏莲叶北。"这首无名氏所作的汉代乐府民歌《江南》，可谓是采莲诗的鼻祖，质朴率真，不事雕琢，吟唱起来，独特的审美意趣确属天籁。"涉江采芙蓉，兰泽多芳草。采之欲遗谁，所思在远道。还顾望旧乡，长路漫浩浩。同心而离居，忧伤以终老。"（汉·佚名《涉江采芙蓉》）在流传至今的《古诗十九首》中，这首女子与男子的对歌式吟唱，情绪忧伤感人。

由此可见，我国最早的咏荷诗是从男欢女爱开始的。男欢女爱是人性的本能情感，青春期的爱情诱惑纯洁美好如莲花般，满眼花红柳绿，两情相悦久长。"若耶溪傍采莲女，笑隔荷花共人语。日照新妆水底明，风飘香袂空中举。岸上谁家游冶郎，三三五五映垂杨。紫骝嘶入落花去，见此踟蹰空断肠。"（李白《采莲曲》）女为悦己者容，采莲女精心打扮，岸边柳荫深处藏着公子哥们，他们在偷听少女们斗嘴嬉笑。李白只能骑马匆匆而过，有些伤感，正如他对青春和仕途理想的失望。"荷叶罗裙一色裁，芙蓉向脸两边开。乱入池中看不见，闻歌始觉有人来。"（王昌龄《采莲曲》）"菱叶萦波荷飐风，荷花深处小船通。逢郎欲语低头笑，碧玉搔头落水中。"（白居易《采莲曲》）这三首诗画面感和意境相似，皆用比兴和双关技法，"莲"谐音"怜"或"恋"，象征情爱。游鱼戏水莲叶间，喻男女鱼水之欢，或指劳动中相互爱慕的场景，格调清新，活泼健康。莲花、荷叶、小船、俊男、靓女、歌声、笑声、碧水、游鱼等元素，相互组合映衬出动人画面。采莲人在湖中泛舟穿梭，一人唱歌，众人相和，浓郁的江南生活气息扑面而来。其实，这如闻其声、如临其境的画面，何尝不是我们每个人对青春梦想的追忆呢？

回忆总是美好，只是当时惘然。"碧荷生幽泉，朝日艳且鲜。秋花冒绿水，密叶罗青烟。秀色空绝世，馨香谁为传？坐看飞霜满，凋此红芳年。结根未得所，愿托华池边。"（《古风》）李白一生都在做梦，四十多岁时仍走在梦想的路上。他自比荷花般鲜艳，叹息怀才不遇，希望皇上重用自己，到宫廷瑶池边施展才华，但他始终找不到扎根的地方。"涉江玩秋水，爱此红蕖鲜。攀荷弄其珠，荡漾不成圆。佳人彩云里，欲赠隔远天。相思无因见，怅望凉风前。"（《折荷有赠》）李白这枝鲜艳的荷花，想自己折下来赠给值得托付的唐玄宗，可没有机会。高堂明镜悲白发，朝如青丝暮成雪，在秋风里惆怅叹息。李白如荷花般美艳，却缺乏扎根污泥的精神，悲剧命运不可避免。他的好朋友孟浩然就比他务实些。"山光忽西落，池月渐东上。散发乘夕凉，开轩卧闲敞。荷风送香气，竹露滴清响。欲取鸣琴弹，恨无知音赏。感此怀故人，中宵劳梦想。"（《夏日南亭怀辛大》）李白为自身命运悲怀，孟浩然思念远方的故人。夕阳落下，月亮升起，推开窗户，夜风送来荷花的沁香，竹叶露珠滴答作响。此地甚好，有无知音欣赏已不重要，还是做个好梦吧。孟浩然一生仕途不顺，隐居家乡，寄情山水，李白很佩服他的心态，"吾爱孟夫子，风流天下闻。红颜弃轩冕，白首卧松云"（《赠孟浩然》）。孟浩然这首月下思故人诗，与一千二百多年后朱自清先生的《荷塘月色》意境颇为相似。

诗人在不同的人生阶段或不同的境遇之下，对荷花的心理感受和寄托皆有不同。"都无色可并，不奈此香何。瑶席乘凉设，金羁落晚过。回衾灯照绮，渡袜水沾罗。预想前秋别，离居梦棹歌。"（《荷花》）世上没有一种花儿的颜色，可以和荷花相比。荷花的清香是世间所有的花儿都无法可比的。傍晚，在荷塘边的绿荫处铺一张席乘凉。我们俩漫步在荷香里，不觉露水沾湿衣袜。一想到秋日荷花凋谢，我们将要离别，只能在梦中寻找你，我心中忧伤。这首诗是李商隐和王茂元的女儿恋爱时所写。荷花之美，比不上情人眼里出西施。此时的李商隐，对未来充满期待。"竹坞无尘水槛清，相思迢递隔重城。秋阴不散霜飞晚，留得枯荷听雨声。"（《宿骆氏亭寄怀崔雍崔兖》）庭院里水清竹秀，清幽雅静。此地与崔氏二兄弟居住的长安远隔千山万水。秋雨打在枯荷上，那声音更添些忧愁。李商隐的忧郁气质被雨水打湿，压抑是他生命的底色。"世间花叶不相伦，花入金盆叶作尘。

惟有绿荷红菡萏，卷舒开合任天真。此花此叶常相映，翠减红衰愁杀人。"（《赠荷花》）即使这首诗是写给新婚妻子的，可在李商隐心中，栽种在金盆里的莲荷，鲜花也好，翠叶也罢，最终都逃不脱零落成泥碾作尘的命运，如同自己的婚姻和爱情。李商隐缺乏政治敏锐性，迎娶"牛党"骨干王茂元的女儿，得罪了恩师"李党"骨干令狐楚父子，一生夹在"牛李党争"中，两头不落好，左右不是人，郁郁不得志。妻子过早病故，自己英年早逝。"荷叶生时春恨生，荷叶枯时秋恨成。深知身在情长在，怅望江头江水声。"（《暮秋独游曲江》）深情如同江水滔滔不绝，可惜洗不去痛苦的眼泪，想要解脱到莲界净土，那怎么可能呢？"苦海迷途去未因，东方过此几微尘。何当百亿莲花上，一一莲花见佛身。"（《送臻师》）李商隐对莲花心理感受的变化，映射出他一生的悲剧命运。

面对莲荷，南唐中主李璟比李商隐更痛彻心扉，因为他失去的是江山。"菡萏香销翠叶残，西风愁起碧波间。还与韶光共憔悴，不堪看。细雨梦回鸡塞远，小楼吹彻玉笙寒。多少泪珠无限恨，倚栏杆。"（《浣溪沙》）李璟面对荷花凋谢，香消玉殒，残叶满塘，悲伤在碧波间流淌。独倚栏杆，不堪回首，只有泪恨交加。李璟一生骄奢淫逸，国力下降，淮南和江北被后周掠去后，他从金陵被赶到南昌，不久死在这里，享年四十六岁。李璟不是一位称职的皇帝，却是一位优秀的诗人，他的儿子李煜亦如此。一代词君无愧是，奈何生在帝王家。晚唐时期的诗人陆龟蒙则不同，他一生进士不第，做一位农学家，自号江湖散人，曾为湖州、苏州刺史的幕僚。陆龟蒙与李商隐性格迥异，常以白莲自喻，精神自由独立。"素葩多蒙别艳欺，此花端合在瑶池。无情有恨何人觉，月晓风清欲堕时。"（《白莲》）人们都喜爱艳丽的红荷，素雅的白莲很少有人欣赏。其实，冰清玉洁的白莲，最应该生长在仙境瑶池里，她那纯洁之色、婷婷仪态，在晓月清风之下美丽绝伦。

大都好物不坚牢，彩云易散琉璃脆。青春短暂，情爱难久。美好的时光就像这水中莲花，转眼飘零成泥，"荷月"美好的记忆也会转眼成梦，而莲藕却在污泥的黑暗中，默默地蓬勃生长。夏去秋来，莲藕长成。那些《采莲曲》中的少男少女们，或许已成为黝黑壮硕的中年采藕汉子或半老徐娘。平凡的生活把每个人磨砺成一副沉默憨厚的模样，而个体生命应该像扎根在泥水里的莲藕般，不动声色，洁身自好，为人类奉献出有用的"美味"。

诗言志。莲荷出淤泥而不染，但莲花和荷叶终将凋谢。表面的光鲜过后，还有莲蓬中的莲子和污泥下的莲藕在。莲藕酝酿出人间烟火中的美味，莲子修炼成清热解毒的良药。这就是莲荷的本心。"勿言草卉贱，幸宅天池中。微根才出浪，短干未摇风。宁知寸心里，蓄紫复含红。"（《咏新荷应诏》）南北朝时，沈约自比新荷。他初出茅庐，低贱如草，一旦得到皇帝的恩泽，内心热烈，才华尽露，创造出万紫千红的未来。据《梁书·沈约传》载：沈约幼年时因父亲被杀，被迫流浪他乡。"笃志好学，昼夜不倦""遂博通群籍"。后来进入皇宫，官至步兵校尉、校四部图书。历仕宋、齐、梁三朝，封侯拜相，果然"蓄紫复含红"。

"秋至皆空落，凌波独吐红。托根方得所，未肯即从风。"（隋·弘执恭《秋池一株莲》）深秋，天地萧瑟，唯有那枝红芙蓉傲然挺立，深深地扎根在污泥之中，从不随风摇摆，如同一个人的气节。"有美不自蔽，安能守孤根。盈盈湘西岸，秋至风露繁。丽影别寒水，浓芳委前轩。芰荷谅难杂，反此生高原。"（《木芙蓉》）唐朝的柳宗元被贬湖南永州期间，移植一棵旱芙蓉到房前，不再把它和水中的荷花相比，孤芳自赏。白居易被贬江州后也是如此，不过他自比的是一株寺院里的白莲花。"东林北塘水，湛湛见底清。中生白芙蓉，菡萏三百茎。白日发光彩，清飚散芳馨。泄香银囊破，泻露玉盘倾。我惭尘垢眼，风此琼瑶英。乃知红莲花，虚得清净名。夏萼敷未歇，秋房结才成。夜深众僧寝，独起绕池行。欲收一颗子，寄向长安城。但恐出山去，人间种不生。"（《东林寺白莲》）元和十年（815 年），白居易四十三岁，因在宰相武元衡被刺杀一案中越权多嘴多舌，被贬为江州司马，在此地经常和东林寺的僧人交往，修禅悟道，人生态度开始转变为圆融滑头。被尘世迷住的双眼，看到这洁白如玉般的白莲，才知道那红艳的荷花太浮躁，徒有虚名。我多想米一颗莲子，寄到遥远的长安城，却担心她水土不服，无法成活。白居易向往寺院里的隐逸生活，仿佛进入佛门境界。仕途金钱文章和名声等，才是如红莲般诱人的"虚得清净名"。事实上，白居易一生很在乎这些"虚名"。他一生名利双收，安逸长寿，终于活成了笔下的"红莲"般光鲜模样。

"根是泥中玉，心承露下珠。在君塘下种，埋没任春蒲。"（《莲叶》）别人都自比红荷、白莲，晚唐时期的诗人李群玉却自比荷叶。红花还须绿叶扶，荷叶的根就是扎在泥土中的玉石，荷叶的圆心承接着清洁的露珠。荷叶无语无争，在池塘里任由野生的水草将它淹没。这是一位智者的慧根和境界。

北宋嘉祐八年（1063 年），理学家周敦颐应邀参加一次文人雅集。席间，大家喝酒论诗，兴致很高。酒后周敦颐一气呵成，挥笔而就著名的《爱莲说》，铸就莲花的"君子"形象。"水陆草木之花，可爱者甚蕃。晋陶渊明独爱菊，自李唐来，世人甚爱牡丹。予独爱莲之出淤泥而不染，濯清涟而不妖，中通外直，不蔓不枝，可远观而不可亵玩焉。予谓菊，花之隐逸者也；牡丹，花之富贵者也；莲，花之君子者也。噫！菊之爱，陶后鲜有闻，莲之爱，同予者何人？牡丹之爱，宜乎众矣。"从此，莲花与梅花一样，成为文人士大夫内心精神高洁的象征，"君子"形象不断被强化和固化，坚守在中国传统文化的历史长河中。

莲荷年年盛开，其形象和品质已深入到中国人的日常生活和精神世界里，被异化为诗意的道德范式。"浸得荷花水一盆，将来洗面漱牙根。凉生须鬓香生颊，沉麝龙涎却是村。"（《山居午睡起弄花》）南宋时，杨万里为人正派，政治主张抗金。晚年，退隐故乡田园，甘守清静，爱莲咏荷，从"小荷才露尖尖角，早有蜻蜓立上头"到"接天莲叶无穷碧，映日荷花别样红"，再到"芙蕖落片自成舠，吹泊高荷伞柄边。泊了又离离又泊，看他走遍水中天"（《泉石轩初秋乘凉小荷池上》）。杨万里出生在江南，终生从没有到过淮河北岸的中原。他时常在江南夏季梅雨里，梦想着昔日汴京御花园里的荷花盈盈。在杭州，见识过临安城的繁华如梦，富贵如浮云般飘忽不定。他明白在故园用荷花浸泡的清水，最能洗净那颗疲倦浮躁的心灵。正直且人生坎坷的文人士大夫最爱与莲荷结缘。"夏月，荷花初开时，晚含而晓放。芸用小纱囊撮茶叶少许，置花心，明早取出，烹天泉水泡之，香韵尤绝。"（《浮生六记》）浮生若梦，为欢几何？在杨万里去世六百多年之后，清代的沈复两口子别出心裁，用荷花茶慰藉内心。沈复一生坎坷，与妻子芸娘感情甚笃。芸娘最懂他，夏日一起品味荷花蕊里侵染的茶香，这与杨万里用荷花水洗脸一样有异曲同工之妙，都是在用荷花"出淤泥而不染，濯清涟而不妖"的道德精神自我反省，映照初心。

草木有本心，何求美人折！中国几千年的传统文化，一花一草都被赋予人格化的道德标杆和情感寄托，花草也因此超越荣枯，获得永恒，永远摇曳在华夏民族丰富多彩的精神世界里，成为今天文化繁荣和文化自信的根基。

从圆明园莲花节回来，我顿悟出莲荷对个体生命的借鉴意义。人生如莲，莲如人生。盛夏，初开的莲花鲜艳美丽，如青春欢畅情爱长；夏末，盛开后的荷花凋落流水红，如人到中年的苦涩失意忧伤；秋来，待到枯荷满塘西风起，仍有莲子甘苦自知藕丝连，正如人生暮年的收获与圆满。

门对寒流雪满山

北京城的大雪已停两天，积雪满天坛，雪霁更好看。今日气温极冷，天气预报最低温度为零下十六度，是北京几十年来未曾遇见过的。自从上周三开始飘雪始，有关部门要求中小学生及幼儿园孩子居家上网课，尽量减少外出活动。行政单位的职工一是可选择在家线上办公，二是可以实行弹性上下班。如此，真是大人小孩两相欢，但有不少人家却是"两相愁"，家中的"小神兽"们很不好管，三年疫情期间居家上课的经历已接受考验，很多人希望正常的工作生活秩序不要被一场大雪所打乱。也难怪，曾记得二十世纪六七十年代，我们还是少年时，广播报纸、学校里的老师以及家长们经常教育我们说，世界是你们的，你们就像早晨八九点钟的太阳一样，千万不要做温室的花朵，一定要到大风大浪中经风雨见世面，锻炼成钢。冬天，每天早晨天还没亮，我们顶着凛冽的寒风，踏着没膝的大雪去上早自习，没有取暖设备的教室里如同冰窖。放学后，结伴在冰上打陀螺，有小伙伴滑倒摔个四仰八叉，大家手指着他拍手叫唤嘻哈大笑。有不少小朋友的手脚耳朵都冻裂成疮，春天一暖和就痒得要命，家长从来不管不顾我们，任由孩子们在乡村野蛮生长，欢喜漫天雪，乐玩忘吃饭。我也是其中的一位。

今天为周末，我漫步在天坛公园里，白雪厚积在古松柏下或松枝上，衬托出青松的骄傲深绿色。旧宫殿的红墙绿瓦，雕梁画栋，在层层白雪的装扮之下，柔美里透着沧桑肃穆。天坛公园游人稀少，静寂凛冽，我忽然从中小学生因雪居家上课联想到北宋"程门立雪"的故事。

北宋时，有位学生叫杨时，特别爱学习，曾在著名的理学家程颢门下求学。程颢去世后，转到程颢弟弟程颐的伊川书院深造。有一天，杨时和同学游酢一起向程颐请教问题时，看到老师正在屋中午睡，怕打扰老师的清梦，就一直静立门口。这时，天上飘着鹅毛大雪，两人就一直站在门外等程颐醒来。程颐为此深受感动，倾心教导。杨时果然不负众望，于北宋熙宁九年（1076年）进士及第，后来积极传承二程理学，历任徐州、虔州司法和浏阳、余杭、萧山等县知县，后累迁工部侍郎、龙图阁直学士等职，终成北宋著名的哲学家和文学家。我想假如换到今天，杨时的父母可能会到教育部门告程老师虐待学生一状吧？不过，这种担心也是多余，现在的学生都很聪明，要么礼貌地唤醒老师，要么早就跑回家取暖，谁会站在大雪之中久久不去呢?

这就是古人和今人的不同。今人习惯在大雪天躲在有暖气或空调的房间里,看电视刷抖音网购吃喝打牌吵架睡觉。古人不会,古人没这种条件,也不是此类情怀和性格,在冰天雪地里,他们的身影仿佛也被冰冻成雕像般。

"昔我往矣,杨柳依依。今我来思,雨雪霏霏。行道迟迟,载渴载饥。我心伤悲,莫知我哀。"(《诗经·采薇》)大雪飘飞的时节,这位在北方戍边打仗的士兵,冒着风雪跋山涉水,终能返回故乡,他足够幸运。而唐代的戍边士兵,依然坚守在漫天风雪中。

"边城十一月,雨雪乱霏霏。元戎号令严,人马亦轻肥。羌胡无尽日,征战几时归。"(唐·高适《蓟门行》)古时的蓟门地区,就在现在的北京周围。农历十一月,幽燕之地雨雪交加,银装素裹,寒潮来临,比现在更冷,战士能猫在营帐里不出来巡逻吗?绝对不行,将帅号令如山倒,不把胡虏敌人消灭光,誓不罢兵归故乡。"海畔风吹冻泥裂,枯桐叶落枝梢折。横笛闻声不见人,红旗直上天山雪。"(唐·陈羽《从军行》)可这鬼地方实在太冷啊!但再艰苦也要坚持到胜利,不辱战士的使命。

"天山一丈雪,杂雨夜霏霏。湿马胡歌乱,经烽汉火微。丁零苏武别,疏勒范羌归。若看关头下,长榆叶定稀。"(唐·李端《雨雪曲》)比蓟门之地还要远的天山上,终年积雪不化,冰川有一丈多厚。北方山地气候更寒冷恶劣,暴风雪和雨夹雪打湿行进中的马匹,北方胡虏曾高亢嘹亮的歌声也变得凌乱呜咽。雨雪把烽火台上那连夜不熄的烽火浇得快熄灭了,忽明忽暗的如鬼火般。想想苏武在此地牧羊,真想不出他是怎么熬过来的?对此地的恶劣气候,岑参却抒发出别样的情怀。

"北风卷地白草折,胡天八月即飞雪。忽如一夜春风来,千树万树梨花开。散入珠帘湿罗幕,狐裘不暖锦衾薄。……轮台东门送君去,去时雪满天山路。山回路转不见君,雪上空留马行处。"(唐·岑参《白雪歌送武判官归京》)岑参作为战士,在北方守边。大雪飘飞,仿佛一夜之间,春风吹开千万枝的梨花。在这极寒天气里,岑参很够哥们意思,仍送好朋友老武回京,自己却留在边塞军营继续征战。看着马蹄留下的行行印痕,转眼间就被雪花遮盖,天地间一片苍茫,仿佛从来没有人来过。说到送别,唐代高适的《别董大》也是在漫天飞雪中进行的。"千里黄云白日曛,北风吹雁雪纷纷。莫愁前路无知己,天下谁人不识君?"朋友冒雪执手相送,情谊温暖留在心头,这不由得让我想起汉代《古诗十九首》中的场景。"步出城东门,遥望江南路。前日风雪中,故人从此去。我欲渡河水,河水深无梁。愿为双黄鹄，高飞还故乡。"我们不知道这首诗的作者是谁，也不知道那位远走天涯的故人是谁？但在风雪之中，故人远去的背影在心中从来不会消失。

古代的戍边战士不惧怕风雪，古代的文人骚客也很喜欢风雪漫天。

大雪在《诗经》里飘飞几千年，既美丽，又哀伤。"雨雪霏霏""雨雪其雱"，有冷寒苦痛，也有浪漫温柔。东晋时，美女加才女谢道韫以"未若柳絮因风起"比喻雪花，回答谢太傅"白雪纷纷何所似"之问，赢得"咏絮之才"的美誉，她最终成为王羲之的儿媳妇，但她与王凝之两人缺少共同语言，婚后生活并不幸福。而王羲之的另外一个儿子王子猷潇洒浪漫，曾留下"雪夜访戴"的经典故事。"王子猷居山阴，夜大雪，眠觉，开室，命酌酒，四望皎然。因起彷徨，咏左思《招隐》诗。忽忆戴安道。时戴在剡，即便夜乘小舟就之。经宿方至，造门不前而返。人问其故，王曰：'吾本乘兴而行，兴尽而返，何必见戴？'"(《世说新语》)

也只有魏晋时期这些门阀贵族子弟，才能玩出如此高雅风流的无用之事。东晋有"雪夜访戴"的典故，前期的东汉也有"袁安卧雪"的故事，但是格调不同。据《后汉书·袁安传》记载，袁安年轻时家境贫寒，生活十分清苦，但为人庄重威望高。客居洛阳时，某年大雪，地上雪深丈余，洛阳令在城中巡查灾情，见别人家都在门口外铲雪，路上满是乞讨之人，只有袁安柴门紧闭，院外大雪未扫，本以为袁安早已冻死，命人扫雪清道后，推门入室，只见袁安僵卧在床。县令问其为何不出门清路讨饭，袁安道："大雪，人皆饿，不宜干人。"他觉得既然大家都饿着，不愿与其他人争吃的，把活路让给别人吧。县令认为他有贤德，便推举他为孝廉。到汉明帝时，袁安历任楚郡太守、河南尹。后来，又历任太仆、司空、司徒等职，一生以严明正直著称。那一场大雪，彻底改变了袁安的仕途命运。这件事，被唐代的王维写进诗里。

寒更传晓箭，清镜览衰颜。
隔牖风惊竹，开门雪满山。
洒空深巷静，积素广庭闲。
借问袁安舍，俤然尚闭关。(王维《冬晚对雪忆胡居士家》)

大雪之夜，深夜五更时最冷。作者寒夜被冻得醒来，见窗外雪色微明，残夜在铜壶水里缓缓消失。唐代王湾那句"海日生残夜，江春入旧年"说得真好，一年又是一年，人在铜镜里慢慢老去。窗外的竹子被北风吹得飒飒作响，晨起推开门，撞见白雪满深山。巷子清幽，庭院闲寂，我忽然想起一位故人，就是家境贫困的胡居士。胡居士信佛而在家修行，隐居处距离王维并不远，两人交往不断。以前，王维曾写有《胡居士卧病遗米因赠》诗："居士素通达，随宜善抖擞。床上无毡卧，镉中有粥否。斋时不乞食，定应空漱口。聊持数斗米，且救浮生取。"胡居士生活贫困，王维及时资助米面粮油，并借"袁安卧雪"的典故，称赞胡居士固穷守志。王维从中年起就半官半隐在终南山辋川别业里，陶醉在山水中，坐看云起时，修佛写诗绘画，生活富足悠闲，把给朋友"雪中送炭"的事情写得这么"雅"，也是站着说话不腰疼。对风雪中穷人真正关心的，除杜甫之外，还有唐代的张孜。

> 长安大雪天，鸟雀难相觅。
> 其中豪贵家，捣椒泥四壁。
> 到处爇红炉，周回下罗幂。
> 暖手调金丝，蘸甲斟琼液。
> 醉唱玉尘飞，困融香汗滴。
> 岂知饥寒人，手脚生皲劈。（张孜《雪诗》）

长安的大雪天，鸟雀都不见了。有钱的人家，住在热烘烘的用胡椒作泥涂墙的房子里，烤着火炉，唱着歌，出着香汗。可是，长安城里还有很多穷人吃不饱，穿不暖，手脚都被冻破了。张孜比王维想念胡居士的人情味，更悲悯慈善，富有同情心，也更具有现实批判精神。

作为"谪仙"的李白就不同了，他眼中的雪都是虚幻浪漫的，"燕山雪花大如席，片片吹落轩辕台"（《北风行》）。在雪中，他高兴得像个小孩子，只想到雪夜喝酒的酣畅。

> 地白风色寒，雪花大如手。
> 笑杀陶渊明，不饮杯中酒。
> 浪抚一张琴，虚栽五株柳。
> 空负头上巾，吾于尔何有。（《嘲王历阳不肯饮酒》）

这年冬天，正值大雪纷飞，李白游玩到安徽历阳县，县丞设宴招待他，王历阳即姓王的县丞，此诗即作于宴席间。李白豪兴万丈，欲举杯自己痛饮，与尔同销万古愁，嘲笑主人不肯饮酒。陶渊明有诗云："若复不快饮，空负头上巾。"陶渊明有一个习惯，因好酒成癖，随时用头巾滤酒，滤酒后头巾照样戴回头上。时人赞其真率，传为佳话。这样缺乏情绪自控力的李白，下次谁还愿意招待他呢？同为诗人，北宋苏轼就比他沉稳得多。

> 门外山光马亦惊，阶前屐齿我先行。
> 风花误入长春苑，云月长临不夜城。
> 未许牛羊伤至洁，且看鸦鹊弄新晴。
> 更须携被留僧榻，待听催檐泻竹声。（《雪后到乾明寺遂宿》）

满山白雪皑皑，世界仿佛一下子披上白衣，马儿也惊讶这天气的突然变化。苏轼赶紧抱着一床破被子来到乾明寺借宿，因为这里是最佳的赏雪之处。看到雪花如春花，一夜之间降临人间，到处皆一片光亮。欣赏着洁白的雪景，耳边传来鸟鹊在枝间的啼叫，真不忍心让牛羊来踩踏这洁净的雪野。今夜睡在乾明寺，躺在床上，辗转反侧，静听着积雪在竹间倾泻滑落的声音，心无尘念，甚妙也！苏轼被贬黄州，有心情和雅致赏雪。看来，苏轼已从"乌台诗案"的惊魂中安静下来，达观敏感的性情又回归灵魂。

"雨雪何霏霏，忧思何沈沈。沈忧不能寐，揽衣起长吟。长吟忽已久，雨雪忽已深。"（清·刘大櫆《杂诗八首·其八》）雨雪天最容易让人思绪纷飞，或许我是杞人忧天，从天坛公园散步回来，我一直在遥想古代的战士不惧风雪戍边战斗，古代的文人在风雪夜思念故乡亲人，或给朋友送去温暖，或做些风雅的乐事，留下关于大雪的浪漫诗情，传承至今，成为中国传统文化的一部分。"怪来诗思清人骨，门对寒流雪满山。"而今天呢，凡逢大雨暴雪就居家上课、尽量不出门的小朋友们，未来长大之后，还肯做，还会做这类风雪之中的事情吗？

但愿我的担忧是多余的。

雪夜忆白菜

进入寒冬，北京城连续两天大雪飘飞。

宫墙红，天地蒙，时闻竹折声。孩子不上学，欢喜雪莫停。近几年，京城冬天下雪的概率越来越小，人们盼望下雪的心情，如同农民伯伯种地遇到大旱，期盼天降甘霖。这一场大雪，让京城欣喜若狂。中午，我在单位食堂吃到大白菜炖猪肉豆腐粉条，这是少年记忆里雪天御寒的标配硬菜。雪夜无事翻书，一下子勾起我对大白菜的点滴回忆。

上世纪六七十年代的农村，大白菜是冬天家家户户的当家蔬菜。彼时，冬天下雪比现在要早要大，气温也冷很多。初冬早晨，阳光映照着田埂上的大白菜，白菜圆滚滚的，头上顶着晶莹剔透的霜花或积雪，闪着亮光，煞是好看。中午趁天暖抓紧收获，用镰刀从根部砍起，整堆码在地头上。生产队按户、人口和工分分配，每家分得大小不等的一堆儿。家长趁天黑之前用架子车拉回家，放在院里或院外，每棵大白菜站立着，整齐地摆放在菜窖里。白菜的根部仍需插在窖里专门铺上的浅土里，上面盖着玉米秸秆，秸秆上积着厚厚的雪，整个冬天都不会融化。这样大白菜就可以保鲜很长时间。

少年时代，记忆尤深的大白菜最寡淡无味吃法，就是菜帮子下在午饭杂面条里。本来，面条是用红薯干和豆面擀成的，一下到锅里就不成条状了，基本上成为面糊糊，因没有一点油星和其他食材，加上大白菜帮子后，清汤寡水，一点也不好吃。当然，如果白菜加点猪油炒一炒吃，那真是美味。如果再加上一些粉条和豆腐，则是家有吃商品粮的人家的白菜吃法。再加上一些海带丝、少许肥肉片子或小酥肉，那是县乡机关食堂的白菜吃法。我记忆中家里的白菜总是每天中午下到杂面条里吃，或偶尔有亲戚来，老娘炒盘醋熘白菜给客人下酒。当然，过年时，三十和初一也能吃到两顿白菜炖粉条加小酥肉。不过，过年时白菜还有一种特殊用途，就是用大白菜帮子垫在碗底里，上面放上肥瘦相间的猪肉片。这种"滥竽充数"的做法，好让客人看起来，眼前真的摆放着满满一大碗猪肉片，不由得食指大动。

俗话说，"萝卜白菜，各有所爱"。说实话，少年的我对这两样都不爱，我爱的是猪肉香。不过，我们确实是吃着每个冬天的大白菜、红薯和窝头逐年长大成人的，还是应该感谢这种最寻常的冬日蔬菜。萝卜白菜最养人，自古以来皆如此。

据载，大白菜在我国有着悠久的种植和食用历史。古时没有"白菜"之称，却有个非常雅致的名字，叫作"菘"。明代的李时珍曾引用宋代学者陆佃《埤雅》中的话："菘，凌冬晚凋，四时常见，有松之操，故曰菘，今俗谓之白菜。"意思是说，大白菜像松树一样，可以在冬天里傲雪生长。确实，能够在冬雪中生长的蔬菜并不多，起个雅号才般配。六千多年前，"菘"这种野生蔬菜还是十字花科植物的一个变种，被古代先民认识后，开始人工培育驯化种植。在选育过程中，匍匐在地上的大叶子逐渐紧密，最后长成厚实结球状的大白菜品种。

"菘"，其文字记录最早出现在南北朝时的《齐书·周颙传》里。周颙是河南人，南北朝时期，宋明帝虽昏庸残暴，却很喜欢周颙。有一次，宋明帝问周颙什么菜的味道最好，他回答道："春初早韭，秋末晚菘。"就是初春时节的韭菜和秋天的菘最好吃。周颙实际用意是劝谏宋明帝，最美的滋味就在最平凡的生活里，而不是满足骄奢淫逸、奢靡豪横的人性欲望。

南北朝齐梁时期的陶弘景亦云："菜中有菘，最为常食。"这充分说明此时大白菜已在我国的南北方广泛种植。"寒瓜方卧垄，秋菰亦满陂。紫茄纷烂熳，绿芋郁参差。初菘向堪把，时韭日离离。高梨有繁实，何减万年枝。荒渠集野雁，安用昆明池。"（南梁·沈约《行园诗》）沈约出身江东大族吴兴沈氏，为南北朝时期南梁的开国功臣，是著名的政治家和文学家。少时孤贫，左眼有两个瞳孔，腰上有颗紫色的痣，聪慧过人。"无人赏高节，徒自抱贞心。"（《咏竹诗》）这就是他自视清高的感叹。其父亲被诛杀后流亡，后遇赦。一生笃志好学，精通音律，终成大器。沈约家里有菜园可种植蔬菜，仲秋之季，冬瓜在地垄上卧着，茭白、茄子、韭菜等蔬菜果实正生长得茂盛。此时，就可种大白菜了。大白菜的秧苗有巴掌长，种下一两个月后，冬天就有肥美的蔬菜吃。园林中，树上已挂满梨子的果实，野塘边有大雁停留觅食。一个人，只要有片小小的田园就非常满足，何必像汉武帝那样，非要拥有种满奇花异草的昆明池呢？沈约回顾过往，这不是说种白菜，他是在抒发情怀。

到了唐宋时期，大白菜更是成为诗人们口中和笔下的常见蔬菜。"晚菘细切肥牛肚，新笋初尝嫩马蹄。"（韩愈《锦绣万花谷》）大白菜又称"秋菘""晚菘"。因为大白菜的最佳生长期是秋冬两季，比其他蔬菜都晚。唐朝的优质大白菜，也叫"牛肚菘"，很形象的比喻。大白菜叶子紧实且巨大，就像牛的胃，白而大，味道美。将大白菜细细切碎，放在汤锅里煮食，居然吃出了荤菜的鲜美，这是唐代大文学家韩愈在被贬任洛阳县令时的白菜吃法。有一年冬天，好朋友孟郊、卢仝来访，正值朔风呼啸，大雪飘飘，韩愈为接待这几位贫穷的诗人，把储藏的大白菜拿出来，生起炉火，将白菜细细切丝，加入沸汤内慢炖，再配上冬笋、荸荠等。煮酒论诗，谈笑风生，抵御住雪夜的寒冷。可惜，那时还没有将红薯引入国内，更无粉条，但不知韩愈是否舍得加上一点猪肉片、羊骨头？

唐代，不仅韩愈喜欢吃白菜炖锅，甘居陋室的刘禹锡也素喜吃白菜。有一次，其好友周载被罢渝州太守，将要返回鄞州时，刘郎说："只恐鸣驺催上道，不容待得晚菘尝。"（刘禹锡《送周使君罢渝州归鄞州别墅》）大意是挽留好友，你先别慌着走，我们要美美地吃顿大白菜，再骑马上路吧。刘梦得的大白菜吃法，或许和韩愈的火锅吃法相似。

北宋时，苏轼是一位著名的"吃货"。他在被贬谪到黄州、惠州期间，开垦田园，种植大白菜。"白菘类羔豚，冒土出蹯掌。谁能视火候，小灶当自养。"（苏轼《雨后行菜圃》）冬日煮大白菜，生怕别人火候掌握不当，浪费食材，他觉得还是自己亲自操刀比较好。大白菜的味道就像羊羔和河豚一样，肥美鲜嫩。有些白菜刚刚结出圆球，像动物的小手掌一样，萌萌的，招人喜爱。

"清言韵舌本，残雪著头颅。请说楚州菜，白菘如臂粗。"（北宋·吴则礼《同垌寄黄济川五首·其五》）北宋时，南北各地土壤气候不一，大白菜的口味也有异。吴则礼站在田野里写诗告诉好朋友老黄说，楚州的大白菜长得像胳膊一样粗，还能清热解毒，清咽利喉，好吃得很啊！"已是居无竹，那堪食一箪。烦君饷园茹，使我助盘餐。秀色春风早，甘肥晓露溥。美材今又阙，小摘更相宽。"（北宋·胡寅《谢赵戎惠白菘甚腆且再求之》）北宋的理学家、文学家胡寅生活不富裕，收到友人老赵送来的一棵大白菜，吃了之后还想吃。于是，他写诗再去乞求一棵：我住的地方没有竹子，更没有肉吃，枉为文人乎？真是可怜。你前几天送我的一棵大白菜，诱惑出我的馋虫。大白菜丰腴的样子，如秀色春风之美妙，那甘甜的味道，如同冬季里遇到阳光雨露滋润。请你马上再送我一棵吧！

不仅胡寅馋白菜，就连刘子翚也说：凉拌白菜丝，也真的好吃！"周郎爱晚菘，对客蒙称赏。今晨喜荐新，小嚼冰霜响。"（北宋·刘子翚《园蔬十咏·其六菘》）老周给我推荐的新鲜大白菜，白净可人，凉拌生吃，下酒吃粥，嚼起来如吃冰棍嘎嘎响，生甜脆美。"葱秧青青葵甲绿，早韭晚菘羹糁熟。"（黄庭坚《戏赠彦深》）就连黄山谷也爱这一口。

说到凉拌白菜丝下酒，不禁让我想起二十世纪八十年代初，我在北京农大读书时的故事。1982年秋我们刚入校时，大部分校园被军队从"文革"以后就占用着（"文革"期间，北京农大搬到陕北山沟里办学去了），几年之后才腾退，我们集体宿舍的后边就是部队的食堂，每天听到他们唱着嘹亮的歌曲开进食堂。这支军队每到冬天，便用军用大卡车运来很多大白菜，摆放在我们宿舍的墙根下。于是每天晚自习过后，寝室里总有两位同学结伴，每晚轮流去"拿"几棵大白菜。搬到宿舍后，把白菜帮子掰下来扔掉，用洗脸盆装凉拌白菜心，几个宿舍里的男生聚集在我们宿舍里，一起喝酒吃白菜心，顺便再给班里女生起外号。酒酣耳热之际，有的到楼道尽头的卫生间狂歌，有的或狂吐一尿池。那真是青春勃发、白衣飘飘的年代！如今永远逝去了。

　　一晃之间，进入人生之秋，当年一起吃白菜心喝酒的同学大都已退休。如今再见面，吃凉拌白菜丝胃疼，喝大酒更不行了。退出工作岗位后，只能种种白菜，躬耕小园，养生健身，或用白菜熬汤喝，食疗养颜，自得其妙。"先生馋病老难医，赤米廪晨炊。自种畦中白菜，腌成瓮里黄蕰。肥葱细点，香油慢焙，汤饼如丝。早晚一杯无害，神仙九转休痴。"（南宋·朱敦儒《朝中措》）如此这般，真是熬出生活好味道，如神仙般。南宋的朱敦儒颇有文名，却晚节不保，最后屈服于奸相秦桧。秦桧死后，他和儿子被人蔑视，孤独寂寞。或许，他也是从喝白菜汤中体会到生活平平淡淡才是真。

　　"此圃何其窄，于侬已自华。看人浇白菜，分水及黄花。霜熟天殊暖，风微旆亦斜。笑摩挑竹杖，何日挂还家。"（南宋·杨万里《菜圃》）杨万里家的小菜园虽狭窄，但生机勃勃，看着人家种白菜，莫如自己亲自整田栽种。"畦蔬甘似卧沙羊，正为新经几夜霜。芦菔过拳菘过膝，北风一路菜羹香。"（杨万里《至后入城道中，杂兴十首》）萝卜长得已赛过拳头粗大，白菜健壮高大得过膝了。北风一吹，阡陌之上，仿佛能闻到白菜羹的香味飘荡。"拨雪挑来踏地菘，味如蜜藕更肥浓。朱门肉食无风味，只作寻常菜把供。"（南宋·范成大《田园杂兴》）范成大当过参知政事大官，与杨万里、陆游、尤袤合称南宋"中兴四大诗人"，又称"南宋四大家"。范成大见过大世面，吃过山珍海味，后退隐苏州石湖别墅，过着悠闲的生活，体悟到冬天白菜的甜美，宛如白莲藕，细细品味，豪门深宅里的酒肉都比不上。"雨送寒声满背蓬，如今真是荷锄翁。可怜遇事常迟钝，九月区区种晚菘。"（陆游《菘园杂咏》）陆游也学习杨万里和范成大，头戴笠蓬，荷锄下地种白菜。

　　蒙元灭南宋后，元朝实现大一统，草原马背民族也学会种植大白菜了。金代大诗人元好问客居河南洛阳时，开荒种白菜，他曾写道："老盆浊酒，便当接田父之欢；春韭晚菘，尚愧夺园夫之利。"他的一位好友也种白菜自食，遂赋诗赠之："韭早春先绿，菘肥秋未黄。殷勤绕畦水，终日为君忙。"（元好问《洛阳高少府瀍阳后庵》）白菜，既安慰味蕾，也抚慰心灵。

雪夜忆白菜，想起那句俗话来："百菜不如白菜。""鱼生火，肉生痰，白菜豆腐保平安。"清代著名的文学家兼美食家李渔，在其所写的养生经典著作《闲情偶寄·饮馔部》中云："菜类甚多，其杰出者则数黄芽。""食之可忘肉味""物之美者，犹令人每食不忘。"北方的大白菜菜心呈金黄色，又称"黄芽菜"，可见，人们对白菜的钟爱。

总之，白菜，既是冬日蔬菜，又是情怀所寄。

槐树青青槐花白

北京明城墙遗址公园在东二环内的马路边，面积不大，只有狭长弯曲的一条长路。说它是公园，其实很勉强。但一旦沾上明、清两个朝代的历史，时光沉淀下来的沧桑感，在城墙旧砖上忽隐忽现，很诱惑人心。居住在附近的男女老少，早晨或晚饭后，总把这里当成健步锻炼的乐园。当然，我也喜欢来此遛弯儿。

古老的城墙之下，种植最多的有两种树：一种是梅，另一种是槐。

初春时节，古城墙下，弯道两边的上千棵梅花树次第开放，姹紫嫣红，幽香浮动。这里的梅林逐渐成为京城的著名景观。东城区政府每年都要在这里举办"梅花节"，紫陌红尘拂面来，无人不道看花回。游客络绎不绝，摩肩接踵，兴奋异常。

人间四月芳菲尽。"谷雨"过后，梅花零落成泥碾作尘，幽香四散。不知何时，无人关注的大槐树枝干上，开始冒出新绿。转眼之间，每一棵古槐就绿荫如盖了。

我站在古槐树下，回忆梅花盛开之时，那些古老粗大的槐树枝干黑色如铁，弯曲如虬龙，伸向天空。数围合抱的树身，在古老的明城墙下巍然屹立，肃穆沉寂，见证着古老北京的风雨沧桑。春去夏来，那些看似干黑枯朽如炭的枝条上，挂满稠密的叶片。一群群的鸟儿在上面叽叽喳喳，飞来飞去。紧接着，一串串槐花色白如玉，在绿叶间倒垂下来，相互簇拥着在风中摇荡，吐露着和梅花一样的清香。凡是步行到古槐周围的游人，不由自主地停下脚步，伸着或高或低的鼻子，大嗅一阵说：真香啊！

是的，大自然踏着不变的节奏，款款而来。"春梅凋尽槐花开，清香浮动魂未改。乡野遍植迎风长，绿荫浓郁风雨裁。世间喜逐桃梨色，节律错踏不悔来。遥看繁枝一树雪，烹蒸酌酒慰心怀。"（《咏槐花》）这就是我对槐花的赞赏。赏梅的人们早已散去，对古老大槐树上开出的串串花朵，没有谁去刻意欣赏。因为它们开放得太繁太多、太平凡普通了。槐树，历来不需要人们额外翻土、施肥、除草、喷药，不需要剪枝打杈，任其在河岸地头、庙宇寺院或乡村小院里野蛮生长。在不经意间就枝繁叶茂，几十年成为参天大树。槐花，没有惊艳的色彩，也没有新奇的花形，像野花、野草一样，开得满树都是，遍地幽香。

说起赏梅，古往今来有那么多的高雅诗词歌赋和文人故事。但说起品赏槐花，那岂不是土得掉渣，让人笑话？"黄昏独立佛堂前，满地槐花满树蝉。"唐代的白居易也只是听到蝉鸣寺更幽，却把槐花踩到脚下，一点儿也不怜惜。其实，古人所说的槐树是国槐，有着更为特别的意义。

国槐是我们先祖最喜欢的树种之一，因为它象征着好运，槐树代表着"禄"。从栽植历史看，早在先秦时，国槐已成为官方最早选定的绿化树种之一，是后世皇家宫苑内必须种植之树。故此，国槐又有"宫槐"的别称。朝廷要种三槐九棘，公卿大夫坐于其下，按照秩序，面对三槐者为"三公"。魏晋时代，繁钦写有《槐树诗》曰："嘉树吐翠叶，列在双阙涯。旖旎随风动，柔色纷陆离。"诗中称槐树为"嘉树"，是最好的树！

北宋初年，兵部尚书侍郎王祐文章写得极好，做官也很有政绩。他相信王家后代必出公相，便在院子里种下三棵槐树为证。景德三年（1006年），儿子王旦果然做了宋真宗的宰相。王旦虽其貌不扬，但为官清正廉洁，知人善任，敢于担当，和寇准关系很好。景德元年（1004年）秋天，在辽宋大决战中，当寇准极力建议并跟随宋真宗御驾亲征澶渊时，宋真宗便委托王旦留守京城开封。可见，真宗对他足够信任。王旦果然不负众望，掌权十八载，为相十二年，死后极尽哀荣，谥号"文正"。同时代的王禹偁评价他："以雄文直气扬其父风，以儒学吏才张为国器。"范仲淹也点赞道："王文正公旦为相十二年，人莫见其爱恶之迹，天下谓之大雅。"后来，王旦的儿子王素邀请欧阳修撰写了《王旦墓志铭》。当时，汴京人称"三槐王氏"，王家建了一座"三槐堂"。再后来，王旦的孙子王巩邀请老师苏轼撰写《三槐堂铭》。为此，苏轼深情地写道：做人要像王旦一样，公平公正，为人善良，因果福报。你当下的所作所为，上天和槐树都能够看到。即使你这一代或许得不到老天的关照，但你的良善行为一定会恩泽到家族的后代之后代，子子孙孙无穷尽也，总会得到福报的。王家就是最好的例子！苏轼感叹道："王城之东，晋公所庐；郁郁三槐，惟德之符。呜呼休哉！"

这样的示范效应很显著。开封乃至中原和华夏各地，家家户户都在自家院落内种植槐树，成为一种民俗风尚和家族祈盼。人们面对大槐树，寄托着更多的情感和希望，生发出不同的人生感悟，也就不足为奇了。"槐树层层新绿生，客怀依旧不能平。自移一榻西窗下，要近丛篁听雨声。"（北宋·陈与义《纵步至董氏园亭三首》）。"庭前槐树绿阴阴，静听玄蝉尽日吟。枕簟虚凉清梦境，了无俗物动禅心。"（南宋·李洪《和人》）

诚然，人们对大槐树寄托着各种各样的情感，而隐藏在中华民族情感最深处的则是山西洪洞的那棵大槐树。据史载：从明朝洪武六年（1373 年）至明朝永乐十五年（1417 年）间，从大槐树下出发，明朝共进行十多次大规模移民，直接迁入到豫、鲁、冀、京、皖、苏、鄂、陕、甘、宁、晋等省市。后来，经繁衍生息，再迁徙蔓延到全国各地和世界各地。民谚有"问我祖先何处来，山西洪洞大槐树"之说。从此，大槐树成为中华民族寻根文化的坐标和符号。

但对大槐树的情感寄托和心理器重，并不代表对槐花的欣赏。翻遍唐诗宋词，有关吟咏槐花的诗词和其他色彩光鲜的花卉比起来，少得可怜。"月入宫槐槐影淡，化作槐花无数。"这是南宋末年诗人刘辰翁对槐花的惨淡记忆，预示着南宋快要灭亡的命运。

春日繁花似锦，诗词无数，唯缺对槐花的赞美吟唱。"冰雪林中著此身，不同桃李混芳尘。""竹影和诗瘦，梅花入梦香。"梅花被喻为文人精神生活和道德自律的象征。牡丹成为"花魁"，代表着富贵吉祥。"唯有牡丹真国色，花开时节动京城。""何人不爱牡丹花，占断城中好物华。"桃花红，桃花艳，桃花掩藏着桃花源，山上层层桃李花，云间烟火是人家。"桃之夭夭，灼灼其华。"这成为文人士大夫不醒的梦境。杏花成为江南的代名词，清新、美丽、湿润、富足、雨伞、美人等元素，构成一幅"杏花春雨江南"画卷。"春色满园关不住，一枝红杏出墙来。""小楼一夜听春雨，深巷明朝卖杏花。"梨花开过清明。梨花凝结着思念、多情、幽怨、惆怅和乡愁，就像多情的、结着愁怨的思春女子。"梨花满院飘香雪，高楼夜静风筝咽。""梨花淡白柳深青，柳絮飞时花满城。"但这些梨花，都没有杨贵妃"梨花一枝春带雨"更忧伤动人。再如秋之菊花，从屈原以来就成为郁郁不得志文人士大夫喋喋不休的倾诉对象。以花明志，以花自况。从"朝饮木兰之坠露兮，夕餐秋菊之落英"的情怀、到"采菊东篱下，悠然见南山"的散淡，再到"宁可枝头抱香死，何曾吹落北风中"的骨气，直到唐末黄巢励志的"待到秋来九月八，我花开后百花杀"的杀气腾腾。如此等等，不胜枚举。

但在诗人眼里，槐花是什么花呢？上述所列举的那些花卉，如贵妇，如明星，如美女，是生长在城市里的"白富美"女子。而那槐花则是邻家小妹、村姑小芳，混合着泥土和青草的味道。或许，从来就没有人把它当作"花儿"来看待。是的，它本来就不是一种花。它是农村生活物资短缺时代的粮食替代品。它是一种食物，并且很美味，这是我最深刻的童年记忆。当然，这里所吃的槐花一般是指刺槐。

刺槐是外来植物，故又称洋槐。据《中国大百科全书》记载，刺槐原产北美洲，中国于 1877 年至 1878 年由日本引入，这种豆科刺槐属的落叶乔木对土壤要求不高，生长速度快，花期来得早，花香浓郁，在全国广泛栽种作为绿化树或行道树。洋槐树干较细，枝条虬曲，缺乏国槐的稳重与肃穆，但成串的白花如璎珞，迎风飘香。不论是国槐还是洋槐，含苞待放的槐花骨朵均可拌面粉上锅蒸、包包子饺子、槐花炒鸡蛋、制作槐花饼等美味。"青青高槐叶，采掇付中厨。新面来近市，汁滓宛相俱。入鼎资过热，加餐愁欲无。碧鲜俱照箸，香饭兼苞芦。"唐大历二年（767 年）夏天，杜甫在瀼西时写的这首《槐叶冷淘》诗，回忆以前在长安时的宫廷美食"槐叶冷淘"，当然，这是国槐无疑。按唐制规定，夏日朝会燕飨，皇家御厨供应给官员的食物中，即有此宫廷食品。米青槐嫩叶捣汁，和入面粉，做成细面条，煮熟后放入冰水中浸漂，其色鲜碧，然后捞起，以熟油浇拌，放入井中或冰窖中冷藏。食用时再加佐料调味，成为令人爽心适口的消暑佳食。随着时间的推移，宫廷食品逐渐传入市肆民间，改"槐叶冷淘"为翡翠面，成为城乡百姓盛夏消暑美味。估计杜甫也会做此美味。

呼童采槐花，落英满空庭。在我的记忆里，少年时自家的院墙内外，生长着几棵大洋槐树，尤其是院子中间的那棵最粗壮高大，爷爷说不清是哪位祖先种植的。树冠直径有十几米，绿荫遮住了夏天的炎热阳光，树下凉爽宜人，是家人和邻居端着大粗瓷碗吃饭、拉家常、吵架和孩子们玩乐的好地方。后来，据老娘说，我就是在那棵大槐树下铺就的一张破草席上，由腿疼得不能走路的老太看管照顾着，学会满地爬和步履蹒跚走路的。

记得二十世纪六七十年代，每当暮春夏初，槐花盛开时，清香满院。由于豫东人多地少，当时还没有实行联产承包责任制改革，家家户户粮食都不够吃，纷纷把村上槐花全部摘下来。我们姊妹几个欢天喜地去拾捡父母折下来的槐树枝,不顾树枝上的尖刺扎手流血,摘下槐花,放入洗脸盆中。从压井里压出清水,反复淘洗,等待晾干后,拌上少许面,上锅蒸熟,撒上蒜泥和一丁点儿芝麻香油,味道好极了!母亲有时也用槐花掺些粉条、油渣等给我们包包子吃,但油渣总是很难见到的。现在想起来,仿佛就在昨天。

时光匆匆,客居京华,嗅着捡来的两串槐花的清香,最能唤起乡愁的就是童年的食物味道。事实上,每个人心灵中的精神来路,也能从他私人独特的味觉记忆中,辨识出端倪。当年能代替粮食的烹蒸槐花味道,我从来也没有忘记过。今天,我站在老槐树下,凝望那串串如玉槐花,总是久久不愿离去,浮想联翩。"亦非花中花,亦非粮中粮。暮春常采撷,满院溢清香。井水淘洗净,新颜沐阳光。烹蒸味道美,巧做度饥荒。树上鸟巢闹,树下绿荫长。苦穷乐趣多,童年好时光。"(《忆题槐花》)

迥与群芳异,含芳向暮春。此时此刻,我眼中的槐花,是如此与众不同。平凡如俗物的槐花,就像我们平凡的个体生命一样,即使没有人愿意像对待梅桃、杏梨、牡丹、菊花那样趋之若鹜,也必须感恩春风的眷顾和雨水的滋养。在阳光之下的枝头上谦卑低垂,静静开放,吐露清香,为人间带来阴凉,也带来视觉和味觉的美好。

莫道春归无觅处,春在槐树青、槐花白之中。槐花唤起我对童年的美好记忆,那沉甸甸的乡愁,成为我生命中的必须承受之重。山西洪洞那棵大槐树,让我们找到了自己的出发地和落脚点。那是我们民族血脉深处的集体记忆,更是构筑我们民族精神的"根"和"魂"。

每棵古树皆神灵

阳春三月的江南,莺飞草长,杂花生树,鸟鸣蝶舞,原野葱翠,群山妩媚。周末闲暇,我和两位好友相约春游,走进漳州长泰一座千年古村落——山重村。

在村子里寻古探幽,欣欣然地流连忘返一天,颇有东晋陶渊明《桃花源记》

中那位迷路误入的武陵人之感，忘路之远近，忽逢古树数棵，树干似塔，枝干如虬龙，绿荫蔽天，我们甚异之，环其牵手搂抱，不舍离去。中午阳光正好，南风轻柔，随意走进古村深处的农家院落，与仍居住老屋的几位老年人聊天说笑，仿佛回到民风淳朴的《诗经》时代。老人家热情地招呼我们，搬来小矮凳，放在庭院里的大树下，坐下围木桌泡茶，微笑着问我们从哪里来，吃饭没有？若没吃饭，她马上下厨为我们这些异乡的闯入者煮饭做菜。整个古村落安静祥和，弥漫着浓浓的人间烟火气，没有常见的以古村落旅游为噱头的商业气息。每位老人家的脸上，始终洋溢的淳朴笑容发自心底，宁静纯粹轻松，让我们如沐春风。

走访参观了几户人家后，经当地朋友现场翻译帮助，我终于弄清楚这座古村落源远流长的历史。据考证，这座古村落已有一千三百多年的历史了，但始建于何时没有发现确凿的史料记载。村名一直叫"山重村"，别称"古山重"。整个村庄处于四面环山的小盆地里，青山叠翠，繁花似锦，绿水长流。三月，田野、村口、乡路两边，油菜花、桃花、李花盛开得热闹，幽香袭人，引来一群群浪蜂狂蝶上下翻飞。民居为土木结构建筑，墙壁、人行道、井院均采用鹅卵石铺成，设计独特，布局巧妙。四通八达的小巷子曲径通幽，错综复杂，很容易迷路。走在狭窄弯曲的胡同里，双脚踩在用极具美感的鹅卵石铺就的小路上，抚摸着一座座用鹅卵石和大石头垒砌的旧房屋及四面围墙，仔细端详古旧的大门上新旧各异的门环、门神和春联，仰望家族祠堂的凌空飞檐和绿黄琉璃瓦发出的亮光，祭拜家族宗庙里供奉的神像和祖宗牌位，我们仿佛穿越了时光隧道，深深感到祖先的生存智慧和岁月沧桑。

走出院落，站在枝繁叶茂的千年古树下，我的心灵在颤抖。这棵千年古树很可能是最早一批先民栽种，先有树，后有村，她和村落一起经历过风霜雷电，见证过一代又一代山重村人的出生、成长、死亡和无数悲欢离合的家国故事。至今，仍巍然屹立，像守护神一样，护佑着这里的村民生生不息，护佑着这里山水常绿、风调雨顺、五谷丰登、国泰民安。

一位村民告诉我们说，村口另一棵古樟树的树龄已达两千多年，是村里最为古老的樟树。树围需要十三个成年人手拉手才能环抱。我们怀着虔诚的心拜访这棵古樟树，树干中间已朽空，若一位成年人钻进去，从树洞中可看见天上白云悠悠。古树生命力顽强，枝干如虬龙盘旋，树冠阔大翠绿，耸入天空，仿佛白云在枝叶间悠悠飘过。

村民带领着我们又去拜访另外一棵千年古樟树。这棵古树历经千年的风雨后，却倒在 2006 年的那场大台风之中。从此，村民称其为"卧樟"。这棵"卧樟"上，还寄生着一棵大榕树。枯樟茂榕，相依相生，如同情人般相爱相依。"卧樟"的周长达十五米余，树干已空，空树心可同时容纳二十多位成年人钻进去。这时，村里一位大姐告诉我们说，她三十年前嫁到该村时，这棵樟树高耸在她家门口，她经常发现每逢下雨天，老黄牛会躲进树洞里避雨。现在，更神奇的是龟裂斑驳的樟树皮像极了狗、鱼头、猴子等动物的脸谱，惟妙惟肖，形象生动。

听罢这位大姐自豪的介绍，我忽然忆起年少时生活的豫东农村村口，也有一棵树干粗壮、树冠巨大的古老槐树。每年夏天，老槐树枝繁叶茂，阴凉舒适。中饭和晚饭时，村里男女老少都不约而同地聚在老槐树下，边吃饭边拉家常，你吃我碗里的黄瓜，我吃你盆里的红薯，亲密热闹。看来，村庄和古树从来就是相伴而生，每一棵千年古树都寄托着先民的家族、村落的灵魂，每一棵古树对一个村庄都有神圣的意义。这是由华夏民族的文化基因所决定的。

因为，华夏民族是从农耕文化走过来的。"人非土不立，非谷不食。"传统农耕社会，土地是必需的生产资料。只有土地，才能提供人类生存必需的食物来源。人类生存繁衍对土地的过度依赖，最终会转化为对土地的感激和敬畏。故此，对土地崇拜、祭祀的活动，自然而然地成为先民的精神寄托和文化之源。"封土立社而示有土尊"，"社"指土地神和祭拜土地神的场所，或指祭祀的日子或祭祀活动，仪式感庄重肃穆。

祭祀土地神时，先民们聚集在一起，称为"会"。这就是"社会"一词的起源。据《史记·孔子世家·索隐》记载："古者二十五家为里，里各有社。"周代时，每二十五家为"里"，共同祭拜同一个"社神"。因此，又称二十五家为一"社"。新中国成立后"人民公社"和现在"社区"的意思亦如此。另据《礼记·祭法》载："天子为天下百姓所立的社，叫大社；天子为自己立的社，叫王社；诸侯为国内百姓所立的社，叫国社；诸侯为自己立的社，叫侯社；大夫以下不自立社，而与同里之民共立一社，叫置社。"所以，到了西周，"社"就有了等级区分。

古代分封制下，"封土立社"表明各级宗法贵族对某一土地的神授所有权。因此，古代先民凡建邦立国，必先置社。"社"，成为土地所有权的象征，代表着不同的统治区域和权威。置"社"后祭祀土地，需要一个较为开阔平坦、方便集会的地方。这个地方称为"坛"，即为"社坛"。

古代先民初设"社坛"，并没有建立庙宇的意识和能力，就以种植树木为标志。即立"树"为"社"。当然，树木也有品种区分，越大越好。据《墨子·明鬼下》载："且惟昔者虞夏商周三代之圣王，其始建国营都日，必择国之正坛，置以为宗庙；必择木之修茂者，立以为菆位；必择国之父兄慈孝贞良者，以为祝宗；必择六畜之胜腯肥倅毛，以为牺牲。……故古圣王治天下也，故必先鬼神而后人者，此也。"墨子为战国初期的宋国（今河南商丘）人，著名的思想家、教育家、科学家、军事家和社会活动家。他说：从前虞、夏、商、周三代的圣王，开始建国营都之日，必选择国都的正坛，设立为宗庙。必选择树木高大茂盛的地方，设立为"社"；必选择国内父兄辈慈祥孝顺和正直善良的人，主持祭祀活动；必选择六畜中肥壮纯色的作为祭祀品。所以古时的圣王治理天下，必须先敬鬼神而后人类，原因就在于此。

此外，《周礼》记载："古时二十五家为社，并各树其土所宜之木。"《论语》也曾记载："社，夏后氏以松，殷人以柏，周人以栗。"《尚书·逸篇》曰："太稷惟松，东社惟柏，南社惟梓，西社惟栗，北社惟槐。天子社广五丈，诸侯半之。"因此，古代先民立国置"社"种树。"社"不同，所种植的树木种类也不同。自周以来，神社依树而立，成为传统，茂盛的树林成为古代先民最初"社"的标志。树木和土地血脉相通，根深叶茂，生命力旺盛，也成为一个家族和国家生生不息的神灵。树木的生命力超越人类自身，使得先民心生敬畏和崇拜。树干越粗，树冠越广，与人类追求健康长寿、人丁兴旺、生殖能力强大等心理因素密切相关。中国南方崇拜榕树即是例子。榕树在汉代就广泛种植，根植于土地，可以独木成林，高大叶茂，树龄很长，生长迅速。在先民心里，榕树是土地神秘力量的体现，成为"社神"，形成独特的榕树文化。

让我们再回溯历史文化看。商代以社树为"桑"，"汤乃以身祷于桑林"（《吕氏春秋·顺民》）。商汤经常到桑林里祷告。后来，桑树、桑林便常用来代替商朝。殷商后裔，以宋为国名。宋、商同声，在古文字中可以通用。"桑梓"成为代表故乡的滥觞。

"维桑与梓，必恭敬止。靡瞻匪父，靡依匪母。不属于毛？不罹于里？天之生我，我辰安在？"这是《诗经》里的感叹。看到父母亲种下的桑梓树，必须恭敬地站立树前，谁不对父亲充满敬意？哪个人不对母亲深深依恋？父母生我，没有他们，人间哪里会有我啊？

社树对一个国家同样具有神圣意义。据《淮南子·说林训》记载："侮人之鬼者，过社而摇其枝。"若要侮辱这个家族，就偷偷地去摇动他家族的"社树"。种植"社树"，标明土地的疆界，成为王权的象征，演化为国家民族的代称。古代从个体家族，到出生地故乡，再到民族国家，都寄托于古老树木的神灵护佑，这是华夏民族的文化传统。"社树"的荣枯，预示着个人家族和国家的兴衰。故此，社树绝对不能迁移。社树迁移，意味着社稷动摇，国家不安。社树枯死，常作为亡国之兆。《礼记·郊特牲》记载："丧国之社屋之，不受天阳也。"古代对战败之国，为他国家的社树盖上房屋，社树因为见不到阳光而枯死，这是对战败国最大的侮辱和惩罚。从文化心理上，先民对"社树"顶礼膜拜，赋予神灵意义，确保树木得以千年留存而不死。

时光悠悠，朝代更替，风流总被雨打风吹去，唯见古老粗壮的"社树"依旧参天挺立，默默注视着人间烟火不绝。每当春天来临，先民聚集在社树下，在"春社"和"社日"里狂欢，祭拜祈祷人寿年丰，子孙绵长。这样的节日，初兴于秦汉，历经魏晋南北朝，唐宋时期达到高峰，到元明清才逐渐衰落。"鹅湖山下稻粱肥，豚栅鸡栖半掩扉。桑柘影斜春社散，家家扶得醉人归。"（唐·王驾《社日》）这是唐朝春社时的狂欢。"燕子来时新社，梨花落后清明。池上碧苔三四点，叶底黄鹂一两声。日长飞絮轻。巧笑东邻女伴，采桑径里逢迎。疑怪昨宵春梦好，元是今朝斗草赢。笑从双脸生。"（北宋·晏殊《破阵子·春景》）"社肉如林社酒浓，乡邻罗拜祝年丰。太平气象吾能说，尽在冬冬社鼓中。"（南宋·陆游《春社》）这是两宋时代春社的热闹。箫鼓追随春社近，衣冠简朴古风存。村村鸡酒相招唤，安得便为同社邻。很难想象，如果没有古老树木，在黄沙漫天的村落里，这样的"社日"狂欢还有意思吗？

我收回漫游的思绪，凝视打量眼前的山重村。薛姓是山重村的第一大姓，共有三千多口人。今天居住在闽台的薛氏后人，都是从山重村分脉出去的。薛氏的先祖就是随唐朝将军陈政（"开漳圣王"陈元光之父）入闽的行军总管使薛武惠。薛武惠是今河南信阳固始县人，唐高宗总章二年（669 年）奉命南下平乱，率军进驻山重村。此处地势险要，为漳州腹地，并与同安、深青古驿道相连，系交通和军事重要隘口，便决定驻扎定居于此。此后，薛氏后人繁衍生息。明朝景泰七年（1456 年），薛氏后裔集资在村里修建薛氏家庙，迄今已有五百五十多年历史。明嘉靖年间，薛氏家庙被倭寇烧毁，后裔又重修。现存的主要是清中期建筑，占地三百九十平方米，整体建筑为砖瓦梁木结构，坐东朝西，五开门式，单檐悬山式屋顶。屋脊飞檐翘角，燕尾双翔，为典型的闽南古建筑风格。

走进薛氏家庙，抬头看到墙壁上书写的"忠孝廉洁"四个大字。这是薛家祖训，据说为南宋朱熹所题。正堂横梁上，悬挂着几块厚重的镏金牌匾，这是南宋宝祐四年（1256年），薛一正的"进士"匾额和明清两代"贡元""会魁""文魁""武魁"等匾额并列在一起，向后人述说着山重村薛氏家族后裔的荣光。我因老母亲姓薛，应出自同一家族，便敬上三炷高香，虔诚祭拜，向薛氏祖先致敬。

山重村的千年古樟树，与薛氏家族的历史吻合并非偶然。在建立薛氏家庙之前，樟树就是薛家的"社树"。因此，在家庙宗祠、河岸村口附近生长着的古老树木，不仅被村民视为风水的象征，更被奉为祖宗树，是祖先的精神化身和神灵所在。保护这些古老树木，就是对先祖最好的怀念和敬仰。前几年有个别富人为美化自家园林，从深山老林或古村落里购买移植古木，殊不知这种行为是对祖先神灵的亵渎，必遭天怒人怨。

目前，唐宋时代春社的狂欢和热闹早已离我们远去，乡村工业化、城市化波及中国的每一个乡村。一千三百多年来，山重村的村民在相对封闭的环境里，一直过着耕读传家、田园牧歌的生活，邻里之间非亲即故，亲密和谐。每个人的道德品质、名声决定着他在家族中的社会地位，邻里之间有着天然的善意和信任。这种千百年来积淀出的淳厚善良民风，保障着在当今消费主义盛行时代，仍能延续和坚守着古朴的社会伦理和秩序。这比黄金还要弥足珍贵。

我真的很担忧这一稀有的平衡被经济至上主义所打破。据说，山重村已经被某家旅游公司承包开发。古村落的四周，钢筋水泥浇筑的楼房正悄悄地冒出来。古老樟树的围栏四周，叫卖廉价旅游纪念品的摊贩慢慢出现。我看到有汽车、拖拉机、摩托车呼啸而来。个别游人带着孩子在古树空洞里钻来钻去，打闹嬉戏，已经没有对古树的敬畏和崇拜之心，古树天生的威严和神秘感逐渐消失。我不敢设想，那棵二千多年的古樟树会不会在汽车尾气里无声无息地死去呢？

恋恋不舍离开古树时，我双手合十，对着她默默祈祷。

杨柳的美丽与哀愁

"春分雨脚落声微，柳岸斜风带客归。时令北方偏向晚，可知早有绿腰肥。"（唐·徐铉《七绝》）春分过后，在北方地区广泛种植的杨柳枝条已由嫩黄转绿，抽出细叶如眉样的嫩芽，在春风中摇曳多姿，楚楚动人。杨柳枝与梅花、杏花、梨花和油菜花的明艳不同，宛若美少女的婀娜腰肢，风情万种，舞出春色无边。

京城明城墙遗址公园内，除种植有上千棵梅花树外，还有几棵粗壮高大的杨柳。其中，有两棵树冠高过城墙。春夏时节，垂枝如绿瀑，颜色似碧玉，轻拂着厚重黝黑的古城墙，泛起岁月沧桑、天地翻覆的味道。我常散步于此，驻足良久，观赏品味，感悟杨柳带给我们诗意的美妙。

柳树是我国的原生树种，分布范围很广。在距今八千五百多年之前，中国就有柳属植物栽种。在安阳殷墟考古出土的甲骨文中，就发现有"柳"字。柳树分为杨柳和垂柳两种，垂柳枝条比杨柳枝条下垂得更长。《诗经》中的"昔我往矣，杨柳依依"并非指杨树和柳树的并称。其实，在中国古典诗词中，作为情思缠绵意象的"杨柳"是指柳树，词义均解为"柳"，并且更多描写的是垂柳，与现代植物学分类中所说的杨树没有关系。

"春半烟深汴水东，黄金丝软不胜风。轻笼行殿迷天子，抛掷长安似梦中。"（唐·翁承赞《隋堤柳》）历史上淫奢残暴的隋炀帝杨广是位多面性人物，开凿大运河，连通南北经济文化交流，功莫大焉。但同时也方便自己到江南游乐享受，昏聩荒唐。他在第二次南巡中，让数千位美少女作为纤夫拉船，高兴之余，赐柳树姓"杨"，亲书"杨柳"二字，悬挂于河堤两岸的树上。自此，隋朝广种垂柳，柳树被称为杨柳。后来，隋炀帝也为自己的权力任性送了命，被后人耻笑。"曾傍龙舟拂翠华，至今凝恨倚天涯。但经春色还秋色，不觉杨家是李家。背日古阴从北朽，逐波疏影向南斜。年年只有晴风便，遥为雷塘送雪花。"（李山甫《隋堤柳》）杨柳见证了隋唐王朝的更迭兴衰，依然年年吐出新绿，与春风共舞，"夹路依依千里遥，路人回首认隋朝。春风未借宣华意，犹费工夫长绿条。"（罗隐《隋堤柳》）大运河碧波荡漾，只是不见了当初龙船上的隋炀帝。

花红柳绿菜花黄，莺飞草长燕归来。春风中的杨柳美丽多情，枝条柔，柳叶如眉，很容易引发诗人的兴致，尤其是在唐朝开放包容的环境之下，杨柳性感十足，成为古典诗词的意象理所当然。"碧玉妆成一树高，万条垂下绿丝绦。不知细叶谁裁出，二月春风似剪刀。"（贺知章《咏柳》）在南朝乐府《碧玉歌》中，有"碧玉破瓜时，郎为情颠倒"之色情句。翠绿色的杨柳如亭亭玉立般的碧玉美人，穿着绿丝绦编织的裙带，纤腰在春风中款摆，风华绝代。

这般美妙的"佳人"满大街都是，很是养眼呢。"满街杨柳绿丝烟，画出清明二月天。好是隔帘花树动，女郎撩乱送秋千。"（韦庄《丙辰年鄜州遇寒食城外醉吟》)唐代的韦庄醉眼蒙眬，看到二月早春的美景是用绿柳画出来的，微风吹拂，如绿烟一般氤氲开来，绿丝摇摆，仿佛门帘卷起。花树颤动，恰似一位美人在秋千上荡来荡去，惊出一串串银铃般的笑声。"依依袅袅复青春，勾引春风无限情。白雪花繁空扑地，绿丝条弱不胜莺。"（白居易《杨柳枝》）初春新柳柔软得连黄莺也承受不起，不胜娇羞之状令人爱怜，柳絮如雪花飞舞，也迷住了北宋词人晏几道的眼睛。"二月和风到碧城，万条千缕绿相迎。舞烟眠雨过清明。妆镜巧眉偷叶样，歌楼妍曲借枝名。晚秋霜霰莫无情。"（《浣溪沙》）清明时节，风微细雨斜，柳枝随风舞，像一位对镜描眉打扮的年少歌妓一样，演唱情歌《杨柳枝》，红极一时。秋天不要太无情，让她红颜老去。晏几道内心柔软温润如这杨柳枝。

杨柳绿腰一般的美女谁不喜欢呢？八十岁还"一树梨花压海棠"的北宋词人张先更爱美人，他恨不得把天下美女全部养在家里守着。"移得绿杨栽后院。学舞宫腰，二月青犹短。不比灞陵多送远，残丝乱絮东西岸。几叶小眉寒不展。莫唱《阳关》，真个肠先断。分付与春休细看，条条尽是离人怨。"（张先《蝶恋花》）张先曾经帮助一位歌女脱离风尘，其怜香惜玉，接回家中养着，仿佛将杨柳栽种在自家后院，受到善待。初春二月，柳枝还没长开，舞动自己纤细的腰肢。千万不要像那灞陵桥边上的柳树，因为送别的人太多，折成残丝败柳，被人抛弃在岸边。几片眉毛一样的小叶，在春寒中皱巴巴的。请你不要再唱《阳关曲》了，还没等开口已断肠。春天不要细看那一根根枝条，上面都是与恋人的离别愁怨啊。张先也真是位情种。

在唐代，杨柳的美丽多情很易识别。比如，"章台柳"的故事就极富传奇色彩。唐代诗人韩翃少负才名，为唐代"大历十才子"之一，名句"春城无处不飞花"就出自他手。天宝年间，韩翃在长安时与李王孙交好。有一次，韩翃去李王孙家里参加歌舞酒宴，与李王孙的爱姬柳氏一见钟情。李王孙成人之美，痛快地将柳氏赠予韩翃，还慷慨解囊三十万元，帮助二人买房买车结婚。婚后第二年，韩翃新科及第，回老家省亲，柳氏留在长安。不料"安史之乱"爆发，长安沦陷。柳氏削发为尼，寄居法灵寺。有一位番将沙叱利平叛乱有功，居功自傲。他垂涎柳氏姿色，劫为己有，宠之专房。此时，韩翃在青州为节度使侯希逸的秘书，不知此情况。唐肃宗收复长安后，韩翃便急忙遣人到都城四处查访柳氏，并准备一口袋金子悬赏提供线索者，并在大街上到处张贴寻人启事诗，广而告之。"章台柳，章台柳，颜色青青今在否？纵使长条似旧垂，也应攀折他人手。"（韩翃《章台柳·寄柳氏》）柳氏最终读到这首诗，大放悲声，也写首《杨柳枝·答韩翃》

回复。

"章台柳，章台柳。"这是何等深情的呼唤！正值兵荒马乱之际，她或许已被别人占有。有一天，韩翃在长安大街上行走，恰巧碰见柳氏坐着华丽的马车过来。清风吹动她车上的帘幔，他们惊喜地发现对方。马车擦身而过的瞬间，柳氏抛下一个装了口脂的小金盒。包着金盒的锦帕上，韩翃读到柳氏写的《杨柳枝·答韩翃》："杨柳枝，芳菲节。可恨年年赠离别。一叶随风忽报秋，纵使君来岂堪折。"美好的青春虚度，无法再找回来。往日依依的章台柳随着秋天到来，已不再颜色青翠。您看到我这残花败柳样，或许已不愿攀折了。

韩翃明白柳氏对自己的爱意和试探。他既担心她的生死安危，又担心她红颜凋零，毕竟她已被别人占有。韩翃得诗后，痛苦不堪，眼睁睁地看着自己老婆睡在一个老毛子的床上，却又一筹莫展。一个文弱书生的笔杆子，干不过手里有枪杆子的番将。后来，经侠肝义胆、勇武过人的朋友许俊鼎力帮助，韩翃和柳氏偷偷约会一次，两人相拥而泣，互说相思之苦。这一故事感动了韩翃的领导节度使侯希逸，侯领导自告奋勇，主动报告给当朝皇帝唐肃宗。唐肃宗下诏：柳氏归韩翃，赐沙吒利钱二百万。之后，韩翃被提拔到皇帝身边做秘书，仕途和美人一同收获。大团圆的结局，更符合中国传统审美心理。沙吒利这位老毛子也够哥们，把皇上赐的二百万钱随手转送给韩翃和柳氏，算是青春损失补偿费吧。

章台柳的故事既狗血，又煽情。故事中的所有人物，皆内心多情柔软如柳枝。李王孙对韩翃慷慨赠送美人钱财，韩翃的小领导侯希逸和大领导唐肃宗平易近人和善解人意，许俊和武将沙吒利豪爽仗义。韩翃对柳氏一见钟情，不离不弃，破镜重圆。从章台柳的传奇故事中，透露出唐代社会的人物风流。

大多好物不坚牢，彩云易散琉璃脆。杨柳美丽清雅如此，但往往总是脆弱，如红颜薄命之说。故此，杨柳还有一种特质为哀愁的表达。据说，从汉代开始，因为"柳"与"留"发音相同，朋友分别时，折一枝柳条相赠，表示留念和挽留，情意绵绵，难舍难分。或用柳笛吹奏一曲《折杨柳》，哀怨动人，催人泪下。此外，因为柳树对生长环境要求不高，一插就活，不惧旱涝，随地生长，可以借此祝愿远行之人到异乡后，吾心安处即故乡，扎根成才，枝繁叶茂。所以，那些握在手里的杨柳枝梢上，除亲朋好友的思念之外，也挂满了浓浓的乡愁。

"昔我往矣，杨柳依依。今我来思，雨雪霏霏。"三千年前的这位戍边老兵，在返乡之路上吟咏感叹，一走就是半生，归来已是人生暮年。"杨柳"在《诗经》中一出场，就满树挂着无限的哀怨。"杨柳青青著地垂，杨花漫漫搅天飞。柳条折尽花飞尽，借问行人归不归？"隋朝这位无名氏可能是一位新婚少妇，在杨花漫天飞舞的时候，送丈夫去戍边，折一枝柳条，写下这首《送别》诗，哀怨忧伤，盼望着丈夫能早日归来。

戍边的战士很难回到故乡，唐朝著名的边塞诗人岑参，在漫漫黄沙的西部武威，遇到好朋友宇文判官出使西域，再返回晋昌。暮春时节，他们登楼远眺，城头雨后，一只黄鹂鸟飞上戍楼，为这恶劣的环境增添一抹亮色，激发出诗人内心的温情。他的乡愁不可承受之重压弯了杨柳枝。"岸雨过城头，黄鹂上戍楼。塞花飘客泪，边柳挂乡愁。白发悲明镜，青春换敝裘。君从万里使，闻已到瓜州。"（岑参《武威春暮闻宇文判官西使还已到晋昌》）苍凉悲壮的情绪"挂"在柳树上，一个"挂"字，用得实在太绝了！使浓郁的乡愁，变成沉甸甸的物质实体。载不动，许多愁。年华已去，而功业未成。岑参滞留边塞，感到伤感无奈。

年年柳色，灞陵伤别。"灞岸晴来送别频，相偎相倚不胜春。自家飞絮犹无定，争解垂丝绊路人？"（罗隐《柳》）送别之地，何止只有一个灞陵桥？哪一个十字路口和长亭短亭边，没有生死离别的眼泪呢？浪迹天涯之人，岂能用柳枝拴住双腿？"天下伤心处，劳劳送客亭。春风知别苦，不遣柳条青。"（李白《劳劳亭》）春风若懂得人间的离别之苦，不忍心看到折柳送别的场面，故意不让柳条发青。这只是李白的一厢情愿而已，柳枝岂能拴住向外飞翔的心。

"情似游丝，人如飞絮，泪珠阁定空相觑。一溪烟柳万丝垂，无因系得兰舟住。雁过斜阳，草迷烟渚，如今已是愁无数。明朝且做莫思量，如何过得今宵去！"（南宋·周紫芝《踏莎行》）绵绵不断的柳丝系住远去的小舟，欲把人留住，这只是妄想。人还是要走，不必考虑明天会如何，还是先想想如何度过今夜吧。"杨柳东风树，青青夹御河。近来攀折苦，应为别离多。"（王之涣《送别》）"扬子江头杨柳春，杨花愁杀渡江人。数声风笛离亭晚，君向潇湘我向秦。"（郑谷《淮上与友人别》）潇湘在南，秦地在西，但至少比西出阳关更容易见面些。"渭城朝雨浥轻尘，客舍青青柳色新。劝君更尽一杯酒，西出阳关无故人。"（王维《渭城曲》）阳关三叠和泪飞，还是喝上一杯再去赶路。

"暂凭樽酒送无憀，莫损愁眉与细腰。人世死前唯有别，春风争拟惜长条。含烟惹雾每依依，万绪千条拂落晖。为报行人休尽折，半留相送半迎归。"（李商隐《杨柳枝》）李商隐一生很不幸，与妻子聚少离多，忧郁的气质让他对杨柳情有独钟，深刻体会到世上除了死亡，没有什么比离别更令人痛苦的感受了。千万不要把柳条折尽，它可以迎接游子归来。"谁家玉笛暗飞声，散入春风满洛城。此夜曲中闻折柳，何人不起故园情？"（李白《春夜洛城闻笛》）今夜无法入眠，当听到缠绵哀怨的《折杨柳》曲时，谁能不涌起一股强烈的思乡之情呢？"柳阴直，烟里丝丝弄碧。隋堤上、曾见几番，拂水飘绵送行色。登临望故国。谁识，京华倦客。长亭路，年去岁来，应折柔条过千尺……"（北宋·周邦彦《兰陵王·柳》）在周邦彦眼里，京都郊区汴河的隋堤上，杨柳的阴影直铺在地上，柳丝碧色生烟，有一种朦胧之美。眺望故乡，有谁能理解身在京华漂泊的游子呢？长亭路上，年复一年，送别时人们折断的柳条恐怕要超过千尺了。你无论走到哪里，身处何方，我们都是故乡的"囚徒"。年纪越大，这种感觉越强烈。

"半烟半雨溪桥上，映杏映桃山路中。会得离人无限意，千丝万絮惹春风。"（郑谷《柳》）在文人骚客眼里，杨柳有着佳人的美丽、离别的哀愁和乡思之外，还有对人生的感慨和家国情怀。

"一树春风万万枝，嫩于金色软于丝。永丰西角荒园里，尽日无人属阿谁？"白居易在长安时，看到永丰坊一角有棵垂柳分外好看，但无人欣赏它，便写了这首《杨柳枝词》。柳枝繁盛柔软，随风起舞，婀娜多姿。柳叶初展，嫩黄如金色，细绦纤长比丝缕还柔软。如此美丽的垂柳，理应受到人们的珍爱，却因生长环境偏僻无人问津，一副寂寞孤独的样子，正如被贬九江后的白乐天自己。"曾逐东风拂舞筵，乐游春苑断肠天。如何肯到清秋日，已带斜阳又带蝉。"（《柳》）李商隐站在乐游苑上，遥想着杨柳曾追逐着东风，得意扬扬，翩翩起舞，风采迷人。但一想到秋天就枝条稀疏，树上爬满哀鸣的秋蝉，心里很悲伤。这杨柳，恰如人生荣辱沉浮。这是李商隐又借杨柳自叹一生悲剧的命运。

"清明时节雨声哗，潮拥渡头沙。翻被梨花冷看，人生苦恋天涯。燕帘莺户，云窗雾阁，酒醒啼鸦。折得一枝杨柳，归来插向谁家？"（南宋·张炎《朝中措》）清明时节雨纷纷，路上行人欲断魂。我看到江岸边，潮水不断冲击着渡口的沙子，来来去去。田野里的梨花飘落了，在细雨中苍白冷寂，就像游子在天涯漂泊。此种酸楚，无人能解其中味。那些莺莺燕燕，红楼香阁，都属于曾经的东京梦华。我酒醒后，只听见归鸦啼鸣。随手折来一枝柳条，准备回去时插在家门。可是猛然间想起来，家国已破碎，羁旅在江南异乡，中原回不去了，哪里还有家呢？

张炎或许无法预测，异乡江南也将很快不属于南宋，蒙元大军的铁骑声已经传到淮河岸边……

大雁飞过菊花插满头

深秋时节，菊花绽放，清香四溢，阵雁南飞，声声悠远。在这万山红遍、层林尽染油画般的景色中，我非常追慕唐宋时代的诗人们秋游郊外，随手采折几枝菊花插在头上，携壶登高，潇洒风流，诗意地感悟着大自然的四季轮替。

菊花，本是一种特殊的野生草本植物。从唐代开始人工栽培，到宋代时，人工培育出的菊花颜色更为丰富，花朵也更大，形状更多。因为菊花一般在农历九月深秋盛开，故九月也称"菊月"。九月对应着"寒露"和"霜降"两个节气，此时菊花可以耐寒开放，甚至在零下十度的温度里，仍可以保持生命活力。"霜降"时节，夜间形成的霜冻覆盖在菊花枝叶上，映衬着清晨阳光，散发出浓郁清香的菊花冰清玉洁的姿态给人带来无限遐思。故此，菊花有"霜菊"之雅称，也是最早被拟人化为道德品格的植物之一。

春秋战国时代，楚国的屈原在中国诗歌史上最早寄情于菊花，"朝饮木兰之坠露兮，夕餐秋菊之落英"。《离骚》中的这句诗，为菊花在古典文学中的人格化形象定位。东晋时代，陶渊明不为五斗米折腰，辞官退隐乡下，菊花多次成为他在诗中表达内心情感的寄托意象。"三径就荒，松菊犹存。""采菊东篱下，悠然见南山。"总之，通过屈原、陶渊明等人在诗歌中的"比、兴"，菊花逐渐成为文人士大夫心中寄情托物的理想载体，或孤傲于世，或归隐田园，或万里思乡，等等，都隐藏在菊花的傲霜枝头或浓郁暗香里。采几枝菊花插在头上，是对追求绝世独立的人文精神的情感直接表达。这些言行举止为菊花赋予多重感性色彩，也为菊花在唐宋诗词中的表现主题定下基调。

"心逐南云逝，形随北雁来。故乡篱下菊，今日几花开？"（江总《长安九日诗》）诗人的心儿追逐着白云向南飞去，人更愿意随着北方的鸿雁回来。大雁是否带来故乡的消息呢？故乡篱笆下的菊花，今日开了几朵呢？江总是南朝陈代的诗人，曾任陈后主的宰相。陈亡后入长安，仕于隋朝。不久，辞官南归，这首诗就写于退隐故乡的途中。后来，唐代王维著名的《杂诗》"君自故乡来，应知故乡事。来日绮窗前，寒梅著花未"，也是表达着同样的乡愁，只不过王维用故人代替了北雁而已。

唐朝初年，李唐王朝正青春，菊花栽培和菊花诗创作进入繁荣期。唐太宗李世民不仅能打仗和治国理政，还是一位文艺发烧友，经常带头写诗谱曲，让大臣们"雅正之"和歌之咏之。他以帝王之气，对秋菊情有独钟。"阶兰凝暑霜，岸菊照晨光。露浓晞晚笑，风劲浅残香。细叶抽轻翠，圆花飞碎黄。还持今岁色，复结后年芳。"（李世民《赋得残菊》）诗中礼赞霜菊的顽强生命力，与他的尚武开放的气质相遇，仿佛看到自己曾经戎马倥偬时的战地黄花。

盛唐时期，唐玄宗李隆基也是位诗歌爱好者，故此才给李白一次表现的机会，李白人生的高光时刻就在唐玄宗天宝年间。"昨日登高罢，今朝更举觞。菊花何太苦，遭此两重阳。"（李白《九月十日即事》）李白昨天登高望远，今日喝酒吟诗，对菊花怜香惜玉。菊花的命运为何这样受苦？总是经受风霜的摧残，别人总是来采折你。李白本身的气质和菊花不同，杜甫比他要好很多。"寒花开已尽，菊蕊独盈枝。旧摘人频异，轻香酒暂随。"（杜甫《云安九日》）看着菊花盛开，杜甫心生喜欢。不同的人都来攀折菊花，增添美酒的香气，可谁在乎菊花的感受呢？"江畔枫叶初带霜，渚边菊花亦已黄。轻舟落日兴不尽，三湘五湖意何长。"（《初至巴陵与李十二白、裴九同泛洞庭湖》）"霜降"之后，李白和另一位同事兼好友贾至、裴九同游洞庭湖。美丽的晚秋景色，勾起贾至心中忧伤的思绪。"丛菊两开他日泪，孤舟一系故园心。"杜甫晚年寓居在夔州，菊花带给他的是人生暮年的忧伤和对故乡的思念。

菊花盛开时，恰好正值中国最传统的节日之一重阳节。菊花和酒，始终是这一传统节日的主角。"不见白衣来送酒，但令黄菊自开花。愁看日晚良辰过，步步行寻陶令家。"（皇甫冉《重阳日酬李观》）盛唐时期的文人生活中，非常重视节日的仪式感。皇甫冉和朋友李观一起过重阳节，欣赏菊花，想起了采菊东篱下的东晋陶渊明。

中晚唐时期，"诗魔"白居易成为文学圈里的著名人物，一生仕途平顺，衣食无忧，潇洒闲适，自足保和。中年被贬江州司马，也不算个多大的事。大和三年（829年），白居易退隐洛阳养老，建造自家宅院后，整日高朋满座，颐养天年。他抓紧时间整理出版自己的诗集，到七十五岁时寿终正寝。"满园花菊郁金黄，中有孤丛色似霜。还似今朝歌酒席，白头翁入少年场。"（白居易《重阳席上赋白菊》）白居易本姓"白"，他独爱白菊和白莲花，在白菊的花香中，白乐天及时行乐，享受生活。

白居易的诗友和知己元稹对菊花更为喜爱。"秋丛绕舍似陶家，遍绕篱边日渐斜。不是花中偏爱菊，此花开尽更无花。"（元稹《菊花》）元稹对崔莺莺、薛涛和刘采春始乱终弃，喜欢不断靠婚姻攀附，在仕途上获得不断提拔，他心中的菊花与陶渊明南山脚下的菊花有着本质的不同，这就是诗人的两面性。"暗暗淡淡紫，融融冶冶黄。陶令篱边色，罗含宅里香。几时禁重露，实是怯残阳。愿泛金鹦鹉，升君白玉堂。"（李商隐《菊花》）李商隐没有元稹为人处世的圆滑和幸运，一生夹在中唐著名的"牛李党争"中，两头不落好，仕途不得志，妻子早逝，忧郁的性格和忧伤的心情，使其英年早逝。"家家菊尽黄，梁国独如霜。莹静真琪树，分明对玉堂。仙人披雪氅，素女不红妆。粉蝶来难见，麻衣拂更香。"（刘禹锡《和令狐相公玩白菊》）刘禹锡性格豪爽坚毅，被贬谪流放二十多年而不折服，沉舟侧畔千帆过，病树前头万木春。对白菊的态度是一个"玩"字，足显风流。

　　天宝十四载（855年），"安史之乱"爆发，重创了大唐王朝。晚唐时期，夕阳西下，不少文人心灰意冷，无意功名，远离长安。他们把菊花插在头上，享受着孤独的个人精神狂欢。"江涵秋影雁初飞，与客携壶上翠微。尘世难逢开口笑，菊花须插满头归。但将酩酊酬佳节，不用登临恨落晖。古往今来只如此，牛山何必独沾衣。"（《九日齐山登高》）杜牧这位"十年一觉扬州梦，赢得青楼薄幸名"的大才子，重阳节登高望远，和朋友喝酒赏菊花，感悟人生无常和时光飞逝，何必像齐景公那样，对着牛山流泪呢？

　　从唐乾符二年（875年）到唐中和四年（884年），晚唐发生王仙芝和黄巢领导的农民起义，敲响了唐王朝走向灭亡的丧钟。"待到秋来九月八，我花开后百花杀。冲天香阵透长安，满城尽带黄金甲。"（黄巢《不第后赋菊》）"飒飒西风满院栽，蕊寒香冷蝶难来。他年我若为青帝，报与桃花一处开。"（黄巢《题菊花》）科考不中的黄巢雄心勃勃，豪情万丈，这位草莽英雄最终没有做成"春神"，却与"死神"遭遇，但他也因这两首菊花诗而千古留名。另一位诗人皮日休躬耕苦读于襄阳鹿门山，是孟浩然老乡，在咸通八年（867年）进士及第。乾符五年（878年）被任命为毗陵副使，随高骈军出征王仙芝。乾符六年（879年）被黄巢军俘虏。广明元年（880年），黄巢入长安称帝，皮日休被任命为翰林学士，做了黄巢的伪高官。"金华千点晓霜凝，独对壶觞又不能。已过重阳三十日，至今犹自待王私。"（《军事院霜菊盛开，因书一绝寄上谏议》）大"汉奸"老皮在给黄巢的建议报告里，附上这首诗，希望黄巢有时间和他相聚喝酒。可见，他和黄巢也是惺惺相惜，同为有造反精神的"逆贼"。

　　晚唐日薄西山，气息奄奄，文人们看不到前途和希望，心灰意冷，便以自己的生活方式游戏人生。司空图喜欢在自己的棺材和墓地里会友喝酒，既有点玩世不恭，又像行为艺术，用这种异乎寻常的方式表达对社会现实的失望。"人间万恨已难平，栽得垂杨更系情。犹喜闰前霜未下，菊边依旧舞身轻。""莫惜西风又起来，犹能婀娜傍池台。不辞暂被霜寒挫，舞袖招香即却回。""为报繁霜且莫催，穷秋须到自低垂。横拖长袖招人别，只待春风却舞来。"（司空图《白菊三首》）从白菊的婀娜身姿和清香中，司空图表达自己心有不甘，孤芳自赏。

"一为重阳上古台，乱时谁见菊花开。偷持白发真堪笑，牢锁黄金实可哀。是个少年皆老去，争知荒冢不荣来。大家拍手高声唱，日未沈山且莫回。"（杜荀鹤《重阳日有作》）重阳节的菊花带给杜荀鹤的是人生之秋的哀叹，也是对大唐落幕的一声叹息。诗人刘兼也是一样。"重阳不忍上高楼，寒菊年年照暮秋。万叠故山云总隔，两行乡泪血和流。黄茅莽莽连边郡，红叶纷纷落钓舟。归计未成年渐老，茱萸羞戴雪霜头。"（刘兼《重阳感怀》）秋风萧瑟，枫叶飘飞。故乡万里外，乡愁霜鬓白。采一把黄菊和茱萸，插在自己花白的头顶上，为曾经繁华如梦的唐朝感到痛心。

任何个体生命或朝代更替，皆为明日黄花，如同大雁在天空飞过天际，转眼就了无痕迹，插在头上的菊花在秋风中招摇，是在向过去的青春时光和一个时代告别。

暗香靓色撩诗句

京城寒冬，时冷时暖，时晴时雾，时雪时雨。春节渐近，偶感年味渐浓。有好朋友从外地快递水仙球茎来，欣喜打开包装，一盒完整六颗，颗颗饱满圆乎乎，甚是可爱。商家很细心，内附一张操作说明书，告知新手们如何才能培育出亭亭玉立的水仙花来。朋友又热情地通过微信发来两条培育水仙的短视频，视频里的女主播不厌其烦地讲授、示范。暖心，感动。本来，我这等俗人对春节时养水仙之类的高雅应景花卉不太感兴趣，总觉得费事费钱费神，习惯养个别只要浇水即可活得泼辣辣的绿植，或甚至连水也不用浇的仙人球之类。但朋友殷殷嘱托说，水仙真的不难养，花开后满室香气，青翠挺立的样子，你难道不喜欢吗？

　　想到水仙似青春美少女的俏模样，谁能不喜欢呢？只是人一旦习惯懒惰或躺平后的安逸享受，就不愿意再亲自动手、出力流汗了。但朋友的好意不能总是违拂不理，否则，朋友就会渐渐疏离你，真成为孤家寡人岂不可怜？想到此，我立马动手，先剥去外面黑褐色的老皮鳞片，剪掉根部的细毛，掰掉边缘多余的小球，用小刀八字形从侧面切开球茎，泡水清洗干净后，装在一个旧花盆里，加入商家赠送的"矮壮素"，再注入小半盆清水。水仙的事儿，一个小时万事大吉。放在阳台上，静等它对我眉开眼笑、花开香溢了。

　　看着这盆自己第一次亲手捣鼓的水仙，忽然想到它的前世今生。你别说，这水仙还真有点仙气儿，真真能勾人魂魄呢。

　　水仙别名水仙花、雅蒜、金盏银台、中国水仙、天蒜等。有人说原产欧洲，中国水仙的原种为唐代末期从意大利引进，据说是法国多花水仙的变种。在我国历经一千多年的选育，中国水仙已成为世界水仙花中独树一帜的佳品，为中国十大传统名花之一。

　　最早记载水仙传入我国的可查文献为唐代段公路所著《北户录》卷三注释"睡莲"时的一段文字："孙光宪续注曰：从事江陵日，寄住蕃客穆思密尝遗水仙花数本，如橘，摘之水器中，经年不萎。"寄居江陵的波斯商人穆先生赠送给孙光宪几棵水仙花，他竟然养得很支棱。孙光宪是晚唐五代花间派的重要词人，吟花弄月是花间派诗人的专长喜好，孙光宪当时在江陵（今湖北荆州）任职。因此，大致可以肯定，中国水仙由外国商人传入，时间大致在五代或稍早一些，首传地点可能就在荆州。后来，水仙沿长江一带落地生根。历经宋元明清几代，中国水仙开枝散叶，遍布长江南北，逐渐成为出口创汇的重要花卉，远销海外。

　　水仙叶片如翠带，白花黄心，花开如雪，姿态婀娜，香清而幽。尤其是春节期间，以瓷盘注水盛之，置于厅堂案头窗台，清高雅洁，春意盎然，满室生辉，这是有文化的读书人家趋之若鹜之雅趣。当今，我国水仙以漳州产最负盛名，漳州有民谣曰："园田十八亩，面面出公侯，出了水仙头。"漳州还流传着一个水仙与神仙有关的故事，据说从前有母子俩相依为命，家境贫寒。一天，有乞丐上门，妇人把留给儿子的饭菜全部送给乞丐吃，乞丐吃完却不言谢，径直走到妇人家的屋旁边田里呕吐。妇人以为乞丐病了，急忙上前搀扶问候。忽然刮起一阵旋风，乞丐无影无踪，只见他呕吐的地方长出许多美丽的水仙花。从此，母子俩靠种植水仙花过上了好日子。水仙的仙气就是好人有好报，这很符合中国大众传统文化审美心理。宋代以后，水仙的特质和清香，有点类似梅花，更是成为众多文人雅士吟咏的审美对象。

北宋黄庭坚被贬后曾两次路过荆州。建中靖国元年（1101年）四月，黄庭坚从被贬地戎州（今四川宜宾）回京，在荆州停留过一段时间，并应邀作著名的《承天寺禅院塔记》。有朋友老王给他送上地方特产水仙，黄庭坚为之惊艳。他觉得这可能是屈原吟咏自喻的芳草，激动地挥笔赋诗《王充道送水仙花五十枝，欣然会心，为之作咏》："凌波仙子生尘袜，水上轻盈步微月。是谁招此断肠魂，种作寒花寄愁绝。含香体素欲倾城，山矾是弟梅是兄。坐对真成被花恼，出门一笑大江横。"在黄山谷眼中，水仙花犹如凌波仙子，着罗袜轻盈地漫步在水面上，踏出一痕粼粼月光。她婷婷婀娜的身姿，令人销魂。在寒水上漫步，让人爱怜。是谁招来这能断魂的精灵，长成如此清雅的花儿，寄托人们的愁思呢？我虽屡遭贬谪，颇似幽居的水仙花一样孤寂，但仍可以和山矾、梅花、水仙称兄道弟，并不感觉到失落忧伤。水仙净雅的体态吐露着幽香，令满城人为之倾倒。面对着这美丽的尤物，真是被她缭乱得心旌摇曳。欣然一笑，走出门去，我忽见大江在眼前滚滚流过。黄庭坚明写水仙，实写自己，表达对苦难生活的旷达和开朗，如同他的老师苏东坡通透圆融。

也有人牵强附会地说黄庭坚这首咏水仙诗，是看到荆州邻居家有美女嫁给贫穷庸俗的下人，写作本意是为"一朵鲜花插在牛粪上"而惋惜，我认为这纯属无稽之谈。"借水开花自一奇，水沉为骨玉为肌。暗香已压酴醾倒，只比寒梅无好枝。""钱塘旧闻水仙庙，荆州今见水仙花。暗香靓色撩诗句，宜在林逋处士家。"黄庭坚一直把水仙和梅花的清雅相提并论，显然是自喻被贬也不坠高雅情怀。他在荆州写信给李之仪（端叔）云："数日来骤暖，端香、水仙、红梅皆开，明窗净室，花气撩人，似少年都下梦也。"寒冬变暖，几种花卉盛开，陶陶然如回到青春少年时在汴京的美好时光。

"丛丛低绿玉参差，抱瓮春畦手自治。地暖乍离烟雨气，岁寒不改雪霜姿。太真妃以香为骨，虢国人嫌粉涴眉。莫道秋崖无造化，解令朽壤出神奇。"（方岳《水仙初花》）到了南宋，水仙种植推广开来，文人雅士更是不吝赞美之词。诗人方岳回到故乡安徽山区隐居，开垦田园，种植一大片水仙。正值一年最寒冷的时候，时有霜雪降下，而水仙开始初花。水仙初花之美，在于花箭在枝叶间昂扬向上伸展开来，精气神十足。无数个花蕾次第竞相开花，暗香浮动，着实让人喜欢。那绿叶间玉一般美的光泽，可是我抱着盆子在地里亲手种植的啊！晚冬雨后天晴，岁末霜雪里，水仙依然开出如此富态之花，如同杨贵妃之出浴，也让其姐姐虢国夫人花容逊色。唐朝的美女富丽如牡丹，但缺乏水仙的清丽之美。你千万不要笑我一生仕途不济，能让这片贫瘠的山地开出最美丽的水仙花，我已心满意足。方岳的水仙，岂不是陶渊明的菊花吗？

南宋的佛教徒释元肇不服气地说，水仙哪能由你来种植呀？那可是神仙们故意遗落在人间的圣洁之物。"仙家遗玉种，岁晚发幽芳。露重金杯侧，天寒翠袖长。神犹步洛汜，梦不到高唐。待得春风觉，游蜂空断肠。"（释元肇《水仙》）水仙花是由仙人留给人间的种子，在一年将尽的时候开出花来，散发出幽幽香气。低垂的花朵，仿佛是酒杯装满仙露而倾斜溢出。婀娜清丽的叶片，像佳人身披翠绿的衣裳，摇曳的姿态仿佛是洛神在水波上行走，楚楚动人，贞洁的性情绝不沾染尘世间的污垢。等到春风吹来的时候，只留下一个远去的背影。那些浪蜂狂蝶们，绝不配她如此的美丽和芬芳。出家人内心无尘无垢，四大皆空，对清丽洁雅的水仙情有独钟。

事实上，自古以来，把植物当作审美对象，用植物作为"比、兴"手段吟诗自喻，表达情怀，从《诗经》到屈原，古典文本中早已屡见不鲜，我们最为熟悉的菊花、兰花、莲花、桃花、松竹、杨柳等在诗词里反复出现。如果以某种植物作为考察对象，将它在历代典籍中的资料加以梳理，就会发现身边一株不起眼的花草树木，如荠菜、槐花、蒲公英或狗尾巴草等，也可以成为我们理解一首诗，并由此进入传统文化的一个媒介或窗口。我们会发现由植物花草重新编织起来的是一个姹紫嫣红、古典诗意、妙趣横生的人文精神世界。

南宋时期，陈景沂有意识地收集史籍中与植物相关的杂录、掌故和诗词歌赋，写有《全芳备祖》一书，被誉为"世界最早的植物学辞典"。明代的王象晋写有《二如亭群芳谱》一书，记载有四百余种植物，其搜罗的文献资料以典故艺文居多。清代汪灏等人奉康熙皇帝之命，在《二如亭群芳谱》基础上扩编成百卷之巨著《广群芳谱》，收录植物达一千六百多种，以汇考、集藻、别录为类搜集文献，而尤其侧重"集藻"，即历代文人歌咏植物的文本。因此，与西方的博物学、植物学不同，我国古人对于花草树木的审视角度，是基于源远流长的文化传统。花草的栽种与玩赏，都有文人内心的审美意识和道德人格、情怀理想的反映。如清代著名的文学家、美食家李渔在其所著的《闲情偶寄》中，对如何赏花曾有精彩的表述。李渔极爱水仙，将其与春兰、夏莲、秋海棠、冬蜡梅并举，视之如命。即便是晚年生活困窘，岁末水仙盛开时，他仍执意去当铺抵押首饰换钱购之。被家人劝阻，他非常生气地说道："汝欲夺吾命乎？宁短一岁之寿，勿减一岁之花。"

宁愿少活一岁，也不能过年无水仙相伴。若按我等俗辈之观念，春节时拿老婆的首饰去当铺换钱买水仙，实乃败家子也！

"韵绝香仍绝，花清月未清。天仙不行地，且借水为名。"（杨万里《水仙花》）南宋杨万里的诗通俗易懂，清新活泼，对大自然的描绘尤其传神。看到古人对水仙花的痴迷喜爱，再回想对好朋友刚寄来水仙球茎时的不屑和嫌麻烦心态，更证明自己地地道道是农民本性难改。经过认真反思和自我剖析，对朋友快递来的水仙有了新的认识。岁末寒冬，这寄来的不是水仙，那是一缕春风。若不认真待之，无异于暴殄天物！

"供养水仙花，开到盈盈欲折。一片岁寒清思，共芳香幽绝。碧天云净雪初消，又见风吹叶。人意钟声俱远，有一轮冰月。"（陈衡恪《好事近·题清供图》）我静静地等待着阳台上的水仙花开到绚烂，在心里折一枝赠送给那些一直关爱我的朋友们，其实朋友带来的温馨远胜于水仙花的暗香。一年最清冷的季节里，水仙花和友爱之花生发出满室清幽的香气，令人陶醉忘忧。

雪霁天晴，北风摇曳着片片绿叶，疑是故人来访。夜晚，人声消歇，四周沉寂，月光透窗来轻抚着朵朵花蕊。依稀朦胧中，有一片香雪海渐入梦来。

品味荠菜

春节过后，不经意间，只听见春风呼啦啦一声，着急地掀开覆盖在麦苗上的残雪，多情的雨水也及时赶来助力加油。仿佛一夜之间，麦苗上下左右开始分蘖，做好拔节蹿个头的架势。碧绿的荠菜也跟着麦苗沾上春风、春雨和春光的恩泽，匍匐于麦根旁、田埂上、沟渠边噌噌地生长，冒出柔嫩的茎，伸展碧绿的叶，开着洁白的小花，绿莹莹地连成一片。昨天晚上，我与居住在豫东故乡的老母亲视频聊天时，她对我说，今年春上咱地里的荠菜可多可肥了，家里挖了不少，你回来包荠菜饺子吃吧？

荠菜饺子，那可是童年时的美味，一辈子也忘不掉。"谁谓荼苦，其甘如荠。"这是《诗经·谷风》里古人爱吃荠菜的最早记载。荠菜可真是大自然的馈赠，其实就是一种很普通的野草，俗名又叫地菜、清明菜，每年 3 月至 5 月采收，味甘、色泽嫩绿，营养价值很高，含有丰富的蛋白质、钙质、维生素 C 等。挖回家洗净后，可凉拌，可拌面上锅蒸，可做馄饨或饺子馅，鲜嫩清香的味道无可言说。洗净后晾晒干，可入中药，有促进胃肠蠕动、降血压、清热解毒、凉血止血之功效。主治痢疾、水肿、便血、目赤等疾病。明代李时珍在《本草纲目》中称其为"护生草"，可辟蚊、蛾等病虫害，即能护众生也。

穿花野荠虽微草，也占年年一分春。老母亲在故乡召唤我回家吃荠菜饺子，更让我如沐春风。我觉得荠菜和梅花、杏花、桃花一样，也是报春的使者啊！"拨雪挑来叶转青，自删自煮作杯羹。宝阶香砌何曾识，偏向寒门满地生。"（南宋·许应龙《荠菜》）初春，荠菜挤挤挨挨地生长在穷乡僻壤和田边地头，拨开积雪，发现它嫩绿的模样，心生欢喜。其实，老母亲打来微信视频电话时，我正在灯下读一首有关荠菜的诗，也许这就是母子之间的心灵感应。放下电话，我陷入对荠菜的遐思之中。自古以来，荠菜不仅是人们的舌尖美味，也是抚慰人心的精神食粮，真能满足人们的物质生活和精神文化的双重需要呢。

"盘餐到野荠，曳杖闲挑根。幽人此味熟，俗子谁知津。微物经品题，便作席上珍。"（曾几《荠》）北宋末年的曾几是江西诗派的代表之一，也是陆游的老师，死后陆游为他作《墓志铭》称他"治经学道之馀，发于文章，雅正纯粹，而诗尤工。"其诗多属抒情遣兴，闲雅清淡，他说荠菜的味道俗人是不会品尝的。"烂烝香荠白鱼肥，碎点青蒿凉饼滑。"（苏轼《春菜》）"时绕麦田求野荠，强为僧舍煮山羹。"（苏轼《次韵子由种菜久旱不生》）苏轼是北宋著名的美食家，既爱吃肉，也嗜吃荠菜，称赞荠菜是"天然之珍，虽小甘于五味，而有味外之美"。贬官外放时，他到田野里挖回荠菜和黄豆、粳米等杂粮一起煮粥，称为"东坡羹"，味蕾感觉是"不用鱼肉五味，有自然之甘。"有朋友向他求教此羹制法时，他写篇《东坡羹颂》讲解烹饪之法，并附一首颂偈："甘苦尝从极处回，咸酸未必是盐梅。问师此个天真味，根上来么尘上来？"此偈内容是禅意满满。佛教有"六根"之说，"六根"对"六尘"，色、声、香、味、触、法。"根"是人的本性，"尘"则是人的欲望，尘皆为梦幻泡影，野菜素食即是消除欲望的法门之一。"吾生好清静，蔬食去情尘。"唐代的"诗佛"王维也说过同样的话。清净无碍的人生便是少欲，两千多年前的孔子曰："饭疏食饮水，曲肱而枕之，乐亦在其中矣"（《论语·述而》）。可见，在苏轼心里，荠菜的天然之味和黄州的春笋、惠州的荔枝、儋州的牡蛎一样，吃的即是舌尖美味，更是吃出了随遇而安、达观圆融的生命智慧和人生态度。

"惟荠天所赐，青青被陵冈。珍美屏盐酪，耿介凌雪霜。采撷无阙日，烹饪有秘方。侯火地炉暖，加糁沙钵香。"（陆游《食荠十韵》）"东坡羹"的香味飘到南宋，陆游很馋这一口，他把这种味觉记忆写入诗中。"荠糁芳甘妙绝伦，啜来恍若在峨岷。莼羹下豉知难敌，牛乳抨酥亦未珍。异味颇思修净供，秘方常惜授厨人。午窗自抚膨脬腹，好住烟村莫厌贫。"（陆游《食荠糁甚美，盖蜀人所谓东坡羹也》）陆游亲手熬制"东坡羹"，气味芬芳，入口鲜甜，美味绝伦。用豆豉调味的莼菜羹，用牛乳做成的酥酪，味道跟它没法比。我中午饱喝一顿荠菜糁羹，抚摸着圆鼓鼓的肚子，在窗下昏昏欲睡，心里美滋滋的。"日日思归饱蕨薇，春来荠美忽忘归。传夸真欲嫌荼苦，自笑何时得瓠肥。"（陆游《食荠》）陆游对吃这种纯天然有机的荠菜羹上了瘾，总结出熬制经验。每次读到这首诗，我的口水直想流下来。

其实，陆游和苏东坡等众多文人士大夫一样，喜欢吃荠菜并非单纯为果腹之需，而是从中体味人生的万般滋味，享受儒释道融合一体的精神满足。比如，北宋的黄庭坚在南唐画家徐熙的一幅《画菜》画作上题写道："不可使士大夫不知此味，不可使天下之民有此色"。菜色指饥馑之色，黄庭坚心系吃不饱、穿不暖的人间疾苦。另据《后汉书》记载："尧遭洪水，人无菜色。"指尧治水有道，虽然遭到洪水之灾，老百姓衣食无忧。黄庭坚警示文人士大夫们从这幅画中，不能只顾欣赏翠绿的青菜，更要倡导忧国忧民的人文道德精神，这句话对后世影响甚广。"穷则独善其身，达则兼济天下"，自然就把荠菜作为心中的审美对象。

"宿志在人外，清心游物初。犹轻天上福，那习世间书。荠菜挑供饼，槐芽采作菹。朝晡两摩腹，未可笑幽居。"（陆游《幽居》）南宋时代，陆游志在抗金收复中原，可一生理想无法实现，退隐故乡多年，春天的荠菜给他带来诸多安慰。"食案何萧然，春荠花若雪。从今日老硬，何以供采撷。山翁垂八十，忍贫心似铁。那须万钱箸，养此三寸舌。软炊香粳饭，幸免烦祝噎。一瓢亦已泰，陋巷时小啜。"（陆游《春荠》）春天荠菜花开，陆游及时采挖回来煮东坡羹，他感悟到陋巷里"颜回乐处"之妙。

和陆游一样，品味出荠菜同样味道的南宋诗人，还有辛稼轩。

淳熙八年（1181年）冬天，辛弃疾遭遇弹劾，隐居上饶带湖，他主张抗金的《美芹十论》从未得到高宗重视。之后，在乡村散淡的生活里，他以春日里的荠菜、桑芽、牛犊、归鸦、蚕宝宝等为审美对象，忘情于绿水青山之中，心里的愤懑得到抚慰。"陌上柔桑破嫩芽，东邻蚕种已生些。平冈细草鸣黄犊，斜日寒林点暮鸦。山远近，路横斜，青旗沽酒有人家。城中桃李愁风雨，春在溪头荠菜花。"（辛弃疾《鹧鸪天·代人赋》）青山迢迢，乡路弯弯，酒家门前的青布幌子在春风中飘荡。城中的桃花、李花担忧被风雨吹打凋落尽，溪边野生的荠菜花自由自在地肆意渲染着春天的多情美丽。看来，"城中桃李"不如"溪边荠菜"耐受风雨，那么我就甘心做一棵溪边与世无争的荠菜吧。

第二年，辛弃疾又填一阕词《鹧鸪天·游鹅湖醉书家壁》："春入平原荠菜花，新耕雨后落群鸦。多情白发春无奈，晚日青帘酒易赊。闲意态，细生涯。牛栏西畔有桑麻。青裙缟袂谁家女，去趁蚕生看外家。"又是一年春来到，荠菜花开满田野，春雨带来好的墒情，地上觅食的群鸦还像去年那样调皮可爱。在这无边春色里，我的白发是那么显眼，傍晚就到小酒店里喝上几杯。辛弃疾此时正处于四十多岁的黄金年纪，多么渴望以"金戈铁马，气吞万里如虎"般的豪情奔赴战场，可面对人生的春天白白流逝无可奈何。他从淳熙四年（1177 年）"马革裹尸当自誓，蛾眉伐性休重说"（《满江红》）的雄心壮志，到南宋淳熙十六年（1189 年）"醉里挑灯看剑，梦回吹角连营"（《破阵子》）的无奈自慰，再到开禧元年（1205年）"凭谁问：廉颇老矣，尚能饭否"（《永遇乐》）的一声长叹，辛弃疾最终活成南宋一位最著名的悲剧英雄。明末著名文学理论家、戏曲家和诗人卓人月在《古今词统》中评价道：春在梨花，春落荠花。仁见谓仁，智见谓智。卓人月可谓是辛稼轩的千年隔代知音。

南宋背海而立，朝廷主要采取和议政策，用银子换取和平，加之皇帝的综合素质一代不如一代，最终在元蒙铁蹄之下改朝换代。宋孝宗淳熙三年（1176 年）冬至，姜夔经过扬州，夜雪初晴，看到昔日繁华的扬州路，如今长满荠菜和麦苗，心中悲凉。"淮左名都，竹西佳处，解鞍少驻初程。过春风十里，尽荠麦青青。自胡马窥江去后，废池乔木，犹厌言兵。"（《扬州慢·淮左名都》）姜夔看到野蛮生长的荠菜，想到家国破碎的现实。而更多的文人士大夫把荠菜的味道，当作理想破灭后的精神安慰剂。

"兔骑朝马趁南衙，五见空村换岁华。旋遣厨人挑荠菜，虚劳座客颂椒花。……二十宦游今七十，于身何损复何加。"（南宋·刘克庄《丙辰元日》）正月初一，家家户户宴席丰盛，高朋满座，美酒飘香，刘克庄却想念荠菜那一口鲜嫩清香。那是早春的消息，也是他青春的味道。"随地挑成荠菜羹，只和淡水入瓶罂。春风不负闲人腹，赢得勾勾饱后行。"（韩淲《正月二十八日》）南宋的韩淲一生正直，主张抗金，后退隐田园，一碗荠菜羹下肚，清香沁人心脾。"嫩剧苔边绿，甘包雪裹春。萧家汤是祖,束叟饼为邻。混沌函三极,冲和贮一真。日斜摩腹睡,自谓葛天民。"(南宋·洪咨夔《荠馄饨》)今天流行的荠菜馄饨,在宋代就已出现。挖一筐鲜嫩的荠菜洗净剁碎,做成薄皮大馅的馄饨,吃上两三碗,如同神仙般快活。

荠花满地无人见,唯有山蜂度短墙。雪挑霜煮春无尽,荠菜肥甜白酒香。当然,还有蝴蝶翩翩飞过带来春天的诗意。"荠花繁处蝶争飞,忽忆前年三月时。流水流杯人共醉,晚来疏雨又新诗。"(南宋·张镃《荠花》)三月,荠菜花繁蝴蝶乱,春风里到处弥漫的清香勾起浓郁的诗情。"荠菜花开雨未晴,章江烟柳正愁人。无钱可买东风醉,自写唐诗过一春。"(郑会《豫章客楼》)得鱼去换红蒸米,呼子来挑荠菜花。品味荠菜,就是体验生命的淡然和洒脱。

何必慕荠菜,窃借春风吹。荠菜的本真味道,离不开春风的抚摸。而文人士大夫对荠菜的审美取向,则来源于儒释道思想的熏陶。在这一点上,唐代大宦官高力士所写荠菜的那首小诗更让人难忘。

高力士本名冯元一,祖籍广东潘州(今高州市),出身名门,后因家庭变故,父亲获罪被杀。唐圣历元年(698年),冯元一入宫为宦官,因其聪明灵活、一表人才、文武兼备等素质,深得武则天喜欢。冯元一与武三思交好,又攀附上当时的临淄王、后来的唐玄宗李隆基。后因工作失误被逐出宫,宦官高延福收他为养子,改名"高力士",再次复召入宫,飞黄腾达。唐景云元年(710年),李隆基联手太平公主于长安发起宫廷政变,剿灭皇后韦氏集团,逼继位不足一个月的李重茂退位,扶老爸李旦复辟为唐睿宗,李隆基被立为皇太子。唐玄宗开元元年(713年),李隆基再次政变,杀死太平公主及其骨干成员,自己当上皇帝。在这两次政变中,高力士出谋划策,功不可没。天宝初年(742年),官至右监门卫将军,知内侍省事,授三品将军。天宝七载(748年)累加至骠骑大将军,封渤海郡公。天宝十四载(755年),设立内侍省,高力士官阶正三品。李隆基曾说:"力士当上,我寝则稳。"平时玄宗称高力士为"将军",太子李亨与他称兄道弟,诸位王爷和公主称他为"阿翁",驸马称他为"爷",可谓炙手可热,权倾朝野。

器重和信任,便是忠诚的动力。天宝十四载(755年)十一月,"安史之乱"爆发,唐玄宗被迫下台,三十八岁好年华的杨贵妃以死谢罪。高力士侍奉李隆基逃至成都,晋爵为齐国公。同年,太子李亨在灵武登基,遥尊李隆基为太上皇。平定"安史之乱"后,李隆基返回长安,高力士因护驾有功,加官开府仪同三司,赐给五百封户以食租税。李隆基成为太上皇,作为忠臣、旧臣的高力士从权力的顶峰跌落。因得罪新宰相李辅国,被贬谪流放黔中道。上元元年(760年)春天,高力士走到巫州（今湖南怀化市）时，看到漫山遍野的荠菜翠绿茂盛，顿生人生感慨。

> 两京作斤卖，五溪无人采。
> 夷夏虽有殊，气味都不改。（高力士《感巫州荠菜》）

荠菜还是那棵青青的荠菜，在洛城和长安要想吃到它，必须到市场上掏银子买。可在这流放的蛮夷之地，无人去采摘它。地方换了，身价迥异，但荠菜的天然之味从不会改变。这荠菜啊，如同宦海人生。高力士虽然不再风光，无人理睬，但自己的品格和骨气从不会改变。宝应元年（762 年）三月，唐代宗李豫继位，大赦天下，已经七十九岁的高力士回归时路过朗州，闻知李隆基驾崩，面朝北方跪下，痛哭流涕，绝食吐血而死。唐代宗追赠他为扬州大都督，陪葬玄宗于泰陵旁。高力士一生留下的诗，就此一首，表达对李隆基的忠诚如荠菜的味道般，未曾改变。

阳春三月，挖一筐荠菜回家。同时，也就把春天的诗意装进心里。老母亲虽然不懂诗，但昨晚她在视频电话里要我回家吃荠菜饺子的话，亦令我心里春意和诗意荡漾起来。

西林紫椹行当熟

> 倦闻子规朝暮声，不意忽有黄鹂鸣。
> 一声梦断楚江曲，满眼故园春意生。
> 目极千里无山河，麦芒际天摇清波。
> 王畿优本少赋役，务闲酒熟饶经过。
> 此时晴烟最深处，舍南巷北遥相语。
> 翻日迥度昆明飞，凌风邪看细柳翥。
> 我今误落千万山，身同伧人不思还。
> 乡禽何事亦来此，令我生心忆桑梓。
> 闲声回翅归务速，西林紫椹行当熟。（唐·柳宗元《闻黄鹂》）

唐代的柳宗元祖籍为山西河东郡，河东柳氏与河东薛氏、河东裴氏并称"河东三著姓"。柳家祖上世代为官，其父柳镇曾任侍御史等职，母亲卢氏属范阳卢氏名门望族。唐大历八年（773年），柳宗元出生于京城长安。贞元九年（793年），二十一岁进士及第。后来，因积极参与王叔文、王伾为首的"永贞革新"失败，于永贞元年（805年）九月被贬为邵州刺史，十一月于途中再贬为永州司马。

自此柳宗元在永州生活十年，对哲学、政治、历史、文学进行深入钻研，平时与朋友一起游历永州山水，现存世《柳河东全集》中的诗歌、辞赋、散文、游记、寓言、杂文以及文学理论等方面五百四十多篇文章，其中有三百一十七篇创作于永州时期，比如《江雪》诗、"永州八记"游记散文和寓言《黔之驴》等，都曾入选中学《语文》课本。元和十年（815年）三月，柳宗元改贬为柳州刺史，最后病死在柳州，终年四十七岁。在中国古典文学史上，柳宗元为唐代著名的文学家、思想家和政治家，他与韩愈发起古文运动，是"唐宋八大家"之一，世称"韩柳"，与刘禹锡并称"刘柳"。

柳宗元存世的诗有一百四十多首，大都是传世之作。比如他著名的诗句"千山鸟飞绝，万径人踪灭。孤舟蓑笠翁，独钓寒江雪"（《江雪》），画面感孤寂寒冷，有点像行为艺术。即使是在酷热的夏天，读之也觉得冷飕飕的。柳宗元在文学上创造出独特的艺术风格，成为代表当时一个流派的杰出诗才，苏轼曾评价曰："所贵乎枯淡者，谓其外枯而中膏，似淡而实美，渊明、子厚之流是也。"苏东坡把柳宗元和陶渊明的诗风并列。柳宗元的诗题材广泛，文笔质朴，形象生动，寓意深刻，他更善于用清新委婉的文笔，表达格调沉厚的独特情感。这首《闻黄鹂》就是如此。

身居贬谪地永州，柳宗元非常关注现实，关心农民疾苦，在当地办了不少好事、实事。春夏之交，行走在乡间野外，偶尔听到杜鹃和黄鹂的鸣叫声，看到桑椹挂满树枝，勾起他对故乡的思念之情，眼前浮现出生机勃勃的田野丰收景象。一望无际的大平原上，翻滚着青青的麦浪，京都地区老百姓的赋税降低不少，乡邻在农忙过后正在用新粮酿酒。在那炊烟袅袅的村舍里，人们热情地打着招呼，闲话家常。黄鹂在阳光下飞翔，又迎着风斜穿细柳。可我却常年漂泊在异乡的千山万水中，不能返回家园。故乡的鸟儿啊，你为什么要飞到这里呢？是故意勾起我浓郁得化不开的乡愁吗？求求你不要再鸣叫了，快点回到你来时的地方吧，我还告诉你个秘密，在故园西边的林子里，你爱吃的紫桑葚马上就要飘出成熟的果香了，快飞回去吧。

"西林紫椹行当熟"，这一节令风物之美柳宗元并不是说给鸟儿听的，其实是安慰自己的。北宋著名文学家胡仔在《苕溪渔隐丛话》中评价这首诗曰："一声梦断楚江曲，满眼故园春草绿。其感物怀土，不尽之意，备见于两句中，不在多也。"桑椹，就是故乡的代名词。

"桑、梓二木。古者五亩之宅，树之墙下，以遗子孙，给蚕食、具器用者也。……桑梓，父母所植。"（《朱熹集传》）中国古代先民常在家乡房屋之旁栽种桑树和梓树，或者说家乡的桑树和梓树是父母为造福子孙和养蚕缫丝而种植的。"桑梓"，代表着故乡和亲人。"维桑与梓，必恭敬止。"（《诗经·小雅》）游子们对"桑梓"充满敬意，思念不止，自觉"反哺桑梓"，这些自然成为中国传统文化基因。

古代先民从桑树上发现野蚕，学会用蚕丝织布，开始人工驯化种植野桑树，副产品就是可入口吃的桑椹。"桑之未落，其叶沃若。于嗟鸠兮，无食桑葚。于嗟女兮，无与士耽。士之耽兮，犹可说也。女之耽兮，不可说也。"（《诗经·氓》）晚春初夏，桑椹成熟，桑叶青翠繁茂，那些爱偷吃的鸟儿，不要叼走成熟的桑椹。那位养蚕的漂亮姑娘，不要轻易和别人调笑，小心你像桑椹一样，被小伙子偷吃占便宜。否则，你就有口难辩了。《诗经》时代，男女青年纯真活泼，桑椹甜美诱人，这就是我可爱的故乡啊！

从中原辐射到南北方，桑树种植非常广泛，用"桑椹"化解乡愁是一服通用良药。东晋时，凉州君主张天锡曰："桑椹甘香，鸱鹗革响。淳酪养性，人无嫉心。"谁不说咱家乡好呢？张天锡为西北地区凉州的甜美桑葚做广告说，猫头鹰吃了当地的桑椹，声音会变得婉转清脆，其滋味甘美如奶香，令人心地善良。东晋偏居江左的谢安有一次和北方的朋友聊起水果，来自北方的老王说他故乡的桑椹比南方的橘子更甜美，谢安不相信，老王用快马送给谢安品尝。谢安吃罢信之，并将桑椹分给大臣尝鲜。看来，用快马送水果并非唐玄宗讨好杨贵妃的专利。

"桑椹"和"桑葚"只是植物学上成熟程度的差异，在诗词意象上表达思乡的主题一样。"啧啧雀引雏，稍稍笋成竹。时物感人情，忆我故乡曲。故园渭水上，十载事樵牧。手种榆柳成，阴阴覆墙屋。兔隐豆苗肥，鸟鸣桑葚熟。"（白居易《孟夏思渭村旧居寄舍弟》）唐朝的"诗魔"白居易祖籍太原，出生于河南新郑，童年在黄河流域的陕西渭村农村度过，对桑椹并不陌生。白居易对前辈柳宗元非常尊重，很喜欢《闻黄鹂》诗，也用"鸟鸣桑葚熟"的意象表达对故乡和亲人的思念。哥俩曾在田野奔跑，追野兔，掏鸟窝，吃桑椹，野蛮生长。这样的童年，在城市出生的人是无法体会和理解的。

"黄栗留鸣桑葚美，紫樱桃熟麦风凉。朱轮昔愧无遗爱，白首重来似故乡。"（北宋·欧阳修《再至汝阴》）黄栗留，是黄莺的别名。陆元恪的《毛诗疏》曰："黄鸟，黄鹂留也。或谓之黄栗留。当葚熟时，来在桑间，故里语曰：'黄栗留看我，麦黄葚熟。'"北宋治平四年（1067 年）初夏，六十余岁的欧阳修以观文殿学士、刑部尚书出知亳州途中，转道来到曾任太守的颍州治所汝阴。他听到黄鹂鸟鸣叫，品尝樱桃和桑椹，看到"桑""麦"成熟，又是丰收之年，心里顿生惭愧之意，自己以前在这里主政时，没有做出这样好的政绩。等年老时，希望能再回到这和故乡一样富足美好的地方。柳宗元和醉翁的诗，同样道出我的心情。

今年"五一"假期，我回到故乡，每天饭后就到麦田边漫步，闻风中麦气，看夕阳余晖，忆少年往事，有一天偶入桑树园，见树上成串的桑椹或红或翠绿如玉，紫色的桑椹像蚕宝宝。桑园主人是一位我不认识的小伙子，热情招呼我进园免费品尝。通过聊天得知，这位年轻人回乡创业，计划着通过植桑、桑葚采摘、加工等途径实现美丽乡村建设和乡村振兴。我真为今天的故乡而高兴，随手把两颗桑葚一起放进嘴里，童年爬树偷吃时入口即化的甘甜瞬间在味蕾之间泛滥开来，不由得让我这个乡音已改鬓毛白的老家伙热泪盈眶。

作为离开故乡四十多年的京华游子，此时此刻还尚能品咂出桑椹的独特情感和传统文化意义，就是我们曾经想逃离村庄、生活在城市多年后又欲回归的人生成熟和收获。

六朝如梦鸟空啼

"江雨霏霏江草齐，六朝如梦鸟空啼。无情最是台城柳，依旧烟笼十里堤。"（韦庄《台柳》）唐代的韦庄在这首诗里，感叹着六朝历史的短暂。

从曹魏黄初三年（222 年）到隋开皇九年（589 年）隋朝统一全国，历经魏晋南北朝时期的吴、东晋和南朝的宋、齐、梁、陈，历史上合称"六朝"，以建康（吴名建业，今江苏南京市）为首都。"台城"原是三国时代吴国的后苑城，东晋以来一直是朝廷办公的政治中枢，也是皇帝后妃们荒淫享乐的后宫。转眼之间，烟水苍茫，楼台荒芜，只有台城的柳树还在风雨中摇曳着疲惫的身姿。

在六朝三百多年的历史中，战争频繁，分裂割据，民生凋敝，白骨累累。在社会动荡之下，汉代苦心经营的"罢黜百家，独尊儒术"的思想在士人心中开始溃退，对个人的思想禁锢无形中被解除，人性逐渐回归本真。同时，为避祸保命或逃避现实，玄学兴盛，清谈流行，荒诞百出。此时，相对自由宽松的社会氛围，逐渐形成了文学独立、艺术繁荣的局面，文学经典名篇佳作频出。如东晋王羲之的《兰亭集序》就是书法艺术和文学艺术的代表，陶渊明也成为田园诗派的滥觞。

在这一时期，社会意识形态同时发生很大的变化，逐渐形成以个体生命为中心的哲学思考，带动着文学思潮呈现出清新蓬勃的气象，即"魏晋风度"，其重要特征之一就是所谓的"乐旷"。六朝士人没有春秋战国时的狡黠，也没有两汉时期的质朴，更没有后来的宋明理学"存天理、灭人欲"思想支配下的身心枷锁。士人普遍高举着"人性解放"的大旗，追求精神独立和心灵自由，充分展示自身的才情和个性，尽情享受郊游、雅聚、喝酒、吃肉、吟诗、歌舞、琴棋、书画、情色和裸奔等"玩物丧志"式的放荡生活。在风雨飘摇的时代舞台上，涌现出众多个性鲜明的风流人物，如"竹林七贤"、陶渊明、谢灵运家族、王羲之家族、鲍照、沈约、江淹、梁武帝家族、何逊、阴铿、庾信等人，兼具社会地位、才华、玄心、洞见、妙赏与深情，超凡的个性和传奇使六朝历史灵动鲜活。"一种风流吾最爱，六朝人物晚唐诗。"这是一位日本诗僧的感叹。

置身在这样的人性张扬和文学思潮中，加上江南特有的自然环境和富足物产，使六朝时代的文学独具特色，尤其是诗歌柔婉细腻、清丽悦耳。比如江南夏日最常见的农活采莲，在诗人笔下是那么浪漫多情。

在中学课本里，有一首乐府民歌《西洲曲》很动听，有些句子画面感极强，让人过目不忘。"开门郎不至，出门采红莲。采莲南塘秋，莲花过人头。低头弄莲子，莲子清如水。置莲怀袖中，莲心彻底红。……海水梦悠悠，君愁我亦愁。南风知我意，吹梦到西洲。"这首民歌不知是何人所写，感情十分细腻，声调婉转优美，充满曼妙忧郁的情调。读之吟之，一位清纯美丽的美少女形象呼之欲出，令人心旌摇荡，真可谓是"言情之绝唱"（陈祚明《采菽堂古诗选》），装点着六朝的梦境。

江南这一日常采莲活动，只有心中富有灵性和感情敏感的诗人才能写得如此美妙，南朝的梁元帝萧绎就是这样的文学家皇帝。萧绎曾写一篇著名的《采莲赋》，语言婉丽美妙。"紫茎兮文波，红莲兮芰荷。绿房兮翠盖，素实兮黄螺。于是妖童媛女，荡舟心许，鹢首徐回，兼传羽杯。櫂将移而藻挂，船欲动而萍开。尔其纤腰束素，迁延顾步。夏始春馀，叶嫩花初。恐沾裳而浅笑，畏倾船而敛裾，故以水溅兰桡，芦侵罗袸。菊泽未反，梧台迥见，荇湿沾衫，菱长绕钏。泛柏舟而容与，歌采莲于江渚。歌曰：碧玉小家女，来嫁汝南王。莲花乱脸色，荷叶杂衣香。因持荐君子，愿袭芙蓉裳。"夏季刚刚开始，春意尚未散尽，湖面上紫茎亭亭，粼粼清波荡漾。红莲朵朵，映衬着层层绿色的芰荷。莲蓬作房屋，荷叶作屋顶。莲籽儿洁白，质朴实在如黄螺。此时，俏男俊女摇起船儿，心中泛起柔情蜜意。鹢形画船迂回慢进，雀状酒杯传递频频。水草挽住船桨，不肯离去。浮萍漂移慢开，为船儿放行。美女摆动着娇柔的细腰，欲行又止。几番回眸传情，确认过眼神。美少女们担心沾湿衣裳，低声浅笑，又害怕船儿倾覆水中，双手紧紧抓住衣襟。船桨击水，缓缓向前，芦叶挂住了绫罗绣衣，荇菜沾湿衣衫，菱草缠住臂环。柏木舟儿轻轻，悠闲自在，放开歌喉唱一曲《采莲》吧。碧玉本是平常人家女，有幸嫁给汝南王哟。莲花映衬着花容貌，荷花染得翠衣香哟。手持莲花荷叶献郎君，用它缝制嫁衣裳哟……

后来，唐代诗人创作出很多相同题材的《采莲曲》，大都是从萧绎的《采莲赋》化出意境。"若耶溪傍采莲女，笑隔荷花共人语。日照新妆水底明，风飘香袂空中举。"（李白）"荷叶罗裙一色裁，芙蓉向脸两边开。乱入池中看不见，闻歌始觉有人来。"（王昌龄）"菱叶萦波荷飐风，荷花深处小船通。逢郎欲语低头笑，碧玉搔头落水中。"（白居易）如此等等，不胜枚举。

梁元帝萧绎（508—555）为兰陵郡兰陵县（今江苏常州市武进）人，是梁武帝萧衍的第七子，也是南朝梁的第三位皇帝。他的老爸梁武帝萧衍不仅"博学多通"，而且"雅好词赋"，在齐朝时就是"竟陵八友"文学集团的骨干分子，儿子萧统、萧纲、萧绎、萧综、萧纶、萧纪等人均以多才善文名世，都喜欢招纳文学名士到自己身边，切磋诗词歌赋写作技巧。萧绎和他爹一样，才艺兼美，酷爱文艺。史载，萧绎"博综群书，下笔成章，出言为论，才辩敏速，冠绝一时"。年轻时，因病导致一眼失明，成为"独眼龙"。在政治手腕上，更是一位"狠角色"。南朝梁太清三年（549年），他在得知梁武帝被饿死后，"横扫"几位亲兄弟，平定侯景之乱。梁元帝承圣元年（552年）即位于江陵。但好景不长，因其要求和西魏重新划定地盘，引发西魏丞相宇文泰不满。三年后，遭到西魏大将于谨和杨忠的猛烈进攻，兵败投降，被侄儿萧詧用土袋活活压死。

另据《梁书》记载："九月辛卯，世祖于龙光殿述《老子》义。"当西魏大军攻破江陵时，萧绎正在龙光殿为大臣举办文化讲座，他是主讲人，讲课的内容是《老子》。正是这位热爱藏书、爱好讲课的皇帝，在城破后，心想"读书万卷，犹有今日，故焚之"。乃下令"焚古今图书十四万卷"。焚烧完藏书，萧绎表现得很英勇，欲跳进焚烧书的火堆里自尽。被大臣抱住后，拔剑击柱，放声大哭道："文武之道，今夜尽矣。"其实，他并不是被读书所害，能写出《采莲赋》，这样内心柔软细腻的皇帝，并不太适合当皇帝玩政治，后来的南唐后主李煜、宋徽宗也是如此。

从南朝齐中兴二年（502年）萧衍灭齐后称帝，到南朝陈永定元年（557年）十月梁亡，萧绎最终成为一位亡国皇帝。梁朝仅存在五十多年。短命王朝，不幸皇帝。史载，萧绎"性好矫饰，多猜忌，而工书，善画，能文"。著有《孝德传》《怀旧志》《金楼子》等四百余卷，在文学、书法、绘画上号称"三绝"，艺术造诣极高。萧绎还写有一篇很著名的《荡妇秋思赋》，其中有句子"登楼一望，惟见远树含烟。平原如此，不知道路几千？天与水兮相逼，山与云兮共色"。唐代王勃《滕王阁序》中的千古名句"落霞与孤鹜齐飞，秋水共长天一色"或许从此句化用而来。

代"梁"之后的"陈"国，于隋开皇九年（589年）被隋所灭。陈朝仅存三十三年，历经五帝，忽悠而过。陈霸先与宋武帝刘裕、齐高帝萧道成、梁武帝萧衍等出身中原的门阀世族不同，陈霸先出身寒微，因在军中镇压交州农民起义而发达。称帝后，陈霸先"俭素自率"，每天粗茶淡饭。妻子章要儿是南方土著，衣不重彩，饰无金翠，素面朝天。但到了他的侄孙辈陈叔宝当上皇帝后，开始荒淫无耻，耽于酒色，不管政事。陈后主宠爱美人张丽华、孔贵嫔等美人，曾写有一首诗《玉树后庭花》："丽宇芳林对高阁，新装艳质本倾城。映户凝娇乍不进，出帷含态笑相迎。妖姬脸似花含露，玉树流光照后庭。花开花落不长久，落红满地归寂中。"隋开皇九年（589年）正月，隋将韩擒虎破陈时，陈后主和张丽华躲入井中，终被擒杀。后来，史书将陈后主作为六朝的终结者。唐代诗人胡曾有《陈宫》诗云："陈国机权未可涯，如何后主恣骄奢。不知即入宫中井，犹自听吹玉树花。"商女不知亡国恨，隔江犹唱后庭花。自此，《玉树后庭花》成为亡国之音的代名词。

六朝如梦鸟空啼，何人再吟《采莲曲》？六朝金粉伴随着政治腐败，权力纷争，建康成为一座最具忧郁气质的都城。但从另一个角度看，六朝烟云，随着魏晋南北朝时期门阀制度的日渐瓦解和儒家思想的崩塌，思想解放，人性张扬，玄学清谈，文学繁荣，出身寒庶之家的草莽英雄开始在权力舞台上崭露头角，这为以后的隋唐改朝换代提供了可能。

"六朝文物草连空，天淡云闲今古同。鸟去鸟来山色里，人歌人哭水声中。"（杜牧《题宣州开元寺水阁》）历史就是这样吊诡，文艺家皇帝治国理政不行，但留下的古典文学艺术遗产仍闪耀着光芒。他们以才情纵横的文字在文学史上留下浓墨重彩的一笔，而唯有文字永远鲜活不朽。

故此，六朝如梦，那是帝王之噩梦，却是文学的美梦。

魏晋南北朝时期的 KCI

每到年末，凡是一个单位，无论大小，无论是国企或是民企，人力资源管理部门开始对每位员工 KCI（Key Competency Index）考核，所得结果与个人的升迁和奖金有关，每位员工都很在乎。

KCI 是西方管理学舶来品，主要评定员工的关键性胜任能力。通过对其工作行为、成效、能力、个性、动机、态度等方面的表现进行量化和定性打分，与能定量的关键绩效指标 KPI（Key Performance Index）统筹计算，最终决定员工行为能力的高低。KCI 看起来很科学时尚，有些不易量化的因素仅凭主观印象，往往打分者的个人好恶决定着分值，是否真正衡量出员工实际创造绩效的能力颇值得怀疑。

事实上，在我国魏晋南北朝时期，这种考核方法就已出现。彼时，对个人评价鉴定后给出的评语决定着士人的仕途和社会地位。那个时代不叫 KCI，叫作"品藻"或"品目"。这类考核由文人名士自发组织，如许劭组织的"汝南月旦评"就很著名，大众都很关注每月的评鉴结果。

文人士大夫之间通过清谈发起"品藻"或"品目"活动，着重对某位人物的德才、仪容、仪表、性情、言谈举止等进行综合考察后，给出一个高度概括性的鉴定结论，该结论可作为皇帝和大臣挑选人才的依据。在魏晋门阀制度严重、注重血统出身的年代，鉴定结论是进入上层圈子和仕途晋升的通行证。

知人善任，知人最难。庄子曰："人情险于山川，以其动静可识，而沉阻难征。故深厚之性，诡于情貌。'则哲'之见，惟帝所难。"庄子感叹真正了解一个人极难，虽然你可以看见他在做什么，可他到底在想什么你很难知道。尤其是那些城府如大山般深沉的人，所想与所说和所做的往往不一致，多面人生，深藏不露。所以，看透所有人，知人之明，即使是圣明的尧帝也难以做到。魏晋时代的人思想解放，喜好清谈，对人物"品藻"成为风尚具有时代特点。南朝宋刘义庆《世说新语》中的《品藻》篇目，曾留下很多有趣的故事。

"品"，就是确定一个人的高下等差是上品、中品或下品。再细分后，上中下里面再各分出"上中下"三个等次，变成九品。即上上、上中、上下、中上、中中、中下、下上、下中、下下。魏初时，大臣陈群提倡用九品来区分人才，并设立一个名为"中正"的官员主持此事，这就是魏晋时期"九品中正制"的由来，目的是为选拔官员，高品人才配置高位。故此，这种制度又叫"九品官人法"。

"藻"，就是"鉴其文质"，重点鉴定一个人的才能和性情，尤其是文学才能。"品"比较偏重德，"藻"比较偏重才。

"品""藻"，皆是人为控制，而人为操纵的活动易滋生腐败。"自是正直废放，邪枉炽结。海内希风之流，遂共相标榜，指天下名士，为之称号。上曰'三君'，次曰'八俊'，次曰'八顾'，次曰'八及'，次曰'八厨'。……君者，言一世之所宗也。俊者，言人之英也。……顾者，言能以德行引人者也。……及者，言其能导人追宗者也。……厨者，言能以财救人者也。"（范晔《后汉书·党锢传》）东汉以来，宦官擅权，执政者胡作非为。那些品德高尚的文人名士，不愿随波逐流，以求洁身自好，讲究言谈举止，品德才情。清谈中相互评比，最后给出个人鉴定。第一等为"君"（相当于 A[+]），可以成为一代宗师，当时有窦武、刘淑、陈蕃三个人。以此类推，第二等为"俊"（相当于 A），有李膺等八个人，可称为俊杰，属英雄式人物。第三等为"顾"（相当于 B[+]），有郭林宗等八个人，能够以自己的道德品行引领影响别人。第四等为"及"（相当于 B），有刘表等八个人，能够用自己的言行劝慰他人追随君子，即及格。第五等为"厨"（相当于 C），有张邈等八个人，能够用自己的财富帮助他人，类似慈善家。可以看出，那时的"品藻"很严格，对人做出三百六十度评价，与今天的 KCI 考评办法类似。

魏晋南北朝时期，文人名士有时评价别人，有时自我评价，尤其注重对个人的品德、才情、个性、容貌等要素的考量，发掘人性的真善美，现在看来这种考评有些历史温度。而现在的 KCl 过度注重绩效指标导向，忽视品德和容止，得出冷冰冰的分值对应着奖金。《世说新语》三十六篇记载：品评人物的分类标目为德行、方正、雅量、识鉴、捷悟等为一类；轻诋、假谲、汰侈、谗险等为一类。可见，"品目"活动，始终把人品放在第一位。当时，郭泰和许邵是两位"品藻"识人的高手。

郭泰即郭林宗，他们二人被评鉴的等级为"八顾"。据《后汉书》记载："泰之所名，人品乃定。先言后验，众皆服之。"意思是说，经郭泰评价鉴定的人品，事后经过检验从不会出错。更值得称道的是在讲究门阀、出身血统的魏晋时代，他们还从农牧者、贩夫走卒、杀猪卖肉之流和底层士兵中发掘出很多人才。在"品"这些底层人物时，从不吝溢美之辞，鼓励他们出人头地，有所成就。"自弘农函谷关以西，河内汤阴以北，两千里负扱荷担弥路，柴车苇装塞途。"郭泰死后，有数以万计的人为其送丧，以至于人车过多，造成交通大堵塞，可见其人格魅力。

许邵为河南汝南人，据《后汉书》记载，许邵"好人伦，多所赏识""好共核论乡党人物，每月辄更其品题，故汝南素有'月旦评'焉"。意思是说，许邵每月初一开展品评活动，每月更换一次人物。如果一个人的表现有变化，对他的评价结果也跟着改变，即实行动态评价管理。彼时，"月旦评"影响力巨大，影响范围很广。《三国志·魏志·武帝纪》注引《魏书》曰：太尉桥玄也善识人。有一次，他看见曹操，惊讶地说："吾见天下名士多矣，未有若君者也。"但我桥玄人微言轻，您赶快去找许劭"品"一下，给您写个评语鉴定，以便尽早出名成"网红"。于是，曹操赶紧找到许劭问："我何如人？"许劭开始眼皮也不抬，不愿意搭理他。经曹操再三追问，许劭轻声慢语地吐出一句话："子治世之能臣，乱世之奸雄。"许劭一句话为曹操一生下了极其准确的定论。可见，许劭识人眼光之毒辣。

晋室南迁，六朝时玄学思想兴起，个性解放，能人名士辈出，"品藻"走向民间大众，参与者众多。对人物的才德表现"品目"，往往更看重其是否有直率、脱俗的性情，甚至是荒诞的言行举止。"王子猷居山阴，夜大雪。眠觉，开室，命酌酒，四望皎然。因起彷徨，咏左思《招隐》诗，忽忆戴安道。时戴在剡，即便夜乘小船就之。经宿方至，造门不前而返。人问其故，王曰：'吾本乘兴而行，兴尽而返，何必见戴？'"（《世说新语》）王子猷是大书法家王羲之的儿子王徽之，当时居住在山阴（今浙江绍兴市）。有天夜里下大雪，他从睡眠中醒来，打开窗户，令仆人斟上酒，四处望去，一片洁白世界，起身漫步徘徊，吟诵左思的《招隐诗》，忽然想到好友戴逵。当时，戴逵远在曹娥江上游的剡县，他即刻乘小船前往，经过一夜才到戴逵家门前，却又转身返回。有人问他为何不进门，王子猷说："我本来是乘着兴致前往的，兴致已尽，自然返回，为何一定要见戴逵呢？"王子猷"雪夜访戴"成为典故，后被无数文人雅士津津乐道。

"孙兴公、许玄度皆一时名流。或重许高情，则鄙孙秽行。或爱孙才藻，而无取于许。"（《世说新语·品藻》）孙绰（兴公）、许玄度二人都是才情极高之名士，孙绰的文章风采超过许玄度，但老孙这个人品德不好，被人所鄙视。孙绰"秽行"主要是为当时的著名人物死后写追忆文章时，他自己爱好"加杂私货"，以攀附名人自吹自擂。孙绰在为庾亮写的追忆文章中说："咨予与公，风流同归。拟量托情，视公犹师。君子之交，相与无私。"庾亮的儿子看后，非常不满，把文章"慨然送还"孙绰后说："先君与君，自不至于此！"我先父与你的关系根本到不了这一步！孙绰在为王濛写的《王长史诔》中说："余与夫子，交非势利，心犹澄水，同此玄味。"王濛的孙子看后，很鄙视他借爷爷的亡灵自我标榜二人友谊纯真，便公开对众人说："才士不逊，亡祖何至与此人周旋。"我爷爷绝不会与此类人物交往的。孙绰有一天到谢安家做客，言谈举止粗鲁。谢安夫人在隔壁听到他们的谈话，深感厌恶。第二天，谢安问夫人昨天来的名士怎么样，谢夫人回答说，我们家里从没有见过这样的庸俗的宾客啊！谢安夫人出身名门，大家闺秀，见识过人。谢安听后面红耳赤，深感羞愧。

谢安有个侄女叫谢道韫，是位聪慧漂亮的大才女，以一句"未若柳絮因风起"的咏雪诗被称为"咏絮之才"。最后，嫁给王羲之的儿子王凝之，但她很看不起这位丈夫。同郡名士张玄妹妹张彤云亦才情过人，嫁给了顾氏。张玄认为妹妹才情比谢道韫还高。有位名叫济的尼姑，在两家之间经常走动，有人问她谢道韫与张玄之妹相比如何，尼姑济回答说："王夫人神情散朗，故有林下风气。顾家妇清心玉映，自是闺房之秀。"（《世说新语·贤媛》）"林下风气"者，女流中的名士也；"闺房之秀"者，小家碧玉也。尼姑济真是很会"品""藻"，二人各有特点，不必放在一起比拼。谢安还有个小妾叫宋祎，善吹笛，艺色双全，先前曾做过王敦的小妾。王敦当时也是一位有权有势、声名显赫的人物，还是晋武帝的女婿。有一天，谢安酒后问小妾自己风度比王敦如何，宋祎笑答道："王比使君，田舍贵人耳。"田舍贵人就是个土财主、暴发户而已，未有风度可言，您可是王者风度啊！谢安听后，乐得一把把她抱到腿上。

"竹林七贤"中,山涛与嵇康、阮籍相识后,情投意合,亲如手足。山涛的老婆韩氏不理解山涛为何看重这两位无所事事的家伙。有一次,恰遇嵇康、阮籍到家里做客,韩氏殷勤置办酒席,让二人喝醉留在家中过夜,以便观察他们的表现。夜色笼罩,油灯如豆,韩氏在墙壁上凿出一小孔,仔细窥视二人的言谈举止,直到天亮。第二天送走客人,山涛问老婆这两位朋友如何,韩氏说你的才情见识远不及他们俩啊!韩氏没给丈夫留面子,评判得非常准确到位。面对司马氏篡魏后的政权,阮籍则整天沉醉在酒酣中装疯卖傻,以求避祸。山涛积极投靠,卖身求荣,当上组织部长。嵇康愤而写出《与山涛绝交书》,公开宣布自己绝不与司马氏政权合作,终被杀头。据说,死前弹奏一曲《广陵散》,已成为绝响。嵇康慷慨赴死后,袁宏称赞他曰:"遗外之情,最为高绝,不免世祸。将举体秀异,直致自高,故伤之者也。"(《七贤序》)木秀于林,风必摧之。行高于人,众必非之。袁宏所说与三国魏人李康《运命论》的观点一致,为嵇康的人生悲剧做了注解。"故彼嵇中散之为人,可谓命世之杰矣。观其德行奇伟,风勋劲邈,有似明月之映幽夜,清风之过松林也。……"(《吊嵇中散文》)"中散不偶世,本自餐霞人。形解验默仙,吐论知凝神。立俗迕流议,寻山洽隐沦。鸾翮有时铩,龙性谁能驯。"(南北朝·颜延之《嵇中散》)嵇康不愿和世俗社会同流合污,孤高自傲,就像一位吞吐云霞而得道的神仙,这人中龙凤的性格谁也驾驭不住。"常修养性服食之事,弹琴咏诗,自足于怀,以为神仙禀之自然,非积学所得。"(《晋书·嵇康传》)作为人中鸾龙的嵇康,本性难改,最易遭到世俗人间的摧残。

由此观之,"品藻""品目"是个技术活,也是项文学活动。不像当今的 KPI 和 KCl,大都以绩效指标为导向。魏晋南北六朝时代,没有计算模型,没有加权平均计算法,郭泰、许邵他们如何对评鉴对象进行三百六十度"品"呢?

一是长期观察言谈举止。在日常工作和生活中,言谈举止是最容易显露性情和能力的外在表现,一个人的品行和能力隐瞒一时容易,但长时间是隐瞒不住的。吴国的陆机、陆云兄弟是当时公认的大才子,有次哥俩在成都时,长史卢志当众问道:"陆逊、陆抗是君何物?"陆逊是哥俩的亲爷爷,三国时吴国著名的丞相。陆抗是哥俩的亲爹,官拜大司马,是吴国的英雄人物。卢志故意用"何物"来羞辱他哥俩,这是挑衅,更是轻蔑。卢志当时权大势强,霸道蛮横。陆云不敢吭声,陆机却高声回答曰:"如卿于卢毓、卢珽。"卢毓是卢志的爷爷,卢珽是卢志的老爸。陆机反应敏捷,不卑不亢,反唇相讥,不动声色地回骂了卢志。所以,当时人们普遍认为陆机比陆云品德高、能力强,事实证明确实如此。陆机的《文赋》

精骛八极，心游万仞，六艺辞采，荟萃笔端，驰骋意象，天马行空，并首开文艺理论之先河。

二是观察骨相和精气神。相由心生，一点不假。潘阳仲遇到童年的王敦说："君蜂目已露，但豺声未振耳。必能食人，亦当为人所食。"后来，王敦兵权在握，发动叛乱失败后病死。"蜂目"，即眼睛高突。豺声，即音色和语气和豺狼的叫声相似。潘阳仲从王敦的面相上看出他性情狠毒，不能善终。难怪小姜宋祎"品"他之后，转身投到谢安的怀抱。

刘劭曾写有专著《人物志》，借鉴前人的研究成果，率先从理论上探讨一个人的骨相与性格及命运之间的关系。"盖人物之本，出乎情性。情性之理，甚微而玄。非圣人之察，其孰能究之哉？凡有血气者，莫不含元一以为质，禀阳阴以立性，体五行而著形。苟有形质，犹可即而求之。"刘劭把前人的相面法和阴阳五行论相结合，提出个人具有十二类性格，评鉴时必须把握住"神、精、筋、骨、气、色、仪、容、言"九个方面的特征。一个人的外在体态形貌、体态语言等，确实与内在的心理状态和精神世界相关联，这便形成一个人的风骨或"精气神"。如王恭"濯濯如春月柳"、嵇康"卓卓如野鹤之在鸡群"、邴原"所谓云中白鹤，非燕雀之网所能罗也"、山涛"如璞玉浑金，人皆钦其宝，莫知名其器"、王衍"岩岩清峙，壁立千仞"。用春柳、野鹤、璞玉、清岩描述这些人物的"骨相"，暗示着高洁的道德品质，真是传神又准确。

魏晋南北朝对人物的品评活动，后来演变为看相算命，走向封建迷信，成为糟粕，偏离其原有的对个人才能、品行的考察和审视。现代著名哲学家冯友兰说过："从一些现存的残缺材料看起来，所谓才、性，有两方面的意义。一方面，所谓性，是指人的道德品质。所谓才，是指人的才能。在这一方面说，所谓才、性问题，就是'德'和'才'的关系问题。另外一方面，所谓才，是指人的才能。所谓性，是指人的才能所根据的天赋的本质。在这个方面，所谓才、性问题，就是一个认识论的问题：人的才能主要是由一种天赋本质所决定的，还是主要从学习得来。是先天所有的，还是后天获得的。"(《中国哲学史新编》)冯先生提出的一个人的才和性之间的关系等哲学问题，魏晋南北朝时期的文人名士通过"品藻""品目"等清谈活动，就试图搞清楚。但人性太复杂，善恶一念间，真正搞清楚是不可能的，就连今天大数据之下的 KCI 考核亦不能及。

寂寞与孤独

寂寞和孤独的心理状态看起来相似，就像隔着一层窗户纸般，但不甘寂寞与享受孤独则是两种截然不同的精神境界。比如，唐代柳宗元《江雪》的诗意彻骨寒冷，"千山鸟飞绝，万径人踪灭。孤舟蓑笠翁，独钓寒江雪"。画面感传达出永州被贬生涯的孤独寂寞之苦。而王维《终南别业》的诗意轻松宁静，"中岁颇好道，晚家南山陲。兴来每独往，胜事空自知。行到水穷处，坐看云起时。偶然值林叟，谈笑无还期。"画面感透露出半官半隐辋川别业后的闲适，很享受这种清寂和孤独。

像柳宗元、王维这样的例子很多。一部唐诗史，诗人们表达的主题无外乎是青春理想、科举仕途、羁旅贬谪、聚散伤情、知己红颜、边塞征战、忆旧遣怀、月夜思乡、悲秋愁绪等。不同的诗人，不同的性格，在不同的人生阶段和境遇之下，诗中流淌的情绪有的是寂寞或不甘寂寞，有些是孤独或享受孤独，从诗中可以透视出作者的精神世界和心灵轨迹。

初唐时期，被称为唐代第一诗人的王绩，出身于官宦之家，却无心仕途，隐居田园，纵情诗酒，他以一首《野望》诗，拉开大唐诗史多彩多姿的序幕，把唐诗的风格从六朝、隋朝时的靡艳转向对大自然的审美和内心感受的抒发。"东皋薄暮望，徙倚欲何依。树树皆秋色，山山唯落晖。牧人驱犊返，猎马带禽归。相顾无相识，长歌怀采薇。"后来，唐人写《野望》的诗很多，但王绩这首山野秋景诗是开篇。王绩在闲逸的情调中，透出几分心理寂寞，但不忧伤。"皋"指水边之地，东皋指他家乡山西绛州龙门朝东的地方。"徙倚"指来回徘徊。"何依"则是化用曹操《短歌行》"月明星稀，乌鹊南飞。绕树三匝，何枝可依"的诗句，表达出他内心有些百无聊赖，无所事事。在夕阳余晖之下，举目四望，层林尽染，秋色如画，牧人骑马打猎归来。田园牧歌式的生动画面，宛如一幅山水晚秋图，渲染出王绩的寂寞情绪。但这种寂寞是自动选择的结果，并不觉得清苦可怜。"浮生知几日，无状逐空名。不如多酿酒，时向竹林倾。"（王绩《独酌》）王绩甘愿追怀古代的隐士，和伯夷、叔齐那样的高洁之士为伍，看破红尘，不恋功名，嗜酒如命，甘于寂寞，享受这种隐居故乡的孤独感。

王绩之后，他的侄孙王勃很著名，和卢照邻、杨炯、骆宾王并称为"初唐四杰"。这一诗人天团组合，给初唐诗坛带来生机勃勃的万千气象，可惜四人的命运结局都不好，令人唏嘘哀叹。等到豪放的陈子昂粉墨登场，以短诗《登幽州台歌》一鸣惊人，"前不见古人，后不见来者。念天地之悠悠，独怆然而涕下。"陈子昂登上古幽州台，深感宇宙无限，时光流逝，叹息自己命运坎坷，表达出的寂寞超越时空，直抵心灵。最终陈子昂被诬陷，在孤独中死去，年仅四十余岁，把一生的寂寞和孤独带入坟墓。

长安元年（701年），李白降临人间，出身诡异，才华横溢，豪情万丈，智商一流，但在官场情商太低，注定仕途寂寞。李白凭借着写诗专长，四处游历，炫技吹牛，却始终处理不好与周围的人际关系。身在宫廷，心在云端，好不容易进入长安权力中心，能在唐玄宗面前混个脸熟，玄宗调羹、贵妃研墨、力士脱靴则是更证明他不知天高地厚的传说。唐玄宗评价李白"固穷相"，给点小钱打发他离开。被杜甫记录在案的"李白斗酒诗百篇，长安市上酒家眠。天子呼来不上船，自称臣是酒中仙"式的酒后失态，实于虚张声势，有点行为艺术的表演成分。李白做梦都想当大官，人生理想和性格禀赋差异太大，注定他一生表面轰轰烈烈之下的内心寂寞忧伤，却又不甘寂寞，结果只能是苦于寂寞。"白发三千丈，缘愁似个长。不知明镜里，何处得秋霜。"（《秋浦歌之十五》）李白仕途失意，不愿自我反思，不会调整心态，"抽刀断水水更流，举杯消愁愁更愁。人生在世不称意，明朝散发弄扁舟。"（《宣州谢朓楼钱别校书叔云》）除了整天喝大酒自我麻痹后，写出极具想象力的诗歌之外，李白还能干什么呢？"花间一壶酒，独酌无相亲。举杯邀明月，对影成三人。月既不解饮，影徒随我身。暂伴月将影，行乐须及春。"（《月下独酌》）放荡不羁，及时行乐。李白一杯一杯复一杯喝的不是酒，是不甘寂寞。"古来圣贤皆寂寞，惟有饮者留其名"，这是他苦于寂寞后的自我心理安慰。李白一生并不孤独，但始终不甘寂寞。安史之乱中，李白不顾妻子劝阻，兴奋地从庐山下来加入永王李璘的造反队伍，失败后被投入监狱，也是他不甘寂寞的结果。

杜甫比李白年龄小十岁，是李白的"铁粉"。杜甫出身是典型的"官二代"，告诉儿子说"诗是吾家事，人传世上情"，内心有一种优越感。但不幸家道中落，经济上没有经商做生意的李白家家底殷实。青年时代，杜甫曾豪情满怀，"致君尧舜上，再使风俗淳""会当凌绝顶，一览众山小"。可时代没有给杜甫机会，仕途不顺，生活常常陷入困顿状态，杜甫一生坚守的儒家理想不能实现，让他深感孤独。"细草微风岸，危樯独夜舟。星垂平野阔，月涌大江流。名岂文章著，官应老病休。飘飘何所似，天地一沙鸥。"（《旅夜抒怀》）历经安史之乱，目睹百姓疾苦，晚年的老杜年老体弱，更为孤独所折磨。杜甫就像飘零在天地之间的那只沙鸥，孤独地飞来飞去。

大历二年（767年）重阳节，杜甫寄居在夔州，登高望远，孤独凄凉的心境中，写出《秋兴八首》，诗中的孤独感穿越千年而来，至今读之令人双眼盈泪。"风急天高猿啸哀，渚清沙白鸟飞回。无边落木萧萧下，不尽长江滚滚来。万里悲秋常作客，百年多病独登台。艰难苦恨繁霜鬓，潦倒新停浊酒杯。"（《登高》）秋风阵阵，霜天寥廓，猿鸣三声泪沾裳。水清沙白的河洲上，鸟儿来回盘旋，无枝可依。无边无际的树木落叶飘零，长江水滚滚奔流。常年万里漂泊不能返回故乡，如今年老体衰，霜染双鬓，借酒浇愁愁更多。"重阳独酌杯中酒，抱病起登江上台。竹叶于人既无分，菊花从此不须开。殊方日落玄猿哭，旧国霜前白雁来。弟妹萧条各何在，干戈衰谢两相催。"（《九日》）重阳节，青青翠竹和黄菊花很快就与我无缘相见了，哀莫大于心死。

人生之路，热闹总是暂时的，孤独寂寞则是常态，关键是学会甘于寂寞，享受孤独。这并不是逃避社会责任和"躺平"，而是和自己的内心和解，更是一种豁达、积极的人生态度。

如唐代的诗人王绩和王维，享受孤独使人耳聪目明。因为置身事外，用"冷眼向洋看世界"的眼光，面对纷扰喧嚣的世界，不会随波逐流。享受孤独助人心胸豁达，孤独感经常相伴的灵魂是轻盈的，能使你时刻保持精神上的清醒，不以物喜，不以己悲，顺从内心，知足保和。如东晋时期的陶渊明。

陶渊明不为五斗米折腰，主动弃官，归隐田园，亲自耕作土地，种粮种菜，养鸡养鸭，与农人百姓打成一片，甘于贫困和寂寞。"结庐在人境，而无车马喧。问君何能尔？心远地自偏。采菊东篱下，悠然见南山。山气日夕佳，飞鸟相与还。此中有真意，欲辨已忘言。"（《饮酒·其五》）一个人活在世上，总要找寻活着的意义。陶渊明所处的东晋时代，门阀制度严重，权力地位、财富功名更是个人价值实现的标签。但欲得到这些，需要牺牲尊严，结交权贵，投机钻营，装腔作势，吹嘘拍马。陶渊明不愿做这些勾当，选择退出，甘于寂寞，享受孤独，为自身生命存在的价值找到新的注解。后来，北宋的苏轼很理解陶渊明，"陶渊明欲仕则仕，不以求之为嫌。欲隐则隐，不以去之为高。饥则叩门而乞食，饱则鸡黍以延客。古今贤之，贵其真也。"大文豪苏东坡赞美陶渊明生命存在状态之"真"，一生唱和全部陶诗一百多首，向他致敬。1935年，朱光潜先生评价陶渊明的生命状态是"高贵的单纯和静穆的伟大"。确实如此，"静穆"是心灵的豁然开朗，对人生的大彻大悟，如秋潭月影，清澈见底，波澜不惊，和谐安静。而非陈子昂、李白和杜甫式的金刚怒目、愤愤不平和喋喋不休。

心远地自偏，大隐隐于市。在人来人往的闹市中，门前冷落鞍马稀又何妨？享受平凡的人间烟火，不受人际关系的羁绊，排斥社会现实成功的标准，融入大自然，看透生命的本质皆是时光的弃儿而已。"何以称我情，浊酒且自陶。千载非我知，聊以咏今朝。""纵浪大化中，不喜亦不惧。应尽便须尽，无复独多虑。""死去何所道，托体同山阿。""千秋万岁后，谁知荣与辱。""吁嗟身后名，于我若浮烟。"陶渊明不愧为田园诗的鼻祖，悟透了个体生命只不过是大自然中的一分子，转眼就化为泥土融入自然。随意采几枝菊花插在头上，无意间抬头看见远方夕阳下的庐山美轮美奂。成群的鸟儿鸣叫着结伴向山中飞去。陶渊明享受着的这份孤独，无法用语言表达，心灵自在轻盈，澄明愉悦。

陶渊明让我们懂得，享受孤独能使人清心寡欲。因为孤独可以自动过滤社会上的那些酒肉朋友，并与世俗功名保持适当的距离，但你远隔万水千山的知己，一定能心神相会。正如作家周国平所说："唯有在孤独中，人才能与灵魂相遇。孤独让人陷入沉思，进而发现自己，洗涤灵魂。"孤独让你找回初心，那些甘于寂寞、享受孤独的人，心中总是怀有无限的梦想，灵魂跟得上匆匆的脚步。德国哲学家叔本华说过："一个精神富有的人，追求的是宁静和闲暇。亦即争取得到一种安静、简朴和尽量不受骚扰的生活。因为一个人内在越丰富，对外在需求也就越少，别人对他来说越不重要。"叔本华一生就是在孤独中，发现和丰富了他的哲学思想。

王维和李白同年出生，"诗佛""诗仙"的称号预示着命运迥异。王维官至尚书右丞，中年时期买下宋之问的二手房"辋川别业"，接来老母亲，半官半隐生活在这里二十多年。居室内四壁空空，只有绳床和经书，孤灯清影，吃斋念佛，读书写诗绘画，身心浸润在青山绿水中，看云卷云舒，花开花落，享受着孤独自在的闲适生活，如同不食人间烟火的世外高人，体悟出宽广深远的人生大境界。"空山新雨后，天气晚来秋。明月松间照，清泉石上流。竹喧归浣女，莲动下渔舟。随意春芳歇，王孙自可留。"（《山居秋暝》）一场秋雨一场寒，空旷的群山格外凉爽，傍晚的气候已进入深秋。皎洁的月光洒向松林，清泉水流潺潺。洗衣姑娘银铃般的欢笑从远方传来。打鱼的小舟正推开荷叶，向岸边划来。春日的芳菲任它消失，这美好的季节挽留着朋友们。王维找到适合自己的生命状态，和灵魂和谐共处。

陈子昂、李白、杜甫等诗人不甘寂寞，却又苦于寂寞，却以存世诗文而千古流芳，在中国古典文学史上享受着至高地位的赞美和热闹。陶渊明、王维等人甘于寂寞，享受孤独，陶渊明贫苦一生，王维富贵一世，二人同样以存世诗文而不朽，再想甘于寂寞已经不可能了。他们人生苦于寂寞与享受孤独的价值，殊途同归。

我并非哲学家，从文学的角度看，享受孤独虽然能够益人，却像药性极烈的稀贵补药很难获得，更难以驾驭。这服药是苦药、烈药，"苦"在于需要忍受煎熬，抵御当下社会喧嚣纷扰红尘的诱惑。"烈"在于若驾驭不好，孤独会使人走向一条精神沉沦、理智崩溃、抑郁自杀的不归之路。如果说"烈药"需要良医指导才能服食，那么享受孤独就需要读书学习、融入自然、知己相助等途径，帮你感悟，为你排解、减轻个人不甘寂寞的苦涩，真正享受到孤独给心灵带来的另类人生风景。当你孤独的眼泪足以打动自己的内心，正是这服补药的药效发挥到极致之时。人生甘于寂寞的忧伤是一种惊艳的美丽，享受孤独则是一种精神上的奢侈。司马迁、陶渊明、王维、海明威、贝多芬等这些古今中外的著名人物，都是在享受孤独中，为人类创造出伟大的作品，他们在精神上是豪奢的。而那些终日浑浑噩噩、无所事事、怨声载道、横冲直撞之流，终日为世俗的欲望不能满足所困，无法自拔，很难从人类精神欲望金字塔的底座跨上塔尖，获得这些宝贵的精神补药，他们由于在精神上的修炼太少，无法感受到享受孤独的益处。

寂寞与孤独本来就不是在同一层次上的精神体验。寂寞是渴望得到别人抚慰的心理和身体需求，孤独则是需要有自我反思的心灵体验和批判精神。这两种生命状态，不同的人有不同的选择和喜好。如果说，不甘寂寞让你的生命状态激情燃烧，那么，享受孤独则会使你的灵魂趋于冰清玉洁。

旧梦又回江南岸

"江南"这个词，最早出现在先秦两汉时期。在中国人文地理概念中，字面意思特指长江以南地区，但其含义在不同语境下又有所变化。在历史上江南也被称为"江东"或"江左"。其实，先秦时期，地处黄河流域的中原人把江南视为未开化的蛮夷之地。秦代到汉初,江南大部分地区处于"火耕而水耨"的原始农业时代,虽"无冻饿之人,亦无千金之家",由于"江南卑湿,丈夫早夭",江南并不可爱。汉朝以后,全球气温降低,江南一带的气候变得适宜耕种和居住,土地开垦和经济发展为江南的繁盛奠定了物质基础。从地理上看,"地势倾于东南,而吴之为境,居东南最卑处,故宜多水"。在这片水乡泽国,先民"以塘行水,以泾均水,以塍御水,以埭储水""遇淫潦可泄以去,逢旱岁可引以灌",探索出一套完备的水利系统,不但为经济发展提供了条件,而且塑造出江南独特的人文景观。"江南可采莲,莲叶何田田。鱼戏莲叶间。鱼戏莲叶东,鱼戏莲叶西,鱼戏莲叶南,鱼戏莲叶北。"(汉·佚名《江南》)这首动听的汉代乐府民歌,吟唱出江南水乡夏日风景画面。

此外,从历史上看,历经秦、两汉至三国魏晋南北朝,尤其是西晋永嘉之乱、唐朝安史之乱、北宋靖康之乱以后,以人口大规模南迁为载体的文化传播和融合,顺应了自然环境变化的大趋势,促使文化意义上的"江南"出现新的面貌。现代著名历史学家钱穆先生认为:"东晋南渡,长江流域遂正式代表着传统的中国。"永嘉之后,大批中原世家大族集体南渡避难,他们大都具有较高的文化造诣,雅致的士族文化给彼时的江南初步奠定诗性基础。"衣冠轨物,图画记注,播迁之馀,皆归江左。晋、宋之际,学艺为多;齐、梁之间,经史弥盛。"(《隋书》)六朝时期,文化繁荣达到一个小高潮。范缜的《神灭论》、钟嵘的《诗品》、周兴嗣的《千字文》、刘勰的《文心雕龙》、梁代的萧衍皇帝家族对文学的狂热成就等,皆为例证。到了唐代,设有"江南道",面积广大,包括长江以南大部分地区,此后作为行政区划概念的"江南",太湖流域富庶繁华愈发明显。"赋出天下而江南居十九……浙东西又居江南十九,而苏松常嘉湖五府又据两浙十九也。"安史之乱后,"士君子多以家渡江东""天下衣冠士庶避地东吴,永嘉南迁,未盛于此"。清代以后,作为地理概念的江南则逐渐固定为太湖流域的苏州、松江、常州、杭州、嘉兴和湖州等地。

可见,江南由于汉代自然环境变化和中原汉人为避战乱三次大规模南迁叠加,逐渐形成山清水秀、才子佳人、经济富饶、文化积淀丰厚的特定区域。"杏花烟雨江南",成为人们心中梦幻般的存在,这种被传统文化浸润的诗情画意把江南永远定格在中华文明史上。

南北六朝时期,南朝梁天监元年(502年),萧衍受齐和帝"禅位",走马上位,建立南梁王朝,成为梁武帝。年轻的梁武帝并非等闲之辈,他是汉朝开国宰相萧何的二十五世孙，文武全才，学识广博，胆识过人，对政治、军事、文学、历史、书法、绘画、音乐、佛法样样精通，在南朝诸帝中，堪称翘楚。梁武帝在位长达四十八年，政绩显著，却笃信佛法，多次出家，享年八十六岁。"梁氏享国五十年，天下且小康焉。"（明·王夫之《读通鉴论》）明朝的著名史家王夫之对他评价很高。"小康"社会，来之确实不易，他的几个儿子都是狂热的文艺青年，长子萧统组织编著的《昭明文选》，是中国现存最早的一部诗文总集，收录了自先秦至齐梁几百年间的赋、诗、骚等三十七类文体共七百余篇作品，对经史子集等思想学术类文章都未收入，首次为"文学"与"非文学"之间划定了界限和范畴，对文学独立发展起到开创性作用，对后世影响深远。

南朝梁天监四年（505年）秋天，正是兵强、马肥、粮足的时候。梁武帝萧衍命令临川王萧宏北伐，剿灭屯兵寿阳的叛将陈伯之，主将萧宏深知"不战而屈人之兵，善之善者也"，命令秘书丘迟采取宣传攻心战术。丘迟心领神会，挥笔写成《与陈伯之书》后，立即派出小兵快马加鞭，送给敌方守将陈伯之。丘迟在信中对敌方很有礼貌，并以江南如画风景诱之。"迟顿首陈将军足下：无恙，幸甚，幸甚！将军勇冠三军，才为世出，弃燕雀之小志，慕鸿鹄以高翔。……暮春三月，江南草长，杂花生树，群莺乱飞。见故国之旗鼓，感平生于畴日，抚弦登陴，岂不怆悢！所以廉公之思赵将，吴子之泣西河，人之情也，将军独无情哉？……聊布往怀，君其详之。丘迟顿首。"陈伯之阅后，内心深受触动，骑马来到前线，遥望远方，透过战场硝烟，仿佛看到暮春三月的故国景色在向自己招手，那里草木葱茏，鲜花竞相在原野开放。鸟儿成群，振翅翻飞，绕树歌唱。不知道如今江南故乡和亲人们是否无恙？我每次登上城墙，手挽长弓，目睹故国旌旗猎猎，耳听战鼓阵阵，回忆以往在南梁的生活，岂不伤怀？当年逃到魏国的廉颇为回归故土当上赵国的主将，不顾年老拼命吃肉喝酒，以证明自己还能打仗。战国时的魏将吴起也曾望着故乡西河方向哭泣。故国之恩，乡愁之恋，这是人之常情啊！

据载，"伯之得书，乃于寿阳拥兵八千归降"。江南故乡的风景触动陈伯之的思乡之情，丘迟凭一封书信避免一场恶战。这就是江南的魅力，也是文字的力量。"暮春三月，江南草长，杂花生树，群莺乱飞。"成为宣传江南春天的最佳文案。

"千里莺啼绿映红，水村山郭酒旗风。南朝四百八十寺，多少楼台烟雨中。"（杜牧《江南春》）时光流逝，英武的梁武帝和机智的丘迟早已灰飞烟灭，而江南的风景却被时光之水滋润得更加丰腴动人。隋朝统一南北朝后，隋炀帝开凿大运河，沟通南北物资和文化交流，大大促进了江南社会经济和文化发展，使江南成为一个诗意的存在和巨大的文化空间，吸引着不同时代的文人们纷至沓来寻梦。唐代的白居易就是一位典型代表。

"上有天堂，下有苏杭"，这是对江南最动人、最通俗、最精炼的赞美。把苏杭连称始于白居易，"苏杭自昔称名郡""江南名郡数苏杭""我年五十七，荣名得几许。甲乙三道科，苏杭两州主。"白居易的诗中反复把苏州和杭州连称，并以自己曾主政苏州和杭州而自豪。

唐开成三年（838 年），白居易正在太子宾客分司东都洛阳任上，这是一个"位高、职闲、责任小、俸禄多"的美差，是他主动找到好友、当朝宰相牛僧孺开后门谋取的。此时，白居易褪去了文艺青年的天真，成为一位官场"老狐狸"，有钱、有闲、有地位、有人脉。"谈笑有鸿儒，往来无白丁"，整天会友喝酒、听歌观舞、读书写诗，优哉游哉，颐养天年。"十亩之宅，五亩之园。有水一池，有竹千竿。有堂有亭，有桥有船。有书有酒，有歌有弦。有叟在中，白须飘然。"（《池上篇》）在洛阳的白府里，他时常陶醉在"樱桃樊素口，杨柳小蛮腰"的轻歌曼舞中，回忆在江南的好时光。

这年初夏的一天午后，酒意阑珊，白居易忽然想起长庆二年（822 年）七月，自己五十岁时自求外放到杭州当市长的旧事。在杭州干了两年多，为百姓做了一些好事实事，心里颇感安慰。掐指一算，十四年已经过去了，江南如画的风景早已入梦。晨起登上望海楼，看朝霞似火，江边盛开的花朵艳丽多姿，碧绿的江水比蓝草还绿，怎能叫人不怀念她？在对江南的回忆中，杭州是我的最爱。我们曾在如水的月光下，到山寺中去寻找桂子。也曾登上郡亭，醉卧其上，看那钱塘江潮起潮落。我们喝着春竹叶美酒，观赏美人曼妙的舞姿。美人脸庞绯红，似出水的芙蓉花，有点像年轻时的情人湘灵。江南就是湘灵的化身，也是我的青春我的爱情，希望能早日在梦中相逢。想到这，白居易不禁哑然失笑，提笔挥毫，一气呵成脍炙人口的《忆江南三首》，生动表达出他对江南的眷恋。"江南好，风景旧曾谙。日出江花红胜火，春来江水绿如蓝。能不忆江南？　江南忆，最忆是杭州。山寺月中寻桂子，郡亭枕上看潮头。何日更重游！　江南忆，其次忆吴宫。吴酒一杯春竹叶，吴娃双舞醉芙蓉。早晚复相逢！"

据《乐府诗集》记载："忆江南"也称"望江南"，为唐教坊曲名，至晚唐五代时期成为词牌名，沿用至今。白居易这三首《忆江南》词写毕，立即在洛阳街头成为流行歌曲，传到长安和江南。当传到同庚挚友"诗豪"刘禹锡的耳朵里，刘郎回忆起和白居易的往日友情，提笔写出"和乐天春词，依《忆江南》曲拍为句。

春去也，多谢洛城人。弱柳从风疑举袂，丛兰裛露似沾巾。独坐亦含颦。 春去也，共惜艳阳年。犹有桃花流水上，无辞竹叶醉尊前。惟待见青天。"(《忆江南二首》)字里行间，不见刘禹锡一贯的倔强和傲慢，只有柔情似水。这是他们二人对江南的永恒记忆，那是他们青春的影子，更是他们理想的幻影。

皇甫松是工部侍郎皇甫湜之子，宰相牛僧孺的外甥，出身显赫，人脉广泛，多年在西北黄土高坡甘肃生活，独对江南情有独钟。"兰烬落，屏上暗红蕉。闲梦江南梅熟日，夜船吹笛雨萧萧。人语驿边桥。"(《梦江南》)夜深人静，烛光暗淡，画屏上的美人蕉模糊不辨，我又梦见久别的江南。青梅正熟，细雨飘洒，独自坐在小船上，吹笛到天明。桥边驿亭上，那久违的乡音在诉说着陈年旧事。

江南一梦，韦庄梦中的江南是悔恨。韦庄是唐代著名诗人韦应物的四世孙，出生在晚唐，遇到黄巢起义攻陷洛阳，唐僖宗中和元年(881年)攻占长安，韦庄逃往南方。唐昭宗乾宁四年(897年)，四川节度使王建起兵，藩镇割据。唐哀帝天祐四年(907年)进入五代十国。王建自称西蜀皇帝，任韦庄为宰相，成为大唐朝廷的"叛徒"。韦庄住在杜甫草堂里，成为当时蜀国文坛领袖，看似表面风光无限，其实内心很受煎熬。作为文人，他背叛朝廷，等于精神上背叛自己，在漂泊和空虚中，用美酒美女和艳诗麻醉自己，成为"花间派诗词"的代表人物。韦庄的灵魂找不到归宿，把回忆祖先笔下和记忆中的江南当成最好的安慰剂。"人人尽说江南好，游人只合江南老。春水碧于天，画船听雨眠。垆边人似月，皓腕凝霜雪。未老莫还乡，还乡须断肠。"(《菩萨蛮》)春天的江水清澈碧绿，比天空更湛蓝。躺在画船上，听着雨声入眠。江南酒家的女子，双臂洁白如雪。江南故乡再好，我也无法再回去了。

唐代的江南梦延续到了宋朝，北宋的柳永曾填词《望海潮》："东南形胜，三吴都会，钱塘自古繁华。烟柳画桥，风帘翠幕，参差十万人家。云树绕堤沙，怒涛卷霜雪，天堑无涯。市列珠玑，户盈罗绮，竞豪奢。重湖叠𪩘清嘉，有三秋桂子，十里荷花。羌管弄晴，菱歌泛夜，嬉嬉钓叟莲娃。千骑拥高牙，乘醉听箫鼓，吟赏烟霞。异日图将好景，归去凤池夸。"词中的"三吴""钱塘"即为江南的重要地理符号和代名词。"三秋桂子，十里荷花。羌管弄晴，菱歌泛夜"的如画风景，代表着宽泛地域上的"江南"，成为被诗人们反复吟咏的审美对象。"江南岸，云树半晴阴。帆去帆来天亦老，潮生潮落日还沉。南北别离心。兴废事，千古一沾襟。山下孤烟渔市晓，柳边疏雨酒家深。行客莫登临。"(《望江南》)北宋的王琪站在江南岸上，写有十首《望江南》，对江南的柳树、酒、水、燕、竹、草、雨、月、雪等风景倾注着无限深情。

靖康之变，宋室南渡，这次人口大迁移从靖康元年（1126年）开始，一直持续到南宋祥兴二年（1279年）崖山之战，总人口达五百万人之多，让南方人口数量大大超过北方，而移民分布最多的则是南宋政权中心所在的江南地区，"西北士大夫多在钱塘"，诸多文人士大夫在此汇聚，大大推动了文化学术的发展。大批职业艺人集聚促进了市民文化的繁荣。据《武林旧事》记载，南宋的杭城内外共有娱乐场所"瓦子"二十多处，观众多时达到千余人。各种文化表演行当五十多项，艺人五百余人，他们或讲述历史故事、民间传奇，或表演马戏，或演出杂技影戏，促使江南在文化上迅速繁荣起来。正如清代靳辅所言，江南在"汉唐以前，不过一泽国耳。自钱镠窃据，南宋偏安，民聚而地辟，遂为财赋之薮"。

明清以来，江南成为先进文化和先进生产力的代表地区。明清两代，平均每七个进士中，就有一个以上出自江南。明代状元的四分之一来自江南地区，清代的状元江南地区占半数以上，苏州文人汪琬把状元称为当地的"土产"。《红楼梦》《牡丹亭》等文化经典的广泛传播，直接塑造出梦幻般的江南形象。

春风又绿江南岸，明月何时照我还？我愿意回到梦中的江南，那可是历史和文化不断积淀的结果。故此，在每个历史阶段和每个人的梦中，都曾住着一个别样的江南。

异乡的莲花

宋神宗熙宁十年（1077年），在朝堂内外曾引起广泛争议的"王安石变法"已进入尾声，王安石本人也于去年第二次被罢相，退隐金陵"半山园"闲居。这年，黄河又一次泛滥成灾，滔天洪水致使黄河向南改道，途经杞县境内，此地立成水乡泽国。邢家渡和河沿村的村民们望水兴叹，无法种植五谷杂粮，只好广种莲藕和养鱼。历经洪水无数次冲刷淤积，有些未来得及采摘的莲蓬落入水中，逐渐被埋藏在八九米深的地下，成为被时光遗忘的种子。

一梦近千年。2015年2月，由于沿途修建高速公路施工，这些沉睡地下千年的宋代"莲子",在开封杞县邢口镇小河寨村西侧的土坑内被挖出,重见二十一世纪的阳光和雨水。经中国科学院考古研究所测定,这些莲子的寿命应在830—1250年之间。2020年6月,浙江大学艺术与考古博物馆决定对非常幸运获得的两颗古莲子进行培育。2022年6月20日,经杭州育荷专家钱萍的不懈努力,古莲子在杭州如期绽放出两朵莲花,还有三朵含苞欲放。千年古莲开了花,观者如潮,令人惊叹。从此,遗忘在北宋汴京的古莲子重新焕发生机,成为今日杭州的异乡莲花。

面对着这两朵莲花,我深深地感到大自然和时光交融的神奇!时间并没有让生命消逝,而让生命静止在漫漫长夜里,等待着人类的重新发现。这穿越千年的汴京古莲子,开在今天异乡的西湖边,成为新闻媒体关注的主角。而让我最为担心的是她千年之前的清丽孤傲模样,已经很难融入当今这满眼浓妆艳抹、红脸青腰的荷花之中了。

莲花,早在周朝就有栽培记载。但从中国人的心理层面、精神层面和文化层面而言,具有一种独特的审美意义。在两千多年的诗歌历史中,到处可见无数诗人笔下的莲花摇曳多姿,令人心向往之,使其成为沟通中华民族精神世界的桥梁之一,为华夏民族带来抒发情怀和道德修养等方面的自我感悟。这足能引发民族情感和审美共振的莲花,一直维系和传承着中国传统人文精神的本质,使其闪耀着灵性和神性的光芒。在这一点上,莲花盛开在中国古代文人士大夫的心中,有着不同的情感寄托和艺术审美体验。

莲花是爱情之舟。

莲花的神话传说向来就与爱情和西湖有关。天宫王母娘娘身边有位名叫玉姬的美貌侍女,下凡时看到人间男耕女织的生活很美好,便动了凡心,偷偷跑出天宫,来到杭州的西子湖畔玩耍嬉戏、谈情说爱,天亮后也不愿回到天宫。王母娘娘很生气,就用莲花宝座把她打入湖中淤泥中,变幻成人间的莲花。故此,莲花与爱情结缘,成为古人共同的情感诉求和寄托。比如《诗经》中,有关莲花的诗句很多,表达的主题大都是男欢女爱。"山有扶苏,隰有荷花。不见子都,乃见狂且!"(《郑风·山有扶苏》)有扶苏木长在高山上,有荷花开在浅滩里。郑国女子,美貌风流,泼辣多情,打情骂俏,喜欢疯狂一些和坏一点的美男子。见不着帅哥子都,偏偏偶遇上你一个癫狂的汉子!难怪南宋大儒朱熹一本正经地说"郑风皆淫语"。

汉魏南北朝和隋唐时期,以莲花为主题的《采莲曲》非常流行,乐府民歌很动听。"江南可采莲，莲叶何田田，鱼戏莲叶间。鱼戏荷叶东……"在莲花和采莲的小舟上，爱情到处流传。"泛舟采菱叶，过摘芙蓉花。扣楫命童侣，齐声采莲歌。"江南风光和采莲女的生活情态鲜活生动，正是青年男女暗生情愫的浪漫场景。"开门郎不至，出门采红莲。采莲南塘秋，莲花过人头。低头弄莲子，莲子青如水。置莲怀袖中，莲心彻底红。"（南朝《西洲曲》）"棹动芙蓉落，船移白鹭飞。荷丝傍绕腕，菱角远牵衣。"（南朝梁·萧纲）"锦带杂花钿，罗衣垂绿川。问子今何去，出采江南莲。辽西三千里，欲寄无因缘。愿君早旋返，及此荷花鲜。"（南朝梁·吴均）夏日盛装的美少女乘舟去采莲，欲把莲子寄给三千里之外戍边的心上人，盼望他趁这荷花还艳丽澄鲜时归来。这荷花，就是少女青春美丽的模样。"千叶红芙蓉，照灼绿水边。余花任郎摘，慎莫罢侬莲。"在这首魏晋南北朝时的《读曲歌》中，这位女子的表白更大胆热烈！哥哥啊，趁我的青春"灼若芙蕖出绿波"（曹植《洛神赋》），你就大胆地摘取我这朵莲花吧！"思欢久。不爱独枝莲，只惜同心藕。"欢快多情的《采莲曲》继续在隋朝吟唱。"荡舟无数伴，解缆自相催。汗粉无庸拭，风裙随意开。棹移浮荇乱，船进倚荷来。藕丝牵作缕，莲叶捧成杯。"（隋·殷英童）隋炀帝杨广虽荒淫残暴，但有关莲花的诗歌却写得温情脉脉。"日落沧江静，云散远山空。鹭飞林外白，莲开水上红。逍遥有馀兴，怅望情不终。"（杨广《夏日临江》）隋炀帝也是一位狂热的文艺青年。

《采莲曲》对后来的诗歌影响深远。唐宋时代的许多诗人谱写的《采莲曲》除表达爱情外，还能为盛夏带来阵阵清凉的风，祛除我们内心的炎热和焦躁。"采莲归，绿水芙蓉衣，秋风起浪凫雁飞……"（王勃）"荷叶罗裙一色裁，芙蓉向脸两边开。乱入池中看不见，闻歌始觉有人来。"（王昌龄）"菱叶萦波荷飐风，荷花深处小船通。逢郎欲语低头笑，碧玉搔头落水中。"（白居易）"船动湖光滟滟秋，贪看年少信船流。无端隔水抛莲子，遥被人知半日羞。"（皇甫松《采莲子》）小船上那位把莲子抛向美少年的害羞少女，惊艳了宋元明清时代的许多诗人。"采莲时节懒匀妆，日到波心拨棹忙。莫向荷花深处去，荷花深处有鸳鸯。"（宋·何迎龙）"月色涵清露，荷花映白蘋。一双花下鸟，妒杀荡舟人。"（清·汪琬）美貌又多情，多情又泼辣，泼辣又有趣。那些活在《诗经》和《采莲曲》中的女子，比莲花还要可爱俏丽，哪个男人遇见不心动如脱兔呢？

莲花有君子之德。

孔子曰："岁寒，然后知松柏之后凋也。"因为松、竹、梅这三种植物在寒冬时节仍保持顽强的生命力，自古就成为中国传统文化中君子高尚人格的象征。"即其居累土为山，种梅百本，与乔松修篁为岁寒三友。"（南宋·林景熙《五云梅舍记》）"岁寒三友"在冬天相互鼓励，而在花稀草茂的盛夏六月，荷花则成为君子的象征，这要归功于屈子和周敦颐他们。战国时期，楚国的屈原不受楚怀王信任，被流放潇湘之地后自沉汨罗江。在其《离骚》诗中，留有"朝饮木兰之坠露兮，夕餐秋菊之落英。……制芰荷以为衣兮，集芙蓉以为裳。不吾知其亦已兮，苟余情其信芳"的情怀。

从此，美人、香草、莲花构成"三位一体"的君子象征，而荷衣喻指"邦有道，则仕；邦无道，则可卷而怀之"的退隐君子。"宫袍掉头未爱，爱荷衣、不染市朝尘。仙样蓬莱翰墨，云间鸾凤精神。"（南宋·冯伟寿）"荷衣消翠，蕙带馀香，灯前共语生平。"（宋·张炎）"荷衣制了，待寻壑经丘，溯云孤啸。"（南宋·张炎）南宋偏安江南，宋金议和政策带来短暂的和平时光，收复中原无望，文人们往往更喜欢用莲荷表达情怀。

北宋理学家和文学家周敦颐（1017—1073）是二程的老师，开北宋理学之先，朱熹也应称其为"师爷"。嘉祐八年（1063年）五月，应邀与诗友游玩时，挥笔而就《爱莲说》，奠定莲花乃君子之花的地位。"予独爱莲之出淤泥而不染，濯清涟而不妖，中通外直，不蔓不枝，香远益清，亭亭净植，可远观而不可亵玩焉……予谓菊，花之隐逸者也；牡丹，花之富贵者也；莲，花之君子者也……"

周敦颐以其个人的儒家学术地位、文学修养、从政业绩和道德修养为加持，使莲花成为君子之花。从此，很多文人士大夫常常以莲花自喻，把自己的精神追求投射到莲花之上，对着莲花倾诉自己的喜怒哀乐和人生感悟。比如北宋时的贺铸，经苏轼等人推荐，从行伍转入文职，能文能武，性格耿直，相貌奇丑，志向远大，仕途不顺。但其诗风多变，豪放悲壮、妖艳婉约皆炉火纯青，辛弃疾和他有相似之处。"杨柳回塘，鸳鸯别浦。绿萍涨断莲舟路。断无蜂蝶慕幽香，红衣脱尽芳心苦。 返照迎潮，行云带雨。依依似与骚人语。当年不肯嫁春风，无端却被秋风误。"（贺铸《踏莎行·芳心苦》）莲花生长在杨柳掩映的池塘里，有鸳鸯戏水。无根之绿萍泛滥，把采莲女的船堵住了。没有"远舸冲开一路萍"，更不会有美女来"偷采白莲回"。浪蜂狂蝶肯定不会慕莲花的幽香而飞来，这些轻薄之辈只喜欢媚俗浓艳的味道。莲花自开自落，莲蓬饱满，莲子清香，味道微苦。

这正是贺铸自己无人欣赏、怀才不遇的人生写照。夕阳西下，云雨欲来，水波兴起有声，那莲花仿佛是在吟唱屈子的《离骚》。当年莲花就不愿与百花争奇斗艳于春风之中，现在终老于这萧瑟秋风里。我也和莲花一样，青年时不愿意献媚逢迎，现在蹉跎岁月而老去，也不后悔，自品人生甘苦。"老梅临沼绿阴阴，一朵荷花透入林。不比世间红粉面，结交真有岁寒心。"（南宋·钱时《荷花入梅阴中》）一棵老梅树在水边郁郁葱葱，荷花在树下盛开，俏也不争艳，只想和梅花交个知心朋友。把荷花种植在梅树边，这才是宋代独有的清雅吧。

莲花是佛教之本。

佛教起源于印度，古印度很早就有爱莲的传统，印度教、佛教等教派都把莲花视为吉祥圣洁之物。据说，摩耶夫人生下释迦时，天际纷纷飘落五彩的莲花瓣，眼前盛开着车轮般巨大的莲花。莲花在炎热夏季的水中盛开，出淤泥而不染。佛教认为，炎热表示烦恼，人间烦恼比恒河的沙子还多，自我执念如同污泥积垢在心。水则能清洗泥污，消除暑热，为烦恼的人间带来清凉的境界。

水中的莲花能从烦恼的人间到达清净的世界，成为佛国净土的圣人化身。故此，佛祖释迦牟尼把莲花放在最崇高的位置，具有佛教上的神圣意义。佛经中把佛教圣花称为"莲花"，把佛国称为"莲界"，把袈裟称为"莲服"，佛祖也被称为"莲花王子"。莲花的自然美与佛教理想高度契合，"莲"成为"佛"的象征，佛经《妙法莲华经》象征教义的纯洁高雅。"我为沙门，处于浊世，当如莲花，不为污染。"莲性即佛性，是一种大智慧大境界。"凡夫心如合莲花，圣人心似开莲花……"（《大藏经》）凡人的心中开不出莲花，只有圣人才行。欲生净土，唯有从莲花中进入，在莲花中孕育、成长和再生。花开见佛性，人有了莲的心境，就开悟到佛性。

故此，我们经常看到中国敦煌、云冈、龙门石窟中，有很多以莲花为内容的艺术形象。唐代大诗人李白也自号"青莲居士"，其诗《僧伽歌》曰："戒得长天秋月明，心如世上青莲色。意清净，貌棱棱。亦不减，亦不增。"孟郊有诗《送清远上人归楚山旧寺》云："波中出吴境，霞际登楚岑。山寺一别来，云萝三改阴。诗夸碧云句，道证青莲心。应笑泛萍者，不知松隐深。"权德舆有诗《题云师山房》曰："云公兰若深山里，月明松殿微风起。试问空门清净心，莲花不著秋潭水。"白居易因为本姓"白"，一生酷爱白莲，"上人处世界，清净何所似。似彼白莲花，在水不著水。性真悟泡幻，行洁离尘滓。修道来几时，身心俱到此。嗟余牵世网，不得长依止。离念与碧云，秋来朝夕起。"（《赠别宣上人》）白乐天的这首诗，禅意满满。

晚唐时，赵嘏发现神亮上人五年来不曾离开寺院一步，心如止水，非常感慨道："五看春尽此江濆，花自飘零日自曛。空有慈悲随物念，已无踪迹在人群。迎秋日色檐前见，入夜钟声竹外闻。笑指白莲心自得，世间烦恼是浮云。"(《赠天卿寺神亮上人》) 唐宋文人大都喜欢和山寺僧人交往，生前经常吟诵南无阿弥陀佛，死后乘于佛陀的荷莲之上。"僧舍清凉竹树新，初经一雨洗诸尘。微风忽起吹莲叶，清玉盘中泻水银。"(唐·施肩吾《夏雨后题青荷兰若》) 诗人和僧人之间互赠诗词中所描写的莲花，大都回归到佛教的本质意义。

莲花是异乡之花。

《诗经》有说："彼泽之陂，有蒲菡萏。有美一人，硕大且俨。"莲花美丽，美人更好。我国莲花种植非常古老、广泛。古代由于交通不便，每个地区都有不同特色的红莲或白莲品种。到了汉代，伴随佛教逐渐沿着河西走廊传入中国，石窟雕像中莲花的艺术形象普及开来。同时，莲花也作为商品四处流通，不同的莲花品种在异乡盛开，人们对莲花更加喜爱。不过，盛夏时节，采莲和赏荷在魏晋南北朝和隋朝，还属于达官贵人的消暑和小众文艺活动。到了唐宋以后，商品经济发达，社会环境宽松，才成为普通大众的消夏活动。故此，唐宋以后有关莲花的诗词歌赋突破《采莲曲》的表达空间，丰富了莲花所承载的精神内涵。

另外一个原因是唐宋时期的读书人，为了科考而干谒，或到处游历，希望自己的才华被发现和推荐，如杜甫和李白等。中了进士，当官一般也需到异地交流，如白居易和苏轼等。白居易和苏东坡在杭州做官时，为西湖"接天莲叶无穷碧，映日荷花别样红"的美景做过很大贡献，留下"白堤"和"苏堤"佳话。还有很多文人被贬谪，流放他乡，把莲花作为情感寄托的对象之一。

盛夏，暑热难耐，羁旅或宦游他乡的文人们喜欢在荷塘边闲坐，欣赏开在异乡的莲花，寻找内心的无上清凉。或摘取一个莲蓬，剥一颗莲子在嘴里咀嚼，用那又甜又苦的味道消除乡愁。比如唐代的王维在长安做官时，不愿介入官场纷争，远离李林甫等"污泥"般的奸臣。经常隐居在终南山的辋川别业里，用山水风景消解执念，礼佛绘画写诗弹琴，吾心安处即故乡，且把长安辋川当成山西故乡，闲适清寂、诗意自然的生活状态如莲花般洁净禅意。"轻舸迎上客，悠悠湖上来。当轩对尊酒，四面芙蓉开。"(《临湖亭》)"漱流复濯足，前对钓鱼翁。贪饵凡几许，徒思莲叶东。"(《纳凉》)"寂寞掩柴扉，苍茫对落晖。鹤巢松树遍，人访荜门稀。绿竹含新粉，红莲落故衣。渡头烟火起，处处采菱归。"(《山居即事》)"空山新雨后，天气晚来秋。明月松间照，清泉石上流。竹喧归浣女，莲动下渔舟。随意春芳歇，王孙自可留。"(《山居秋暝》)"日日采莲去，洲长多暮归。弄篙莫溅水，畏湿红莲衣。"(《莲花坞》) 采莲女天真的笑脸如莲花，女孩子请求撑船的人不要急，怕撑船的竹竿扬起水，打湿这一张张美丽的笑脸。这莲花坞的景色，不是和山西蒲州一样吗？这才是自己终生研读佛经寻找的"莲界"啊！

唐肃宗上元二年（761年），王维去世后，埋葬在终南山，黄泉之下陪伴终生礼佛的老母亲。一直到今天，我们还能在终南山辋川看到王维亲手种下的那棵银杏树。夏天，郁郁葱葱；秋天，漫天金黄。只是，溪流中断，环境污染，不见了盛唐时的莲花。

晚唐的赵嘏，一生没有王维幸运。好不容易中了进士，住在长安，做了个小官渭南尉，把妻子安排在江南润州（今镇江市）生活。妻子因美貌而被当地军阀抢走，后又送还，当夜死去。赵嘏不久也因悲伤死于任上。"云雾凄清拂曙流，汉家宫阙动高秋。残星几点雁横塞，长笛一声人倚楼。紫艳半开篱菊静，红衣落尽渚莲愁。鲈鱼正美不归去，空戴南冠学楚囚。"（《长安秋望》）赵嘏登上长安城，远望故乡。秋日的莲花败落，令人忧愁。为什么不学陶渊明和张翰而及早退隐，非要甘愿过囚徒似的生活呢？！此首诗感动了杜牧，称赵嘏为"赵倚楼"。"家在枚皋旧宅边，竹轩晴与楚坡连。芰荷香绕垂鞭袖，杨柳风横弄笛船。城碨十洲烟岛路，寺临千顷夕阳川。可怜时节堪归去，花落猿啼又一年。"（赵嘏《忆山阳》）异乡的秋日莲花，增添乡愁，赵嘏想归隐故乡，却已来不及了。毕竟他没有向前辈王维学习的条件，这就是命运的无常吧？

总而言之，从植物学的角度看，荷花和莲花还是有所区别的两个品种。但在日常生活中，人们常把莲花和荷花等同。"荷"也被称为活化石，在黄河、长江流域及北半球的沼泽湖泊中生长了九千多年，为原始人类的出现提供了食材。随着新石器时代农耕文化的出现，直到西周时代，荷花才从野生状态走到田间池塘。

春秋时《诗经》中的民歌，又把荷花从实用转向审美层面。不仅有诗歌，先民还制造出来精美绝伦的青铜器"莲鹤方壶"，现已成为河南博物院的镇馆之宝。此外，两千五百多年前，吴王夫差为讨好宠妃西施，在太湖之滨的灵岩山离宫修建"玩花池"，移栽大量野生红莲，莲花岂能亵玩呢？夫差玩物丧志，错杀伍子胥，最后被勾践报了仇，莲花不幸又与亡国联系在一起。汉代的乐府民歌和优美明快的《采莲曲》，洋溢着浓烈的生活气息。西晋的美男子潘岳也不得不感叹"游莫美于春台，华莫盛于芙蕖"。南朝陈代后主陈叔宝不理朝政、荒淫奢靡，喜爱诗歌、音乐和美女，对荷花很痴迷。"抵荷乱翠影，采袖新莲香。归时会被唤，且试入兰房。"（《采莲曲》）唐代李白不甘寂寞的性情和天才般的想象力，为"碧荷生幽泉，朝日艳且鲜。秋花冒绿水，密叶罗青烟。秀色空绝世，馨香为谁传。坐看飞霜满，凋此红芳年。结根未得所，愿托华池边"而忧伤。

杜衍是唐朝名相杜佑之后，北宋初年的名臣，善诗，工书法，为世人所推重，他在《咏莲》诗中透出一种优越感。"凿破苍苔涨作池，芰荷分得绿参差。晓开一朵烟波上，似画真妇出浴时。"清晨阳光下，荷花如贵妃出浴般美丽动人，这与杜衍在宋仁宗时代仕途顺利有关。

总之，历经两千多年，莲花被赋予更多超越自身的审美意象，丰富了中国传统文化精神表达空间。无论是爱情之莲、君子之莲、佛教之莲或是异乡之莲，都被每一个个体生命建构、解读和塑造，成为每个人心理层面、精神层面和文化层面的叠加及映照，给予人生诸多积极的意义。

但是，莲花所寄托的这些审美意象，到了二十一世纪"消费主义"的时代，人们过多关心莲花的经济价值，甚至观赏价值也在为旅游创收服务，很少人有闲情去静心品赏莲花在《诗经》、汉代乐府民歌、佛教和唐诗宋词中的本真意象，也没有多少人喜欢吟唱通俗易懂、活泼清新的《采莲曲》了，还有谁自愿用千年之前的莲花演绎自己的真实人生呢？

故此，用千年之前的北宋古莲子，培育出的莲花盛开在今天的杭州，她已很难找到北宋时代的同伴佳侣，也没有共同的"依依骚人语"可聊。我知道，这几朵异乡之莲花，或许会非常孤独和寂寞地盛开着。

第四部分

俯捡翠羽

重读《岳阳楼记》

岳阳楼位于岳阳市古西门洞庭湖岸边，距今已有一千八百多年的历史，初建于东汉建安二十年（215 年），为三国东吴将领鲁肃的阅兵楼。西晋时称"巴陵城楼"。唐宋以后，在朝代更替中，历经三十多次屡圮屡修及无数文人骚客吟咏，尤其是庆历五年（1045 年）滕子京重修并力邀范仲淹写下著名的《岳阳楼记》后，楼以文名，文以楼传，文楼并重于天下。从此，岳阳楼由军事用途转向文化观赏和文脉传承。2005 年被评为湖南省十大文化遗产之一，与武汉黄鹤楼、南昌滕王阁并称为江南三大名楼。

我第一次知道岳阳楼和《岳阳楼记》，是年少时在高中二年级语文课堂上。由于《岳阳楼记》中华丽的辞藻和排比句太美，背诵这篇雄文比较容易，心里确实很享受，更记住了名句"先天下之忧而忧，后天下之乐而乐"。

第二次与《岳阳楼记》相遇，是在 1982 年 7 月高考的考场上。这年高考，河南考区语文考卷的作文题目是"先天下之忧而忧，后天下之乐而乐"。要求写一篇议论文，不少于八百字。四十多年过去后，我早已忘记自己写了什么。但至今记忆犹新的是在钢笔的沙沙声中，作文中我曾引用过杜甫的诗句"尔曹身与名俱灭，不废江河万古流"。结果我的语文高考成绩还不错。

二十世纪八十年代初，一位乡村少年与《岳阳楼记》的两次相遇，带来的人生喜悦和幸运，让我受益一生。2022 年，防疫隔离在家，我重读《岳阳楼记》，与少年时课堂上的心情是如此不同。

我一直在思考，为什么范仲淹从未到过洞庭湖，也未登临岳阳楼，凭着出色的想象力，怎能写出千古名篇《岳阳楼记》呢？为什么他与滕子京的这次伟大合作并非偶然冲动呢？其实，文以载道，这与他们作为文人士大夫的理想人格和道德气节有关。

范仲淹的人生逆袭很励志，也很成功。两岁时，父亲去世。家贫，母亲无奈地带着他改嫁到山东邹平的朱姓人家，改名换姓叫朱说。少时，家中无力供其读书，只好勤工俭学，寄居寺院。后来，在南京应天府书院（今河南商丘市睢阳区）求学，二十七岁进士及第，进入仕途后，达则兼济天下的家国情怀从未改变。年轻时工作热情很高，因犯言直谏，先后被贬到山西运城、浙江睦州、江西饶州和陕西邠州。宋仁宗时代，范仲淹在与韩琦合作的西夏战场上，颇有建树。等到外放河南邓州任上，撰写《岳阳楼记》时，已年近六十，仕途即将结束。滕子京为什么非要他来写呢？为什么他能写得洋洋洒洒和光芒万丈呢？

首先，滕子京对范仲淹很了解，也很信任。他们二人是同学，是哥们，平常来往频繁，诗词唱和不断。"优游滕太守，郡枕洞庭边。几处云藏寺，千家月在船。……宦情须淡薄，诗意定连绵。……"（范仲淹《和延安庞龙图寄岳阳滕同年》）滕子京心里很清楚"天下郡国，非有山水环异者不为胜，山水非有楼观登览者不为显，楼观非有文字称记者不为久，文字非出于雄才巨卿者不成著"（滕子京《与范经略求记书》，下同）。那时放眼全国政坛和文坛，唯有范仲淹"文章器业，凛凛然为天下之时望，又雅意在山水之好"。滕子京重修岳阳楼，这篇"记"，非范仲淹莫属！老范雄才巨卿，绝无二人！滕子京没有看走眼。他在任上，并没有其他显赫政绩留世，只有"面子工程"重修岳阳楼，并请范仲淹作"记"这件事，干得真漂亮！滕子京也因此千古流芳。

其次，范仲淹的文学造诣极高。范仲淹能文能武，在诗歌和散文创作上，其文风既刚毅豪迈，有时候又柔情似水，并且更擅于在山川江湖中，以诗歌抒发情怀。"宁鸣而死，不默而生。"（《灵乌赋》）"直气海涛在，片心江月存。"（《苏州十咏·伍相庙》）"万木怨摇落，独如春山碧。"（《松》）"寸怀如春风，思与天下芳。"（《鄱阳酬泉州曹使君见寄》）"好山深会诗人意，留得夕阳无限时。"（《登表海楼》）"羌管悠悠霜满地，人不寐，将军白发征夫泪。"（《渔家傲·秋思》）"碧云天，黄叶地，秋色连波，波上寒烟翠。山映斜阳天接水，芳草无情，更在斜阳外。黯乡魂，追旅思，夜夜除非，好梦留人睡。明月楼高休独倚，酒入愁肠，化作相思泪。"（《苏幕遮·碧云天》）老范的这些诗句脍炙人口，大部分成为经典。对不同风格诗词表达主题的把握，范仲淹了然于胸，驾轻就熟。他把自然景观、内心感悟和士大夫的精神气质、审美追求与人格理想如此完美地融合在《岳阳楼记》之中，成就了岳阳楼。

第三，范仲淹的精神气质、人格理想和道德追求，赋予《岳阳楼记》不死的灵魂。范仲淹年少时，就曾下定决心，不为良相，便为良医，以兼济天下和苍生为己任。"心焉介如石，可裂不可夺。""岂辞云水三千里，犹济疮痍十万民。"为百姓鞠躬尽瘁，死而后已。"雷霆日有犯，始可报君恩。"只有天天冒犯皇帝，才能报答皇帝对自己的知遇之恩。"以为肆予宜人之意，则国必颠危。"如果皇帝一意孤行，则国家就陷于危险境地，这就是范仲淹的君臣之道。"一时士大夫矫厉尚风节，自仲淹倡之。"范仲淹的才华和人格魅力吸引带动了北宋一大批追随者，完成了文人士大夫独立人格和共治天下责任担当意识的觉醒，一定程度上影响到中国古代思想史和历史进程。故此，并肩作战的韩琦称赞他曰："上天生公，固为吾宋。"（《祭文正范公文》）生死之交的战友所言，最令人信服。"以天下为己任，裁消幸滥，考核官吏，日夜谋虑兴致太平。"（《宋史·范仲淹传》）官方的历史结论，经得起时间的检验。

"一棹危于叶，傍观亦损神。他时在平地，无忽险中人。舟楫颠危甚，蛟鼋出没多。斜阳幸无事，沽酒听渔歌。"（《赴桐庐郡淮上遇风》）范仲淹因直言犯谏，得罪宰相和仁宗皇帝，被贬睦州，一家十余口人乘船南下，船行淮河时，忽降暴雨遇险，全家人差点葬身鱼腹。脱险后，他感同身受，希望能在陆地上行走的安全者，不要忘记那些在风浪中讨生活的人们。推己及人，换位思考，满是悲悯情怀。"数年风土寒门行，说着江山意暂清。求取罢兵南国去，满楼苍翠是平生。"（《与张焘太傅行忻代间因话江山作》）宋夏议和后，西北前线再无战事。庆历六年（1046年），五十八岁的范仲淹自求退隐，来到民风淳朴的河南邓州任市长。

以老范的德才和经验，治理一个邓州不难。三年来的治理很有政绩，邓州农业生产五谷丰登，六畜兴旺。百姓安居乐业，和谐稳定。老范明白，百年大计，教育为本。大力兴办学校，培养人才，自此乡村集镇，书声琅琅。"南阳偃息养衰颜，天暖风和近楚关。欲少祸时当止足，得无权处始安闲。心怜好鸟来幽院，目送微云过别山。此景此情聊自慰，是非何极任循环。"（《依韵酬李光化见寄》）邓州风景，让老范安心。人生暮年，曾经沧海，云卷云舒，花落花开。是非曲直，任由后人评说去吧。老范一生问心无愧，生活轻松洒脱，偶尔还"老夫聊发少年狂"。"南阳太守清狂发，未到中秋先赏月。百花洲里夜忘归，绿梧无声露光滑。天学碧海吐明珠，寒辉射空星斗疏。西楼下看人间世，莹然都在青玉壶。从来酷暑不可避，今夕凉生岂天意。一笛吹销万里云，主人高歌客大醉。客醉起舞逐我歌，弗舞弗歌如老何。"（《中元夜百花洲作》）中元夜本是思念故去亲人的日子，老范却把这一天当成了中秋节，喝酒狂歌的醉态有点像李白，绿叶梧桐静寂无声，露水莹润，明月皎洁，繁星点点，放下尘世的俗念，登楼望月，西楼上遥想琼楼玉宇，高处不胜寒，俯瞰西楼之下的人间烟火，平静安详。这首诗写于皇祐元年（1049 年），此时《岳阳楼记》已经横空出世，老范携壶高歌是正常的。

庆历六年（1046 年）九月，范仲淹收到滕子京的《与范经略求记书》，信中加寄一幅《洞庭秋晚图》，老同学盛邀为岳阳楼作"记"，言之凿凿，令他浮想联翩，夜不能寐，心潮澎湃如八百里洞庭湖水。遥想岳阳楼头，秋风萧瑟，暮色苍茫。洞庭湖水波光粼粼，衔远山，吞长江，浩浩荡荡，横无际涯，朝晖夕阴，气象万千。登斯楼也，则有去国怀乡，忧谗畏讥，满目萧然，感极而悲者矣。岳阳楼，在呼唤着这位伟大诗人的灵魂登临。

今天，重读《岳阳楼记》，假设去掉最后一段感慨古人之心的文字，剩下对洞庭湖俯瞰、雨天和春日的描写，也不过是一篇文字优美的山水游记而已。若用在描写鄱阳湖、太湖等著名湖泊的形胜大观，也未尝不可。"前人之述备矣"，范仲淹也承认对岳阳楼的描写并不新鲜。而《岳阳楼记》之所以不朽，就在于最后一段抒发情怀的华彩部分，尤其是"先天下之忧而忧，后天下之乐而乐"，这一句顶一万句！正如有位当代作家所言：在十一世纪苍茫的夜色中，在中国古代知识分子精神面貌演变的历史进程中，一轮新的太阳升起来了，那是一种把"先天下之忧而忧，后天下之乐而乐"写在旗子上的光风霁月般的人格境界和精神风范。十一世纪的中国，太需要这轮太阳了！

"先忧后乐"的情怀，正是中国古代知识分子的理想人格和道德追求，以此构造成中华民族精神文化史上的不朽丰碑，令人高山仰止，敬畏于心。据载，明洪武初年，苏州人范文从在朝廷做御史，因违背朱元璋旨意入狱，被判处死刑。朱元璋杀人如麻，行刑前偶然看到范文从的名字和籍贯，下意识地传唤他到跟前问道："你是范仲淹的后代吗？"范答道："我是范仲淹的第十二世孙。"朱元璋沉默少许，提笔在锦帛上写下两句话，赐给范文从。朱元璋随即下旨："免除你五次死罪。"朱元璋的书法不咋地，他写的那两句话就是"先天下之忧而忧，后天下之乐而乐"。苍天有眼，祖宗的荫德保佑范文从不死。

如今，已进入二十一世纪新时代的中国，依然更需要《岳阳楼记》中的"先忧后乐"精神。让我们重读经典，坚守家国情怀，坚定文化自信，赋予《岳阳楼记》新的时代内涵和注解。

《岳阳楼记》背后的那些人和事儿

庆历四年（1044年）正月初四，北宋首都汴京的大街上，大红灯笼映衬着沿街商户大门上的春联，农历新年的喜庆气氛浓烈醉人。年前飘飞的瑞雪还没有消融，积累在墙角和树下的白雪被一些有心人堆起栩栩如生的雪人，寒风刮到行人的脸上感觉有点生疼。路上，过年串亲戚或看朋友的行人多了起来，小孩子们穿着新衣服，欢天喜地嬉闹着，大人们见面先拱手弯腰揖拜新年。此时，距宋真宗时代签订"澶渊之盟"已过去四十年了，大宋王朝一派平安、祥和、繁荣景象。

春节期间，宋仁宗还在努力工作。经过众多大臣们反复讨论、权衡后，他终于签发对滕子京的处分决定："降刑部员外郎、天章阁待制、权知凤翔府滕宗谅为祠部员外郎、知虢州，职如故。"（南宋·李焘《续资治通鉴长编》）滕宗谅就是滕子京，接到这个处分通知后，他心里暗暗高兴，感谢仁宗皇帝的仁慈和宽容，自己仅仅换个部门、换个地方工作而已。从庆州知州、临时主持凤翔府改为虢州知州，司局级的职务待遇并没有变。在这次被调查审计的贪污公款案件中，滕宗谅面临的一场官场大风波总算安全着陆。

滕子京马上给范仲淹发短信告知这一好消息曰："多谢范兄鼎力支持，再过几天，恰逢正月十五元宵节，我找个地方小聚一下，务必赏光。"接到范仲淹秒回的"OK"表情包后，滕子京立即又给欧阳修发短信说："多谢老哥们仗义执言，我和范兄已约好元宵节那天小聚，时间是'月上柳梢头，人约黄昏后'，哥几个喝酒观灯赏月，有歌妓相陪，我做东，咱们不见不散。"

乐极生悲。滕子京嘚瑟得有点过早了，有点忽视小看监察部长王拱辰和谏官李京等人打击异己的决心和手段。

正月初四夜晚，送走拜年的亲朋好友后，一脸微醺、心情不错的滕子京坐在书房里，让爱妾泡了一壶香茶。边品茗边回忆自己曾经的青春，既欣慰，又忧伤。

青春犹如一场幻梦。宋真宗大中祥符八年（1015年），滕宗谅与范仲淹一起参加科考，同科中进士，起步都差不多。近三十年过去，弹指一挥间，虽然很勤奋努力工作，百姓口碑不错，但仕途却不温不火，至今还是司局级干部，老范、醉翁都已品尝过当部级干部的滋味了。还有那帮谏官们，总盯着自己的那点破事弹劲,不达目的不罢休。看来,自己与范仲淹的差距会越来越大。这究竟是为什么呢?唉……我被仁宗皇帝处理,早已不是第一次了。

北宋天圣十年(1032年),宫廷内失火。那场大火一连烧了好几天,把汴京的夜空都烧红烧烫了,宫内的无数奇珍异宝皆化为灰烬,失火的原因众说纷纭。当时,滕宗谅的职务为殿中丞,一个从七品的小官,对皇上忠心耿耿,知无不言,言无不尽,充分利用"天人感应"的哲学思想,借"火"发挥,把失火的原因归结为垂帘听政的刘太后不愿放权,惹得天怒人怨。仁宗皇帝已满二十三岁,刘太后应该还政。其他大臣们都不敢直说,皆是旁敲侧击、隔靴搔痒,不起作用。滕宗谅急得跳出来,直言不讳地劝刘太后放权,结果可想而知。滕宗谅年轻气盛,是一个标准的官场"新瓜蛋子"。

幸运的是刘太后不久驾崩,仁宗亲政。皇帝为发挥滕宗谅直言敢说的优点,或许记得他请求太后还政的人情,提拔为左正言,这相当于唐代杜甫的左拾遗,从七品。主要职责是对朝廷提意见。

仁宗亲政后,精力充沛,在治国理政上更想大有作为,可在后宫美人堆里更是"大展雄风",因为纵欲过度,体力超支,每次临朝时,双眼成为"熊猫眼",疲倦不堪,老是打瞌睡。大臣汇报半天工作,他总是听不清楚、记不住。滕宗谅看在眼里,急在心头。马上向仁宗直陈意见:您作为皇帝,应以国家大事为重,不能天天和美女们泡在一起。床笫之事必须适可而止,绝不能纵欲过度影响工作。年轻的宋仁宗刚刚尝到亲政的甜头,正在享受温柔乡里"春宵一刻值千金"的快感。滕宗谅胆敢"言宫闱事",拂了龙须,皇帝勃然大怒,再也不想看到这位不识时务、无趣扫兴的"左正言"。于是,先贬滕宗谅为信州知州,再贬去饶州当一个收税员,后贬到江宁、湖州等地。总之,不能让他在皇帝的眼皮子底下烦人,滚得越远越好。

一晃,十几年过去了,人生能有几个十年呢?滕宗谅的大好青春年华就耽误在这张爱张扬高调的"大嘴"上。一想到这里,滕宗谅摇摇头,叹了口气,喝了一口香气浓郁的清茶。

时势造英雄。西夏王李元昊这个混球太张狂,竟然敢和大宋王朝叫板,两面三刀,一会儿归顺,一会儿叛逆,且组织军队真打起来,攻势逼人,宋军难以招架。北宋西线告急,范仲淹被皇帝派往前线,任陕西经略安抚招讨副使兼知延州,和韩琦一起并肩战斗。韩琦坚持打速决战,结果吃亏失利;范仲淹坚持打持久战,成效显著。同学友情深,范仲淹没忘记滕同学,及时提携、推荐滕宗谅来到西北甘肃，在老范同学的眼皮子底下任泾州知州，老范做后台真够硬的。

泾州在宋夏战场前线，唐代王维眼中的"大漠孤烟直，长河落日圆"景象依然常见。黄沙漫漫，边关阻隔，人烟稀少，戈壁荒凉。几年来，宋军与西夏交战，败多胜少，形势不妙。泾州没有防卫的正规军，前线刚打完败仗的伤兵、阵亡士兵的家属和散兵游勇众多。这些人因为得不到官方的抚恤金，每天成群结队、披麻戴孝到州府上访请愿、哭闹喊叫拉横幅，乱哄哄的，州府官员的办公秩序受到严重冲击，整个泾州城弥漫着死亡和失败的气息。滕子京决定"乃集农民数千戎服乘城"（南宋·李焘《续资治通鉴长编》）。滕宗谅很精明，亲自挑选几千名青壮农民，让这些"民兵"穿上正式军装守城的同时，"会范仲淹引番汉兵来援"，他和范仲淹商量，从环庆路等地派来少数民族和汉人混合的援兵，成功保住泾州城。

兵民是胜利之本。为鼓舞士气，滕州长决定动用公款，每天杀猪宰羊，大摆宴席，喝酒歌舞，犒劳边关将士和民兵，祭奠英烈，抚恤军烈属。滕宗谅的宣传鼓动、奖励措施很到位，兵民慷慨激昂，同仇敌忾，誓与泾州共存亡。

滕宗谅敢直言、敢作为、敢担当的为政风格，在西部战区发挥得淋漓尽致。兵马未动，粮草先行，打仗需要银子、粮草做后盾。在贫穷荒凉、缺钱少粮的西部地区，这些花费的来源只能是"公使钱"。"公使钱"就是今天所说的"公款"和"公款消费"。按滕子京的理解，银子姓"公"就好办，只要不往自己兜里装，大宋王朝的"公使钱"怎么花都可以，他是这么想的，也一直是这么做的。

前几年，滕宗谅被贬湖州任上时，曾花费十几万公款兴办学校，使湖州成为东南学风最为浓郁的地方，令后世的湖州人引以为豪。但他离开湖州时，"通判、僚吏皆疑以为欺，不肯书历"（南宋·李焘《续资治通鉴长编》）。这些同事怀疑滕市长有经济问题，不愿在他离任审计报告上签字。好在继任者胡宿识大体、顾大局，有胸怀和担当，就睁一只眼闭一只眼，这事最后不了了之。花公款，办好事，他属于"惯犯"。

庆历三年（1043年）初夏，范仲淹离开西线，调往首都中央工作。滕宗谅也从泾州调任庆州任市长。

泾州的继任者是郑戬，和范仲淹是"连襟"关系。郑市长到任后，发现前任滕宗谅留下的财务窟窿巨大。每年下甩不少费用，经济问题太多，竟然有十六万缗（指串钱的绳子，一串一千文）公使钱对不上账。若按宋代的货币单位计算，一缗是制钱一千文，重约六斤，十六万缗相当于现在二亿到三亿元人民币的购买力。郑戬上报朝廷，要求监察御史启动调查程序，必须查清楚账目，各负其责，绝不替他背锅。

很快，中央成立对滕宗谅的调查审计专案组，滕子京先停职，配合调查。这时候，老同学范仲淹出面开脱说：自古以来，将在外君命有所不受。前线打仗，主政官员完全可以"便宜行事"，即使有一些违规违纪的事，也"情有可原"。在调查还没有得出结论之前，应该让滕宗谅继续工作。请朝廷抓紧派人去泾州和庆州，调取"钱帛文帐磨勘"，认真对账审查。如果查出他有贪污公款问题，我范仲淹作为他的推荐人，甘愿与之"同行贬黜"。

范仲淹的说法冠冕堂皇，为同学可谓是两肋插刀，愿意担保老滕的清白，并与其共进退。但滕宗谅的性格决定了他不甘束手就擒，他的胆子很大，事情做得更绝。在朝廷派人去调查取证之前，竟然把以前所有账本、笔记本、会议纪要等文件一把火全烧光，还振振有辞道："恐连逮者众，因焚其籍以灭姓名。"我担心连累账本中有记载的朋友们，所以干脆全烧掉。

没有账本，死无对证。调查组不得不采取找人谈话、走访、设举报箱等方式，了解到十六万缗公款的大致用途有三：一是非常时期的应急开支。遇紧急情况的临时费用。二是"日以故事犒赍诸部属羌"。天天巧设名目犒劳三军羌兵。三是"又间以馈遗游士故人"。有些费用用于迎来送往。时常给来此参观学习考察的同事朋友老乡们送个红包、土特产品或纪念品什么的开支。

专项调查审计结束后，共列出如下几张底稿：一是滕宗谅在此地工作期间，"所用钱数分明，并无侵欺"，并不存在公款去向不明问题；二是"亦不显入己"，个人没有贪污装腰包；三是在公款消费中，确有不规范之处，主要是经常搞超规格、超标准公务接待，奢靡浪费，公务交往中，赠送红包、高档礼品、纪念品过多、过滥。这时，作为谏官的欧阳修审时度势，及时上书仁宗皇帝曰："枝蔓句追，囚系满狱，人人嗟怨。自狄青、钟世衡等，并皆解体。"意思是请仁宗皇帝决定不要再深查下去了，如果再细究，株连的人会太多，甚至监狱也不够用，就连"战神"狄青、钟世衡所带领的军队也可能人心不稳，斗志涣散，这将影响大宋王朝的战斗力，以后没人愿意到西线战场抛头颅，洒热血，这些责任谁能负呢？

好朋友欧阳修拿打仗说事，仁宗最怕打仗，他深知"澶渊之盟"几十年后，敢打仗、能打仗、打胜仗的兵将不多了。当下，仁宗还指望着范仲淹实施"庆历新政"和狄青保卫大宋江山，自然不愿再纠缠此事，便借坡下驴，在庆历四年（1044年）正月初四的春节假日里，加班签发了对滕宗谅的上述处分决定。

对滕宗谅从轻处罚的决定公布后，朝中一片哗然。范仲淹、欧阳修很满意，可政敌们相当不满意。御史中丞王拱辰认为这种大事化小、小事化了的做法是朋党在作祟，这个头开不得也！"臣明日更不能入朝，乞赐责降一小郡，以开义妄言。"（南宋·李焘《续资治通鉴长编》）王拱辰以不上班和辞职相要挟，向仁宗表达心中不满。

王拱辰确实是仁宗时代的大牛人！天圣八年（1030年），仁宗刚满二十岁，他和欧阳修同时参加高考，在崇政殿仁宗亲自拟题主持的殿试上，当时还名叫王拱寿的他被钦点状元。当时，仁宗给这位新科状元改名为"王拱辰"，意为众星拱之。二十四岁的欧阳修因为"唇不著齿"，长了两颗大龅牙，形象不佳，只能屈居王拱辰之下。后来，二人成为"连襟"，先后娶了宰相薛奎的三位爱女（王拱辰先娶大女儿，大女儿病逝后，又迎娶三女儿）。欧阳修酸溜溜地戏称"连襟"王拱辰为"旧女婿为新女婿，大姨夫做小姨夫"。

此时，王拱辰刚三十三岁，仕途一路顺畅，既干过经济工作（盐铁判官），又当过中央高层秘书长（知制诰和翰林学士），当下职务是监督官吏的纪委书记（御史中丞），前途看起来无限美好。王拱辰曾公开反对仁宗任命夏竦为枢密使，不按他的意见办，他竟然拉住仁宗的衣袖，不让皇上退朝。这让人想起宋真宗时代，寇准让真宗皇帝御驾亲征，真宗犹豫不决，寇准拉住真宗的龙袍不让走之旧事。

就是这样一位"铁面"王拱辰，面对滕子京的从轻处分，义愤填膺地说：如果圣卜不采用我的意见，那说明我坚持原则错了，请把我免职处理。从明天起我就在家待罪不上班。皇上您看着办吧。不久之后的秋天，在苏舜钦召集"进奏院"年轻同事公款吃喝违纪案中，对范仲淹、富弼、韩琦、苏舜钦、欧阳修等朋党"一网打尽"，也是王拱辰主办的。

庆历四年（1044年）元宵节的前一天，仁宗迫于舆论压力，只好"徙知虢州滕宗谅知岳州"。"徙"，含有贬的意味。岳州相比虢州，远离京城权力中心，偏远蛮荒很多。"然终赖仲淹之力，不夺职也"（《续资治通鉴长编》），职级和薪酬待遇保持不变，这就有了《岳阳楼记》开篇"庆历四年春，滕子京谪守巴陵郡"之说。滕子京约范仲淹和欧阳修元宵节相聚的那一场酒局上，毫无疑问地增添了一些悲壮和伤感的味道。

春天，洞庭湖碧波荡漾，岸边野花盛开，群鸟振飞，渔船点点。遥忆当年，屈原、李白、杜甫、孟浩然等前代名人，曾在洞庭湖留下光辉诗篇，也留下让后人津津乐道的故事传说。今天，轮到我滕子京来也！希望能在洞庭湖上，搅起几朵浪花。

滕子京来到岳州，并没有汲取花费公款大手大脚的教训。百年大计，教育为本。他又利用北宋的"公使钱"，大力扩建学校，让学子们有书读、知礼仪，易风俗。加固修筑防洪长堤，防止洪涝灾害，兴修水利，提高农作物的种植面积和产量。庆历五年（1045 年），在三国和西晋时所建的"巴陵城楼"基础上，重修岳阳楼。"修岳阳楼省库银，不敛于民。……所得近万缗，楼成极雄伟。"（司马光《涑水纪闻》）北宋时代的司马光说滕子京重修岳阳楼，不用老百姓的钱，那钱从何来？

滕子京是一位能吏，有的是办法。他以州长身份写了一张布告，贴在大街上广而告之。请债权人将多年催讨要不回欠款的"老赖"名单报给他，由知府派"公检法和纪委"人员去催讨，由债权人把催讨回来的欠款一部分自愿捐出来，用于重修岳阳楼。"老赖"最怕官府的人，排着队乖乖地还钱。滕子京还吸取泾州被查账审计的教训，"所得万缗，置库于厅侧，自掌之，不设主典案籍"。他把这些钱作为"小金库"，不设账簿，自收自支，自己掌管，自任会计兼出纳，花钱的事只有他一个人清楚。重修岳阳楼，不加重老百姓的税负。滕子京的这些"显性政绩"，被当时的老百姓称赞为"治为天下第一"。

重修岳阳楼如期竣工，滕子京立即写信给在河南邓州任市长的好朋友范仲淹同学说："天下郡国，非有山水环异者不为胜，山水非有楼观登览者不为显，楼观非有文字称记者不为久，文字非出于雄才巨卿者不成著。"范同学您的"文章器业，凛凛然为天下之时望，又雅意在山水之好"，力请您拨冗作记，共襄这"一时盛事"。时年五十七岁的范仲淹并没到过岳州，没见过洞庭湖，仅凭着滕子京随信寄来的一幅《洞庭秋晚图》画作和丰富的想象力，挥动如椽巨笔，撰写出千古名篇《岳阳楼记》。

滕子京称赞老范为"雄才巨卿"，老范看到后心里也很受用，老同学心领神会地为滕同学在岳州的政绩大唱赞歌："庆历四年春，滕子京谪守巴陵郡，越明年，政通人和，百废俱兴。乃重修岳阳楼，增其旧制，刻唐贤、今人诗赋于其上。属予作文以记之"仅开头几句话，就对岳州滕市长的政绩高度评价，青史永留美名。谁还会计较以前滕子京乱花"公使钱"的事儿呢？

新修的岳阳楼上刻满唐代和北宋著名人物的诗赋，这其中有没有滕市长的作品呢？按照今天的惯例，谁的官大谁的大作就应刻在第一位。但宋代不这样，还是把李白、杜甫、孟浩然等有关岳阳楼的著名诗篇刻在前面，滕子京把自己的作品《临江仙》词就放在一个小角落里。"湖水连天天连水，秋来分外澄清。君山自是小蓬瀛。气蒸云梦泽，波撼岳阳城。帝子有灵能鼓瑟，凄然依旧伤情。微闻兰芷动芳声。曲终人不见，江上数峰青。"

滕子京把喜欢用公款办好事的工作方法运用到诗词创作之中，在这阕小词《临江仙》中，有四句是直接"贪污"唐代孟浩然和钱起的诗句而成。"八月湖水平，涵虚混太清。气蒸云梦泽，波撼岳阳城。欲济无舟楫，端居耻圣明。坐观垂钓者，徒有羡鱼情。"（孟浩然《望洞庭湖赠张丞相》）"善鼓云和瑟，常闻帝子灵。冯夷空自舞，楚客不堪听。苦调凄金石，清音入杳冥。苍梧来怨慕，白芷动芳馨。流水传潇浦，悲风过洞庭。曲终人不见，江上数峰青。"（钱起《省试湘灵鼓瑟》）滕子京直接拿来使用，天衣无缝，确实是"贪污"高手。

"曲终人不见，江上数峰青"的意象缥缈空灵，内含着一种哲思。"曲终人不见"表达的是时光逝去的虚无和幻灭感，自我终会消失，每个人皆为短暂时光的过客而已。"江上数峰青"表现的是自然规律的永恒存在。曲终人散，青山依旧，不论历史如何发展，人事如何代谢，江上的青山永远会耸立在那里，聆听、静观和叹息着世事变迁，而那些鼓瑟抚琴的美人早已化为烟尘。

滕子京站在波澜壮阔的洞庭湖边，回想仕途沉浮和人事争斗，从心中生发出别样的感慨和惆怅，实在找不出比"气蒸云梦泽，波撼岳阳城"更好的句子。"曲终人不见，江上数峰青"的忧伤萦怀于心。希望重修后的岳阳楼就像眼前永远耸立的巍巍青山一样而不朽，《岳阳楼记》则会成为那永不会散去的乐曲。

庆历六年（1046年），滕子京奉调到苏州。临别之际，在月光如水的中秋之夜，再次登上岳阳楼，喝酒吟诗，感慨万端，向岳州告别。"岁月还应照绮园，忆曾飞盖此游盘。旧年宾客嗟流落，新府簪缨想宴欢。物景虽同愁寂寂，人琴何在意绵绵。岳阳楼上凭栏望，唯有蟾光不两般。"（《中秋登岳阳楼，有怀安化东园月夕，寄幕中诸僚》）举杯邀明月，醉后心自宽。往事如烟，旧友宾朋今安在哉？谪守岳州三年，岳阳楼和《岳阳楼记》已刻骨铭心，成为滕子京人生的"标签"。

庆历七年（1047年）初，滕子京抵达苏州。三个多月之后，病逝于苏州任上，时年五十六岁。"宗谅（滕子京，名宗谅，字子京）尚气，倜傥自任，好施与，及卒，无馀财。"（《宋史·滕宗谅传》）滕子京死后，家中贫困，老同学范仲淹不但经常接济滕家，还亲自撰写《天章阁待制滕君墓志铭》，盛赞其"平生好学为文，长于奏议，尤工古律诗"。可惜，滕子京仅存世上述所提到的一首诗和一阕词。

北宋时代，对文人士大夫宽松包容、相对自由的社会大环境，让他们的才情各自得以尽性表达。但是，范仲淹、欧阳修对滕子京的仗义执言开脱，也引起了仁宗皇帝对"朋党"的关注和警惕,欧阳修虽然立即写出《朋党论》进行自我辩护,但这一次幸运之神不再光临到范仲淹他们头上,王拱辰扬眉吐气的日子很快到来。

我一直在想这个问题,庆历四年(1044年)初处理滕子京的案件中,王拱辰坚持"法纪",范仲淹强调"人情",他们谁更高尚、谁更正确一些呢?王拱辰年轻有为,起点很高,才干并不比范仲淹和欧阳修差多少。范仲淹因为《岳阳楼记》中的"先忧后乐"思想和实践,至今一直站在道德制高点上,欧阳修成为北宋当时的"文坛领袖"和政治家,发现并培养了苏轼兄弟、程颐兄弟、曾巩等大批精英人才,广受后世膜拜纪念。而有多少人知道并赞扬王拱辰曾经铁面无私、坚持法纪、固有原则呢?看来,皇权统治、人情社会之下,"情大于法"的思想观念根植在中国人的血液里,一直没有过时。

北宋一百六十多年间,文人荟萃,星光灿烂。如果没有范仲淹《岳阳楼记》中开篇那几句话,滕子京可能早已消失在历史的长河之中。但如果没有滕子京,范仲淹光芒万丈的《岳阳楼记》就没有动力和灵感写出来。像滕子京这样想干事、能干事、干成事、性耿直、敢担当、不唯上、不谋私的官吏,习惯不按规矩"出牌",爱给领导提意见,在同僚眼中是个典型的"刺头",却恰恰和范仲淹在同一个历史时空相遇相知,并相互成就。

二人的故事和文字,为北宋的历史增添诸多温情。

重读《沧浪亭记》

天下园林之美,苏州是最不可缺少的地方。苏州园林已成为著名的世界历史文化遗产,其中的沧浪亭位于苏州市三元坊沧浪亭街3号,是始建于北宋、现存的苏州古典园林建筑中历史最久的一座,与狮子林、拙政园、留园并列为苏州宋元明清四大园林。2000年被联合国教科文组织列入《世界遗产名录》,2006年被国务院列为第六批全国重点文物保护单位。虽比不上狮子林和虎丘等其他园林那么吸引游客,但因为有北宋的苏舜钦那篇著名的《沧浪亭记》及其背后的文化故事浸润近千年，更加彰显出沧桑厚重的文化底蕴，吸引着世界各地的观光客慕其名而纷至沓来。《沧浪亭记》和诸多以沧浪亭为吟咏主题的诗文，构成苏州乃至江南独特历史文化记忆的一部分。其实，这篇古文不仅是一篇园林主人的营造笔记和人生感慨，还和《岳阳楼记》有着千丝万缕的联系，这一点往往被读者所忽略。

在中国，北宋范仲淹的《岳阳楼记》大众耳熟能详，尤其是其中的名句"先天下之忧而忧，后天下之乐而乐"已成为国人宣扬自己人生理想的道德旗帜。庆历六年（1046 年），范仲淹应同学滕子京的来信之邀，站在南阳邓州城头，遥想岳阳楼和洞庭湖的壮美景观，挥舞着如椽巨笔，写出光芒万丈的《岳阳楼记》。"始作俑者"滕子京也跟着沾了大光，名垂青史。但很少有人去深究，谁把《岳阳楼记》镌刻在"形象工程"岳阳楼上的呢？

据记载，范仲淹直接点名要求滕子京，说我的这篇"记"最有资格、有才情并让他放心的刻石者，只有《沧浪亭记》的作者苏舜钦。

原来，苏舜钦是开封人，属于妥妥的"官二代"，极富才华和性情，又长得魁梧貌美，典型的"高富帅"青年。年轻时迎娶当朝宰相杜衍的女儿作填房，看起来前程远大。在诗文创作风格上，苏舜钦是杜甫的"铁粉"，自取"诗圣"老杜的字"子美"。故此，唐宋两代诗人中，有两位字为"子美"的。范仲淹在首都汴京工作期间，非常看重并极力推崇他。

范仲淹虽然能文能武，但自认为书法不如苏舜钦。小苏的书法以清瘦劲健为特点，行书、草书俱佳，在当时非常著名。欧阳修曾评价苏舜钦"尤喜行草书，皆可爱。故其虽短章醉墨，落笔争为人所传"（欧阳修《湖州长史苏君墓志铭并序》）。同时代的梅尧臣是欧阳修的同事兼诗文业余老师，同样对苏舜钦赞不绝口："君诗壮且奇，君笔工复妙。二者世共宝，一得亦难料。……有如秋空鹰，气压城雀鹞。"（梅尧臣《偶书赠苏子美》）后来，北宋的艺术家皇帝宋徽宗在其编著的《宣和画谱》中，曾给予一锤定音的评论，苏舜钦"尤工行草，评书之流谓入妙品。当时残章片简，传播天下"。所以，当范仲淹的《岳阳楼记》横空出世后，书写这篇雄文者，非苏舜钦莫属。

这就是历史文化的机缘巧合。《岳阳楼记》和苏舜钦精美书法完美结合成伟大的艺术品，巍然屹立于洞庭湖岸边，历经千年风雨沧桑，赢得万世敬仰。不过，令人唏嘘不已的是苏舜钦在书写刻石《岳阳楼记》时，是在被贬谪苏州期间。

苏舜钦被贬为一介平民，他在苏州购置废地，营造一座沧浪亭安居栖息，种竹养花，自我疗伤，抚慰疲惫的心灵。范仲淹没有因为他被贬为布衣而嫌弃远离他，这正是范仲淹的君子之风。苏舜钦也没有因为自己被贬而自卑拒绝书写，这也是苏舜钦的自信和豁达。

至于苏舜钦被贬的原因，其实很可笑。他在京城过"赛神会"时组织一场朋友相聚的酒局，被人告发属于公款消费，被谏官王拱辰等人抓住不放，最终被从严从重从快处罚。说到底，不过是官场常见的人事争斗而已。没想到这场酒局无意间衍生出的副产品，就是苏州的沧浪亭和《沧浪亭记》。

庆历四年（1044 年）的秋天，西风过寒塘，落叶满汴梁。苏舜钦正在进奏院供职，带领着一帮年轻的同事干得很起劲，每天加班加点地工作，主要职责是处理上奏皇帝和朝堂各部门的文件和资料，掌管各级官府与朝堂之间文书的上传下达，对朝廷和皇上发出的诏令组织抄写印刷，以最快的速度下发各地州官府执行。对各地州进呈的奏章和报告，由他们分发给相关部门及时处理。相当于现在各大部委的办公厅公文处。作为部门负责人，为搞好团队建设，鼓舞士气，经常找些由头请大家出来小聚一下，喝点小酒，唱唱流行歌曲，聊聊人生和梦想。按照惯例，再过几天，就是传统的节日"赛神会"了，苏舜钦便召集大家找个小饭馆聚餐喝酒。北宋时期，进奏院这样的部门看起来很重要，却没有分配资源的权力，其实就是个清水衙门，没有公款吃喝报销的便利。

靠山吃山，靠水吃水。苏舜钦平时把处理公文后的废纸积攒起来，过一段就拿出去卖给收破烂的，设个小金库解决吃喝问题。但这点钱不够请客的，苏舜钦提前从老婆那里申请出十几贯铜钱，组织了一场十多位同事和朋友参加的酒局，又从外面请来几位歌伎看酒助兴。夜幕下的汴京城繁华如梦，勾栏瓦肆，人满为患。酒楼内灯红酒绿，舞姿曼妙。酒过三巡，菜过五味，苏舜钦他们这些年轻人的精神状态逐步由谦虚谨慎到主动出击、吹嘘断片的喝酒阶段。

美女在侧，喝酒谁怕谁？酒场上高潮迭起，歌声嘹亮。其中，有位"官二代"叫王益柔，乃是宋真宗时代的名相寇准的外孙、前宰相王曙的亲儿子。他真是喝高了！随口吟出一首《傲歌》诗，其中的"醉卧北极遣帝扶，周公孔子驱为奴"口气太大，有点像醉酒后的李白口无遮拦。他们一直闹腾到后半夜才散场，腾云驾雾般地回到家，倒头便睡。

第二天早晨，当他们还宿酒未醒时，此事就被人告发到谏官那里。罪名有四：一是苏舜钦作为负责人，带头公款吃喝，应负领导责任；二是《傲歌》太傲，诋毁先圣，对皇帝犯有大不敬之罪；三是举止轻浮，女优有偿陪侍，犯生活作风问题；四是有人在服丧期间娱乐，实乃大不孝，个人品德有问题。

御史台雷厉风行，第一时间上奏，上纲上线，违纪违法，应予以严惩。仁宗皇帝雷霆震怒，下诏令给开封府，不论涉及谁，一查到底，绝不姑息。一群年轻的文人喝酒聚会，案情很简单，查起来并不难，也不用动大刑，皆供认不讳。参与喝酒聚会者全部入狱，经过快速审理，报宋仁宗同意，全部贬谪，赶出汴京。

苏舜钦属"监主自盗"，负主要领导责任，判决"减死一等"，开除公职，削职为民，饭碗和前途因这场酒局戛然而止。当时以性格耿直、敢说真话著称的好朋友范仲淹和大名鼎鼎的欧阳修等人，一律噤若寒蝉，没有一个人敢站出来为他们求情开脱说句好话。苏舜钦的老丈人是宰相杜衍，为求自保，更是避之唯恐不及，低着头一言不发。"余少在仕宦，接纳多交游。失足落坑窞，所向逢戈矛。"（《舟至崔桥》）这就是苏舜钦被贬路上的痛苦心情。

"举朝无一言以辩之，此可悲也！"在职位上时，朋友遍天下。一旦失足跌下来，遇到的皆是落井下石者。小苏的内心委屈无处倾诉，在赴贬谪之地的船上，写下这首令人心寒的小诗发泄一番。

这桩北宋时期著名的"进奏院事件"，被详细记录在《宋史纪实事本末》卷二十九《庆历党议》中："御史中丞王拱辰闻之，以二人皆仲淹所荐，而舜钦又杜衍婿，欲因是倾衍及仲淹，乃嗾讽御史鱼周询、刘元瑜，举劾其事，拱辰及张方平（时为权御史中丞）列状请诛益柔，盖欲因益柔因范仲淹也。"仁宗时期，朋党之争已初露端倪，欧阳修为此写有著名的《朋党论》，公开承认君子有党。欧阳修的同学及连襟王拱辰为灭掉对手杜衍、范仲淹、富弼和韩琦他们，充分利用这场酒局提供的"重磅炸弹"，先清除政治对手的外围，最后再间接攻击他们。就这样，这群年轻人的仕途人生，成为朋党争斗的牺牲品。为此，欧阳修饮恨终身："子美可哀，吾恨不能言！"这次事件，张方平站在王拱辰的立场上，与欧阳修明显不和，但后来在张方平写信举荐苏洵父子三人科举考试时，欧阳修并没有任何计较和不快。

第二年正月，杜衍被罢相，外放兖州。范仲淹自求罢副宰相，先去陕西，后去南阳邓州。富弼和韩琦先后被罢枢密副使，外放青州和扬州。

至此，以范仲淹、富弼和韩琦为主导的"庆历新政"改革正式宣告流产，改革的参与者全军覆没。这也为后来宋神宗时期"王安石变法"失败埋下伏笔。这些庆历新政改革的积极推动者，成为后来王安石变法的坚决反对者。可见改革之难。

王拱辰一派很是乐见这样的结果。他一脸坏笑，兴奋地在朋友圈发消息曰：

对这帮改革者"吾一举网尽矣"。故此，现代成语"一网打尽"的发明权，归属于这位御史中丞。

人生还很漫长，生活还得继续。三十八岁的苏舜钦成为一介布衣，来到苏州，决定换一种活法。

苏舜钦对苏州并不陌生，爷爷苏易简曾在这里工作生活过，自己喜欢的唐代诗人韦应物、白居易和刘禹锡也都曾在这里留下很多精彩的诗句和故事。宋仁宗庆历元年（1041年）夏天，苏舜钦也曾路过这里，当时一下子就喜欢上此地的绿杨依依，白鹭点点，山水含情，舟船穿梭，阴晴变幻，吴侬软语，稻香蟹肥，当时自己还遗憾没机会长住此地呢。"东出盘门刮眼明，萧萧疏雨更阴晴。绿杨白鹭俱自得，近水远山皆有情。万物盛衰天意在，一身羁苦俗人轻。无穷好景无缘住，旅棹区区暮亦行。"（《过苏州》）这次被贬苏州，福兮祸所伏，也算实现了几年前的梦想，仿佛回到精神的故乡。

苏舜钦决定立刻离开首都，举家迁居苏州，好朋友梅尧臣专门为他送行，同时被贬江西袁州的陆经，故意改变出京的行期，陪同苏舜钦走了一段水路。遭此无妄之灾，小苏心情比较沉重，不可能很快平静。"去国丹心折，流年白发多。"（《离京后作》）"客况知谁念，人生与愿违。"（《舟行有感》）"旅愁无处避，春色为谁来？"（《淮亭小饮》）"触处途穷何足恸，直回天地入悲吟。"（《寿阳闲望有感》）"铁面苍髯目有棱，世间儿女见须惊。心曾许国终平虏，命未逢时合退耕。不称好文亲翰墨，自嗟多病足风情。一生肝胆如星斗，嗟尔顽铜岂见明。"（《览照》）铮铮傲骨，赤胆忠心。这是用"破铜烂铁"的镜子照不出来的。苏舜钦怀才不遇、壮志难酬的情绪在诗中涌动。忧伤悲愤的情绪泛滥，此时需要亲朋好友的理解和抚慰，更需要时光的冲刷和心理自我调节。

患难见真情。船过淮北濠州，同样被贬、先期到达的王洙热情接待他们。相比以前在京城官场里的那些所谓朋友，苏舜钦非常感慨。"交道今莫言，难以古义责。锱铢较利害，便有太行隔。余生性阔疏，逢人出胸臆。一旦触骇机，四向尽戈戟。……白璧露肺肝，晴云见颜色。乃知天壤间，自有道义伯。明日又告行，吁嗟四海窄。"（《过濠梁别王原叔》）

苏舜钦离开濠州不久，一家人到达淮阴。在这里，他写下那首著名的《淮中晚泊犊头》诗："春阴垂野草青青，时有幽花一树明。晚泊孤舟古祠下，满川风雨看潮生。"春天阴晴不定，野草茂盛，偶尔看到树上的花儿在风中摇曳着寂寞。傍晚暮色四合，泊舟岸边，我看到古老的祠堂在风雨之中肃穆寂寞，潮水起伏来去，如同人生荣辱得失。诗中的情绪沉郁压抑，也有傲然不服，更有希望之光在幽暗处闪亮。

"浩荡清淮天共流，长风万里送归舟。应愁晚泊喧卑地，吹入沧溟始自由。"（《和淮上遇便风》）淮水清澈，浩浩荡荡，水天一色，长风吹动着船帆。我不愿在黄昏时分，停泊在市井喧闹处，只想随风飞入辽阔的大海。只有在大海的怀抱，我才能享受真正的自由。比大海更宽广的是人的胸怀，距离苏州越近，苏舜钦的心情越开朗起来。

阳春四月，柳色如烟。苏舜钦一家抵达苏州。好友陆经一路陪同，就此别过，辗转去他的贬谪地袁州。苏舜钦临别赠诗留念："人生多难古如此，吾道能全世所稀。君亲恩大须营报，学取三春寸草微。"（《送子履》）对陆经这样不离不弃、雪中送炭的朋友之恩，当铭记在心，涌泉相报。

初来乍到，无处安身，寄居在舅舅王雍家，苏舜钦感觉很不方便。不久，他发现一块废地，据说是吴越国贵戚的旧府，面积大约有四十亩，古木参天，茂林修竹，池塘水清，偏僻幽静，价格才四万钱，大约相当于三十两银子，正合心意，苏舜钦毫不犹豫地买下后，写信告知欧阳修。欧阳修高兴地回信说"清风明月本无价，可惜只卖四万钱"。小苏啊，买这块地皮很划算，你赚大发了！

苏舜钦经过一番改造，在废园上建起新园林，并在北面建造一座亭子，方便闲坐观景。他或许想起屈原笔下那位不知姓名渔父吟唱的"沧浪之水清兮，可以濯吾缨；沧浪之水浊兮，可以濯吾足"，便为这座园林中的亭子取名"沧浪亭"。

"夜雨连明春水生，娇云浓暖弄阴晴。帘虚日薄花竹静，时有乳鸠相对鸣。"（《初晴游沧浪亭》）好雨知时节，春水映新晴。鸟语花香，竹林幽静。坐在沧浪亭里，苏舜钦研墨铺纸，一挥而就《沧浪亭记》，记述构建此园的前因后果，抒发此时此刻的心情和人生感慨。

> 予以罪废，无所归。扁舟吴中，始僦舍以处。时盛夏蒸燠，土居皆编狭，不能出气，思得高爽虚辟之地，以舒所怀，不可得也。
>
> ……
>
> 噫！人固动物耳。情横于内而性伏，必外寓于物而后遣。寓久则溺，以为当然；非胜是而易之，则悲而不开。惟仕宦溺人为至深。古之才哲君子，有一失而至于死者多矣，是未知所以自胜之道。予既废而获斯境，安于冲旷，不与众驱，因之复能乎内外失得之原，沃然有得，笑闵万古。

尚未能忘其所寓目，用是以为胜焉！

苏舜钦记述构建此亭的前因后果，抒发人生感悟，被贬为布衣，从权力中心跌入泥土，并没有消极沉沦，他吸收有些人被贬失落而忧伤至死的教训，在沧浪亭的自然之境中，找到生命的乐趣和价值，在此度过近三年的隐居生活。"嘉果浮沉酒半醺，床头书册乱纷纷。北轩凉吹开疏竹，卧看青天行白云。"（《暑中闲咏》）炎热的夏天，沧浪亭清雅闲适，心静自然凉，对于苏舜钦，这里就是灵魂的栖息地。"别院深深夏簟清，石榴开遍透帘明。树阴满地日当午，梦觉流莺时一声。"（《夏意》）沧浪亭成为他生命中的桃花源，这里没有盛夏之暑热，园子里清爽可人，午觉被鸟儿叫醒后，划着小船，到亭上游玩，或把酒赋诗，或仰天长啸，与鱼鸟同乐，与清风明月交谈，人生快意不过如此吧。

苏舜钦之后，沧浪亭随着朝代更替几易主人，但都没有改变苏舜钦赋予沧浪亭的独特精神气质，通过历代文人墨客的竞相吟咏，《沧浪亭记》和《岳阳楼记》一样，成就了一大批政治使命感和文化使命感极强的知识精英，在向后人彰显古代文人士大夫自我生命意识的觉醒和强大的文化自信，沧浪亭因此声名远播。

今天，我们重读《沧浪亭记》，走进苏舜钦的精神世界，就能更好地理解中国传统文人士大夫的心灵历史。"予既废而获斯境，安于冲旷，不与众驱，因之复能乎内外失得之原，沃然有得，笑闵万古。"面对人生不幸和挫折的豁达乐观，对追求心灵自由、理想人格和道德节操沉淀出的精神气质，令人羡慕沉迷。每读到此，我仿佛看到苏舜钦仍然站在沧浪亭上，迎来送往每一位慕名而来的客人，并和他们微笑着挥手道别……

重读《醉翁亭记》

醉翁亭位于安徽省滁州市西南琅琊山麓，与古梅亭、影香亭、意在亭等"醉翁九景"构成一个整体园林，布局曲折幽深，富有诗情画意。醉翁亭因为北宋欧阳修所建造、命名及其撰写《醉翁亭记》而闻名遐迩。历经近千年岁月沧桑，多次被毁重建。翁去八百载，醉乡犹在；山行六七里，亭影不孤。1956年，被安徽省政府列为重点文化保护单位。

醉翁亭初建于北宋庆历七年（1047年），与范仲淹的《岳阳楼记》和苏舜钦的《沧浪亭记》背景类似，《醉翁亭记》也是庆历新政流产后推动改革者被贬谪外放的副产品。庆历四年（1044年）秋天，欧阳修的连襟御史中丞王拱辰抓住"进奏院事件"不放，把范仲淹、富弼等人"一网打尽"后，这些文人在外地工作期间写出不少名篇诗文，《醉翁亭记》就是其中的代表作之一。

欧阳修在贬谪之地安徽滁州，时常怡然自乐地陶醉在山水林泉和喝酒兴奋的快感之中。一个月明星稀之夜，趁着酒兴，灯下挥笔而就，文字优美，潇洒简练，全文用了二十一个"也"字，最后一段用了七个"乐"字，这种重复用法也只有欧阳修敢尝试，读起来却非常富有音乐节奏感和画面感。欧阳修用诗一般的语言，把人与自然的关系、他与老百姓和朋友之间的关系描写得温馨和谐、美好快乐。尤其是抒发"醉翁之意不在酒，在乎山水之间也"的情怀，道出人与自然及和美酒之间心理上互动愉悦的关系，至今仍被无数山水和美酒爱好者津津乐道。

其实，欧阳修"醉"的不是酒，而是随遇而安、乐山乐水的精神状态和生命智慧。

今天，重读《醉翁亭记》，我们不由得很好奇欧阳修贬谪外放滁州做太守，这是降级使用，不是提拔重用，但他的心情为何转换得如此之快呢？况且欧阳修被贬之事，和苏舜钦公款聚餐喝酒引发的"进奏院事件"无关。

欧阳修被贬的直接原因很"狗血"难堪。有人举报攻击他和外甥女张氏通奸，生活作风和个人道德有问题。原来，欧阳修有个妹妹嫁给一位张姓男人作填房，这位张姓妹夫的前妻去世时撇下一个女儿小张氏，可不幸的是张妹夫不久病故，欧阳修很可怜自己的亲寡妹，就把妹妹和女孩小张氏接到家里抚养。女孩小张氏长大后，欧阳修做主嫁给自己的侄子欧阳晟，也算是亲上加亲，当哥哥的尽到了职责。

欧阳晟是州里管理财税和仓库的八品小官，小日子过得还可以。但张氏却是个水性杨花的女子，不守妇道，竟然与家里的仆人私通。按北宋法律，通奸是大罪，欧阳晟发现被"绿"后告官，张氏被拘于开封府。负责本案的杨日严恰恰是欧阳修的政敌，欧阳修以前做谏官时曾弹劾过他的贪污行为，一直怀恨在心，利用这次公报私仇的机会，对张氏一开始就大刑伺候，细皮嫩肉的张氏根本吃不消，"头发长，见识短"的她暗想欧阳修是当朝大人物，如承认和他有染，谁也不敢再予以追究。重刑之下，信口开河，承认自己在未嫁人之前，就被欧阳修哄上床。

拿到如此口供的杨日严如获至宝，立刻上奏。乱伦，按律当杀头。绯闻，在任何朝代都会让众人兴奋。欧阳修的生活作风问题成为朝野上下的谈资，众口铄金，欧阳修有口难辩。谏官抓住时机，立刻弹劾。宰相贾昌朝也是欧阳修的政敌，立即派太常博士苏安世和宦官王昭明督办此案。幸运的是这两位督查员还算是明白人，宰相想借刀杀人，他们二位不愿被人当枪使，说不定欧阳修哪天还能东山再起呢。二人商定后统一口径，在上奏皇帝的调查结论中说欧阳修侵占过张家的财产，并没有发现与外甥女"劈腿"的证据。

两位督查员的情商和智商确实不低，欧阳修真的"咸鱼翻身"。十一年之后的仁宗嘉祐二年（1057 年）二月，欧阳修做礼部知贡举的主考官，以翰林学士身份主持进士考试，选拔出并称为"唐宋八大家"的苏轼、苏辙、曾巩和宋明理学的奠基者程颢等一大批精英人才。嘉祐六年（1061 年），欧阳修任参知政事，后又相继任刑部尚书、兵部尚书等职，树立起北宋文坛领袖的地位。

一件让大众心理兴奋的乱伦案，最后以财产侵占罪结案。欧阳修被赶出汴京，贬谪知滁州。

庆历五年（1045 年）八月，在范仲淹、韩琦、苏舜钦先后被贬出汴京后，欧阳修离京出发，心情不爽，"阳城淀里新来雁，趁伴南飞逐越船。野岸柳黄霜正白，五更惊破客愁眠。"（《自河北贬滁州初入汴河闻雁》）十月抵达滁州，正值深秋，满眼萧瑟，残花坠地，霜重水冷，心中怅然。这一年，欧阳修正是三十九岁的黄金年纪，从皇帝身边的太常丞知谏院、右正言知制诰、河北都转运按察使的部级干部贬为厅局级的滁州市市长，他闷闷不乐可以理解。

其实，欧阳修心里跟明镜似的，诬告通奸只是卑鄙手段的一种，清除异己才是真的，自己写的《朋党论》等于公开承认政治站队，为范仲淹、富弼等庆历新政推动者被贬上书鸣不平，招来政敌打击太正常了。庆历五年一月，欧阳修正在河北巡视，听到范仲淹被罢副宰相的消息，预感自己前途未卜，凶多吉少，心情复杂，"庭院深深深几许？杨柳堆烟，帘幕无重数。玉勒雕鞍游冶处，楼高不见章台路。雨横风狂三月暮，门掩黄昏，无计留春住。泪眼问花花不语，乱红飞过秋千去。"此阕《蝶恋花》词，并非后来注家所理解的表达儿女情长，而是寄托着欧阳修的忧虑伤感。庭院深深，侯门似海，过去的繁华转眼消失。暮春三月，雨横风狂，泪眼问花，四周沉寂，一派狼藉。哪有什么快乐心情可言呢？北宋才女李清照曾表示对这阕词"予酷爱之"并多次模仿填词。

到了滁州，欧阳修迅速调整心态，看起来很快乐。何也？

一个人遗传的基因决定着性情。欧阳修的远祖是隋末唐初的大书法家欧阳询，欧阳家族从四川绵阳迁至江西庐陵。父亲欧阳观当过小官，因"为吏廉而好施与"致使家里贫困。欧阳修四岁时，父亲因病去世，出身于江南名门望族的母亲郑氏，不得不投奔在湖北随州做官的小叔子欧阳晔家中生活。母亲知书达理，自幼就对欧阳修耳提面命，买不起纸张笔墨，便以荻草为笔，在沙地上学习写字。欧阳修二十三岁进士及第，并非浪得虚名。这次被贬，只是仕途上的又一个"小插曲"而已，心里很坦然。

曾经沧海难为水。仁宗景祐三年（1036年），范仲淹因反对迁都洛阳，并向宋仁宗皇帝呈献《百官图》，注明何人可用，何人不能重用，揭露宰相吕夷简大搞"圈子文化"，触犯众怒，被高司谏等人弹劾，贬谪江西饶州（今鄱阳）。此事本与调京工作刚二年的欧阳修无关，年轻气盛的他路见不平一声吼，连夜写出《与高司谏书》，大骂其"不复知人间有羞耻事"，老高你们整人是真不要脸。欧阳修冲动的结果很严重，第一次品尝被贬的滋味，外放到夷陵（今湖北宜昌市）做县令。是年五月，三十而立的欧阳修带着老母和寡妹等家人，一路舟车劳顿，赴夷陵上任。八月，到达九江。"乐天曾谪此江边，已叹天涯涕泫然。今日始知予罪大，夷陵此去更三千。"（《琵琶亭》）欧阳修不禁想起唐代白居易曾被贬这里，偶遇琵琶女，"江州司马青衫湿"，而今同是天涯沦落人，心情低沉。"修得罪也，与之一邑，使载老母寡妹，浮五千五百之江湖，冒大热而履深险，一有风波之危，则叫号神灵以乞须臾之命。"（《回丁判官书》）贬谪路上，风高浪急，险象环生，欧阳修一家差点葬身鱼腹。在写给朋友老丁的回信中，倾诉着自己内心的熬煎和痛楚，自我反省"予罪大"，向神灵祈求保佑性命。

但抵达夷陵后，欧阳修仿佛换了一个人似的快乐起来。

在夷陵，欧阳修很快熟悉了当地的社会经济状况和风土人情，建构起安放自己身体和心灵的新居所，亲自命名为"至喜堂"。"夷陵风俗朴野，少盗争，而令之日食有稻与鱼，又有橘柚茶笋四时之滋。江山美秀，而邑居缮完，无不可爱，是非唯有罪者之可以忘其忧，而凡为吏者莫不始来而不乐，既至而后喜也。"在其写的《至喜堂记》中，欣喜之情，跃然纸上。

欧阳修兴奋地给好朋友梅尧臣写信报平安曰："修昨在夷陵，郡将故人，幕席皆前名，具有江山之胜，虽在天涯，聊可自乐。……某居此久，日渐有趣，郡斋静如僧舍，读书倦饮射，酒味佳于淮南，而州僚亦雅。"已没有被贬时的忧伤和路上的酸楚，看起来生活很滋润。这里的人好、山好、水好、酒好，四时蔬菜都是有机的。读书累了，喝酒射箭娱乐等雅事"聊可自乐"。这哪是贬谪，简直是带薪休假。"春风疑不到天涯，二月山城未见花。残雪压枝犹有橘，冻雷惊笋欲抽芽。夜闻归雁生乡思，病入新年感物华。曾是洛阳花下客，野芳虽晚不须嗟。"（《戏答元珍》）丁元珍就是他在贬谪路上的倾诉对象丁判官。现在，他开始"嘚瑟"了。虽然春风吹不到这里，二月中的山城春花未放，但我却能看到残雪压在枝头的黄橘上，春雷声声中，那冰冻的竹笋在抽出嫩芽。大雁北归，顿生乡愁。我曾经在洛阳花团锦簇生活过，就不必抱怨这里的野花开得晚，这些都不算什么。"行见江山且吟咏，不因迁谪岂能来。"（《黄溪夜泊》）还真要感谢这次被贬，否则，我怎能有机会享受这山水胜景和吟咏之乐呢？

山水含情，岁月静好。欧阳修把对夷陵山水风光的欣赏和对日常生活的热爱升华为个人纯粹的生命状态，吾心安处即故乡。这就是一位文人士大夫的精神自信和文化自觉。

欧阳修第一次被贬夷陵的历练，是十年后被贬滁州的预演。

正值四十岁的黄金年纪，欧阳修贬到滁州，很快成为"醉翁"。《醉翁亭记》中怡然自乐的样子似顽童，醉态可掬，仍是十年前在夷陵时"虽在天涯，聊可自乐"的青春模样。

来到滁州的第二年，欧阳修郊外踏青，寻山问泉，发现山中有天然矿泉，掬起与民同饮，在此建起一座丰乐亭，撰写《丰乐亭记》曰："修之来此，乐其地僻而事简，又爱其俗之安闲。既得斯泉于山谷之间，乃日与滁人仰而望山，俯而听泉。掇幽芳而荫乔木，风霜冰雪，刻露清秀，四时之景，无不可爱。又幸其民乐其岁物之丰成，而喜与予游也。"（《丰乐亭记》）欧阳修很享受这里的一山一水，一草一花。听到鸟鸣，偶尔也会感慨"我遭谗口身落此，每闻巧舌宜可憎。春到山城苦寂寞，把盏常恨无娉婷"。但一瞬间心情就转换为"花开鸟语辄自醉，醉与花鸟为交朋。身闲酒美惜光景，惟恐鸟散花飘零。""可笑灵均楚泽畔，离骚憔悴愁独醒。"（《啼鸟》）朋友们，放心吧，我不会学屈原以死明志，在此地春游踏花喝酒，没事偷着乐。

> 绿树交加山鸟啼，晴风荡漾落花飞。
>
> 鸟歌花舞太守醉，明日酒醒春已归。
>
> 春云淡淡日辉辉，草惹行襟絮拂衣。

行到亭西逢太守，篮舆酩酊插花归。

红树青山日欲斜，长郊草色绿无涯。

游人不管春将老，来往亭前踏落花。（《丰乐亭游春三首》）

丰乐亭完工后，欧阳修又在其东边几百米的地方找到山势较高处，继续修建一个亭子，命名为"醒心亭"，欧阳修邀请自己喜欢的学生曾巩为之作记。庆历七年（1047 年）八月十五日，曾巩在遵命写就《醒心亭记》中云："虽然，公之乐，吾能言之。吾君优游而无为于上，吾民给足而无憾于下。天下之学者，皆为材且良。夷狄鸟兽草木之生者，皆得其宜，公乐也。一山之隅，一泉之旁，岂公乐哉？乃公所寄意于此也。"当今，我们的皇帝无为而治，百姓丰衣足食，天下的文人都能成为良材，四方边境的少数民族以及鸟兽草木等各得其所，这才是欧阳公真正的快乐。山水之乐，只是欧阳公的表面现象。

"若公之贤，韩子殁数百年，而始有之。今同游之宾客，尚未知公之难遇也。后百千年，有慕公之为人，而览公之迹，思欲见之，有不可及之叹，然后知公之难遇也。则凡同游于此者，其可不喜且幸欤？而巩也，又得以文词托名于公文之次，其又不喜且幸欤！"（《醒心亭记》）文章末尾，曾巩盛赞老师欧阳公人才难得，韩愈死后几百年才出他一个。今天与他同游的宾客何其幸运啊！千百年之后，有人仰慕欧阳公的为人，瞻仰他的遗迹，而想要见他的人，会因未能与他同时代而懊丧不已。而我曾巩因为写这篇文章沾上他的光辉，真是欢喜和庆幸。可见，欧阳修和曾巩感情深厚，欧阳修很欣赏曾巩的才情。"过吾门者百千人，独于得生为喜。"（《曾巩集》）欧阳修即使对苏轼，也没有这样评价过。

无论是在夷陵，还是在滁州，欧阳修把贬谪生活调整安排得有滋有味，自在轻松。这其中有他性情旷达心态好和适应环境能力强的原因，当然，也有一些外在的幸运因素。

第一次被贬夷陵任县长时，顶头上司峡州州长是朱庆基，一直都很敬佩欧阳修的才情和为人，在汴京时就成为好友。朱州长听说欧阳修要来，下令在夷陵县衙大堂东面，专门划拨一块地，用公款为欧阳修建造一座宽敞明亮的四合院，欧阳修高兴地命名为"至喜堂"。此外，他又一次当上了新郎。前两位夫人先后因病去世后，至今他还是"钻石王老五"。在汴京被贬之前，副宰相薛奎就把女儿许配给他，成为王拱辰的连襟，王拱辰就是借苏舜钦公款喝酒违纪案，背后搞掉范仲淹、富弼、韩琦等庆历新政改革者的幕后总指挥。欧阳修由于被贬，没办婚礼。

来到夷陵，安顿好老母寡妹，立即启程到河南颍昌（今许昌）迎娶新娘。此时，岳父薛奎已病故，岳母和未婚妻并不嫌弃欧阳修被贬谪到荒蛮之地，愿跟随夫君到天涯海角。

这样的婚姻给了欧阳修莫大的精神抚慰。薛奎有眼光，女儿贤淑有德，欧阳修很有艳福。"夫人生于富贵，年方二十，从公涉江湖，行万里，居小邑，安于穷陋，未尝有不足之色。……高明清正而敏于事。……文公所以得尽力于朝，而不恤其私者，夫人之力也。"欧阳修的这位夫人薛氏长寿，苏辙在为其撰写的墓志铭中，曾给予高度评价。除此之外，欧阳修还有一位深明大义的老娘郑氏。郑氏本为江南大家闺秀，识文断字，明理大义，是欧阳修的第一位人生导师。这次被贬，郑氏神情自若，波澜不惊，跟随儿子来到夷陵，没有任何怨言。原来并不喜欢饮酒的老娘，到了夷陵后，"日能饮五七杯，随时甘脆，足以尽欢"。看来，欧阳修的酒风和酒量有遗传基因。

故此，欧阳修被贬夷陵，居住有新房，照顾有新娘，陪伴有老娘，工作上有很好的幕僚同事。上面还有朱州长、丁判官等后台人物关照，还能经常在一起游玩喝酒吟诗。欧阳修确实有"自乐"的资本和客观条件。

十年之后，欧阳修虽再贬滁州，但毕竟是"一把手"市长。在中国古代官场里，"宁为鸡头，不为凤尾"的妙处谁都懂，别把村长不当干部，在自己的一亩三分地里，绝对说了算。"太守归而宾客从也""人知从太守游而乐"，群众都很懂事。据说，《醉翁亭记》一出，立刻广为传诵。著名宫廷音乐家、太常博士沈遵读罢，专程来到滁州采风，感悟到滁州的山水风光和《醉翁亭记》的文学魅力。回京后，谱写出名曲《醉翁吟三叠》。再过十年之后，欧阳修在出使契丹途中，恰与沈遵相遇。夜阑酒酣之际，沈遵再次为他弹奏此曲，二人不胜唏嘘。

今天，我们可以想象醉意蒙眬的欧阳修很享受被前呼后拥、刻意逢迎、众声叫好的感觉，"醉能同其乐，醒能述以文者，太守也。太守谓谁？庐陵欧阳修也。"欧阳修自信心爆棚。"绕郭云烟匝几重，昔人曾此感怀嵩。霜林落后山争出，野菊开时酒正浓。解带西风飘画角，倚栏斜日照青松。会须乘醉携嘉客，踏雪来看群玉峰。"（《怀嵩楼新开南轩与郡僚小饮》）唐朝宰相李德裕曾在滁州当刺史，专门建造一座"怀嵩楼"，以怀念中岳嵩山。欧阳修刚出道时就在洛阳工作，曾多次和朋友登临嵩山游玩。这天，欧阳修在怀嵩楼的南窗下，坐在主宾位置上，与一帮同事喝酒聚会，接受同事们轮番敬酒，兴致盎然，眺望远方。秋霜之下，树叶凋尽，山峰林立，野菊盛开。西风吹来，倚在栏杆上，看到斜阳下的郁郁青松，心里盘算着等到冬天白雪飘飞时，再来看白玉一样的山峰。

重读《醉翁亭记》，我终于理解欧阳修"聊可自乐"绝不是偶然的。试想一下，如果他像唐代的刘禹锡"巴山楚水凄凉地，二十三年弃置身"，或像柳宗元被贬永州司马时"孤舟蓑笠翁，独钓寒江雪"般，那么他绝不会写出轻松潇洒的《醉翁亭记》。假如他再晚生几百年，遇到喜欢搞"文字狱"和奴才文化的明清时代，以他的性格会被过早地砍头。再退一步讲，如果他像同时代的王禹偁被贬黄州，自建黄冈竹楼居住，下地种粮种菜谋生，并写下著名的《黄冈竹楼记》，或像苏舜钦被削职为民、苏轼被贬黄州团练副使、张耒被贬黄州任一位收税的仓库管理员，欧阳修能否写出同样版本的《醉翁亭记》呢？

总之，欧阳修的自信和自乐，应该感谢北宋"重文轻武"的基本国策和仁宗时代对文人尊崇宽容和自由的社会大气候，加之在皇帝与士大夫共治天下的权力结构中，文人士大夫的人格理想和道德自觉积淀出的独特精神气质。如今的醉翁亭北面，还有一座肃穆典雅的"二贤堂"，这是为纪念欧阳修和宋初文学家王禹偁而建，他们二人都曾在滁州做过太守。欧阳修能成为"醉翁"，也应该感谢滁州"一把手"的权力光环。"然而禽鸟知山林之乐，而不知人之乐；人知从太守游而乐，而不知太守之乐其乐也。"依我看，欧阳修既是在表达内心充盈的真情实感，又试图消解精神上的隐痛无奈，还暗含着些许自嘲、自慰及矫情卖乖的成分。

重读《朋党论》

北宋仁宗天圣九年（1031 年）的阳春三月，位于洛阳龙门石窟附近的伊水河畔花红柳绿，碧波荡漾，阵阵鸟鸣不时从林间传来，打破了香山寺的寂静。让这早春的阳光温暖明亮，活泼跳跃。

清晨，几声喜鹊的鸣叫飘进窗户，把欧阳修从酣梦中惊醒，他继续懒洋洋地躺在木床上，慢慢回忆去年在晏殊和宋仁宗主持的科考和殿试中，自己被唱甲科十四名、进士及第，多年的努力终于有了满意的结果。当年五月，被授任将仕郎、试秘书省校书郎，充西京留守推官。自此，仕途在东都洛城开启，前景看起来很美好。昨天，已和在洛城主政的钱惟演市长约好，下午到他府上登门拜访，晚上一起喝酒论诗。看着窗外明媚的阳光，欧阳修想上午正好没有什么事，不如先到伊水河边踏青游玩一番。

伊水清清，春草油绿。欧阳修漫步河岸边，忽然发现有一位年轻人趴在河边的一块大石头上，把浑圆的屁股撅得很高，双手伸进水里乱动。好奇心驱使他走近仔细观看，原来这家伙在摸鱼呢。欧阳修觉得很好玩，也把鞋子甩掉，跳进河里，一起摸起鱼来。不一会儿，还真摸到两条鳜鱼。二位年轻人很兴奋，回到岸上，互报姓名，欧阳修才知道眼前这位貌美青年就是在文学圈鼎鼎大名的梅尧臣（字圣俞）。

此时，梅尧臣正在洛阳做搞文字秘书工作的小官，算是欧阳修的同事。但梅尧臣并不是进士出身，而是典型的"官二代"，自学成才，久考不中后，靠祖先荫补为官，年长欧阳修五岁。二人一见如故，成为终生的朋友。欧阳修盛赞梅兄曰："圣俞翘楚才，乃是东南秀。玉山高岑岑，映我觉形陋。离骚喻香草，诗人识鸟兽。城中争拥鼻，欲学不能就。平日礼文贤，宁久滞奔走。"（《七交七首·梅主簿》）自己其貌不扬，比起梅兄才华横溢，品德高洁，我自惭形秽，愿意跟着您学习，还请梅兄不吝赐教。后来，欧阳修确实为学诗求教于梅兄。"余尝问诗于圣俞，其声律之高下，文语之疵病，可以指而告余也。……圣俞久在洛中，其诗亦往往人皆有之。今将告归，余因求其稿而写之。然夫前所谓心之所得者，如伯牙鼓琴、子期听之，不相语而意相知也。余今得圣俞之稿，犹伯牙之琴弦乎。"（《书梅圣俞稿后》）"嗟哉我岂敢知子，论诗赖子初指迷。子言古淡有真味，太羹岂须调以齑。怜我区区欲强学，跛鳖曾不离污泥。"（《再和圣俞见答》）在梅兄面前，欧阳修很是谦卑。南宋葛立方在其《韵语阳秋》一书中曰："欧公一世文宗，其集中美梅圣俞诗者，十几四五。云：'作诗三十年，视我犹后辈。'又云：'少低笔力容我和，无使难追韵高绝。'欧公后有诗云：'梅穷独我知，古货今难卖。'而圣俞有《赠滁州谢判官诗》亦云：'我诗固少爱，独尔太守知。'"当然，这是后话。

二人卷着裤腿站在伊河溪流中，越谈越兴奋，欧阳修把下午拜见钱市长的约会抛在九霄云外，与梅携手直奔香山寺游玩。

香山寺位于洛阳城南，与著名的龙门石窟隔河相望，始建于北魏熙平元年（516年）。唐武则天时，香火最为旺盛。白居易晚年退隐洛阳，在此生活了十八年，自号"香山居士"。"空山寂静老夫闲，伴鸟随云往复还。家酿满瓶书满架，半移生计入香山。"（《香山寺二绝》）唐大和六年（832年），白乐天捐资七十万贯，重修香山寺，并撰写《修香山寺记》，去世后，安葬在这里。

欧阳修和梅尧臣来到香山寺，谈论更多的是白居易的豁达性格、朴实诗风和忧民情怀。白居易一生的仕途顺达、功成名就和晚年安逸的生活，也正是二人心中的理想模样。

邂逅伊水河畔，畅游香山寺，为二人留下太多美好的回忆，也注定一生的情缘。在余生的时光里，每次追忆仍如初恋般美好。有一次，梅尧臣在淮河边，见一垂钓者钓得两条鱼，马上口占一绝："春风午桥上，始迎欧阳公。我仆跪双鳜，言得石濑中。"（《过口得双鳜鱼怀永叔》）回忆永远美好。

宋仁宗景祐三年（1036 年）冬天，欧阳修因言获罪，第一次被贬夷陵。南方多雨阴冷，心情闷闷不乐。他给梅尧臣写信："相别始一岁，幽忧有百端。乃知一世中，少乐多悲患。每忆少年日，未知人事艰。颠狂无所阂，落魄去羁牵。三月入洛阳，春深花未残。龙门翠郁郁，伊水清潺潺。逢君伊水畔，一见已开颜。不暇谒大尹，相携步香山。自兹惬所适，便若投山猿。"（《书怀感事寄梅圣俞》）少年轻狂，不谙世事，人生无常。那年三月在洛阳的相遇，我们就像笼子里的猿猴放归山林，多么逍遥快活。

欧阳修自称"某尝自负平生不妄许人之交，而所交必得天下之贤才"。景祐三年，因为范仲淹被贬饶州之事鸣不平，与苏舜钦相识相知。范仲淹这件事本与他们二人无关，欧阳修却大骂对方高司谏、吕夷简等人太"不要脸"，为这次冲动付出代价，三十岁的欧阳修被贬夷陵县令。梅尧臣的叔叔梅询和吕夷简皆属于"不要脸"的一派，但梅尧臣坚定地支持范仲淹，称赞他"今见独醒人"。当时苏舜钦官职卑微，正在家守丧，也与此事无关，却向仁宗直言曰：您若听不进批评意见，像这类指鹿为马之事，将在本朝随处可见，这是自取灭亡之道。

与范仲淹相同的"三观"，使三位年轻人的心靠得更近。他们决心联手努力，矫正北宋文坛风气的走向。梅尧臣性格坚定、意气风发地宣誓曰："月缺不改光，剑折不改刚。月缺魄易满，剑折铸复良。势利压山岳，难屈志士肠。男儿自有守，可杀不可苟。"（《古意》）这样的决心和气魄真是豪情万丈，很符合范仲淹的价值观。

"昔多松柏心，今皆桃李色。愿言造物者，回此天地力。"（范仲淹《四民诗·士》）北宋初年，文坛仍延续着晚唐和五代时期的颓靡气质。诗风情绪低落，无病呻吟者多。幕僚的身份之悲，禅者的寒酸虚无，学士的落第哀愁，浪子的青楼薄幸，游子的思乡幽情，贬谪者的怀才不遇，等等，负能量在文学作品中到处弥漫。这些情况，标志着一个繁华时代的远去，致使文人士大夫精神世界的普遍"阳痿"。对这些"斯文大剥，悲哀为主"的文学风尚，范仲淹等头脑清醒者看在眼里，急在心头，悲愤地呐喊"回此天地力"。在洛城钱惟演市长的大力支持下，欧阳修、梅尧臣和苏舜钦这三位年轻人联手同道者，推动文坛风气改革，追慕大唐时代的李白、杜甫和韩愈。

梅尧臣醉心诗歌创新，积极指导欧阳修提高写诗水平。"我生无所嗜，唯嗜酒与诗。一日舍此心肠悲，名存贵大不辄思。"（《依韵和永叔劝饮酒莫吟诗杂言》）欧阳修主张戒除晚唐五代的萎靡诗风，提出"诗穷而后工"理论。苏舜钦的诗风直率自然，意境开阔，批判时政，一针见血。虽然后来被贬为一介布衣，退隐沧浪亭，英年早逝，但以诗文流芳千古。南宋的陆游写诗赞曰："李杜不复作，梅公真壮哉。"刘克庄也在《后村诗话》中说："本朝惟宛陵（梅尧臣世称宛陵先生）为开山祖师，宛陵出，然后桑濮之哇稍息，风诗之气脉复续。"清人叶燮在《原诗》中评价道："开宋诗一代之面目者，始于梅尧臣、苏舜钦二人。变尽昆体，独创生新。"

"作诗无古今，唯造平淡难。譬身有两目，了然瞻视端。……既观坐长叹，复想李杜韩。愿执戈与戟，生死事将坛。"（梅尧臣《赠赵挺之》）诗风平淡才是真，要学习李白、杜甫和韩愈，言之有物，表达情怀，忧国忧民。"田家种糯官酿酒，榷利秋毫升与斗。……不见田中种糯人，釜无糜粥度冬春？还来就官买糟食，官吏散糟以为德。"（欧阳修《食糟民》）看到农民辛苦种稻，官府酿酒垄断卖，与农民争利。种稻人无米下锅，还得向官府买酒糟吃，官吏竟认为是为民造福，这种行为真是无耻之极。"奋舌说利害，以救民膏肓。不然弃砚席，挺身赴边疆。喋血鏖羌戎，胸胆森开张。弯弓射搀枪（"搀枪"指彗星），跃马扫大荒。功勋入丹青，名迹万世香。"（苏舜钦《舟中感怀寄馆中诸君》）苏舜钦曾志在边疆，抗御外敌。"陶尽门前土，屋上无片瓦。十指不沾泥，鳞鳞居大厦。"（梅尧臣《陶者》）小学课本里曾收录梅尧臣的这首小诗，就像唐代白居易的《卖炭翁》一样，批判世道的不公，悲悯善良，心怀天下苍生。

"三观"相同的文人骚客聚在一起，最能张扬性情的就是酒风。苏舜钦爱召集酒局，聚众狂欢。庆历四年（1044 年）秋天"进奏院"的那场大酒，让他丢官为民。欧阳修自号"醉翁"，嗜酒如命。梅尧臣则是"一日不饮情颇恶，一日不吟无所为。酒能销忧忘富贵，诗欲主盟张鼓旗"。

置身于如此性情和骨气的朋友中间，成为欧阳修撰写《朋党论》的原动力。

庆历三年（1043年），范仲淹牵头发起"庆历新政"，遭到既得利益者的反对，一年后告吹。政敌吕夷简、王拱辰等人抓住苏舜钦公款喝酒、召来歌伎"三陪"和酒后写诗吹牛的"进奏院事件"，向宋仁宗状告"改革派"那帮人结党营私，需要警惕。欧阳修情绪激动之下，挥笔写就《朋党论》，自我辩护，主送宋仁宗。

"臣闻朋党之说，自古有之，惟幸人君辨其君子小人而已。"（《朋党论》）欧阳修开宗明义，毫不隐瞒朋党自古就已存在。关键是皇帝您能否识别出谁是君子，谁是小人。这样的说辞，等于不打自招，承认已结"朋党"。

"朋党"，历来是皇帝最忌讳的"圈子文化"。欧阳修这篇雄文，结果并没有如他所愿，似投枪匕首，欲插入政敌心脏，反倒误伤自家阵营。为此，范仲淹、富弼、韩琦、苏舜钦等人先后被外放或被贬出京。欧阳修因主动站队，外加一条和外甥女"通奸"的绯闻，被贬滁州。

宋仁宗坚持按"朋党"划线论处，欧阳修等人也确实不"冤枉"。青年时代的欧阳修、梅尧臣、苏舜钦等人在洛阳就已结"朋党"之谊。欧阳修第一次为范仲淹主动打抱不平，结果被贬夷陵，他的"朋党"身份早已暴露在北宋的阳光之下。

撰写《朋党论》自辩，这是欧阳修第二次为范仲淹主动跳出来。故此，在中国古代文学史上，如果没有《朋党论》，未必就有后来的《醉翁亭记》《丰乐亭记》《醒心亭记》，这将是中国古典散文的巨大损失。这样的"朋党"，已成文坛佳话。

"然臣谓小人无朋，惟君子则有之。其故何哉？"欧阳修明知故问，自问自答。原因是"大凡君子与君子以同道为朋，小人与小人以同利为朋，此自然之理也"。"志同道合"才是结成"朋党"的原则和基础。而君子之"道"，则是范仲淹在《岳阳楼记》中表达的"先天下之忧而忧，后天下之乐而乐"之道德情怀。

年轻人出身虽不能选择，但"道"是可以选择的。"欧阳公四岁而孤，家贫无资。太夫人以获画地，教以书字。多诵古人篇章。及其稍长，而家无书读，就闾里士人家借而读之，或因而抄录。以至昼夜忘寝食，惟读书是务。自幼所作诗赋文字，下笔已如成人。"（《欧阳公事迹》）欧阳修家里贫困，靠苦读科考，进士及第，完成人生逆袭。苏舜钦和梅尧臣均为"官二代"，靠祖上荫补为官。他们成长的环境和经历不同，但一生不离不弃。欧阳修被贬滁州州长，与民同乐，写有《醉翁亭记》。后来，官至副宰相，位高权重，成为文坛领袖。梅尧臣只在洛阳和县里当过文职小官，晚年经欧阳修举荐，到国子监任职讲课，协助欧阳修主持嘉祐二年（1057年）的科考，发现了苏轼兄弟和曾巩等人才。苏舜钦被削职为民，隐居在苏州沧浪亭，英年早逝。他们几位无论身在何处，官居何职，一直对北宋江山和黎民百姓充满忧患意识，对弱者富有同情和悲悯，诗文中表达的政治理想称得上真实的崇高和崇高的真实。

"小人所好者禄利也，所贪者财货也。当其同利之时，暂相党引以为朋者，伪也。……君子则不然。所守者道义，所行者忠信，所惜者名节。"小人们只有永远的利益，不会有永久的朋友。那些雷打不散的"朋党"，其核心是每位成员都坚守"道义"，恪守"忠信"，爱惜"名节"。比如梅尧臣爱憎分明，性情孤傲。"耻游公相门，甘自守恬淡。""今年辄五十，所向唯直诚。既不慕富贵，亦不防巧倾。……下不以傲接，上不以意迎。"（《依韵和达观禅师赠别》）虽然职位不高，却经常"无所回避"地直言上疏"时政得失"，致使"群小为之侧目"（《宋史·梅尧臣传》）。

苏舜钦因"进奏院"那场"公款吃喝"被削职为民，"但以遭此构陷，累计他人，故愤懑之气不能自平"（《与欧阳公书》）。"性不及中庸之道，居常慕烈士之行。"对好朋友受到自己牵连，一生深感自责，退隐沧浪亭后，沉沦下僚的梅尧臣经常写信鼓励安慰他。"闻买沧浪水，遂作沧浪人。置亭沧浪上，日与沧浪亲。"（梅尧臣《寄题苏子美沧浪亭》）"君诗壮且奇，君笔工复妙。二者世共宝，一得亦难料。"（梅尧臣《偶书寄苏子美》）苏舜钦回信自谦曰："自嗟处身拙，与世尝龃龉。至于作文章，实亦少精趣。夫子兴众殊，琢饰觊佳句。将然纸上动，读毕恐飞去。自觉异平居，恍忽忘世故。"（苏舜钦《答梅圣俞见赠》）我的诗句比您差得太远，梅兄您才是情趣高雅，文字精妙。

欧阳修性情豪爽，直率天真，爱惜人才，关心他人比关心自己为重。"奖引后进，如恐不及，赏识之下，率为闻人""笃于朋友，生则振掖之，死者调护其家"（《宋史·欧阳修传》）。梅尧臣五十八岁去世后，梅家生活困难，欧阳修关怀备至，给梅家儿子找到工作。"先公笃于交友，恤人之孤。梅圣俞家素贫，既卒，公醵钱（凑钱）于诸公，得钱数百千，置义田，以恤其家，且乞录其子增。"（欧阳发《先公事迹》）欧阳修集中时间和精力，把梅尧臣的遗稿搜集整理十五卷，编辑出版《宛陵集》，流传后世。后来的"拗相公"王安石也感叹曰："我得圣俞诗，子身果何如。留为子孙宝，胜有千金珠。"（《哀挽诗》）这是欧阳修对梅尧臣最好的报答。

苏舜钦、梅尧臣先后离世后，欧阳修成为一只孤鹰，飞翔在北宋文学的天空，心里时常清苦寂寞。每当回忆往事，不禁泪湿衣襟。一生有这样的"朋党"，真是可遇不可求。"兴来笔力千钧劲，酒醒人间万事空。苏梅二子今亡矣，索寞滁山一醉翁。"（《马上默诵圣俞诗有感》）"黄河一千年一清，岐山鸣凤不再鸣。自从苏梅

二子死，天地寂默收雷声。……二子精思极搜抉，天地鬼神无遁情。及其放笔骋豪俊，笔下万物生光荣。"（《感二子》）

君子之"朋党"，"以之修身，则同道而相益；以之事国，则同心而共济；终始如一，此君子之朋也"。《朋党论》中的朋党，绝非狐朋狗友之流。结交为朋，是为更好地修身、齐家、治国、平天下。这样的"朋党"，多多益善。自古以来，你坚守，或不坚守，"道"都在那里，从未改变。在当今消费主义盛行和资本为王的时代，"利益"逐渐取代"道义"，《朋党论》为我们在社会生活中结交朋友、寻找知己提供了基本的原则和方向。"欧梅""苏梅"，后世把他们三人的姓名嵌在一起谈论，这就是最好的致敬，也是世道人心。如果没有他们，后来的三苏、曾巩、王安石、二程、司马光等北宋文坛巨星的光彩，或许会暗淡下来。

千年后的今天，重读《朋党论》，庆历新政中那些所谓"改革派""保守派"的恩恩怨怨早已烟消云散在历史深处，只有"朋党"们的人格理想、华丽诗篇和动人故事，在中国古代文学史中熠熠生辉，让今天的我们钦佩不已。

重读《五瘴说》

北宋仁宗时代，曾是两宋史上的黄金时代。前几年，有部电视连续剧《清平乐》演绎过此段历史故事，确实给观众带来无限遐想。当时，文人士大夫中明星云集，各显风流，梅挚虽然很"出类"，但很难"拔萃"。他被晏殊、范仲淹、富弼、韩琦、欧阳修、司马光、苏轼、王安石、程颐兄弟等人的巨大光环所遮蔽。但是，如果后人能像宣讲范仲淹的《岳阳楼记》那样，深度挖掘他所写《五瘴说》的社会教化价值，他同样足以比肩老范。

梅挚在《五瘴说》前面的序言中，描述当地的生态环境不佳，很容易滋生南方亚热带潮湿气候中常见的流行的恶性疟疾，即"瘴气"。唐宋时期，岭南常作为被贬官员的流放地，官员和当地百姓极容易染上瘴气死亡。但梅挚认为："天有六气，淫则生疾。阴、阳、风、雨、晦、明，此其常也。且二气之大，生育万物，各遂其宜。"意思是说，瘴气和风雨雷电一样，都属于大自然现象，并不可怕。最可怕的是官场中到处弥漫的另外五种"瘴气"。

"予谓：仕有五瘴之患，避之犹未能也。急征暴敛，剥下奉上，此租赋之瘴也；深文以逞，良恶不白，此刑狱之瘴也；昏晨醉宴，弛废王事，此饮食之瘴也；侵牟民利，以实私储，此货财之瘴也；盛拣姬妾，以娱声色，此帏薄之瘴也。有一于此，民怨神怒，安者必病，病者必殒，虽在毂下亦不可免，何但远方而已！仕者或不自知，乃归咎于土瘴，不亦谬乎！"

这就是梅挚《五瘴说》的核心观点：官场中普遍存在的强行搜刮民财、司法不公腐败、公务接待奢靡、聚敛私财无度、沉溺淫逸女色等现象，这五种行为才是真正的"瘴气"。大自然滋生的瘴气的确可怕，但对于为官之人来说，这五种"瘴气"更为可怕。如果官员染上其中之一，不论你是身处京城，还是在偏僻之岭南，就必然遭到天怒人怨和历史的惩罚，谁也无法逃脱。遗憾的是大部分官员不明白这一道理，把当地社会矛盾和经济文化落后总是归罪于自然环境不佳，这难道不是很荒谬吗？！

梅挚的这篇短文，针砭时弊，振聋发聩，一针见血。如果说范仲淹"先天下之忧而忧，后天下之乐而乐"是发自文人士大夫内心的道德自省和自律，那么，梅挚的《五瘴说》则是对社会现实的无情批判和自我检讨。因为，他本人也属于文人士大夫官员群体中的一员。

梅挚，字公仪，成都新繁县人，仁宗天圣五年（1027年）进士，历任大理评事、殿中侍御史、天章阁待制等，一生辗转各地，交流任职，先后出任苏州通判、开封府判官、陕西都转运使和昭州、杭州、江宁府知州等地方官，死于河中府任上。梅挚为官三十二年，清正廉洁，勤政爱民，躬责修德，仗义执言，政绩卓著。他曾于嘉祐二年（1057年）和欧阳修一起主持那年的高考，发现了苏轼、苏辙、曾巩等杰出人才。宋仁宗经常在众多朝臣面前表扬"梅挚言事有体"。《宋史·梅挚传》评价曰："性淳静，不为矫厉之行，政绩如其为人。"

《五瘴说》写于仁宗景祐元年（1034年），他时任昭州（今广西平乐县）知州。当时，广西属于岭南，地广人稀，山高谷深，土瘠民贫，气候湿热，瘴气缭绕，疟疾肆虐，被称为"瘴疠之乡"。两江水土尤恶，一岁无时无瘴：春曰青草瘴；夏曰黄梅瘴；六七月曰新禾瘴；八九月曰黄茅瘴，当地土著人以黄茅瘴为尤毒。加之此地"淫祠而尚鬼，病不服药"的愚昧风俗，导致很多人病死。据《后汉书·马援传》记载："出征交瘴，土多瘴气"，伏波将军马援南征时，"军吏经瘴疫死者十四五"。另据古文献记载："下至平乐、梧州及左右江，瘴气弥盛。"昭州被"土大夫指以为大法场，言杀人之多也"。梅挚工作所在的平乐县，是岭南瘴气最为严重的地方，被谪贬此地的官员，大都是有来无回。

梅挚的《五瘴说》，其政治眼光和社会批判精神越过高山阻隔，透过瘴气迷雾，达到"跳出瘴气看瘴气"的思想境界，政治情怀非一般古代封建社会文人士大夫可比，这与唐代柳宗元对官员的训诫类似。

唐宪宗元和九年（814年），柳宗元被贬为永州员外司马，在此地工作生活十年。其间，对政治、历史、文学和哲学进行钻研，遍游永州山水，广交各界朋友，现存世的《柳河东全集》中，包括诗歌、辞赋、散文、游记、寓言、杂文、文学理论等方面的540多篇文章，其中有317篇创作于永州。其下属零陵县的代理县令薛存义为其山西河东（今永济）老乡，平时二人相互欣赏，交往甚密。薛任期届满，政绩名声尚佳，将要离任时，柳宗元约他到湘江边上喝酒，为其饯行，并作《送薛存义序》赠送留念。

柳宗元在此文中说道："凡吏于土者，若知其职乎？盖民之役，非以役民而已也。凡民之食于土者，出其什一佣乎吏，使司平于我也。今我受其直、怠其事者，天下皆然。岂惟怠之，又从而盗之。向使佣一夫于家，受若直，怠若事，又盗若货器，则必甚怒而黜罚之矣。以今天下多类此，而民莫敢肆其怒与黜罚者，何哉？势不同也。势不同而理同，如吾民何！有达于理者，得不恐而畏乎？"

在这里，柳宗元对官员的理解很有现代意义。凡是官吏，守土有责，都是人民的仆役，即今天所说的"人民的勤务员"，而不是相反。老百姓拿出一部分收入来雇佣官吏，是让官吏为大家办理公共事务、为人民服务的。如今有许多官吏，不仅光取报酬不办事，而且还盗窃人民的财产。打个比方说，假如您在家里雇用一个保姆，保姆光拿报酬却不干活，又偷盗您家的财物，您一定会发怒且惩罚他。但如今天下有许多官吏有类似"保姆"的行为，光拿工资不干活，还偷窃雇主家里的钱财。对这样的官吏，老百姓却不敢发怒和惩罚他们，为何？这是所处的权势、地位不同的缘故。官吏和"保姆"的情势虽然不同，但道理是一样的。因此，凡是懂得这些道理的官吏，在岗位上必然会如履薄冰，战战兢兢，全心全意地为人民做好事。

毫无疑问，梅挚深刻理解并积极践行了老前辈柳宗元《送薛存义序》的主题思想。但是，比起《岳阳楼记》的知名度，《五瘴说》和《送薛存义序》这两篇好文章却一直淹没在唐宋浩瀚如海的文字中，没有引起太大的重视和传播。这是中国古代政治思想史的重大损失。

六十年之后，已到北宋元符年间，因直言上疏，受蔡京诋毁而被贬官昭州的邹浩，初次发现《五瘴说》的价值，赋诗赞曰："五瘴作时虽不染，一篇留诫指其然。"

时光匆匆，转眼一百五十多年过去。南宋初年，吴曾在其《能改斋录》中详细记载《五瘴说》的内容及其写作原委。南宋绍熙元年（1190 年），静江知府兼广南西路经略安抚使朱晞颜读后，深受震动，亲写跋文说："则命不系乎天，系乎人也。"他请著名的布衣书法家石俛用端庄肃穆的隶书撰写《五瘴说》后，镌刻在风景秀美的桂林七星岩龙隐洞与龙隐岩的连接处瑶光峰岩壁上。石刻高 193 厘米、宽 120 厘米，被后人称为"官家药石"，真是形象生动的称谓。

清光绪元年（1875 年），梅挚的同乡、新繁人严渭春做广西巡抚时，初见刻在崖壁上的《五瘴说》之后，难以忘怀，他回到家乡时常提及此文。不久，成都新繁人吕子丹在贵州罗斛做官，遂派专人到广西拓印。光绪三年（1877 年），吕子丹回到新繁，把拓片专门送给龙藏寺方丈、诗僧雪堂大师。雪堂方丈认为梅挚其人其文令人钦仰，"至朱、石二公之跋与书，允称双绝"。光绪六年（1880 年），雪堂方丈命人复刻于龙藏寺碑林，并亲自撰写跋语，述及这件石刻返回梅挚故里的来龙去脉。后来，新繁知县段莹再复刻于当地东湖李德裕的石碑像背面，并作七律诗以记其事："岷江分派赴川东，间气钟生只有公。纯静持行君子德，忠贞奏议大臣风。谏言职省三时外，炯戒官居五瘴中。遍抚昔贤堂畔树，精神应与老梅通。"至此，梅挚的这篇短文得以在局部地区传播开来。

公元 1963 年 3 月，现代大文豪郭沫若先生游桂林时，登上榕树楼，读罢赋诗曰："梅公瘴说警人心，遥望杉湖春水深。"

梅挚在昭州，革除弊政，廉洁自律，爱护百姓，性格淳朴，甘于清贫。北宋中期，上自宰相、下至地方官员纷纷经商牟利、兼并土地、纳妾养妓为社会一时风尚时，梅挚洁身自好，从不置任何私产。他深深挚爱着昭州的人们、山水、寺院、景观、村路、明月、民乐及美酒佳果等风土人情，一口气写下十首五律《十爱诗》，丝毫不嫌弃此地自然"瘴气"之恶劣，深得民众的喜欢和尊敬。他调离后，昭州民众自发建起"梅公亭"，并把《五瘴说》和《十爱诗》一并刻石记载，流芳于世。

和梅挚有关的另一个历史故事发生在风景如画的杭州。嘉祐二年（1057 年），和欧阳修主持那年科考之后，梅挚主动"请知杭州"，获得仁宗皇帝恩准。行前，仁宗亲自写《赐梅挚知杭州》一诗，以资鼓励。诗的首句为"地有湖山美，东南第一州"。梅挚到杭州后，为感念皇恩浩荡，筑堂于吴山，命名"有美堂"。每次站在堂前，可左眺钱塘江，右瞰西湖，风景如画。梅挚专门请欧阳修作《有美堂记》，著名书法家蔡襄在有美堂写有"正值江湖夜色开""雪山千仞海潮来"等诗句。赵抃两任杭州知州，写下"斯堂占胜名天下，况有仁皇御制诗"。苏轼两次到杭州任职，一次做通判，一次做知州，多次到有美堂，写下十几首诗作。如熙宁六年（1073 年）初秋写有"游人脚底一声雷，满座顽云拨不开。天外黑风吹海立，浙东飞雨过江来"（《有美堂暴雨》）。故此，"有美堂"逐渐积淀的文化成为杭州西湖盛景的一部分。

写作《五瘴说》和构筑"有美堂"，均出自梅挚一人之手，这并不矛盾。梅挚很好地协调了忠君与爱民的关系。在他的人格理想中，始终认为忠君的最高境界就是爱民。因为，古代文人士大夫所受到的儒家思想教育根基是"民为贵，社稷次之，君为轻。"

重读《五瘴说》，我忽然觉得梅挚真是人如其名，如雪中梅花一样高洁幽香、情感真挚。"精神应与老梅通"，则是对我们最好的鞭策和教育。该短文的思想价值，应该得到足够的挖掘和传播。

重读《秋声赋》

北京的秋天最美丽，遗憾的是太短暂，只要一场秋雨淅淅沥沥下半天，满树斑斓的叶子就被打落得稀稀拉拉所剩无几。我坐在阳台上看彩色的叶片在秋风秋雨中挣扎，既顽强，又孤独，有些伤感。秋雨停歇，漫步公园里，但见供行人健身的甬道和林间小路上，贴满无数排列无序的彩色叶片，雨洗后鲜艳随意，似调色板，游人走在上面，竟不忍下脚践踏。

周末京城气温陡降，遇到这样的天气也是无奈。本来约好朋友去逛天坛公园感受秋色的最后狂欢，可这场秋雨阻碍了我与秋色的告别，只好宅在家里读书喝茶。

窗外秋雨敲窗，秋叶飘飞，室内茶汤氤氲，窗台上种植的绿色植物感受不到季节变化，总是生机勃勃，争相攀长。午后，我从书柜里拿出一本发黄的《中国古代散文选编》，随意一翻，看到欧阳修的名篇《秋声赋》，依稀还能回忆几句青春年少时背诵过的内容，可大部分都已忘记。想到距离中学语文课堂上第一次读到这篇文章，竟然四十多年过去了，不胜唏嘘。在这深秋的阴雨天气里，翻到这篇文章，实属天意。北宋嘉祐四年（1059 年）秋天，欧阳修在写这篇文章时，已经五十三岁，步入人生之秋。在年龄与他相仿的时候，重读《秋声赋》，对从秋声里传递出的人生感悟和中学课堂上的理解不可同日而语。

欧阳修，字永叔，号醉翁，吉州永丰（今江西省永丰县）人，北宋著名的政治家、文学家和史学家，也是苏轼的发现者和老师。后世把他与韩愈、柳宗元、王安石、苏洵、苏轼、苏辙、曾巩合称"唐宋八大家"，与韩愈、柳宗元、苏轼合称"千古文章四大家"。晚年，自称家有藏书一万卷、共收集金石遗文一千卷、琴一张、棋一局、酒一壶，还有一个老头，自号"六一居士"，死后谥号文忠，世称欧阳文忠公。

欧阳修一生仕途有波折，性情很豁达，政声良好。在这篇《秋声赋》里，并没有摆脱战国末期辞赋家宋玉"悲哉，秋之为气也"的悲怀主基调。"噫嘻，悲哉！此秋声也，胡为而来哉？盖夫秋之为状也：其色惨淡，烟霏云敛；其容清明，天高日晶；其气栗冽，砭人肌骨；其意萧条，山川寂寥。故其为声也，凄凄切切，呼号愤发。……嗟乎！草木无情，有时飘零。人为动物，惟物之灵；百忧感其心，万事劳其形；有动于中，必摇其精。而况思其力之所不及，忧其智之所不能；宜其渥然丹者为槁木，黟然黑者为星星。奈何以非金石之质，欲与草木而争荣？念谁为之戕贼，亦何恨乎秋声！"秋夜，月色皎洁，星河灿烂，宇宙浩瀚，天地沉寂。欧阳修正在灯下埋头读书，忽然听到有声音从西南方向传来，心里不禁悚然一惊，很奇怪这声音的特别。初听时像淅淅沥沥的雨声，其中还夹杂着萧萧飒飒的风吹树木声，然后忽然变得汹涌澎湃，像江河波涛翻滚，风雨骤至。碰到物体上发出铿锵之声，又好像金属撞击到坚硬的物体似的。再侧耳仔细去听，又像黑夜里衔枚奔走的军队，没有号令，只有人马在匆匆行军。

这秋声，打破夜晚的寂静，更打破欧阳修内心的平静，他再也无法平静下来继续读书，索性坐在灯下发呆，回忆往事人生。追忆中，有欢快，也有苦涩。

"丰草绿缛而争茂，佳木葱茏而可悦。"绿草浓密丰美，竞相生长，树木青翠，令人快乐，这就是青春年少时的样子。月上柳梢头，人约黄昏后。青春和爱情在年轻人的心里如野草般疯长。"含羞整翠鬟，得意频相顾。雁柱十三弦，一一春莺语。"（欧阳修《生查子》）美人长发及腰，袅袅婷婷，似娇还羞，秋波流盼。玉手纤纤，筝声婉转，琴声悠扬，似春莺传情，低语交欢。风华绝代的佳人终生难忘，梦中长相随。如今，不知她在何方。

少年时，母亲耳提面命，谆谆教诲，刻苦读书，光耀门楣，报效皇帝。"记得金銮同唱第，春风上国繁华。"仁宗天圣八年（1030 年）进士登第，任职洛阳，仕途起步。人生得意须尽欢，一日看尽洛阳花。看起来前程似锦，但事物的发展往往不以人的意志为转移，就像这四季轮替，有春天，就会有秋天。春天百花令人愉悦，秋天落叶使人悲伤。秋色暗淡，烟飞云收，山川寂寥，天地空旷。秋风吹断树梢，万木凋零。秋天就像行刑的法官，在季节上属阴。秋高马肥，秋天是适宜打仗、行刑杀人的季节。秋天在五行上属金，天地之气以肃杀为意志。秋天在音乐的五声中属商声。商声是西方之声，"商"就是"伤"。"夷"，是七月的曲律之名，为杀戮之意。草木过了繁盛期就应该衰亡，物极必反，乃是自然界的规律，何况人乎？

北宋嘉祐四年（1059 年）春天，经历过多次重用和被贬，主持前年的科考非常成功，按照自己选人用人标准和考试原则，为仁宗皇帝发现了苏轼兄弟、曾巩等一大批人才，北宋后继有人，自己当主动让贤，让年轻人出人头地。欧阳修主动申请辞去首都汴京市长的职务，回到家中专心著述写作。欧阳修时常对权力和官场争斗感到厌倦和无奈，对人生短暂、世事无常、宦海沉浮、人情冷暖感伤于怀。秋夜的风声唤醒他的内心，任何人也无法逃脱死亡的人生终极命题流淌在他的笔尖，无形的秋声就是时光流逝和朝代更替。在对秋声倾诉人生感悟上，唐宋诗人多矣！欧阳修只是一位后来者。

唐代的刘禹锡历经二十三年贬谪流放，曾经高唱一曲"自古逢秋悲寂寥，我言秋日胜春朝"，也只是他一时的心情亢奋罢了。刘禹锡一生甘居陋室，仕途坎坷、怀才不遇的熬煎只会让他在秋天里和着秋声悲吟。

唐代会昌元年（841 年）秋，七十岁的刘禹锡为太子宾客分司东都，宰相李德裕写一篇《秋声赋》应和吏部尚书，刘禹锡也跟着写了一篇《秋声赋》："碧天如水兮，窅窅悠悠。百虫迎暮兮，万叶吟秋。欲辞林而萧飒，潜命侣以啁啾。送将归兮临水，非吾土兮登楼。晚枝多露蝉之思，夕草起寒螀之愁。至若松竹含韵，梧楸圣脱。惊绮疏之晓吹，坠碧砌之凉月。念塞外之征行，顾闺中之骚屑。夜蛩鸣兮机杼促，朔雁叫兮音书绝。远杵续兮何冷冷，虚窗静兮空切切。如吟如啸，非竹非丝。合自然之宫徵，动终岁之别离。废井苔冷，荒园露滋。草苍苍兮人寂寂，树槭槭兮虫唧唧。则有安石风流，巨源多可。平六符而佐主，施九流而自我。犹复感阴虫之鸣轩，叹凉叶之初堕。异宋玉之悲伤，觉潘郎之么么。"深秋，树叶的飘落、百虫的夜鸣、征人的叹息、少妇的惆怅、织机穿梭、长空雁叫、亲人捣衣等，汇聚成秋声之交响。废井边，青苔已经布满，荒园中，到处是寒凉的露滴。谢安、山涛、潘岳等风流人物一样消失在时间的长河之中，了无痕迹。就连他们也在秋声中感叹时光匆匆、人生易老，何况像我这样抑郁苦闷、老而多病的人呢？刘禹锡也败给了时光。

四季轮回，沧海桑田。蓦然回首，物是人非。"今年元夜时，月与灯依旧。不见去年人，泪湿春衫袖。""娇云容易飞，梦断知何处。深院锁黄昏，阵阵芭蕉雨。"曲终人散春梦断，乱云飘逸夜雨寒，青春就像那位佳人只留下匆匆的背影，再也无处寻觅。"别后不知君远近，触目凄凉多少闷。渐行渐远渐无书，水阔鱼沉何处问。夜深风竹敲秋韵。万叶千声皆是恨。故欹单枕梦中寻，梦又不成灯又烬。"（欧阳修《玉楼春》）夜风吹过竹林，传递着深秋的讯息，每片叶子似乎都在诉说着怨恼。灯芯在秋风中燃尽，我连梦都做不成。庭院深深，锁住寂寞黄昏，还有那阵阵凄雨敲打芭蕉声。

"如此春来春又去，白了人头。"欧阳修家境贫穷，自小多病，三十岁就白了头发，加之近视眼、大龅牙，在男人讲究头上插花、洁面修眉、腰挂玉佩的宋代，他自知颜值不高，需要拼才华和人品。四十岁那年，宋仁宗看他一头雪霜，心疼地问道："卿何老如是？"庆历五年（1045年）那场改革失败，被贬滁州时还不满四十岁，自号"醉翁"，有自嘲，也有无奈。如今，年老力衰，如那秋风中摇曳的落叶。秋天肃杀之气对于草木，犹如苦难不幸对于人生。草木无情，衰败零落之后还能再生。人为万物之灵，却有着无穷无尽的忧虑煎熬劳累身体，不得不面对死亡，担忧那些自己的智慧所不能解决的问题，杞人忧天的结果自然是红润的面庞变得苍老枯槁，乌黑的头发变得花白秃顶。既然大家都明白这些道理，为什么却要以并非金石的肌体，像花草树木那样去拼争一时之繁荣呢？我们一旦明白这些道理，就没有必要去怨恨秋声了。

欧阳修悟透了这些生命智慧，超然物外。北宋治平四年（1067年）一月，神宗即位，二月遭到御史彭思永、蒋之奇的人身攻击，六十一岁的欧阳修心灰意冷。决定急流勇退，离开首都权力中心，力请外任。三月，获批以观文殿学士、转刑部侍郎，知亳州。七月，欧阳修为二十六年前英年早逝、安葬在商丘东南的好朋友石延年写了一篇祭文。"呜呼曼卿！生而为英，死而为灵。其同乎万物生死，而复归于无物者，暂聚之形；不与万物共尽，而卓然其不朽者，后世之名。此自古圣贤，莫不皆然，而著在简册者，昭如日星。……今固如此，更千秋而万岁兮，安知其不穴藏狐貉与鼯鼪？此自古圣贤亦皆然兮，独不见夫累累乎旷野与荒城？"（《祭石曼卿文》）千秋万岁后的坟墓里，狐狸、貉子、鼯鼠和黄鼠狼同穴，自古以来圣贤也是如此，累累相连的旷野和荒城，白茫茫大地一片真干净。这与《秋声赋》中"奈何以非金石之质，欲与草木而争荣"的思想是一致的。

故此，一个人的格局和境界决定人生结果。欧阳修并没有被秋声所"杀戮"，他的人生丰美洒脱，在文学上文坛领袖的地位不可撼动，后亲自传给苏东坡；诗词歌赋、琴棋书画样样精通，编写出《新唐书》《新五代史》，首开金石学收藏研究；政治上是三朝元老重臣，为官清正务实，政声显著。尤其是主持嘉祐二年（1057年）的科考，发现苏轼、苏辙、曾巩等一大批天才人物，成为他一生最得意的事情。日常生活中朋友众多，乐山乐水，喝酒高歌，该享受的时尚生活他都没有错过。晚年，退隐颍州西湖边，过着画船载酒、玉盏频传、稳泛平波任醉眠的惬意生活。

今夜无眠。欧阳修侧耳细听秋风呼号，秋声凄切。长夜漫漫，书童早已沉沉睡去。四壁秋虫鸣唧唧，像在附和自己叹息，又像是给自己某些启示。并非秋风狂吹树叶在动，是你的心在动。"尊前拟把归期说，欲语春容先惨咽。人生自是有情痴，此恨不关风与月。离歌且莫翻新阕，一曲能教肠寸结。直须看尽洛城花，始共春风容易别。"（《玉楼春》）那年离开洛阳，在酒宴上吟唱的这阕词，仿佛是秋声的低吟。是啊！人生不如意者十之八九，缺憾才是真实的人生，离别也是生活的常态，悲愁更是人生基本的情感。春风里洛阳花年年红艳清香，可阅尽千帆，归来已不再是少年。

"万树秋声撼睡童，读书情趣逊欧公。挑灯自写纫兰句，一卷离骚当国风。"（清·丘逢甲《东山感秋词》）人事有代谢，往来成古今。当我们年过半百时，欧阳修的这篇《秋声赋》，值得反复阅读品味。

自古逢秋悲寂寥

春华秋实。秋天是大地收获的季节，乡村和田野中，到处弥漫着收割庄稼、采摘果实的香甜味道。农夫的脸上，也少了累日的疲惫，露出对生活充满希冀的笑容。但自古以来，在文人士大夫眼里，"伤春悲秋"却成为他们内心精神世界的底色，尤其是"自古逢秋悲寂寥"的诗歌传统，延绵不断两千多年，逐渐塑造出中国传统文人以感伤、悲愁为阴柔之美的艺术心理。这与乡村农夫的心态截然不同。

这是为何？

在诗歌里表达这种情绪的历史源远流长。最早从《诗经》生发出来，到了战国时代的屈原、宋玉那里，就基本定调。比如西晋时，左思出身寒微，其貌不扬，但文才盖世，因妹妹左芬有文采被入宫为妃，跟着沾光搬到洛阳居住。在洛都，一篇《三都赋》，引发"洛阳纸贵"。可左思却在《咏史》诗中感叹："非必丝与竹，山水有清音。何事待啸歌，灌木自悲吟。"山水发出的清音，化为秋日树木的悲鸣。"秋风何冽冽，白露为朝霜。柔条旦夕劲，绿叶日夜黄。"（左思《杂诗》）在怀才不遇、被迫退隐的左思心中，这悲吟之声，就是从自己心底和历史深处传来的回响。

故此，"自古逢秋悲寂寥"的感伤基调，等同于"自古圣贤皆寂寞"的无奈和悲愤。其根源在于古代文人士大夫所受的"儒家实用功利主义"教育与"人治为根本特征"的文人化官僚制度的冲突。在这两种因素的双重挤压之下，古代士人的人生理想和现实冲突很难得到协调解决。在精神和心理层面上，自我排遣和救赎的渠道不多，除极少数士人真正退隐林泉田园、自食其力外（如陶渊明），绝大部分士人就是聊赖吟咏"伤春悲秋"诗歌，打发那些灰暗、忧郁、愤懑的时光。这就构成中国传统士人一生欲践行儒家思想失败后，其心灵和精神世界文学化外在反映的普遍现象。

古代封建制度之下，文人士大夫浸润在孔孟之道中，很难自拔。孔孟向来把"仕"与"耕"相对立。《论语·子路》篇有一则著名的"樊迟问稼"故事："樊迟请学稼。子曰：'吾不如老农。'请学为圃。曰：'吾不如老圃。'樊迟出。子曰：'小人哉，樊须也！上好礼，则民莫敢不敬；上好义，则民莫敢不服；上好信，则民莫敢不用情。夫如是，则四方之民，襁负其子而至矣，焉用稼？'"孔子觉得樊迟不去关注"仁义礼智信"这种管理国家的大道理，却偏偏问种庄稼这种太 low 的问题，是个"小人"，难成大器。孔子谆谆教导曰："君子谋道不谋食。耕也，馁在其中矣；学也，禄在其中矣。君子忧道不忧贫。"如果耕地者可能会饿死，谁还会去关心劈柴、喂马、粮食和蔬菜。君子应在学习中，掌握立身行事、治国安邦之道，从而得到俸禄功名，这才是读书人的正路。"朝闻道，夕死可矣。"至于那些满足人们基本生理需求的粮食和蔬菜，应由耕者去劳作，君子要心安理得地享受饮食之美味。子曰："食不厌精，脍不厌细。"君子要给每道菜起一个诗意的名字吧，面朝大海，春暖花开。

孟子同样也是如此。《孟子·滕文公上》载："夫滕壤地褊小，将为君子焉，将为野人焉。无君子，莫治野人；无野人，莫养君子。"孟子意思是说，滕国虽然土地狭小，但一样要有官员和农夫。没有官员，就不能管理农夫；没有农夫，也没办法养活当官的。君子和农夫分工不同，"劳心者治人，劳力者治于人"。孔孟希望统治者用"仁政"治国，就需要一批孔孟之道熏陶之下的文人化官僚。

因此，如果说"学而优则仕"是古代读书人的理想追求。那么，"学会文武艺，货与帝王家"便是他们的宿命。

但不幸的是，在中国古代传统皇权专制和人治之下，从汉代的"察举制"到魏晋时期的"九品中正制"，再到隋唐以后的"科举制"，选拔文人官僚的流程在人为操作下，绝对不能保证真正的公平、公正。正如南朝梁代刘勰之感叹："山情利害，勋荣之家，虽庸夫而尽饰；迍邅之士，虽令德而常嗤。"龙生龙，凤生凤，贫寒者品德再高也无用。"将相以位隆特达，文士以职卑多诮。"将相为尊，文人卑贱。面对不公平的入"仕"环境，读书人心中的悲伤和无奈油然而生。即使在北宋"重文轻武"的国策下，科举考试制度设计修正了唐代的弊端，并扩大招生规模，科举相对公平，但经过寒窗苦读、层层选拔入"仕"后，只有少数幸运者赶上了一位好皇帝、一段好时代。大部分士人不幸赶上昏君神经、奸臣弄权、朋党争斗、战争动荡的坏时代。文人士大夫受到被闲置、打击、迫害、贬谪、流放等各种不公正待遇，他们心中对人生的悲凉感很难消解，不由得化为秋日里仰天长叹的哀鸣。

更为可悲的是，在两千多年的封建皇权专制统治之下，无论是黎民百姓，还是文人士大夫官僚阶层，根深蒂固的帝王观念和明君期待深入骨髓。遗憾的是明君稀少，昏君太多。据粗略统计，中国历史上称帝建元的帝王达六百四十七人，据相关资料分析，可将他们分类为事业型（唐宗宋祖、秦皇汉武为代表）、享受型（宋徽宗为代表）、变态型（隋炀帝、明太祖为代表）、弱智型（晋惠帝、宋光宗为代表）、平庸型（此类太多了）五种类型。纵观大历史，事业型的皇帝实在太少，并且统治中国的时间总计不到四百年，而其余一千七百多年的时光，我们这个古老的中国就是在这群腐败享乐、残暴成性、弱智变态、孩童娃娃、病人或平庸无能者的统治之下，打打杀杀，分分合合，蹒跚前行，实在可悲。（虞云国《皇帝与皇权：中国历史的沉重遗产》）"伤心秦汉经行处，宫阙万间都做了土。兴，百姓苦；亡，百姓苦。"（元·张养浩《山坡羊·潼关怀古》）平民百姓苦难如此，敏感多情的文人士大夫的生存空间被挤压，生命质量下降，秋风扫落叶的景象如人生迟暮，焉能不一声叹息、心中荡起忧伤的涟漪呢？

黑格尔曾说："中华帝国是一个神权政治专制国家。家长制政体是其基础，为首的是父亲，他控制着个人的思想。这个暴君通过许多等级，领导着一个组织成系统的政府。……个人在精神上没有个性。"在古代皇帝世袭制下，受皇权至上和"君君臣臣"的政治伦理关系约束，文人士大夫的自我定位为"辅弼"帝王的"小妾"，期待能遇到一位好主人收纳自己。"达则兼济天下，穷则独善其身……申管晏之谈，谋帝王之术，奋其智能，愿为辅弼。使寰内大定，海县清一。事君之道成，荣亲之义毕。然后与陶朱、留侯，浮五湖、戏沧州，不足为难矣。"（李白《代寿山答孟少府移文书》）这就是号称"嫡仙人"李白的人生理想，"事了拂衣去，深藏身与名"。杜甫"读书破万卷，下笔如有神"，其理想也是"致君尧舜上，再使风俗淳"。为此，不惜"朝扣富儿门，暮随肥马尘。残杯与冷炙，到处潜悲辛"。李杜的性情不同，但人生理想是古代文人士大夫的典型代表。实现政治抱负是人生第一追求，赢得功名利禄。然后退隐田园，放浪山林，吟花弄月，诗词歌赋，教书育人，博得道德和文学虚名。同时，再享受妻妾成群、子孙绕身的情爱生活和天伦之乐。

古代文人士大夫的理想确实很丰满，但现实更骨感。

按照著名学者余英时的观点，"知识分子"作为一个社会阶层而言，其出现的时代大概不会早于十八世纪。而中国的"士"自孔子以来，便形成了一个延续不断的传统。中国的"士"和西方知识分子不同的一面是难以离开政治，他们和权力有着忽冷忽热的关系。在我看来，所有的"士"们，"兼济"的天下是皇帝家的，"达"的追求又是私人化的，把"先天下之忧而忧"的责任意识与对功名利禄的追求结合起来，其精神和心理呈现出多面性的机巧，很难产生西方社会里思想独立的知识分子。"何不策高足,先居要路津。无为守贫贱,轗轲常苦辛。"汉代《古诗十九首》中的《今日良宴会》,说得很直白坦率。为什么不想方设法捷足先登、占据高位再说呢?不必苦守贫贱。

所以,儒家所倡导的"君子固穷",并不是生活贫穷,家里揭不开锅,而是仕途不顺达之"穷"时,继续坚持苦读、科考和精神及道德层面的完善,以求东山再起。"文起八代之衰"的韩愈曾说:"君子居其位,则死其官;未得位,则思修其辞,以明其道。"君子在位时鞠躬尽瘁,死而后已;未有位置时,守穷仍坚持学习进取。至于在青壮年时,主动退隐田园、远离政治、自食其力者,除了东晋陶渊明,能有几人?

事实上,从春秋战国到唐、宋时代,一生仕途得意、富贵双收的文人士大夫有,但不会很多。如南北六朝的王俭、沈约、范云、徐勉;唐朝的魏徵、李峤、苏味道、张说、苏颋、韩休、张九龄、陆贽、武元衡、权德舆、元稹、白居易、令狐楚等;宋代的宋庠、晏殊、欧阳修、司马光、周必大、范成大等人,都算是比较幸运的文人。但他们在宫廷里,始终处于权力争斗和朋党竞争的旋涡中,整日提心吊胆,战战兢兢,有些人还有被贬谪、外放异地的工作经历,精神压抑、羁旅他乡的苦闷始终萦绕心头。比如,即使一生畅达如北宋"太平宰相"晏殊者,精神上也有时光留不住、人生短暂的幻灭感,"满目山河空念远,落花风雨更伤春。不如怜取眼前人"。即使是贵为皇帝或权臣,同样面临着人生"譬如朝露,去日无多"的困境。雄才大略的汉武帝泛楼船于汾河之上,也曾发出"秋风起兮白云飞,草木横落兮雁南飞。兰有秀兮菊有芳,怀佳人兮不能忘。泛楼船兮济汾河,横中流兮扬素波。箫鼓鸣兮发棹歌,欢乐极兮哀情多。少壮几时兮奈老何"的无限感慨。

回望历史,至于遭谗被贬、怀才不遇和穷困潦倒的文人士大夫,简直是多如牛毛!还有比秦始皇"焚书坑儒"更残暴的吗?从屈原、司马迁、左思、陆机、嵇康、王勃、孟郊、贾岛、刘禹锡、柳宗元、李商隐、罗隐到苏舜钦、梅尧臣、苏轼、秦观、黄庭坚、李清照、辛弃疾、姜夔、张孝祥、文天祥、蒋捷等数不清的文人之中,有多少不平、不幸的人生故事啊!

悲吟赋诗,成为他们自我救赎和抚慰心灵的最佳出路。

"诗可以群,可以怨。使穷贱易安。幽居靡闷,莫尚于诗矣。故词人作者,罔不爱好。"(南朝梁·钟嵘《诗品序》)从《诗经》开始,"比""兴""赋"是常用的写诗手法。"兴"是由物及心;"比"是由心及物;"赋"是即物即心。《诗经》

中的名句"蒹葭苍苍，白露为霜。所谓伊人，在水一方"就是由"比、兴"而起。芦苇沾染白露衰黄，看见其舞动在秋风中，激发起对伊人的思念，诗中流淌着美丽的忧伤。

屈原在《离骚》中，以"香草美人"比喻君子，以荷花黄菊自明心志，投身汨罗江而死，悲剧之美，成为千古绝唱。战国末期，辞赋家宋玉在《九辩》中叹息："悲哉，秋之为气也！萧瑟兮草木摇落而变衰。"从此，"悲怀"成为传统诗人眼中秋天的主题色调。魏晋时期，曹丕和他爹一样，是位枭雄，废汉自立，成为魏文帝，干了他爹想干却不敢干的事。在其《燕歌行》诗中，自比美女思念远方的夫君，感悟秋天的哀伤。"秋风萧瑟天气凉，草木摇落露为霜，群燕辞归鹄南翔。念君客游思断肠，慊慊思归恋故乡，君何淹留寄他方？"英雄悲秋的形象有些悲壮的背影。

唐代的陈子昂，登上京城幽州台，"前不见古人，后不见来者。念天地之悠悠，独怆然而涕下"。王勃站在滕王阁上，眺望"落霞与孤鹜齐飞，秋水共长天一色"的景色，感叹"时运不济，命运多舛。冯唐易老，李广难封。……阁中帝子今何在？槛外长江空自流"。羁旅蜀道中，王勃远望滚滚长江东去，感叹身世如黄叶飘零，"长江悲已滞，万里念将归。况属高风晚，山山黄叶飞"（《山中》）。李白一生东跑西奔，却到处碰壁，内心感受到秋风扫落叶般的无情，"天秋木叶下，月冷莎鸡悲。坐愁群芳歇，白露凋华滋"（《秋思》）。大历二年（767年）秋天，杜甫在夔州写下"风急天高猿啸哀，渚清沙白鸟飞回。无边落木萧萧下，不尽长江滚滚来。万里悲秋常作客，百年多病独登台。艰难苦恨繁霜鬓，潦倒新停浊酒杯"。晚唐的马戴，从长庆三年（823年）考到会昌四年（844年）才中进士，感叹"年年销壮志，空作献书人""谁为立勋者，可惜宝刀闲"。他寄居在长安灞上的寺院，眼中的秋天是透心冰凉，"灞原风雨定，晚见雁行频。落叶他乡树，寒灯独夜人。空园白露滴，孤璧野僧邻。寄卧郊扉久，何年致此身"（《灞上秋居》）。久考不中，屡败屡战，怀才不遇，晚唐的罗隐同样也是"十上不第"，隐居九华山。"得即高歌失即休，多愁多恨亦悠悠。今朝有酒今朝醉，明日愁来明日愁。"（《自遣》）这是罗隐的夫子之道。五代的李煜，作为亡国之君，更是凄惨悲凉，"无言独上西楼，月如钩。寂寞梧桐深院锁清秋。剪不断，理还乱，是离愁，别是一般滋味在心头"（《相见欢》）。

到了宋代，那位"先天下之忧而忧，后天下之乐而乐"的范仲淹，在与西夏的战场上写道："塞下秋来风景异，衡阳雁去无留意。四面边声连角起，千嶂里，长烟落日孤城闭。浊酒一杯家万里，燕然未勒归无计。羌管悠悠霜满地，人不寐，将军白发征夫泪。"据北宋魏泰在野史笔记《东轩笔录》记载，范仲淹在西夏前线，坐镇庆州时，以"塞下秋来风景异"为首句，曾填有数阕《渔家傲》，欧阳修称之为"穷塞主之词"，可惜没有全部留存于世，只留下这一首。但范仲淹填写的另一阕《渔家傲·秋思》，同样忧伤感人。

"碧云天，黄叶地，秋色连波，波上寒烟翠。山映斜阳天接水，芳草无情，更在斜阳外。黯乡魂，追旅思。夜夜除非，好梦留人睡。明月楼高休独倚，酒入愁肠，化作相思泪。"柳永被宋仁宗踢走，"忍把浮名，换了浅斟低唱"，眼中的秋天寂寞难耐，"寒蝉凄切，对长亭晚，骤雨初歇。都门帐饮无绪，留恋处，兰舟催发。执手相看泪眼，竟无语凝噎。念去去，千里烟波，暮霭沉沉楚天阔。多情自古伤离别，更那堪冷落清秋节！今宵酒醒何处？杨柳岸，晓风残月。此去经年，应是良辰好景虚设。便纵有千种风情，更与何人说？"（《雨霖铃》）宋代才女李清照，家国破碎，流离失所，生活从天上掉到泥里，心中的秋天更是忧郁满怀，"莫道不销魂，帘卷西风，人比黄花瘦""花自飘零水自流""载不动许多愁"。

南宋末年，蒋捷面对南宋覆灭，不愿为元朝服务，气节为人称赞。"黄花深巷，红叶低窗，凄凉一片秋声。豆雨声来，中间夹带风声。疏疏二十五点，丽谯门、不锁更声。故人远，问谁摇玉佩，檐底铃声。彩角声吹月堕，渐连营马动，四起笳声。闪烁邻灯，灯前尚有砧声。知他诉愁到晓，碎哝哝、多少蛩声。诉未了，把一半、分与雁声。"（《声声慢·秋声》）词中用了十个"声"字，绝不多见。这种多"声部"的组合，汇成秋日悲伤交响曲。

由此看来，古代文人士大夫的人生，大都是充满缺憾和悲辛。一是遭遇不公，仕途不顺，生活不幸，懊悔失意，人生理想破灭的失落感和幻灭感叠加；二是宦游、被贬或羁旅异乡，思乡怀远，有对自身生活和社会现实不满的漂泊感；三是宇宙永恒，而时光流逝不停留，生命短暂，有人生无常的悲凉感；四是以今视昔，大江东去，浪淘尽千古风流人物，物是人非事事休，在对历史的回望中，精神上的沧桑感和虚无感不断袭来。这几种因素相互叠加、重合，久久沉淀在心里，如酵母般发酵、升华，形成文人士大夫自叹自悯、悲伤忧郁的精神气质。

每逢秋天，身处萧瑟天地间，这一多愁善感的气质最易被激发出来。"梧桐尚覆阶前春，秋信先残水面花。"敏感、焦虑、忧伤、不安、无助、倦怠、愤懑的身世悲凉感和历史沧桑感在心中翻腾，最终弥漫在伤春悲秋的诗词歌赋之中。尤其是处在中年和晚年的文人，人生之暮和自然之秋在心里相互映照，这种伤感情绪通过"比、兴"表达出来的结果就是"诗穷而后工"。唐代的韩愈,可谓一语中的。

故此,自古悲秋的诗词比伤春的更多,也更能摄人心魄。"夫和平之音淡薄,而愁思之声要妙。欢愉之辞难工,而穷苦之言易好也。是故文章之作,恒发于羁旅草野,至若王公贵人,气满志得,非性能而好之,则不暇以为。"(韩愈《荆潭唱和诗序》)明人王世贞曾说:"贫老愁病,流窜滞留,人所不谓佳者也,然而入诗则佳。富贵荣显,人所谓佳者也,入诗则不佳。"(《艺苑卮言》)幸运的文人是相似的,遇到了一个好皇帝和好时代。不幸的文人各有各的不幸,他们借助悲秋的吟咏,自我排解心中的感伤,引起更多不幸文人的共鸣。比如苏轼的学生秦观被贬郴州,写出《千秋岁》,词中"飞红万点愁如海"的意象,情绪由凄婉转为凄厉,同为"元祐党人"的苏轼、黄庭坚、孔仲平等五人先后唱和。到了南宋,还有王之道、丘密写有四首和词,这样的文学典故还有很多。在古代专制皇权和人治之下,人们生活在昏君统治和苦难的时期偏长,不幸的文人士大夫占据主流。故此,伤春悲秋的诗词在世间流传最多、影响最广,也最能打动人心。此乃悲剧之美哉!历经两千多年的积淀,自然形成中国传统古典文学以悲愁为基调的审美倾向。

深刻透析并抨击国民性的鲁迅先生曾发出"悲凉之雾,遍被华林"的一声叹息。梁启超也曾说:"千余年来中国文学,都带有悲观消极的气象。"根源可能就在于此。当代台湾著名作家白先勇说得更为直白:中国文学的一大特色,是对历代兴亡、感时伤怀的追悼。从屈原的《离骚》到杜甫的《秋兴八赋》,其中所表现出人世沧桑的一种苍凉感,正是中国文学最高的境界,也就是《三国演义》中"青山依旧在,几度夕阳红"的历史感,以及《红楼梦·好了歌》中"古今将相在何方,荒冢一堆草没了"的无常感。白先生对中国文学的审美倾向决定了他创作小说的格调。在其经典小说集《台北人》中,每一篇作品背后,都隐藏着《红楼梦》的影子。

有人说,秋天是收获的季节。

万物成熟,枫叶流丹,银杏金黄,层林尽染,白云悠悠,远山排空,澄江碧透。秋色饱满斑斓如油画般,秋水清绿安静如碧玉样。唐代的刘禹锡站在秋天的原野上,曾引吭高歌一曲"自古逢秋悲寂寥,我言秋日胜春朝。晴空一鹤排云上,便引诗情到碧霄"(《秋词》)。杜牧漫步在山间,对眼中的秋景流连忘返,"远上寒山石径斜,白云生处有人家。停车坐爱枫林晚,霜叶红于二月花"(《山行》)。王维住在辋川别业里,优哉游哉地欣赏秋雨过后,月光之下终南山的空蒙与清新,

"空山新雨后，天气晚来秋。明月松间照，清泉石上流"（《山居秋暝》）。深秋时节，这样的自然景色屡见不鲜，但古代文人心中这种秋之绚烂和宁静不易获得。

我们不要忘记，刘禹锡"巴山楚水凄凉地，二十三年弃置身"的贬谪遭遇，白居易最能理解，"亦知合被才名折，二十三年折太多"。人生能有几个二十三年呢？"命压人头不奈何！"刘禹锡在秋天的豪迈之情，与"暂凭杯酒长精神"异曲同工，不过是自我排遣和打气而已。"何处秋风至？萧萧送雁群。朝来入庭树，孤客最先闻。"（《秋风引》）刘禹锡在贬谪岁月里，孤客的豪气是暂时的。再说，因写玄都观的"桃花"诗先后被贬两次，他深邃的目光已经超越了自身命运的不幸，悟透了在历史长河中，个体生命的沧桑、无常和虚无，"朱雀桥边野草花，乌衣巷口夕阳斜。旧时王谢堂前燕，飞入寻常百姓家"（《乌衣巷》）。历史的车轮滚滚向前，个人短暂一生的幸与不幸，又去计较什么呢？杜牧也同样如此，"长空澹澹孤鸟没，万古销沉向此中。看取汉家何事业，五陵无树起秋风"（《登乐游原》）。站在秋天的乐游原上，杜牧感悟宇宙无限，人生如梦，兴亡循环，终归于寂灭。

人生无常的悲凉感和沧海桑田的历史感悟，在西风残阳中，从那红于二月花的片片霜叶上，我们读出了鲜血的阴郁色彩。绿叶在枯萎凋零之前，把历经风霜后的悲凉蝶变为艳丽、烂漫的一抹亮色，最后奉献给大自然和人类，依旧是绿叶的悲壮之美和神圣感。

正如刘禹锡、杜牧等一些诗人，偶尔表达秋日里的潇洒和浪漫，其实内心更苦。他们与王维不同，王维是很幸运的。他在秋日里气定神闲，这是从骨子里内生的情调，带有贵族的优越气息，仕途不幸的文人士大夫体会不到，也是望尘莫及的。

古代传统的文人士大夫觉得"人生在世不称意"，便感叹"自古圣贤皆寂寞"。读书人总以"圣贤"自居，但翻遍中国二十四史，皆是帝王世家的家谱、宫廷权力斗争的细节和战争胜利者的辉煌与血腥，希望青史留名的，则全是他们。有些文人靠"饮者留名"的也有，但不多。如"竹林七贤"、陶渊明、李白等人。"饮"，也仅仅是个副产品，生前留下直击心灵的悲秋文字才是他们流芳于世的真正原因。

幸好还有诗词歌赋的表达渠道在。"摇落深知宋玉悲，风流儒雅亦吾师。怅望千秋一洒泪，萧条异代不同时。"（《咏怀古迹》）杜甫与众多落魄文人一样，总以宋玉为内心关照，这是他们对一生穷塞的无可奈何。我见秋日多伤感，料秋日见我应如是。"少年不识愁滋味，爱上层楼。爱上层楼，为赋新词强说愁。而今识尽愁滋味，欲说还休。欲说还休，却道天凉好个秋。"(《丑奴儿·书博山道中壁》)从中看不到辛弃疾作为豪放派词人的一丁点样子。

不仅仅辛弃疾喜欢"愁"，古代文人都喜欢。人生凄楚悲凉、贬谪羁旅、漂泊异乡、思乡倦怠、精神苦闷、情爱不能满足等等失落愤懑的情绪与青春易逝、生命有限、朝代频繁更替的历史虚无感相互交织在一起，成为一代又一代传统文人的精神包袱，生命不能承受之重，使他们创作出悲秋感伤的文字，感伤的文字激发起文学的感伤。

这样，"自古逢秋悲寂寥"的艺术体验从心底流淌，表达的是对社会现实和人生实践中的失败、缺憾和痛苦体验，引起后世读者的"共情"心理。品味、表达、欣赏和把玩这种体验的艺术审美心理，构成中国文学的"最高境界"。

也正因为如此，那些遭受人生不幸的"寂寞圣贤"们，依赖在秋日"寂寥"情绪之下创作出的感伤文字，得以在中国古典文学的殿堂里千古流芳。而那些曾显赫一时的古代封建帝王将相们，则被时光之雕刀，切割化为历史的一缕烟尘。

武夷山纪念币的诗意美

说到武夷山，令人神往的地方很多。其奇绝秀美的山林、清澈蜿蜒的溪水、幽香醉人的大红袍、朱熹创立的书院等名扬天下。可如今又多出一个崭新话题，那就是武夷山纪念币。

2020 年 12 月 21 日，中国人民银行发行一枚世界文化和自然遗产——武夷山普通纪念币，面额为五元，采用黄铜合金材质，式样为圆角正方形，外接圆直径三十毫米，发行数量一亿二千万枚，是中华人民共和国法定货币。该币是我国所发行纪念币中的第一百一十七枚，也是第三十四枚五元面值的纪念币，由中国农业银行独家代理发行。因为疫情防控，采取网上预约购买。集币爱好者趋之若鹜，欲求一枚而不得。近几年人们对收藏邮票、纪念币（钞）积极性不高，为何对这枚纪念币情有独钟呢？

究其原因，还在于人们对中国传统文化的喜爱和自信。武夷山纪念币在方寸之间，精彩描绘出其独特的山水风貌，传递着浓厚的传统文化情怀，成为天地之间美丽自然和人文的缩影。同时，设计师匠心独运，通过纪念币的内在美和形式美，深度挖掘出准确、独特的艺术元素，将武夷山的文化底蕴与自然人文景观有机地融合在一币两面上，以方圆天地展现其自然之美、人文之美和诗性之美，构成一幅人与自然和谐共生的美丽画面。

无论是邮票、纪念币或纪念钞，如果离开文化之美，任何形式之美都很苍白。历经时光沉淀，武夷山除自然山川之美外，文化之美厚重丰富，诸多元素叠加在一起，又孕育出这枚纪念币无可比拟的诗性之美。

据记载，最早发现武夷山诗性之美的是江淹（444—505）。

江淹是南朝著名的文学家，济阳考城（今河南兰考）人，历仕南朝时的宋、齐、梁三代。江淹出身孤寒，但聪慧好学，少年时就以文章成名，骈文辞清句丽，笔下的《恨赋》《别赋》流传至今。"黯然销魂者，唯别而已矣！"就是他的名句，"江郎才尽"成语典故也来自他。江淹任吴兴（今福建浦城）县令时，曾游武夷山，由衷赞美曰："地在东南峤外，闽越之旧境也。爰有碧水丹山，珍木灵草，皆淹平生所至爱，不觉行路之远矣。"武夷山水"碧水丹山"的概念化自然特征，由江淹一锤定音。"珍木灵芽"也成为武夷岩茶的最佳广告词。

江淹之后，唐宋文人雅士慕名而来者众多。他们留下来的大量诗文有机融合着武夷山的自然美、人文美和作者的人生感悟、喜怒哀乐，诗人们来时的满身尘埃在九曲溪中涤荡干净，离开时获得心灵安静，这些成为奠定武夷山独特厚重文化的"泥土瓦块"。

中唐时代的李商隐因夹在"牛李党争"中郁郁不得志，仕途坎坷。他初次来到武夷山，感觉如梦如幻，仿佛置身于神仙居住地。"只得流霞酒一杯，空中箫鼓几时回。武夷洞里生毛竹，老尽曾孙更不来。"（李商隐《题武夷》）在武夷山得到仙人赏赐的一杯流霞美酒，听到的空中仙乐耳暂明，不知道以后何时再能听到？和李商隐同时代的诗人徐凝曾有"天下三分明月夜，二分无赖是扬州"的名句，同样把武夷山作为仙山琼阁，"武夷无上路，毛径不通风。欲共麻姑住，仙城半在空"（《武夷》）。

北宋年间，士人崇尚雅致生活，饮茶风俗相当普及。从皇宫大臣到市井民间百姓，"茶会""茶宴""斗茶"成为生活时尚。皇帝好细腰，宫廷多饿死。帝王嗜茶，下必甚焉。宋真宗咸平初年，丁谓为福建转运使，专门精工制作了四十饼龙凤团茶，进献皇帝后，被提拔为"参政"，封"晋国公"。宋仁宗庆历年间，蔡襄时任福建转运使，将丁谓创造的大龙团改制为上品小龙团茶，无上精妙，受到朝廷喜爱。苏东坡曾有《咏茶》诗云："武夷溪边粟粒芽，前丁后蔡相宠加。争新买宠各出意，今年斗品充官茶。"以茶邀赏，投其所好，效果明显。苏轼虽然讥讽丁、蔡二位靠拍马上位，但并不影响他品茶的雅兴。

宋神宗元丰年间，依上意创新出"密云龙"茶，比小龙团更佳。宋哲宗绍圣年间，创新出"瑞云祥龙"茶。至宋徽宗时，赵佶不仅懂书画园林艺术和道教玄学，更懂道茶，他把品茶提升到艺术享受的境界，亲撰《大观茶论》学术专著。徽宗认为白茶才是茶中第一佳品，诏令制出"御苑玉芽""万寿龙茅""无比寿芽""贡新銙"等新茶。仅听这些茶名，就足以令人舌齿生津。宋徽宗宣和二年（1120年），善于制茶献媚的转运使郑可简，别出心裁，创制"龙团胜雪"茶，精美程度无以复加。

北宋一百六十多年间，武夷贡茶的制作技术不断改进，先后创新出五十多种贡茶品种。可以说，武夷山贡茶不断改进的过程，就是北宋走向灭亡的缩影。这是我看到这枚纪念币背面上"大红袍"时的感想。北宋政治家、文学家范仲淹作为"庆历新政"的主要推动者，"先天下之忧而忧，后天下之乐而乐"的内心，也时常浸润在"斗茶"的惬意之中。"溪边奇茗冠天下，武夷仙人从古栽。……不如仙山一啜好，泠然便欲乘风飞。"（范仲淹《和章岷从事斗茶歌》）玩物丧志，品茶民族没有饮血民族野蛮好战。靖康元年（1126年）冬天，在徽宗帝的书画艺术熏染和斗茶的氤氲中，北宋首都汴梁被金兵的铁蹄踏碎，徽宗、钦宗被俘"北狩"。

南宋初期，在首都保卫战中有点血性的李纲曾一度出任宋高宗赵构的宰相，曾想革新内政，力主抗金，和岳飞一样，受到主和派迫害，郁郁不得志而死。李纲生前到武夷山寻梦，"一溪贯群山，清浅萦九曲。溪边列岩岫，倒影浸寒绿"（李纲《九曲溪》）。九曲溪水静寂冷幽、寒气逼人，正如李纲的心境。

暖风熏得游人醉，直把杭州作汴州。南宋偏安杭州，距离武夷山不远，文人来此地更为方便。陆游曾任建宁府通判半年，离任北上时，游遍武夷山，留下美好的印象和诗篇。绍熙元年（1190年）以中奉大夫（从五品）提举武夷山冲佑观八年，作为"九曲烟云新散吏"的闲差，对武夷山感情很深，"少读封禅书，始知武夷君。晚乃游斯山，秀杰非昔闻。三十六奇峰，秋晴无纤云。空岩鸡晨号，峭壁丹夜暾。巢居寄千仞，鸿荒想羲轩。风雨蜕玉骨，难以俗意论。丹梯不容蹑，修蔓亦畏扪。泝滩进小艇，愧惊白鹭群。学道虽恨晚，养气敢不勤。宦游非本志，寄谢鹤与猿"（陆游《游武夷山》）。陆游一生主张抗金，没有实现人生理想的机会。"宦游非本志"并不是真心话。任何人都不能超越所处的时代的限制，武夷山则成为他逃避现实、慰藉心灵的最佳去处。

南宋时期，刘学箕出生在武夷山，五十岁仍隐居此地，"十年不到武夷山，几与神仙绝往还。九曲依然青嶂裹，一峰仍插画檐间。潺湲野水溪随转，缥缈秋云意自闲。我见溪山浑似旧，溪山见我鬓毛斑"（刘学箕《武夷山》）。武夷山没有变，变的是自己和人间。武夷山逐渐成为南宋文人的精神栖息地。"武夷山水称奇绝，历历仙源路可通。"（陈子浩《寄题武夷》）"含溪嚼茶坐盘石，怅惘欲趁西飞霞。"（陈宓《游武夷》）"武夷山下棹归舠，九曲萦纡涨碧桃。两字功名如草芥，十年身世付蓬蒿。"（柴元彪《寄括苍李察院》）"千古武夷山，来寻九转丹。云封拜章石，月洗步虚坛。白玉何劳煮，丹霞自可餐。未穷溪九曲，赖有画图看。"（赵时粟《武夷》）

南宋谢幕之前，武夷山迎来一位年逾六十的老者。这位老人曾为"神童"，一生博览群经，才华横溢，精通儒学、道学、佛学；其书法善篆、隶、草；其画艺善竹石、人物、梅花等，又工于诗词。"千古蓬头跣足，一生服气餐霞。笑指武夷山下，白云深处吾家。"（白玉蟾《自赞》）他走遍南宋所辖广东、江西、福建、浙江、湖南、四川、广西等地的名山大川后，晚年选在武夷山结庐修道，并筹资重建武夷山止止庵，自号武夷散人，并写有《武夷歌》《武夷有感十首》《九曲杂咏九首》《九曲棹歌十首》等许多诗歌。"翻忆三千神女，齐唱霓裳一曲，月里舞青鸾。此恨凭谁诉，云满武夷山。"（《水调歌头》）"忆昔秦时，中秋日、武夷九曲。烟寂寂、斜阳数尺，寒鸦枯木。三十六峰凝晓翠，一溪流水生秋绿。正满林、桂子散天香，飞金粟。……"（《满江红·咏武夷》）这些诗歌空灵缥缈，为武夷山增添不少神仙气息。

这位老者就是仙风鹤骨、名冠江湖的白玉蟾，原名葛长庚。

白玉蟾生于海南，一生贫困潦倒，浪迹天涯，却无书不读，无艺不精，确是怪人、奇人和神人。他在武夷山中修道炼丹，成为内丹理论家，创立道教金丹派南宗，桃李满天下。一生著述颇丰。白玉蟾在武夷山曾与朱熹过往甚密，还把朱熹的思想吸收到炼丹理论之中。晚年，白玉蟾曾为南宋皇帝讲道，被皇帝封为紫清明道真人。

白玉蟾把武夷山塑造成中国著名的道教圣地之一，而朱熹离开南宋朝堂，终于在武夷山凤凰涅槃，成为继孔子、孟子以后中国古代最伟大的理学大师，朱熹的思想学说统称为"朱子学"，朱子则把武夷山孕育成新儒学崛起的源头。从十四世纪开始，以武夷山为中心，对亚洲产生过广泛深远的影响。

青山不老、文脉不断的传统就呈现在该枚纪念币上。

纪念币正面图案为中华人民共和国国徽。国徽下方镌刻着武夷山风景图案。图案中有武夷山山川轮廓、九曲溪和武夷精舍，并刊国名和年号。纪念币整体大气、庄重、精美。图案从鸟瞰和远景的视角，分别勾勒出武夷山的整体风貌。丹霞山体和九曲溪水蜿蜒其间，武夷精舍若隐若现。

纪念币背面的主景图案为玉女峰、九曲溪、竹排、武夷精舍、大红袍、金斑喙凤蝶，充分展现出武夷山文化和自然的精华，并刊有"世界文化和自然遗产——武夷山"字样及"五元"面额。有几只鸟儿在山峰上自由飞翔，使纪念币更显灵动鲜活。一千多年历史中，众多文人雅士诗词中所蕴含的情感，一并蕴含在纪念币主题意义的表达之中。尤其值得关注的是，无论纪念币的正面，还是背面，都有武夷精舍和九曲溪的文化符号。

武夷精舍和九曲溪都与理学大师朱熹有关，是武夷山文化的灵魂所在。

武夷精舍又称紫阳书院、武夷书院或朱文公祠，位于隐屏峰下平林渡九曲溪畔。南宋淳熙十年（1183年），朱熹辞职归乡后筹资建造，在此著书立说，授徒讲学，并完成巨著《四书集注》，重新树立儒家思想的正统地位。元朝统一中国，为巩固统治地位需要，将朱子学说定为一尊，"朱子学"自南向北传播，成为正宗思想。武夷理学文化，成为封建王朝的正统文化，朱子成为圣人。明清两代，"朱子学"一直被奉为文化思想正宗。特别是清康熙年间，朱子学进入鼎盛时期，康熙皇帝亲赐"武夷精舍"御匾，书院改为官办，由朝廷委派山长管理。朱熹配祀孔庙，心安理得地接受人间香火。武夷精舍成为读书人心中的圣地，名满天下。

碧波荡漾的九曲溪流，发源于武夷山脉主峰黄岗山西南。溪水穿越深壑密林，一路欢歌，流入星村，继续向前流淌。绕过九曲十八弯，到达武夷宫前，汇入崇阳溪，全长约六十公里。尤其是从星村至武夷宫这段长不过十多公里以秀美闻名的九曲溪，山挟水转，水绕山行，两岸风景如画，令人目不暇接。在历代文人骚客吟咏武夷山的诗中，第一位全面描写九曲溪风景的就是朱熹，他以民间乐曲形式，写下《九曲棹歌》。

武夷山上有仙灵，山下寒流曲曲清。

欲识个中奇绝处，棹歌闲听两三声。

一曲溪边上钓船，幔亭峰影蘸晴川。

虹桥一断无消息，万壑千岩锁翠烟。

二曲亭亭玉女峰，插花临水为谁容。

道人不作阳台梦，兴入前山翠几重。

三曲君看驾壑船，不知停棹几何年。

桑田海水兮如许，泡沫风灯敢自怜。

四曲东西两石岩，岩花垂露碧㲋㲋。

金鸡叫罢无人见，月满空山水满潭。

五曲山高云气深，长时烟雨暗平林。

林间有客无人识，欸乃声中万古心。

六曲苍屏绕碧湾，茆茨终日掩柴关。

客来倚棹岩花落，猿鸟不惊春意闲。

七曲移舟上碧滩，隐屏仙掌更回看。

却怜昨夜峰头雨，添得飞泉几道寒。

八曲风烟势欲开，鼓楼岩下水萦回。

莫言此地无佳景，自是游人不上来。

九曲将穷眼豁然，桑麻雨露见平川。

渔郎更觅桃源路，除是人间别有天。

　　"棹"，即船桨；棹歌就是舟船渔夫所唱的歌。通过歌声，九曲溪犹如一幅美丽的山水画卷，随着漂流的小舟慢慢展开，令人如醉如痴。《九曲棹歌》写景抒情，仍沿袭唐宋前代诗人把武夷山当作神仙居所的传统，对武夷山的奇绝风景赞叹吟唱。这些船夫曲通俗易懂，活泼生动，脍炙人口，成为九曲溪最佳的广告词。伴随着朱子学的传播，《九曲棹歌》余韵悠悠。

　　手中把玩武夷山纪念币，遥想武夷山，满目烟云，翠林蔽日，溪流淙淙，空谷余音，耳边恍若棹歌回响，眼前耸立起武夷山的诗意印象。纪念币上设计师所绘的山体、武夷精舍、动物、植物、竹排等精美绝伦，有身临其境之感。竹排上的人物形象生动准确，呼之欲出。紫阳书院里书声琅琅，文脉绵延不绝。大红袍的茶香飘过上千年，至今依然令人迷醉。金斑喙凤蝶追恋着九曲溪水上的竹排，上下翻飞。富有中国传统人文情怀的气息，从武夷山纪念币中散发出来，引人无限遐思。

　　但让我想到更多的不是李纲的血性、陆游的郁闷、白玉蟾的金丹和朱子的

"为天地立心，为往圣继绝学"，而是另一位名气远不如以上几位显赫的谢枋得。

谢枋得为信州弋阳（今江西上饶市）人，出生于南宋末年，童年时就聪明过人，文章奇绝，刚正不阿。元灭南宋，他召集义兵，继续战斗。妻子李氏宁死不屈，与次女和两婢女自尽。两个兄弟、三个侄子都被元军迫害致死后，被迫隐居在南平建阳武夷山一带，生活极其贫困，以卖卜教书度日。即使如此艰难，谢枋得曾创作出大量有关武夷山的诗词，反映人民的疾苦，痛斥南宋的昏庸。元朝建立后，积极拉拢汉族士大夫。由于谢枋得的文名和威望，元朝先后五次派人邀请他出山做官，均被他严词拒绝。他写《却聘书》以明志："人莫不有一死，或重于泰山，或轻于鸿毛，若逼我降元，我必慷慨赴死，决不失志。"元世祖至元二十五年（1288年）冬天，福建行省参政魏天佑奉元帝之命，逼迫谢枋得北上元大都。他临别时慷慨赋诗，赠别亲友。抵达元大都，绝食五天，以死殉国。

"十年无梦得还家，独立青峰野水涯。天地寂寥山雨歇，几生修得到梅花？"（谢枋得《武夷山中》）面对手中的这枚纪念币，我不禁吟唱谢枋得在武夷山流浪时创作的这首名诗。谢枋得以梅花自喻，零落成泥碾作尘，只有香如故，灵魂与武夷山同在，伴九曲溪水流芳。我想武夷山纪念币的设计者，应该在纪念币背面上的武夷精舍旁，添加一枝怒放的梅花。

辞"旧"迎"新"（后记）

　　"辞旧迎新"，我们一般总习惯在元旦或春节时，从内心表达告别过去、迎接新年的祈愿。其实，人生就是一个不断"辞旧迎新"的转身过程。当个体生命的生理年龄达到一定岁数或心理年龄到达某一阶段时，主动选择辞"旧"迎"新"体现的是生命智慧，这在唐宋诗人中有很多成功的案例，如本书中我倾注深情写到的唐代王维和白居易。

　　日常生活中，在工作单位经常听到有些五十岁左右的同事说人生过半，盼望着退下来享受清闲，让年轻人放手好好干。但是，很多人只是嘴上说说而已，对当下的职位及可支配的资源恋恋不舍，还有少数人心中期望的职务级别未实现，仍在仕途上发起最后的"冲锋"，弄得众人侧目，或身败名裂。这些人至今还不清楚，五十多岁并不是人生的"中场"，屈指一算人生其实已过去三分之二了。对照媒体公布的平均寿命，凡年龄超过五十岁者，余生肯定比已经走过的时光短得多，这是不争的事实。

　　但是，年轻时很少有人计划到五十岁时，应该主动选择什么样的生活，如何在物质、精神和感情上过得和前面三分之二的时光一样充实、丰富，甚至比以前过得更好，或及时纠偏、止损以前光阴流逝中的错误和遗憾。

　　古人与今人相比，寿命偏短，但有些诗人活得非常通透和智慧。中年时，他们就对余生做好规划并认真执行，人生终获圆满。比如王维和白居易很清楚自己是谁，所处的社会环境与自己性格的冲突在哪里，自己想要过什么样的生活，在人生时光度过三分之二时，及时转轨，淡泊名利，远离权力中心，日子过得富有诗意和自由，寿终正寝，王维享年六十一岁，白居易享年七十五岁，以诗文存世而不朽。

"中岁颇好道,晚家南山陲。兴来每独往,胜事空自知。"(《终南别业》)王维四十二岁时在终南山购买宋之问的二手房"辋川别业"后,"晚年唯好静,万事不关心"(《酬张少府》)。成功化解安史之乱中的危机,在辋川亦官亦隐十七年,吃斋礼佛,侍奉老娘,写诗作画,不近女色,精选朋友圈,最后官至尚书右丞,这得益于他深思熟虑的人生规划和执行力。王维晚年,主动把经营半生的"辋川别业"捐赠给寺院,其超凡脱俗、淡然清寂的诗歌风格与他的简约人生和丰满思想高度契合,他活成了自己心中所期望的样子。辋川既是王维安放身心的精神高地,也是他的诗歌、书法、绘画、音乐、佛教等艺术生活的涵养处和人生投影中心。至今,辋川因为王维而声名远扬。

白居易所处的时代,历经安史之乱后的藩镇割据,社会政治生活环境比不上王维所处的盛唐,他很清楚朝廷内外宦官势力的巨大破坏性、同僚党争的无情和官场险恶。元和十年(815年),因为宰相武元衡在上朝路上遇刺身亡案,白居易越职言事,上表宪宗皇帝严缉凶手,被贬为江州司马后,仕途上的政治热情消退,规划出"精致的利己主义者"的"中隐"人生之路。"大隐住朝市,小隐入丘樊。丘樊太冷落,朝市太嚣喧。不如作中隐,隐在留司官。……人生处一世,其道难两全。贱即苦冻馁,贵则多忧患。唯此中隐士,致身吉且安。穷通与丰约,正在四者间。"(《中隐》)白居易确实是中庸之道的实践者,他认为"中隐"才是人生的金光大道。"五品不为贱,五十不为夭。若无知足心,贪求何日了。"(《西掖早秋直夜书意》)在仕途和功名利禄方面要知足保和,收敛贪欲,却非常在意自己的诗歌传世,白居易七十岁时开始整理刻印自己的诗集,印好之后,除家里收藏一本外,把另外三本分别收藏于洛阳圣善寺、庐山东林寺和苏州南禅院。另外,还把居住在洛阳十七年的诗作编为《洛中集》,收藏于洛阳香山寺藏经阁。"盖文章经国之大业,不朽之盛事。年寿有时而尽,荣乐止乎其身,二者必至之常期,未若文章之无穷。是以古之作者,寄身于翰墨,见意于篇籍,不假良史之辞,不托飞驰之势,而声名自传于后。"(曹丕《典论·论文》)官宦十年荣,文章千古事。白居易相当自信地认为自己死后一定会享有诗名,有资格进入中国文学史。白居易一生经历德、顺、宪、穆、敬、文、武、宣宗共八位皇帝,深谙中唐政治生态,选择并坚守"中隐"策略无疑是智慧的。

王维和白居易二人审时度势,以退为进,左右逢源,以文会友,衣食无忧,热爱生活。王维的诗文、音乐、绘画、棋艺造诣很深。白居易写诗操琴,诗歌"老妪能解",广为传播。当朝皇帝都很喜爱二人的诗文,文集得以传世留名。两位诗人比起王勃的早逝、李白的幻灭、杜甫的苦吟、孟浩然的不遇、王昌龄的贬谪、韩愈的倔强、孟郊的寒酸、贾岛的穷瘦、李商隐的忧伤、刘禹锡的多舛、柳宗元的早逝、杜牧的无奈等，不知要幸运多少倍！王维和白居易在中年时及时"辞旧"，找到人生另一种途径的解脱和释放，为自己的未来赢得主动。后来，北宋的苏轼也曾羡慕和学习过陶渊明、王维和白居易，和尽陶渊明的诗并编辑成册，并让弟弟苏辙写序。苏东坡称赞王维"诗中有画，画中有诗"。因"乌台诗案"被贬黄州后反省自己说"未成小隐聊中隐，可得长闲胜暂闲"。但因其性格和才情外露使然，主动管理和控制情绪的能力远远不如王维和白居易，黄州、惠州、儋州的生活过度损耗了他的肉体生命，却丰富成就了他的精神世界。

现代人的生活状态和精神世界更为丰富多彩，价值追求也更加多元化。不可否认，权力、财富和知名度这些身外之物大都与工作"平台"紧密相连，岗位职责、工作环境和内容决定着日常的时间和精力大都倾注在那些固定的事情及人脉上，日复一日，月复一月，年复一年，主动或被动、机械地应付和表达，成为生命存在的方式和精神寄托。一旦离开工作"平台"，曾经拥有的资源和人脉很快消散，精神顿感失落，六神无主，郁郁寡欢。故此，不少人超过五十岁还在不遗余力，为职务晋升寻找出路。甚至有些人即使退休，也不知道如何打发这看似时光非常富裕的"余生"，根本不想从已习惯了三四十年的工作、生活模式中走出来，无法面对失落空虚感，内心失去自信和存在的价值感，不愿主动面对生命正在走向终点的现实，尤其是缺乏精神和情感方面的规划。每天醒来后，不知道用什么愉悦精神、滋养心灵，缺乏自觉培养心灵不断成长所需要的兴趣爱好和自律品格，生命中更重要的丰富精神世界和灵性的不断精进缺失。这就是和王维、白居易生命智慧和生活质量产生巨大差别的根源。

反复阅读王维和白居易，其人生经验带给我以上诸多开悟和启迪。我在五十岁时开始人生"转身"，从内心深处向中国传统文化学习致敬。阅读，感悟；写作，表达，成为这十年生活的主要内容，试图穿越千百年历史时空，把自己还原到当时人物所处的历史皱褶、周遭环境和人际关系中，获得在场感，不断追问自己若是他们，会选择如何度过自己的人生？

若从经济学或管理学的角度看，主动辞"旧"为文学，会使自己成为相对无用之人，而文学的"无用"才是大用。积极迎接"新"的不确定性，若从社会学或心理学的角度看，又可以为个体生命状态的改变、精神自由和灵魂丰盈提供无限可能，而文学正是最好的载体，更是生活的馈赠。为此，我努力做以前虽然喜欢但浅尝辄止、后来被迫放弃，或以为自己天生就没有那个天赋的"作家梦"，这是一种新生。心中的文学情感一旦复活，阅读和写作带来的单纯愉悦和安静，陪伴和抚慰着我的灵魂。每当写作的灵感和冲动涌现，立即打开笔记本，手指敲击键盘的声音如音乐般浪漫动听。如此经年，我已不在意别人如何评价这些文字，更不在意文学写作能带来什么功名。我只写内心想写的文字，只表达精神上想倾诉的思想，从而找到愉悦地打发悠悠时光的方式和意义，能够鲜活、愉悦地活在当下，用心用情去讲好自己的人生故事。

是啊！人的一生确实很短暂，请问您：身体坐在体育馆、图书馆、音乐厅里和躺在医院手术台、候诊室外的长椅上的感觉相比，哪一种更好呢？写完《长河故人来》后我更加明白了这一点。

古人云：五十而知天命。"归去来兮，有几个、生年满百？好寻取、陶家荒径，贺家故宅。一抹斜阳铺水靓，千重晚岫排云碧。料乡园、翠竹与黄花，还如昔。心早叹，为形役。更暮景，休虚掷。看候门稚子，欢歌笑拍。荣辱只今都不管，烟波且作逍遥客。更到时、戏彩旧庭前，娱朝夕。"（《满江红·送友致仕》）明代郑满的这阕词，表达的也是同样的道理。五十岁唤回初心正当时，十分感恩命运曾让我选择辞"旧"迎"新"，才有机会主动奔赴大自然的旷野中，寻找曾经非常热爱的灵性和诗意，如王维在辋川；才能有时间和亲朋好友相聚，享受生命的深情和美好，如白居易在洛城。

"知我者，谓我心忧；不知我者，谓我何求。"这本文字粗粝的散文集，就是我辞"旧"迎"新"之结果。

但是，我深知对一位普普通通的作者来说，一大摞文稿付梓出版，如同一个婴儿呱呱坠地，其中的艰辛和喜悦皆隐藏在弥漫的墨香之中，而此时内心亟待表达的是感激之情。

十分感谢中国当代著名作家、第七届茅盾文学奖获得者周大新老师的大力支持和鼓励！在我的文学创作之路上，周老师及时给予的指教和鼓励让我受益匪浅，尤其是他那谦谦君子之风和书卷气质更让我从内心生发出无比敬佩之情。这本散文集出版之前，周老师在繁忙的创作之余，抽出时间专门当面教正并撰写热情洋溢的推荐词，这些都将是我今后文学创作的巨大动力。

非常感谢当代著名书画大师吴悦石先生为本书题写书名，为本书增光添彩。吴先生一直在书画艺术界惜墨如金，他亲赐墨宝给予鼓励，令我诚惶诚恐，铭记在心。

作为一位长期在金融系统工作的作家，我更要感谢中国金融作家协会这个大家庭里的多位作家老师的鼓励与支持，还有这十几年来一直关心我、支持我并默默帮助我的同事和亲朋好友及家人们。正是他们给予我许多无私的帮助和鼓励，才有了这本散文集的诞生。今后，我只有不断地阅读和创作出更多更好的文学作品，才是感恩的最好表达方式。

最后，我还要感谢作家出版社总编辑张亚丽老师的悉心指教和责任编辑王烨老师的精心梳理和编校，使本书得以顺利出版发行。

总之，没有以上各位老师的竭诚帮助和鼓励，《长河故人来》是不可能面世的。

是为后记。

杨满沧

2024 年 8 月 16 日

图书在版编目（CIP）数据

长河故人来 / 杨满沧著 . -- 北京：作家出版社，2025.1.（2025.3.重印）
-- ISBN 978-7-5212-3197-7

Ⅰ . I267

中国国家版本馆 CIP 数据核字第 2024TS6583 号

长河故人来

作　　者：杨满沧
责任编辑：王　烨
封面题字：吴悦石
装帧设计：于文妍
出版发行：作家出版社有限公司
社　　址：北京农展馆南里 10 号　　　邮　　编：100125
电话传真：86 - 10 - 65067186（发行中心）
　　　　　86 - 10 - 65004079（总编室）
E - mail: zuojia@zuojia. net. cn
http: // www. zuojiachubanshe. com
印　　刷：北京博海升彩色印刷有限公司
成品尺寸：170 × 240
字　　数：580 千
印　　张：36.75
版　　次：2025 年 1 月第 1 版
印　　次：2025 年 3 月第 3 次印刷
ISBN 978 - 7 - 5212 - 3197 - 7
定　　价：86.00 元

作家版图书，版权所有，侵权必究。
作家版图书，印装错误可随时退换。